掌故

（二）

月刊

7

野史・佚聞・
人物・風土・

一九七二年三月十日出版

掌故月刊 第七期 目錄

每月逢十日出版

「滿洲國」成立四十週年專號

掌故 第七期

一九七二年三月十日出版

每冊定價港幣二元正

全年訂費港幣二十元 美金五元

出版兼發行者：**掌故月刊社**

地址：九龍亞皆老街六號B

電話：K八四四六七三

THE JOURNAL OF HISTORICAL RECORDS
6-B, Argyle Street, Mongkok, Kowloon, Hong Kong.

督印人：**鄧少卿**

總編輯：**岳騫**

印刷者：**華生印刷所** 汕頭街十二號

總代理：**吳興記書報社** 香港租庇利街十一號二樓 電話：H四五〇五六一 H四五〇七六六

星馬代理：**遠東文化事業有限公司** 新加坡廈門街十九號 檳城沓田仔街一七一號

泰國代理：**集成圖書公司** 曼谷耀華力路二三三號

越南代理：**聯興書報社** 越南堤岸新行街二十二號

其他地區代理：

澳門：可大文具店
亞庇：利民公司
千里達：中華公司
菲律賓：華安書局
倫敦：東寶公司
芝加哥：杏林春
波士頓：中西公司
三藩市：新生圖書公司
三藩市：益智圖書公司
加拿大：香港商店

漢城：汎亞書籍公社
寮國：永珍圖書公司
斗湖：光明書店
菲律賓：玲瓏書局
紐約：友聯圖書公司
紐約：友方圖書公司
洛杉磯：永安堂
檀香山：大元公司
三藩市：文化商店
加拿大：新國華公司

「滿洲國」的遞嬗

鐵嶺遺民

九一八事變後，由日本人一手導演的滿洲國，是一九三一年三月九日在長春成立，距離現在恰恰四十年。滿洲國當然不能成爲一個國家，因爲它實在缺乏立國的條件，領土主權人民三者皆無，領土、人民是中國的，主權是日本的，以之稱爲國家，當然有點滑稽，但是它畢竟存在了十四年，十四年中間，究竟作些甚麼事，現代史料本來已經缺乏，但最缺乏的還是這一段史料，乘其成立四十年之便，擇要予以敍述。

我們一提到滿洲國，自然都是指一九三一——一九四五年日本人所建立的滿洲國，但在中國歷史上曾經有幾次出現過滿洲國，雖然有的只在紙上談兵，有的也確有事實，滿洲未能如朝鮮自建一國，仍隸屬中國版圖，實在是萬幸。茲分述如下：

滿洲國皇帝溥儀

第一次出現的滿蒙大帝國

明朝末年，東北崛起了一個英雄人物，就是建州衞的酋長努爾哈赤。當時的東北，明朝勢力所及的也僅是遼寧省的南部（此指九一八事變前三省轄境而言），努爾哈赤發祥地則爲今日的中韓交界處，爲其祖宗世守之境，以後逐漸向北擴展，滅了扈倫四部，奄有今瀋陽、開原一帶地區，正式建立國家，國號後金。努爾哈赤死後，其子皇太極繼任，繼續向外擴張，奄有遼寧全境，吉林一部份，更南平朝鮮，使朝鮮王李倧稱臣入貢，更西平察哈爾，滅林丹汗，到今天的綏遠東部皆入其版圖。

這時的明朝由於朝政紊亂，流賊蠭起，山海關外地區幾全部爲後金佔領，皇太極更改國號爲大清，建立朝廷，儼然是一個帝國。由於山海關形勢天險，清兵不能入關，皇太極平定察哈爾之後，乃由居庸關入塞，前後五次，兵力直達今日河北、山東，中間一次清兵入山東盤據半年之久，明廷幾乎瓦解。就當時形勢看，清兵大可包圍燕京，滅亡明朝，但皇太極堅決不肯，仍然希望與明朝講和，崇禎五年六月（清太宗皇太極天聰六年，一六三二）皇太極上書崇禎皇帝稱：「滿洲國汗謹奏大明國皇帝，小國起兵，原非自不知足，希圖大位，而起此念也。只因邊官作踐大甚，小國惱恨，又不得上達，遂致兵戈延於今日，若稱兵無已，彼此受禍何益？倘和事一成，彼此蒙福無量，此小國所以願見太平也。今春追插哈刺過宣大，即於彼處講和，殺白馬烏牛，對天說誓，然發誓者，雖係小人，而所祝者，乃兩國大事，人之大小，何必計耶？總是皇帝國內之人也。況彼時兩家歃血定盟，呼天稱誓，小國業已爲結局矣。故將我國兵丁，縛至張家口官將前梟示，所擄生畜等物，一一查回，小國若不誠心講和，何忍糾梟我人，我豈不畏天耶？自盟至今，又經數月矣，毫不敢進犯邊境。從古以來，下情得以上達者，天下無不治；下情不得上達者，天下無不亂，兩國構兵，蓋下情阻滯，不得上達之所致也，今欲將惱恨備悉上聞，又恐以爲小國不解舊怨，因而生疑，所以不敢詳陳也。小國下情，皇上若欲垂聽，差一好人來，俾小國盡爲申奏。若謂業已講和，何必又提惱恨，惟任皇帝之命而已。夫小國之人，和好告成時，得些財物，打獵放鷹，便是快樂處。謹奏。」

到了崇禎十五年六月（清太宗崇德七年，一六四二）清兵已經平了朝鮮，滅了察哈爾，皇太極仍然願意講和，開出議和條件：

㈠自此次和好以後，兩國如遇有婚喪大事，須互相慶弔。

㈡明朝每年送清國黃金萬兩，白金百兩。清國送明朝人參千觔，貂皮千張。

㈢清之叛人（滿洲、蒙古、漢人、朝鮮人）逃入明境者，須捕送於清國。明之叛人逃入清境者，須捕送於明廷。

㈣劃定兩國的國界：以寧遠與雙樹堡中間，土嶺爲明朝的國界，以塔山爲清國的國界，而以連山爲適中地點。

㈤設互市場於連山。

㈥自寧遠與雙樹堡之中間，土嶺以北至寧遠之北台，直抵山海關一帶，若有清人越入或明人越出者，各應按律處以死刑。海道則以寧遠與雙樹堡中間之土嶺起，西至黃城島以東，爲清的國界，雙方有越界者，按律處以死刑。

當時太宗的一些大臣，對於這次和議，都以爲有利於明而不利於清，清都察院參政祖可法、張存仁、庫爾纏等上奏，他們指出明朝內亂蠭起，饑荒嚴重，兵力已竭，糧餉時盡，何況，明朝所恃有山海關外的九個重鎮，既已喪失四個，遼東方面的兵將，死傷了十之八九。倘使清兵繼續進攻，則明廷必定南遷，黃河以北的地方便將落在清國手裏。如果太宗眞要求和平，也應當指定黃河爲界，方爲上策。如指山海關爲界，則還可算爲中策，假若指寧遠爲界，則爲下策。儘管臣下紛紛的奏議，但太宗渴望着和平，即算是選擇了一條下策，也就甘願委曲求全。

皇太極何以薄中原天子不爲，一定要求和，甘以藩屬自居，並不是說他不了解中國，實在因爲他太了解中國了。因爲努爾哈赤曾爲遼東總兵李成梁的親軍，三入北京，能說漢語，識漢字，對中國歷史有相當了解，努爾哈赤在建國之後，鑒於遼金兩國入主中原，不到百年全被漢族同化，民族整個消滅，因此懸以爲戒，皇太極知識、見解更勝於其父，深知以建州文化落後之少數民

滿洲國第一任總理鄭孝胥

人類必重道德然有種族之別則抑人揚己而道德
薄矣人類必重仁愛然有國際之爭則損人利己而
仁愛薄矣今立吾國以道德仁愛為主除去種族
之別國際之爭王道樂土當可見諸實事凡我
國人望共勉之
大同元年三月九日 滿洲國執政宣言

民國二十一年滿洲國成立之執政宣言

族，眞的入主中原，結果必被漢人同化，成爲遼金之續，所以對入主中原視爲洪水猛獸，當時皇太極只想統一關外，建立一個滿蒙帝國，向明朝稱臣進貢，可以發展貿易，提高關外人民的生活，此種心情，投降的漢人自然不知，都主張攻打燕京，混一中原，皇太極曾嚴予斥責，據太宗實錄卷二十二記有：

「至謂朕宜速出師以成大業，此亦不達時勢之見，……若人心未和，雖興師動衆，焉能攻城必克，野戰必勝，今以速出師爲言，乃小人之淺見。朕度其意，不過欲勞師旅，克城池，冀得財貨，以償一己之勤勞，而軍國之艱難，竟置之膜外也。朕反覆思維，將來我國既定之後，大兵一舉，彼明主若棄燕京而走，其追之乎？抑不追而竟攻京城？或攻之不克，即圍而守之乎？彼明主若欲請和，其許之乎？抑拒之乎？若我不許，而彼逼迫求和，更當何以處之？倘蒙天佑，克取燕京，其民人應作何安輯？」

最後幾句話尤其道出皇太極的心事，他認爲攻略中原容易，治理難，要防止滿人被同化，更無辦法可想，所以就乾脆不入主中原了。

皇太極最後開出的議和條件是他只向明朝皇帝一人稱臣，其他各國（主要指朝鮮）須向他稱臣。以當時形勢來說，明廷是可以接受的，如果關外戰事停止，可將山海關精銳調回剿賊，即使不能馬上剿滅，無論如何燕京也不致失守，崇禎皇帝更不致會殉國。

無如當時崇禎皇帝及部份大臣，均凜於宋代和金之非，不肯議和，皇太極爲此感到氣憤，曾去信質問此項，特別說明自己並非金人之後，明朝亦與趙宋無干，何得混爲一談。皇太極稱帝八年之後，將後金改爲大清，恐怕也是與求和有關。

日本關東軍特務頭子土肥原賢二

如果當時雙方和議成立，皇太極在關外建立一個大清帝國，領土包括整個東北及熱河、察哈爾南部、綏遠東部，最後很可能連外蒙都包括進去，成爲一個眞正的滿蒙大帝國，有自己的文字、民族、語言、領土，必然會成爲另一個朝鮮，而實力要强大得多。

皇太極死在崇禎十六年（崇德八年，一六四三），次年李自成入北京，崇禎帝殉國，吳三桂開關請救兵，這時執政的是多

滿洲國第一屆內閣左第二人起：實業總長張燕卿，外交總長謝介石，民政總長臧式毅，總理兼教育總長鄭孝胥，財政部次長孫其昌（財長熙洽未出席），陸軍總長張景惠，交通總長丁鑑修，司法總長馮涵清

爾袞，爲努爾哈赤第十四子（努爾哈赤共十六子，皇太極第八），努爾哈赤死時多爾袞只有十五歲，努爾哈赤自不會將不能入主中原的決定告訴他，皇太極則死得太突然，也未能將此一大計說明。接着就是中原巨變，一般漢人降臣再加以慫恿，認爲是天賜良機，年方三十二歲的多爾袞，自不會想到百年以後的事，於是橫刀躍馬底定中原，誰知歷時二百六十年之後，滿蒙帝國固然沒有了，就連滿族也隨之消滅，正如一個小家女兒嫁到大戶人家去，以爲是高攀，誰知連原有的一點嫁妝都賠上了。

若是單看淸兵入關時的殘暴屠殺，多爾袞誠爲漢族之仇敵，但就整個中華民族的融合來說，多爾袞開疆拓土之功，僅次於秦始皇帝。

民國二十一年九月日滿議定書在長春簽字，簽字者爲日全權代表關東軍司令武藤信義元帥（左）滿洲總理鄭孝胥，（左）第三人爲滿洲外長謝介石

第二次紙上談兵的滿蒙帝國

甲午戰爭之後，日本已視滿蒙爲禁臠，只是如何想辦法去吞下這塊肥肉，恰在這時，羅振玉到了東京，日人就向他下工夫，據羅振玉自稱：

同文會副長長岡子爵，本爲予舊交，一日，延予至華族會館相見，至則子爵外僅一譯人，既入席，謂有秘事相質，故不延他人，乃鄭重言曰：自甲午兩國失和，爲東方之大不幸，戰後日本國際地位驟高，久啓歐人之忌，異日必將有俄日之爭。以日本壤地褊小，可勝不可敗，敗則滅亡，勝亦大傷元氣，萬一竟至啓釁，貴國東三省當兩國之衝，若中國國勢强勝，則有此緩衝地，日本受庇不小，惟貴國國勢恐不能固此緩衝，兩國開戰，日本爲爭存計，必首先侵犯貴國中立，甲午之役，睦誼已損，何可一而再乎，故非避免戰事不可，今有一策於此，特請君商之，幸許一言否？予請示其策，乃續言曰：我國爲此與元老樞府協商久矣，竊謂變法危事，今中國日言變法，其得失非可一言盡，以其至淺者言之，恐羣情不便，國勢轉爲之不安，何不由貴國皇帝遴選近支王公之賢者，分封奉天，合滿蒙爲一帝國，開發地利，僱用各國客卿，以此爲新法試驗之地，變法而善，中國徐行未晚，若不善則可資經驗，不至害及國本，我國今將與英訂同盟之約，若新國既建，可由兩國提出國際會議，將此新國暫定爲局外中立，惟不可以爲藩屬，將致種種不便，如是則貴國可免變法之危，日本亦可免日俄之戰，實兩國交利之事，此策雖建自本會，實已得天皇同意，若公謂然，請密告江鄂兩督，與政府籌之，但知君認此爲出於誠意已耳：予乃極稱其策之善，意之誠，謂當力言於兩督，且詢以若兩督謂然，必與公商進行之策，公能至江鄂否，長岡曰可。予乃珍重與訂後約……。壬寅仲春，至鄂密陳於文襄，文襄稱善，並令予密詢劉忠誠，若同意當商之樞府，及予至江寧，謁忠誠乃亦謂然。

兩督會商後，曾命予密招長岡副長，長岡以病不能行，近衛公代之，予伴至江鄂，而不得與會，久之寂然，不得其故。及日俄戰後，端忠敏撫吳，偶言及之，忠敏曰：近衛到鄂，某亦與議，相商極洽，乃以此密詢榮文忠，文忠不可，遂已。蓋其時忠敏方撫鄂，故知之也，嗚呼！文忠誤國之罪，甯止庚子之變，模稜持兩端已哉！

此策未成，羅振玉至死尚飲恨，但在我輩看來，日本此策稱之爲毒辣尚過份抬舉，只能稱之爲混賬而已。首先，長岡認爲變法危事，戊戌變法確實促使清朝速亡，但此非變法之過，而是人的問題，日本就以變法而强，俄國也在大彼得變法之後始成强國，何以中國不能變法。最荒謬者，任何一國也不會把本國相連的領土、血統、文字、言語完全相同的民族，割出去另建一緩衝國，而且不能作爲藩屬。如果日本以爲有此緩衝地可免日俄衝突，則日本儘可在北海道建一獨立國，又何必打中國的主意。

日本人主其事者爲同文會副會長長岡子爵，名護美，而到南京來活動的近衛公名近衛篤麿，是七七事變時首相侵華戎首近衛文麿之父。「文襄」是湖廣總督張之洞，「忠誠」是兩江總督劉坤一，「忠敏」是辛亥年在四川被革命黨殺害的端方，「文忠」則是榮祿，溥儀的外祖父。

照羅振玉的說法，湖廣總督張之洞，兩江總督劉坤一都同意，恐怕也是羅振玉假造，依照張之洞、劉坤一兩人性格，當時形勢及清朝皇室的傳統，他們兩人決不會以此去問榮祿，至於端方

乾坤正氣

溥儀之字

與羅振玉所說，若非道聽塗說，就是有意同羅振玉開玩笑，端方個性愛開玩笑，對着這塊冬烘，正是作弄的好材料，自然不會放過。

假定羅振玉所敍述全是眞的，則榮祿確實比較識大體（撇開此事而論，榮祿也是淸末滿人中最識大體之人，因不關本文，故不談）。

三、歷時十四年的「滿洲國」

關於這個滿洲國成立的經過，各方面發表文章已多，不再重述，本文只在介紹當時有關史料，以供參考。

甲、一個皇帝、兩個年號

滿洲國前後只有一個皇帝，人所共知是中國最後一代帝王溥儀，在淸代稱宣統皇帝，到滿洲國以後改稱康德皇帝。他的事知道的已多，本文只述幾種不太爲人注意的事。

關於溥儀出任滿洲國皇帝經過，中國人一口咬定是日本人土肥原所刧走，筆者以前寫小說「蘭花幽夢」也是這樣說法，實在是基於對末代皇帝之同情，更爲了加深日本人罪行，實際情況並非如此。根據現有史料可以看出，溥儀及其左右大臣對於在滿洲建國的熱中，尤甚於日本，日本人中，支持建立滿洲國的並不多，支持淸朝復辟可說一個也沒有。所以溥儀到東北之後，雖然滿洲國成立，只能執政，不能稱帝，兩年之後改爲帝國，始稱皇帝，但仍不准用大淸名號。

溥儀在滿洲國完全是日本傀儡，談不到有甚麼建樹，唯一出色的事是一九三五年四月，訪問日本，獲得日本皇室盛大隆重招待。當時溥儀由長春（滿洲國首都，改名新京）乘特備宮廷列車

到大連，改乘日本軍艦比叡號赴日，到橫濱碼頭，由日皇御弟秩父宮親王雍仁恭迎，改乘皇室列車到東京車站，日皇裕仁率領皇室親王以下有位者，政府內閣總理大臣以下文武百官拱立站台恭候，溥儀下車後，由雍仁介紹與裕仁相見握手，王公以下也握手交談，接着日本文武百官個個脫帽鞠躬自行報名，禮畢裕仁陪溥儀步行出東京車站，改乘皇室紅色轎車，開去準備好的「行在」——赤阪離宮，到地方裕仁看到溥儀安置好，始告辭回去。接着溥儀由雍仁陪同去皇宮答拜，裕仁在宮內設宴招待，盛況爲德國王儲訪日之後所僅見，這一件事，算是溥儀作了十四年皇帝期間最吐氣揚眉的一次。

滿洲國一共有兩個年號，一九三一年初成立時，溥儀尚稱執政，年號大同，到了一九三三年改爲帝國，就將大同三年改爲康德元年，直到滿洲國解散爲止，皆是康德紀元。

滿洲國在日本宣佈投降後，由溥儀下詔解消，將政權交給內閣總理大臣張景惠，向國民政府接洽等候接收，但已來不及，蘇軍已趕到，全部被俘。

蓋棺論定談這位末代皇帝，他是一個相當聰明的人，以今天眼光看，他一心一意要復辟作皇帝，自然是糊塗，但這也不能怪他，實在是過去背的包袱太重，一下不能扔得掉。若在清朝中葉，溥儀不失爲一位守成令主，比順康雍乾四帝誠不足，但比起嘉、道二帝並不多讓，即不使趕不上咸豐帝，但也好過同、光二帝，惜乎命運坎坷，一生受盡顛連，聽人擺佈，但在極度困難情形能以自保，也算不易了。

乙、一個皇后

溥儀皇后婉容，號慕鴻，英文名伊利莎白，與溥儀同歲，生於光緒三十二年（一九〇六）。姓郭博氏，父榮源，母爲貝勒毓朗之女，婉容實是毓朗外孫女，毓朗則是溥儀的侄兒。世系表如下：

高宗
- 永璜（第一子）
  - 綿德
  - 綿恩—奕紹—載銓—溥煦—毓朗
- 嘉慶帝顒琰（第十五子）—道光帝
  - 咸豐帝—同治帝
  - 奕譞
    - 光緒帝
    - 載灃—溥儀

右表可以看出溥儀爲乾隆帝五世孫，毓朗爲乾隆帝六世孫，婉容是毓朗的外孫女，較溥儀低了三輩，但清室從不注意婚姻輩份，當時並無人非議。

就一般記載來說，婉容不太贊成復辟，而主張溥儀到外國讀書，溥儀被土肥原接去旅順後，婉容也由天津乘船前去，先由白河口乘小輪到塘沽，改乘日輪淡路丸去營口，日本方面派憲兵大佐甘粕正彥來接，當時婉容身邊已沒有人，就請教他中文的老師

滿洲國皇后婉容

蒼虬老人陳曾壽伴送。甘粕不是個好東西，對這位年輕貌美的皇后有時入以流言，想吃吃豆腐，幸有陳曾壽爲伴，省了許多麻煩，蒼虬老人日記十月十八日曾記有：侍后早餐，西餐與日餐同進，后言：「大佐甚無狀，常避之。」可見一斑。

婉容到長春後，與溥儀感情日劣，後來又染上鴉片煙癮，生活困頓不堪，溥儀對她也由冷淡轉爲厭惡，有一年冬天預備把她送去旅順單住，爲宮內府次長日人入江貫一所阻，未成事實，婉容也不想在長春住，想到東京去養病。爲在日本留學的溥儀三妹韞穎所阻，據韞穎致溥儀信稱：

「……關於趙欣伯之所述后之事，詳稟於左：

趙妻赴日前，曾謁見后。后見彼將與分離，極悲；並託彼轉告日方，請后來日養病。后云：『爲甚麼別人都得自由，獨我不能自由？』趙妻果欲託日人請后東渡。莉極阻之，告彼：『后之地位，與常人異。不自由、爲當然之事。如不信，請看日后亦然。』趙妻以莉語爲然，想不致生出若何枝葉。彼言：『后近日多病，彼不能詳知，因日人阻其見后，所以三餘月來，未至府請安。』莉聞此種種話，知其爲人，因遠而拒之。……」

這是大同二年（一九三三）十月間之事。又康德四年（一九三七）三月七日的信說：「后放大的照片，實在可怕，比前二年又變樣了。隱藏起來，不給人看。」可見一斑情形。

到了滿洲國覆亡時，婉容同溥儀在大栗子溝分手，溥儀去通化在飛機場被俘，婉容在大栗子溝被俘，因爲鴉片煙毒深，被俘後缺乏鴉片，受盡折磨，最後乾嚎幾日，死在途中，結局較溥儀更慘。

她的老師蒼虬老人勝利後有一首詩，以「淚」爲題：「萬幻惟餘夢是眞，輕彈能濕大千塵，不辭見骨酬天地，信有吞聲到鬼神，文叔同仇惟素枕，冬郎知己剩紅巾，桃花如血春如海，夢裏西台不見人。」大概是爲她咏的，太可哀了。

溥儀之畫

丙、兩任宰相

滿洲國十四年中，共有兩任內閣總理大臣。

第一任總理大臣鄭孝胥，福建人，清末民初的名詩人，所著「海藏樓詩」，公認爲名山之作。鄭孝胥雖是文人，卻有一種縱橫家的氣質，清末曾任廣西龍州邊防督辦，入民國後，在上海作遺老，最初同溥儀並無關係，所以張勛復辟，他無緣參與，頗以爲憾，在吊張勛的詩曾有「使我早識公，救敗豈無術。」之語。鄭孝胥接近溥儀是在馮玉祥逼宮之前，當時是鄭孝胥陪同溥儀由北府（醇王府）逃走日本使館，鄭孝胥對此視爲得意之作，曾有詩：「手挈帝子出虎穴，青史茫茫無此奇。」以後由日本使館到天津，就成爲溥儀的心腹，參與決策大計。

說到滿洲國成立，功勞最大的實在是羅振玉，不是羅振玉勾結熙洽搞出一場政變，推翻了東北行政委員會，滿洲國就無法出籠，但滿洲國成立後，羅振玉只當上一名非驢非馬的監察院長，總理大臣一席落到鄭孝胥的肩上，就因爲日本人同兩人會面之後，發現羅振玉是一個書生，鄭孝胥才是一個政治家。

鄭孝胥最初何嘗不有一番抱負，想建設好滿洲國，進而問鼎中原。他寫的重九詩曾大言不慚的說：「西南豪傑休相厄，會教遺民見後清。」但是，事與願違，內而受制於國務院總務廳長官駒井德三，外而受到關東軍的壓力，加之爲他出謀定計的長子鄭垂又糊裏糊塗死去，勉强支持到一九三四年，終於辭職，前後任了整整三年總理大臣。七七事變後，他本打算囘北平居住，爲關東軍所阻，鬱鬱而死。

第二任總理大臣張景惠是道地東北人，最初開豆腐店，後與張作霖一起當馬賊，以後張作霖飛黃騰達，大家都隨着水漲船高，尤其張景惠對張作霖忠心耿耿，所以更受重用。

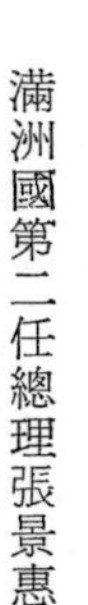

滿洲國第二任總理張景惠

張景惠宦途蹉跌，是受到第一次直奉戰爭影響，他當時是奉軍西路總司令，本來張作霖命他逕攻保定，張景惠因爲同曹錕是換帖弟兄，交情特厚，一直遲疑不前，在開戰時尚致電曹錕，聲稱對吾哥決不敢相犯，只打吳佩孚，結果一敗塗地，他自己在北京也未走得掉，一直留在北京，直到二次直奉戰爭張作霖獲勝入京時，兩人始見面，張作霖對他表面雖然沒有芥蒂，但已非爲往日信任之專，故東三省地盤他始終無份，九一八事變前擔任東省特區長官，只轄哈爾濱一處。

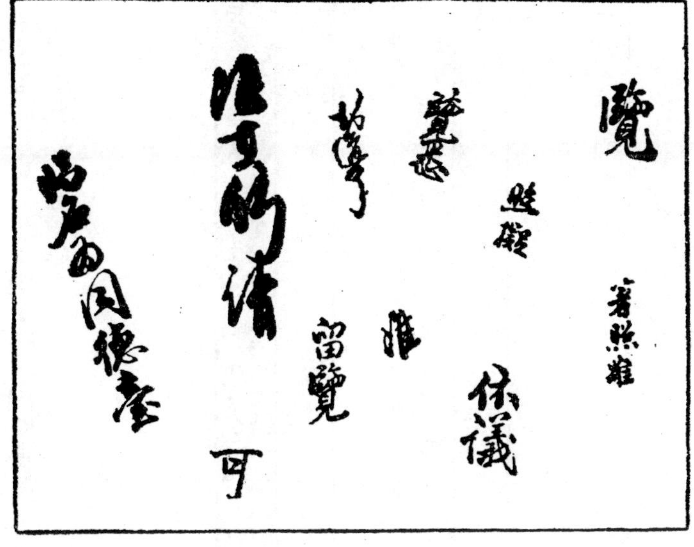

溥儀批詞之一

九一八事變後，經過許多人努力，重新成立東北行政委員會，雖然在日本控制下，但領土並未變更，張景惠被推爲委員長，領導新政府，如果此一委員會能存在下去，中國可能在很短時期就經由談判收囘東北，不料吉林省代主席熙洽臨時變卦，在日人石原莞爾、片倉衷等人支持下，推翻東北行政委員會要另組新政權，張景惠無力抗拒，只得隨波逐流，將原來的東北行政委員會改爲「新政權準備委員會」，仍任委員長，直到溥儀到新京就任執政，「準委會」始撤銷，鄭孝胥內閣成立後，任軍政部總長，改建帝國後改爲軍政部大臣，一九三四年（康德二年）四月，鄭孝胥辭職，張景惠受命組閣，一直幹到滿洲國解消，他本人也同溥儀一道被俘，死在蘇聯。

張景惠不識字，但洞識大體，在東北一羣元老中，算是皎皎人物，他年齡長於張作霖，張學良呼爲四大爺，就他本人來說，也決不想做滿洲國的國務總理大臣，結局如此，實在是命運弄人了。

丁、滿洲國三屆內閣

一、鄭孝胥內閣

國務總理兼文教總長鄭孝胥，軍政總長張景惠，民政總長臧式毅，財政總長熙洽，外交總長謝介石，交通總長丁鑑修，實業總長張燕卿，司法總長馮涵青。（改帝制後改稱大臣）

二、張景惠內閣

國務總理大臣兼軍政部大臣張景惠，民政部大臣呂榮寰，財政部大臣孫其昌，交通部大臣李紹庚，實業部大臣丁鑑修，外交部大臣張燕卿，司法部大臣馮涵青，文教部大臣阮振鐸。

三、最後內閣名單（滿洲國宣佈解消時）

國務總理大臣張景惠，交通部大臣谷次亨，興農部大臣黃俊富，司法部大臣閻傳紱，民生部大臣于靜遠，軍政部大臣邢士廉，文教部大臣盧元善，經濟部大臣阮振鐸，勤勞部大臣于鏡寰，興安局總裁巴巴登拉布丹。

戊、尚書府、宮內府、侍從武官處

	康元一九三四（九月）	康二一九三五（十二月）	康三一九三六	康四一九三七（五月）	康五一九三八（五月）	康六一九三九（四月）
尚書府						
大臣	寶熙 瑞臣 京旂	袁金鎧 潔珊 遼湯	袁金鎧	袁金鎧	袁金鎧	袁金鎧
祕書官長	加籐內藏助	高木三郎	高木三郎	高木三郎	武宮雄彥	武宮雄彥
宮內府						
大臣	沈瑞麟 吳興	熙洽 格民 吉林	熙洽	熙洽	熙洽	熙洽
次長	胡嗣瑗 晴初 貴陽	入江貫一 看山	入江貫一	入江貫一	入江貫一	荒井靜雄
總務處	許寶蘅 季湘 杭縣	許寶蘅	許寶蘅	許寶蘅	許寶蘅	許寶蘅

職位						
內務處	寶熙	商衍瀛	商衍瀛	商衍瀛	商衍瀛	羅福葆 君羽 上虞
近侍處	陳曾壽 仁先 蘄水	陳曾壽	陳曾壽	陳曾壽	佟濟煦	佟濟煦
掌禮處	許寶蘅	張允愷 季才 豐潤	張允愷	張允愷	張允愷	張允愷
警衛處	佟濟煦 楫先	佟濟煦	佟濟煦	佟濟煦	長尾吉五郎	（併爲皇宮近衛處）
侍衛處	工籐忠	工籐忠	工籐忠	工籐忠	工籐忠	工籐忠
帝室會計審查局	商衍瀛 丹石 番禺	林庭琛 子獻 閩侯	闞文印 代	加籐內藏助	加籐內藏助	加籐內藏助
皇宮近衛本部		奎福 醒吾 北京	奎福	奎福	玉琦 佩之 吉林	（併爲皇宮近衛處）
皇宮近衛處						長尾吉五郎
侍從武官處						
侍從武官長	張海鵬 仙濤 錦縣	張海鵬	張海鵬	張海鵬	張海鵬	張海鵬
	康七 一九四〇（三月）	康八 一九四一（一月）	康九 一九四二（十一月）	康十 一九四三（一月）	康(11) 一九四四（七月）	康(12) 一九四五（八月）
尚書府						
大臣	袁金鎧	袁金鎧	袁金鎧	袁金鎧	吉興	吉興
祕書官長	武宮雄彥	武宮雄彥	武宮雄彥	武宮雄彥	（以後虛懸不設）	
宮內府						
大臣	熙洽	熙洽	熙洽	熙洽	熙洽	熙洽
次長	鹿兒島虎雄	鹿兒島虎雄	鹿兒島虎雄	荒井靜雄	荒井靜雄	荒井靜雄
總務處	許寶蘅	小原二三夫	小原二三夫	小原二三夫	小原二三夫	小原二三夫

內務處	羅福葆	劉傑三 開原	劉傑三	劉傑三	劉傑三	岡本武德
近侍處	佟濟煦	佟濟煦	佟濟煦	金智元	金智元	毓崇 叔重
掌禮處	張允愷	羅福葆	羅福葆	羅福葆	羅福葆	羅福葆
侍衛處	工藤忠	工藤忠	金智元 稚元 長白	金智元	金智元	陳懋侗 愿土 閬侯
帝室會計審查局	關文印代	關文印	澤田幸雄	澤田幸雄	澤田幸雄	劉傑三
近衛處	長尾吉五郎	長尾吉五郎	大澤寅一	大澤寅一	大澤寅一	大澤寅一
侍從武官處						
侍從武官長	張海鵬	張海鵬	吉興	吉興	張文鑄 訥河	張文鑄

己、滿洲國的省區

滿洲國成立前，日本佔領了中國遼寧、吉林、黑龍江、熱河四省。其中再加上一個東省特區，共計五個行政單位，日本人爲了削弱地方勢力，決計縮小省區，但因原任各省主席，仍然是滿洲國大官，恐怕引起誤會，一直拖到改建帝制之後，始正式改變省區，將原有的四省變爲十三省：奉天、錦州、安東、熱河、吉林、濱江、三江、間島、龍江、通化、黑河、東安、興安。

庚、關東軍七任司令官

滿洲國眞正掌握大權的是關東軍司令部，所以關東軍司令官才是眞正的滿洲國皇帝，先後任此職者共計七人。

一、本莊繁中將。二、武藤信義元帥。三、菱刈隆大將。四、南次郎大將。五、植田謙吉大將。六、梅津美治郎大將。七、山田乙三大將。以上七人，除去本莊繁之外，例兼駐滿大使及關東州（旅須、大連）行政長官。茲將其人略作介紹。

一、本莊繁：曾任張作霖軍事顧問，也因此淵源出任關東軍司令官，九一八事變在他任內發生。但根據所有資料證明，他事先確不知道，只是事後無力防止，隨波逐流，成爲戎首，滿洲國成立後，調囘日本升爲大將，任日皇裕仁侍從武官長，勝利時，盟總軍事法庭下令逮捕，畏罪自殺。本莊若不自殺，依照東京法庭後來判罪標準，應不致死，但若送交中國政府，就難說了。

二、武藤信義：武藤出任關東軍司令官時，原任教育總監，官階大將，這一職務是日本陸軍最高三個職位之一，雖然比不上陸相與參謀總長權重，但地位是相等的。當時日本已決計承認滿洲國，所以軍方派出這樣有份量人物出任關東軍司令官，並把原屬日本租借的旅順大連組成的關東州，也由武藤兼任長官，承認滿洲國之後又兼任駐滿大使，三位一體是由武藤開其端，日滿議定書也是由他與鄭孝胥簽署。

武藤就任後，日本軍方爲了加重武藤的地位，竟然呈請裕仁任爲元帥。根據日本傳統，平時升任元帥向無前例，也算是武藤開端，可是好景不常，升任元帥後只一個月，出巡關東州，晚宴時突然窗外飛進一個貓頭鷹直撲武藤，當場嚇出急病，次日卽死。

三、菱刈隆：此人以前曾任過關東軍司令官，一二八戰爭時，也曾率第九師團在上海作過戰。爲人比較隨和，事務均交參謀長小磯國昭代行，安享了兩年的福，給滿洲國官方留下的印象倒是不差。

四、南次郎：南次郎與中國關係特別深，九一八事變前曾任天津駐屯軍司令官，與北洋軍人段祺瑞、曹錕、張作霖、張景惠都是老朋友，九一八事變時他正任若槻內閣陸相，也確實想辦法防止少壯軍人異動，未能成功，若槻內閣辭職，南也就賦閒，這次再起，又任了兩年關東軍司令官，勝利後，因九一八事變主謀罪名以甲級戰犯起訴，似判十年監禁，日本和約簽訂後出獄，又過兩年才死。

五、植田謙吉：此人是侵華急先鋒，一二八淞滬戰役時，任日軍第九師團長，曾任第三任日軍司令官，帶領第九師團在上海作戰，淞滬停戰後，四月二十九日在虹口公園慶祝裕仁天長節，被朝鮮志士尹奉吉扔上一枚炸彈，將侵略渠魁一網打盡，算是植田傷勢最輕，只炸出一隻右眼珠。休息了幾年，重起任關東軍司令官，誰知時運仍然不濟，恰碰上一九四○年的諾門坎日蘇戰役，這次日軍小松原二十三師團全軍被蘇聯紅軍殲滅，植田與參謀長磯谷廉介（曾任港督）都被撤職編入預備役。

六、梅津美治郎：梅津也是侵華老手，曾任天津駐屯軍參謀長，有名的何梅協定卽出其手，由天津調回國任參謀次長，外放關東軍司令官，在七人中以梅津任期最久，共計四年，日本投降時，梅津代表軍方與代表政府的外相重光葵共同在米蘇里軍艦上簽署降書，旋以甲級戰犯罪名起訴，似判十五年監禁，不久開釋，病死。

七、山田乙三：此人是最倒霉的一位，出任關東軍司令官之前，任日本北部防衛軍司令官，當時梅津調任參謀總長，首相小磯國昭急與要找一個人頂他的缺，但是人人都看到夕陽雖好已近

康德八年三月六日

覽悉 著予准 接令授職當即時上奏嗣後不得再躭誤

侍從武官曹秉森謹奏

為奏聞事竊臣於三月三日奉治安部大臣軍人甲第九五號命令內開侍從武官陸軍江上兵上校趙競昌補江上軍第一地區隊長治安部參謀司第四課員陸軍江上兵上尉佟志杉補侍從武官康德八年三月一日等因奉此理合具情轉奏

聖聞

溥儀批詞之二

康德十年二月八日

[illegible]

臣吉興謹奏

為奏聞事竊准在日本千葉縣陸軍中將野副昌德電稱謹而奉祝

聖壽祈大滿洲國之隆昌右乞執奏等因准此理合檢同原電恭呈

御覽

溥儀批詞之三

黃昏，皆不願出任，最後找到他，結果被蘇軍俘去，死於西伯利亞。

辛、關東軍的參謀長

滿洲國大權操於關東軍，關東軍大權則操於參謀長，此是日本成例，官愈大而權愈小，所以日本軍部眞正掌實權的皆是中佐至少將這一階段的軍官。因此，不能不介紹關東軍參謀長。

一、三宅光治，二、小磯國昭，三、西尾壽造，四、東條英機，五、磯谷廉介，六、秦彥三郎。

以上可能有遺漏，尤其是磯谷與秦彥之間最少也漏掉一個，因無書可參考，只得就所知者寫出。

關東軍參謀長命運較司令官更差，三宅隨本莊繁下台，最後不知何以又到關東軍任職，被蘇軍俘去，一度解回東京法庭作證，又解回蘇聯即無下文，想也病死西伯利亞。

小磯比較行運，一度出任首相，勝利後也以甲級戰犯起訴，判刑。

西尾由關東軍參謀長出任抗戰期間「支那派遣軍」總司令，在他以前，在華日軍向有「南支」、「北支」兩個司令官，各不相屬，至西尾而統一，三次長沙會戰即其指揮，結果日軍死了六萬多人。不久調回，沒有下文，勝利後盟軍似未追究他。

東條英機不必介紹了，他由關東軍參謀長調任陸軍次官，再升陸相，一九四一年十月十八日繼近衞任首相，十二月八日發動太平洋戰爭，自日本有內閣以來，要算東條任首相時權力最重，國會被解散，遴選議員成立大政翼賛會，實施個人統治，結局也以他爲最糟，成爲日本歷史上第一個被外國人絞死的首相。

磯谷廉介與板垣征四郎、土肥原賢二皆是日本陸軍有名人物，三人一向齊名，但磯谷任關東軍參謀長時，諾門坎之敗有責，編入預備役，不能升任大將，板垣、土肥原大戰時期均升任大將，磯谷改爲文職，當了一任香港總督，但日本投降後，板垣、土肥原均被絞死，磯谷只判二十年徒刑，也算是塞翁失馬了。

最後說到秦彥三郎，這位關東軍最後一任參謀長，向蘇軍接洽投降，簽署降書的是他，以後被俘去了西伯利亞沒有下文。

關東軍司令官先後七人，沒有一個任首相的，關東軍參謀長則出了兩個首相，可知參謀長地位之重要，威權下移，太阿倒持，是日本投降前一貫現象，因不僅關東軍一處爲然也。

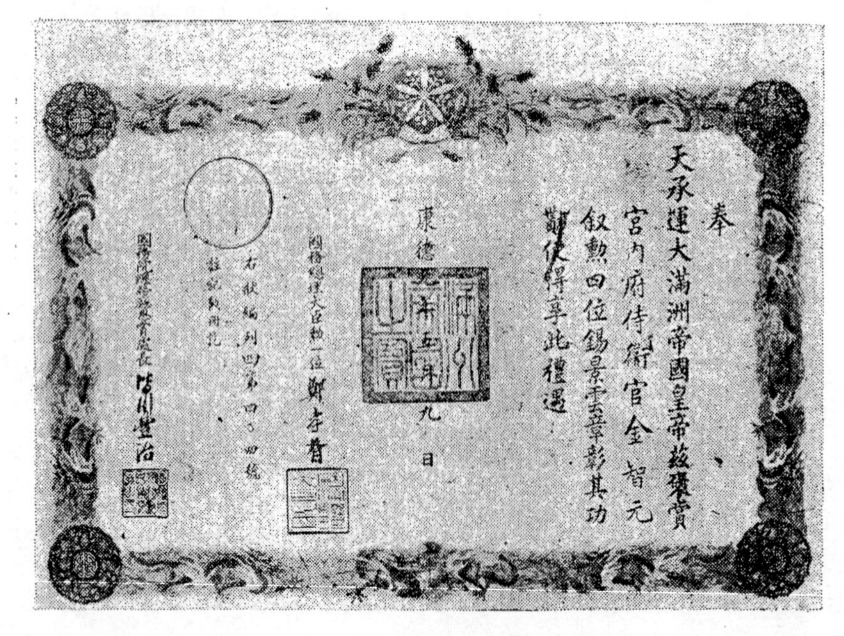

溥儀授與金智元勛位的詔書

滿洲國的宮庭

「滿洲國」的政治制度

關外漢

經濟頗有建樹

撇開政論家和史家們的「正統觀念」不談，今日就事論事，當年在關東軍卵翼下誕生和成長起來的那個「滿洲國」，在經濟上的確出現了一些出人意料的建樹；而在政治上，卻始終弄得非驢非馬，笑話連篇。

前者的證據是：

一、使東北成了東亞最大的工業基地之一，許多設備比日本還要進步。發電力非但使東北自給自足，還大量供給朝鮮。鋼鐵與煤的產量，以及鐵路與公路的數量，都至少提高了三倍以上。

二、工業上已經做到了使「支那派遣軍」和「關東軍」的軍火和軍需，完全能夠自給自足的地步。

三、農業上，把每年的賸餘產品量，提高了四倍以上。

四、「物價指數」的上升，從開始到收場，只有百分之九點六。遠低於第二次大戰中的一切參戰國家。

五、爲了吃飯問題，鋌而走險的人，因爲法重刑酷，基本上已經絕跡，而進入了近似「路不拾遺」的階段。

後者的證據，當然舉不勝舉，而大部份都集中在其政制、典章、官規、法令之上。

例如，在「滿洲國組織大綱」中，關於「國民」一條的規定是：

不分種族，以居住滿蒙之時間長短久暫爲準。

於是，許多日本和朝鮮的僑民，就自然而然地成了「國民」。而那些土生土長，年紀還不大的「東北人」，根據這條規定，倒反而成了「外僑」！

前任日本陸軍省軍務局長的田中隆吉，更在「東京戰犯法庭」上，開門見山地說道：

滿洲國不可能成爲獨立國，因爲根據昭和七年日滿議定書，日本可以控制滿洲國之國防與內政，由國務院總務廳之日籍長官執行之。

滿洲國之人事調動，須先經關東軍之同意，其陸軍部之總務課長，亦須經關東軍之保荐。

這個「國務院總務廳長」的職務，後來由利令智昏的鄭孝胥建議，提升了一級，改爲特任職的「總務長官」。於是，各部的日籍「總務司長」，權限當然也更大一些。——在「初建國」的時代，國務院的總務長官是駒井德三，民政部的總務司長，是原任奉天省署顧問的金井章次，外交部是原任哈爾濱日本總領事大橋忠一，實業部是滿鐵系的人物松島鑑，財政部是原任關東廳課長坂谷希一，交通部是滿鐵人物森田，司法部是日本司法系的人物阿比留。

其中只有先任實業部，後任外交部大臣張燕卿，因爲系出名門，風骨傲岸，總算公然把日籍的總務司長借故撤換，而改用中國人來繼任。所以，至今還在有良心的「漢字號人物」中，傳爲佳話。

政制不倫不類

其實，「滿洲國」在這方面弄得如此離譜，笑話百出，也并不是「事出無因」的。因爲它的整套組織方案，都是道道地地的「東洋貨」，而且是由那些扛槍桿的「關東軍」搞出來的，弄得三分像人，七分像鬼，自然是意料中事。

事實上是，在瀋陽事變的後四天（九月二十二日），關東軍的一批中堅份子，曾經在瀋陽的「東拓總部」樓上第一號房間，仔細地討論過「滿洲善後問題」。當時，土肥原賢二郎提議：

建立一個以日本爲盟主的五族共和國。

推溥儀爲元首，再起用熙治、張海鵬、湯玉麟、于芷山、張景惠，爲吉林、洮索、熱河、東邊、哈爾濱五地的鎮守使，以爲輔佐。

大家同意之後，還決定由：

土肥原負責將溥儀搬來關外「聽用」。坂垣疏通張景惠。

駐吉特務機關長大迫貞通中佐，負責聯絡熙治。

今田新太郎與河野正直，拉攏張海鵬。大矢進計聯絡于芷山。

關東軍第四課長片倉衷，負責指導于冲漢與袁金鎧，積極進行籌備。

在大家分頭執行這個決定的時候，身爲「關東軍柳條溝」事變三羽鳥的石原莞爾中佐，就提出了他的滿蒙問題根本「解決方案」。他建議：

一、以「大總統」爲新國家元首。
二、新國家轄奉天、吉林、黑龍江、熱河四省，東省特別區，蒙古自治區。
三、中央設立行政、立法、司法、監察四院。
四、行政院下設軍事、外交、內務、財政、實業、交通七部。
五、立法院分爲上議院、下議院。
六、司法院下設最高法院、高等法院與地方法院。

但是，關東軍又隨卽聘請了滿鐵的國際法顧問松本俠，在十月二十一日提出來了另一個「滿蒙自由國」的建議，主張這個「新國家」應該是：

一、立憲制的民主政府。
二、在政體上，是聯省自治。國防、財政、司法，由中央統一辦理。
三、政區的劃分是：奉天省、吉林省、黑龍江省、熱河省、東省特別區、蒙古自治區。

石原莞爾的那個方案，因爲得到了當時參謀本部作戰課長今村均的讚賞，從此就成了擬定這個「新國家」組織方案的標本。——後來的關東軍「自治指導部」，搞出來的那一套，也完全是從石原方案脫胎換骨而來的。

那時的中日局勢是急轉直下，瞬息萬變。從下面的日程裏，就可以窺見一斑：

十月二十九日，日軍進攻黑龍江，與馬占山大戰。

十一月二日，土肥原晤溥儀於天津。

十一月五日，溥儀召集「御前會議」，討論「是否出關」？

十一月十日，關東軍成立自治指導部，任于冲漢爲部長，研究「建國方案」。

十一月十一日，溥儀逃離天津。

十一月十三日，溥儀逃抵營口。

從此以後，「滿洲國」的誕生，就進入了密鑼緊鼓的階段。

過了兩個月，一切就都完全具體化了。

一月二十九日（一九三二年），板垣晤溥儀於旅順，後來雙方同意：

一、溥儀爲新國元首。
二、日人得爲新國官吏。
三、鄭孝胥爲首任國務總理。
四、日人在滿者爲「滿洲國」國民，得爲「新國」之官吏，但保證無政治野心。

二月十一日，關東軍自治指導部長于冲漢，召開「建國談話會」。

二月十六日，「東北行政委員會」，在「九一八事件」後，第一次召開會議。

出席的有：

一、哈爾濱特區長官張景惠；
二、黑龍江省代理主席馬占山；
三、遼寧省主席臧式毅；
四、吉林省熙洽；
五、熱河省主席湯玉麟的代表。

他們在會中決定：

一、推張景惠爲委員長。
二、追認熙洽爲吉林省主席。
三、任趙欣伯爲奉天市長。
四、任李紹庚爲中東鐵路代理督辦。

會後由趙欣伯出頭，邀請大家再非正式地交換一下時局的意見。被邀列席的還有關東軍第四課長片倉衷大尉。這位「少壯派」中的積極份子，馬上就向出席的人分發了兩份中日文對照的文件。一份叫「滿洲新政權的方案」，另一份叫做「滿洲新國家建立的必要性」。——這兩樣東西，都是于冲漢那個「自治指導部」埋頭搞出來的「傑作」。

于冲漢是個老牌的日本留學生。在張作霖時代，是奉天中的「日本通」。後來因爲幫助「張老帥時代」，是「奉軍」中數一數二的日本通。這一次，他雖然被本莊繁司令官欽封爲「自治指導部長」，但實際上的責任，卻完全落在日本顧問中野琥邊（關東軍政工部主任）的肩上。部長下面的五位課長，也全部都是日本人。

這個指導部的機構，來得非常之大，在東北的一百多個縣裏，都設立了分部，並由日本人擔任分部長，來大力推行他們所擬定的「建國方案」。其中的主要點就是：

一、澈底打碎舊政權。
二、在「滿洲」建立王道樂土。
三、排棄財閥勢力，「萬邦協和」。
四、「中日滿人，互相提携」。

全部工作，都受「關東軍」第四課長片倉衷的領導，對板垣征四郎和關東軍參謀長三宅光治直接負責。

在這一大羣外行人手下搞出來的政制、典章、法度、官規，當然絕對不會不笑話百出，漏洞重重的。——這也就使得「滿洲國」的行政組織和制度，從始到終，似乎都是一個畸形的怪胎，永遠也不可能使人對它有重視之感。

迷你型的滿洲國

這個以長城爲界，擁有中國四省土地、資源和人口的「迷你國家」，在「全盛時代」一共有：

疆土：一三〇三一四三方公里。
人口：四三三三三九五四人。
政區：十省，一百三十三縣。

其中是奉天省二七縣，黑龍江省一八縣，吉林省一五縣，三江省一四縣，濱江省一二縣，錦州省一二縣，安東省一一縣，熱河省一一縣，黑河省八縣，間島省五縣。

後來，地盤雖然沒有擴大，卻又在政區上重加剪裁，在「滿洲版圖」上多添了三個行省。那就是：興安省、東安省、通化省。

除掉這種變動以外，在中央系統上和地方機構上，組織方面的總傾向，始終都是從繁就簡，變得越來越「迷你」型了。

根據「滿洲國」政府的組織法，在「元首」（先稱爲「執政」，後來改爲「皇帝」）之下，一共有六大機構。那就是：

一、參議府；
二、立法院；
三、國務院；
四、法院；
五、監察院；
六、侍從機關。

前面的五個，除掉規模越來越小，活動越來越癱瘓以外，幾乎沒有過甚麼值得重視的變動。而最後一個，在「稱帝」以前，一共有三處一長，那就是：

秘書處、內務處、警備處，侍從武官長。

改稱「滿洲國皇帝」以後，這組織就擴大成三府一處，變爲：

宮內府、祭祀府、尙書府、侍從武官處。

在這個四不像的政府組織中，首先使

人莫名其妙的就是「參議府」。——它在「組織法」上，列入「第二輯，國會、參議府」一項，照理說，應當是個超然的民意機關，但又規定是供元首在政事和法令上有所諮詢的顧問機構。身爲成員的人，也不被稱爲議員，而稱爲參議。整個機構下，又只有一個秘書局來處理政務，顯而易見地就成了個「伴食者」的伙食團。

參議府的議長，從理論上來講，總應當是位學問淵博，精通法令的「王師」人材。實際上，從一開始就派了個目不識丁、老粗出身的張景惠。四「參議」之一的張海鵬，在發跡以前，也不過是關外的一名草莽英雄而已。

立法院，在職權上和參議府幷沒有甚麼很明確的劃分。它主要的工作，就是在通過法令和預算。成員們一概被稱爲議員，其實也是一個閒職。它的首任院長趙欣伯，雖然是個日本留學生，但卻醉心於京劇。在就職之後，把立法院門前的吹打、執事、排場，弄得和京劇中的「相府」「帥府」，不相上下，越發增加了這個「新國」的怪樣。

這位由奉天市長升任的立法院長，作風很有問題，而口口聲聲地自稱做「無爲之治」。這其實也不能完全怪他，因爲在組織法上，這個院的下面，別無長物，只有個一柱擎天的秘書局，既無實權，又安置不了多少人，當然難怪院長大人除掉見錢必撈以外，簡直百事不管。

後來，「關東軍」的新任參謀長小磯國昭，第三課長原田熊吉，都覺得非請他自動掛冠不可，就想出了一個釜底抽薪之計，從恿他到日本去考察憲法，然後再關上大門，請他不要再回「滿洲國」來。

但是，這位趙博士在和日本人打交道上，也的確有他的一手。他雖然辭了職，交換條件卻是：立法院中的虧空不必報銷；補發兩年經費作爲對他的賠償。——等到後任來接管的時候，不但經費一文不賸，就連辦公室中的設備，也失踪了十之八九。過了沒有多久，這個無權、無財、無人、無事的「立法院」，也就無聲無息地取銷掉了。

在「元首」之下的六大機構中，兩個是這樣的空架子，整個中央行政組織的滑稽與荒唐，就可見一斑了。

「國務院」，是惟一有權有勢的機關。在國務總理之下，有八個部的總長，也稱爲「大臣」。實際上總其成的，是日籍的特任總務長官。他手下的總務廳，相當於集權國家各部會的「辦公廳」，共有秘書處、人事處、主計處、需用處這四個部門。首任總務長官是「滿鐵」的農林課長、關東軍政治顧問、日本浪人駒井德三。繼任的是正途官僚出身的日本愛知縣知事遠藤柳作。

這個「總務廳」最成功的功蹟，就是在「滿洲國」裏，實行了「日系官吏正規化」。凡是在日本做官的人，都可以用「升一級」的待遇，到這個「新國」來任職。這種升級並不僅僅是從辦事員升爲課員，課長升爲處長而已，而是「委任」升爲「荐任」，「簡任」升爲「特任」的「超升」。問題就是「滿洲國」的官吏，既不會調到日本去做官，當然也更不會有「調任超升」的機會。

國務院之下的民政部，在最初的時候也兼管過文教衛生。所以，它的組織原來有六個司，那就是：

總務司，地方司，警務司，
土木司，衛生司，文教司。

它的首任總長是臧式毅，雖然是個職業軍人，卻毋寧說是個「職業戰俘」更爲恰當一些。一九二○年直皖之戰，他是直軍的戰俘；一九二五年孫傳芳與奉軍之戰，他又成了戰俘；「九一八」事件發生以後，當了日本憲兵幾個月的俘虜；日本一投降，他馬上又進了西伯利亞的蘇聯「俘虜營」。

專管建築工程的土木司，設在民政部之中，本已顯得有點不倫不類。後來，文教和衛生分出去，成立了一個文教部，這個「民政部」實際上就只等於是一個警察總署了。

如果說民政部的組織，失於簡陋，外交部這個機構，就更加滑稽得可憐了。當時承認了「滿洲國」的國家，一共有十個。那就是：

日本、德國、意大利、匈牙利、羅馬尼亞、薩爾瓦多、哥羅底亞、保加利亞、泰國、丹麥。後來還添上了一個「汪政權」。

然而，在滿洲國的「外交部」之下，卻只設立三個部門：

總務司，通商司，政務司。

它的首任總長謝介石，除掉尸位餐食以外，簡直無所事事。就連「滿洲國」成立以後，第一批到來的國際貴賓——「國聯調查團」，這位身爲「總長」的人，竟然連出席招待的資格都沒有。而是由「國務總理」鄭孝胥和關東軍方面的首腦，親自出馬；或是由外交部的總務司長大橋忠一代勞，根本沒有他的份。

最慘的是，在從吉林返瀋陽的途中，這位大橋忠一，還曾經向國聯代表團的中國觀察員代表顧維鈞，鄭重地表示：

滿洲國正在建國伊始，需材孔亟。倘閣下願屈就外交總長一職，保證絕無問題。

由此可見，「滿洲國」的「外交總長」人卑言輕到如何程度，這也就怪不得張燕卿後來在被調任「外交總長」的時候，堅決不就，直到關東軍在他的家門口派了憲兵來氣勢洶洶地「加以保護」，這才忍氣吞聲地去接了印。

軍政部的組織，也簡陋得非常可憐，一共只有兩個司，那就是：

參謀司，軍需司。

它的總長是張景惠。在名義上能夠調度節制的軍隊，最初也只有張海鵬、于芷山、凌陞這幾支人馬。後來，東北的義勇軍風起雲湧。在中東路以東地區的有：

丁超、王德林、李杜、鄭興、楊錫山、殷千秋、李破爛、王瑞華。

在中東路以西地區的有：

馬占山、李海青、張殿九、程志遠、蘇炳文、張文鑄、郭道夫、王爾瞻、徐子鶴。

在長白山和鳳凰城的三角區有：

唐聚五、鄧鐵梅。

在遼西興安山區的有：

苗可秀、趙侗、鄭桂林。

在遼南的有：

王振中、魯石林、朱一民、海泳、王乾一、張化民、徐國梁、袁玉卌。

在熱河的有：

馮占海、崔新五（一部），劉振東、鄧文。

在吉林東部的有：

傅殿臣、王海山、林桂一、羅明星、劉景春。

東北義勇軍的全盛時代，除掉改邪歸正，或是自加封號，或是臨陣擴編的部隊以外，光是名正言順，正式屬於張學良支持的「北平抗日救國會」系統下的部隊，就有「四十九路」之多！

關東軍對義勇軍的估價，一貫是從「獅子搏兔」的觀點出發，自然也急於要訓練一批專門對付「兎子的獒犬」來代勞。於是，從一九四三年起，「滿洲國」就編練了二十個師的「國兵」，分屬於下面這些軍區。

一、第一軍區，總部在奉天；
司令官：于深澂；
兵力：四個師。

二、第二軍區，總部在永吉；
司令官：吉興；
兵力：四個師。

三、第三軍區，總部在齊齊哈爾；
司令官：張文鑄；
兵力：四個師。

四、第四軍區，總部在哈爾濱；
司令官：李雲龍（待考）；
兵力：四個師。

五、第五軍區，總部在承德；
司令官：王靜修；
兵力：四個師。

不久，又擴充爲十二個「軍管區」，和一個專管海軍的「江上軍」。

所以，總起來說，這個「軍政部，」也許還是「滿洲國」政府中，眞正有骨有肉的一個機關。更何況它的首任「總長」

，不是別人，而是在黑龍江赫赫有名的抗日英雄馬占山呢！

「滿洲國」的財政部，也似乎自慚形穢，只勉强設立了三個司。那就是：

總務司，稅務司，理財司。

財政部首任總長是一直想當國務總理而始終沒有當成的熙洽。他在任上惟一的功蹟，就是乘溥儀訪日的時候，用「不發經費」的手段，把「國務總理」鄭孝胥逼下了台。

實業部也只有三個司：

總務司，農礦司，工商司。

那時，「滿洲國」的經濟建設，實際上全部都抓在關東軍的「滿洲經濟建設本部」、滿鐵以及幾個由日本人直接領導的「國策會社」的手裏，實業部并不能眞正地當家作主。但是，無論如何卻可以算是政府各部中數一數二的肥缺。因此，首任總長張燕卿在被調任到外交部的時候，一怒拂袖而去，寧可丟掉紗帽，也不願意放棄這把交椅。

交通部雖然有下面這四個司：

總務司、鐵道司、郵務司、水運司。

但是，根據「日滿協定」，「滿洲國」境內的鐵路，全部「委託滿鐵經營」。鐵道司實際上就變成了「滿鐵」的一個副官處，絕不能起甚麼作用。

它的首任總長，是丁鑑修。

司法部的下面有三個司：

總務司，法務司，行刑司。

自理論上來講，它的組織規模，并不比三司制的外交部，財政部，或是實業部小些。

它的首任總長，是馮涵清。

除掉這七大部以外，後來還把民政部裏的文教司，分了出去，擴充成一部，由鄭孝胥自兼總長。

另外還有四個直屬於國務院的局處：

一、法制局；
二、統計處；
三、資政局，下設總務和弘法兩處，而後者又是一種介乎宣傳部與文化運動會之間的組織。
四、國都建設局。

比起只有議員若干人，除掉秘書廳之外而毫無附屬機構的立法院來說，「滿洲國」的監察院，還可以稱得上是個大機關。它的下面轄有：

總務處，監察部，審計部。

首任的監察院長，是羅振玉。但是，他嫌這職位無權無勇，拖了許久都不肯就職。

後來，他忽然發起了整飭吏政的念頭，「鐵面無私」地整倒了貪污有據的黑龍江省長韓雲階。而關東軍卻又一向把韓看做他們手下最賣力氣的一條狗，因此馬上向監察院展開反攻。首先是把負責彈劾韓的審計部長品川主計免了官，遺缺也不再派人接替；然後又建議起用韓爲一個部的總長。這樣一來，氣得羅振玉馬上害了「政治病」，而關東軍也就「打蛇隨棍上」，乘此調他爲參議府參議，連帶着把監察院也裁掉了。

在所有這些「中央」機關裏，院長、總長、總務長官、議長，都是特任待遇，秘書官、監察官、理事官和一部份技正，是簡任待遇。事務官、翻譯官、審計官（一部份），是荐任待遇。等而下之的「屬官」，都是委任待遇。

和這些中央機關平行的，是所謂內廷機構。最初有：

一、秘書處，處長胡嗣瑗；
二、內務處，處長寶熙；
三、警備處，處長佟濟煦；
四、侍從武官長，張海鵬。

後來又擴大改組爲三府一處：

一、祭祀府，實際上只管祀典和護持神廟，與內廷并沒有甚麼直接關係。
二、尚書府，整個工作就是典守印信和用璽。地位很高而規模很小，主管人的官銜是「大臣」，和各部總長同一待遇；最初是寶熙，後來又換了袁金凱和吉興。眞正抓權的是府裏的「秘書官長」，從頭到尾，都是由日本人出任。

三、宮內府，是內廷中最肥的一個缺。大臣之下，還有次長，所屬機構之多，也超過了國務院的一些部。

它的首任大臣是沈瑞麟，不久，就換了從財政部長和吉林省長的肥缺上，被轟了下來的熙洽。

府中的部門，一共有：

總務處，內務處，近侍處
掌禮處，警衛處，侍衛處
帝室會計審查局，皇宮近衛處
，侍從武官處。

這些部門的首長，始終由中國人出任的，只有大臣和近侍處長，掌禮處長，侍從武官處長四個。由中日人替換擔任的，佔了二分之一以上。始終由日本人出任的，是「秘書官長」和近衛處長。後來，還添了一個由關東軍派來的「滿洲國帝室御用挂」的吉岡安直中將，名義上雖然只不過是一個「內廷行走」，實際上卻成了溥儀身邊最重要的「關東軍」耳目。

滿洲國官員假期多

在地方行政上，「滿洲國」最大的地方官是省長，和國務院的總長一樣，也是「特任」。——只有專管興安省和蒙古旗務的機構，稱為「興安局」，下轄安南、安東、安北三個分省。所以這個局的負責人，就成了一位特任職的「總長」，另加一位簡任的次長和若干個簡任的「參與官」。在規模上，卻比一般省似乎還要小些，只有總務、政務、勸業三處。

一般的省級行政組織，都稱為「省公署」，由特任職的省長，簡任職的理事官和秘書官，來加以領導。省長下面有這樣五個廳：

總務廳，民政廳，警務廳，實業廳，教育廳。

最滑稽和最難解的就是：「有財斯有用」，為甚麼在省級機構裏，連個專管財政和稅務的東西都沒有？——這一點，似乎是許多「滿洲國」地方行政機構的通病，就連興安局和「分省公署」裏，也照例沒有主管財政的機構。

最後還有兩點，并不能算是直接和行政制度有關，但卻似乎很有特別提出來談談的「掌故」價值。

第一是：「滿洲國」的公共假期：——完全是公曆與農曆併用。除掉星期日以外，就是：

新年——三天。
春節——五天。
溥儀誕辰——農曆正月十三日。
元宵節——農曆正月十五日。
「滿洲國建國日」——公曆三月一日。
春祭祀孔日——舊曆二月上丁。
春祭祀關岳日——舊曆二月上戊。
端午——舊曆五月五日。
秋祭祀孔日——舊曆八月上丁。
秋祭祀關岳日——舊曆八月上戊。
中秋——舊曆八月十五日。
孔子誕辰——舊曆八月二十七日。
歲末——公曆十二月二十九日、三十日、三十一日。
除夕——舊曆十月末日。

第二是：「滿洲國」官員們的工作時間表。它雖然變化多端，一年有好幾個花樣。但是，就事論事，卻似乎要比一年到頭，死也不變的那種硬性規定，來得合情合理一些。那就是：

每年三月一日至六月三十日
——午前九時至十二時，午後二時至五時。
七月一日至八月三十一日
——午前八時起，十二時止。
九月一日至十月三十一日
——午前九時至十二時，午後二時至五時。
十一月一日至明年二月底
——午前十時至午後三時。

由此可見：在「滿洲國」當官員的人，實在可以算得是普天之下，辦公時間最少的一羣幸運兒了。

「滿洲國」的主宰——關東軍

華仁友

「關東軍」，是完全靠侵略中國起家的。它最後送掉了老命的地方，也是在中國。——所以，在一個專門談中國掌故的園地裏，偶爾談一下當年的「關東軍」，爲甚麼會一步登天，成了遠東的霸主；日本軍部的靈魂？後來爲甚麼又會在日本最危急的關頭，忽然洩氣得一塌糊塗，在七八天內，就丟盡了所謂「滿洲國」的萬里江山？也許還不是甚麼太離譜的事吧？

關東軍侵華先斬後奏

「九一八」事變，是世界歷史、中日關係、日本命運、以及關東軍走向自殺的轉捩點。——從那時起，日本軍部也公開送給它一個綽號，叫做「先幹軍」，因爲它雖然有了「開疆拓土」的大功，卻事事「先斬後奏」，根本不把東京的訓令、制止和申誡，放在眼裏。

按照「關東軍組織條例」的規定，這一支部隊的任務，只是在於：

保護南滿鐵路，路區之內，司令官有便宜行事之權。路區以外任何活動，必須徵得外務省或當地總領事之同意。

炮轟瀋陽的事，當然發生在「路區」以外。但是，當瀋陽的日本領事森島，在當夜趕來請關東軍「約束行動，以外交途徑解決」的時候，身兼張學良顧問的日本瀋陽特務機關部輔助官花谷正少佐，馬上拔出軍刀來大吼一聲道：

「誰敢再嘵嘵多言，就請試吾刀！」

不敢「試刀」的森島領事，當然只好抱頭鼠竄而去。由他的上司林久治郎總領事，用急電報告幣原外相：

軍方獨斷與不法行動，已使職失去抗阻之能力。

就連當時的駐華公使重光葵，也正式向東京表示：

此次軍部行動……輕視政府，將過去政府所建立之外交關係，一旦予以破壞。……爲國家將來計，不勝悲痛之至。

今日事過境遷，就事論事，在沒有眞正取得侵略果實以外，非但那批職業外交家們反對這種軍事冒險，就連皇室、元老派甚至於軍部自己，亦不贊成輕舉妄動。所以，在九一八事件爆發前一週，昭和天皇還特別關照當時的陸相南次郎：「要注意整頓關東軍的風紀」。西園寺公望也公開地指出：

滿洲是中國的領土，外交不是軍人的本份。

關東軍以外，其它系統在東北的日本政要，像關東廳長官塚本淸治，滿鐵公司負責人木村鋭市，關東警保局長中谷正一，撫順煤礦主持人伍卓崇雄，都曾經紛紛向政府提出報告，認為：

如純為自衛計，關東軍無如此行動之必要。

因此，日本的若槻內閣，在九一八事件發生後的第一個訓令就是：

事變不得擴大……由總領事館監視關東軍活動……以自衛為限度。

就連侵略的急先鋒——日本軍部，也不主張冒險，在九一八事件的前三天，還派了建川美次做特使，到關東軍去傳達「御旨」，希望他們懸崖勒馬。甚至於在佔領瀋陽以後，他們的態度也還沒有變更，在陸軍省的訓令上說：

帝國政府仍不願此事態擴大，希本此旨為之。

參謀本部也堅持：

應依閣議決定，不超過必要之限度。

但是，關東軍中的少壯派們，卻在板垣、石原、花谷這三人的領導下，由司令官本莊繁中將撐腰，不顧一切地我行我素下去。從下面這個簡單的時程上，就可以很清楚地看出來當時的實況：

一九三一年三月，關東軍參謀石原莞爾完成「解決滿蒙問題戰爭計劃大綱」。

五月，關東軍高級參謀板垣，完成「滿蒙問題處理方案」。

七月，東京參謀本部完成「滿洲問題解決方案」四種。

七月二十六日，板垣至東京，要求軍部支持關東軍的計劃。永田鐵山、根本博、小磯國昭、岡村寧次均以為應加慎重。

八月初，井上藏相提出縮軍預算，兵力較前減縮八分之一。

八月十五日，中國當局自遼寧公安局與大連方面接獲情報：「關東軍即將在東北異動」。

八月二十七日，關東軍發給瀋陽日僑槍械。

九月二日，關東軍開始作包圍北大營，瀋陽城之野戰演習。

九月五日，日本幣原外相，電令駐瀋陽總領事林久治郎：「近來關東軍……策動國粹會浪人製造中日事變……在九月中旬作具體之行動，希對浪人切實取締。」

九月九日，日本增大閑院宮親王大談「整肅軍紀的必要，人人皆為關東軍而發」。

九月十一日，日本昭和天皇訓令陸相南次郎：「關東軍紀律應加以整頓」。

九月十四日，軍部派遣建川美次傳達天皇意旨。實際上建川乃是關東軍的同路人。

九月十五日，板垣與石原中佐，特務機關部花谷少佐，今田大尉；鐵路守備中隊長川島正大尉，小野正雄大尉，警備隊長三谷清中佐，密議行動方針。

九月十八日上午十一時二十九分，板垣迎晤建川於本溪湖車站，下午七時五分至瀋陽。與花谷正同宴於柳町旗亭菊文料理。板垣與花谷十時別去，建川留宿於是處。

九月十八日夜十時三十分，柳條溝鐵軌，為分遣隊長河本末守中尉，及松岡軍曹等七人，加以爆破。

九月十八日夜十一時十八分，關東軍向東京報告：「發生衝突」。

九月十八日夜十二時十分，關東軍向東京報告：「已攻入北大營」。

九月十八日夜十二時二十分，關東軍司令官本莊繁發佈命令：遼陽師團進攻瀋陽，獨立守備兩中隊掃蕩遼寧。另一中隊斷絕至營口之通路，一中隊攻鞍山，一營攻鳳凰城，第三騎兵旅攻長春，駐旅順之炮兵聯隊，亦向瀋陽集結。

九月十九日午前十時前，朝鮮軍司令官林銑十郎，派遣第二十師團之嘉村旅團與兩個航空中隊，改歸「關東軍」節制。

九月十九日，東京軍部訓令關東軍：「不擴大事態」；「不超過必要限度。」又訓令朝鮮軍「候命而動，不得越境。」而且還電令新義州守備隊阻止嘉村旅團渡江。

九月十九日午後五時，關東軍電報東京：「佔領營口、鳳凰城，請增兵三師團」。參謀本部的覆電是：「恪守本來任務，靜觀事態變化」；陸軍省說得更不客氣，根本叫他們「不應超過治安維持範圍」。

九月二十二日，本莊繁下令：「進攻哈爾濱，囊括吉黑。」

同日，東京已派陸軍省兵務課長安藤利吉爲特使，訓令關東軍：「不得參謀本部之命令前，不得有任何新軍事行動」。

九月二十三日，參謀本部訓令：「關東軍不得越過洮南綫。」

九月二十四日，日本內閣決議：「關東軍應自動撤回路區。」

十月十七日，東京發生十月事件，關東軍有「不穩自求獨立」之嫌。

十一月五日，關東軍進攻黑龍江。

十一月十八日，參謀本部嚴令：「關東軍不得佔領『北滿』，必須撤回鄭家屯以東之綫。」

十一月二十五日，參謀本部限令關東軍於兩週內，撤至鄭家屯以東。

十一月二十六日、關東軍進攻錦州。

十一月二十七日，參謀本部電令關東軍：「遼河以西之獨斷行動，不得實行。……遼西部隊必須退至遼東，勿得遲滯」。

十二月二十三日，關東軍又向西繼續攻擊前進。

由此可見：「九一八事件」，在最初的兩個多月中，的確只是關東軍中的一羣少壯派蠻幹出來的軍事冒險，就連在日本的統治階層中，也找不到什麼同情他們的人。他們之所以能在短短的三個月內，鯨吞遼吉黑，成了不世之功，與其說是能幹，毋寧說是僥倖碰見了一批太無知、無能、無恥、無勇的對手，幫了他們一個大忙。因此，在關東軍囊括關外，論功行賞的時候，才特別把板垣、石原、花谷這三個帶頭蠻幹到底的搗蛋鬼，捧爲「關東軍中三羽烏」，比之爲烏中之鳳。而那位一向被中國人認爲「壞事都是他幹的」土肥原，卻還只不過是一個配角而已。

東北軍兵力強於關東軍

製造九一八事件的「關東軍」，基本上是由兩部份隊伍構成的。一個是多門二郎的第二師團；另一個就是撥給「關東軍節制」的滿鐵護路軍——森連司令手下的「獨立守備隊」（共六大隊）。前者根本是一個「不滿員」的「平時編制」部隊；後者的每個大隊又只有九百人。連五百名憲兵，一個航空隊的空地勤人員都加在一起，總共也不會超過一萬多人。計算起來，只佔當時日本現役兵力的二十分之一。

這種「全軍只萬餘人」的說法，戰後出版的日本戰史上如此說；本莊繁在投降後自殺前如此說；戰後以批判日本軍閥罪行著稱的前參謀本部課長林三郎，也如此說。事過境遷，已經再沒有歪曲事實的必要。所以這個數字大概是可信的。

這一支鯨吞了遼吉黑三省的隊伍，實際上當時還沒有眞正走運。——在規模上，它非但比不上林銑十郎的朝鮮軍；也趕不上日俄戰爭時代，虎踞遼陽的「關東軍」；甚至於連一九一九年四月，在立花小一郎中將的指揮下，攻進西伯利亞的那支關東軍，也有將近兩師團的兵力，比起它來，至少要強大百分之五十以上。

再加上由於關東軍河本大作大佐，在當時的司令官村岡長太郎中將的支持下，擅自炸死了張作霖，弄得昭和天皇大怒，下令嚴究。除掉河本大作丟官退役以外，村岡也被迫告老還鄉，就連身爲首相的田中，都因之被貶，一怒而亡。從此，關東軍就成了衆人目中的闖禍精。凡是奉命來當司令官的人，大都兢兢業業，惟恐再被別人挑眼。它的地位不如朝鮮軍那樣吃香，自是意料中事。

那位闖過大禍的「關東軍」元老——

河本大作，的確是個不寂寞的人。「九一八事件」，他也有份。因而搖身一變，成爲「滿鐵」和「滿煤」的首腦人物；後來又跑到山西去當「產業會社社長」。日本投降以後，閻錫山請他當「西北實業公司總顧問」，用日本戰俘編成了九個特務團，來幫助他守太原。在緊急關頭，閻勸他坐飛機先逃出去，他不肯，堅持「要和閻長官共存亡」。城陷被俘，終於病死在獄裏。——關東軍的幾大太保中，功名和遭遇比較最坎坷的，也許就算他了。

當年的「關東軍」，在發動九一八事件以前，既然被東京看做軍中的「問題兒童」，他們的軍事冒險事先沒有得到中樞的支持，事後還屢受阻止。所以，在他們進攻北大營、遼寧、鳳凰城、長春、鞍山這五大要地的時候，能夠使用的兵力，依舊還只有平時那一萬多人。這就是爲什麼本莊繁在「九一八」的夜半，還用急電向朝鮮軍司令官林銑十郎中將，青島駐軍津田少將乞援的緣故。

津田根本沒有賣「關東軍」的賬。而林銑十郎卻居然不顧軍部的阻止，馬上撥了兩中隊軍用機和第二十師團的嘉村旅團，開出朝鮮，改歸關東軍節制。因此，從九月二十一日下午五時起，本莊繁手下的總兵力才增加了三分之一。加在一起，約莫有兩個「不滿員」的「平時編制」師團。後來，進軍吉林和黑龍江，而且向北寧鐵路推進；打來打去，都是靠這一筆老本錢。

在東北當局提供「國聯調查團」的報告中指出，當時駐紮在遼吉黑三省的東北軍有：

官兵一七九五〇五人，大炮九六門。

槍枝九六八九七桿，軍機二六二架。

九一八事件時，東北軍在遼吉黑的部隊，要比不戰而勝的關東軍，在人數上多許多倍。這一點，是事後誰都承認的。但是，由於當時有一批不抵抗的將領們，故意想用誇大敵情，來掩飾自己的不戰而退，失地傾城；另一批孤軍抵抗的將領們，又傾向於用「敵我懸殊，以弱敵强」的「可憐腔」，來盡量爭取廣大而有效的援助；加之一般人對「內戰如虎，外戰如鼠」的作風，在情理法上都無從了解，於是，就在當時普遍地造成了一種錯覺，認爲東北軍人數雖多，但在裝備上卻占絕對劣勢，根本不能和關東軍相抗衡。其實，事後客觀地來考察和分析一下，竟大謬不然。

那時，身爲「東北邊防」司令長官的張學良，雖然派軍「進關」，兵不血刃地解決了「中原大戰」，由「關外王」進而兼任「華北王」，而東北軍勁旅的絕大部份，卻依舊留在東三省。這一支軍隊，養精蓄銳，未經斷殺，在北伐成功後的全國總兵力上，佔了很大的比重。——例如：在中原大戰前的「全國編遣會議」上，各系軍隊雖然多如恒河沙數，而中央系只准留十九個師，馮系閻系各留十二個師，李、白系甚至只准留九個師；張學良的「奉系」卻得天獨厚，准留二十個師（五個是暫編師）！後來，除掉吉林和黑龍江的四師又九旅，原封不動以外；光是遼寧一省的東北軍精銳，就編成了十五個獨立旅，兩個騎兵旅，一個教導團。這種獨立旅，是「東北特制」，其實幾乎等於老帥張作霖時代「奉軍」的「甲種師」，人數總在九〇〇〇以上，戰馬八百匹，輕重機七二挺以上，廹擊炮三六門，山炮一二門。所以，除掉騎兵旅和教導團及一切步兵輕武器不算以外，光是十五個「獨立旅」，就擁有大炮一八〇門。

「東北軍」裝備的精良，在內戰時期，幾乎是全國公認的。一九二六年的「南口之役」，就已經對西北軍的第十師劉汝明部，實施了相當大規模的炮克攻勢，而且由兩三百門大炮，用排炮來加以掩護；擔任攻擊的步兵，每旅都配屬有九輛輕坦克。——這個數字，比起「九一八」時關東軍的裝備來，絕對不可能遜色多少。

在東北軍中，一向有三個由鄒作華指揮的炮兵旅，每旅三團，照例有一〇八門大炮。加在一起，至少也有三二四門。

從一九二二年的「第一次直奉之戰」以後，瀋陽兵工廠非但經常生產廹擊炮和毒瓦斯；而且也至少要年產二百門以上的大炮。它們當然都是「僅供奉軍之用，絕不外銷」的。十年以來，出廠的新炮，最少也在兩千門左右。卽使全部都被東北的炮兵旅和各獨立的炮兵營，銷耗得乾乾淨淨的話，東北軍中也還應當有五百多門大炮。「九六門」之說，似乎難令人置信。

加之馬占山、蘇炳文、李杜、王德林、丁超等部，原都是吉黑地方隊伍的一部份，在兵敗入蘇，轉道回國的時候，曾在滿洲里國境綫上，被蘇聯正式收繳了下面這些人槍：

官兵七萬六千餘人，家屬與平民一萬四千餘人。

飛機四架，大炮一百餘門，槍枝十萬桿。新式機車四十九輛，客貨車七百餘輛。

他們的實力，在東北軍中所佔的比重，遠不及那些「嫡系」和「勁旅」大。而居然能在苦戰敗退之餘，繳出比東北軍遼吉黑部隊所應有的總數還要多的大炮和槍枝。天下又豈有此理?!

因此，純粹從統計數字上來看，九一八時，關東軍進攻瀋陽北大營的兵力，只有島本正一中佐指揮下的「獨立守備隊」第一隊的五百人。而防守在北大營內的獨立第七旅王以哲部，有九千多人，比日軍要多十五倍。結果卻讓「關東軍」只死了兩個人，就佔領了這個軍事要地。

從全局上來看，本莊繁在得到了「朝鮮軍」的增援以後，在人數上，和遼吉黑的東北軍是一與八之比。在炮兵上，是一與五之比。在空軍上，是一與六之比。

卽使和後來集結在滿洲里國境上，準備繳械入蘇的馬李丁蘇等部對比一下，關東軍的實力，也還是佔劣勢。在人數上，是一與三點五之比，在炮兵上，是一與一以上之比。在槍枝上，是一與七之比。只有在空軍上，是十一與一之比。

這就證明，關東軍當年的不戰而勝，擴地萬里，既沒有敗於東北軍，又沒敗於馬丁蘇李等部，非僅是僥天下之大幸，而且是滑天下之大稽的事。也就無怪乎他們會從此目空一切，自命不凡，以爲玩弄世界政治，雄視天下，也不過爾爾而已。

滿洲國成爲日軍兵工廠

九一八事件這個軍事冒險，能夠如此僥倖地輕易成功，在世界上是史無前例。它在三個月內，替日本軍國主義者搶來了一百三十八萬方公里的土地和三千五百萬人的勞動力。——「關東軍」也就因此從一個向來被視爲「忤逆頑劣」的兒子，搖身一變家門中的「千里駒」。它的蠻幹硬幹亂幹，一方面開始了軍人干政的濫觴，使得軍方在國家大計上，很快地取得了最大的發言權；一方面奠定了關東軍對軍部的半獨立和半主人翁的特殊地位；另一方面也加速了日本軍國主義者走向世界大戰的步伐。

隨着關東軍地位的提高，它的實力自然也扶搖直上，成了陸軍精華薈萃的所在。其發展的過程，大致是這樣的：

一九三一年「九一八」事件時，官兵一萬餘人。

一九三一年冬，官兵爲六萬四千九百人。

一九三二年夏，又增加兩師團。

一九三五年，官兵爲十六萬四千一百人。

一九三六年，成立關東軍管區，擁有十四個精銳師團。

在蘆溝橋戰爭爆發的前一年，正是「關東軍」的黃金時代。在國內，軍部成了內閣的「太上皇」，而「關東軍」又是軍部的靈魂，它有了「滿洲」作爲自己的獨立王國。在經濟上、政治上、軍事上都不一定要依靠國內的支持，而日本國內對它依賴性卻一天天地大了起來。——被勝利沖昏了頭腦的那些的「少壯派」軍人，於是就更加張牙舞爪，無法無天，把整個國家大事，都玩弄於股掌之上。

那時，日本政府本想和中國以外交方式來解決一切懸案，爲了强化使節地位，決定把兩國公使升格爲大使。誰知在關東軍控制下的軍部卻大加反對，一方面用威迫的口吻，向中樞提出抗議；一方面乾脆要求外務省放手和中國與「滿洲」有關的問題，完全交給軍部來自由處理。

駐華使館的陸軍武官磯谷廉介少將，更頻頻正式表聲明，表示日本軍部對中國問題的態度，對當時外務省所走的路線，大唱反腔。無論中外，對「槍桿子」照例是鞠躬如也。這樣一來，日本那一批職業外交家們緩和中日關係的努力，非但在國內得不到支持，就是在中國也沒有受到過眞正的重視。

當時的日本中樞，一貫認爲所謂「滿洲國問題」，應當限於長城以外。因此，還幾次嚴令關東軍不得向長城以南發展。但是，向來自作主張的「關東軍」卻認爲：要鞏固「滿洲國」的國防，就一定要佔有華北的資源，而且用華北來做爲「前衞地帶」。於是，馬上在「冀察」和內蒙雙管齊下，製造出來了「冀察政務委員會」，「冀東防共自治政府」和「蒙古自治委員會」這三個互不相屬的政權，作爲進一步行動的張本。

誰知那時的「天津駐屯軍」，在梅津美治郎司令和酒井隆參謀長的指揮下，對此舉大不謂然，認爲是「越俎代庖」，「目無駐屯軍」。因此，還特別由酒井隆飛往東京，向軍部提出抗議，希望「關東軍」此後不要插手華北。關東軍當然也不肯就此放手，於是就讓關東軍特務機關長土肥原賢二郎，兼任「駐屯軍」的高級幕僚，可以由梅津和酒井加以指揮。而駐華使館的副武官高橋坦大佐，也奉關東軍之命，協助他們合作「處理華北事宜」。

這些把戲，當然還是小焉者也。在國外，日德簽訂的「防共協定」，實際上完全是由納粹外交部長里賓特羅甫，關東軍系統的日本駐德武官大島少將，一手包辦的。身爲日本駐德大使，反倒不知其詳，也無容置喙。

在國內，關東軍的氣勢當然更盛。他們把「九一八」時代出兵援助過他們的林銑十郎，不但暗地策動，升爲大將；而且捧他出來當內閣首相，借他的手來解散議會，驅逐民主政黨，大力推行所謂「一國一黨」的「新體系」。

蘆溝橋上的衝突，導致了八年的中日戰爭，也爆發了關東軍神經中樞的內部分裂。——身在「滿洲」的關東軍本部，堅決主張「膺懲惡支」，而且帶頭「請纓」；但是身爲「關東軍三羽烏」，一向被號爲智囊，時任參謀本部第一部長的石原莞爾，卻絕對反對出兵，而且認爲：這將有損於北進。因此，任何對華北以外地區的軍事行動，都寧可犧牲，必須放棄。

石原雖然是軍中公認的「名戰略家」，到頭來，還只不過是一名搖鵝毛扇的狗頭軍師人物。有槍桿子撐腰的「關東軍」實力派，不用說自然佔了上風，——因此，在蘆溝橋上打響了的第四天，關東軍就已經從「滿洲國」調來了兩個混成旅團（第一，第十一）；從朝鮮調來了一個師團（第二十師團），派進關來，支援「天津駐屯軍」。這一支部隊的實際指揮官，也是個後來遐邇知名的人物——鼎鼎大名的「星洲之虎」山下奉文。

山下那時雖然只還是個少將，但是在軍事眼光上已經很有自己的一套。他在打下了平津的慶功宴上，就一口咬定：卽使佔領了上海、南京、武漢，中國也絕不會投降，一定會退守四川。惟一的辦法就是繞道蒙古，切斷蘭州方面的蘇聯補給路線，然後再自長江上游，順流而下！

在當時，這自然是一種駭世驚俗之論，但是在「關東軍」中，卻是一種普遍的看法。因此，當時的關東軍參謀長東條英機，居然「先斬後奏」，帶了兩個師團，從黑龍江的齊齊哈爾，直趨山西大同，弄得閻錫山手忙腳亂。如果不是日本軍部爲了鬧意氣，而一怒起用寺內壽一這位色厲內荏的福將，來當「北支派遣軍」總司令，拉住了東條後腿的話，後來的戰史，也許有可能是另外一種寫法。

據戰後發現的史料：初時指導整個中日戰爭的方案，完全是由參謀本部作戰指導課的一位堀場一雄中佐，草擬出來的。據他估計：

一、作戰只需半年。

二、兵力只能十五個師團。

三、戰費不超過五十五億日圓。

四、軍用物資，不超過庫存量的百分之五十。

五、戰區只限於黃河以北，必要時始包括上海。

六、作戰時，必須「全力投球」，否則可能釀成消耗戰。

而事實上卻大謬不然，投入戰場的日本部隊，先後一共有三十五個師團和十四個旅團；經常被中國戰場拖住腳的有二十七個師團；即使在太平洋戰爭對日本趨不利的時候，也始終還保持着二十個師團。

在戰費上，更是大出意料之外，到珍珠港事變的那一天，日本已經在中國戰場上消耗了三兆二百二十五億日圓。在傷亡上，是戰死了十九萬，傷了五十二萬，殘廢了四十三萬。這兩者，不容懷疑都嚴重地影響日本後來支持長期戰的能力。

事實上，在「八一三」事件發生的時候，日本軍方的確是曾經陷於四分五裂的苦境：一方面是海軍，因爲在上海機場被打死的是海軍陸戰隊大尉大山勇夫和水兵齋藤要藏，爲了面子問題，非在上海大打一下不可；正統派的關東軍則認爲吞併中國的時機已至；而以石原莞爾一派爲首的參謀本部關東軍人物，又認爲蘇聯始終是日本的大敵，一切都應以反蘇和保衛滿洲利益爲中心，此外就根本沒有出兵的必要和理由。

結果是由當時的陸相杉山元，想出來了一個折衷的辦法：只是最少限度的出兵，以三個師團爲限，而且起用了預備役的松井大將，一個與各方面都沒有甚麼太大淵源的人，做爲統帥。

在華北方面，爲了運用北寧路這條交通大動脈，當然要借重「滿鐵」。於是，關東軍的勢力，就隨着滿鐵的入關，大規模地進入華北。這又不可避免地引起了軍部和東京政府的不快之感。於是他們才匆忙地攪起來了一個「興亞院」，明正言順地告訴關東軍：從此以後，「滿洲國」境內，可以讓關東軍和對滿事務局來當家做主。至於華北、華東、華南、華中，卻已經另簡賢能，不勞尊駕再操心了。

那時，眞正替關東軍當智囊的人，已經不再是石原莞爾之流，而是以「納粹狂」的大川周明博士爲首的「滿鐵」調查部。他們根據大規模地調查，統計和規劃，再加上對內集權，對外膨脹的幻想，就攪出來了一套完整的理論和實踐。甚麼「協和會」，「日滿經濟提携」，「滿洲重工業會社」一類的組織；以至於「大東亞新體系」，「新秩序」，「反對財閥」，「王道樂土」，「共存共榮」，「五族協和」──這些口號，也都是首先由他們唱出來的。

這一批深受「納粹」影響的人，規劃出來的「新經濟」建設方針，自然是工業掛帥。所以，在蘆溝橋上打響的時候，「滿洲國」的農產品雖然還只能自給自足；在工業上卻已經一躍而爲亞洲大陸上的最大工業中心，而且在設備方面，比日本那些老廠還要現代化得多。當時從事工業生產的勞動力，經常在三百五十萬人以上，生產規模之大，就可見一斑。關東軍所需要的全部軍需品和軍火，除掉戰艦、飛機、坦克和遠射程大炮以外，基本上完全做到了就地解決的地步。後來，在不斷的「擴大生產」下，滿洲國更逐漸地成了整個中國戰場上日本軍隊的「兵工廠」，除掉特種武器和超重武器，甚麼都是那裏出產的。這一點，非但使關東軍的地位，越發「如日中天」；而且也大大地增强了軍國主義者介入世界大戰的膽量和把握。

戰而不決四年之久的「中日戰爭」，對於日本具有一種雙重性的後果：一方面是軍國主義者的跑車，陷入了泥沼，退既不肯；進又不能；另一方面是以關東軍人物爲骨幹的軍部，自信已經在久戰中獲得了一切必要的實際經驗，而且由於在中國戰場上的五十五次大戰役中，獲得了五十一勝，三平，一敗的戰績，更增長了他們對日本部隊戰鬥力的信心。同時，由於「中日戰爭」的長期存在，也替軍部解決了財力上和兵源上的困難。在「戰時體制預算」的大帽子之下，軍方支出根本膨脹到無限制的程度，而其中的大部份，卻都悄悄地用在準備「大東亞戰爭」上。在「戰略需要」的大帽子之下，軍部非僅獲准把「常備軍」，從十七個師團逐漸地擴編到五十一個師團，而且也在倉庫中，累積起來了約莫五次「會戰」用的彈藥（平均每枝步槍有彈一千五百發，野山炮每門有彈一萬發。重炮每門有彈五千發）。

為了實地證明一下，整個軍事機構的能動性和靈活性。在偷襲珍珠港的半年前，日本軍部便在一個半月內，集中了八十萬大軍，以及日本庫存軍用物資的二分之一，在「滿洲國」的邊境，舉行過一次大演習。嚇得那正被「納粹德國」打成為一隻「落湯鷄」的蘇聯紅軍，從此不敢南下放馬！

直到這時，日本的「南進」歟？「北進」歟？還在未定之日。所以，無論在外人的心目中，還是在「關東軍」自己的衡量上，它都還是一支「準備積極作戰」的「攻勢部隊」；一個隨時都可能用「先發制人」來完成自己任務的突擊兵團。

但是，從偷襲珍珠港的那一天起，它的任務卻有了一個一百八十度的變化，為了使蘇聯沒有參戰的藉口，關東軍要在所屬地區，盡一切可能來「確保靜謐」。

關東軍覆亡的經過

日本的參謀本部，一向被認為「軍中之神」，在世界上也幾乎和德國的總參謀部齊名。而最使人不解的就是，何以它偏偏在第二次世界大戰中，犯了那麼多連外行人都會一目了然的錯誤？

第一、一方面把中國戰場視為次要，非但連炮彈的供給量，都削減到經常不足應用的地步；而且在原則上只讓「支那派遣軍」收到二三流的裝備。但是，在另一方面，又決定把二十七個師團，十幾個混成旅團（一共是八十萬大軍），留下來對付中國，因而使得「南進」的兵力，捉襟見肘。

第二、既然以「南進」為目標，計劃在三個月內「全部打下來」；而且在六個月內，開始利用當地的資源，又為甚麼只準備用十一個師團，去完成這個規模巨大的計劃？——在開戰時，日本一共有五十一個現役師團，七個後備師團，五十八個混成旅團，而這一支「擔任主攻」的部隊，實際上只佔日本總兵力的七分之一。這又是甚麼理由呢？

第三、他們估計在一年之內，東南亞的資源，就已經充分地開發和供應了日本的需要，從而使日本立於不敗之地。而盟軍方面的反攻，最快也只能在一年半之後，才能發動。因此，在打下東南亞之後，只要留下一半來當衛戍部隊，其它的一半，馬上可以抽調回來加强「關東軍」，對付蘇聯。

第四、養精蓄銳了十年的「關東軍」，反倒成了一步「閒棋」。二十個陸軍師團，兩個航空兵團，都留在「滿洲國」裏養老。直到戰況眞正危急的時候，才零零碎碎地送到別的戰場上去「派用場」，而沒有用在戰爭初期對敵人的「窮追猛打」之上，這對於整個戰果，以及關東軍的士氣，當然都不會有甚麼好影響。

第五、一旦「太陽旗」插上了整個東南亞，他們就認為「天下事大定矣」，馬上把阿南惟幾、山下奉文一類的第一流將材，都調到平靜無事的蘇「滿」邊境，去裝腔作勢地嚇史達林。而讓一批二三流角色，去應付即將反攻的美軍。

事實上的發展，的確和他們所估計的，有了很大的偏差。南進的兵力，一開始就需要十二個師團。美國部隊在太平洋區域發動的反攻，比預料的時期早了一半，而且越戰越强，來了就趕不走。即使十二個師團，一齊擺上陣去，在美軍「火海攻勢」之下，能不能夠迎頭堵住，都很成問題。更何況在東南亞只留下了六個師團的衛戍部隊來應戰？

因此，在瓜達康納爾島的爭奪戰中，日本的兵力，始終只有美軍的三分之一。新幾內亞的重鎮布拉克，只有兩個大隊的日軍擔任防守，而面臨的登陸美軍卻有兩個半師。

再加上在美軍那種不計工本的「火海戰術」之下，日本部隊的傷亡之重，絕非中國戰場上過去的紀錄可比。「全軍覆滅」的事情，幾乎成了家常便飯。如果眞要打掉一個補一個的話，就是再添上十二個師團，恐怕也應付不了幾次「琉球保衛」戰式的消耗——光是那一戰就損失了將近十五萬人。

在整個太平洋戰爭中，陣亡的日本官兵，一共有一百四十三萬，其中戰死在中國戰場上的，在最初的四年半中，實際上只有十九萬人。在初期的攻勢作戰中，馬革裹尸的人，頂多只佔陣亡總額的百分之五。由此可見日本野戰軍在後期的守勢作戰中，損失慘重到甚麼程度?!

戰局的發展形成了「一面倒」之後，天天在「喪師失地」的日本統帥部，自然而然地就想起了「關東軍」這張王牌。

那時，它還擁有二十個精銳師團。在關東軍司令官梅津美治郎大將的左右，是兩員出名的「虎將」：第一方面軍司令山下奉文；第二方面軍司令阿南惟幾，當時都是大將。所以，直到一九四三年秋，「關東軍」開始被陸續調到東南亞去征南北戰以前，它的總兵力，大致有六十萬人，配屬了飛機六百架和戰車三百輛。

和它對峙着的蘇聯遠東軍，除掉擁有一條三千多座大大小小鋼骨水泥堡壘的「托契卡」防線以外，還有七十萬大軍，一千架飛機和一千輛戰車。然而，那時的蘇聯紅軍在新敗之餘，戰鬪力比起日本部隊，很有一段距離。所以，東京的統帥部深信：「關東軍只要能和紅軍保持二比五的比率，勝算是有絕對把握的。」

首先被調走的是阿南惟幾大將，東京要他去堵住麥克阿瑟從新幾內亞發動的攻勢；接着又把山下奉文調去保衛菲律賓。從一九四四年一月起，關東軍的精銳部隊，紛紛在「轉用企圖秘匿要領」的指示下，跨海出征。直到一九四五年的三月爲止，在十四個月中間，被調走的「老關東軍」，一共有十八個師團，兩個戰車師團，一個混成旅團，九十四個聯隊與大隊的特種部隊，五百架飛機。

其中調往本土、朝鮮、台灣，準備和登陸美軍決戰的部隊，一共有八個師團和一個戰車師團，調往中國戰場有一個師團，其它的那些單位，都被送到太平洋戰區去當了炮灰。而最不幸的莫過於調防塞班島的第二十九師團，以及調防菲律賓的第二十三師團。——這兩支部隊都在海運的時候，遇上了美國潛水艇，在魚雷下犧牲了一半以上的官兵。此外還有第二十四師團和第九師團，在琉球島上全軍戰死；第一師團在萊泰島上覆滅，第十師團在呂宋打得一人不賸；戰車第二師團也全部在呂宋化爲「護國英靈」……。

爲了不敢在蘇聯紅軍面前示弱，這些部隊都是偸偸調走的。每個師團只留下一個大隊，留在原地施行「空城計」。同時，他們也負責把國內新徵入伍的補充兵，以及在「滿洲國」境內能扛槍的日本僑民，訓練成一支隊伍，來冒充正牌的「關東軍」。

這時的「關東軍」，用句日本戰史上說的話，「簡直成了一隻拔盡了牙的老虎」，非但缺乏眞正能打仗的部隊，而且連最起碼的步槍，都變成了「稀貨」，至少還要補充十萬桿，才能滿足初步的需要。戰車部隊也賸下了一些九一八時代的輕型坦克。空軍的情形更慘，留下來的是那些殘舊的飛機，加在一起，只有一百多架，而且絕大部份都是練習機。

美軍佔領了琉球以後，日本的軍國主義者只賸下了最後一張牌，那就是「本土決戰」。但是，能够在這場大賭博中放下去的本錢，卻又微乎其微；充其量只有八個師團的衛戍部隊，十四個師團的後勤部隊，六二六架飛機，一艘戰艦，一艘巡洋艦，二二艘驅逐艦和三五艘潛水艇。

另外還可以用來拼一下的，是一批海空軍的「自殺部隊」，其中包括五千架老式的「特攻機」，一一九五艘「特攻快艇」。據專家們事前估計，這些「特攻機」的損失率，在眞正到達目標以前，已經損失百分之五六以上。「特攻快艇」的損失率，在正式發揮戰果以前，甚至於可能高達百分之六六。換句話說，這些自殺部隊，就是再英勇善戰的話，在數量上，也無論如何堵不住那如潮湧來的美軍。

據美國統帥部當時擬定的計劃：在日本登陸的重點，一個在九州；另一個在關東。前者所應用的兵力是十四個師；後者是二十五個師，加在一起，光是步兵就有三九個師。另外，還有派來助戰的超級航空母艦二六艘，航空母艦六四艘，戰艦二三艘，其它各種軍艦一千一百餘艘，登陸艦二七八三艘，以及各式各樣的軍用機兩萬架。

美軍在兵力上的絕對優勢，已經使日本在「本土決戰」上，不可能有甚麼把握。而最糟糕的是燃油的儲藏量，已經降到零點左右。陸軍還只存着一萬加侖！海軍更少，連四千加侖都還不到。因此，在美軍登陸的頭一天，一旦海陸兩軍的「特攻隊」全體出動，軍方的油庫中就一滴也賸不下來了。那麼，第二天又怎麼辦呢？

在這種近乎絕望的情勢下，日本統帥部對於「關東軍」這張王牌，也大犯其「舉棋不定」的毛病。首先是賦予它以「代行日本陸軍基本戰略」的特權，在日蘇進入戰爭狀態時，佔領海參威和蘇聯沿海的空軍基地。後來又決定在「滿洲國」，完全採守勢作戰，一旦發生戰事，就且戰且退到長春與大連之線，加以死守。最後又決定在「孤立無援」的時候，可以放棄百分之九十的「滿洲國」，只「死守南滿」，進行永久性防禦，力阻蘇軍侵入朝鮮」。

那時，蘇聯不但已經片面地廢棄了「蘇日中立協定」，而且把「遠東軍」加强爲五十個師團（共一百三十萬人），三千五百輛戰車，八百架飛機。只等美日拼到兩敗俱傷的時候，就收其「漁人得利」。

戰既不能，退又不甘的關東軍，這時只好打腫臉來充胖子，把「滿洲國」的日本後備軍人，編成了八個師團和八個旅團。又從朝鮮調來了一個師團，一個聯隊，一個要塞守備隊；從中國戰場上調來了四個師團，混合在一起，擴編爲另外的八個師團和七個旅團。——事實上，這些部隊的實力，都在對折以下。例如從中國戰場上來的第五九師、九三師、二一一師，都只有三分之二的兵力，只不過等於從前的一個旅而已。

在這種情勢下，草草編成的二十四個師團，總兵員雖然有七十五萬，但是正像當時的「關東軍作戰課長」草地貞吾大佐所說的一樣：

「其戰鬪力，不過五個師模樣」。

配屬的飛機，也只賸下了一六〇架，戰車更少，只有八十輛上下。——用這種兵力，來和新勝的蘇聯紅軍抗衡，當然是以卵擊石。

一九四五年的八月九日深夜十二時，在美國投下了原子彈八十八小時後，蘇聯紅軍不聲不響地分三路衝入了「滿洲國」。那時的關東軍元老阿南惟幾大將，已經是陪葬內閣的陸相，他在致「關東軍官兵」電中，說道：「時至今日，夫復何言？惟有斷然爲保衛神洲，迎接聖戰，誓死不屈耳！」

這時，總的形勢是完全一面倒，看來似乎蘇聯紅軍「勢如破竹」。而在個別的戰線上和據點上，他們也曾吃過不少死也不肯承認的大虧。這就充份地證明，如果當年的關東軍，不是事前自動支解了的話，蘇軍是絕不可能那麼得意洋洋地囊括東北的。而這些日本官兵，雖然都不幸成爲軍國主義者殉葬的工具，但是他們所殺的敵人，卻是那批世人皆曰可殺的蘇聯紅軍。他們在殺身成仁時的英雄氣慨，也頗可比擬黃百韜、邱清泉一流人物。

例如：在孫吳前線，關東軍第一二三師團，在蘇軍三個師兩個裝甲旅的捶擊下，派出了一千多「老兵」，分爲「村上實」和「露木甚造」兩個大隊，準備用炸彈來和敵人的戰車同歸於盡。在這種戰法之下，他們苦戰了四晝夜，炸毀了六十多輛厚裝甲的T34型坦克。另外還有一個太田少尉的戰車攻擊班，除掉十八顆炸彈以外，別無武器。結果炸壞了十四輛蘇聯坦克，而全班的官兵也無一生還。

軍國主義者大頭頭荒木貞夫的兒子荒木護夫，那時在關東軍當「聯隊長」。他部下的猪谷繁策大隊，爲了沒有反戰車炮，而又一定要擋住戰車的進路，就只好用炸彈來硬拼。結果，一次打壞了紅軍四十多輛坦克。而那支原來擁有一六八〇人的大隊，也只賸下一〇五個人了。

在「虎頭要塞」上，西脇大佐和大木大尉手下的全部防禦兵力，只有四個步兵中隊和四個炮兵中隊，但卻支持了二十一天，即使連東京一再命令他們放下武器以後，也拒絕不投降，結果幾乎全部戰死。當蘇軍終於佔領了這個沒有一個活人留着的要塞的時候，不禁大爲驚奇：這一千九百人，居然能抗拒兩個蘇聯師團和一個戰車旅團的猛攻，長達三星期以上。

在情節上最悲壯的，也許要算渡邊馨大佐的東寧重炮聯隊了。他們在苦戰之後，收到了投降的命令。戰火餘生的一一三位官兵，在渡邊大佐的提議下，決心「自行引爆，與大炮同歸於盡」。

在引爆之前，大家分坐在十二輛裝滿了炸藥和汽油的炮車上，大吃大喝一番，然後三呼「天皇萬歲」和「日本萬歲」。在歡呼聲中拉燃引線，連車帶人，一齊飛上天空。

這種精神，用來替軍國主義者効力，自然是愚不可及；然而，如果從反蘇的角度來加以衡量，那就是很值得欽佩了。

投降後進了蘇聯俘虜營的「關東軍」，大致還有五七萬五千多人，被編爲五六九個勞動大隊，送到蘇聯各地從事最艱苦的「基本建設」。直到五年之後，才陸續遣返。不過，僥倖回來的人，只有七分之六，另外的七萬多人，已經在茫茫的西伯利亞，做了異鄉之鬼。

在美軍的佔領下，日本無論在哪一方面都經歷了一千多年來從未有過的劇變。「關東軍」的中心人物本莊繁、杉山元、阿南惟幾都紛紛自殺；土肥原、坂垣、山下，……也一個個地死在絞刑台上。對於日本年青的一代來說：「關東軍」只不過是一個歷史名詞而已。

那支在幾十年前喧赫一時的隊伍，除非在許多年邁蒼蒼的日本人記憶中，以及身受其苦的中國人中間，印象猶新以外，其實早已煙銷火滅了。

「韓青天」與「如

抗戰前，韓復榘治山東八年，其間的毀譽、功過，迨其死於國法，已無所謂蓋棺之論所以他生前的是是非非，只能留待後世的史家去批判，但他在山東當主席期間，曾獲得兩個含義相反的稱號：一個是「韓青天」，另一個則是「如此之韓青天」。

韓復榘

「韓青天」三字，是山東一些老百姓對他的稱號，此中并無惡意，完全是受了當時環境和背景的影響，以及與山東民風的純樸有關。因為在韓復榘之前，主持省政的軍閥們，對山東老百姓無不橫征暴斂的生殺予奪，如「老粗督軍」張懷芝，不識大局的田中玉，反覆刁鑽的陳調元，以及「三不知」的「狗肉將軍」張宗昌，一連串在山東無所顧忌的橫行了十多年，攪擾得山東全境盜匪叢生，人民既不能安居，亦無法樂業，甚至怨聲載道，民不聊生，到了被逼鋌而走險的程度。

可是韓復榘則與他們不同，他雖然是滿腦袋的土皇帝思想，但表面上他得服從中央的政令，做事不能不有所顧忌，何況，他還學會了馮玉祥那套假冒僞善的機詐？見了濃厚土氣的鄉民，便裝出一副慈善親切的面孔來，又因為他不熟悉法規，批不得公文，只有將一切行政大權，交給他的義兄，省府秘書長張紹堂全權處理，自己則無事可做，便終年到各處視查，美其名曰：「探訪民間疾苦」。這以來，更合了老一輩的山東人守舊的胃口，又加以他做事徹底，怎樣會不叫他「青天」呢？更加上他每視察到一處，叫地方（地保）敲鑼集衆，大聲呼喊：「主席視察來了！就住在縣衙門裏，有冤的快去喊冤，有苦的快去訴苦，有告縣長的沒有呀？」噹！噹！噹！「有告公安局長的沒有？」噹！噹！噹！「有告區長的沒有呀？」噹！噹！噹！「告發他們，主席有賞呀！」噹！噹！噹！

那時山東的老百姓，常為這種鑼聲與呼聲喝彩，以為韓主席眞比得上小說裏的「包黑子」。又經常聽到人們常傳說主席到了某縣，查出了縣長貪污，到某縣視察問明白了些甚麼案子，或周濟了些甚麼人。他這樣的舉動，在滿腦子君主思想的山東人看來，再拿他和過去主持省政的軍閥們比較一下，怎會不稱他為「韓青天」呢？

任何事情的傳播，以及能引起人們興趣的，莫過於有關桃色這方面的新聞了。韓復榘曾獨出心裁的審判過幾件有趣的桃色案件（筆者有幸，曾二次目睹韓審案，但與本文無關，日後有機會錄出來，以供助談。）他求證的方法，又是那麼的粗獷、野蠻，判決又是那樣簡單，在「民怕煩」的原則下，便給人民樂於稱道了，所以他的「青天」之名，也就更不脛而走了。

至於「如此之韓青天」一名，則是當年天津大公報所給予的，他的來源既清且明，特述之如下：

山東省政府就設在「一城山色半城湖」的濟南城內出南門三里許，有一座風景幽雅的千佛山，山雖不高，而林木青葱，洞壑深邃，較之城內「四面荷花三面柳」的大明湖，更能使人留戀。

韓復榘一到濟南，就發現這一勝地，每日清晨，只要不被公務羈絆，經常要去山邊往返一趟，當作晨運。

這裏通往山麓的東側，就是山東省立體育場，在沒有體育集會的時候，每日晨昏，皆有愛好運動的人士在場內作各種不同的輕巧體育活動。韓復榘平常出門，都是穿着一身普通的服裝，也不帶隨從跟班，故他在經過這體育場邊時，從來沒有人對他注意。數月之後，他發現場內有一個男子，已屆中年，但每天都沿着跑道獨自跑步，風雨無阻，從不間斷。日子久了，韓漸對此人發生了興趣，乃進一步想知他的身份，因爲這人在年齡上不像是個在學的學生，但他跑步的姿勢卻非常呆板，更不像是個體育教員，經過十多天的思索，始終也得不出一個恰如其份的結論來。

偶然有一天，適逢是禮拜天，他從千佛山歸來，見那中年人滿頭大汗，正在拿起衣服準備離去，他便抓住機會和那男子攀談起來。先問他的姓名和職業，那人一面擦着頭上的汗水，漫不經意的答道：

「我名叫楊士驤，在前任陳主席（調元字雪軒）時，我曾在他屬下當過一名科員，自從他離任後，我也跟着失業了，現在我還是賦閑家中哩！」

「你既然沒有職業，在家裏隨便做些甚麼不好？爲甚麼要天天來這裏跑步？跑得滿頭大汗，這不是太辛苦了嗎？」

「不！我現在正是年富力强的時候，如果閒散慣了，就會習於懶惰的，這樣每天練練，將來一旦找到了工作，就不致於畏難氣餒了！」

這時，韓復榘對他越發增加了好感，便說：「現在韓主席剛到任，你爲甚麼不到他那裏去找份工作？」

「他那邊我一個熟識的人也沒有，想找份工作，是談何容易啊！」

此之韓青天「的由來

燕南客

「你若是眞心想找個工作，我倒可替你向韓主席談談，我和他是同鄉兼同學，替你找份小工作或者不會碰壁！」

「老實說，我已賦閑數月了，那還會不是眞心的？你先生既是肯幫忙，我當然十分感謝，但不知先生你高姓大名？」

韓佯答道：「我也姓楊，與你是同宗。你明天早上八點鐘直接去省政府找韓主席吧！因爲我是在省府處住，你不一定找得到我。」說罷，便揚長而去。

翌晨八時，楊士驤如約到了省府，向傳達處說明來意，并遞上名片。一個傲然踞坐的傳達員接過名片一看，馬上肅然起立，笑顏答道：「你就是楊先生嗎？主席昨天已經交帶過，就請隨我進去吧！」

由於傳達員的這一份客氣，卻增加了楊士驤的迷惘，以他過去的經驗，凡是大衙門的傳達，多半是比他們的高級主官還要倨傲，今日所遇，實在是有點出乎常情。但又轉念一想，這可能是爲了昨天那位楊先生的面子吧？如果楊先生眞有這樣的力量，則自己工作的問題，大概必不至於落空了。他正在打着如意算盤，已來至一間大廳門前，見門旁懸有「主席辦公室」字樣的木牌，這時，那位帶路的傳達緊走幾步，上前掀開門簾，向門裏低聲說了幾句甚麼的，又回過頭來向楊士驤擧手相召，楊士驤知是主席在內召見，便屏息斂氣，鞠躬而入。

進門一看，只見大廳中間站着個細眼高額的高大漢子，正是昨天體育場中相見的那位自稱姓楊的同宗，游目四顧，并沒有其他的人，於是趕忙笑問：「楊先生也在這裏？主席不在麼？」

「我就是韓主席，請坐吧！」

他見主席猶自在站着，自己那裏能就坐？乃深深的向韓鞠了一躬說：「我太大意了，昨天不認識主席，言語有失檢點，請主席多多原諒。」

「那有甚麼關係？你在陳主席未到山東之前，是在那裏作事的？」

「以前曾在省立第一中學教過幾年書，自從陳主席上任以後，才調到民政廳擔任科員。」

韓蹙眉想了片刻說：「關於地方行政方面的工作，你有興趣嗎？」

「只要主席栽培，我任何工作都願盡力而為。」

你既然願意，就先到縣長訓練班去受幾個月的訓練，將來畢業之後，就可派到工作。不過，在入學之前是要經過考試的，你先去考考看，倘若考試不取，回來再另想辦法。」說罷，取過紙筆，站在那裏，寫了張簡單的字條，叫了一個傳達進來，把紙條遞給他，說：「你帶這位楊先生到縣長訓練班去！」

楊士驤確實曾經教過幾年中學，此番又是主席手令交辦，訓練班焉能不予取錄？所以從此以後，他就成為山東的候補縣長，同時也成為了韓復渠親手提拔的唯一人物。

韓每一個禮拜，都要到縣長訓練班去訓話兩次，楊士驤對他的一切言行，無不悉心揣摩，久而久之，不但對他施政的手法和心理有所認識，而對他的特別性格也相當了解。在訓練班結業時，他居然名列第一，這時韓復渠對他更有了進一步的好感，常以識人得人而自豪，誇耀於衆。

按照當時山東的人事法規：凡有縣長出缺，必須由縣長訓練班中依考試名次，順序遞補，此外別無他途倖進，楊士驤畢業後，適逢魯北恩縣縣長出缺，他即以第一候補人補了空缺。當他在赴任之前，照例要向主席請訓，韓復渠因對他期望甚殷，除向他說些例行的勉勵話外，還特別告以：「剿匪、清鄉、禁毒為本省重要施政重點，各縣土匪雖由軍隊剿除殆盡，而清鄉、禁毒兩大工作，尚待各縣長格外努力！」楊聽罷，默誌於心，辭謝而去。

楊士驤在體育場跑步而為韓所賞識，是否係楊故意設此「終南捷徑」，作為進身之階？頗有可疑，但楊本人不會向人透露，局外人自不便妄加猜測了。然而，楊士驤則因此而進身，乃是千眞萬確的事實。

楊士驤於民國二十一年到恩縣任縣長職務。當他在受訓期間，雖然學習到不少為政之道和很多法令規章，但他自認是韓主席親自賞識提拔，只要應付過主席一關，其餘儘可不顧。他所書紳以誌的，就是他赴任之前韓對他所說『清鄉、禁毒兩大工作，須待各縣長格外努力』這句話，故他一經到任，就向着這一目標努力。

不過，恩縣這個地方是個方圓不及百里的三等小縣，以靠近津浦鐵路之故，所以交通十分便利，自經韓復渠大力清剿以後，休說大股的土匪早已絕了踪跡，即使是偷鷄摸犬的小毛賊，亦幾不可見。但楊士驤為了要表現成績，卻不肯就此罷休，乃假清鄉之名，四出搜捕，凡有搜獲之嫌疑人犯，莫不嚴刑羅織，坐實其罪。如被捕者態度恭順，尚可獲得寬減，倘自恃無罪，竟敢當面頂撞，據理力爭的，他一怒之下，就會來個「先斬後奏」，一報了事。因此，罪有應得者，不能說是沒有，而負屈含寃者，亦在不少。當時山東省的縣長考試規定：剿匪、禁毒、清鄉列為首要項目，這三項績分，要佔總考績的百分之五十，所以楊士驤接篆第二年，就在山東省一百零八名縣長的考績中，高居第一，這不但使他自己引以自傲，即連韓復渠也以此沾沾自喜，每一提到楊士驤三字，便認為自己的眼光不差。往昔在滿清時代，人們譏諷以嗜殺高陞的官員說：「他的『頂子』是鮮血染紅的」，民國的官員雖無「頂子」可戴，而楊士驤則是用鮮血把自己渲染成韓復渠手下的紅人。經過楊士驤的一番斬殺，恩縣境內，確實絕了匪踪，但禁毒一項，尚無顯著成效。憶自日本佔據東北以後，即加緊在華北各省推行其毒化政策，藉天津租界作掩護，嗾使大批浪人，向各地推銷毒品。恩縣地處山東北部，與河北接壤，因而成為日人傾銷毒品的好市場。省方雖然訂有嚴刑峻法（凡販海洛英一兩以上者，均判死刑，無倖免），但以利之所在，人共趨之，你禁者自禁，我卻販者自販，始終沒有一個完善而根治的方法。

也該是楊士驤寃家路窄，偶然有一天，擔任城門守衛的保安團丁，見一個進城的青年，行色匆匆，形跡可疑，乃喝阻攔住，準備上前檢查。那青年是個見過大場面之人，卻不迴避，傲然問道：「這裏又不是戒嚴地區？為甚麼要檢查行人？」

衛兵答道：「我們只是奉命行事，不管戒嚴不戒嚴！」

就這樣，雙方竟發生了爭執，吵鬧不休，出入的行人都駐足圍觀。一會兒，看熱鬧的人越攏越多，那青年越覺難於收場，便從身邊取出一張名片，向衛兵手上一扔，說：「我是天津大公報的記者，這上面有我的名字，我的家也在本縣，有甚麼問題，隨時可以找我，但今天卻不能檢查！」

那衛兵原來是個大老粗，一個大字也不認識，接到名片，瞥了一眼便問：「你先生貴姓？」

那青年帶看譏諷的口吻說：「名片上面分明印有我的姓名，你這豈不是故意找我麻煩？」

這一來，更使那衛兵惱羞成怒了，不管三七二十一，伸手掣住他的皮包，就硬要檢查起來，青年還想掙扎，卻被另兩個衛兵牽住雙臂，拉向一邊，聽由那一個衛兵搜那隻皮包，結果，不知怎麼的，竟在皮包中搜出了一包白色粉末的東西來，估計重約四五兩。搜查的衛兵把那包粉末拿在手中，反覆審視，那青年可能是一時情急，竟叫嚷着說：「你從那裏弄來的毒品？想陷害我！現在我就去見你們的縣長，非和他說個明白不可！」

他這樣一說，無異是不打自招，衛兵聽了，便不再猶豫，頓時找來一條麻繩，將他兩臂一綑，扯扯拉拉地擁入縣府去。

楊士驤正為禁毒無功而焦急，聽完衛兵的一番報告，即時開庭審訊，那青年早就明瞭山東的禁毒法令，他想，此事一經坐實，絕對沒有生望，所以一見楊縣長坐堂，還未等他開口審問，即搶先開口說：「楊縣長，我是天津大公報的新聞記者吳振鐘，我是個懂得法律的人，怎會明知故犯，以身來試法呢？你那守城門的衛兵，因為我一時誤會，爭吵了幾句，所以懷恨在心，故意來誣陷我，說我是販賣毒品的，你如果不查明實據，找個明白，我決不算完！」

楊士驤聽到吳振鐘開口先擺出記者的身份來唬他，心中早已有氣，但是震於大公報在全國的聲威，也未敢鹵莽草率。於是先叫一名老練的差役，將那包粉末解開，詳加檢驗，一致鑑定是白粉無疑，然後又問衛兵說：「在檢查疑犯吳振鐘時，有沒有別人在現場作證？」等一切弄明白之後，就拍案對吳說：「現在既有物證，又有人證，你販毒的罪名已經證實，還有甚麼話說？」

「人證？那都是你手下的人！物證嗎？也是你手下栽的贓，都不足以為憑！」

楊士驤聽他還那麼狡賴，冷哼了一聲說：「據你這樣所說，只有你一人的話足以為憑了？」說完便吩咐左右，將吳按倒在地

山東主席韓復榘（左第四人）由濟過津赴平時留影

上，重重的打了四十竹板，打得吳振鐘奄奄一息，之後便下令收押，聽候報省核辦。

吳振鐘的家離城只有五里，當他被拘的時候，已有朋友向他家中報信了，他父親在縣裏頗有聲望，後以兒子在報館作事，人們對他更越爲敬重了，他便利用此中關係，常到縣府走動，偶爾也替人說說人情。當他聽見兒子被捉進縣城府內，即忙趕去探望，後來問知吳振鐘是因爲携帶毒品，被縣長楊士驤重責之後，收押在監，才知道事態的嚴重，急忙趕往監房，想問清楚原由，以便設法營救。可能因爲案情的重大吧？監房看守的人，便拒絕任何人會晤，即使是家人的探視，也在禁止之列。吳老先生在惶急之下，又趕着去見楊縣長，要求先將兒子保出。楊堅拒不允，鬧得不歡而散。吳父便到處奔走，找人說項，但仍無結果，更聽說楊縣長要呈報省府核辦，他知道，如果報到省府去，自己兒子的性命必死無疑，事態到了這麼迫，於是就在當晚給天津大公報社發去一道急電，只說：「小兒振鐘因與城門守兵言語衝突，被守兵挾嫌誣陷，縣長楊士驤不查虛實，遽予收押，請速設法營救爲盼！」等語。當晚十一時，此電已送至大公報社，社內主持人因見是加急電報，未有電詢詳情，以爲是普通的誤會，便先給楊縣長一個電報關照，要求將吳振鐘先行保釋，其他問題，概由報社負責解決。

楊士驤因爲前一天與吳振鐘父子發生兩次爭論，餘怒未息，如今又見大公報不問情由，不分事非黑白，就來電要求放人，就更加氣上加氣了。他深知大公報頗具潛力，怕它萬一打通省府關節，使省方下令將吳開釋，那時自己的顏面何存？於是把心一橫，下了道「將毒販吳振鐘即行槍決」的手令，又命人寫了幾張「槍決販毒人犯吳振鐘一名」的佈告，在四城門分別張貼，并即時將吳提出監房，予以槍斃。及至吳父聞知，人已死去，於是又急電大公報告以詳情始末，并請派人來縣幫忙料理後事，當天下午，大公報的人就來恩縣了。

楊之所以槍斃吳振鐘，原是出於一時意氣，事過之後，他自己也頗感歉疚，及聞知這件事由天津大公報特派人來善後，更是慌了手腳，料到將來必定會有麻煩，便急忙找來幾個心腹的幕僚，想從法律縫裏，研尋自全之道。經過一番商討，決定請本區行政專員出面掩護，因爲省府規定的禁毒條例中，有一條是「各區行政專員兼民團指揮，在緊急情況下，對案情重大之犯人，得先予處決，然後報省核備。」故只要專員肯爲補一張佈告，即可卸去擅專的罪責。當時的魯北行政專員是趙仁泉，公署設在聊城縣，距恩縣約二百里，汽車往返需七、八小時。楊以事情急迫，即於當天下午五時，雇乘汽車，親自趕往聊城，見到趙專員後，先把事實詳情陳述一遍，然後苦苦哀求，請爲設法維護。趙推說不過，只得命他補寫一份倒塡日期的報告，在他的報告下面批了「准予就地槍決」六字，并爲補寫一張「槍決販毒犯人吳振鐘一名」的佈告，簽上名字，蓋好專署印章，交楊連夜帶返恩縣。

楊於返抵縣府時，天色已近黎明，乃令人趕寫：「呈奉魯北行政專員兼民團指揮趙批示：『准將販毒犯人吳振鐘一名就地槍決』」的佈告四份，派人持往四門張貼，并囑令：「務將昨日所貼佈告揭回焚燬，并須把墻上痕跡洗刷乾淨。」

分派完畢，剛要休息，只見那派他去揭刷舊佈告的差役、慌慌張張地跑回來報稱：「原來在西城門所貼的一張佈告，不知何時被人揭走。」

楊一聽大吃一驚，料定必是吳父與大公報來人所爲，但事已至此，已無可如何了。

大公報社派到恩縣去的專人，是頗通法律的，他一到縣城，先找到吳振鐘的父親，問明楊士驤對吳案的處理經過。他推算吳振鐘被捕、審訊與槍決的時間，中間只有二十小時，不可能接到省方的指示，而看他的佈告文中，亦未提到「奉准」二字，這就可以證實楊士驤是越權殺人無疑。便趁傍晚無人之際，偷偷把貼在西門旁邊的一張佈告，揭了回去，這就是楊士驤尋找不到的那一

[illegible]楊士驤自己出名，後者則是奉趙專員之命行事，這更證明了楊士驤的違法擅殺了。於是他又把趙專員替楊縣長後補的佈告，分別攝成照片，作爲將來控訴的資料。然後偕同吳父到處訪查，凡楊士驤過去所作擅權枉法的種種事跡，都找到苦主，詳細詢明，作成筆錄，由各苦主署名作證。以前有些含寃未申的苦主，因懾於楊士驤的淫威，不敢出頭告發，現在聽說有人肯控訴，那有不願之理，故未到半月功夫，已獲得足夠資料。他們卽携帶這些資料，去至濟南，又經過一番訪查，知道楊士驤頗得省主席韓復榘的信任，如果越過省府，逕向法院控訴，韓可能會出而干涉，乃先寫一份不關痛癢的訴狀，先呈省府，而將一份可致楊於死命的訴狀，呈於濟南地方法院。

韓復榘一向督責部屬，有其一貫的特殊作風，凡屬照他意志去做事的，不問其手續之合與不合，或備與不備，事完之後，他不但不會責其專擅，且還以其人勇於負責而特予嘉勉，如果不遵他的意旨去辦事，一經他發現，不管其手續如何的完備，成效是如何的良佳，也會責其敷衍取巧，鄙而疏之。就爲了這樣，他在某種事功上，常常會收到一些意外的效果，但在另一方面而言，也常被狡黠者利用，以至僨事墮譽而不自覺。楊士驤就是後者的代表人物。所以韓復榘接到大公報控楊士驤的訴狀時，只輕描淡寫的批個：「吳振鐘販毒有據，罪有應得，勿庸追訴。楊士驤越權擅殺，於法不合，着記大過示儆！」

大公報的控楊，原未寄望於韓，故接得這一批示後，也不感到怎麼意外。而地方法院，則以法有明文，不能敷衍了事，在第一次偵察庭卽將楊士驤押留，經過數度審問之後，終於判處：「楊士驤非法連續殺人，應處死刑三個，合併執行死刑，又非法拘捕良民，應處無期徒刑。」

大公報對法院這個判決，當然滿意，而韓復榘聞知後，卻以一紙公文，將楊提過省府重行審問。大公報代理人預料到，這件京，向行政院及最高司法機構提起訴願，行政院乃以行政命令飭韓將楊交回法院審理。韓奉命後，唯恐法院受理後，仍會將楊判處死刑，所以遲遲數日，仍未肯將楊移交。當時的山東高等法院院長吳貞纘，平日常與韓復榘一同打球，無話不談，他怕韓任性執拗，堅不將楊交出，致與中央發生誤會，乃乘間向韓誑說：「如果將楊士驤交回法院，我可向辦案法官示意，減免楊的死刑，將來再設法予以開脫。」韓信以爲眞，始肯將楊交回法院。

其實高院院長并無左右法官量刑之權，何況這還是一件轟動一時的巨案，卽使法官有意開脫，亦非易事。故未過多日，仍以維持原判，宣告判決。韓得知後，大爲光火，復以一紙公文，將楊提回省府，他爲了免得日後麻煩起見，想出個乾淨俐落的辦法，將楊叫至面前，親手送給他一千銀元作路費，叫他遠走他鄉，一逃了事，一面卻函覆法院說：「楊士驤乘看守不備，趁機潛逃。」另外下一道通緝令，掩飾一下衆人耳目，不了了之。

大公報報社方面，當然瞭解此中原因，但卻無可奈何，於是在山東百姓所給韓的稱號——「韓青天」之上，加上「如此之」三個字，就以「如此之『韓青天』」爲題，劃定一個專欄，每天刊出一段韓復榘橫蠻枉法和不學無術的文字，連載在大公報副刊之上。諸如：「打開窗戶放點衞生進來」啦，「走路都靠右邊，左邊留給誰走」啦，以及「今天開會到的人很茂盛，我十分感冒，沒來的人請舉手！」等等一類的笑話，都是由這專欄中傳播出來的。

韓復榘見到這些文字，雖然十分惱怒，但以大公報社址設在天津租界以內，無法奈何它，只有關起門來發威——禁止它在山東境內銷售，作爲抵制。可是當時大公報的銷路極廣，大江以北各地，幾乎無處沒有它的機構，故「如此『韓青天』」一詞，傳得相當普遍。這樣的結果，當非韓復榘與楊士驤二人遇合於濟南的體育場邊時，所能想像得到的！

淮上人豪柏文蔚

靜齋

民國以前，因淮上起義以壽縣爲中心，故參與斯役的人物，如管鵬（鯤南）、張滙滔（孟介）、袁家聲（子金）、常恒芳（藩侯）、王慶雲（龍亭）等，後來皆成民國名人，但以柏文蔚享名最高亦最久。柏與江西李烈鈞齊名，在革命人物中，僅在孫文黃興之下，故辛亥後長江一帶有所謂『孫黃李柏』之稱，可見柏氏地位之重要。

柏文蔚出生地——壽縣

安徽壽縣，古稱壽春，清改壽州，位於淮河南岸，地勢衝要，爲皖北重鎮，在古時也是兵家必爭之地。楚考烈王曾移都於此，並藉以抗秦多年。所謂楚雖三戶，可以亡秦，即指皖北强悍民風而言。後來陳勝吳廣等苦秦苛政，揭竿而起之處，即今日皖北地區。故自來所謂淮上英雄，史不絕書。漢時淮南王劉安亦都於壽，並曾率皖北子弟以與漢文帝抗，東晉淝水之戰，謝玄以八千之衆破苻堅百萬雄師於壽春城郊，其部衆幾全係皖北所產。李鴻章練淮軍，因其自私，故主將多屬合肥籍，但中下級將領乃至部衆，幾全係淮上健兒（詳見淮軍志），此所以不稱皖軍而稱淮軍者也。

雖然，壽縣人物亦不完全以武功勝。歷史上壽縣文風，亦有可觀者。例如，呂氏家族中之呂蒙正、呂夷簡叔侄，皆北宋名相，而有宋全縣十二名進士，均屬呂姓，眞可謂一門鼎盛。宋高宗南渡，呂氏全族移浙，遂籍焉。名理學家呂祖謙，人稱東萊先生者，即呂氏後裔。遜清時，壽縣孫氏一族，亦頗有聲望。孫氏從事農商，先富後貴。孫文正公家鼐，號燮臣，由狀元而爲晚清名相，曾任三代帝師，可算榮極一時，最奇者，孫相昆仲五人，三成進士，一成舉人，一爲白丁。所謂『一門三進士，五子四登科』之孫府聯語，曾傳誦全國。入民國，孫氏後人孫毓筠曾任短期之安徽都督，孫多森曾任安徽省省長，孫多鈺曾任北洋政府之交通次長、浦口商埠督辦。孫多禔曾任兩淮鹽運使，皆爲當時的知名人物。

柏文蔚其人

柏氏身裁高大，軀幹雄偉，眉濃而長，且左右眉尖，皆有黑痣一顆，幼時，聰穎，十六歲入泮爲童生。相者說他生有異稟，將來必大貴。柏氏爲人寬厚和平，絕少疾言厲色之狀，眞所謂望之儼然，即之也溫。但外圓內方，爲人亦頗有原則。他一生慷慨好義，從不以金錢爲重，向喜急人之難，爲鄉人所稱道，他又喜培植後進，對青年人最爲關愛，他雖受過軍事訓練，但究因秀才出身，極喜讀書習字，且好吟咏，頗有讀書人丰度。

柏氏爲人特異處，即生就一身傲骨，從不向任何權勢低頭。不但富有反叛性，亦有相當創造性。所謂反叛性係指他反清與反袁而言。袁世凱曾數度拉攏，均被他斷然拒絕，決不爲威脅利誘所動。所謂創造性乃指他開創清末風氣（詳下文），發動蘇皖及東北各地革命而言。他爲人極有創造精神，決不爲艱難困苦所阻。此外，他又富有國家民族觀念，凡國家民族利益所在，即赴湯蹈火，亦所不顧，他一生爲革命，不知遭遇多少次危險，但均能化險爲夷，轉危爲安。

辛亥革命前的柏文蔚

他在做童生時代，鑒於清政腐敗，便抱有救國大志。先倡天足會，宣傳婦女纏足之害。又於壽縣創立書報社，傳播革命思想，清末皖北風氣大開，柏有功焉。己亥年，他深感舊學不足，非補充新知識不可，因此，遠赴省城安慶，入求是學堂，從基本訓練着手。在他做學生時，聞清廷租讓旅順與俄國，又與俄訂西藏密約，不禁振臂而起，奔走呼號，痛斥清廷喪權辱國的敗行。庚子年，義和團之役，他與趙聲、湯作霖等在南京組織强國會，從事秘密的反清運動。事洩後，湯作霖竟因而犧牲。

後來，他覺得非武裝革命，不足以傾清軍，乃設法入武備學堂習軍事，希望將來能在軍隊中從事革命運動。他的軍事教育告一段落後，即赴皖北聯絡壽縣袁家聲、張滙滔，鳳台岳相如等，密謀皖北起事。又到皖南蕪湖聯絡李光炯、劉光漢等，並於安徽公學中組織秘密機關。最後，又到安慶與陳仲甫等建立岳王會，亦係變相的革命組織。至是，江淮間滿佈革命種子，柏隱然是此輩革命份子的領袖。甲辰年，柏充南京防營二十三標管帶，適值中山先生派吳暘谷回國，組織同盟會長江分會，他與趙聲、倪映典等相約加盟，成爲該會的重要人物。不久，孫毓筠、權道涵、段雲三人，奉命狙擊兩江總督端方，柏爲他們籌劃並供炸藥。事洩後，孫毓筠等下獄。柏恐波及，不得已亡命關外。

柏到東北，邊防督辦吳祿貞見而奇之，遂委他爲哈爾濱屯墾營管帶。他勸祿貞起兵據滿洲，清廷偵知其事，遂將吳祿貞免職。柏迫於情勢，逃竄山谷。數年中，徧走東北諸省，結交了不少綠林豪傑。辛亥年七月，他與奉天馮麟閣、藍天蔚等約期起事，是爲東北第一次革命，遙與南方革命相呼應。

辛亥革命後的柏文蔚

辛亥年十月十日，武昌首義成功，全國各地相繼響應。皖中同志促柏南還，過上海時，與陳其美、黃興等決大計。由陳主淞滬，黃任武漢，柏負收復南京之責。當時清將鐵良、張勳守南京。柏先往秣陵，說第九鎭統制徐紹楨起義，約定由柏回滬運槍彈。後至鎭江，聞徐軍被張勳擊破，亟進收其餘衆，渡江攻浦口。先是，柏另命張滙滔攻壽縣，袁家聲攻蚌埠，威脅津浦路交通，鐵、張大驚，奪車北遁，南京遂定。未幾，中山先生自海外歸來，被推爲臨時總統，委柏爲第一軍軍長兼北伐聯軍總司令，他遂率軍追擊張勳於固鎭並敗之，進拔徐州。

先是武昌首義後，安徽先推巡撫朱家寶爲都督，朱畏葸不敢接受，後因部份贛軍駐皖，大家又公推李烈鈞擔任，李固辭不就。十月二十二日，安徽各界不得已推孫毓筠爲都督，宣佈光復，並組織軍政府。但軍政府成立以後，一事無成，又因黎宗嶽等在大通等地，另立軍政分府，使皖政更加紛亂。直至民國元年三月，南京臨時政府特派柏文蔚繼任皖督，並兼民政長，負責整理皖局。柏奉命後，即由南京率水陸兩軍入皖，先至大通，迫黎宗嶽取消軍政分府，然後赴安慶接任，受各界熱烈歡迎。至是皖政復歸統一。柏到任後，首先禁鴉片，爲全國稱頌。

民國二年，宋案發生，未幾爆發二次革命。他與贛督李烈鈞，湘督譚延闓，粵督胡漢民及閩督孫道仁，聯合反袁，所謂討袁五都督也。又與雲南唐繼堯，四川熊克武聯絡。袁世凱在北京聞之，將五都督免職，於是討袁之戰以起。這次戰事結果，與革命軍不利。安徽方面，倪嗣冲軍於皖北潁壽一帶擊破革命軍，安慶駐軍胡萬泰部亦變，柏都督遂由省城退到蕪湖。南京方面，蘇軍程德全叛變，黃興出走。淞滬方面，陳其美軍亦敗於敵手。江西方面，李烈鈞軍亦因抵不住北洋李純、段芝貴等攻擊而解體。至此，所謂二次革命，完全失敗。中山先生走日本，柏亦隨之。

民國四年，柏與李烈鈞、方聲濤赴南洋籌募軍費。民六返國，任川鄂聯軍總指揮，駐兵施南夔州之間。民九，改任鄂西靖國軍總司令。民十一，又改任長江上游招討使。

北伐前後的柏文蔚

柏氏在鄂西一帶推動革命，很有成效。無論北洋部隊及地方武力，受他影響的頗衆。民國十二年，廣東革命基地鞏固，中山先生另訂一套北伐大計，於是電召柏文蔚回粵，任建國軍第二軍軍長。民十三，國民黨改組，柏任第一屆中央執行委員，並奉命北上，負責整理西北黨務。他在西北任內，曾與閻錫山，馮玉祥等計劃如何與南方革命軍會師於中原。民十四，南還。民十五，任國民革命軍第卅三軍軍長，隨蔣總司令北伐入贛。在江西收編山東第一混成旅張克瑤部（張亦壽縣人），並任張爲第二師師長。

柏軍進入皖境後，各方來歸者甚衆，於是實力大增，軍威日隆。民十六，全軍擴爲四個師，計第一師長袁家聲、第二師長張克瑤、第三師長岳相如、教導師長潘善齋。另外還有砲兵及特務各一團，實力不下萬餘人。全軍均係皖北子弟，理應團結一致，但因各師歷史背境不同，內部不甚融洽。

民十七，二次北伐，中央爲整頓軍力，特調柏文蔚爲北路宣慰使，設使署於蚌埠，負責招撫北方軍隊。卅三軍軍長由張克瑤繼任，仍兼第二師師長。中央這項措施對柏氏打擊極大，但他仍忍耐服從，以至北伐結束。卅三軍此時編入北伐左翼軍的戰鬬序列，由總指揮賀耀祖統率之（時北伐右翼軍總指揮爲陳調元，中路軍總指揮爲劉峙）。卅三軍經蘇北黃口，豐縣挺進而入魯西，連克金鄉、魚台、濟寧，直至泰安與中路軍會師，一路追敵，並未經過重大戰役，可謂順利之至。

民十八，北伐完成，國軍開始編遣，軍皆改師。卅三軍因軍長張克瑤出身北洋，與出身革命之袁家聲、岳相如兩師長，意見不合，時鬧別扭。當時軍的番號改爲師，軍長改爲師長，師長改爲旅長。卅三軍本可依此改編，仍成一個單位，但因內部不一致，於是中央將各師分別改編。第一師袁家聲部改爲一個獨立旅，袁爲旅長，但不久去職；第二師張克瑤部編入國軍第二師劉峙部爲一普通旅，張改任劉部副師長；第三師岳相如部編入國軍第九師蔣鼎文部爲一普通旅，岳改任蔣部副師長；教導師潘善齋部編入國軍第四十七師徐源泉部爲一普通旅，潘任旅長。從此卅三軍番號取消，柏氏多年心血所組成的武力，至此逐漸消滅。

抗戰前後的柏文蔚

北伐完成後，柏氏政見常與中央相左，故鬱鬱不得志。民國十八年間，曾一度與汪精衛合作，與中央對立。但嗣覺汪之爲人，權力慾太强，而且反復無常，太令人可怕，故不久柏即與之絕交。柏氏晚年每與人談及精衛，輒搖頭嘆息。

抗戰前，柏雖續任國民黨中央執行委員，兼國民政府委員，但不常在京，京內亦無住宅。嗣因蔣委員長篤念舊誼，堅請移家首都，以便隨時諮詢。柏遂卜居玄武湖畔，與山水爲伍。柏居京時韜光養晦，好佛悅禪，極少與人來往，即中央各種重要會議，亦只偶爾出席。柏蓄長髯，可與于右任媲美，見客時，每喜拈鬚而談，上下古今，娓娓動聽。柏京居每年中，必往安徽桐城東鄉魚湖私邸，小憩數次。柏因有功鄉邦，皖人念其生計可慮，乃以魚湖贈之。該湖爲小型者，但每年魚產所入，對於柏的經濟情況，多少有些幫助。柏的玄武湖住宅雖係平房，佈置簡雅，而屋前屋後，密佈花木，確能使人悅目。客廳內懸有李烈鈞題贈的詩句，紀當年二人同心反袁之事跡。時日

潯淮鼙鼓憶當年，
洪水滔滔勢拍天；
擊楫枕戈同宿抱，
也曾携手奠中原。

詩雖出韻，但柏喜其雄壯，故懸置壁上，供客欣賞。柏偶爾爲客所逼，要他發表政見，他有時不得不敷衍一下，說幾句感慨的話。柏語氣中，常表示過去主政者不够寬大，故黨內發生無數次糾紛，使黨國元氣大傷，非復往日。

抗戰軍興，柏隨政府西遷，終於寄居湘西沅陵，達七年之久。他極愛沅陵的風土人情，不思離去。平日讀書禮佛，並撰寫他的『五十年革命大事記』。此時他對實際政治，不感興趣，但對黨國百年大計，卻極關心。他絕少出席重慶召開的各種會議，但與中央保持密切連絡。

抗戰勝利後，柏隨政府返都，仍居玄武湖。他此時除任國民黨中執委外，另兼國民政府委員，嗣又被選爲中央政治委員會委員。柏自湘西歸來後，腸胃心臟血壓均失常態，以致精神體力大不如昔。他向來是個體格健全之人，至此已覺不勝病魔糾纏，漸有不支之勢。三十六年春由京赴滬就醫，但以病入膏肓，羣醫束手，是年四月廿六日在滬逝世，享年七十二歲。公祭時，政府顯要，皖省耆宿，雲集靈前，潸然下淚或痛哭失聲者，大有人在，可見柏氏生前感人之深。

次年，國民政府通過六先烈國葬案。所謂六先烈，即柏文蔚、陳其美、張繼、鄒夢麟，李家鈺，覃振等六人。其褒揚柏氏令曰：『光復皖省，功在鄉邦，晚節艱貞，不忘靖獻，樹勛宏偉，國史垂光，允宜特予國葬，以示優崇。』這段令文，措詞得體，足見政府篤念勳舊之至意。

柏氏有三子，長子心印，屬花花公子型人物，毫無出色處；次子夭折；三子心靜，爲一純厚好學之人，頗有乃父之風。現在柏氏家屬，均在大陸，近況如何，不得而知矣。

殷汝耕落水前後經過

芝翁

對日抗戰勝利後，政府爲申國法而肅綱紀，於是有肅奸之舉，凡曾在敵寇卵翼下供驅使之漢奸，紛紛被捕。殷汝耕以僞「冀東防共自治政府長官」的身份被逮，經過司法程序，由逐級法院審訊的結果，依據「懲治漢奸條例」，判處極刑，於三十六年七月五日，在南京老虎橋監獄內東邊曠場執行。

這個被誘叛國、甘爲傀儡的老牌漢奸，原是世家子弟，自幼留日，頗有「日本通」之稱，一二八淞滬之役，是上海市政府一名參事，奉命辦理停戰後的對日交涉與收回被佔地區等，頗爲市長吳鐵城所倚重。不料後來到了華北，竟然變節，做了所謂冀東長官，七七事變發生，這僞政權便解體了。及到日本投降，在北平將他捕獲，遞解南來，押禁在老虎橋獄裏，與潘毓桂韋乃綸同囚一室。在獄中，自知決無可倖免，終日唸佛，了無嗔意，及至被提出執行槍決時，還故示從容，徐步出來。臨命之頃，檢察官照例於宣讀判決書後問他有無遺言時，他忽睜着失神的眼珠說：「我很奇怪，當初不是我要組織冀東政府的，爲甚麼今天要槍斃我？……」說到這裏，自然容不得他再嚕囌了，便由法警押了下去。……

一槍畢命，氣絕屍陳，不值細說；倒是他臨死說的那句話，不知者以爲他之變節事敵，好像還有怎樣一段微妙的內幕似的，應予從頭細述，庶不至由胡猜而致誤解。

勝利後殷汝耕在法庭受審時攝

自一九一〇年日本吞併朝鮮後，它以其國家的命運，交給那些愚昧而貪得無饜的軍人政客，大規模的侵入中國大陸，喊出「滿蒙生命線」的狂妄口號，得寸進尺，靡有止境，乃有「九一八」的瀋陽事件，隨而製造了「滿洲國」傀儡政權。隨之而來者，又製造內蒙華北獨立的陰謀，並毫無忌憚地說：「中國必須認淸日本生存與發展的權利以及滿洲國的生存與華北間的必然聯繫，華北係爲適應滿洲國生存與發展之必然的存在。」（川越茂語）這是日本攫取東北及熱河以後對於華北的一貫目的。因此他喊出「華北特殊化」，「華北自治運動」，想不費一兵，不耗一彈，用「偷天換日」的政治掩眼法，無形的改變華北的顏色，使日本帝國拓展比滿洲國面積還要大的一個外圍組織。

這時他們所用的貓腳爪，便是號稱遠東的「窩崙斯」，被中國人詛咒爲「土匪源」的土肥原賢二，以及他下面的今井武夫少佐、田島彥太郎少佐，谷荻那華雄少佐，外加一個蛇蝎美人金璧輝亦即川島芳子中佐。

土肥原一干人，認爲中國國民政府統一全國後，尚有若干由軍閥蛻變而來的武人，如河北、察哈爾、山西、綏遠、山東等省，他們之服從是形式多於實際，倘藉自治之名加以策動，可免軍閥勢力之溶消，阻止中央勢力之伸展，另成一個華北統治力量，好由日方擺佈。

自民國廿二年（一九三三）五月卅一日「塘沽協定」簽訂後，日本不斷阻止中國武裝保安隊開入戰區，同時加緊地方的「匪化」，繼續在察東察北，推進擾亂行動，由川島芳子收編了七八千名的土匪組成「皇協軍」，無時不以武裝作爲威脅中國屈服的手段。及廿四年六月所謂河北事件發生，中國中央軍隊及原有之東北軍盡數南調，平津及河北省黨部也停止活動，限制了中國政府對河北省的控制力，日本的關東軍與天津駐屯軍密切加緊聯繫——關東軍擔任蒙古方面的運動，駐屯軍擔任華北方面的運動。

據他們自己所說的理由：「製造這個自治運動的用意，目的之一，爲製造滿洲國手段的延長，消極地防止蘇聯勢力從外蒙南侵；爲積極的扶植當時頗負人望的蒙古德王，利用其聲勢由領導內蒙政權的基礎上擴展而爲蒙族共主，合併內外蒙古爲一個獨立國家。目的之二：爲製造華北自治政權，因當時南京的國民政府號召收復失地，極具鼓動性與號召力，必須將華北造成特殊化，作爲緩衝地帶，解除對滿洲的威脅，並以打擊南京的抗日勢力。」（日陸軍省兵務局局長田中隆吉所供）

日本扶植之「冀東防共自治政府」

冀察政務委員會成立後，宋哲元任委員長，負責守衛平津一帶，土肥原鬼頭鬼腦的常去活動，慫恿他和日方合作。

政治方面：他要求宋氏成立自治政府，通電脫離國民政府，所有南京派駐的情報機關限令撤退，並以高壓手段統制言論。經濟方點：要求舖設津石——由天津至石家莊——鐵道，改訂海關稅率，增重歐美貨物入口稅，減低日本貨物稅。

軍事方面：他要求在豐臺增加日駐屯軍一大隊。其誘惑條件：擁護宋哲元爲華北自治政府主席，日方盡量予以軍事及經濟的支援。此時之土肥原已由關東軍的南次郎司令官之命，在華北受駐屯軍多田駿司令官的指揮下進行對我分化工作。

土肥原這人眞把中國人一個個都看「扁」了，他一廂情願的計劃，準備抬出吳佩孚做華北五省的軍政首領，他自己做着華北五省自治政府顧問，一如當年伊藤博文之駐朝鮮那樣。可是，他的陰謀詭計無法達成者，由於吳佩孚之不屈，宋哲元之持重，以及山西之閻錫山與山東之韓復榘的反對，一個個都不願與所謂自治運動發生關係。

同時平津學生兩次反「自治」的示威，掀起救亡的高潮，喚醒了最警覺的民族靈魂；這革命的愛國情緒，對於華北民衆乃至士兵的影響，亦日趨擴大，卽使部隊長願與日本妥協，軍隊裏的士兵也是不會答應或盲從的，這一點那班將官們是認識淸楚的。漸漸土肥原也覺得不對了，暗暗跌足叫苦，看看所吹的大氣，成幻成空，而無法交差，便只有向殷汝耕這軟體小官僚作牛刀之小試。

殷汝耕任「冀東防共自治政府」長官時攝

殷汝耕那時的職務，是冀東區行政督察專員，轄有廿二個縣區，專員公署設在通縣。

這個職位是民廿一以後才設置的，爲省府輔導機構，還兼有區保安司令的衛頭，對於轄區內各縣市之保安團隊水陸公安警察及一切裝武自衛之民衆組織，有指揮監督之權，但自從河北事件發生之後，這一帶地方指定爲「緩衝區」，是不容有中國武裝隊伍的地帶。其時所謂「皇協軍」的金司令——卽川島芳子所帶的一批土匪，因在熱河境內胡作胡爲，關東軍方面認爲這顆棋子，正可用以擾亂河北省東部，縱是出個甚麼亂子挨了頭刀，也好作爲侵略的藉口，便命令將這支破爛槍械的皇協軍移赴山海關邊境沽源獨石口附近一帶緩衝區去駐紮。

正當土肥原挖耳抓腮猴急着無法交差之時，擬對冀東區來個應景文章，恰好這個蛇蝎美人到來，便決定用她爲餌，好使這戀位好色的殷汝耕上鈎。於是這任務便落到川島芳子身上。

殷汝耕是個紈袴出身的小開，祖上以經營蠟燭店起家，提起「殷大同」的蠟燭店，澆出來的蠟燭，不論大小，從開頭點起直到燭跋，煙不冒、油不流，別家總做不出它的貨色來，發達之後，財富日積，後代小輩讀書留洋做官，也頗有其人，殷汝耕黠巧而能幹，人長得很漂亮，也很會應付，只是利慾薰心，貪色如命，自接任這個行政督察專員不久，轄地成了「緩衝區」，政務錯雜紛紜，動輒得咎，委實不大好辦，也自有許多碰到頭痛的感覺，無如他一心戀棧，又自忖是日本通，說得一口流利的日語，遇有交涉，隨便還就一些，也就過去了，更加上這個地方，已成爲中樞法令伸展不到的特殊地區，只要日本方面沒有十分和他過不去，也樂得「好爵自縻」。

說到當年日本侵略我國華北的作風，由今思之，還使人不寒而慄。民國二十三年間，日本卽逼迫中國海關的緝私隊，自長城區域撤逐，同時以金錢的誘惑，槍刺的威脅，阻止海關巡弋小艇，在長城南岸行使職權。在冀東呢，更是日本走私活動的大本營，起初尚限於白糖、人造絲、及香煙等，漸漸地汽油、麵粉、棉織品和其他大批物品，也洪水似的衝了進來。這種大規模的毫無顧忌的走私活動，日本人自稱爲「特殊貿易」，而且肆無忌憚地公開宣稱他們的目的，是要藉此以强迫中國方面減低關稅，直到日本可以達到「自由運銷」的程度為止。這種猙獰的面目，乾脆說是全力鼓勵走私，來摧毀中國之財政制度，成了日本侵華之雙線活動。

在冀東，日人除了走私之外，最狠毒的手段，莫如販毒。當時外報曾刊載鐵爾曼（H. Tiltman）所說：「日本人用種種方法誘引中國人吸毒。這種公開毒害中國人民以消滅華人抵抗的手段，猶還不足，更於其製造的藥品中攙入毒素，如腹痛藥，小兒藥，療肺藥，以及號稱強壯劑補體劑種種藥品，滲入嗎啡或海洛英混製，使華人無意中沾染毒物而不覺成癮。」又埃及的巴沙（R. Pasha）在美國出席第廿二屆禁煙會議席上也說：「在遠東，凡有日本勢力伸張的地方，甚麼東西就會伴着而來的呢？就是販毒。當偽滿軍隊佔領察北時，種煙面積及產量即強迫隨之增加，並設有嗎啡製造廠，」又謂：「北平天津及所謂不駐軍區域之河北省，已成為世界非法製造海洛英之場所，平津及冀東之可怕情形，尤不堪言狀。地方當局不僅對氾濫毒品無法制止，反而從事漁利。……」

因為日本大量走私和販毒，浪人與商人陡獲暴利，冀東這地方形成畸型繁盛起來，所謂「雅樓」之鴉片館與花茶室酒家等等應運而生，自然更少不了以女人為號召，那些使人墮落的地方，門口均掛有「聘請某某女士招待」的字樣。在這種情形之下，冀東的財稅反靠了這些彌補來維持。殷汝耕始而睜一眼閉一眼，繼而受不了物質金錢的誘惑，也樂得遷就了。不過他感到頭痛的，就是日方所設的「通州特務機關」中使用的中國「腿子」，這班地痞流氓，勾結日本浪人特務，無惡不作，甘為民族敗類，魚肉自己同胞，即對本國官署，恃有日本人撐腰，為所欲為，那有甚麼在他眼裏？殷汝耕碰到這班人便頭痛，硬不起來，只有隨和地對他們有所要求，勉予答允，於是整個冀東便成了烏煙瘴氣的地方了。

一天，殷汝耕正在專員公署裏，忽報皇協軍的金司令來訪，不由得心頭一震。他早知道金司令金璧輝，便是有名的川島芳子，這神秘的女人，在熱河收編了土匪之後，易釵而弁做起司令來，更有日本憲兵警察甚至日本軍隊，通同一氣，騷擾地方，近來開到「緩衝區」地帶，此來一定有所要挾，乃至甚麼嚴重問題發生，算來又得經一番交涉了，但她既來了，也只好硬着頭皮接見。當兩人在專員署接待室相見時，殷汝耕偷覷這頂頂大名的女人，全身戎裝，黑皮高統皮靴，十足日本軍官打扮，身材不怎麼高，卻有一個挺拔的鼻子，一對秀媚的眼睛，骨肉停勻，肌膚細膩，一排像編貝般的牙齒，襯着小嘴兒，雖不是絕世風姿，卻具有一股懾人的魅力。當他和她握手互道久仰之際，殷汝耕柔荑在握，心旌也免不了搖搖了。

川島芳子對風流倜儻的殷專員也有好感。過去她所遇到的日本特務不用說，即在中國化身為「金夢芝」時所遇的那些人如安靜生等人，不是痴肥矮挫，便是粗魯寡聞，哪裏有他這樣英俊？她自信具有姿色，這是她個人最大的資本，對男性來說，美色將是無堅不摧的武器，而男人在陶醉美色之下會完全失卻理智。她更負有使命而來，若把殷汝耕爭取過來，對河北省東部這片土地，可以兵不血刃唾手可得。

再說，如果要奪冀東二十二縣，日本軍的兵員械彈，不知要耗費多少；單憑自己一顰一笑，便可把當面的男人手到擒來，叫他自投這個陷阱，豈不是爽快？這女人的癖性，就是說做就做，自己認為可行便展開行動。在銀鈴般的笑聲裏，她把殷專員着實誇讚一番，稱頌他既長外交又精政治，中日間簽訂停戰協定建立這緩衝區，使地方免遭兵燹，應歸功於他致力於兩國和好的高見。又說到什麼同文同種之邦，非互相親善提携不可，將來對於亞洲的建設，還有賴殷先生之共同發揮等等。一邊儘量恭維的說，一邊眉黛含春，橫飛媚眼，直把這殷汝耕攪得心痲痲地眼花撩亂，除了「豈敢豈敢、哪裏哪裏」之外，漸感到招架不住。

狡黠的芳子看到殷汝耕精神的恍惚，豈有不瞭然的，便單刀直入說：「今天幸會，我們一見如故，閣下如不見外，本人很冒昧的有幾句要說，也就是今天特地拜訪的來意。」殷汝耕忙接着說：「金司令遠道來此，實是本人莫大光榮，有事儘請不客氣的吩咐，只要本人能力所及，一定設法辦到。」他這時似忘了他是政府任命的地方首長，竟有點語無倫次了。

川島芳子把手裏的軍帽，往桌上一放，笑吟吟地站了起來，踱着步說：「吩咐二字不敢當，殷先生，你不清楚我的意思吧？說眞呢，我此來，不是爲了本軍或皇軍方面，有什麼大駕的事，卻是爲了你！」殷汝耕也忙着站了起來，說：「嗄！爲我？」芳子帶笑地按着他身子自己也挨着並排坐下，嘴說：「你看你，沒聽得清楚，便慌得這樣兒，坐着，咱們談談。」她嘴裏更甜神色也更柔，接着又把殷汝耕捧了一套，說他這樣精明强幹，而竟大才小用，「眞叫人替你委屈。」又是用挑撥煽動的語氣說：「時局態勢，擺在眼前，用不着細說，國民政府遠在南京，鞭長莫及，北平那班人，有幾個像你這樣對世界大勢瞭如指掌的，殷先生，你是個聰明人，難道將來局勢發展時，你還是屈於那些武人之下，仍做着區區數縣的一位首長？殷先生時勢造英雄，不進則退，你對這兩句俗語總是明白的吧？咱們不算外人，你知道我本來也是中國人呀！」

殷汝耕本來就是個好高鶩遠的人，平日對冀察委員會那班人也辨不清識不透。更昧於對日抗戰遲早必發，以爲這局面還會撐到若干時日，乃至想到這緩衝區的政治組織，眞的會擴展到若干省份，實行緩衝作用下去，苟安一時，自己做着這半天吊的專員，有事當衝，平日又無實權，可不是長才莫展？所以最初他還是以戒懼的心情，所說都是官場應酬話；漸漸地覺得究竟都是中國人，沒有什麼惡意，何況香噴噴的口脂芳透，一口京片子悅耳至極，不覺動了眞感情，俯首沉思，遲疑莫答。

這精明的女人，哪有看不透對方動搖神情來？打鐵趁熱，於是透露一些日本方面對華北「自治運動」抱着定要扶掖的決心，表示只要你有胆量，關於日方支持，是不成問題的，否則便是對「日華協和」有歧見了，以後可就難說，卽使你不重視這區區專員，以你這桀桀大才，誰肯讓你走的？

她這句話，說得不輕不重，亦輕亦重，只把殷汝耕攪得心神不定。這就像一個蕩婦偷漢，在被誘失節的俄頃，給對方軟哄硬騙，一方面不甘寂寞，一方面又顧慮到嚴重後果，這時羞恥良知尚未盡泯，心裏忐忑不寧，將迎還拒。他也想到這雌兒一定是日方軍頭的支使，假如嚴詞拒絕，則今後這緩衝區必然頻生是非，藉端尋釁，將無止境，單憑這個女人，如果不時嗾使特務腿子搗亂，也是應付不了。但也許他只想到混沌局面還會拉下去，大不了揹個「親日派」的名兒，曠觀燕雲，又何止我姓殷的一個呀！——在顛倒盤算他個人的利害之際，嘴裏有一搭沒一搭「唔啊這那」的應付着，又給芳子的嬌脆的聲音一震：「喲，殷先生，你是怎麼啦？我的意思你還不清楚呀！」他急忙囁嚅地說：「清楚，清楚，不過希望給我一些時間來考慮才好。」那芳子又噗嗤一笑，掃一個眼風道：「眞個的，你們男人呀，就是不爽利。比如說，有件東西擺在眼前，要就是要，不要就是不要，考慮個什麼勁呀，等到考慮定了，也許事機萬變，時不我與了。好吧，你要考慮，就細細考慮再說，那麼我要給你告辭啦。」一邊說一邊拿軍帽。殷汝耕見她要走連忙說：「金司令，難道你大駕遠臨，現在快到開飯時間了，能不能賞個面子，吃個便飯再走？我還有幾瓶陳年的白蘭地，我們輕鬆地喝兩杯如何！」芳子告辭本是做做姿勢，一轉身恰與殷汝耕撞個正着，嫣然一笑道：「這怎麼好意思叨擾呀！」殷汝耕順勢一攔，正觸到她的柳腰，又給攬得渾陶陶了。

正合着俗諺所謂「姣娘兒遇到了脂粉客」那句話。川島芳子要達成她的任務，早安排了香餌鈎金龜，必要時還打算以色身佈施；殷汝耕一向對日本人辦交涉，不是狡猾可憎的面孔，便是粗暴不講理的橫肉，哪曾遇到這宜嗔宜喜的嬌娃做對手，更何況芳子的芳名，他是早已聽過的，眞是百聞不如一見，豈能不攀個交情，親善親善。這二人各有存心，到這時自然滿臉堆歡，極意逢迎，顯着相見恨晚。

那芳子呷着咖啡，笑吟吟開腔了：「殷先生你這咖啡煮得眞好」。殷汝耕也咧着嘴說：「不瞞你說，我生平沒有什麼特別嗜好，卻是對飲食之道，喜歡講究一點，茶酒咖啡由一個專人伺候，就是廚房裏的大師傅，也都是從北平重金僱來的，無論中西大菜南北嘉餚，以及葷素小吃還够得上標準，等會金司令你嚐嚐了便知道，還得請你品評呢！」芳子見他一個勁地儘談着食經，在國難嚴重的關頭，中國竟有這樣的官員，也不免齒冷，有心損了一句：「你呀，眞稱得起一位能幹的外交家，對什麼都很有研究，單憑着飲食一道，就知道你的大學問了。」汝耕只顧逢迎對方，懵然不覺她話裏帶刺，忙道：「好說，好說，你過獎了，其實何止是飲食一道，擺在眼前的那一件沒有個好歹，就是咱們平常聽戲吧，一齣霸王別姬，楊小樓和金少山的霸王，梅博士和琴雪芳的虞姬，各有各的妙處，一比可就不同了，再如言菊朋的捉放，馬連良怎能趕得上，而鐵蓮花淸官冊，便不能不讓大舌頭獨占一籌了。……」芳子見他越說越來勁，咦了一聲說：「你原來還是個顧曲大家呀！我們卻有同好，我就喜武打的，李萬春的花菓山，還有和藍月春雙演的兩將軍，眞瞧得過癮乾坤角呢，你看童芷苓和言慧珠誰够味？……」汝耕接口道：「這兩個小姐麼？我說還不如看嘣嘣戲的白玉霜，在杜十娘和珍球衫戲裏，那股勁兒，不知道瘋魔了台下多少觀衆。」他二人一搭一擋地，談得興高采烈，形骸也脫略許多，副官進來報告，酒宴已開齊了，二人便不客氣地携手同入餐室。

餐室裏華燈璀璨，豪華中透着幽雅，地上是厚厚的地氈，餐桌和特製的坐椅，古色古香，配着美麗的枱布餐巾，白銀餐具，和細瓷盤碗，眞是豪奢極了，殷汝耕像捧觀音似的，替芳子安了座，自己也挨近坐下陪着，陳年的法國白蘭地當面開封，飄出一陣酒香，舉杯碰了一碰，芳子媚眼一颺，說：「殷先生太客氣，第一次便叨擾了，我先謝啦！」汝耕說：「你別見外，喫喫便飯，太不成敬意了，乾一杯好不好。」說着自己便先咕嚕一口吞了下去。

川島芳子的個性是爽朗而放蕩的，她既具有絕代風華姿色，又是風月場中見過陣仗的女魔頭，舉手投足，一顰一笑，意志不堅定的男人，無不會意蕩神迷的。她既有所挾而來，又是金樽相對的局面，酒入歡腸，言笑更覺撩人。那殷汝耕曲意交歡，慇懃勸飲，一邊暢懷談笑，一邊傳杯換盞，由傍晚一直飲到深宵，兩人的酒量已差不多了，各借着酒態蓋面，益發語言無忌，互相調謔。芳子睨着汝耕說：「我不來了，醉了，回不去了。」汝耕也涎着臉說：「再乾這一杯，回不去，就在這小地方住一晚好啦！……」到了最後，芳子果然不勝酒力，海棠帶雨般的臉孔，紅醭醭地，强起離席嚷着回去。殷汝耕趁勢上前攙扶，她睇着醉眼偎傍他的身子，任由他半拉半抱進到後邊客房去了。

殷汝耕揚着她的便宜，也成了她的俘虜。這一夜之後，也不容殷汝耕再有什麼考慮商量了。這女人有一套，迷魂一陣勝過十個師團，她纏綿起來使你如仙如醉，她發了狠時兩隻星眸，震人魂魄，何況她魅力之外還有武力，在緩衝區週圍，具有呼風喚雨之能，她身上的便宜豈能讓你無代價白檢的？殷汝耕自己套上紅韁索，再回頭已是百年身了。自從和芳子有了肌膚之親，芳子便在冀東專署裏留下，盡情地蠱惑誘引，她要這冀東以自治名義宣告獨立，改懸五色旗幟，有她做保鏢，日本皇軍的部隊長以及浪人特務，都不敢再對他轄管的各屬有所騷擾或侵犯，他到了此時，也只好乖乖地由她擺佈，橫着良心，暗裏擴編隊伍，由日本駐屯軍司令部撥給軍火武器糧秣彈藥，準備在這二十二縣做起土皇帝來。

民國廿四年十一月廿五日，殷汝耕在通縣組織所謂「冀東防共自治政府」，由所謂緩衝區而變成了「特殊區域」，他自稱「長官」，實際是個日本皇軍的傀儡，不論軍事經濟任何部門，均有日人以顧問名義，滲雜其間，指揮一切。日軍在冀東，也像在東北一樣，實施絕對的統制，舉個例說，高利貸在日本皇軍鐵蹄所至的地方與華北各處，固屬常見，而冀東情形，更爲不堪，當舖利息有高至每日每元取息一角；農村裏的老百姓，既被迫繳納其無力負擔的重稅，則結果須傾其僅有之薄產，以資償付。所謂保安處，其責任名義上是爲維持治安，實際是刦持老百姓的機關，常常爲勒索起見，由一批狼虎般的浪人和狗腿兒衝入農家，傾箱倒篋，橫加搜索，金錢牲口，予取予求，稍不滿便把人加以綑縛而去，甚至擄人勒贖，沒有錢便休想活命。

在冀東，日本設有「通州特務機關」，門首高懸着太陽旗，儘做着見不得人的事，勒財害命，日有所聞，半夜裏拷打「犯人」，有同狼嗥鬼哭，有個美國記者到通縣看了這些情形，曾作如次的評述：

「日本在經濟、社會、政治各方面，已將一個政府所賴以繼續生存繁榮的基礎，破壞無餘。政治方面，日本不許中國籍的官吏，在冀東區內施行些少法治，該地人民，實無足當『政府』二字之組織可言。經濟方面，走私活動，日益猖獗，破壞了當地合法商業，刦奪中國大宗稅款，對於鹽稅征收與鹽業之干涉，亦使中央政府減少不少必需之稅，增加中央政府管理鹽業之困難，同時，對於中央法幣與金融政策所採取之破壞手段，亦已陷於中國金融地位於危境。社會方面，販毒浪人，對於毀滅中國民族之工作亦有其助力。日本欲消滅中國人之民族意識，故作種種超民族之宣傳，儘量圖使中國不能達到『國家』之地位。至於在中國各地投擲炸彈，一再屠殺無武裝之人民，則不過以上所述活動之較兇惡的一面，而由瘋狂之軍人表現之。卽今日本方面宣稱對中國國土之一角，獲得直接統治之後，政治能稍有改良，但根據上述行爲以觀，所能產生這地區的人民道德體質與經濟方面，均已破產，決不能對這地區的幸福有任何貢獻的。」

這一切說明了冀東當時在敵僞組織下民衆所面臨的痛苦，也就是後來日軍侵佔中國國土時行動的藍本。固然殷汝耕以一個區區的行政督察專員，難以獨障狂瀾，但他這一叛變舉措，實使冀東二十二縣民衆提早了一年又幾個月的淪陷苦痛，更不用以國族大義來斥責他了。

他自然有個「實迫處此」的藉口，甚至嘴裏還說是他之搞僞組織，是得到華北某方面的默許以應付當時局勢的。可是，在落水以後的他，也有說不出告不得人的苦楚，那川島芳子的狐媚女人，在任務達成了後，已自向土肥原去交差了，而不再和他重圓好夢；（土肥原調走，她又歸到多田駿旗下，成了多田禁臠。）再說女間諜是不許和獵獲的人發生眞感情的。他做了「長官」之後，滋味也不好受，行政措施，沒有他置喙的餘地，一任日籍顧問擺佈，他只是畫諾而已。待到七七盧溝烽火，我全面抗戰開始，華北失陷，王克敏等在日本刺刀下登場，這個傀儡組織的政權，便告消滅，併入所謂「臨時政府」，冀東也成了日本移民區，自然沒有他的地位，據傳他一直很消極，念佛自懺。勝利後，他只好束身司敗，由北平押解到南京，終伏了國法的制裁。

由陳毅之死說到

三十年前「新四軍事件」【二】

岳騫

據楊尚奎著「紅色粵贛邊」記述他們這一羣人在廣東大庾附近油山的生活情形：「開始還可以在偏僻處找些小房子住，後來敵人把小房子放火燒了，我們便到深山裏的紙棚和香菇棚裏住。這些棚子也被敵人毀了。我們就把竹子劈成兩半，交錯迭起，搭成棚子，還可以住。破竹子有響聲，容易被敵人發覺，便改用杉皮搭棚。杉樹去了一大片皮，白晃晃的，敵人也容易搜索到，就改用茅草搭棚。以後敵人搜山、燒山，草棚目標大，也不能住了。後來每人發一把傘；下雨天，大樹底下把傘一支，背靠背就睡了；天晴就找古墳，墳前有石板，在石板上一躺，也是很好的住處。粵贛邊春夏多雨，人整天在水裏泡着，一把雨傘到底不能持久的，於是又創造新辦法，每人發一塊八、九尺長的布，四角綁在樹上，上面加上幾張油紙，既容易搭，有情況也容易收。落雨的時候，地上開幾條溝，水就順溝流了，人也舒服多了。為了用水方便，我們經常在水溝邊，敵人就按水溝來搜索，我們就改住到半山腰，容易上也容易下；以後敵人也摸到這個規律，我們就搬到山頂上住，敵人由那面來，都看得清清楚楚，便於轉移。由於敵人常在交通要道口伏擊，我們由大路改走小路；以後敵人改變到小路上埋伏。這樣小路也不能走了，就改走沒有路的地方。

「當時，不分等級，每人每月可發到一塊錢的「鞋子費」。我們這些領導幹部走路少些，一個月穿不了一雙鞋；戰士們就不夠了，一雙鞋縫了又縫，補了又補。陳毅同志就把自己節省下來的「鞋子費」，請人買鞋給戰士們穿。不但如此，陳毅同志的衣、被、鞋、襪等用品，也不分彼此，誰要誰就拿去用。」

這種生活，不但艱苦，還時常遇險，有一次國軍在龔楚帶領下去搜山，差一點把項英、陳毅都捉住，楊尚奎記述經過稱：

「當時，陳毅同志和項英同志正在下象棋，聽見三聲警報，急忙轉移。我和陳丕顯、李樂天同志以及兩個警衛員，也來不及收拾東西，就趕忙分散隱蔽了。」

以後在大庾，又差點被捉住，陳毅有名的絕命詩：

斷頭此日意若何，
創業維艱百戰多，
此去泉台集舊部，
旗旌十萬斬閻羅（四首錄一），即是當時作的，情況危險，可想而知。

在這種情形下，項英與陳毅居然支持了三年，也眞難爲他們。到了抗戰開始，陝北共軍已改編爲第八路軍，周恩來就要求收編江南零星共軍。一九三七年十月十二日，軍委會正式下令將江南共軍編爲新編第四軍，規定兵額一萬二千人，任命葉挺爲軍長，項英爲副軍長。

此事有兩點值得一談，首先是軍隊編制問題，共軍殘餘最多只有三千人，軍委會竟然編爲一個軍，規定名額爲一萬二千人，等於准許共軍在江南擴編近萬人，此不能不算是一件大錯。軍委會何以如此烏龍，雖然周恩來善辦外交，但若非軍委會潛伏有共黨人員，恐怕也不易作到。至於潛伏之人，可能是軍令部次長劉斐，因爲別人也無此力量。

新四軍軍長葉挺

其次關於軍長人選，共方當然希望由項英擔任，因爲項英是中共在江南最高負責人，但中央卻任命葉挺擔任軍長，項英任副軍長。葉挺自南昌暴動失敗後，逃去德國，與中共脫離關係，此時剛自德返國，共赴國難，獲任軍長甚出意外，據說是陳誠推轂，因爲陳、葉兩人保定軍校同期，一向感情甚佳。

但軍委會命令發佈後，新四軍遲遲未能組成，其原因有四：

（一）所謂江南之共黨游擊隊，即爲各地土共，大都爲烏合之衆，如無曾經受訓之軍官爲骨幹，實無法編組成軍。當國府軍委會命令發佈之後，中共中央始令項英赴延安，並在「抗大」、留守部隊與八路軍中抽調軍事幹部至江西，作爲編組新四軍之骨幹。

（二）江南共黨游擊隊，散處贛、閩、粵、湘、浙、皖各叢山峻嶺中，苟延逃命，形同野人，武器殘破，人數極少，以項英、陳毅潛伏大庾油山爲例，當時僅殘存十餘人，其他各山區，亦僅有數十人不等，全部共約三千餘人；當時軍委之額定編制爲一萬二千人，相差將近萬人。處此情況，中共乃臨時在各地大量招募地方農民參軍湊數，並在各山間挖掘埋藏三年、已無法使用之破槍爲武器，如此稽延，以致一時無法集中。

（三）江南各地土共，與國民黨地方團隊作戰三年，大部被消滅，所餘殘部對國民政府恨之入骨，一旦要他們改編爲國軍，彼等絕不置信並嚴加拒絕，有的還把派來傳達改編命令之共幹，視作叛徒間諜，加以槍殺，陳毅就幾乎因此喪命。緣因項英、陳毅出山後，陳毅奉命到湘贛邊譚余保部傳達收編命令，當他到達九龍山（江西安福縣、萍鄉縣交界之大山）時，就被游擊隊捆綁起來，他雖然持有黨的介紹信，但被視爲國民黨所僞造，把陳毅認作叛徒，要執行槍決，處此生死關頭，陳毅情急智生，要游擊隊解他到譚余保那裏去（按：譚當時任湘贛邊軍委會主席，潛伏於武功山上），游擊隊總算沒有把他槍決，於第二天解送至譚余保處，可是，譚還是不相信陳的說法，依然把他捆在那裏，直到譚的交通員從吉安帶來收編新四軍的消息和報紙予以證實後，才把陳毅釋放。

（四）若干地區之土共，認爲共黨之統戰策略爲背叛革命，游擊隊改編爲新四軍，是對國民黨的投降，因而堅決反抗收編命令，繼續游擊搶劫，流爲土匪强盜。如贛東北之楊文翰、關英所率領之游擊隊

（約八十人），瑞金、長汀邊劉國興所領導之游擊隊（亦有八十餘人）均反抗收編，後來流為土匪，卒被國民黨團隊消滅。

遲至一九三八年一月，新四軍軍部始在南昌成立，惟收編工作仍未完成，延至是年五月，始編成四個支隊，其中一、二、三支隊集中皖南，四支隊集中皖北，六月軍部移設皖南涇縣，才沿長江兩岸開始對日作戰。

新四軍之編制，經國府軍委會之核定為四個支隊，每支隊轄兩個團隊，每團隊轄三個營，每營分四個連，全部員額為一萬二千人，由第三戰區指定如下之作戰區域：江南方面，以孫家埠為起點，一路經蘇浙皖越蘇州而達江陰，一路沿長江東下至江陰；江北方面，則以淮南路沿線為範圍。

當時新四軍之編組與主管姓名如左：

新四軍軍部
軍長　葉挺
副軍長　項英
參謀長　周子昆
秘書處長　李一氓
參謀處長　賴傳珠
副官處長　黃序同
軍需處長　朱裕如
軍醫處長　沈其震
特務營營長　朱謀緒
政治部主任　袁國平
政治部副主任　鄧子恢
組織科科長　李子芳
宣傳科科長　朱竟成
民運科科長　余再勵
敵軍工作科科長　林植夫
戰地服務團團長　朱克靖
戰地服務團副團長　白丁
教導隊兼隊長　周子昆
政治部主任　余立奎
教育長　馮達飛
第一大隊長　謝祥軍
第二大隊長　饒守坤

第一支隊
司令　陳毅
副司令　傅秋濤
政治部主任　劉炎
第一團
團長　傅秋濤
副團長　江渭清
政治處主任　鍾期光
第一營營長　張振光
第二營營長　徐贊輝
第三營營長　丁廉章
第二團
團長　張政坤
副團長　劉培善
政治處主任　蕭國立
參謀長　王必成
第一營營長　段煥竟
第二營營長　張玉秀
第三營營長　劉玉林
游擊大隊長　紀振綱

新四軍副軍長項英

第二支隊
司令　張鼎丞
副司令　譚震林
政治部主任　王集成
參謀長　羅忠毅
特務大隊長　朱昌魯
第三團
團長　丘金聲
副團長　廖海濤
政治處主任　鍾國豐
參謀長　熊夢麟

第一營營長　邱立生
第二營營長　楊鴻方
第三營營長　鄭桂清
第四團
團長　盧　勝
副團長　黃火星
政治處主任　張道庸
參謀長　吳　勝
第一營營長　池義標
第二營營長　王玉廷
第三營營長　余龍貴
第三支隊
司令　張雲逸
副司令　粟　裕
政治部主任　胡　榮
參謀長　趙凌波

第五團
團長　孫仲宇
副團長　曾昭銘
政治處主任　張友來
參謀長　桂鳳洲
第六團
團長　葉　飛
副團長　胡　坤
政治處主任　汪猷安
參謀長　黃元慶
第一營營長　沈　强
第二營營長　李白夫
第三營營長　柏元之
游擊大隊長　章嘯衡
第四支隊
司令　高俊亭

副司令　林維先
政治部主任　鄭位三
參謀長　楊一麟
特務營營長　李實傑
第七團
團長　秦鶴喬
政治處主任　余海珊
參謀長　秦賢安
第一營營長　艾明山
第二營營長　陳元良
第三營營長　何作周
第八團
團長　周駿民
副團長　林　愷
政治處主任　戴秀符

（未完）

漫談八

功蓋三分國，
名成八陣圖；
江流石不轉，
遺恨失吞吳！

——杜甫「八陣圖」詩

愛聽三國故事，和對易經八卦、河圖、洛書感到興趣的人，往往會因三國志諸葛亮傳的「推演兵法，作八陣圖」史事，而聯想到「八陣圖」究竟是擺在甚麼地方？是一種怎麼樣的形狀？它和易經八卦以及古代的兵法又有甚麼關係？它到底有些甚麼樣的奇妙功用？諸位讀者欲知端的，請看筆者慢慢兒道來。

話說諸葛孔明的八陣圖，正和今日軍中的兵棋推演一樣，只是一種天氣、地形、兵力（含火器）部署和特種戰術的綜合運用之演練，而並沒有甚麼特別神秘玄虛的地方。兩者所不同的，只不過前者是在室外的河砂上聚石推演，後者是在室內的砂盤上用兵棋推演；前者是古代的兵法推演，後者是推演現代的戰術。

八陣圖的地點和形狀，據古籍所載，有好幾種不同的說法。杜甫詠八陣圖詩的地點，是在四川省奉節縣西南，直到杜甫詠詩，尚有八陣圖的遺跡存在，因此老杜有「江流石不轉」的句子，意思是說江水雖然不斷的衝激和東流，而諸葛孔明聚石所堆成的八陣圖，卻沒有被江水所冲走啊！這裏的八陣圖，據宋初樂史所撰的太平寰宇記載：「八陣圖在奉節縣西南七里，周廻四百十八丈，中有諸葛孔明八陣圖，聚石

陣圖

黎凱旋

爲之，各高五尺，廣十圍，歷然棋布，縱橫相當，中間相去九尺，正中間南北巷悉廣五尺，凡六十四聚，或爲人散亂，及爲夏水所沒，冬水退後，依然如故。」因此這是一種以六十四數變化而聚石所堆成的立體方陣，宋儒楊輝「續古摘奇算法」裏的「八陣圖」和「連環圖」兩圖，以及同代丁易東「大衍索隱」裏的「九宮八卦綜成七十二數合洛書圖」一圖，可能就是根據太平寰宇記等古籍資料的記載而排列組合出來，同時既以「續古摘奇」等做篇名，也很可能另有根據或師承。

另一說八陣圖是在陝西省沔縣東南，據水經沔水注：「定軍山東名高平，是亮宿營處，有亮廟，廟近其墓，塋東即八陣圖也。」又據漢中府志：「八陣圖聚石爲之，各六十四聚，作兩層，每層各十二聚，其跡尚存。」這裏所說八陣圖的形狀，雖和前述太平寰宇記的記載相近似，可是地點卻大有問題。因爲定軍山是孔明北伐曹魏時所經過的地點，而非吳將陸遜攻蜀時所經過的地點，所以沔水的八陣圖，很可能是孔明北伐時所演練的一種兵棋模型，或是後人爲紀念孔明而在他墓東所重新仿製的兵棋模型，自然不是孔明在奉節阻拒吳將陸遜的八陣圖了。

更有一說，指明八陣圖是在四川省新都縣，據明一統志載：「八陣圖在成都府新都縣北三十里牟彌鎮。」這一說的地點也大有問題，因爲新都靠近成都，是劉蜀的腹心之地，距蜀、吳交兵的蜀國後退陣地奉節尚有千餘里，而吳將陸遜攻蜀，在火燒連營寨擊敗劉備的主力以後，便在奉節西南看到了孔明的八陣圖，只因陸遜不大熟悉那些圈圈點點線線的八卦陣法或八卦排列組合式的兵棋模型，便只好看風轉舵，而不敢冒然前進，適可退兵，使劉備能在奉節以東的白帝城從容「托孤」，並使孔明贏得了一場打陣法和打心理戰的勝利。因此新都如有孔明的八陣圖遺跡，那也很可能和沔水的情況相似，並不是孔明嚇退陸遜所佈置的八陣圖。

同時孔明的八陣圖，也並不是他自己所首創，而是根據易經和古代的兵法研演而成。據兵略纂聞說：「黃帝按井田作八陣法，以破蚩尤。古之名將，知此法者，惟姜太公、孫武子、韓信、諸葛孔明、李靖諸人而已。其名之曰天、地、風、雲、龍、虎、鳥、蛇八陣者，則孔明也。」又據唐李筌的太白陰經說：「黃帝設八陣之形，天陣居乾爲天門，地陣居坤爲地門，風陣居巽爲風門，雲陣居坎爲雲門，飛龍居震爲飛龍門，武翼居兌爲武翼門，鳥翔居離爲鳥翔門，蜿（即蛇）盤居艮爲蜿盤門。天、地、風、雲爲四正門，龍、虎、鳥、蛇爲四奇門，乾、坤、艮、巽爲闔門，坎、離、震、兌爲開門。」

所謂黃帝作八陣法，不知確有其事否？但黃帝時已知有伏羲八卦，則史跡斑斑，應無疑義。至於八陣之法，前面已說明是一種現代軍事上天候、地形、兵力、戰術的綜合運用，雖然是高度的軍事藝術，但僅在名詞和「術語」上古今有別，卻並沒有傳奇小說那樣的神秘化。再談到方術家們和小說家們所傳說的休、傷、生、杜、景、死、驚、開八門等，似是故神其說，缺乏史籍和古代兵書的依據，姑妄聽之。

孔明八陣圖，是以伏羲八

果八陣圖

乙天馬行空圖

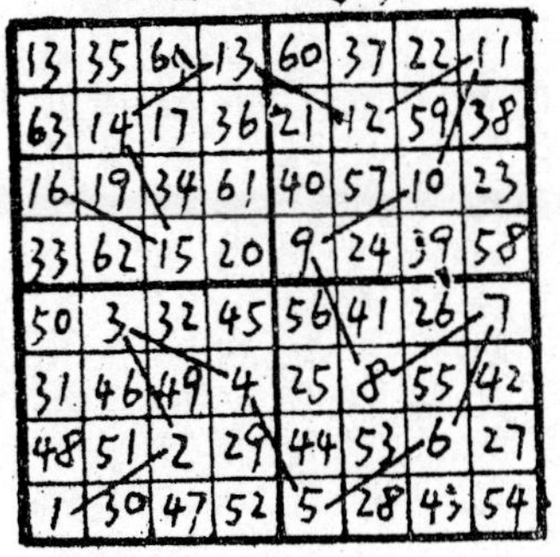

13	35	60	13	60	37	22	11
63	14	17	36	21	12	59	38
16	19	34	61	40	57	10	23
33	62	15	20	9	24	39	58
50	3	32	45	56	41	26	7
31	46	49	4	25	8	55	42
48	51	2	29	44	53	6	27
1	30	47	52	5	28	43	54

卦（含六十四卦）代表部隊的番號、兵種、兵科、兵力和戰鬭序列、作戰位置、戰鬭遂行（又稱任務遂行）等等，甚至更進一步把番號再化爲代號，以迷惑敵人，例如他以天、地、風、雲、龍、虎、鳥、蛇八者代表乾、坤、巽、坎、震、兌、離、艮八卦，就正像今日國軍之以虎、豹、熊、羆、雄獅、駱駝等代表各戰鬭及後勤部隊，具有某些相同的意義。試以今日八個陸軍師（裝、砲等）爲主力，依據「八陣圖」的要求，擬訂一項包圍殲滅戰的新式作戰命令「任務編組」於次：一、乾師在南方佈置陣地，於坤師誘敵進入我伏地後，以一部阻敵突圍，以一部支援坤師以火力懾服敵陣，並相機殲滅敵人。二、坤師在北方佈置陣地，並多挖掘陷坑，設置疑陣，引誘敵人進入伏地後，施放煙幕（北爲開門，色黑），以迷惑困擾敵人，並相機殲滅或捕捉之。三、離師於東方某高地佈置陣地，配屬火箭部隊某營，於敵人進入伏地後，以火器殲滅來敵。四、坎師於西方沼澤地帶設伏，於坤師誘敵深入後，如未能悉數殲滅，應迫敵人於水際而殲滅之。五、震師配一五五榴砲一營，東於北高地佈置陣地，以砲火支援各友軍作戰，相機打擊及殲滅敵人。六、兌師於東南陷地佈建陣地，以阻絕敵人突圍，並配屬政治作戰部隊某隊，以召降敵人。七、巽師配屬化學兵一連，於西南高地佈建陣地，運用西南風向適時施放化學藥劑，以癱瘓敵人行動，並相機捕捉及殲滅敵人。八、艮師於西北高山地帶佈置陣地，監視敵人行動，適時支援各友軍作戰，並防止及捕捉敵人小部隊之攀登逃逸。

上述「任務編組」，當然只是一種根據「敵我狀況」而產生的「構想」或「假想」，並且也未能完全述明八陣圖和實兵戰的一般狀況或運用上的變化，可是古代名將治兵，在知彼己、明機勢、深謀熟慮、算無餘策等方面的用功之深，卻迥非一般胡塗將軍所能窺其萬一，故以曹阿瞞、司馬懿、周公瑾、陸遜等人的雄才大略，對於料敵如神、一生謹慎的諸葛孔明，無不敬畏三分。

總統蔣公曾一再稱道易經的博大精微，及其在哲學、科學、兵學原理上的應用價值，他給軍事科學所下的定義是：「研究處理一切有關物質和數字問題的學問，是軍事科學。」我們如以軍事科學論易，那麼易象便正是一種研究處理有關物質問題的學問，而易數便正是一種處理有關數字問題的學問。綜觀古籍所記述的八陣圖，除了有形的物質的象以外，對於抽象的數字的處理，也無不妙合自然，極盡奇正、集中（新數學稱集合）、平衡、對應和變化的能事。

我國約有十種左右的數學和軍事古籍，載有類似附圖甲的一圖，有的古籍稱它做「八陣圖」，也有的稱它做「連環圖」等等，這是一種綜合八卦（六十四卦）、河圖、洛書數字所作的方圓混合圖，每一小環的總數都是二六〇，又每一小環裏的對稱兩數之和都是六十五，正合太平寰宇記所說的「歷然棋布，縱橫相當……凡六十四聚」的意義。這圖如活用於今日八個師或六十四個師的攻守包圍殲滅戰，倒也相當紮實和神妙！筆者身經大小百餘戰，所以才敢冒昧的說這幾句話。又這圖是見於宋、明、清人的記述，近人所編「中國數學史」也載有類似的圖，不識果能和孔明的八陣圖相合否？乙圖天馬行空，也是以六十四數排列組合而成，每一縱行、橫行、斜行（對角線）的和數都是二六〇。由於它從一到六十四的自然數順序，都是循着象棋所謂「馬走斜」的方向前進，而這些前進線迹又構成了一匹馬的圖案畫，所以才叫做天馬行空。這也是六十四卦和洛書的八八方陣圖之一，我國最早出現於宋代，西方最早出現於十八世紀，約較我國晚了六個世紀。又這圖也是西方的棋藝之一，據美國數學家們所寫的「數學漫談」，說它是「能供走日字的棋子『馬』沿着自然數順序前進的魔方陣，是十八世紀數學家歐依勒爾作成的。」這也很可能是中國的馬跑到西方留學去了。

別動總隊之回憶

筱臣

一、前言

筆者在「戴笠將軍的榮哀」一文中，曾經談到戴笠曾經組織別動軍，用以協助抗日。茲篇所擬記述的，則先於抗軍以前，即有別動總隊之設置，那是用以協助勦共，同隸屬於軍事委員會。

本刊編者知道筆者曾服務該隊，一再囑寫過去的服務經過的回憶。只是事逾三十多得，廿年前個人孑身流徙海隅，過去文件，片紙無存，僅憑記憶所及，時間地址，均已遺忘，遺誤之處，在所難免，是以遲遲未敢執筆。茲承編者一再敦促，勉為應命，倘有遺漏或失實之處，尚乞讀者鑒諒，實為厚幸！

勦共別動總隊的全銜，是「軍事委員會南昌行營勦匪軍別動總隊」，以下簡稱「別動總隊」，它是與「中央軍校星子訓練班」有着密切的關係，星子訓練班是教育機關，而別動總隊則是服務機關。

民國二十年前後，由於江西勦共，屢次失利，而湘鄂贛邊區，更成為共黨騷擾嚴重地區。是以當時軍事委員會蔣委員長，特別在廬山創辦軍官訓練團，招致各勦共部隊，高級將領以及中上級軍官，輪番赴團受訓，藉以統一意旨，加强勦共認識。

廬山軍官訓練團，受訓時間，為時至暫，僅一個月，是以另設星子特別訓練班，訓練時間較長，各軍校畢業生，以及勦共軍各下級幹部，均須在該班受訓，有的為期半年，有的更延長至一年。其後更擴大範圍，招收湘鄂贛各勦共區的黨務工作人員，以及高初中畢業生，受訓後即派遣回共區工作。

是時星子訓練班主任為康澤，亦即別動總隊的總隊長，副主任為張與人，星子訓練班成立在先，一年後始成立別動總隊。別動總隊成立之後，所有該隊中下級幹部以及隊員，均係從星子訓練班調去加以派充，其後星子訓練班畢業學生，除由各部隊送來受訓者仍回原部隊外，其他亦多派在別動總隊工作。

康澤擔任兩處工作，時常往來，以期兼籌並顧，是以該班與該隊，人事亦往往對流，互調服務，關係之密切可知。

創立的動機

江西勦共自從魯滌平主席部下的師長張輝瓚被俘殉難後，江西主席改由熊式輝接充，俾收人地之效。斯時南昌行營，蔣委員長往來南昌廬山之間，坐鎮勦共，並由熊式輝兼任行營參謀長，楊永泰任秘書長，勦共佈置，進入新的階段。

民國二十一年，熊式輝更發動地方人士，尤其側重在陷共逃亡士紳以及青年，組織江西各界協勦會。成立鐵肩隊，協助軍隊運輸，衛生醫療隊，救護傷患官兵，建立碉堡政策，步步爲營，發展公路交通，穩扎穩打，加緊糧鹽軍火，以及醫藥之封鎖，使共軍坐以待斃。

熊式輝更別出心裁，提出是年爲江西勦共年。他提出的新穎而別緻的口號是：

願做勦共工作謂之「仁」；
會做勦共工作謂之「智」；
去做勦共工作謂之「勇」；
此之謂「智仁勇」。

一時勦共觀念爲之丕變，勦共工作亦爲之大有改觀。蔣委員長提出了三分軍事，七分政治的主張，更發起新生活運動，提倡禮義廉恥，四維八德，以期針對共黨邪說，有所糾正。只是由於這一個時間，江西的民間久經戰亂，凡屬經過共軍侵擾之區，十室九空，一切田賦稅收，徵收至爲短絀，財政極端困難。再加以勦共部隊，軍風紀仍多缺憾，例如强拉民夫，霸佔民房，軍隊與民衆情感，仍有相當距離。

所謂嚴加封鎖，亦多有名無實。因此以上勦共政策，有待加强，如何維持軍風紀，肅清共諜活動，嚴密封鎖工作，加强民衆教育，均須賴强有力之推進。

於是南昌行營有創立別動總隊之擬議，基於以上的需要，明定了該隊的編制和任務。

編制的全貌

該隊的編制，是設置總隊長、總隊附各一人，參謀長一人，除有龐大的總隊部之外，其下直轄五大隊，大隊之下，則爲中隊、區隊、分隊，大隊等於普通部隊的營，中隊則等於連，分隊則等於排，其人數亦大致相同。

只是隊員的素質，他不同於普通士兵，大都係中央軍校畢業或地方團隊中下級幹部，並曾在星子訓練班已經受訓半年或一年以上的學員，派充隊員，其期別較高，學歷經驗較高者派充區分隊長。

由於素質優良，因此每一個隊員，均可個別擔任重要任務，並深入陷區或毗連共區擔任偵查，組訓民衆，維持風化紀，以及檢查、游擊及其他協勦工作。

別動總隊部的組織，尚稱完備，除總隊長總隊附之外，與之同級的尚有參謀長一人，其下則有秘書室、指導組、參謀組、交通組、總務組、設計委員會、軍法室以及特務隊等。參謀長與總隊長均屬少將階級，其他大隊長以及各組室主任則均爲上校或中校，各大隊中隊另設有政治指導員專負有關軍隊政治工作。

其組織系統表如下：

- 別動總隊
  - 一、二、三、四、五大隊—中隊—區隊—分隊
  - 總隊部
    - 指導組
    - 參謀組
      - 作戰股
      - 情報股
    - 交通組
      - 郵務股—各縣通訊站
      - 電訊股—各隊無線電台
    - 總務組
      - 交際股
      - 庶務股
      - 會計股
      - 醫務股
    - 設計委員會
    - 軍法室
    - 特務隊

任務與裝備

基於以上勦共方針之確立，故明訂勦共總隊之任務，計有下列各項：

組訓民衆：由於以政治工作爲前提，是以該隊首先任務，即爲協助地方政府，組織民衆，訓練民衆，所有各壯丁隊之編組事項，均由派駐各該隊之隊員，擔任訓練教官，授以軍事基本學科，至於薪津，自由別動隊支給，是以地方政府，亦樂於從事。此外，並由該隊經常舉辦民衆識字班，或補習學校，授以特種教育，其教員人選，亦均由隊員選充。

偵查游擊：該隊的次要工作，則爲偵查敵情，加强諜報，除了武裝隊員，經常出沒陷區，予敵痛擊外；仍有若干便衣隊員，携帶短槍，潛赴陷區，從事偵查工作。但偵查工作，必須與地方民衆打成一片，方能發生關係，因此，與着組訓民衆工作，相互爲用，發生了實際效用，

嚴密封鎖：過去封鎖工作，僅賴哨卡檢查，官樣文章，徒具形式，加以陷區遼濶，山路崎嶇，百密一疏，爲敵作倀之輩，貪圖厚利，實繁有徒。由於該隊成立以後，偵緝加强，大凡平昔走私敗類，事先均有詳細調查，民衆檢舉，亦經常時有所聞，用能收到封鎖實效。

維持風紀：所謂維持風紀，不僅限於勦共部隊或地方團隊。軍人中有違反軍風紀情事。該隊隊員固實行憲兵任務，輕則予以立時糾正，重則函知各部隊直屬長官，或逕行呈報行營嚴懲。其次則爲地方官吏如有貪污瀆職之處，亦在該隊偵查之列。因此，凡該隊所到之處，所有勦共部隊以及地方官吏，均爲之刮目相看，互相約束，自爲警惕。斯時一般輿論對該隊有極其滑稽之口禪，錫以「見官大三級」之諷刺。

其他協勦事項尚多，固不備述。爲了便於執行任務，所以該隊裝備，亦與一般部隊有別，隊員多配有短槍，即二十響駁殼；配步槍與手榴彈的，每一分隊間有三四人；其次則爲每一區隊，均配有輕重機關槍，裝配優良，威力至强。每一大隊，均配有無線電台，有時利用當地政府電台，與總部密切聯繫。其他裝備，亦均由行營充分發給，較之其他部隊，實爲優厚。

成立與人事

該隊係於民國二十二年夏，在江西臨川成立，其時北路軍勦共總指揮部亦駐臨川，總指揮爲顧祝同，是以該隊雖直隸行營，但同時仍受顧祝同之指揮，就近秉承辦理。總隊長爲康澤，副總隊長爲韓文煥，參謀長爲劉伯龍，以上三人均屬最初該隊之領導人選。

總隊部人事，成立之初，指導組長張輔邦，參謀組長係由劉伯龍兼，交通組長余拯（後爲立法委員最近在台逝世），總務組長陳迺恭，秘書柏良。設計委員則爲聘任，有筆者、章斗航、黃强三人。

筆者參加爲設計委員，此中因素，則係當成立之初，行營爲求黨政軍之配合，曾令江西省黨部派委員三人參加，當時省黨部卽推筆者三人前往擔任，於成立之初，卽參加工作，但黃强（現任立法委員）始終未到職，章斗航則後來由該隊介紹與江西省政府，派充星子縣長，期與星子訓練班取得協調。（按章斗航後任職海軍部秘書，極得海軍總司令桂永清之信任，現任教台灣東吳大學。）

與我同時任設計委員者，尚有張軫，與我同住兩月（抗戰勝利後曾任河南省政府主席，淪陷後已投共，現在生死莫卜。）後任設計委員的，則尚有葉青（原名任卓宣，現任台灣某大學教授，有關三民主義著述極多。）其他設計委員尚有多人，因未到職，印象不深，姑不具述。

成立之初，僅有三大隊，第一大隊長爲馬維驥，亦駐在臨川，第二大隊長爲龔建勛，率隊駐在福建，第三大隊長爲公秉藩，駐贛西。每大中隊各有指揮員，其人選大多由中央政治學校新近畢業之同學充任，其餘則爲中央軍校及其他大專畢業學生。

不久，四、五大隊亦相繼成立，第四大隊爲曹勗，駐湖北邊區，第五大隊爲鄭挺鋒，駐上饒。

當筆者到總隊部之後，因爲事實上需要，更成立軍法室，由我兼任軍法室主任，另設軍法官二人，書記官二人。

以上爲該隊最初成立之大概情形以及人事的部署。

生活與情趣

該隊既爲負有執行軍化紀的責任，必須以身作則，正己始可正人，故該隊對於本身的紀律，要求極爲嚴格，更爲了實踐蔣委員長提倡新生活的訓示，清潔、整齊、簡單、迅實，更成爲全體的信條。

每天日常生活，天明卽參加升旗，一律戎裝，並跑步半小時，或練習八段錦，早餐後開始辦公，傍晚降旗，自由散步半小時，晚十時一律息燈。所有工作人員，無故不得外出或赴遊樂場所及其他地方。甚至連紙煙亦在禁止之列，致令我們一般有煙癖的人，深感到極不方便。

筆者從未受過軍事訓練，故最初生活頗不習慣，但該隊爲了使全隊整齊劃一，對於我們文員更特別施以軍事訓練，授以基本軍事常識。

後來更練習打靶、騎馬、整理內務，及一般初步的動作。習慣成自然，終於使我們也同化了。

但我們的內心，總不免有太形式化與太矯枉過正之感。好在另有俱樂部與消費合作社等之設置。公餘之暇，可以進入俱樂部下棋或練習平劇，後來平劇經過短時期訓練，居然可以排戲，粉墨登場。在某次慶典中，亦曾公演若干次，雖屬自我陶醉，亦頗得自樂其樂。

消費合作社，除一般日常用品外，尚有菜餚之供應，二三同事或小宴，大可在此買醉。兼之公餘之暇，從事狩獵的同事亦不少，獲得野鷄山兎，亦可供之同好，以爲佐酒之需。

駐地的遷徙

以上爲總隊部工作同仁的生活情趣，至於各大中隊，則因分佈地區遼濶，甚至每一區分隊，均須進駐鄰近共區，協同地方政府，擔負個別作戰及游擊偵查任務。生活方式，容有大同小異，但對風紀之重視，則全隊一律，不得稍有違反。

各大中隊，分駐地區，遠及福建以及湘鄂贛邊區，未能詳加一一列舉。這裏僅就總隊部的駐紮地區，加以簡述。

總隊部既已成立於臨川，其時駐軍甚多，地方公共祠宇有限，不得不與地方政府協商，借住民房，軍民混合同居，由於軍紀嚴明，民衆出入亦任其自由，尚無不便，而且環境清潔衛生，亦大爲改觀。

由於勦共進展，向前推進，後來別動總隊更由臨川進駐南城。翌年春，更西移吉安，幾達一年之久，直到民國二十四年夏，其時共軍已逃竄至川康，南昌行營結束，改設重慶行營，由賀國光任行營主任，仍由楊永泰任秘書長，移節重慶。

別動總隊亦同時奉到命令，受重慶行營之指揮，全隊進駐四川溯江而上，總隊部則一直駐紮重慶之浮圖關，控制着通往成都之孔道，居高臨下，形勢至爲險要，爲時幾達三年之久。

直到抗戰時期，中央訓練團更設置於浮圖關，調集各抗戰之上中軍官以及地方優秀幹部，輪番赴團受訓，冠蓋往還，全國受訓的人士極多，對於該地之印象，當亦至爲深刻。

重慶行營既已設立，此爲中央政令初達四川之開端，這在中央統一軍令政令來說，應該是劃時代之創舉，亦即中央權力進入四川之轉捩點。不久，四川省政府亦已開始全面改組，任命劉湘爲省主席。

康澤爲四川安岳人，此行移駐重慶，其工作幹部以及別動隊員，不少川康子弟，人地相宜，工作方面，自易收到事半功倍之效用。更加以康澤雄才大略，多事延攬川康優秀青年以至軍事幹部，結納地方紳耆，增加聲望，一時聲勢赫赫，先聲奪人，不免受到劉湘之嫉妬。

重以該隊爲貫徹中央政令，糾正過去四川軍閥把持惡習，禁煙禁賭，徹底奉行。例如初抵重慶時，重慶扒手小偷，極爲猖獗，由於該隊的拘捕，爲數達數百人，雷厲風行，鼠輩爲之斂跡。又如重慶警備部之某副官長，爲劉湘之重要幹部，因在重慶北岸設廠製造毒品，爲別動隊所偵悉，贓證俱獲，於是將某副官長，誘至浮圖關，訊明確實，迅即呈報行營，予以槍決。此案由筆者與情報股股長謝宣渠密商會辦這一切案件，故知之較詳。此事傳到劉湘那裏，不免爲之震驚，對別動隊之工作進展，更加以阻撓與破壞。

後來行營更有指示，所有四川各縣壯丁隊之訓練，均由別動隊派員協助，但此一訓練方案，劉湘未予同意。別動隊自屬大爲失望，因之遷怒於四川民政廳長王又庸，（按王又庸本係重慶行營之政治組長，由楊永泰介紹與劉湘，獲充四川民政廳長。）民衆訓練，因屬民政廳主管，故該隊對王又庸極不諒解，認爲他與劉湘，相互勾結，有意阻撓別動隊之工作進展，對王又庸亦備加責難。

當時成都都流行有一副極其諷刺滑稽之對聯，聯爲：

「財政本非難，稽不辦來劉會辦；

川民何不幸，甘既庸兮王又庸。」

按原任四川財政廳長爲稽祖佑，後來省府改組，稽祖佑去職，以劉航琛接充，劉當時是現任財政廳會辦。（劉航琛現仍健在，卜居台灣。）民政廳原爲甘績庸，（績諧音既），改組後由王又庸接充，極爲巧合，傳誦一時。該聯是否爲四川名士劉師亮或厚黑大師李宗吾手筆，則未有所聞。

王既受到攻擊，以事屬莫須有，代人受過，故亦不安其位，未滿一年，即萌去志。其實，王又庸並非平庸之輩，筆者與之更有知遇之感，卽如我首膺民牧，初任四川簡陽縣長，卽係王任民政廳長時所任用。因過去與王在江西論交，卽備蒙青睞，到了重慶以後，更時相過從，王旣已發表四川民政廳，當卽要我改任民政工作，並擬派我爲成都縣長，鮑公任爲巴縣縣長（按巴縣卽重慶，只有重慶市區另屬重慶市政府，鮑卽長城公司演員鮑芳之父親。）我當時卽回總隊部商之康澤，得其同意，並予留職停薪，將來仍須回隊工作。

是年終，卽携眷抵成都聽鼓，在旅社候差月餘，及至發表，巴縣爲鮑公任，因爲成都縣缺，劉湘另有他人，我則改派簡陽，卽此可見王又庸並不能完全作主，劉湘爲省主席，自不得唯命是從。

當筆者履任時，晉謁王又庸請訓，並擬將縣府工作人員，全部由別動隊調充，以期工作精神與工作效率，有所改進。當卽蒙王又庸首肯。此可見王又庸對別動隊過去工作，亦頗多贊許，並無歧視之處。再說王接任民政廳以後，卽毅然以整飭吏治，嚴禁貪污爲首要，其次則爲民政廳內，成立四川地籍整理處，期從調查地籍入手，以爲將來改革地政之張本，凡此皆屬眞知灼見，具有政治抱負，絕非庸碌之輩可比。

惜我其時早已赴簡陽任職，對他們之間的誤會，無從向康澤解釋，爲之疏解，卒之王後來辭職獲准，擺脫了民政職務，了此一重公案。但劉湘與別動隊之意見，始終未能化除。

我離開該隊一年有餘，計二十四年十月至二十六年三月簡陽交卸止，故對該隊全盤工作進展，以及在四川工作實況，已不甚了了。及三月奉令調部任主任秘書，向省府辭職，獲准後，卽回重慶總部工作。但四月底卽奉到總隊長康澤由星子來電，囑飛漢口轉廬山，晉謁蔣委員長，另候差遣。

計在廬山與星子之間，逗留兩月有餘，兩度由康澤陪同晉謁蔣委員長，新任務雖已決定，只候明令發表。惜因七七事變，盧溝橋炮聲已起，抗戰爆發，該項任命遂已不能發表了。

別動總隊因奉命參加抗戰，全隊業已奉命離川，卽日東下，七月底總部已到達武漢，駐於武昌之長春觀。我自飛武漢後，卽未返渝，此時才返總部任職。綜計這一時期該隊主要任務，卽爲發動游擊工作，組訓游擊隊伍，其時北方將領前來接洽者，絡繹於途，我們擔任款待，酬應至爲頻繁。多屬索餉索械，槍彈與糧食之補充，幾至不勝其擾。

大約在武昌駐紮達半年之久，二十七年春我則請准辭職，回江西工作。該隊不久亦奉命改編爲三個師，勦共總隊工作至此算是告一結束。以上爲該隊駐地變遷的大概情形，至於改編的經過詳情，則以離職未能詳悉。

康澤的遭遇

康澤所主持之星子訓練班亦於斯時同時宣告結束，他後來的主要工作，則爲籌備三民主義青年團，以及後來擔任中央黨部的組織處長，曁籌辦中央團部幹部訓練班，職責至爲繁重，其權勢亦極爲各方所矚目。

他雖得到蔣委員長倚畀之重，信任之專，在職數年，任勞任怨，但卒因利害衝突，始終不能見諒於先後主持團務之張治中與陳誠。終因他們的譖訴而於抗戰勝利前夕，一度赴美作考察之行。這就是他下台的暗示，亦卽註定了他後在襄樊之役的被俘。

及他自美返國後，這時中樞亦已還都南京，他仍無所事事，未聞高峯對他有何任命。後來還是由朱家驊等替他安排了一位立法委員。轉到民意機關任職。

他自然未甘寂寞，不安其位，他自想從帶兵入手，整軍經武，重整旗鼓，所以每天總在這一方面大動腦筋，多方進行。

據後來友好告知我，當時曾有人勸他今後應看清政治環境，致力於民主政治工作，以他過去主持三民主義青年團來說，優秀幹部。遍佈全國，均係一時之選，將來必然有所成就。不必亟亟於從事軍旅工作。

大概這一些忠告，康澤未能接納，終於受了中央軍事當局的委派，約在民國三十六年底接受第十五綏靖區司令官的任命，去到襄樊鎮守。這時的戡亂工作，已經到了極其艱鉅的階段，他可以說其受命於危難之際，冒險犯難，去作孤注一擲了。

其時因我遠在江西工作，彼此公忙，不常通信，對於他發表軍職的經過以及他被俘的情形，均無所悉，無從補述，當時一度傳說他已殉職，爲戡亂而犧牲，當時深爲之哀悼不置。

不久，中共發佈了他被俘的消息，此後即雲天遠隔，我已逃亡至香島，只知他被俘後仍在拘禁中，自然是過着求生不得求死不能的慘痛生活了。

事隔多年，偶見中共報紙，間或有關於他的紀錄，有一篇是以「康澤失寶記」爲題，說他在一九四八年七月（即民國三十七年）鎮守襄樊時擁有一件寶貝，是解放軍不能有的，因此敢於踞城抵抗。這件寶貝，是甚麼東西？原來叫「化學砲連」，擁有幾門化學砲，它是從美國運來的，比八二舊式迫擊砲的破壞力大，而且發射的是黃磷彈，黃磷見了空氣就燃燒，放出五氧化二磷氣體，可以使人中毒。

又說：過了幾天，解放軍大舉攻城，戰鬭空前激烈，那個化學連的連長，跑去報告康澤，說是該連的重砲全丟了。當即派特務營前去追奪，但特務營又被解放軍包圍了，而康澤也就在這場戰役中當了俘虜。

另外又有一篇報導，是以「活捉康澤記」爲題，說是當共軍攻陷了司令部以後，一直到了下午，康澤還沒有找到。解放軍教導員要秉仁率領一排人，接受了專門搜索康澤的任務。他們在俘虜羣中，查出了一個名叫傅起戌的康澤的衛士。在這個衛士的指引下，進入了康澤司令部的地道。

陰暗、濕、潮、黑洞洞的地道，悶熱和血腥臭氣撲鼻而來。搜索者們打着手電，一步一步摸索前進。地洞裏撒遍了各式各樣的物品，公文、水壺、面盆，染滿血汚的軍衣、綳帶，橫臥着若干屍體，有的還在斷續地呻吟。搜索者查看了每個角落，走遍了整個地道每一具屍體都翻過了，每個傷兵都檢查過，一路走一路問：「這人是不是？」傅起戌總是回答：「不是！不是！」

又說：來回搜索了兩遍，都沒找到康澤的下落。最後，他們來到了解放軍爆破的大砲樓附近，順道地向右一拐……他們跨過死屍，下到一個很深的大坑，地道頂端透進一線亮光，原來這裏有一個露天的氣孔，氣孔被一個死的士兵堵塞着，腦漿和血水還在一滴一滴往下流，通訊員高懷禮用刺刀把屍體挑了下來，亮光透入，只見一個滿身血汚的人躺在裏邊。他的大腿橫壓着一個血肉模糊的死人，背脊放在另一具屍體上，傅起戌一見此人，一聲扭頭就向外跑。要秉仁伸手拉住了他，他顫慄地說：「我……不敢見他……他就是康司令……」

從以上的報導來看，儘管在這些紀錄中，極盡嘻笑怒罵之能事，可知當時康澤是受傷而倒臥於羣屍之中，由於他的衛士指認，終於被俘了。

在前幾年，大約是在一九六六年，中共最後的一次大赦，康澤居然被他們釋放出來，中共報紙，自然大事宣傳，宣佈他們貓兒哭老鼠的寬大政策。其實，康澤已被囚廿年，形同槁木死灰，已無絲毫價值。康澤亦將屆古稀之年，行將就木，留得這一副臭皮囊，又有甚麼意義？總之，康澤已屬晚節不保，自屬爲終身之玷，作爲是他的好友，亦只有替他惋惜，走筆至此，不勝浩嘆！

常德會戰與濱湖形勢

胡養之

一般人總以爲長沙的幾次歷史性會戰，比常德會戰更爲重要。其實，這兩地亦發生的戰事都是息息相關的。我們知道，常德會戰發生於民國三十二年（一九四三）的八、九月之交，在時間上言，後於長沙第三次會戰約兩年半的光景；而先予第四次會戰約九個月。這是甚麽道理呢？因爲日本人無論進攻任何城市，必先深思熟慮；他們曾熟讀我國「孫子兵法」，認爲第一、二、三次進攻長沙都犯了孤軍深入，補給線拉得太長之弊，因此，非吃敗仗不可！正如孫子的「作戰篇」所說：「凡用兵之法，馳車千駟，革車千乘，帶甲十萬，千里餽糧……。其用戰也，勝之則鈍兵挫銳，攻城則力拙，久暴師則國力不足。……」又說：「故兵聞拙速，未睹巧之久也。先兵久而國利者，未之有也。」

以是，當時的若干國防戰略家們覺得：常德那次會戰能够阻遏日軍的南進和西進，對於長沙第三次會戰的大捷，以及第四次會戰的大敗，可以說是有着密切關連的。換句話說，沒有長沙的第三次大捷，自然沒有了常德會戰；而沒有常德會戰的勝利，也許沒有了長沙第四次會戰的失敗。蓋敏感的日人又領會了孫子「始計篇」中所謂：「兵者，詭道也。故能而示之不能，用而示之不用；近而示之遠，遠而示之近；利而誘之，亂而取之，實而備之，强而避之，怒而撓之，卑而驕之。……攻其不備，出其不意。……」

與長沙會戰的密切關連

實際上，日本鬼子一開始進侵我國的戰略和政策，便犯了極大的錯誤。由於它最早的估計是希望「最多在三個月可以完全解決中國」的，因之，它的軍事行動便採取了所謂「速戰速決」的策略。卻沒有想到中國最高當局的決心是：「抗戰到底，獲得最後勝利。」以地大物博的中國，實行「長期抗戰」，甚而決定「戰至最後一人」，確是日本人始料所不及的。孫子說：「知己知彼，百戰百勝；不知彼而知己，一勝一負；不知彼不知己，每戰必殆！」

當日軍於民國二十七年九月間，先後分別侵佔我武漢和廣州的時候，其主要目的似去迅速打通粵漢線之後，再由衡陽沿湘桂鐵路而直搗廣西；進而威脅滇、黔各省。另一路則自湖北江陵南侵，經澧縣、常德、沅陵、鳳凰、芷江而西折入貴州。假定日本鬼子的第一個計劃：從武漢沿粵漢鐵路，經咸寧、岳陽，分別摧毁我濱湖防守陣地，以抵長沙、衡陽，而順利地與侵粵日軍會師於湘粵邊境的話，那末，不僅是湖南的情勢會完全改觀；即整個西南的抗戰策略，也非跟着改變不可。尤其第九戰區的兵力部署，更要全盤予以改變。所謂「一着之差，全盤皆亂」！一方面是第九戰區長官部，勢必遷至湘省西南山區，繼續從事游擊戰爭，而湘省西北部的守軍也不能與敵人作正面戰爭了。

特別是「左抱洞庭之險，右控五溪之要」的常德城，更爲首當其衝，到必要時，則很可能會自動放棄的。另一方面是：日本鬼既得長沙、湘潭、衡陽，則常德、漢壽、益陽等濱湖之地，便垂手可得，而無法從事大規模的戰爭了。可是，當時第九戰區作戰計劃，則以確保湖南省會爲最高目標的。因而集中兵力堅守這古城，致令日軍對長沙先後發動三次攻勢，均告失敗；且前後被我英勇戰士所殲之敵共達九千餘人，高士嶺的「萬人塚」便是一個明證。

日軍對於長沙屢攻不下之後，認為此路不通，於是乃改變其進侵路線，企圖乘虛而入——攻我兵力較為薄弱的湘西，它計劃拿下常德之後，一方面沿沙興公路西進貴州；一方面則沿沙興支路經漢壽、益陽，而與湘北的平江、瀏陽等地日軍夾攻長沙。誠如孫武子在其「虛實篇」中所說：「故善攻者，敵不知其所守；善守者，敵不知其所攻。微乎，微乎，至於無形；神乎，神乎，至於無聲，故能為敵之司令。進而不可禦者，衝其虛也。退而不可追者，速而不可及也。故我欲戰，敵雖高壘深溝，不得不與我戰者，攻其所必救也。」

質言之，日軍所以進攻常德的是，目的在分散我軍的兵力和視線；但出乎日軍意料之外的是：部署於湘西的我國部隊雖不算強大，然其士氣卻非常高昂，僅僅經過數日激烈的浴血苦戰後，又給日軍碰了一個大釘子！因此，我軍以屢戰屢勝為驕，逐漸養成了一種輕敵的心理；而所謂「哀兵必勝」的日本軍隊，於惱羞成怒之餘，乃於九個月後，集中全力向我長沙作第四次的孤注一擲！

常德城的軍事戰略價值

上面是說的常德會戰與長沙第三、四兩次會戰的關係。至於日軍為甚麼要選擇常德作會戰的目標，除本文前段指出了日軍進侵我我國西南的策略外，而常德對於湘、鄂、黔三省的重要性，也不下於長沙城；其形勢的險要且有過之。因為常德在宋代置府，清時屬湖南省，治武陵（古為黔中武陵地）；民國後廢府，改武陵縣為常德，為湖南武陵道治。它位於長沙的西北，隔洞庭湖一依帶水。正如前文所說：「它左抱洞庭之險，右控五溪之要」，北屏江陵，南臨長沙，荆湖之唇齒，滇黔之喉隘也。城濒沅水北岸，去合口僅八十里，商業甚盛，屹然為湘西第一大都會，而在滇越路未通以前，又是雲南出入貨物轉輸的衝途。清光緒三十一年，曾計劃與湘潭自闢為商埠，其後未嘗實行，只是允許外人由此上下旅客，轉運其貨物而已。

五十七師師長余程萬

常德城以西為武陵諸山，林谷清幽，巖壑深邃，名聞遐邇。按：武陵山為南嶺支脈，自黔省迂迴川、鄂而入於湘省西北境，蜿蜒於沅、澧二水間，無崇山峻嶺。桃源縣南三十里有桃源山，山的西南有桃源洞，風景幽美，饒溪壑桃林之勝，相傳為秦人避難之處。城東南面有德山，為武陵山支脈的主峯，活現一隻大水牛，埋頭飲於沅江之中，故其山頭的最低點叫作「牛鼻灘」，即取此意義。湖南人有副絕妙的聯語是：「常德德山山有德，長沙沙水水無沙。」亦即描寫湖南這兩大城市的特徵，而德山又是民三十二年常德會戰時，敵我爭奪的主要戰略據點；其時第十軍預備第十師師長孫明瑾少將，即在此山遇伏而壯烈成仁者。

常德城依德山之麓結構，而跨在沅水北岸；沅水的上源有二，均出自貴州境內，南源曰馬尾河，北源曰麻哈河，合為清水江。蜿蜒於東北，至黔陽縣會潕水，始名沅江。東流至洪江會巫水；北流至辰溪會辰水；至瀘溪會武水；至沅陵會西水；乃放流而東，經常德分道入洞庭湖。全長約二千三百里，僅次於湘水而為湘西水運的要道。當洞庭湖水漲時，汽輪可溯沅水至桃源等地。

與常德唇齒相關的莫過於澧縣及益陽，前者位在澧水北岸，距常德城約九十里，帶江結湖，形勢重要。北屏江陵，南障常德，扼水陸衝途，湘北的咽喉。其東津市，位澧水下流，爲澧水貨物出入的樞紐，與長沙、沅江、沙市等埠，均有小汽船往還。其商業之盛，在湘西中除常德外，無有其匹。後者則位於資水下流，當長沙、常德之間，爲濱湖要地，與長沙、常德、岳陽等處，都有汽輪相通，爲資水流域的貨物所萃集之地。其西南安化，爲湖南產茶最盛之處，多由益陽轉運於漢口、長沙、常德等地。其西北漢壽，位資、沅二水之間，與常德、桃源恰成等邊三角形，而隔沅水遙遙相對。當常德會戰時，由長沙方面開去的援軍，多半在漢壽登陸。

由長沙派特種部隊馳援

談到常德會戰的發生，以及我軍轉敗爲勝的曲折經過，因爲筆者曾經參與是役的緣故，迄今雖隔二十九年，仍能記憶一個大概。當時我還在第九戰區砲兵指揮部參謀處任作戰參謀，辦公的地點是在長沙南門外小林子冲的陳家巷，距長官部參謀處所在地——東門外的韮菜園，約有四至五華里之遙。但自第三次長沙會戰以後，參謀部門特別是砲兵指揮部的參謀處，對於該戰區範圍內的測地作業、繪圖作業及通訊作業等，更加倍繁忙。我們每天必須以有線電話跟長官部參謀處作戰課聯絡三至五次不等；同時，與前方配屬各軍的砲兵單位，也要經常取得聯絡或轉達長官部的命令。如果長官部獲得了重要或機密的情報，而不能在電話中交談時；則無論是晝夜或風雨，必須立刻前往司令部，聽候面授機宜。

民國三十二年八月中旬的一個晚上約十點鐘左右，當我接到參謀主任陳宏章（廣東寶安沙頭角人，黃埔軍校第七期砲科畢業後，並考入陸大參謀班深造）的電話後，立即騎馬跑到長官部參謀處的時候，不獨看到緊張的氣氛；且正在進行緊急會議，由參謀處長趙子立主持；參加會議的除長官部的各處、課單位主管之外，尚有長沙城防部隊各單位參謀長、砲兵指揮官、工兵指揮官、通信指揮官及各部參謀長等；並由各單位機要作戰參謀擔任會議紀錄。其會議內容大致如下：「頃接第六戰區長官部參謀處密電，發現江陵之敵約兩個聯隊，挾其輕重武器紛紛渡江。而原駐公安之敵亦有向西南移動模樣，似有進犯常德及濱湖地區。……」

常德城內，我軍與日軍巷戰

同時，長官部情報課接到前方的情報，也有二十七集團軍總部發自益陽的密電，湘北澧縣、安鄉的先頭部以及濱湖防守司令吳奇偉部，均紛紛來電報告常德東北面的情況，亦如上述。

綜合以上這些情報，加以研究並作出概略的敵情判斷是：常德在一個星期內將必發生惡劣的戰事，來自鄂省方面之敵至少有二至三個聯隊，以銳進姿態犯我濱湖重鎭——包括澧縣、安鄉、常德、漢壽及益陽等地。因此，九戰區長官部馬上決定由長沙方面派遣特種部隊如砲兵、工兵、通信兵及輜重兵等等，火速馳援。但是由於陸上交通（只有沙興支路）早經破壞，車輛無法通行，只好完全依賴水上交通了。而水上交通也有種種困難如下：

㈠是由長沙乘汽輪沿湘江經靖港、湘陰、蘆陵潭，而北入於洞庭湖這段航程，約達九十至一百公里；並且缺乏巨輪航行，加以白晝又因空襲關係而動彈不得，全靠黑夜行駛，必需兩夜時間。

㈡是因爲沒有巨輪，工兵和通信兵部隊，倒可隨時出發，晝停夜行；惟有笨重的大砲卻非巨輪不能載運。可是巨輪的目標太大，白晝難以隱藏，恐遭空襲。所以結果決定派遣重量較輕而且還能分解的砲兵第一團第一營十二門山砲，裝備彈藥二十個基數（每一基數爲六十四發砲彈），分載十五艘火輪，並於八月十九號以前準備完畢，而當晚九時則開始登輪出發。

常德光復後，我軍開進城內

然而說時遲那時快，根據前方的緊急情報，在常德東北面的津市、安縣、周家店及鰲山等地，已有敵人結集；且與我軍前哨部隊發生了小規模的接觸。於是砲兵指揮官王若卿當晚指定筆者，携帶常德附近的測地、繪圖等成果，準備隨軍前往常德，從事砲兵作業，負責與第二十集團軍參謀處、長官部作戰課及三個軍的砲兵營直接聯絡，構成常德一個城防砲兵的作戰單位。

越過瀰漫浩瀚的洞庭湖

十九日下午五時起，砲一團山砲營陳營長及筆者等，在該團團長鍾鳴暉和砲指部的陳參謀主任指揮下，分別在長沙小西門各輪船碼頭，用石灰劃上箭標和砲兵連的番號，並於當晚八時許將大砲、騾馬及彈藥等分批上船。由於當時沒有空襲警報，順利而迅速地登輪完畢後，即以强行軍的姿態進發，而隨行的計有：觀察隊、通訊隊、繪圖員等，其中的無線電通訊排則忙得不亦樂乎！因在湘江途中一共接獲六、七個密電，指揮我們務必加速航行，每隻火輪除張設僞裝網之外，並儘量利用湘江兩岸的地物地貌作掩飾，加大距離，減少空襲的威脅；且於白晝亦不得停航，限於四天以內必兼程趕到漢壽登陸；如情況許可，則最好直駛常德附近登岸，以便縮短馳援的距離和時間。

幸而天公作美，夏秋之交，長江上流雪崩，洪流下瀉，山洪暴漲，由虎渡、藕池諸河流，倒灌洞庭湖，以致湖中水量大增，易於航行；加以細雨紛飛，減少空襲顧慮，預期於限期內可以抵達指定登陸地點爲喜。雖然是時的湖長已增至二百餘里，廣一百五十餘里，面積約達一萬五千方里，瀰漫浩瀚，宛若大海。但我軍士氣旺盛，經汨羅江口憑弔楚大夫屈原懷沙自沉的志節之後，便浩浩蕩蕩地乘長風，沿洞庭湖南岸經石城山麓、荒湖、後江湖，而於限期的前三小時抵達漢壽，登陸報到；其餘騾馬、彈藥及大砲，則分別駛入沅水的蘇家渡一帶地區，始全部登岸。

洞庭湖為我國淡水湖第一，蓋烏江以東，五嶺的越城，萌渚、都龐、騎田以北之水，如湘、資、沅、澧各江皆滙於此。故唐時劉長卿的「寄元中丞」七律詩中有「汀洲無浪復無煙，楚客相思益渺然；漢口夕陽斜渡鳥，洞庭秋水遠連天」之句。但洞庭湖的面積，其廣狹全視季節而異。除了夏秋時湖水驟增之外，一至冬春之時，因江水量減，湖水輸入大江，則湖中大半涸為平野，有如洲汊溝港，僅存湘、沅諸水的河槽數道而已。因之，濱湖各縣如華容、安鄉、南縣、漢壽、沅江、益陽、湘陰、岳陽等居民，即與水爭利，闢田以耕，致湖面日狹，已種漫流之因矣。

湖中的島嶼很多，其中以杭桿洲為最大，而以君山為最著名。君山或稱湘山，內有小山十二，狀如螺髻。故唐劉禹錫的七絕詩云：「湖光秋色兩相和，潭面無風鏡未波；遙望洞庭山水翠，白銀盤裏擁青螺。」其形容君山之於洞庭湖中，可謂淋漓盡致。

君山之上有斑竹，相傳舜耕九嶷時，娥皇、女英二妃南下追踪，越洞庭、遊君山，淚洒於竹林上，以致淚痕斑斑，故又有「淚竹」之稱。山上古木參天，中有木蘭樹，亦頗著名。唐人馬戴的「楚江懷古」五律云：「露氣寒光集，微陽下楚丘；猿啼洞庭樹，人古木蘭舟。廣澤生明月，蒼山夾亂流；雲中君不見，竟夕自悲秋。」又據宋史所載：「岳飛曾伐君山之木，為巨筏塞洞庭諸港，以擒楊么」云。

名勝古蹟與濱湖形勢

濱湖的名勝古蹟，首推岳陽樓。岳陽一名岳州，古巴陵郡。地界江湖之間，城瀕洞庭吐口，三閭臨湖，一面接陸，城西堞樓，即岳陽樓故址，下臨洞庭，茫無際涯，遙望君山，蒼翠如屏，眞有如范仲淹的「岳陽樓記」所述：「……在洞庭一湖，含遠山，合長江，浩浩蕩蕩，橫無際涯，朝暉夕陰，氣象萬千。……」

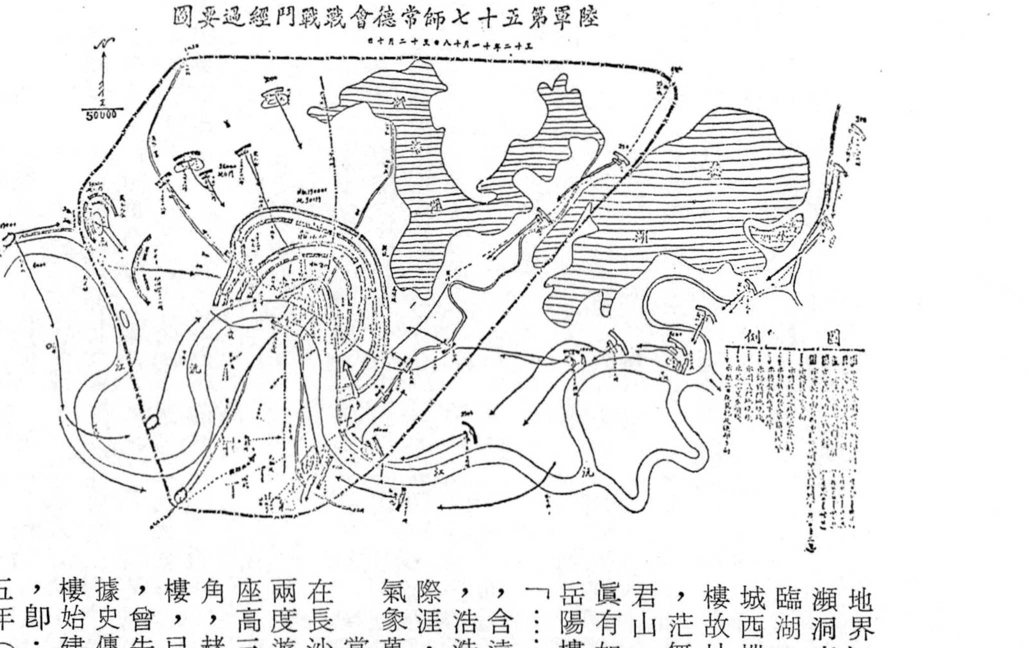

當抗戰前筆者在長沙求學時，曾兩度遊此。這是一座高三層，四面翹角，赭黃顏色的古樓，已經頹圮多次，曾先後重修。根據史傳記載，岳陽樓始建於東漢末年，即：「漢建安十五年（公元二一〇）吳將周瑜卒，以魯肅代之。至建安二十年（二一五），劉備、孫權爭奪荊州，魯肅率萬人屯守巴丘，築巴丘城。」相傳岳陽樓是當年魯肅在洞庭湖中訓練水師時所築的閱兵樓，惟其構造簡單，不為人所重視。至唐開元四年（公元七一六），中書令張說駐

陸軍第五十七師常德會戰戰鬥經過要圖

三十二年十一月十八日至十二月十日

守岳州，乃將閱兵樓進行改建；並從那時起改稱「岳陽樓」。由是遠近遊人，文人雅士，登樓賦詩者，計有李白、杜甫、白居易、韓愈、李商隱、孟浩然等。其中以杜甫的「登岳陽樓」五詩爲膾炙人口，詩云：「昔聞洞庭水，今上岳陽樓；吳楚東南坼，乾坤日夜浮。親朋無一字，老病有孤舟；戎馬關山北，憑軒涕泗流。」又孟浩然的「臨洞庭上張丞相」五律詩，亦甚爲傳誦：「八月湖水平，涵虛混太清；氣蒸雲夢澤，波撼岳陽城。欲濟無舟揖，端居此聖明；坐觀垂釣者，徒有羨魚情。」

但以上文物都已失散殆盡，只在三樓上還有落款爲「長庚李題」的「水天一色，風月無邊」的匾聯了。

宋慶曆四年（一〇四四），謫守巴陵郡的滕子京，又重修了一次，並請范希文作記，岳陽樓的聲名更著。范氏這篇儁美的「岳陽樓記」，由當時大書法家蘇子美書寫，大雕刻家鄒練所雕刻。其雕屏共十二塊，長一丈餘，寬二尺，字徑約六寸，爲岳陽樓中的文物最珍貴之一部份。

樓前左右有「仙梅亭」和「三醉亭」各一。前者建於明崇禎十二年（一六三九），相傳當年修建岳陽樓時，在沙土中掘出一塊一尺長，三寸多寬的石碑，上刻有一株枯梅，有二十四蕚，而沒有枝葉，以爲仙蹟，於是建亭安放，並命名爲「仙梅亭」。後者則建於清乾隆四十年（一七七五），據說此亭是爲紀念呂洞賓在岳陽樓飲酒三醉而興建的，故名「三醉亭」。亭中有一六尺高的青石巨碑，上刻呂洞賓道冠長髯畫像，青石明淨，刻筆遒勁秀麗。同治六年（一八六七），以兩亭曾遭竄擾岳陽的太平軍所毀，乃重行修復。

兩亭之間有一鐵鼎，高丈餘，重達五千斤。傳爲光緒初年由湖南各社團所捐獻者。這個巨鼎，鐵色黑潤，有各種各樣花紋，鑄造相當精緻，爲此古樓平添景色。

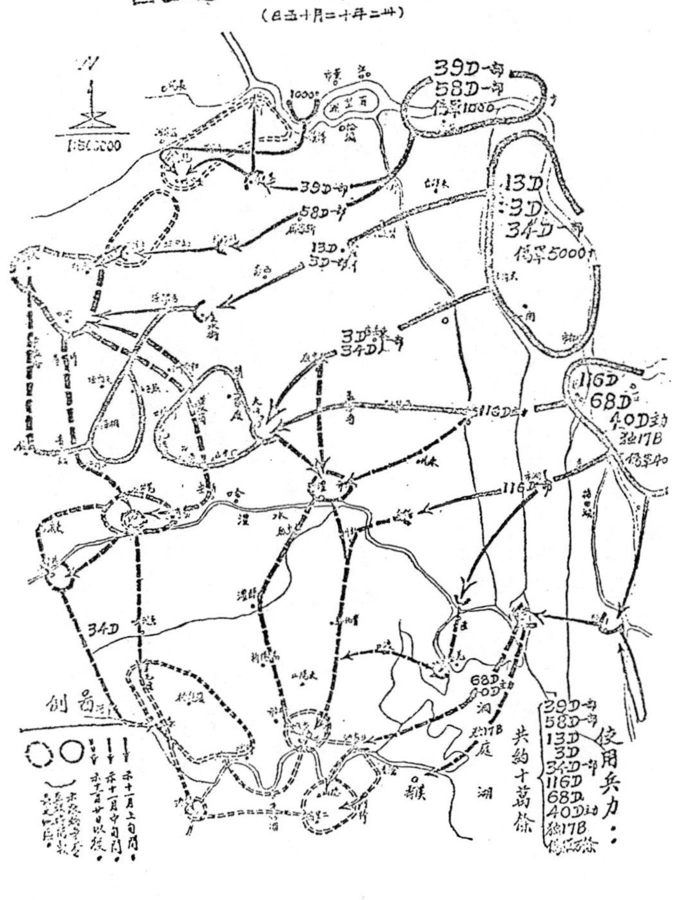

向二十七集團軍總部報到

濱湖形勢對兩湖戰局的影響至深且巨，清咸豐二年七月至十月，太平軍圍攻長沙八十天不下，乃奪民船，沿湘江北竄，鄂省巡撫常大淳（湖南衡陽人）奏明把岳州劃歸湖北防區，以巴陵紳士吳士邁募洞庭湖漁戶二千人，設柵土星港防水路，提督博恭武率千人守州城。當時他們認爲：太平軍決難飛越洞庭湖，只要岳州守得住，湖北便萬無一失。但至同年十月廿一日破了益陽，十一月三日由廻龍潭竄陷岳州！太平軍在這一路搶奪民船萬艘，越過洞庭，湧出長江，假定當年置重兵扼守濱湖各地，太平軍決難得逞，誠如江忠源所奏：「……長沙將解圍，則宜堅壁廻龍潭、土橋頭，使賊不得西犯。……湘陰臨資口，岳州城陵磯，皆必爭之區，而縱之使遁；禍機在咫尺之間，流毒遂在千里之外！……」

抗日期間，我方在濱湖地帶一直設有重兵，廿七集團軍始終沒有離開濱湖區。該集團軍前總司令商震的總部，民國廿九年設在常德。同年十月十日所舉行的「國慶」紀念大會，便由該集團軍副總司令霍揆章所主持；當日下午曾遭五十架敵機空襲，不獨會場全部被毀，即整個常德城內，也曾發生一次空前的大火，約有三分一的建築物被焚！筆者當時正在砲兵第十八團任排長，因參加那次慶祝大會而幾死於敵人的炸彈下！所以民國三十二年當我再次被派遣前往常德作戰，有如老馬識途。」

但事隔三年，廿七集團軍的人事已非；同時因為常德的情況緊急，該集團軍總部也遷到益陽。筆者與山砲營陳營長在漢壽登陸後，馬上跑到廿七集團軍前方指揮所向副總司令李玉堂報到；李以第三次長沙會戰有功，乃升任副總司令，而防守常德的主力部隊第十軍，又是他的基本部隊。因之，我們向他報到是很恰當的。事實上，那次常德會戰，李玉堂便是不折不扣的前方指揮官。當我們一行前往報到時，該集團軍總司令兼九戰區副司令長官楊森上將，也曾由益陽蒞臨漢壽。

這位在國軍中太太最多，兒女不知其數的老將領，其時已近六十歲，而其身體卻仍健碩。論資歷他與四川一班老軍閥如劉湘、劉文輝、鄧錫候輩，同樣著名。可是他的思想較為進步，一向擁護中央；故與當時江西省主席王陵基同任第九戰區副長官，也是日軍的兩大尅星。

他老人家對我們兩個廿來歲的小伙子，似乎不禁發生懷疑，恐怕不能擔當此重任，並以警告的口脗說：「你們記住，如果丟了砲，是要殺頭的！」不錯，當時的情況非常危急，而前方的公路又早已破壞，大砲的運動確感困難；加上步兵缺乏合作，隨時

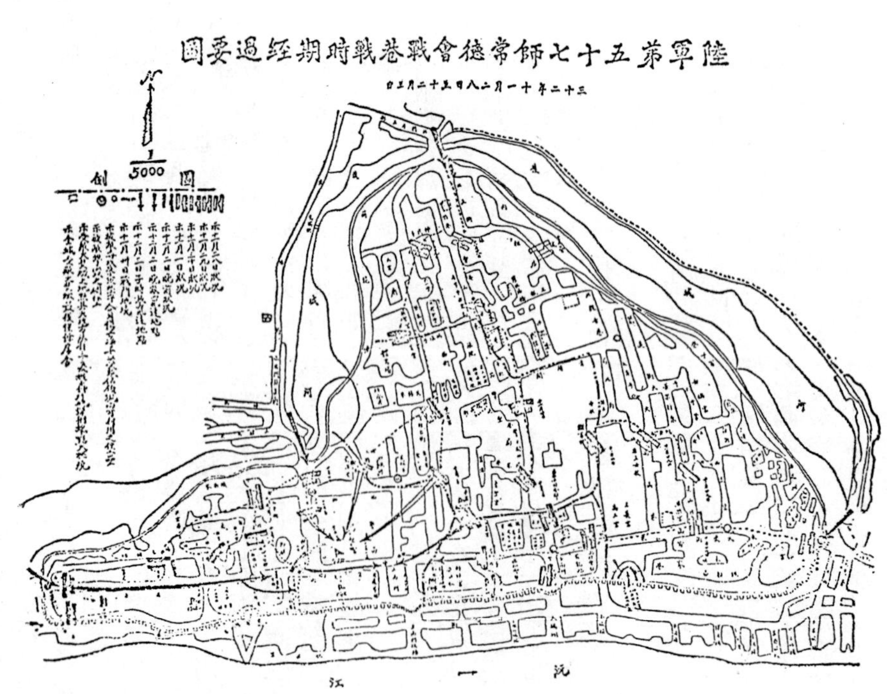

都有丟砲的可能。可是並不氣餒，陳營長答道：「只要總司令不將我們的大砲分割使用，丟了砲一定負責。」

結果決定以山砲營配屬第十軍，作爲攻擊部隊的骨幹。而該營必須抽出兩門大砲，暫交五四師師長姚紹偉指揮，作爲守第二線的後續部隊砲兵。其餘十門山砲則與原屬第十軍的砲營十二門法式野砲，協同支援我友軍第一線。至於由桃源方面駐軍調來的「克魯伯」野砲營，則暫在常德城以西三十里的斗姆湖鎮，設置陣地，爲我第二防線的砲兵。

常德會戰敵軍退卻路線圖

（卅二年十二月三日）

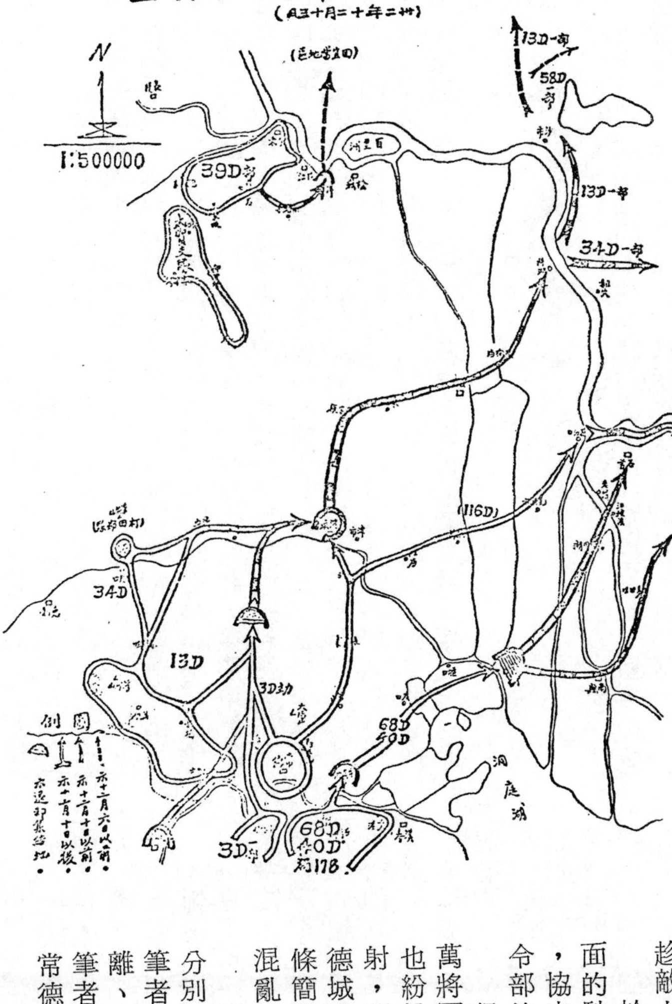

德山陷落決定當晚反攻

這時常德東北面的德山，不但已陷入敵人魔掌，且已構成其輕重機槍的堅固工事，簡直包圍了常德城。按照常德的地形而言，若失德山，彷彿長沙失去了岳麓山！因之，常德警備司令兼城防部隊司令余程萬師長（廣東人，黃埔軍校第一期畢業），迭向總部告急，指出當前的危急情況，如果不立即發動反攻收復德山，則常德城危在旦夕！而第十軍軍長方先覺，亦挾長沙第三次會戰大捷的餘威，並向楊森、李玉堂獻策，認爲趁敵人在德山尚未站穩腳之前，我軍應該迅速反攻。於是決定由第十軍爲攻擊部隊，而以石門、慈利方面的馳援部隊，則向二十里舖、鰲山及周家店一帶銳進，協力切斷敵人的後續部隊及其補給運輸線；並由總司令部的指揮所向各軍及各配屬部隊下達攻擊命令。

但筆者隨着指揮所人員抵達常德時，城防司令余程萬將軍的指揮部已撤出了市區；同時，常德城內的居民也紛紛逃出；敵機整日飛臨其上空，沅水的渡輪已遭掃射，蘆家河的橋樑亦被炸毀！使我由「德山市」開入常德城附近的部隊無法渡河，幸工兵營趁黑夜迅速架好一條簡單的「恒德橋」。這時的情況越發緊張，局勢亦呈混亂。

而砲兵部隊共約四十餘門大砲，則於當日黃昏時間分別進入陣地，對德山南面敵人據點的射擊準備完成，筆者分發各砲兵單位以測地成果和射擊諸元（方向、距離、高低）後，第十軍的先頭部隊已與敵人發生接觸。筆者率領一排無線電通訊人員，與山砲營的觀測所同在常德城南岸約五里的李家灣，對各方加緊聯絡。

使我感到遺憾的是：中國的陸軍將領，多數不識特種兵的性能，總以爲砲兵也像步兵那樣簡單的。因而各攻擊部隊的主管對砲兵破口大罵：「你們這些飯桶，爲甚麼還不開始射擊？」甚至由總部打來的無線電，也往往提出同樣的責備，使負有聯絡責任的我感到十分痛苦！

在那種蠻不講理的情況下，我只好請求山砲營不必講究砲兵作戰的方式，而照測量成果加大距離首先向目標進行試射，其餘三個砲兵營也隨之發射。說也奇怪，砲聲隆隆响起，無形中便鼓勵了前方友軍的士氣，第十軍的兩個師及余程萬的一部份，在兩小時的光景已攻到德山山腰。但至當晚十二時左右，攻擊部隊卻遭遇敵人五個重機槍堡壘的强烈抵抗；接着敵人以居高臨下的姿態及優越的火力，擊退進攻部隊約五十碼以外。總部立刻命令砲兵集火制壓敵人，我即轉達各砲兵陣地，自行酌量其砲彈的基數，儘量加速射擊，發揚最大的威力，以摧毀敵人所有輕重機槍掩體。

孫師長成仁與圍殲頑敵

另一方式則利用輕便的「斯乃德」山砲及迫擊砲，搬上山腰作直接瞄準射擊；並以照明彈指示敵人目標所在，便於其他遠射程的野山砲準確射擊。經過三小時的不斷集火射擊後，一共約有二千發砲彈落在德山的敵人陣地中，戰場一時沉寂了下來，給攻擊部隊以順利地前進，造成了絕對有利於我的形勢。同時，馳援部隊如五十八軍、七十三軍等生力軍，亦已分向德山的西面和北面進攻，情況更爲好轉。

不過到了凌晨四時半左右，直接支援第一線作戰的砲兵，已發生了如下問題：㈠是法式野砲兩門已經膛炸，其餘十門也不能繼續發射；㈡是「三八」式野砲的彈藥告罄；㈢是「卜福斯」山砲的砲藥也不够一百發了。所謂「巧婦難作無米之炊」，如果退至德山北面的敵人捲土重來，則已無力應付；特別是到黎明的時候，敵人飛機勢將活躍，更使我軍動彈不得，而再度處於劣勢。因此，我與幾位營長商議後，準備由斗姆湖鎮的「克魯伯」野砲營接防，繼續對敵人作戰；並將此項決定向總部報告。所得的答覆是出乎意料的，原來敵人已全部撤退，砲兵又暫作休息。

經過一整夜的緊張，我們剛好準備休息而天色則已破曉，預十師補充上去擔任清掃戰場；想不到還有兩所敵人機槍掩體未被摧毀，數十名日軍仍負隅頑抗；且擊斃了預十師師長孫明瑾少將（孫係陸大畢業，學術優良且甚爲勇敢），令到整個戰場再度進入緊張狀態！爲了迅速消滅殘敵，便傳令徵求勇敢的士兵，如破壞敵人機槍掩體，則連升五級。正是「重賞之下必有勇夫」，一位中士班長竟携手榴彈及十字鎬，悄悄地爬上了敵人的掩體頂端，用十字鎬鑿通掩體擬將手榴彈投入時，十幾名頑敵始從掩體逃出而遭圍殲無遺。

至此，戰事告一段落，譽爲「湘西大捷」，而使常德城轉危爲安，亦已扭轉了整個戰局。

軍統局內幕（中）

鄭修元

南京有名的三條巷子——鷄鵝巷、四條巷、曹都巷

在一向譽爲六朝金粉，龍蟠虎踞的石頭城裏，有着三條較有名氣的巷子，它的名稱是：鷄鵝巷、四條巷、曹都巷。在這三條巷子中，都曾包藏着一個爲國家立過不少功勞的工作機關，這就是由戴先生所創建領導的情報機構——軍事委員會調查統計局。（初期對外稱軍事委員會調查統計局第二處，對內名稱卻爲軍事委員會特務處。）

鷄鵝巷，位居南京城內北門橋，在一條窄窄的巷子中，有一幢黑色鐵門的住宅，門牌號碼爲五十三號，那就是戴先生居住和辦公處所，也可說是戴先生爲國家懋著殊勛的發祥地。因公謁訪戴先生到過此地的名公鉅卿，不知凡幾。而戴先生召見重要僚屬，商討工作計劃，指示機宜，亦都在此地舉行，筆者有幸，亦在此處呆過一年時光，隨侍戴先生，承乏內勤機要。不過時間較晚，係在民廿四年八月至廿五年夏間由上海區調京工作的一段時光，這棟房子的主人，係一位南京籍王姓建築商人。房屋並不寬敞，進門右首一間矮房，總計不過八坪面積，隔作兩間小室，進入小門的外間，係警衛室，入室靠左邊牆壁上，裝有一具自動電話，事隔卅五、六年之久，我還記得電話號碼是二二五三一。這一個電話，卻關連着在中華民國歷史上一件驚天動地的大事，那就是民廿五年十二月十二日的「西安事變」，當我們的領袖蔣委員長於十二月廿五日自西安脫險安抵洛陽，換機飛返南京時，機場負責的空軍人員，以長途電話向戴先生報告委座啓節行程，便是打的這一個號碼的電話——二二五三一。

右首裏間，由負責總務、會計的張袞甫先生居住辦公。進入大門的左側，小屋一楹。中間穿堂，前半爲普通會客室，後半爲戴先生個人及家屬飯廳。兩側各有小室兩間。靠左邊前室爲戴先生起居室，與重要僚屬商談工作及指示機宜，即在是室行之，後間爲他的辦公室。每一小室的面積，至多不過六個榻榻米而已。右首兩房，前房爲戴太夫人所居，後房經常不大使用，係留作胡宗南將軍由防次返抵都門的下榻處所。

在這主要居室的左邊，是一間比較寬濶的大敞廳，沒有門窗。前面大半截，左面停着戴先生的座車，右邊放置一張大圓桌，那就是戴公館內工作同志的進膳處。後面半截，便是厨房。

從停汽車的敞廳左前方，走入後進，迎面所見是一塊約近二十坪的鋪着綠草的院子。走過左面靠牆（牆裏便是敞廳和厨房。）右臨草坪的一條長約廿公尺的甬道，呈現在我們眼簾的，又是一組三間小屋的矮房子。一間關作收發室兼工友臥室，兩間便是我們隨侍人員的辦公室和寢室。筆者主持甲室（關於甲室乙室名稱之由來，後文將有交待。）機要文書工作的一年中，便都居息其間。每天從早晨八時至午夜十二時左右，除去午間略事休憩及午晚兩餐所佔用時間以外，每日工作恒在十二三時左右。

對於文電的處理，凡是需要呈給戴先生閱核之件，都由我簽擬之後，按照輕重緩急，分別以三種顏色（急要者用紅色的，次要者用綠色，普通者用白色。）的卷宗夾，由我親送至戴先生辦公室內書桌上。急要之件，隨收隨辦隨送，次要件，每隔約三四小時送閱一次。一般普通文件，每晚彙齊，翌日清晨賫呈批閱。奉戴先生批閱過及交下登記簽辦之件，則係交由警衞（任務兼似副官）同志送來我們辦公室內。

有時遇有特別機密事件，戴先生則派人至辦公室傳呼，或用他辦公室內的桌機電話。命我前往他處，面示機宜，因此我每天和戴先生接觸的次數，多的時候，總在十次以上。咫尺威嚴，每次在他身畔，總很自然地而肅然起敬。至於他之對我，耳提面命，諄諄指導，其親切之語態，一如對待家人子弟。走筆至此，緬懷雨公音容，回憶三十五年前之舊事，歷歷如繪，又不禁悵觸萬端！

那時候同在甲室工作的同人，有王蒲臣兄、姜朝龍兄、姜瞻洛兄、鄭爾銓同志、徐淑芬小姐等五位。除姜朝龍兄在大陸淪陷時期，因工作留居貴陽未及撤出外，其餘四位均籍隸浙江江山，且均安居寶島。蒲臣兄係雨公中學同學，風雨同窗，民廿五年春間，爲戴先生懇邀相助，後此歷任局內外要職，儕輩輒以王蒲老呼之。誠樸勤敏，筆者時荷匡教。瞻洛兄避秦海隅，在嘉義縣府擔任秘書要職，將近廿年之久。就嘉義縣府而言，已不知是多少朝的元老了。

王、姜兩兄，年事較長，已有兒女多人，在海外極有成就，蔗境彌甘，令人欽羨不置。徐淑芬同志，憶似雨公戚屬，其參加甲室擔任譯電工作，尚在我調京以前。石仁寵兄（現在行政院人事行政局擔任要職）是時在局本部督察室服務，爲了追求淑芬同志，公餘之暇，常來我們辦公室聊天，結果，有志者事竟成，有情人終成眷屬。如今不僅伉儷情篤，抑且階前蘭桂騰芳。時逾三十餘載，不知仁寵兄嫂，尚能憶及雞鵝巷之旖旎往事否？爾銓同志來台後，曾在局本部局長辦公室工作多年，業已久無聯絡，近況不詳。最後談到姜朝龍兄，有兩件事迄仍記憶猶新。一件事是，當我尚在滬特區供職時，常因公務與他通接長途電話，聲音之嬌嫩悅耳，幾疑他是一位美貌絕色的女裙釵，迨廿四年八月十二日，奉命由滬調京，當我走進了雞鵝巷五十三號的後進甲室辦公房舍之內，瞥見一位腰圍四十幾吋體重約在兩百磅以上的龐然大漢，背向門首，坐在辦公桌前，聞音轉面對我，自我介紹：「我就是姜朝龍」，頓使我忘卻了應有禮貌，不禁啞然失笑。稍爲寒暄了幾句，我便向他開玩笑地說：

「當我在上海每次和你通過長途電話之後，我總猜想這位姜同志，一定是一位年方弱冠瀟洒俊秀的白面書生，而今一見之下，老兄竟然是南人北相，魁偉健壯。而聲帶又若此嬌美，將來前途貴顯可知，不過，在另外一方面來講，你卻不免使我大失所望。哈哈……」全室同人，至此亦不禁哄堂大笑。

另一件事是，民廿五年冬間，先嚴偕同戚屬燕君由故鄉赴京探視筆者，朝龍兄聯合甲室同人，在南京一著名餐館，爲先嚴設宴洗塵，朝龍兄的酒量，大得驚人，飲膏粱酒不用杯而用碗。在座者，幾無一人可與對壘。其爲人一如酒量，直爽豪邁而又情眞意摯，而今遠隔天涯，安危莫卜，廻首前塵，不免時興落月屋梁之感。

在筆者的畢生歲月中，上述在南京雞鵝巷工作的一段時期，固然責任十分重大，工作異常勞苦。甚至連一點娛樂時間都沒有，每一週中，出外沐浴一次，費時最多不過，一二小時，尚須事先向戴先生報告請假。

但就工作能力和經驗而言，這一年中，卻也獲得莫大的效益。由於親炙雨公左右，在他的嚴督詳導之下，使我得以恪盡職責，無多愆尤，實屬一大幸事。

戴先生租賃鷄鵝巷五十三號，作為他的治公和住家處所，早在民國二十年的春初，我卻遲至廿四年八月，始行調職金陵。對於此一名著盛名之地點，在最初幾年的概略情形，筆者卻苦於所知有限。茲將筆者老長官張炎元先生（抗戰中期，軍委會成立「水陸交通統一檢查處」，戴先生自兼處長，張先生奉委員長令派為該處副處長。筆者奉雨公諭兼該處少將專員，來台後，在張先生任職本局局長時，筆者於辭去安全局職務之後不久，蒙 總統召見後，令派為本局少將設計委員。）在戴先生逝世二十週年紀念刊物上，撰有「由鷄鵝巷洪公祠到鼓樓」大著一篇，為充實本段內容，謹摘要轉錄如次：

「民國二十年春天，我到了南京。最初在中央軍校政訓處工作。不久之後，由於曾擴情先生（川籍，黃埔軍校第一期）的介紹，認識戴先生，並參加了他所主持的情報工作。那時戴公館就在南京的鷄鵝巷，戴先生約我談話，然後有一天，我們有十個同志舉行宣誓。這大約是最早的組織。

「我在鷄鵝巷公館住過一個時候。我的臥室，就在進門右手邊的小房子裏。我記得張袞甫兄也住在我的隔壁。他主管記帳和發款，我則主管整理文件，翻譯電報，和繕寫呈給領袖的報告。房子後進有幾間屋子，住着戴老太太、戴太太和公子藏宜他們。有位管事務的趙副官也住在一起，聽說他當過連長，個子很高，不大講究衣着。我的房子是書記室，又是譯電室，同時也是門房。有時戴先生也親自來到，共同翻譯電報或斟酌報告詞句。以後徐為彬兄也來了，我們共同工作。戴先生沒有指定我們誰正誰副。但我知道為彬兄跟戴先生很熟，他們可以隨便講話，暢所欲言。所以遇有什麼問題，我總是請他去向戴先生報告的。

「那時胡宗南先生常來，談話時我們很少參加，但吃飯則常在一起。有一次意外的事發生了，是邱開基兄（筆者按：邱先生籍隸雲南，黃埔軍校三期出身，現任國大代表，亦在台北）他和戴先生正在客廳裏談話，在客廳旁邊屋子裏的衛士，不知怎樣不小心，一時手槍走火，一粒子彈正打在開基兄的後頸項上。幸好子彈打出來時，透過房間的木板，力量減弱，所以進去不深，戴先生立刻將他送赴醫院醫治，不久告痊。

戴笠將軍之全家相

「那時呈送領袖的報告，還沒有特定的格式。稿子整理好，戴先生看了一遍，再由我們繕正。我們還沒有什麼關防印信，戴先生祇是以黃埔學生的名義呈給校長。這是我所記得的鷄鵝巷。

「以後我被調到洪公祠工作，（筆者按：洪公祠位於南京豐富路曹都巷內，廿五年秋初，原在四條巷之局本部，遷入曹都巷一棟大厦內，即在洪公祠的正對面。）洪公祠的訓練班，可以說是我們最早的訓練機構。朱世明先生及王固磐先生先後任班主任。鄭介民先生任教務課長。李士珍先生任訓育課長兼學員隊長。戴先生自任總務課長，我和陳玉輝、岑家焯兩兄，擔任當時的區隊長。訓練的課程，除情報知識外，還有手槍射擊、汽車駕駛、照相技術、爆破技術、及人相學等。唐子長兄教手槍射擊，朱惠清兄教人相學。這批學員，後來都成為戴先生的重要幹部。

「不久我又被調到鼓樓辦公室（筆者按：所謂鼓樓辦公室，即本章中所將述及之四條巷局本部。因地址鄰近鼓樓，故有時亦稱鼓樓局本部。）工作。這時才有一個編制。上面設一位書記長（筆者按：書記長的制度，一直沿襲到抗戰軍興後民二十七年秋間，戴先生以副局長名位，擔負實際職責的時候，內勤最高幕僚長，改為主任秘書。當抗戰初期，時在民廿六年秋冬之間，筆者在局本部書記室任職書記時，書記長為梁幹喬先生（粵籍，出身於黃埔軍校一期。戴先生派遣梁先生北上鄭州，設立華北工作辦事處時，曾奉命由筆者暫代書記長一短時期。）是戴先生的幕僚長，負責指揮全盤業務。下面分科分股辦事。我當過總務科長，也當過情報科長。梁幹喬先生將情報科業務交給我，正當福建事變的時候，我們不但白天辦公，晚上也要工作。督察室考核同志的言行和工作，非常認眞，大家都不敢隨便。以上所說，是在民國二十年到二十三年的時間，也是我們的工作開創初期的實況。

「戴先生完全為効忠　領袖而工作。開始時，就祇有他自己一個人，單槍匹馬，受盡艱辛，他在前方時，親自調查，得到資料，就自己寫好報告，隨時呈給　領袖。在雞鵝巷，開始只有少數幕僚人員，到鼓樓（即四條巷）時，才有比較完備的編制。」

上文所述幾位在雞鵝巷公館的同事，僅係屬於甲室部門者，在此以外，尙有幾位同事，相處甚得，印象極深。第一位便是上文提到過的張袞甫先生，綜計雞鵝巷五十三號的辦公人員，大致可以分為三個部門，屬於內勤文書的一部門，便是甲室工作，其概略情形，已具見前節所述，茲不贅及。另外兩部門，一為會計總務、管家，負總責的便是張袞甫先生，他不僅管錢管帳，還兼管上上下下的一切事務。還須兼顧戴先生的家務，以及戴先生個人及家庭之對外關係，沒有任何人能比他更加清楚。一天到晚，忙裏忙外，跑上跑下，可以算得上雞鵝巷公館內的第一號忙人，他最大的長處，不僅是任勞，而是比任勞更可貴的任怨。

凡是同人們偶有什麼差錯的時候，戴先生總是首先找到他，責問一頓，有時甚致大發雷霆，而張先生不僅不加申辯並非本人應負責任，而且還和顏悅色地請求戴先生不要生氣，讓他查明糾正好了。偶遇戴先生因公旅外的時候，全公館內的工作同人，一般地可以比較閒散一點，惟有我和張先生兩人，仍然不敢隨便走出大門。為的是戴先生常會從外埠打來長途電話，屬於文書方面的事情，自然是找我接話指示或查問，屬於事務或家務方面的事故，則非找張先生接話不可。

張先生現年逾七旬，體力精神均佳，現居寶島，在台北區合會供職有年，甚獲該單位同人之欽敬。另外一個部門，屬於警衛接待性質，負責主持的是黃埔學長劉乙光先生，劉先生籍隸湖南，追隨戴先生，較筆者更早。派在雞鵝巷公館擔任警衛工作的同志，都係戴先生的學生，並均受過局屬各訓練班的嚴格訓練。在我供職雞鵝巷的一年中，在戴先生身邊擔任過警衛同志，先後有賈金南、王人禧、王魯翹、李仁輔、羅朝鼎等人。其中以賈金南同志年資最久，他在戴先生民十八九年間單槍匹馬奔波各地從事情報工作時，便曾隨侍左右。凡係擔任警衛工作的同志，尙須兼做副官的任務，不僅保衛戴先生個人及工作機關的安全，還須照顧戴先生的生活事務，有時並須接待訪謁戴先生的賓客。他們的工作，不僅異常勞苦，而責任也極重大。此外還要擔任文件之傳遞，例如戴先生批閱過之文件，即交由警衛同志，送至我們甲室，從不假手工友，因為是項文件，多半有機密性，而警衛同志，均曾受情報工作之訓練，而又經過嚴格遴選，非屬忠實精幹者，絕不能派在戴先生左右。

在上述五位警衛同志中，有四位未來台，存亡莫卜。只有王魯翹兄，恰似魯殿靈光，獨居寶島，迭任警界要職，建樹良多。在此五位警衛同志中，筆者與魯翹兄，由於工作關係，接觸較多，相知較深，其間有三件往事，歷久難忘：

第一件事是民廿四年冬間或廿五年春初，我們隨侍戴先生乘津浦鐵路藍鋼車，經徐州而轉入隴海鐵路，最終目的地爲華中重鎮之漢口。隨行者除筆者外，警衛同志爲王魯翹、李仁輔、賈金南三位同志，戴先生坐的是頭等，我和他們三位同在二等鋪位的一個房門內。車中無事，在這十幾個小時的途程，我們趁着這一段寶貴的空暇聚會，（按：我們在公館中，就時間言，每天各就工作崗位，努力工作，就空間言，他們在忙着警衛戴先生及工作機關的安全，和接待來訪賓客，我在後進甲室內，忙於電報譯閱和文件核擬，難得機會，彼此聚在一塊。）海濶天空地閒聊起來，由於我們都賦有保密的習性，況又隔房有耳，絕不談國家大事及工作秘密，只語及個人生活經歷，以至風花雪月，情緒歡暢，逸興遄飛，也從此加深瞭解魯翹兄之志氣豪邁，肝膽照人。

第二件事是民廿五年秋間，西南事變敉平。八月十二日戴先生隨蔣委員長由牯嶺下山，在九江乘軍用機逕飛廣州，筆者與魯翹兄等同乘另機隨行，租用廣州東山栞園西一幢三層樓洋房，作爲隨節辦公處所。有一天早晨，七時許戴先生自他二樓寢室，走上三樓我們辦公室內將電報稿交我譯發，忽見痰盂未倒，地塵未掃，乃喚來魯翹兄予以責備。而魯翹兄以爲職司護衛，對於洒掃之事，應由工友負責。年輕氣盛，在不甚服氣之情形下，不免頂撞一兩句。激怒戴先生拔槍相向。魯翹兄竟仍挺立不移，我卻爲之惶悚不已，稍頃，我即詣戴先生之前，婉陳宵來因文電較多，同人們工作逾午夜後，始行完事，就寢較遲，故工友亦起身較晏，未及洒掃，此非魯翹兄之職責，乞免詰咎。事態平靜以後，不久，魯翹兄仍復隨侍雨公左右，不僅了無怨言，抑且忠勤如昔。

凡是在戴先生身邊隨侍過的工作同志，大都有種感覺，那就是每逢有什麼事情，出了一點差錯，戴先生總是首先對在他左右的人員，大發脾氣，主要原因，便是他對任何一件事務，求好求全之心情，極爲迫切，稍不遂意，便必須予以查究糾正。而眞正經辦此一事務出了差錯的同志，當然不會都在他的身邊，也許是遠居外埠的外勤單位工作人員，也許是在局本部裏服務的內勤同志，我們首當其衝的隨從人員，只有遵從戴先生的指導，查明經辦部門，告知該部門負責同志，盡可能地及早予以改正或補救，經辦部門，照例也會在糾正或補救，會向戴先生提出一份書面報告，了卻一重公案。像這種情形，從表面上看來，好像是隨從人員，常會受到委屈，代人挨罵，其實，戴先生的發怒指責，只是對事，而不是對人，更不是對我們隨從同志，只要這一差錯，並非出在本人，僅以泰然處之。同時，我們倒可藉此機會，多少可以學到戴先生一些對事體判斷處置的聰敏與識見。

自昨日下午到此即被監視默察情形離死不遠來此殉難固志所願也惟未見領袖死不甘心

領袖蒙難後十二日

戴笠于西安張寓地下室

戴笠將軍之手蹟

第三件事情發生的時間，是民廿八年七月十四日，地點卻在上海法租界。魯翹兄奉戴先生之命，派在上海，進行一項特別任務，受總督察毛萬里之指揮，是日道經善鐘路附近，忽被法捕房巡捕四人，從一輛警車躍下，將魯翹兄綁架以去，拘禁於法租界捕房。筆者其時擔任滬特區書記，得訊之後，立命情報第一組長朱某，速洽我方在捕房工作之兩位劉同志，設法營救，以免被公共捕房引渡，由於營救魯翹兄之關係，又獲知當日下午公共租界捕房，將舉行大搜查，幸承兩位劉同志之及時秘密告警，乃得速行戒備，未遭損害。而魯翹兄被捕以後，受盡刑迫利誘，絕不吐露組織秘密，忠貞堅毅，足爲儕輩之楷模。終被法捕房查悉其爲廿九年河內某要案四壯士之一，而解赴越南，繫獄六載，迨抗戰勝利，始獲自由。

四條巷位居南京鼓樓附近，其門牌號碼，憶似爲廿一號，係軍統局第二處處本部所在地。處下幕僚機構爲書記室（即習稱之乙室）設書記長主持全盤業務。書記三四人，分工核閱處屬各內勤部門之公文。書記室之下，設有情報科、行動科、電訊科、譯電股、人事股、督察股、會計股、事務股、交通股、警務股等單位。民廿五年時代，全部內勤工作人員，不過二百餘人。工作時間，每天固定爲十個小時。除上下午各四小時外，晚間尚須辦公兩小時（八至十時），每一工作人員，在一週內只有半天休假，任選一天下午履行。所有全體內勤人員，均住居處內寢室，有眷屬居京者，每週只准外宿一次。於此曾發生過不少趣事。情報科中有一位徐姓同志，與乃妻同爲年近三十的青年，但未有生育，丈夫到處內上班，嬌妻獨守空閨，固然異常寂寞，而其所租住之房舍，又與別人同門共院，某夕偶爾聚敍，該一鄰居婦人便問徐妻曰：

「徐太太，眞奇怪，你的先生，到底做的什麼工作，爲什麼那麼忙碌？總要隔個把禮拜，才能見到他回家來一次，妳青春貌美，老是讓妳獨居家中，他倒放心得下嗎？」

由於情報工作人員，必須保守身份秘密，徐太太聽了那位鄰居太太詢問之後，稍一沉思，便裝作非常氣忿的神態，接口而答云：

「妳別提了，提起來，眞要把我氣死。我先生一向在鎭江無錫等地，跑單幫，做做小本生意，因此常常隔上一個禮拜，甚至十天半月，才回家一趟。這還沒有什麼關係，不料最近有人告訴我，他近來生意很不錯，賺了一點錢，竟然偷偷地討了一個小老婆，金屋藏嬌，大享艷福。等我向他質問時，他又賭咒發誓，死不承認。南京地方這麼大，我們由武漢遷居此地不久，道路不熟，要查訪也無從查起。等到我逼得太緊時，他又說：

『我現在眞的沒有這個事情，假如將來果眞有那麼一天，卻也希望妳能够特別原諒，妳是讀過幾年舊書的，妳總明白什麼叫做「不孝有三，無後爲大」吧，妳和我結婚，已經七八年了，還未爲我生下一男半女，難道妳忍心看我們徐家斷絕香火嗎？』」

「妳看，他拿這樣一頂大帽子，把我壓下來，妳倒教教我有什麼好辦法來對付他呢？」

從此以後，那位鄰居婦人，再也不彈此調了。

四條巷辦公室，在廿四五年間，名稱上應該是軍事委員會調查統計局第二處，但爲保密起見，在電話中，或文件批註上，總簡稱他的代名詞——乙室。俾與鷄鵝巷的甲室有別。而在四條巷與鷄鵝巷之間，亦以乙室與我們甲室，關係至爲密切，往來亦極頻繁。例如：

一、凡奉戴先生批下之文電，除非特別有機密性者或屬於戴先生個人之應酬函件，或某一重要專案，一般文電，均須移送或退還乙室，用處部化名向屬下各外勤單位發佈。

二、與所屬外勤公秘單位所約用之密電本，向由乙室譯電股統籌編印。每一種都印有三本，一本供乙室使用，一本發給共用單位，另一本則存置甲室。有時戴先生赴外埠督導工作，便須帶上必須的密電本，以備必要時與各該外勤單位通訊之用。

三、另外一項比較重要之文件處理，即爲呈報 領袖之情報。由於情報多具時間性，不能每獲一件情報，統先呈給戴先生閱核，乃係由處部情報科全權審核處理，如認爲有呈報 領袖之價值者，立即逕行繕呈，而於呈出後，另行照繕一份，送呈戴先生閱核。較爲次要而情報科認爲無

我和陳友仁博士的交往

吉田東佑

恰巧日本軍那時攻陷香港，所以就未能及時逃出的中國要人們都軟禁在大酒店中。其中有兩人是特別適合於日本軍部理想中的目標的條件的，那就是老外交家顏惠慶和陳友仁博士。尤其是對於經常與蔣介石將軍站在反對立場的陳友仁氏，更受到注重，那更是必然的了。……

一、鐵腕外交家

我初次同陳友仁氏見面，是在一九四二年的四月。在這以前，我對他是陌生的，只知道他是一位曾替孫中山先生主持過外交政策的人物，又是一位在國民革命初期，曾在武漢，以鐵腕開創了中國外交史上最光輝的前例的中國外交部長。以後，我又聽到許多對他很惡劣而無情的批評，特別是在蔣介石將軍的南京政府合併了武漢政府，他下野到蘇聯以後。關於他到蘇聯去的目的，他在我們稍熟的時候，曾對我說：「蘇聯援助中國的革命是很明顯的事實，但中國方面竟無人作答謝的表示，這是不應該的，所以我自己才去了。至於中蘇的分手，在當時可能是不容易避免的，但最少也該取法土耳其先例的。」

但在中國人和外國人中，像他這樣坦白想法的人，到底是很少的。當時因為孫中山夫人宋慶齡女士也同他同行，所以，就有關於他們兩人桃色新聞的傳播，這個謠言，那時確實流行很盛，舉世知聞。

到一九三一年夏天，又流行着一個攻擊他的很惡毒的謠言，

須轉報　領袖者，仍另繕一冊，列呈戴先生閱核，其間亦有奉批仍須轉呈者，再由甲室發回處部遵批處辦。

若以處部與甲室作一比較，則處部範圍廣大，人員衆多，工作繁多。其情況可稱之為「量勝於質」。甲室則工作多屬機密，人員則極為精簡，每日工作時間，卻較處部為多。因戴先生批閱公文，輒至午夜而猶未休憩，我們甲室工作同志，在戴先生尚未就寢，不敢先行輟工，而每日清晨，又必須先戴先生而起床。故較處部為勞苦，也可說是「質重於量」。由於我曾主持甲室工作有年，好像有點「老王賣瓜，自說自誇」的滋味，但事實上確屬如此，今日身居台灣之舊時甲室舊人，尚有多位。閱文至此，當不致河漢斯言。

走筆至此，忽又憶及一事，即民廿五年暮秋，我自廣州病癒返京銷假，局本部書記徐為彬與涂壽眉兩先生，會語戴先生曰：「若任修元再在甲室主持下去，可能會使他勞累至死。」於是，乃蒙戴先生將我的助理書記職務，升任書記，調至局本部書記室服務，追隨徐、涂兩先生，核閱一部份科股文件，按時到公退息，較在甲室，確已輕鬆多矣。

指摘他出賣滿洲。這是由於他在「九一八」事變前數月，曾到過日本，和當時日本的外務大臣幣原喜重郎晤面。

在太平洋戰爭結束的前一年，我得到與幣原氏見面的機會，曾提及此事。幣原氏當時正受軍部的壓迫，是在最失意的時候，但回憶到那次會晤情形，他卻很得意的說：「我會到陳友仁氏的時候，就先問他：『看見上海的報紙，說你來日本是為了出賣滿洲，可是我們日本方面現在沒有意思買滿洲啊！但若果能將滿洲的中國人，全部移出渤海灣，一人不留，只留下那塊土地，則又當別論。』陳友仁立即很莊重回答說：『他人怎樣想法，我不知道，但我知道的是：東北三省不是任何人的私產，也不是我個人的私產，我怎能出賣我沒有權利出賣的東西！』我們兩人都明白了彼此的立場，就很坦白的，友好的談了許多。」幣原氏的意見，是日本無論在任何方式之下，都不可佔領中國的領土，他的想法是只要還有一個中國人，就會有問題的。陳友仁氏的想法是東三省不是政府的，而是中國人民的，誰都沒有權出賣，所以他們兩人的見地是吻合的。

他們會談後不久，幣原氏就因為他的政策和軍部相左而下野，陳氏於一九三二年，也因為反對國民政府當時的「不抵抗」政策，憤怒而辭職。由此事實觀察，當時所傳播關於陳氏的謠言，是多麼卑鄙無恥的啊！但在一九四二年初次與陳友仁氏見面前，我多少還受到這些謠言的影響，所以，最初我並不願意去見他，而我終於被迫去和他見面。這段經過，也許值得一述的。

二、我聽他的雄辯

我在「八一三」以前就住在上海，因為中國人的朋友很多，所以就感到中日之間一旦不幸發生戰爭，必將演成為賭命運的爭戰，因此，凡遇到日本人問我有關中國的問題時，我就告訴他們這種實情，忠告他們必須設法避免這一場戰爭。但「八一三」事變演變到全面戰爭的時候，日本人方面，已經不能採納這個意見了，因為日本的戰況，最初甚為有利。但以後到戰局停頓，僵局無法打開時，日本才感到局勢難收拾，遂轉念頭，想運用政治方式來達武力所未能達到的目的。因此，便成立汪精衛的「政權」。我當時就曾提出意見，認為中國人的愛國心，對這樣的政權，是決不能滿足的。然人微言輕，我的意見當然完全未被重視。太平洋戰爭爆發，日本最初雖有輝煌的戰果，但對「汪政權」的基礎，仍無法加以穩定。這時，便又想迅速設法加強「汪政權」的力量，因此，就想將與汪有同樣政治聲望的人物，儘可能拉入「汪政權」之內。恰巧日軍那時攻陷香港，所以就未能及時逃出的中國要人們都軟禁在「半島酒店」。其中有兩人是特別適合於日本軍部意想中的目標的條件的，那就是顏惠慶氏和陳友仁氏。尤其是對於經常與國民政府站在反對立場的陳友仁氏，更受到注視，那是必然的。

一九四二年四月的某日，我在上海忽被一位名叫岡田芳政的陸軍參謀叫去。因為過去我發表關於中國問題的意見，尤其是每星期日在申報上發表的專論，頗能得到中國人的好感，於是不知不覺間，我已被日本人評為「中國通」。其實，我根本不是甚麼「中國通」，我只比較當年的日本軍人和新聞記者等，多少還能了解中國而已。

也許就因為這一點關係，岡田芳政參謀感到陳友仁氏那樣人物是不會照日軍的命令去行動的，才想起利用像我這樣一個民間可憐的「中國通」去游說陳氏吧！

當時日本人民對於軍部的命令是絕對服從的。岡田參謀當時要我與陳友仁氏見面的命令，也是必須照樣服從的。因此，我不得不同這位我本來心中不大想會見的陳友仁見面。同時，陳氏心中可能也不願見任何日本人，而又不得不同我這個日本人見面，這次的相見，可以說，雙方都是被迫的，但收穫卻是很大。

最低限度，陳友仁知道我不是一個帶刀的，而是一個有理性的日本人。他一開口就說：「目前日本雖在戰場上似乎獲勝，但實際上是處於非常危險的地位的。」他用很激昂的口吻說：「你們要明白，中華民族對日本人現在的征服，是永遠不會屈膝的！」我被他的雄辯完全征服了，一言不發地從旁注視他那瘦瘦的臉部的表情，我立即感覺我所見過的中國人大都是有幾個臉孔的，但很奇怪，這個中國人只有一個臉孔——我當時就這樣不斷的思索着。

三、他確實說了些真話

陳友仁離開香港到上海，我記得是一九四二年五月，起初就住在南京的「華懋飯店」。在那裏忽有許多客人來訪問他。其中有日本方面的高級軍官、外交官、新聞記者。

這些人們，大部份也覺得驚奇，覺得這位陳氏是完全與他們所見過的中國人兩樣。當時，日本戰局佔着優勢，凡想利用日本人去追求攫取權利的中國人，見了日本人的時候，總是盡吹牛拍馬的能事。也許會有例外，但普通想和征服者接近的人總是被征服民族中最卑劣的分子居多。當時多少有些骨頭的中國人，都儘量避免和日本人見面，所以，日本人差不多都不能眞正明瞭中國錯誤的人的心情。因此，就是處理關於中日間的重大問題，也往往作了而過於樂觀的結論。但同陳友仁氏見過面後，這些日本人的樂觀論都被粉碎了。

陳氏對他們總是說出這樣涵意的話：「日本人現在已經佔領了亞洲的大部分，但是現代已經不是一個異民族征服另一民族而能繼續統治像從前蒙古人那樣的時代了。如果日本爲前途着想，它就該放棄征服（Conguest）而採取說服(Convice)的方式，去爭取亞洲各民族的合作。

「但日本對已經有强烈民族自覺的中華民族和印度民族，現在還妄想去征服，這是最大的錯誤。倘若能尊重這些民族的願望——給這些民族所希望的民族的眞正獨立和自由，日本就能說服這些民族，與日本友善相處，共同努力於亞洲的復興，永遠脫離帝國主義的羈絆，這樣，亞洲的三大民族——日本、中國和印度就可團結起來，而發揮亞洲人的眞正力量，從事計劃戰後亞洲的建設，並宣佈中止世界的戰爭。」

我一面翻譯這些話，我心中在想：陳友仁氏確實說了一些眞話，同時，也在說着一些外交的辭令。我又在想：陳友仁氏眞不失爲一個不平凡的外交家，因爲他的談話，實在包括着對當時日本最嚴厲的批評和指摘。

當時日本爲了征服東亞，曾提出「解放亞洲」的口號，當然，這只是想利用這一句口號而已，根本就沒有想眞正實行這口號的用心。從許多實際問題中，尤其是從佔領中國的現狀去觀察，就可證實這是很明顯的。

在當時「汪政權」治下的一般中國人的生活，根本看不到什麼解放和自由。但日本卻偏偏說「汪政權」下的中國人，已經是解放了。所以，陳友仁的談話，弦外之音，就是在警告日本說：日本這樣繼續下去，將來必招致失敗的。對這些警告，由於勝利沖昏了腦袋的日本人和政治家們，雖然心中不愉快，但因爲陳氏向來主張亞洲須擺脫西方的羈絆，便不得不忍受這些指摘。

因此，聽過陳友仁氏談話的日本人，雖然面色表現得很難看，但又提不出一句反駁他的話來。我在那時候，就常常聯想到中國的一句俗語：「啞子吃黃蓮！」

四、遷往法租界去住

陳友仁氏到達上海的消息傳出後，訪問他的客人也越來越多，在旅館裏便感到有些不自由。大約在一個多月後，他就搬到法租界國富門路一幢軍管理的房子裏去住。日本軍部既然把陳友仁氏拉到上海來，對他的生活費用，就應負責的，所以決定每月餽送若干，但陳友仁氏無論如何也不肯接受一個錢。

當時我好像成了陳氏的形式上秘書，所以對於這事的處理，便感到進退維谷。但最後，陳友仁氏拿出了他在滙豐銀行的存款簿出來說：「現在正在戰爭中，也許提不到錢，請以此存款簿做抵押給我借一點錢便算了，否則我沒有理由接受日軍的錢。」他既堅持不肯接受軍部的餽贈，結果，這個問題由我照他的意旨辦了，才告一段落。從這點小事可以看出，陳氏對於金錢，是十分清廉的。

到那時為止，據我所知道的，其他的中國政治家們，在別方面也許使我很佩服，但關於金錢問題，可以說完全是使我失望的。像在這種的場合，拒絕接受日軍金錢的中國政客們，不知究有幾個人？這件事，到現在我乃印象很深，念念不能忘懷。此外，還使我驚訝的，是陳友仁交給我的存款簿上，僅有美鈔三千多元。這是做過中國三任外交部長的他的全部財產。我從前常聽說：「中國政治需要錢，所以有機會時，政治家們都想攬錢，因為在中國，金錢就象徵着力量。」我對這一類的說法，不想徹底的加以否定。在某種政治界或某種政治家確實如此，但也不能斷定全部如此。

譬如像陳友仁那樣人物，在他得到能夠發揮力量的政治環境，上面的那類說法也就不對了。我敢相信若是沒有金錢的政治家在中國政治上仍然得以發揮其抱負，那時，中國才會有眞正的民主政治。

提到陳友仁氏的清廉，我順便再談談關於他的另外一個插曲，這是從陳友仁夫人的口中直接聽來的。陳氏早就告訴她說：「我死後，決不要葬地和豎碑來紀念我，因為我的紀念是在中國革命史中，我死後，應立卽舉行火葬，將骨灰散諸中國的沿江沿海。」這是一九四四年五月二十日，陳友仁氏病歿，陳夫人和李微塵氏在陳先生遺體之前和我們討論着料理喪事的時候說的。結果，也遵守了陳先生的遺旨，儘可能將儀式簡單的辦了。當時承辦喪殮火葬的是赫德路的萬國殯儀館。萬國殯儀館的人們，墊付了一切費用，很久也不來收賬，陳夫人很奇怪，就打電話去問，他們的囘答是：他們早已知道陳先生的廉潔，所以堅持不肯收這筆費用。我囘到日本後，曾將這件事對一位日本政治家說了，他很感嘆現代的中國還有這樣的佳話！關於這件事，我曾在當時的「申報」寫過一篇文章，讀者中也許還有人看過的。

五、太過強硬了！

日本軍部雖然將陳友仁氏接到上海來，但始終無法得到他的協力。當時不與日本協力的中國人就被敵視。陳友仁氏雖然拒絕協力，但他明明白白的屢次表示，只有在日本眞正承認了中國的眞正獨立，他才準備與日本合作，而日本方面說已經承認了中國的獨立，於是軍部方面那時提出更具體的問題，迫他答覆。

日本軍方質問：「陳友仁既說日本若能承認中國的獨立，就可以與日本合作，事實上，日本不是早已樹立了汪政權，而允許中國獨立了麼？那末，陳友仁氏的意思是否應該幫助汪精衞而與日本合作呢？」當然，他們的表現方法不是這麼簡單但大致像這樣的日本意見，屢次傳到陳友仁氏的耳中。對這些質問，陳友仁氏答覆的態度是非常堅決的。我將陳氏所講的英語譯成日語給日本軍人聽的時候，有好多次就感到非常躊躇，因為他的辭句是太過强硬了。

他說：「中國的政府應由中國人自己來選擇，而不應由外國人的日本人來選擇。今日中國有兩個政權。一個是南京的汪精衞政權，另一個是重慶的政權。你們可以問問中國人，這兩個政權中，那一個是中國人所選擇的政府？我個人是絕對反對蔣先生的，過去，三次和蔣先生鬭爭過，但在現在這一剎那，如果有人來問我這兩個政府那一個是中國的眞正政府，那末，很遺憾的，是我不得不答覆說重慶的政府才是中國的政府。你們不承認這個事實是你們的自由，但那是好像恐怕承認現實，而硬要逃避現實，將頭插入沙堆中的鴕鳥一樣！」

恐怕許多知道日本軍部暴燥的中國人都在奇怪為什麼日本軍部不將他殺掉。但事實上，與陳友仁氏會面談過話的日本軍人竟沒有一個人惱怒。這也許他們都被他的理直氣壯的正確議論和眞誠的態度所感動。

另外還有一個理由，就是當時淪陷區的政府已經腐敗到了極點，在現地了解情況最清楚的日本軍人們，都已經知道這個政府已經和人民脫節了。但遠離現地在東京的軍部，對於這種情形是不了解的，所以，不久，對於陳氏最麻煩的一個問題也就發生了。

六、第一次發脾氣

大概是一九四三年三月初的事，東京陸軍省軍務局長武藤中將（後以戰犯罪被處死刑）向帝國會議宣佈：「中國知識份子最近好容易支持汪精衛政府了。現在上海的陳友仁氏和顏惠慶氏也已表明態度，支持汪政府了。」這是毫無根據的話。其實，陳友仁氏是明顯反對汪政權的。看了這段新聞，陳友仁非常憤怒。我看到陳友仁氏發脾氣，這還是第一次。他告訴我說：

「我第一次受到這樣的侮辱。我寧願像一條狗在街上被捕殺了還好！這件事必須弄得明白清楚。」

他當時即向當地的軍部提出抗議，但他們表示，這是東京陸軍省的事，愛莫能助。於是我便做了陳友仁的「特使」，得到當地軍部的特許，乘坐軍機，直飛東京，將陳友仁氏的抗議向武藤軍務局長提出。可是，因為我是沒有名義的一個人，這位武藤局長是不容易准許我和他見面的。我午前就跑到陸軍省，先和他的秘書一位少佐見面。我將陳友仁氏所說的，一字不漏的都告訴了他，最後又問他：

「為什麼？有何證據？發表那樣與事實不符的報告來損害他的名譽！」

秘書沒有答覆什麼，只告訴我下午再去。下午去的時候，武藤稍露面一下，也就躲開了，他說他的秘書可以代他作答覆。早上會見到過的少佐秘書也就出來，他說：「陳友仁氏現住在日本的佔領地區，而不與南京政府合作，那末，結果如何，你也可以推測到的。回去時，將這話告訴他好了」。我就回答說：「據我所知，陳友仁氏尊重自己的清白歷史，較尊重自己的性命更為重要。這不是正與日本軍人的精神相同麼？還有陳友仁氏以為日本古代武士道有不說謊的美德，所以他相信日本的軍人，仍繼承着這個傳統，因此，他對武藤局長這次所發表的言論，表示疑問。這些話務請你告訴武藤局長吧！」

我也以為同這個年青的少佐秘書辯論這些話是無補於事，也就回來了。至於這位少佐秘書曾否將我所說的話全部告訴武藤，迄今仍是一個謎。但是從此以後，關於陳友仁氏的謠言，在日本方面就再沒有提出過，倒是事實。

我想，關於陳友仁氏這一方面的事，有好多中國人都是不大清楚的吧！在許多人看得到的地方表現偉大的行動是容易的，但在沒有一個人看得到的地方，去發揮英雄的行為，確實是一件難事。但這才是人生最可貴的行為！鑽石在貴婦胸前閃閃發光時，人人都可以看到，但在無人知曉的礦穴中，它仍然是同樣發光的！

馮玉祥將軍傳【七】

簡又文

第七章　入關出關（四十—四十一歲，一九二一—二二）

驅陳誅郭

民國七年（一九一八）一月初，國民黨要員于右任聯絡陝軍胡景翼、岳維峻等部在三原獨立，號爲「靖國軍」。督軍陳樹藩數戰不利，北京政府乃於三月任命劉鎮華爲省長。劉率其「鎮嵩軍」及張錫元之第四混成旅入潼關。劉既入陝，卻暗與「靖國軍」修好。五月，張作霖派許蘭洲率兵入陝助陳，以師久無功調回。陳部土匪軍郭堅亦在鳳翔歸附於「靖國軍」。陝局愈形糾紛，陳樹藩勢益孤而危矣。直系既執政權，以陳接近皖系，乘其不能統一陝局，遂於十年五月任命二十師長閻相文督陝。陳擁兵三混成旅，思以武力反抗，而劉鎮華及張錫元名雖表示中立，實則暗通直系也。閻率閻治堂（繼任師長）之二十師及吳新田之第七師入陝。馮玉祥將軍之第十六混成旅先亦被調隨閻入關。此則馮氏由豫入陝之背景也。

五月下旬，馮氏奉閻命開駐豫西。六月中，分全旅爲三梯團，由潼關推進，以西安爲目的。先與陳部戰於臨潼壩橋，大敗之，繳械無數。陳敗退漢中。馮氏遂入西安，閻相文乃於七月七日就陝督職，馮旅移駐咸陽。

陝局既定，直系當局以馮軍轉戰功高，成績優異，乃令第十六混成旅改編爲第十一師，以馮氏陞任師長，兼陝西西區剿匪總司令。計馮氏自三年起任旅長，蟬聯八年之久，至是始得陞師長，而與其同輩，甚或資歷較淺者（如吳佩孚等）早已飛黃騰達、榮膺顯職、手握重兵、左右時局矣。此殆由其革命熱誠、在在表露，而且性格獨立、不善逢迎、時時遭忌、處處招怨之故也。當時師部編制，石敬亭爲參謀長，李鳴鐘爲廿一旅旅長，張之江爲廿二旅旅長，孫良誠、張維璽、宋哲元、劉郁芬等爲團長，復編一衞隊團，以趙席聘爲團長。改編竟，即於咸陽一帶從事訓練及勦匪。

其時，匪軍郭堅雖附於「靖國軍」而佔據鳳翔，姦淫擄掠，爲人民大害。陝前督屢勦不克。及閻繼任，首即欲消滅之，以安閭里。時，閻已與胡景翼等妥協，互相接近。胡親至西安見閻。郭聞之，亦欲親來聯絡，閻允焉。閻與胡景翼、閻治堂、吳新田等共商，決乘機誅之以爲地方除害。乃先電令馮氏於郭道經咸陽時，置之於法。八月十二日，郭至，馮優爲招待。次晨，相偕赴西安。即夕，設筵宴焉。事前，馮氏於室內外伏甲兵。不意外墻忽倒，伏兵盡露。郭知有異，立從懷中拔出手槍，往外逃跑，因其孔武有力，幾個人都不能制服。馮氏迫不及待，一躍而前，以手緊握其腕臂，並大顯身手，施出平素所習之武術，將其屈倒在地。手槍隊亦蠭擁而前，將其縛於庭間，且內外夾攻，將其衞兵二三十人一一繳械。馮氏隨即當堂宣布閻督密令，將罪大惡極之匪首郭堅明正典刑。全省人民一聞其事，如雪大仇，莫不稱快。（以上大致據蔣鴻遇「二集」，並參考「逸經」第五期曹芥初：「關中怪傑郭堅」及拙著「補記郭堅伏法事」。後者係由馮氏對余口述及表演當時之經過實情。其事並見「我的生活」頁四二六。據劉著頁八五，郭堅爲陳樹藩舊部，當陸建章交卸陝督後東返時，中途爲陳部——大概即郭堅——所刧，全部女眷、無論老幼，均爲汚辱，故此次馮氏之毅然誅郭、大概是爲陸報仇雪恨云。此或有可能，但馮氏確曾奉閻督密令，樂於遵行，非擅殺也。姑並誌之。）

繼任陝西督軍

閻相文當陝西全部紊亂之時入主陝政，軍民財政諸端，毫無辦法。當時，全省軍隊有下列之數：㈠第七師吳新田部萬餘人；㈡第二十師閻治堂部萬餘人；㈢第十一師馮部萬餘人，㈣第四混成旅張錫元部五千人，㈤鎮嵩軍劉鎮華部三萬餘人，㈥靖國軍胡景翼部約三萬人，㈦井岳秀部約萬五千人，㈧岳維峻部約萬人，㈨王鴻恩部五千人，㈩羅某(十一)郭金榜、兩部各五千人，(十二)陳樹藩殘部二萬餘人，(十三)郭堅餘黨五千餘人。以上綜計幾達廿萬。軍需浩繁，無法應付，索餉文電，紛至沓來，而省政府治權所及，僅會城附近之十餘縣而已。閻之爲人，雖懦弱無能，但卻有心愛民，而身負全責，既不忍苛斂民財，而又無法維持。內外交迫，陷於絕境。始則因憂勞成疾，繼則咄咄書空，積思成痗，卒於八月廿三日中夜，吞鴉片自盡。翌日出缺。遺書有「我本願救國救民，恐不能統一陝局，無顏對三秦父老之誠」等語，尚不失爲一個懷苦心、有血性之好男兒也。

東三省巡閱使張作霖

時，馮氏方在咸陽防次。廿四日，接省城急電，即行趕至，與閻治堂、吳新田等會商善後，並調軍駐省，協力維持治安。廿五日，北京政府來電，正式任命馮玉祥爲陝西督軍，並令其澈查閻之死事。馮氏以閻雖有遺書可證明爲自盡，而其親信數人不無嫌疑，乃派員押赴保定交曹吳訊辦，心跡大明。後來，敵方宣傳謂閻實爲其毒死者，殆捕風捉影之誣衊、含血噴人之拙技耳。反證固鑿鑿有據也。馮氏奉令後，以陝事棘手難辦，亟電辭職，並推張紹曾自代。政府不許。他恐複雜軍隊乘勢逞亂而負責無人，治安堪虞，乃於廿七日就職。立志救國救民之馮玉祥將軍至此又有一機會以實行其主張，並試驗其辦法矣。

當馮氏奉到督陝之電時，屬下文武官佐，咸赴轅道賀。他即對衆人作極長篇、極誠懇的訓話，大致謂古往今來有好些大人物，因爲成功、陞官、發達、而至腐化，馴至失敗的。「這是加重我的責任，我們不要忘卻軍人本分」云云。可謂肺腑之言，痛切之極。是時，投効或改編來馮軍者有李興中、劉之龍、黃中漢等數人。陝西全省當時的實際狀況有如下述。

就職之後，第一要務無過於籌餉養軍。其時，陝西財政支絀情形——即是閻前督致命之大原因——可於馮氏致北京政府催款之數電略見端倪。其一有云：「連年兵匪交鬨，道路梗塞，商貨不通，收入短絀，地方田賦，早已支借逾額……目下各師旅伙食無款應付，驅飢卒以臨陣，危險莫甚」。再則曰：「十一年陝省田賦，早經陳樹藩提取淨盡。西路交通尚阻，稅收短絀，兵匪蹂躪數年，地方凋敝已極，挖肉補瘡，無肉可挖。」三則以陳樹藩殘部勾結郭堅餘黨尚蠢然思動，變為土匪行為，擾亂關中腹部，而「我軍餉費全無，兵有饑色，派兵勦辦，動則用款，坐視擾亂，為害非淺，陝匪不能早日肅清，則陝局不能早日統一；陝局不統一，則財政愈難整理。財匱匪衆，民困兵饑，其危險有不堪設想者。」此則言財政拮据對於軍事、政治之影響。其四則曰：「兵餉缺乏，士卒枵腹，各將領奔走撫慰，日無暇晷。……軍事吃緊之際，軍中有絕糧之憂。……省垣金融恐慌，達於極點。富秦（陝西官辦大錢局）銀票每兩只合大洋八毫，猶復日日低落。錢行數百餘家，一律飽受困難，銀根愈行緊迫。漢中、榆林兩屬之三十餘縣，除近省垣十餘縣外，其餘各縣縱有少數收入，早為該縣駐軍撥用。我軍餉項遂至籌無處籌，借無處借。」此則言財政來源之枯竭。又云：「陝省大亂連年，元氣斲喪殆盡。喘息未定、瘡痍未復，加以各方軍隊星羅棋布，偶有開拔調遣，車馬取之於民，糧秣取之於民，一切軍中所需零星物件，無一不取之於民，其他冰雹、地震、水災、盜賊之害，層見疊出。嗟我秦民，誰能堪此！」似此，則民生凋弊，可謂極點。餉項、財政、軍事、政治、民生情形如此，其時這個陝西督軍真不易幹的。馮氏驟膺重任，措置不易，其不蹈閻氏前轍、同樣結局者幾希矣。

治績斑斑

馮氏入手治陝的政策：第一、以統一全局為先，蓋非肅清雜牌與土匪軍則政治、財政，均無辦法也。於是，令吳新田往南進攻漢中，而令王鴻恩從寧羌牽制敵後。由十一月中旬動員，至十二月初，陳樹藩即敗退，由漢口逃滬，漢中收復。至胡景翼一部，駐三原一帶，馮氏素重其為人，不欲攻之，乃遣張之江、張樹聲前往撫慰。彼對於馮氏之抱負與行誼，非常欽佩，兼感於此次之誠懇，派員答問，感情日洽，卒取消「靖國軍」名義，改編為陝西正式軍隊，並服從其指揮。且自此之後相與結為知己之交，生死不渝，後來卒為「國民軍」之台柱之一。胡、字笠僧，陝西富平人。出身寒微而勤奮讀書，早歲留學日本，習陸軍，立志革命，加入同盟會。後回陝與于右任倡建「靖國軍」。曾被陳樹藩囚禁於一小樓上，日食以無鹽的猪肉，故身體長得異常肥胖（劉著頁四〇）。此其日後不能享長壽之遠因歟！（余昔在北方時，聞軍中友人言，胡過于肥胖實是一種病徵：每日靜坐少頃，即呼呼鼾睡。當其批公事或作書牘時，其侍從副官必須在身旁細心侍候，一見其將入睡鄉，即急伸手以掌托其筆端，免致文件被墨塗污云。）

冬月，陝局漸次統一平靖，財政、政治亦日上軌道。馮氏此時，復東與山西督軍閻錫山，西與甘肅督軍陸洪濤，及隴東鎮守使張兆鉀等，修好睦鄰，內外無事，乃竭其全力於政治之設施及軍隊之訓練二事。

關於軍隊訓練一事，馮首注意於幹部人才之養成。下級軍官則以「衛隊團」為訓育機關，等於昔之「學兵營」。團員由新兵之識字優秀分子挑選，操練比別部為嚴密。畢業後，各回本營升正副目。再入「軍士教導團」，畢業後可任司務長、排長。其成績特優者，再入「軍官教導團」，出而可為連長。經此數次訓練，軍官已淹有陸軍中學程度了。同時，「交通隊」、電雷、電訊、無線電、電話等隊，均劃歸「衛隊團」，便於指揮及管轄也。至「軍官、軍士、教導團」亦同時組織，以蔣鴻遇為團長。分軍官、軍士二班。軍官班由陝西各軍保送，約三百人。軍士班則由十一師挑選約二百人，各以四月為畢業期。對待各友軍均以大公無私、不分畛域之精神。訓練期滿，各軍官回營服務，均大為滿意。由是，各軍對馮氏感情益洽，於指揮統一益為便利矣。胡景翼尤為佩服，自行組織「教導團」，取法於馮軍以為模範。

至於對軍隊內部之風紀、軍紀，尤為注意。事無巨細，皆予以嚴格之規定與限制：如軍服裹腿則上下全體用灰色國布，內衣及運動衣則白色，鞋黑色，禁着絲綢；官佐兵士之個人用具，均有限制，不准私備額外品。每日晨起，唱愛國歌，飯前及臨睡均唱歌，飲食起居各種生活一律有定時；剪髮、沐浴、洗衣、補衣、縫紉，士兵皆自為之。又為兵士辦儲蓄，存其餉之一部於銀行，至其家中有需要時乃為滙去。以上諸端，於軍紀、風紀大有關繫，而節省消耗，尤有效焉。

馮對於官佐則顧念尤慇。其家中有特別經濟困難者，每自購田地贍之，使無內顧之憂。故蔣鴻遇有言：「其對於官兵之愛護，可謂嚴父慈母兼而有之。」至工廠及軍人青年會兩事業，此時仍繼續舉辦，且擴充之。尤注意者則揭櫫基督教博愛犧牲之宏旨，以訓練軍人致志於救國救民之事業。基督教徒，如馬伯援（日本東京中國青年會幹事）等，均於此時前來講道。

直魯豫巡閱使曹錕

對於政治，本來有省長劉鎮華負責——算是軍民分治。但以當時陝局而論，軍隊各不相屬，率皆據地自肥。劉一籌莫展，雖擁有「鎮嵩軍」，顧能力不充，非得馮氏之力助不易措施。所以時常與其籌商興革事宜，因時勢關繫，幾乎要拱手聽命于馮氏了。

馮氏就任之始，見舊督軍衙門頹敗已甚，而且氣象惡劣。為打破官僚環境及氣習而表示革新精神計，毅然改建此舊署為軍人工廠，而另建一平民化的新督署。西安城內有一從前為滿人所住的土城——皇城，反正時已被漢人焚毀。馮氏即以此為新署址，鳩工建築。全以軍人當工人，他自己也做一份。材料則利用舊署之原料為之。適其時有一私造印信案發生，馮氏施以罰鍰處分，即以其罰金當工程費。工既竣，只費數千元而已。馮氏即遷入辦公。城內小房多所，粗樸簡陋，地不舖磚。（按：余於十六年到西安任政治工作時，房屋尚存。）

在督陝期間，馮氏尚有一軼事，適足表現其特殊性格的，於此，合當敍述。其年，吳佩孚在洛陽做其五十大壽。當時，吳高居「直魯豫巡閱副使」地位（曹錕居正），威風權勢，煊赫一時，巴結之者均以珍寶或諛辭致賀（即復辟餘孽康有為也書撰善頌善禱的賀聯送去，文曰：「牧野鷹揚，百歲功名纔半紀。洛陽虎視，八方風雨會中洲。」）獨有馮氏派專員前往拜壽，贈以冷水一罐，自云：「君子之交淡如水」，是涵有「諷諫」之意。這一來，馮氏任性奚落人家，固自鳴得意，然身受者自然覺得眞似「冷水澆背」。平心而論，吳之為人，身為軍人而不脫「老學究」本色；一生貫徹「不積錢，不納妾，不入租界」的三不主張，頗得時人稱許，不過個性迂腐頑固，剛愎驕蹇，自傲自大，有己無人，而且心胸狹隘，睚眦必報，更野心勃勃，迷信武力，以致窮兵黷武，屢起內戰，此禍國殃民之惡政策也。今於五旬大壽，得馮氏贈此掃興禮物，認為奇恥，豈能或忘？未幾，雖因攻奉失敗，迫要乞其急援，然早已銜恨於心，雖關渡過，即「過橋抽板」，以資報復，是自然的後果。至於馮氏因常作諸如此類戇直而怪僻的行爲，自鳴清高，以彰人惡，卽後來在南京及他處供職，也不改故態，以至屢屢招怨，在在樹敵，至少至少常討人厭，不能與人合作到底，未嘗不因此矯枉過正、諷刺凌人、不近人情、令人難堪之短處，此雖愛之敬之者也不能爲諱的。（按：上言賀壽送水事，久已徧傳人口。初以爲謠言，後讀「我的生活」頁四四三亦自書不諱，乃知爲眞事。此卽劉著頁二七所譏爲「怪話」、「怪事」之類是也。後來馮氏在山西晉祠幽居時，關於此種怪行，余嘗苦口勸諫，以免爲與他人，尤其生活方式及習慣不同之南方同志，合作共處之障碍。其如「江山易改，品性難移」何！）

對於庶政之興革，其犖犖大端者，有如勸導放足、禁絕鴉片與娼妓、蠲免苛捐雜稅、提倡清潔、實行種樹、廣設平民學校及運動場、建築能容三千人之「洗心社」，以作軍民學界講演堂，遍標格言，以喚醒民衆——卽如後來流行的標語。又令軍人築路。而其成績最大、利民最著者，則爲築成西安至潼關之汽車大路，利便交通。（按：余初赴西安工作時，卽乘車經由此路。）又常召集士紳商民討論政治社會一應興革事宜，以故官民了無隔膜，甚得「庶政公諸輿論」之情。一時，氣象一新，風氣大變，社會舊面目亦爲之改易。可惜全省政令不統一，所有新政僅得施於省會附近一帶地方，未能普及全省也。

對於財政方面，則以薛篤弼爲財政廳長。富秦銀行爲前督軍陳樹藩所設，濫發紙幣，吸收現金。其個人發大財，而陝民則苦矣。初時，紙幣每元只值銅元廿枚。經馮、薛極力整頓，不期月卽漲至六七折。對於煙禁——吸食及私種與販運者均嚴禁，但只在馮氏自己兵力所及之數縣尚可實行，而他軍在駐紮之地域則包庇農民大量種植出產，復由軍隊私運，莫奈其何。馮氏乃寓禁於徵，凡販運過境者科以重稅，每月收入可得六七萬元，軍政費得藉此補助。對於鹽務亦厲行改革，設「鹽務局」，以劉之龍爲局長，宿弊頓除，收入大增。以上諸端，施行有效，軍政乃得維持。軍隊經費已略較駐信陽時爲優。然因全軍給養向用現金購取，一切補充又多，只可維持伙食，按期發餉尚談不到也。每月收支賬目公開，厲行廉潔，剔除中飽，涓滴歸公，實行節儉。行之不一年，舊債盡償。離陝時省庫且有餘款。計其政治成績以財政爲最優。

在外交上有可紀者，卽是實行「對外人講理」的主張。有兩外人，一英籍，一美籍，持有護照來陝遊歷。行至鄠縣太白山，用槍獵獲野牛二頭，卽剝其皮，攜回西安，始往謁馮督軍，蒙款待甚優。外人興高釆烈，告之以行獵所得。馮氏以國權所關，登時翻臉，嚴行質問。兩人亦抗議。馮氏據理駁之。卒令二人抱歉，掃興而退。因此，二人老羞成怒，英人尤甚，盡力宣傳反馮。其後，英國人對他時露不滿，未始非由此事而來，以馮氏有損其帝國在中國自由行動之尊嚴也。馮氏將此事報告政府，乃定例外人遊獵須領執照，並須指定何項獸類，是亦與外國取締行獵之辦法無異者。

馮氏在督陝任內，傾全力於省內軍事、政治之整頓，而對於全國政治，多不過問。惟有二三事，關繫重要，迫於愛國義憤，不得不通電主張者，略舉如後：（一）以關於籌款贖回山東膠濟鐵路自辦一案爲國脈存亡所繫，集合公私法團公議陝西擔任二百萬元，冀保路權。（二）關於鹽餘公債事，極力反對內閣總理梁士詒之借款辦法，而主張根本取銷，並另通電一致聲討之。（三）去電司法當局董康請嚴查有關鹽餘公債九千六百萬元之財政舞弊案。（四）通電痛斥張作霖入關袒護洪憲帝制禍首梁士詒。最後一電，實爲馮氏提師出關討奉之先聲也。

出關援曹吳

自九年七月直奉聯合戰勝皖系之後，由靳雲鵬組閣。（按：靳本屬皖系，後轉投直系。）靳則盡力擴充直系勢力以爲報，任命曹爲「直魯豫巡閱使」，吳佩孚副之，王承斌等爲各省督軍。

時，張作霖亦爲「東三省巡閱使」，更要求直轄塞北三特區；同時，聯絡段派之盧永祥，並謀攫長江地盤。直、奉兩系，已隱伏戰機矣。十月，蘇督李純自殺，兩系均欲奪此一塊肥肉。奉方推薦張勳繼任，乃爲直系之齊燮元所得。「兩湖巡閱使」兼「湖北督軍」王占元，以鄂駐軍譁變不能制，因而去職。吳復得繼爲「兩湖巡閱使」，而以蕭耀南督鄂。長江上下游均入直系勢力。奉張之計既失敗，乃亟謀對抗，與浙盧、豫趙（倜）及舊交通系梁士詒等聯絡成立「討直同盟」。張乃推梁組閣，迫吳去豫赴鄂，準備吳一旦抗命，奉方卽行聲討，由各省援應。素以滑頭取巧著之徐世昌果從之，於民十年十二月，梁繼靳任國務總理。梁就職後，先卽結外債條約，以鹽餘借款，大喪主權。吳佩孚首先通電反對，以帝制餘孽及借債賣國兩題目詆梁，迫其去位。其電文且仿韓愈「三日不能至五日，五日不能至七日」等語，是直以鱷魚視之矣。同時，聯絡本系蘇、贛、鄂、魯、豫、陝六省軍民長官，紛紛通電響應，一致驅梁。兩方相持不下，卒不得不訴諸武力。

在此次內戰中，無可諱言的，馮氏自始卽袒直攻奉。其態度與行動，值得一爲研究。本來，他自許所部爲國家國民的軍隊，平素係超然的和獨立的性質，故曾與段祺瑞、馮國璋、曹錕、吳佩孚等，均一體合作，並無軒輕，不認識有個人的主子，更不屑爲一系的走狗。綜而言之，他一向不是皖系或直系的人，前文已說明。然其此次之毅然加入直系戰線者，依著者個人推究，大約有四個原因：其一、當其與段翻臉之後，勢成孤立，險被消滅，幸先後在鄂、湘、豫、陝均得曹、吳之力助，乃得保持地位與實力。今當曹、吳面臨大難，面臨生死之戰，不得不仗義援之以手。其次，從前因個性戇直，已與奉張有裂痕（如反對奉方保舉起用張勳督皖，其後奉方反對馮氏在豫扣留交通部解款專車）。此次，如奉勝直敗，自己斷無倖存之理，勢不得不聯直反抗，以圖生存。其三，陝西荒瘠之地，軍政複雜，不易應付，無可措施，故急欲另圖發展，期成爲眞正爲國爲民的大軍。其四，從常理說，奉張狼子野心，久欲逐鹿中原，入關主政，甘作破壞和平之戎首，矧其更有勾結復辟黨如張勳者流謀叛民國之嫌；苟其得勢成功，斷非國家之福，而其謀士梁士詒爲洪憲帝制餘孽，聲名狼藉，組織內閣後卽大借外債，確損國權，此凡愛國的同胞所應反對的。有此四因，故馮氏毫不躊躇，決然表示以全力爲直系之後盾了。

十一年四月，奉張果派兵入關進攻，吳亦調兵備戰。馮氏具有決心，於十九日會銜通電數其八大罪。在西安復召集幹部與部隊當衆宣布主張。在此「討奉援直」大會中，他現出本色，當衆脫去所穿之鞋，用足使勁當空一踢說：「我們出關去打奉軍，我棄去這陝西督軍，就像這破鞋一樣！」言時，敝屣飛入半空，猶未落地，眞是生活的、戲劇化的表演，惟馮玉祥將軍能爲之。於是，卽將督軍職權交省長劉鎭華代理，而親統自己之十一師全部，與張錫元旅，及胡景翼師出關應戰。十一師分爲兩混成旅，以李鳴鐘率一旅及張錫元旅先行，張之江一旅繼之。馮氏自率「衛隊團」跟隨向洛陽東進，而胡景翼全師任後路。

先是，曹、吳之調兵遣將，最初本命馮氏坐鎭後方，反令戰鬭力弱而分駐廿餘處之劉鎭華部開上前線，固未嘗欲馮氏有「脫穎而出」之機會也。嗣因戰事失利，勢不得不借重其救兵，乃急電其率師出關。馮氏早有準備，於接電三小時內，卽動員向潼關東進。軍次閿鄉，又接吳求救之急電，蓋自四月廿八日奉直兩軍開火後，直軍各路均戰敗，吳不得不亟亟求援也。馮氏乃令李鳴鐘、張錫元星夜北上聽吳指揮。旋又接吳急電，以豫省後防空虛，請其速行東來坐鎭洛陽。馮氏以李旅既已北上，鄭州空虛可慮，乃令張之江率兩營編爲一混成支隊，先往該處緊守，自己卽率「衛隊團」日行百六十里，於五月三日趕到洛陽代行巡閱使職權，布置後防。

馮氏抵洛之日，李鳴鐘告捷之電至矣。先是，奉軍全力攻直，砲火充足，戰績甚優，吳不能支。既得馮氏迅派兩旅來援，卽以李加入西路。整個戰役立刻改觀。李固健將，率整旅快捷勇敢之精兵，出其不意，突從大灰廠拊奉軍之背。奉軍方以勁旅包圍吳部。詎料李恍似「飛將軍」突如其來，抄至奉軍後路。時，奉軍方吃飯，無能抵抗，被繳械者一師之衆。於是全軍，腹背受敵，戰略粉碎，盧溝橋、長辛店等地，均爲直軍佔領，遂大敗急退，戰役於以結束。其致敗之由，實因料不到馮軍出關應援若是之神速，及作戰如是之優越也。馮氏實是曹、吳之救星。

直魯豫巡閱副使吳佩孚

底定河南

馮氏既得捷電，於五日夜間到鄭州視察後方防務。李鳴鐘旅奉令歸隊，全旅兵官開祈禱會，高唱「基督雄師進前」之宗教歌，奏凱南歸。

時，鄭州兵力單薄，僅有直軍王爲蔚一團及靳雲鶚之學兵營與馮軍張之江兩營而已。不意，豫督趙倜派其弟趙傑突於是夜（五日）帶兵八十營由開封來攻（按：趙事前接奉方來電，謂直軍已敗退，促其急攻鄭州，有謂此電係交通系葉恭綽所拍發詐勝騙趙者，有趙部某團長太太洩露其襲鄭消息），衆寡懸殊，情勢危急。馮玉祥將軍即遄返洛陽布置，急調劉郁芬、宋哲元兩團及胡景翼部來援。援師未至，趙部猛撲鄭州。當時，驍將張之江率少數部隊奮勇迎敵，以少抗多，屢敗不退。戰至身旁只留下數十人之際，他的宗教精神大爲振起，在戰場上跪下祈禱。畢，即起而躬率馬弁，衝鋒上前，肉搏作殊死戰。敵軍見其來勢甚兇，不知其隊伍究有多少，爲之辟易。然衆寡究竟不敵，張仍拚死支持兩晝夜。正在危急萬分之際，劉、宋二團及胡部鄧寶珊（瑜）等適至，立刻進攻，卒將趙軍擊退。

同時，趙部寶德全，又以十餘營沿黃河南岸，夾攻鄭州，直軍第八混成旅團長彭開乾陣亡。至是，亦爲胡軍鄧寶珊、弓富魁兩部擊退。馮氏乃親率全軍及胡、王等部分路向東追擊，沿隴海路大戰十日，始將敵軍擊潰。趙倜退回開封，沿途搶刦，各村莊十室九空。詎料其部將寶德全，以攻鄭失利，知大勢已去，先行退入開封。至是倒戈，閉城拒趙不納，蓋藉以討好久已惡恨趙倜之人民，並爲顧全自己將來的地位計也。趙無家可歸，竄歸德，後遁上海。馮軍遂於十三日佔領開封，分途追擊搜索趙部餘衆。於是，全豫底定。是役也，張之江以兩營人——不及一千之數，敵趙部八十營——四萬餘衆，苦戰兩日，寧死不退，實爲馮軍戰史上至光榮之一節。後來，張對人言，謂全得力於祈禱云。（其後，張自撰「證道一助」小冊，詳述此役經過，爲上文參考資料之一種。）

十三日，馮令蔣鴻遇率手槍隊數十名，先到開封視察，及與省長張鳳台接洽。而其本人亦於是日率兵至車站。張鳳台、寶德全及各機關團體均到迎。馮氏一一接見畢，即就地執寶德全而置之於法，並將其部下繳械遣散。後來，其政敵有以其此舉爲殺降不義詆之者。迄今國人不明內幕及歷史經過者，對馮氏尚有不諒解之評語。

但在馮氏當時則以寶部行爲一向助趙爲虐，貽害地方（如前在確山勾結股匪，曾爲馮軍擊敗）。此次復助趙攻鄭，敗則首鼠兩端，非降者可比，且其人桀傲不馴，居心叵測，及早去之，亦不得已之必要手段也。

膺任河南督軍

時，北京政府已任命馮氏爲河南督軍。他卽於十四日就職視事。省長張鳳台辭職。馮氏以豫民對其感情尚洽，極力挽留之。就職未幾，適青島日本人開始撤退。膠澳督辦王正廷以此次收回租界，關係重大，地方秩序、必須善爲維持。因見馮軍軍紀優越，電請派兵至青，任治安之責。馮氏乃派兵一連前往，分任商埠及海上警察。服務之勤與成績之佳，爲中外人士所稱道。

馮氏治豫第一要務卽爲恢復秩序，安撫人民。先委鹿鍾麟爲警察廳長。開封城內外治安尤爲緊要，馮氏至親率衞隊出巡，捕獲亂兵數名正法，地方始得安靖。後派李鳴鐘等爲各屬鎭守使，以勦匪安民。一面對於豫政極力改革。自就職後卽宣布治豫大綱十條，足徵其對於地方政治之自有辦法也。（見蔣著頁七六）

豫省自趙倜把持軍政後，吏治腐敗，率以奔競、鑽營、剝削、舞弊爲慣事，上下交征，重苦人民。馮氏於勦匪之外，卽以澄清吏治爲大要事。縣知事車雲，貪劣尤著。他於接篆後卽捕之。從嚴懲辦，以肅官方，亟科以四萬元之罰款，以興辦公益事業。又有歸德劣紳某，素倚趙倜勢力，欺壓平民，無惡不作，經人告發，查明屬實，卽將其就地正法，大快人心。至於趙倜，括削數年，積貲無數。馮氏厲行抄沒其全部財產，得二千餘萬元，盡行充公，以作大學基金、教育經費、開辦工廠及其他社會公益事業之用。人民固然痛快，而此舉卻爲吳佩孚轉而恨馮之起點，蓋其一聞馮氏抄沒趙產，思欲染指，及不得，恨心乃生焉。而馮氏之實行懲治貪官、污吏、土豪、劣紳，實開「國民革命」所揭出的宗旨之先河也。

馮氏治豫之嘉猷，以振興教育爲又一大端，足以表現其平素之主張者。當其聞本省有凌氷（震東）其人，爲留學美國教育學博士，方在南開大學任教務長，卽電請其回豫，保其爲教育廳長，固與其未謀一面也。河南全省教育經費本規定每年八十餘萬，惟歷年落在官僚、軍閥、政客之手，移作別用，教育因之不振。他卽指定此款不得移作別用，並撥所抄沒趙倜家產之一部爲教育補助經費。又派余心清創辦中州大學（後改爲河南中山大學）及第一女子中學。復令省城各機關自設平民大學，並督責各縣教育局積極整頓教育。對於社會教育，則有圖書館及平民教育等之設施。一時，河南教育界氣象，煥然一新焉。

爲謀平民幸福計，馮氏設立平民工廠三處，以爲貧民習工藝之所。滿城內旗人所居，則給資遣散，使與漢人雜處以泯種族界限。其餘禁娼、禁煙、改良市政、興修馬路、疏浚河道等善政，皆是凡馮氏所到之處之一例的辦法。

此外，交通事業亦進行甚力，有計劃全省建設長途電話及長途汽車公路二事。所可惜者，馮氏居豫不久，卽行去職，其成績則電話僅得潼關、歸德、許昌三線，汽車公路則僅修周口、潼關兩路而已。其建設計劃及種種政策，至是仍沒有全部實現的機會。

關於全省財政方面，以薛篤弼爲財政廳長。成績以維持紙幣及銅元票使十足兌現，二者爲最大政績。至於停辦苛稅雜捐、清理積弊，亦爲福民之舉。當時豫省駐軍甚多，軍費浩繁。馮氏惟以節儉廉潔厲行上下，各友軍均不短餉，惟自己之第十一師則餉不多發，亦未有向大城市派款之舉，人民尤德

河南督軍趙倜

之。

對於軍事之訓練，則馮氏處處時時均極注意。在豫督時期所舉辦者，第一、有「高級戰術研究會」，由段其澍主持之，凡第十一師營副以上軍官均須輪班聽講。其次、「衞兵團」改爲「學兵團」，以石敬亭爲團長，分三營。挑選嚴格，實爲初級幹部之養成所也。復次、「手槍隊」中又添設「自行車隊」，軍車六十架，分爲二隊；又設「汽車隊」，置車十二輛，均受軍事訓練，爲作戰運輸之用。此爲軍事之新設施，其餘訓練則如常。

此時，馮軍發展之最可紀之一節，則爲編練「補充團」一事。蓋因自十一師出發後，前方戰事吃緊，後方空虛，不得不亟行募兵塡防，以備戰事延長，次則因大戰後，傷亡甚多，且敵衆我寡，不得不亟事補充實力。當馮氏在洛陽時，卽着手編練「補充團」五團，每團二千人，共萬人，軍械卽以豫戰所得自敵軍者充之。編練事先後由蔣鴻遇、門致中二人主辦。督豫後未幾，已成勁旅矣。

在督豫期間，馮氏個人生活如常簡單儉樸，事事親力親爲，無特別可紀者。只留下一宗逸事：每日淸晨，自乘腳踏車（單車）到各機關辦公。豫人少見多怪，比之往日貴官出門威風凜凜的架子，不啻天淵之別，咸咄咄稱異焉。

馮氏任河南督軍僅五月有半。軍民兩政，積極改進，成績已斐然可觀。不圖以環境關係，被吳佩孚逼令去職。在名義上陞任爲全國「陸軍檢閱使」，實際上則革去實權，所謂「明升暗降」者是。然自馮氏去後，繼任者爲張福來，立將豫省數月來所施設之新政及種種善舉，差不多完全推翻，而各種弊政惡習，如煙、賭、娼妓，及政治上種種腐化弊端，頓復舊觀，甚至督軍署前之大照壁爲馮氏所拆去者，亦復建新的。新河南之建設僅曇花一現而已。

在馮氏離職之前一月，上海一家英文週刊（美人主辦的 The Weekly Review）嘗舉行一次名人選擧，由讀者三萬五千人——多數爲中國知識界人士教員學生等，投票選出當時「最偉大的中國人」十二名。結果：國父孫中山先生第一，馮玉祥將軍第二，胡適之敎授爲殿軍。由此足覘馮氏當年之已得人心矣。（見薛著頁一一九）。

【補註】上文付排後，翻閱馮將軍「日記」，見有數條饒有意義的資料，足充實以上三章內文者，補註於後方：

第五章：民國六年（一九一七），馮氏駐軍廊房時，忽被內閣總理兼陸軍總長段祺瑞免其第十六混成旅旅長職。原來其中大有黑幕。馮氏於十一年（一九二二）七月十五日記，追溯往事云：「以不行賄於傅良佐，被讒撤差。」分明是傅以陸軍次長地位，因馮氏不願分兵往甘肅乘機敲詐，而馮氏不肯納賄，遂被其讒之於段，乃下免職令也。北洋軍閥之貪汚腐化，可見斑斑。

第六章：十年（一九二一）一月九日記：「自移駐信陽州以來，餉項奇絀。目兵僅用鹽水下飯，到處呼籲，從無憐而助之者，可歎可歎！昨夜夢中，爲籌餉事，不覺啼哭，醒來淚痕沾枕，爰詠詩一首記之：「南北爭持苦未休，孤軍駐守信陽州；夢中籌餉曾啼哭，殘淚醒時濕枕頭。」眞一字一淚！

本章：十一年一月十二日，時馮氏已入關任第十一師師長，在繼任陝西督軍之前，曾爲「張良祠」撰書楹聯，刻懸廟門，用誌仰慕，聯語云：

以匹夫有責爲心，奮志擊秦，博浪一椎，不中亦寒敵膽。

明功成身退之義，侯封敝屣，漢室三傑，如公乃是完人。

「日記」常載其讀曾國藩「全集」、「曾胡治兵語錄」、及湯斌、左宗棠「全集」，可知其一生治兵修身、待人接物之得力處。其所受影響最大者爲曾之一語：「吾生平長進，全在受挫受辱之時。務須咬牙厲志，蓄其氣而長其智，苶然自餒。」（見十二年一月十二日記）然於治兵修身外，從不以曾、左等之反民族革命爲合也。

在陝西軍政忙碌期間，每星期仍如常舉行禮拜，讀聖經，講教理。

其離陝攻直，自云是「參加共和派與帝制派之戰」，蓋指內閣總理梁士詒爲洪憲餘孽也。（見十一年五月十九日記）

督豫時，常邀中外名人到開封演講。其最著者爲梁啓超氏，遠從北京惠然而來。十一年（一九二二）九月十一日，講題「兵之必要」，略謂一方面主張國中無一兵；一方面主張全國皆兵，蓋兵之必要有二：（一）爲國家保險，（二）爲社會保險。言下表現對當時之軍隊，不獨不能爲國家與社會保險，且發生危險，然盛稱馮軍「紀律嚴明，久稱模範軍隊，實保險國家、保險社會之最良保障」云云。

有誰能猜中馮氏竟是一個最爲準確的預言家？彼於世界大勢似能「洞若觀火」。於同年九月十三日記云：「就現勢觀察，將來美日之戰，必難幸免。」一九四一年十二月七日，日軍偷襲檀香山珍珠港，美日大戰果然發生，不過後馮氏所言「少則三年，多則五年」——二十餘年，然固是「將來」也。

同年十一月十四日記，回保定與長兄基道遷葬先父母於新塋，只有親族及基督教會牧師學生少數來賓等親臨行禮。巡閱使曹錕及其他軍政長官無來者，或事前不事張揚，故無人知之。然在馮氏則以此時能盡孝道，稍得自慰，故云：「三十年之心事，今日始償矣。」

十二年（一九二三）五月二日（時在「陸軍檢閱使」任內）對官長講話云：「報載余既不屬直系，又不屬奉、皖，乃國系也，誠然。因吾只知有國家，不知其他也。」復於同年七月二日講話云：「現在黨派紛歧。我軍既非奉派，亦非直派，更非安福派，蓋吾等乃保國衛民之中華民國派也。倘有禍國殃民者職責所在，何敢後人？仍當本廊房討伐張勳時精神以鏟鋤之也。」此露骨的、坦白的表示，足與著者上文之論斷相印證。

（本章完，下期續刊第八章）

北望樓雜記

「滿洲國」兩惡人

岳騫

在「滿洲國」掌大權的自是日本人，日本人中間最使中國人懷有刻骨深仇的有兩人，可說是在「滿洲國」兩大惡人。

一個是駒井德三，從「滿洲國」成立就擔任「國務院總務廳長官」，是「滿洲國」第一個日系官吏，最初日本人還只打算當顧問，自駒井開了端，日人才任正式官吏。駒井曾在國務會議上拍案罵走財政總長熙洽，曾掌摑總理鄭孝胥之子鄭垂，其惡可知。

另一個吉岡安直，此人官銜爲「帝室御用掛」，譯成中文即皇帝侍從武官，實際上日本派來監視溥儀的，溥儀恨之刺骨，在東京法庭作證時，還特別提到他。

北伐風雲裡的神秘人物

周恩來評傳（七）

嚴靜文

翻閱國民革命北伐史料的人，多有一個疑問，身負共產黨重責，在國民黨裏紅極一時的周恩來，在北伐的狂飈中竟然默默無聞。

經筆者窮索史料，發現周恩來在北伐前期（一九二六年七月——一九二七年八月）行踪和行動都異常詭秘，忽而武漢，忽而上海；忽而軍事，忽而政治。茲將他這一年的踪跡表列如左：

（一）一九二六年七月——九月，在廣州。

（二）一九二六年九月——十一月，在武漢。

（三）一九二六年十一月——一九二七年四月，在上海。

（四）一九二七年四月——七月，在武漢。

欲知周恩來在北伐期間作了些甚麼，扮演甚麼角色，須先略述北伐當時的形勢與中共的決策和動向。

中共低估北伐戰力

自三·二〇中山艦事件，蔣介石將軍奪還革命領導權，打擊了第三國際及中共之後，雙方雖然很快達成了妥協，但是裂痕猶在，並未縫合；全面決裂，只是時間問題；當時所以未致決裂，由於互相需要。在國民政府方面，急於北伐、統一中國，爲完成這一大計，蘇俄的軍火援助是不可少的；另一方面，蘇俄及第三國際所扶植的中共，黨員僅約三萬人（一九二六年七月），羽翼尚未豐滿，必須繼續寄生國民黨內來蓄養力量。

蘇俄及中共原皆反對北伐，理由是革命軍實力未足，軍閥武力太大；又顧慮革命軍一進抵長江，就會遭受帝國主義的干涉。這些理由也並非毫無見地，但是更重要的理由是中共力量仍太微弱，尚未能足夠掌握國民革命的形勢。

事實大出人們意料之外，革命軍於七月初在廣州誓師北伐，即勢如摧枯拉朽，西路軍連克衡山、湘鄉，十二日攻佔長沙，八月二十日克岳州，九月六日克漢陽，七日克漢口，十月十日下武昌，十一月四日克九江，八日克南昌；同時期東路軍攻佔福建，翌年三月定浙江，四月下上海。僅九個月大江以南全部底定，進軍之速，史所未有。

當時的中共，陳獨秀主持下的黨中央在上海，但工作重心則在廣州。第三國際代表維丁斯基駐上海，蘇俄代表、國民黨的顧問鮑羅廷駐廣州。鮑羅廷及周恩來等對於北伐形勢的了解遂較陳獨秀及維丁斯基敏感得多。七月十二日北伐軍克長沙那一天，上海中共中央召開擴大會議，在決議中還懵然的說：「國民政府之出兵，亦尚只是防禦反赤軍攻入湘粵的防禦戰；而不是眞正革命勢力充實的北伐。」竟隔膜到如此程度。但是在鮑羅廷領導下的廣東區委則完全不同，早在北伐之前展開突擊式的準備，其重點是向各部革命軍滲透，並暗中建立自己的工農軍隊，據此可知周恩來在革命軍北伐開始之後，何以未隨軍北上，而就留在廣州的原因了。

退隱幕後加緊滲透

自從三．二〇事件以迄五月十五日，國民黨舉行二中全會，通過了蔣介石氏的「整理黨務案」，限制共產黨的活動之後，即積極準備北伐。周恩來遂在人不知鬼不覺的情況下，進行了一連串的重大行動。

（一）據張國燾「我的回憶」說：

「五月初，中共黨員葉挺所統率的第四軍獨立團出發入湘的時候，我曾極力予以鼓勵。葉挺原係粵軍系統的中級軍官，是當時中共黨員唯一握有軍隊者，而其中共黨籍又未爲人所覺察。在三月二十日以後，中共曾秘密調了四十多名軍人黨員，去充任該團的中下級幹部，因該獨立團是中共可幕後控制的；也是後來中共的軍事資本。」

當時周恩來是廣州區委的軍事部長，葉挺的獨立團的「幕後控制」者自然是周恩來。調了四十多名充實該團的軍人黨員，不用問自然是黃埔學生。

（二）據龔楚（早期紅軍主要將領之一，與毛澤東、朱德共事甚久）所著「參加中共武裝鬬爭紀實」載稱：「廣東農民協會，至一九二五年底，組織工作已全面展開了，惟農軍的編組，尚停留在準備階段。廣東省農民部一九二六年一月始派來了一位姓朱的黃埔軍校第一期生，帶同黃埔生李資等到韶關籌辦北江農軍幹部訓練所，以造就農軍初級幹部。」同年七月，廣東省農民協會在廣州召開全省擴大會議，中共廣東區委書記陳延年等「號召擴大農軍編組」。

直接受到周恩來領導的廣東農軍總指揮的羅綺園，曾向龔楚說：「自今年三月廿日發生中山艦事件之後，接着國民黨於五月十五日召開第二屆二中全會，通過了黨務整理方案。主要內容是：確立國民黨在國民革命中的領導權，並規定跨黨的黨員（按：指中共黨員兼爲國民黨員的人）不得在國民黨中央任部長級職位，各級黨部委員人數亦不得超過三分之一。致使本黨同志譚平山、林伯渠等均已辭去部長職。目前本黨的對策是：團結左派，抑制蔣介石，打擊右派。至於將來的演變如何，甚難逆料。因此我們在這期間必須積極武裝工農，尤其是擴大農軍組織，以最快的步驟訓練成爲勁旅，隨時準備應變。」

據知龔楚所建農軍及羅綺園在廣州所結集的工人部隊後來合組爲廣東工農軍。一九二七年四月北上武漢，後隨葉挺部參加南昌暴動，失敗後與朱德部合流，成爲最初紅軍的基幹部隊之一。

（三）第四軍獨立團，廣東工農軍是中共直接控制的部隊，這是周恩來當時在廣州的軍事工作的一部分，此外對於各部革命軍的滲透，勢必也在積極進行，據朱德自傳所說；一九二八年他率部與毛澤東的井岡山遊擊隊會合後，所建紅軍所以稱爲紅四軍，是因爲要接續第四軍的傳統，一因第四軍戰績彪柄，號稱鐵軍，威名遠震；二因第四軍士兵多爲廣東工農分子，思想親共。此外，據知中共黨員潛伏第四軍的也最多。一九二七年十二月，張發奎率第四軍駐廣州，潛伏在該軍的中共黨員曾掀起廣州暴動，首次建立蘇維埃政府。

從上述情況可知，周恩來所計劃的對革命軍的滲透，是幹部和士兵雙管齊下的，一面安插參加中共的黃埔學生，另一面發動受過共產主義感染的工農羣衆參軍入伍。

三．二〇事件時，蔣氏雖從第一軍中逮捕了五十餘名共產黨員，證之實際，那也只是潛在第一軍的一部分中共黨員，必還有一部分未被揭發。至於其它各軍的中共黨員，上自軍、師政治部主任，下至士官幹部都原職不動。而且第八軍政治部主任原爲劉文島，該軍進入武漢之後，劉氏出任漢口市長，卽由中共湖北區委書記彭澤湘繼任。

由於三·二〇事件，周恩來首當其衝，所受打擊至大，因此在他離開廣州之前，所做種種軍事滲透和佈置；勢必要隱身幕後進行，以免引起新紛爭。

繼張國燾爲軍事部長

據張國燾「我的回憶」記述，九月七日北伐軍克漢口，他也於九月十一日抵達漢口；不多幾天周恩來也到了漢口。

是年八月中中共中央已設有軍事部，國燾是第一任軍事部長；當時他率領軍事部的班底到漢口去，隨卽將軍事部長交由周恩來接任。據「我的回憶」說：「一九二六年九月六日及七日，北伐軍佔領了漢陽和漢口，正圍攻武昌；我率領中共中央軍事部的班底，趕到漢口直接應付戰爭去了。不久周恩來從廣東來，接替我任中央軍事部長的職務；他帶了一批軍事工作同志，才重整並擴大了這項工作。因此，可以說在北伐過程中，中共中央的機構在開始逐漸使自己適應於戰爭的狀況；也是它後來能夠發動多次暴動和從事游擊戰爭的起點。」

從這段話來看，中共中央之設立軍事部，可能是一九二六年七月十二日的中央擴大會議決定的。張國燾爲第一任軍事部長，周恩來爲第二任軍事部長。

張氏將軍事部長交由周恩來接任，當然不是私相授受，而是中共中央的決定。因爲周恩來是時爲中共在軍事上唯一能籠罩全局的人。他們主要的軍事實力是吸收入黨的黃埔學生，都一直受周恩來的領導；其次唯一獨立控制的部隊是葉挺的獨立團，該團也是由周恩來領導滲透成功的；（廣東工農軍當時尚未建立），因此軍事部長一職實非他莫屬。他自一九二六年九月接任此職，直到一九三五年一月遵義會議爲止，總管中共兵權達九年之久。在共軍中的聲望和影響遠在毛澤東、朱德之上。文化大革命期間，周恩來能夠拉攏軍人、收攬權力，因爲他確有這個本錢。

周恩來在武漢住了僅兩個多月，大約在十一月初就去了上海。他爲甚麼趕去上海，在甚麼情況決定之下去上海，頗値得推敲。

以當時軍事形勢看，第八軍、第四軍在武漢，第三軍、第七軍、第六軍正在江西作戰，第一軍則在福建作戰。革命軍確實控制的地盤僅有湖北、湖南兩省。周恩來果欲進行滲透和建立紅軍，武漢實較上海大有可爲。因爲第八軍長唐生智懷有野心，正拼命拉攏中共以自重，這可從兩件事看出來：第一、他自動向中共要求入黨；第二、請共產黨員彭澤湘做他的政治部主任。至於第四軍更是中共滲透的重心。可是周恩來捨此不爲，卻悄然趕往上海去了。毫無疑問，當時中共中央以及周恩來自己一定認爲他在上海的任務比在武漢的任務更爲重要。

綜合各種資料，周恩來匆匆離開武漢的原因有左列幾點：

（一）他在武漢所能做的，張國燾及湖北區委已經能夠勝任，他已無需在武漢的絕對必要。

（二）他們已預知蔣氏進軍目標在上海、南京，蔣氏一旦控有江浙兩省，財源得到解決，便足以和鮑羅廷及中共控制下的武漢政府對抗；因此必須在上海早點下手做必要的發展和準備。

（三）他在武漢地區的主要任務已經達成，起碼已經大致達成了，有如左列各點：

㈠葉挺的獨立團已擴編爲第二十四師，獨立團則由周士第接任。使中共直系武力擴充了數倍。

㈡爭取第二十軍賀龍部（原是湘西土匪被收編，北伐時投入革命軍）的歸附，並對之作了必要的滲透和佈置。

㈢部署和加强了對第四軍及由第四軍擴編的第十一軍的滲透和控制。因此一九二七年八月南昌暴動時第十一軍是被脅從的部隊之一。

㈣爭取了國民革命軍總政治部主任鄧演達的轉向。

鄧演達字澤生，廣東惠陽人，八歲即參加孫中山領導的革命，曾在姚雨平手下任交通員。後入黃埔陸軍小學肄業，為鄧鏗所賞識。民初在粵軍服務，追隨中山護法，頗有功蹟。與張發奎、陳濟棠等同為粵軍官中之優秀分子。

黃埔軍校創辦時，鄧氏為教練部副主任兼學生總隊長，因恃才傲物，與人多衝突，民國十四年（一九二五）四月辭職赴德留學。但不甘寂寞，同年冬又返國，一九二六年一月任黃埔軍校教育長，頗得蔣氏信任。北伐時任總政治部主任，革命軍佔漢口，被任命為漢口行營主任、湖北政務委員會主席，實為西路軍的最高負責人；竟受周恩來等之策動轉變立場。因此之故，鮑羅廷於一九二六年十二月偕宋慶齡、陳友仁、徐謙、宋子文等抵武漢，而非法樹立「聯席會議」來謀奪國民革命的領導權，遂有後來的寧漢分裂。假使鄧演達不附和中共，則鮑羅廷的企圖實難得逞。同年十二月底，蔣氏一怒撤免鄧氏本兼各職，無異火上澆油，此後鄧氏遂越來越左。雖然後來他到南昌親見蔣氏之後，復任命他為武漢軍校代校長，但鄧氏立異之志已堅，勢難挽回了。例如武漢軍校，他任命周恩來搭檔惲代英為政治總教官，還有大批中共幹部滲入，遂使武漢軍校成為中共的軍事幹部訓練班。

上述中共的重大收獲，雖未必完全是周恩來在武漢期間所完成的，但是以他軍事部長的職權，這些重大任務，必由他所策劃則毫無疑問。

擬在上海建赤色政權

一九二六年十一月初，周恩來抵達上海時，北伐軍總司令蔣介石親自指揮的西路軍始攻佔南昌，何應欽將軍麾下的東路軍尚未攻下福州，江浙兩省仍完全在華中大軍閥孫傳芳控制之下。

戰事焦點在江西和福建，政治重心正由廣州移往武漢，而中共軍事最高負責人周恩來卻悄然去了上海，顯示中共重視上海和江浙，顯欲制先機、着先鞭，大有所為。

綜觀周恩來的行動，其主要任務有二：（一）是建立一支秘密的工人武力，效法蘇俄十月革命，在革命軍攻佔上海之前，實行武裝起義，佔領上海收繳守軍武器，以擴建紅軍；（二）是在上海建立蘇維埃或巴黎公社式的政權，造成既成事實，以控有上海。

周恩來這兩項任務本大有成功的可能，可是兩個意外因素使它功敗垂成。

一是革命軍進展的神速，使中共措手不及。何應欽的東路軍一九二六年十二月始底定福建，一九二七年二月始能進軍浙江，而滬寧風雲已緊，顯然緩不濟急。蔣氏有鑒及此，乃急派第二軍一個師，於一九二六年十二月自江西開赴浙境，並策動衢州的孫傳芳部第三師周鳳岐部反正，就任第二十六軍軍長；並策動駐杭州的第一師陳儀部反正，浙省情勢乃急轉直下。孫傳芳雖急派大軍奪還杭州，但第一師終在紹興接受改編為第十九軍。於是周陳兩部乃成為革命的先驅，一九二七年一月起與孫傳芳部隊在浙境混戰。但寡不敵眾，幾戰皆敗，蔣氏再派白崇禧率一師趕往衢州，統一指揮各部與孫軍相拒，後因孫軍內紛，嚴州一戰孫軍大敗，白崇禧乃率軍佔杭州，隨後何應欽之東路軍已趕到，遂底定浙江。

另一方面孫軍駐安徽的王普及陳調元兩師三月五日反正，李宗仁率第七軍、柏文蔚的三十三軍、及第十軍（王天培）、第十五軍（劉佐龍）諸部進軍江北，斷孫傳芳退路；程潛率第六軍、第二軍及反正的賀耀祖部第四十軍自安徽直取南京。三月中旬三路分別進攻，勢如破竹，三月二十四日克南京，東路軍三月十八日已攻抵淞江、吳江，進迫上海。

三月二十一日白崇禧率部進駐龍華，上海守軍司令畢庶澄（奉軍）派代表來談判投誠，上海本可不戰而下，可是周恩來眼見預定計劃卽完全落空，乃於同日動員武裝糾察隊（全部約五千人）掀起暴動，向畢部進攻。其目的是欲搶先佔領上海，並繳獲守軍武器，擴建紅軍，以與蔣氏所部對抗。

當是時也，鮑羅廷偕徐謙、宋慶齡等已在武漢建立左翼政府，奪取了國民黨及國民政府的領導權，並暗中拉攏駐武漢的第八軍、第四軍，駐江西的第三軍，駐南京的第二軍、第六軍脫離革命軍總司令蔣介石的指揮，三月七日召開三中全會，更削奪蔣氏權力，寧漢分裂，已如箭在弦。周恩來在上海的對抗行動，實受武漢政府全力支持。

周恩來在上海掀起的武裝暴動，不但爲中共興衰成敗的一切關鍵，亦爲第三國際視爲中國共產主義革命的重大步驟。試看協同周恩來領導暴動的俄國顧問卽有查底柯夫（Gotikoff）、亞諾（Arno）、齊尼斯克（Chernisk）、布哈羅夫（Bouharoff）四人之多。

周恩來等計劃之失敗，除因革命軍進展太快，奪去從容部署的時間之外，國民黨中央在北伐軍事行動開始後，爲進行蘇滬地區軍事政治行動，策應革命軍進攻，一九二六年九月四日決定設立一個「江蘇特務委員會」，委派吳敬恒、何成濬、張人傑、朱季恂、葉楚傖、鈕永建、侯紹裘等七人爲委員。七人之中侯、朱二人爲中共黨員，張、葉正主持中央黨務，何則於役軍中，實際負責僅吳、鈕及侯、朱四人。在周恩來未抵上海之前，四人尚能合作，並於一九二六年十月二十四日發動一次工人暴動而告失敗。周恩來抵達上海後，共黨卽開始單獨行動。但是鈕、吳二人對共黨行動繼續保持瞭解，而及時識破他們的企圖，因此四月十二日蔣氏主持反共清黨時，能夠快刀斬亂麻，一舉而肅清上海的中共勢力。

一度被捕終於兔脫

三月二十一日，周恩來把握轉瞬卽逝的機會，掀起武裝工人暴動後，先圍攻警局，奪取了一部分武器，然後拼力進攻畢庶澄部奉軍。奉軍在革命軍包圍之下，且已接洽投誠本已無心戀戰，但是武裝工人缺乏訓練，經二十八小時的巷戰，仍無法制服奉軍殘部，二十二日革命軍薛岳部進入市區始將奉軍全部解決。

周恩來在軍事行動方告結束，卽逕行依既定計劃，舉行上海「市民大會」，並選出代表三十五人，並複選白崇禧、鈕永建、羅亦農、汪壽華、盧洽卿、王曉籟、顧順章（武裝工人糾察總隊長）等十九人爲委員，組織臨時市政府。卽所謂「上海市市民政府」。

這份十九人委員會名單，極見政治技巧，因爲其中包括國民黨員、資本家、甚至幫會領袖。但中共分子佔多數，且操實際大權，是周恩來一項傑作。

共黨江浙區委在八月四日的集會上曾坦白說明：「上海市民政府是無產階級的，實際上說，就是蘇維埃巴黎公社——這個市民政府是沒有法律的，執委議決案就是法律。」這是標準的，立法、行政合一的蘇維埃制。

鮑羅廷與周恩來的配合甚是密切，「上海市民政府」一出現，武漢國民黨中央卽召開政治會議（當時寧方中央尚未建立）立卽表示承認「上海市民大會爲上海市民正式代表機關」。並對上海局勢作了四項決議：

（一）上海方面外交專務，由外交部長陳友仁自行擔任。

（二）派外交、財政、交通三部長赴滬指導應付策略。

（三）指派孫科、顧孟餘、陳友仁、宋子文、徐謙等五人組織外交研究會，研究上海方面之外交策略，以陳友仁爲主任委員。

（四）派政治部副主任郭沫若爲上海軍隊中政治工作指導員。

以上四項決議，其實只是兩項，前三項的目的在防制蔣氏以另一政府與外國發生外交關係；第四項派郭沫若往上海任指導軍隊政治工作意義實最為嚴重，因為當時南京政府尚未成立，在武漢的政府和國民黨中央實是唯一的政府和中央。當時二、六、三、四、八各軍皆接受武漢的命令，唯第一軍、第七軍仍服從蔣氏指揮。派郭沫若前往上海指導政治工作，目的在策動第一軍及第七軍也脫離蔣氏指揮。如達不到這一目的，周恩來在上海所建立的上海「市民政府」即無法存在。歷史的回答是郭沫若完全失敗了。因為蔣氏及時將東路軍（第一軍，第三、第十四、第二十師及獨立旅）政治部主任江董琴（中共黨員）免職，並於四月二日下令解散第一、第二兩師政治部，六日解散總政治部上海辦事處。

在蔣氏對共產黨着着採取果決行動之際，武漢政府對上海的局勢表現了進退維谷，猶豫不決。周恩來在上海的處境尤為艱危。時南京和上海已完全被反共軍隊所控制，周恩來等在上海雖擁有五千武裝工人糾察隊，和一個上海「市政府」，但是已成反共派的囊中物。待胡漢民、吳敬恒、蔡元培、蔣介石、李宗仁等一批國民黨中監委員決定成立南京政府，實行反共清黨之後，便已註定了他們最後的命運。

八日在駐軍支持下上海臨時政治委員會接受了上海市的行政權力，十二日駐軍會解除了工人糾察隊的武裝，並開始大舉包圍總工逮捕共黨分子。周恩來等發動上海工人同盟總罷工，並組織示威遊行請願與軍隊衝突，釀成流血慘案。

當時周恩來兼任工人糾察隊的副總隊長，總隊長是顧順章。顧順章是個神射手，原是鮑羅廷的衛士，是鮑特別推薦給周恩來的，是以中共中央軍事部長之尊，屈居顧順章的副手。

在大逮捕中，周恩來也一度被捕，但是在親共的黃埔學生掩護之下未被查覺眞正身份，同時他化名伍豪，在上海各報刊登脫離中共啓事，遂得免脫。

拉汪兆銘向左轉

周恩來在法國加入共黨之後，回國即在廣州任職，從未與共黨的首領陳獨秀共過事，自一九二六年十一月到上海之後，才直接與陳獨秀共同工作。他的圓滑與謹愼很快獲得脾氣暴躁的陳氏之信任。當時他並非中央委員，但是實際上卻參與機要。這可從一件事看出來。

當武漢政府進行排蔣之初，已迭電自三·二〇事件去國在巴黎休養的汪兆銘，促他「銷假回部，主持大計」，十一月二十日啓程，中途又在柏林臥病，後復經莫斯科有所接洽，四月一日始返抵上海。

當時寧漢分裂已迫眉睫，汪氏一到上海，立刻成為漢寧雙方爭取的對象。吳敬恒、蔣介石等與他數度會談，希望他留下主持反共大計，另一方面武漢則派宋子文等迎接他復職視事，但是另外暗中還有一隻手在拉他向左轉，那就是周恩來。

一九二七年四月四日，上海街頭氣氛日趨緊張之際，周恩來衣履整齊，一清早去到海關大廈汪精衛的寓所。汪精衛從侍者手中接過周的名片，立刻親自迎出來，把周恩來引進內室。這兩個善於詞令的美男子，彼此略事寒暄，賓主坐下，周即從懷中掏出一份文件來說：

「這是陳獨秀同志親自起草聲明的文稿。」

然後周恩來即用清晰的聲調，從頭到尾將文稿讀了一遍。

「如果汪先生簽了字，今天晚上聲明即可發出。」

汪精衛接過文稿，和陳獨秀通過電話，把文稿删定，就交給周恩來拿去當夜發表了。那就是有名的「汪陳聯合聲明。」

四月五日聲明在上海各報刊登出來。汪陳以國共兩黨首領的資格聲明說：「我們的團結，此時更非常必要。」並對醞釀反共行動的國民黨人提出警告：「中國國民黨多數同志，凡是瞭解中國共產黨的理論及其對於中國國民黨眞實態度的人，都不會懷疑孫總理的聯共政策。」顯然譴責反共派懷疑和背叛中山的聯共政策。由於汪精衛決定了向左轉，最後的調和已告絕望，南京政府終於在十二日出現，清黨隨之開始。

陳獨秀和周恩來等自上海脫出後，來到武漢。為了檢討局勢，籌開第五屆全國代表大會，臨時建立了一個中共中央會議。七個成員是：陳獨秀、張國燾、瞿秋白、譚平山、蔡和森、李立三和周恩來。周恩來雖非中央委員，竟也一躍進入中央會議。

由於上海的大清黨，中共人員損失太大，幹將陳延年（陳獨秀之子）、汪若華等數百人被殺，第三國際將責任完全推在陳獨秀身上，瞿秋白更是帶頭攻擊，但是實際負責軍事的周恩來則安然無事。而且，他的地位從此扶搖直上。

陳獨秀時代的閉幕

中共第五屆大會在四月二十七日舉行。出席代表八十人，代表黨員五萬七千九百六十七人。

周恩來當選了中央委員，並且當選初建立的中央政治局委員，並留任軍事部長。在陳獨秀地位動搖之際，他已隱然是中共黨內第一個握有實權的人了。這時毛澤東由中央委員貶為中共候補委員，在武漢仍無聲無嗅的辦農民講習所。

在南京政府揭示反共清黨後，反共的浪潮很快波及到廣東、福建及西南各省，而且越來越洶湧，直把武漢政府變成了四顧茫茫的孤島。

寧漢分裂當時，武漢政府控有第八、第四、第二、第六、第三各軍；革命軍基本部隊八軍之中有其五，並佔有湖南、湖北、江西三省地盤，無論就實力和聲勢說，都較南京方面稍佔優勢。而它僅支持了四個月即搖搖欲墜，是由於內部發生了幾件關鍵性的變化：

（一）當四月下旬起，寧漢雙方應馮玉祥由陝西東進的要求分別出師繼續北伐之際，駐在川東的楊森所部第二十軍及駐宜昌的夏斗寅所部獨立師，聯兵進攻武漢，與防守武漢的葉挺所部二十四師發生激戰，夏部雖然未能得手，但是搖撼了武漢政府的基礎。

（二）繼夏斗寅的進攻武漢，五月二十一日長沙駐軍團長許克祥發動反共政變，大捕共黨分子。這由於毛澤東在兩湖搞的農民運動太過火，許多軍人家屬被清算鬬爭，連中共要員李立三的父親也被殺掉。許克祥的行動，實是武漢軍隊分崩的信號。

（三）第三軍軍長江西省主席朱培德實行分共遣送共產黨人出境。

（四）當時自廣州北伐的革命軍分裂為寧漢兩部分相峙對立，在西北由馮玉祥指揮的革命軍乃居舉足輕重之地位。寧漢雙方爭相羅致，可是六月十九日徐州會議之後，馮玉祥卻選擇支持南京政府，武漢政府遂大勢已去。

（五）武漢基幹部隊三十五軍軍長何鍵，六月二十八日宣告反共。

大勢所趨，汪兆銘終於七月十五日宣佈「分共」。到此孫中山聯俄容共政策已走到山窮水盡。就在汪精衛宣佈分共前夕，鮑羅廷攜着莫斯科新訓令帶同瞿秋白到廬山去醞釀清算陳獨秀，改組中共中央去了。大概陳獨秀聽到風聲，就在七月十四日匿跡不出，七月十五日遞給中共中央一封信，略謂無法繼續工作，要求解除他的總書記職務。

中共的陳獨秀時代結束了，接着上演的是周恩來的時代。其後蘇兆徵、瞿秋白、向忠發、王明（陳紹禹）、博古（秦邦憲）雖相繼出任中共總書記，但是操持實權、幕後決策的則是手握軍隊的第二把手周恩來。

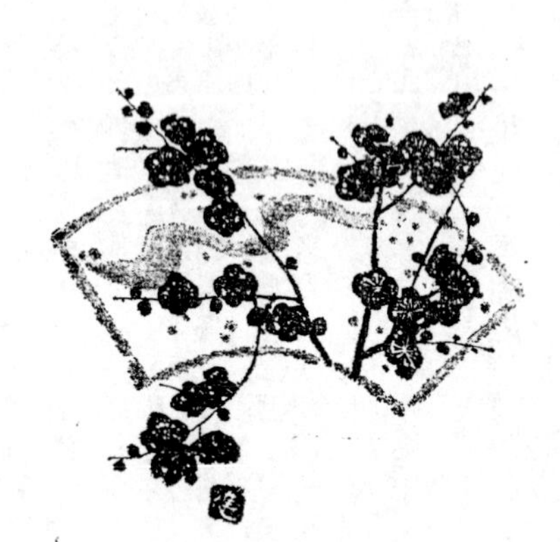

張勳復辟始末（七）

矢原愉安

張勳復辟的真正國際後台

直到一九一七年初，離中德絕交還有幾個月的時候，在中國從事復辟活動的分子們，還沒有建立起一個聯合陣線來。大家都是各自爲政，東至徐州、上海；北至天津和關外，就有四個自命爲「正統」的復辟中心。由張勳、鄭孝胥、徐世昌和肅親王善耆，來分頭領導。青島的升允和跑來跑去的小恭親王溥偉，都因爲缺乏基本羣衆，還沒有眞正成爲一個「中心」的資格。

這幾個平分秋色的「中心」，各有自已的羣衆，自己的打算和自己的做法。它們唯一的共通之處就是：㈠要「還我大清」，「扶保幼主登基」。㈡對日本的「外援」，抱着很大的幻想。

誰知袁世凱死了之後，日本當權派的對華政策，有了大角度的修正。當陸宗興奉了復辟派之命，以「政府代表」的名義，到日本去調查復辟的政治行情的時候，才發現「大局忽變，形勢全非」。日本非儘不再對復辟活動感到興趣，而且還在盡最大的努力，來支持段祺瑞的政權和段的「武力統一政策」，使他成爲一個以日本爲後台的中國統治者。

於是，許多答應了的援助，不來了。許多早已存在的支持，也取銷了。弄得復辟活動一時大受打擊。

在對日本的幻想破滅以後，除掉徐世昌這個一貫親日的老狐狸，喜怒不形於色以外，別的復辟中心人物，都抱着一種「此地不留人，自有留人處」的態度，紛紛另找外國後台。

這時，德國在歐戰中顯然已經在走下坡。在對華關係上，也面臨着絕交和宣戰的危機。這種四面楚歌的局勢，逼得它不能不放掉從前的大架子，反過來拼命爭取中國的好感，至少也希望中國繼續中立下去，免得再替協約國添一個幫手。

於是，在中國的政治舞台上，德國也飢不擇食地展開了「交

張勳

朋友」的攻勢，向各方面大送秋波。從張勳、倪嗣冲一類的軍閥；梁啓超、章太炎、馬君武一類的名流；以及國民黨的孫中山；段祺瑞的「智囊」徐樹錚；以至於宗社黨的康有爲，都先後在這種影響下，替德國說過些好話。

但是，不曉得是情報不靈，還是判斷錯誤。德國在最初集中力量來爭取的幾個對象，都是根本不能成甚麼氣候的飯桶。——一個是「北洋三傑」中被稱爲「狗」的馮國璋；另一個就是外號「泥菩薩」的大總統黎元洪。

爲了拉攏他們，德國公使辛慈，曾經在公開反對參戰的馮國璋，從南京到北京來調解「府院之爭」的那一天（一九一七年二月廿二日）；在他的公使館，大開其鷄尾酒會，來爲「馮副總統」接風。誰知這位「狗」，似乎非常不近人情，根本連到都沒有到。而且在兩三天後，居然從反對參戰，一變而爲擁護參戰的了。

黎元洪的表現，雖然此他多少好一些，但也對德國官方的連絡，並不太熱心。在中國正式宣佈對德國絕交以前，「府院」兩方鬧得非常之僵。國務總理段祺瑞，曾經一怒去了天津，既不辭職，也不辦公。而黎元洪也居然發了牛皮氣，想乘此機會找一個比較容易說話的人來代替段。——這時，德國的辛慈公使，又認爲是拉攏黎的機會到了，連忙要求覲見，「面談一切」，但卻被黎不客氣地擋了駕。

德國既然在黎馮的面前碰了釘子，又覺得孫中山、梁啓超之流，都沒有扭轉乾坤的本錢。要救眼前之急，就只有釜底抽薪，想辦法把反德的段政權搞垮。於是，他們就看中了「共和死敵」的復辟活動。

不過，在被爭取的復辟首腦人物中，徐世昌似乎是不包括在內的。原因可能是這樣：

(一)徐親日和親段的色彩，都很濃厚，和他打交道，很可能被他出賣。

(二)徐的態度一向太圓滑，而且也慣於提出許多過份要求，來滿足自己的政治慾。和他打交道，代價可能太高。

張勳的情況就完全不同了。自從日本突然放棄對復辟派的支持以後，他對這個「外援」，已經不再抱着甚麼幻想，反而倒充滿了「爲小人所賣」的憤怒。任何和日本的利益相抵觸的東西，在他的情感上，都比較容易接受。

他手下既有五萬人馬，又儼有幾省地盤。洪憲時代的帝制運動「智囊」，以及活躍的前清遺老，差不多都聚集在徐州，做他的上賓，眞可以說是：「人才濟濟」，「謀臣如雨」。

他又身爲「徐州會議」督軍團的「大盟主」，說起話來，無論是對政府、對國會、對各地方軍閥，都非常有份量。

同時，他在爭取外援時，似乎除掉「助我復辟」以外，根本沒有甚麼別的附帶條件。不像徐世昌一樣：要別人保證，他一定可以當新朝的「議政王」；他的女兒也一定要嫁給宣統皇帝去當「正宮娘娘」。

最初在德國和張勳之間，建立起橋樑來的人，因爲缺乏適當的資料，無法加以確定。根據當時的各種跡象來判斷：兩個來源，最有可能：一個是遺老中著名的「親德派」勞乃宣。他一向住在德國人統治下的青島，還向宣統皇帝建議過「中德聯姻」的錦囊妙計。以常理而論：他在復辟分子中，應當是與德國關係比較深，同時也比較容易取得德國信任的一個。

第二個來源，可能是張勳佈置在北京的幾個「坐探」。他們一方面替張搜羅各種政治情報，提供張各種參考意見，另一方面也替張伸出觸角去，和任何對復辟有好感的人建立聯系。

其中最重要的一個，是一位「絕對親德分子」。可惜，他在寫信署名的時候，永遠寫的是「名正肅」或「名謹肅」。現在事過境遷，根本無法查出究竟是誰？據替張勳編書信集（「松鶴堂來鴻集」）的人推側：他可能就是在熊希齡內閣中當過財政部次長的張壽齡（號小松）。他是張勳的「密友」，幾乎可以無話不談。德國想通過他來拉攏張辮帥，是極其可能而且合理的。

這位神秘人物，很喜歡用「密函」，大談特談其德國問題，而且分折起來頭頭是道，處處都在替德國說話。很容易使人懷疑他的這些材料，都是德國使館整理好以後，交給他去寫的。如：

……中國遠處東亞，於歐戰無直接關係……若慮日後强隣之脅迫，而先無端對德宣戰，不免蹈庸人自擾之譏。……開罪德奧，永結仇怨……空言宣戰，受制於人，最爲危險。竊恐未得加入戰團之益，先受强隣監國之害……兩院同人，以此爲國家存亡所關，取極愼重之態度，我帥深知國力，洞悉民隱，向持鎭靜主義……擬請切勸政府，對於强隣之煽動，勿爲利用。

在另一封信中他又說：

德國研究科學，已造乎其極……英、俄、法諸大國，且力不能支，即美國加入……識者亦知其無濟於事……歐戰終結，處分東亞，東隣亦將不保。我國此時少留餘地，將來或有轉圜之策，不至同歸於盡，何必自取滅亡？……旋轉乾坤，微帥誰屬？能否聯合各省電知中央，俾其猛省，庶幾當頭棒喝，或有夢醒之日也。……

全部論調，宛然是一副德國人的口吻。而由於他在國際問題上的看法，很能影響張勳那個老粗。久而久之，張勳的立場，自然就越來越親德了。

這時，德國簡直不惜任何代價，都要爭取中國繼續中立下去。所以，即使在絕交的前夕，還送給中國政府一道拼命委曲求全的照會。其中的要點是：

德國即在此次戰事中，亦未嘗不示中國以友誼。……帝國政府，願於中國航業之利益，力加注意……已準備磋商民國政府關於保護華人生命財產之特別願望……如中國與德斷絕友誼，則將失卻一眞摯之友誼，而陷於糾結不解之局也。……

這個聲明，一定會經帶給復辟派很大的鼓舞和希望。因爲它至少表示了三點：

㈠德國不惜代價，爭取中國置身事外。

㈡德國對段政權，事實上已經不再有幻想。

㈢爲了釜底抽薪，德國是會歡迎和支持一個保持中立的中國新政權的。

因此，善觀風色的鄭孝胥一派，馬上就通過了姚文藻的介紹，和德國的聯絡人司克禮發生了聯繫，而且正式地提出：以借款來資助復辟大業爲條件。鄭在德國政府照會送達北京政府的那一天（一九一七年三月十日），曾經寫了一封信給當時正在青島活動的升允道：

素盦尚書左右：

得手書，即過賦秋，適德人司克禮日往姚宅，遂與商借款事。彼言：日內德人皆作絕交準備，無暇及此，須稍緩再看情形等語。

公收納投効之士，恐費大難繼，籌款策多落空，似屬危道……。

——摘引自中國「近代史研究所」藏鄭孝胥書函

其實，這時德國並不是眞的「無暇及此，須稍緩再看情形」。他們只不過已經在復辟派中看中了眞正擁有實力的張勳，不願意分散力量來和一般「秀才造反」型的人物浪費時間和金錢罷了。關於這一點的證據就是：張勳在北方的另一位「坐探」——金永，在一九一七年三月十日寫給這位「辮帥」的一封信：

小松且囑至好戚友來津相告……渠與德國公使平日極爲睦和，日昨德使昌言相告：中德邦交素睦，今日爲東隣聯結各國，危言逼迫，一旦絕交，眼前誠於德國有重大關係。將來之中國，不但爲各國牽鼻，即以東隣一國，朝夕誅求，必至喧賓奪主而後已……現在不贊同者，各省軍政界中已佔多數……不過庸衆之言，無足輕重……如得徐州一言，必能力遏橫流，挽回大局，則德國不屑爲東隣之賄求，願以德華銀行資本，爲貴政府艱難之助，此語渠不便形諸筆墨，囑永面陳……。

這信中所提到的小松，就是前面已經出現過的那位「絕對親德派——張壽齡。

而光從德國對張勳，自願送錢；對鄭孝胥一派卻在打太極拳。對張勳，是由德國公使自己出面接洽；對鄭孝胥一派，卻只是由領事館的人來辦交涉。這兩件事實，就證明德國當時的重點，是完全放在有實力的張辮帥身上了。

這一封關係重大的信，寫了不過九天，北京政府就和德國正式絕交了。在一九一七年三月十九日這一天，北京政府不但書面通知了德國，請他們撤退所有在華的使領人員；而且還正式宣佈：立卽停付對德國的賠款和債務，解除全部在華德軍的武裝，收回漢口和天津的德國租界。

這時，荷蘭使館也突然用「照會」通知了北京政府：自卽日起，他們接受了德國政府的委託，代管德國在中國的一切利益。

雙方既然已經撕破了臉，德國公使辛慈也就不顧忌地表示：他要在三月二十四日「下旗歸國」，「過徐赴滬」。這對於北京政府，當然多少有一點心理上的威脅。所以，張鎭芳在三月二十四日這一天，寫給張勳的信中就說道：

「聞中央對於絕交，暗有悔意，繫維辛使，令其暫留，然尙未得眞相……。」

——摘引自「松壽堂來鴻集」

北京政府雖然不願意讓德國人和張勳合作，但卻又毫無辦法來眞正地加以阻止。所以，辛慈公使還是在三月二十七日從北京到了上海，而且還在過徐州的時候，和張勳大事盤桓。據上海「時報」，一九一七年七月十九日的報導：

「德使辛慈，回國之途，經過徐州，在張勳邸住宿二夜。」

如果辛慈公使居然在徐州停留了四十八小時的話，那麼，雙方最感興趣的一些問題，自然都可以直接談了。

根據當時的若干蛛絲馬跡來看：德國和張勳直接接上頭以後，馬上就大力支持他在復辟分子中「掛帥」。而且還由德國對別的「復辟中心」施以壓力，叫他們都去團結在張辮帥的旗下。例如在上海復辟派首腦鄭孝胥，寫的「丙丁日記」中，就可以找到許多有趣味的證據：

丁巳，閏二月，初十日（一九一七年四月一日），姚賦秋來，言徐州將起義……又言：借款事已可成，俟明日電至卽決，不必抵押。

十一日，過姚賦秋，云事已諧，擬卽過章一山，請其赴青島與吉甫同來滬。

十二日……道遇姚賦秋，云一山持公函今夕赴徐州，青島。

從這裏可以看出：德國對鄭孝胥一派的借款問題，先是說「稍緩再看情形」。後來大概又提出了抵押問題。最後乾脆要拿「擁護張勳掛帥」，來做爲借款的前提了。

後來，事情發展得更和鄭那一批人的期望相反。例如：「素久未來，事恐中變。……」文中的「素」，就是復辟派宗社黨首領升允的別號（素盦）。

吉甫携尉社賢書與一山同至徐州，夜見張勳，將來滬。劉幼雲告之曰：日人已聞借德款事，將出干涉，恐姚洩之於日人，子宜勿行。

升吉甫懼，卽返青島。

佃信夫在張勳處，吉甫亦未見之。蓋幼雲欺吉甫，故不令得見佃也。……而與余信則曰：借款已爲諜者所覺，此中深可詫駭。鑑泉，一山到滬，可知其詳，勿秘之，亦望勿告培老等語。

此乃吉甫信劉幼雲之言，謂賦秋洩其事於日本也。彼意借款爲日所忌，故爲劉言所中，而不知其不然也。劉似欲賣吉甫，而令張勳自與德人商借故耳。其傾險之刁，眞小人也。

謙廬隨筆

五

矢原謙吉遺著

至於所費之浩繁，自更在意料之中。事後，張恨水告余曰：「此爲宣統大婚後，古城中第一大濶事。三日所耗之資，當足敷十萬貧民一月糊口之用也。」

據管翼賢告余：「此款並不全由愚孝成性之宋明軒，出自私人儲蓄。各方面人物，均有所謂「報効」。冷家驥代表華北商界，慨贈「禮金」十萬元，「壽筵」一千席；蕭振瀛一人即「孝敬伯母」，壽金五萬元，此款由何而來，則無人知矣。此外，湯玉麟以待罪之身，蟄居古城，亦忍痛報効一萬元。至於陳繼淹，張自忠，馮治安，造幣局長吳大業，稅務局長寧恩承，北寧鐵路局長、印花煙酒稅局長徐鉄，海關代監督謝振紀等，均各贈「禮金」五千至一萬元。即如官產局長常筱川與北京財政局長林叔言，亦各贈五千金之鉅。其餘在五千以下，一百以上者，更車載斗量，不可計矣。

秦德純頗富機謀

綜宋在華北叱咤數年，其人品卻未可厚非，而建樹則除遷葬、祝壽以及驅大刀隊亂砍女學生外，甚少可言者。

宋自就任「委員長」以後，甚罕再以軍裝出現，恆以長袍馬掛，瓜皮小帽爲其常服，殊予人以不倫不類之印象。而其部屬，亦多起而効尤，尤使人見而噴飯。如佟麟閣、馮治安均糾糾武夫也，而身御長袍，頸圍絲巾，宛如洋場惡少，而談吐舉止，復如丘八。其不識自量如是者，與强隣折衝之時，自難免貽人以輕視之柄。

宋軍中之虎將趙登禹，喜峰口一戰，身先士卒，裹創力戰。而於苟安之後，富貴尊榮，竟沉淪於煙霞之癖。英雄坐困，余深爲惜之。彼屢倩雷嗣尚、丁春膏說余代爲「秘密戒除」，而爽約者屢，蓋皆臨時動搖之故。反觀張自忠，雖亦一度成癖，而叱咤之間，立戒無餘，固男兒本色也。

秦德純雖善哭，而頗富機謀。宋履任後，彼即建議：爲安全計，密調二十九軍精銳，改任平津之保安隊。宋依其計而行。故古城中之保安隊，自是裝備一新，不再肩負有槍無彈之老式毛瑟，而改爲漢陽造步槍與西北軍之大刀矣。

塘沽協定後不久，石友三等曾在日本非正式官方人物之資助下，一度夜襲平津。駐紮於通州附近之鐵甲車隊，亦預其事，馳抵古城腳下，發炮三響。詎裝備過舊，三炮後即炮筒赤灼，不能再發，襲城之「便衣隊」，又僅有手槍與手榴彈，絕非保安隊中之二十九軍老兵對手。天津之戰況猶烈，所謂「便衣隊」者，幾掃數就殲。古城中，「便衣隊」巷戰未成，而已傷亡過半，鐵甲車亦自動退回原防。故都轉危爲安，而保安隊之損失則微不足道。是故，宋益信秦言，更抽調老兵入伍於「保安隊」中。

宋部於喜峰口之戰，老兵傷亡幾半，後又抽調改編爲保安隊，所餘者泰半新兵。宛平南苑之役，宋部未能於戰局中力阻狂瀾，此或爲一重要原因。

余聞人言：二十九軍自長城戰役之後除劉汝明一師外，餘均久駐近畿繁華之區，鬬志大減，而尤以將領爲甚。如馮治安卽連納二寵，置金屋於清華園與萬壽山之間。其一於新婚不久，來余處就診，氣焰薰薰，人皆側目，且遣一馬弁入告余曰：

「蓋先遣去候診室內病人？囑其稍後再來。此輩呻吟滿室，藥臭薰人，夫人不能耐也。」

余叱馬弁出曰：

「爲我上覆貴夫人，『特別號』只予以優先入診之權，而未予以歧視他人，命令醫生之權。我尚無開客廳以待『特別號』之習慣，倘夫人不耐，盍請便乎？」

少頃，新夫人入，搔首弄姿，若在在皆不憫其意者。處方後，余命護士爲之注射，復嗔叱護士曰：「止！吾豈容亂注射乎？容吾與師長細思之。」

余甚惡其「暴發戶」之醜態，遂正色曰：「注射與否，決在醫生。倘夫人與馮師長欲自決診療之法，卽請於決定後下令貴師軍醫，遵命行之可也。」

言訖，余遵令護士導其它病人入診。

張恨水妙語解「凱旋餐」

是年，日本駐屯軍在華北舉行大演習。二十九軍遂亦做野外演習，以爲對抗。宋忽令常筱川來邀余往觀。余辭以冗務，未果。遂與常驅車往西郊，而遇宋、秦、馮，及佟麟閣、門致中、鄭大章、趙登禹等人於八大處附近。沿途及田野，遍佈二十九軍，均依當年西北軍之裝束，無背包而僅有棉被一捲，內夾鐵鏟，旁插大刀。而有輕機關槍與鋼盔者，僅屬鳳毛麟角。諸將帥亦裝束頗爲奇突。宋係戎裝，御一高頭駿馬。與之並騎者爲秦紹文，雖佩「武裝帶」，而頭戴西式呢帽。鄭大章則戴一軍帽，半似斗笠，半似童子軍帽。佟麟閣未識何故，仍御便裝短衣褲。趙登禹則全身披掛，而於腰間佩一「盒子炮」，下垂紅絲綢帶，遠望如馬弁然。常牽余袖低聲告曰：「趙眞不忘本，處處欲使人知其爲馬弁出身也。」

余與諸將帥共餐後，卽仍與常驅車返城，而始終不解宋明軒堅邀野外一飯之故。事後，張恨水邀余出遊曰：「亦有暇去海甸嘗一新菜乎？吾當示君以「凱旋餐」也。」

張云：演習期間，海甸冠蓋雲集，北京一大飯莊，乃遣廚侍十餘人，於蓆棚之下，大賣其特製之「凱旋餐」，爲將佐者以其爲吉兆，多前往食之。

此餐之配製，頗爲別開生面。以韭黃、韭菜與肉絲，外加花生米少許，合而炒之，然後置於「荷包蛋」上卽成。其味亦頗不惡。

張四顧人稀，乃笑而告余曰：

「倭奴君亦知主人配裝此餐之苦心乎？倘貴國特工人員得悉此中奧秘，此飯莊主人恐將寢食難安矣！」

據張云：所謂「凱旋餐」也者，意在二十九軍必勝，日本必敗也。——韭黃與韭菜爲二韭，與「二九」諧音，故以之象二十九軍。花生米又名長生果，「長生」與「常勝」爲一音之轉。「荷包蛋」者，旭日旗也。蛋在二韭與花生之下，示日本必爲常勝之二十九軍所征服也。

余乘興告以宋邀共餐之事，張哈哈笑曰：「宋明軒坐井觀天，日在小人諂諛之中，自視爲天下之雄，所部亦已成天下無敵之師。故欲假君之口，以告日人二十九軍軍威之壯。——苟君稍識軍事，則易識破其眞象，秦紹文等輩必阻其奉邀矣。」

不二日，余於正金大樓午餐時，適逢行將歸國之高橋二郎。渠本業醫，而活動異常。偶告余日前常筱川亦曾邀彼至野外，與宋秦一飯，道經二十九軍演習之地。

余探之曰：「其意安在？」

高橋笑曰：「無他。蓋欲我爲其二十九軍之神武，向武官處作宣傳耳。實則，武官處又何必待我傳話？我不須媚武官處以購三餐，殊不欲與蕭振瀛之流爭功也。」

余亦告之日前遭遇，相對大笑而別。

彭相士善於相氣

是時，余尚未婚，亦未識吾妻。每年冬夏，各休假數週，或遨遊各大名山，或東渡一訪故舊，無牽無掛，如野鶴閒雲，信可樂也。

余之得遊廬山、黃山、莫干山、泰山、西湖、大明湖、瘦西湖、玄武湖、巫峽、峨嵋山等各大名勝，均在此時。得識張善子、陳半丁、吳昌碩、傅增湘、黃伯度、太虛法師、班禪額爾德尼、金梁、法尊上人等，亦均在此時。

與余偕遊者，時爲丁春膏，時爲何遂，後乃有彭涵鋒。

彭君名樂韶，北方人，一相士也，以此結交顯達與大戶，遨遊南北。彭雖爲術士，而江湖氣極淡，又烈性直言，深洽吾意。故常與偕遊，觀其臧否人物，絲毫不加假藉，每使權貴大賈與名流，面紅耳赤，手足失措，亦假中消遣之一道也。

彭自云：幼年逢一黑而且瘦之道人，旣精技擊，復精相術，數年盡得其傳。其相術大異尋常，不以五官四肢爲重，而重在其人之「氣」。於相氣之外，又有所謂「外應」者。倘有疑難時，僅觀「氣」不足以爲圓滿之解答，則須小坐片刻，以待「外應」。舉手投足之間，偶有一事觸發彭之靈機，卽爲「外應」。片言隻語，往往有中，誠可異者也。

彭告余曰：自諳相術後，以年少氣盛，嘗於市肆邂逅一富戶，倩彭談相，彭哂之曰：「汝有龜相，家有龜醜，何必再嘵嘵談相乎？」

富戶怒其無禮，欲揮以老拳。彭曰：

「如不信，蓋立返尊府一視？贈君綠帽者，當仍在綉房中也。」

富戶家固多小星，半信半疑，乘程馳返，果於榻上獲一美男子，遂並其寵姬而殺之。事聞於官，彭遂有「敎唆殺人」之嫌，乃星夜出亡，旋坿貨輪遠航英倫。

滯英三載，事漸寂，彭乃買棹歸來，談相於平津京滬之間，例無「門市」，亦不取酬，推由人自動餽贈耳。卽無所贈，彭亦了了，不以爲意，余以是敬之。每偕遊，必使其無食宿旅費之累。是時，彭未婚，豪飲健談，每於逆旅孤燈下，且飲且談，不知東方之既白。

財孔俗不可耐

一年，余以丁春膏之介，得識財孔之幕友李青選君。李固一枝獨秀，出於汚泥而不染者也。後余竟以彭之故，一度爲上海亞爾培路孔公館中之座上客。

吾於財孔之業蹟爲人，耳聞已久。拜識荆之後，益覺其俗不可耐，充其量一劉景升之材耳。雖其山西腔英語不絕於口，而嘵嘵自炫爲山東孔丘之支系，其言無味，其情可憫。而其諸雛，趾高氣揚之狀，尤較彼惡劣萬倍。其妻雖徐娘半老，而濃妝艷抹，香氣逼人，所談者亦十有九句爲英語。見客時，且有洋犬一頭，隨侍其側，此「夫人」時或與客交談，時或對狗獨語，時或呼僕歐至有所指斥，一意孤行，旁若無人，有如村婦。此種作風，於國際社交場合上，定必爲人人所不齒。余固不解：喜劇人物如此公賢伉儷者，何以竟能於一文明古國，風化之邦，呼風喚雨，爲所欲爲，豈浩浩中土眞已才盡乎？

彭涵鋒曾遍相孔門老幼，而於相「夫人」時，言特犀利，誠不可不記。余憶彭當時以英語告之曰：

「夫人爲羅曼諦克型之人物，故一生中之需羅曼諦克，如魚之於水。」

夫人顧財孔而頷首笑曰：

「汝聞相士之言乎？彼眞知我者也。……但我今垂垂老矣，先生觀我，豈仍有羅曼諦克之可能乎？」

彭沉吟未答，以須待「外應」爲報。維時，座旁一波斯貓，咪咪之聲不絕於耳，頗爲惱人。該「夫人」連連撫之曰：

「睡休，睡休。」

而貓則抗聲而嘶，咪咪更盛。彭忽拍案而起曰：

「外應至矣！——夫人雖不欲再羅曼諦克，亦不可得也。蓋貓者爲苗一音之轉，今貓不欲睡，是夫人之『苗不寢』也。」

（未完）

編餘漫筆

編者

這一期是「滿洲國」成立四十年專號，滿洲國這個名詞，三十歲以下的讀者可能沒有一點印象了。但是，「滿洲國」的成立，卻是日本明目張膽侵略我國的開始，「滿洲國」與九一八事變實際是一件事，九一八事變日本攫取了中國的東北，但是，又不能公然將中國東北收爲日本領土，必須要經過一個過渡的階段，於是就造出一個「滿洲國」。

「滿洲國」本不成其爲國，因爲一個國家立國的要素是人民、領土、主權，但「滿洲國」三者全缺，領土、人民是中國的，主權在日本手中，這樣一個國家，十足是無根之草。但是，它卻在中國領土上存在了十四年，這十四年中間，也有它自己的典章制度，我們儘可不承認它是一個國家，但卻不能不承認有這一段事實。過去因爲大家都不承認這個國家，很少人注意到「滿洲國」十四年的歷史，加之，最後蘇軍開入東北，將所有文件都毀掉了，能流傳出的更少。

此時出這麼一個專號，也只是能搜集多少材料算多少了。希望有當時在「滿洲國」居住過的朋友看到本刊之後能撰寫有關稿件寄下，我們當陸續發表。

「滿洲」所以會成爲國，一方面由於日本的侵略野心，但也由於東北三省地大物博，確有立國的條件，如果不是滿人入主中國，漢人大量遷去東北，整個東三省全是漢人，則滿洲建國並非不可能的事，本期第一篇文章就談到清兵入關的事，如果清兵不入關，在關外建立一個滿洲國，一定可以成爲一個獨立國家，與今日的韓國相同，而土地與人口均過之，使立國之後再經過順治、康熙、雍正、乾隆四代的統治，滿洲國將會成爲中國之外第一大國，俄人是否能通過貝加爾湖奄有東西伯利亞，都未可知。所以說東北成爲中國的領土，實在是中華民族的幸運，三百年前漢人痛恨多爾袞，今天想想，也可眞虧了多爾袞。

比起「滿洲國」具體而微的，還有一個「冀東防共自治政府」，也是日本人導演的，但卻更爲醜惡也透着滑稽，這個「政府」存在了不到三年，但卻作盡了壞事，「滿洲國」是由關東軍司令部統治，無論關東軍的作風如何之壞，畢竟還是正規人員，仍有其一套理想。「冀東防共自治政府」雖也由關東軍控制，但實際領導的卻是一批浪人，於是在「滿洲國」不敢爲的事，在「冀東」可以公開去作，類如公開設立毒館，並有女招待，門前掛上招牌，此種怪現象爲世界各國（包括「滿洲國」）所無。

「冀東防共自治政府」主席殷汝耕，戰後在南京伏法，並未受到國人的注意。到了今天，知道這個「政府」的人恐怕更少了，但是，本刊旨在搜集野史，像這類人所不注意的事，更要想辦法搜集發表，以作爲他年修史的參考。

此外，本期發表的靜齋先生寫的淮上人豪柏文蔚，在今天聽來，名字也相當陌生，但在民國十六年之前，確是中國政壇上舉足輕重的人物，民國二年袁世凱下令免國民黨五都督職，柏文蔚當時任安徽都督，與胡漢民、李烈鈞、譚延闓、孫道仁同時被免職。雲南起義討袁，柏文蔚也參與其事，且經蔡鍔委爲駐南洋代表，負責籌款，北伐時出任三十九軍軍長，率領淮上健兒，北定齊魯。但晚年歸於平淡，到今天知道的人已不多了。靜齋先生曾參與柏先生戎幕，一切均是親見親聞，所記可補正史之不足。

筱臣先生寫的別動總隊事，也是親見親聞之事，與軍統局內幕都是珍貴史料，這種文章本刊最歡迎，也是本刊編輯的主旨，希望各方賜稿以此爲準，所談事情不一定重要，人物不必偉大，只要是眞的就好。

胡養之先生常德會戰一文，也曾參與其事，均有史料價值。至於幾項連載，更獲得各界好評。而且都是越寫越熱鬧。

又文同志雅正

試酌百情遠

方與三辰游

馮玉祥

掌故

月刊

8

野史・佚聞・人物・風土・

一九七二年四月十日出版

掌故月刊 第八期 目錄

每月逢十日出版

掌故

第八期

一九七二年四月十日出版

每册定價港幣二元正

全年訂費港幣二十元 美金五元

出版兼發行者：掌故月刊社

地址：九龍亞皆老街六號B

電話：K八四四六七三

THE JOURNAL OF HISTORICAL RECORDS

6-B, Argyle Street, Mongkok, Kowloon, Hong Kong.

督印人：鄧少卿

總編輯：岳騫

印刷者：華生印刷所 汕頭街十二號

總代理：吳興記書報社 香港租庇利街十一號二樓 電話：H四五〇五六一 H四五〇七六六

星馬代理：遠東文化事業有限公司 新加坡廈門街十九號 檳城沓田仔街一七一號

泰國代理：集成圖書公司 曼谷耀華力路二三三號

越南代理：聯興書報社 越南堤岸新行街二十二號

其他地區代理：

澳門：可大文具店
亞庇：利民公司
千里達：中華公司
菲律賓：華安書局
倫敦：東寶公司
芝加哥：杏林春
波士頓：中西公司
三藩市：新生圖書公司
三藩市：益智圖書公司
加拿大：香港商店
漢城：汎亞書籍公社
寮國：永珍圖書公司
斗湖：光明書店
菲律賓：玲瓏書局
紐約：友聯圖書公司
紐約：友方圖書公司
洛杉磯：永安堂
檀香山：大元公司
三藩市：文化商店
加拿大：新國華公司

鄒容

青年之神鄒容

·吳蕤·

鄒容是中國革命史上的一顆熠熠流星

民國成立，國父就第一任臨時大總統，就下令追贈鄒容爲大將軍。這是民國史上受國父追贈爲大將軍的第一人，國父對他的追思與懷念，不言可知其深切。鄒容是四川重慶人，這時四川旅居南京的同鄉，舉行追悼四川革命先烈大會，國父親臨弔祭，在祭文中有說：「惟蜀有材，奇瑰磊落。」

自鄒迄彭（按彭家珍，四川金堂人，宣統三年，刺殺滿清總領禁衛軍良弼，功成身殉），一仆百作，宣力民國，厥功尤多。」四川軍政府以隆重的典禮，在南京舉行招魂祭，招鄒容魂歸蜀中， 國父也曾親臨祭奠，無限哀悼。可是這位在中國初期革命中發出萬丈光芒的鄒大將軍。他的生命旅程太短暫了！他聰穎慧悟，他具有俠義的肝腸，他熱愛國家民族。他爲了鼓吹革命，著「革命軍」一書，轟動了海內外無數的熱血青年，震驚了腐朽昏聵的滿清王朝，他一生轟轟烈烈的行誼，如鐫諸金石，歷萬代而不泯，供後人之謳歌慨嘆，蹈履奮發。他生於光緒十一年（公元一八八五），卒於光緒三十一年（一九〇五），按照中國年齡的計算方法，死時是二十一歲，可是實際的年齡不過纔二十歲左右，流星一瞥，熠熠四射，使後人展其遺作，想見其當年英姿雋爽，慷慨激昂，從容赴義之度，不禁追慕景仰之思。古人謂：「死有重於泰山」，眞可以用來比擬這位弱冠摧折的青年先烈了。

鄒容生平事蹟略述

鄒容有他異於常人的智慧，也有他特殊的家庭環境。他的父親是一個行商，經常貿易於隴、蜀之間，他兄弟五人，三個弟弟爲後母所生。他行二，所以鄉里之間，多呼之爲鄒二，幼年即喪母，繼母對之頗爲忮刻。父親又時常離鄉他去，在他的幼年是一個得不到家庭温暖的人。十二歲時，從塾師就讀，聰穎過人，五經、四書、史記、漢書等典籍，過目輒能琅琅上口，其父以科名中人許之。十三、四歲時，從成都呂翼文學，翼文本爲飽學之士，惟性格頑固，最重學子應對進退之儀。這時鄒容已有神童之目，儻放佻達，因此常受老師的責罰。他並且性喜篆刻，在江濱溪旁，撿來小石，加以琢磨，以小刀鐫刻，現能見其眞蹟者，有「畫中仙」、「江干野寺聞鐘」、「開甕忽逢陶謝」、「大海琴心」、「敲梅眠琴」等數方，如就篆刻論之，當時算不上什麼成熟的作品，不過一個十三四歲的少年，能有如此風雅的興緻，也就很難能了。他本名紹陶，字蔚丹，以其才氣縱橫，目無餘子，動輒以言語侮人，甚至指天畫地，非堯舜、薄周孔，指摘時政，浼辱縉紳，翼文以其狂妄，時施夏楚，乃自更名爲容，寓有戒勿多言之意。

當鄒容誕生之歲，適值中法戰爭，清廷未敗求和，喪權辱國。此後清政更爲不綱，內憂外患，交相洊至。十歲時逢甲午之戰，清師敗績。國父是年創立興中會，國內外之革命思想，已漸次萌動。十三歲，戊戌政變，譚嗣同、林旭等六君子被殺，前譚嗣同著有仁學一書，主張衝決網羅，打破一切舊敎之束縛。鄒容於市間獲得一冊，讀後對譚極爲崇拜。並且當時一般人的心目中，譚嗣同爲重俠尚義之一人，鄒容也是生有俠骨，他便把譚嗣同的遺像，懸諸座右，並題以詩曰：「赫赫譚君故，湖湘士氣衰，惟冀後來者，繼起志勿灰。」

就在戊戌這一年，有一個日本人成田安輝到達了重慶，成田是日本維新運動成功以後的新知識份子，博學治聞，他的英文很好，對世界局勢，各國政治制度，也都有深切的瞭解。他到了重慶，住在日本領事館裏，很喜歡和中國青年接近，時常講述一些政治、科學的常識，當時重慶一般年青的愛國志士，很多人和他來往，向他請益，鄒容更是常常去看他，並且跟他學習英文。不久又有一個日本的陸軍大尉井戶川辰三也到了重慶，經過成田的介紹，鄒容又跟着井戶學習日語，因井戶係現役軍人，暇時亦向鄒容解說軍事常識及世界戰史等新的知識，鄒容和這個日本人接觸一段時期之後，因爲他具有過人的才智，且富有思考及理解的高度能力，越發激動了他的救國熱情，他的思想便由一個充滿憤恨，只知批評的境界，而走入一個嶄新而有條理的境界，他的知識領域擴大了，他的求知慾望比較以前更爲迫切了。不過因爲他受了譚嗣同、成田、井戶這些人間接或直接的影響，不免傾向於維新的路線。那時他的看法，以中國的幅員遼濶，物產豐富，如能做照日本維新的辦法，富强當可指日而待。

已亥（光緒二十五年）冬，鄒容又就學於川東經學書院，翌年庚子，拳匪事起，七月間，八國聯軍攻陷北京，鄒容熱血沸騰，口戒難禁，對清廷之昏聵無能，大肆詈罵，常與山長及同學輩爭辯不下，山長怕他鬧出大亂子，便把他斥逐出院。辛丑和約既定，四川總督奎俊，奉准遣送川籍學生二十人赴日本留學，鄒容携帶乾糧，徒步由重慶跑到成都，前去應考，可惜僅僅考中了一個備取，沒有能够補上，但是他對東渡留學，心意堅決，家中的繼母也想讓他遠走一點，少操一份閑心，於是替他籌措些路費，在這年他纔十六歲，便隻身東去了。先到上海，進入了江南製造局所附設的廣方言館，專攻日語。他在廣方言館時，有一首書懷詩，滿懷悲國感時之思，詩曰：「落落何人報大仇？沉沉往事淚長流；凄涼讀盡支那史，幾個男兒非馬牛？」由他這首詩來看，他的思想已由主張維新，轉變而爲主張革命，强烈的民族意識，在詩中顯然的流露。

他在廣方言館差不多一年的光景，於壬寅（光緒二十八年）赴日，求學於同文書院，見聞愈廣，痛國事敗壞之心亦愈切，他先後認識了鈕惕生（永建），和他同學）、張溥泉（繼）、馮自由諸位革命先進，他的革命思想日趨激烈，並且愛講話是他的天性，凡有集會，必爭先發言，慷慨激昂，犀利悲壯，引據中外古今，力主非推翻滿清不足以救中國。到一九〇三年（光緒二十九年癸卯），滿清所派駐東京的留學生監督姚文甫，力斥革命爲「大逆不道，背離君親」，並且他私德不修，行爲狎邪，留學生集會討論，想對他有所懲處，鄒容更是義憤塡胸，便邀集了張溥泉等五人，賁夜排闥進入姚的寓所，搯出了事先準備好的利剪，抓住了姚文甫，强制的剪掉了他的髮辮，並且掌摑了幾十個嘴巴，直打得嘴歪眼斜，鼻青臉腫，方纔罷手，一齊去了。姚文甫當然不肯干休，立刻去見清廷駐日公使蔡鈞，蔡鈞照會日本外務省。日方認爲鄒容的行爲有碍於治安，於是和張溥泉等一起被强迫離日返囘上海。

到了上海，他認識了章太炎（炳麟）、章行嚴等人，章太炎比鄒容大十八歲，過從甚密，章呼之爲「小友」，可稱爲忘年之交。這年章、張、章、鄒四人，因爲志在革命，意氣相投，在上海九華樓飯莊，舉行了結拜之禮，締定爲金蘭之好，後來張溥泉詩裏有：「四帝締盟憐最小，難忘當日九華樓」之句，就是哀悼和紀念鄒容的話。鄒容所著的革命軍一書出版，章太炎爲之作序，在五月十三日又在上海蘇報上發表了「讀革命軍」和「介紹革命軍」兩文，所署筆名爲「愛讀革命軍者」都是出於章太炎的手筆。章太炎就因爲這幾篇文章的發表，和鄒容革命軍的印行，大大的惹起清廷的忌恨，諭令兩江總督魏光燾、江蘇巡撫恩壽，派員向英租界交涉（那時章鄒等人都住在英租界），逮捕章、鄒。到了閏五月初五日，章太炎在上海泥城橋的愛國學舍被捕了，本來鄒容可以及時逃避的，但是他想起章太炎的被捕，是因他所著的革命軍而起，於是在章太炎被捕後的第三天（閏五月初七日），他便到四馬路棋盤街老巡捕房自首。眞像他在獄中向新聞報記者所說的：「志在流血，性分明定」，鏗鏘從容，可傳萬古。

鄒容的自首，在他自己認爲有兩種意義：一則表示革命者不怕死的決心；二則因爲章太炎患深度近視，行動處處需要人照顧，爲了異姓兄弟之義，章是老大，自己是老么，應該隨同扶侍，便毅然赴獄。章、鄒入獄之後，一直到第二年（光緒三十年，公元一九〇四年）四月初八日（陽曆五月二十二日），纔由上海租界的會審公廨開始審理，章太炎被判了三年監禁，鄒容被判了二年監禁。到了次年（光緒三十一年）鄒容便病死在獄中了。

革命軍與蘇報案

鄒容東渡赴日，所結識的朋友，大多是主張革命的份子；另一方面，由於他讀了更多有關政治、歷史、社會科學的新書，使他的思想，對革命發生强烈的信念，從前他主張保留君主，效法日本維新圖强的想法，轉而爲嚮往歐美獨立後所建立的民有、民治、民享的政治制度，更傾心仰慕。他留日期間，因爲博讀羣書，不僅對民主政治有徹底的瞭解，並且對中國的革命建設，也能構想出一個系統來。他便想先把革命思想，向大衆作一有系統的解說，廣爲傳播，普遍的灌入人心，革命的大業，方期能早日完成。於是他便開始撰寫革命軍一書，他孜孜不倦，旁徵博引。在他被日方强迫出境之時，革命軍一書，已完成三份二。

到達上海之後，他繼續寫作，並且參加了章太炎所領導組織的「光復會」。他和章太炎的私人情感，雖然情同手足，但是見解方面有時也會大相齟齬，章太炎當時已負博學之名，對中國的經史典籍都有深切的研究，鄒容所著的革命軍，於脫稿之後，當然先拿給章太炎，請他修正潤色；可是章太炎認爲推翻滿清、恢復河山，只能叫做「光復」，「革命」二字是出於「湯武革命」，其中的涵義，是同族相伐，革除暴政。所以他組織的「光復會」，只談光復而不談革命。但鄒容所著的革命軍，對革命有其一套完整的理論，內容凡分七章，第一章緒論、第二章革命之原因（全書以此章爲長，約佔全書二分之一，言詞激烈，詳論專制政體之落伍，清廷之腐化誤國，官吏之顢頇虐民）、第三章革命之教育、第四章革命必剖清人種、第五章革命必先去奴隸之根性、第六章革命獨立之大義、第七章結論。而自爲序曰：「不文以生居於蜀十有六年，以辛丑出揚子江，以壬寅遊海外，僑經年，錄達人名家言，印於腦中者，及思想間所不平者，列爲編次，以報我同胞。其亦附於文明國中言論自由，思想自由，出版自由者歟！雖然中國人奴隸也，奴隸無自由、無思想，然不文不嫌此區區微意，自以爲以是報我四萬萬同胞之恩，我父母之恩，我朋友、兄弟、姊妹之愛我。其有責我爲大逆不道者，其有信我爲光明正大者，吾不計，吾但信盧騷、華盛頓、威曼諸大哲，於地下有靈，必哂曰：『孺子有知，吾道其東』，吾但信鄭成功、張煌言諸先生，於地下有靈，必笑曰：『後起有人，吾其瞑目』。文字收功日，全球革命潮，吾言吾心而已。皇漢民族亡國後之二百六十年歲次癸卯革命軍中馬前卒鄒容記。」他所著的革命軍中，把革命分為破壞與建設兩部份，不但把欲建設必先破壞的理由，有充分而合理的說明，而且對破壞後應從如何重新建設，也規劃出了一個藍圖。當時他不過是一個十八九歲求學時代的學生，竟能作出如此系統分明，意識正確的革命理論，在思想方面的創造天才，不僅為革命陣營中大多人士所讚佩，此書一經印行發表，也確使頑固守舊之大吏縉紳，為之驚心動魄。

章太炎始終不贊成他用革命二字，經鄒容反覆解釋，章也同意下來，便為之作序曰：「抑吾聞之，同族相代，謂之革命，異族竊攘，謂之滅亡。改制同族，謂之革命，驅逐異族，謂之光復。今中國既亡於逆胡，所當謀者，光復也。非革命云爾。容之署斯名，何哉？諒其所規劃，不僅驅逐異族而已，雖政教學術，禮俗材性，猶有當革者焉，故大言之曰革命也。……」

「革命軍」第一版，係由上海大同書局印行，以其宣傳排滿，各書局均不敢代售，除大同書局以外，僅由鏡今書局一家發售，不料出版以後，市民搶購，鄒容的聲名於極短期內，傳遍國內。及其入獄以後，更為刺激當時人心，銷路更加激增，一時各地書商，爭先翻印，雖然滿清各地方官吏，關卡郵局，奉命嚴為查禁，而暴利所在，各書商大多變換書名，尤其在海外各地，更為大量印行，有志革命之士，到處搜購，分贈友人，藉廣宣傳，在國內販運此書的書商，或把書藏於箱籠夾底，或暗藏於柴草、煤炭、食品及其他衣物雜貨之中，運往各處。距離都市遙遠之地，每冊竟售至十餘元。即上海一地，所印行發售者，達一百萬冊。新加坡陳楚楠等則翻印改名為「圖存篇」，香港中國日報也發行改名為「革命先鋒」，上海各書局一版再版之革命軍，多改名為「救世真言」，馮自由等在橫濱所發行之革命軍，係與章太炎之駁康有為之政見書合刊，題名為「章鄒合刻」，一時風行，洛陽紙貴。

這年（一九〇三年）革命軍初為印行之時，國父在越南河內，由革命志士黃宗仰寄給國父一千冊，據汪德淵給　國父的信上說：「癸卯春間……章太炎君刊行駁康書，鄒君亦發篋出宿構稿本革命軍者刊行於滬，是時禁網方密，除鏡今書局外，無人敢為出售，乃由黃宗仰寄千冊於先生，嗣先生來函，稱革命軍為南洋所崇拜，而此時章、鄒已被清吏愈明震構成大獄，拘押於四馬路巡捕房。」八月間，國父經南洋抵日本，籌設革命軍學校於青山，即為對鄒容之慷慨赴獄作實力上之呼應。以日本日野熊藏少佐任校長兼總教官，首期入學者，有黎勇錫、李自重、胡毅生等十四人，後因國父離日，經費無着而解散。國父由日赴美，到達舊金山後，當地華僑風氣仍極蔽塞，稍有知識的僑民，多半是保皇會的會員，無法展開革命的工作。國父極為瞭解革命軍一書，有很大的宣傳力量，便向當地的基督教牧師伍盤照，和洪門會的領袖黃三德，商籌借款，印刷了革命軍一萬一千冊，分寄美洲各地的華僑的革命團體，於是華僑的革命思想，便日見蓬勃。到了一九〇六年（光緒卅二年）國父在致新加坡張永福的信內說：「海外各地日來亦多進步，托東京印革命軍者有數處。茲將河內同志所印就者寄上一本，照此版式，每萬本印費三百四十元，二千本印費九十元。前貴地同志已集款欲印，未知款已收齊否？若已收齊，宜從速印之，分派各處，必能大動人心，他日必收好果。」由此可見，國父是如何重視革命軍一書了。

話又說回頭來，革命軍在滬脫稿之後，那時的章、張、章、鄒雖然已結為異姓兄弟，但經濟方面的能力卻極為艱困，幸好有志革命的人士金天翮、蔡寅、陶賡等，情願集資出版。及至五月間章太炎的「革命軍序」「讀革命軍」「介紹革命軍」等文，連續在蘇報發表，而釀成中國革命史上的蘇報案。蘇報本來是胡璋所創辦，後為陳範所接辦，陳範是湖南衡山人，遷居江蘇武進，字夢坡，光緒二十五年已亥舉人，曾任縣令，因教案去職後，便寓居上海，憤清廷腐敗，以非提倡新學不能救中國，初接辦蘇報時，亦主保皇立憲，時上海人士，多以康黨目之，後與章太炎、章行嚴等人相交往，漸知滿清政府之一切措施，落伍已達極點，非徹底推翻不可，其思想已由立憲維新轉而趨向革命。乃延請章行嚴主蘇報筆政。行嚴本為南京軍官學校學生，因不滿學校當局，自動退學，主編蘇報之後，即約章太炎，蔡孑民（元培）、吳稚暉（敬恒）、蔣維喬等先生為之撰稿。其連載章、鄒之反清論著，亦為國內揭櫫反清之第一家報紙。

章、鄒各文發表以後，兩江總督及江蘇巡撫受清廷之諭旨，非得章、鄒諸人而甘心。不過蘇報社址在三馬路，章、鄒等人寓所在泥城橋，均在英租界之內，滿清官吏不得進入拘捕，乃遣候補道俞明震，延聘外籍律師古柏，以滿清皇帝載湉為刑事告訴當事人，控訴章太炎、鄒容、陳範等於會審公廨，陳範於案發時已携眷赴日，其餘各人亦各自藏匿，故此案被捕者，僅章太炎一人，而鄒容亦於章被捕後投案。滿清以各文中之反清文句為控訴之根據，認為公開汚辱及誹謗。以滿清皇帝之名義與人民對簿公庭，接受外國法律之審判，實開事例之先，而清廷之威信更掃地無餘。章、鄒之友人，亦延聘外籍律師博易及瓊斯二人，代為辯變，此即為轟動一時之蘇報案，革命黨人不屈不撓之精神，使萎頓沉靡之人心，大為振奮。

鄒容入獄之後，與章氏同囚一室，太炎每日與之解說經義，兼論及佛法，授之以「因明入正」之理。獄中伙食極為粗劣，章、鄒皆南人，日啖麥飯不飽，及判決後，租界中獄吏對囚犯極為苛刻，鄒容心懷忿懣，日鬱於胸，乃病滑遺之症，章頗通醫術，謂鄒曰：「子素不嗜聲色，又未嘗男女之事，今不經夢寐，而髓自出，宜懲忿自攝持，不然，明春當病瘟矣。」第二年（公元一九〇五年）正月，鄒容果然的病倒了。初病時，體溫雖然略有增加，但並無大熱，不過心情煩躁不安，時常徹夜不寐，彳亍獄室，臥而復起，或有稍寐，即囈語罵人，聲震鄰舍，醒則輾轉達旦。章以其病在少陰，應服黃連、阿膠、鷄子黃湯，以敗其浮火，滋陰補虛，自處診方，請獄卒代為購藥，而為獄卒所拒。復請召日醫診斷，亦不許，獄中本有西醫，但獄中醫生，既非專業，又乏醫藥設備，視囚犯更為微賤，凡有病者皆不予服藥，亦不改善伙食，惟令仰臥而已。鄒容病了四十多天，在二月二十九日(陽曆四月三日)的夜半，便滿懷着革命救國的壯志，與世長辭了。當他死時，章太炎尚在夢中，及旦，撫其尸，哀痛幾不能自持，鄒容面色青黃，二目未瞑，獄卒將其槀葬於獄房後垣之外，標其名為周容。上海革命志士八十餘人，殮其尸而改葬，並在愚園開了一次追悼大會，可惜的是，在鄒容死這一天，距刑滿出獄，僅還有七十多天了，蘇報一案，由鄒容的自首，到犧牲了生命，便在中國的革命史上，寫下了光輝的一頁。

革命軍影響力之偉大

鄒容有其天賦的文學天才，加以博覽羣書，其所著革命軍，以峭拔飛揚之筆勢，為激烈排滿之言論，使睡夢痲木之人羣，受極大之震盪。光緒三十一年在北京謀炸清廷所派出國考察之五大臣而以身殉的烈士吳樾，在他所著的「暗殺時代」自序裏曾說：「友人某君，授予革命軍一書，三讀不置。」在鄒容病死了之後，他又曾經寫了一封信給尚在獄中的章太炎，說起鄒容，更是敬仰備至，他的信中說：「今同志某君，新自南來，語中問渠與先生並鄒子威丹（按鄒容東渡時，改其字蔚丹為威丹）相識否？某君應曰：鄒子固相識，至與先生未見之恨，亦與某同。並云：此次過申，當往一見。正語間，有同學某君至，乃向某曰：頃閱時報，有鄒子威丹病死之傳焉！某等耳聞之下，皆相對失色，遂不禁悲從中來，蓋非僅為鄒子悲，而為我同志諸君悲也。而為我漢族同胞悲也。夫鄒子之名，固已成立，而此後之事業，正未可知，亦以生死關頭，最難打破，若以餘生而辦餘事，直此身之利息耳！成敗可不必計也。惜哉鄒子！危乎先生！計先生出獄之期在邇，飲食起居，不可不防他人之隱害。某於鄒子之死，有深疑焉，疑西人之必為滿清政府所嗾使而毒殺之，以去後患，先生身與同居，當必有所聞見也。先生與某奠鄒子之靈而告之曰：吾子之死於非命為否，可不權其輕重，病死亦死也。非命之死亦死也。然總歸於不自由而死，則逆胡之罪，豈容逭哉？某亦不自由中之一分子耳，異日能死此不自由，當必有慰吾子之萬一於泉下也。吾子有靈，其使某勿蹈空言也可！」由吳樾此信，及暗殺時代自序，深知革命軍一書，不知有多少熱血青年受其影響及感動，鄒容之死，又不知有多少青年為其悲憤哀悼。

蔣總統在民國三十年七月九、十兩日講「哲學與教育對於青年的關係」的訓詞中，曾經提到他在年青時期最喜歡讀的第一本書，就是鄒容的革命軍，第二部書是王陽明的傳習錄，第三部書是黃梨洲的明夷待訪錄。總統並且說：「第一本書，是啓發民族大義，確立我革命思想的基礎。」

胡適之博士在他自述中，提到一九〇四年，他在上海梅溪學堂讀書時所受革命軍一書的影響，他說：「這一年，梅溪學堂改為梅溪小學，年底要辦畢業第一班。我們聽說學堂裏要送張在貞、王言、鄭璋和我四個人到上海道衙門去考試，我和王、鄭二人都不願意去考試，都不等到考試日期就離開學堂了。為甚麼我們不願受上海道的考試呢？這一年之中，我們都經過了思想上的一種激烈變動，都自命為新人物了，二哥（按胡適博士的二哥，名叫胡嗣秬，經商）給我一大籃子的新書，其中很多是梁啓超先生一派人的著述，這時代是梁先生的文章最有勢力時代，他雖不曾明白提倡種族革命，卻在一班少年人的腦海裏種下不少革命種子。有一天，王君借來了一本鄒容的革命軍，我們幾個人傳觀，都很受感動。借來的書，是要還人的，所以我們到了晚上，等舍監查夜過去之後，偷偷的起來點着蠟燭，輪流抄了一本革命軍。正在傳抄革命軍的少年，怎肯投到官廳去考試呢？」胡適之博士在梅溪小學快要畢業的時候，距離鄒容逝世以後不過六七個月的光景，胡博士那時纔是一個小學堂的小學生，而讀了革命軍之後，就不願再到滿清的上海道衙門去應考了。革命軍一書對當時青少年的思想影響到如何地步。由胡博士這一段自述裏，便可以清楚的看到，並且當時維新保皇派的勢力極為高張，梁啓超當然是保皇派的健將，學識淵博，每一為文，筆下如得神助，有萬馬奔騰，排山倒海之勢，為一般有志救國之青少年所崇拜。而鄒容之革命軍一出，僅兩萬餘言耳，一紙風行，霎那之間，不知使多少青少年之思想，由維新保皇一轉而趨於種族革命，對我國第一階段國民革命之完成，其影響、貢獻之偉大，實非以數字方圓所可計算，語言筆楮所可形容也。

國父的「自傳」中說：「（公元一九〇三年）在上海，則有章太炎、吳稚暉、鄒容等借蘇報以鼓吹革命，為清廷所控，太炎、鄒容被拘囚租界監獄，吳亡命歐洲，此案涉及清帝個人，為清廷與人民聚訟之始，清朝以來，所未有也。清廷雖訟勝，而章、鄒不過僅得囚禁兩年而已，於是民氣為之大壯。鄒容著有革命軍一書，為排滿最激烈之言論，華僑極為歡迎，其開導華僑風氣，為力甚大，此則革命初盛時代也。」此外，國父在民國十二年所著的「中國革命史」一文中也說到：「庚子以後，革命宣傳驟盛。……上海則有章太炎、吳稚暉、鄒容等，借蘇報以主張革命。鄒容之革命軍，章太炎之駁康有為書，尤為一時傳誦。」國父為革命之先覺，於公元一八九四年創興中會於檀香山，在實際行動上，為謀達成推翻滿清之專制政體；而在思想與言論上，又須與保皇派作激烈之奮鬬與辯論。革命之力量，無堅甲利兵之可恃，而所恃者僅振奮之人心而已；欲爭取人心，必以宣傳為利器，鄒容所著之革命軍，既能於當時發生如此重大之影響力量，故自國父以及蔣總統，無不對此書備極推崇，且萬分珍視此一革命史上之重要文獻也。

三二九革命史話

九月黃花黃更黃。英雄含笑黃花崗。
黃花晚節香猶在。崗下黃花千載芳。
九月黃花黃更黃。黃花獨自耐寒霜。
黃花笑煞逐臣輩。不及黃花晚節香。

——錄胡漢民先生黃花歌

革命先烈在三二九黃花崗起義之擧，悲壯事蹟，可歌可泣，其豐功偉業，確可與勁節的黃花媲美。國父對這般先烈的犧牲精神，備加讚揚，他說：「是役也，碧血橫飛，浩氣四塞，草木爲之含悲，風雲因而變色，全國久蟄之人心，乃大興奮，怨憤所積，如怒濤排壑，不可遏抑，不半載而武昌之大革命以成。則斯役之價值，眞可驚天動地，泣鬼神，與武昌革命之役並壽。

當時領導者發難，係黃克强先生，其誓師出發時，召集同志慷慨陳詞，參加者無不振奮。朱執信有其他任務，恰值趕到，身上穿了長衫，不及脫掉，卽把長衫的下截撕去，成了短衫，加入隊伍，一同出發。還有譚人鳳年紀五十多歲，長髯拂拂，從香港趕到，自動請求加入，這種堅決勇毅的精神，確是革命黨人的本色。

尤足感人者，在起義之先，有許多先烈雄心勃勃，視死如歸，如福建林覺民少年倜儻，結婚未久，夫婦感情素篤，在起義前數日，致其夫人絕筆書，慷慨激昂，令人讀之肅然起敬。四川喻培倫參加革命後，歷次發難如刺温生才，攝政王載灃，及兩廣總督張鳴歧，無不參與，三二九這一役，同志因其已廢一臂，勸其不必參加，培倫奮然而起曰：「諸公具四體，不如吾偏枯人也。」衆大感動，遂與百餘人攻督署，不幸被執，遂以身殉。其他烈士感人事蹟，尤書不勝書。于右任先生弔黃花崗詩：「黃花崗下路，一步一沾巾，恭展先賢壠，難爲後死身，當年同作誓，今日羨成仁，採得鷄冠子，殷勤寄故人。」今日廣州仍淪入鐵幕，緬懷先烈偉蹟，眞令人有「難爲後死」之嘆了。

黃興詩

黃克强先生領導革命，無役不從，尤以指揮三二九這一役，轟轟烈烈，震驚世界，更爲國人所重視，其功在民國，擧世同欽，吳稚暉先生稱爲「開國大謀」，胡漢民先生稱爲：「以犧牲之精神，爲開國之先導」，葉楚傖先生所書黃克强先生及什語則稱：「幼時以豪俠稱於里閭，素性寬厚大度，粹然儒者，且臨危善斷，廿年患難歷經，終建民國。……經國之餘，亦嫻詞翰，英雄本色，流露自然」，由此足見黃克强先生不特有創建民國大功，而其天才橫溢，詞翰之美，亦彌足珍視，茲錄數首如下：

（一）詠鷹

獨立雄無敵。橫空萬里風。可憐此豪傑。豈肯困樊籠。一去渡滄海。高飈摩碧穹。秋深霜亦重。木落萬山空。

（二）弔劉道一烈士

英雄無命哭劉郎。慘淡中原俠骨香。我未吞胡恢漢業。君先懸首看吳荒。啾啾赤子天何意。獵獵黃旗日有光。眼底人才恩國士。萬方多難立蒼茫。

（三）蝶戀花

轉眼黃花看發處。爲囑西風。暫把香籠住。待洒滿枝清艷露。和風吹上無情墓。回首羊城三月暮。血肉紛飛。氣直吞狂虜。事敗垂成原鼠子。英雄地下長無語。

革命烈士中，間有世家子弟，家學淵源，頗多能文善詩，悲歌慷慨，雖屬一麟半爪，卻很珍貴，特爲介紹如下：

林文詩

林烈士時塽名文，字廣塵，係福建閩侯人，他的祖父林鴻年爲晚清狀元，曾任雲南巡撫，時塽素有大志，常說：「大丈夫進應當像諸葛亮，退也要像陶淵明。」十九歲留學日本，在東京加入同盟會，同志以其雙目炯炯有光，羣呼之爲「獅子眼林大將軍」，三二九之役，隨黃克强進攻督署，遭遇李準巡防營兵，中彈身死。林烈士因家學淵源，詩文均佳，下面錄幾首代表作。

（一）留別什感

落葉聞歸雁。江聲起暮鴉。秋風千萬戶。不見漢人家。僕本傷心者。登臨夕照斜。何堪更回首。墜作自由花。故國河山遠。秋風鼓角殘。登臨悲壯歲。涕淚向人難。路盡天應近。江空月自寒。不辭隨落葉。分散去漫漫。

（二）南歸過台灣感懷

秦楚河山百二重，而今無地覓堯封。孤臣血淚斜陽冷。上國旌旗碧海空。人事何會哀樂盡。野花依舊寂寥紅。魚龍殘夜誰能嘯。祇此傷心萬古同。

不知何處奏胡笳。落落天涯感物華。蹈海幾曾能辟帝。登樓無處不思家。霜枯野草宣嘶馬。水滿荒塘不見花。莫道九宵猶昏醉。動心端的爲情差。

撼地西風萬木悲。翻江狂雨暮來時。疏燈黯淡望城郭。一棹倉皇怨別離。入夜浮雲猶蔽月。未秋寒葉忍辭枝。艱難蓄得新秋淚。來日逢君未了期。

陳更新詩

陳烈士更新，字鑄三，福建閩侯人，自幼失怙，少聰穎，讀書過目不忘，有大志，意氣縱橫，喜談軍國大事，每讀明末

與詩篇

桂梅

亡國慘史，涕淚交流，憤不欲生，立志革命，與二三摯友，歃血爲盟曰：「我輩所志，君若不爲，我當殺君，我若不爲，君當殺我，宗旨既定，盟誓既立，海枯石爛無改也。」十六歲東渡日本求學，與桃源宋漁父鈍初甚相得，烈士殉難，宋作七律兩首弔之，有「特爲兩間留正氣，定教千古說忠名」之句。陳烈士詩頗有英雄氣概，下面所錄幾首，便可窺見一斑。

（一）偶題

料峭春寒動酒悲。劇憐貧病遇花時。傷心愧比陳同甫。落魄何如杜牧之。末路知交三尺劍。滿腔熱血兩行詩。頭顱拍拍羞無價。三十當前好自爲。

冠蓋當前半沐猴。漫天陰霾動人愁。由來尚氣輕成病。底事懷才總抱憂。入夢有欲思易水。上絃無調不涼州。乾坤正氣消磨盡。昔日將軍有斷頭。

（二）過洪王舊壘

此地原來古戰場。漢家草木尚蒼蒼。至今舊壘依然在。空對河山憶漢王。

剎那大業付飛塵。荊棘藤蘿尚自春。一夜腥風兼瘴雨。中宵頻起不眠人。

事業都如宿霧消。行人到此悵停橈。老天不忍銷奇氣。化作危峯與怒潮。

羅仲霍詩

羅烈士仲霍名堅，字則君，爲七十二烈士中唯一台灣省人，本期封底即其墨寶。天資穎異，因家貧，隻身走安南，任某報主筆，自認識國父後，即從事革命，奔走南洋各埠，鼓吹演說，其遺詩慷慨激昂，足以看出其思想與抱負。

（一）感懷

十年浪走天涯路。閱歷多時憂患深。敢說處囊能見末。幾經投爨孰聞音。爲懷家國頻揮淚。不了恩仇未稱心。讀罷離騷三五遍。劍光燈影兩沉沉。

十年恨不早焚書。閱歷浮名盡子虛。未許豪奴共肝膽。苦無善價賣頭顱。關前戎馬胡塵起。海內風雲大刦初。安得美人具俠骨。香囊寶劍好隨予。

倚欄披髮仰長空。劍影光芒貫白虹。奮走風霜轟逸氣。悲歌涕淚泣奇窮。撫心常抱千秋恨。得志當爲一世雄。冷眼觀人回首笑。側身遙望莽蒼中。

（二）戊申重遊南越

新亭一掬淚汪汪。哭遍天涯事可傷。四海風雲成浩刦。九宵鴻鵠自翱翔。百年氣燄悲胡虜。萬古精忠痛鄂王。多少奸奴甘賣國。憐予對影弔斜陽。

我們現在讀了上面各先烈的遺詩，可以想見他們革命熱情與愛國壯志，無一不是爲國家爭自由，爲民族存正氣。

碧血黃花談趙聲

吳化鵬

主持「三二九」起義大計因故沒有趕到因而悲憤身殉的趙聲

遜清宣統二年庚戌（公元一九一〇），廣州新軍起義失敗，國父匆匆自美國舊金山取道檀香山、日本而抵檳榔嶼，住在檳市四間街，召開秘密會議，籌商捲土重來，再接再厲。當時應召與會的重要革命同志，以趙伯先（聲）、黃克强（興）和胡展堂（漢民）爲最主要者。

所以在議定傾全黨人力、財力，擇五百名同志爲先鋒，再度發難於廣州，一俟廣州得手，立刻由黃興領一軍出湖南趨湖北，趙聲領一軍出江西攻南京的重大決策後，由廣州起義設立的統籌部，即以黃興爲部長，趙聲副之，尤且兼任關係綦鉅的交通課，胡漢民則負統籌部秘書長之責。

因此，辛亥三月二十九日廣州起義，克（强）伯（先）展（堂）自始至終爲最重要的核心人物，其間趙伯先(聲)尤且在檳榔嶼會後旋卽趕赴香港，着手準備，黃興則遲在兩個月後方始赴港主持。當三月二十九日發動之期，由趙聲、胡漢民坐鎮的香港統籌本部，係在三月二十八日夜晚，收到二十九日如期舉事的密電，翌日一早，趙、胡二人迅卽召集在港的先鋒同志三百餘人，從香港搭輪趕赴廣州發動，但是因爲粵中清吏早已聽到風聲，廣州戒備森嚴，如臨大敵，頗有草木皆兵之慨。港穗輪船，早上只開一班，同志們唯恐趙聲與胡漢民涉嫌重大，認得的人又多，又怕一艘船上載了三百多個沒有辮子的桓桓壯士，一定會啓清吏清兵的疑竇，於是決定先由一部份同志搭早班船前往，餘下的改乘晚班船北上，趙聲和胡漢民，遂無可奈何的被迫等到夜晚再走。

但是廣州省城方面的革命同志，業已決定在三月二十九日午後五點半鐘發動，因爲風聲有所洩漏，清吏預有準備，再加上和新軍聯絡未週，臨時發生誤會。同志幾番衝殺，數度鏖戰，終以衆寡懸殊而全盤失敗。等到趙聲、胡漢民冒險自港抵穗，所見所聞，只是四門緊閉，緹騎密佈，七十二烈士俱已壯烈捐軀，於是趙聲、胡漢民唯有痛哭而返，再回香港。趙聲一面痛悼戰死的同志，一面更以自己的未能適時趕到，和諸同志共殲漢賊，憾恨傷慘，悲憤莫名，他每天痛飲大哭，堅不欲生，同志們再三再四的勸他留此有用之身，以俟來日報仇雪恨，然而趙聲一仍置之不理，終於罹染了來勢洶洶的腸疾。

起先他還不肯延醫診治，後來痛到不可遏忍，方由在港同志强他去看醫生，檢查的結果，經診斷爲急性盲腸炎，於是乃由黃興、胡漢民逼他進醫院動手術。然而不幸得很，開刀後竟發現腸已蓄膿，割處毫無痛楚，卻是儘流黑水，既噎且嘔，延至黃花岡七十二烈士殉難的二十一日後，辛亥四月十九日，竟告長瞑不視，遂了他與死難同志同死的大願。

趙聲死時只有三十一歲，他的夫人驚聞噩耗，馬上就要仰藥自殺，相隨乃夫於地下，後經其父竭力阻止，革命同志則千方百計，護送趙聲的靈柩返里。當時，胡漢民之於趙聲賫志以歿，傷悼之餘，民元後曾有一段悼念文字，堪爲趙聲的蓋棺之詳：

「伯先少於余二歲，有大將才，且能以精神提挈革命青年，大江南北軍界同志，尤傾服之。使不死，則南京光復後，決不至任程德全、莊蘊寬爲都督，洪承點、冷遹、孫棨輩，亦當奉命唯謹。余等雖不能前知，而感於革命領袖人物養成之不易，三月二十九日以後又失伯先，其愴悼可知矣。」

辛亥三二九廣州之役，主事人既以黃、趙、胡並稱，民前論革命軍事領袖，黃（興）、趙（聲）也是並駕齊驅，不分軒輊的。趙聲初字韻譜，後改伯先，他是浙江丹徒人，十一歲投筆能文，十三歲入庠，十八歲舉爲拔貢，後來矢志革命，先後念過水師、陸師學堂，又曾東渡日本，考察軍政，就讀於早稻田大學法科。他曾投効北洋軍，想在北洋軍中建立革命基礎，但是袁世凱老奸巨滑，看穿了他胸懷大志，富有革命思想，卻又愛重他的文武全才，亟欲籠絡，使爲己用。

所以老袁給他每月五十大洋的薪水，命趙聲佐理文書，讓他位在自己衙門的一座樓上，樓下設兩名衛兵，日夜逡巡，將趙聲與外間的關係，一概斷絕。但是最後仍被趙聲設計逃了出去，自此東奔西走，從事革命。趙聲因爲是宋代王室之後，自幼便富於民族思想，革命精神，在他未中舉之前，十五六歲左右的一名慘綠少年，即曾以「賦專諸刺王僚」爲題，寫過這麼一首今已失傳的五言絕句：

暮色冷江楓，樸秋劍氣虹，灰魚樽俎上、鐵血洒吳宮。

讀了，令人深覺其咽泣蒼涼、聲聲激楚。他入庠後，又曾改名換姓，便叫做「宋王孫」，由此可見，他的革命意識，反滿壯志，簡直是與生而俱，堅强已極。當年身懷炸彈，行刺清廷所派出洋考察憲政五大臣的革命烈士吳樾，就是因爲在北京城裏和趙聲見過一面，互傾肝膽，訂交而別，因而決意獻身革命，圖博浪之一擊的。所以吳樾在大舉之前，曾經有一封信寫給趙聲，其中有語：「某爲其易，君爲其難」，意思是說他自去做鐵血暗殺謀刺大臣的「易事」，而將高揭義旗，大舉革命的難事付託趙聲。趙聲得信後大爲感動，寫了幾首慷慨激昂，盪氣廻腸的詩報之，其中即有：

一腔熱血千行淚，慷慨淋漓爲我言；
大好頭顱拚一擲，太空追攝國民魂。

趙聲雖遭遜清官吏之忌，但是他才華出衆，精於韜略，各省封疆大吏便不得不有所借重，所以他雖有革命黨的莫大嫌疑，卻仍擔任過陸軍小學教習，江南、廣東新軍標統（等於現之團長，不過清制新軍係以鎮爲最高單位，一鎮只有四個團），他因爲要延攬英雄豪傑之士，使其成爲革命同志，兼以素性豪爽慷慨大方，因而一生揮金如土，把所有的錢都花在結交朋友上，這便是胡漢民稱頌他的：「能以精神提挈革命青年」。

趙聲兩任標統，俸給甚厚，尤其是在廣東任標統時，兩廣總督周玉山（馥）爲欲籠絡羈縻，對他特別優待，每月給他厚俸紋銀九百餘兩，那幾乎便是當時的中人之產了，然而趙聲卻到手即盡，經常鬧窮，在廣州的那般達官顯宦之中，人人衣羅錦緞，前呼後擁，唯獨他長年一襲破布大褂，夏日衣白，冬天色藍，天大冷時，便加一件粗布棉襖，寢室裏，則是一張木板床，一床破棉胎，如斯而已。

平時只要趙聲手頭有錢，全標（團）上下，任何人發生任何困難，他都不待官兵開口，悉索敝賦，立時接濟。舉一件小事以爲例，當年新軍士兵，每逢生病，部隊上的伙食無法下口，並且還需要特別營養。士兵力不及此，趙聲便一力肩承，病兵的特別伙食，一概由他購辦支應。

再則，士兵們如遇親喪大故，或者請假還鄉，趙聲必定有所贍饍，五十一百，信手開銷而無吝嗇。每逢星期假日，趙聲僥倖還剩有兩文，他便遍邀標中的哨官（排長）、隊官（連長）、管帶（營長），同上酒樓，大吃大喝，或則各抒抱負，或則臧否人物，吃喝得痛快淋漓，往往不醉不休。

袍澤急需，士兵告貸，有時候趙聲一時應付不來，他自有他別出心裁的辦法，那便是和營盤附近一爿當舖，事先洽定，每逢標中的官兵，抱了標統大人趙聲的那床破棉胎，其中夾一張「趙聲」的名片，送到當舖裏，不問緣故，老闆立刻畀予大洋五元，而在三天之內，趙標統必定備就贖款，將他的破棉胎取贖回去。

袍服、頂帶和官靴，趙標統一向付之闕如，遇有參加大典，或者晉謁上官，趙標統不得不全副袍服頂帶；他無可奈何，唯有派一名戈什哈（勤務雜兵），備價到四牌樓的衣服店裏去租來穿着。有一次，新上任的廣東藩司胡湘林，耳聞趙聲的大名，特地召見，很想當面試一試他的才學，時値盛夏溽暑，趙聲便命人去租了全套的單紗袍、帽、靴、頂，穿着齊全，苦於尺碼短小，捉襟見肘，穿在身上裸臂畢露，但是更換爲時不及，他便唯有把袍服綁在身上前往藩臺衙門晉謁。當胡湘林興沖沖的出來延見，看到趙聲，不禁便是一愣，他問：

「你就是新軍標統趙聲嗎？」

趙聲打了個千，敬謹答：「是」。

然而，胡湘林卻神色不大自然的再說：

「你且坐坐，待我辦完了公事，再來長談。」

說罷，他便抽身自回簽押房，趙聲在花廳上坐了許久，始終不見藩臺大人出來，無奈，他只好不辭而行。回到下處，越想越不明白這究竟是怎麼一回事？翌日，他部下的一名隊官，和胡湘林的心腹隨從有舊，特地爲他跑去探問緣故，怎料，那名隨從笑了笑說：

「咱們大人倒不是嫌你們標統大人衣冠不整，而是他老人家一見趙標統又光胳臂又露腿的，覺得他那副形狀，透着點凶悍，他老人家看着心裏駭怕了，因此再也不敢出來相見。」

先是，趙聲曾一度在江南賦閒，他的朋友陳子若，從海外來鴻，以「趙子龍一身是膽」相期許，趙聲獲信，心有所感，於是賦詩一首，原文如下：

決戰由來堪習膽，殺人未必便開懷；

寶刀持向燈前看，無限淒涼感慨來！

憂國憂時，愛恤民命，趙聲不僅是革命元勛，一代豪傑，自另一角度以觀，他還是一位大詩人，大政治家呢。可惜英年早逝，令人常興浩嘆。

吳芝瑛與潘達微俠義千秋

林斌

在中國的革命史實中，民國紀元前七年（光緒二十九年）上海「蘇報」之役，是革命黨人用「宣傳戰」，掀起國人的排滿思潮；「安慶」之役，是革命黨人用「心理戰」，激怒起國人的仇滿情緒；廣州三·二九之役，是革命黨人用「武力戰」，奠定了國人「驅除滿虜」的基礎。這三役在當時，均成爲舉國轟動之全民震驚的重大案件：

一是江南劉三（季平）的義葬鄒容；二是桐城吳芝瑛的義葬秋瑾；三是廣州潘達微的義葬七十二烈士。關於劉三其人其事，筆者前在「記革命烈士江南劉三」一文中，曾詳述其原委，茲分述芝瑛與達微二人義葬秋瑾與七十二烈士經過，足見其是「鐵肩擔道義」的俠義之士。

芝瑛爲桐城吳寶三之女，古文家吳摯甫（汝綸）的猶女，無錫廉惠卿（名泉，號南湖，清末以舉人入都應會試，時適中日馬關和約成立，各省舉子千餘人，請拒簽和約，南湖與焉，即所謂公車上書者是也。既以禮闈報罷，遂入貲爲戶部郎中，以文采風流，扢揚公卿間，詩文書法，皆有可觀。）的夫人。解詩書、通文墨，以林下豐姿，稱藝壇才媛，自署小萬柳堂主人。南湖在京，因與同官秋瑾的夫婿湘潭王廷鈞相友善，兩家眷屬，往還頻繁，芝瑛與秋瑾交好，情同骨肉，遂亦訂金蘭之契。

秋瑾既從事革命，在東京參加同盟會，光緒三十三年歸國，常奔走於江、浙間，並在紹興舉辦體育會及女學，以爲籌謀革命的掩護機構，在精神與物質的支持上，芝瑛實爲其最得力的一員。迨秋瑾因徐錫麟「安慶」起義失敗，牽連被捕，於丁未（光緒三十三年）六月，就義於紹興的古軒亭口，芝瑛聞耗一痛幾絕。

先是，石門徐寄塵女士，與秋瑾於丙午共事潯溪女學，雖相愛憐，曾互訂埋骨西泠之約。

自秋瑾就義，寄塵不忘死友，謹踐宿諾。事聞於芝瑛，極其贊成，果冒風險，歷艱難，移櫬錢塘，歸葬於西湖西泠橋畔。芝瑛並於西湖別墅建悲秋閣，以紀念秋瑾。復爲「西泠弔秋」七絕四首，深情沈哀，詩誦一時。詩中所謂寶刀歌，蓋秋瑾遺作也。原詩云：

「大罇放飲爾如何？四面江亭老淚多；今日西泠拚一慟，不堪重唱寶刀歌！」

「忍麻憶衣活別時，天涯游子淚如絲；獨看落日下孤塚，別有傷心人不知。」

「獨薦寒泉證舊盟，可堪生死論交情；罪名莫更王涯問，黨禍中朝尚未平。」

「不幸傳奇演碧血，居然埋骨有青山；南湖新築悲秋閣，風雨英靈儻一還。」

這時，清廷逮捕黨人正熾，紹興知府

貴福等，方以破獲黨案自鳴得意，芝瑛以一弱女子，獨無所怖畏，既將秋瑾遺骸妥爲窀穸，並親題墓碑曰：「嗚呼！鑑湖女俠之墓」；又敷敍秋瑾羅織致死經過，爲之作傳，刋佈於滬報，大爲清吏所側目。繼貴福雖夤緣獲調寧國知府，但以秋案影響，寧國紳民不願有此惡官，歷舉其紹興的種種劣蹟，峻拒到任。貴福爲淸議所斥，無地自容，對芝瑛銜恨日甚，傾陷益急，不久，果有滿御史常徽奏請平墓毀碑之事，疏上，清廷命端方（匋齋）徹查。端方素重惠卿，復由美友女敎士麥美德（時任北京協和女書院院長），奔走其間，事始少已。端索芝瑛手寫楞嚴經原本，惠卿懼禍，與之。辛亥義師起，端死於四川，原迹輾轉復歸廉氏。

廉氏梁孟於抗戰前相繼歿，子媳黃逸塵女士亦前逝。其公子劭成偕繼室黃毓芬，携其母夫人寫經原本，間關走重慶。不幸劭成又以積勞，逝於陪都。迄抗戰勝利，毓芬女士始將眞迹攜歸，將於無錫築藏貯存，並請畫師倪仁根繪圖以誌。吳稚老（敬恆）生前於惠卿諸人之歿，惄焉以傷。民國三十三年三月，「上下古今談」重印時，稚老於自撰後序中，猶數提惠卿，不以生死易也。而尤以芝瑛所書經文，爲國瓌寶，護之以歸，並作「重慶歸經圖」記其事，篤舊之情可見。

至潘達微的義葬七十二烈士，其情形之複雜，處理之艱困以及其表現的誠摯而悱惻，則較之劉三之於鄒容，吳芝瑛之於秋瑾，尤有逈乎不侔者。

當廣州三月二十九日起義後，達微偵知這一役殉難烈士的遺骸，已由廣仁、方便各善堂漸次移置於大東路諮議局前的曠地，準備收殮，他卽潛往探看，但見尸骸枕藉，血肉模糊，或折臂斷頭，或剖肝屠腦，慘不忍睹！他感念諸烈士的壯烈成仁，不禁痛哭失聲，遂不顧一切，毅然決然以殮葬忠骸，妥慰英靈爲己任。

達微所遭遇的第一個問題，是如何解決葬地。因爲各善堂擬遵清吏之命，將諸烈士遺骸，投諸於東門外的「臭岡」（刑人叢葬之所），達微廉得其情，深以烈士殉難與一般犯人死刑，絕然有別，以之同葬一處，於情於理，均爲不合，於是，乃親往各善堂，力陳大義，請爲另營葬地，並表示由其自願擇地安葬之意。各善堂恐事洩株連，經往復懇商，不得，達微又乞求巨室出面爲之說項擔保，既已邀允改葬他地，而輾轉求地，又不得。達微無以爲計，甚至撫膺痛哭，憂戚終日。

時有廣仁堂善董徐樹棠其人，深受達微之忠義精神感動，乃獻出東門外沙河馬路之「紅花岡」，以爲諸烈士葬地，並慨任棺殮營葬之費。達微至此，始轉悲爲喜，然其所遭遇的委曲周折，實非筆墨所能形容於萬一。

葬地既定，達微所遭遇的第二個問題，便是如何妥爲殮葬。本來殮葬費已有善董徐樹棠慨允負責，論理應可順利解決，絕無問題的，但當達微至諮議局前督辦收殮時，瞥見善堂所備棺木，均係薄板製成，勢難耐久，不禁又悲從中來，乃籲天長歎道：「男兒死國事，今桐棺三寸乃不可得，死者已矣，生者何心！」因復泣下。時有方便醫院善董某，見狀惘然，乃爲代備比較堅實的棺木，一一易之，於是，諸烈士遺骸，始得依次成殮，旋命仵工舁諸葬所，達微並自備酬金請仵工深掘壙穴，妥爲埋葬，俾免暴露。至此，七十二烈士英靈始得安息，自殮至葬，鎭日辛勞，達微迄未稍離跬步。

當殮葬日，天愁地慘，風嘯雨淒，路上行人，除仵工外，其爲七十二烈士徒步執紼者，僅達微一人而已！

殮葬既畢，達微原以此事爲「分所應爾」與「義所當爲」之事，不欲聲張。詎料保皇黨之「國是報」獲悉其事，首先揭露，詞連達微，達微迫不得已，乃詳舉此事始末，刋諸「平民報」（時達微任該報記者）並標題爲：「諮議局前新鬼錄，黃花岡上黨人碑」。

標題中之「黃花岡」，原來就是諸烈士埋骨之所，他之所以改「紅花」爲「黃花」者，實以「黃花」二字，詞較雄深之故，因之，當時各報遂亦競相沿用，以迄於今。從此，七十二烈士的壯烈精神與達微的忠義俠行，遂並「黃花岡」之名，而永垂不朽了。

由上所述吳、潘義葬各事經過，可見他們當時處境的陰惡，任事的艱難，以及其遭遇的委曲週折，眞是難以想像，而他們以心之所向，竟無反顧，亦若非克服其困難，達成其任務，似於責未盡，於心難安者，這究竟是「誰爲爲之，孰令致之」？析其因素，約有下列數端：

正確的政治認識

「驅除韃虜，恢復中華」，原是當時革命黨人所共同具有之政治任務，同時，也是他們所應共同完成之政治責任。國父以此大力倡導，黨人以此大力奉行；秋瑾女俠之死，以此；七十二烈士之死，亦以此；以至若干次無數革命先烈的擲頭顱、洒熱血，前仆後繼，視死如歸，亦無不以此，芝瑛、達微諸人，既同爲革命黨人，此心此志，豈能例外？當秋瑾等諸先烈分別殉難之時，他們因未躬與其役，致幸而不死，其幸而不死，不是貪生，也不是怕死，而是生有必要，死無可能。就革命黨人來說；生死雖無所縈懷，但畢竟「生死事大」，自應生其所當生，死其所當死，也就是或生或死，唯「義」所在。正唯如此，所以他們之生，是爲死者而生，他們之死，是爲生者而死。換一句話說，也就是不有生者不足以圖將來，不有死者不足以資警惕。

覩於秋瑾暨七十二烈士之死，以及芝瑛和達微二人爲了秋瑾等諸先烈之死而至不避勞怨艱險以經營其葬事，這不僅說明了革命黨人之所以生和所以死，顯然具有其最大意義與價值在；而且更足以證見革命黨人爲了實現其政治任務，完成其政治責任，在理念之間，艱危之會，出處之分，生死之際，其認識是何等正確！其操守是何等堅卓！其表現是何等偉大！其成仁是何等慷慨從容！尤其芝瑛與達微，他們當時以力量脆弱之身，處情勢險惡之地，而他們竟獨往獨來，盡心盡力，其於營葬諸先烈遺骸時，既敢作敢爲，無所惑懼，而於營葬後，又不矜不伐，無所希求，這不僅他們對同志「誠感金石，義薄雲天」一種剛正行爲的高度發揮，也正是他們由於政治認識的正確，進而爲實現其政治任務，完成其政治責任一種偉大精神的另一表現。

豪壯的任俠精神

歷來的任俠遊俠，多出於墨子，梁啓超以俠爲別墨，正自有見，墨子曾說俠有三個條件：第一是大仁，第二是大義，第三是大勇。這種仁、義、勇兼備的任俠精神，也就是國父所倡導的革命精神，革命先烈之轟轟烈烈的犧牲，亦正出於任俠，亦正是這種任俠精神的偉大表現。芝瑛和達微的分別義葬秋瑾和七十二烈士，其人其事，便是這種任俠精神的典型例子。他們所以有這種豪壯的任俠精神，實由於他們具有偉大的同情心，所以他們不僅對同志如此，對朋友如此，而且對一切人也是如此。

我們以達微爲例：他畢生致力於社會慈善事業，他曾做過廣州公益局長和孤兒院長；他爲徹底了解社會人情世味和病態生活，曾喬裝乞丐，露宿風餐，步行三百餘里，試嘗沿門托鉢生活；他在袁氏爪牙龍濟光踞粵大捕黨人之際，亡命至滬而輾轉避禍香江，他隱姓埋名，守貧食力，做過上海龍華附近徐家園的園丁，也做過南洋煙草公司的美術設計師，先後感召了他的主人，而爲其所辦的廣州孤兒院，籌助經費。他雖在流亡生活中，迄未忘記他的社會救濟工作，這固然是他畢生興趣的所在，也正是他富有同情心的任俠精神之高度表現。

我們又以芝瑛爲例：她爲了庚子賠款，曾倡募女子國民捐，既已募集鉅金，又盡獻其所書小萬柳堂字帖，脫售充數，她爲了皖淮告災，更集中全力辦理賑濟工作，全活災民，難以數計；她爲了女革命黨人傅郁文，因値國民黨二次革命失敗，爲文抨擊當道，致爲天津警廳所誘捕，危在旦夕，她旣輾轉設法爲之開脫，且又延至其家督課兒女；她爲國、爲民、爲人這一連串的事實，及由這一連串事實所表現的行事之勇與氣魄之雄，眞是卓絕巾幗，愧煞鬚眉。

在世道衰微的今日，人與人之間，其同情心的缺乏，是非觀念的混亂，急公好義精神的低落，赴難扶危風尙的淩替，以至幸災樂禍的忘恩負義的心理之卑劣，幾成普遍現象。他們二人這種「爲而不有，功而不伐」的任俠精神，實在是值得我們效法！

堅定的意志生活

一般所謂生活，雖然包括了感覺的生活和意志的生活，但過着堅定的意志生活的人，他們是以意志的生活，代替了感覺的生活，且將感覺的生活，融化於意志生活之中。他們由於內有所守而無所求，故能心無所蔽而行無所虧，因此，他們所行所爲，便是「行所當行」而「爲所當爲」，且進而形成爲人生行爲的良好準則。誠如先儒顧涇陽所說：「富貴一關也，貧賤一關也，造次一關也，顚沛一關也，到此，眞令人肺腑具呈，手足盡露，有非聲音笑貌所能勉强支吾者！」

而遇着堅定意志生活之人，則正是站在富貴、貧賤、造次、顚沛這重重緊要關口，而能縱身越過這些關口且是了無牽挂的「大丈夫」。唯其如此，所以他們能益顯其性行高潔之爲不可幾及。芝瑛和達微，便正是具有這種堅定的意志生活之人。以達微而論：他是國民黨人，更兼有收骨一舉，黨人對其更加敬仰；當光復之後，知交同志又多各據要津，要是他稍有心於名利，並非難事；而他竟安於貧賤，不忮不求，以淸苦生涯了其餘年。

至於芝瑛來說：她的夫婿廉南湖旣因其義葬秋瑾一案的牽連，摔掉了原已官拜（淸廷）「戶部郎中」的一頂烏紗，後來夫婦食貧處困，竟至典當度日潦倒終身，而仍兩無怨懟。像他們這種不因富貴、貧賤、造次、顚沛之故而稍改變其操持的精神，這不是過着堅定的意志生活的人，能夠想得通，做得到嗎？

高潔的藝術素養

說來眞是奇怪！芝瑛、達微都是藝術家，他們於書、詩、畫，造詣極深。自來藝術家是這麼一種典型的人，他們的胸懷高潔而不懷卑劣的心意，他們不受社會的桎梏，不受權勢的脅誘，不汲汲於名利，不戚戚於貧賤，而寄其精神於藝術和其他的自然現象之中。如：宋代的畫家李成宣和畫譜推其山水爲古今第一，而他則終身生活於古木寒林之中，未嘗奔走於權貴之門；元代畫家倪雲林以聚財爲累，竟散而之四方；梅花道人吳鎭的抗節孤潔，恥於獵取世間虛名。這正是一些顯著的先例，文徵明曾言：「人品不高者，畫品便見卑下」，唐伯虎也有兩句詩：「閒來畫幅靑山賣，不使人間造孽錢」，最足以說出此中道理。芝瑛和達微其性行之所以如此高潔，便是承受了中國藝術家這些傳統精神。芝瑛書法精絕，盡人皆知，固不用說了；而達微於攝影繪畫，尤所擅長。他置名「冷道人」的攝影作品，曾因參加世界攝影展覽而屢獲褒獎；他的繪畫，筆法超塵拔俗，得之者均珍同拱璧。其與易大庵合作之「紅樹靑山圖」，堪稱代表作，且又別開生面，不以其畫爲賞心娛目之資，而以其畫爲牖世覺民之具。他曾先後創辦「天荒」、「微笑」兩畫報，以血淚濡毫，寫黔黎百態，其畫圖文並茂，淪發滋多。他在臨終前曾繪「病梅」一幅，並自題四絕，其一云：

「玉笛無聲五月過，一花一葉奈愁何？淒涼欲證身前月，證到前身又怎麼？」卽其畫其詩，尤足以見其品格超脫與生死澈悟的一般了。

軍統局內幕（下）

鄭修元

四條巷門禁森嚴，對外幾乎完全隔絕，在裏面辦公人員不掛任何標幟，每人有一張貼有照片的化名拍司。公畢散值或公差事假外出，須將此一拍司交給門衛保存，返回機關，再向門衛取存身畔，那時尚無人發明用打卡鐘，但絕對沒有人遲到早退。偶遇事故必須在辦公時間外出，要向層呈請假，由書記室書記批准後，方准離去，外埠到京之外勤工作同志，有事須至處內接洽，亦多半先到鷄鵝巷公館，先以電話與處內主管部門聯絡，或由該部門派經管同志，前來鷄鵝巷晤洽，倘有絕對必要，亦可引導該外勤同志，前往處內向各有關部門同人接談，或向書記長謁報工作近況及有所請示，處內每逢星期一舉行總理紀念週，戴先生在京時，多親往出席主持，否則由書記長領導行禮講話。

上文曾提到過處內工作人員，每週有半天休假，這一休假辦法，並非全體人員同在一個下午，同時休假。而是每一同志自己在一週中選定某一天的下午，遂行休假，並以科、室、股、隊爲單位，各同志認定休假日之後，彙報該部門負責同志閱核，然後統籌編配，應以不影響工作爲原則。

四條巷處本部的內勤工作，最重要而較有時間性的是情報科與譯電股兩個部門，外勤單位用電報報來的情報，多屬較有時間性者，必須隨到隨譯，譯出卽送情報科處理，不能稍事怠慢。卽在晚間十點全體下班之後，這兩部門的辦公室內，還須有一位同志値夜，其重要與緊張，可以想見。此外有一項最具效果而又看不見是什麼人在擔任的工作，那便是一項任何機關都沒有的秘密督察制度，督察室依照此一制度，在絕對秘密的方式下，于每一部門內，選定一位同人，從事秘密督察任務。注意該一部門內工作人員之生活言行，並默察工作勤惰。有所聞見，據實舉報，由督察室每週彙列一册，不經過書記室而逕行密呈戴先生。用作主持總理紀念週時向出席同志，提出獎勉訓戒之資料，此外在舉行局務會報之時，各部門負責同志，間亦提出所屬同人之優劣勤惰，或有特別出色人才，也會當衆揄揚，因而引起戴先生之注意重視，甚至會不次拔擢，卽予升遷。戴先生還有一項直接考察同志的機會，那便是有時在公事上，接觸某一工作同志，或對所簽擬的公文中，看出他的見解和能力。

有了上述的三種考察方式，所以戴先生雖然本人不在四條巷處部內經常坐鎭督導，他也可以對全盤工作、及全體內勤工作情況，瞭如指掌，洞燭無遺。而工作同志，幾乎全體都是兢兢業業，埋頭工作。因此才使這一機構，工作有板有眼，業務蒸蒸日上，益以戴先生知人之明，用人之長，待人以誠，愛人以德，更是領導此一艱鉅任務，而能促使全體同志忠懇効命的最大因素。

戴先生不僅智慧特高，精力過人，尤其是以身作則，領導有方。其能由單槍匹馬之艱苦奮鬪，進至特務處成立時日，方有十位幹部同志相助，迨抗戰勝利前後，發展到連同忠義救國軍交通警察部隊，最高人數達到官兵同志約計十五萬五千人之多，信非偶然。

第三條巷子，是曹都巷。位居新街口中央商場附近之豐富路。民廿年及廿一年間，在豐富路上有幢深宅大院叫洪公祠，由王固磐先生擔任名義上之主任，由戴先生以總務科長名義負責實際責任。辦了兩期最高級及最早的特警訓練班，受訓的人員，大多數係黃埔軍校前期同學。（嗣後由戴先生選派至委員長官邸擔任衞護　領袖安全責任的同志，大都曾在此一訓練班，受過嚴格訓練。）就在洪公祠的正對面，有一棟面積較洪公祠更大的平房空屋，它的門牌憶似爲曹都巷七號，戴先生將它租到以後，就原有房舍形式，稍事修葺，于民廿五年夏間，將四條巷（由於年來工作進展，內勤人員日潮增加，原處本部已不敷應用。）之處本部，遷入曹都巷七號辦公。由筆者所主持之鷄鵝巷甲室，爲了與處部聯繫近便，也奉命遷入曹都巷後進右側一間大約十坪的房間內，辦公寢息，均在其內。室前爲一院子，面積約廿餘坪，我們遷入之後，在院子內，發現一塊石碑，竟係清末名臣彭玉麟所繪之梅花，撫物念人，不禁大發思古之幽情。院之左方，爲一洞門，門內爲戴先生辦公室，附有偶作午睡之寢室與浴池。在甲室左側，亦卽雨公辦公室之牆後，有一側門，進去左首，便是處部最高幕僚機構——書記室。戴先生辦公室，處本部書記室，甲室，三者構成一個三角形，近在咫尺。公務洽詢，文件傳遞，都非常便利。由書記室向左延伸，係人事股，會計股等部門。隔着一個橫方天井，前排幾間辦公房舍，爲情報科及譯電股等，再前面便是一間可容三、四百人集會的大禮堂，總理紀念週及戴先生臨時召集全體內勤同志訓話，便在此處行之。由于工作之逐年進展，此際處本部內勤同志，約計三百餘人左右，除開家在附近的可以返家進膳外。大飯廳每次開飯，約在二十桌左右（汽車駕駛同志及勤務兵，早半點鐘另行先開。）每個人每月伙食費，祇扣六元。小菜非常好，六菜一湯，每頓都是鷄鴨魚肉，五葷一素，我們吃鷄肉吃厭了。老罵厨房司務，爲什麼天天給我們吃鷄，不多弄點青菜給我們吃呢？不久抗戰軍興，局本部輾轉遷入重慶，對日作戰，備歷艱辛。全國上下，都在過着蔬食布衣的艱苦生活。回想起從前責罵厨房天天讓我們吃鷄和大魚大肉，眞是好像遭到報應似的。

憶錄有關曹都巷工作與生活的往事，應分作兩次第描述。前段時間，係自廿五年春間起，至抗戰方酣南京被迫撤守爲止，（其時爲民廿六年十二月七日）。後段係抗戰勝利，復員還都，因曹都巷舊址翻造三層水泥大樓，由戴先生親自決定並指示設計藍圖，交由陸根記營造廠承建。他生前每逢因公蒞京，必親去察勘修建進度，可惜新厦落成前，戴先生已不幸罹難。前人栽樹，後人乘涼，人事無常，誠堪慨嘆。在未竣工以前，曾假城北玄武湖附近之馬台街，辦公數月。遷入修建完工之曹都巷局本部，時間似在民卅六年春初。

在前段時日內，住宿局內並在局內搭伙的同人，除上文述及伙食方面價廉菜美以外，另有兩事迄記憶猶新。一件是在進入大門的右邊，有一個佔地較廣的網球場，公餘之暇，與同人們單打雙打，運動筋骨，裨益健康。這一場地，除打網球之外，有時亦可作打籃球之用。在我的網球夥伴之中，有一位是情報科長李人士，別號海懷，文校是出身北平某大學，武校是軍校六期，局本部有名的湖南三李，海懷其一也，另兩位一爲李崇詩老大哥，一爲李肖白兄，同隸湖南（崇詩兄平江，肖白湘陰，海懷醴陵。）又均係黃埔六期同學。後者兩人，于民國廿五年由崇詩兄之推荐，爲戴先生所重用，且承命由筆者監督。所惜，海懷在大陸變色時陷居湘省，下落不明。肖白兄困居香江，已于十年前物故，現祇崇詩兄，安居寶島兒女十人均極優秀有爲。另一件事是，在局內設有一間理髮室。理髮師傅，並非向外招雇，係由本局設在杭州的丙訓班專受理髮訓練的女同志，來局擔任。這一設備，有三種好處。第一可使工作同志，減少與外間接觸。第二可予工作同志以時間上的節省和方便。第三是藉此使受過訓練之女同志，得一實習機會，一旦派出外勤，以理髮師身份用作掩護時，可以駕輕就熟，不易爲人識破。

民廿五年秋暮，我由廣州病癒返京銷假，蒙雨公將我升任書記調至局本部書記室工作，並從西安委員長行營第三科調毛人鳳先生來京接替我主持甲室。職務調動之後，工作較爲輕鬆，雖然仍是每天上班十個小時，但不必在午夜後還忙趕工作，更無須通宵不寐。遇到戴先生因公前往外埠，便由毛先生隨侍前往，我祇在書記室按時上班下班而已。從調乙室到翌年抗戰軍興。這十閱月的一段時間，是我追隨雨公十三年來最愜意的歲月。由助理書記升任書記，月薪已加到一百五十元。每月寄家的菽水之資，至多六七十元。除去生活必需的吃飯、添製衣物、洗衣零用以外，還能多個四五十元，我向無煙酒嗜好，更不賭博，每逢休假，身邊帶上一兩塊大洋，去城南夫子廟一帶，看看電影，吃吃小舘子。有時逛逛書攤。回到局裏，常是連兩塊錢都沒有用光。那時最喜愛而常去的，有兩處地方，而且都在夫子廟附近。一處是羣樂茶社聽清唱。下午開場時間，約在兩點左右，五點散場，由一二十位年輕貌美的少女，輪流上場清唱平劇。其時最享盛名的有王熙春、曹俊佩、華慧麟、王玉蓉、陳金鳳諸人。其中熙春、慧麟、玉蓉三姝，後此並曾下海鬻藝，聲名甚噪。聽唱一次茶資，不過小洋兩角。（每塊大洋可換十二角多點。）散場再給幾枚銅版小費。花這點錢，消磨上三個鐘頭，既可飽餐秀色，又可欣賞悅耳音曲，足極視聽之娛，不亦樂乎？另一處常去的地方，是雪園茶樓，清茶一壺，素燙干絲一碗，閒情逸緻，興味盎然。

此外在精神生活方面，又有結識伊始秀麗多情之女友陳綺蘭小姐，魚鴈時通，情深款款。

無奈好景不常，蘆溝變起，時值非常，吾人職司情報，工作頓形緊張。書記室、情報科、譯電股，更是無分晝夜，忙碌異常，那時書記長爲梁幹喬先生，書記官有楊繼榮先生、鄭兆一先生，（兩位均隸湘籍同屬軍校四期畢業。現均在台，楊兄且係國民大會代表。）及曾大成、楊國規、饒文聘諸兄等。每每工作至午夜以後，梁、楊兩先生均酒量甚宏。我們嘗醵資沽酒，命勤工赴局外小肆，購來滷菜花生米數色，以辣椒青菜拌炒下酒。談天說地，論古道今，常常三四人，輒罄啤酒一打，有時談興過濃，滔滔不絕，幾不知東方之既白。

當時內勤重要幹部，記憶所及現尚健存台灣者，有書記徐壽眉兄、人事股長胡子萍兄、副股長周壽之兄，會計股大將林堯民、葉雨辰兩兄、情報部門的要員郭履冊兄、警察室的石仁寵兄、譯電股副股長李良駕兄等。

迨廿六年十一月間，敵寇侵擾杭滬得利。首都便進入保衛狀態，局本部內勤人員，百分之九十以上，分批西撤，筆者奉命主持局本部留守事宜，因其時委員長猶在南京駐節，指揮抗戰軍事，戴先生于十一月中旬親率留守人員以外之最後一批工作同志，撤遷贛省南昌。瀕行在局內向我指示機宜，我們留守人員的最重要任務，是根據留京無線電台收到各地有關敵軍的情報，隨時就近呈報　領袖，必須俟　領袖啓節離京，方可率領留守人員車輛器材，渡浦江循京漢公路撤至漢臯，向局本部歸隊。

廿六年十二月六日，日軍已攻抵京門附近之秣陵關等處，委員長始於七日淩晨啓節飛贛，筆者于六日午夜接過委座官邸警衛組長羅毅（湘籍軍校六期出身，亦係國大代表，數年前在台病故。）同志電話通知之後，立即督率留守的人，摒擋行裝，于七日拂曉，黯然離去曹都巷局本部，渡江西撤。從此一別，直待抗戰勝利，卅五年秋間復員還都，翌年春間始由臨時辦公地點——馬台街，重行遷入曹都巷新厦局本部。重臨舊地，華屋渠渠，祇是領導我們、爲國家艱苦奮鬬之戴先生，卻已魂歸天國，瞻仰無從，每每觸景傷情，眞不知涕淚之何從也。

曹都巷之後段時代，起自卅六年春初，就時間而言，距離民廿六年十二月七日之最後撤遷，已歷九年之久。九年來，時移事異，變動太大。其間最使全體同志悲痛傷感的，便是戴先生于民卅五年三月十七日之墮機殉難。其次則為組織名稱與隸屬之更易。抗戰勝利之後，軍事委員會改組為國防部。本局亦由調查統計局，改組為保密局，筆者于復員還都之初，係任局本部秘書兼第二組（主管行動、策反、及對共軍鬪爭。）組長。機構改組為保密局時，奉派為第三處少將處長，三處主管組織、人事、訓練、佈置、銓敍、考核等項業務，工作繁重，全處人員，最多的時期，高達一百九十八人。單憑管理及註冊卡部門，便達三十餘人。

副處長袁寄濱兄，（來台後于民四十二年春間，筆者奉調總統府工作時，接替我任三處處長。）擔任科長級要職之徐風、李正漢、李葆初、謝奇、張惠如諸兄，現均在台，且均曾任情報治安機關要職，精明幹練，當年勵勤甚多。三處辦公室，位居大樓右首之三樓。筆者獨居一小間，設有自動桌機電話一具，號碼為二四八八六號，其時有一部份家人暫住上海法租界呂班路巴黎公寓，也有一具自動電話，號碼為八七一一四號，與我在京辦公室電話號碼數目加起來，竟湊成為十一萬二千號之整數。辦公室的電話，係由總務處經手報裝，而滬寓房屋，係在此以前臨時頂租者，如此巧合，差堪欣幸。就在民卅六年這一年中，在筆者個人方面，卻也有幾樁可喜之事：一為蒙中央提名當選江西德安縣國民大會代表；一為在京滬兩地友好慨捐資金，于故鄉縣城創設中正國校一所，而五兒六女亦係是年次第誕生。（現均就讀美國）然此悉皆有賴於雨公之餘蔭所及，否則曷克臻此？

迨卅七年春，第一屆國民大會第一次會議舉行之後，共黨倡亂，時局日漸迍邅，而局內工作，為適應戡亂軍事之需要，內外勤均甚忙碌艱苦，甚少暇豫，卅七年冬間，局本部內勤各部門開始向上海福州台灣等地，疏散辦公，于茲新建完成使用不過兩年有餘之曹都巷工作大厦，便已人去樓空，臨別之頃，心情沉重，實不勝今昔之感。

在曹都巷新厦工作之兩年中，常因公私事務，前往滬上，有一事態，足可說明當時局勢之盛衰。勝利後還都不久，筆者每至滬濱，本局同人任職于各軍政警機關者，為數甚衆，杯酒言歡，日必數起。有一

黃花崗之役唯一台省籍

羅烈士仲霍，名堅，台灣省人。太平天國之役，有羅添起義新安九龍，率衆萬餘人與洪秀全會合，轉戰克捷，以功封都督，仲霍就是他的堂侄孫。週歲喪父，家貧無以為生，惟天資聰穎，學業日進，事母以孝聞。稍長，乃孑身走南洋安南各埠，於丙午年（民前六年）在檳榔嶼師範學堂以最優等畢業。旋籌辦吉隆埠尊孔學堂，荷屬火水山中華學堂，擔任校長，及報館主筆，卽於此時獲晤國父，得聞革命大義，加入同盟會。於是遍遊南洋各島，鼓吹革命，僑胞受其感化者極衆。辛亥年正月，由南洋返香港，與黃興、趙聲等策劃廣州起義工作。三月二十九日之役，隨黃興及諸革命黨人往攻淸總督衙門，奮戰不退，左足受傷，為淸兵所執。臨刑，烈士對淸吏演說革命宗旨，慷慨激昂，遂遇害，時年三十歲。

烈士長於詩文，所作詩尤沉鬱有奇氣。現存遺著有「感懷」，「丙午在檳榔嶼平章館樓上晚眺有感」，「戊申重遊南越」，「辛亥春返國留別諸同志」，「夜雨有懷」及「仲春十五夜感舊」諸作。「感懷」詩共為七律四首，詩云：「十年浪跡天涯路，閱歷多時憂患深。敢說處囊能見末，幾經投爨孰聞音！為懷家國頻揮淚，不了恩情未稱心。讀罷離

晚，連跑四處餐館而終于未獲一飽。迨卅七年之歲首，偶過申江，雖亦常有朋友召去寓所餐敍者，但遠不及年前之邀約頻繁，洎屆卅八年之歲尾年頭，徐蚌會戰，形勢危殆，一時人心惶惶，不可終日，尤以金圓券之貶值過速，滬上情形紊亂萬狀，此際到滬，想找人作小酌，竟至無人應命，蓋大都爲國家前途憂心忡忡，豈尚顧及私人之飲食徵逐耶，當時很多人想到，假若戴先生尚健在人間，則戡亂情勢，不會潰敗至此，政府遷台，社會人事亦每每言念及此，筆者亦不免同具斯感，至其癥結所在，容於後文詳舉淺見，提請讀者指正。

西安事變時的慷慨赴難

民廿五年冬間，共軍自在贛南潰圍，西竄陝北延安，日暮途窮，乃根據共產國際之決議，改倡「抗日民族統一戰線」。利用舉國抗日之情緒，轉移國人目標，冀獲苟延坐大之機。當時政府在陝負責剿共之將領，爲副總司令張學良與陝西綏靖主任楊虎城，竟昧於順逆，爲共黨所煽倡之「聯合抗日」宣傳所迷惑。在西安收容「人民陣線」份子，招納反動政客，放任「救國聯合會」等外圍份子，對學生及軍隊大事煽惑。戴先生均獲有詳確情報，轉報委員長，蔣公偉大精誠，素以誠信視待部屬。且以國家統一已具規模，東北軍因處境特殊，痛心國難。偶因激於悲憤，容不免有越軌言論，如予剴切浩諭，必能統一軍心，更以身爲統帥，（時委座兼任西北剿共總司令）敎導有責，況此身早許黨國，個人安危，更在所不計，乃于十二月四日由洛陽移節西安，駐居郊外華清池，約集剿共將領，勉其堅決盡職，迅赴事功。不意十二日清晨五時半，張楊兩人，竟稱兵叛變，刼持蔣公至西安，欲脅迫蔣公採納彼等荒謬之政治主張。消息傳播，舉國惶然。

雨公是時奉命在粵處理緝私工作，聞訊星夜返京，除在情報工作方面，作一切必要之緊急部署外，並時與埔校諸前期學長及政府首長，集商討營救議委座辦法。是時西安方面的情況，危險萬狀。周恩來及其爪牙非常活躍。原本潛伏在張楊軍中的激烈份子，更多衝動躁進，連張學良都控制不了。西安已經成了一座危城，困留在西安的中央方面的人員，自爲共黨及叛軍所仇視，想逃脫虎口都很不容易，像戴先生這樣身份的重要人物，共黨幾視之爲眼中釘，如果戴先生也身在西安的話，那

烈士羅仲霍

周開慶

騷三五遍，劍光燈影兩沉沉！」「長鋏興歌一再彈，風潮滿目不堪看。容顏秋柳幾經瘦，氣節冬松儘耐寒！只有蟲聲伴長夜，都無人語勸加餐。飄蓬本是半生慣，底事徒悲行路難。」「俯欄披髮仰長空，劍影光芒貫白虹；奮走風霜轟逸氣，悲歌涕淚泣奇窮。撫心常抱千秋恨，得志當爲一世雄！冷眼觀人回首笑，側身遙望莽蒼中。」「無端瞬息到中秋，歲月催人觸景愁。一世繁華空眼底，千秋歌哭上心頭，情天有恨何時補？恨海無聲永夜流。聞道飛仙能縮地，借他奇術到瀛流。」丙午在檳榔嶼平章樓上晚眺有感云：「危樓蹲百尺，俯瞰海潮流，天際孤帆遠，峯前落日收。風高悲鳥逝，波靜羨魚游，獨有蒼茫感，難消身世愁！」戊申重遊南越云：「新亭一掬淚汪汪，哭徧天涯事可傷。四海風雲成浩劫，九霄鴻鵠自翱翔，百年氣燄悲胡虜，萬古精忠痛鄂王。少年奸奴甘賣國，憐予對影弔斜陽！」辛亥春返國留別諸同志云：「隕霜殺草一何悲。赤子扶扶捧首啼！忍見銅駝臥荊棘，神州徧地刼灰飛！英雄老至忽如電，世事雲翻雨覆時；漫把先鞭讓祖逖，黃龍置酒豈無期？公等健兒好身手，愧余一介弱書生！願將鐵血造世界，亞陸風波倩汝平！」其餘幾首詩不備錄。（烈士筆跡見封底）

還不是必殺之而後快？

當戴先生在局本部內常與幾位高級幹部商談有關事變之時，有一次徐爲彬先生對戴先生說：

「萬一不幸委座遇了難，你只有自殺，然後我們大家再去爲你報仇。」

戴先生卻從容答曰：「我決不自殺，就是要自殺，也要到西安城去自殺。」

局裏面也有許多志同勸阻他，不要前去西安，自投羅網，戴先生卻對我們說：

「我此去，當然無生還之理，但我一人死，卻可換得萬人生。我們今日處境，領袖如有萬一，我們均無倖生之理。我今挺身前往赴難，被敵人殺害，正是求之不得的事。我死了，我們的工作必仍生存。爲領袖，爲革命，自必繼起有人，豈不是我雖死猶生。況且古人有云：「主憂臣辱，主辱臣死。」我也只有一死，才能報領袖之深恩，下救工作於不墜。萬望各位同志，不必以我爲念，將來復仇的責任，還在各位的肩上！」

在座同人，聽完戴先生上述的沉痛表示，無不爲之動容，甚至淚下沾襟。

戴先生終于效法當年　國父被困永豐軍艦時遄程前往赴難之精神，于廿五年十二月廿二日陪同蔣夫人暨宋子文先生同機飛赴西安。瀕行之前，在曹都巷局本部大禮堂內，集合全體內勤同志話別，他說：

「假定　委員長不能安然返京，我也一定不回來了。希望你們在介民先生領導之下，繼續爲革命而努力奮鬪。不必以我爲念！」語至此，戴先生情不自禁地淚泗交流，全場同志更痛哭失聲，集會解散之後，我隨局內十幾位高級幹部同志，驅車光華門外大校場機場，爲戴先生送行，飛機發動後，隆隆之聲，震動耳鼓，宋子文先生與戴先生登機。蔣夫人正待最後上機之際，何敬公朝前一步，向夫人講：

「希望夫人和蔣先生早日回京。」我恰好站在何敬公後面，所以聽得很清楚。

由於　領袖之偉大堅强，以及他的謀國公忠，終於張楊悔悟，恭送　領袖于廿五日經洛陽飛返都門。戴先生卻于先一日，乘機回京。

事後我們獲悉，戴先生隨同蔣夫人飛抵西安之時，張學良看見戴先生從飛機上走下來，表現得有點驚恐，驚異的是戴先生渾身是膽，竟敢前來危城。怕的是若讓戴先生在外面自由活動，或安置他在自己無法控制的場所，必然非常危險。因此他將戴先生禁居于他自己公舘的地下室，不准任何人與之接近。斯時張學良忙着接待蔣夫人和宋先生，商討善後辦法，沒有即時與戴先生討論問題，又不讓他去晉見領袖。戴先生感到焦急憤懣，於是用自來水筆寫下一張絕命書，其內容爲：

「自昨日下午到此，即被監視。默察情形，離死不遠。來此殉難，固志所願也，惟未見　領袖，死不甘心。

領袖蒙難後十二日戴笠于西安張寓地下室」。

（此絕書眞跡，見本刊第七期。）

張學良于十二月廿三日深夜，至地下室與戴先生相見，並持示部下要求「速殺戴笠以絕後患。」之報告，戴先生微笑答曰：

「主辱臣死，現在　領袖蒙難西安，凡爲部屬者，安忍偷生？怕死便不來西安。我的同志，定能繼承我的志願，維護領袖安全，爲國除奸。」

張氏聆此，大爲感動。並告以並無加害之意，戴先生乃即爲其分析利害，並建議解決問題及善後辦法，終因張楊兩人受領袖偉大人格之感召，益以蔣夫人等對叛變將領曉諭說服，　領袖於廿五日安然返京，全國同胞，於獲悉　領袖脫險還都之後，莫不欣喜若狂。

戴先生在張學良公舘地下室所寫的絕命書，當時大家沒有見到，係在戴先生三十五年三一七殉難以後，局內同志整理戴先生所遺文件，始行發現。在這寥寥數語中，正氣磅礴，大義凜然，其對　領袖之赤膽忠心，于茲可以概見，吾輩後死同志對領袖、對國家、永矢忠貞、圖所効獻，庶可上慰戴先生在天之靈，而無辜負戴先生生前對吾人之諄諄訓勉也。

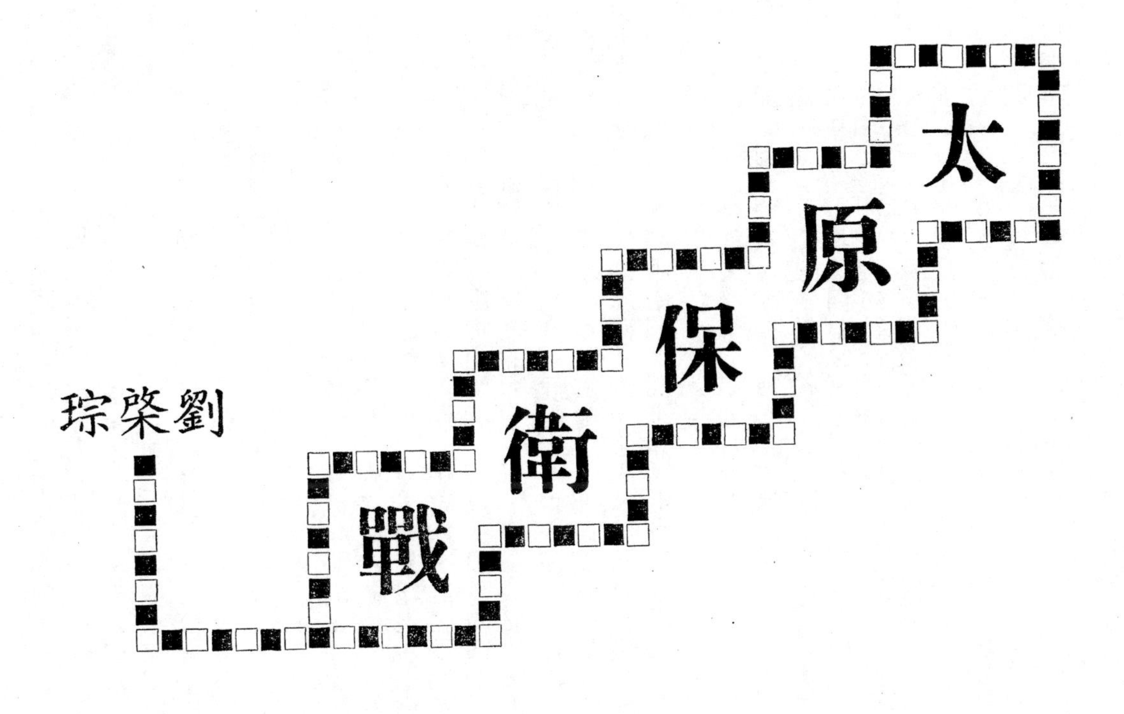

太原保衛戰

劉棨琮

太原是華北剿共戡亂中最後之赤海孤島，此一保衛戰，又是山西十四個大戰役中，最後一幕之慘烈決戰。共軍乘趙承綬兵團在楡次、太谷、徐溝三角地帶受創，與國軍兵力尚未集中太原前，不惜重大犧牲，挾其席捲東北、華北之勢，分三次增兵，四次圍攻。由三十七年七月十六日起，至三十八年四月廿四日正，前後發動七次總攻，團以上之爭奪戰，達一百二十六次之多，歷時共計九個月又九天之久，敵我雙方傷亡達五十萬之衆。

太原會戰前，閻錫山爲太原綏靖公署主任秉山西省政府主席。伯川先生洞燭共軍不會停止叛亂，調處亦絕不能成功，即時大事建築各種各式之碉堡，以謀作長期反共鬬爭。迨東北失敗，平津易手，太原頓成赤海孤島，太原綏靖公署爲防共軍各個擊破，以全部兵力集守太原，建立「戰鬬城」的體制，規定戰鬬城十二行動綱領，以爲集中作戰的奮鬬目標，主要在徹底實行生活生產戰鬬合一，人人直接間接參戰，在整體工作之下，貫徹四大平等，做到政治軍事化、生活戰鬬化、勞作生產化，健全開展的種能，與說服感化的團力，以收復全省、完成兵農合一的政治。

自徐蚌會戰軍事失利大局逆轉，接着蔣總統引退，中樞失去了重心，太原愈感困難，這其間，閻錫山曾三次飛京或赴奉化，晉謁蔣公商討國事，並與空運機構主管暨國防、財政、交通、聯勤各部首長面洽，繼續加強青島辦理空運空投等事，以穩定堅守之必要條件。當他於三十八年四月十二日，自奉化返京參加李代總統主持之「和戰會談」時，共軍徐向前，彭德懷先後親自督戰，大舉進攻太原。伯川先生原定速返，以遂其與太原共存亡之初衷，惟蔣總裁堅主留京，並謂：「太原雖重要，乃國家之一隅，有國家始能有太原，應以國家爲重，閻先生應留京，參加主持大計。」伯川對曰：「久在邊疆，對中央一切不熟，恐留亦難以達成任務。」蔣總裁復謂：「惟其不熟，乃爲超然，主張乃易生效。」閻錫山雖亟欲返幷，心存太原，詎知太原郊外飛機場與通往市區必經大橋，已被共軍破壞，守軍趙恭師長亦以身殉，復不能通，而各機場亦已均受共軍火箭砲控制，中央中國兩航空公司及陳納德民航空運隊，皆堅定表明勢不能飛航太原；最後親自要求空降，並願酬以重資，終以事實所迫，不能成行，內心極為痛苦，至廢寢食。自至京滬各地，早晚仍以無線電話指揮太原軍事。

八年抗戰終了時，第二戰區的官兵總額為三十二萬五千餘人，其中戰鬪員為廿一萬六千餘人，經過十三處的決戰，兵力損失約為三分之二。我雖極力補充，到太原保衛戰時，總兵力僅為十四萬七千餘。

太原綏靖公署主任閻錫山、副主任係孫楚，對於太原會戰國軍戰鬪序列的部署，是以王靖國的第十兵團，統率溫懷光的第十九軍、韓步洲的卅三軍、劉效曾的四十三軍，擔任城東、城南地區，確保楊家堡、椿樹園、馬莊，淖馬、牛駝寨、風閣梁之線，機動部隊分別控制於雙塔寺臥虎山附近。而以孫福麟的第十五兵團，統率高倬之的卅四軍，趙恭的六十一軍，擔任城北、城西地區，確保陽曲鎮、欄岡、呼延村、化七頭、白家庄、南堰鎮之線，機動部隊分別控制於新城、東社鎮附近。兩兵團之戰鬪地境線，以東北角經享堂村、東坪、西黃水、趙庄、城晉驛之線，由王靖國指揮；由城西南角經小南關、老軍營、沿汾河東岸之線，則由孫福麟指揮。

第一期的會戰，是從民國卅七年七月十六日起至九月三十日止。自趙承綬兵團在榆次、太谷、徐溝三角地區受創後，共軍乘國軍主力未集中前，太原僅有綏署警衛部隊兩千餘，及二個保安團，餘皆為民兵，遂調集徐向前之第十三縱隊全部及晉中軍區之第一、二兩旅為先遣隊，共約三十六萬餘衆，敵我兵力相差懸殊，成為二．五與一之比。共軍以優於國軍之兵力，向太原外圍取包圍形勢，並以五個旅之兵力，向城西南大小王村、神堂溝、聶家山一帶施行突襲，僅距太原城三千公尺，一夜之間，以波浪式之衝鋒達十四次之多，企圖一舉攻佔，直撲城垣，經保安部隊一個團及民衛軍三千人，奮勇抵抗，遂未得逞。

嗣國軍陸續集中，加入戰鬪行列，次第收復失地；自七月十九日至廿二日之四天內，聶家山陣地全被破壞，國軍就斷垣殘壁堅守，共軍復以人海戰術衝鋒廿餘次，國軍第七十二師第二一五團全團官兵傷亡殆盡，聶家山遂為共軍攻陷。同時，思西村、喜鵲梁、連山坡及五料等處之共軍，亦作牽制性之襲擾，激戰兩晝夜，國軍部份陣地仍屹立無恙；七月廿五日黃昏，第六十一軍趙恭之一部，配合七十二師王楫之工兵團激戰反攻，次日另增十五兵團的機動部隊，配合趙瑞、郭熙春的第八、九兩總隊，協力向聶家山之共軍總攻擊，城南部隊及砲兵遮斷共軍之增援，我空軍亦出擊支援，遂突破敵陣，展開白刃戰，激戰至十一時，共軍不支向董茹方面逃竄，聶家山遂於七月廿七日完全克復，結束共軍之第一次總攻。

共軍於第一次總攻失敗後，其主力撤至榆次、太谷一帶整補，並實行應急教育，特別注意爬城爆破碉堡，及通過各種障礙物之訓練，且向民間大量徵集木板及蔴袋等物，作準備進攻碉堡之用；復增調第一、三、四縱隊及綏蒙縱隊，待命進發。

是年十月一日，國軍為期先發制敵，摧破其攻勢計劃，以李熙泉二七九師，閻俊賢二八〇師、杜顯甲二八三師及王楫七二師之一部，分向城南之敵襲擊；共軍卅八旅及榆壽獨立支隊四個團，經國軍優勢兵力襲擊，張惶失措，受創甚重，向南逃竄，國軍遂次第將各村收復。十月四日，共軍大量增援，並有包圍在鳴李車站方面之國軍趨勢，國軍迅即撤退。次日拂曉，共軍全面開始第二次總攻，以第十五縱隊，第四、第八及新二縱隊攻城南；以新四縱隊，呂梁軍區之第一、二、三旅，暨太行獨立第一、二、三支隊攻城東；以第七縱隊及北岳軍區第一、二、三旅攻城北；以晉中軍區第一、二、三旅，暨太行軍區第七、八、九旅攻城西；並控制五個縱隊為預備隊，作機動性之策應與支援。

十月五、六兩日，共軍對太原東南方之武宿據點猛攻；七日主力復轉向附近小鎮南畔方面，對武宿村、磚井攻勢稍緩。國軍以此方面的陣地工事及兵力，均感薄弱，若調部隊增强守備，無工事憑藉，難達殲敵之目的，遂以絕對優勢之機動部隊，配合機械化部隊，先擊破圍攻武宿之共軍，爾後向西迴旋側擊小店鎮、南畔方面共軍主力之側背。是日晚，國軍完成出擊準備，待命殲敵。

十月八日，國軍分路迂迴猛攻武宿之共軍，激戰數時，午後三時共軍不支向西南潰退，國軍遂乘勝攻佔東西溫庄，並續向小店鎮、南畔之敵，施以暴風雨式之急襲，痛擊共軍側背；同時我小店鎮、南畔守軍，亦奮起反擊，收夾攻之效。共軍雖頑强抵抗，並擬以預備隊加入戰鬪，以挽頹勢，爲國軍阻於東西溫庄地區。

全線激戰兩晝夜，共軍以人海衝鋒戰術十八次，由於國軍空軍全力支援，在陸空熾盛綿密之火海會擊下，共軍傷亡慘重三萬五千餘人；至十月十九時，共軍全線崩潰，復遭國軍截擊部隊之伏擊，幾潰不成軍，城東北西三方面，國軍亦發動配合反攻，至晚間全線戰鬪暫告沉寂，結束第二次總攻擊。

太原會戰之初共軍由徐向前擔任總指揮，最後方由彭懷德接任，其擔任城東南西北及預備隊之人選如楊德志、姚喆、楊成武、彭紹輝、周士第，與戰鬪序列及番號，以後各次總攻均有變更，恕不贅述。

共軍自第二次總攻潰退後，由於城南之北營、武宿，爲扼守正太、同蒲兩鐵路之要點，乃國軍主力之所在，且工事堅固不易破，雙方極爲激烈。於是共軍企圖避實就虛，秘密將兵力轉移於城東；國軍窺測其計，僅以一團據守北營、武宿，亦將主力亟調東線。雖則共軍以一個縱隊爭奪六次，終爲國軍配合機動部隊及熾盛之火力而擊退。

是年十月十三日子夜，共軍以第七縱隊對太原城東北角之風閣梁守軍嚴密包圍，並截斷後方部隊之增援；復以北岳軍區縱隊之一個旅實施猛攻。共軍目的於斯，因風閣梁爲國軍城北右翼與城東左翼之支撐點，且可屏障城北空運基地之安全，得以由陝空運部隊及軍需物資順利降落，支援受圍困而不致中斷。

風閣梁的山頂有堅固之碉堡十一座，按照地形作戰，敵軍由東攻擊易，西面突破難，當時守軍尚不及一團，而山頂陣地僅兩個連戒備，預備隊分佈在山之西溝中。共軍以一旅之衆，集中礮火轟擊，同時以炸藥破壞碉堡，國軍僅有一個連，冒着旺盛的砲火奮勇突進，憑殘破碉堡與敵搏鬪；終以道路截斷，郭熙春之第九總隊，由陳坪出擊支援，爲共軍所阻，衆寡懸殊，山頂守軍全部壯烈犧牲，風閣梁遂告失陷。

十五日拂曉，國軍黃樵松的第卅軍轄屬之四個團，及第九總隊之三個團，配屬迫擊砲、機槍各一團，飛機十三架，分由李家山及風閣梁北面，向共軍反攻；九時許，國軍劉效曾之四十三軍，由榆林坪直取小崗頭，以截斷共軍之退路并防止其增援，藉而掩護卅軍向共軍陣地推進。

共軍初期未予還擊，曾兩度企圖包圍我攻擊部隊，均爲國軍擊退；俟國軍進至衝鋒距離時，正面之共軍發動猛烈之反擊；國軍遂以自動火器支援，砲兵亦實施轟擊，空軍輪番轟炸；短兵相接時，將士英勇衝殺，共軍雖反復突擊廿五次，均爲國軍挫敗。

忠勇國軍乘勝追擊，共軍據核心陣地頑抗。這時，國軍第九總隊由風閣梁北面而攻入，第四十三軍亦將小崗頭攻克，共軍以其援路截斷，遂向東南撤退；國軍分三路追擊，共軍四個旅，傷亡纍纍，幾潰不成軍，國軍遂將風閣梁克復，結束第三次總攻。

是役，共軍同時利用城東酣戰之時，復以一個縱隊對我城東南之北營、武宿，乘隙與我僅一團兵力，爭奪猛撲達七次之多守軍苦戰三晝夜，傷亡殆盡，遂陷共軍；復在磚井方面，挾兩旅之衆以人海戰術，猛攻達廿五次以上，守軍一營苦戰澈夜，亦全部陣亡。

共軍連續三次總攻均未得逞，更積極發動攻取太原城。這次總攻着眼點爲城東北之牛駝，因牛駝之得，既可俯瞰太原城，不僅能控制城北空軍基地，且能有效砲擊城西北之兵工廠與鍊鋼廠，共軍勢在必得，以六個縱隊兵力，發動東線全面之瘋狂攻勢。

十月十八日，共軍第十三、十五兩縱隊攻黑駝及上庄；第三、九兩縱隊攻牛駝寨、小窰頭、四畝圪坦；第四縱隊攻下嶺、西嶺；第七縱隊攻李家山及風閣梁。同時城南、城西亦分頭游擊，實行牽制作用。是晚七時起，共軍目標以牛駝寨爲目標，集中砲火，掩護步兵，用大量之炸藥，破壞寨門後，蜂擁衝入，守軍張國勝之第二八六團，及宮子清之機槍師的張長松營長，率官兵奮勇抵抗，集中旺盛的火力，對準共軍衝鋒部隊掃射，交織成火海一片；遂而展開白刃戰，共軍前仆後繼，屍體縱橫。守軍張團長與張營長僅率官兵廿餘人，堅守最後一碉，幸國軍第十總隊武玉山部，附屬尹福寬之衝鋒槍團，分由兩翼向共軍猛撲，於翌晨二時許，衝入寨內支援，俘共軍三百餘，始告解圍。

正當拂曉時分，共軍在砲兵掩護下，復以密集隊形，分三路進攻，我守軍除以四十五挺重機槍，廿四門步重砲反擊外，並以剪子灣及臥虎山之山野重砲支援；太原綏靖公署急派李熙泉之二七九師增援。至十月廿一日下午五時，全線共軍攻勢頓挫，我軍乘機出擊，以韓步洲之卅三軍機動部隊的張忠、閻俊賢、田尚志三師，由上庄西方高地出擊，截斷共軍退路；復以九、十兩總隊，由楊家峪發動前後夾擊，激戰三小時，將共軍攻上庄之十三縱隊的三十八旅、三十九旅，除俘虜五百餘名外，都全部殲滅。同時，我第十五兵團由小窰頭出擊之機動部隊，對西嶺之敵予以側擊，亦頗有斬獲。

共軍迭次失敗後，經多日研究，乃謀策動我部隊之叛變。知我空運增援之第卅軍軍長黃樵松，爲前被俘虜新八軍軍長高樹勳之舊部，利用其長官僚屬關係，欲謀黃陣地叛敵。事爲其戴炳南師長偵悉，一面諭示所屬團長勿受其惑，一面秘密呈報上級，始將黃予以扣押解送南京處理。

此次，以牛駝寨爭奪戰最爲慘烈，敵我雙方傷亡不少，共軍不只使用人海戰術猛攻，其火力相當强勁；國軍亦以熾盛礮火實行冰雹戰，激戰四晝夜，將共軍由東山進攻太原之企圖完全粉碎。

然共軍於此次總攻後，均未遠退，仍在國軍陣地前構築工事，雙方仍成對峙狀態，共軍擬稍事休憩整頓補充後再行發動，其進攻太原之企圖，至此暴露無遺矣。

共軍四次總攻失敗後，曾檢討其失敗原因，認爲係由於國軍火力旺盛與碉堡堅固所致，在第二期作戰期間（卅七年十月一日至同年十一月九日），三次總攻共死傷在十萬五千人左右。於是士氣漸萎，深恐曠日持久，師老城下，遂由冀、魯、察、綏及晉北各地，抽調地方團隊八萬六千人，於增援部隊到達後，乘此新銳發動第五次全面總攻，並爲激勵士氣，乃搜盡民間猪、鷄、羊等，痛痛快快地大吃了三天，遂於十一月十九日開始。

第五次總攻之目標，是在奪取太原東南方之黑駝、淖馬北端之郝家溝，因此路爲攻擊太原城之捷徑。在共軍總攻前，國軍曾緝獲其諜報人員之重要作戰指示，說明由郝家溝攻城之有利有二：一、可將城南二十里內所有碉堡截斷補給；二、以該處居高臨下，能發揮火網四射之效，可減輕進攻之傷亡率，欲奪其地，則必須佔領黑駝高地。

十一月九日七時許，城東南方面，共軍以第一、第八、第十五三個縱隊對黑駝、馬莊猛攻。爲配合全面總攻，共軍以新二縱隊攻城南之觀賢村、楊家堡；以呂梁軍區第一、二、三、四旅，攻椿樹園。太行軍區第七、八、九旅，及太行獨立第一、二、三支隊，攻城西之南偃鎮、神堂溝、武家庄一帶。城西方面，以平介、汾陽兩支隊，攻石千峯山；以道淸、楡壽兩支隊攻東岑與西岑。以惟縣支隊攻城西北之關口。城北方面則以北岳軍區第一、二兩旅攻黃寨鎮；呂梁新八旅及太行獨立旅攻周家山；靜陽第一、二支隊攻老爺廟，城東北方面，以第四縱隊攻西岑、下嶺；第七縱隊攻李家山、風閣梁；太岳獨立旅攻會溝。城東方面，以第十三縱隊攻淖馬、松莊；第三、九兩隊攻四畝圪坦及牛駝寨。

這次總攻擊，以八個縱隊攻城東南之黑駝、馬莊、城東之淖馬、松莊、牛駝，與城東北之西嶺、風閣梁一帶，西南北三面亦各以有力部隊，配合總攻，共計部隊達卅八萬六千五百餘人，國軍亦由陝西空運增援部隊四千五百名，連同原有部隊，共九萬八千餘人，敵我雙方兵力相差懸殊，成三．九與一之比。

第五次攻擊，共軍對這個華北要塞的太原城，志在必下，不惜大量砲彈之掩護，步兵以人海戰術前進，激戰達九晝夜之久，除城東淖馬附近之虎頭上陷共外，餘均屹立在國軍堅守之中，共軍以國軍憑堅固之碉堡工事險守，無法得逞，竟於十七、十八兩日，使用大量毒氣彈，國軍官兵傷亡甚重，但均抱着與陣地共存亡之決心，終將共軍擊退，於焉結束此次猛烈之總攻擊。

共軍自太原東山總攻失敗後，僅休息一個月，復予蠢動。先是以三個旅攻擊城北之周家山、黃寨鎮、趙家山等據點；太原綏署以該各據點突出，離城垣遙遠，不利補給，即自動放棄。共軍鑒於一至五次總攻失利之慘重教訓，乃改强攻爲軟困政策。指揮綏署當局窺破其陰謀，深知共軍必費全力以得太原，短期內無法解圍，爲未雨綢繆計，一則提倡節約，拼絕浪費；再努力增產，增儲糧食；同時發動軍民，日以繼夜大量增築機場數處，維護對外空運，使補給線不致因某一機場遭到破壞而中斷，除堅守城北原有兩機場外，另增築兩水泥機場於城郊之東、南，復在城西趕建臨時機場五處，使城之四郊，均能供空運補給降落。這些新增築之機場，以城西聶家山附近之紅溝機場便於使用，共軍爲妨礙及破壞城西方面機場之構築，遂發動第六次的總攻。

卅七年十二月十七日傍晚七時，共軍以三個縱隊及呂梁軍區三個旅，配合民兵共三萬餘人，向城西之趙家山、狼坡、石千峯山、官地、兎兒坪、南峪一帶攻擊，因西山多係石質，故碉堡防禦構築略遜也。共軍抽調部繞至此處後，對石千峯山採取圍而不擊政策，卻以人海戰術，滿山遍野的向我其他陣地，蜂擁衝擊；尤對大小虎峪、化七頭、九院等地，因與紅溝新機場較近，故攻擊更烈。

國軍沉着應付，激戰竟夜。翌晨，增援部隊諶湛之第八十三師重機槍與迫擊砲各一團，砲兵五個營及綏署直轄之噴射連奉令趕達，經接觸後，共軍即退據南峪、官地、狼坡之線。是晚黃昏之際，共軍復以人海術再予衝擊，尤以小虎峪爭奪更烈；三小時後，國軍以重機槍及火焰噴射器集中使用，發揮以火海制人海之效，共軍不支狼狽逃竄，其背負炸藥手榴彈者，多被擊中爆炸，死傷慘重。我步兵乘機分四路追擊，共軍因附有大量民兵，深夜不辨敵我，自相踐踏殘殺者甚多。

是役，共軍以「逗子彈戰」消耗國軍彈藥，據俘獲其民兵供稱：每人攜帶竹籃一個係人海衝鋒時裝手榴彈之用；蔴袋各兩個爲盛土集中掩體，以減少傷亡；而且規定攜帶鞭砲放在油筒中燃放，聲張作勢，僞裝鳴鎗，逗我大量耗費子彈。詎知我方改用火焰噴射，再遭慘敗。

共軍深知軍事屢次進攻失利之因，於是改採以威脅利用之政治手段，藉以瓦解我軍心，綏署洞悉其奸，凡被共軍俘虜遣還官兵攜來之信件，一律不得拆閱，並利用播音器向共軍展開心理戰，以揭破其政治陰謀。共軍復以國軍物資缺乏之時，以大批豬肉饅頭向我陣地投送，企圖搖動軍心；我軍亦以糖果罐頭投送共軍，以牙還牙，終於粉碎其分化之陰謀。

共軍以攻太原均告敗北，揆諸其因，係國軍火力旺盛與工事堅固所致，並認爲轟塌城牆易，擊毀碉堡難，於是採取長期圍困辦法，待他處戰事結束後，再集中人力與物力，以絕對優勢一舉而下。

三十八年三月間，李宗仁令派邵力子、張治中、黃紹竑、章士釗、李蒸爲和談代表，由邵率團於四月一日飛北平，與共方指派之周恩來、林伯渠、林彪、葉劍英、李維漢五代表舉行談判，共方所提之二十四項無理要求，中央斷然拒絕，決定五項基本原則：①停戰須在和談以前實現；②國體不容變更；③修改憲法須依法定手續；④人民之自由及生活方式必須保障；⑤土地改革首先實行，但反對以暴力實行土地革命。

共方利用和談時機，調集由東北出發林彪之第十五兵團三個軍，聶榮臻之第廿兵團五個軍，並叛軍傅作義部四個師，砲兵五個團；復由晉、冀、察、綏徵調民兵，連同原有攻城部隊，共約六十餘萬人，改由彭德懷任總指揮。時國軍未再增援，參戰僅七萬二千九百餘人，成一與八．五之比，共軍認閻錫山爲和談阻撓者，乘其滯留南京未歸攻佔太原，更足造成其對和談有利之局面，遂挾其絕對優勢之兵力，作第七次之總攻。

是役，共軍先將太原新增之五個機場予以控制，四月九日起，以林彪部隊置城北，聶榮臻部隊置城南，開始攻擊；復以原圍城之殘部集中東山，居高臨下作全面之壓迫。其兵力之衆，火力之猛，爲前所未有，自四月十四日開始全線猛攻，以越點鑽隙戰法，將國軍陣地分別隔離包圍，逐段進攻。國軍在人力絕對懸殊下，以熾盛的戰志，浴血抵抗，雖碉堡盡毀，仍據野戰工事奮鬭，寸土喋血，尺地必爭。四月廿一日，和談決裂，共軍在荻港强渡長江京畿危急，我守軍憑賴空運糧食業已中斷。而共方志在必下，集中大小砲三千餘門，幷投擲大量燒夷彈，使太原全城中到處火光冲天；至廿四日拂曉，共軍復以毒瓦斯彈發射，守城官兵中毒者甚多，共軍遂由東南兩城門攻入，與我展開最激烈之巷戰。

於是，國軍憲警、公務員、民衞軍，一齊參加戰鬭，短兵相接，喋血苦戰，作慘烈之最後抵抗。當共軍迫近我省府大樓時，代主席梁敦厚，省婦女會理事長閻慧卿，見大勢已去，遂在鐘樓服藥自殺，事前曾囑役人舉火焚屍；警察局長師則程，先槍殺子女，然後與其妻沐浴更衣壯烈自戕；特種警察指揮處處長徐端及第一區行政督察專員尹遵黨等四百餘人，於彈藥告罄時，破壞武器，向敵大呼，告以不屈，悉舉手榴彈集體自殺，焚屍滅跡，均遵閻百川先生「不做俘虜，屍體亦不見共匪」之昭示，同歸於盡。是役，除戰死及軍民殉難者無算外，我文武同志義不反顧集體殉國者五百餘人，他們代表着中華民族亙古不滅的正氣，千秋萬世英靈永照人間。

太原五百完人史詩二篇

喬家才

片山亘子東瀛節婦

公元一九七〇年，有一位名叫片山亘子的日本婦人，爲了達成丈夫的遺言，送她的兒子徐毅平回祖國升學，來了台灣，報章雜誌上曾經報導過。片山亘子於民國三十五年（一九四六年）三月十六日，在太原市和青島市人徐端（字子正）結婚，由梁化之（敦厚）證婚。徐端是山西省政府統計處處長兼太原特種警憲指揮處處長，在梁化之領導下，負責太原的防諜肅奸工作，保衛太原的安全。他是太原五百完人中的第二號人物。

三十六年（一九四七年）十月間，太原遣送日俘日僑回國，片山亘子也被遣送回去。她是日本岡山縣和氣郡伊部町大字浦伊部南片山藤作的女兒，當時她只有二十四歲。她回國以後，和她的丈夫徐端常有書信來往。三十七年（一九四八年）十月十二日徐端寫給她的一封信上，有幾句話，使她非常感動，終身難忘。信上說：「……自七月以來，天天在砲聲中生活，今天我寫這信的時候，正是在太原的四十里以外，和共匪作戰。……如果我不死，我一定不能忘記你們；我若不幸死了，希望你好好的教育毅平，不要叫他忘了他的祖國和在祖國的父親。」後來戰線越來越縮小，太原圍城日緊，通訊困難。也許是徐端的工作太忙，正同敵人作殊死戰，顧不上寫信吧；片山亘子以後再沒有接到她丈夫的信，前面的那封信就成了徐端對他愛妻的最後遺言。她遵照丈夫的遺言，教育她的孩子徐毅平不要忘了祖國，不讓他轉入日本國籍，保留着中國人的身份，並決定等他長大成人，送回中國。

片山亘子現在已經是四十八歲的中年婦人了，她爲僅僅同居過十九個月的丈夫守節，教養遺孤，轉瞬二十四個年頭。當她遣返日本的時候，她的兒子還不滿一週歲，背在她的背上，擠在遣送回日本的人羣當中，離開她的丈夫，雖說生離，實際上就等於死別。

這位貞節的日本婦人，爲紀念她壯烈成仁的丈夫，已經改名爲徐陶有幸。三年前，她還不知道她的丈夫成仁的經過，不過，多年來得不到他的音信，一定是不在人世了。

看看孩子快要大學畢業，他既是中國人，大學畢業後，就必須把他送回祖國。於是，徐陶有幸給我們的立法院黃國書院

山西省梁代主席化之先生遺像

長來了一封信，說明她和徐毅平的身世，探聽有關她丈夫的消息。從此以後，他就和立法院的王志賢秘書取得聯繫。

去年她回國兩次，頭一次回國，看看國內的情形，第二次送她的兒子徐毅平回國造深。兩次回國，都是住在徐端的好朋友立法委員孫慧西委員家中。徐毅平現正在學習國文，準備暑假以後，入研究院，修碩士學位。

徐端和片山豆子這一對非常偉大的夫婦，是眞正從偉大深厚的中國文化薰陶之下，孕育出來的典型烈士節婦，值得我們崇敬，也值得社會上來表揚，因此我所撰的這一篇特稿，首先便提起她來。徐端原來是國民黨中央黨部調查統計局的工作同志，於七七事變後，到了太原，參加了第二戰區的抗戰行列。最初在六十六師擔任政訓工作，因爲能力强，長於寫作和組織，工作表現特別好，不久，調到戰區長官司令部政治部，從事宣傳和民運工作。新四軍叛變後，共產黨對第二戰區滲透破壞，不遺餘力。三十年（一九四一年）閻百川先生命梁化之組織「流動工作隊」，防止共產黨在各縣破壞和活動。

太原綏靖公署鐘樓梁代主席化之成仁自焚處

梁化之壯烈殉國記

梁化之很賞識徐端，認爲他能埋頭苦幹，對工作很有辦法，是一位理想的幹部，邀他參加流動工作隊，從此成爲梁化之最得力的助手，最信賴的幹部。抗戰勝利以後，閻錫山先生爲加强太原的防衛工作，成立特種警憲指揮處，初以梁化之爲處長，徐端爲副處長代行處長職務，展開防諜肅奸工作。他對這一項工作，很感興趣，做得非常認眞徹底。共產黨派進太原城裏的滲透僞裝分子，一批接着一批，都被徐端一批又一批地破獲了。所以，太原雖在共產黨四面包圍攻擊的情況下，共諜在太原城裏起不了絲毫作用。一直到太原城被擊破以前，城裏仍安如磐石，都是徐端努力工作的效果。

特種警憲指揮處在精營西邊街大樓辦公，敵軍攻入太原，徐端率所部依院墻工事，從事抵抗，敵人的攻擊隊伍不能接近。最後彈藥消耗得差不多了，徐端和他的副處長蘭風，秘書主任范養德，秘書張劍、陳鳳岐、張寶寅等三百多人集體自殺，並且縱火焚樓。他們成仁的壯烈情形，比田橫五百壯士，有過之而無不及。

領導太原五百完人成仁，寫下歷史上可歌可泣，光芒萬丈，壯烈無比的前山西省政府代理主席梁化之（敦厚），當太原城破，激烈巷戰，快接近太原綏靖公署的時候，他正在綏署鐘樓。他看看時間已經無多，很從容地走下地下室，去看呆在那裏的薄右丞、李冠洋、續如楫、白志沂、楊貞吉等人（這些人沒有勇氣去死，但被共產黨捉去以後，除李冠洋外，其餘四個人，都被處死了）。他們每個人身上都攜帶着一包毒藥，準備成仁用。化之笑着對他們說道：「我看已經到時候了，可以行動了！我要走了，諸位願者都來。」說完，走出地下室，親眼看見國大代表山西省婦女會理事長閻慧卿已經服過毒倒下去，他照料着堆上乾柴，澆上汽油，開始火化。因為閻錫山先生曾經交代過他們：「活着不做俘虜，屍體不和共匪相見。」他要做得非常徹底，回頭命令跟隨他的副官白光榮，準備燃燒他自己需要的柴油，仰藥而死。大概燃燒閻慧卿時，汽油用多了，等到白副官火化他的時候，汽油不夠充足，少了一些。結果，有一塊大腿骨沒有燒成灰，還有一方水晶圖章沒有燒掉，事後被敵人檢獲，證明他的確成仁了。

忠烈遺裔在台所攝，自右至左：梁代主席之哲嗣安仁，山西省府統計處長徐端夫人片山亘子，梁安仁夫人，徐處長哲嗣毅平

共產黨最恨梁化之，因為他是共產黨的死對頭，是共產黨的尅星。可是也有些人，很不諒解他。抗戰開始時，閻先生為了加強抗戰力量，組織犧牲救國同盟會，容納了一部分共產黨分子薄一波、戎伍勝、張文昴、韓鈞等人，並且由他們組織新軍，成立了四十個團。由於犧盟會由化之負責，等到二十八年（一九三九年）冬天，新軍叛變，化之就成了大家攻擊的目標。其實，他不過是執行閻先生的決策，代替閻先生負責罷了。骨子裏，他同共產黨是水火不相容的。他太能幹了，共產黨怕他，也恨他，在犧盟會整天鬧磨擦。共產黨要叛變，誰也阻止不了，怎麼能怪梁化之呢？

我同化之兄可說是道義之交，我們對許多問題的看法差不多，個性也很接近。化之短小精幹，身體結實，精力充沛，每天工作十七八小時，不眠不息，滿不在乎。化之的個性豪爽，對人誠懇，沒有半點做作，說一不二，敢作敢為。化之辯才無礙，侃侃而談，令人折服。化之的酒量夠得上海量，又會豁拳，一斤汾酒落肚，面不改色，若無其事。化之真正是一位優秀的革命幹部，也是一位不可多得的朋友。

警察局長手戕愛妻

太原五百完人中的第三號人物是山西省會警察局局長師式之（則程）。式之性情沉着，不苟言笑，為人非常厚道，工作認真，腳踏實地，一步一個腳印。我同式之共事，打交道，是在三十五年（一九四六年）一月間，我奉命回太原主持肅奸工作，逮捕漢奸，交付國法審判。我回太原，祇帶了一位軍法官胡金波同志和重慶特警班的同學陳震、霍永康、劉鏡寰等十個人。人手不多，進行工作，非借重地方治安負責當局不可。我們準備進行逮捕的前一天下午三點鐘，在憲兵司令部開了一次肅奸會議，由化之兄主持，參加的人是憲兵司令樊濬之，省會警察局長師式之，還有仲琳、梁怡亭和我。我們決定暫借憲兵司令部，設立一個肅奸臨時指揮所，由樊司令負責指揮一切，師局長副之。並將太原劃分十個區域，組織十個執行小組，每一小組由憲兵和警察各兩人組成，由一位憲兵隊長，警察巡官率領，配備一部卡車，

閻國大代表慧卿遺像

負責一個區域內的逮捕工作。十二點鐘過後，開始行動，一夜之間，神不知鬼不覺，逮捕了四十多名漢奸，完成這件任務。

式之兄很了解這次逮捕漢奸，是一件重要的歷史使命，是要對抗戰八年的全國民衆和萬世子孫有個交代。他認爲警察有機會能够參加逮捕漢奸的工作，是警察的無上光榮，非常高興，一定要幹得盡善盡美。開會時，式之沒有多講話。晚上他告訴我，他選擇執行逮捕任務的巡官和警察，非常認眞愼重，不但要過去成績優良，而且必須思想和品性良好的才行。

執行小組出發前，化之講了話，也要我說幾句，我告訴他們：「遭受國法制裁的，是漢奸們本人，他們的家屬沒有罪。

尹督察專員遵黨遺像

所以，執行逮捕工作時，對漢奸們的家屬不要爲難，不要粗暴無禮，要客客氣氣。他們的丈夫或父親就要被你們捉走，你們應該對他們有點同情心才對。他們家裏的傢具財物，不准動一動。進門後，要先拿出逮捕令來讓他看過，再把要逮捕的人帶走。」我們講完話，式之又對警察一再叮嚀，必須遵照我們的指示行動，不得有絲毫錯誤。所以，逮捕時絲毫無犯，沒有出一點錯誤，完全得力於式之工作認眞，絲毫不苟，我非常感謝他。

式之走路，多少有點不尋常，原來他的腿部受過傷。二十六年（一九三七年）十一月九日太原失守，式之任警察局第一分局長，他身穿警察制服，率領一部份警察隨同政府官員們，沿太原到汾陽的公路，向西撤退。他們奔波得非常疲憊，在一個晚上，被敵人包圍俘虜了。被俘虜後，受盡敵人侮辱，要押在文水城裏。他覺得做俘虜非常恥辱，不是滋味，不死就得逃走。夜裏，乘敵人不注意的時候，溜走，從城墻上跳到城外。因爲繩子斷了，跌傷腿骨，一步也不能行走，不走無異等死。式之的毅力極强，忍痛往前爬。幸好遇見他的局員姚映川（鳳岐），背上他離開敵人的區域。從這件跳城的小事情，可以看出式之的奮鬭精神，是怎樣的堅强。

抗戰勝利後，師式之被任命爲山西省會警察局長，協助化之從事的太原防諜工

作，不遺餘力，成爲化之最得力的助手。一九四九年四月二十四日拂曉，共產黨從城東南兩面攻進太原城裏。式之知道大勢已去，無法挽回，決心以死殉城，以死報國。先殺死子女，然後指揮警察，協同部隊，進行慘烈無比的巷戰。一千多名警察，經過五小時逐街逐屋抵抗，剩下不到一百人。最後退到柳巷北口，依靠堅固的碉樓再戰鬪。

師式之的家就在柳巷附近，回家換上新衣，和他的愛妻史愛英拜過祖宗，相對而泣，預備相偕成仁。他要愛妻相背而立，史愛英女士不肯，她說：「隨同丈夫爲國盡忠，有甚麼可怕？夫妻相對而死，不比背立好些嗎？式之！勇敢些！動手吧！」師式之一槍擊斃愛妻，然後槍口對準他自己的太陽穴，手撳機槍，結束了人生的全部旅程。俗話說：「慷慨成仁易，從容就義難。」師式之從從容容和愛妻同時成仁就義，眞够得上壯烈慷慨。

自從七七抗戰開始，到三十八年大陸沉入鐵幕，十二年間，一位警局長能够與城共存亡，全家殉城，全家成仁的，也祇有師式之局長一個人。人終有一死，式之的死，眞是重於泰山了。

當此太原五百完人成仁二十四週年，懷念化之，師式之，徐子正和死難諸先烈，對他們動天地，泣鬼神，從容就義，壯烈成仁的犧牲精神，致最崇高的敬意。他們的正氣，將永留人間；他們的精神，雖死猶生。

附五百完人祠落成時蔣總統祭文

叔英艱虞，赤寇煽亂，神州陸沉，萬姓塗炭。峨峨太原，形勝獨擅；桓桓梁君，國之楨幹，捍衛是邦，作殊死戰，部衆激發，堅逾金城，自秋徂夏，寇莫能攖。彈盡援絕，厥氣益振，或燔妻子，或奮短兵，從容飲酖，把臂成仁，尸不見賊，縱火自焚。一時死者，五百餘人，生爲人傑，死化鬼雄，蒸嘗報享，鐘冶銘功。嗚呼！常山之舌睢陽齒，大節昭昭在青史，那見五百餘人同日死，田橫聞之難有此，會報此仇兮戈西指，賊酋之魄已天褫；宅兆新兮圓山之陽，魂兮魂兮歸來。尚饗。

二十七年的初春，駐在兗州的日軍華北地區最高指揮官寺內壽一大將發出狂妄的語調說：「中華民國的軍隊，裝備窳劣，缺乏訓練，想擊敗皇軍，比擊落太陽還難！」但事隔不久，我們在台兒莊終於把他們擊敗了。台兒莊東北隅的街道上，戰壕裏、屋跟、牆角，到處都有日軍的屍體，燃燒着用木材焚化屍體的熊熊火光，地上散亂的遺棄者「武運長久」千人縫的腰帶，鞋底上釘滿釘子的軍用皮鞋，綴着黃色軍星像半個西瓜殼的軍帽，和折斷或彎曲的軍刀，他們狼狽的退卻了。

台兒莊位於山東嶧縣，面積僅二、一七一方公里，人口約四二、三八七人。爲魯南邊境一個重鎭。西南隔運河距徐州僅八十五公里，地居津浦路之東與隴海路之北，正緊扼着津浦路支線（臨城至趙墩線）與運河的交會點。就軍事觀點而言，佔有台兒莊，即可截斷津浦、隴海兩路的交通運輸，進而威脅徐州的東北側背，因此，台兒莊非僅是交通要點，而且也是兵家必爭的軍事重地。

台兒莊的居民約有四萬人，除少數經營商業外，大多數從事於農耕。其體格之强健，性情之豪爽，以及堅苦不拔之精神，充份顯示北國男兒之氣概；且於農閒時多好習武藝，故民性以强悍見稱。城中主要街道寬敞，市容整潔；街道用長方形花崗石鋪砌，每逢大雨之後，路面更爲潔淨光澤。

台兒莊戰役隨

市街四週，有城牆圍繞；城基兩公尺以上，都是用大青石砌築，充滿着古老的風味。城外有壕溝圍繞，水從運河引來，幾年不旱，裏面且有許多三四斤重的鯉魚，每當秋收之後，市民常分段捕捉，倒也賺取不少收入。城分東、西、南、北四門，東門外面有糧食場、布匹場、牲口場、木柴場、蔬菜場、傢具場、飲食場、娛樂場等八個市場；這些市場，便是台兒莊數萬人口及四境民衆與外來商旅交易滙聚的中心。筆者於幼年時，經常出城到這些市場玩耍；其中最使我感到興趣的，首推飲食場和娛樂場，從早到晚，只見一片人潮，各式各樣的小攤上，無不生意興隆，坐無虛席。娛樂場則亦相當熱鬧，江湖賣藝的，都是遠來大江南北的高手。有玩大把戲的，有耍猴子戲的，有賣唱的，也有玩弄武術的；形形式式，無奇不有。至於那些說書談相的清茶館，更成了老年人消遣的樂園。因此這裏不但是吃喝玩樂的好地方，而且也是台兒莊全鎭的精華所在。

南門是台兒莊的教育中心，有中學兩所，小學四所。又因靠近運河碼頭，平日舟船雲集，商販輻輳，成了台兒莊的水上門戶。從此乘小火船出發，可西通韓莊，再折而北上，經昭陽湖可達濟寧，南下沿河可直達江蘇的淮陰。北門的外面，有四個靶場，一個練馬場，和兩個大操場，經常可聽到轟隆的槍砲聲，戰馬的嘶鳴聲。故平時一般市民和旅客很少涉足此地，但抗戰勝利後，其情景當然就不同了。

我是親身參與過台兒莊戰役的一個小兵，事隔將近三十年了，攬鏡自視，已經霜壓兩鬢，但回想起當日戰場的情況，猶憬然如昨，連自己穿的衣服，用的漢造七九步槍、飯包、水壺、風鏡和刺刀，都好像仍然的陪伴着我，是那麽熟悉而伸手可取。

對日抗戰，是國民革命軍最偉大輝煌的表現，尤其是初期的作戰，以我們部隊的裝備和訓練，來對抗一個世界上一流强國的陸海空軍，在理論上說戰勝是不可思議的奇蹟，我們只憑着高昂的戰鬭意志有敵無我決心，在形勢懸絕的狀態下，確實打了幾個漂亮的勝仗，硬碰硬，狠對狠，打得乾淨俐落，聲光並茂，既無徼倖，也沒取巧，台兒莊之捷便是其中最漂亮的一仗，戰場的情形，可惜非筆者的描寫技術可以描繪，也只是談一談我個人參與斯役的一段經歷。

小兵們的作戰經歷，和指揮官在同一戰役裏的作戰經歷，不可同日而語，小兵看不見整個的作戰計劃，也不知道敵我雙方的兵力部署，更不知目前的作戰態勢。每天行軍、宿營、站哨兵、修工事、戰鬭、衝鋒、吃飯和睡覺，他們不問其他，自己的身體，隨着大兵團像一粒砂在流動。不過戰場上的實際情形，搏殺的結棍慘烈，也只有小兵們看得最清楚，最切實。

我所以能參加台兒莊戰役，似乎應該先從我的從軍說起，雖然把話拉得很長了一點，只是敍述一件事情總是有頭有尾的比較清楚。七七事變正當各學校放暑假的時候，那時我在濟南一家大學裏讀書，下學期該讀國文系三年級。好像那年夏秋之交，敵人進到了山東的黃河北岸，沒有馬上渡河，戰事暫時停頓下來，學校依然的開學了，我到學校又上了一兩個月的課，敵人才渡河南下，又加以山東省主席兼第三集團軍總司令的韓復榘態度曖昧，山東省的局面一至風聲鶴唳之境，學校宣佈暫時解散，我只好捲起行李回到豫東鄉下的老家去，那時抗戰的熱浪，瀰漫全國，一般青年學子，都以獻身行伍，參加戰鬬爲莫大的願望。在我當然也是一腔熱血，非從軍不可，不過我的意思必須徵得父母的同意，幾經波折，我終於踏上了征途，我參加的部隊是第二集團軍所屬的獨立第四十四旅，第二集團軍總司令是孫倣魯（連仲）先生（在台），旅長是吳雲程（鵬舉）將軍，說起了獨立四十四旅，是北方一支能征慣戰的隊伍，他的前身是一個騎兵旅，旅長是張華堂將軍（在台），也是北伐，剿共各戰役中的一員名將，我參加部隊的地點，是在豫西的新安縣，那時第二集

軍記

胡瑋

團軍在那裏補充兵員，因爲剛從晉冀邊境轉戰下來，雖然立了輝煌的戰功，但是兵員的損失，也急待補充的。

我和幾個志同道合的青年朋友，到了新安，見到了吳旅長，吳旅長專意的爲我們設一個招待所，安下小厨房，每天一塊錢的菜金，那時的物價和戰前並沒有太大的波動，新安這個小山城裏的菜蔬、雞、蛋、肉類，又便宜得不得了，一塊錢差不多抵現在十五元港幣，吃的當然很好，每天又無事可做，東盪西轉的閒住下來，我們一再請求旅長讓我們下連（下連是北方部隊裏的術語，就是到連裏去做戰鬬兵的意思），他總是說：「別忙，以後會有你們的工作。」

二十七年的農曆新年，我們從新安開拔到雞公山一帶住防，雞公山處於豫鄂邊境，地方上毫無戰爭氣象，一派太平光景，春來得早，出了正月，柳條已經抽絲了，這時我們已經成立了戰地服務團，穿起了軍裝，到處的講演、貼標語、組織話劇隊、歌詠隊、地方劇隊，現在想起來，那時毫無工作經驗，毫無工作技術，專憑一般衝力，幹得蠻帶勁的。

吳旅長是項城人，我們的家庭中有點老的關係，一天他叫我到他的辦公室裏說：「我們的家眷，要回老家去，麻煩你送他們一趟，順便你也拐到家裏看看。」部隊裏送家眷回家，或者把家眷送到後方的留守處，是要開往前線的徵兆，但是我又不能冒然的問，「我們要作戰了嗎？我回來的時候往那裏找隊伍？我如果這樣問，豈不太外行？心裏又悶得慌，出來私下裏問問旁人，他們答得更輕鬆，「你緊張甚麼，怕打仗嗎？」「誰怕打仗？我擔心我回來的時候往那裏找隊伍？」「往前線，」平白的惹了一肚子氣，我眞怕白穿了幾天軍裝，作戰時反而落了隊，豈不被人駡做「歪種」？

我穿着整齊的軍裝，回到家裏，家庭到底是溫暖的，一住就是一兩個星期。離家的時候，父親送我到民權縣車站，車站的站長，認識我們家裏的一些人，談起來我去找隊伍的事，站長說：「第二集團軍前幾天已經由隴海路東下了，調軍車單是到徐州，現在是不是還在那裏，那就不一定，」我的意思是先到徐州去，找不到繼續再找，一個大的軍團，總不會找不到消息的。父親想起了這幾天河南民報的大標題「嶧縣山區戰雲密佈」的消息，說：「隊伍不會停在徐州，大概已經到了魯南一帶，眞找不到，就快點回家來。」這次和我同行的還有一個堂侄，年齡和我差不多，也是要投效部隊的，兩個人在一塊總會互相有個照顧。火車來了，我們上了車，當

汽笛長鳴，車身向前蠕動的時候，父親流下了眼淚。

徐州是對戰爭最敏感的一個城市，家家戶戶都挖着防空壕，高大一點的房子也都塗上了一層青色的石灰，大街之上，十步一哨，五步一崗，站崗的弟兄們雙手持槍，鋼盔上蒙着黃、綠、橙、紅各色交織的防空網，嚴肅的空間，嚴肅的面孔，使人嗅到濃厚的氣息。徐州車站是津浦、隴海的兩大幹線的交叉點，規模相當的大，已經被敵機炸得百孔千瘡；但是商店仍舊開門營業，街上來往着熙熙攘攘的人羣，天氣漸漸的暖了，賣涼粉的、賣涼豆餡兒的，依舊吊高了嗓門吆喝着，他們又似乎沒有感到戰爭的威脅，我想，就是我們中華民族的韌性，韌性就是承受一切艱苦的力量源泉。

我們在徐州住了兩天，買新軍服、買皮鞋、買日用品、儘情的吃，總覺得一到前線就沒用錢的機會了。終於問到了部隊的消息，已經開到了台兒莊前線，那時所說的「前線」，不一定是交戰地區，後方不也是說「徐州前線」嗎！

早晨，我們從徐州乘車東去，第一步的目的地是趙墩車站，因為到趙墩要再轉台棗支線，才能到達台兒莊，那一天徐州報紙的標題是「我軍克復棗莊」，棗莊是一個地理上的名產煤區，還在台兒莊以北，所以此行給我一種安全的感覺，覺得這時台兒莊的情形，也和徐州差不多，旅館、飯店依舊開業，最多時常拉拉空襲警報而已。

一路上軍車很多，壅塞於途，加以時常有敵機騷擾，三架兩架的低飛盤旋，或者掃射一陣，這便耽誤了車的行程，本來徐州到趙墩沒有幾站路，我們這一列車，整整的走了半天，到趙墩已經過中午了，下車以後，知道入晚以後才有往台兒莊的軍車。趙墩是一個小車站，車站上擠滿了散雜的兵勇，幸好還有些做小買賣的老百姓，有賣麵的，有賣乾燒餅的，也有賣茶，總算把肚子塡飽了。前方傳來的砲聲，似乎很近，又不好問戰事到底在那裏。向晚，我們兩個人又爬上一列軍車，在暮色蒼茫中前進了。

從趙墩到台兒莊，中間只有兩個車站，一個叫宿羊山，一個叫車輻山，因為車輛的擁擠，車到宿羊山又停得很久，在車上已經看見台兒莊方面熊熊的大火，把天空染得一片血紅，但宿羊山的四週卻寂靜得像一個平安的清夜，夜晚的風，雖然帶着濃重的寒意，躺在車上的「阿兵哥」（這個稱呼在那時還沒流行）們，還是響起了甜蜜的鼾聲，我忍不住向一位披着軍毯吸着香煙的同志發問：「前面為甚麼那樣大的火？」，他答：「燒焦炭吧！」

到了台兒莊，已經午夜一時，天陰月黑，除了大火照耀以外，車站上沒有一個燈亮，車上的士兵們沉默而緊張的爬上爬下，搬運着軍用物資，沒人講話，更沒人喧嘩，我在火光中看見一個崗兵，我謹慎的低聲的問他：「報告同志，四十四旅在那裏？」「報告」是部隊裏最客氣的詞令，「不知道」，這時我發現車站的票房已經被炸毀了，月台上用水泥作的一面丁字形站名牌，黑字白地，依稀的看見是「台兒莊」三個大字，深夜的風，吹得人索索發抖。我才知道眞的到了前線，而且是戰鬬地區的前線，又找不到隊伍的消息，使我惶惶然感到六神無主。我那位堂侄，過去幹過軍隊，比我老練，他截住一位在黑暗中行走的士兵，用輕微而親切的聲音問他：「同志，你那一部份？」「廿七師」（按第二集團軍當時所屬的為第廿七師、第三十師、第三十一師、獨立第四十四旅）「你們的隊伍在那裏？」「我正在找」，「我們也是找隊伍。」這才算有人和我們聊在一起，像在遙遠的異鄉，遇到了親人。

我們在車站的左下方找到一間民房，屋裏黑漆漆，空掠掠的，據我們暗中摸索，還有幾件日常用的傢具，我們一齊擠在牆角等待着天明，天還沒有東方發白，我們的砲位發砲了，眞沒料到砲位距離我們那樣近，在後面最多不到一百米的小山上，冷不防的「轟」「轟」……震天價地的連發着，跟前閃爍着強烈藍色的火光，震得房頂在動搖，泥土簌簌的落下，在連續的火光裏，我知道我們的房東是一家中等以上的人家，一付何紹基的七言對聯，被主人遺留在這動盪不定的牆壁上。

我們感覺到這裏不是久停之地，必須在曙色未臨之前離了這個區域，離開此地不久，順着運河南岸的河堤和西北行進，太陽剛剛泛紅，砲聲、機槍聲、一切戰爭應有聲音，和火藥爆炸，大火瀰漫的煙霧，已經籠罩了整個台兒莊。

這天的下午，我和我的堂侄終於在台兒莊西北方四十多里的澗頭集地方，找到了我們的部隊，旅長和幾位一同投效的朋友們對我的來臨，都感到意外，還在老百姓家買了兩隻雞爲我接風，一兩天沒有得到飽暖的我，用了一頓豐盛的晚餐。天色剛晚，軍械處按我們戰地服務團的人數送過來步槍，每枝槍附有二百發子彈和兩條布製的子彈帶，並且派來一位中士，來教我們用槍，我們拒絕了，因爲我們都受過集中軍訓，並且北方的年青人，有不會用槍的嗎？

一位名字叫做卜憲文的誼友向我說：「看樣子該我們的了，你一來便發下槍來，託你的福。」旅長來了，大家就地立正致敬，旅長穿着士兵一樣的軍服，滿臉微笑的說：「當兵沒有槍，就像老虎沒有牙。」現在我知道一些關於戰爭的事：我們四十四旅擔任台兒莊保衛戰的左翼，卄七師在右翼，台兒莊巷戰的主力是卅一師，三十師是後備隊，對面的敵人是磯谷廉介師團和板垣征四郎師團。這一夜，我平安的睡了一覺。

第二天早晨，四架敵機低飛偵察，遠處的砲聲把窗紙震得沙沙的響，澗頭集的老百姓大部已經被軍隊强迫疏散了，街上冷清清的，田裏的麥苗滿是烏鴉，中午的太陽已有點炙人，總之，一切很平靜，平靜得出奇。

傍晚，緊急集合的命令來了，捆軍毯、灌水壺、裝飯包、紮子彈袋，一陣忙碌，這天是幾號，日子隔得遠，記不得了，天一入夜就是那樣滿黑，大家儘量的減低聲音，黑暗中人影幢幢，在當時隊伍往那裏去，甚麼任務，我們這些當兵的自然是一無所悉，事後才知道這便是呂家湖攻擊戰的前奏，呂家湖在台兒莊東北約五六華里，是敵軍一個重要據點，我們爲了減輕敵人對台兒莊的壓力，對呂家湖必須施行側面的攻擊。

部隊開拔了大約五六里，人馬渡過運河，運河上由工兵搭了浮橋，黑夜之間，大軍前進，橋窄人衆，人馬落水的當然不少，所幸暮春時節，河水不深，掉進去再爬上來，可是已經濕透了，步兵的急行軍，是不問能發生若何的後果，向前直走。身上的槍支子彈，越揹越重，汗水順着脊梁流下，想打開水壺喝口冷水，都找不出工夫，我想起幼年所讀木蘭辭中的兩句話「萬里赴戎機，關山渡若飛」，這時才體會到其眞正的意義。

大概夜間三點多鐘，副官處在一個鄉村上替我們幾個人找到兩間房子休息下來，並向我們傳達旅長的命令：「隨時準備前進，遇到緊急情況要跟上部隊，嚴禁燈火……」我們解下來自己所背負的軍毯，就地坐下來，咕嘟咕嘟的喝了幾口冷水。台兒莊的火光，像在隔牆，似乎可以聽到大火裏必必剝剝的聲音，除此以外四圍依然的是那樣的漆黑而恬靜，陡然看見劃破天空兩道紅色的亮光，「啊！信號彈，」話沒落地，機槍、步槍、大砲、手榴彈，就在村外，不！就在耳邊，一齊的響將起來，殺聲喊成一片，戰爭的噪音越來越緊，分辨不出是甚麼的聲響，像狂風暴雨侵蝕着世界，「刷」的一聲，屋角坍塌下來，我們的領隊王宇庭兒小聲點着這幾人的名字，還好沒有傷亡，卜憲文在唧咕：「我們出去打一陣，衝鋒戰死也好，坐到屋子裏，一個敵人的影子也看不到，死了豈不寃枉？」「沒有命令，怎樣可以亂動！」

戰鬪繼續到早晨七點多鐘，我們攻擊的隊伍從前方撤退下來，一個個下半截沾濕了露水和泥土，受傷的官兵們，有的自己走回來，有的擔架抬着，有的由戰友扶持着，我第一次看到爲了保護祖國所付出那樣多的鮮血，台兒莊高大磚造的寨牆，歷歷在目，除了寨裏依舊是大火熊熊，濃煙瀰漫以外，一切都歸於寧靜。炊事兵送飯過來，除了雪白的大饅頭以外，每人還分到一碗猪肉，雖然做的不太熟爛，山砲連王班長卻因爲不辜負這頓佳餚，把臉喝得醉醺醺的，飯後，我們都躺在地上小睡一覺，一個蒼蠅盤旋的在室內飛繞，象徵着初夏卽將來臨。

酣睡中，一位參謀把我們喊醒，「趕快跟我來進入陣地，敵人恐怕要進攻了。」我們迅速的帶着自己所有的裝備，跑出村子，進入了散兵坑。這時我才明白了這個村子的大略形勢，是在台兒莊的右下方（註：左右翼是以前進方向爲準，左、右、左下、右下、左前、右前各方向，加以村落、城鎭或其他的地上固定物爲基準而言，應以北向南計算），靠着運河的東北岸，前面是一條河汊，我們的散兵線就散佈在河汊的這岸岸邊，隔岸望去，一個黑魆魆的大村莊，就是呂家湖，我和王宇庭共有一個雙人的散兵壕，卜憲文和我堂侄在我們的右方，當過兵的都知道，戰地部隊所到之處，是先構築工事的，河汊裏的水，呢喃的流着，今天是個風和日麗的好天氣。吳旅長帶了幾個隨從，在一棵大樹下，用望遠鏡向前方瞭望着。

在十點四十分左右，兩隻灰溜溜的氣球，從敵方陣地裏飄過來，漸漸的向我方陣地垂直，同時一架偵察機在低空偵察，陣地的氣氛顯得有點肅穆。傳令兵送過一張油印的字條，寫着：「通報，呂家湖方面之敵增援，有侵我陣地跡象，如遇情況，各官兵未奉命令前，不得擅自射擊！參謀處」，我心裏在想，今天這仗，看樣子是打定了，王宇庭笑着向我說：「背水列陣，置諸死地而後生。」

轟隆、轟隆，敵人向我們的防地開始攻擊了，抗戰時的第一期作戰，日軍完全是憑藉優越的火力，一時，砲彈飛馳的怪嘯聲，砲彈沉重而猛烈的爆炸聲，房屋的倒塌聲，樹木的摧折聲，像大海在沸騰，宇宙在翻覆，陡地一個強烈的震動，泥沙傾瀉下來，我眼前一陣昏黑，等到奮力的從泥土堆裏抬起頭來，一眼看到滿臉黃泥巴的王宇庭，露出一排雪白的牙齒，啊！他在向我微笑：「喂，你成仁沒有？」「大概還沒有。」我摸出手帕，擦一擦眼睛，耳孔和鼻凹，兩人相對又是一陣「嘿嘿」的笑聲。我們陣地裏沒有一發槍聲，大概沒人接到射擊的命令，就是射擊我想也沒有目標，因爲一直到現在，我還沒看到敵人是個甚麼模樣。

正午，敵砲的轟擊開始疲軟下來，我們又接到「準備衝鋒」的命令，呂家湖方面出現了兩輛中型戰車，向我們陣地直駛過來，後面是步伐整齊的敵軍步兵。這種一成不變的攻擊方面，就是日閥們所自詡的「教室外的皇軍作業」，戰車逼近了，戰車砲，重機槍盲目的向我們襲擊着，我們的陣地裏，沒人發槍，更沒人喧嘩，旅長有句話「能挨打才能打人」。眼看戰車衝過河汊了，鐵質輪帶的聲音，好像已經軋在我們的頭上，現在敵我確實的接近了，已經接近到人碰人的地步了。衝鋒號響了，動地的「殺」聲喊起，我軍躍出了戰壕，廝殺聲喊成了一片，大砲停止了轟擊戰車失去了威力，我決無意憑空的汚衊日軍的戰鬪精神，但此時已陷入無可挽救的劣勢，我們人多，我們解除了重兵器的威脅，戰志高騰，山嶽動搖，將近一小時的肉搏戰鬪，驕傲的「皇軍」，狼狽的結束了他們這一課不愉快的作業。

此一戰役過後，四十四旅奉命撤下前線，不幾天，台兒莊正面之敵全線動搖，在我軍各方合擊之下，瓦解式的潰退了，正面作戰的三十一師先頭追擊，四十四旅便在敵人撤退後的半點鐘以內，開進了大火未熄的台兒莊。

我記得勝利後的台兒莊第一個狂歡之夜，同時我深切的懷念着先爲國殤的戰友們。

記濰陽雙忠——張天佐與張髯農

劉仲康

今年四月二十七日，是山東省第八區故行政督察專員張天佐（仲輔）和他的副司令兼保八旅旅長張髯農（敬賢）雙雙自戕殉職二十四週年紀念日。當年兩位張烈士自戕成仁；和他們的部屬死事之慘烈悲壯，猶歷歷在目前。魯省在台人士爲懷念先烈，五十七年曾醵資建衣冠塚於台中大肚示範公墓，由莒縣莊仲舒先生撰文，曲阜孔達生先生篆額，勒碑刻銘，以垂永久。於今中興可期，收京有待，緬懷先烈，不禁憮然。玆將經過情形，拾綴成文，藉資紀念。

昌樂縣傳奇人物

自民國二十七年起，山東較大城市大都淪於日軍之手。省政府和戰區總部退入沂蒙山區建立長期抗戰的指揮塔。昌樂，原是一個蕞爾小縣，地瘠民貧，然因位於膠濟鐵路中段，又爲日軍必須攻佔之地。無論從地理形勢，經濟條件而言，都沒有長期獨立生存的可能。但事實畢竟證明，昌樂不但是全國淪陷區中從未淪陷的一縣；而治績竟是全國性的模範縣。創造這種奇蹟的人物，就是昌樂縣警察局長歷經艱危洊升縣長，抗戰八年不離縣境一步，終任八區行政督察專員戡亂殉職的張天佐，和他十年相從，親逾骨肉，同生共死的副司令張髯農。

筆者第一次會見這兩位傳奇人物，是在三十二年的七月。那時是奉派往淪陷區的山東部署敵後工作，任務是先在青島濟南兩大城市建立工作據點，再沿交通線輻射發展。當年從重慶攜帶一批爆破器材和通訊工具，先到安徽阜陽，原定計劃限隨九十二軍李仙洲部入魯。詎料魯蘇戰區的部隊因不堪日僞共軍層層壓迫而撤出魯境。

李軍又因中原會戰在即中止入魯。我們只好改變計劃，將笨重器材留置阜陽，人員各別秘密進入淪陷區，先從僞組織方面建立工作關係，再開闢密運器材的路線。爲了預策一條安全退路，乃先到昌樂和在當地工作的同志洽商聯繫步驟，乘便與張天佐專員會晤，取得他的必要支持。

筆者從膠濟鐵路昌樂以西一個小站——堯溝下車，出口處有日兵僞警二人盤查旅客。僞警向我以目示意，不經意的說：「要歇腳可到南街某客棧，那裏比較方便。」我不明白他的用意所在，只好含糊以應。斷定他所說的客棧必然是個聯絡地址，但不辨是敵是友，深怕冒然闖進共方的聯絡站，惹來麻煩！是以不理會僞警的暗示，逕自離開堯溝向預定的目的地前進。離鐵路線約三里，經過一個小村莊，村民圍攏問長問短，我支吾其辭，說要到倉上訂購羊毛。倉上——是靠近臨朐縣境一個環境隱蔽的村莊，就是八區專署所在地。村民聽說我去倉上，馬上由他們的幹部指定嚮導領路；其實是逐村遞解，一面保護，一面監視，直至離倉上約十五華里一個村莊向接替者交待清楚爲止。中途穿過名義上屬於日僞勢力範圍的昌樂縣城，領路者引導我穿城而過，如入無人之境，不由得衷心欽佩這個地區的人根本不把日軍有形力量放在眼裏。

步行兩天的路途當中，我幾度試從護送者口中瞭解一些地方，竟毫無所獲。民衆警覺性如此之高，足證組織訓練徹底有效。

和該地區負責同志洽商任務終了，他陪同我拜會張仲輔專員，承其款待午餐，席間有副司令張髯農和昌樂縣長程轀山。仲輔先生對我進入昌樂縣境的行踪瞭如指掌，他說：「我們在車站上都安排下接待人員，不知他們何以不指引來賓到聯絡客棧歇腳，累你多走許多寃枉路。」我才確信對那位「僞警」的善意發生懷疑是不必要的。因之非常敬佩這位專員組織觸鬚的靈感和深廣程度；無怪乎以彈丸之地，日與虎狼爲鄰，竟能安若磐石呢！

虎狼窩風塵雙俠

席間我對兩位先生作一番冷靜的觀察。仲輔先生身材修長，白皙無髭，兩眼稍呈三稜形，微射黃光，鋒藏不露，具有一付沉潛剛毅的容態，從不縱聲發笑，善以幽默的譬喻，指述一些嚴肅的問題，惹得聽者捧腹大笑，他只在嘴角掛上一縷笑意，點到即止。我向他述說「僞警」暗示路途的一幕，由於自己多疑，辜負了此君的雅意。

張說：「搞敵後工作，好比『粘吉了』，要是行動有聲有色，便注定失敗了」。「粘吉了」即是鄉村兒童捕蟬遊戲。以此譬喻敵後工作，再恰當不過。

仲輔先生的幽默話頭很多，勝利後，黃百韜將軍率軍圍勦盤據魯南山區之共軍陳毅部，小駐濰縣，詢仲輔先生控制收復區之道，仲輔先生告以必須放手起用地方反共人士，保護收復區民衆如同帶小鷄，須由老母鷄羽翼之，組織民衆對付共軍，猶如捕蠅必以蠅拍，機關槍毫無用處。言簡意賅，黃將軍報以會心微笑。

幽默感須具有恬澹寧靜的心境，才能獲致。於危機四伏生死俄傾之際，仍不失幽默感者，是大英雄大豪傑的胸懷。仲輔先生於自殺之前，致其夫人李佐卿女士電文中，有「不要和其他女人一樣，不是哭、就是叫，叫人家笑話……」之語；致朋輩的電報中，更幽默的說：「如果戰勝，係大家之福，請你們喊上幾聲好，作爲捧場的表示。如果戰敗，就請你們給開個簡單的追悼會，聊盡朋友之誼，……」。

其時共軍已迫近他的指揮所，雙方進入短兵相接階段，於血肉橫飛，屍骸枕籍之中，仍不失其幽默，其從容鎮定工夫，實已臻上乘境界！

他的副司令張髯農，虬髯繞頰，皮膚黝黑，短壯的體軀，掀髯大笑的神情，襯托出一付豪氣干雲的性格，加以二張比作風塵三俠中的李靖、虬髯公，只缺少一位紅拂女。

兩位先生均豪於飲，飲酒最能表現性格，仲輔先生勸酒，先不聲不響舉杯一飲而盡，客人飲與不飲悉聽尊便。髯農先生卻喜與人碰杯有聲，來個杯底朝天。一剛一柔，都能恰到好處。筆者第二次與二公會晤，是在翌年陰曆重九過後二日，因青島秘密機關爲日方破獲，多人被捕，筆者從日本憲兵的刺刀下漏網，奔至昌樂，仲輔先生爲我置酒壓驚，席間僅達平素酒量之半，即酩酊大醉，嘔吐狼籍，酣睡二日始甦。心想二公日處日僞軍環伺之中，從容周旋，游刃有餘。己則甫遭挫折，便心亂如麻，小飲即醉，不禁自慚不已！

保安團百戰千討

第二次在昌樂約停留一月，得從多方面觀察仲輔先生的成功之道。茲先從二公的歷史說起。

仲輔先生是壽光縣人，畢業於濟南第十中學，繼入工專，又考入山東警官學校。其十中同學王平一自蘇俄留學返國，爲戴雨農先生羅致負責山東地區秘密工作。仲輔先生任昌樂警察局長時，經王平一先生之介，與復興社魯省領導人秦啓榮先生相識，彼此相約畢生以抗日反共犧牲救國爲職志。由於復興社推薦，仲輔先生獲調廬山受訓。甫經結業，全面抗戰爆發。渠自廬山回昌樂任所，即以警局爲骨幹，組成他的游擊支隊，受秦司令啓榮指揮。這支兵不滿百的武力，從戰鬪中壯大起來。由保安團而保安旅而保安師，仲輔先生亦自縣長遞晉至專員兼保安師師長。三十二年四月間，秦啓榮先生遭敵軍圍困自殺殉國，能爲秦先生之續者，殆仲輔先生一人而已。

髯農先生昌樂人，原名敬賢，抗戰開始，立誓須抗日勝利始剃去鬍鬚恢復光明。他的髯長拂胸，故易名髯農。此公是位標準的愛國主義者，畢業山東省立商專之後，幹過鐵路員工，做過新聞記者，其志不在謀食，而在尋求救國途徑。髯農先生的心目中，不管何種理論，何種方法，只要有助於救亡圖存，都願拚御頭顱一試。正值徬徨苦悶之際，盧溝橋的砲火統一了全民意志，他立刻回到家鄉，挾其理論與實踐結合的經驗，爲組織抗日武裝貢獻其智慧。他輔佐仲輔先生自保安團團附起，直至八區保安副司令，十年攜手，死生以之。舉凡對敵僞鬪爭一切措施多出髯農先生之擘劃獻替；其過人處，尤在不居功，不要名的謙謙君子之德。昌樂地區，抗日期間總計大小戰役三六八次，戡亂期間一千四百餘次，平均兩天即發生一場規模不等的戰鬪，每逢髯農先生親臨戰陣，部下立刻勇氣倍增，往往扭轉戰局。其實，髯農先生是個十足的文人，以文人而指揮作戰勇猛果敢無與倫比，不惟恃其智勇膽量；尤憑其百戰不撓的意志精神。筆者親聞髯農先生十分推崇太平天國的忠王李秀成，依我看來，曾文襄公國荃，恰似他的化身。

抗戰初期，許多起自民間的武裝領袖人物，開始聲勢浩大，終於抵不過艱苦歲月的煎熬而式微瓦解。誠所謂「其興也勃然，其亡也忽然！」其招致失敗之原因有三：一則只圖勢力膨脹，缺乏組織，魚龍雜處，互爭權力，遭遇逆境，便分道揚鑣，各行其是。二則只顧擴張武力，忽視養民，濫肆徵發，予取予求，弄得民不聊生，一旦敵人進犯，失卻民衆掩護便不能生存，被迫依附敵僞，喻爲「曲線抗戰」以自我解嘲。三則各劃勢力範圍，互爭地盤、爭稅收、爭給養，與鄰區磨擦，此疆彼界，孤守一隅，予敵人以可乘之機。迨至孤軍作戰，得不到友軍支援，反而阻絕其退路，而被分化消滅。仲輔先生自成軍之初，即完全避免上述三種病態。除將全力指向日僞共軍之外；與鄰封友軍互助合作，急人之急，人亦急其急。解人之危，人亦解其危。但昌樂縣畢竟是個窮地方，地多丘陵，全縣人口約二十七萬，以農業爲主，農民耕作盡屬旱田，通常是「樂歲終身苦，凶年不免於死亡。」地處膠濟鐵路中段，又爲日軍必須控制之區，仲輔先生處此艱苦環境之中，發揮出政治長才，講求保民養民方法，力謀生聚，使民衆負擔公平，雖勞不怨。聲威所及，僞政府委派的縣長，也得聽命於仲輔先生指揮；亙抗戰全程，日軍終不能達控制該地區之目的。至於敵方特務地工，一個也休想混進境內。「神秘昌樂」，贏得全國性模範的榮譽。

或謂，仲輔先生之成功，得力於「狠」字訣。誠然，其對有通敵之嫌疑者，處置嚴厲，有悖「罪疑惟輕」的德治精神。然而「對敵人寬容，就是對自己的殘忍」這句話。在戰時戰地更有其特殊意義。對共軍特務的鬼蜮伎倆如缺乏警覺，往往招致「噬臍莫及」之悔。

總動員管教養衛

仲輔先生對軍政財經有許多因時的特殊措施，茲擇其影響深遠，績效卓著，或饒有風趣者紀述於次，以概其餘。

八區的戰力基礎，完全建築在有效的民力運用上。其組訓民衆之基本方策，是：因事制宜而不違農時。故所辦訓練種類雖多，民衆並不因訓練而脫離生產，亦不因擔任勤務而荒廢生產。他把男女老幼全體動員起來，分別納入他們所能勝任的自衛隊、偵查網、傳遞哨、巡邏班、救護隊種種組織之中，把管、教、養、衛溶入一爐，使民衆的生活條件與戰鬪條件一致。有全縣民力作後盾，故對必須脫離生產的戰鬪部隊得以採取精兵政策，兵員最多時，亦不逾兩萬人，然戰力從無匱乏之虞。精兵政策的效果，是：便於掌握，便於運用，便於補給，便於隱藏；最要緊的是使民衆負擔減輕，不致拖垮農村經濟。這種遠見，卽爲許多建立淪陷區政權的領導人物所不可企及。仲輔先生能穿梭進入於敵人臥榻之傍而屹然獨存，且有餘力發展經濟、普及教育、改革社會，便是精兵政策的效果。

仲輔先生所辦的訓練種類繁多，最特殊的有「漢奸訓練」。他脅迫已經當漢奸的人受訓，把眞漢奸訓練成假漢奸，作爲我方「內間」。

又挑選適當人員，訓練其做「漢奸」的「基本能力」，自尋路線，滲入敵僞機構，充任「反間」。假漢奸透過眞漢奸的介紹引進而參加僞組織，既可監視眞漢奸的舉動，又可得到眞漢奸的掩護，可謂一舉兩得。對少數冥頑不靈，甘作虎倀的漢奸敵特，則由鋤奸組斷然制裁，以發揮震懾作用。以是僞方人員衡量個人利害，無不俯首聽命。仲輔先生掌握敵軍動態情報迅速確實，那些漢奸的功勞實不可抹煞。故勝利之後，昌樂縣幾乎不發生懲治漢奸的問題。

改陋習移風易俗

仲輔先生所推行的社會改革中，有兩項其事雖小而有移風易俗之功效者，彌足一述。其一是禁止幼童娶媳，其二是禁止老婦接生。魯中一帶，不少地方有男子早婚的習俗。通常有十二三歲的幼童，娶個年齡大一倍的媳婦。堂皇的理由是傳宗接代，眞實的目的，是娶個不付工資的「長工」。健婦擁「小丈夫」如「鷄肋」，只好拚命勞作，消耗精力，疲勞之餘，倒頭便睡，而「小丈夫」亦因而得到「保護」？據說：娶大媳婦主家業興隆？大媳婦既做丈夫的褓姆，又是家庭的賤工，其興隆也固宜；誰又同情那些少婦們暗洒多少辛酸淚呢！此種陋俗，妨害兒童健康，製造家庭悲劇，最爲嚴重。仲輔先生以命令規定男女訂婚結婚年齡，女子不得大於男子兩歲，男子未滿十六、女子未滿十四，不得訂婚。男子未滿十八、女子未滿十六，不得結婚。已訂婚未娶之男女，如不合上項規定，婚約無效，彩禮退還。其願達到規定年齡再行結婚者聽之。違者罰取其聘金彩禮之價款，撥充訓練助產婦之經費。

行之期年，根深蒂固之陋俗遂告絕跡。此項政令，與禁止老婦接生有其連帶關係。鄉村的人，觀念守舊，視產婦爲汚穢不堪之人，其穢濁程度，能迫使鬼神趨避，仙佛墜凡，路人遇上不滿三朝之產婦，便「大觸霉頭」。習俗使婦女諱言妊娠，百般遮掩，產期到來，秘密的找個有生育經驗的老婦，主宰產婦母子的命運；故婦女視生育比作「上刀山、下油鍋」的罪孽。傳說大城市的醫院有男人替女人接生的奇事，爲之咋舌。認爲是廉恥道喪，不擬人倫的罪惡。如果醫生不畢生倒霉，產婦勢必永世蒙羞，丈夫亦被人傳爲笑柄。總之，由於愚昧無知，不知多少產婦斷送生命，多少嬰兒因而夭折。仲輔先生令婦女會協助各地民衆診療所舉辦助產婦訓練班，連續訓練助產婦八百餘人，派赴各鄉村服務，支予公糧，義務接生，此項措施，不知挽救了多少產婦嬰兒的生命。

通有無穩定幣制

仲輔先生對戰地財經措施，尤著奇蹟。以昌樂縣純屬農業經濟，支持各級軍政機構兩萬餘人長期消耗已大不易。再加日偽匪方重重封鎖，多方掠奪；而作戰必需之物資，尤須向淪陷區以高價購進，風險之大，無法預計成本。尤有進者，戰區總部和省府撤退，留置人員不下萬人，大都擁入仲輔先生控制區以求庇護。其中高至中委、將軍，低至傳令、勤務，都需要供給生活，保障安全。十八所中等學校，經常保持學生約六千人，其中泰半來自各縣，因交通梗阻，家庭接濟時斷時續，必須採供給制以維持學生。如此多種負擔，決非農民經濟能力所能勝任。仲輔先生對財經措施，消極做到負擔公平，消費節約，積極做到穩定幣制，保持幣信，墾荒開礦，繁殖羊隻，種植棉花，創辦紡織工廠，套購敵區物資，以充實軍需民用。

茲舉數事，以見其實效。生活方面，除少數領導階層的幹部和過境外賓，偶或吃到麵粉之外；其餘一律吃帶殼的雜糧屑以豆粉做成的窩窩頭或煎餅。任何機構一律用炒高粱米冲水代茶，用旱煙袋或煙絲享客。香煙、香茶根本絕跡，火柴亦成奢侈品，吸煙者大都人手一綹草紙媒（用草紙捲成棒形，粗若手指，將一端稍微燃燒，結成約一公分厚的灰膜，貯於竹筒中，使用時，以火鐮敲石，火星濺於灰膜上，立即引燃。）一具竹筒、火鐮。其節約消費之公平徹底如此。

日偽濫發「聯合準備銀行券」掠取民間物資，達其以戰養戰的目的。我法幣行使於淪陷區者多破爛不堪，根據劣幣驅逐良幣之定律，越破爛，持有人越想出手，幣值越跌。加以偽方查禁，民間拒用，其嚴重程度，幾使經濟窒息，迫使民間恢復以物易物之古老交易方法。仲輔先生毅然以全縣稅收及民衆所繳公糧爲信用基金，印發流通券、收兌法幣、對抗偽幣，既不患日偽收兌破壞，又可蒐購物資免於外流。八年以來，軍資民食供應無缺，實得力於此種經濟作戰。

昌樂境內雖曾發現煤屑，向無人投資開採。及淄、博煤礦爲日人控制，頓令游擊區新興之小型工廠，如兵工修械等所需燃料大起恐慌。仲輔先生自二十七年起即着手勘察礦苗，實行人工開採。繼向敵區零星購入採礦械陸續代替人工。先後開闢五個煤礦，每日產煤十餘萬斤，供應鄰近各縣所駐七十多個軍政單位使用。不惟改善了轄區內財經狀況，且能幫助友軍之兵工生產，以增强抗敵實力。

興教育眾志成城

最使地方民衆永懷不忘的還是教育方面的成就。通常認爲教育須在安定環境中進行，游擊區動盪不安，如言訓練，猶有可說，如言教育，豈非空話。仲輔先生對教育青年比之「開鑿人礦」，認爲戰時需才較平時更爲殷切，更須加倍努力培養青年。各級學校本「敵來則散，敵去則開」之原則辦理，受敵人侵擾不能按時完成之課業，則於假期中補足。且因日處戰鬥環境中，教育與實踐密切配合，更能做到即學即用境地。昌樂一縣有學校四百零四所，平均每保兩校，各校附設民衆教育部，辦理成人識字班、婦女識字班，做到村村有校、人人求知。十八處中等學校，八年之間，造就高初中及師範學生約八千人。資送學生往後方升學或投考軍事學校，參加青年軍者，更不計其數。其推行的特殊教育，尤具深遠的意義。

他以訓練「漢奸」、改造漢奸的手段，實際控制偽組織學校的教育行政。以「義務教育協會」的社教團體作爲推行特殊教育的動力。凡偽方教育人員，在此團體名義掩護之下，共同研究特教推行方法，以掌握教育主權，淸除敵僞奴化毒素。僞校學生均保有兩套課本，一套爲僞「教育總署」印發，一套爲抗戰政府印發。前者專爲應付僞學官檢查之用，後者才是必修課本。僞校中除靑天白日滿地紅的旗幟上綴有三角小黃旗致令國旗蒙羞外；其餘與後方學校殊少差異。

或以爲教育方式可隨環境而變化，然又何來許多教育人員。前已述及，由於昌樂予人以安全感，爲四方知識份子所歸，是以八區境內各類基層幹部永無匱乏之虞。

效睢陽壯烈成仁

自民國二十七年一月，日軍控制膠濟鐵路全線起，這時日軍挾其裝備精良，訓練有素，戰志高昂之武力，主動攻擊，游擊部隊組成不久，裝備簡陋，毫無作戰經驗，惟憑藉士氣旺盛，民衆支持，地形熟悉諸條件以困擾敵人。但因軍事學術不够，蒐集情報，判斷敵情，戰術指導，多不得要領，因而每每陷於被動。歷時兩年，遭受日軍所謂「掃蕩」二十餘次，官兵傷亡雖重，已自戰鬪中獲取教訓，明瞭日軍戰法，再加獨有的民族戰爭的優越條件，自二十九年起，始能主動出擊。此其間作戰對手悉是日軍。其時共軍實力不充，尙不敢公然向我大舉進犯，雙方祇嚴密戒備，互相監視。

太平洋戰爭爆發，日軍收縮佔領區兵力，用於主戰場，對游擊部隊壓力雖已減低，但共軍卻已日益坐大，向我方控制區進犯，一次比一次猛烈。最嚴重的一次，是，共軍李福澤部突入八區專署所在地——倉上，斯役自專員以下全體軍民一齊投入戰鬪，幾將李部全部消滅，凡突入砦內者，非死卽俘，無一漏網。共軍使用兵力多達三萬人，但每次均鎩羽而退。原因是在昌樂境內找不到內應，故其人海戰術祇造成重大傷亡而終歸失敗，此是第二階段大概情形。

抗戰勝利，共軍立卽向我全面進攻，計三十五年大小戰役六四一次，三十六年七八二次。此其間以濰河戰役最爲慘烈，馳援臨朐，解八軍之圍，最爲出色。三十六年七月，第八軍軍長李彌，奉命與江蘇北上之黃百韜軍夾擊陳毅。李軍自濰縣南下，以攻佔臨朐縣爲目標；突破魯南山區北面之門戶，以搗共軍老巢。惟接近共區道路均遭破壞，重兵器，車輛不能通行，輕裝出擊，戰力減弱，自難達成任務。仲輔先生動員民衆十萬人，一夜之間築通昌樂，臨朐間公路百里，第八軍得以快速行動一鼓攻下臨朐。當序戰開始，陳毅佯退誘第八軍入彀。詎料第八軍行動快速，共軍未能完成反包圍；而仲輔先生卽親率所部及時趕到，協同八軍裏應外合，獲得大勝。

我軍自剿共轉變爲抗共是第三階段的鉅大變化。以下爲雙忠殉職的昌、濰戰役經過。

自三十七年三月三日起，共軍第二、第七、第九、十三等四個縱隊卽自膠東向魯中移動，情況顯示有大舉進犯昌、濰之決心。濰縣東北二十五里守軍前哨據點——寒亭，首遭共軍「西海軍區」及「十三縱隊」配合進犯；目的在掩護其主力繞道壽光、廣饒，攻略淄川，監視益都，形成對昌樂、濰縣合圍之勢，以尋求我守軍主力決戰。

斯時省主席兼二綏區司令王耀武，飛濰縣在機場招集國軍×師師長陳金城暨張專員天佐面商軍機，王曾有放棄昌、濰共守濟南之意。

仲輔先生以爲國家養兩三萬兵不難，組織百萬民衆不使從共黨則甚難。自認與昌、濰父老子弟十年相處，患難與共，民心士氣大有可爲，實不忍委之而去！且一旦放棄，收復難期，濟南斷去犄角，更形孤立，於戡亂大計亦殊不利；故願死守昌、濰，答謝地方父老之愛戴，國家之付託。

王深爲仲輔先生忠義之氣所動，又懼卒然撤退爲輿情所不諒，中央亦未必同意。乃決定以陳金城爲指揮官，統轄地方部隊，佈署保衛昌、濰之戰。臨行時明言如能支持二十天，援軍卽可到達，結果是自食諾言。僅倩人赴京「千里乞援」，圖緩和輿情。

陳金城的防衛佈署，是以八區所屬保安第一師，和十四區所屬保三師之一個旅，防守昌樂、濰縣。以各縣的保警大隊防守安邱、昌邑、臨朐、益都各縣中的我方控制區。而其本師主力，卻置於濰縣城區擔任守備。這種部署，無論內外行均表不平，然仲輔先生深知大敵當前，協合第一，自始至終，服從指揮，奮力作戰，死而後已！此自其遺書、遺電中，可見其不惜犧牲，顧全大局之情，躍然紙上。

共軍除前述四個縱隊之外；尚有「膠東」、「魯中」、「渤海」三個「軍區」所編成的三個縱隊，以「膠東軍區司令員」許世友為指揮員，合計作戰附隊約十萬有奇，較守軍兵力大出三倍，裝備與國軍整編部隊相埒。陳毅更集結龐大兵力準備隨時投入戰場。以敵我兵力和所處形勢比較，如無強大援軍及時增援。基本上是無希望獲勝一場戰爭。仲輔先生處四面作戰之地，抱必死之心，「知其不可而為之」的忠義之氣，予人以無窮的悲忿，永久的感念！

昌、濰保衛戰可分三個階段，自三月三日至二十日，共軍各個擊破或圍困守軍各前哨據點，展開戰爭序幕。自三月廿一日至四月八日，共軍以主力連攻淄川、益都縣城及坊子車站，防止可能來自膠濟鐵路兩端的援軍，陷昌樂、濰縣於孤立。我保安部隊則採取攻勢防禦，主動出擊，互相支援，遲滯共軍集結，爭取時間加強工事。同時發揮民衆組織力量，村村聯防、捕捉共諜、消滅共軍「武工隊」、「敵工隊」等武裝活動，以聲援據點防衛。但終因衆寡懸殊、出擊乏力，被迫撄城固守。自四月九日起，共軍對昌、濰合圍已成，置攻擊重點於濰縣，集中砲火摧毀我碉堡工事，白天互相罵陣，黃昏一到，卽開始波浪式的攻擊。守軍彈藥補充漸感不繼，故不肯輕易發槍，俟共軍進至近距離，憑刺刀手榴彈拚戰，因此雙方傷亡異常慘重，陣地前積屍成邱，整連整排一人不剩者比比皆是。數處孤立據點如：寒亭、田馬、倉上等地，彈藥給養仰空投敵，有時誤投敵陣，守軍須以十倍犧牲去搶奪那些物質。迨將所有糧食吃光，彈藥用罄，仍撐持至濰縣陷落，始行突圍。為了便於空投並希冀空降援軍，仲輔先生親率部隊在共軍機步槍射程內開闢濰縣南關簡易機場。此機場發生唯一的作用，得使被困濰縣的民航空運隊青島負責人博瑞智（美籍）搭直升機離去，並帶出仲輔先生親筆遺書，四月二十三日午夜，共軍先將陳金城所部汪旅防守之城垣突破，嗣卽進入逐屋作戰。二十六日，仲輔先生發出最後兩電，一致友好，略謂：

「濰縣一戰，已歷十八晝夜，不幸於敬丑於城東南被匪突入，雖竟日竭全力拚鬬，終未能挽回局勢，被迫退守東關，收容部不滿千人，……刻大勢已去，惟有再拚最後之一滴血，一切付諸天命！或在不久的將來成仁，以謝我父老、友好、長官、部屬，以償平生素志。過去諸蒙愛護，今生已矣，來生或可圖報耳！」

一致夫人李佐卿女士，囑咐奉老撫孤等後事，句句至情，字字血淚。

拚鬬至二十七日，彈藥罄盡，戰局完全絕望。殘餘官兵歷七晝夜未得合眼，雙目盡赤，狀若瘋狂。師部傳來消息，陳金城突圍，仲輔先生仍率傷官兵奮戰不已。

同日上午九時，副司令兼保八旅旅長張髯農身負重傷，舉槍自戕！十時，山東省府委員兼八區專員保安第一師師長張天佐，自殺成仁，兩烈士同為四十二歲。三十九年十月，奉　總統明令褒揚，准入祀忠烈祠，生平事蹟存備宣付國史館，用彰政府褒忠愍難之至意。

陳獨秀先生的晚年

鄭學稼

抗戰前，我當然不認識陳獨秀先生。對他的著述，除了文學革命論和關於人生觀論戰的文章，其他由於禁止發行，也完全忘卻或不知道。抗戰軍興，由報紙，知道他釋放和在武漢演講。一九三八年一月，我因公由開封至漢口，李麥麥兄邀我赴武昌陳宅訪問，被拒，詳見本刊第四期拙作「憶李麥麥」。

我初次會見陳獨秀先生和當時的環境，卻是特殊的。

一九三八年二月十七日，我離開封赴漢口，三月五日到中央政治學校特別訓練班第二大隊上課。我擔任的課程是「日本史」和「蘇俄概論」。大隊部和第二大隊卻在武昌珞珈山東湖，我住漢口旅館。

這時武漢捲起中共的政治旋風，即反『托匪漢奸』運動。誰是『托匪漢奸』？陳獨秀、葉青、鄭學稼、張慕陶和王公度。這五個人的思想各異，中共都企圖用『托匪漢奸』的罪名，假國民黨之刀殺死他們。

葉青即任卓宣，當時也任中央政治學校特別訓練班教官。他和班主任康澤，有很好的交誼。他除了在珞珈山上課，還兼任江

陳獨秀（左）與彭述之（亦中共之領導人）在江寧地方法院候審室前攝

陵的同班第一大隊的課。漢口與軍方有關係的「掃蕩報」常登他的反共、抗日論文。他怎會是『漢奸』？至於他的政治關係，正加入國民黨，怎會是『托派』？

張慕陶就是張金刃，曾是中共北方之一負責人。因領導羅章龍的「河北省緊急會議籌備處」，被開除黨籍。他先和馮玉祥一起在察哈爾抗日，後轉投閻錫山，接受晉西之敗教訓的閻氏，任用張慕陶反共，引起已滲透閻部之中共的激烈反對，那是理所必然。就在此時，中共指揮陳唯實仍在臨汾民族革命大學捕關張慕陶。聰明的閻錫山，押送張氏赴西安。在該地，他曾對「抗戰與文化」雜誌發表長文，報告事變的眞相。後來傳說他在漢中被殺，如確有此事，那是中共反間的成績。

王公度是留俄學生，廣西人。不知道他經過何種方式，得李宗仁和白崇禧的信任。他約在一九三七年八、九月間被殺，罪名是『托派』，但未公佈這案件。當我參加恩師何浩若（字孟吾）所率領的「西南七省金融財政調查團」（不公開的抗日機構）到桂林（九月二十一日）時，王氏已槍決。依孟師暗中告我的話，在桂林已滲透到李白中去的中共人員，曾企圖以『托派』帽子把我羅織到王公度案中去！到底王公度是何種人，在桂幹何種事，至今我還不知道。

我自己從未參加『托派』，離開大學後，也未加入任何政治組織。中共所以給我戴上『托派』的帽子，為着在抗戰前，我不僅反共而且反蘇。在中共掀起『反托匪漢奸』運動時，我曾在「抗戰嚮導」發表給中共黨員公開信，聲明我不加入任何人的黨派，除非我自己組黨。我至今不僅無黨無派，而且當我執筆寫此文時，事實上已和任何現實政治絕緣。

陳獨秀先生呢？他是托派的領導者，因此坐牢。抗戰軍興，他開釋，與博古（秦邦憲）、葉劍英等會談。依秦告羅漢的話，「獨秀的意見，很少有和托洛茨基相同，故近來中央在刊物上已不把托陳併為一談。」至於陳的政見，他們告羅氏：「獨秀對他們與國民黨抗日合作的路線是大體贊成的，不過只是覺得未轉變前的路線未免太左，既轉變後的路線又未免太右一點。」所可惜的，當時談話的內容，未留下記錄。但是就由秦的話，也不能給陳扣上『漢奸』的帽子。由五十年代後中共的宣傳品，說抗戰初中共內部曾反對『未免太右一點』，說明陳獨秀的論點恰是毛澤東的路線。

延安對陳獨秀的最初公開評論，是「解放」第廿四期。它以「陳獨秀先生到何處去？」短評說：「當陳獨秀先生恢復了自由以後，大家都在為陳先生慶幸，希望他在數年的牢獄生活裏，虛心地檢討自己的政治錯誤，重振起老戰士的精神，再參加到革命的行伍中來。」這些都是好話。短評接着說：「陳先生對『華美晚報』談話中，主張發展工業與科學的思想，是『資產階級的俘虜』。」這等於說：依當日延安的政治望遠鏡的觀察，陳獨秀只是思想還落在「五四」階段而已！同短評又告世人：「陳先生出獄後，在武漢的第一次講演中說到：『……這次抗戰是一個革命爭，全體民衆應當幫助政府，世界也應幫助中國。」這與中國托洛茨基派的主張已大有差別。」

依照上述「解放」的短評，陳獨秀既不是『托匪』，又非『漢奸』，甚明。可是再五期，卽「解放」第廿九和卅期發表康生的「剷除日寇偵探民族公敵的托洛茨基匪徒」，全面地具體地說：早自「九，一八」日本駐滬偵探機關，經親日派唐有壬的介紹，「與陳獨秀、彭述之、羅漢等所組織的『托匪』中央進行了共同合作的談判。……結果是：托洛茨基匪徒『不阻碍日本侵略中國』，而日本給陳獨秀的『托匪中央』每月三百元的津貼，待有成效後再增加之。」

康生的文章說到當『托匪、漢奸』的人，除了陳獨秀、彭述之、羅漢，還有葉青、劉仁靜、張慕陶、杜畏之、陳其昌、黃(？)公度。已經說過，葉青、張慕陶和王公度都不是托派，還有被中共所殺的俞秀松、董亦湘、周達文似是中共內部的另一派。在那些胡說中最離奇的，是說「美國人伊羅生」，英文上海晚報職員、中國托匪組織總書記格拉斯和他的『老婆』都是與日寇有關的『托匪』。我們知道伊羅生是「中國論壇報」主持人，江西蘇維埃政府遷到上海中共中央痛罵他時還明令嘉獎（見當時的「紅色中華報」）；閩變後，伊羅生轉到中國托派，不久與劉仁靜一同被捕，他雖因「美國人」釋放，抗戰時已和托派沒有關係。抗戰中期，他充當美國一家報紙記者來渝，「新華日報」曾捧他，但有意地音譯爲伊薩克，不敢說他就是過去斥爲「叛徒」的伊羅生。總而言之，康生文章是集早自當年一月一日起中共攻擊『托匪漢奸』罪狀的大成，又是最顚倒是非。爲甚麼中共對陳獨秀的態度突變，依張國燾的「我的回憶」，是斯大林的欽差大臣，眞正中華民族漢奸王明(陳紹禹)發動反『托派』的行動。到了去年末，筆者讀美國出版托洛茨基的三十年代文集，才知道那是共產國際一次執委全會的決議。當斯大林在排演反托洛茨基派和布哈林派的賣國醜劇時，要全世界共產黨呼應，受陳紹禹督促的延安中央，只好遵命。但他們也有一個目的，卽利用充當新貴的良機，把『托匪』和『漢奸』的帽子，加在異己者和反共者頭上，企圖以國民黨之刀達到預定的目的。

國民黨當局當然知道康生們所攻擊的『托匪漢奸』是何種人。他們靜觀中共的動態，對於中共所攻擊者毫無行動；只是葉青的反共文章不能在「掃蕩報」發表而已。

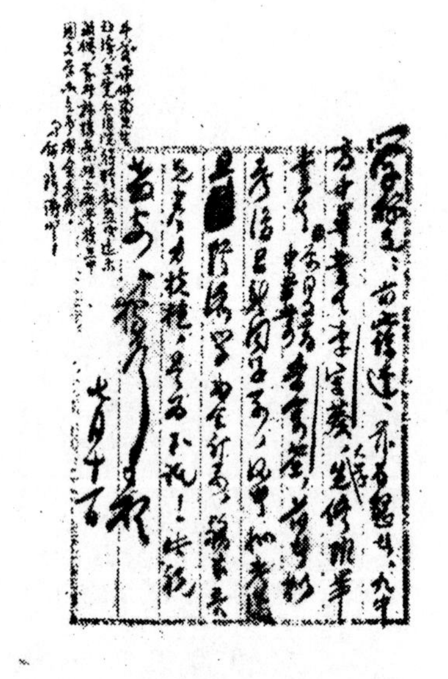

葉青和亦被誣爲『托匪漢奸』的西安「抗戰與文化」，曾聘律師登報，要求中共公開回答。沒有反應，因爲中共有槍、有地盤，更重要的，後面有大靠山——斯大林。有一位漢口名律師曾勸我控告陳紹禹，因爲他在一本書中誣我爲『托匪漢奸』。我曾爲這本書與生活書店老板鄒韜奮交涉，鄒面告我：「我知道老兄不是『托匪漢奸』，但這是政治問題。」這等於說：政治問題，要用勢力解決，不能用法律解決，法律是不入有政治勢力之門的。我把這談話告那位律師，他卻如此說：不管有無後果，你如不公開控告，人們可以利用它誹謗你。我不接受他的勸告。二十三年後，我本這一教訓，控告誹謗我『與共匪隔海唱和』而不肯更正的國民黨評議員蕭同茲子孟能，至今十一年無法開庭，這說明我在漢口的決定還是有理。張慕陶除了前述在「抗戰與文化」的談話外，也沒有方法阻止中共的誹謗。王公度早死，當然任中共怎樣說。

說陳獨秀的『托派中央』經過曾任它的組織部長羅漢，與日寇談判，月只要三百元的代價就充當漢奸；眞是沒有頭腦者的宣傳。不僅此也。對於筆者，明知他在河南財政廳當秘書，卻誹謗他在徐州當『漢奸』月領數萬元。何以有這種幼稚的宣傳？爲着當『匪』太久，一旦招安，不免得意忘形。

處「新華日報」連日宣傳陳獨秀爲『托匪漢奸』（其他中共的和中共同路人的刊物，也做同樣的宣傳）的政治氣氛中，陳先生沉默不說一句話。到三月十六日，「大公報」、「武漢日報」登載王星拱、周佛海、傅汝霖、段錫明、梁寒操、高一涵、張西曼、陶希聖、林庚白的公開信，如此說：

「中國共產黨內部理論之爭辯，彼此各一是非，黨外人士自無過問之必要。惟近來迭見共產黨出版之「羣衆」、「解放」等刊物及「新華日報」竟以全國一致抗日立場誣及陳獨秀先生爲漢奸匪徒，曾經接受日本津貼而執行間諜工作，此事殊出乎情理之外。獨秀先生平生事業，早爲國人所共見。在此次抗戰中之言論行動，亦國人所週知。漢奸匪徒之頭銜可加於獨秀先生，則人人亦可任意加諸異己，此風斷不可長！鄙人等現居武漢，與獨秀先生時有往還，見聞親切，對於被蒙此莫須有之誣衊，爲正義，爲友誼均難緘默，爲此代爲表白。凡獨秀先生海內外之知友及全國公正人士，諒有同感也。」

這九人中，王星拱是國立大學校長，周佛海是國民黨中宣部長，高一涵是監察使，傅汝霖是反共的西山派，段錫明是著名AB團發起者，梁寒操是國民黨理論家，陶希聖是國民黨新組織文化運動機關——藝文研究會之一負責者。除了王星拱不知是否國民黨員外，其餘都是國民黨要人。他們在中共過份地誹謗異己和企圖掀起大寃獄的情況下，出來爲陳獨秀說公道話，不能說沒有政治的作用。但還有被稱爲『西曼諾夫』的張西曼和舊詩人林庚白何以列名，則使人費解。依筆者的「抗戰九年雜記」（後簡稱「日記」），國民黨中負反共宣傳的「民意」主編葉溯中告筆者：本來沒有張、林，他倆見了啓事稿以爲有風頭可出，自告奮勇地參加。

三月十七日，「新華日報」以短評「陳獨秀是否托派漢奸問題」，答覆王星拱們。它用蘇聯大寃獄公佈的文件，反證『托派』勾結德日，並如此說：「陳獨秀是否爲漢奸問題，首先應該看陳獨秀是否公開宣言脫離托派漢奸組織和反托派漢奸行動以爲斷。」這迫使陳氏開口。他於十七日寫「致新華日報之公開信」，如此說：

「我去年九月出獄之後，曾和劍英、博古談過一次話，又單獨和劍英談過一次，到武昌後，必武也來看過我一次，從未議及我是否漢奸問題，並且據羅漢說，他們還有希望我回黨的意思。近閱貴報及漢口出版之「羣衆週刊」及延安出版之「解放週報」，忽然說我接受日本津貼充當間諜的事，我百思不得其故。頃見本日貴報短評，乃恍然大悟。由此短評可以看出，你們所關心的，並非陳獨秀是否漢奸問題，而是陳獨秀能否參加反對托派運動的問題，你們造謠誣衊的苦心，我及別人都可以明白了。……我坦白的告訴你們：我如果發現了托派有做漢奸的眞憑實據，我頭一個要出來反對；否則含沙射影血口噴人地跟着你們做啦啦隊，我一生不會幹這樣昧良心的勾當！受敵人的金錢充當間諜，如果是事實，乃是一件刑事上的嚴重問題，決不能够因爲聲明脫離漢奸組織和反對漢奸行動而事實便會消滅；是否漢奸應該以有無證據爲斷，決不應該如你們所說：『陳獨秀是否漢奸，要由陳獨秀是否公開聲明脫離托派漢奸組織和反對托派漢奸行動爲斷』，除用眞實的證據而外，聲明不聲明並不能消滅或成立事實啊！

況且現在並非無政府時代，任何人發現漢奸，只應該向政府提出證據，由政府依法辦理，在政府機關未判定是否漢奸以前，任何私人無權決定他們爲漢奸，更不容許人人相互妄指他人爲漢奸以爲政治鬭爭的宣傳手段。我經過長期入獄和戰爭中的交通梗塞，中國是否還有托派組織存在，我不甚知道。我在南京和劍英談話時，曾聲明：我的意見，除陳獨秀外，不代表任何人。我要爲中國大多數人說話，不願爲任何黨派所拘束；來武漢後，一直到今天，還是這樣的態度。……我的政治態度，武漢人士大都知道。事實勝於雄辯，我以爲任何聲明都是畫蛇添足。從前我因爲反對盲動政策，被中國共產黨以取消主義而開除，此全世界週知的事，所以有人要求我公開聲明脫離『赤匪』，我曾以爲這是畫蛇添足而拒絕之，我現在對於托派，同樣地也不願做此畫蛇添足之事。你們企圖揑造漢奸的罪名，來迫壓我做這樣畫蛇添足的事，好跟着你們做啦啦隊，眞是想入非非！你們向來不擇手段，不顧一切事實是非，只要跟着你們牽着鼻子走的便是戰士，反對你們的便是漢奸，做人的道德應該這樣嗎?!」

「新華日報」當然不會發表這封信，但十八日武漢各報都登它。十九日，葉劍英、秦邦憲、董必武在該報發表聯名信，說去年九月羅漢向他們要求陳獨秀還黨事，他們轉告中共中央，它要求陳三事：

一、公開放棄並堅決反對托派全部理論與行動，並公開聲明同托派組織脫離關係，承認自己過去加入托派之錯誤。

二、公開表示擁護抗日民族統一戰線政策。

三、在實際行動中表示這種擁護的誠意。

除了這三人的聯名信，中共還早迫張西曼和林庚白表示態度。林氏於十六日寫信，翌日「新華日報」發表。他如此說：

「本日『大公報』登載爲陳獨秀辯誣一函，刻有賤名。查該函於友人持示時，經告以陳獨秀爲提倡新文化之有功者，吾人本中華民族和平、寬大之精神，與東方政治家之立場，對於其人格，予以維護，原則上自可贊助。惟該函措辭頗涉於共產黨所指爲托派者之語氣，非國民黨同志應有之口吻，當提出修正文句。迺頃讀該函，並未更易一字。本人生平在政治上之主張、態度，素極坦白，雅不願苟同！茲特鄭重聲明：本人對於該函之內容，完全不能同意，應不負任何責任！」

由於林函表示『完全不能同意』九人的信，「新華日報」感到滿足。它於林函後加這附語：「我們對林先生這種政治家的風度，深表敬意！這種大公無私、光明磊落之態度，足爲全國青年之模範。」林函內容有不能自圓其說之處，但爲着他的表示可達到中共的反陳獨秀目的，所以捧他爲『全國青年之模範』。這時正與北麗女士熱戀的林庚白，已是中年人了！他是立法委員，自稱善算命，某歲當爲特任官。日軍將佔香港前，他推算在渝有生命之危，急飛港，因此於日軍佔港時被流彈打死！

張西曼於十七日寫信，翌日登「新華日報」。他先說對全國團結抗戰，和國軍在北戰場小勝，「表示着有無限的興奮和感慨；同時，又讀到蘇聯歷次所公佈的反革命案中各犯的變態發狂，不惜出賣國家民族利益於法西斯强盜，正和陳烱明、繆斌諸逆認賊作父，危害民國的醜跡如出一轍。」恰好有友來，出示油印信柬，「請爲陳獨秀先生表白『無漢奸關係』。我那時就慨然提筆簽署，不過還曾要求過將內容酌加修改。我爲甚麼敢負責爲獨秀先生辯護呢？就因爲在他出獄後，作過數度的訪問。由他那抵抗倭寇侵略的堅決態度和對我所創中蘇文化協會的偉大使命以及中蘇兩友邦聯合肅清東方海盜的熱烈期望中，可以證明他至少是個愛國的學者。」他還說，在「奮鬭救亡現階段中，自然是國家民族的利益高於一切。除證據確鑿的漢奸巨惡應由國家法律和民衆力量痛加制裁外，斷然要力求避免一切無謂磨擦和誤會，方可羣策羣力應付時代的危機。現在倭寇已囊括我資源富庶的十省，民衆的犧牲痛苦早非人境，分化宰割，大難日殷，我們一般許身國事的志士，應該痛定思痛，互相諒解，認請敵友，待罪圖功。萬不能稍存意氣，重蹈以往覆轍，骨肉相殘，殃民禍國。這是我頻年最誠懇的希望和努力之點。」

張西曼信中，公言陳獨秀是「愛國的學者」，即非「漢奸」，至於是否『托匪』，由陳對張的「中蘇文化協會的偉大使命以及中蘇兩友邦聯合肅清東方海盜的熱烈期望」，證明他不是托洛茨基主義者。正爲着他的信等於打中共的嘴巴，所以「新華日報」短評說，原來不登該信，所以登它，要張等「不容含糊和小心上當」。我們還可推測，當日指揮中共長江局的陳紹禹，所以登它，由於它認斯大林所導演的寃獄，即所謂「歷次所公布的反革命案」是事實，也有爲斯大林宣傳的作用。儘管他登張西曼的信，暗中卻發動攻擊張，同時中山學社開除張的社籍，使張於大刺激之後，登報說：茲遵醫囑，「絕不再作任何即席講演及擔任未經本人同意之社團職務。」

四月七日武漢慶祝徐北大勝的遊行，中共黨員在隊伍大喊『打倒托派』口號。改『托匪』爲『托派』，是中共的退一步。到二十四日，「漢口正報」登羅漢的公開信，是中共『反托匪漢奸』運動的尾聲。羅氏的信，爲何不能登「武漢日報」、「大公報」和「掃蕩報」，說明中共的餘威。羅氏指出：

(1)所謂日寇以三百元代價收買托派的「極廉價」的勾當，「康生君若專門替敵方偵探機關拉攏這類的買賣，其能得到他們特別的重視，倒眞是可以令人相信的事。其實說我經手在日本偵探機關拿津貼的那一年，也正是我剛從獄中出來貧病潦倒的一年。記得那年我住在上海辣斐德路一間小酒舖的閣樓上，常在這酒舖出入的朋友，不少現在還是中共的紅人。這些朋友總還記得我那時並飱而食冬衣夏服的窶人狀態，不像有資格找得政府大員介紹向日本偵探機關按月領取津貼的氣概吧！」

(2)「康生說去年六、七月間我和獨秀會與美國偵探接洽。先生們，你們只管造謠，造得高興，竟連陳（獨秀）彭（述之）那時尚在南京獄中的事實也忘記得乾乾淨淨了！」至於他（羅氏）自己，自一九三二年秋起，脫離實際政治生活，在工廠服務，去年滬戰未發生前在蘇州磁工學校做事，未到南京見過獨秀。他還說：「中共不少和我熟識的朋友，都可以代我證明這一點。」

(3)抗戰後，知道國共合作，羅漢赴寧，第三日在傅厚崗會見克農劍英，請他倆設法開釋政治犯，得贊成。羅還告他倆：「外間傳說左翼共產主義者不顧民族利益，只要世界革命，乃是不值一駁的讕言，因爲共產主義者是不能讓自己民族淪於非洲黑人地位後，再進行甚麼世界革命的。」他還說：「一二八」後，「我們便向中共提出過合作抗日的建議，……那封信還是轉托施卜君夫人送過去的。可是，奇怪得很，那時的中共中央對抗日的聯合戰線，似乎很不熱心，所以始終沒有給我一個答覆。」現在舊事重提，以個人名義寫了一頁簡信，轉托劍英。後者勸他赴延安，並允給他旅費和介紹信先到西安接洽。大概八月卅號，他由克農手中拿到旅費和介紹信，即過江搭車北上，九月二日至西安，三日到七賢莊晤林伯渠。林電詢延安是否需羅前往，隨得覆電相招，但因山洪毀路，無法前往。十日林出示毛澤東、張聞天覆電，「(1)、(3)兩項關於一致合作抗日之具體辦法，第二條則分㊙、㊚、㊛三項，均涉及組織問題。我既未代表任何組織或個人，我與獨秀亦僅師友之誼。且此次到京，亦未與一面，自無資格替人接受『招降』條件」，表示「除勉效傳遞微勞之外，個人不願更贊一詞。當時伯渠亦喻斯意，勉我晤獨秀時善為說辭，並謂陳在文化史上有不可磨滅的功績，在黨的歷史上，有比別人不同的地位，倘能放棄某些成見，回到一條戰線上來工作，於民族於社會都是極需要的。」

(4)是晚，王若飛到旅舍訪羅，云新由太原回陝，因延安有事，否則可同車赴晤陳獨秀。羅漢說：「我乘間詢問他延安出版的解放週刊，何以竟把張慕陶、葉青諸人來作托派攻擊呢？他答覆說，『也許是寫那文章的人弄不清那幾個人的政治關係，也許是那幾個人自己冒充托派』。足見你們比較負責的人，對於那幾位先生的政治背影，也沒有弄清楚，便居然把他們當作托派來攻擊，真未免太兒戲了！」九月十五日，羅由西安回寧，與博古、劍英會晤，他倆告他：「已和獨秀見過面，關於合作抗日問題談得很融洽。不久，獨秀即赴武漢，故中央來電無從向之轉達。嗣後他們又告訴我，獨秀對他們與國民黨抗日合作的路線是大體贊成的，不過只是覺得未轉變前的路線未免太左，既轉變後的路線又未免太右一點。最後博古並且告訴我：據他自己的觀察，獨秀的意見，很少有和托洛茨基相同之點，故近來中央在刊物上已不把托、陳併為一派。至於中央文電還恐辭句上會引起獨秀的反感，他再三囑咐我，不妨口頭傳達，原電暫時不必交給獨秀看。」以後，羅漢返蘇州、宜興，由宜興到滬，南湖、漢年二人約他會談。羅如此說：兩人認為「團結各派力量，參加抗戰，乃是目前主要的課題，要我排除私人一切困難，立即到武漢去和獨秀商洽。南湖並寫了一封介紹信給潘怡子君，謂這樣可以更容易找到必武兄，好和他一陣去會晤獨秀。」十月初羅抵漢，董必武已赴寧，當晚獨秀在青年會演講，乃得會晤。羅說：「這是他入獄以後我和他相見的第一次。次日至獨秀寓所，將由南京至西安一切情形告訴了他，至於獨秀對中共中央所提出的意見如何回答，有他自己的一封親筆信和親手寫定的綱領在。這文獻是我帶回南京親手交給博古、劍英二人的。」

(5)羅漢說：「關於你們這種無聊的造謠謾罵的態度，今年元月我曾向恩來兄質問過。我當時提出『羣衆』上所發表的漢夫君的那篇文章，質問你們為甚麼竟加獨秀以『匪徒』的稱呼？據恩來兄說：那篇文章中『匪徒』的字樣，他的確曾經親筆勾去，後來不知怎樣，又被手民誤植上去了。……恩來當時且曾親口和我說某公曾詢問他：『傳聞獨秀曾對人說：「現在國共兩黨的合作，共產黨有視國民政府為克倫斯基式的臨時政府的作用！」』致他不好如何回答。我當時質問恩來，為甚麼不好回答呢？第一、獨秀不是一個小孩，會編造這樣蠢笨的話去向政府要人輕率的說出；第二、他到底是一個黨的創造者，以前十年的失敗教訓，他還說：是不量力的盲目政策所致，現在一件更艱苦的抗戰工作擺在目前還未完成，他會如此去誇張這一實際以外的力量嗎？（後來問到獨秀，果然沒有說這樣的話。）恩來又說：『所謂中國的托派，事實上亦很複雜，如何分野，個人亦不十分清楚。不過我可以大約將其分為四派：一派是贊成抗日的，你和獨秀等屬之；一派是和第四國際直接發生關係的；一派是受了拉迪克影響的孫大學生；一派是轉變到其他方面活動的分子。』同時他還申說：『也許這四派都沒有一種固定的組織形式。』由恩來的口吻看來，我和獨秀都是贊成一致抗日這一派，為甚麼又在延安出版的刊物上，攻擊我們破壞抗日、誣我們為勾結日探的漢奸呢？在談話中，恩來且一再向我保證，以後對獨秀這一派的人，可以將『匪徒』二字停止不用。」可是，未守諾言。

羅漢的這封公開信，是寫給葉劍英、秦邦憲、董必武、林伯渠、王若飛、周恩來，和「各位不久以前會過面的朋友」，內容都是事實，否則陳紹禹們不會緘默不答。由該信，我們知道了所不知的事。重要的：第一、羅漢只到西安，未赴延安。張國燾的「我的回憶」說羅抵延，有記錯。第二、葉劍英、王若飛、秦邦憲、林伯渠等人，都主張團結，但毛澤東、張聞天等由組織立場，要陳等履行葉劍英等三人所公開的回黨條件，即羅漢所謂「招降」條件。第三、羅漢在被捕前是陳獨秀的托派的組織部長，因此，被視為一派的代表，但羅卻說是個人的奔走。如羅的話可信，那他的一切動作，事前都未和陳獨秀相商過，因為，自陳入獄後兩人未會見過面。第四、由有些中共要人贊成陳獨秀回黨，說明開始之時，延安對此事至少有贊成與反對兩派，反對者也不過站在組織立場，表示歧見，還未至於指陳為『托匪漢奸』，要等到陳紹禹至延安，出示斯大林大帝的聖旨，才有大轉變，至於武漢發動反『托匪漢奸』運動也受陳紹禹的直接指揮，因此周恩來連『勾去』『匪徒』兩字的權力都沒有。周說：『又被手民誤植』，那是騙三尺兒童的話。

連帶要說的，就是一九三八年正月四日李麥麥同我訪問陳獨秀被拒之事，也得到說明：可能他在那一天還未料想到陳紹禹們會施展那麼狠毒的一招，不便與反共者會見；也可能他不知道我是何等人，更不便會見；更可能，他認為與中共當局的談判，還未至完全決裂，不能與我們會見。

對於這次反『托匪漢奸』事件，我還要說兩點：第一、似乎是彭澤湘（當時是第三黨的領袖，到渝後也住在我所住的大樑子青年會宿舍）告我的。當中共當局出示「招降」條件時，陳獨秀氣憤地說：「不是我回黨，而是黨回到我這兒來！」第二、我「日記」載：一九三九年四月四日無漁（彭澤湘號）說：「我為陳獨秀漢奸案件，曾質問周恩來，周云：『第一次稿件中文句，已刪去「漢奸」兩字，後被工人同志加入。』我對CP的行為很氣，找人為陳獨秀辯護。林庚白常至章伯鈞處，因此參加。事後，CP請徐特立赴陳獨秀處解釋，陳揮徐出門，說：『你們不怕漢奸罵？來做甚麼！』」由這些話，最初找人為陳辯護是彭澤湘，而不是其他政團或某人。

就在上述反『托匪漢奸』的政治氣氛中，我會見了陳獨秀先生。

五月五日，我由珞珈山上課回漢口南京飯店，接到「時事新報」漢口辦事處一封信，內附三十元鈔票。寫信人，是該報總主筆薛農山（關於薛和陳的關係，後面會談到）。信的大意說：把它面交陳獨秀先生。為着陳氏住處的安全，不叫辦事處工友送去，並且愈快愈好，因為他太窮。閱好信，我不吃午飯，馬下按地址去找他。他住在模範區吉慶里附近一家成衣店樓上。我問店裏夥計：「樓上有姓陳的嗎？」

「是安徽的老頭兒嗎？他住在樓上。」說話的人，滿不在乎地答覆我。由他的口氣，顯然不知道那『安徽的老頭兒』在十多年前是政治舞台上的紅角兒，更不必說是為他們而犧牲兩子了！

我正欲上樓，那個人又說：「小心啲，當心跌下來！」

內。

在黑暗中，我摸上扶梯。最後，前樓的微光，引着我走入室內。抬頭一看，大約只有台北八個塌塌米大的前樓，左方靠窗的牆邊放一張木板床，上掛蚊帳，中有單被。床前放一張方桌，三四張木凳，兩三隻紅皮箱放在床邊。這是主人的全部財產。

看見陌生者的室內三個人，有些驚訝。因爲，才下課的我，穿着一套二尺半的黃布軍裝。也許他們以爲我是受中共指使而來殺『托匪漢奸』的暴徒！

那三個人中有一位中年婦人，我認得是曾拒絕我和李麥麥兄會見陳氏的陳夫人。另兩人之一，穿短衣，身材較矮，花白頭髮，有鬍子，在我問：「這兒有陳仲甫先生嗎？」之後，走到我的面前說：「你是誰？」我忙把名片遞給他。他看後微笑道：「喲！我們是『漢奸』同志！」我知道他就是陳獨秀先生。

他接閱農山的信（錢放在信內）後問我：「吃過飯沒有？」我看方桌上，有盛好兩碗飯，一碗青菜，一碗菜湯。那飯是我從未吃過的粗米。那飯菜，我實在不能下咽，所以撒個謊：「已吃過了。」他就不客氣地坐下去，並介紹我室內另一個人。這個人，是自那天起，和我十分友好的羅漢先生。由於他的義俠心腸，在「五．四」重慶大轟炸中失蹤。（依我的「日記」似乎到六月十日才初會羅氏）。

他一面談話，一面吃飯。他問我許多事，我看他泰然地吃粗菜飯，心中逗起很多的感想。我將走完「神曲」作者在開頭所說之人生旅途，才會見這位中國當代歷史上的偉大人物。

自那天起，我常到他住處。六月五日，一位留俄東方大學，已退出共黨的國民黨人C君到我旅館，特別談到陳獨秀先生的窮，大家應想些辦法。恰好另一位留學東京友人鄭君（兩人同在大陸，不知存亡）來。他建議三個人合送五十元，並附短簡，請他哂納。錢是C君送去的。

六月十日，在陳先生家遇見羅漢、張國燾和張東蓀。張國燾先生當他離西安抵武漢時，我曾和任卓宣先生到武昌見過，張東蓀先生是初次會見。兩張和陳先生說話，輕聲細語，眞似舊儒家談話，可惜談話內容未記下來。

六月十四日我到藝文研究會，遇陳獨秀先生。他說：時局緊張，武漢不能久居，勸我早日入川。翌日，我到他住處，他們正在收拾行李，下午下船赴川。室內有好幾個人，似是來送行的。他說：政府的立場，爲聯俄反共。後諸人辭去，留我和張國燾先生。他對張說：「你比任何人危險，應走。」我告他：「有這消息：葉青們主編的『抗戰嚮導』，由於反共，已送軍委會檢查，如有反蘇，不僅禁止，還要處分。」他說：「事情可能不會那麼嚴重。可是，你和葉青不同。共黨對葉有仇恨。」他還說一些關於葉的話。果如陳先生所料，十七日「新華日報」開始攻擊「抗戰嚮導」是『托派』，要求政府禁止出版。這刊物，是由藝文研究會補助，取消補助就等於禁止，不久，它果停刊。

六月二十四日我乘船離漢口，二十八日抵宜昌，以友人之助，馬上轉民權船。有無數人，在宜昌一、兩月無法購到船票。登輪，見到陳獨秀先生一家人，除了他夫婦，還有老幼，都在頭等艙外面席地而臥。同船還有胡秋原夫人似乎還有葉青夫人。在輪上，無話不談，但未涉及政治。他眞是談笑風生，不感旅途單調。三十日船抵萬縣，我們一同登岸遊公園，他囑我電薛農山到碼頭招乎，和代定旅館。七月二日下午四時，民權船抵重慶，出於陳先生的意料之外，來接的人很多，內有我初次見面的高語罕先生。他的嚴肅和親切，引起我極佳的印象。以後，我倆有很好交誼，擬另文敍述。

當晚就有劉某爲陳先生洗塵，高語罕先生和我陪席。似乎民生公司爲他安置住處，又似乎他住友人家。他在這期間，以薛農山的關係在「時事新報」和薛辦之「青年嚮導」發表文章，不久發生中國應否發展資本主義的浪潮。

先說他和薛農山的關係。

薛江蘇江北淮陰人，到滬當印刷工人，加入共黨。陳獨秀組托派，他加入，被共黨開除黨籍。他在托派中，並非高級人員。到陳獨秀等被捕，由於生活困難，他找覓出路。他雖是工人出身，能寫文章，並在神州國光社出版一本關於中國農民運動史的書。他和陳銘樞們有無關係，我不知道。我和他認識，是在神州國光社的編輯部，但和他往來，遲到我由東京返國的時候。那時，他找我寫關於分析日本政局的文章。到中共封鎖我和經過未來中共上海市委宣傳部長，中共政權文化部副部長石西民（他是星期增刊職員）等關係，使「申報」的星期增刊不登我的論文，「時事新報」就常載我的事論。由薛的言行，知道他屬國民黨的復興社。他在該報當主筆，與崔唯吾之間有矛盾，由他做人的特性：常為私人利益而和上級或同事鬪爭，那矛盾是不可免的他很早到漢口，我見他時，他身上多一把手槍。問他，他答：「我的仇人多，尤其防共黨。」我半信半疑。他何時與由寧到漢的陳獨秀先生往來，我不知道。

陳先生抵渝不及一個月，薛農山與羅敦偉發生暗鬪。這兩人同屬一個組織，是否為「時事新報」的權益而鬪，則非外人所知。八月二十一日，「時事新報」發表羅氏的論文，內誤「中央警官學校」為「高等警校」，這是小事，可是薛特寫「杜評」公開斥羅『草率無知』和其他難堪的話。薛曾告我，羅不滿「時事新報」登陳獨秀先生的論文。就在此時，由羅發難攻擊陳氏，發生不小的風波。對於此事，羅於一九五二年在台北出版的「五十年回憶錄」，有很多歪曲話。先看他的回憶：

「筆者恰好隨國民政府轉到了重慶。有一天忽然在報上看見陳獨秀先生在民生公司的一篇演辭，中心思想是說中國必須先建立資本主義才能實現民生主義。意如照民生主義的說法，不經過資本主義直進到社會主義是不可能的。……自從這篇文章一出，社會上馬上引起了強烈的注意。我也馬上寫了一篇文章表示強度的反响。我的文章，是寄到漢口出版的「民意」週刊上發表的。……文章……說：國民黨所奉行的是三民主義。三民主義當然是社會主義。其所以不先實行資本主義，那因三民主義是一種『預防的社會主義』，根本不遵循唯物史觀的公式，以爲必須先經過資本主義再實現社會主義。」（第一〇三至四頁）

陳獨秀先生應民生公司（川人盧作孚們辦的，擁有內河輪船等企業，爲長江上游現代化的實業機構）之請，對它的員工講演，主張發展資本主義。這主義，就增强抗戰實力而言，應無可厚非。同時，在舉國一致原則下，鼓勵一個大公司的勞資共同發展資本主義，亦沒有錯。可是，國民黨理論家以爲依陳的說法，等資本主義發展，必然發生社會主義革命。接着他們做這結論：這是「二次革命論」，與三民主義的一次革命論不合。不僅此也。他們還做這推論：「二次革命論」是革國民黨的命。這種理論，由反共者口中說出來，是很可笑的。遲到寫回憶錄的羅敦偉還自感得意。我們知道：社會發展的過程，必須經過『資本主義』才能到達『社會主義』，是馬克思的歷史唯物主義的公式，也就是所謂『唯物史觀公式』。這公式，由馬克思主義來。否認馬克思主義的人，怎能承認那公式？再深入地說：甚麼叫做『資本主義』？甚麼叫做『社會主義』，馬克思的定義也不是絕對的正確。如果羅敦偉們承認『唯物史觀公式』，那就不能有『預防的社會主義』。對於這個理論上的問題，沙俄馬克思主義者曾和民粹派論戰過。就爲這原因，列寧稱孫中山爲民粹主義者，並說他『似少女的天眞』。我個人在當時還沒有上述的見解，只有這認識：抗戰期發展資本主義，尤其是發展國家資本主義，政府對抗日寇和中共的力量都大。如口說『社會主義』，手幹『資本主義』，那是玩火的政治，因爲驅青年爲實現眞正『社會主義』而走進做不負責宣傳的中共之門！

僅僅在民生公司的演講，不會引起那麼大的風潮，還有別的原因。那時，汪精衛是國民黨副總裁，由漢抵渝，會發表政見。在論戰中，陳獨秀先生一面爲文質問：國民黨的民生主義是否資本主義；另一面又在「青年嚮導」寫短文，似諷刺汪的『說老實話』。依我的記憶，有一次在談到汪時，陳先生淡淡地說：「此公不說老實話」。這句話，可能含有二十年代自「汪陳聯合宣言」起短暫合作期間之政治經驗。可惜對中共黨史尚少有知的我，當時未面詢他。這諷刺，當然引起汪的不快。曾參加北平擴大會議的羅敦偉在回憶錄中極力洗刷他和汪的關係，反證明他的出面攻擊陳氏，恰如當日在渝知識分子的傳說：那是奉汪命而幹的。羅的回憶錄，也引反陳出於汪的『授意』的傳說，卻强調：「我可以保證絕對不確。因爲汪精衛既是敗北主義者，也眞是心襟懸上，他那有興趣到這些理論論爭上面。」（第一〇六頁）。當時汪是否已決定離渝去當漢奸，是另一問題，用他有無『興趣』做論據，卻是羅氏有意騙人的話。依我所知，他對「理論」的『興趣』大得很呢！

當汪抵渝時，着手解決「西南日報」事件。該報是康澤們辦的，社長汪觀之爲黃埔生。他們都屬別働總隊，因此一貫反共。到我擔任主筆，常在理論上批評中共的路線。中共憎惡這報紙是應有的——兩報同在蒼坪街，相隔不到二十步，但向軍委會抗議的，卻是蘇聯大使，罪名爲破壞中蘇友誼。軍委會電重慶行營查辦，由於康澤的關係，此案轉到汪手。汪令汪觀之將抗戰後該報全份呈閱，閱後，召見汪社長，嘉獎「西南日報」的反共忠黨。該報賴之無事。

又在論戰中，八月二十二日汪精衛召集全市記者開會，即席指示：民生主義就是社會主義。這說明此會目的是反陳獨秀。由於這一推動，羅敦偉說：「有一兩個公私團體向中央黨部提出控告……這一點，不僅不是受我影響，而且我個人沒有參加，即以執筆參加論戰的同志而論，也大多數沒有與聞這件事。」（第一〇六頁）依我所知，羅是控告事件的主動者之一。

當論戰時，羅敦偉說：「支持陳先生見解的人如胡××鄭××諸兄又都是學術權威、勝我多倍的大政論家。以外薛農山兄諸人，也是名記者，都是知名之士，當然也很有影響。」（第一〇六頁）這兒，「胡××」是「胡秋原」，「鄭××」是「鄭學稼」。胡曾發表「民生主義即資本主義」觀點的論文，如其說支持陳獨秀，不如說是發揮他自己的見解。這見解，引起國民黨內理論家如葉青、林桂圃等的反對。羅敦偉說：「許多同志提議：既是本黨同志而竟支持攻擊本黨理論的理解，而且對本黨主義和政策公開攻擊，認爲這個是一個嚴重問題，主張加以整肅。……若干黨務有關的團體，開會檢討。由檢討而行動，於是有一兩個公私團體向中央黨部提出控告的事。」（第一〇六頁）。我非國民黨員，對於胡秋原被控告的情況不知。同時，我也記不起，除了胡還有誰主張：發展資本主義或民生主義就是資本主義。

薛農山是否寫社評參加論戰，我已忘記。我確因之離開「西南日報」。經過是這樣的：在汪精衛對記者們發表指示那天晚上，我寫「中國前途是資本主義並答批判者」，翌日發排，被社長汪觀之扣留。（不僅如此，他後來還不滿在報上登李麥麥批評葉青的小冊子的廣告。」這報館的社論，除雷嘯岑偶然寫一兩篇外，全部由我執筆。工作多，報酬少，因此，我於二十八日離開，十一月半汪觀之又請我，幹了不久，報館被日機炸毀，連薪水都沒有發。

八月二十四日下午各報宴國民黨宣傳部長周佛海和陶希聖於永年春。這是我第一次聽周的演講。他的口才不佳，即席發表關於發展資本主義生產力的解釋，依我的「日記」，評語『也不高明』。陶希聖似乎補充周的話，強調在宣傳方面，應傳播社會主義思想。會後，薛農山告我：周意此後大家不再討論民生主義的問題。我說：陳獨秀本意是發展資本主義，後來羅敦偉們擴大到討論「民生主義」。如說，政府在實行民生主義，不許討論保護私有財產的資本主義，還有理由，事實既非如此，爲何要宣傳社會主義？用口頭不用事實，與共產黨爭「社會主義」，是危險喲！他笑而不說。這次浪潮，後由國民黨宣傳部宣傳處長劉百閔發表一文，完全平息。但是，對於所謂「二次革命論」的反對，成爲各報刊的信條。一九三九年五月二日我的「日記」載：「民意」主編童蒙聖約我寫五四論文，今天退回，說文意有二次革命的嫌疑。因爲未留文稿，不能判斷童氏的話是否確當，他的學術水準並不高！

以後，陳獨秀先生的文章，不能在重慶報刊發表。他也遷往江津。爲甚麼住江津？原來這地方的安徽人多，國立第九安徽中學也設在江津對江德盛場。依高語罕先生的「入蜀前後」，江津全縣人口約八十萬，「地方頗殷實，文化水準，在四川算是很高了。」獨秀先生先住東門內郭家公館，後遷大西門城內黃荆街八十三號，初期高語罕也住這條街。在當地的皖省名人，除了陳獨秀和高語罕，還有安徽第九中學校長陳訪先，皖法政學校校長、參政員光明甫；日本士官學校畢業與高級政要同學並同爲陳英士部下，忠厚老實、高傲魏朗如，和高語罕所謂「比較年青一輩的，則有葉偉修、瞿光熾、李競華、胡功燭、吳紹英諸君。不過他們都住在德盛場，一江之隔，見面不大容易。」到歐陽竟無佛學界唯識論大師在江津東門外清穆莊附近設內學院，他們又多一去處。至於獨秀先生和前述同鄉中人誰有往來，如何往來，均無記錄可考。只有在他逝世後，上述諸人中有的送葬而已。

我於當年九月初赴北碚復旦大學訪李麥麥，並遊北溫泉，十四日回渝，接讀陳獨秀先生十二日由江津城東門內郭家公館寄來手書，如下：

「學稼兄：兩示均已讀悉，日來因血壓高，頭昏眩，不能伏案寫字，故未及覆。今天稍好一點，始能勉强作此信。來信」所謂胡氏似有神經病，是否指胡秋原？望示知。其在「時事」所爲文頗不似有神經病者，想兄別有所見也。……我輩立論，應在尋求其理，非求其有利無利於何方也。『論資本主義』一文，『時事』不能發表，爲甚麼？『告日本社會主義者』一文，也不能登載呢！望代向農山兄問明示知。農山兄即今還催我爲「時事」做文章，做出又不能登（弟之頭昏即由於天熱勉爲文而起），旣不登載，又不以實情早日函告我，此殊非待朋友之道。待朋友不宜要手段！此祝暑安。臥榻草此，恕不能詳。弟仲甫手啓」

內中「胡氏」是胡秋原。我記不得爲何說他有「神經病」，他絕無此病，但他的現實政治生活和論文所表示的觀點之間，可能使人發生那感念。

薛農山於陳獨秀先生遷居江津後，還向他索文，也許是好意，因爲他知道：陳的負擔重，收入少。可是，收到陳文不發表，又繼續索稿，就難於解釋了。如果說「論資本主義」一文，爲着內容不合周佛海的指示，不能刊出，那「告日本社會主義者」一文，何以也不能發表呢？難道當他接該文時，上面另有指示嗎？或者文中有「二次革命論」的論點嗎？到了此時，我完全知道薛之爲人，還知道他佩手槍的原因。由共產黨而托派而變爲當時的薛農山，都遵循一種規律，不是突如其來的。他後來轉業農民銀行總行，復員不久，在滬虹橋高級住宅區建大宅，有轎車。上海危急，他舉家遷台北，在厦門街置住宅。一次他强張國燾請客，席間自稱有二十萬美金。李宗仁與共方談判，他突攜財物全家返滬。後由共報，知他被判十五年徒刑。如他還活着的話，那是六十以上的人了。

十一月廿一日，我又收到陳獨秀先生由江津同地方寄來短柬，如此說：

「學稼兄左右：聞之希之兄已返渝，工作如何，及大局有無×變象徵，希賜知。此祝大安，弟獨秀手啓」

這短柬，字寫得草。「有無×變象徵」，「×」字跡不明。「希之」是他的外甥吳季嚴字，吳來渝，不告他，可能不知他的地址。我在漢口陳獨秀先生家遇到吳氏。他也是留俄學生，學識好，沉着，對人誠懇，是二十年代初典型的革命者。在漢口，我和他時常往來，他對事物的觀察非常客觀，所下斷語多正確和合情理。復員後，似在上海一個半企業機關工作，往來卻稀少了。他陷於大陸，生死不明。

以後，陳獨秀先生遷居黃荆街八十三號。他曾於八月十日（可能是一九三九年）寫下信：

學稼兄：

七月卅一日手教敬悉，謀生救國皆不一定要做官，人各有所長有所短，若用所短，於謀生救國均不適宜，吾兄以爲如何？農山兄處春天兩寄信，至今未得覆，其忙可知矣。弟亦未去信，以無善足述也。自四月以來，弟即居離城廿餘里之鄉間，機聲雖時聞，料無妨碍。此祝健康，弟獨秀手啓

同信又附語：

「將來倘或江津城被炸，亦勿以弟爲念。

農山、卓軒、國燾諸兄晤時乞爲道念！又及。」

這兒，「卓軒」應是「卓宣」之誤。這封信，是寄黃桷樹復旦大學，爲何他說那「謀生救國皆不一定要做官」的話，可能和我要不要到重慶有關。那時，由於孟師的推薦，我有「官」可做，不久胡宗南將軍又電孟師勸我同繆鳳林教授一齊赴西安。

應該在這裏說的，就是自我到復旦大學教書後，獨秀先生常有信來。信紙多是粗紙、便箋，信封有的是我寄去的翻過來。我本沒有留友人信的習慣。某日初次生惡性瘧疾，經過二十小時的寒熱後，夜半想起：人生無常，不久之後，總會有些友人死去。由這一念使我感到獨秀先生年齡比我大，可能死在我前，我應保留他的信，以爲紀念。以後，我珍藏他的信，只剩十四封，最可惜的，是論井田制度長信不在內。

一九三九年秋，我在重慶對日經濟作戰機構——「特種經濟調查處」工作。一九四〇年二月十三日聞獨秀先生因醫牙疾來渝，住寬仁醫院。我當晚七時去看他，在黑暗的三等房會見。他的精神如昔，談話仍舊有勁。他要我寫信到香港給正脫離汪精衛僞組織的某君，勸他和高宗武一樣，不必寫文章，最好到美國去，

待學成再爲國家服務。我說：「我對某君的關係，不能寫這樣的信。」他承認我的話有理。我「日記」載，他還如此說：「談及CP前途，他說：國民黨何以寬容共產黨，難道打日本可任俄國侵略中國？又說：毛潤之如不改變立場，一定爲漢奸，他不會捨庫西寧（斯大林侵略芬蘭時的芬奸）而不爲。」當夜在場的，還有他的北大學生何之瑜——關於此人與陳家的關係後述。

同年七月十一日，獨秀先生給我一信，是關於介紹學生入復旦大學的事：

「學稼兄：前函諒達，茲有懇者，九中高中畢業生李宗葵，大學先修班畢業（原同×高中畢業）李宗荃，前者擬考復旦新聞學系，後者擬考復旦經濟學或會計系，務求吾兄盡力扶植，是爲至託！此祝教安，弟獨秀手啓

同紙附下面的字：

「年前與仲甫先生赴渝，在寬仁醫院得聆教益後迄未致候。茲者許愼安小姐亦欲考復旦中國文學系，乞予成全爲盼！弟何之瑜附叩！」

九月五日，獨秀先生又來一信：

「學稼兄左右：前函諒達，渝市近日迭遭轟炸，北碚想無恙也。李生宗荃承兄幫忙，考取復旦會計系備取第四名，當求吾兄鼎力爲之特別設法補入正取，則吾兄始終成全之力，李生家庭及弟均不勝感謝也。聞觀音岩張家花園已炸燒爲平地，頃又聞南岸袁家花園亦被炸，不知農山兄及其夫人平安否？希望示知！此祝教安，弟獨秀手啓。」

自五月日寇大舉攻鄂北起，寇機不斷空襲重慶，每次百餘架，分數批臨空。五月二十七日炸北碚和復旦大學，孫寒冰教授被難，孟師受傷，死平民近百。六月沙市、荊門、江陵、宜昌相繼陷落，重慶更多空襲。八月十九和二十兩日，寇機狂炸重慶市區，損失重大。但是，張家花園未炸燒爲平地，薛農山家就住在該地。

就在是年九月，我辭去特種經濟調查處職務，回復旦大學教書。翌年（一九四一年）二月，因孟師任政治部第三廳長，兼三青團宣傳處長，邀我任該部設計委員（另擬我任團中央宣傳處組長，我因非黨員辭謝），並住他家。三月二十五日接獨秀先生信，內附五千元支票，要我面交張國燾先生。恰知張在薛農山家，卽往見他。陳函，依「日記」，內云：「卻之不能，受之有愧，以後萬爲我辭。」原來，朱家驊知陳先生窮困，贈五千元（當日這是不少的錢），由張轉交。張接閱信和支票後說：「仲甫先生總是如此！」

六月，我又辭職返復旦大學。廿八日，獨秀先生給我下面的信：

「學稼兄如晤：前奉手教，當未作覆，頃又讀廿六日函，知兄已辭職仍回復旦，想新加坡之行亦已作罷矣。弟甚希望兄仍留復旦，不必遠行。弟有機會赴渝時，當得晤教也。農山兄久無信來，想工作太忙之故。德、蘇兩狼相爭，或有一傷，可賀！以中國抗戰計，當望希特勒失敗，特恐蘇聯不久卽屈服，則希特勒獲得烏克蘭之麥，高加索之油，大軍直衝伊蘭、伊拉克，則英國運命殊可悲耳。此復並祝暑安，弟獨秀手啓」

當時，在越南堤岸和新加坡的友人，勸我赴他們的地方做事，我函問獨秀先生的意見；那是事實上不可能的事。不僅戰時全家走路有困難，沒有帶書，到一地方等入地獄；我的書，全賴「時事新報」由滬搬渝，只一部分捐給復大圖書館。六月廿一日，希特勒扯破「德蘇盟約」，大舉進攻，並節節勝利。獨秀先生的見解，我不能贊同，後面會說到。

十月廿三日，他給我這樣的信：

「學稼兄如握：李生宗荃入校事，承兄多方設計均無效，事雖未成，而吾兄盛意可感也。農山兄處，半年多未通信，不知其近況如何？弟慮有大力迫之，不克與弟通信，故弟亦未便

寫信寄他，晤時望具道鄙意爲荷！此祝健康，弟獨秀手啓。晤國燾、卓軒諸兄時均希致意。不祥之人，不欲以書信累朋友也，又及。」

事實上，薛農山已轉業農民銀行總行，大發其財，無需與獨秀先生往來，不是有甚麼「大力迫之」。至於任卓宣先生，我也很久和他沒有通信。張國燾先生自我回復大教書後，完全沒有往來。由他的「不祥之人」一語，可推知他內心的寂寞感也。

十二月一日，他寄「我的根本意見」（三十二開油印四頁）給我，附這短信。（已製版登「民主與統一」第七期）：

「學稼兄：前函未得覆，不知收到否？近接一些托派文件，見解頗荒謬，故寫一文駁斥之，特油印給幾位相好朋友看看。兄閱畢並給李麥麥兄一閱，乞賜教！此祝教安。弟獨秀手啓。」

「我的根本意見」，全發表於「民主與統一」第七期，它的主要論點摘述如下：

(一)「不會在任何時間，任何空間，都有革命局勢，最荒謬的是把反動的局勢，說成革命局勢。……我們必須駁斥『人民愈窮愈革命』的胡說。『壓力愈大反動力也愈大』這一物理現象，雖然也可以應用於社會，而必以被壓迫者有足够奮起的動力爲條件。」

(二)「無產階級的羣衆，不會在任何時間都傾向革命，尤其是大鬬爭遭到嚴重的失敗之後，或社會經濟大恐慌之時。無產階級沒有適合於其社會條件的充分數量，沒有經濟的政治的組織，和別的居民沒有甚麼不同。特別是十餘年來蘇俄反動統治的經驗，中日戰爭及此次帝國主義大戰的經驗，使我們不能把現時各國無產階級的力量估計過高；使我們不能輕率宣佈：『資本主義已到末日』。沒有震動全世界的力量之干涉，此次大戰自然不是資本帝國主義之終結，而是它發展到第二階段之開始，即是由多數帝國主義的國家兼併成簡單的兩個對壘的帝國主義的集團之開始。」

(三)應該嚴格區別小資產階級分子和無產階級分子之不同。現在不是最後鬬爭時代，「如果有人武斷的說：資產階級、小資產階級已經沒有一點進步作用，已經完全走到反動的營壘；這只是種下了將來資產階級表現進步作用時向之俯首投降的後果。」

(四)「應該毫無成見的領悟蘇俄二十餘年來的教訓，科學的而非宗教的重新估計布爾什維克的理論及其領袖之價值，不能一切皆歸罪於斯大林，例如無產階級政權之下民主制的問題。」

(五)「民主主義是自從人類發生政治組織，以至政治消滅之間，各時代（希臘、羅馬、近代以至將來）多數階級的人民，反抗少數特權之旗幟。『無產階級民主』不是一個空洞名詞，其具體內容也和資產階級民主同樣要求一切公民都有集會、結社、言論、出版、罷工之自由。特別重要的是反對黨派之自由。沒有這些，議會或蘇維埃同樣一文不值。政治上的民主主義和經濟上的社會主義，是相成而非相反的東西。民主主義並非和資產階級及資本主義是不可分離的；無產政黨若因反對資產階級及資本主義，遂並民主主義而亦反對之，即令各國所謂『無產階級革命』出現了，而沒有民主制做官僚制之消毒素，也只是在世界上出現了一些斯大林式的官僚政權殘暴、貪污、虛偽、欺騙、腐化、墮落，決不能够創造甚麼社會主義。所謂『無產階級獨裁』，根本沒有這樣東西，即黨的獨裁，結果也只能是領袖獨裁。任何獨裁制都和殘暴、蒙蔽、欺騙、貪污、腐化的官僚政治是不能分離的。」

(六)此次帝國主義大戰，是兩帝國主義集團爭世界霸權之戰，但英美民主國確有若干民主自由之存在，而納粹的統治則比中世紀更野蠻更黑暗的統治。如容他們統治全世界，「使全世界只許有它的一個主義、一個黨、一個領袖，不容任何異己之存在，並不容被它征服的國家中土著納粹及各種各色的土著法西斯之存在。希特勒黨徒之勝利，將使全人類窒息。」因此全世界有良心的進步分子，「應該以『消滅希特勒的納粹黨徒』爲各民族共同進攻之總目標，其他一切鬭爭，只有對於這一總目標有正的作用而非負的作用，才有進步的意義。」

(七)在此次帝國主義大戰中，民主國如採取失敗主義，等於幫助納粹勝利。「若說：『自己的帝國主義政府之失敗，無疑是較少禍害的』，那麼現被納粹征服的捷克人、法國人眞是幸運！忽略了時間問題，眞理會變成荒謬。人們有理由認爲中日戰爭已因帝國主義大戰而變質；然不能因此便主張在中國採取失敗主義。重慶政府之毀滅，在今天，除了幫助德、義、日加速勝利外，不能有別的幻想。我們也以同樣理由，不主張在蘇俄採取失敗主義，雖然沒有事實使我們相信在人類自由之命運上斯大林黨徒好過希特勒黨徒。」

(八)「現在的歐洲，也和中國的戰國時代及歐洲近代初期一樣，在經濟發展上要求統一，因爲沒有革命的統一，納粹黨反動的統一，也有客觀條件使其能夠實現之可能。「不過這種統一」，不能發展生產力，又毀滅民主制，「即使不很長久，也是人類可怕的災難和不可計算的損失。」

(九)「戰爭與革命，只有在趨向進步的國家，是生產力發達的結果，又轉而造成生產力發展的原因；若在衰退的國家，則反而使生產力更加削弱，使國民品格更加墮落－誇誕、貪汚、奢侈、苟且；使政治更加黑暗－軍事獨裁化。」由於武器的發明，如恩格斯的估計，減少了民衆暴動與巷戰的可能性。

(十)「不幻想殖民地半殖民地的民族獨立戰爭，不和帝國主義國家（宗主國及宗主國的敵對國家）中的社會革命結合起來會得到勝利。在今天，英美和德國兩大帝國主義互爭全世界奴役統治權的今天，孤立的民族戰爭，無論由何階級領導，不是完全失敗，便是更換主人，或者還是更換一個更兇惡的主人。即使更換一個較開明奴役主，較有利於自己的政治經濟之發展，而根本不能改變原來的殖民地或半殖民地奴役地位。」

我們知道這文件是駁斥「見解頗荒謬」的托派主張，內中『……』可能是引自托派寄給他的文件。「我的根本意見」，還是馬克思主義的觀點，但不是列寧主義的見解。他極正確地指出「民主」的本義，和「無產階級專政」的錯誤。他由這一見解中，洩露自己對大多數被壓迫者的同情心。對於大戰的發展，他希望納粹戰敗，可是，他一面承認斯大林的統治，不好過希特勒的統治，卻認爲蘇俄應戰勝。他正確地說：「忽略了時間問題，眞理會變成荒謬」，但忘了：忽略空間的問題，眞理也同樣地變爲荒謬。中國抗戰，由於共黨的武裝擴大，由於共黨和蘇俄的關係，更重要的由於中俄邊界的接連，蘇俄的勝利，對中國只是前門拒狼後門進虎。中國抗戰的最好形勢，是斯大林戰敗，和美國戰勝日本。至於歐洲統一問題，他只作原則上的陳述，沒有進一步的發揮。

我接到獨秀先生的「我的根本意見」後，怎樣回信，沒有留下記錄。十二月廿三日，他有下面覆函：

「學稼兄左右：十四日手書敬悉，來信所論，尚多與鄙見微有不同，或者因爲兄對於『我的根本意見』尚未詳閱也。此提綱式短文，乃爲托派（國外以至國內）先生們的荒謬見解而發，因爲弟精神仍不佳，無力爲長文，未能詳細發揮，或不免爲外人所誤解也。列、托之見解，在本國不合，在俄國及西歐又何嘗正確？弟主張重新估定布爾什維克的論理及其人物（老托也在內）之價值，乃爲一班『俄迷』尤其是吃過莫斯科麵包的朋友而發。在我自己則已估定他們的價值。我認爲納粹是普魯士與布爾什維克之混合物。弟評論他們都用科學的態度，並非依任何教派的觀點，更不屑以布爾什維克正統自居也。鄙見很難得人贊同。讀來書『布爾什維克與法西斯爲孿生兒』之說，不禁拍掌大悅！弟久擬寫一冊「俄國革命的教訓」，將我輩以前的見解徹底推翻，惜精神不佳，一時尚不能執筆耳。弟希望大作早成，得一讀爲快。此間日前有傳告兄在某校演說，謂只有希特勒勝利，中國民族解放才有希望。今讀來書，尊見似不如此，想係傳言之誤也。鄙意只有英美勝利，中國民族雖說不上解放，而政治經濟才有發展希望。獨秀手啓。」

我「日記」有這些話：「該信內所述法西斯與布爾什維克爲孿生兒一點，我在『十年來之歐洲』中，只有事實的敍述，無詳細理論上的闡發。我認爲：公開提倡『獨裁』，始於列寧，繼之者爲莫沙里尼，希特勒是殿後。在列寧以前，任何思想家革命者均不敢大聲呼號獨裁，即事實上之獨裁者亦偷偷摸摸地幹着。自列寧獨裁說出後，有野心者皆在學習模倣，因此，列寧爲民主政治之千古罪人。從這一點出發，我們不難有「法西斯與布爾什維克爲孿生兒之結論。」

當德蘇開戰時，我在復旦大學演講，說如無美國助俄，希特勒必勝。我以爲美國爲雪珍珠港之恥，該以全力打日本。如我們能自力更生，配合這局勢，在美國打敗日本，德國打敗蘇俄的有利國際環境中，必能阻納粹的東進。誰知美國以助俄抗德爲主要目的，打日次之，又誰知斯大林經過美共，把羅斯福、艾契遜作爲好工具！

關於蘇德戰爭問題，廿七日獨秀先生又給我下面的信：

「學稼兄左右：前接手書，比於廿三日覆上函，諒已達左右。前函所稱兄對於國際局勢的意見太過簡略，頃又聽到友人轉述兄分析『太平洋之戰及中國』之意見較詳。其中有許多弟不得其解，也許是傳說之誤，特請賜教！

(一)兄謂在打仗初期，美國必定是失敗的；又謂中國現在處在絕對有利的地位。按美國初期作仗之失敗，這已經是事實，美國現在既已不能打擊日本，她接濟中國的路線又斷了，或者比以前更困難；那麼，兄所指中國現在處在絕對有利的地位是甚麼？

(二)兄謂：爲了以後着想，我們希望希特勒打勝仗；又謂：希特勒打勝仗，即是英國失敗；又謂：英國不倒台，中國永遠莫想做獨立的夢。按現在騎在中國背上的，已經不是英國而是希特勒盟邦日本，希特勒勝利即是日本的勝利。此次大戰的最終勝利，若屬希特勒，英國固然倒了台，美國暫時也只好畫洋自保。希特勒在未征服美國以前，必不開罪日本，使日本轉向美國，以削弱他將來對美國夾擊的右臂（有些寧爲納粹的中國人，希望希特勒勝利，就會爲他自己驅逐日本於中國之外，這是無比的幻想！）則那時中國還是要受日本支配，所希望的只是兄所謂『阿Q說的最後勝利』。若希特勒失敗了，英美的力量已失了平衡，英國只能顧到歐洲而不能在遠東與美國爭霸，則代替日本在中國的是美國而不是英國，也不是俄國；這是於中國比較的有利，雖然說不上獨立。「希特勒勝利↓英國倒台↓中國獨立」這一公式，弟所不解，望詳示之！此祝教安！弟獨秀手啓。」

一九四二年一月六日，他覆我信如下：

「學稼兄左右：前月廿一日手書及「評傳」一冊前幾天已收到，廿九日的手書昨亦拜讀。承詢各事略答如下：

(一)無人有此主張，只守常以與白堅武同學之故和吳佩孚見過面，說不上合作。

（二）當日反對我者以瞿秋白為首，由第三國際派代表來公開主持，何只暗中指令，開除黨籍，在此後一年餘。

（三）以前毛和我私人無惡感，我認為他是一個農運中實際工作人員，政治水平則甚低。

（四）在廣暴前，是否成立蘇維埃，在中國黨內無此問題發生，毛自傳所云不實，此書弟未閱過，尊作「評傳」亦尚未看，看後如見到所引自該自傳所云有不實處，再行奉告。

讀廿九日手書，得知兄所謂希特勒勝利之有益中國，不過一時之插話，而非整個思想。在德蘇戰爭之初，如果蘇聯打敗了德國，中國北部或為其所有，南部則不然也。現在蘇聯大部分武裝已消滅，已成為英美有面子的附庸，更無能為害了。如果最後勝利屬於希特勒，蘇聯和英國固然都完了，中國豈有倖理？那時希特勒之勝利即日本之勝利，安得有時間空間容許中國能夠利用德國工業擊敗日本？即在德蘇開戰之初，情形亦是如此。所以我始終認為只有希特勒失敗，英美勝利，中國方不至完全覆亡（希特勒勝利，只有汪精衛式的政府能存在），因為中國和日本已不能兩立，日本又為希特勒所倚重之助手，他決不能為中國得罪日本也（日本在遠東勢力，除英美勝利無法推翻），不知兄以為如何？尚希明確示知。前函問兄：農山久無信來，是否受人干涉之故？尚未見覆，希即示知！此祝健康，弟獨秀叩。

又啓者：希之定於本月之六日由油溪（？）携眷口起身赴渝，由渝轉往貴陽，在渝約可住一星期。彼云必至農山、國燾二兄處一談，兄所要之書，可就近託農山兄等言之。

大戰不會很延長，歐洲也不至毀滅，如麥麥所云也。又及。」

這封信談兩事：第一、關於蘇德戰爭和中國的前途，大家的推論都有錯，不必再說。第二、關於黨史，我問中共中央和吳佩孚有無合作的決議，他的回答與鄧中夏著「職工運動史」，不完全相同。依鄧著，中共中央似曾批准李大釗的「利用」吳佩孚。我又問「八七」事件瞿秋白的作用，他的回答與我當日所想略同。我以為鮑羅廷於離武漢回俄前，特赴廬山並携瞿秋白同行，是為斯大林派來的新欽差大使鋪路。瞿有奪取黨權的野心，鮑早知之，這由於瞿通俄語。瞿在長汀將死前所寫「多餘的話」證明他是小人，多方為自己掩飾。

所謂「毛自傳」是指斯諾著「二萬五千里長征」中譯本中關於毛澤東所述生史的一部份。所謂「尊作『評傳』」是指拙作「毛澤東評傳」。此書寫於一九四〇年前，係應繆鳳林教授所主持西安一出版社而寫的，後因內容與該社主人胡宗南將軍的政治立場不合，也就是與國共第二次合作的立場不合，要我更改，我不肯，稿退回。一九四一年重慶一反共機構聞有此稿，拿去出版，未得我的同意，改書名為「毛澤東先生評傳」──「評傳」繫在『先生』之後，不通。對於內容，激烈的批評或改為溫和的口氣或刪去。出版後，我抗議，被置之不理，但因延安抗議，自動在渝停止發行，廣州和江西兩地均有翻印版。到馬歇爾調解失敗，由於『戡亂』將開始，上海有兩個國民黨營出版社，幾同時出版該書，一改書名為「毛澤東評傳」；一書名另舊，但內容與重慶版有十餘處不同，也就是把重慶版客氣話改為批評，把批評話改為嚴厲的口氣。現台北藏有三個版本：(1)我自存的「毛澤東評傳」。(2)調查局資料室的重慶土紙版和(3)安全局的上海版。關於這本書，還有中共版，書名著者都與重慶版相同，而內容全捧毛。我和蕭家打了十多年的官司，和此書有關，蕭家指我捧毛而不敢出示原書。

又信中說向希之要書，那是在武漢時他由我處拿去兩本書，一本附有我的譯稿，一本是英文版法國有名的大革命史。由於北碚和重慶相距遠，我未見過他，那兩本書從未拿回來。在動亂中，他由於行踪不定，早就丟失了。

一月十一、十三兩日，我寫信問獨秀先生關於伊羅生的著作「中國革命之悲劇」中若干史實，二十五日他給我覆信，說：

「學稼兄：十一、十三兩示均悉。季山嘉有無此人，弟並不知之；即有此人，或像軍校教官，非政治顧問，與弟均無接觸也。……CP不贊成匆促北伐，為時甚短。不贊成原因：一恐武力還不夠；一認為政治未必勝過北洋派，恐純為政權之爭奪戰，兄如有材料能作一史稿也好。CP一向為第三國際（實際上是俄國當局）之命是聽，俄國一向以各國黨為其外交工具。故當日俄助國之政策不變，中國黨內當敢有何爭論？目前也還是如此，惟政府健忘，尚容彼輩橫行耳。「CP簡史」倘照實寫，其反共書店不能出版。弟之自傳，別人難以代寫。簡史無意義，兄能來談則大好也。八七以前，黨中無暴動之爭論；八七以後，弟實反對暴動，因認為其時革命已開始退潮也。國燾、農山兄等之能來，望告其事前示知！此祝健康，弟獨秀手啓。」

我當時開始研究中共史，伊羅生的著作由於有劉仁靜協助，保留不少原始資料（它和第二次世界大戰後斯丹福大學版的內容不同）。我讀後發生很多問題，所以寫信請教；但為着問題太多，曾想赴江津一行。至於國燾、農山兩人亦有赴江津意，非我所知。後我因經濟困難，旅費無着，不能前往。

二月二十日，獨秀先生寫信給我，又說伊羅生的書。他如此說：

「學稼兄：一月卅一日手書誦悉：聞兄書稿未賣出不能來晤，一嘆！聞兄書因攻擊斯大林而不能出版，二嘆！新加坡陷落當在旦夕，大局不能日久維持現狀，我等應有遠謀，此等小事又似乎不足嘆也。……伊羅生之書，當然有些材料，然不盡可靠。據弟所知，其中神話亦頗多也。弟之自傳真不能不寫，但寫亦不能出版，為之奈何！此祝健康，弟獨秀手啓。」

星加坡早於一月十五日陷落，由於新聞封鎖和他遠在江津，所以遲到二月二十日還不知道。關於反共書不能出版事，為理所當然。在國共第二度合作期間，不許猛烈反共，只能應國民黨之需要而反共。至於斯大林不能批評，由於中國尚迫需俄援。後一點有理由，因民族至上。所謂「遠謀」不知何意。（上兩信所刪的都與中山艦事件有關）。

吳紹澍由淪陷區還渝，住牛角沱吳公館。三月十日我適赴渝到該處見着他。他先挽我赴滬工作，不成，又勸我謀參政員。我對此道一些不知，他要我馬上寫信給朱家驊，朱是我中大的校長。我表示考慮，曾函問獨秀先生，此事可為不可為。我內心當然知道這是絕無成功之望的事。因為我和朱素無關係。此外，前此孟師曾以全力為我謀中央設計局委員都不成功，還想甚麼「參政員」！

四月十二日，獨秀先生如此覆我：

「學稼兄左右：上月十七日手示敬悉。參政員自可圖之。希聖兄處弟已去函言之矣，不知他此時見客談話及通信是否自由無阻也。兄謂近文少提及本國的作用，弟限於知識，不便多言。代青兄如已到復旦，請兄代為致意！賤恙仍未見好，北碚之遊，不能如願。弟近作頗為時人所非議，托派卻攻擊此文為政府親美政策辯護，甚矣此時代說話之難也。此頌安，弟獨秀手啓。」

信內所說「弟近作頗為時人所非議」，是指三月二十三日登「大公報」一半被禁止的「戰後世界大勢之輪廓」。他於該文被禁後曾油印寄給我兩份，我都保留下來。內容摘要述下：

「此次大戰不外三種結果：一是英美和德日不分勝負而議和；二是勝利屬於英美；三是勝利屬於德日。第一種結果之可能最少，我們似不必加以推測；第二種和第三種可能以何者最大呢？以現狀觀之，自然以德日佔優勢。但由於德國有缺乏煤油的弱點，利於速戰；英美為增加軍火生產，利於持久戰。目前德國的春季攻勢的勝敗，可說是決定此次大戰全局勝敗之最大關鍵。這一戰線之勝利，若屬於德義日，英美是不能夠長久支持下去的。」

「倘勝利屬於英美，德義日都完了。戰後，英國無力及於遠東，遠東以至南洋澳洲，自然全屬於美國的勢力範圍。那時蘇俄將是兩方面拉攏的奇貨，英美的命運乃決定於下次大戰。勝利倘屬於希特勒，英國便完了，美國也只得暫時畫兩洋以自保。此時，日本是美德拉攏的奇貨。美德的命運就決定於下次大戰

「世界還會有幾次大戰，我們還不能知道。所能知道的，只是在戰爭的因未除去以前，戰爭的果是不能免的。所謂戰爭的因，就是資本主義制度。歐美人早就想改良該制度，然其結果乃是在股份公司，合作社的旁邊，巍然起來了脫拉斯；在勞動立法普遍了半個世界之後，所謂『社會主義國家』還得恢復計件工資。改良資本主義既非易事，消滅資本制度更不能夠如人們所想像的那樣輕鬆。

「這次大戰後，不但十九世紀以前的民族國家運動已隨着帝國主義發生而沒落，即二十世紀初期的七、八個帝國主義列强之對立也要完結。此次大戰爭的結果，真正完全獨立不受他人支配者，只能有兩個領導國之對立：美德之對立，或英美之對立，其

他國家民族，都不得不分別隸屬於這兩個領導國所領導的集團之內；日本和蘇俄，當然都有各自領導其集團之野心，然而生產力終於要決定他們的命運，其他殖民地及落後國，若企圖由民族鬭爭而產生新的獨立國家，這樣的時代已經過去了。在各集團圈內，依國力之强弱，其地位略分四等：第一等是較有面子的所謂『同盟國』，例如日本之於德國，蘇俄之於英美；第二等是半殖民地，例如意大利之於德國，荷蘭法比之於英美，雖然有一個自己的政府，政治尤其是經濟，都多少要受領導國支配；第三等國是被保護國，例如法比之於德國，丹麥意大利之於英國，菲律濱之於美國，雖然有一個自治的政府，而不能有獨立之外交；第四等是殖民地，連自治政府也沒有，統治權操諸領導國總督之手；比殖民地更次一等的是沒有的了，有之便是種族日漸消滅之美洲、澳洲的土人。各集團圈內的國家民族地位雖高低不同，而有一共同之點，即是他們的政治及經濟制度，都必得或多或少的按着領導國的模樣改造，根本相反的制度，是不能够存在的。德國所領導的集團圈內，多少都要按着納粹制度改造；英美所領導的集團圈內，多少也要按着民主制度進行；社會主義制度呢？這要靠領導國的革命成功才能實現，才能够影響整個集團圈。依俄國革命的經驗，帝國主義世界中最弱的一環之破碎，終於不能够使它全部瓦解。至於現在的蘇俄，不但她的生產力不能勝任領導國，她自身早已離開社會主義了。

「當此次大戰開始時，有人夢想弱小民族獨立的機會到了。其實亞洲的殖民地一脫離英美，便進入了日本的掌握；非洲的殖民地一脫離英國，便進了德、義的掌握。至於以爲戰爭會引起社會主義革命，也是夢想。納粹勝利，支配半個地球，使人類半數，政治上受整個時期窒息的大災難，經濟上雖仍是資本主義，而生產力卻有進步。這種區域的統一，「在客觀上爲將來的社會主義世界開闢寬廣的道路，加强物質的基礎。」總而言之：「無論是全世界或一個國家，沒有革命的統一，反革命的統一也有進步的意義。」

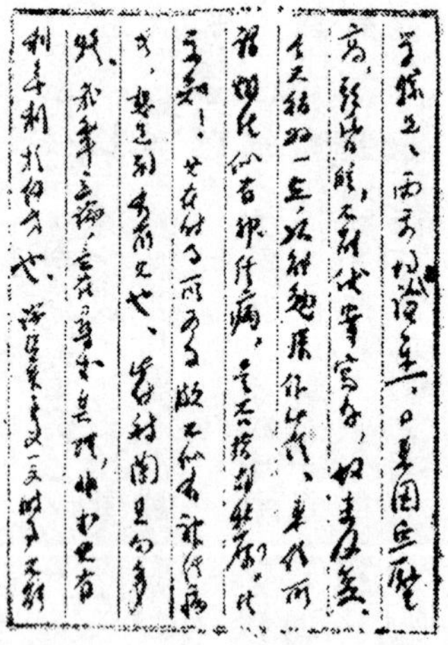

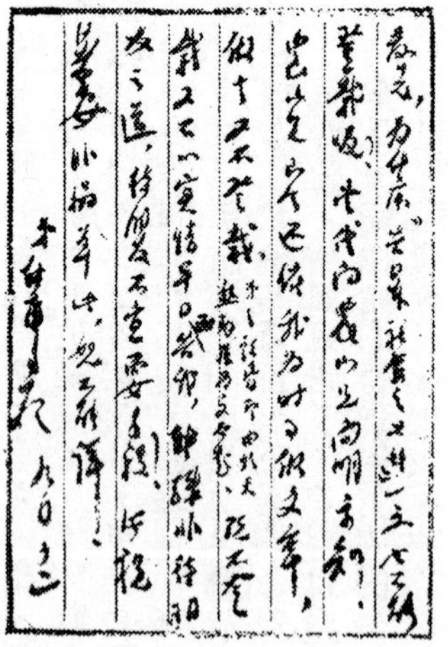

「正經的說話，認眞的民族解放，只能和社會主義革命同時實現；在資本帝國主義世界裏，落後國及弱小民族之『民族自決』，『民族解放』，本是一種幻想，何況在兩派帝國主義的主腦，爭着以戰爭狀況裏脅全世界落後國家及弱小民族的今天，民族鬭爭會受到限制。」不要對這句話感覺驚異，應有此警覺。受限制的意義，「並不是說被人領導的民族將馴羊似的一無所作爲。」有此警覺才能够開始實行有效的步驟：

㈠努力於自己的政治民主化和民族工業之進展，以增高在集團圈內之地位。

㈡創造自己的實力工業及人民的組織，以準備與領導國內革命相應和鬭爭。

㈢對於國外鬭爭，無論是對於軸心國或非軸心國之鬭爭，均應從民主主義出發，不應從民族主義出發。

㈣我們應該盡力反抗帝國主義危及我們民族生存的侵略，而不應該拒絕它的文化。否則使自己民族的文化停滯而走向衰落。

「中國文化誠然有它的優點，惟如果渲染過當，便會使之高據在形而上的地位，俯視一切，形成偏畸的發展，竟把民生國防所依賴而應該特別重視的物質文明，排除在文化以外。還有人竟把中國歷史上民族的光榮印刷與火藥之發明也排除在文化以外，把文化縮小在文藝圈子裏。這樣誤解文化的結果，遂在此次抗日戰爭中，發生了萬分不應該發生的兩件事：一是把口裏哼哼詩詞手裏要耍筆桿，應該稱為『文人』的，無端改稱為『文化人』，這和日本稱中國為『文字國』同樣是對於中國文化之諷刺！一是繼續義和拳符咒能夠抵擋槍炮的思想，企圖用標語口號、歌詠來抵擋飛機大炮坦克車。這便是中國文化畸形發展之末路。張之洞『中學為體，西學為用』之說，已經害了我們半個世紀沒有長進，我們不要高唱『本位文化』、『東方文化』再來害後人吧！」

或有人說：「此次大戰是軸心和非軸心兩派帝國主義各自擴張其勢力圈之鬭爭，非民族解放之鬭爭，弱小民族之參加毫無意義。這一見解，是由於他們不明白民族解放，自然不能夠依賴帝國主義幫助而成功，也不是弱小民族自己力量可以解決的問題；而且『中立』這一名詞，現代戰爭史上將不會再見了。」如果中國有人說：「幫美國打日本，是前門拒虎，後門進狼，我們應該告訴他：美國勝利了，我們如果能努力自新，不再包庇貪污，有可能恢復以前半殖民地的地位，倘若勝利屬於德意日，我們必然淪為殖民地，連南京的傀儡政府不久都會滾蛋！以上的說話，或者有人認為是低調，那只好讓將來的事實教訓他。」

由這篇獨秀先生的最後文章，我們知道他對這次戰爭有這些根本的意見：⑴他不了解美國的生產力，足為『世界的兵工廠』，可使希特勒轉勝為敗。⑵他以為蘇俄不會敗，世界於戰後分為『三個集團圈』。這是當日流行的觀點，美國托派因這觀點與托洛茨基筆戰的布楠（James Burnham），是其中之一人。⑶他的理論出發點，以為帝國主義國家都必然本着自己利益控制別國，沒有想到美國統治者卻以全力援助蘇俄；或者換句話說：他沒有預見到斯大林運用美共而達到反大敗為全勝的目的。⑷戰後世界『集團圈』化，是一個預見，但這只適用於共產集團。他對蘇俄的估計偏低。儘管她如他所說，不是「社會主義」的國家，卻無礙於充當『集團圈』的主人。⑸他對弱小民族的獨立運動，估計得不足。儘管在『集團圈』形成和發展中，弱小民族獨立受『限制』，一旦獨立，卻有自己的力量，至少獨立的環境許它逐漸脫離『限制』。⑹他所指示民族獨立運動的『有效的步驟』，都是正確的。他仍有「五四」的觀點，恐怕拒絕外來的高度物質文明。

由他對民族獨立運動偏低的估計，由他輕視蘇俄，在當時引起禁登他的論文，是可有的事。

獨秀先生自三月起，健康情況已壞。四月廿六日（此信日期可疑，因為它是托復大學生帶來的），他口述下信：

「任之（潤之——稼）自傳，我未看過，但據「評傳」（「毛澤東先生評傳」——稼）所寫，簡直每一事實，都是錯誤的。根據這些錯誤事實來評判，也就是牛頭馬臉了。我本想寫點東西，但時間來不及，如果學稼君（不——稼）來津，我擬春假去北碚一遊），還是我來面告一切為宜。「評傳」中論及任之與代英在黨地位一節，想係季嚴所說，此亦胡說也。代英在黨中無工作歷史，正與季嚴相同，雖然後來他們（任之與代英）兩人都是黨對外的喇叭，然任之起初總做過幾天黨的工作，這是與代英不同的。此等非事實的論斷，反使人非之也，未知以為如何？瑜記。廿六日。

學生許愼安入學及貸金事，請幫忙。」

五月初，我的女兒燕川被庸醫所誤夭逝，二十九日閱「大公報」才知道獨秀先生於二十七日下午九時四十分逝世，即電弔：「江津黃荊街八十七號高語罕先生轉仲丈家屬禮鑒：閱報駭悉仲丈逝世，謹弔。」

關於獨秀先生的健康，高語罕先生在「入蜀前後」中有這報導：

「獨秀的年齡，就中國人的一般的生理狀況說，已經達到衰老的邊緣；卽就他臨死之前一兩年的心理狀態看來，也表現出衰頹的神氣了。曾記得：民國十七、八年之交，我的兩個孩子——一男一女——在上海因黨的關係被捕，下在曹河涇的監裏。我的夫人每月至少要親自去探視他們一次，送點罐頭食品和必需的零用錢給他們。獨秀聽見了，總是罵我家庭觀念太重。那知道十幾年以後，他的性情突然變了！他在江津的時候，看見他那素來極不爲他所重視的第三個孩子（大兒『延年』，二兒『喬年』均爲法俄留學生，且爲中國共產黨當時中堅人物，先後被捕遇害！）和幾個孫男孫女，便親熱得了不得。過些時不看見他們，便要派人去把他們喊來團聚。我私下裏和我的夫人說：『獨秀怕快了！性情竟然變得這個樣子！』麗立頗以我話爲然。這時獨秀的血壓已經是很高了，到重慶請了兩位有名的內科醫生詳細診察了一番，兩位醫生都暗暗地告訴獨秀的朋友說是他的病決無生理，不過延長極短的時間，說不行，就不行了。但他自己自然不曉得他的身體的危機究嚴重到甚麼程度。」

獨秀先生逝世後，高語罕先生曾在六月五日重慶「大公報」發表「參與陳獨秀先生葬儀感言」。他說：當陳先生患病消息傳到城內時，江津紳耆鄧燮庸卽偕周弗陵和高語罕下鄉探親，後鄧氏同大家商量善後事，「未等大家開口，他便毅然一肩擔去。回城後，四處奔走，寢食不遑。所有衣衾棺木等等都辦得十分美滿。中因棺木問題，幾經變化，幾經周折，至於舌蔽脣焦，聲淚俱下，卒底於成。」還有他的叔父蟬秋，年愈七十，息影白沙，聞獨秀噩耗，急來江津，一登岸，卽趕至鶴山坪石牆院陳先生寓所弔唁。這鄧家叔姪，對獨秀之厚，恐出陳先生生前料外。當中國共產黨總書記，立志要革資產階級，地主之命，而身後一切全賴江津地主料理，這眞是一諷刺事。

獨秀先生的墓地，江津育才中學校董孫茂池等願闢校中適當地區迎葬靈柩，並願在墓傍獨力建房屋數間，陳列遺物。最後，決定陳列於江津大西門外桃花林鄧燮康先生的別墅——康莊。獨秀先生生前數與蟬秋遊桃花林。前年春，他夫婦又偕周弗陵、高語罕看桃花，俯瞰大公，風騷上下，流連不忍去。

此時發生一個插曲。高語罕的「入蜀前後」說：當地黨部曾一再傳問鄧家叔姪：

「黨部人問：『你和陳獨秀甚麼關係？』

鄧先生答：『我們不過是朋友而已！』

『甚麼時候認識他？』

『只不過抗戰以後，他到江津來，我們才認識！』

『你爲甚麼對於他的喪事這樣熱心！替他買棺材，辦喪事？』

『不過因爲陳先生從五四運動以來，在文化界有很大的貢獻。現在江津窮窘以死，身後蕭條，而陳先生的朋友又都是寒素書生，無法張羅。我們忝爲本地士紳，平素又欽慕其爲人，現在他死在那裏，我們不忍看他陳尸於室，不能收殮，故爾出面爲他張羅。』

『你和陳某有政治關係沒有？』

『我是商界中人，且從事銀行業務，一個單純的商人。我的叔父——鄧蟬秋，專門信佛，均無絲毫政治關係！』」

這傳問，說明審問者是右傾幼稚病，也許他們有濃厚階級觀以爲地主不應爲陳獨秀辦喪事。依高語罕的回憶，那也許和這謠言有關：國立九中員生百分之九十爲皖人，陳亦皖人，難保一些思想上不穩分子，利用陳氏之死，來一個具體而微的『新五四運動』。所以當獨秀先生靈櫬從鶴山坪運到康莊時，衛戍司令部特派有力人員親臨監視。實則送葬者，除了死者的血親以外，只十數人而已。

六月一早，獨秀先生「靈櫬由鶴山坪舁至雙石橋附近登舟下駛，左右鄰鄰壯丁不期而會者一二百人，沿途護衛，且放鞭炮以示景仰惜別之意。舟抵鯉魚石登陸，由其親屬前導，隨之而來者，則其通家鄧仲純（初），學生何之瑜；迎之於江干者，則友人桐城光明甫（昇）、光宣甫、方孝遠（時簡）；合肥李運啓（應生）；安慶程筱蘇，胡子穆；蕪湖翟光熾；無爲何海若；江津鄧蟬秋、鄧燮康、周弗陵、孫茂池；壽縣高語罕等。又有南京士紳劉競生先生，與獨秀先生素昧平生，亦因欽慕其爲人，前來送葬。此外，則先生之戚黨同鄉十數人而已。其自重慶趕來者，則先生之北大高足張國燾、段錫朋、俞飛也。」記這情況的高語罕口占一絕云：「足下奔雷地底傳，江風山月此長眠。鄧家叔侄多情甚，又結前身未了緣！」

歐陽竟無大師，一聽獨秀先生去世，卽送五十元賻金，附在給高語罕信中。信云：

「語罕先生：

人生如朝露，有何悲痛？送上賻金五十元，煩公帶至鶴山坪去；更懇爲我查檢仲甫所借之字學書數種及武榮碑、揭與漸，不勝銘感！此請道安！歐陽漸呈。」

原來，一九四一年冬獨秀先生借歐陽大師的「武榮碑」，曾以詩代箋云：「貫休入蜀唯瓶鉢，久病山居生事微。歲暮家家足豚鴨，老饞獨羨武榮碑！」

陳銘樞也有函給高語罕先生，云：「巍然一老遽爾凋謝，使後生失所矜式。吾公尤當悲痛無倫也！」他附一輓聯云：

言皆斷制，行絕詭隨。橫覽九洲，公眞健者！

謗積邱山，志吞江海。下開百劫，世負斯人！

還有董退思（時進）以稿費五百元代賻，另附一函給高語罕先生，云：「鄙人與陳先生素不相識，兼因政治與文學均爲門外漢之故，亦少讀過陳先生之文章，但鄙人對於陳先生，則極其欽佩。竊嘗謂一般所謂革命家者，不成功，卽成仁。成功者則富貴功名，生榮死哀；不成功者，死後亦往往有政府褒揚，社會追悼。陳先生無一於此，一生清苦，寂寞以死，然而惟其如此，乃屬難能可貴。『獨』之一字，陳先生足以當之！滔滔天下，能有幾人？眞大哲人，固如是乎？」但這筆賻儀，依獨秀先生遺囑，仍由高先生退還。

六月五日下午，我應復旦大學學生之請，講「陳獨秀先生與我」，依「日記」，「聽者有五百人。我演講的內容：獨秀先生爲青年爭取了許多權利，但青年卻忘記他。他在中國文化史上之地位，除梁啓超外，無人可與比倫，雖然他後來並沒有繼續這一事業。他是五四運動的主持者，他又是CP的創造人。他爲國家盡了文化上的大責任，又爲中國無產階級服役。他爲它，犧牲了兩子和家庭，但所得的代價，卻是受背反他之現中共的謾罵與侮辱。這是他應受的待遇，因爲他的歷史任務已經結束，他的羣衆已經散失。我又說及他的死後蕭條，和死於此時，是恰到好處。現在人們不紀念他，但中國人總有一天記着他。」

高語罕先生在五月二十三日偕周鄧看獨秀先生病回家後，已知他無生理，早寫一聯預輓他：

喋喋毀譽難憑！大道莫容，論定尚須十世後！

哀哀洛蜀誰悟！慧星既隕，再生已是百年遲！

聯內『慧星』是傅斯年論獨秀先生話。預輓者和死者有三十多年患難之交，可是到將死前，兩人卻等於絕交。依他的「入蜀前後」，到四川後，因兩件事，兩人弄翻了。在江津頭一兩年，兩人在街上遇見，連話都不說。獨秀先生總對人說：「語罕執迷不悟，我勸告他，他還不高興！」那兩件事是甚麼，高先生說：「我已在另一文件中記述下來」，我未見過那文件。後來，兩人和好，到獨秀先生死前數月，兩人的關係又中斷。當他約鄧燮康和周弗陵去看獨秀先生的病時，病人不同他說話。陳死，高先生如此說：「在他左右主持喪事的人，並不通知我，仍然是我在外邊打聽到了，自動加入去替他治喪。」喪事完畢，他邀陳夫人到家責問她：「我和仲甫三十多年患難之交，敢說，此地居留的一切熟人當中，沒有第二個。但爲甚麼他病既不通知我，死又不通知我？」陳夫人答：「這不怪我，這是某某、某某兩人搗的鬼！」

「搗甚麼鬼？」

「說三月二十九日江津縣黨部召開的大會，有安徽黨人某某在演說台上，借着仲甫在「大公報」只發表了一半的那篇文章，大罵仲甫是反革命。他們說：這種辱罵的幕後策動是你，所以『矮子』（我們常通稱仲甫爲『矮子』）恨你恨得要死！連我，他都不要理你們！」

我早在當年六月十六日，已知兩人不和事。當天「日記」載：接高先生由江津來函說獨秀先生在生前爲人所譖，與彼不相往來，並將遺稿交何之瑜。此事載在獨秀先生遺囑內。該囑由何氏及鄧初松起草，並有松年（獨秀先生子）簽字。關於他和獨秀先生的事，信中說：『高語罕自有其所以自立爲人之道，絕非他人所能毀謗，所能磨滅，然獨秀因此抱着一種懷疑——有一個三十多年的老友賣了他——的心情入地，彼一定不瞑目，弟之痛心亦實在此。』所謂『賣了他』，是指獨秀先生懷疑語罕先生曾匿名寫文章攻擊他。該信甚長，依囑寄還，並作覆信。我決不信語罕先生會做那無聊的事。」

接我覆信後，高先生卽於廿日覆函，這信我保留下來：

「學稼我兄道席十九日快函暨弟之前書均領悉！何君係仲兄北大高足，對於仲兄極服膺，此次仲兄病中以及身後諸事，均賴以了事，有熱血，耐勞苦，本自不可厚非，唯彼主觀之見太深，事事引爲己任，結果卽不免任性、武斷，況又有人從旁媒孽之，遂爾顢頇。弟不願與彼計較，彼或幡然之一日。惟仲甫遺著關係中國近四十年來歷史文獻至鉅，一有蹉跎，必失其本來面目。鰓鰓之慮，職此之由。然亦只好聽之而已！秋涼擬來北碚一遊，藉償夙願，屆時當奉承清誨，暢敍一切也。草草不盡百一，順頌教綏，弟高語罕拜啓

內子王麗立女士附候」

何之瑜不僅接收陳獨秀先生的「遺著」，還有不足與外人道的事！他何以接近獨秀先生，至今未明。獨秀先生第三子——松年，於日寇投降後，曾到重慶文化服務社見我，惜所談未留下來（我的「抗戰九年雜記」，是準備出版，在離渝赴滬前抄好，原「日記」毀棄。這是很可惜的事。因未抄入「雜記」中的記載，今日都有歷史的價值。）他是忠厚人，沒有政治的興趣。

一個人的一生，只能幹一件有歷史意義的事。陳獨秀先生可說是那種人之一。他的命運，是二十年代和以前良好知識分子的鏡子。我遲到抗戰才認識他，卻留下本文的記錄。他的貧賤不能移，威武不能屈（「富貴不能淫」——他根本無「富貴」之念），可爲我的模範；就爲這一點，我尊敬他。

（一九七一年十一月八日）

四川自貢的鹽井

・莊練・

「維西川之鹽井，稱山海之奧隩。潛穿地穴，倒噏洪濤。山澤通靈，水火相遭。熬波成名，鎔液爲膏。雖沿象於夙沙，實巧寓於圜刀。……匝地驣騂，連山峉鑿。天車排闥以林立，地架喧豗而鼓作。素綆蛇游而蜿蟺，轆轤電震而駭愕。……」

上面所引，乃是清人李芝所作自貢鹽井賦中的一段。所謂「天車」，卽是汲取地下鹽水用的輪架，其高達十餘丈；所謂「地架」卽是安設絞盤與挽繩用的木架，其作用在挽出沉井汲水的極長竹筒。「素綆」卽篾繩，「轆轤」卽熬輪滑車。自貢號稱四川產鹽最豐的鹽區，其一般的景象，卽是天車林立，梘路縱橫，到處皆是鹽灶與井房，忙碌的工人往來背負，盡是成塊成包「巴鹽」與「花鹽」。自貢一地的鹽產量，年達四百八十萬擔，約合二十五萬噸。要達到這一巨大的產額，在煮晒便利的濱海區，也並不是輕而易舉的事；何況產於自貢的鹽，每一斤一兩，都需要從深達數百以至一千公尺的地下鹽泉汲取滷水，然後在灶房中熬煮成鹽，其生產過程之繁複艱難，實非局外人所能想像。要維持這二十五萬噸食鹽的年產量，所支付的人力與時間，非同小可；所需要的採掘及煎製技術，更非積一二千年之經驗不爲功。滇黔康藏等省隔海窵遠，鹽價之貴如金。然而，四川人卻能以他們聰明的頭腦與勤勞的天性，從地腹深處尋出鹽泉來煎熬成鹽，從而爲他們帶來巨大的財富。四川雖然號稱天府之國，但若沒有四川人的聰明與勤勞，這蘊藏地下的豐源鹽泉，還不是永遠的「貨棄於地」。可知四川之所以能夠成爲天府之國，在天時與地利的條件之外，更需要有「人和」。就像是灌溉成都平原數千方里的都江堰水利工程一樣，不但天時地利人和三項條件缺一不可，其中最重要的，更是人的因素。自貢的鹽產，其情形亦復如此。

自貢的鹽井，一般都深達一千公尺左右。華陽國志云：「江陽縣有富義鹽井。」又，元和郡縣志云：「富義鹽井在西南五十步，月出鹽三千六百六十石。劍南鹽井，惟此最大。」（按，唐以前的江陽縣，卽今之四川富順縣。後周時稱爲富世縣，唐改爲富安縣，至宋時又改爲富順縣。）據舊唐書地理志所說，「富義井深二百五十尺，以達鹽泉，俗呼玉女泉。以其井出鹽最多，人獲厚利，故名富安。」以元和郡縣志考之，則漢唐宋以來的富義鹽井，當卽在今富順縣城內。此井在元明時已因井泉枯竭而成廢井，但在富順縣北的自流井及榮縣的貢井一帶則因井泉大旺而日益發達，逐漸成爲四川鹽產的重心。

自流井與貢井地屬毗連，民國卅一年，將此一鹽產區合併成爲一個行政單位，稱爲「自貢市」。於是自貢鹽產遂執川鹽之牛耳。由舊唐書地理志所說，後唐以來的富義鹽井，深不過二百五十尺。但今日的自貢鹽井，深度在一千公尺以上者比比皆是。由於深度太大，如遇地底岩層堅硬，一口鹽井的開鑿，往往需時數年。

其最長的紀錄，甚至有費時二十餘年以上的。四川鹽井的開鑿，方法極爲笨拙，工具甚爲簡陋。但四川人卻能憑着這些笨拙的方法與簡陋的工具，鑿穿深達一千公尺的岩層取出鹽水，這一份堅苦卓絕的幹勁，就迥非常人所及。四川鹽井的深度，從一千多年前的八十多公尺進展到今日的一千餘公尺，充份顯示出四川的鑿井技術，在新式科學還未曾傳入以前，就已到達頗高的水準了。

鑿井，本是一件很平凡的工程，但要在自貢開鑿一口鹽井，其過程卻不簡單。這可以列舉如下幾點因素來說明。第一、井的深度常在一千公尺左右。第二、鑿井全用人力，所用的工具又很簡單。第三、當地人對地下岩層的情形並無認識，只是憑着過去的經驗摸索。第四、在岩層中鑿下的井眼通常只有五六寸的口徑，要如何方能保持其垂直而不彎曲，又如何補救開鑿過程中必不可避免的崩岩落石及工具跌落井中等等的意外困難，做起來便極不簡單。

但是，當地人士所用的方法雖然笨拙，工具雖然簡陋，他們卻能逐一克服上述諸種困難因素，鑿成數以百計的深井來汲滷製鹽。這一種不畏艱難，不屈不撓地勤勞奮鬬的精神，就特別值得讚賞。曾有人以爲，此即是中華文化的博大精深所在——腳踏實地，以苦幹實幹的精神尋求解決困難的方法，雖笨拙而不背悖科學原理，終於逐漸積累而成今日的技術成就。當茲社會上下高呼復興中華文化之今日，把四川人開鑿鹽井的故事提出來說說，也許其中不無可資取鏡之處吧！

在沒有說到如何開鑿鹽井之前，必須先抄一段淸人吳鼎立所撰的「自流井風實名物說」，以便對開鑿鹽井過程中所用的各項專用名詞有所瞭解。原文如下：「搗井謂之銼，除泥謂之搧，汲水謂之推。水火油得其一者謂之見功。通行謂之暢，阻滯謂之疲。運水謂之梘。覆灶之屋曰灶房，覆井者曰碓房，統謂之廊廠，汲水者爲縴藤，以竹爲之，繞於車盤，以四頭牛周行而推。汲水之輪曰天車，車上之輪曰天滾。鐵謂之銼，木謂之梁。竹謂之篾，繩謂之索。平地開井，用銼上銳中闊，其末斜而寬，謂之魚尾銼。長柄大末如銀錠，謂之太平銼。太平銼重百餘斤，長一丈二尺。魚尾銼重倍之，長一丈。」把這些名詞稍爲介紹之後，接着方可敍述鹽井是如何開鑿起來的。

鑿井的開始，必須先選擇地點。其法須由地理師勘定地脈，就地摘草拾土，嗅其味而定地下鹽泉之有無，其名謂之「看榜樣」。地點選定後，卽鳩工挖掘，名曰「開草皮」。初掘井時，口徑約三尺餘。稍深則搭木架，置滑車吊取井中掘出之土，其名曰「開大口」。大口的深度，視地層表面的泥土厚度而定。總須泥盡見石，方能開始下一步的工作。

掘井要先「開大口」及挖盡表層泥土，其目的是要在使鑿井時不致有泥土落入井中。爲了防止泥土震落，在已掘成的大口中，還須層層疊砌方形的石圈。每一石圈，中間均有同樣大小的圓孔。對直疊齊，石圈中央，就有一道垂直的井洞，其直徑約爲一尺五寸。最上層的石圈，周圍須用石塊砌緊，與地面相平。石圈謂之「舷口」，疊石圈卽謂之「砌舷口」。這一步工作也做完之後，便可搭蓋廠房，及在井洞上安設踩架，以便在井洞中開始下銼鑿井。鑿井工人，以山匠爲首，下有篙匠三人，雜工三五人。如有夜工，人數加倍，踩架上置一木板。長十餘尺，架以鐵軸，以便轉動。一端裹鐵皮，連竹篾，下懸鐵銼，其另一端則用人力踐踏，利用槓桿作用使懸於井中的鐵銼上下衝擊，以搗碎岩石。井口另以一人轉銼，每當懸繫鐵銼的篾繩上升時，轉銼的工人便須將繩索略略轉動，周而復始，使鐵銼落下的位置成爲圓面，以便保持井腔的圓直。

起銼時，將竹篾掛於轉車上，用牛推轉，提出銼頭。如銼頭磨鈍，再加鋼燒打。此時卽可另用砂筒入井，搧取已被搗碎之石塊石屑。所謂砂筒，乃是長約丈餘的一個竹筒，其圓徑以適合井洞爲度，鑿通中節而於底部安裝活塞，名曰皮錢，可以啓閉。井底碎石，因井中有水滲出而成泥漿。砂筒入井後，以手拉竹篾，使之上下。砂筒降下則皮錢張開，井底的碎石泥漿因氣壓作用而被吸入筒。砂筒上升則皮錢閉合，筒中泥漿不能漏出。提筒出砂，再下銼搗鑿。如此周而復始，進行不已，地層的岩石便可以緩慢的速度逐漸鑿出一條垂直而形圓的井腔，其直徑約與上層石圈的口徑相等，這一段工程，名為「銼大口」。

銼大口只是全部鑿井工程中的初步，進行尚不困難。其原因一則由於距地尚淺，其全部深度不過數十公尺；二則由於其口徑較大，施工亦較容易。「銼大口」的作用，是要在開鑿汲取鹽水的小井口之前，放下木質的筒管，以隔絕地下岩層中滲出的淡水。所以當大口開至一定的深度後，銼鑿工作就要暫時停止。俟做好木質筒管逐步放入井腔之後，然後方可放銼入井，繼續開鑿。

用來隔絕岩層中淡水的木質筒管，乃是用大木剖成兩個半圓形，中間再刳空的大木片，抱合而成圓筒，圓筒的口徑以銼小口所需的大小為定。

木片抱合後，用蔴布蔴繩包紮牢固，外層更用桐油石灰密密融傅，務求可以防水防腐，其名曰「木竹」。木竹的長度亦不一定，淺者廿餘丈，深者四、五十丈。其接筍處一長一短，本末相連，總以下至地層中淡水斷絕之處為止。至於如何知道地層中的淡水到何處為止，以及所下木竹的長度應有多少，那是由山匠在每天搗鑿時紀錄地中所出水量，及用另一種「攷水」的方法來測定的。

將木質筒管放入井腔，名為「下木竹」。每一根木竹的長度，自一丈二三尺至一丈六七尺不等。每一根木竹入井時，須留下三尺餘的長度在井口外，以篾繩繫緊，勿使墜入井中。留在井外的筒管，一端的單木片凸出，以便與另一筒管的單出木片相合。其接合的工作，便在井口上進行。其接合之處，亦須用蔴布蔴繩及桐油石灰等包裹嚴密。俟桐油乾燥，則將留於井口的餘管並新接之管一併放下，再用同樣的方接續另一根筒管。木竹放入已鑿成的大口井腔，下降到底，上平井口，其情形猶如在井腔內完加了一層木質的套管，一切泥砂及淡水，都不能進入井腔之內了。

木竹下好之後，鑿井改用銀錠銼，亦即是前面所已經引敍過的「太平銼」。太平銼的銼頭較小，所鑿成的井腔，最大的直徑不過六寸至八寸，最小的只有四至五寸。由於這以後所開鑿的井腔已小，所以以後的工程名為「銼小口」。

「自流井風物名實說」云：「井下木竹既定，須弔銼搗。其下又有蔴姑石巖，綠荳石巖，又鐵板腔巖。至鐵板腔之石，較鐵尤堅。必搗過鐵板腔，或數尺數丈，近十丈則可望見功矣。」又云：「凡井之病四。有走巖，有崩腔，有流沙，有冒白（即冒出淡水）有一病必停工，謂之掛井。其無巖無崩及諸病者，謂之一根筍，井之上者也。」

這些話說明了在銼小口的過程中，所可能遭遇的困難，較之銼大口時不啻倍蓰。「自流井風物名實說」中所提到的井病，僅止四端；事實上，開鑿小口時，除了可能遭遇到的上述井病外，尚有其他的意外事故，例如落筒、落索、落銼等等，上文中均未提及。這些意外事故，當地人謂之「落難」；至於走巖崩腔流沙冒白等等「井病」，則又謂之「扯拐」。落難與扯拐，都需要用方法加以補救克服。而這一切補救克服的工作，都只是由地面上的工匠運用一些特製的工具放入數百公尺深的井眼中去摸索進行，這種智慧與聰明，就特別值得誇讚。

下面暫且還是轉引「自流井風物名實說」中的話來先作一番簡略的說明。

「凡療井病，有提鬚子焉。上如圭頂，三其楞，其末作三叉，中多倒鬚，以療井落筒者。有羊蹄子焉，其柄與提鬚子等，均長五尺，重數十斤。其末如環之玦，中有倒筍，以療井之落銼者，有柳穿魚焉，柄薄而闊，下有三叉，左右反張，以療井之落篾者，其長七尺。井中並落筒銼者，用雙瓦口；並落索篾者，用單瓦口；皆長九尺，重百斤。筒索並落者，用連環提鬚；筒篾並落者，用月亮提鬚。井筒銼索篾俱落者，用以上各器輪流取之。惟井礶鏟偏，必改鏟者，用長條挺子，其長二丈，重數百斤，皆以鐵爲之。此皆可以意會，不可以言傳。隨其所落之物，思有以療其病，而制爲器具。非天下之至巧，不足以語於斯。」這裏所說到的落筒、落鏟、與落篾等等，都是屬於前文所說到的「落難」，而並未包括在「自流井風物名實說」所列舉的各種井病中的。

至於原書所曾列舉的四種井病，其療治對策如下：「走巖崩腔，油灰作丸爲彌縫其闕，無不應者。流沙必用木菌以隔之。若冒白則成廢井，法不可醫。」比較起來。因工具跌落井中而造成的「落難」，設法製作各種專門用器加以鉤致撈取，其用力畢竟要比井中發生走巖崩腔及流沙等等「扯拐」情形容易得多。若走巖崩腔用油灰彌補，必須先設法拓寬崩坍的穴口，然後送入盛裝油灰的器具，又使油灰能平積於所崩坍的穴內，撞實補平，這其間所耗費的精力與所設計的方法，就要比鉤取井中落物要遠爲困難。「自流井風物名實說」以爲，「此皆可以意會，不可言傳」，「非天下之至巧，不足以語於斯」，這些話中並無阿諛的成份。

事實上，見於「四川鹽法志」一書中的鑿井器械，僅只治療各種井病及應付意外事故之用的工具式樣，就無慮四十餘種之多，其中大多數都是「自流井風物名實說」中所不曾提及的。如井中落物因被走巖所落泥沙壅積而不能鉤取，則用「財神鏟」搗爛後再以砂筒吸取；如落篾過多糾纏難出，則以「穿魚刀」、「單刀」、「雙刀」、「偏尖」之類割斷，然後作數次取出；如井中落石大如鵝卵，砂筒不能吸出，則須先用「馬蹄鏟」搗爛；又如井腔因地質軟硬不同而致斜欹，則用「半邊馬蹄鏟」鏟其堅硬部份，使井腔能保持圓直；如落鏟斜欹於井腔內無法鉤取，則先用「掃鐮」及「烏龜背」等四旁攪取扶正，再用他器下取；如井遺鐵器不能取出，已用他器搗破而平積井底，再搗不入，則用「四楞子」或「三楞子」等搗成洞穴，然後方用他器取之；如井中所遺挺鏟爲篾索填塞，則用「霸王鞭」深入其中提取；如鐵器與巖渣等雜塞井中，平積一片，則用「草鞋板」搗開一隙，然後設法取之；又如「蘿蔔頭」可搗碎井中遺鐵，「蛇皮」可治井腔不勻，「泥孩兒」及「木孩兒」專治井腔走巖漏水；凡此之類，眞可謂爲洋洋大觀，無非都是四川的鑿井工匠竭盡其智慮，用來應付落難與扯拐的種種發明。面對這許多奇形怪狀的器具，不能不使人佩服四川的鑿井工匠，眞可謂是「天下之至巧」。

開鑿鹽井，幾乎沒有一個井是不曾經過一些意外事件的。遇到意外事件，就必須百計設法救治。倘救治得法，自然即可化險爲夷。但有時亦很可能因技術錯誤或其他不可挽回的困難（如冒白水太多）而致無法補救的。在這種情形之下，投資人所耗費於鑿井之用的各種費用，勢將盡付流水，其結果或不免造成多數人的破產。所以，在四川開鑿鹽井，有成功亦有失敗，正不一定是穩妥可靠的投資事業。

鑿井的進度，如是地下巖層較鬆，則一晝夜可鑿一至二公尺；如是「鐵板腔」之類的硬巖，則一晝夜甚至不能鑿下一寸。一般說來，最順利的情形，一口井在兩年之後可以「見功」。但如連續遭遇各種困難，則開鑿時間長至七八年的，不算稀奇；最困難的，甚且有長至十幾年或二十幾年的。不過這當然不是常例。「自流井記」云：「常程可四五年或十餘年，有數十年更數姓而見功者。若深及三百丈而鹽水不旺，謂之棄井。」

若是鹽井開鑿到此結果，鑿井的投資也算全部落了空。所以然之故，則因地下鹽層的分佈有一定的區域，出了藏鹽的區域，自然水中無鹽。以自貢地區的鹽井情形來說，鑿成的鹽井，有岩鹽井、黑水井、黃水井、及假黑水井等等之分，岩鹽井大都在自貢東北五里的「大墳包」一帶，鹽井的深度自八百數十公尺至一千公尺以上。

黑水井分佈的地區，一在自流井東北之涼高山附近，一在貢井之西的黃石坎張家山一帶，鹽井的深度與岩鹽井相仿。黃水井分佈於自流井北及貢井之西部與北部，位置較淺。所謂假黑水井，則是在黑水井區域內開井至黑水井的深度而所得鹽水鹽分不足。

以上各種鹽井，以岩鹽井的鹽分最高，黑水井次之，假黑水井與黃水井又次之。岩鹽井所蘊藏的本是結晶鹽層，必須先用清水灌入地下使鹽層溶解，然後再加汲取，故其所含鹽分自高，其鹽水的含鹽度約百分之二十五。黑鹽水含鹽度平均爲百分之二十一，但其中亦不無高下，最高可至百分之二十六，最低僅百分之十七。黃鹽水含鹽分自百分之八至百分之十一。開鑿鹽井，當然希望能得到鹽分最高的岩鹽與黑鹽水。但岩鹽井與黑鹽水井的開鑿極深，困難較多，需費亦大，而且往往開鑿極深而僅僅得到鹽分與黃鹽水相仿的假黑水。在這種情形之下，轉不若開一口黃水井費省而可靠了。而且在黃水井區域中，往往亦有因地層變化而得到黑鹽水的，其間的幸與不幸，實在亦很難說。

鹽井開鑿「見功」後，即可汲水煎鹽。「自流井風物名實說」云：「汲水者爲絳藤，以竹爲之，繞於車盤，以四頭牛周行，謂之推。井淺則用三牛，深則用四牛或五牛，無牛者以人推之。其盤距井口四五丈，輪闊四丈或五丈二，統謂之天滾，置天車上。」

天車的形狀，有如油井上的大鐵架，高達十餘丈，低者亦有七八丈，全視汲水所用的竹筒長短爲定。如岩鹽井及黑水井深至八九百公尺以至一千餘公尺，所用的汲水筒以十餘根大竹接續而成，高達十丈以上，則天車之高，自必須與此相稱。「自流井風物名實說」記鹽井汲水的情形說：「天滾置天車上。又置一輪較大於天滾，曰地滾，亦如天滾式。又有抬滾。又置一大車輪，輪周三四五丈不等。用長大斑竹剖開椎碎，圍車子三面，謂之拭篾，盤於車上，由地滾下穿過，直達天滾上，繫筒放井內取水。其筒以堅靭斑竹或楠竹，除皮而削中。除皮欲其輕，削中欲其通。筒之巔有鐵挺焉，所以使之墜。筒之底有牛皮錢焉，半翕半張，方放下時，水激錢張，水盈筒內。車上一推，水由筒內下墜，而錢之張者亦翕矣。推出井口，以鐵鈎頂開皮錢，水直注木盆，謂之地楻桶，旁置木盆一，近井一面高一尺，背面高二尺，徑四五尺，置竹梘引水入楻桶。桶亦以木爲之，徑一丈六七尺，深八九尺。全井之水，均貯此內以備用。」

所謂地楻桶，實際即是貯滷池。鹽井中汲水出之滷水，至此已可供煎煮之用。每一次汲出之滷，竹筒所裝，約爲四、五百斤。若用牛力推挽，一晝夜可汲取五十次左右。民國以來，部分鹽井已改採蒸汽機推挽，一晝夜可汲取四百八十餘次，所用之汲筒亦改用鐵製，每筒可容一千斤以上。

鹽井中汲出的鹽水，通常都送往灶戶中去煎鹽。運送鹽水的方式有三種，一用人力挑送，一用騾馬馱載，一用竹製的梘管輸送。大抵灶戶距井較遠則用梘管，輕近則用人力或獸力運送。灶房煎鹽，在自貢大都利用火井所出的瓦斯，因爲自貢地區的鹽礦常與地下瓦斯共生，有時掘井不得鹽而得瓦斯，一樣可以得獲大利。瓦斯之外，亦有部分灶房使用煤炭煎鹽。製成之鹽，有結成粒狀的「花鹽」，與結成塊狀的「巴鹽」，後者則是海鹽生產地區內所未之前聞的特殊產物。

灶房內的煎鹽鐵鍋，成盤狀，其大者曰千斤鍋，徑四五尺，厚約四寸，深約四寸。由於太厚，所以無法鑄深。煎鹽時必須再在鍋的四周用鐵瓦灰泥等物加高，以增加鍋的容水量。如煎花鹽，則鍋邊所加鍋圈約高三寸。鹽水注滿鍋內後，燃火使沸，加入豆漿使鹽汁澄清，此時即將火力減弱，使鹽汁中的雜質成爲黑色泡沫浮於面上。將泡沫撇去後再加豆漿數次，每次均撈取其面上泡沫棄去，務使鹽汁濃厚而十分澄清，即可將另外小鍋內業已煎製成鹽的結晶鹽粒加入鍋內，然後加蓋慢煎。俟鍋中水分完全煎乾，而鹽結成粒，將煎成之鹽鏟入竹簍，再用煎沸的清潔滷水淋入竹簍以洗滌鹽中之鹼質，即可成爲潔白的花鹽。煎花鹽所需的時間較短，普通約一晝夜成鹽一次，每次由數十斤至二百餘斤。

如煎巴鹽，則所加鍋圈須較煎花鹽爲高，並須在鍋中預鋪煎成的鹽粒，俟鍋底被火燒紅後，即放入八分滷水溶鹽。鹽水入鍋後，仍須用竹管引注鹽水，徐徐加入鍋中。使其一面蒸發水份，一面加滷水補充。煎時，鍋不加蓋，晝夜不息，但亦須用豆漿提淨泡沫，使汁水澄清。如此經時三四日以至七八日，鍋中鹽水即可漸漸結成一塊極大的鹽餅，厚五六寸，直徑視鍋之大小，重量由七百斤至一千數百斤。由於巴鹽在煎製時不加鍋蓋，使用煤炭爲燃料的鹽灶，煤炭灰時時落入鍋中，煎成的巴鹽，外表每爲焦黑色。如是使用瓦斯煎鹽的鹽灶，在巴鹽將成時，亦需用焦煙染色。所以然之故，則因花鹽多行銷於四川內地及滇黔二省，巴鹽則專銷西康及西藏等邊地，那裏的消費者不喜愛白色的花鹽，所以必須使巴鹽餅成爲焦黑色，以迎合其需要。即使鹽餅並非焦黑色，亦不惜以焦煙塗其外表也。巴鹽的煎法與外形如此，此不但是外省人聽來稀罕的事，亦可說是大大地出外省人的想像之外。

四川的鹽礦極豐，種類頗多。其形成的原因，大約是由於四川盆地在三疊紀時本與海洋相連，迨後陸地隆起，盆地內之海水與海洋隔絕，逐漸蒸發而沉積成鹽。鹽質純者積爲鹽岩，質淡者成爲鹽泥。鹽泥在後來復經地下水溶解而成鹽滷，蘊於三疊紀之岩層內，即爲含鹽量最高的「黑水」。玉白堊紀時，盆地四周地層所含之鹽分，經風化作用隨河流瀉注，或經地下水之溶解而逐漸集中於某些地區之岩層中，其地層較下層含黑鹽水之地層爲淺，是即含鹽量較次之「黃水」。是以四川的鹽井可分爲鹽井、黑鹽水井、黃鹽水井，及假黑水井等數種。大致黃鹽水井距地面最淺，約自二百公尺至五百公尺；岩鹽井、黑鹽水井、及假黑水井距地面的深度，約在七百公尺至一千公尺左右。

四川距海遙遠，海鹽的運銷難以到達，而四川的地下卽蘊藏有此豐富的鹽礦，可以無須仰給海鹽，似乎大可引爲自豪的了。但因鹽礦深藏地下之故，不但掘井所耗費的人力物力極爲鉅大，而由井中汲取的鹽水，尚須藉火力煎煮成鹽，更需要支付大量的人力物力。所以川鹽的成本昂貴，連帶地使消費者也增加了很多的負擔。根據抗戰以前的調查資料，經營一口岩鹽井及黑鹽水井，其資本額約需法幣十萬元左右。其中鑿井費約需十分之七，天車地車等項建築費約十分之一，其他設備費十分之一。如用牛汲水，需用牛七八十頭，僅牛價即需五千元。如改用汽機，則機器所需約一萬數千元。

黃鹽水井較淺，經營的成本較小。但因黃水的含鹽分低，出鹽所得的利潤甚少，與岩鹽井與黑鹽水井相較，其成本仍然甚高。民國以來，由於航運發達，海鹽可藉輪船運銷四川，昂貴的川鹽無法與賤價的海鹽相抗，四川的鹽業頓呈危機。勢必須設法減低生產成本，方足以維持生存。減低生產成本的方法爲何？其一是提高每一鹽井的單位生產量；其二是減輕運費；其三是發展川鹽的副產品。

提高單位生產量的方法，無非是利用機械開鑿大口徑的鹽井及利用機械汲滷。但在四川亦嘗試用機械鑿井，其結果是機械操作的力量運用輕重如一，而地下的岩層有軟硬之分，遇到地質堅硬時，鑽頭發生偏欹，傾向於較軟的岩層，於是使井腔彎曲，工程亦告停頓。這一事實，一方面顯示機械鑿井之不易，二方面也說明了四川本地的土法鑿井技術，確實有其不可及之處。機械鑿井的理想不能實現，只好退而從其他各項辦法着手。在抗戰以前，自貢各地以蒸汽機汲滷的鹽井已有很多，改進運輸方法以減少運費，亦已頗有成效。自貢一地，且已有化學工廠八家，藉煎鹽所廢棄之鹼水產製氯化鉀、氯化鎂、溴液、碘、硫酸鋇、硝酸鋇、及硼酸等各種化學原料，爲川鹽之廢品挽回甚多利益。準此以觀，川鹽的前途，仍是大有可爲的。

四川的自貢地區雖然以產鹽豐富著稱，但其生產過程既如此繁複，鑿井的工程又如此困難，古時人對地下的鹽礦蘊藏並無瞭解，這種鑿井取鹽的知識，究竟是怎樣發展起來的？這一問題，也是值得提出一談的。

富順縣志鹽政志云：「自流古井，在今富義廠榮溪水濱，相傳井水自然流出，非人力塹鑿所成。岩崩水塞，乃於他處開掘無算。」據此云云，可知四川人之發現地底鹽泉，原是由於地下鹽礦在某些地方因地層結構發生變化而在地面上自然露出，由露出之處的附近地帶向下挖掘，於是使古代的四川人逐漸瞭解地下鹽礦的分佈情形，於是在自然流出的鹽泉枯渴以後，開始了雛形的鑿井技術。民國時，川西邛崍縣花牌坊地方曾經掘獲一塊漢代的古磚，寬四十五公分，高三十四公分，磚面有浮雕，所繪卽是當時的井鹽產製情形。由這一塊古磚上的製鹽浮雕，頗可以使我們瞭解，漢代時的四川井鹽，是以何種情形生產的。

上述漢磚的磚面浮雕，左面有三層高架，架下有井口，二三層架上有四人在挽桶汲水，其身形或俯或仰，與其手部的動作相配合，顯示井上汲桶的作用在挽取井中之水。木架的梁上懸有轆轤，繩索兩端各繫一吊桶，此下則彼上，輪流入井汲取鹽水，所用的方法頗與大陸民間藉木架及轆轤挽取井水的情形相似，不過磚上所繪的木架特高而已。木架的右旁有方形水斗，旁連管狀物通於磚右面所繪的灶房。灶上設鍋多口，有一人在傴僂操作，另有一人在灶下作納薪入灶之狀。磚面的中央部份有兩山，有五人在向山上作背物狀，大概所背負的卽是灶房中所產之物。

這一塊漢磚的面上雖然並未刻有任何文字，足以說明所描繪的卽是漢代製鹽情形，但有幾點事實足以證明所描繪的卽是此事。因為木架右面所建的方形水斗，一方面盛接井中汲出之水，一方面又為管狀物連接於右方的灶房，如果所汲取的不是鹽水，似乎沒有必要卽需以水管送入灶房煎煮。這是第一點理由。第二點理由，如果磚面上的井不過只是一口普通的水井，井上的木架似乎沒有理由必需造至如此之高；其所以必須如此之高，一方面固然是為了便於多人操作，二方面亦是為了要利用木架的高度，使汲出之水便於流至灶房。以這幾種情形來觀察，此磚所描繪的，顯然卽是漢代四川的井鹽產製情形。何況邛崍卽漢之臨邛，華陽國志云：「地節三年，穿臨邛蒲江鹽井二十所。」可知此一漢磚的出土地，在當時本是四川的產鹽地區之一，更足以證明磚上所繪的卽是當時製鹽情形了。

華陽國志又云：「江陽縣有富義鹽井。」又，左思蜀都賦云：「家有鹽泉之井。」劉淵林註云：「蜀郡臨邛縣，江陽郡江陽縣，漢安縣，皆有鹽井。」由這些紀載，可知四川在漢代時已有鹽井頗多。古人對鑿井的技術積累未多，這些鹽井，應該只是淺井。就如今日的四川北部亦為一大產鹽區，在簡陽、樂至、遂寧、射洪、三台、中江、綿陽、鹽亭、蓬溪、西充、南閬等十餘縣的廣大境土內，鹽井的數目多至十一萬餘口，但全部都是淺井，開鑿雖易，而滷水所含鹽分甚低。古時開鑿鹽井的技術既低，自只好擇鹽泉易得之地鑿井取鹽，不遑計較水中所含的鹽分之多寡。迨後鑿井的技術日益進步，又知道地下鹽泉所含的鹽分愈深愈鹹，於是方刻意研究改進，向開鑿深井的方向努力進取，終於達到現在的技術水準。也只有在達到此一技術水準之後，鹽井的開鑿方能深至一千公尺，而深藏地下含鹽最豐的岩鹽礦與黑鹽水，方能被充分汲取利用。就此一事實看來，四川人掘井取鹽的歷史，誠然是經過一段很長時間的演變進步的。

清人鄭王臣曾有詩詠自貢鹽井云：「利錐斲山骨，矻矻無春秋。直下數十伋，石盡鹹泉流。圓竅大如盌，瓶罌不可投。汲深自有術，機事寧足羞？截竹綴水講，繫以素綆修。人力不能引，引用馬騾牛。轆轤榾榾轉，一日一百周。千盆瀉滲漉，萬灶爆薪樵。炎炎歛霧作，虆虆清波收。或散若玉屑，或凝若晶毬。作鹹佐民食，功與煮海侔。念彼熬鹽子，昏夜不暫休。辛苦豈敢恤。公私庶無憂。」詩中所描寫的鑿井取鹽景象，與今日所見情形無異。轉引至此，以為本文之殿。

馮玉祥將軍傳【八】

簡又文

第八章　陸軍檢閱使（四一——四三歲，一九二二——一九二四）

調任原因

考馮氏之所以被調去豫之原因，甚爲複雜，然全由吳佩孚之主動及力持。因此馮、吳交惡，以後二人感情益趨惡劣，馴至公開破裂，乃至有「首都革命」及南口戰役之發生，其後卒使直系勢力完全打倒，則馮氏之去豫北上一事，實爲以後數年全國政局屢變之導火線。以其關繫重大如是，不可不詳究其原因。

初，直系軍閥既控制華北，旋因勢力與權利衝突，漸次分裂爲曹錕之保定派及吳佩孚之洛陽派。保派初時借重馮氏，有培植其實力、用以牽制漸成尾大不掉的洛派之意，所以保持兩派之均勢也。保派素不滿於豫督趙倜，早欲去之，而其謀竟破壞於吳之洛派，至令馮氏尷尬殊甚，有苦難言（見上章）。及趙聯奉攻直，馮氏激於義憤，助以全力，乃撲滅之。吳徒坐視，莫奈其何。及趙去馮繼，吳猶思聯趙之舊部以掣馮肘，乃密保趙部將寶德全爲「河南軍務幫辦」，而實助趙攻鄭，幾至令馮軍盡沒之罪、所不計也。不意馮氏一到汴即明正寶罪，以「迅雷不及掩耳」手段執而斃之。寶本罪有應得，一經公佈，吳亦莫奈之何，然自此更恨馮氏入骨矣。

其次，馮氏沒收趙之財產，全部充公，吳亦不滿。所以然者，一則因吳之偏袒趙倜猶未忘情，次則以其財產過多，思嘗一臠。馮氏雖以全數充公用，而吳則以爲其獨佔利益，因不得分享而致怒恨矣。

復次，豫省駐軍甚雜，而財政收入有限，不敷分配。馮氏盡力維持，平均支配，甚至薄己厚人——其自己之第十一師不能多得餉銀，而吳自居太上督軍地位，雄據洛陽，時時要索款項。馮氏就職伊始，吳即索款八十萬元，以後每月令繳廿萬，均無以應。吳不能如願以償，遂謀去之。而馮氏以吳擅自截留稅款，目無餘子，亦甚以爲苦，感情對之日惡一日。此又一原因也。

再有一原因：吳濫薦多人至開封求職，馮氏無以應，吳銜恨益深。（按：此是舊官僚一向作風。昔年閻相文督陝時，直系保薦顧問、參議、諮議八百人，閻無以應。伊等即向曹、吳造謠中傷之。馮氏接任後，盡數遣散，每人發盤費三四十元，吳對此舉，已大不懌。）

此外，復因吳對馮氏之嫉忌、亦爲一大原因。蓋自馮氏膺任豫督後，勵精圖治，省政一新。未幾時，「模範軍隊」、「平民督軍」之盛譽已斐聲全世，聲望駸駸乎駕吳之上。即以政績論，實際上馮軍勢力所達之區，以剿匪認眞，寇患肅清，而吳駐軍洛陽、豫西一帶，盜賊如毛。吳惟知發號施令，作威作福，地方治安，毫不過問。加以馮氏熱心信教傳教之故，更爲外人交口稱道，向外國報告，故聲譽日隆。同居一省，而政績懸殊，聲譽大異，吳不禁相形見絀，嫉忌之下，其不慊意於馮氏大有由矣。

尙有一大原因，所以激起吳務必去馮氏之決心者，則爲馮氏擴充隊伍一事。馮氏因鑑於奉直戰爭時，以後防空虛，鄭州幾爲豫軍所乘，又見作戰傷亡不少，乃在豫亟募補充團五個，得新兵萬人。任督軍後，更積極訓練新兵，即配備以所俘獲之軍械，迅成勁旅。以其練兵之長才及全軍之戰鬬力强與內容充實，久爲吳眼中之刺。此次一出關即擴充勢力如是之速，正中其大忌矣。

再有一政治原因：當時華北形勢，由北京以至漢口，全部皆在直系勢力之下，獨有當中河南爲不是嫡系的馮軍所雄據。吳等自不免「臥榻之側，豈容他人鼾睡？」之感。爲造成華北「清一色」的直系地盤計，乃不得不多方設法排去此「異己」的馮玉祥而後快。（劉著頁四四提出，甚有理。）

最後，更有促成務去馮氏之近因，厥爲張福來之極力運動。吳被其部下包圍、日事進讒詆譭馮氏。其間，洛派嫡系部將張福來爲尤甚。彼野心勃勃，謀獲督印至力，並與靳雲鶚、胡景翼、結爲兄弟，成三角聯盟，聯合排擠馮氏。嘗請託山東省長熊炳琦及其他要員說吳去馮，惟吳之第三師參謀長張方嚴及李濟臣等力諫不可，謂苟無馮氏之救助，何有今日？吳不聽，新讐舊怨（如在洛時「冷水澆背」賀壽事），積恨於心。於是，張福來等之讒言慫恿遂如火上加油，吳卒去電北京政府，一力堅請去馮氏，冀盡削其兵權以拔去「眼中釘」爲快。

陸軍檢閱使之馮玉祥（民國十二年）

去河南駐北京

時，北京政府已有變化：徐世昌以有祖奉之嫌去位，而吳則迎黎元洪復職。黎首先唱出「廢督裁兵」之高調。吳乃藉口廢督，迫令去馮氏。雖河南一般輿論、社會團體，如全省公民大會及各界民衆組織，紛紛去電熱誠挽留，所不顧也。當時，保派閣員仍祖馮抑吳，主張留馮，吳亦不顧也。其始，黎未嘗不欲留馮氏在豫，以抵抗吳之跋扈囂張，乃公開宣布所謂「三不主義」：一、不下令免馮職；二、不受强藩（指吳）逼迫；三、不違反民意（指豫民挽留）。然不禁洛派閣員之不斷壓迫，深覺勢孤，自己總統大位且恐岌岌不可保。結果：不能不屈服，竟因受强藩壓迫，乃違反民意，而下令易馮氏。能言而不能行。嗚呼！此懦弱可憐的總統之所以贏得「黎菩薩」之綽號歟！

十一年十月三十一日，黎下令任馮玉祥爲「陸軍檢閱使」，另任張福來「督理河南軍務」。去「督軍」而改爲「督理」，「督」字仍不曾廢，亦「一丘之貉」耳。馮氏一接電，即於同日下午六時離豫北上，留參謀長蔣鴻遇辦理結束及交代，並派員赴鄭州，迎張履任，毫無戀棧之意。蓋其任事五月來，深感吳嫉忌日深，小人排擠亦日烈，馴至事事受干涉，於軍、民、財、各項政

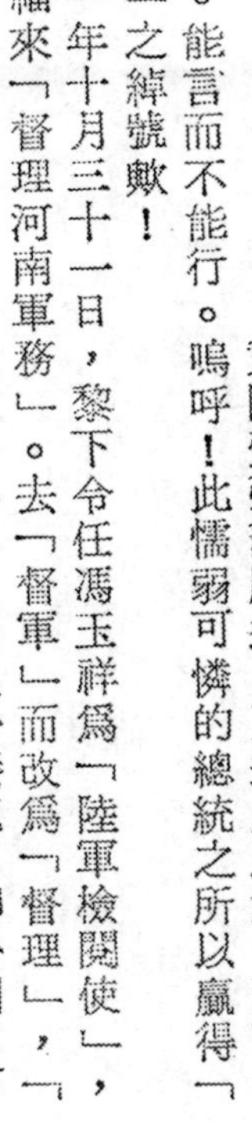

務之施設，束手無法，政治抱負幾乎一籌莫展，卸任而去，惟恐不速，故早有離豫之準備。及一聞他調之確實消息，如釋重負，反而非常滿意，遂能在最短期間內，全軍北調，從容不迫。然其實則初時未嘗不欲幹下去，以施其爲國爲民之理想，不過爲勢所迫，無可奈何而去，不能輒稱爲「淡泊」也。

事前，馮氏先派張之江等入京見國務總理張紹曾，請改編「補充團」加入「學兵團」成爲三個混成旅。張從前曾爲馮氏長官，亦曾爲其策劃打倒復辟事，素器重其人，至是鼎力爲助。於是，馮氏奉令增編陸軍第七、八、廿五、三個混成旅，以張之江、李鳴鐘、宋哲元、三人爲旅長。他準備將其基本的第十一師與此三混成旅一同移京。不料吳又懷歪心，只許帶走第十一師，其餘新兵則擬留在豫省，撥歸張福來部。開拔前，馮氏令鐵路局備車六列，吳盡扣留之，又下令各縣不准向省署解款。既無運兵車輛，又無開拔經費，其艱苦可知，難堪亦可知。馮氏只有由財政廳勉强籌得三萬餘元爲用，復臨時向各車站徵車，湊成五列，然後定下一條「金蟬脫殼」妙計以便移師。

安排既妥，他卽從蔣鴻遇議，先行獨自離豫赴保定，日與曹錕週旋。此舉殆移去吳之注意目標兼藉曹作庇護人也。豫方之事，全由蔣調度，乃依所定妙計，以新兵盡打舊兵旗號先行北上。去後，舊兵乃打正第十一師旗號全數開走，不留一人。但當時車少人多，全軍擠擁不堪。從十一月三日夜間起，至次日午，全部運完，調兵神速，誠爲可驚。高臥洛陽之吳佩孚竟被瞞過，比知其事，則全軍已過鄭州北去，莫奈其何矣。事後，馮氏始施施然離保北上。曹對其恢宏大度，不戀祿位，亦深表敬佩焉。

是時， 國父方在粤失敗，蟄居上海。馮氏在離保定前向曹乘機進言，勸其與 國父聯絡，以爲救國救民計，有勸其迎之北上之意。此種建議，如非「與虎謀皮」，何異「對牛彈琴」？當然毫無效果，可想而知矣。自是而後，馮氏卽在北京任中華民國全國「陸軍檢閱使」。其實則其所能「檢閱」者，僅自己所統率之隊伍耳。此正如西諺之所謂「愛爾蘭的陞遷」（Irish promotion 卽「明陞暗降」之意）。然「塞翁失馬」，又焉知非福耶？

南苑練兵

馮氏既將全軍——第十一師與三個混成旅共約三萬人，安全移到北京後，原擬以南苑爲駐防地，但營房不敷，乃將張之江之第七旅開駐通州，另將一團駐京內旃檀寺，其餘均駐南苑。陸軍檢閱使署亦在是，仍以蔣鴻遇爲參謀長。各處駐軍均設有電線電話，交通聯絡一貫。其本人大半時間均住南苑，或偶一回城內私宅而已。

南苑一向有煙窟、娼寮、賭館、而且賊匪充斥，人民入夜卽不敢出門，實社會罪惡之叢藪也。馮軍到後，首卽施「下馬威」，一律肅清之以利軍民。此其每到各處之一貫作風也。

馮部自駐防信陽以來，軍餉卽異常支絀，雖曾督豫督陝，自收賦稅，自握財權、財政似稍寬裕、而均格於環境上種種困難，餉項亦每苦不足。及今移駐南苑，軍餉全靠他人接濟，更無辦法了。當移駐之初，吳佩孚曾許以每月由豫省接濟三十六萬元。（「我的生活」云廿萬，上據蔣著。）抵京後，吳自食其言，分文不與。馮氏乃向曹錕交涉，曹允每月每旅撥三萬元，後增至五萬元，另檢閱使署一萬元。至於從何處撥付，仍未指定。迨經幾許交涉，乃得指定每月由崇文門稅關月撥五萬元，京綏鐵路局十萬元，其餘則由財政部、鹽餘等項籌付。每月餉項或可得十七八萬或廿餘萬不等。此數雖不能按全餉發出，亦稍可過活。軍費有着，馮氏遂得安心致其全力於練兵一道矣。其間，得張紹曾之助力爲最大。（按：自灤州之役後，張屢助馮氏，乃得成全其建軍建業，馮氏一生不忘此大恩人。）

被黜南苑，不能不說是馮氏生平第一大挫折——以前種種的失意事，比較起來，眞不算甚麼。然而偉大人物每每利用失敗以爲下次成功之階梯。馮氏人格可欽佩之點此即其一——善用失敗，沉毅刻苦，以圖再舉。吳之逐其去豫，僅去其督軍虛名耳，既未奪其生命，抑未罷其兵權，徒使其移駐北京——環境比前尤好，使其得以從容不迫的集中全副力量才能於練兵一途。結果，竟使其能練成幾萬精兵，為日後大革命之基本隊伍。不特此也，此一着且使其居於萬邦人士雲集之首都，其個人與全軍種種優點得以顯露於世，於以增加其名譽及提高其地位。最後，吳終於塌台，而馮氏卻由是而蒸蒸日上，此固非吳始料所及，亦是馮氏之善用機會有以致之者。然則其失豫也，豈不可比之「塞翁失馬」歟？

馮氏專心練兵，十餘年如一日，雖手執軍政大權，亦不能脫離此根本要務（前數章均已備述）。惟駐南苑時，則情況略異從前。一、軍隊擴充由一混成旅以至一師三混成旅，約共三萬人，宛然有獨立成軍的規模。二、無政治問題及責任之擾亂，得以專心一意從事訓練。三、年來作戰及研究之經驗更豐，訓練統治之方法比前日有進步。四、軍餉雖絀而比從前最苦之時還好。五、政治敵人尚未破臉成仇，故得從容積極進行。

馮氏之練兵，分學科、術科二種，每科各分士兵、頭目、初級、中上級軍官之教練，班次井然，如入學校。此外復有栽培德性之特種教育，如「基督教青年會」等注重內部的精神訓練。凡此皆其特長而為其他軍隊所莫及者。十一年十二月廿五日，總統黎元洪赴南苑閱兵，見全軍軍容之壯盛，步伐之整齊、精神之煥發、與技術之純熟，嘆為向所未有。當操演教練時，黎執一目兵問之：「假定此時我軍為攻軍，已受敵人甚大損害，應如何處置？」兵答：「前進」。黎又問：「前進困難時怎麼樣？」答：「我困難敵也困難」。黎說：「此意甚是，但愈前進，則困難愈加，又怎樣？」兵答：「最後五分鐘。」黎氏大為贊嘆，說：「最後五分鐘，實勝敗之所繫。」目兵能作此言足徵教育之成績，聞者佩服。

馮氏訓練兵士，久已以基督教為精神教育之中心。其最得力處在於造成犧牲服務之精神。馮軍到處均為社會、為人民服務。在南苑時，此種社會事業益為擴充。約舉之如下：㈠軍醫施診；㈡遍地植樹；㈢修馬路數十里；㈣築墻禦水；㈤清潔地方；㈥滅蠅運動；㈦露天演講；㈧露天平民學校；㈨施血救人（馮氏自己先捨血救一貧者，官兵爭相倣效）；㈩修築永定河堤，造福地方最大。十三年八月，大水將決堤，馮氏連夜派兩團前往黃土坡搶護。翌日，他親率五旅長及團長官兵等，日夜搶救。河堤已被衝決三十餘丈，幸賴官兵奮勇搶救修復，始得免水災。人民德之，名曰「馮公堤」。此與其先德毓亭公之餘蔭先後輝映。(十一)傳教事業更加努力推進，成績特出，新受洗禮為基督徒者四千五百人。至卅三年春，全軍三萬人中，統計信教者半數，軍官信教者什居八九。（薛著頁一二二）

驅黎與賄選

時維中華民國十二年，直系軍閥驅逐總統黎元洪出北京。先是，馮氏既擁重兵於北京，其勢殆可左右政局。因之，一般懷有政治野心者，各極力拉攏之。黎欲利用其制曹、吳。曹、吳則欲利用其驅黎。馮氏均不應。甚至奉張亦欲啗以重利，遣人說馮，謂聯奉即有餉。馮氏答以「不能見小利而忘大義。」（按：徐謙早於是年夏，即自廣州去電勸其聯奉，不應。馮氏「日記」嘗三言之，即在六月十一，二十，及七月廿七諸日。大概當時，粵、奉、皖之「三角同盟」謀聯合倒直，已在醞釀中，不久實現。拙見由奉方提議聯馮，假手粵方徐氏去電，而非由粵方主動，以不能代奉助餉也。其中經過詳情，甚為複雜而微妙，此時手頭資料未足作最後之判斷。）馮氏自抱守正不偏的態度，對於那一方都不肯列為私黨；自云無派，只屬於一派——愛國派（見十二年五月二日，六月十七與七月二日「日記」）；而凡眞心愛民救國者一律視為同志；又云無仇敵，只有禍國殃民者是其仇敵。結果；均不討好於各方，且見疑忌於各方。例如：黎以其曾赴保定，則疑其親曹、吳；曹、吳以其常川駐京，則疑其親黎聯奉；而奉張見其拒絕親己也，亦視爲直系矣。是時，馮氏雖「左右做人難」，孑然孤立於這個爭權利、擴地盤的政治舞台上，猶勉强與各方作禮貌的週旋，韜隱其眞主張，而未敢太露頭角焉。

會曹錕大有躐登高位之野心。一班攀龍附鳳之文官武將更極力擁戴。顧欲曹當總統，非先去黎不可，於是乎民國一幕大政潮由此發生。時，張紹曾爲內閣總理，驅黎之第一幕即是內閣總理辭職，以拆其台。其次，則由北京軍警要員如衛戍司令王懷慶（徐世昌的走狗）、警察總監薛之珩、步軍統領聶憲藩等以索餉爲名，實行强迫。王更倡設「軍警聯合會」邀馮氏加入，聲言以索餉爲目的。馮氏以十八個月來未曾發餉與部下，方苦軍費支絀，不知內幕，誤信王之言，亦加入此會，派蔣鴻遇同往，於是竟上了大當。

詎料王預往總統府告密，謂此舉全由馮氏主動，以索餉爲名而實意圖不軌，藉以驅逐總統者，但與彼本人無關云云。前時，黎曾向馮氏市恩，含有託庇之意，至是大失所望。翌日，蔣等各代表果到府索餉，黎即指蔣破唇大罵一頓，謂馮「作反」云云。蔣無辜白捱一頓辱罵，莫名其妙。及歸，報告馮氏。馮氏氣憤之極，立刻辭職，驅車赴南苑，下令不許一官一卒至北京，蓋其時已知直系驅黎政潮行將爆發，故藉以表示態度超然，絕不加入也。故云：「北京如此騷擾，我絕對抱不干涉態度」（見七、十三、「日記」）。此幕有人謂係徐世昌「一計害三賢」之毒謀——害黎、害馮、並害曹也。而王懷慶則爲出手之人，實其「一人所爲」者。（見馮氏九、十九、「日記」）

馮氏既萌消極，直系陰謀益得大逞，蓋馮氏雖不助直系，而亦不袒黎。黎無一兵一卒，如何能不走耶？於是警察罷崗。及流氓乞丐團請願驅黎、割斷電話等等活劇，相繼出現於北京，皆直系謀士所主動者也。六月十三日，王懷慶尚親到南苑擬以武力驅黎，堅請馮氏派兵同往，馮氏拒絕之。黎孤立在京，受此種種卑劣手段之壓迫，忍無可忍，遂於十六日出走，而刼車、索印、及强迫簽名辭職等等怪劇又陸續演出。於是，直系驅黎之舉，大功告成矣。事後，直系復嫁禍於馮氏。一時中西人士不察，僉以其爲「逼宮」之罪魁焉。京中報館多有受黎之津貼者，遂肆筆漫罵。有某報乘機向馮氏求津貼（勒索），允爲其助，不得，亦推波助瀾而罵之。於是，馮氏遂蒙不白之冤矣。據自言，當軍警罷崗搗亂之際，苟黎以總統名義令其派兵入城維持秩序，定必遵令站崗云（見七月十一日及廿三日「日記」）。果爾，則政局演變當不至如是之壞。無如黎、馮之關繫早被直系離間，至生疑忌，黎中了王懷慶約馮索餉之計，以爲「此是最高問題」（馮氏見六、廿六、「日記」），簡直視馮爲禍首罪魁，令其站崗爲助之舉，實無可能也。其後，傳教士華倫牧師（Rev. G. G. Warren）親自調查此事，洞明眞相，乃撰長文發表於英文「華北先驅」報（North

馮軍官兵集體受洗禮

China Herald）爲馮氏申雪焉。

其間尚有一事，與驅黎事有關者。當黎仍在位時，曹錕嘗保馮部之薛篤弼任「崇文門監督」，以利馮軍籌餉。內閣通過矣，而黎不署名發表。馮氏乃求其照准，並遣人謁見，黎大罵之，謂「欲逐我嗎？」及馮氏辭職，又不許。時當農曆中秋，全軍無款過節。馮氏不得已以個人名義借得一筆現款方克濟急。此事與馮氏對于此大政潮之態度不無影響，蓋其自此頓萌消極，於黎之去留不置可否，既不驅之，又不留之，亦不保護之。黎平素與馮氏無切實聯絡，又不善待之，事急時更疑忌多端，患難臨頭不得其助，有幾分是要自己負責的。迨黎去後，薛篤弼果得崇文門缺，而黎又以此怨馮氏，曾向美國人格里（Gaily）北京青年會總幹事）大罵之。

黎、馮、兩者於此役同中了奸人毒計，致有不良之效果，實無可如何之事。然馮氏對于黎亦有兩端不滿意處。一則以其「未走以前，每日尚與左右擁狎優伶」（六、十六「日記」），暴露其生活之腐化，與一般軍閥政客，不過五十步，百步之間而已。次則，彼其身爲一國元首，乃因軍警索餉，而不負責，竟一跑了事。……「試問：我軍若不出陝，黎氏焉能復位？黎氏果有天良，應少爲注意也」（見六、十八「日記」）。是則其雖未「造反」驅之，而因黎之忘恩負義而不免心懷怨望，口發怨言矣。

馮玉祥與官兵共同勞工

黎一走，北京政府即由高凌霨等組織攝政內閣，隨而積極進行大選。曹已預備選舉費五百萬，以五千元一票爲賂，運動參議院議員選之。一時，所謂「猪仔議員」大幫出現。而曹錕果然獲選。在進行之時，馮氏曾赴保苦勸三小時之久。曹當面已納其言，但畢竟虛榮心重，馮氏去後，不禁一班攀龍附鳳者之包圍，卒爾進行。當其於十二年國慶日就職之時，馮氏嘆曰：「大選成，國家大亂即至了。」當時，他未嘗不欲爲國除奸，但一因羽毛未豐，計劃未備，次因曹之心腹大將多人包圍北京，故未能動手，不得不靜待時機，然其打倒直系之革命決心，已萌芽於此時矣。

益友賢妻

在南苑時期，馮氏得益友甚多。國民黨要員及基督徒徐謙、馬伯援等，過從甚密。又以宗教關係結識外人如格里（見前）及中外傳教士多人，於其宗教活動多所助益。此外，一時名流學者，如黃郛、顏惠慶、蔣百里、王正廷、凌冰等，俱曾到南苑，或參觀、或演講。馮氏因得與他們一一訂交。

尚有一事特別可紀者，王瑚（鐵珊）於是時應馮氏之聘爲入幕賓。其人、籍河北定縣，出身翰林院庶吉士，曾任知縣累陞江蘇省長，以廉潔正直名、於國學有深邃之造詣，固恂恂儒者也。馮氏敦聘其來軍中，待以師禮。王以三事爲約：一、不能信奉基督教；二、不能戒紙煙；三、不能改穿短服。馮氏都答應了。及其來也，寢食與俱，尊稱爲「鐵老」。未幾，王即自動戒絕吸煙。問其故，則答不能因個人嗜好而破壞團體紀律云。王以時爲馮氏講解「易」經、「書」經。據馮氏自言，當時因過於迷信古經，拘泥文學，至誤解「謙卦」中「謙謙君子，卑以自牧」，「謙尊而光」，之「謙」字，以爲是謙讓、謙退的消極態度，因而對於政治往往不能出以「當仁不讓」的積極態度，遂至屢次吃虧、失敗云。至於「鐵老」在軍中多年，與馮氏所談無非道德正義，兩人交情始終如一，然其語不及私，亦從不干涉軍事、政治；對其本人及全軍兵官皆有潛移默化，薰陶人格的影響，誠馮氏一生之益友也。（按：其後余奉派至馮軍任政治工作，仍得見「鐵老」，且常親炙道範，從未能或忘其布衣布履、藹然道貌、與人和善、饒有風趣、語亦恢諧之「君子儒」的典型。馮氏後來親爲王氏撰傳，分期刊「逸經」第五、六期，題目曰：「第一流廉吏王鐵珊先生」，及第十期王氏「軼事補錄」。）

胡景翼於馮氏督豫時，因一時糊塗，與張福來聯盟倒馮。及張既獲豫督則亦施吳故智。「過橋抽板」，棄胡如遺，於餉項服裝等均靳而不與。胡乃覺悟爲張所賣，轉念馮氏昔在陝、豫時恩遇之厚，亟亟聯絡感情，恢復舊誼，以彌縫所失，因時到南苑參觀。馮氏不念舊惡，豁達大度，與其和好如初，兩人卒成爲共生死、同患難之戰友。後來於「首都革命」之役前後，同心同德，合作成功，此則馮氏以德服人之果報也。

十二年十二日，馮氏元配劉夫人患腦脊炎，就醫北京入協和醫院，醫藥無效，卒於家中。馮氏慟哭，深恨初時誤信中醫，以致不治。既殯，送柩回保定，安葬於家塋。夫人有儉德，相馮氏垂二十年。在軍中，常爲官佐家屬助力，倡辦「培德女學」，以教諸婦女。又常躬任慰勞等事，軍中咸以賢姊稱之。及歿，全體爲之舉哀，悼念不已。遺子二、女三，均由馮氏之嫂夫人代爲撫育。（據劉著頁一三六云：「至於馮夫人，有人誤傳係受虐待而死，絕非事實。馮夫婦感情素佳……終於病故身死。」還有力的證據可廊清對馮氏不利的一種流言。）

馮氏悼亡之後，北京社會即發生一有趣問題；即是：各方風雲人物因均欲拉攏馮爲盟友，於是說親者紛至沓來。甚至曹錕亦欲爲媒。馮氏難於應付。適有基督教友某，爲其介紹李德全女士，兩情相恰，遂即訂婚。婚事既定，各義務媒妁因之停止進行。馮、李、遂於十三年二月十九日，遵照基督教典禮在北京結婚。李夫人、河北通州人，爲第三代基督徒。其祖母及叔父均於拳匪亂時遇害，成爲殉道者。早年，畢業於美教會開辦之「貝滿中學」，及北京「滙文女子大學」（後與「燕京大學」合併）。時，方任北京女青年會幹事。爲人有才有識，思想超俗，儉樸處己，和藹待人，且極熱心服務社會，與馮情投意合，洵一時佳偶也。（按：李女士頭腦過於新穎，進步太速，變化亦過甚，后文詳敍。）

婚後，夫人助馮氏教子治家之外，兼努力於軍中婦女教育及傷兵慰勞等事。以後歷次大戰，她爲傷兵服務於軍中，不避艱險。有一次因過勞成病，幾危及生命，足見其熱誠了。馮氏御下素嚴，凡官佐有過失必嚴懲不貸。有時過於嚴厲，她每挺身爲之緩頰，以故各軍官甚德之，轉成爲全軍精誠團結之一要素焉。她對於社會事業亦熱心提倡。在北平辦有「求知婦女學校」一所，專爲貧苦女童而設者。至其儉樸平民化之德性，尤爲可風。多年後有一次，余因公由鄭州赴開封。抵車站則見其購三等票上車（不倚勢力坐專車）。時，人多車少，至無隙地，她手挽小布袋站立於車門上，神色自若，亦不惹人注意。經余等招待之，始搬到一輛郵政車坐在我們的皮箱上。蓋其居恒衣布服，出門不擺架子，一如常人。不識者，每不知其爲「陸軍檢閱使」之夫人焉。以後馮氏的生活與事業，得其內助不少，由是於下半生重得享美滿的家庭幸福生活。

生活鱗爪

馮氏在南苑期間，鱗鱗爪爪之逸事尚多，書不勝書，姑選出數則錄下，以見斑斑。此種事跡，從歷史家眼光看來，頗有史料價值，以其確能反影其眞實人格也。

一次，在招待十餘位日本貴賓的宴會上，有一日人察見所懸的萬國旗中，日本國旗獨付缺如，當堂質問其故。馮氏答：「這些旗是街上買來的。從民國四年五月七日貴國提出二十一條事件之後，百姓惡感深刻，遍地都買不到日本旗了。」問者語塞，大爲不懌。他還請日本公使打電報回去政府報告，俾知所考慮與反省。又於五月七日，全國在南苑特別舉行國恥紀念，隨令部隊在各處遊行示威，各持小旗，喊口號，高唱國耻歌。這辱國事件，馮氏終身不忘。全軍亦常常紀念。（按：多年後，余在軍中，也曾開「五七」國耻紀念會。）

又一次，美國公使宴客，馮氏爲貴賓之一。他依時偕格里（北京青年會美籍幹事）前去，另有武裝衛兵數名同車。不料汽車駛到東交民巷口（各使館所在地），天尚未黑，忽有一中國巡捕（外人雇用的警察）攔住去路，用木棍大敲其車，謂不許武裝通過，態度傲慢蠻橫。馮氏向其表明身分—「陸軍檢閱使」。巡捕答以明知其係檢閱使，仍不准通過，還加多一句「你忘記你是中國人！」這卻激起馮氏的無名火，當堂喝令衛兵奪其棍子，飽以老拳，推開一旁，驅車直去。席散後，他將眞相直告美公使以巡捕亂打汽車，蠻橫無理，且出言不遜，視爲侮辱。美使面有愧色，道歉而罷。（按：以上兩事，根據余前在軍中所聞。後在「我的生活」頁四七一—七二，及蔣著均載及。但關於後一事，據「我的生活」云係巡捕因汽車未開燈故攔阻之。）

黎元洪每逢星期六邀請各文武首長會餐。一次，在談話間黎大發牢騷，謂總統不容易做，要賠錢的。那一月，他賠了三萬多；每月收入十萬八萬，就是捐款已不够開銷云云。同席者阿諛奉承，或稱其「忠厚仁義」，或頌其「大仁大義」。惟有馮氏心直口直，當面質問：「總統是當旅長出身，怎麼會有這麼多的錢呢？」黎答：「是存的呀。」馮氏再問：「旅長的餉，每月不過幾百両銀子，怎麼會有這麼多的錢呢？」這又是「冷水澆背」！黎無可置答，卻以呵呵一笑置之。

最後，馮氏個人的私生活，一向是刻苦儉樸，粗衣糲食，眞能與士卒同甘苦的。一遇開戰時，即離開樓宇大厦，開一布帳在野外住宿，以示生活與前方戰士一般。此余之所深知者。但歷來人口相傳，他完全是作僞欺人的——在布衣底下穿的是貴重皮襖，回到家裏食的是珍饈美味。據他的舊幹部劉汝明後來言：「以我跟他幾十年的經驗說，上述的事(指在人前衣食作僞)，我從來沒有見過，作做也許是作做，但是一個人幾十年如一日，能享受而不享受，不必吃苦而硬要吃苦，那麼，假的也就是眞的了」（頁四八）。這是最好不過的也是最爲有力的辯辭。以我從戎生活所知所聞，馮氏的部下暗地批評他不是之處的，倒也不少，但從未有一人以生活作僞指謫他的。上述劉汝明的評語，所謂「作做」也不過說他稍爲「矯枉過正」一點而已。在我個人看來，馮是北方人，而且出身寒微，生活自然是依足北方人的習慣，一衣一食，不能驟改，勉强爲之，反大不舒服，有害健康，所以他實在不能享受豪華奢侈的生活。不明這一點的人——尤其是我們生活完全不同的南方人，很容易誤會他是作僞、裝假，而實際生活實是豪華奢侈的了。(例如：北方人無論貧富，甚至在街頭引車賣漿者流，在冬天無不穿皮襖——至少老羊皮反穿，而在南方則惟大富大貴纔能穿皮襖。）即以著者個人的切身經驗而言，從前在戎幕中，雖熱心革命，無論如何，不能跟同袍們吃粗饅頭、窩窩頭，一吃便肚脹胃痛。（後來由粵北伐的第四軍到河南後也同有此經驗。）我每日非解私囊另買大米飯來吃不可。一有機會——時或自做機會——便要大吃雞鴨、豬牛、蔬菜與米飯來裹腹，軍中的「革命飯」、「大鍋菜」不能一飽也。我恐怕有違軍紀，至受到軍法處罰，預先向馮總司令報告原委，謂「生爲廣東人卅年，如不吃大米飯我的肚子便起革命，我倒不能追隨鈞座去革命了。」馮氏得了解，爲之一笑，從不追究。我也得袍澤原諒，未受譏彈。自信不是奢侈，也不是作僞，實是生活習慣使然也。所以我對於馮氏私生活之儉樸，也有同樣的了解和解釋。然所最難忘者，則是有一次親耳聽到他說：「我不是不愛美衣嘉肴，但全國同胞大多數是飢寒的，何忍獨自享受？要等到同胞豐衣足食，我纔一同享受。」當時我大受感動，幾乎掉下淚來。私心默想，如果這是作僞欺人的話，則九百年前曾說過「先天下之憂而憂，後天下之樂而樂」話之宋儒名臣范仲淹，當是第一號「僞君子」「假道學」了。難道芸芸衆生中眞是沒有一個好人、眞心愛國愛民的軍人嗎？

稿後補述：不瞞讀者說，在西北軍先後數十萬人中，其立心、蓄意、和實行如上文所述之「作僞」者，衹有孤單的、唯一的一個人：不是別人，那就是簡又文。緣著者生長粵東，在北方耐寒不得。因後來初到軍中服務時，眼見全軍只穿灰布棉衣，預料在隆冬天氣中斷捱不下去。於是趁民國十六年秋間請假南歸省親時，在家中取了父親的短毛狐皮褸一件及頂珍貴的長毛狐皮袍一襲北上。到上海時卽以皮袍交與一家製皮衣的裁縫店，另購頂厚的灰絨爲面、及藍綢爲裏，由其仿製一件長到膝蓋、前有雙行鈕扣的軍服，配上大反領。心裏計算，如果這假冒的軍服通不過，卽將棉軍服拆開，取其灰布面再加上一層在灰絨皮服上。於是乘車北上。過南京時第二次奉到中央任命再到馮軍任政治工作委員。有了準備，所以勇往直前，有恃無恐。一到隆冬時，貼身穿上純羊毛衫褲，足穿頂厚的羊毛長襪(皆在滬預購的上等洋貨)，再穿上短皮褸，然後套上軍中所配給灰布面的棉軍服；一出門時，更穿起自備的「假冒的」大毛狐皮長軍衣，復戴上配給的禦寒軍帽。如此這般便安然渡過了冰雪交加的奇寒氣候。若非如此，卽如每餐要吃米飯，便不能在西北從事革命了。而那一襲灰色的狐皮軍衣，上自馮總司令，下至勤務兵，都給我瞞過了。馮氏或其他軍官那有這樣的、珍貴的服裝？前幾年，我到美國耶魯大學去治學，又復檢出這一襲四十年前的一襲大毛狐皮舊軍衣，拿去冒充大衣，也使我渡過北美雪天冰地的奇寒天氣。妙矣哉此軍服！

（本章完，下期續刊第九章）

北望樓雜記

岳騫

陳懷民肉彈擊敵

民國二十七年上半年，國民政府雖然遷都重慶，但政治軍事重心實際上在漢口武昌，所以日本當時攻勢也就指向武漢，飛機轟炸也以武漢爲目標，中國空軍在武漢上空與日機屢次展開戰鬭，最重要的有兩次：一次是二月十八日一舉擊落日機十二架；一次是四月二十九日擊落日機二十一架。第二次空戰爲筆者所目睹，當時年輕膽大，每逢有警報別人入地下室我上天台，看飛機作戰，那次曾看到日機六架被我擊落，在一串煙花之後，如斷線風箏一樣跌下去。

是役最壯烈的一戰是我空軍少尉陳懷民撞向敵機，同歸於盡的悲壯事實。當空戰時，陳懷民座機受了傷，就向武昌方向飛，想尋機場降落，日本一架飛機窮追不捨，當時陳懷民如跳傘，安全並無問題，但陳懷民卻等敵機接近時，突然轉頭撞去，日機未防有此，無從躲閃，登時撞在一起，變成兩條火龍，同時墜下長江。事後始知撞沉敵機駕駛員高橋憲一爲日本空軍四大天王之一，這次卻喪於中國空軍英雄之手。筆者當時與陳烈士家屬同住漢口篤安里，開追悼會後，見其妹陳難抱陳烈士大像回家，像貌英俊，只有二十二歲，陳烈士史無前例的一次戰術，對雙方人心士氣，影響至爲重大。

孫仲瑛的革命詩話（二）

恆齋

孫仲瑛先生遺像

胡毅生

胡隋齋毅生先生，生平負奇氣，尙廉恥，澹泊寡欲，而善詩文，工書法，且精篆刻，然非其人不輕示也。先生嶺南荔枝詞，早為藝林傳誦。日寇陷穗，藏書蕩然，存稿盡失。予聞先生荔枝詞將近十年，僅記寸鱗半羽，迄莫窺其全豹。卅三年冬，避寇興寧，偶於羅氏園中，見先生所書四屏，全錄荔枝詞十章，始得盡讀之。昔之嘗鼎一臠，食指仰仰者，至此乃飽飫而回味焉。詩之奇興深遠，遺詞溫厚，實非尋常竹枝詞所可同日而語，豈特嶺南名荔如數家珍而已哉。詞曰：甘竹三鰲欲上竿。江城五月尙微寒。何當一夜南風發。吹徹枝頭顆顆丹。半塘西接柳波橋。十里荷花晚景饒。一自荔枝時節近。家家兒女鬭蘭橈。劉王花塢跡猶存。靄靄紅雲壓水村。夾岸亂蟬聲不斷。小船搖過荔香園。淼淼鵝潭起白波。美人消息近如何。離枝枝上離離子。爭及離人離恨多。新興香荔舊知名。其奈頻年未解兵。苦憶慧能菴畔種。西風暮雨若為情。瑤彈球丸種陸離。邇來桂味號瑰奇。惟嫌觸手多叢刺。終遜吾鄉糯米糍。豐亭名種尙書懷。（世傳尙書懷一種為湛甘泉尙書自閩豐亭懷核歸種者）植向增城品自佳。何事近人偏好色。磯頭爭種阿娘鞋。諸家譜錄語紛紜。艷說紅綃與絳裙。我愛荔枝如愛畫。獨香大小李將軍。（大小李將軍荔山惠莞）澹歸丈室今何似。獵獵高牙掩海幢。昨向叢蘭堂畔過。齋厨久絕荔枝梆。（予藏澹歸荔枝詩卷皆遍行堂集所未載者中有句云底事忽呈歡喜面，齋厨已報荔枝梆）珠簾高卷唐宮雪。瓊戶無聲蜀主詞。獨有劉王吟詠少。火珠辭佚更無詩。

毅生又有漓江雜詩、湘江雜詩等，則隨總理北伐，駐節桂林衡陽軍中草也。先生在軍中，興之所至，事之所感，拉雜成詩，隨手散佚，予各得四章，當不止此數也。漓江詩云：倒水灘前水倒流。牽人一步一回頭。扁舟本是輕如葉。卻載離人如許愁。又上漓江第二程。舊時山色似相迎。過灘便是烏龍驛。涼月平沙好露營。陳生音律妙當行。綺吹期追白石姜。偶倚晚風三弄笛。軍中齊唱小秦王。巴江灘下小黃牛。石上寒濤日夜流。起視斷雲橫絕巘。錯疑殘夢過渝州。湘江詩云：子厚風流不可追。尙餘巖石勢崔嵬。斜風細雨春江暮。卻少漁舟款乃回。嶽麓雲歸夕照微。前遊風物認依稀。傷心耆舊凋零盡。我亦人間向子期。自笑生涯似白鷗。堝來雲水意悠悠。多情最是絲絲柳。頻綉春山豁醉眸。雨意戀雲如潑墨。溪流衝岸欲敧橋。湘南三月天然景。只有清湘會得描。又嶺南牡丹詞七絕六章，嶺南本無牡丹，有之自北土移植，於暮秋或早冬束根遠寄，下置琉璜，上覆玻瓦，迫令新春元且前後發花，一束可得四五花，花小而幹短，色尚紅，裝以瓷盆，以爲饋贈賀年之品，過此便萎，不再發花。商人嗜利，細截而至，每花可得二三金，每年如此，實爲牡丹之厄。先生之詩，不禁感慨系之。極艷憐渠只自嗟。年年飄泊向天涯。聚芳命薄誰如汝。何事偏名第一花。强移紅卉生蠻徼。何異青娥入虜廷。一樣難禁風土惡。逢春爭得不先零。生意流離事可憐。卷帷憶見態娟娟。一杯酹汝春風裏。重晤瑤臺又隔年。山齋斜日易黃昏。坐對階前錦綉根。惆悵落花誰是主。沉香亭北與招魂。任他姚魏黯春容。南國原來獨愛紅。怪上越王臺上望。木棉長與占春風。渡海曾求種樹書。欲存名種續春餘。何時覓得三弓地。微雨輕陰一把鋤。先生此詩，其爲薄命紅顏，流離遠道，實迫處此，不獨爲花長歎也。先生工七絕，七律甚罕見，惟避日寇特去廣州，郊樓還望有感，七律一首，心傷故土，沉渾自然，不弱於七絕。寒鴉點點欲投林。對此彌傷去國心。無處求生悲傳變。爲情甘死哭王欽。聲悽怕聽鄰家笛。絃澀難調海上琴。回首故園荊棘滿。白雲山色只陰陰。抗日時先生有書憤一首，不減陳琳之檄。島夷蒙昧無文字。空海東歸造假名（唐時倭僧空海來學於青龍寺東歸始作平片假名）今日盡忘香火約。只將殘殺答文明。

陳去病

吳江陳去病，號巢南，即發起南社三人中之一人也。原名慶林，字伯儒，一字汲樓，號佩忍，又稱病倩，爲同盟時代文字鼓吹革命之健將。光復後任第一任大總統府秘書長，工吟詠，逝世後遺詩頗多，尚未付梓，而於友朋同志輩之悼亡惜別歌離予夢之作，尤饒趣味，如哭宋鈍初漁父云：柳殘花謝宛三秋。雨擱雲低風撼樓。中酒懨懨人愈病。君思故故日增愁。豺狼當道生何益。洛蜀紛爭死不休。只恐中原元氣盡。極天烽火是神州。哭陳夢波（陳脫）云：同甫當年負盛名。揮毫驚起攘夷聲。破家不已重亡命。萬死何曾膽一生。惟有丹威知己感。空餘枚叔故人情。介推無祿眞堪憤。欲按心頭氣未平。寄黃晦聞云：六年不見黃叔度。執手驚看鬚鬢霜。爲語前塵各徜恍。不談時事倍悽惶。龍蛇戰野誰沉隱。虎豹當關萬稱量。惟有蒓鱸歸去好。秋風斜日滿江鄉。酬傳鈍根醴陵山中云：再難海上遇成連。常使湘靈繫舊緣。小別幾同龍漢劫。幽居奚啻竹林賢。時危合共名山老。秋盡誰爲病骨憐。膽有新培桃李盛。聊垂絳幃送華年。湖上懷諸貞壯云：南山隱豹北山昏。曉色初開露尚存。小艇縱橫疑欲渡。春風燦爛卻無言。憑欄擬作滄溟想。入耳惟聞燕雀喧。奚事故人長落寞。瀰瀰簾幕不開門。

重上京華示諸同志云：香南雪北又重來。感逝懷人亦可哀。事有從違須佩玦。胸多塊壘且銜杯。登高合賦哀時命。濟世誰爲大雅才。惆悵西山晴雪候。莫嫌雙鬢已皚皚。調黃克强靈幃云：一天風雨闇征車。慘絕人琴邈海涯。漫向黃花岡上望。秋來依舊哭黃花。湘中老友如公少。海國周旋十四年。重憶陳（天華）楊（篤生）兩奇烈。楚天寒雨總茫然。可堪宋玉負奇冤。義旅相將起白門。未信元凶今已滅。思君重復賦招魂。幾度高張革命軍。不應地下早修文。傷心最是孫征虜。乍哭陳蕃（英士）又哭君。

巢南早歲有少年行四首，慷慨激昂，傳遍江左，與懷人傷逝之作，固自不同，而哀樂感人，亦當有別。昔人謂觀於詩可以知其遇，良不虛也。詩曰：少年負才兼好奇。少年涉歷臨邊陲。少年拔劍歌慷慨。少年矢志平羌夷。羌胡犯順素不測。將士防秋罕功績。少年不用當奈何。轉眼年衰憚冰雪。白日匿兮大漠寒。邊草衰兮冰雪殘。我行西兮當歲闌。意慷慨兮凌重關。重關自昔誇雄壯。天限華夷若屏障。潛移默化會有時。今日重關已開放。勸君莫說行路難。勸君莫復居長安。長安居固大不易。緇塵汚人尤難堪。何如飄然去絕塞。可牧可耕總自在。一望中國大用兵。我有奇謀足防衛。浩然行矣復浩歌。關山越兮哀笳多。傷高懷遠枉惆悵。手無斧柯當奈何。而今軍書久同一。奚事窺邊猶未絕。征胡我愧霍嫖姚。獨上陰山望高闕。（原註包頭即漢時高闕縣故地時方有寇亂未靖）予讀此詩，令人有開發東北西北之想，豈僅以氣勝耶，誠不愧革命黨人之詩也。

秦鼎彝

秦力山鼎彝，一名鄆，號遯公，又號鞏黃，湖南長沙人，性豪俠，時與秘密社會中人交遊，親愛如手足。與蔡松坡、林錫圭、唐才常等同爲長沙時務學堂高材生，赴東留學，謁總理，聆其言論，即醉心革命眞理，篤信民族主義必能復國。庚子義和團作亂，留東志士有主乘時說拳黨首領，改易扶清滅洋旗幟爲革命逐滿，力山亦主此議之一人，孑身至天津，往說大師兄，痛陳所見，拳黨斥力山爲毛子，幾不免。夜走盧溝橋，間關至漢口，訪林錫圭、唐才常，參加長江自立軍。唐委爲自立軍前軍統領，至安徽之大通，密約各會黨及反正之軍隊，定期舉事。詎唐、林等待海外滙款不至，展期數次，事遂洩，同黨數人被逮。力山不得已，立即舉事，與淸兵力戰，卒以兵少乏援，率衆亡散。旋知漢事亦敗，唐、林被殺。乃偕心腹同志數人潛至南京，謀焚馬鞍山軍械局，事亦不成。走星洲訪邱菽園、康有爲，計圖再舉，康遲疑不決，乃盡知漢事之敗，盡在康之擁資自肥，貽誤大事，遂宣布與康絕交。憤然東渡與戢元丞、沈翔雲、雷奮、王寵惠諸同志，創立國民日報月刊倡民族主義，風靡一時。壬寅三月，復與章太炎、馬君武、朱凌溪、馮自由等發起支那亡國紀念會，總理與梁啓超亦署名爲贊成人。淸使蔡鈞大懼。要求日政府禁止開會，卒爲高警署臨時解散。力山復輾轉赴香港，欲入粵謀說駐粵湘軍反正。嘗來往廣州三次，爲水師提督李準偵悉，派隊搜索，狼狽逃港。是年春赴南洋訪尤令季，擬至圖南報服務，以病不果，遂入緬甸，擬取道赴滇，有所活動。

力山工古文辭，間爲詩亦雄健博雅，既至仰光，居緬邊之臘戍，賦詩九章，名臘戍雜感，寄仰光新報，署力山遯公稿。詩云：三字微名五尺身。亦儒亦俠亦新民。年年瘴雨蠻煙裏。野馬塵埃了一生。山殘水賸萬民痛。國脈亡之運矣乎？億兆同胞齊俯首。卜年三百作囚徒。載鬼一車皆素義。獨留荆棘一銅駝。可憐名士多如鯽。夜候秋燈撲火蛾。衆生猿鶴與蟲沙。缺憾彌天待女媧食到蒓鱸魂欲斷。終身無暇計思家。脣焦舍敝命都磨。說法其如藐藐何？可是衆生根器淺。魯陽何計再揮戈。石爛海枯心不死。聲聲舜日與堯天。東胡王氣依然在。禹甸茫茫匝地膻。幾輩風雲付散流。有時聞報更虔劉。不堪人鬼多游侶。獨對天風泣馬牛。蠻荒草不長忘憂。猛憶昭王此舊遊。（原註永歷帝實死於緬甸）御問苞茅腸已斷。史編亡國溯從頭。一死難拚萬姓生。何如孤膽苦吟身。願身化鑽穿金石。手創球東大國民。

陳蛻

陳夢坡蛻，原名範，又名彝範，號蛻菴，晚號蛻翁，湖南衡山人，寄籍江蘇武進。工詩古文辭，有名士風，讀明季野史遺民集，乃矢志革命，爲同盟會員，散資財倡辦蘇報，結納同志，家爲之毀。滬蘇報案，淸吏指名追捕，亡命東瀛，未幾已垂垂老矣，辛亥前數月返國，神州光復，蛻菴竟逝。其女公子擷芬女士，以教育馳名江左，能繼父志。蛻菴遺詩頗多，已編印者有滄波聽雨映雪諸集，留東時復輯蛻僧餘稿，爲革命時期所著，蛻菴詩宗晚唐，時標新意，有題爲：自椽曹不辟，而宦無賢吏，采贈爲詬，而世多蕩姬，上流所諱，趨度有歸，理固如是也。偶感此意，率題兩律，有知罪者矣。靈香飛去幾何年。只說吹笙鶴背仙。還幸瑤池省王母。可知忉利是情天。英華不列班家表。故徹都無神女緣。我夢鈞台曾盡醉。蛾眉睩睩伴長筵。書史獨存秦漢前。西風未許柳全偏。可憐漸漸蛾眉瘦。但見沉沉贔贔眠。情海千年成涸濁。化城彈指幻腥羶。飛瓊綠萼存高趣。嫩到人間只住天。黃花崗七十二烈士死難紀念日感賦：十二萬年誰不死。死成民國一何雄。常嗟魑魅向君笑。竟訴玄黃眞宰通。片士自成媧氏石。化身待採首山銅。試看夜夜崗前月。紀念與之共始終。

蛻菴善畫，尤工畫梅，有自題畫梅詩一首，寄託深遠，頗饒哲理，胎息氣韻，且與龔定菴王仲瞿相近，蘇報傳載，膾炙人口，詩云：我面孤山之麓有一亭。都種梅花圍作屏。客來呼鶴鶴解迎。自許衆醉能獨醒。獨有一語令我嗔。乃敢先我呼夫人。此翁一臥數百春。法花歲歲猶芳辰。爲此我願改姓林。不然便改林逋名。媚花愛花與花親。一日百拜不厭頻。花神感我愚且誠。夢中誨我言諄諄。林逋呼妻非其眞。售子一樹用一旬。三十六種供饔飧。旨蓄御冬妻御貧。無子鋤舊更藝新。對客高臥姿哦吟。何遜東閣能留賓。廣平自許鐵石心。狂者狎汝如風塵。矜者敎我如相榮。惟汝能妒爲至精。妒不相怒知我心。我豈草木遂忘情。與汝誓共死與生。折枝歸供宣磁瓶。非汝所折息覩聞。魂從君去君何顰。明年非復今年魂。我聞花言淚滿襟。一生所遇皆如卿。見時辜負別分明。纔見花開又落英。雨迎風捲分溷茵。傀然臏我飄零身。吁嗟乎傀然臏我飄零身。又五律述夢云：有夢都爲累。無情未是空。佛言因一念。我欲證雙通。自古皆言幻。斯人未發蒙。殘燈態似病。相對怯秋風。

章太炎

吾華革命，以文字鼓吹，而能震撼全國收功最大者，首推蜀鄒容所作之革命軍。其書凡七章，首緒論，次革命之原因，次革命之教育，次革命必剖清人種，次革命必先去奴隸之根性，次革命獨立之大義，次結論。凡二萬餘言，文字暢達，章太炎先生爲之作序，以廣流傳。陳蛻菴所辦蘇報撰論革命軍文以闡揚之，並爲介紹。書出後，舉世轟動，不脛而走，太炎所作駁康有爲政見書，亦同時出版，與革命軍相呼應。清吏以黨人嘯聚上海租界公然倡亂爲名，照會租界英吏，指名要求逮捕革命黨人，乃封禁蘇報與愛國學社。（時章太炎、吳敬恒、蔡元培、張繼、鄒容等常聚愛國學社演講說革命）英吏竟徇所請，分派警探，搜索章、鄒、蔡、吳四人，適鄒、蔡、吳俱外出，只捕太炎一人而去。鄒容聞訊，乃自往租界捕房投到，此上海革命大黨獄所由來也。

清吏要求引渡，上海工部局始終力持保障租界居民生命自由，堅決拒之，清吏乃轉求駐京各國公使，各使亦以不能侵奪領事權限爲詞，對此案迄無辦法判決。滬上黨人所延律師聲稱，章、鄒無罪名，久羈囹圄，爲人道法律計，均屬不合，要求將控案註銷，以崇法治，故滬上忽有盛傳章、鄒出獄之說。清政府懼失體面，乃允採納英使意見，從寬辦結。卒由上海會審公廨宣判，章太炎監禁西牢三年，鄒容監禁二年。獄既定，太炎蔚丹（鄒容號）同在獄中，罰作苦工，蔚丹年少性剛，往往不堪獄吏侵凌，且日啖麥飯不飽，益不平。太炎爲之日講佛典，敎以因明入道理論，日學此可以解二年之憂。在獄歲餘，蔚丹卒以憤激致疾，太炎屢請獄吏延醫不許，延綿四十日竟溘然長逝。太炎本以小弟視蔚丹，至是乃撫屍痛哭，時距出獄期僅七十日，世人咸疑清吏設法死之。上海劉三季平收其骨，密葬滬西華徑鄉黃葉樓傍，（劉三所居名黃葉樓）同志鮮有知者。自鄒入獄後，革命軍一書益風行海內外，銷售逾百十萬冊，佔清季革命羣書銷場第一位。各地多易名販運，以避清吏耳目。或稱救世眞言，或與章太炎駁康有爲論政見書並列，簡稱章、鄒合刻。其書文詞顯淺，出言懇切，適合社會程度，幾於人手一編，卒以其言喚起國民驅胡建國之張本，其功實不在黃花崗諸烈士之下也。

太炎詩不見多，其在上海獄中傳出五律四首，一爲贈鄒蔚丹者：鄒容吾小弟。披髮下瀛洲。快剪刀除辮。乾牛肉作餱。英雄一入獄。天地亦悲秋。臨命須携手。乾坤只兩頭。一爲獄中聞沈禹希見殺：不見沈生久。江湖知隱淪。蕭蕭悲壯士。今在易京門。魑魅羞爭焰。文章總斷魂。中陰當待我。南北幾新墳。又二首爲獄中聞湘人楊度被捕有感：神狐善埋搰。高鳥喜回翔。保種平生願。徵科絕命方。馬肝原識味。牛鼎未忘香。千載湘軍志。浮名是鎖韁。衡獄無人地。吾師洪大全。中興珍諸將。永夜遂沉眠。長策惟干祿。微言是借權。藉君好頸子。來者一停鞭。

南昌暴動初次領軍

周恩來評傳（八）

嚴靜文

一九二七年中國政治形勢之複雜、激烈，堪稱史所未有。史家每以風暴時代冠稱類似的年月，但是仍不足形容一九二七年的形勢，因爲那不是一個大風暴之橫掃中國，而是幾個大風暴同時在中國激蕩狂吹。

以革命而論，有國共合作、掃蕩軍閥的國民革命；而國民革命內部又有中共的無產階級革命。這已經夠亂的了，而國共兩黨內部又有很多對立的因素。以國民黨而言，當時分立三個中央：一是上海的西山會議派，二是武漢的左派，三是南京的右派；以中共來說，當時正受雙線領導，一是第三國際，在中共中央派駐的代表是維丁斯基，二是蘇俄，派駐中國的代表是鮑羅廷；其次到了五月五全大會之後，蘇俄和第三國際爲了推卸革命失敗責任，決定清算中共總書記陳獨秀，改組新的中央，因而分裂成兩派；蘇共內部又有史大林和托洛斯基兩派的鬭爭。

上述亂如麻的形勢，到了八月一日「南昌暴動」，得到一次澄清，因爲隱藏在國民黨內之中共暴露了本來的政治面目，而國民黨因容共反共而分立的三派，因所爭之端已水落石出乃趨向重新團結。

生死關頭重大決定

在前一章已經提到，中共在五全大會之後，由於陳獨秀的退避，中央的領導權已落入周恩來之手，這只是就實際情況而說的，但有些資料則明示，周恩來在「五大」之後，曾正式就任中共中央常委會的總書記，但爲期甚短，因趕往南昌組織武裝暴動，總書記一職乃委交蔡和森擔任。據李天民所著「周恩來」一書及許芥昱所著「周恩來傳」皆有此記載。但據張國燾「我的回憶」所說，七月中旬陳獨秀匿跡不出之後，他自告奮勇召集李立三、周恩來、蔡和森等共同主持中央工作。蔡和森在所著「機會主義史」中說：「不知道是七月初幾，……老鮑提議獨秀、平山去莫斯科與國際討論中國革命問題，秋白、和森赴海參威辦黨校，新指定國燾、太雷、維漢、立三、恩來五人組織政治局常委。自此獨秀卽不視事。」

上述五名常委，李維漢、李立三、周恩來三人是留法分子，佔多數；五分天下有其三，周恩來足以左右之，卽無總書記之名，亦可有其實。

一般人對周恩來的印象，認爲他是一

無權無勇的文人、而忽略他能武的一面；又多以爲他深算能忍，只能屈居二把手的地位，沒有臨事果斷的領袖才能；其實這全是誤解。第一他出身黃埔原是個軍人，第二他處逆境時的忍字功固然了得，但是在重大關頭，他也頗有決斷。

在一九二七年武漢分共前夕，他充分表現了忍的功夫；但是武漢分共之後，當中共走頭無路之際，他就不顧一切做出重大的決斷。這裏先說他的忍。

同年五月何鍵所部團長許克祥在長沙發動「馬日事變」，掀起反共運動之後，原任許克祥團政治部主任的柳寧（共產黨員），逃脫到漢口，痛憤欲狂，卽在街上貼標語、散傳單攻擊國民黨；任軍事部長的周恩來連忙加以制止，唯恐破壞與武漢政府的關係，柳寧怒髮衝冠向周恩來抗辯：

「部長，你說過的話，我們在做誰的妾侍！現在受他們的侮辱、受他們的攻擊、一句話都不說，你認爲必須一聲不響的忍耐嗎？」

周恩來從容答道：

「柳同志，唯有一個忍字，爲了革命，我們必須打破門牙合血呑。爲了革命、我的要做妾侍。必要時、還要當娼妓。…………。」

到了武漢分共形勢日緊，六月二十五日陳獨秀召集緊急會議，商討對策。當時問題的焦點在於陳賡率領的一千名武裝工人糾察隊，如果自動解散，可消除武漢政府的疑忌。周恩來主張自動解散，繳出武器，以穩定武漢當局對中共的信心？然後把糾察隊員滲入張發奎的第四軍裏去。他這一提議曾遭激烈分子蔡和森等的反對，但終獲通過。陳賡遂將糾察隊的武器全部繳交給武漢警備司令李品仙點收。此事後來被第三國際批判爲「可恥的機會主義」和「投降主義」。文化大革命期間，毛派紅衛兵則把這一錯誤推在劉少奇的身上。

周恩來雖有卓絕的忍字功，但是並非只會忍耐的廢窩囊。在生死成敗的重大關頭，則每有突出的堅決表現。他所設計和執行的南昌暴動，就是最好的例子。

據張國燾回憶說，在那個靑黃不接、走頭無路的期間，周恩來有下列的表現：

①「周恩來是一個不多發表議論而孜孜不倦的努力工作者。他很鎭靜的夜以繼日的處理紛繁的事務，任勞任怨，不惹是非。所有同志們的疏散工作，多半由他經手。他之獲得一般同志的敬重，地位日形重要，也是從此開始的。」

②「於是周恩來提出了一個進取的建議。他指出現在大批同志都隨第四軍行動，萬一第四軍的將領張發奎等受環境所逼，轉而反共，那我們在第四軍中的同志們將被一網打盡。他覺得與其受人宰割，不如先發制人。他說剛才接到李立三等由九江來信，主張在南昌九江地區發起暴動。周恩來因而贊成在南昌由葉挺等首先發難，聯絡湘鄂贛一帶工農羣衆，形成反武漢反南京的中心。我估計南昌爲四戰之地，不易立足，主張移師廣東東江。以廣東東江爲根據地是周恩來提議中的要點，這一點也是他始終堅持的。他曾在潮汕一帶工作過，對那裏情況較爲熟悉。他認爲那裏敵軍軍力較少，海陸豐一帶農運又很得力，而且有汕頭這個海口，可以與蘇聯聯絡……。」

周恩來這個提議立刻得到張國燾及其他中央負責同志的贊同，並作了決定。張國燾繼續說道：

「時機迫切，不能多所討論；我們兩人因以中常委名義決定周恩來迅卽趕往九江南昌，組織一個前敵委員會，由周恩來任書記，……。恩來於二十日起程到南昌去了，中共中央由我看守。這也是中共中央沒有事先取得莫斯科同意所採取的一個重要行動。」

第三國際力加阻止

關於南昌暴動，完全由周恩來設計，並由他負全責執行（前委書記）已如上述，關於未經莫斯科同意一點，須稍作補充。

其實莫斯科不但不同意，而且極力反對。這因爲當時史大林極力堅持，中共仍須繼續留在國民黨內，絕不能公開造國民黨的反。卽使在南京政府四月實行清黨反共，武漢政府七月實行分共之後仍然如此主張。

武漢分共前夕，第三國際來了一道緊急訓令，在訓令中還諄諄告誡中共：「只退出國民政府，不退出國民黨，雖國民黨的指導機關要大批的開除共產黨員，但仍留在內，要密切的與國民黨的下層羣衆聯合，由下層羣衆提出堅決的反抗國民黨中央的決議案，要求撤換現在的國民黨的領導機關，……。」

例如武漢分共（七月十五日）之後，共產國際新代表羅明那茲（Besso Lominadze）及紐曼（Heirz Neumann），携着史大林的新訓令到達漢口，主持中共中央的改組工作，八月七日在九江召開中央緊急會議時，南昌暴動已發生了七天，在所作「中國共產黨的政治任務與策略的議決案」中，仍說：「中國革命這階段之中，還是資產階級的民權革命」，因此要求：「在革命的左派國民黨旗幟之下」來進行「工農暴動」。並且對南昌暴動竟根本不加討論。說明南昌暴動非中共中央所領導。

因此南昌暴動的公開最高領導機關，並非中共，而是「國民黨革命委員會」。雖然只是一個空名，實質是完全由中共主持，這可見當時莫斯科固執不脫離國民黨的政策，是如何堅決。

由於莫斯科堅決不欲中共過早與國民黨（事實上中共早已被驅逐出黨）分手，以致國際代表羅明那茲，曾力圖阻止南昌暴動。

爲了討論南昌暴動問題，七月二十六日（距南昌暴動還有六天），在羅明那茲提議之下，中共中央在漢口召開了中常委會議。出席中常委：張國燾、瞿秋白；中委李維漢、張太雷；羅明那茲、蘇俄軍顧問加崙將軍及范克。

加崙將軍首先報告，他曾與張發奎將軍會面，「張氏已同意將他所統率的第四軍，第十一軍和第二十軍三個軍集結在南昌和南潯綫上，不再東進，逐漸轉移，返回廣東。…他們據軍事情況說明，指出與張氏同返廣東，在軍事上極爲有利，如在南昌與張氏分家，參加暴動的兵力不過五千到八千，在優勢敵軍阻擊之下，恐難到達東江，……」

接着羅明那茲發言，「首先說到目前沒有經費可供南昌暴動使用，莫斯科已有電令禁止蘇俄顧問們在任何情形之下參加南昌暴動。」他並報告第三國際的回電：「倘若這暴動無成功希望，最好不要發動，……。」

莫斯科不欲中共在當時掀起南昌暴動昭然若揭。

依照周恩來的計劃，南昌暴動之後卽行南征，在廣東站住脚，據有一港口（廣州或汕頭）之後，接受蘇俄軍事援助，積極擴編軍隊，然後再來一次北伐，將國民革命轉移爲中共的工農革命。

加崙將軍的建議是無須先在南昌暴動，可不露聲色隨同張發奎部一同返回廣東，等抵達廣東之後，再從容佈署暴動，一舉而奪取張氏的部隊佔有廣東。

從事後的結果看來，加崙將軍的計劃實在非常正確，因爲張發奎對共產黨的警惕太低，卽在南昌暴動之後，他的部隊中仍包容大批共黨分子，以致同年十二日，張太雷、葉劍英等終於在廣州掀起暴動。

廣州暴動很快失敗了，因爲基本實力太弱，僅有一團兵。而相當巨大的實力包括賀龍的第二十軍，葉挺的二十四師，周士第的獨立團，朱德的第九軍（實際只一團人）計十五團共兩萬多人，都在南昌暴動浪費了。否則等到廣州暴動一起發作，結果可能大不相同。

第三國際既不同意「南昌暴動」，於是會議決定派張國燾赴經南昌制止。張氏自稱：「我當時的心情異常尷尬，首先，我覺得現在要奉命去停止我贊成過的事，究竟有點不合適。……」

從南昌暴動到「南征」

南昌暴動原計劃於七月三十一日發動

；因爲張國燾三十日早晨趕到南昌，與各負責人重新訂計議，所以延遲到八月一日才發動。

張國燾所傳達的命令，遭受前線人員激烈的反對，沉默寡言有甘地之稱的惲代英（當時爲第四軍總參議）竟破口大罵：「共產國際和中共中央害死了中國革命，葬送了成千上萬的同志；他們的領導完全破產了。現在南昌暴動一切準備好了，忽然又來了什麼國際指示，阻止我們行動，我是誓死反對的。」並且對張國燾說；如果他再動搖人心，就打倒張氏。

周恩來在南京召開的「特別委員會議」上，表現雖不像惲代英那樣激烈，但是更爲堅決。他聽了張國燾傳達的命令憤然的說：「這個意思與中央派我來的想法不相吻合，如果我們此時不行動，我只有辭職，也不再出席今天的特別委員會會議」以柔和圓滑著稱的周恩來，竟有這樣決絕的表示，一定使在座的人都大感震驚了。在武漢分共前夕他表現的堅忍——和南昌暴動前夕所表現的堅强，使我們對他的性格和氣質始得到立體的了解。

周恩來這一表示，徹底打消了第三國際及中共中央的決定。於是箭在弦上的南昌暴動，終於在八月一日凌晨爆發出來。張國燾不及趕回武漢覆命，也參加了暴動。可是事後第三國際及瞿秋白領導的中共中央檢討南昌暴動，竟否認阻止南昌暴動，且誣指張國燾「假傳聖旨」！

周恩來的個性頗近乎道家的理論，善於以進爲退、深藏若谷；只求掌握實權、不務虛名虛位；與毛澤東身兼五主席（八大之前毛兼任中共中委會主席，政治局主席、國家主席、中共軍委主席及中央書記處主席）的作風迥然不同，這在他安排的南昌暴動人事系統上，可以看得很淸楚。

周恩來擔任不公開出名的前敵委員會書記。凡是出名的公開職務一律由其他人擔任。如：「中國國民黨革命委員會」主席爲譚平山、秘書長爲吳玉章，財委會主席爲林祖涵、農工委會主席張國燾、宣傳委會主席郭沫若，參謀團主席劉伯承，政治保衛處處長李立三；總指揮賀龍、前敵總指揮葉挺。他僅自封了一個參謀主任、隸屬劉伯承之下，卻暗中負責指揮軍事的全權。

南昌暴動中中共所掌握的部隊，幾全屬於張發奎將軍麾下、以第四軍爲骨幹的第二方面軍（武漢政府的編制）。第二方面軍轄三個軍即第四軍及由第四軍分出擴編的第十一軍，及北伐期間臨時收編的賀龍的第二十軍。周恩來所掌握的部隊計有：原隸屬十一軍由葉挺指揮的第二十四師，原隸屬第四軍由周士第指揮的獨立團，賀龍的二十軍及盧德明、羅榮桓所指揮的第二方面軍警衛團，以及黃埔軍校漢口分校的學生約一團。

當南昌暴動之際，二十軍、二十四師、獨立團諸部都已集中南昌；並裹脅了十一軍蔡廷鍇的第十師。其中警衛團來不及脫離第二方面軍，後來由盧、羅二人率領協助毛澤東在湖南搞「秋收暴動」；軍校學生則被張發奎改編爲教導團，一同回到廣州，成爲十二月中共發動「廣州暴動」的主力。

除了上述部隊之外，還有朱德在南昌所控制的第三軍（軍長朱培德，兼第五方面軍司令，江西省主席）的教導團，實力僅有兩個連。全加在一起有十五團，約三萬人。

當時賀龍還是個軍閥，所部六個團的戰鬥力最差，紀律也很壞，周恩來所以給他總指揮的名義，是爲了攏絡他；因此又任命葉挺爲前敵總指揮。

南昌暴動本身很順利的成功了。八月一日凌晨數小時之內即將駐屯南昌第三、六、九軍留守部隊的四個團全部繳械，並封奪銀行的銀元及鈔票一百七十餘萬元，戰果可謂豐碩。

周恩來自七月二十日前後抵達南昌，經十日的秘密準備，即有此成就，顯出了他的組織才能。

暴動成功後，下一步驟是南征廣東。在這一任務上，周恩來犯了重大錯誤，致南征軍全軍覆沒。

直截了當承認錯誤

周恩來雖然自一九二四年五月即穿上「二尺半」過軍旅生活，並且參加過兩次東征及戡定劉楊之役（一九二五年五月），但是卻從未直接領軍作戰，南昌暴動後「南征」之役，是他破題兒第一着指揮大軍作戰。

「南征」軍八月五日離開南昌，第二天就遭受了第一個大打擊。裝備最好，戰鬪力最强的蔡廷鍇率領的第十師，在行軍到進賢時脫離序列逃走了。

周恩來感到非常慌恐，他站在路邊等候張國燾（當時是中共中央的代表），懊喪的說：

「據一位逃出來的同志報告，行進到進賢（按：南昌東南）的第十師蔡廷鍇業已叛變，拖着隊伍向東跑了。蔡廷鍇在進賢藉集合幹部訓話爲名，將第三十團團長范孟聲（藎）及其他中共同志三十餘人，一律扣留殺害，其餘同志數十人，也下落不明。現在只逃回來一個同志。這樣，我們在第十師的基礎，已完全被毁了。」周又引咎自責：「這件事是我的大意，我應完全負責。」

周恩來這個人對事機每看得透徹，自己犯了錯誤，決不拖泥帶水，或越蓋越黑，能夠直截了當承擔責任；這一次固然如此，八年之後，一九三五年江西中央紅軍突圍到貴州遵義，也因指揮失當，引起軍人鼓噪，在政治局擴大會議上自動了當承認錯誤，並且急流勇退，辭去中央軍委主席，遂成爲毛澤東領軍專權的關鍵。

關於蔡廷鍇第十師叛離而去，周恩來犯了兩大錯誤。當時第十師，完全受中共節制的只有范孟聲第三十團，前敵委員會在計議第十師的問題時，多數委員皆對蔡廷鍇不放心，主張應派得力人員去控制第十師；周恩來認爲這麼做顯示出對蔡不信任，反而激其發生異心，因此在人事上就未加特別調動，這是一個疏忽；其次，大軍自南昌開拔南下時，又令蔡部爲前驅，致失去監視，蔡乃得從容率部脫逃。

第十師脫走後，南征軍仍有二萬五千餘人，實力大損，元氣未傷：因此八月下旬（二十四日到九月一日）乃有會昌之捷，軍心復振。

「南征軍」，只打了兩個大仗，一是會昌之戰，另一是湯坑之戰，會昌之戰打勝了，湯坑之戰則一敗塗地，全軍遂告瓦解。

會昌之戰，在會昌附近擊破國民革命軍錢大鈞一師，在會昌以南又擊破黃紹竑一師；但共軍亦受重大傷亡。

會昌一役之後，關於進軍路線，周恩來等曾研討三個方案：（一）是乘勝追擊退集筠門嶺的錢大鈞、黃紹竑部，經尋鄔直入廣東、經梅縣直趨潮汕；（二）是以瑞金（江西）長汀（福建）一帶邊區爲根據地，分兵略取梅縣，潮汕地區；（三）是迂迴福建、經長汀、上杭，從閩西入廣東，趨潮汕。

從軍事觀點說，毫無疑問的以第一案爲上策，因爲錢、黃兩部新敗，而且無援軍；而共軍新勝、氣勢正銳，一鼓作氣，可勢如破竹，直透潮汕。可是周恩來等卻選擇第三方案，且在瑞金休兵了兩個星期，才開拔入福建；遂給廣東軍事當局，從容調集陳濟棠、徐景唐、薛岳諸部生力軍，連同錢、黃兩部共約十七、八團之衆，不但在實力上已佔優勢，並且有備而戰，以逸待勞。因此湯坑之戰的勝負，雖不卜已可知了。

周恩來所以採取第三案，主要因爲會昌之戰，有四百多受傷的官兵，無法棄置不顧，如由瑞金直入廣東，多經荒山野嶺，難以徵集抬擔架的民伕運輸傷兵；而一進入福建、在長汀即可順韓江藉水運直往潮汕。此外，錢、黃兩部雖被擊敗，但是作戰甚勇，士氣極旺，使「南征軍」感到不易對付，迂迴福建，多少有點怯戰的意味。但是明顯的錯誤在於以非作戰因素，來決定了作戰計劃。兵兇戰危，須集中一切條件爭取勝利，不能旁顧其它目標。其次，「南征」如果不能徹底解決粵軍，即使迂迴福建進抵汕頭，也不能據守，重建北伐的基礎，這是非常明顯的事情。周恩來明智有餘，韜略不足，顧慮太周詳，未免婆婆媽媽；遂註定了南征軍的命運。

南征途中遭受處分

南征途中有一幕使周恩來啼笑皆非的插曲，在這裏不能不說一說。

南昌暴動之際，時機緊迫，代表中共中央傳達令命的張國燾不及返武漢覆命，也參加暴動隨軍南下，遂與中共中央失去聯繫。羅明那茲、紐曼督着瞿秋白、李維漢、毛澤東等，八月七日在九江召開了緊急會議，史稱「八七會議」，改組了中共中央，張國燾、周恩來皆受了處分，隨着中共中央已經遷往上海，而且對南昌暴動以及南征，「八七會議」根本未加討論，認為是抗命行動。這一切的重大變化，周恩來、張國燾等仍毫不知情。直到南征軍九月二十四日抵達汕頭，改組後的中央政治局委員張太雷忽然由香港抵達。初時周恩來還認為是飛來的救星，尤其渴盼莫斯科方面能夠迅速由海上接濟軍火；好使南征轉向北伐。不料張太雷所傳達的命令，使他們冷水澆背，目瞪口呆。

①廢除「中國國民黨革命委員會」這個「機會主義」的招牌，改稱「中華蘇維埃」。

②放棄潮汕，將軍隊開往海陸豐地區，會合那裏的農民，改組為工農紅軍。

③譚平山、李立三皆被免除政治局委員，周恩來、張國燾降為政治局候補委員。

④張國燾、李立三應即回上海，「革命委員會」解散。譚平山應即離開，軍事概由周恩來負責。

南昌暴動是以中國國民黨革命委員會的名義發動，整個的政綱也據此制定，並且昭告全國，現在無故廢除，等於兒戲。而且當前所以要使用「革命委員會」這個名義，也是根據莫斯科三令五中的指示，堅囑不能退出國民黨，現在出爾反爾，羣情惶惑可想而知。

當時國民黨方面李濟琛指揮的大軍已經對潮汕採取包圍形勢，兩軍在湯坑對陣，大戰爆發在即，如何能撤軍，改組工農紅軍？

周恩來、譚平山等，在武漢分共之後，中共已走頭無路，如果稍為遲疑，定遭覆滅打擊，他們及時集中軍隊，奪取南昌、實行南征，給瀕臨幻滅的中共、殺出一線生機，不獲獎勵，且遭處分，對他們精神打擊之嚴重可想而知了。

最要命的是蘇俄的援助無望，使他們南征的行動完全喪失了意義，湯坑之戰乃變成無目標的絕望掙扎。

八面玲瓏的周恩來，到此也成無法調和及轉寰了。當時不多加辯解，只對張太雷表示，這些事要從長計議，即使要開往海陸豐，也要先擊敗湯坑的敵軍，一切改革都要在這次戰事之後才能實行。之後，他就倉促的趕往前綫指揮戰事去了。

張太雷不久去了廣州，就任廣東區委書記，在國際代表紐曼的指導下，組織了廣州暴動，他即在十二月的暴動中失敗被殺。

前已提到，湯坑之戰，共軍在實力上已屈居劣勢，而當大戰爆發時，兵力又未能集中使用，周士第的二十五師（由獨立團擴編）留守三河壩，被錢大鈞部截斷；賀龍的第二軍則在順豐，只有葉挺的第二十四師單獨作戰。國民黨的部隊共兩萬餘人、居高臨下、預先構築了防禦工事，葉挺以五千孤軍仰攻，苦戰三晝夜，在蒙受重大傷亡後二十軍才趕到助戰，但大勢已去，在筋疲力竭之後，十月三日在國民黨軍全面反擊之下遂告土崩瓦解。周恩來下令全軍退向海陸豐（遵照張太雷傳達的命令），先在陸海豐途上的流沙鎮集中，在撤退中周恩來病倒了。躺在擔架上隨着敗兵逃到流沙。

病重逃港就醫

十月四日下午四時左右，周恩來在流沙的一個教堂裏召開了一次緊急會議。他滿腮鬍鬚，從擔架上下來走進教堂，對擠得滿堂的革委會人員力竭聲嘶的喊道：「

你們一些先生還不走呀！現在我們奉中央命令，我們共產黨不再用中國國民黨這面旗幟了，將在蘇維埃的旗幟之下，單獨的幹下去。現在中國國民黨的革命委員會，事實上已不存在了。你們各位先生，願脫離隊伍的，就在這裏分手。」張曙時等幾個黨民黨左派，就此一哄而散。中共對國民黨的利用也到此收場。

周恩來遣散了國民黨革命委員會之後，接着與張國燾、李立三敍談。他囑咐張、李：「你們趕緊離開部隊潛返上海。我將隨部隊行動，沿途由我相機處理，除應留下的人員，一律遣送到香港、上海一帶去。」

張問他：

「你的病怎樣？你病了應先離開部隊。……」

「我的病不要緊，能支撐得住。我不能脫離部隊；準備到陸海豐去，扯起蘇維埃的旗幟來！你們快走吧，不能再討論了。……前線糟得很，還能剩下多少隊伍，現在一點把握都沒有。……」

從湯坑兵敗之後周恩來的種種措施可知，他已無條件接受了張太雷傳達的命令「從長計議」已經沒有條件了。他最後還想到海陸豐去「扯起蘇維埃的旗幟來」，好向上海的黨中央交代，希望以功補過。

不過他以後的遭遇非常之慘。他一出教堂，發現抬擔架的民伕已經逃亡了。據當時負責警衛的龔楚說：「祇由他的隨從摻扶着，在小溝中喘息着艱難地走着，在深秋的夜裏，海風凄厲，寒氣襲人，他的病更爲加重，發着高熱，不斷呻吟。」

第二天早晨抵達甲子港（惠來與陸豐之間的漁港），遣散的高級幹部由此處雇漁船去香港。周恩來忍着病，帶着百餘人的隨從和衛隊，繼續向陸豐進發，可是走不多遠，他的病勢即轉劇，支持不住了，只好也買舟赴香港就醫。臨行吩咐龔楚，率部開往陸豐的金廂鎮，將武器交給當地農會，然後覓船赴香港、再行聯絡。他想親自在陸海豐扯起「蘇維埃旗幟」的夢遂告幻滅。

其實、周恩來即使不病也難遂如願。勿寧說，病來得及時，拯救了他。因爲葉挺的部隊潰不成軍，只剩下數百人由周邦采率領逃歸三河壩與朱德部合流；賀龍軍竄至海陸豐地區、迅被包圍、全部繳械投降；賀龍亦被俘，後又逃脫。

從南昌暴動到南征失敗，周恩來所夢想的第二個北伐，即抄襲國民革命，由海上接受蘇聯軍火援助，建立赤色黃埔，擴軍，統一廣東，北上統一中國的方案完全破產之後；仍留下兩點火種：一是朱德率二十五師殘部千餘人，像釜中遊魂一般流竄贛湘粵邊區，一度投靠駐屯韶關的滇軍范石生，後來終脫走開始了游擊生涯；二是毛澤東根據「八七會議」決議，在兩湖實行「秋收暴動」失敗後，帶着四百人逃上井崗山，建立了最初的根據地。中共的命運走到一個新的轉捩點。

周恩來在香港病癒潛回上海，由於留法時的老搭檔李維漢是組織部長，從中爲之關說；加上周恩來忍着滿肚子憤懣、慨切的承認錯誤，並熱烈的擁護瞿秋白領導的新中央，不但未再受貶抑，且復任政治局委員、軍事部長並兼管特務工作，成了頭號紅人。反之，倔强不肯低頭的張國燾，不但被削奪政治局候補委員，且連中央委員也被開除了，成了一個白丁黨員。

個性和手腕的不同，影響人的進退浮沉如此之大。這是研究周恩來的人，特別値得注意的。他能在文化大革命的狂潮中，幾次搖而不倒，終能脫穎而出，並不是偶然的。

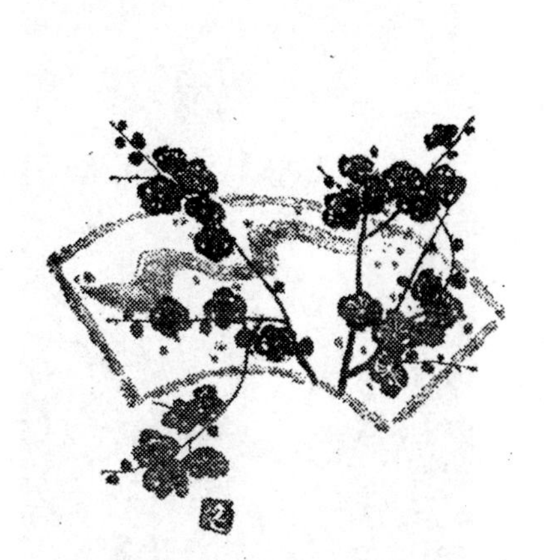

張勳復辟始末（八）

矢原愉安

從這一段記載裏，可以看出來：復辟派自己陣營中的矛盾百出。文中所說以「劉幼雲」，就是復辟後當了新貴的劉廷琛，乃是張辮帥最親信的智囊之一。他用盡心機，不使升允和章一山在徐州有所作爲，大概不外幾種原因。第一、和德國的直接關係已經建立起來了，而且是高級的談判對象，更何必再降格以求，自低身份。第二、如果對升允和鄭孝胥所拉來的德國低級關係，也加以敷衍的話，就會增加升鄭一派在復辟活動中的重要性，將來很難獨佔復辟的果實。第三、日本支持復辟的黑龍會人物佃信夫，那時還在徐州。如果他眞的知道了張勳和德國的幕後關係，也許會一怒而去，使復辟活動更添一層阻碍。第四、如果能够使升允相信，有人在上海洩露借款秘密的話，就更能使上海派的復辟份子發生分裂，從而在將來復辟後的政治舞台上，更沒有甚麼「平分天下」的資格。

鄭孝胥至少已經猜透了劉廷琛的一部份用意，所以才會在日記中，恨恨地寫道：「傾險之刁，眞小人矣！」

由於這個事件的發生，就使得本已有了隔膜暗潮的上海復辟中心、徐州復辟中心、升允復辟派，摩擦得更加嚴重。而上海派和升允派，也對德國的厚彼薄此，非常不滿。

在這兩點上，鄭孝胥表現得比任何人都要激烈。他一方面公開地說：升允是吃了張勳的虧，因而「不得起事」。另一方面又說：復辟是玩火的勾當，張勳完全在掛羊頭賣狗肉。在他的日記中就很明白地寫道：

此次吉甫、一山同行至徐，爲他人恫嚇，遂懼而歸。乃徐州沮之，使不得起事耳。旁觀者淸，吉甫終不悟，或亦內慙而護己短耶？

三月初六日，姚賦秋來，云宗方作書與升吉甫，深咎其闇於事理。且曰：「借德款可自主，云無害於日本，日人何爲干涉。……」

張勳

丁衡甫來，謂北京恐有異舉，西人皆言：「張勳入京，必議復辟。」

余曰：「彼等以爭權樹黨之計，借復辟爲擋箭牌耳……復辟則皇室甚危，此曹甚堪千斬萬段也。」

這時，上海派雖然對張勳已經放棄了合作的幻想；但是對從德國借款的興趣，卻仍然一如往昔。所以，在這一段時期中，鄭孝胥一派和德國領事館的接觸，是頻繁的。在短短的兩個星期之內，就密談過七次。而且由德方提出了所謂「約字」的草案。原文是：

承認帝國新政府。新政府成立後，首宜開復中某國交，仍嚴守中立。

用文由司某代達克某，轉致某政府商允後，即同夕承認新政府。……

這幾天可以說是上海派和德國人合作的黃金時代。他們的談判，不但已經具體化了，而且也已經書面化了。有了外國後台以後，他們對於張勳一派的態度，也更加強硬起來。甚至於從「勉強敷衍」，一變而爲「教訓一通」。因此，在交換了「約字」的第二天，就由升允出頭，給張辮帥寫了一封相當不客氣的信道：

今乃按兵猶預，坐令邪說日盛，搖惑人心，將士懷疑，天下解體，機會一失，身敗名裂，必隨其後，悔之何及？伏望閣下電布誓師復辟，將共和政體一概剷除，此乃斬斷亂絲之策……何慮之有？若猶以調停爲事，則較之亂黨相去幾何？自欺欺人，非所望於賢者也。……

從這以後，復辟活動已經進入了密鑼緊鼓的階段。張勳的一派，正在大搖大擺地向北京進軍，正式捲入了北洋政府的漩渦。在和德國的直接聯系上，當然遠不及以前在徐州的時候那樣方便了。

而鄭孝胥派和德國的交往，卻依舊頻繁如昔。前後一個月光景，一共又接過四次頭。在最末一次會談的八天之後，短命的「復辟」，就已經垮台了。

這一場借款談判，雖然費了雙方將近四個月的時間，交換了文件，但卻實際上一個錢也沒有拿到。宣統宣佈退位之後，復辟的行情，幾乎等於零，正在鬧窮的德國，當然也絕不會再拿錢出來「塞狗洞」了。

張勳雖然不負德國公使辛慈的期望，眞正搞出來了一場「力遏橫流，挽回大局」的復辟；但是那位辛慈公使，卻似乎並沒有實踐他的「以德華銀行資本，爲貴政府艱難之助」的諾言。否則，在復辟的那短短十二天當中，張勳在經濟方面就不會搞得那麼捉襟見肘了。

據當時身歷其事的人報導：

「中交二鈔，大跌其價，但交鈔跌落有限。因張大辮子係交通大股東，商家因有此好靠山，故尚未減失信用。

據云：張大辮子所恃有財政上之後援者，則交通、鹽業二家銀行。日來市上發行之滬行交通票，爲數甚夥……說者皆謂：發自定武軍營務處也……。糧食大漲，已貴到一半價值，旋又漸平……。」

——摘引自上海「時報」，一九一七年七月七日版「京友來申一夕談」。

過了不過五天，情形就更加不可收拾了。以張辮帥那樣「愚忠清室」的人，弄得也要向宣統皇帝開口，請他拿點自己的錢出來救救急，否則就連八營辮子兵（約三千人）的軍餉，都開發不出來了。

據當時一位新聞記者仲彬的報導：

「近日，中央所恃以開支軍政兩費者，一爲鹽款；一爲中行鈔票。鹽款則外人一聞復辟，即行停付。中鈔則驟跌至六七折，至不能兌銅元……不得已請發內帑，支發軍餉，並接濟中交兌現，以收人心，而又未敢冒奏……因清廷於復辟前途，既無把握，亦不肯罄所有也……故即財政一項，已如涸澈之魚……。」

——摘引自上海時報，一九一七年七月十二日版，仲彬著「復辟之下場」。

另一件事實，也可以成爲張勳並沒有拿到德國錢的旁證。那就是：這位張辮帥卽使在最絕望的時候，也從沒有對段祺瑞的隊伍發動過銀彈攻勢。而段在這次戰役中最基本的一支隊伍——李長泰的第八師，就完全是用錢買過來的。這錢又是從哪裏來的呢？是段祺瑞通過曹汝霖，用中國股票，向日本銀行裏，爽爽快快地抵押來的。

也許就因爲當時的日本人，從始到終，在拿錢出來的時候，非常乾脆俐落；而德國人卻自以爲精明，一定要在這種政治投機上，非「一手交錢，一手交貨」不可。因此，當時被日本支持的「主戰派」段祺瑞，就處處佔了上風，而那位「反戰派」和「復辟派」的張勳，只落得在四面楚歌中，一敗塗地。

問題就是：德國當時的當權派，也絕對不會在精明的程度上，低於日本的當權派。他們爲甚麼會在「孤注一擲」的時候，還在金錢上這樣小氣呢？唯一比較合乎邏輯的理由是：「心有餘而力不足」，那時的德國，受了俄國十月革命的影響，處處都感到了「山雨欲來風滿樓」的威脅，惡性的通貨膨脹也正在有加無已。如果德國政府能夠把「德華銀行」的這一筆款子，用在對德國更有利的用途上的話，當然是求之不得的。這種想法，也許就是德國人對復辟派的經濟要求，始終只開支票，但卻從不兌現的苦衷。

根據目前可能搜集到的材料來看：德國除掉沒有拿出現錢來以外，在復辟期間，以及復辟失敗之後，都曾經盡了一切在當時的客觀條件下還存在的各種可能，來大力支持張辮帥。

國內外當時的輿論，都對復辟反應得很壞。而德國報紙卻是個例外。它們都一致在替張勳當「啦啦隊」。例如：復辟的那一天，北京德文報就用壽電向全世界發佈消息道：

「……張勳於今晨九時，宣佈復辟……張及前醇親王，曾與宣統談良久……北京非常安寧，京中各界均歡迎復辟，而以軍界爲尤甚。……」

後來段祺瑞的討逆軍，派了飛機到紫禁城上空去投彈，中國報紙上說的是：

「昨日有乾清宮之一彈，……張知事將不了，乃辭職。飛機擲彈，墜入宮中，傷太監。宣統驚啼成疾，兩太妃召張大辮，泣告速籌善後……。」

——摘引自一九一七年七月十二日版，「上海時報」

而同日在北京出版的德文報，卻只輕描淡寫地說道：

「飛機射下三彈……損失甚小……。」

——摘引自一九一七年七月八日版，「德文新報」

因此，在復辟期間，德國報紙，無論是在中國也好；在世界各地也好，的確作了不少主觀的努力，來替復辟派做精神上的支援。

和這一比，物質上的支援，就小得太多了。根據中英文報紙當時的報導，充其量也不過是：幾挺機關槍；幾名炮手；以及四十二個原來被關在西山戰俘營的官兵而已。

這一點的證據是：

「張軍炮兵描準，較爲準確，故段軍頗爲所惱。據目擊者言：張軍內有德國人五六人指揮炮手……。」

——摘引自東方通訊社，一九一七年七月十二日電訊。

「此間大本營得一非常之消息謂：被拘留之德人，曾助張勳防守紫禁城……帝制軍發炮非常準確，此足以證實外人助張之說。」

——摘引自一九一七年七月十二日，字林報。

又說：「本報天津訪員電訊云：……辮兵之發炮，描準甚佳，遠過於彼等在徐州所學之技術。似有拘置之德國人，在天壇從中指揮。……」

——摘引自一九一七年七月十三日，「字林報」社論。

這些「炮手」和助戰的志願兵，爲數實在很少。據當時的上海報紙報導：

「……張勳……復辟後，解除在西山所收容之德俘四十二名，仍允其回兵營……。十二日戰時，德兵營曾貸與張勳機關槍……。」

——摘引自一九一七年七月十九日，上海「時報」

事實擺得很明顯：這四十二個德國官兵，大概也就是北京德國使館過去的衛隊。在兵力上，還沒有超過一個普通的步兵排。即使裝備特別精良的話，步兵炮和機關槍，也頂多不過幾架而已。要想用這一小撮「外國志願軍」，來幫助辮子兵，打垮五萬討逆軍，當然是幻想。德國之所以把他們拿出來派用場，其用意也不外乎表示一下「雪裏送炭，有難同當」的道義罷了。

這個緊要關頭，德國最錯的一着棋，就是沒有對討逆軍展開「銀彈攻勢」，倒反而坐視死守北京的最後一支辮子兵，也被段用日本的銀彈收買過去了。關於這一點，當時的日本駐華公使林權助，曾經有過詳細的報導：

「當兩軍在北京交戰期中……段祺瑞派其部下某軍官，到北京日本使館找武官，秘密傳達了段的如下意圖：請轉煩林公使，立即代籌八萬日圓……並說：……借款是爲了撥發給張勳部隊。如果是這樣，便可避免巷戰……。

我覺得如果能以這一點錢，解決戰事，那是再好沒有的了。因此，馬上通知正金銀行的小田切……。

小田回答說：「……如果馬上就要，並有日本政府的命令，也能夠馬上拿出來，也必須拿出來。」

我說：「是嗎？好吧！那麼我就以全權公使的資格，代表日本政府，命令正金銀行，現在即刻拿出八萬元交給公使使用。」

小田切立刻送來了這筆款……該款出了公使館大門約二小時左右，戰火就停了。」

——摘引自林權助著「七十年談往」

事實擺得很明顯：如果當時德國人支持張勳，像日本人支持段祺瑞那樣起勁；或者是張勳的後台，根本就換成了日本的話，那麼，民國初年的歷史，也許就會完全兩樣了。

張勳雖然在復辟開始的前後，並沒有佔到德國人甚麼實際的便宜，但是，這位老粗卻說話算話，上了台以後，馬上就表現出來了相當濃厚的「親德色彩」。據當時的上海報紙報導：

「復辟宣言後，梁敦彥特謁法使……謂：中國復辟成功，應取銷對德絕交，仍歸純然中立國……。」

——摘引自一九一七年七月十九日，「時報」版。

這個梁敦彥，乃是復辟派中唯一的洋務人才。因此，在復辟以後，就當了內閣議政大臣兼外交部尙書。

在張勳的復辟內閣中，還有一位法部尙書勞乃宣，因爲長住在青島，又曾經上書給宣統，建議他和德國皇室聯姻，來做爲復國的手段。因此，犯了太妃們和各地復辟派的衆怒。現在張公然請他入閣，就是表示：張是不掩飾自己的親德立場的。

也許正因爲德國自己也知道：在張勳復辟的時候，眞正幫的忙太少，不但道義上說不過去；而且也會使將來的以及別國的「親德派」，見而寒心。所以，他們在最後關頭，的確替張的一家安全，有了妥善的安排。而且正在北京政府要求荷蘭「引渡」的時候，逼着荷蘭斷然拒絕道：

「張勳……在外使團保護之下拘管，由其負責。……將張勳交與中國，或由第三國看管，均係不能有之事。」

中德絕交以後，德國就正式委託了荷蘭，來替它代管一切在中國的利益。就連北京政府用「大總統令」來宣佈的「即日收回漢口、天津德租界」，也被荷蘭使館一套官腔，逼得「原令追回」。

謙廬隨筆

六

矢原謙吉遺著

財神府多艷聞

財神奶奶聞後，搔首弄姿，喜形於色。余則始終懷疑彭爲借題發揮，蓋京滬一帶消息靈通人士，人人皆知：身爲財部××署長之吳××，××××局長之「宮保世家」，悉在「公館面首」之列。故二人雖屢行不法，而能化險爲夷，青雲直上，皆善侍「奶奶」之功也。

財神雖對之視若無覩，然於穢聞之製造，亦斤斤不敢後於其夫人。上海××局長喬××，娶婦劉氏，伉儷均爲山西太谷「銘賢學校」畢業生。劉肥而艷，遂得財神青睞，喬××亦以是超升。財神之左右咸知：財神於全國稅務，極少過問。而於上海稅務，則事必躬親。每有諮詢，必命駕喬府，面諭喬局長赴京或赴杭治理要公，然後與「局長夫人」盡興盤桓。是故，喬之劣蹟雖不在吳盛之下，而升爲××署長或×部司長之呼聲，亦最高。

一日，上海海關監督靳鞏邀宴於老正興。室有金魚數尾，綠毛龜一頭。靳忽指龜曰：「喬××兄，別來尊夫人無恙否？」

時在座者有：財政部秘書長魯佩璋，首席參事李青選，財政部次長鄒琳，田賦司長徐堪，錢幣司長龐松舟，「宮保世家」，彭涵鋒及余等。舉座皆大笑。

俄頃，半醉之靳鞏，復顧「宮保世家」大聲讚曰：

「吾兄齒白唇紅，日勝一日，豈公館中之水土有以致之耶？」

「宮保世家」大窘，囁嚅而已。彭爲其看相時，亦直言其一生際遇，端賴「旁通」二字。彼聞之更窘，未能終席，抱頭鼠竄而去。

靳謂彭曰：

「先生眞神人也。此兄生母，原爲宮保夫人梳頭婢，夫人病時，通而有孕，遂納爲妾焉。此亦「旁通」也。而此兄本人，復與財神奶奶相交甚契，更極盡『旁通』之妙矣。」

未幾，靳即以「另候任用」，而失其官。宮保世家與吳××，喬××則更蒸蒸日上，大顯神威於財神之府。

丁春膏清風亮節

除靳鞏外，余至友丁春膏，爲丁寶楨之曾孫，以節操自厲，激濁揚清。於「宮保世家」與吳喬之流，猶不假辭色。一日，財部稅務司長高秉坊宴余等於錦江川菜館。丁吳喬與「宮保世家」均在座。宴後，丁笑顧余曰：

「倘我知高春如亦請喬吳盛之流，必不來也。有此諸公在座，眞可謂龜兔同籠矣！」

席間，「宮保世家」頗欲與丁攀結，嘗謂：「吾於令曾祖丁宮保之嚴正，耳識久矣，亦有其軼事可得聞乎？」

丁淡然答曰：

「先曾祖無他，惟剛介不阿，見貪賍枉法者必殺；淫人有夫之婦者必殺；寡廉鮮耻者必懲，裙帶關係者必黜而已！」

三人默然者久之，終席未能成歡。宴後，李青選陰諫丁曰：

「兄不畏此三人，獨不憚奶奶與財神乎？」

丁啞然而笑曰：

「我家文誠公，所遺於後代子孫者，非百萬家財，惟正義感與强項二事耳。」

余聞之肅然起敬，自念中土士人之清風亮節，眞他人所不可望其項背者也。

馮玉祥欺世盜名

是時，何遂任立法院軍事委員會委員長，蟄居金陵，鬱鬱寡歡。値余與丁彭過訪，大喜過望。置酒高會，聯袂遊湖，日不暇暖。一日，忽於鷄鳴寺逢馮玉祥，方與方丈娓娓鈙家常。何丁二人皆曾爲馮馳驅，而後皆棄馮而去。相見之下，百感交集。彭則於寒喧後竟不顧而去。始終與馮週旋者，唯余而已。

事後，彭告余曰：

「君亦悉三國人物否？今吾見馮煥章先生，始知其人貌似劉備，才如孫權，而志比董卓，詐如呂布，運只袁紹耳。」

何丁二人，亦於馮之僞善終日，欺世盜名，頗爲不齒。何且告余曰：馮之謳歌王瑚者，卽因王之僞善功夫，猶勝馮一籌。王之爲人，所謂滿口「禮義廉耻」者也。

未幾，又逢鹿鍾麟於玄武湖。鹿固西北軍宿將，口碑頗盛。何遂告余曰：

「我自隨孫岳與馮合作以來，所見多矣。——人皆謂鹿爲大將才，其實謬矣。鹿雖有過人之材，而乏男兒骨格。侍堯則吠桀，侍桀則吠堯之人也。」

據何云：鹿之能得蔣馮歡心，除能曲意完成任務以外，厥在表現絕對服從。鹿每接馮電話，輒起而立正，不至話畢不敢「稍息」。雖在大庭廣衆之間，亦不稍易。此點最合馮之心理。蓋其它高級將領，如孫良誠、張之江、劉郁芬、韓復榘、宋哲元、梁冠英、石友三、孫殿英等，均僅於開始講話與話畢時，立正一刹那以虛應故事耳。

而鹿於見蔣時，蔣每一發言，鹿卽自座上躍起，立正聽話。遂致蔣與之交談時，半數以上之話語厥爲：「請稍息聽話」、「稍息」。故愈談則蔣對之印象亦愈佳。

權貴多避暑頤和園

一年，余殊不欲遠遊，遂在頤和園中賃屋避暑。

時，頤和園之管理所長爲許某。其先祖與丁寶楨有親，故余友丁春膏呼之爲「許表叔」。頤和園以經費短絀，乃闢屋自「水木自親」、「諧趣園」一帶，高價按間租賃。一時，北方權貴，在西山無別墅者，不欲赴北戴河或廬山避暑者，皆爭先於昆明湖畔覓一枝棲。

余所得者，爲樂壽堂後殿之房二間。初以爲「偏房」，而許所長告余曰：園中老人云：慈禧息駕於樂壽堂時，是屋卽爲總管李蓮英下榻之所。屋內有古式木床一具，極其堂皇，窗櫺與壁間，全由郎士寧之畫與張百熙之字所點綴，亦間有其它翰林「恭楷」之作。近殿門處，有一假壁，凡十餘格，每格均有小型之「中堂」一幅。許所長告余曰：此皆歷科狀元之墨寶也。惜余不文，僅嘆賞而已，其姓氏則今已不復記憶矣。

許所長舉家居於諧趣園之一側。一日，余往過訪，見其幼孫案頭有拿破崙式之大炮數尊，形式各異，而構造極盡微妙，誠玩具中之上上乘也。因詢以何處購來？許頽然曰：「此園中物也，想亦當年大吏或外臣納貢者也。」

許告余：「如此物者，浩如煙海，前人無簿可籍，後人遂亦了了從事，蓋一加追究，則惹事生非，必致引火燒身也。」

言訖，許復開一櫥以示余，其中有鼻煙壺數百具，形殊式異，極盡奇巧，而詢余曰：「苟有所喜，取之可也。」

余遜謝之。許曰：「來此園中者多貴人，小住後多欲携一二「御物」歸去，以爲炫耀。是故集園中無案之鼻煙壺及它種零星雜物千數百件於此，供人求取。否則，權貴一怒，園中之經費更絀矣！」

余聞之黯然，遂電邀林叔言來園一飯。林時爲財政局長，左右逢源，長袖善舞。席間，除林與余之至友丁春膏外，惟許所長一人在焉。林立允嗣後經費當按月照發，決無減拖之理。事後，林之夫人「格格」告余曰：許以大白玉如意一枝，「雨過天青」盆四具，及其它零星古物十二色，親致林府，以爲林壽。余聞之，惟拍膝嗟嘆而已。

余在園中頗不寂寞，蓋左顧右盼皆一時權貴也。計有王克敏、王揖唐、潘復、馮治安、劉驥、高凌蔚、陳琢如等人。而余友丁春膏與溥二爺，時亦寓園中。每日三餐，均於「石舫」食之，利其便捷也。而每日三次，古城中之「信遠齋」，復遣專人以自行車，送各物至。自冰塊、汽水、酸梅湯以至於各式點心，均可予取予求。余於離園前夕，且曾自豐澤園訂來酒席三桌，以饗許所長以次諸友。

余寓園中時，得晤昔日宮人甚多。所可異者：不直於慈禧者，竟絕無僅有。光緒則異口同聲，尊而敬之。獨於李蓮英，毀多於譽。崔玉桂與小德張之流，則更毋論矣。

一日，管翼賢偕張恨水來訪，余告以所見所聞，管云：「是矣。妖婆慈禧移海軍費六千萬兩以建頤和園，誠上上策也。故今日仍有此園在，以供後人遊樂，倘以之購船購炮，則早已沉海底矣！」

余聞之惘然莫知所對。

蕭振瀛害死愛國青年

一日淸晨，丁春膏忽來園訪余，並邀余立即入城參加營救一愛國之二十九軍靑年軍官艾君。

艾君名軍符，四川人，曾在劉湘部任機槍連長。九一八後，北上投入何遂之第五十五軍，以戰功升至團附。五十五軍解散後，何以與其姑舅有舊，介之於宋明軒，遂在二十九軍任團附。艾平日以誓死抗日自勵，自屢興髀肉復生之感。而目睹二十九軍高級將領之沉迷於利祿聲色，尤深憤慨。一日，蕭振瀛偶至三十八師防地巡閱，復由副師長李文田陪同，召集連長以上官佐談話。蕭固以「旋轉乾坤」自命，談話時亦就此旨大加發揮。凡有言戰者，皆厲色斥之。艾君爲之大恚，憤然有殺蕭之意。

自是，艾即數度請假赴津，偵察形勢，欲向蕭伺機下手。更頻頻告其僚屬曰：「二十九軍中人，而論調如鄭孝胥者，較鄭尤可殺！」

尹奉吉

成功的烈士，偉大的刺客

上海戰役結束後，又發生一件驚天動地的大事，四月廿九是日皇裕仁的生日，日本人定這一天爲天長節，這時正值在上海戰勝之後，更加趾高氣揚，到了天長節這一天，在虹口搭了一個高台，舉行盛大慶祝，所有日本政治軍事、外交人員都出席參加，就在行過禮之後，突然有一個韓國志士尹奉吉推開人羣，趕到台前扔上去一個炸彈，因爲距離太近，又擲在台中間，於是炸個正着，當場被炸死的有第一位侵華軍司令官鹽澤幸一少將，日本上海居留民會會長河端貞治，日本駐上海領事村井倉松，炸傷後不久死去的有日軍侵華第四位司令官白川義則大將。至於第二位司令官野村吉三郎中將，身中十幾個破片，第三位司令官植田謙吉中將炸瞎一隻眼，駐華公使重光葵炸斷一條腿，所有惡人一網打盡。

尹奉吉是從家鄉朝鮮到了上海尋找韓國革命黨人金九，希望能找一個報國的死所。尹奉吉爲人很小心，在未見到金九之前，在虹口一帶賣青菜，每天挑着菜擔走來走去，對虹口地形及日本人的居住情況，調查得很清楚，然後才去找到金九，希望能給一個報國的機會。

不圖有軍官賈某者，與蕭主辦之「軍衣莊」經理爲至戚，竟向蕭告密。蕭亦立脅李文田以「教唆兵變」之罪，將艾扣押，欲以「軍法從事」。

何遂之家屬，是時仍在古城。聞訊後，立加營救，未果。遂轉托丁春膏爲之緩頰，貸其一死。丁慮力孤無濟於事，復求助於林叔言、鄭道儒、雷嗣尚、秦紹文等，而此四人咸恐開罪於蕭仙閣，頻顧左右而言他。丁憤甚，乃決請余相助，蓋宋、蕭皆余之「病人」也。

幾經波折，始定讞爲「打軍棍」，撤職與遞解回籍。——及艾君重復自由後，雙腿已殘，蓋於定讞前，蕭已賄人以夾棍等私刑泡製之矣。余雖極力爲之醫療，而筋斷骨折已久，實乏回天之術。

一夕，艾突來告別云：

「明晨當束裝返里。大夫遇我殊厚，報恩惟有俟諸來世耳。」

余欲饋以川資，艾拒而不受。但云：

「倘大夫必欲有所見賜，則請將案頭之白蘭地與我，足矣！」

余遂贈以金星白蘭地二大瓶，互道珍重而別。

次日午後，丁春膏忽電告余：適接管翼賢電話：警察發現艾君吞槍自殺於碧雲寺山頭。管固知丁曾翻江倒海以救艾於死刑者也。

余聞訊後，與丁君咨嗟者久之。而余

一彈殲羣魔

鐵嶺遺民

金九告訴他，報國時間正長，叫他安心等待。

到了淞滬戰爭停戰後，在上海的日本人趾高氣揚，以爲自己眞的戰勝了。金九預料四月二十九日的天長節將有一番熱鬧，要想一網打盡上海渠魁，這是一個最佳的機會，就問尹奉吉肯不肯接受這項光榮任務，尹奉吉欣然答應，擔保一定盡力完成任務，要求金九去趕快準備一切工具。

過了兩日，日本人辦的「上海日日新聞」發表一項消息，說明凡是準備參加天長節的人，必須要自帶「便當」一個，水壺一個，日本國旗章一個。金九看到這個消息，馬上去找到韓國志士當時已任中國軍官的王雄，要他去同上海兵工廠宋廠長交涉，請代作一個日本人用的便當飯盒及水壺那樣的炸彈，並望在三天內交貨。

王雄同來告訴金九，要他自己去一趟同宋廠長面談。金九到了兵工廠，只見兵工廠工程師王伯修正在指導工人試驗便當式的炸彈，把炸彈埋在土裏，一個人在二十多丈外一拉引線，炸彈當時爆炸，塵土飛滿空中，王伯修告訴金九說，爲了製造這枚炸彈，試驗了二十多次才圓滿成功，因爲李奉昌上次刺日皇裕仁用的炸彈效力不够，誤了大事，這次一定要製得合用。

第二天，兵工廠開車把炸彈送到王雄家中，以避免日本人的檢查。

一切準備妥當，民國二十一年（一九三二）四月二十九日早晨，金九同尹奉吉共進早餐，冷眼看尹奉吉的神色剛毅沈着，勇敢自信，因此知道他這次一定可以成功的。

吃過飯已是早晨七時，尹奉吉解下手錶遞給金九說：「這個錶是昨天宣誓後，照着先生的話花六塊錢買來的，先生的錶只值兩元，我的錶再過兩小時就沒有用了，錶我們換換吧！」

金九無言解下手錶，兩人換了錶，尹奉吉出門上汽車時，把身上帶的錢全掏出來給了金九。金九問道：「你帶點錢在身上不好嗎？」

尹奉吉笑道：「留够車錢好了，我還要錢作甚麼用？」

就這樣，尹奉吉去了虹口公園，當天下午一時，驚天動地的消息傳遍世界，爲惡上海的日酋，或死或傷，無一漏網。

這位頂天立地的男兒，人類史上最偉大的刺客永垂不朽。

等卑視蕭振瀛之心理，自是更甚。而此一愛國青年，亦從此卽長埋異地，抱恨終天矣。

矢言恥與蕭爲伍

蕭振瀛之爲人不堪，非僅在於其謀國不忠，利祿薰心。卽對二十九軍而言，亦極盡盤剝利用之能事。外間惟知宋蕭關係親密異常，而不知二十九軍之軍需供應，實握於蕭之手中。蕭旣好貨，又善漁利，故軍需項下所盈餘者，向在他人之上，而宋亦以是視之爲股肱。

蕭在軍需處，雖不負任何名義，而有實際掌握之權。其內弟劉某，卽爲其代理人。而另一內弟劉某，則爲蕭所辦之軍衣莊經理。此外蕭尚在津保石家莊等地，開有「糧號」，「錢莊」，專務二十九軍之營業。

全軍所需之軍服與軍糧，掃數由其「軍衣莊」與「糧號」包辦。每季發放未完之軍服，又由其「軍衣莊」賤價收買，然後再於下季，作爲新軍裝高價賣與二十九軍。一出一入，利潤卽已在十數萬元左右矣。

軍糧方面，更用「攙沙」，「攙石」，「加水」等法門，以達「以少報多」之目的。然後再將節餘之米，按市價售與其它糧號。

凡此種種貪污舞弊情形，均艾君於折腿後，娓娓告我者。且各軍衣莊，糧號，錢號，均有鋪名與地址，以及經理與蕭間之關係。故余確信，艾君所言者絕非虛構也。

艾君亦告我：軍中有一自編之「數來寶」小調，純以蕭振瀛之劣蹟爲題材者。文曰：

「好老蕭，法力高，
喝兵血，吃兵餉，
要大米，要鈔票，
乾爸爸，東洋佬，
見狗頭，氣難消，
請過來，吃一刀！」

由此可見當時下級官兵，對此公憎恨之程度。宋明軒雖亦頗有所聞，推以蕭爲之聚斂者，較任何軍需處長爲多，故仍重用之如昔。

蕭於西北軍初期，曾任五原縣長，以善於就地籌款，見知於馮玉祥。蔣閻馮大戰時，蕭復代表韓復榘與宋哲元，向南京輸誠，遂大逞其左右逢源之慾。蓋彼一面向韓宋取得充足之活動費，另一面又接納南京所出之津貼。韓宋被蔣收編時，蕭已宦囊充裕矣。

宋被任爲冀察政務委員長後，蕭頗以「劉邦」視之，而自詡爲蕭何。時，北方尚有聞「委員長」三字而立正之風氣。此「委員長」，自係指蔣介石先生而言。

蕭乃力創另一風氣：呼宋明軒爲「委員長」而不冠之以姓。而呼蔣先生爲「蔣委員長」。從此以後，北方談「委員長」時，卽僅指宋而言。

當時，新北平報之副刊，曾撰一「對聯」曰：

「蔣委員長，宋委員長，蔣委員長委宋委員長。
男總幹事，女總幹事，男總幹事幹女總幹事。」

余殊不欲臧否人物，惟於蕭之流，則實恥與爲伍也。此君遇余優禮有加，又毫無私怨可言，並曾三致其「祖先三代帖」於余，欲爲異姓兄弟，余始終堅拒之，而蕭仍故示親密，對余之優遇不少衰。林叔言告余曰：

「蕭自詡爲日本通，能玩弄任何日人於股掌之上。而君以一介醫生，始終不肯對之就範，傷彼之自尊心深矣。故彼不惜委曲求全，再三欲與君結拜也。」

余答曰：「我家世代相傳之做人原則，厥爲『守正不阿，扶正排佞』。此君之爲人，實非君子之流。交往已難，遑論結拜？況此君幸晚生數十年，倘遇我高曾列祖以及先父，則必將以武士劍教訓之矣！」

（待續）

香港詩壇

移居台北留別中社諸詩老

楊南孫

會築吟窩傍綠川，棲遲轉眼廿三年，閒情裙屐呼觴地，勝日樓臺結社緣，稱力忽衰傷曦老，居安不易效鶯遷，此行已甚空桑感，潭水何堪又苦牽。

嗟余勳定太無端，徙宅居然迫歲闌，飽飯北征依叔黨，勞人西笑向長安，一車家具堆零亂，故物青氈裹缺殘，更有臨岐惆悵處，寒交幾輩見時難。

喜南孫北遷即次移居韻

王質廬

君往黔西我入川，亂離分袂記當年，裁箋問字多高見，謔肆論交倘宿緣，朋輩傾談推雅量，兒曹迎養促喬遷，卜居新店周圍靜，海角猶能手共牽。

舉家歡鈸喜眉端，況復寒冬歲已闌，小築眞如五柳宅，幽棲今得一枝安，年衰未覺詩懷減，客久相驚旅鬢殘，近局支離同感憤，應知來日更艱難。

辛亥除夕

王質廬

客久渾忘歲，心懸故里書，雨餘宵更冷，燈盡夜將除，市僻癡難賣，塵囂意未舒，明朝新氣象，春倘到吾廬。

新春遊陽明山

王質廬

新晴與客試輕車，直上巒巔仄徑斜，百尺樓傳辛亥史，半空山放杜鵑花，春寒又覺雲多態，海濶終知水有涯，萬物欣欣生意足，老懷依舊倍思家。

「母親吟」回台後每晚陪諸外孫觀台視播映連續劇「母親」悽惋動人因念昊天罔極劬勞未報感而成篇

王質廬

余母癖愛蓮，以其異衆妍，十六歸余父，里鄗盡稱賢，喜誦玉谿句，錦瑟五十絃，育我客黃埔，塢旁寄一廛，辛亥淸社屋，挈登歸里船，祖居松嶼後，蒼翠鬱山巔，周遭田野曠，所學可心專，家世本儒素，註詩仰芝田，母勗紹祖業，矢志守青氈，日督經子史，夜課詩數篇，文從字略順，實賴母策鞭，弱冠父淹逝，重擔壓仔肩，事母畜妻孥，柴米醬油鹽，回首江寧寓，后湖月色妍，家園欣向榮，安謐誰肯遷，倭寇犯吾圉，匆迫西入川，妖鳥翔肆虐，母畏移黔邊，塵世攖萬難，母悟學參禪，忽傳收京訊，舉國喜若顚，雀躍依膝下，菽水藉俸錢，紅潮驚地起，烽火又彌天，別母趨海澨，相望隔雲煙，政苛猛於虎，使母病纏綿，吁嗟遠遊子，病未湯藥煎，歿復欠視殮，此恨心永鐫，松楸望故里，奄忽已廿年，鞠育恩罔極，蹉跎愧表阡，天運剝必復，王師箭在弦，母兮請瞑目，兒瞬可卜旋，彼時當展祭，長跪在墳前，掬我千行淚，湔此一生愆。

鈞庸榮膺教部書法獎章

蘇甫

横海歸梁子，示我梅花章，國徽霄壤耀，榮褒寓意良，司徒承府命，兢兢七藝昌，文學並美術，音樂戲劇將，攝影舞蹈外，書法尤馨香，君本端州彥，早登翰墨場，肩隨長兄後，八法探津梁，雲煙騰滿紙，胷底龍蛇藏，秦碑逮漢碣，旁及十三行，神與絳閣會，寢饋歲月長，年時壇坫際，幾度看翺翔，筆掃千人軍，墨潑萬丈光，遇從藝談暢，爾汝形骸忘，致斯豈徼幸，前瞻未易量，中原期鹿逐，贈君句發喤。

編餘漫筆

編者

本期集中刊出民國前後烈士事蹟，因為本刊出版在四月，所以所刊烈士皆以四月殉國為限。

第一位是鄒容烈士，此君是青年之神，死時只有二十一歲，中國歷史上如此早慧，而對國家社會影響如此之大的，民國以來尚無第二人，即在中國歷史上像鄒容一身具備神童、才子、民族英雄、殉國烈士身份的，似乎只有一個夏完淳，夏完淳殉國時十七歲，鄒容二十一歲，論學力夏完淳稍勝，但論對當世影響之大，則夏完淳的著作又不能與鄒容的「革命軍」相比了。這都是中華文化孕育的精英，四千年中沒有幾人。

其次說到趙聲，趙聲在黃花崗烈士起義失敗後，氣憤死在香港，趙聲是同盟會第一代人物中，最知兵的一位，使趙聲當時不死，五個月後武昌起義，趙聲可能擔任武漢方面民軍總司令，戰局也許不會逆轉，則南北議和時，南方政府的地位就重要得多，袁世凱的勢力受到壓抑，後來的局面也許不同。

「吳芝瑛與潘達微」及「三二九革命詩話」都是有關黃花崗烈士的文獻，所以在四月份發表，因為廣州起義論陽曆實在是四月二十七日，所謂三二九原是陰曆，目前以三二九為紀念日，雖是國定，但與真正時間並不合，本刊旨在求其真，所以仍在四月份刊出。

其次說到太原保衛戰及五百完人史詩三篇，這件事確實是近代歷史上一件空前大事，太原被圍在北平之前，失守在南京之後，這一種戰鬪精神已不可及，而在城破之後，有這麼多的人全部自殺，其壯烈勝過田橫五百完人，從容鎮定有過於七十二烈士，不論站在甚麼立場看問題，對於一個肯為自己理想而付出生命的人，總是值得尊敬的，又何況這不是一個人，而是幾百人。閻錫山治理山西，雖然也常受到外界攻擊，但到了最後的時刻，太原守城人員表現出空前絕後的壯烈行動，使世人對閻錫山由衷生出敬意，此老立身處世，自有其不可及之處，民國歷史上很少人受得起這種考驗。

張天佐、張驁農之守昌樂，與梁敦厚守太原後先輝映，經過相同，結局亦同，而二張處境尚難於梁敦厚，因為太原周圍防禦工事經過閻錫山多年慘淡經營，實在不易攻破，梁敦厚身為代主席，也可放手去作。昌樂是小地方，自無力構築強大工事，張天佐只是一名行政督察專員，上面還有省主席王耀武，一切事務均作不得主，但明知其不可為而為之，尤不可及。觀乎梁敦厚含笑下鐘樓自焚，張天佐到臨危時還致電朋友、夫人以開玩笑態度惜別，可知其久存必死決心，始能如此從容，英雄實在不是可以冒充的。

還有一位韓國烈士尹奉吉，民國二十一年四月二十九日在虹口公園內以一顆中國製的炸彈，將日本侵華渠魁一網打盡，從有人類歷史以來，尚想不出有這麼一位偉大的刺客，尹奉吉這一彈為韓國復了仇，也為中國人出了一口氣，雖然他是韓國人，我們仍然作為中國烈士紀念他。

尹奉吉虹口公園扔炸彈之後的第六周年，民國二十七年的四月二十九日，在武漢上空中國少尉陳懷民烈士作了一次史無前例的肉彈擊敵，以自己受傷欲墜的飛機，撞向來襲的日本飛機，雙方同歸於盡，忠烈事蹟震動全世界，惜乎陳烈士的事蹟我們知道的太少，只能有多少寫多少，希望將來再補充。

本期最大篇幅的文章是鄭學稼先生寫的陳獨秀先生晚年，文章三萬多字，編者經過一番考慮之後，還是決計全部刊完，因為這篇文章之價值，尚不僅是親見親聞的第一手資料，實在由於陳獨秀這個人，對於中國現代史太重要了，而鄭學稼先生也是寫這篇文章的最佳人選，希望此文能對研究中國現代史，尤其是中共黨史有所貢獻。

珍惜金色年華　湘濤出版社　迎上金色年代

金色年代

一本你、我、他都要看的好雜誌

有你所喜愛的作家

三蘇　俊人　湘濤　萬風

趙聰　依達　張紉詩　鐵軍

岳騫　劉以鬯　張別古　魯風

戎馬書生　馮嘉　雨萍　戴安娜

上官大夫　孟君　辛楓　焦贊

無牌教師　翠瑩　捕蛇者　杜麗

馬森亮　黃思騁　林寂　王司馬

宋逸民　易金　何田田　謝玲玲

林眞　陳非　雷夢娜　羅小雅

方皞　王恩　王祿松　藍海文

有你所喜愛的文章

每月五日出版・售價港幣一元八角

香港德輔道中一五一號環球大厦五〇一室　湘濤出版社出版發行　電話：H四五六四二六

感懷

十年恨不早焚書。閱歷浮名盡子虛。
未許豪奴欺肝膽。甘無一善價頭顱。
關前戎馬胡塵起。海內風雲大劫初。
要得美人真俠骨。青囊寶劍好隨予。

唯一台省籍烈士羅仲霍詩

月刊

9

掌故

野史·佚聞·人物·風土·

一九七二年五月十日出版

中國抗戰畫史 第二集

主編者：龔　　輝　　出版者：歐亞文化事業公司

中日之戰是我國有史以來，規模最大的戰爭，本公司出版之「**中國抗戰畫史**」為最有價值之珍貴歷史文獻；從一八九四年（**甲午之役**）日本開始侵華起，至一九四五年日軍向我國無條件投降止；所有重要史實重要戰役盡入畫圖中。

本公司最近又搜集珍貴歷史文獻，考據重要圖片資料，續編成「**中國抗戰畫史**」第二集。中日雙方戰畧與戰術之進退，以及我國軍民浴血苦戰的悲壯鏡頭，另有更多圖片介紹。其中如淞滬防禦戰，華北防禦戰，喜峯口大捷，太湖南北地區諸戰役，南京防禦戰，及蕪湖杭州戰鬥，南京大屠殺，武漢會戰，長沙第一次會戰，長沙三次大捷，怒江戰役，重慶大轟炸，再有精美圖片和詳盡報導，現在閱讀尤如身歷其境。

本公司已經出版之「**中國抗戰畫史**」，及「**第二次世界大戰畫史**」第一集與第二集。各項圖片彌足珍貴，文字說明生動雋永，是研究歷史的重要參考書。本書（**中國抗戰畫史第二集**）圖文並茂，較之亦不遑多讓。

全書十六開精編精印。精裝本，只售港幣叁拾元。

平裝本一冊，僅售港幣壹拾元。

經已出版。【付印無多，欲購從速】

總代理
吳興記書報社
地址：香港租庇利街十一號二樓
電話：H四五〇五六一
Ng Hing Kee Newspaper Agency
No. 11, Jubilee Street, 1st Fl.
HONG KONG

香港經銷處
南天書業公司（灣仔軒尼詩道107號二樓）
廣文書局（大道西306號）

九龍經銷處
德興書店（旺角奶路臣街15號B）
吳興記分銷處（吳淞街43號）

外埠經銷處
星馬　遠東文化有限公司
曼谷　青年文化服務社
菲律賓　玲瓏書店
越南　聯興書報社
紐約　友聯圖書公司
三藩市　福民書局
三藩市　新生圖書公司
三藩市　文化書店
波士頓　中西公司
芝加哥　杏林春
檀香山　大元公司
倫敦　東寶公司
洛杉磯　永安堂

掌故月刊 第九期 目錄

每月逢十日出版

掌故

一九七二年五月十日

每冊定價港幣二元正
全年訂費港幣二十元 美金五元

出版兼發行者：掌故月刊社
地址：九龍亞皆老街六號B
電話：K八四四六七三

THE JOURNAL OF HISTORICAL RECORDS
6-B, Argyle Street, Mongkok, Kowloon, Hong Kong.

督印人：鄧少卿
總編輯：岳騫
印刷者：華生印刷所 汕頭街十二號
總代理：吳興記書報社 香港租庇利街十一號二樓 電話：H四五五五六一 H四五〇七六六
星馬代理：遠東文化事業有限公司 新加坡厦門街十九號 檳城沓田仔街一七一號
泰國代理：集成圖書公司 曼谷耀華力路二三三號
越南代理：聯興書報社 越南堤岸新行街二十二號

其他地區代理：
澳門：可大文具店
亞庇：利民公司
千里達：中華公司
菲律賓：華安書局
倫敦：東寶公司
芝加哥：杏林春
波士頓：中西公司
三藩市：新生圖書公司
三藩市：益智圖書公司
加拿大：香港商店
漢城：汎亞書籍公社
寮國：永珍圖書公司
斗湖：光明書店
菲律賓：玲瓏書局
紐約：友聯圖書公司
紐約：友方圖書公司
洛杉磯：永安堂
檀香山：大元公司
三藩市：文化商店
加拿大：新國華公司

琉球二次亡國痛言

岳騫

本刊本期出版後五日，即日本再度併吞琉球之時，就個筆者人來說，心情沉痛不下於當年的九一八事變，何以會如此，這可以分成幾方面來說，首先是琉球從明朝洪武年間向中國稱臣進貢以來，直到光緒五年爲日本所併之時爲止，在五百年中，不侵不叛，恭順非常，中國周圍的藩屬，皆是以兵力平定的，只有琉球不是；既平定之後又時降時叛，屢動兵戈的事，也只有琉球未有。在感情上來說，我們自然忘不了琉球；其次，在我們國勢衰危時，琉球爲日本所併，到了我們國力充實時，自然要拯救琉球，中國王道精神是興滅國繼絕世，今日正該施之於琉球，何況兩次大戰後，所有亞洲國家，除去尚在蘇聯佔領下的中亞數國及印度併吞的錫金、克什米爾之外，皆已獲得獨立，只有琉球仍舊淪爲日本殖民地，在道義上來說，中國不能不維護琉球的獨立。再其次，根據歷史，日本人侵略琉球是侵略整個東亞的起點，光緒五年滅琉球，又十五年發生甲午戰爭，次年割台灣澎湖，又十六年併吞朝鮮，又二十年發生九一八事變侵佔東三省，又六年掀起七七事變要滅亡中國，又四年掀起太平洋戰爭要獨佔東亞，總計從滅琉球到珍珠港事變，先後不到六十年的時間。目前時代的輪子又轉到日本併吞琉球，身受半世紀之害的中國人安得不驚，所以在利害上說，我們也不能容日本重佔琉球。

一、琉球通中國之始

琉球最初爲中國朝廷所知，始於隋煬帝大業元年（公元六〇五）當時海師何蠻上奏，海上有煙霧狀，不知幾千里，乃流求也。這是中國史書上最早談到流求，煬帝也曾在大業三年、四年遣使招喚，均無結果，大概這時的琉球還在部落時代，根本就沒有眞正的統治者。

中國兵力第一次到達琉球是在元成宗元貞三年（公元一二九七）福建省平章政事高梁奏請派省部鎮撫張浩等渡海攻入琉球，擒一百三十人而歸，但並無結果。

琉球第一次通中國是在明朝洪武五年（一三七二），遣行人楊載使琉球，勸使入貢，當時琉球尚分爲山北、山南及中山三小國，楊載只到了中山，中山王察度奉旨後，即派其弟隨楊載到南京進貢方物。太祖當即封察度爲中山王，以後五百年間，中國朝廷始終呼琉球王爲中山王即始於此。

洪武十六年（一三八三）太祖遣使賜中山王鍍金印，大統曆，洪武十八年（一三八五）又補賜山南、山北王金印各一，並派遣福建人三十六姓優秀人才前往琉球，擔任教育之責，此三十六姓後人，以後就成爲琉球的縉紳階級，五百年中出了不少大官。

日本之侵略琉球，較琉球通中國爲早，尤其是琉球分爲三國時，國力薄弱，又乏外援，因此飽受日本海盜的侵凌，琉球朝貢時即陳述日本騷擾事，請天朝派兵防守，洪武七年（一三七四）太祖派吳楨率沿海之兵赴琉球防守，以後二百年間日本再也不敢侵略琉球，琉球由於內部統一，又因天朝兵代爲防守，國力日漸强盛，爲日本所畏，日本商船去南洋一帶貿易，反而要懸掛琉球旗幟，冒充琉球人。甚至中國沿海漁民有時爲日本海寇所掠，反而得琉球官兵救護，送回福建，此後二百年中，可說是琉球國最昌明鼎盛的時代。

當時中琉之間的關係，眞是親如父子，琉球王城首里建有天使館，巍峨壯觀，橫額有中國欽使張學禮題的「天威遠播。」兩邊有欽使汪楫題的對聯「帝德著懷柔，正朔萬年頒下國；臣心表忠信，南風三日到中山。」琉球人每經過天使館皆自動俯首而過，以示尊敬，總計從洪武五年琉球第一次進貢起，到隆武帝播遷福州最後一次止，琉球入貢共達一百七十三次，明朝鼎盛時，藩屬有三十六國，其他三十五國加在一起進貢次數還沒有琉球多，而且一直到了燕京失守，明朝剩了一角河山時仍然進貢不輟，這時琉球也受了日本的侵掠，本身岌岌不能自保，但對天朝的感情並未稍減。

二、琉球首次受日本侵略

琉球首遭日本亡國之禍在明萬曆三十七年（一六〇

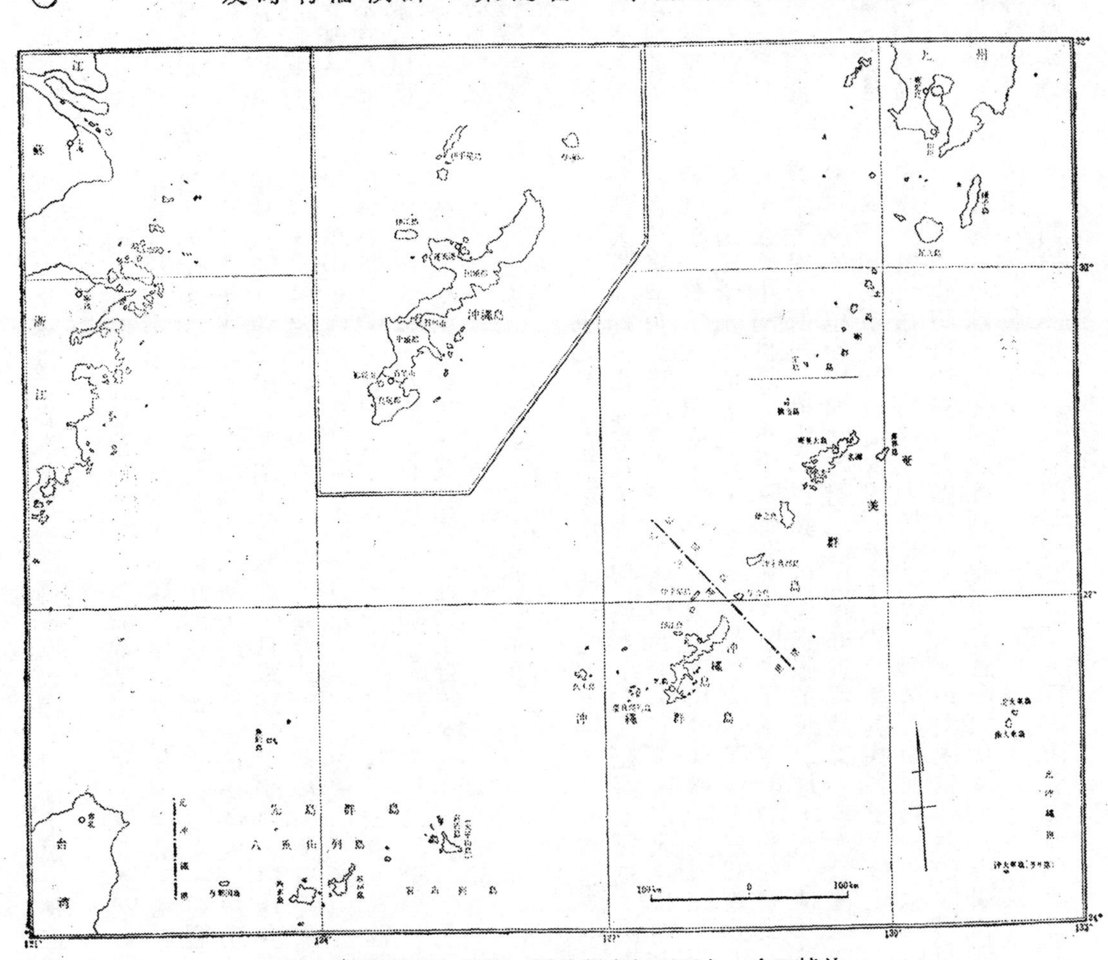

依據日本一九五五年出版此圖，釣魚台亦不屬於沖繩

九），先是萬曆十九年（一五九一）日本豐臣秀吉侵略朝鮮時，派人向琉球徵兵一萬五千助戰，此時琉球承平二百載，已不知兵戈，加之與日本素無政治連繫，而日本所侵略者又同為天朝藩屬的朝鮮，琉球若有兵亦應助朝鮮，決不會助日本，當時琉球王堅拒日本要求，次年，日本又派使來，減為七千人並由琉球供給十個月軍糧，亦為琉球王堅決拒絕，從此結下寃仇。

中間隔了十七年，豐臣秀吉已死，日本政權落於德川幕府之手，乃派薩摩島津於萬曆三十七年進攻琉球，當時日本出動兵力三千人，戰艦百餘艘，先攻琉球北部奄美羣島中的大島，琉人一致奮起抵抗，逐島作戰，後來日本施用火器進攻，琉人不支，北部島嶼失守，日軍乃由沖繩島西部運天港登陸，直逼王城首里及海港那霸，琉軍奮勇抵抗，雙方相持月餘，王城終被攻破，國王尚寧被虜，拘禁於日本江戶（今東京）凡二年，最後承認日本條件，始被釋放回國，在這一段期間內，日軍在琉球一如抗戰時期在中國淪陷區，姦淫掠殺，無所不為，琉人激於國恨家仇，紛紛起而抵抗，其中死事最烈者是明初奉派赴琉的閩人三十六姓後裔鄭迵，鄭迵當時任三司官，為日本俘虜後，因不肯簽署降書，被日軍判處釜煎極刑，也就是中國俗傳的下油鍋，燒了一鍋滾油，當着琉王尚寧的面活烹鄭迵，琉王含淚與鄭迵話別，詢以國事，鄭迵當推荐三十六姓後人蔡堅繼任，交待完畢後，乘日人不防，把左右兩個監刑的先推進油鍋，然後自己湧身跳下去，這一幕壯烈史事，琉人永不能忘，琉球國徽是一個黑圓圈，中間有三個金色的「」就是紀念鄭迵推兩日人入油鍋的史事。

這次尚寧王雖被釋回，卻答應日本條件要向日本進貢，割奄美羣島，中琉貿易也要通過日本，並禁止琉球與朝鮮及南洋貿易，琉球經過這次軍事、政治及經濟三重打擊，國勢遂衰。

琉球雖然受到日本脅迫要向日本繳納貢品，但琉球從未以日本藩屬自居，仍然按期向中國進貢，而且也未把這次事件詳細經過奏報明廷，所以明廷雖然知道日本侵琉的事，但對於和解經過卻不大了了。以後尚寧王也曾奏述被掠經過，但卻未說出被迫向日本進貢的事。

清人入關，琉球派使請封，順治帝已經允准，但未及策封即崩逝，康熙帝繼位，琉球重申前議，康熙廿二年遣翰林院檢討汪楫，內閣中書舍人林麟焻為正副策封使，策封尚貞為王，並賜御書「中山世土」匾額。清朝的策封，雖然給予琉球莫大的鼓勵，但琉球此時想擺脫日本羈絆已甚難，日本乘明亡清興，中國多事之日，於順治七年（一六五〇），强迫琉球國首相向象賢編纂「世史中山世鑑」，指琉球始祖為日本人源為朝之後，不過由於清朝國力鼎盛，從康熙二十二年起，先後策封琉球王四次，琉球到中國進貢共六十八次，日本也有所顧忌，不敢為已甚，琉球在這種微妙的均衡形勢下，又維持了獨立二百年。

三、日本第一次滅亡琉球

日本人正式進行吞併琉球，始於同治十一年（一八七二）。當時因為琉球宮古島及八重山島漁民六十六人在海上遇風，漂流到台灣東南角八瑤灣之瑯嶠（今屬恒春），不幸被當地牡丹社生番刦掠，殺害五十四人，其餘十二人由鳳山縣輾轉送至福州，福建當局優予撫卹遣送回國，這本來也就沒有事了，日本卻藉此生事，致書中國抗議，指中國台灣番人殺害了日本國的琉球居民，要求懲兇，對內一般軍國主義大臣則主張征服琉球，確定琉球屬於日本的地位。中國當時對這種抗議的答覆是：「番人殺害琉球民，既知其事，若殺貴國人則未聞，然二島俱我屬土，屬土之人相殺，裁決在我，我卹琉人自有措置，何勞貴國而為過問也。」

日本此時自恃國力强盛，一般軍人更躍躍欲試，這時他們的目標雖在琉球，卻把問題扯到台灣，有意擴大交涉，迫中國放棄琉球。

同治十三年（一八七四）五月七日，日本西鄉從道率兵竟在台南瑯璠登陸，這次雖然在甲午之戰前二十年，但已可算爲甲午戰爭的序幕，當時中國政府得到消息，卽派沈葆禎以欽差大臣身份馳往查辦，日本人也派專使到北京與總理外國事務衙門交涉，被李鴻章痛罵一頓斥之而去，中國當時朝野一致主戰，日本方面鑒於中國方面態度出乎意外的强硬，反而軟下來，僅持到同年十月三十一日雙方議定和約三款，中國賠償日本兵費四十萬兩，日軍全面撤出台灣，約文中第一條：「日本此次所辦，原爲保民義擧起見，中國不指以爲不是。」這一條文無異承認了日本在琉球的主權，是最大的失着，日本也就因此更肆無忌憚，於次年（光緒元年、一八七五）正式通知琉球，禁止向中國朝貢，元月又通令琉球改用日本年號，派子弟赴東京留學，琉球擧國上下聽說不准向天朝進貢，均感驚惶，再三支吾以對，琉球王尚泰於光緒二年（一八七六）密派紫巾官向德宏率通事林世功、都通事蔡大鼎等三十九人，秘密出海到福州求援，向德宏向當時閩浙總督何璟，福建巡撫丁日昌遞交尚泰王之秘密文書，淸廷當時卻不准向德宏等人進京，諭令暫時回國，祇令駐日公使何如璋與日本交涉，亦無效果，何如璋當時曾建議三策，上策「遣兵船責問琉球，徵其入貢，示日本以必爭。」中策「據理與言明，致琉球會其夾攻，示日本以必救。」下策「反復辯論，徐爲開導，或援國際公法以相糾責，或約各國使臣與之評理，要於必從而止。」

假若這三策皆不行的話，何如璋還有一個末策，就是施行以地換地的辦法，將琉球讓給日本，但要換回一塊地方。何如璋相當了解日本的野心及琉球的重要，他當時就指出琉球一失，「台澎之間，將求一夕之安不可得。」

當時淸廷秉政的是恭親王奕訢，負責辦理外交的是李鴻章，兩人並非不知琉球的重要，也並非沒有爲琉球一戰的雄心，無如此時西北方面正同俄國發生衝突，幾演成大戰，同治十年（一八七一）俄人出兵佔伊犂，次年發生琉民遇害，日本挺身而出以主人自居，且派兵登陸台灣。光緒四年（一八七八）何如璋正同日本交涉之時，也就是中俄進行交涉收回伊犂之時，次年（一八七九）日本滅琉球，處藩置縣，正是崇厚同俄國訂了喪權辱國的伊犂條約、擧國大嘩之時，琉球雖然重要，但是與伊犂相比，就輕得多了，淸廷既把注意力放在西北，又怕日本乘機同俄國勾結，擴大騷擾，只好聽任琉球被日本吞併。

翻開近百年遠東外交史來看，日俄雖然始終處於敵對地位，只有在侵略中國一點上卻是相輔相成的，日本滅琉球，俄國佔伊犂只是其中之一，以後不是蘇俄支持的中共在江西組織政府，擴大變亂，日本未必敢悍然發動九一八事變佔領中國東北，若非日本佔領東北，威脅平津，發生中日大戰，則中共決無存在的可能，戰後若非中國大陸入於中共之手，威脅了整個世界和平，及蘇聯指使韓共南侵發動韓戰，美國決不至於也不可能全力扶植日本，使日本發生了神蹟似的復興，將來的局勢又如何演變，值得我們注視與警惕。

光緒五年（一八七九）日本正式滅琉球，廢琉球國爲冲繩縣，掠琉球尚泰王全族歸東京，予以監禁，日本外務大臣寺島曾致函浙閩總督，敍述琉球原爲日本領土，擧出許多例證，此時向德宏尚在福州，浙閩總督何璟卽交向德宏據文駁覆，實爲琉球一重要文獻（見附件一）。

琉球方面雖然理直氣壯，但日本人置之不理，仍然自行其是，中國又無力維護，向德宏不肯返國，林世功憤而自刎，立國千載，爲中國五百年藩屬之琉球國，從此亡了。日本掠琉球王尚泰全族至東京，授尚泰王「從三位」，世子尚典「從五位」，以侯爵世襲，結束了琉球王五百年的統治。

四、格蘭特調處未成

就在日本滅琉球，擄琉王的同時，美國卸任總統格蘭特環遊世界到北京，恭親王奕訢出面招待他時，曾說明琉球事件經過，希望美國能對我有所幫助，格蘭特經過天津時，李鴻章又鄭重相託，而琉球又曾同美法荷等國簽訂商約，本是一國，決非日本屬土，格蘭特到日本果然據此同日本外務省談起，日本當局仍堅持琉球屬於日本，格蘭特則指出琉球向中國進貢五百年亦係事實，建議由兩國瓜分琉球，以息爭端，日本方面也覺得強併琉球，未得到中國承認，究非了結，當時同意將琉球南部宮古、八重山二島劃歸中國。格蘭特當將此意通知中國，雙方派員磋商，勉強議定三項條款，主要規定沖繩島以北屬日本，宮古、八重山屬中國，議定之後，清廷主辦外交大員奕訢、李鴻章均有允意，以為可以保存琉球世紀，將琉王安置在宮古、八重山兩島上，仍然成為一個小國，但大部份官員如左宗棠、張之洞、陳寶琛均表反對，日本方面議定條款之後也感後悔，但不便直接出面反對，卻命令琉球王尚泰出頭，不願在南部重建琉球國，至此，清廷感到收復琉球兩島已無意義，只好擱下，及至甲午戰後，日本割去台灣，琉球問題也就無從提起了。不過，中國卻從未同意日併琉球，至今仍是懸案。

一九四三年十一月在開羅舉行之中英美三國領袖高峯會議，實為收復琉球千載一時之良機，當討論領土問題時，羅斯福總統曾問蔣主席要不要琉球。可能中國方面幕僚人才事先未曾研究過琉球問題，所以蔣主席當時答覆說中國不要琉球，戰後希望由中美共管，以決定其前途。不料戰後時局的演變如此，到今天日本人又亡琉球，我們反而陷於困境，這在當時恐怕是絕對意料不到的。

一九五一年舊金山和約規定日本對琉球有殘餘主權，已經違反開羅宣言之原則，及至一九五三年美國務卿杜勒斯至東京，竟將奄美羣島作聖誕禮物送還日本，更助長了日本人的野心。當杜勒斯將奄美大島當禮物送給日本時，中國外交部曾向美國提出備忘錄（附件二）不承認此項事實，時至今日，我們輿論界更應當喚醒全國民衆，我們不能再坐視出現甲午戰爭、九一八、七七這一連串的慘痛事實；向全世界說明我們的立場，因此中國人決不容日本重佔琉球。

對於琉球的前途，應該讓其完全獨立，由中、美、日、菲四國簽字共同擔保其永為世外中立國，以四國聯合力量援助它發展農業、工業、漁業、以及觀光事業，在太平洋上造成一個世外樂園，使一百萬性情和平而命途多難的琉球人重享三百年前的幸福安定生活，對世人皆有益處，受惠者又豈僅一個琉球而已。

附件一

琉球紫巾官向德宏為駁覆日本國務卿寺島呈浙閩總督文

六月二十一日，琉球紫巾官向德宏准鈔日本外務大臣來信遵論謹將逐件詳細條陳開列於左仰祈　憲鑒

「一、日本謂敝國屬伊南島，久在政教之下，引伊國史謂朝貢日本事實，在中國隋唐之際，此謊言也，敝國在隋唐時漸通中國，嘗與日本、朝鮮、暹羅、爪哇、緬甸通商往來，至明萬曆間，有日本孫七郎者，屢來敝國互市，頗識地理，因日本將軍秀吉著有威名，孫乃緣秀吉近臣說秀吉曰，儻赴琉球告以有事於大明，彼必來聘，秀吉聽之，致書琉球略曰：『我邦百有餘年，羣國爭雄，予也誕降，以有可治天下之奇瑞，遠邦異域，款塞來享，今欲征大明國，蓋非吾所為，天所授也，爾琉球宜候出師，期明春謁肥前輳門，若懈愆期，必遣水軍悉鏖島民』，敝國懼其威，因修聘焉，若據日史所言，則敝國隋唐時已屬日本，何以至大明萬曆年間尚未入聘，其言之不實，不辯自明矣，國史附會，何所不至，至引所載太宰府遣使於南島以下云云，安知非日本人在敝國為市者將敝國地圖畫歸，送呈日使館，故鋪揚而張大其說乎，且赤木為敝國地，產木，至今尚無進與日本，如當隋唐時有貢，

何今日反無之，事隔千餘年，久遠無稽，日本任意捏造，那有窮乎。

一、敝國距閩四千里中，有島嶼相繇亙，八重山屬島近台灣處相距僅四百里，志略所謂去閩萬里中道無止宿之地者誤也，距薩摩三千里中，有島嶼相繇，敝國所轄三十六島之內，七八島在其中，萬曆三十七年被日本佔去五島，亦在其中，志略所云與日本薩摩州鄰，一葦可航者誤也，今日本以敝國當薩摩州一郡邑，謂久屬伊南島，實屬混引無稽之詞，成此欺人之譚。

二、敝國世紀載開闢之始，海浪氾濫，時有男名志仁禮久，女阿摩彌姑，運土石置草木以防海浪，穴居野處，是爲首出之君，迨數傳而人物繁殖，智識漸開，間出一人，分羣類，定居民，稱天帝子，天帝子三男二女，長男稱天孫氏，爲國君始，二爲按司官始，三爲百姓始，長女爲君君，次女爲祝祝，均掌祝祭之官，天孫氏傳二十五世爲權臣利勇所弒，浦添按司名尊敦者，起兵誅利勇，諸按司推載尊敦爲君，即舜天王，舜天王父源爲朝，乃日本人，遭日本保元之亂，竄伊豆大島，嗣後浮至琉球，娶大理按司之妹，生尊敦，即舜天王也，自舜天王至尚泰王，凡三十八代，中間或讓位於人，或爲所奪，如此者幾易五六姓，舜天王之統三世已絕矣，察度王至洪武年間賜琉球名，巴志王永樂年間賜姓尚，至尚泰王則雖有嗣承，同係天朝賜國號受姓之人，尚泰王之祖尚圓王，伊平屋島之人，乃天孫氏之裔也，日本何得認爲日本之後耶，總歸時異世遷，斷不能妄援荒遠無稽之論，爲此神人共憤之事，如按此論，則美國百年前之君爲英吉利人，剋下英吉利能强要此美國之地乎，地球上如美國者極多，紛紛翻案，何有窮乎。

三、尚寧王被擒事固有之，蓋因豐臣氏伐朝鮮之後，將構兵於大明，以敝國係日本鄰邦，日本前來借兵糧，敝國不允所請，日本强逼甚嚴，尚寧王爲其所擒，此逼立誓文之所由來也，厥後歲輸八千石之糧於薩摩，以當納款，此蓋尚寧王君臣被困三年，不得已屈聽之苦情也，今據日本伐朝鮮事，蓋不便以騷擾中國爲言耳，然事在明萬曆三十七年，是時敝國早已入貢中朝，即以所逼誓文法章而言，亦無不准立國阻貢天朝之事，且天朝定鼎之初，敝國投誠效順，迄今又二百餘年，恪遵會典，間歲一貢，嗣王繼立，累請冊封，日本向來亦稱琉球國中山王，甚爲恭順，皆無異說，乃自同治十年以後，謬改球國曰球藩，改國王曰藩王，派官兵前來，此乃起釁天朝之所由來也。

四、神教則自君君祝祝掌祀祭之官時，敝國已有神教，據云島紀伊勢太神等出自日本，不知敝國亦祀關聖觀音土地諸神，何嘗出自日本也。

五、風俗則敝國冠婚喪祭均遵天朝典禮，至席而坐，設具別食，相沿已久，亦天朝之古制，經典詳載也，焉知非日本之用我球制乎，如日本以古制私爲己物，則日本亦可爲天朝之物矣，至云蒸饗用伊小笠原氏之儀，尤爲無據，如按此論，亦可云小笠原氏之儀，乃引用敝國之儀矣。

六、四十八字母，敝國傳自舜天王，舜天王雖日國人所生，然久已三傳而絕，何得據此爲日本之物，且敝國亦多用漢文字，並非專用四十八字母也，如以參用四十八字母爲據，則日本向用天朝漢文，不止四十八字母者，日本亦可爲天朝之物矣，有此牽强之理乎。

七、言語，敝國自操土音，間有與日本相同者，係因兩國貿易往來，彼此耳熟能造，若未經與日本通商，則日本不能通敝國之言語，敝國亦不能通日本人之言語，據日本以敝國稱國爲「屋其惹」，爲「冲繩」，形似浮繩，故曰冲繩，始於天孫氏，天孫氏天帝子所生，非日本人也，此言語與日本何涉，不待辯而誤見矣，如按此論，到日本能操敝國言語，敝國亦可云日本爲敝國之物也。

八、日本謂敝國有災則發帑賑之，有仇則興兵報之，以爲保庇其島民，此語强孰甚焉，敝國荒年雖嘗貸米貸粟於日本，而一值豐年便送還清楚無短欠，在日本祇爲恤鄰之道，在敝國祇循乞羅之文，如即以此視爲其島民，則泰西各國近年效賑天朝山西地方，以及天朝商人之施賑奧國，則天朝可爲泰西之地耶，奧國可爲天朝之地耶，至台灣之役，彼實自圖其私，且將生端於琉球，故先以斯役爲之兆，何嘗爲國計哉，敝國又何樂日本爲啓釁哉。

九、日本謂敝國國體國政，皆伊所立，敝國無自主之權，夫國體國政之大者，莫如膺封爵，錫國號，受姓奉朔，律令體制諸鉅典，敝國自洪武五年入貢冊封中山王，改流國號曰琉球，永樂年間賜國主尙姓，歷奉中朝正朔，遵中國禮典，用中朝律例，至今無異，至於國中官守之職名，人員之進退，號令之出入，服制之法度，無非敝國主暨大臣主之，從無日本干預其間者，且前經與法、美、荷三國互立約言，敝國書中皆用天朝年月，並寫敝國官員名，事屬自主，各國所深知，國非日本附屬，豈待辯論而明哉。」

附件二

中國外交部爲美國擅將奄美大島讓與日本於一九五〇年十一月廿四日向美國所提備忘錄

「一、中國政府雖非一九五一年九月八日在舊金山所簽訂之對日和約之締約國，然對該條約第三條之規定，在原則上曾表同意,依照該條規定,美國政府將向聯合國建議將琉球羣島置於其託管制度之下，而以美國爲其唯一之管理當局，並在作此建議以前，美國有權對此等島嶼之領土及居民，行使一切及任何行政、立法及管轄之權力，但在該約中並無任何規定足以解釋爲授權美國得在該約第三條明文規定辦法以外，另行擬訂關於琉球羣島之處置辦法，因此，中國政府對於美國政府所作舊金山和約並未使琉球羣島脫離日本主權之解釋，不能同意，蓋此種解釋，將予日本以要求歸還此等島嶼之一項根據，此與一九四五年七月二十六日之波茨坦宣言之文字及精神相悖，亦決非舊金山和約之本旨。

二、更應注意者，奄美羣島直至其爲日本武力侵併以前，向爲琉球羣島完整之一部，近據報告，美國政府業已承諾將奄美羣島歸還日本，美國政府此項行動，業已引起中國人民之深切關懷與焦慮，彼等尤恐美國政府在日本壓力之下，殆將作更進一層之讓步，在此種情形之外，中國政府認爲重申其對於琉球羣島之基本立場，實有必要。

三、自公元一三七二年至一八七九年之五百餘年之間，中國在琉球羣島有宗主權，此種宗主關係，僅因日本將其侵併，始告中斷，中國政府對於琉球羣島並無領土要求，亦無重建其宗主權之任何意圖，惟願見琉球人民之眞實願望，完全受到尊重彼等必須獲得選擇其自身前途之機會，在依舊金山和約第三條所規定之將琉球羣島置於託管制度之下之建議，尙未提出以前，此等島嶼之現狀，包括其領土之完整在內，應予維持。

四、鑒於中國與琉球羣島之歷史關係，及地理上之接近，中國政府對於此等島嶼之最後處置，有發表其意見之權利與責任，關於此項問題之任何解決，如未經與中國政府事前磋商，將視爲不能接受，爰請美國政府就上述各項意見，對此事重加考慮」。

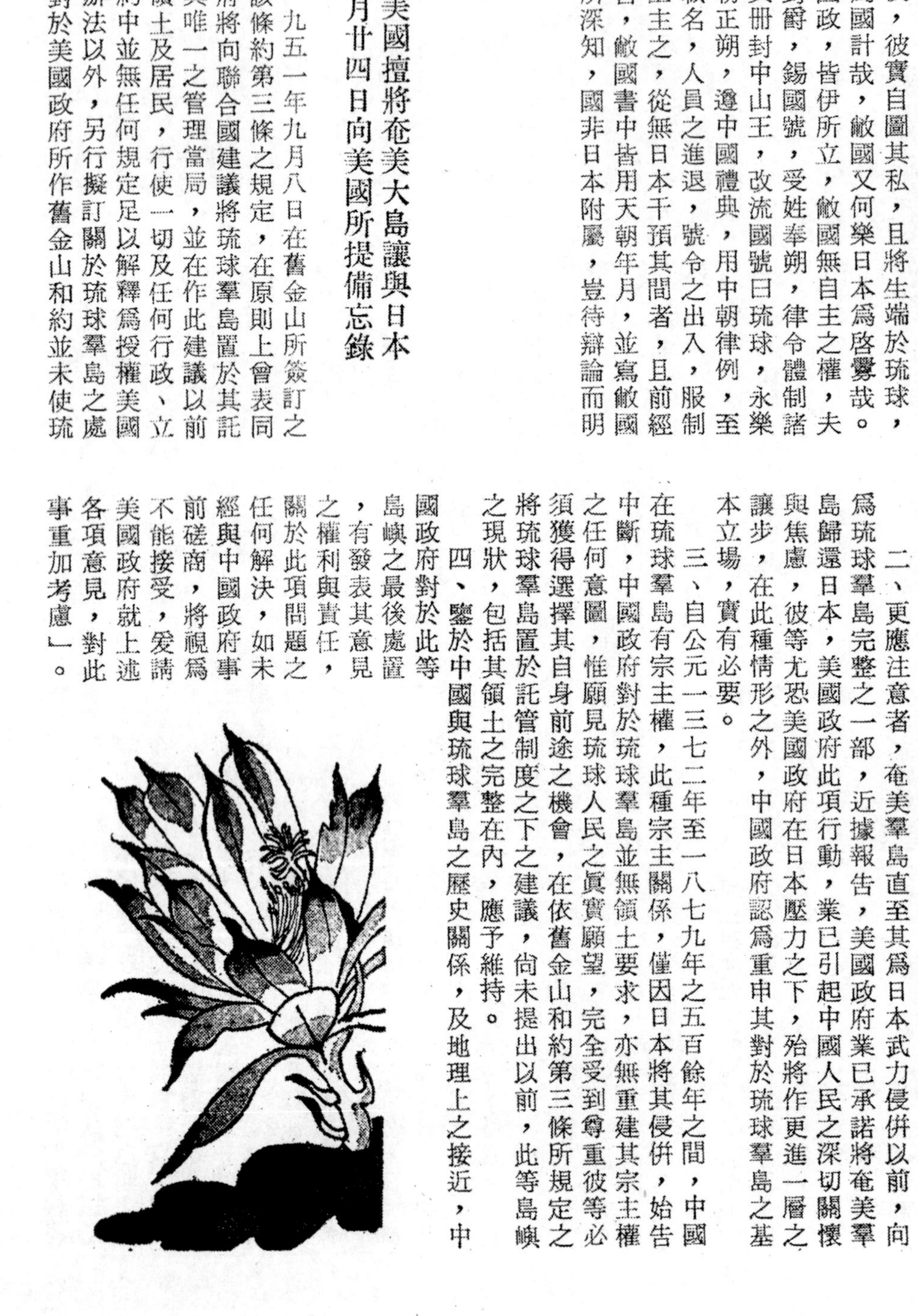

琉球是怎樣斷送的

李則芬

最近美日達成協議，預定五月十五日將琉球「交還」日本。琉球本我國藩屬，歷代皆受我國册封；遜清末葉，國勢凌替，自顧不暇，遑論藩屬，光緒五年，遂被日本佔領，日人經之營之，視爲日本領土。二次世界大戰結束，琉球由盟軍佔領，但日人始終念念不忘琉球的主權問題，而原爲領主的我國，反不能置一辭。茲將琉球與我國之歷史關係，略述如下，藉使讀者明其究竟。

五百餘年的中國藩屬

琉球是介於台灣——日本間的一連串列島之統稱。其島數、方位及總面積，由於所屬小島的計算不同，諸說不一。據大英百科全書說，位於北緯二四——三〇度，東經一二三——一三〇度，包含五十五島，海岸線全長七六八英里，面積九三五平方英里。

琉球羣島最初人口稀少，明代還只有七八萬人，清初有二十餘萬，一九四〇年（太平洋戰爭前）人口爲五七四、五七九人（大英百科全書），第二次世界大戰後的人口爲七十多萬（蔡璋的「琉球亡國史譚」），一九六四年人口爲九三二、〇〇〇人（World Journal Tribune 的一九六七年世界年鑑）

琉球與中國發生關係，始自何代，是學術界爭而未決的問題。一部分人士認爲琉球卽中國古籍所稱的瀛洲，與中國很早就有關係，此說以梁嘉彬先生可爲代表，他寫過「古琉球卽瀛洲考釋」。日本學者不會承認此說，不在話下。我國自清代起，也有許多考據家斷定，明以前，琉球不通中國。張廷玉主編的「明史」，在琉球傳一篇中就說「自古不通中國」；柯劭忞的「新元史」更斷言：「今日琉球，至明始與中國通。」又說：「明以前的琉球，實爲台灣。」

按中國明代以前的正史，有「三國志」的吳志，及「隋書」與「元史」，皆有遠征流求這紀錄。吳志所說的「但得夷洲數千人還」，因爲紀錄過於簡單，缺之其他地名佐證，姑且不談。「元史」所記載者，則確係台灣，因爲所說流求，地近澎湖。元自世祖至元間起，卽在澎湖置有巡檢司，澎湖決不會錯，則「元史」的瑠求自然是台灣無疑。

然「隋書」所記的流求，與「元史」的大不相同，前人指爲台灣，未免錯誤。茲先將「隋書」陳稜傳原文節錄如下：

「煬帝卽位，授驃騎大將軍。大業三年，拜武賁郎將。後三年（大業六年），與朝請大夫張鎭周發東陽兵萬餘人，自義安汎海，擊流求國，月餘而至。流求人初見船艦，以爲商旅，往往詣軍中貿易。稜率衆登岸，遣鎭周爲先鋒。其主歡斯渴剌兜遣兵拒戰，鎭周頻擊破之。稜進至低沒檀洞，其小王歡斯老模率兵拒戰，稜擊敗之，斬老模。其日霧雨晦冥，將士皆懼，稜刑白馬以祭海神，旣而開霽。分當五軍，趣其都邑。渴剌兜率衆數千逆拒，稜遣鎭周爲先鋒擊走之。稜乘勝逐北，至其柵，渴刺兜背栅而陣，稜盡銳擊之，從辰至未，苦鬭不息。渴刺兜自以軍疲，引入栅，稜遂塡塹攻破其栅，斬渴刺兜，獲其子島槌，虜男女數千而歸。」

又同書「流求國傳」記載：

「流求國居海島之中，當建安郡（今福建建甌）東，水行五日而至。……大業元年，海師何蠻等每春秋二時天淸風靜東望，依稀似有煙霧之氣，亦不知幾千里。煬帝令羽騎尉朱寬入海求訪異俗，何蠻言之，遂與蠻俱往，因到流求國，言不相通，掠一人而返。明年，帝復令寬慰撫之，流求不從，寬取其布甲而還。時倭國使來朝，見之曰：「此夷邪久國人所用也。」帝遣武賁郞將陳稜，朝請大夫張鎭州，率兵自義安浮海擊之，至高華嶼，又東行二日至鼊鼊嶼，又一日便至琉求。初，稜將南方諸國人從軍，有崑崙人頗解其語，遣人慰諭之。琉求不從，逆拒官軍，稜擊走之，進至其都，頻戰皆敗，焚其宮室，虜其男女數千人，載軍實而還。自爾遂絕。」

前代考據家指「隋書」流求爲台灣，其原因有二：(1)陳稜的發航地是義安，隋義安郡爲今之廣東潮安。(2)因無法確定接近流求的高華嶼、鼊鼊嶼二島的位置，遂推想其航程不遠。

然陳稜傳寫得很淸楚，他所發的是東陽兵萬餘人，隋東陽郡治所，在今之浙江金華。（商務印書館的「中國古今地名大辭典」東陽郡條有誤，應依「隋書地理志」在「隋改婺州」之下，加上一句「大業初復置東陽郡」。）依隋代所體認的流求大概方位（今福建建甌東方），已不應自潮安發航，而發金華兵開到潮安去乘船出海，更是必無之事，「義安」這個地名一定有誤。在鐵路公路未出現之前，金華對外交通，一向經蘭谿、建德、桐廬，利用富春江水道，以至錢塘。隋大業初，建德、桐廬之地屬遂安郡，憑地理常識，「隋書」的「義安」，很可能是「遂安」之誤。至於航行日程，陳稜傳說「月餘而至」，大概包含錢塘或中間島上之候風日期。航行如此之久，也顯然不是潮安至台灣。

即使「隋書」所說不算，明代以前，仍有中國人前往流球。在「明史」琉球傳，即可找到有力證據，以證明元末已有中國人，跑到琉球去做官。這個紀錄很容易被人忽略，需要特別指出，茲先依照該傳的紀錄，將洪武——永樂間幾件大事列舉出來。

洪武五年（一三七二），中山王察度開始事明。

永樂二年（一四〇四）年初，察度卒，明冊封其世子武寧爲王。

永樂五年（一四〇七年），武寧卒，冊封其世子思紹爲王。

永樂九年（一四一一），思紹遣國相子等至明，入國子學。同時奏稱：「……左長史朱復，本江西饒州人，輔臣祖察度四十餘年不懈。今年逾八十，請令致仕還鄉。」成祖允其所請，乃命朱復與王輔茂爲國相，朱復兼左長史致仕。

憑上述的年代及事實，我們可以推算出二件事：

(1)朱復當係生於元文宗（圖帖穆爾）朝——一三二八——一三三二。

(2)察度事明只三十二年，朱復輔察度四十餘年，則在察度事明之前（洪武五年之前），已做了察度輔臣十年左右。換言之，早在元順帝（脫歡帖木爾）時代，朱復三十歲左右，就在琉球做官。

若再進一步推論，中國人到琉球做官，必須先克服語言障碍，朱復能够爲察度輔臣，只有二種可能：第一，朱復到琉球居留了相當時間，學會了當地語言，然後被聘爲客卿。第二，琉球早有中國僑商，朱復藉華僑的翻譯，一到琉球即被察度所賞識。無論在那一種種況之下，中國人到琉球，至少比朱復三十歲左右的年代，還要往前推。可見所謂「明以前不通中國」之說，並非事實。

不管怎麼說，自明洪武五年，至淸光緒五年（一三七二——一八七九），琉球隸屬中國五百零七年，總是無可爭論的事實。其歸明經過，及明代的中琉關係，大致如下：

琉球國王輿輦及出行儀仗之一部份，均爲中國式

明初，琉球有三個王國——中山、山南、山北。洪武五年，太祖遣人楊載，以即位建元詔告琉球，中山王察度奉詔，遣其弟泰期等，隨楊載入貢，太祖厚賜之。其後，中山王幾乎年年入貢；山南王承察度亦於洪武十一年入貢。十五年，二王與山北王互相攻伐。太祖遣內史監丞梁民前往諭使罷兵，三王奉命息爭，山北王怕尼芝亦遣使入貢。

永樂中，中山、山南二王併山北，中山益强。宣德中，山南亦被併，遂由中山統一琉球。中山王朝貢不絕，且屢遣王族及官員子弟至明，入國子學。

初，太祖命遣閩人三十六姓至琉球，從事教育、通譯、造船及航海等工作。隨着中國移民的日增，琉球因此以盡量吸收中國文化，進步很快。

琉球的進貢，初無限制，歲歲有貢船入明。憲宗成化中，因其貢使一再滋事，限其二年一貢，每次不得超過百人，不得携帶私物及騷擾路途。琉球屢請恢復年貢，皆不許。

嘉靖中，倭寇猖獗，琉球亦深自戒備。嘉靖三十六年（一五五七），倭寇自浙江敗還，抵琉球境，世子尙元遣兵迎擊，大殲其衆。獲倭寇所掠中國人六名，特於遣使告其父喪的同時，一併送還。尙元在位期間（嘉靖三十六至萬曆元年，一五五七——一五七三），琉球很振作，倭寇不敢犯其境。

日本島津氏纂改琉球歷史

日人說起日琉最初關係，總是說日琉關係早於中琉。他們根據琉球歷史，謂早在我國宋代，就有日人統治過琉球。又說，日本九州薩摩國的島津氏，是琉球的最早宗主國，琉球一向對其稱臣納貢。現在全世界人都信以爲眞，我國學人也信其說；然作者細考日琉二國歷史，卻拆穿了事實眞相，二者全是僞造的。

日人僞造的琉球歷史，據說日本保元

之亂（一一五六）後，源爲朝被流放於大島，曾一度航海至琉球，娶妻生子，然後復回大島。其子後爲琉球國王，即琉球史上的舜天王。考「大日本史」二百四十一卷琉球傳註記，上述源爲朝的事，源出「保元物語」。「保元物語」的作者，傳說不一，且不管他。此書係一部傳奇小說，描寫保元元年崇德上皇與後白河天皇爭奪王位的故事，怪誕不經，決不能視爲歷史，而其所述源爲朝事，也與琉球風馬牛不相及。

照「保元物語」所述，源爲朝的故事如下：保元之亂，源爲義與其子爲朝等舉兵助上皇，爲義的長子義朝則助後白河天皇。上皇失敗後，天皇功臣平清盛、源義朝皆自滅其親。義朝遣人殺其父爲義，並殺諸弟，獨爲朝不獲。朝廷懸賞通緝，在近江附近捕獲爲朝。天皇召見，以其爲非常壯士，不欲誅戮，只命斷其臂筋，流之於伊豆之大島（東京南方）。

據說源爲朝「臂筋雖斷，而臂力猶不減」，恃強悉奪大島租賦。永萬元年（一一六五）三月，爲朝看見「青白二鷺連翩飛翔」，駕舟追之，遂渡鬼島——鬼島即八大島的脇島。爲朝在鬼島與土司之妹結婚，生子舜敦。居數年，爲朝留其妻子於鬼島，自回大島。不久，朝廷出兵討伐，爲朝兵敗自殺。

「臂筋雖斷，而臂力不減」，「追逐青白二鷺而至鬼島」，其爲無稽之談，非常明顯。大凡一個被人景慕的英雄、美人，或帝王、公卿，因冤屈而死者，後人多替其抱不平。小說家把握住這種羣衆心理，往往取作題材，大做翻案文章，明明死了的硬說逃生，明明未留子嗣的硬說他處尚有後人，這是一種常見現象。例如，明惠帝出家之說，清世祖（順治）出家之說，皆爲這種社會心理的產物。還有許多悲劇結局的文學名著，也往往有好事者大寫續集，爲之翻案，變悲劇爲喜劇。「保元物語」所說源爲朝至鬼島娶妻生子一事，只可作如是觀，決不可當作歷史。

退一步說，「保元物語」所說爲朝娶妻生子的鬼島，明明說是八大島的脇島，仍屬伊豆羣島之一，與琉球風馬牛不相及。八大島在東京南方，位於東經一四〇度，北緯三三度；琉球在九州西南，東經一二八度，北緯二十六度，兩者相差，不可以道里計。後人傅會其說，指鬼島爲琉球，簡直是胡說八道。那麼，這個胡說從何而起呢？

日本仲哀天皇時（約在四世紀中葉），有一個自稱秦始皇後人的弓月君，率其部族，自朝鮮移民日本。其後人很發達，由於封地及賜姓關係，分佈於日本全國，衍出無數氏族。有一族號稱島津氏，約在日本平安朝（七九四——一一九二）起，即已據有九州南部的薩摩國（今鹿兒島）等地，然至戰國時代（一四六七——一五八六）始强盛起來，成爲九州最强的氏族，要到戰國末年，始被豐臣秀吉征服；然仍保有薩摩一地，爲薩摩藩主。

這個島津氏，於十七世紀初，明萬曆年間，出兵征服琉球（詳下），擄其王。自是之後，日人控制琉球，步步加緊，一面强迫人民仿效日人生活習慣，以改變其風俗，使與日人同化；一面又僞造琉球歷史（見蔡璋著琉球亡國史譚）。他們把「保元物語」的源爲朝故事搬過來，指鬼島爲琉球，以奄美羣島之一島改名大島，以傅會其說。（日本歷史並無向這方面

琉球「守禮門」之上橫額，與牌坊之金碧輝煌，
反映出中琉邦交數百年黃金時代之盛況

流放罪人的紀錄）就這樣，授意媚日琉人，依照「保元物語」的故事，編爲「中山傳信錄」及「中山世譜」。

「中山傳信錄」說：

「宋淳熙十四年丁未，舜天王卽位。舜天爲日本人皇後裔大理按司朝公之子。淳熙十七年庚子，舜天年十五，有奇瑞，爲浦添按司。人奉其政，斷獄無遺。天孫二十五世政衰，逆臣利勇恃寵專權，鴆君自立。舜天討之，利勇死。諸按司推奉舜天卽位，賞功罰罪，國泰民安。在位五十一年，壽七十二，嘉熙元年丁酉薨。」

「中山世譜」說：

「舜天姓源號尊敦，父鎭西八郞爲朝公，母大理按司之妹。宋乾道二年丙戌降生，宋淳熙十四年丁未卽位。宋嘉熙元年丁酉薨。在位五十一年，壽七十二。」

日人改竄琉球歷史之初，同時嚴禁人民談及王室往事，以消滅舊有傳統。因此，淸康熙間汪楫至琉球時，向人民詢問該國歷史，皆一問三不知，無人敢說。經過一段時間之後，僞書「中山傳信錄」開始流傳，不但日人掉過來以「中山傳信錄」作爲「保元物語」的佐證，連中國人、琉球人也被他們欺騙了。乾隆二十年，周煌編輯「琉球國志略」，其國統之部，卽係照「中山傳信錄」節抄，其文如下：

「天孫氏……

「舜天，日本人皇後裔，大理按司朝公子，爲浦添按司。宋淳熙間，天孫氏逆臣利勇弒君自立，舜天討之，衆推爲王，年二十一。嘉熙元年薨，在位五十一年，壽七十二。」

→尙元魯之書法，凡琉球尙姓爲王族，尙元魯亦爲王族，惟未來華留學

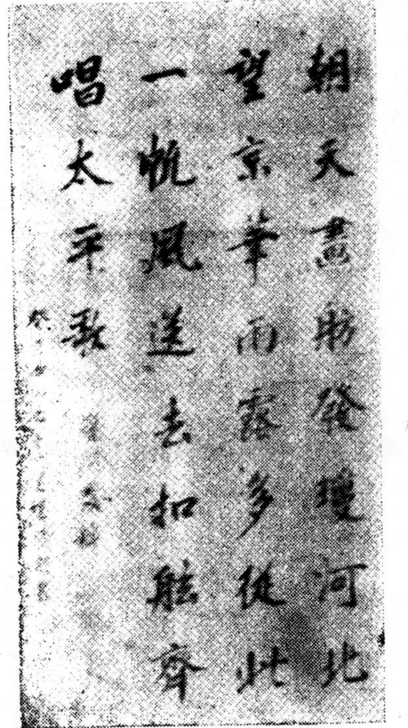

→程順則「瓊河發棹」詩，書於淸雍正十一年。程氏爲久米村華裔，乃琉球史上第一醇儒，其以道德學問名重於時，被尊爲「名護聖人」（名護爲琉球北部最大都市）

時至今日，普天之下，衆口一詞，早已積非成是。中外人士的著作，皆根據此說。例如大英百科全書 Ryukyu 之部，及蕭一山「淸代通史」所述琉球與中日關係部分（卷下一〇三二——三頁），都說舜天是日人的兒子。

至於「琉球屢代皆向島津氏稱藩進貢」之說，也是自欺欺人的。按琉球與日本發生關係，開始於明萬曆年間，當時的琉球國王爲尙寧。先是，明代，琉球人常至東南亞各國貿易，自是處帶回的貨物，或進貢中國，或轉銷日本。琉球出產的糖，尤爲日人所歡迎。由於貿易關係，中山王與日本薩摩藩主島津氏之間，不免時有使者往來，互贈禮物，「以修鄰好」。日本歷史通例，各國與日本的交通及饋贈，皆仿中國史例，一律記作上表及進貢。所謂「琉球屢代向島津氏進貢」之說，並非事實。最有力的證據，是江戶幕府初年，島津家久寫給尙寧王的信，信上明明白白的寫着：「舊例，時相聘問、聘禮，

以修鄰好。」（此信詳下）何來進貢稱藩之事？

再從日琉二國歷史來看，琉球更不可能向島津氏進貢，在尚寧的祖父尚元時代，相當於日本弦治三年至天正元年（一五五七──一五七三），那是日本戰國時代，全國四分五裂，內戰頻仍，幾無寧日，而薩摩的島津氏則在此時才興起。如上所述，尚元時代的琉球還相當强，倭寇不敢犯其境；而島津氏則正從事國內戰爭，在這種情形之下，琉球絕沒有向島津氏稱藩納貢之理。尚元傳尚永，尚永約與薩摩島主島津義久同時。義久一代，與九州中部及北部的各大氏族，如龍造寺氏、太友氏、少貳氏等作殊死戰，直至最後被豐臣秀吉擊敗爲止。可見義久一代，更無餘力去干涉琉球。把日本歷史仔細考查，其說不攻自破，希望我國學人所著的日本史及琉球史，不要再引用日人荒謬之說。

原書原樣

長江下……

鄭嘉訓書法，鄭氏爲琉球名書法家，曾任鹿兒島藩書法教授

有關日琉關係的紀錄，眞正可靠的，始於明萬曆十九年（日本天正十九年，一五九一）。當時，豐臣秀吉旣已統一日本，決心侵略朝鮮，命薩摩藩主徵兵琉球。義久謂琉球人久不習兵，乃改徵兵爲徵糧。尚寧王拒絕其請，遂與島津氏結怨。

朝鮮戰爭結束後不久，日本再度發生內戰，結果，全國盡歸德川氏。慶長八年（明萬曆三十一年，一六〇三），德川家康爲征夷大將軍，創建江戶幕府。同年，島津義久遣琉球僧人某往說其主尚寧，促其聘日，尚寧王不從。

義久遣其子忠恒至駿府，謁見家康，請准許薩摩出兵討伐琉球。家康不許，但命島津氏再遣使往，促請尚寧王來聘。

慶長十一年（明萬曆卅四年，一六〇六），島津忠恒嗣位爲薩摩藩主，改名家久，尚寧王遣使賀其襲封。德川家康因亟欲與明通商，托琉球向明轉達，尚寧王亦置之不理。

慶長十三年（明萬曆三十六年，一六〇八），島津家久致書琉球王尚寧，大意如下：

「貴國與我薩州相去二百餘里，其最近之西島、東嶼，不過三十餘里，故舊例時相聘問聘禮，以修鄰好。今者，日本六十餘州，悉聽源氏一將軍之命（德川氏出自源氏），東西諸侯，無不朝覲，貴國來聘，不應後人。我已屢以此意告知三司官（琉球官名，正二品），亦不聞來聘。且中日不通商船，已三十餘年，我將軍不勝憂慮，命家久與貴國相談，欲使大明與日本商船，歲至貴國貿易。若然，則不但可富我國，貴國亦將國富民歡。（青木武助編的「大日本歷史集成」下冊五三四──五頁，載有此信。）」

尚寧王得島津家久書信後，又置之不覆。

日軍侵略琉球經過

一六〇九年（明萬曆卅七年，日本慶長十四年）二月，島津家久獲得德川家康的允許，命樺山久高、平田增宗二人率兵三千，船百艘，侵略琉球。三月，日軍取大島、德之島及冲永良部島。四月，至運天港登陸，進圍王都首里城（那覇東方）。琉球承平日久，軍事廢弛，尚寧王無力抵抗，開城投降。

五月，日軍擄尚寧王及其三司官，大掠而去。

同年（明史琉球傳繫年有誤，應依本紀），浙江總兵官楊宗業上奏稱：「深得

日本以三千人入琉球國，執中山王，遷其宗器。乞嚴飭海上兵備。」這時候，明神宗已經怠政多年，百事不理，深居宮中二十年，未嘗一接見大臣，大臣出缺亦不補，宰相葉向高唱獨腳戲，屢請求去，不許。向高奏稱：「陛下用臣，則當行其言，今章奏不發，大僚不補，起廢不行，臣微誠不能上達，留何益？」又言：「自閣臣至九卿台省曹署皆空，南部九卿亦止存其二。天下方面大吏，去年至今未嘗用一人。陛下萬事不理，以為天下長如此，臣恐禍端一發不可收也。」，在這樣的情形之下，明廷對琉球事，自然毫無反應，不在話下。

島津家久攜琉球王尚寧，至駿府謁見德川家康，又往江戶謁見將軍秀忠，（時德川家康已退休，讓征夷大將軍位於其子秀忠。秀忠在江戶主持幕府，家康則居駿河國府。然國家大計仍取決於家康。）然後回薩摩。尚寧王居薩摩二年，於一六一一年（明萬曆三十九年，日本慶長十六年），釋放回國。同時，江戶幕府命島津氏佔據大島、喜界島、冲永良部島及與論島。又命琉球每年納貢於島津氏。

幕府又命僧文之代擬尚寧王致福建總督書，代表日本幕府，提出三項通商要求，請明廷任擇其一。這三項要求如下：

(1)許日本商船至大明一港貿易。

(2)明、日商船皆至琉球，相互貿易。

(3)許日本每年遣使至明貿易（恢復勘合制度——明初限制日本貿易的制度。）

此信更用恐嚇語氣說，若三者皆不許，則日本將發西海道九國之兵數萬，進寇大明。尚寧王以此書措辭不遜，不敢發出。至翌年，始遣使入貢，並報告被擄至日的經過。他致禮部的咨文略稱：

「四月初四日，藩城被倭羅圍數匝，村舍被封，靡有孑遺。卑職詳思熟察，進戰退守兩難。無奈，遣僧菊居隱、法印等，幣帛解釋，倭願罷兵告休，方有旬餘，復逼割土獻降。假不如儀，城廟盡行焚毀，百姓盡行剿滅，土地悉捲所有。卑職仰念叩求天庭，但波程萬里，非一朝可達：：舉國官民無奈，議割北隅葉壁一島，拯民塗炭。惟彼頑奴，得隴望蜀，又挾制助兵取雞籠（台灣）。卑職深憂……矢口拒絕……乃挾率三司官一併隨往日本，見其國君裁奪。」

這次琉球進貢，還雜有日本人及日本貨物，行動躲躲藏藏。據福建巡撫丁繼嗣奏稱：

「琉球國使柏壽、陳華等，執本國咨本，言王已歸，特遣修貢。臣竊見琉球列在藩屬，固已有年，但邇來奄奄不振，被拘日本，即令縱歸，其不足為國明矣。況在人股掌之上，保無陰陽其間？且今來船方抵海壇，突然登陸，又聞已入泉境，忽爾揚帆出海，去來倏忽，迹大可疑，今又非入貢年份，據云以歸國報聞，海外遼絕，歸與不歸，誰則知之？使此情果真，而貢之入境有常體，何以不服盤檢，而先報知，而突入會城？貢之尚方有常物，何以突增日本物於硫黃、馬、布之外？貢之齎進有常額，何以人伴多至百餘名？此其情態，已非平日恭順之意，況又有倭為之驅哉？但彼所執有詞，不應驟阻以啓疑貳之心，宜留正使及入伴數名，候題請處分；餘眾量廩食，遣還本國；非常貢之物，一併給付帶回。始足以壯天朝之威，正天朝之體。」

朝廷把丁繼嗣的奏章交下禮部，除依所奏辦理外，又以琉球殘破已甚，改定十年一貢之例。第二年，琉球未遵命，依然來貢。第三年，福建守臣遵朝令，卻還其貢，琉球使者怏怏而去。

琉球被日本侵略，國王被擄，中國不聞不問，聽其受人宰割。因此，島津氏益無忌憚，遂得寸進尺，干涉琉球內政，甚至王位的繼承，也要先得其同意。且更進一步，着手改造琉球人風俗，使其逐漸日本化，又授意親日琉人偽造歷史，以傅會日本小說家言。

然島津氏對大明仍多顧忌，每當明廷遣使至琉球時，島津氏所派的日本官吏，便暫時退避山中，市面的日幣亦臨時禁止行使，以掩明使耳目。因此，日人控制琉球的實際情形，明廷竟一無所知。

明亡後，琉球於清順治三年（一六四六），遣使至江寧，由洪承疇轉送至北京。清廷以其未繳前朝敕印，未便授封。順治十一年（一六五四），琉球王遣馬宗毅等入貢，並呈繳明代敕印，世祖乃命張學禮齋詔前往冊封。時逢鄭成功攻溫台，沿海戰事方殷，清使未渡海而返。延至康熙初，張學禮始到琉球，禮成覆命。

自是之後，一依明例，二年一貢，並附送官生前來，入國子監讀書。凡遇新王嗣位，必先請封；未封之前，但稱世子權國事。然此時的琉球，事實上已是兩屬，內政完全受制於日本，民間風俗亦已逐漸日本化。只有每當清使將臨時，日人在琉球者才事先引避，並除去市面所有的日本年號及名氏等痕迹，禁止人民用日語交談，或仿效日本風俗。所以清廷也像明代一樣，並不知其實情。這種明屬中國，暗屬日本的狀態，一直繼續到日本明治維新的初年。

在此關係曖昧期間，琉球與西方國家，也分別訂有商約。咸豐三年（日本嘉永六年，一八五三），美國海軍准將柏理（Commodore Mathew Calbraith Perry）率艦隊至琉球，洽訂商約。控制琉球的日人，向柏理聲明，琉球是日本屬地。琉球朝廷立即以書面聲明遞送柏理，否認日人謬說，聲明琉球自明朝起，一直是中國的外藩，日本只是一個友邦而已。於是，美琉訂立商約，法國、荷蘭繼之，也和琉球訂了商約。

中日二國，對於琉球與西方國家訂約之事，皆未過問。西人視琉球為獨立國，然琉球與西方各國所訂之約，皆用清咸豐年號，表示確為中國藩屬。

日本維新後，事事效法歐西，國勢蒸蒸日上。同時就有向外侵略的一片呼聲，他們不但要吞併琉球，還要北取朝鮮，南取台灣。反之，滿清政府則日益腐敗，主持外交的李鴻章則但求息事，不惜犧牲。同治十年（日本明治四年，一八七一），清廷在對日外交上做了一件大錯事，便無形中斷送了琉球主權，其經過如下：

那年十一月，有琉球人六十六名，海上遇到颶風，飄流到台灣，被牡丹社生番殺害五十四人。其餘十二人脫險，由鳳山縣知事派人保護，送到台灣府城（台南）轉送福州，再由閩浙總督福建巡撫資遣回國。

同治十二年三月，又有日本小田縣民四人漂到台灣，經台灣商民及熟番救出，由地方官派人護送上海，交日本領事領回。（有謂此四日人亦遇害者，不確。）

此時，中日二國剛締結平等商約未久，因日方要求修改，中國不允，故迄未換文。日本內部則分文治武功二派，武功派亦稱急進派，主張立即出兵侵韓（征韓論）；文治派亦稱緩進派，主張先行充實國力，徐圖向外擴張。文治派首領岩倉具視等此時正在國外考察，武功派的壓力很大，屬於急進派的外相副島種臣，更欲乘岩倉等尚未回國之便，先作決定，乃親自出馬，利用中日商約換文的機會，拿台灣生番的事做藉口，以試探清廷的態度。他向天皇奏稱：「欲制列國覬覦台灣野心，欲收生番之地於版圖，欲得土地於淸廷，欲收中國之民心，此數者非臣莫能任。臣請自赴淸國，藉交換條約之事，以入北京，遊說各國公使，以絕其嫉妬之念；然後與淸政府議謁見淸帝之禮，質以朝鮮之關係，告以征番之理由。」

同治十二年（日本明治六年，一八七三）三月，副島種臣至天津，爲中日商約換文，並入京覲見。同時命其副使柳原前光，向總理衙門大臣毛昶熙等，詢問朝鮮問題及台灣生番殺害琉球人民二事。關於後者，昶熙答道：「番民之殺琉民，旣聞其事；害貴國人，則我未之聞。夫二島俱屬我土，屬土之人相殺，裁決固在於我。我邮琉人，自有措置，何預貴國事，而煩爲過問？」前光曉曉爭辯，謂琉球爲日本領土，又提出日本小田縣民遇害狀。然問以日人受害，事在何年何月何時，前光不能對，但說：「貴國已知邮琉人，何以不懲治台灣番民？」昶熙說：「殺人者皆屬生番，故且置之化外。日本之蝦夷、美國之紅番，皆不服王化，此亦萬國之所時有。」最後，前光說：「生番害人，貴國舍而不治。然一民莫非赤子，赤子遇害不問，安在爲之父母？是以我邦將查辦島人，爲盟好故，使某先告知。」

副島種臣此次來華，原係試探性質，迄至此時爲止，日本尙無出兵台灣的決定，所以談話也很含糊。副島種臣憑其在華考察，知道淸廷懦弱怕事，更無戰爭準備，回國後力言中國積弱，主張征韓。未幾，岩倉等自歐洲回國，反對輕舉妄動，征韓主張被打消，武功派五巨頭（西鄉隆盛、坂垣退次、後藤象二郞、江藤新平及副島種臣）憤而辭職，而日本政局遂開始不安。

一八七四年（日本明治七年，淸同治十三年）一月，日本代理太政大臣岩倉具視被刺；二月，江藤新平在其故鄉佐賀縣稱作兵亂。文治派爲緩和主戰派的不滿情緒，乃由大久保利通提議，出兵征台灣，朝廷立即通過。（日本已於明治五年採用西曆，以下日本日期皆爲西曆，中國日期爲陰曆。）

三月，日本設立「台灣番地事務局」，以參議大限重信爲局長。又任命西鄉隆盛之弟陸軍中將西鄉從道爲台灣事務都督，陸軍少將谷干城、海軍少將赤松則良二人爲參軍，率兵三千六百五十八人，進犯台灣。軍隊先在長崎集中。同時僱用三個美國人參與謀議，一是前任厦門領事李仙得（Le Gendre），一是陸軍上尉瓦生（Wasson），一是海軍中校卡瑟（Cassel）。後二人是渡假中的美軍現役軍官。李仙得原爲法國軍人，美國南北戰爭時參加北軍，因功升爲少將，其後因傷退役，一八六六年爲美國駐厦門領事，曾因台灣生番殺害美國船長事，身入番地交涉，頗知生番情形。

日本爲準備用兵台灣，遍告外國公使，略謂「台灣生番不屬中國管轄，故日本出兵往辦，並已通知清國總理衙門。」各國多反對日本行動，美國尤爲積極，駐中日兩國美使，皆受到國務院的指示，除由駐華美使向清廷表示願爲調停外，駐日美使平安（John A. Bingham）立即通知日本政府：「貴邦無端遣軍艦進入華境，彼必以爲寇邊。我美國船舶人民，苟爲貴國所僱役，彼又必以我爲應援。我與華人亦曾結約，豈敢獨有私於貴國，而結怨鄰好？凡屬美國所有，願一切收還。」同時，平安公使又通告美國商民，守中立之例，日本所賃船舶一律解約。並通知厦門美領事，俟李仙得到厦，即加以逮捕。後來李仙得在厦被捕，遞解至上海美國領事館，因日人僱用李仙得，尚在日本侵台行動之前，故不能定其罪，終於釋放。惟取消瓦生上尉與卡瑟中校的假期，召回原屬部隊。同時，英俄二國的駐日公使，也向日外務省表示反對，指責日本違反國際公法。

日本內閣大懼，急遣權少內史金井之恭傳旨長崎，命大限重信止軍勿發，重信走告西鄉從道，從道不受命。他說：「近日朝政，朝令夕改，令人危疑。況招集精銳，駕馭一誤，潰散四出，禍且不測，豈止佐賀之比？必欲強留我，則當奉還敕書，躬自搗醜虜巢窟，斃而後已。萬一清國生異議，朝廷可目臣等爲亡命流賊，何患無詞以對？」又說：「即使內閣大臣西下親諭，亦不能從。」

從道和他的哥哥一樣強橫，蠻幹到底，即夜下令發師，命領事九成等率兵二百名，乘「有功」艦先行。大限重信據實電告，日本朝廷大憂。再命內務卿大久保利通至長崎勸阻，從道依然不從。大久保無奈，只得戒以「姑行，勿妄交兵，以待後命。」

琉·球

日本及琉球官方文獻，承認隋煬帝發現流虬，及以形似虬龍得名之史實；中國則多方引證，否認昔之流虬爲今日之琉球，斷定流虬是澎湖台灣，不是以那霸爲首府之琉球。日本人視琉球爲日本國重大問題，竭全力與美軍爭奪；中國人則隔岸觀火，漠然無動於衷。怪之，根據中日史書作琉球主權考、以正視聽，明知此時此地言之徒增忉怛也。

琉球簡史

一、時間：隋代以前。（西曆六〇六年以前）

事略：琉球史稱：開國之初，海浪汜濫，不能居住，時有一男一女，生於大荒之際，男名志仁禮，女名阿摩彌姑，運土石，植草木，以防海浪，由是始有山川草木，其長子爲琉球國君，稱天孫氏，傳廿五世，歷一萬

沈葆楨無力回天

日軍於三月二十二日，到琅𤩝（恆春）登陸。十五天後，進攻牡丹社，屠殺三十餘人，悉焚該社房舍。然番民仍不屈服，繼續襲擊日軍。西鄉從道退守龜山，修路築橋，建造都督府及兵營，爲久駐之計。

清廷請日本退兵，不獲答覆，乃派船政大臣沈葆楨巡視台灣。五月一日，葆楨與福建布政司潘霨，洋將日意格（Prosper Giquel）、斯恭塞格（de Segonsac），分乘「安瀾」、「伏波」、「飛雲」三艦出發，四日抵台南安平。沈葆楨所帶的兵，方豪的「中國近代外交史」說是淮勇六千五百人，蔡冠洛的「清史列傳」李鴻章傳記是淮軍唐定奎部，王爾敏的「淮軍志」說是淮軍十三營，三說大致相符。惟據黎東方的「細說清朝」稱：「沈葆楨帶到台灣的兵，根據海關報告，截至十月初九日止，有一萬零九百七十人。」我們大致可以斷定，葆楨初次帶六千五百人赴台，其後數月間，續有增加，共一萬餘人。

葆楨到台灣後，先召集各番目，命彼等出具保結，今後不再刦殺難民。然後與潘霨等帶着這些保結與一部台灣府志，去與西鄉從道面談。從道說，生番非中國版圖，潘霨等出示台灣府志所載生番歲輸番

主·權·考

王丕承

七千八百零二年，始於乙丑，終於丙午。

二、時期：隋唐宋代間。（西曆六〇六至一一八六）

事略：自隋煬帝遣朱寬、何蠻兩氏入琉球，始知有中國，唐末年間漸與中國、安南、暹羅往來，接受中國文化，國俗漸改，然琉球此時尚無文字，故無記載。

三、時期：南宋至元末。（西曆一一八七至一三六七）

事略：舜天王滅天孫氏，定制度、革國俗，琉球文化更有進步，大島、久米，皆入其版圖。同時受元朝之征伐影響，文化進步益著。

備考：琉史傳稱：舜天王爲日本第五十六世天皇清和天皇後裔。

四、時期：明初至明萬曆。（西曆一三六八至一五七二）

事略：明太祖改「瑠求」曰「琉球」，中山王察度受明招撫，入貢稱臣，開琉球維新之基。經傳十五代，冊封進貢，往來凡二百餘年，受中國文化至深，舉凡衣、食、住、行、禮、樂、風俗，無不仿效中國，中國稱其爲「守禮之邦」。

五、時期：明萬曆至清光緒。（西曆一五七三至一八七九）

事略：自明至清，琉球入貢不絕，經傳十三代，代受冊封，萬曆十七年（一五八九）尙寧王始與日本豐臣秀吉通聘，往來貿易，至萬曆三十七年（一六〇九）薩州太守島津家久遣師侵琉，携尙寧王歸，次年還之，割琉球北島，然仍朝貢中國不絕。

備考：清初日本利用琉球進貢，假手琉球，私購中國絲綢磁器。

六、時期：光緒五年以降。（西曆一八七九年以降）

事略：日本乘中國日衰，侵滅琉球，夷之爲沖繩縣，民國三十四年爲美軍佔駐迄今。

銀之數，及各社所具保結，從道語塞。最後，從道但言兵費無着，且推說退兵須由柳原前光作主。

西鄉從道自知兵少，不敢挑釁。又因酷暑多疾，官兵病死甚多，一籌莫展。只有放出謠言，詭稱日本將有大軍到來，企圖虛聲恫嚇，並安定自己的軍心。

糊塗外交，斷送琉球

日本政府因西鄉從道孤軍可慮，各國又不同情，乃遣柳原前光為使，欲與清廷談判解決。六月，柳原前光至北京，與總理衙門狡辯，雙方詞旨牴牾，勢將決裂。日本下令徵諸道兵，並向英國洽購鐵甲艦。中國也不肯示弱，在澎湖諸島築砲台，於厦門——台灣間敷設海底電線，向德國購買新式洋槍三萬枝，向丹麥洽購鐵甲船。又揚言調兵二萬，增防台灣。日本大懼。

七月，日本加派參議兼內務卿大久保利通為全權大臣。八月，大久保至北京，與總理衙門辯論，月餘沒有結果。大久保以回國為要脅，提出最後要求說：「日本初意，本以生番為無主野蠻，要一意辦到底。因中國指為屬地，欲行自辦，日本若照前辦去，非和好之道，擬將本國兵撤回，由中國自行辦理。惟日本民心難以壓服，必須得有名目，方可退兵。此事費盡財力，欲台番償給，台番無此力量，中國將如何令日兵不致空手而回？」

總署謂兵費一層，關係體制，萬不能允。其被害之人，量加撫卹，亦必須日本退兵之後，方可查辦。大久保必欲問明數目，並命翻譯官告知總署，擬索銀洋五百萬元，至少亦須銀二百萬兩。軍機大臣文祥執意不給一錢，沈葆楨亦來電奏稱「倭情漸怯」，決不可聽其妄肆要求。

大久保要求不遂，聲言下旗歸國，總署一切聽之。大久保無奈，乃轉請英使威妥瑪（Sir Thomas F. Wade）居間調停。清廷此時很怕打仗，又不願使威妥瑪難堪，遂糊裏糊塗的訂了「中日北京專約，原文如下：

「大清欽命總理各國事務和碩恭親王(以下其他九大員姓名從略)，大日本全權辦理大臣參議兼內務卿大久保，為會議條款互立辦法文據事：照得各國人民有應保護不致受害之處，應由各國自行設法保全，如在何國有事，應由何國自行查辦。茲因台灣生番曾將日本國屬民等妄為加害，日本國本意惟該番是問，遂遣兵往彼，向該生番等詰責。茲與中國議明退兵並善後辦法，開列三條於后：

一、日本國此次所辦，原為保民義舉起見，中國不指以為不是。

二、前次所有遇害難民之家，中國定給與撫卹銀兩。日本所有在該處修道造房等件，中國願留自用，先行議定籌補銀兩，別有議辦之舉。（按為撫卹銀十萬兩，房屋等補償銀四十萬兩。）

三、所有此事，兩國一切往來公文，彼此撤回註銷，作為罷論。至該處生番，清國自行設法，妥為約束。」

這次和約，出幾十萬兩銀子給犯境之兵，已被外人恥笑；而約文尤為糊塗，已承認被害的琉球人為「日本屬民」，第一條又認定日兵侵台為「保民義舉」，無異明白承認琉球為日本屬地，眞是外交史上的一個大笑話！

事實上，中日難免戰爭，不在台灣，就在朝鮮，李鴻章也很清楚，所以盡力擴充海軍，以制日本。可是，他不知道，對日戰爭，台灣戰場與朝鮮戰場大不相同。在台灣作戰，日本軍隊需要海上運輸，本國沒有足夠的艦船可用，至為不利。中國相反，厦門與台灣只一水之隔，通信靈活，運兵便利，又在吾土吾民之地作戰，台灣民氣的激昂可用，甲午之後已有光輝表現；在外交上，又能盡得各國的同情，可說是佔盡天時地利人和的有利條件。正好把握這個時機，宣佈日本侵略，集中優勢兵力，徹底消滅到台的日軍。日本吃了這次虧，琉球和朝鮮問題，皆將迎刃而解，至少可以安靜一些時候。

誠然，這次的條約是恭親王奕訢主持的，究其實際，還是李鴻章出的主意。七月十六日，李鴻章致總理衙門書說：「平心而論，琉球難民之案，已閱三年，閩省並未認眞查辦，無論如何辯駁，中國亦小有不是。萬不得已，或就彼因爲人命起見，酌議如何撫邺琉球被難之人，並念該國兵士遠道艱辛，乞恩犒賞餼牽若干，不拘多寡，不作兵費，俾得踴躍歸國。且出自我意，不由彼討價還價，或稍得體，而非城下之盟可比。內不失聖朝包荒之度，外以示羈縻勿絕之心，未審是否可行。」清同光間，總理衙門主辦外交，事事皆依李鴻章的意見而行；何況開赴台灣的兵，全是淮軍，李鴻章要和，誰能主戰？此所以李鴻章不能辭其咎也！

尾聲

先是，日本蓄意併吞琉球，已於明治五年（同治十一年，一八七二），詔封琉球王尚泰爲藩王。翌年，又命琉球與日本府縣同列，受內務省管轄，納稅於大藏省。至是，日本得了「北京專約」，更是振振有詞。

明治八年（清光緒元年，一八七五），日本派熊本鎮台之兵進駐琉球。同時命內務大臣松田道之（中譯名亦作勿詔打）至琉球，宣讀太政大臣三條實美的咨文，要琉球改奉明治年號，不得入貢中國，廢止福州琉球館，琉球對清商務改歸厦門日本領事管理。

琉球舉國震駭，卽命王子歸仁至日本謝恩，並聲明不能停止進貢中國。琉球王尚泰的覆文說：

「查進貢爲我國自古以來之重典，賴爲國家之重。且自前明撫我甚爲優渥，每當國王纘統，不憚波濤險阻，遣欽差，賜王爵。隔年進貢，則又賞賜綵帛物品，不勝枚舉。逮及清朝，更爲優厚，其恩德情義，昊天罔極，何可背負，竟絕朝貢？況我琉球孤立遠洋中，國土偏小微弱，不克自保，自歸清國版圖，以其保護聲援，乃可無憂外患，自建爲國，有古來風習之禮樂政刑，自由不羈之權利，上下雍睦，安居樂業。若琉球絕於中國，則父子之道既絕，累世之恩既忘，何以爲人？何以爲國？」

光緒二年（日本明治九年，一八七六），尚泰又密遣紫巾司官向德宏，向清廷陳情。三月二日，向德宏至福州，由閩浙總督何璟、福建巡撫丁日昌奏聞。（左舜生編的「中國近百年史資料初編」載有向德宏稟稿數篇。）

時清廷方派何如璋出使日本，遂命何到日本後，相機妥籌辦理，這就是所謂「阻貢」案的交涉。何如璋向日本政府交涉，沒有結果。而日本又值西鄉隆盛領導叛亂（明治十年西南之役），鬧得全國動員，軍費支出浩繁，以致通貨膨脹，物價飛騰。明治十一年，大久保利通又被暗殺，社會不安至極。何如璋見到日本財政枯竭，治安不靖，乃向總理衙門建議三策：

(1)先遣兵船，責問琉球，徵其入貢，示日本以必爭。

(2)據理與言，明約琉球，令其夾攻，示日本以必救。

(3)反覆辯論，徐爲開導。若不聽命，或約各國使臣，與之評理。

（蔣廷黻編的「近代中國外交史資料輯要」中卷載有光緒四年四月七日何如璋自東京致李鴻章書全文）

何如璋以日本正當內戰之後，主張強硬，不無部份理由，然琉球之爭，關鍵實在於台灣之役，當時錯過機會，此時再爭，未免過遲。中國非海權國家，欲以有限的海軍能力，涉遠洋與日本爭琉球，確非當時國力所許。左宗棠的光緒六年奏摺也說「至跨海與戰，先蹈危機，斷不宜輕爲嘗試。亦無取揚言遠伐，以虛聲相震撼。俟其窺犯深入，一再予以重創，自可取近威而彰遠略。」（照此奏文看來，日軍侵台時，如果左宗棠還在福建，不是遠在新疆，很可能會用兵解決的。）

清廷採納何如璋的下策（第三策），又不積極交涉。日本知中國無意力爭琉球，遂更進一步，於明治十二年（光緒五年，一八七九），改琉球爲沖繩縣，擄國王及王子而去。隸屬中國五百零七年的琉球王國，從此滅亡。

是年，適有美國前總統格蘭特（Ulysses Simpson Grant）環球旅行，四月訪問中國。恭親王與李鴻章皆托其訪問日本時，便中斡旋，格氏亦表示願爲盡力。及格氏抵日本，日本政府拿出「中日北京專約」爲證據，謂中國早已承認琉球爲日本屬地。美國卸任總統，影響力甚微，格蘭特不願多管閒事，只勸兩國互讓，並期望中國自強而已。

然日本仍想獲得中國正式承認其合併琉球，且亟欲取得中國內地通商權利，遂請美國駐日公使平安調停，初謂依格蘭特的建議，琉球北島歸日本，中島還琉球國王，南島歸中國。嗣又遣日人竹添進一，假運米助賑爲名，到天津見李鴻章，側面商談琉球事。據他表示，日本只願將琉球南部的宮古島與八重山島劃歸中國，以換取中國內陸通商。

光緒六年（明治十三年，一八八〇）九月，總理衙門與日使宍戶璣議定琉球專約，悉依日方要求，並預定於翌年七月，交割宮古與八重山二島。議已成，諸大臣紛紛反對。李鴻章據向德宏解說，始悉那二島非常貧瘠，才知上當，乃改變態度，主張親俄制日，建議總理衙門，將此約延宕，遂成懸案。換言之，日本之併吞琉球，始終未獲中國承認，雖造成既成事實，終無法理依據。

革命元勳馮自由

簡史

革命童子

時在清咸豐四年夏（陽曆一八五四），廣東三合會陳開、李文茂、何祿、陳金剛等，率衆紛紛起事於各郡邑，以響應太平天國革命運動。有南海人馮展揚者，世業儒醫，懸壺香港，向與港方各會首交結，乘時回廣州，策動舉事。乃爲清吏逮捕，繫之囹圄，逾年瘐斃獄中。長子鏡如，抱恨終天，憤而東渡日本，剪髮易服以示排滿。即在橫濱開設「文經商店」，發售外國文具兼營印刷業，由是起家。爲人、疏財仗義，排難解紛，誠信素孚，深得人望，爲旅日僑胞領袖。其冢子即本篇所描述之革命元勳馮自由先生也。

先生，原名懋龍，字建華，以光緒八年壬午十二月二十三日（陽曆一八八二、十一、十三）生於橫濱之「文經商店」（據其自言，見「華僑革命開國史」頁四三）。幼年回國就學。賦性活潑聰慧，好學不倦，記憶力特强，讀書過目不忘，尤嗜小說。至十四歲，復東渡省視母疾。此光緒二十一年乙未（一八九五）夏間事也。

是年九月間革命軍在粵起事失敗後，十一月， 國父孫中山先生偕陳少白、鄭士良、至橫濱，倡設「興中會」以推進革命大業。鏡如首先歡迎，與弟紫珊及同志十餘人組織橫濱分會，被舉爲會長。懋龍因得晤見 國父等。一日，三人在其家進膳，得陪末座。 國父問其好讀何書，則以小說「三國演義」對。又問，三國人物誰是所最喜歡者，則答以孔明。 國父因勢指導，笑謂之曰：「汝知喜歡此人，即是明白古今順逆道理。我等之『興中會』便是漢朝之劉備、諸葛亮，今之滿洲皇帝便是曹操、司馬懿。我等之起兵驅逐滿洲，即如孔明之六出祁山也。」此活潑聰明之童子，聞而大受感動，終身不忘此民族大義之訓示，無異領受民族革命之洗禮矣。 國父即命鏡如許其加入「興中會」。以後凡開會，必令其分送召集書於各會員，以期愼密。此其奔走國事、服務革命之始也。其後多讀反清書籍與盧梭、孟德斯鳩諸名著，以及法美革命史等，於民族獨立、自主自決、平等自由、天賦人權諸種新學說及世界革命潮流，皆得通曉，遂成爲終身的、澈底的革命戰士，在以後六十餘年，志節不易，努力不斷焉。

翌年，奉父命肄業於東京「曉星學校」。校爲法天主教會所辦，學生皆歐美籍，只有華童二名。懋龍因屢受歐美兒童之欺淩，憤起抵抗，爪傷一西童，乃受懲罰。留校僅四閱月，終以不能再忍受西童之壓迫，自動退學回橫濱。其父無奈之何。

「大同大器」

歲丁酉（一八九七），其父與橫濱中華會館同人倡辦小學校以教育華僑子弟，先由　國父命名曰「中西學校」。時，康有為大弟子梁啓超在上海，所發表之革命救國思想與　國父一致，且相約合作，擬聘為校長。啓超不能來，乃薦其同門徐勤為代。徐至則易校名為「大同」，以其師素提倡大同之說也。康氏之徒大都出身科舉，文學優長，擅於交際，初期之革命黨人大有被壓倒之勢，故自橫濱「大同學校」被伊等把持後，「興中會」漸趨衰弱，行且為保皇黨徒入寇而有被併吞之虞矣。顧在初時，彼等保清帝、反革命之志趣猶未顯露，故徐氏仍時以愛國救國思想勉勵學子。懋龍肄業於此兩年，每試必名列前茅，國學基礎奠定，而且愛國革命精神，久受薰陶，益為激昂。每作課文，輒發排滿論調，且年少氣壯，志高言大，有「當今天下舍我其誰」之抱負。其書室高懸自撰自書之楹聯，曰：「大同大器十七歲，中國中興第一人」。又嘗作「愛國歌」，有句云：「懋龍少年負奇氣。折矢誓拯神洲弱。每聞時事怒衝冠。要把強夷一摟縛。」可見其當時愛國熱烈，自負不凡之慨。

戊戌冬（一八九八），康有為於變政失敗後，逃亡至橫濱，造訪鏡如。見其子年少英俊，多方拉引，親書「禮運大同」篇為贈；比知其未有別號，乃為題「仲和」二字於上款。懋龍早與其宗旨不合，尤惡其官僚習氣太深，鄙而不用焉，且撕毀其墨蹟而投諸廢紙簍中。翌年（己亥）秋，梁啓超在東京創辦「高等大同學校」，乃轉學於斯以求深造。未幾，啓超赴檀香山，由其同門麥孟華代主校事。一日，麥氏語學生云，此時做文章眞難，因其師康氏於各人之言論字句，常加干涉，不許用平等、獨立、自主等新名辭，而尤惡「自由」兩字，甚至梁啓超所撰「飲冰室自由書」，亦來信迫其取銷「自由」兩字。於是提出妥協辦法，改言「自立」，隱涵自由、獨立之折衷意義，以示遷就師命。懋龍憤憤不平，大肆咆哮，聲言反對，向衆疾呼曰：「平等自由乃人類天賦之權，法人有『不自由，毋寧死』之格言。德人且謂侵人自由為大罪，放棄自由者亦如之。今老康事事專制，惟深具奴隸根性者始能服從。我從今日起，即易名『自由』。試問：誰敢干涉？」此年方十九歲之革命青年即振臂大書：「馮懋龍改名自由」七字於教室黑板上。同學覩之，莫不鼓掌稱快。以後數十年，均以此革命新名行，而「懋龍」原名罕有知者。此其在弱冠（庚子夏間，一九〇〇）因激烈反康而易名之趣史也。（按：此自由兄生前親為筆者口述之事，已錄載「逸經」五期。）觀其後來果成為一個畢生為自由而奮鬬之革命戰士，洵無忝佳名。

先是，梁啓超於己亥年間奉其師康氏命，再至橫濱，組織「保皇會」，繼續在海外作政治活動。　國父原與其友善，久有統一兩黨、聯合救國之議；茲以其赴日，親作書介紹於橫濱「興中會」各同志。詎料啓超到日未幾時，即倡設「保皇會」，詭稱名為保皇，實則革命。當時旅日僑胞於國內政治潮流、革命思想，均不大了了。鏡如等因　國父介紹，而梁之思想與行動一時亦難分涇渭，多為所愚，紛紛加入，且力為贊助焉。梁開辦「清議報」，即以鏡如任總理，其弟紫珊為經理，居然沆瀣一氣，鼓吹保皇。自由獨具慧眼，洞矚其奸，心焉非之，力為反對。冬月，啓超赴檀島，「清議報」改由麥孟華秉主筆政。助其編輯事者為粵人鄭貫一（即「貫公」），固熱心革命之青年也。以該報言論受康氏控制，不敢登載激烈性的愛國文字，乃與同學馮斯欒及自由等於庚子年春間合力創刊「開智錄」半月刊，秉在「清議報」印刷及發行。時，自由仍在東京「大同學校」肄業，常以文稿寄投，著有長篇愛國小說「貞德傳」，連續發表。但僅寫就二萬餘言，卽輟筆，蓋以是報停刊也。緣「開智錄」內容專事發揮自由平等革命眞理，而附載歌謠、諧談、小說等有趣作品，別有風格，引人入勝，且文字淺顯，立論新異，富刺激性，大受各地華僑歡迎。 國父時由遠地滙款接濟經費，一紙風行，收效甚大，漸有壓倒「清議報」之勢。因此，大招「保皇黨」之忌恨，施以壓力，不許在該報印行。根基旣拔，不能自存，故出版僅半載卽停刊。其間，自由對於乃父乃叔誤入迷途而附和康梁之言論，力爲駁議，不顧親情，卒能使兩尊長覺悟昨非，翻然復歸革命陣營，重振「興中會」雄風焉。此其大義感親之佳話，足傳也。

大學時期

庚子（一九〇〇），自由入東京專門學校（後改名「早稻田大學」）習政治科二年。在大學期間，致力於革命救國工作，益爲積極。其年冬，有東京「大同」舊同學湖南人秦力山回安徽大通起義失敗後，亡命至東京，與留學生王寵惠、張繼等開辦「國民報」，自由力助其成。爲避免清公使干涉計，代請其父（原在香港出世）以英商名義爲發行人，乃能出版。內容言論大倡革命排滿之說，痛數保皇黨之罪。不幸以資本告竭，出至四期卽停刊。

辛丑（一九零一），報載清廷有割讓廣東與法之傳說。粵籍留東學界王寵惠、李自重、鄭貫一等發起「廣東獨立協會」。自由預其事焉。各地華僑與「興中會」會員一致參加。時， 國父適在橫濱，力爲贊助，自是粵籍留學生與「興中會」合作無間。是年，自由所譯德國學者那特硜之「政治學」出版，全文四十萬言。文辭經章炳麟爲之潤飾。

馮自由李自平夫婦晚年肖像

壬寅（一九零二），留東之章炳麟提議，欲鼓吹種族革命，非先振起國人之歷史觀念不可。乃與秦力山、馬君武及自由等十數人發起「支那亡國二百四十年紀念會」。擬於三月十九日—明思宗（崇禎帝）殉國之日舉行，藉以紀念中國亡於滿清之痛史。時， 國父仍旅日，亟覆書贊成之。開會宣言，出章氏手筆，語極悲壯沉痛。

詎料日本警察署徇清公使之請，不許開會。屆時，學生與僑胞未之知，羣集會場。 國父亦自橫濱躬率僑胞多人前來赴會。比知開會不成，衆乃散。其來自橫濱者更怏怏，歸後卽補行紀念式。是會雖流產，而宣言書已發出，影響於留學界及華僑之革命心理者甚大。香港陳少白等發表全文於「中國日報」，且正式開會舉行紀念式。廣州、澳門各處社會人士聞之，均大感動，無異爲民族革命打一興奮針也。

是年，胡漢民到東京留學，常與馮談論時事，甚形歡洽。一日，胡對馮言：「余讀「

新民叢報」（梁啓超主辦）多冊，久久莫知梁任公（卽啓超）宗旨所在。及讀『新小說』載梁著『新中國未來記』，中有假託激烈派李去病問答一則，可知任公宗旨仍在民族主義，與其師康有爲根本不同」云云。馮見胡亦頗惑于其僞裝的保皇邪說，卽答曰：「任公雖假託小說中人物宣洩其政見，然旣稱爲激烈派議論，而仍聲聲歌頌『光緒聖明』（亦假託李去病語），可謂自相矛盾「吾人不可被其瞞過」。胡乃大覺悟，深以爲然（上見臺灣「廣東文獻」二期「胡漢民先生傳」頁一〇二）。馮氏終身忠于革命的「興中會」、「中國同盟會」與「國民黨」，其一生攻擊最烈之死敵，前爲「保皇黨」，後爲「共產黨」，固視爲不共兩立之戴天讎。早于此時已經斥破梁啓超之詭辯，有如懸秦鏡，燃犀角，使魑魅魍魎無所遁形，足見其革命的遠見。中間，他反對與攻擊「進步黨」、「安福系」、「政學系」、「北洋系」（皖、直），獨有對馮玉祥及其軍隊表示同情與好感，庶可稱爲其一生耿耿忠誠，不貳不變的「國民黨」黨員。

繼「亡國紀念會」後，東京留學界張繼、蔣方震、胡景伊、蘇曼殊等又發起「青年會」。揭櫫「以民族主義爲宗旨，以破壞主義爲目的」。是爲留東學界組織革命團體之嚆矢。自由亦與其役，惟至成立開會時，已歸國結婚，未能參預也。

先是，自由與台山李自重同學於東京，以年齡相若，志趣相同，成爲莫逆交。自重卽介紹其妹自平與論婚。男女兩方旣藉郵傳情意，交換相片，同心結合，復得雙方家長之贊成，自由遂買棹回國。自重、自平之父爲香港殷商李煜堂，祖父則仍居廣州河南，故婚禮在粤垣舉行。其時爲光緒二十八年，風氣未開，禮俗守舊。自由早已剪髮易服，惟於大典中尙不得不戴假辮，衣清服也。

婚後，夫婦同赴香港。自平飽受教育，熱心愛國，與夫婿幷爲革命同志。以後五十餘年，兩人同爲革命努力，爲國家服務，愛情專一，白髮偕老，足爲世矜式矣。時，自由二十一歲。

回日活動

翌年（癸卯，一九零三），自由偕妻返日，受聘爲香港「中國日報」駐東記者，以全時間爲革命服務。冬月，與梁慕光、胡毅生等組織洪門「三合會」於橫濱。次年（甲辰，一九零四）成立，夫婦加盟。自由膺封「草鞋」（或「巡風」，卽將軍），自平膺封「紙扇」（或「香主」，或稱「白扇」，卽軍師，階級高於自由，原因未詳）。此舉蓋爲民族革命運動開闢前路、培植人才計也。是時，國父仍居日，以「興中會」老同志日漸凋零，亟注意向留學界徵求同志以爲革命運動灌注新血，以自由居中介紹及聯絡，助力最大。及離日去美，乃以「興中會」事，及運動革命、聯絡同志、傳達消息諸要務，交其主持。於是疇昔之革命童子，漸已成爲革命運動之新起的重要角式矣。在此時，自由在橫濱重印鄒容之「革命軍」一書，風行一時，鼓吹革命至有效力。

其年（甲辰，一九零四），國父在美活動，以先在檀香山加入紅門，且膺封「紅棍」（或「龍頭」，卽元帥），受「大哥」尊稱（卽會興兵倒淸者），故得「致公堂」（卽原有之「三合會」改稱）兄弟一致擁護，致力於革命宣傳。因該堂在三藩市所主辦之「大同日報」向爲保皇黨徒把持，竟妄發排斥　國父之言論，主事者卽厲行改組，由國父介紹自由任駐日通訊員，隨由自由介紹武昌劉成禺（卽漢公、禺生）至美任總編輯。於是該報乃變爲民族革命之有力的宣傳機關。至下年（乙巳，一九零五），自由以該報負責有人，報務發達，辭去其駐日通訊員兼職，而專任香港「中國日報」駐東記者。

同年（乙巳）夏六月，中國革命史中有極大極要事發生；卽是：　國父由歐重到東京，約同黃興、陳天華、宋教仁等組織「中國革命同盟會」（簡稱「同盟會」），以留學生爲基要分子。自由亦爲發起人之一。其內兄李自重同時加盟焉。此爲積極推進全國革命大運動之有規模、有計劃、有主義、有實力（人才）、有系統的革命最高機構。最初時卽有代表十七省區之青年同志加盟，一致推戴 國父爲總理。在全體幹部中，自由爲評議部評議員，時年二十四歲。

香港立功

香港密邇廣州、澳門、以及沿海各省，爲革命運動之最重要基地，且在英人治下，不易受淸吏干涉，尤利便進行，故 國父特別注意此方黨務。惟以當時香港革命組織散漫（無統一的總機構），各同志且有發生意見，不能合作者；情況如此，革命運動進行自難得順利有效。於是在「同盟會」成立後，卽於八月間派自由與李自重二人回港，負責改組「興中會」，並聯合革命同志組織香港、澳門、與廣州各地「同盟會分會」。二人歸後，卽與陳少白合作進行，同志紛紛加盟，「香港分會」迅卽成立。少白當選會長，自由任書記兼「中國日報」記者。自由外舅李煜堂與妻李自平亦於此時入會焉。「分會」會所卽設於報館內。此爲自由正式負責擔任黨部工作之始。以後，同志和睦、合作共進，黨務發達，成績昭著，果如 國父所期望。其間，自由夫婦及自重之功爲不少。

「中國日報」爲 國父一手創辦者。初，自乙未年九月廣東之役失敗後， 國父卽於軍事之外，極力注重言論機關以宣傳革命主義於民衆。至己亥（一八九九），在日本派陳少白回港開辦「中國日報」，同時使報社兼爲策動軍事之機關。十二月下旬，出版面世。癸卯年，自由受聘爲駐東記者，常以留東學界翔實消息報告焉。至是時，回港辦黨務兼任記者，乃日夜揮毫，盡量發揮所學所思所見以喚起羣衆。嘗作長篇論文，標題曰：「民生主義與中國政治革命之前途」，凡二萬餘言，連續登載。東京「民報」，及三藩市「大同日報」，均轉錄全文，影響於各地革命言論思想甚鉅。

丙午（一九〇六）七月，擔任「中國日報」發行業務之「文裕堂」以營業不振，又受訟事牽累（被保皇黨以譭謗名譽起訴），宣告破產。幸自由見機，先發制人，預向其外舅李煜堂籌得墊款港幣五千元，從文裕堂承購該報發行權，始能保存之。於是改組全部，另起爐灶，作獨立經營，由煜堂約同李紀堂、吳東啓等同志各投資入股，繼續出版。

自由被舉爲社長兼總編輯。從此，報務蒸蒸日上，成爲南中國革命黨之最重要的宣傳機構。後來，辛亥革命成功，得力於此報之鼓吹者甚大。同時，自由又力助南洋黨報之創辦，如丁未年爲星加坡同志陳楚楠等開設「中興日報」助購鉛字及物色記者是也。「三民主義」之成爲民族、民權、民生、三大主義之簡稱，卽由「中國日報」所首倡者。

時至丙午秋間，「同盟會香港分會」蓬勃發展，已達高峯。香港及廣州同志加盟者達二千餘人。冬月，會長陳少白辭職，幹部改組。自由當選繼任會長。由是，一應黨務報務均由其負責。是時，據「同盟會」組織系統，所有西南廣東各省之軍事黨務，及南洋美洲各黨部之交通事務，均歸「香港分會」直接主持，故「分會」實爲革命運動之重鎭，及各方交通之樞紐。自由以年方廿五之靑年，精神飽滿，能力充沛，經驗豐富，熱誠過人，才識並懋，人格純潔，如今驟膺重任，獨當一面，更苦心勉力，日夜策劃，又得同志合作，賢妻內助，以故成績斐然，今敘述其大略於后，詳情則弗及。

在黨務方面，自由除照常爲「中國日報」主持營業、發表言論外，其工作有如：爲新黨員主盟、聯絡各方黨部及同志、招待黨內過往重要人物、接收及轉滙華僑捐款、推進各地黨務、就地籌募經費、營救被捕同志（如余丑在香港）等等是也。

軍事方面，則有參訂起事計劃、購運炸藥槍械、運動廣東軍隊、接濟各方軍費等等重要工作。綜計自由任會長之後，革命行動經其直接策動者，先後有丁未（一九〇七）四月潮州黃岡之役、惠州七女湖之役、五月劉思復在廣州謀炸水師提督李準之役（並於其失敗後設法營救）、及九月惠州汕尾運械之役。由其間接參預者，則有丁未七月欽州防城之役、十月廣西鎮南關之役、戊申（一九〇八）二月欽州馬篤山之役、三月雲南河口之役、庚戌（一九一〇）正月廣州新軍之役。

關於上述最後一役，其最高指揮機關爲新設之「同盟會南方支部」。先是，「同盟會」總部以南方黨務軍事日趨繁重，乃於組織統系中別置「南方支部」，負責主持南方各處黨務及直接策動與指揮軍事進行，而「香港分會」則專負港方黨務之責。己酉（一九〇九），胡漢民至港就任「南方支部」部長，故庚戌新軍之役即由其直接主持者。自由則仍以「香港分會」會長地位一力贊助其籌餉運械及他種準備。前此，「分會」會所經三遷而復設在德輔道中三〇一號「中國日報」新社前樓內，其家眷則居後樓。凡策動革命之槍械炸藥亦均存儲於同一樓上。比工作日趨緊張，目標顯露，自由屢被警察署傳去究問，恐有不測，乃遷家於灣仔東海旁街。一切藥械軍用品亦移置家中。各方革命健將之過港者，均以馮宅爲居停。凡此皆由其婦自平親自主持，勞勛甚著，足稱難夫難婦。

在籌備新軍舉事期間，宅中工作尤忙。男女同志孫眉（國父之兄）、陳淑子（胡漢民妻）、徐宗漢（後爲黃興妻）、與李自平等，晝夜不停，縫製軍旗，及置備其他軍用品。自平與各女同志更躬冒大險，親運旗械彈藥至粵。起事時，突有「青天白日滿地紅」革命大旗百餘面出現，即此時所製而先事運入者也。自乙巳至庚戌首尾六年間，爲自由實行革命之最活動時期，亦爲其一生立功於革命運動最多最大時期。

于役北美

自庚戌新軍之役失敗後，黨中領袖胡漢民、黃興、趙聲等，力圖再舉。然南洋、香港各處同志捐輸之力已竭，不能再支。「中國日報」亦因受軍事失敗影響，營業落下，難以維持。於是各領袖不得不作開闢新財源以資繼續奮鬭之計。適其時加拿大溫哥華埠之致公堂籌備開辦「大漢日報」以作洪門宣傳機關，專函來港請自由代爲物色主筆。自由以是時南方黨務既有「支部」胡漢民等主持，「香港分會」任務較輕，可以卸肩而轉負其他重任，以爲黨打出生路。會斯時香港政府以其革命活動過甚，恐惹起清吏交涉，乃由警察署勸其自動離境。自由遂自告奮勇，以洪門高級幹部資格（「草鞋」）應聘，孑身渡洋。「香港分會」會長由謝英伯繼任，而「中國日報」則完全移交「南方支部」接辦。自由眷屬留居香港，其家仍爲招待同志及儲藏軍械之所，由其妻自平主持焉。

夏間，自由先抵域多利埠，「致公堂」堂友一致歡迎。加屬「致公堂」總堂一向設於域埠。但堂友之多，勢力之大，及地點之適中，則以溫埠爲最，大有與域埠總堂互爭雄長之勢。自由以至誠苦心調處兩間，使維持現狀，故堂中最高幹部甚德之，因而取得其信任與合作，大利於以後籌餉進行。先是，保皇黨徒已入寇「致公堂」，在各埠遍樹勢力，又在域埠開辦「日新報」，以作喉舌。僑胞不察，多爲所愚。其聲勢之大，幾有壓倒「致公堂」之勢。自由既來主持筆政，立即施行猛烈的進攻。在積極方面，一力鼓吹反清復漢之革命宗旨。在消極方面，則以犀利的筆鋒予保皇黨以不留餘地的打擊，層層駁斥其妄論謬見，兼盡量暴露康有爲師徒等棍騙華僑之謊言惡行。無日不與「日新報」記者筆戰，經年不息，連載至二百餘續，是爲海外革命與保皇兩黨最激烈的，最持久的戰鬭。同時，自由兼爲三藩市「大同日報」（亦「致公堂」所辦者）撰文，著有「最近中國革命之種種運動」長篇，都四萬餘言，連續發表，實初期革命史實，而爲後來所著「開國前革命史」之藍本也。由是僑胞與「致公堂」人士之政治知識大增，革命情緒亦激進。更有若干保皇黨重要分子及報館記者迷夢突被喚醒，翻然皈依革命眞理者，文字收功可謂大矣。自由更乘勢遊歷各埠，到處宣傳革命，所至咸受僑胞與堂友歡迎。於是「致公堂」聲勢復張，而爲革命籌餉之時機亦成熟矣。

其時，國父正在南洋檳城（庇能），方欲渡美。自由乃發電告以好消息，請其於抵美後即來加拿大大舉籌餉。國父接電喜極，即依議，於抵紐約後，逕赴温高華埠。辛亥正月（一九一一），翩然蒞止。全埠華僑團體、洪門人士，一致熱烈歡迎。乃逐日爲僑胞公開演講革命問題，人心嚮往。自由乃乘機提議設立「洪門籌餉局」，積極進行。温埠「致公堂」先捐港幣萬元以爲衆倡。時，黃興、趙聲等以運動起事（即後來黃花崗之役）就緒，急電請滙款接濟。自由爲應付緊急需要計，與國父相商，建議各埠洪門變產救國。域多利埠總堂首先響應，以會所樓房向銀行抵押得港幣三萬元。都朗度埠「致公堂」繼之，變賣會所，得港幣萬元。滿地可埠堂友又籌得四千元。另有個人熱心輸將者不少。所得之款，立即掃數滙回「香港支部」，以爲大舉起義軍費。國父旋赴美活動，籌餉局暫告結束。自由奉命留加，繼續活動。前後經其一手滙港者數達七萬餘元，佔黃花崗之役全部軍費（共計十五萬七千餘元）之半，爲海外各地捐輸成績之最高者。

向因籌餉事至重至大，自由與少數同志未曾公開組織「同盟會」，冀免與「致公堂」發生磨擦或誤會。至是，乃著手正式組織。温、域、兩埠加盟者共約百人。四月成立，自由被舉爲加拿大「同盟會」支部長。在其指導下，温埠同志以區區少數人，幾盡行奪獲久在保皇黨把持下「中華會館」各董事席位。未幾，武昌首義，各同志即藉此機構發動接濟革命軍之救國義捐。

同年七月，國父在美以「致公堂」與「同盟會」兩革命團體人員感情不大融洽，妨礙籌餉進行，電邀自由赴三藩市爲助，斡旋兩間，冀亦如加屬之得收殊功。自由應命，抵埠不二十日，而武昌首義之消息已傳到矣。其留港之妻子兒女全家本已準備赴美，正束裝待發，突接自由來電云不日返國，遂不果行。

冬十月初旬，自由買棹東歸。「同盟會」、「致公堂」、及「洪門籌餉局」、三大革命團體公推爲「旅美華僑革命黨總代表」回國參加革命政府之組織。十一月朔，抵上海。

同月初六日（一九一一、十二、二五），國父回至上海，旋當選中華民國臨時大總統。中華民國元年元旦（一九一二），臨時政府成立，大總統就職於南京。自由奉委爲總統府機要秘書。「同盟會」本部則派其主持華僑選舉事務。時，行年三十有一歲。

政治活動

及清帝遜位，南北統一，袁世凱繼任大總統。因國父與黃興之推薦，自由膺任「臨時稽勳局長」，於是北上就職。「稽勳局」既成立，首先施展撫郵先烈、褒揚殊功之工作。又設分局於各省，分別延攬同志，分工合作，積極調查，將殉義積功之同志及其事蹟，各造表冊彙送總局。復資送有功革命之青年多人留學美國，以廣造就。九月，親自出巡南北多省，促進調查工作。其間，曾回粵一次，調停都督與省議會關於權限之爭，使黨內團結。十一月中，始回京。

先于元年夏間，「同盟會」內閣人員與總理唐紹儀聯袂辭職。袁氏擬以自由爲繼任之陸徵祥內閣之工商總長，藉以攪亂民黨陣線。自由以脫黨求官，氣節盡失矣，婉卻焉，遂中其忌。此爲後來解散「稽勳局」之遠因。

二年春（癸丑，一九一三），海外華僑各團體所派代表歸國，參加參議院選舉者百八十餘人，羣集北京。「國民黨」（上年八月中由「同盟會」改組爲大政黨）總部委派自由招待華僑同志。各同志共同組織「華僑聯合會」。自由當選爲會長。

至六月間，第一期稽勳工作辦理就緒。對於海內外革命同志之殉難或積功著，大小事蹟，搜羅徵集，極爲詳盡。行見民國酬庸賞功之典，普遍頒給，生死無遺矣。詎料至七月間，世凱竊國稱帝之野心奸謀日益顯著，第二次革命軍起義聲討。「國民黨」同志之居北京者，人人自危。自由預料前途險象環生，亟設法保存稽勳表冊，詭稱各省分局送來者過於簡陋，一一發回重製，乃以全部秘密運至上海，託親信人員愼密保藏。其第一批撫䘏殉難同志之檔案，則另行派員運出，經天津轉送上海，以無處安置，逕送上海稽勳分局暫存。至七月杪，自由被世凱非法逮捕。入獄五日，僥倖得釋，乃南下至滬。時，「稽勳局」已奉令歸併於「銓敍局」。該局卽派員赴滬押運撫䘏先烈之檔案回京。幸而先事秘密運滬之表冊全部保存。其後，自由之撰著各種革命史多取材於此，誠革命歷史之寶貴文獻也。及世凱死後，黎元洪繼任大總統，嘗欲恢復「稽勳局」，終因當時得勢之梁啓超力持異議而罷。自由雖未能完成此一重大任務，然後來根據稽勳表冊，陸續撰著革命史至百餘萬言，竟其全功，可謂「收之桑榆」矣。

既出獄，自由經上海回香港與家人團聚。老父鏡如翁自河山光復後，已由日回廣州，卜居河南，適于二年冬去世。其時，龍濟光盤據粵東，附和袁氏帝制，仇殺革命黨人。自由不克回穗送終及奔喪，固爲國忘家，仍不能不終身抱恨也。

三年（甲寅，一九一四）一月，自由從香港赴橫濱。時，國父在日改組「國民黨」爲「中華革命黨」，發動討袁運動。七月，黨部成立，自由膺任黨務部副部長，旋奉派再度赴美聯絡同志，推進黨務，及籌募軍費。翌年（乙卯），任「中國國民黨美洲支部部長」（海外支部名稱仍舊，不改組）兼刊行「民口雜志」，專事鼓吹打倒國賊，著有「三次革命軍」。又與林森等週遊各埠，籌餉討袁，先後滙回日金百二十萬元。其時，美洲「致公黨」已改名「中華民國公會」，自由被選爲總會會長。五年（丙辰，一九一六），　國父以黨內新舊兩派同志，意見紛歧，感情不洽，電召自由回日調停。

未幾，世凱取消帝制，六月身死。黎元洪繼任大總統，恢復國會。參議院議員依法改選三分之一。六年夏，各地華僑代表歸國參加選舉者七百餘人。自由受海外十三區之華僑團體委託爲代表。惟只能代表一區，遂以日本長崎華僑總商會代表資格入京參加，卽當選爲第二屆華僑區參議員。一月後，黎元洪因督軍團之壓迫，復解散國會。新舊參議員絡繹南下。七月，　國父躬率海軍程璧光等南下發動護法之役，自由隨焉。時則國會議員集中廣州，開非常會議，建置軍政府，舉　國父爲大元帥。自由於出席非常會議外，兼出入帥府及黨部，參預軍政大計。舉家遷居廣州。

七年（戊午，一九一八），廣東督軍桂系莫榮新，與財政廳長政學系楊永泰，及國會議長吳景濂等相勾結，合謀改組軍政府，行總裁制。國父辭職赴滬。自由仍留粵。時，「國民黨」名記者陳耿夫在其私人主辦之「民主報」挺身反對改組軍政府之舉，痛斥莫等排擠　國父之不是，乃大遭桂系軍閥之忌恨。又因刊布不利於政學系之傳單，永泰等老羞成怒，慫恿榮新逮捕之，且立予槍斃。自由與耿夫爲多年同志，且友誼甚篤，聞而奔走營救，已不及矣。事後，親向戚友募集港幣二千餘金，以䘏其家屬焉。至八年（己未，一九一九），粵中報界組織記者團赴日本考察。自由以香港「大光報」及「香江晨報」代表名義參加。自是，趁機去粵。其後，與家人旅居香港，息影家園，閉門課子女，教以作文及詞章之學。計其自參加革命二十餘年，不時于役四方，至是兩三年間始得稍享淸閒安適之生活及家人團聚之幸福。

至十一年（壬戌，一九二二），黎元洪復任大總統，國會二度恢復。自由復起東山，北上出席參議院。時，楊永泰挾巨資，以全力運動當選議長，竟以三千元賄自由，欲買其一票，及得其助力，自由嚴拒之，並聲言誓必反對，蓋念念不忘其昔年助紂爲虐以推翻軍政府及槍斃陳耿夫之罪惡也，乃於選舉時大書「三千元」於票上以愧之，且於唱票時，一躍登臺，奪取各選票，一一撕毀，散之臺下。賄選之局，遂爲粉碎，議長一席以後終不能產出矣（行委員制輪任主席）。翌晨，報上有大書特書、稱此幕喜劇曰「馮自由天女散花」者。知其背景及眞象者，無不稱快。而自由良心稍安，以爲差足以對民黨、對同志、對亡友、對華僑也。（按：陳耿夫本越南華僑。）十二年，北方政治日趨黑暗，曹錕賄選總統，自由與民黨同志拒絕爲「豬仔議員」，復回粵，在黨中再効勞於反抗北洋軍閥之革命運動，自設「民治通訊社」於廣州，力事宣傳。

反共先鋒

十三年（甲子，一九二四）十月下旬，　國父派林森等爲國民黨臨時中央執行委員，自由爲候補執行委員之一，兼常務委員。迨全黨改組後，實行容納共產黨徒之政策。自由力排衆議，極力反對，言行激烈，大受譴責。是爲黨幹部中公開反共之「急先鋒」。汪精衛、廖仲凱等親共派與共產黨徒尤忌之，排斥中傷不遺餘力，乃被迫去粵，舉家至滬。至則日與老同志章炳麟等共商護黨救國辦法。

翌年（乙丑，一九二五），自由在滬與志同道合之友人組織「同志俱樂部」以利進行。汪廖等恨之彌甚，於　國父去世後，竟在粵提議通過開除其黨籍。時，自由行年四十有四歲矣。不圖於其自童年効力革命於茲已屆三十年之秋，竟被屛棄於其親自參與發起及久任幹部盡力發展之革命團體之外！初時，自然難免憤憤不平，倖倖不安，心懷怨望，精神沮喪。幸得賢內助深明大義，相夫有法，力爲勸慰，而其本人亦因學養有素，以理制情，服膺主義，保持節槩，不至流爲反動叛黨之反革命者。

自是韜光養晦，靜待時機，更能利用閒暇時日，整理曩時所保存之稽勳表册，埋頭著作。計在此期間撰成「中華民國開國前革命史」上中二編，都三十餘萬言，於十七年、十九年先後問世，由其在滬所自設之「革命史編輯社」出版。是爲中華民國翔實可信、價値甚高、及最先問世之建國史，而爲研究中國現代史者所必讀之參考書。昔司馬遷、班固、司馬光等古代名史家，均於其實際活動、政治生涯失意後，時窮計變，由動而靜，收拾放心，集中精神，薈萃才力，抒發情感，而撰成永垂不朽之名著。今自由之經驗及成就，又何以異此？然後知在人生進程中，橫逆之來，苟善利用之，反可變爲有志者成功之踏足石也。在十七年間（戊辰，一九二八），適有親友在滬開設「新新公司」，其外舅李煜堂任董事長，自由受聘爲總經理。是不過一時權宜之計，暫隱於貨殖，其志豈在爲陶朱公乎？廿年，嘗奉煜堂命至哈爾濱視察商業，數月始回滬。

革命史家

二十二年（癸酉，一九三三），孫科任立法院院長。自由膺任立法委員，與筆者共事於一院。時，年五十有二歲。越二年，由孫等提議恢復其黨籍。自由乃有「反共除名第一人，而今倖獲降殊恩」之句，自鳴得意。（原詩十首載本篇下文）

二十五年（丙子，一九三六）三月，筆者於公餘在滬創辦「逸經」文史半月刊。內容對於太平革命與國民革命兩役史實與文獻盡量登載，以發揚民族主義，及表彰革命偉蹟。自由首先贊成，一力襄助，著筆撰述「革命逸史」，連續發表，至翌年八月卅五期上海淪陷前停刊爲止。因分期投稿，不斷寫作，持之有恒，故成績甚富。是編資料係由其個人記憶所及，一一書出，並引用其三十年來所保存之筆記、函牘、文件、照片、舊報紀載（海內外革命日報）、個人舊作，又頻頻訪問「老同盟」各同志而得其口述往事，復參考曩年「稽勳局」所留存之表册，以故豐富翔實，無可比倫。加以其行文暢達，筆調流麗，透視準確，秉筆公平，而體裁則側重革命人物傳記及革命軼聞，輕鬆有趣，人人愛讀，尤爲研究近代史者所珍視，遂成爲「逸經」最大特色之一，亦爲自由對於革命運動及學術界一大貢獻也。（按：其前著「開國前革命史」記述各役革命事實之始末，係「紀事本末」體裁，異於「逸史」。）

二十七年（戊寅，一九三八）三月，筆者在香港主辦「大風」旬刊（後改作半月刊），以爲抗日大戰之文化工作。時，自由亦舉家遷港，乃繼續撰著「革命逸史」二集，布之「大風」，按期發表。前在「逸經」所登載者，則重新整理，彙編爲第一集，交由商務印書館印行，於二十八年六月出版。至三十年（辛巳，一九四一）十二月，日軍寇港，「大風」出版至一〇二期停刊。自由乃擱筆，於港九淪陷後之翌年（壬午，一九四二），復挈家人回祖國，居重慶。

高風亮節

筆者與自由久已訂交，惟在「逸經」與「大風」兩時期，先後同在滬、港，故過從最密，乃得深識其人格、品性與生活概況。其人根本是徹底的民族主義者、最愛國家者。一生富有正義感，廉潔自持，守正不阿，於是非、忠奸、善惡、義利之辨最嚴。又夙具革命性，自始對於民族大仇之滿清及「保皇黨」，誓死反抗，視爲神聖的鬭爭，復與禍國殃民之國賊、軍閥、漢奸、共黨等等毫不妥協，誓不兩立，口誅筆伐，視同寇讎，務打倒之而後已。天賦品性：坦率、戇直、眞誠，不作僞君子，不戴假面具，心直口直，罔知覸風趨避，或逢迎，或忌諱，故常與人忤，每與異己者斤斤爭辯，不憚是其所是，孤立獨行，從不肯屈己降志，或夤緣鑽營，以求顯職高位，大概因此不時遭忌、招怨、甚且樹敵，是故雖以其革命元勳之功績與資歷，不免於革命成功之後，屢受挫折而時在坎坷失意中，然卻可反映其高風亮節。此正是其人格之光榮而非恥辱也。

至其平素處世待人，則和藹謙恭，無論貴賤、貧富、尊卑、老幼，皆一視同仁，樂與交遊，不改常態。又富有幽默感，與人談話，詼諧百出，風趣橫生。其文字作風（特別在「逸史」）亦如此。在生活上，悉本自然，談笑自若，無矯揉造作或裝腔作勢之惡習，且不卑不亢，不驕不諂，無崖岸自高或傲氣凌人之醜態。對朋友則以誠心善意，有義氣熱情。對家人則待妻以敬，教子以嚴，撫女以寬，然一是以愛爲主。對兒童尤爲慈祥愷悌，好爲之說故事，講小說，滔滔不絕，多時不倦。

論其所學，以文學史學爲優。作文則以散文、記事文、辯論文擅長，下筆萬言，洋洋灑灑，讀者無不傾倒，信爲近代文壇之斲輪老手也。亦能詩，然不多作。又喜作聯語，其歷年輓死難同志之聯，均文義沉痛，對仗工整。（詩與聯散見所著各書，下文彙錄。）語言一科，最擅日文日語。所操國語，多帶濃厚的廣東土音，極不純正。或者正因自覺此短，故在立法院開會時，鮮起立發言。未知其昔年奔走四方與各省同志論事談話時，果如何表達心情意見耳。此不可解之謎也。

自由本性尚有特徵可錄者，即天賦聰明機警，而記憶力尤强，記述多年舊事，始末具備，巨細不遺，甚至多年前每次參加開會之姓名，什九猶能書出，洵天才與奇能也。體格爲中人身材，頭大、面圓、軀幹肥壯。若以貌取人，其不被誤作團團富家翁，或便便大腹賈者幾希。中年以後，脣上蓄小鬍，入晚年則與髮俱白矣。至其忠於所事，勇於負責，篤信主義，堅守節志，種種美德，則具見諸本篇上下文所述之行誼及詩聯，不俟贅言矣。

晚節流芳

三十二年（癸未，一九四三），自由在陪都被選任國民政府委員。時，行年六十有二歲。計其自童年參加革命，至是凡四十年。於茲得躋中華民國國民政府最高級職位，自是其大半生以血汗、以生命、以才能、以勞勤賺來而最爲值得的懋賞，庶足以酬報其爲民族、爲國家所立之大功矣。

直迄抗戰勝利後一年（丙戌，一九四六），舉家重返上海。其間，好整以暇，復埋頭著作，續撰「革命逸史」數十萬言，陸續問世（連前在滬、港、渝、所寫者共有六集）。凡開國前後大事、積功同志之事蹟、革命運動之軼聞、內外黨團之組織、包羅殆盡，百世可傳，故前云其終得完成稽勳任務而以著述竟全功也。其老盟友但燾曾爲此鉅著題詞云：「皤然一老自南來。書局隨身各體該。（原註：司馬温公歷官，皆以書局自隨。）湯武征誅皆歷預。伊周制作是躬陪。盧傳范子工心計。（原註：自由曾以貨殖自晦。）孰識蕭何擅史才。冊載專精方汗簡。上儕實錄下齊諧。」言道其實，不爲溢美，足稱定評。

至三十七年（戊子，一九四八），十二月，以共產黨軍偪京滬，再挈家遷香港。閒居，仍繼續編著革命史，並致力於宗教眞理之研究，卒決心皈依基督，於三十九年（庚寅，一九五〇）在灣仔中華基督教會公理堂受洗禮。其妻則早已加入教會爲基督徒矣。年來，自由老病侵尋，日漸衰弱，多居家靜養，不預外事。幸而家有老妻爲伴，膝下則兒女承歡，又有親友常來探訪，益以信仰宗教，心焉得安。桑榆晚景，殊不寂寞，足使此革命老人怡然自樂，浩然自得。

「烈士暮年」

四十年（辛卯，一九五一）秋八月，自由承　蔣總統電召，扶病偕妻前赴臺灣。時，年屆七旬，垂垂老矣，而壯心未已，猶願於有生之日，竭其最後一分之力効勞於反共復國大業。時，長子成功、長孫宣武、同在臺北任事，宣武亦已生子，乃迎養焉。白髮偕老，四代同堂，晚年福祉，可羨也。

壬辰（一九五三），膺任總統府國策顧問。以後數年，健康雖日壞一日，仍不時與「國史館」及其他機關首長聯絡與商榷，並在文化機構演講革命史蹟。

至四十七年（戊戌，一九五八）春，自由體弱不能支，蓋已抱病經年矣。延至四月六日，溘然長逝。春秋七十有七。彌留時，在半昏迷中尙無時不以國家民族之安危爲念，屢發宏言讜論以警惕國人，惟以未得親覩反攻復國、扶杖歸老家去爲遺恨耳。元配夫人李自平女士因躬親侍疾逾年，積勞成疾，亦於二年後（一九六〇年九月）去世。子成功、成仁、成志，女良玉、紅玉，均曾受大學教育，各成家立業，久在社會服務，各有建樹。有內孫八，外孫三，曾孫三。遺著多種，除上文列舉者外，尙有「華僑革命開國史」、「華僑革命史話」、「華僑革命組織史話」、「辛亥貴州革命黨列傳」、「中國革命運動廿六年組織史」等。

綜觀此革命元勳之一生，歷時六十餘年爲國族効力革命，「鞠躬盡瘁，死而後已」，忠貞一貫，晚節流芳，猶且餘事著書，成三百萬言，使我國民革命運動之偉蹟，永傳萬世，雖古之純臣、良史，何以過之？立德、立功、立言三不朽兼而有之，自由不死矣。

遺作彙錄

自由國學造詣甚深，史學文學均擅長。生平于專撰革命史之外，時作詩歌、對聯、發抒其情愫及理解，固不以詩名也。去世後，亦未見其自輯遺集問世。茲從各報章、雜誌、著述中蒐集遺作麟爪，附刊于此，俾與其人並傳焉，則亦庶可對亡友盡義務矣。

和同學方慶周（十七歲作）

漫天陰雨夕沉陽。一片絃歌萬木森。七十門人聞大道。三千諸佛聽梵音。衆生普渡師尊志。社稷匡扶弟子心。同學少年多努力。我言時事淚沾襟。

戲贈陳耿夫

銅像巍峨陳耿夫。洞神坊裏大規模。卻嫌不及西鄉肸。辜負昂藏七尺軀。

斑園雅集次韻和又文先生（一九三六年）

捫蝨雄談愧此生。那堪冠蓋滿新京。空陳晉鄙車千乘。安保石崇金百楹。抗敵亦聞韓侂胄。誓隣今見范文程。斑園又作新亭感。撫髀長嗟志未成。

自題「革命逸史」

白頭宮女談天寶。古董山人說晚明。今古興亡多少恨。狂歌當哭萬千聲。

民廿四時事新詩（十三首）

民廿四冬，金陵舉行大選，時距熱河淪陷未久，冀北朝不保夕。海內外志士莫不渴望中央毅然決定抗戰大計，實行出師恢復失地。然當日袞袞諸公仍多晏安淫佚，罔圖匡復。凡有血氣，誰不痛心？宋人云：「報國無路，惟有孤憤。」良有以也。余昔偶作新詩二十首，藉抒胸臆。顧以環境所關，未便公之於衆。今者事過境遷，公理日顯，敵愾同仇，舉國一致，吾詩亦大可解除束縛。茲擇錄若干首，先行刊布，以饗同好。讀者其勿視作明日黃花也可。

莽莽燕雲十六州。兩番協定葬東流。稱臣劉豫多於鯽。不見將軍有斷頭。

保國英雄頌宋商。大刀殺敵武名揚。替天行道梁山泊。莫作摩登石敬瑭。

（宋哲元之大刀隊，屢立大功。自汪行政院長免宋察哈爾省主席職後，宋之態度一變。）

自治狂潮天地昏。常山若水竟無人。漢明黨錮應回首。正氣幸存太學生。

（時，日人在平津大製造華北五省自治空氣，强迫宋哲元等接納。除一部學生宣言誓死反對外，無敢非議之者。）

夷目郊迎國禮周。淞沽功業奠金甌。寃禽填海多奇策。碩石何因不點頭。

（日武官土肥原等數次來京，汪令南京市長石瑛率僚屬到機場或車站迎候。石屢抗命不遵，因而大起衝突，憤然辭職。時人號爲强項市長。）

一聲爆竹萬人驚。學究狼奔棄寶星。更有汽車輪下客。泥塗軒冕作麼生。

（汪精衞被擊時，某學究（編者按：此指羅家倫）棄其徽章狂奔入厠。某部長匿於汽車輪下，衣履盡污。）

天下誰人不罵曹。相公吐握煞賢勞。何來博浪椎秦客。不是留侯是趙高。

（刺汪之孫鳳鳴、曾隸籍改組派。）

救友除兇不顧身。睢陽老將義干雲。兩番罵賊抒孤憤。愧煞官僚小後生。

（張溥泉繼於抱持刺客以救汪後，嘗在會場二次發言，謂因救一老朋友，而犧牲一愛國志士，實深慚愧云。）

擊賊施全著義聲。臨安豪氣貫金陵。湯山道上輪蹄急。誰聽高崗一鳳鳴。

（刺客死後，湯山鎮道上之永安公墓特闢地葬之。老友某君更解囊爲之勒碑，題曰「孫鳳鳴之墓」。）

報道元戎大誓師。精誠貫日解羣疑。佇看十萬橫磨劍。好向雷池一步移。

（何梅協定，限制調軍駐黃河以北，故在八一三以前，中央軍無有渡過河北境內者。）

捧場叫座羨羣公。南北諸侯盡嚮風。唱罷籌糧復登殿。驪山烽火蓋天紅。

（時各省當局仍多視本省利害爲轉移，是爲抗敵疏懈之一原因。）

大樹將軍氣慨雄。會場題字表精忠。聲聲抗敵能興國。吾弟焉能不服從。

（馮煥章日在會場爲人寫字，語語不離抗敵救國。）

反共除名第一人。而今幸獲降殊恩。當年縱火行兇者。爛額焦頭座上賓。

（民十四　總理逝世後，汪精衛由平電粵，謂余組織國民黨同志俱樂部，主張反共救國，要求將余開除黨籍。廖仲凱、譚平山等助成之。是屆大會始由孫哲生等提議恢復余之黨籍。今精衛竟蹈余覆轍，大倡反共救國，前後儼同兩人，思之不禁啞然失笑。）

黨政軍權萃一身，補天浴日誕斯人。諸君試讀歌燒餅。氣運南方出將臣。

（民國廿八年十一月「大風」五十五期）

輓廖蘋菴平子

鄉災慘重繫人思。忽報蘋菴亦死之。三十九年同難友。電傳噩耗痛何如。

寄供錢物剛三日。展讀晉書未匝旬。豈料遽成生死別。最憐貧病兩戕君。

（九月一日尚有書寄余告病，謂醫藥皆成問題，十九日即不起。）

欲藉詩謌掃敵氛。拜倫荷馬見斯人。「淹留」以後「予心」繼。立懦廉頑振國魂。

（『淹留』刋於澳門，『予心』刋於曲江，皆平子個人寫作之抗戰詩史。）

鬻畫從公事壯哉。獻機殺敵出書欵。詩翁正氣塞天地。愧煞貪汚國難財。

（本年夏，平子發宏願，擬鬻畫，購滑翔機一架獻政府。）

孤高恰似林和靖。義勇强逾管幼安。一讀遺篇一垂涕。秋風秋雨倍神傷。

（平子嘗號召鄉團與日寇戰而敗。去冬，偕同志周之貞冒險入順德淪陷區，搶救難民四百餘人。）

去夏香江弔亞斧。今秋渝市哭蘋菴。九泉若遇倭奴鬼。敬懇偏勞殺一□。（按：末一字原刋「場」，不協韻，疑誤。）

（亞斧係監察委員王斧別號。）

（民國卅二年壬午載「革命逸史」二集頁三六三）

自題「革命逸史」（二集、十首）

仲尼當阨春秋作。左丘失明國語成。我志未酬愧死友。寫將「逸史」寄平生。

趙宣受惡稱賢相。崔杼防民號賊臣。千古是非公論在。景陽綱目畏何人。

子房辟穀從黃石。少伯扁舟泛五湖。若使當年工述作。不勞遷固遠操觚。

前代傳聞有異辭。即今親見亦支離。何如締造艱難輩。各述行藏盡所知。

總理重陽唱大風。予生十四便從公。「興中會」設橫濱日。我是馬前一小童。

（按：此指十四歲時奉　國父命加入興中會事。）

「開智錄」倡平等說。「國民報」擊自由鐘。二四六年「亡國」痛。「青年」思想自陶融。

（按：此指在日本發刊「開智錄」，「國民報」，及發起「亡國紀念會」、「青年會」事。）

重光漢業扶「中國」。善誘僑胞說「大同」。北美南洋司木鐸。空文差幸奏膚功。

（按：此指任香港「中國」、北美「大同」日報通訊員及司檀香山「隆記報」、星加坡「圖南報」傳達消息事。）

「同盟」大會溯先河。七載經營俊傑多。若把關中比香港。不才豈敢望蕭何？

（按：此指同盟會成立後奉派于役香港北美前後七年事。）

元年忝長「稽勳局」。晚歲重修「革命」編。自信董南能直筆。開基功業此書傳。

數典忘先大有人。沐猴蒙馬更紛紛。一篇實錄皆身歷。啓導青年認國魂。

（民國卅二年二集）

六十三自題十二首

行年七九未衰翁。幼侍孫公唱大同。細數同根多萎謝。空留後死叙豐功。

行年七九未衰翁。回想當年歌大風。無量頭顱無量血。最憐鳴釜毀黃鐘。

行年七九未衰翁。恪守前盟貫始終。安得金田舊儔侶。一堂高唱大江東。

行年七九未衰翁。太息民權尚落空。三十三年民主夢。幾人繼撞自由鐘。

行年七九未衰翁。鬢髮皤皤勝太公。何處渭濱可垂釣。滿天鷹隼嘆藏弓。

行年七九未衰翁。不爲時艱感困窮。多難興邦從古訓。好憑天運自興中。

行年七九未衰翁。蜷伏山城地一弓。水色嵐光都在望。詩情文思兩無窮。

行年七九未衰翁。壯志仍如萬丈虹。食量兼人凌少壯。獨憐雙足不禁風。

行年七九未衰翁。遺恨稽勳大業空。日述見聞補殘缺。可能左馬遠追蹤。

行年七九未衰翁。賴有糟糠井臼工。多病多愁多遠見。良言時誡逞辭鋒。

行年七九未衰翁。繞膝羣孫待集中。預卜來年倭寇靖。故園同啖荔枝紅。

行年七九未衰翁。翹待還都共慶功。戰後萬般皆入軌。雍熙長作太平農。

（民國卅三年癸未年「革命逸史」三集）

陳劉猛進碑歸粵誌喜

陳碑國寶舊知名。載譽長征萬里程。難得地靈思故土。又隨簡子返羊城。

猛進高風冠六朝。浩然正氣貫雲霄。黃花義烈垂先訓。更有曲江梁鏡堯。

（附註：梁鏡堯、順德人，曲江仲元中學校長。三十四年一月，日寇犯曲江。軍民兩長，望風先逃。獨鏡堯率二子及師生力戰殉義，爲吾粵生色不少。余另有傳記之。）

（又文按：馮著「梁鏡堯傳」載「廣東文物特輯」，一九四一年「廣東文獻館」編印，茲不錄。）

輓章炳麟（民廿四、六月）

大軍已潰八公山，憐當局責重憂深，雪恥不忘王丞相。

與子昔倡亡國會，嘆此日人凋邦瘁，傷心重作漢遺民。

輓陳天華（丙午一九〇六，香港）

生平得愛友二人，星台（天華字）殉國，厪午（黃興字）何之，可嘆吾黨英才，又弱一個。

靈爽憑健兒五百，公武（南洋同志通函向諱稱孫文二字曰公武）鳴鐘，自由不死，誓覆虜酋政府，實踐三民。

輓南軍都督王和順（民廿三年）

欽廉轉戰經旬，復指揮河口義師，論功不讓黃厪午（黃興字）。

清廷懸賞十萬，僅博得民國薄卹，當局何忘介子推。

輓李是男（民廿六）

興唐李靖，代有賢孫，記倡義美洲，勳蹟永銘金幣券。

顧曲周郎，偏多短命，嘆收功赤壁，延壽難爲鐵肺人。

賀尤烈七十華壽

漢室中興，誰識釣魚嚴處士。

香山大會，同拜單騎郭令公。

輓尤烈（民廿五、十二月）

嚴子陵釣罷歸來，還與光武共生死。

介之推恥言利祿，遂教狐趙作元勛。

常德四次大捷應　少颿先生雅屬

靈均正氣溢沅湘。又見平夷戚繼光。預計甕中優捉鼈。故教湖畔盡殲狼。洞庭四濺兇倭血。常德無留惡虎倀。此日天山三箭定。佇看飛將搗扶桑。

民國三十三年五月二日

附言：關於本篇內容資料係（一）彙集馮先生所著各書中之自述，（二）參考其他各種革命史料書報，（三）採用其家人戚屬之口述，及（四）根據筆者自己知識與記憶所及。語語均有所本，文內未便一一註明出處，閱者諒焉。

閱者諸君，如有關於馮自由先生其他資料或遺著。至望錄寄。俾得補編。幸甚幸甚！

又文附志

一九六三年一月初稿

一九七二年二月增訂

張自忠成仁取義

大將星沉黯戟門，至今餘烈感卅年；
料知濺血為淵日，化作長虹掃陣雲。
——張自忠上將殉國卅週年。黃杰輓詩

劉棨琮

我中華民族雄據東亞，蕃衍生息，垂四千餘年。每當遭受異族及國外侵略的危急存亡之秋，中華兒女為求國族的生存，必然會顧全大體，緊握着同舟共濟的民族大義，奮袂而起共禦外侮。這其間，不知經過了多少次的戰役，寫下了無數頁輝煌的史册；更由於我優秀文化所孕育涵養，代出良將，往者如霍、衛、韓、岳，固無論矣；而就盧溝橋事變掀開長期抗戰的序幕開端，在八年堅苦艱危的浴血奮鬪中，全國殺敵致果的英勇將士，在最高統帥　蔣委員長英明領導之下，傑出將才的英勇殺敵而壯烈成仁者，不知凡幾，若舉其謀國之忠，死事之烈，允稱為模範軍人，則必推張藎忱將軍。

鄂北大捷後，廿九年五月初，日寇為保有武漢，敵軍復於鄂南、鄂中、豫南，抽集七師團重兵，集中於信陽、隨縣、鍾祥三個地區，採分進合擊戰術再犯襄樊。我軍除於中央之隨棗路（即祥花路）方面抵抗，幷以一部固守桐柏、大洪兩山外，主力則向側翼移動，力爭外線主動地位。五月十日，敵包圍態勢已告完成；時張將軍率第七十四師由宜城（今自忠縣）渡河截擊，當七日晚，將軍親率一部輕裝部隊出發前，貽書副總司令馮治安將軍，矢以必死國事，（原信現存國史陳列館），書云：

「因為戰區全面戰爭關係及本身之責任，均須過河與敵一拚，現已決定於今晚往襄河東岸進發；到河東後，如能與三十八師、一七九師取得聯絡，即率該兩部與馬師，不顧一切向北進之敵死拚；設若與一七九師、三十八師取不上聯絡，即帶馬之三個團，奔着我們最終之目標——死，往北邁進，無論作好作壞，一定求良心得到安慰；以後公私，均得請我弟負責。由現在起，以後或暫別、或永離，不得而知！」

軍人保國守土為天職，基於民族大義，將帥必須有經國濟世的遠略，旋轉乾坤的壯志，嚙雪吞旃的氣節，悲壯從容的犧牲，張將軍孤軍既渡，誓死効命，字裏行間，充滿報國成仁，滅敵取義之無畏精神，迄今讀之，猶擲地有聲。昔曾國藩有云：「讀李密的陳情表而不動情，其人必不孝；讀諸葛亮的出師表而不動情，其人必不忠。」是則讀張自忠出征前的絕筆書，其磅礴壯志，令人油然生見賢思齊之念，若不動情，其人必不義！

民族英雄張自忠將軍

今年五月十六日，是前國軍第卅三集團軍總司令張自忠將軍殉國卅二週年紀念日，而且適逢將軍八十二冥誕。一項以血和淚交織而寫成的悲壯史料，已於四月廿日起，在台北市中華路國軍文藝中心展出數天，筆者抽閒前往參觀，瀏覽展覽會場一週，對這位壯烈殉國的模範將領，不勝其仰慕之感，更有肅然起敬永懷千古之念！

張將軍諱自忠，號藎忱，山東臨清人，為魯西望族。祖父春林公，樂善好施，名重鄉里，父國桂公為官於蘇之海州，著有政聲；母馮氏，生子女七人，論雁序，將軍行五，將軍生於民國紀元前二十一年七月七日，少時隨父任所攻讀，繼入臨清中學，復畢業於天津法政專門學校。

時共和肇造，國勢積弱，適內憂外患，交相煎迫，將軍蒿目時艱，毅然有報國之志，民國三年，效班超投筆從戎，視專科文憑如敝屣，居然屈就陸軍第廿師為學兵，未免大才小用。

當今新武器日新月異，指揮作戰已進入藝術化的境地，在哲學、兵學、科學三者貫通，始能成為一個現代化標準軍人之際，必須虛心涵泳，取法張將軍那種文武合一，術德兼修的精神，才能得心應手。

張將軍自奉儉樸，生活簡陋，比之那些雄霸一方的驕悍之將，益得其偉大處。他有一個高大而微胖的身軀，不愧為北方之强；他不健談，更不善應酬，在駐守襄樊與當陽之間的快活舖小鎮上時，僅穿普通的灰布棉軍服，沒有任何官階標識，看上去幾與士卒一樣，雖然面容顏色略帶蒼白，可是眉宇之間，卻呈現一股堅毅之剛氣，梁實秋先生曾說：自奉儉樸的人，方能成大事；訥認寡言笑的人，方能立大功。如此說法，藎忱將軍無愧為國之干城，足資楷模的將領！

張

自

忠

張自忠之名片

當九一八事變之後，外則有日寇的跋扈瘋狂，到處挑釁製造事端；內則有失意軍閥為虎作倀，共軍在後方騷擾，情勢岌岌可危。

中央為先安內而後攘外，集中全力建設國防，苦心焦慮，忍辱負重。

時張自忠為二十九軍宋哲元部之三十八師師長，長城之役予敵巨創，聲譽鵲起。然而，一個人處順境易，處逆境難，處於有「難言之隱」的逆境更難，當冀察政務委員會成立後，廿四年十一月，張將軍繼秦德純氏出任察哈爾省政府主席，旋長天津市。內而整軍經武，嚴備非常；外而朝夕週旋，力持危局，處境最艱，用心良苦。此時，中央的決策，本委曲求全原則，百般應付日本人，冀圖設法保持華北領土的完整，使中日關係不至破裂而啓戰端，在這種矛盾的情形下，張將軍涕泣受命，犧牲小我，忍辱含垢，乃扮演親日的人物，盡折衝樽俎之能事。雖則處危疑之地，蹈不測之機，頗為輿論所非，唯求良心之所安。

及七七事變起，平津相繼淪陷前，宋哲元移駐保定，手令張將軍兼任冀察政務委員會委員長、北平綏靖公署主任、北平市長三要職。

時將軍一面被國人罵為媚敵漢奸，一面又受日人的百般侮辱，在這雙重壓迫之下，內心痛苦異常，而日方對其真實態度，已認識清楚，張將軍處身危城，有如纍卵，決設計離平轉道南下，晉謁當局，面呈顛末，統帥慰勉有加，信任尤篤，特授張將軍為第五十九軍軍長，造成臨沂的光榮戰績，迫後台兒莊戰役，將軍再創强寇，忠勇為國之心，益大白于世。

將軍於二十八年十一月，升任為第卅三集團軍總司令，晉陸軍上將銜，繼兼任第五戰區右翼兵團總司令，親與鍾祥、鄂北之役，所至皆捷。

翌年夏，敵以重兵再犯襄樊，五月十日，將軍於大風傍晚黃沙蔽天之際，率所屬渡河截擊，殲敵盈野。十六日敵援軍突至，陷將軍於重圍中，雖形格勢禁，衆寡懸絕，猶挈孤旅苦戰，往復衝殺者十餘次，不僅部衆傷亡殆盡，其右翼復受重創，而且將軍去敵僅數百武。事甚急危，左右欲曳引以去，將軍則厲色瞋目而呵斥之曰：「此我成仁之日也，有死無退！」身被六創，猶奮臂高呼：「殺敵！」不已，繼拔佩劍自裁，一慟而絕，壯烈殉國。

將軍與敵作戰，始於喜峯口之役，迄於豫鄂之役。所部紀律嚴明，秋毫無犯，居常與士卒同處，遇有疾苦必推誠撫慰，親如家人，以故深得士心，懷德畏威，願同生死。不幸頑敵未夷，喪我股肱，當噩耗傳到陪都，最高統帥聞訊震悼，愴痛殊深，迨靈櫬運抵重慶時，在儲考門設奠，委員長親臨撫慟致祭，並通電全軍，縷述其英偉事蹟云：「……蓋藎忱前主察政，後長津市，皆以身當樽俎折衝之交，忍痛含垢與敵週旋，衆謗羣疑無所搖奪，而未嘗以一語自明。惟中正自知其苦衷與枉曲，乃特加愛護矜全，而猶爲全國人士所不諒也，然後知其忠義之性，卓越尋常，而其忍辱負重殺敵致果之慨，乃大白於世……方期安危共仗克竟全功，而中道摧折，未竟有志，此中正所謂於藎忱之死，重爲國家前途痛悼而深惜者也！……」

將軍殉職時，年僅五十，遺孤由中國國民黨中央執行委員會給資敎養成年，以示優異；國民政府特頒張自忠將軍撫卹費十萬元，卜葬於北碚梅花山麓。卅二年一月十一日國府明令褒揚入祀首都忠烈祠；次年八月，政府復將湖北宜城縣改名爲自忠縣，用資永念。

為張自忠將軍報仇記

馬增福

先總司令張自忠將軍於民國二十九年五月十六日在湖北宜城（現改自忠）南瓜店殉國，今已三十二週年，其殉國時之壯烈經過，報章曾多次刊載，但爲張將軍報仇之事，惜未見諸正式記載，筆者當時因親自參加該戰役，願將爲張將軍報仇戰役經過，作一記述，以作紀念。

記得在民國三十年二月十五日（卽農曆二十九年除夕前一日），我軍一七九師駐防湖北當陽附近之揚旗岩（傳說關羽嘗駐軍於此）李家店時，與曹坡日軍對峙，師全線陣地突遭受敵軍整日砲轟，我軍則嚴陣以待，入夜砲聲沉寂，但至十時左右我左翼友軍（我團三營）在廟前（張飛廟）附近忽機槍聲與砲聲齊鳴，徹夜未停，次日（二十九年除夕）亦整天僅聞槍砲聲由左前方延續至左後方，始知左翼守軍不支，正隨戰隨退中，我營（一營）及右翼團遂於下午四時奉命放棄原陣地，向遠安城附近集結，連夜重新調整防務，在全師反攻激戰中，收復原陣地，也是農曆三十年正月初一，眞算過了個熱鬧的年。

我團三營九連少尉排長陳雲龍，率該排在廟前附近陣地上與敵激戰一夜後，該營防線被敵突破，該排在隨戰隨退當中，因未奉到撤退命令，仍固守原陣地，此時敵軍亦因大部隊均攻擊前進，未能掃清戰場而放棄該排據點，致使該排陷入重圍，該排也因陣地均在山腰，僞裝良好，未被敵發現，全排眼看敵軍大部隊在其陣前通過而不敢出動，眞可謂驚心動魄矣，此時該排乃作萬全準備與陣地共存亡之最後打算。

下午薄暮時分，忽見敵數十騎兵在陣地前通過，朦朧中好似軍官模樣居多，陳排長遂召集各班長商議後，集中全排火力對準這數十騎突襲，眼看敵軍多數倒下馬來，也看到敵人倉皇中互相攙扶向後撤退，該排也不敢再停留，乃乘機沿山路向左翼守軍五九軍方面撤退，三日後歸隊，並將未奉命撤退及突襲情形報告上級，但上級乃以該連連長未能掩護該排適時撤退，幾遭不測，予以撤職查辦處分。

二月二十一日（正月初五），敵軍聲言為其旅團長報仇，又復來犯，全師激戰三日後，仍將敵軍驅退原處，此役本排二十五人，為掩護五三六團撤退時，僅餘四人，可見戰況之慘烈，數日後，據敵後我方派出之坐探報告，敵軍在當陽開追悼會，紀念其在廟前附近被我擊斃之旅團長橫山少將，確係當天薄暮時被突襲致死者之一，因此，後來上級又將被撤職查辦之連長將功折罪復職了，可謂戰場中佳話之一。

後來又據多方參證，被擊斃之敵旅團長，又確係於二十九年五月十六日在南瓜店圍攻我先總司令張將軍殉國之聯隊長因功而升任者，並經師部軍部多次集會報告為先總司令報仇之經過，更經總部所編之報刊登載，可惜這一有價值之史料現已淹沒，如當年袍澤或幸尚有保存，未嘗不是一項具有歷史考證價值的資料。

為琉球人喝采

唐漢

今年五月十五日，美國就要把琉球「交還」日本了。由於政治的原因，中共也支持這項所謂的「交還」。因此，親美的國家既不吭氣，反美而親中共的國家也不作聲，而腦袋裏晃着「大東亞共榮圈」的日本人，就拚命為佐藤叫好。雖然有許多琉球人奔走呼號，然而弱小民族的命運，在強國一次又一次「友好」的高階層會議中，畢竟就這樣被決定了。

琉球深受中國文化的影響，雖然經過日據時代的「皇民化」和美據時代的「日本化」，然其愛國的忠烈之士，仍然前仆後繼，不絕如縷。

去年十月十九日下午，佐藤首相正在國會裏得意洋洋，為「冲繩返還協定」演說，沒想到竟冒出三名琉球志士（眞久田正、本村紀夫、島添久子）在旁燃放爆竹，並高呼「粉碎冲繩返還協定」。今年二月十六日，這三名志士在東京地方法院受審時，堅持用琉球語作答，法官下令使用日語，他們卻正氣凜然的說：「冲繩是我們的祖國，為什麼我不能說冲繩話？」旁聽席上的琉球人，也大叫「吉巴利約！」（琉球語：「加油！」）

琉球亡國至今，日本總以為把琉球征服了，但這三位琉球人卻把日本的夢想粉碎了。當年，日本在台暴力推行「皇民化」，但無數的台胞組織漢詩社和漢文私塾，以示永不忘記中華文化。今天，台灣早就重回祖國懷抱，然而琉球卻又將陷入「皇民化」的殖民深淵。和琉球人一樣，我們有過「皇民化」的慘痛經驗，因此，對於當年的難友——琉球人民——的復國運動，我們決予精神支援。至於琉球的未來，應如山里永吉所說：「我們的祖國是琉球；琉球以外，我們沒有另外一個祖國！」

金石論交卅載餘謝冠生與劉師舜

劉己達

在台北去年十二月廿二日各報章上，發佈了一項震動朝野的噩耗，那就是司法院院長謝冠生先生因患急性白血症，更以肺炎症併發，藥石無效，終於十二月二十一日下午九時，與世長辭，享年七十五歲。巨星遽殞，薄海同悲。這一位黨國元勛，赫然有聲於司法界，爲國內法學權威專家，功業彪炳，道德文章，向爲各方所推重，這一消息，突如其來，自然爲人們所重視。

一代完人謝冠生

據治喪委員會的報告：謝院長諱壽昌，字冠生，以字行，浙江嵊縣人，民國前十五年（西曆一八九七年）生。先生自幼事祖父母及母至孝，性穎異，好學不倦。十八歲中學畢業後，即應商務印書館之聘，參與辭源與中國地名大辭典之編纂，一時館中老師宿儒皆敬畏之。越三年入震旦大學法科，仍兼事著述，編有模範法華字典。民國十一年，先生廿六歲，以第一人畢業震旦大學法科。是年秋赴法留學，入巴黎大學法科研究院，十三年膺法學博士學位。返國後，歷任震旦大學、復旦大學、持志大學、中國公學、法政大學教授。

民國十五年冬，國民革命軍進抵武漢，先生出任外交部秘書，一度代理部務，主持收回漢口、九江英租界事宜，折衝交涉，卒底於成。國府既定都南京，仍留外交部服務，於修訂新約，獻替良多。並膺中央大學法律系主任，兼代法學院長。先生博文強識，授課時從不帶講稿，而議論精闢，條理清晰，窮源竟委，折中至當，深得學生愛戴。

民國十九年四月出任司法院秘書長，此爲先生獻身司法之始，明年負責起草訓政時期約法。廿六年八月，轉任司法行政部部長。時值抗戰方興，軍事倥偬，先生統籌全國法務，不以環境困難而忽其改進。其施政之犖犖大者，如統一司法經費，提高法官待遇，增設法院，廢除縣長兼理司法制度，創行巡迴審判，建立公設辯護人，推行公證制度，簡化訴訟程序，實施監犯移墾等，

謝冠生先生遺像

其功績規模，皆足垂之久遠。尤關重要者，爲致力於取銷外人在華領事裁判權，使司法權獨立完整。又舉辦法官訓練，曾三度主持司法高等考試，陶育人才，得士甚多。

三十七年十二月轉任公務員懲戒委員會委員長，兼司法院秘書長，明年遷台，又明年任司法院副院長。四十七年六月，任司法院院長迄今。二十餘年來，於弼憲政，肅官常，明法理，崇法治諸大端，無不綜理密微，思深慮遠，措國家長治久安。

先生於黨，先後膺選中國國民黨全國代表大會代表，中央監察委員，中央評議委員，兼中央紀律委員會委員，中央黨政關係委員會委員，憲政小組召集人。中樞集會，輒進嘉謨，元首諮詢，必竭忠誠。老成謀國，氣度恢廓，有非常人所能及者。

先生於學，無所不窺，淹貫中西，文藻秀出。所著有歷代刑書存佚考，戰時司法紀要，法理學大綱，羅馬法大綱，篋笙堂文稿，中國法制史（法文本）、中國憲法概論（英文本）等。

圖爲居正先生逝世二十週年在台北市善導寺設祭謝院長冠生扶病前往行禮時攝，時爲十一月廿三日，亦卽臨終前惟一之拍照

先生性慈孝，生平無疾言厲色，平易近人，服官四十餘年，依然書生本色。其治事接物大要止己以感人，人亦不敢慢也。公餘之暇，手不釋卷，寧靜淡泊出乎天性。畢生宣勞黨國，夙夜憂勤，竭慮殫精，功宏匡濟，事無巨細，莫不躬親，以致積勞成疾，於六十年一月入宏恩醫院，旋轉入榮民總醫院治療，回生乏術，延至十二月二十一日下午九時五分，與世長辭。

從以上的紀錄看來，我們可以窺知謝冠生先生的學有專長，豐功偉烈，對黨國之貢獻，自然是有目共覩。是以在他逝世後第三天，蔣總統震悼之餘，特頒明令，隆重治喪，以示政府酬庸之至意。原令如下：

「司法院長謝冠生，志節堅貞，才識敏達，夙精法學，爲國宣勞，清愼自持，猷爲兼備，迭膺重任，懋績昭宣。中樞播台以來，勤襄大計，爲復興而竭力，固法治之宏規。乃以積勞成疾，竟至不起，失茲楨榦，震悼殊深！特派張羣、魏道明、倪文亞、張寶樹、馬壽華，敬謹治喪，飾終典禮，務極優隆，以示政府崇忠勛之至意。此令！」

陶希聖首先致誄

不多日，中央日報副刊卽於二十六日，首先刊登了陶希聖先生的誄詞，陶先生亦係法學權威專家，此爲人所共知，其誄詞如下：

「竟寄簃之前功，承亮老之遺志。應戰時之變局，厲台海之法治。四十餘年，盡瘁國家。吁嗟謝公！懷滬邊之舊遊，兼師友之風誼。爲置一束之生芻，不禁數行之熱淚。」

誄詞中所謂「竟寄簃之前功」，則係指清末法制改革，創辦修訂法律館，始訂民刑事訴訟法及民刑法草案者，沈子淳先生（家本）主之，他的文集，名曰「寄簃文存」。係由謝冠生先生督編。至於「承亮老之遺志」，則係指在司法院及司法行政部整飭規制施行新法者，亦即民刑法，王亮疇（寵惠）主之，而謝冠生先生佐理於先，繼任於後。

接上便是家叔劉師舜遠從美國美西加洲寄來哀悼謝冠生先生的文章，題爲「哭摯友謝冠生兄」，見中央日報一月十日至十一日兩天的副刊，一看題目，便可知道他倆的交誼深厚，久要不忘平生之言，眞是君子之交，四十年如一日。

哭摯友謝冠生兄

有關家叔劉師舜的簡歷，筆者以筱臣筆名曾在本刊第五期「羅文幹逝世卅週年」一文中，曾略爲敍述，這裏應該補充的，就是家叔不僅是外交界的耆宿，而且還是國際公法的權威專家，他曾在中央大學法學院任教，所教的便是「國際公法」，那時法學院院長，就是謝冠生先生，這是民國的十八年間的往事。

但是他倆的結識，還是始於民國十六年的秋冬之間，那時家叔在外交部任條約委員，謝冠生先生任外交部秘書，他倆一見如故，相互敬重，從此他對家叔的關切，可說是無微不至。抗戰勝利後，同住南京的新住宅區——頤和路，結成芳鄰，過從的機會便多，因此兩家的往還頻繁，更成了通家之好。

至於筆者則因工作關係，遠離家叔，雖夙知兩家的交誼，但謁見謝先生的機會絕少。家叔住頤和路時，我因那時參加全國地政會議，從江西去到南京，雖曾在家叔公館盤桓數日，卒因會務忙迫，開會完畢後，即匆匆趕返江西，一直沒有機會，去拜謁這一位長者。

一直到最近民國五十七年五月，我已來到台灣卜居，因是年三月，家叔師舜偕同嬸母由美來台，與家人團聚兩月，五月間又回美。我去送機，適謝冠生院長亦在機場送家叔。當時由家叔介紹，認識謝先生，藹然仁者，春風滿面，並承獎飾有加，絕不陌生。想早已由家叔先容，推愛及烏備深感佩！

圖爲行禮後由本文作者的家叔劉師湯（右）扶之上車

在家叔「哭摯友謝冠生兄」一文，全文已見中央日報副刊，故未全錄，這裏僅引用家叔對他的評讚。其中一段曾說到：

「以我四十年的體會，像冠生這樣的一位完人，可說古今中外都不可多得的。他的確是學貫中西，但他從來不自負。他一生位居顯要，但他從來不驕人，他就從來沒有擺架子。他見事之明，謀國之忠，有古大臣之風，尤非常人所可幾及。」

家叔持躬極其嚴謹，對人從不作月旦評，更不容易讚美每一個人，或逢迎每一個人，以免涉及「阿其所好」，但對謝先生之評語，這是絕無僅有的。

其次還要述及的，則當家叔於前歲在美悄悄地渡其七十壽誕時，他事先就作了避壽的準備，所以友好中知道人並不多。但謝冠生先生從家叔師湯處獲悉。（按家叔師湯即師舜叔之胞弟，現任國大代表及淡江文理學院秘書，因爲通家友好，所以他與謝冠生先生的交往亦極爲頻繁，並隨時受到謝先生的關切與愛護。）

當卽親撰壽詩七律一首，並親書立軸寄去美國，其詩云：

金石論交卅載餘，海天修阻悵何如！折衝壇坫勳猷樹；著譯文章中外譽。偕老同庚臻福慧；承歡有子美璠璵。欣逢杖國稱觴日，萬里風雲任卷舒。

據家叔說：「故人情重，念念不忘，詩中『庚子』二字，並嵌我的生平。這是區區七十生日收到的唯一壽詩，其實貴可知。」

筆者謹按謝先生詩中所謂「折衝壇坫勳猷樹」係指家叔曾任加拿大大使以及墨西哥大使暨聯合國安全理事會等職而言。至於「著譯文章中外譽」卽係指家叔自從外交界倦勤以後，卽任紐約聖若望大學研究教授，致力於譯述工作，曾經特選我國古今詩人張九齡，賀知章，李太白、李商隱、劉長卿、柳宗元、陸游，孟浩然、白居易、陶淵明、王安石，韋應物以及熊希齡等五十一位詩人作品譯成英文，名曰「中詩選輯」，在香港大學出版社印行。

又家叔近來常在東方雜誌以及傳記文學寫稿，其所著「加拿大之回憶」一文，已由傳記文學社印成專書。

又曾應陳立夫先生之請，將他所著之「四書道貫」，譯成英文，這是一本極難翻譯的書籍，倘不是學貫中西絕難辦到。

該詩五六兩句，特別將「庚子」二字嵌入，尤爲巧合，對仗工穩，巧奪天工，洵屬信手拈來，均成妙締。

廟堂聖論想安車任治平
生半部書匡復强齊方晏
子折衝尊趙類相如備員
閣席情常切浮海瀛寰志
不虛今歲從公更獻爵蜀
薑同煮錦江魚

岳公院長八豑雙慶

謝冠生敬祝

謝冠生先生遺墨之一（此係送給張岳軍先生八秩雙慶壽詩，原稿已送紐約聖若望大學收藏）

爲「自治官書」作序

尤使我最感戴難忘的，就是他曾爲我的高祖子英公的遺集，「自治官書」作序，這雖然由於家叔的央請，家叔固然爲之感激，但我們子姪輩，亦同樣感到榮幸。因爲該書實爲我家傳家之寶，世代書香不替，淸白家風均有賴於讀書的啓示。謹錄其序的全文如下：

「余與劉君琴五交（按琴五爲家叔之別號），逾四十年，敦品勵學，直諒多聞，余甚重之。嘗爲余述其曾祖子英公，祖荼生公，父竺清公，三世爲湘贛等省守令政績，而於子美公所著自治官書，尤拳拳焉。數經變亂，其書早佚，一日，琴五遊美國哥倫比亞大學圖書館，赫然見該館藏有是書，喜出望外，因郵以眎余，將在國內重印，而屬爲之序。謹按子英公於咸豐初，以孝廉入選，得楚之寧遠令。時洪楊已踞金陵，湘粵土匪，動假名號，嘯聚鋌亂，至不可爬梳。視事未半月，敵人已抵城下。公臨事鎭定，開誠佈公，使官與民爲一體，以故敵雖衆且悍，所過通都大邑，無不殘破，而寧遠彈丸之地，曾屢瀕於危，卒不能破。居寧遠五載，量移茶陵，湘潭均繁劇難治。時地方靖矣，而公治事精審猶昔，其後再任寧遠亦然。所爲條教判語，剴切周密，能令讀者感泣，爲曾文正公所激賞，謂不圖王文成，呂司寇之文告，乃復見於今日，爰下其法於州縣，一時傳爲美談，間嘗謂儒家修齊治平之一貫大道，要其歸趨，不外修己安人四字，故孔子亟稱之曰，修己以安百姓堯舜其猶病諸。近世大儒，如王文成，曾文正，皆持此道，身體力行，樹之風聲，卒以削平大亂，奠安邦家。今觀子英公之行誼，亦猶是也。公一生嚴於律己，無絲毫假借，事父母盡愛盡敬，推之羣從兄弟，友愛若一，鄉黨鄰里，凡有緩急，靡不悉力以赴。暇則芒鞵竹杖，與田夫野老酬接，述古今事爲勸戒，解釋爭忿，環數十里內，無質公庭者。平生不加人詞色，但遇有過，則直折之，令改廼已，故人樂與之親，而莫不肅然以敬。及其居官，方無事時，勤於爲政，蘄清閭閻訟盜之源。遇急難，則拊循其人民，而感激以忠義，軍旅驛騷，饋餉無乏，舉危疆而袵席之。在職十餘年，未嘗一日自休息，今其官書，粲然具列，可覆按也。公明敏足以幹事，而其心肫然務與天下以性情相見，所慮常在小民根本至計。至於當機立斷，一準於情理之平，雖屢歲塵牘，折以片詞，燭照龜卜，銖黍不爽，人以是服其能，而不知其眞積力久，蘊於中至深厚也，倘所謂修己以安老百姓者，非歟。是書喪亂之餘，於數萬里外，失而復得，若冥冥中有神靈呵護者然，是豈僅劉氏傳家之寶，抑亦治近代政史者之重要資料也，琴五兄弟，善事繼述，其永葆之哉。中華民國五十八年七月，謝冠生。」

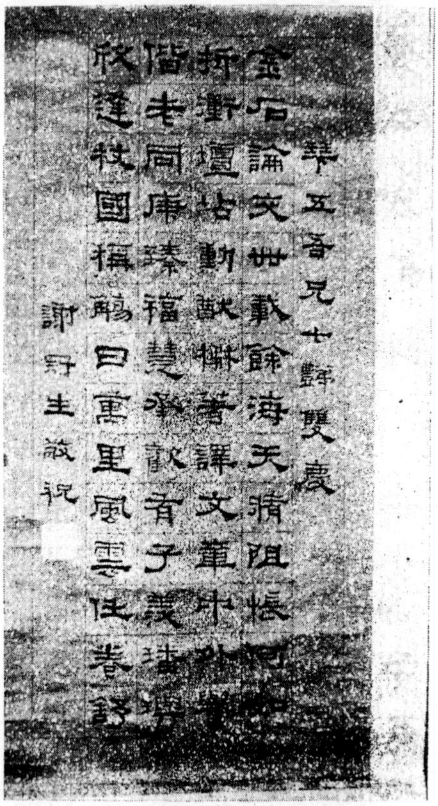

我們讀了以上序文之後，可以窺知「自治官書」之主旨與內容以及該書發現的經過，與夫家叔亟須重印的必要。發揚潛德幽光，能見其大，扼要簡明，語不泛設，確是大手筆的文章，此可見謝先生在中國文學上的修養，令人備深贊仰。

這裏必須予以補充的，則爲序中所述的，祖茶生公，謹按茶生公，諱寶壽，字茶生，這「茶生」之名的取義，則係子英公在茶陵所生之次子，故名茶生。至於長子，則爲先曾祖寶名公。茶生公能讀父書，克紹箕裘，以光緒辛卯舉人，登甲午進士與張南通同榜，歷任湖南湘鄉，沅陵（兩任），龍山、常德、常寧、零陵等縣知縣，江西進賢縣知事，以及江蘇嘉定等縣縣長。一生宦遊三湘，政績卓著，歷時最久，不啻爲其第二故鄉，「自治官書」的刊行，即係在長沙付印，那時湘撫爲同鄉陳寶箴先生（亦即詩人陳三立的父親），故該書第一篇序文，即係由陳寶箴先生作序，另外還請了一位湖南名士葉德輝先生題簽。原印本自大陸淪陷後已蕩然無存，家叔與我的存書，亦未能携出，故此書重印，彌足珍重。

謝冠生先生遺墨之二

又序文中所指父竺清公，諱天衢，日本早稻田大學政經系畢業，早歲曾參加同盟會，歷任廣州大元帥府秘書，以及江西樂安，南豐等縣長。當其任南豐縣長時爲民國十九年至二十年之間，南豐遺匪蹂躪，十室九空，那時我即應命充任縣府秘書。在竺清公固然是內舉不避親，但當危難之際，我亦義不容辭，孤城亦屢瀕於危，極其驚險。

備極榮哀的祭奠

謝冠生先生之喪，由於尋覓墓地等等，延至一月三十日始克舉行，蔣總統特頒「清慎垂勳」四字榮褒的匾額及墓碑題字。

當日在市立殯儀館景行廳舉行，靈堂內懸滿了輓聯輓幛，廣場外亦備滿了花籃花圈，莊嚴肅穆，充滿了一片哀悼的氣氛，上午九時許，先由張羣主祭後，旋由魏道明，倪文亞，張寶樹，馬壽華等將國旗、黨旗蓋在謝故院長靈柩上，儀式極為隆重。繼由總統府、中國國民黨中央委員會、監察院、司法院、立法院等卅一個單位相繼致祭。政府各高級官吏以及各界代表前往致祭，共計七千餘人，眞是素車百馬，冠蓋雲集，極一時之盛。公祭後發引，安葬於陽明山墓地。

所有各方致送輓聯輓詞，極爲衆多，情詞悱惻，非本篇所能盡錄，玆謹擇其有代表性的略舉於後。

家叔劉師舜輓聯云：

五十年爲國宣勤，弼教重明刑，即論道德文章，史冊長留公不朽；

兩萬里聞耗驚逝，笑言猶在耳，回憶平生交誼，海天悵望我何堪！

李學燈輓聯云：

開濟溯耆英，四十載弼教明刑，樹完整法權，締平等新約，志業類伊皋，萬古雲霄翔一羽；

宮牆欽碩望，七五齡肇端立德，述中華道統，傳篋笥文存，師承遵孔孟，千秋典範式羣倫！

于斌主教輓聯云：

論道交誼，欽剛毅介廉明，執法惟平持正義；

達人懷抱，能溫良恭儉讓，曷年不永望昊天。

顧汝勳輓聯云：

抱物與爲懷，以天地爲心，樞政訏謨，名垂簡冊；

荷知遇之恩，慚報稱之寡，含悲莫寫，淚灑靈旗。

戴培之輓詩云：

建國十六年，從公叩法意，未敢期濟時，儒應嫻政事。
依違靡朝夕，誨言尤深摯。後此四十年，筆墨通聲氣。
尚憶入台時，邂逅恣歡詣，似公矢孝忠，家齊國以治。
公當七十年，壽詞我妄擬，公曾爲首領，百歲要我紀。
今茲閱五年，途路人天異，戰時司法編，撫卷一零涕。
公勳著黨國，公志昭月日，匪敢哭其私，所悃艱難世。
戮力後公臬，蘋蘩爲公祭。

其他佳作尚多，不及選錄。我雖明知謝冠生先生與家叔交誼頗深，但因工作關係，未能常親道範，時承教益，深引爲憾。但謝先生爲先高祖「自治官書」作序，這是終身無法忘懷的，感激之餘，謹草此文，以誌哀思。

民國好官

【上】

關山月

貪官多於好官，汚吏多於廉吏，自是東方國家歷史上的慣例，不值得大驚小怪這個現象，在民國時代表現得特別突出、也似乎是個不可否認的事實。尤其是孔宋系統中的人物，能夠潔身自愛，守正不阿的大員，更是鳳毛麟角。

但是，清末名臣丁寶楨（世稱「丁宮保」，也就是首創「宮保雞」的那位老先生）的嫡曾孫丁春膏，卻正是這樣一個難得的廉吏和硬吏，不肯隨波逐流，混水摸魚。

他在大刀濶斧地整頓貪汚、爲民除害之後，卻弄得四面楚歌，憒憒以歿的事實，就說明了在財神的門下，既無所偏愛於正人君子，而且更容不下正人君子。

這位丁春膏先生，在民國初期，一向當的是「知事」、「道尹」一類的地方官。雖然紗帽不大，卻處處忘不了「先曾祖父文誠公激濁揚淸」的作風，遇見看不順眼的事，就要「爲民請命」，抗顏犯上。甚至於連袁世凱大搞帝制的時候，湖北宜昌近郊的石窟中發現龍骨，海關監督馬上上表說這是國家祥瑞，乘勢大拍袁的馬屁，字裏行間，拼命地「勸進」一通。誰知丁卻以宜昌縣知事的名義，引證科學上對龍骨的解釋，上書說那些拍馬屁的人「妖言惑衆，不知是何居心」。弄得下至海關監督，上至湖北督軍壯威將軍王占元，個個都吃了一記悶棍，雖想發作，卻又莫奈他何。

後來，反袁的運動日趨澎湃，武昌起義元勛之一的胡鄂公，逃亡到宜昌，想入川去說服四川將軍陳二菴。袁的心腹爪牙，密電宜昌縣知事，叫他把「圖謀不軌」的「胡逆」，「誘捕解京法辦」，或是「就地正法，以絕後患」。誰知這位丁文誠公的後人，卻替胡化名買了一張入川的船票，而且親自把他護送上船。直到船開已久，正入三峽的時候，才回電說：「胡某潛逃無踪，去向不明」。

據說：他在湖北沙市做「知事」的時候，當地的土豪劣紳，對於他那一套鋤暴安良的作風，極不欣賞。但是，告又告不倒他，只好趁他把一個姦搶有據的大號地痞，「斬首號令」之後，把掛在城門的人頭，偷偷摘了下來，放在他書桌上的油燈之下。意思就是想把他嚇得從此聽話，不再和他們爲難。

誰知這位丁先生見了人頭之後，馬上派人去把這些惡霸請來「夜宴」，說是有「要事相商」。客人們都以爲他是嚇破了膽，所以才「前倨後恭」起來。在桌上坐定之後，才知道是上了他的當——原來在圓桌中間，菜盤子圍繞着的地方，正是他們偷來的那顆人頭。最使人心驚膽戰的是：座後還有幾位虎背熊腰，怪眼圓睜，手抱「鬼頭刀」的劊子手。丁知事雖然說是爲了「鎭惡避邪」。才找他們來充場面的。在座的人，卻個個肚裏有數，自知這次眞正遇到了對手。

丁有兩個心腹，一個叫做王善丞，長得有點像阿彌陀佛，除掉看相和自我欣賞以外，沒有什麼其它興趣。另一個叫做王國棟，出生在東北，性如烈火，動不動就要講「拚」。

當時都是陪客，而且不停口地在談二十四史上循吏們鋤強除霸的故事，聽得那些土豪劣紳們面面相覷，汗如雨下。那位丁知事除掉殷勤勸酒以外，還邊吃邊談地提出來了一套辦法：他想要在地方上，興辦一些慈善事業，如辦學校、「游民習藝所」、修橋補路、民團、穀倉和水利一類的事業。那些惡霸們，自然也紛紛做出「樂善好施」的表情，堅決保證要「盡力爲之」。

於是，就在席上成立了若干個專案的「會」，每個在座的土豪劣紳，都成了一個會的副會長，「專負募捐之責」。會長呢？自然由丁知事來擔任。他也曾三番兩次地請那些地痞們自任會長，而由那位王國棟先生當副手。此言一出，早已嚇得大亨們屁滾尿流，忙不迭地婉言謝絕。

這樣一來，善良的地方賢達，才眞正得到了吐氣揚眉的機會。土豪劣紳只好自認倒霉，總算是認識了一個既不愛錢，又不怕死的地方官。

後來，他又在滄州，大名一帶，當過不少年的邑侯。因爲掃除了私梟這個積弊，惹得一些坐地分贓的惡霸們怒髮冲冠，高價買來了兩批土匪，深夜，大舉攻城，在裏應外合下，打進了道尹衙門。他們第一個要搜的，自然是那位「小宮保」。而且一點也不用搜，就在辦公室裏找到了他。他說：

「我就是丁春膏，你們放槍罷！」

聽到了這句話的土匪，卻忽然不約而同地大笑起來道：

「我們找你，是要保護你。另一支土匪，是外來的，不知道好歹，只曉得要錢，你如果落在他們的手裏就完了！」

從這一分鐘起，局勢忽然變得急轉直下。第一批土匪，居然服服貼貼地掉轉了槍口，把第二批土匪治服繳械，而且還從此改編成了「自衛保安隊」吃自己的餉，保老百姓的鑣。

他們的頭目說得好：

「錢，我是花不完了。名呢？只有像黃天霸找施公一樣，找到了才行。我的施公，就是丁大人！」

這些江湖好漢，倒的確說話算話，即使在丁春膏後居燕京的時候，他的左右，除掉好談相的王善丞，好鬭的王國棟以外，還有兩個滄州時代的「黃天霸」。一個叫吳建忠；一個叫查濟賢。前者曾任寨主，後來當了「門房」；後者是過氣「軍師」，在丁府中掌理「號簿」。平常談起往事來，雖然津津有味；但卻絕不肯去而就他。——這一點，所有在丁府幹過事的男男女女，似乎都有同感。

丁春膏先生，是先嚴當年在故都懸壺問世時的「把兄弟」。他的操守作爲，在「江戸傳統」薰陶中長大的先嚴，對之也心折不已。直到他去世十多年，中國大陸早已改朝換代之後，先嚴還諄諄地叮嚀：一旦能去大陸一次的話，無論如何，要把丁的獨子帶回到西方世界來生活。

老人家對故人的這份深情，使我至今還悵然愴然。但他的遺志，我卻無法實現——丁的獨子，已經在太平洋戰爭中的琉球之役，以「美軍戰地記者」的資格，英勇地犧牲在第一線上。丁的遺孀蕭庸行女士，也在幾年前病逝於窮愁潦倒之中。其它的親族，一小半投降了當權派；一大半成了「勞改」和「管制份子」。任何外國人對他們的好感，都只不過會加深他們的罪名而已。

我雖然從沒有見過丁春膏一面，但卻從先嚴的「娓娓談話」中，耳熟已久。因此，我常常也會這麼想：如果當年的中國，多有幾個像他一樣的好官的話，大陸上的局面也許根本就不會這樣；世界局勢也恐怕不會有今天！

丁的嫡親曾祖丁寶楨，在晚清史上原是一個非常知名的人物。他平生的得意之作，就是殺安德海——鋤去了西太后孀居時的情人。但是最使他不朽的，卻是家家中國餐館菜單上都有的「宮保鷄」。

事實上，菜館中那種因陋就簡，嘩衆取寵的燒法，是和「丁宮保」母親的秘方完全不同的。最標準的「宮保鷄」是：既沒有花生腰菓，而且也特別辣。在紅、綠、乾三種大辣椒塊之下，炒出來的黑白雞塊，味道實在非常動人。據說：丁寶楨在顯貴之前，腦中知道的美味，就只有他母親手烹的這一種菜。後來，直到「位列封疆」的時候，也非此不樂。出巡之時，總是預先就讓心腹人們，在「打前站」的時候特別關照一聲：「山珍海味，敬謝不敏」。只要有一碗炒辣子雞來「佐餐」，就「於願足矣」。——這樣一來，他母親的這個菜，就從山東走遍了四川，甚而至於走遍了中國的飯館。但也越來越走樣，終於變成了既加花生，又有腰菓的辣子雞丁。要吃眞正的宮保雞，切法、配料、火候、味道，都和宮保當年毫無二致的東西，只有在「文誠公」後人的家裏，才可以吃到。

同時，「宮保雞」這個菜，在丁府也成了一種家傳的秘辛。宴客的時候，最主要的一樣菜，不是什麼燕窩、熊掌，而是一碗道地的「宮保雞」和「文誠公」當年最喜歡吃的貴州式豆花。在「做法」一層上，卻絕對保密，甚至於變成了個「傳媳不傳女」，「傳元配不傳側室」的東西。誰違背了這個原則，誰就是丁家的「不肖子孫」。張季鸞和先嚴，都可以稱得上是丁春膏的莫逆之交，不知道吃過了多少次丁府上的「宮保雞」，但是，眞正道地的做法，也只可以自揣摩中得之，丁府上的人，是一向對這問題，笑而不答的。

丁府上非但對「宮保雞」的做法，另有一套，而且對丁宮保的得意之作——殺安德海的經過，也別有一套說法。

根據丁家子孫世代相傳的口碑，「文誠公」其所以必殺「小安子」這個「宦豎」，并不像野史中所說的因爲他無意中在安的房間裏吃了幾顆人造葡萄，後來忽然發現是「春藥」。也不是像有人說的是慈安太后和恭親王授意他做的。眞正的理由，其實是由於丁寶楨自己從小就養成了的「不信邪」和「武侯慾」——覺得要做一個賢臣和名臣，就要不怕直言犯上，爲人之所不敢爲，以快天下人之心，甚至於連「清君側」的行動也在所不惜。

這種性格，大概是從他生長的山地環境中培養成的。在他的故鄉——貴州平遠縣，有三個巨族，都是自立一寨，聚族而居的。那就是土生土長的毛家、王家；以及從廣東海岸輾轉遷來的丁家。

這三家摩擦得非常厲害，官司和武鬬簡直成了家常便飯。對別家人子弟的陷害和暗殺，更是天經地義，誰也不肯落在人後。到平遠來當地方官的人，最重要的事就是：要在這三個世仇中，選出一家來當「盟友」，從而利用自己的權勢，把另外兩家人制服！歸根結底，王、毛兩家究竟因爲土生土長，根底特別厚，最容易賺得地方官們的好感。大家鬧起時來，吃虧最多的自然是丁家。

這樣一來，就把從小「讀聖賢書」的丁寶楨，養成了一種「天子聖明，羣小當道」的心理，覺得要做一個既對得起皇上，又對得起自己的讀書人，就必須替「聖明天子」，殺盡「佞臣」。這種思想，似乎在丁府上非常根深蒂固，所以直到丁春膏的手裏，雖然大整大肅孔財神系統中的貪官汚吏，卻還把孔自己看做是一個被「矇蔽」的「主公」，在感情上不願意當他是那些大壞蛋們的一丘之貉。

丁府中世代相傳着一段秘史：「安德海」其實只不過是文誠公「志在必誅」的奸佞之一。因爲他平常在幕賓、家人、相知中間，酒酣耳熱的時候，常常說：

「當今之世，有人盜國，有人禍國，有人誤國，也有人賣國！」

從一個「賢臣」和「忠良」的眼光看來：這四種人，當然都在必殺之例。文誠公自己雖然從沒有講過：當朝的大人物中，有哪些人屬於這「四害」？但是，據傳說：西太后，醇賢親王之流，都多多少少被他視爲「國之妖孽」。既不能把他們「推出轅門斬首」，也就只好退而求其次，找些「小安子」一類鷹犬來開刀了。

「小安子」帶着「採辦龍袍」的聖旨，入了山東地界以後，文誠公就已經下了決心要把他「先斬後奏」。他的所以等到這位太監入境數日之後，才公開下手，完全是爲了「誘敵深入」，不使「小安子」

有連夜遁離魯境的機會。

但是，眞正把「安德海等一千人犯」，扣留了起來的時候，「巡撫衙門」裏的幕賓們，馬上分成了兩派：一派支持丁的主張，要「殺之以絕後患」，另一派認爲安的靠山太大，殺了他容易惹火上身，把自己弄得身敗名裂。這時，就有一位原籍貴州的老師爺，向文誠公獻了一條錦囊妙計，叫他把「小安子」殺了之後，暴尸三日，任人參觀。

於是，整個濟南城的人，都擠着來看這位喧赫一時的太監的裸尸，而且親眼看見他的確是個「閹人」。——這樣以來，也就直接糾正了外間一向轟傳的「安德海幷不眞是一個太監」的說法；而且間接替和他特別親密過一時的慈禧太后闢了謠。

殺了「小安子」之後，文誠公也做了必要的準備，把一兩個小兒子，分送到外省去。巡撫衙門裏的上上下下，也有如坐在火山口上，隨時都在提防着北京「降旨問罪」。

據說：慈禧太后本來堅持要殺丁寶楨，而且公開表示：「誰敢替丁講情，就要與科同罪！」她一面叫內閣起草詔書：「丁寶楨着即枷解來京，交刑部從嚴懲處。」一面因爲哀傷過度，身體支持不住，就罷朝歸寢，睡了一整天。

誰知第二天一早，內閣把詔書呈上來，請她過目的時候，她忽地勃然大怒道：

「丁寶楨功在國家，何罪之有？擬詔之人，何乃昏憒若是?!」

弄得那些大臣，面面相覷，手足失措，簡直不知如何是好？從此，替慈禧太后洗刷了名譽的丁寶楨，就扶搖直上，從山東巡撫，一直升到了四川總督。

然而，慈禧太后也幷沒有眞的忘掉丁寶楨殺「小安子」的舊恨，所以，終他之世，這位女獨裁者，始終沒有滿足他的平生三大願。那就是：㈠願入閣。㈡願在故鄉終老㈢願在死後得「文正」爲謚。

據丁府中傳下來的故事：光緒初葉，內閣的協辦大學士沈桂芬「因病出缺」。無論從哪方面來衡量，文誠公都是一個最理想的人選。而且連他自己也在心理上做了準備。誰知慈禧太后在把這個位子虛懸了一陣之後，卻忽然讓給那無聲無息的李鴻藻，入閣補缺，掃盡了丁宮保在官場中的面子。

文誠公接到李鴻藻入閣電報的時候，正在四川總督府中大宴賓客，馬上就叫長孫道川到席前來，當衆改名「鴻藻」表示「你雖然僥倖入閣，其實也不過等於老夫的孫子而已！——這位丁鴻藻先生，就是丁春膏的父親。」

據說，慈禧太后曾經有意向人透露過：她很擔心像丁那樣強項的人，有一天會發展到「將在外，君命有所不受」的地步。爲了釋嫌，文誠公只好拼命在京畿附近的直隸和天津，置產購屋，表示將來準備在那裏久居。

但是，每當他向朝中要求「入京請訓」，想藉此親眼看看自己的家業的時候，慈禧太后卻總給他一個「無庸來京」的軟釘子。弄得他到死都沒有機會回到北方的私邸裏來享一天福。

文誠公如果死而有靈的話，慈禧太后在謚法上給予他的打擊，也許是最使他傷心的了。他雖然痴心地想得個「文正」來飾終，但是，那些議謚的大臣們，對於慈禧和他之間的恩怨，心裏已經多少有數，所以，只擬了個「文忠」。因爲慈禧不同意，又改擬成「文成」。那位女獨裁者依然不肯放鬆，還提筆在「成」字旁邊加了一個「言」字，總算是對死者打了一記耳光。丁宮保的後人們，也除掉一些照例有的「朝廷恩賞」以外，從此再沒有得到過慈禧的青睞。

也許就是由於這個緣故，文誠公的子孫兩代，在宦場中眞正幹過一番事業的人，根本一個也找不到。直到曾孫的一代，才出了丁春膏和丁澤煦這一對一文一武的兄弟。

他們兩兄弟的父親，就是被文誠公當衆改名的丁鴻藻。這位老先生，是個標準的「客卿」人材。除掉對名酒美饌，眞有一套專門知識以外，對於公文程式和酬世文章，也可以算是當時封疆大吏幕中的上選。據說：他的功名心很淡，一生過的幾乎都是「高級顧問」和「文膽」的生活。每年平均都要回家一次，小憩月餘，到了他的太太身懷六甲之後，就又會道一聲：「娘子多多保重，小生告辭了！」一直要遊幕到孩子會爬的時候，才會再回來。

他的太太王夫人，是個書香門第的小姐。雖然一口氣連生了十個兒女，卻依舊鎖不住她丈夫的「飛毛腿」，弄得絕大部份時間，都是獨守空閨，教養兒女。所以在她自己後來編的一本「詩草」中，十有七八是「閨怨」，「懷遠人」和「寄意」之作。

在丁鴻藻的十個子女中，事業上最成功的有兩個。一個是二爺丁春膏，另一個是七爺丁澤煦。

這位丁七爺，從小就喜歡練武放槍，交結江湖好漢。雖然進過日本士官，但是不等畢業，就趕回國來搞「興漢排滿」。因為他在四川哥老會中的輩份很高，不久就成了川東地界的「總舵把子」之一，非但具有極大的潛勢力，而且還以袍哥子弟兵為骨幹，成立了一支能征慣戰的「革命軍」。雖然和眞正的革命黨并沒有什麼直接的聯系，實力卻比當時出盡了風頭的熊克武，還要大得多。因此，孫中山先生就遙遙地送了他一個「川黔邊區別動軍總司令」的名義，并且正式頒給他少將軍銜。

誰知這位丁「舵把子」，還覺得「少將」太小，依舊在軍裝上掛着「上將」的肩章。打的雖然是革命的敵人；自己部隊的所作所為，卻和敵人并沒有什麼兩樣，軍紀簡直糟得一塌糊塗。當他屯軍在成都近郊的時候，有一天在少城公園裏遇到了一對很漂亮的姐妹花，一時決不定究竟要誰好，就乾脆來了一個一箭雙鵰，把她們都「封」為自己的側室。

丁七爺這個人，作起戰來勇猛得駭人，加之他手下的兒郎，又都是「袍哥」隊伍中的子弟兵，所以成了「革命軍」旗下，最能打的川軍部隊。就連靠革命起家的熊克武，也不能不折節相交，和丁結為兄弟，藉他的本錢，來替自己壯壯聲勢。

丁的元配張劍英，在袍哥中間，是有名的「母老虎」，長得肥頭方面，既能雙手開槍，又在拳腳上的確有一套。可惜的是：性如烈火，醋勁特大，眼光淺短，愛走極端。和丈夫一語不合，就會拔出槍來拼命，或是拳腳齊上，二人較量一通。弄得丁七爺這個桀驁不馴的軍人，在兩種情形之下，才會平心靜氣地聽取和自己相反的意見：一個是遠在萬里之外的孫中山，打來了電報；另一個是在比槍和比拳，偶爾被佔了上風的太太。

丁七爺的兵力越來越大，許多袍哥「舵把子」，都自己拿錢出來，招兵買槍，成立隊伍。為了虛張聲勢，都遙領這位「別動軍司令」加委的番號，紛紛掛起少將一類的牌子來，甚至於連丁家最小的一個兒子——「丁九爺」，除掉詩詞和古董書畫以外，連機關槍和迫擊砲都分不清楚的人，也被加委為別動軍的「第四梯隊少將司令」，統率着哥哥送給他的四五千袍哥子弟兵。

熊克武當時的野心，遠過於他的實力。「丁七爺」手下的槍桿子，也使他這個屈居下陳的「把兄」，越來越覺得眼紅。因此，他就以「自家人」的資格，拼命拉攏「母老虎」張劍英，利用她的「衝天醋勁」，滿口答應替她管教「老把弟」，以「吃春酒」為名，請「丁七爺」到他的防區裏去一「敍兄弟之情」，一面暗暗在宴會的左近，埋伏了許多人馬。

丁手下的一般幕僚，包括他的親弟弟「丁九爺」在內，都認為熊這個人有點深不可測，既要「敍兄弟之情」，為什麼不移樽就教，自己跑到丁的防區裏來呢？

但是，丁在張劍英的一力慫恿之下，卻認為這都是過慮，身為「把兄」的熊克武，既不會而且也不敢做出任何對不起人的事來。所以，不顧部下的諫阻，他就帶了一支手槍隊做警衛，動身去赴宴。

張劍英雖然沒有軍職，卻擁有一支完全由她自己獨立指揮的手槍隊。為了增加丁的安全感。她叫這支小小的人馬，也參加了警衛隊的行列，一同到熊的防區去。

誰知一到了宴會的地方，丁的手槍隊，就被拉到不同的桌子去赴席，弄得只賸下了三四個人，跟在「總司令」的後面。張劍英派來的手槍隊，一開始就在會場外面結隊休息，根本沒有進去的資格。

熊克武自己，始終沒有露面。只在「丁七爺」在席上被擒，五花大綁得結結實實的時候，才由他的軍法處長站起來宣佈：「丁的部隊爲害地方，怨聲載道，奉總座面諭，將該員逮捕法辦，以舒民憤……。」

跟着丁冒冒失失地走進來的人，自然全部遭了殃。張劍英派來的那支手槍隊，因爲早有心理準備，一槍沒有放，就宣佈「擁護熊總司令」了。整個「別動軍」，雖然在一夜之間，變得羣龍無首，但是，全軍上下，都堅決要和熊克武這個龜兒子，拼個你死我活，把七哥從虎口裏救出！惟一的反對派是張劍英，她依舊相信：「熊大哥只不過要挫挫老七的驕氣而已」，所以堅決不肯發兵。

那些袍哥子弟們，於是就把「丁九爺」推舉出來暫代「總司令」。然而，這位手無縛鷄之力，胸無半點韜略的書生，既沒有「掛帥」的才能；也更沒有「掛帥」的興趣，嘴裏雖然答應他們：「明天清早，吉時一到，馬上分兵三路進發！」事實上，不等到天亮，他就寫了一封痛苦流涕的「辭職書」，然後帶着幾個親信，快馬加鞭，逃往成都去了。

熊克武把丁誘擒以後，先還留他做人質，後來看見他的元配和弟弟如此不爭氣，就索性把他殺了以絕後患，而且還盡可能地吞掉一些他的部隊，造成了自己不斷昇官的張本。事情一完，卻又馬上做出了一付「揮淚斬馬謖」的樣子，把丁的靈櫬，吹吹打打地送回給那些袍哥們，而且還特別買好，替那位不幸的「盟弟」換了一付上好的楠木棺材。

據丁府的傳說：棺材蓋剛一打開，「丁七爺」那對一向殺氣騰騰的眼睛，忽然又大大地張了開來，嚇得站在棺邊的熊克武和張劍英，面無人色，口水直流。從此以後，熊就得了一個不知不覺會在人前流口水的毛病。

張劍英在居孀之後，不僅沒有得到熊克武一點好處；也和丁府的全家老幼，成了仇人，只好一面痛罵熊克武是個忘恩負義的龜兒子；一面藉自己父親的餘蔭，在成都的少城公園，開了一座茶館，依然成爲當地的一霸。

大陸上改朝換代之後，她以「惡霸地主」和「反動社團頭頭」的雙重資格，很快就被「鎭壓」掉了。

「丁九爺」在自動拋掉「暫代總司令」的紗帽，棄軍出走之後，因爲怕袍哥子弟們尋仇，索性改名雪橋，專門致力於詞章和古玩，定居在南京。直到死前，都不敢在長江上游露一次面。他的女兒，從小就過繼給丁春膏，後來嫁給了丁宮保女兒婆家的後人——江蘇儀徵陳家的子孫。據說現在已經是一位大使夫人了。

丁府的姑太太們，有一個很奇怪的「門風」，第一是不喜歡被稱爲太太，而最高興被人稱做「姑奶奶」。第二是「丈夫氣」特別足，動不動就要在家裏實行「軍事管制」，把自己的丈夫和兒女，做爲「管制的對象」。

「文誠公」的小女兒，是下嫁給揚州的大鹽商陳家的。爲了「望子成名」，曾經在她兒子陳延暉忘記了唸書的時候，用裁衣的剪刀，在他的嘴巴上剪開了一條長縫。

（待續）

由陳毅之死說到三十年前「新四軍事件」【三】

岳騫

新四軍組成後，即大力擴張，初編組成軍時，規定一萬二千人，實際兵力不過四千人，在各地招募成軍，到了一九三八年十月，已擴充到兩萬五千人，擴張不為不速，但是毛澤東領導的中共中央，對此仍然不滿，一九三八年十月，中共中央在延安召開六屆擴大六中全會，對新四軍有所批評，據「中國人民解放軍的三十年」載稱：

「一九三八年十月，黨在延安召開了擴大的第六屆中央委員會第六次會議……決定了放手組織人民抗日武裝鬬爭的方針。毛澤東同志在會上所作的結論中，再次地論述了戰爭問題在中國革命鬬爭中的重要地位，要求全黨注意研究軍事問題，把工作中心放在戰區和敵後。八路軍由於及時糾正了右的偏向，到一九三八年已發展到十五萬六千人，並開闢了廣大的抗日根據地；新四軍則由於右傾機會主義的影響，一九三八年只發展到兩萬五千人，根據地也沒有很大發展。」

項英亦曾出席六中全會，但未待會畢即提前返皖，他在積極份子會上傳達「六中全會總結與精神」時，雖然承認新四軍的發展趕不上八路軍，但解釋發展遲緩的原因時，則強調新四軍所處的環境不同以及種種困難所使然，根本否定有什麼「右傾機會主義的影響」。

中共中央及毛澤東對於項英的倔強態度，似乎無法可施，祇好派周恩來前去疏解。周恩來當時仍任軍委會政治部副部長，以視察為名假道江西去皖南，一九三九年四月，周恩來在浙江與項英會晤，傳達中共中央關於新四軍作戰方針的決定，規定新四軍要積極向東北發展，即新四軍江南部隊於茅山根據地建立之後，一面向東即向海邊推進，一面準備渡江向蘇中蘇北發展，並應放手發動敵後的羣眾武裝鬬爭；新四軍江北部隊即第四支隊，則須加強領導，成立江北指揮部，並應積極向東推進，無論如何要越過津浦路東，與北上之江南支隊和山東南下之八路軍聯接，創造華中根據地，使與華北根據地聯成一片，控制華中華北廣大地區。當時項英對這一作戰方針，雖有懷疑，但經周恩來解釋後，還是執行了這一決定，因而新四軍江南部隊，於一九三九年五、六月間，積極向東向北發展，「中國人民解放軍的三十年」並作如是之記述：「新四軍江南部隊一九三九年春夏之間，組織了東進縱隊，進入蘇州、常熟、太倉一帶，開闢了游擊根據地，並幾次襲擊了上海近郊。江北部隊一九三九年越過津浦路，進入來安、嘉山一帶進行游擊戰爭。皖北地區和鄂豫皖地區的部隊也都取得了很多勝利，擴大了根據地，建立了抗日民主政權。爲了便以指揮長江南北廣大地區的游擊戰爭，一九三九年成立了以陳毅爲首的蘇南指揮部和以張雲逸爲首的江北指揮部（按：蘇南指揮部遲至一九四〇年始成立）。到一九四〇年新四軍已發展到十萬人。

新四軍的壯大，不斷襲擊地方團隊，驅逐地方行政人員，不斷引起衝突，但是若無黃橋之戰，則「皖南事件」或許不致發生。

黃橋之戰共軍方面最高指揮官是陳毅，當時名義是新四軍蘇南指揮部指揮官，此一頭銜也是自封，軍委會祇承認陳毅是新四軍第一支隊司令。

陳毅遵照中共中央擴張命令，渡江進入蘇北，與當地國軍及行政部門不斷發生磨擦，當時江蘇省政府主席韓德勤兼任蘇魯戰區副總司令（總司令于學忠在山東）爲當地軍政最高指揮官，韓德勤畢業保定軍校，也算是科班出身，但打仗卻是百分之百的外行，在江西剿共其間擔任五十二師師長，一次對共軍作戰全軍覆沒，個人僅以身免，像這種材料，本不應當放在孤懸敵後，與中央斷去聯繫的蘇北，肩荷軍政大任，但由於他是顧祝同的私人，顧祝同是蘇北漣水人，一向視蘇北爲湯沐邑，絕不容人插手，抗戰初起，江蘇省主席原是顧祝同,上海、南京淪陷後,顧祝同擔任第三戰區司令長官駐節浙江，不能兼顧蘇北，韓德勤乃以民政廳長代理，以後始眞除。

韓德勤之下，當地駐軍爲八十九軍、軍長李守維性情燥急，雖勇敢但不沉着，冒然輕進，造成大錯。

新四軍軍長葉挺

新四軍副軍長項英

黃橋，係泰興一個小鎮，市面不大，但毗連如皋、東台、興化各縣邊境，爲新四軍進出蘇北中心區要道。由於陳毅伸張勢力，漸漸侵及政府控制核心地帶，激怒李守維，不能不作一次清剿軍事行動。韓德勤至此，亦知共軍力量擴張，於己不利，於是在韓李二人部署下，選擇黃橋，爲一適當圍殲戰地。根據情報，新四軍力量，充其量不能超出兩千人，韓德勤，尚能採取謹愼，一再諄屬其部下；李守維十分自信，認爲新四軍不堪一擊，具有絕對勝算把握，心目中早存輕敵之心，已犯兵驕必敗大忌。當時調集作戰部隊，是八十九軍全部，配以獨三旅、獨六旅；新四軍方面，據事後查知，僅使用九個加強連。論數重，國軍軍力仍居壓倒之勢。

戰鬭開始於二十九年年底。陳毅最先以三個連，做吸引國軍兵力之用，其餘部隊不知隱藏何處。（後知藏於民房地下地道之中，此項地道，皆共軍所挖，能四通八達。）李守維率強大兵力，採用深追直入戰法，絲毫不顧埋伏、截擊。獨六旅旅長翁達，爲著名戰將，所部在蘇北甚著威名，爲韓德勤部下作戰力最強的一旅，其時正隨李守維指揮追擊，當追至黃橋時，翁達向李守維建議二事：一爲守住黃橋不追，先鞏固中心陣地，然後進攻、退守再作決定；一爲如必欲追擊，須留一部份主力軍控制橋頭，以防緊急變化。

此兩策至爲中肯，其他參謀人員無不贊同；獨李守維剛愎自用，認爲新四軍決無餘力襲擊後路，即令有之，亦可摧枯拉朽，立時消滅。遂復尾隨追擊。及前數里，阻於河道，正擬搭造浮橋，而伏兵猝起，李之深入大軍，倉皇應戰，竟均在共軍火網控制中，待及後退，翁達又堅稱不能稍退半步，以懈士氣。

李守維至此，心膽俱怯，竟下令退卻，陣勢遂告淩亂，士兵亦全無鬭志矣。

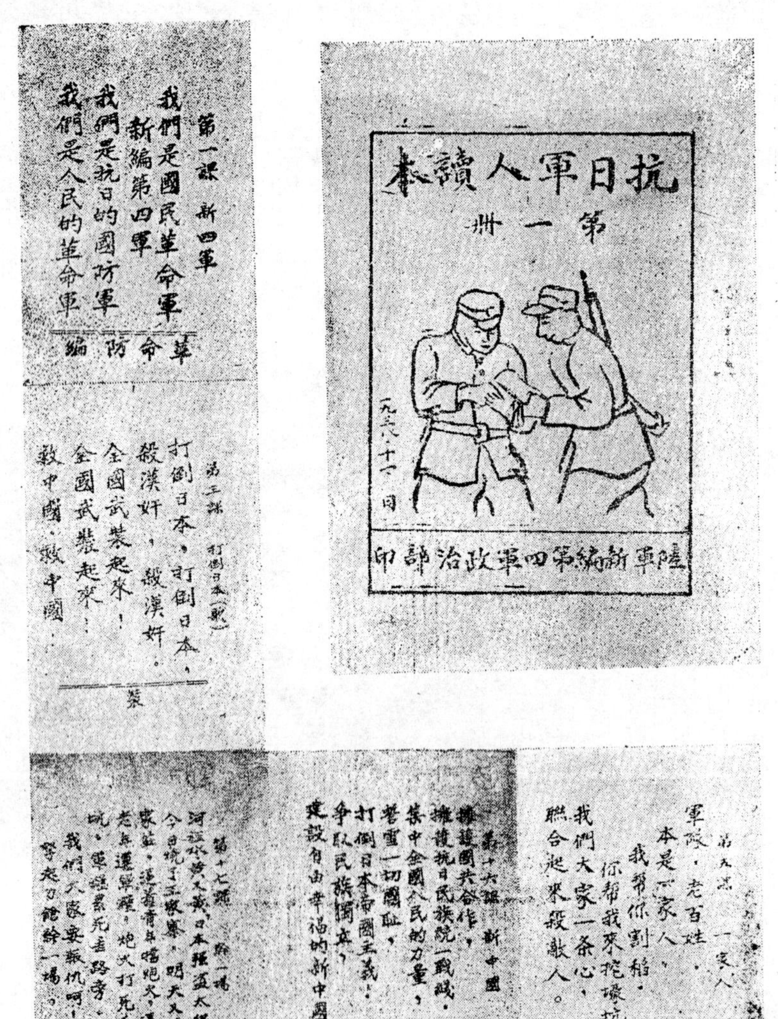

新四軍軍中的軍人讀本

詎料退至黃橋時，方知數丈大橋，已爲共軍破壞，大軍擁擠，勢難飛渡。進既不能，退又不可，正惶急間，陳毅使用最後夾擊之四個精銳連，於此千鈞一髮時，全部出現，猛力橫攻，並放火焚燒渡船，一時聲震天地，不知新四軍究有多少。在猝遭不測時，國軍大亂，人馬踐踏，翁旅獨力苦戰，奮勇當先，猶能掩護李守維下船逃遁，孰料李守維於心荒意亂中，竟失足墜水，浪流湍激，遂與波濤爲伍，勇敢善戰之翁旅長，亦於此時中彈陣亡。李翁既喪，指揮無人，全軍整個覆沒，非逃亡，卽被俘，但此三個師兩個旅全部武器，及萬餘兵員，皆爲陳毅戰利品，共軍立卽壯大，成爲蘇北雄厚的基礎。最初兵力，只有九個連，成功發達之速，令人難以置信。陳毅於戰勝之餘，曾揚言曰：「黃橋之捷，已足抵補皖南失敗」。斯言並不過謬。

李守維自以爲是，輕敵致敗，一死宜也，惟惜中央處於敵後，喪師萬人，復折勇將，殊足痛心。韓德勤聞此兵敗，失聲痛哭，亦又何補？此時李明揚、李長江又一次按兵不動，坐觀成敗，其心可誅。

一場慘敗之後，消息震動山東，蘇魯戰區（時爲于學忠主持），皖北四省邊區，及重慶統帥部。以國軍對於共軍，爲共軍以最少兵力，滅國軍成師成軍的龐大部隊，實自李守維始，亦可以說：開共軍以小吃大的先河，誠屬一場可恥的戰局。

根據繼任八十九軍軍長顧錫九撰「洪澤湖邊腥風之起」一文稱：

「共軍開始襲擊如皋保安旅，旅長何克謙，與共軍激戰一日夜，傷亡慘重，何亦陣亡。李明揚總指揮，受共軍蠱惑，竟未派兵援救。

陳毅以「打」「拉」並用得計後，卽進一步奇襲省保安第九旅張少華部，張旅長被迫放棄姜堰據點，率部經泰興，至江南游擊。李明陽對劃歸指揮之保安旅團遭共軍襲擊，仍不聞不問。共軍佔據姜堰後，已達到阻斷江蘇省政府與泰州李總部之聯絡，促李明揚等，先與政府不合作，以孤立東台、興化（時爲省府所在地），遂其「打」「拉」並用陰謀。

經過以上兩次戰役之失利，李明揚、陳泰運都按兵不動，致陳毅得以從容擴充，並又乘勢偸襲保安旅陳勳濤部，陳部傷亡損失很大。

蘇魯戰區所劃與李明揚指揮之保安旅團，多遭共軍各個擊破，李無政治立場，被陳毅利用，於此可作明證。因李陳任由陳毅坐大，致造成此後黃橋一戰失利。

（中略）二十九年十月一日，我佈防於海安、胡家集、曲塘之線的八十九軍之三十三師(欠兩團)、一一七師(欠一團)、附獨立第六旅全部，保安第十旅張能忍部遭共軍不斷襲擊，乃於十月三日，由李守維軍長（八十九軍）指揮，向古溪、營溪進行掃蕩戰，以期肅淸反側。共軍陳毅亦集中兵力，以求決戰，遂演成蘇北存亡攸關之黃橋戰役。戰況至爲激烈，同時蘇魯戰區韓副司令，命駐泰州之李明揚及曲塘之陳泰運，率部會同堵剿。李軍長率部正向黃橋前進，五日七時，先頭三十三師九十九旅王學階團，已攻佔黃橋東圩門內，正與共軍激戰，不料李陳兩部按兵不動，並公開由李長江(李明揚副總指揮)派兵三團，接防共軍姜堰據點，接濟陳毅彈藥十五萬發，並會合管文蔚部土共，到處造謠，放火拆橋，又將蘇魯戰區副總部所發佈之作戰計劃全部供給陳毅，陳於了解我軍行動後，遂集中主力於蔣垛附近，對八十九軍司令部及右翼縱隊獨立旅實行腰擊，以致我主力腹背受敵，與共軍激戰兩晝夜，不幸李軍長守維，參謀長丁虎，獨六旅旅長翁達，團長韓振翼，一一七師七零一團團長陳學武等，均壯烈陣亡，卅三師團長余世梅、王學階等負傷，官兵傷亡數千人，官兵游水渡河，武器損失極多。蘇北抗日主力，經此重大損失，始揭開共黨全面破壞抗日陰謀，中央何參謀總長、白副總長，乃聯名發佈新四軍不服從命令，破壞抗戰國策宣言，使全國了解共黨是藉抗戰奪取政權，促其覺悟團結抗日，但共黨毫無悔悟，陳毅反變本加厲，乘勢襲擊我如皋、東台、鹽城、阜寧等縣，繼續繳地方武力，及游擊部隊，以達其「收金百萬，擴軍百萬」之目的。

校史與校園

燕京舊夢

李素

岳騫先生要我寫燕京大學的往事，我便想起了十多年前，為「大學生活」月刊寫過約三萬餘言的「燕京回憶」。當我把它翻閱一遍時，自覺當年寫得太粗疏，太簡略，實在有重新整理、刪改及盡量加以補充的必要。於是我以原稿為綱領，另作安排，調整結構，加上歷年見聞所得的資料，實行改寫，希望能脫胎換骨，成為較合自己心意的一部小小回憶錄。

我只是敍述昔日的燕大生活的痕影，並非寫什麼歷史，格調似應以輕鬆真切為原則。所以我依舊是隨興之所至，想起那一方面就寫那方面，每一篇都是獨立的，不必強分先後，等全部寫完時再編排次序。我擬用的總標題是「燕京舊夢」，但我寫成的第一篇卻是「我心目中的冰心老師」。因為在「掌故」第六期內容的編排上，冰心師既是三位女性之一，則我那篇拙作自應是獨立的，雖然正是我的舊夢，也不該加上什麼總標題了。

嗨，不管是煙是夢，總之，一提起燕大，我就禁不住眉飛色舞，心境也立刻開朗起來；彷彿眼前已展現了那最富詩情畫意的未名湖，搖漾着粼粼記憶的微波，蕩動了舊痕千疊。儘管歡樂裏也偶有輕愁，但經過如許歲月的淘溶，悲與歡都一同化作無限清純的美感了。

我生平見過幾十間大學，無論國內的或國外的，縱然各有更多的優點，或更廣大的規模，但我始終覺得燕大才是最合我理想，耐我迷戀，使我敬愛的一個。她確是我眼裏的西施，兼是心中的慈母啊！我太幸運了，當我投身於她的既壯麗、典雅、甯靜、幽清，而又莊嚴、宏偉、溫暖的懷抱中時，就像找到了可以安頓靈魂的樂土。那誠敬、純良的校風，那融洽、平等、自由的氣息，及許多良師益友的愛護與提携，全部使我永遠追懷而感念。我相信這種觀念與感情，也是大多數校友所同具的吧？

此刻我又想起了那明媚的山色湖光，輕盈的柳絲塔影，彷彿時光已經倒流，我已重拾青春，在塵封的記憶裏找回了笑與淚交織的美夢——我生命的黃金時代。

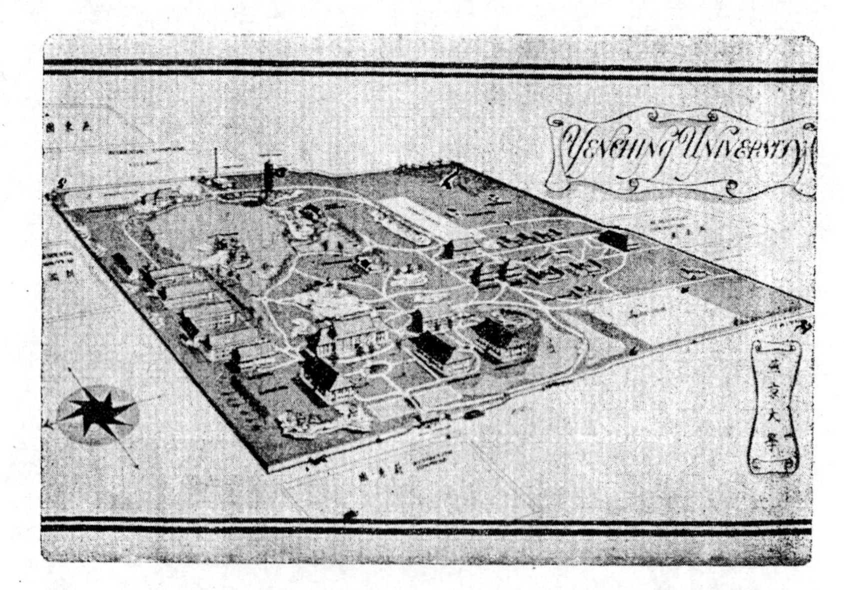

燕京大學校園立體圖

只可惜歲月和憂患會不停地冲激生命的涯岸，把新痕與舊印磨洗成一片模糊。八年抗戰的慘苦，二十餘年的江湖寥落，像煙幕橫梗心頭，此時浮現在腦海中的母校，只是風物依稀而已。我生活珍藏在故鄉的一百多張校景及照片，早已全部散失，無法加以印證，單靠衰退了的記憶來追述，當然難免錯誤百出。不過，往事雖成陳跡而舊情如昨，依戀之深卻仍不減於當年。故在感覺上，燕大獨具的光輝猶在，而她那慈母般的儀容，也依舊像朝陽照射下的玫瑰一樣鮮妍與温馨。

校史

現在先簡述校史吧。燕京大學的前身是通州協和大學、北京匯文大學、及華北協和女子大學。通州協和大學原是潞河書院，創辦於民國紀元前四十五年，後來由基督教公理會、長老會、倫敦會合辦，改組後稱爲華北協和大學。匯文大學卻是民國前四十二年創辦的。這兩所大學到了民國六年便合併起來，協和女子大學卻在民國九年才歸併在一起。合併之初仍分男女兩校，各設文理科，男校在北京崇文門內盔甲廠，女校在燈市口同福夾道。到了民國十五年夏天，位於西郊海甸的新校舍大部分已建築完成，於是兩校員生一起搬進去，實行男女同校，並增聘吳雷川先生爲副校長。

蔡元培書燕京大學匾額

燕大第一任校長是司徒雷登先生，是能說國語，又通中文，出生於杭州的美國人。一九一八年他被公理會、長老會、美以美會、聖公會、倫敦會等五個教會委爲建立一間新的聯合大學的負責者。上述三間大學之合併，便是他一手主持，幾經艱苦才促成的；因爲三校的當事人往往意見分歧，例如只爲大學定一個名稱吧，也爭持不決，幾乎鬧翻了。幸得司徒先生以坦誠眞摯，公正無私的精神與毅力，善爲排解及勸導，終於獲得全體的信任，把校名及其他種種事情都交由他決定。他於是採用最傑出的中國基督徒領袖誠敬怡博士的提議，以「燕京」爲校名。這兩個字的意思是古代燕國的首都，同時又是北京的另一個富有詩意的代名。這個名稱的確氣象不凡，涵義深廣，古雅優美，而又雍容高貴。

司徒校長在任職期間，頻頻遠涉重洋，募集經費，並在國內東奔西走，聯絡社會聞達，組成校董會作爲擴展校務的基礎。同時他對校內的事也悉心策劃，選聘優良師資，提高課程標準，注重國學，贊助新文化運動，並實行中外教職員待遇平等。這種不分國籍而一視同仁的公平措施，表現了眞正的基督精神，是外國宗教團體在中國所設立各大學中的創舉，頗具倡導作用。還有，廢止以聖經爲必修科，及革除強迫學生參加宗教崇拜制度，亦足見燕大對人權與思想自由，異常尊重。以上種種制度都是一般教會學校中罕有的明智之舉。司徒校長的確是眼光遠大，智慧特高的眞正基督徒。本校有這些特色，實至名歸，聲譽日隆，是理所當然的。

燕大遷入新校舍以後的三年裏，規模已備，分設文、理、法、宗教等四個學院。並且與美國哈佛大學建立了關係，成立一個「哈佛燕京學社」。由於這種國際學術的合作，使燕大的聲譽地位及經濟來源都大有增益。學生及教職員人數固大爲增加，本科和研究院課程亦添設許多門類。圖書館藏書之多，爲全國各大學之冠。理科方面亦已有設備完善的實驗室。後來國民革命軍北伐成功，政府南遷，以南京爲首都。燕大校董會推選吳雷川先生爲校長，改選司徒雷登先生爲校務長，並呈請教育部立案。民國十八年（一九二九）夏，奉教育部准予立案，於是吳校長到校就職。當時校舍建築工程已接近全部完成，遂於九月二十七日起一連四日，舉行落成典禮，一時中外嘉賓雲集，盛況空前，並由駐美託事部主席華爾納先生代表開辦者，把校門的鑰匙授與吳校長，表示從此將燕京大學交由中國人負責管理。

此後的七八年裏，名教授來自四方，眞是羣賢畢至，而全國菁英亦聞風而來，如同百川匯海，各方面均有長足之進步，因而人才輩出，聲名洋溢，可以算是燕大的鼎盛時期。

燕大原是外國人出錢，中國人享有的學府，但有一段時期因美國經濟衰落的影響，曾稍感困難。幸得教育部、中華教育文化基金董事會、及管理中英庚款董事會等等機構的補助，按年撥款供購置圖書、增加理科設備、及研究工作之用，故經費來源雖感不足，而教學上仍能繼續發展。

在行政首長方面則曾有兩度變更。二十二年六月吳雷川校長辭職，由校董會推選該會副主席周詒春先生爲代理校長，翌年六月，周代校長又因事辭職，校董會遂改選本校的陸志韋教授代理校長職務，二十六年七月七日，中日戰爭爆發後，成都有一班熱心忠誠的中國教授，組成了一個流亡的燕京大學，約有學生四百人，借用華西大學的校舍，在圖書、儀器及課本都很缺乏的情形下，繼續開課。由曾任註冊課主任、兼哲學系教授的梅貽寶博士任代理校長之職。抗戰勝利後，員生北返，在被日本人刧掠一空的校園裏，招大一新生四百名，於雙十節正式復課。可惜只有兩年而大陸變色，以後的情形，我不清楚，說不上了。

貝公樓（燕大校本部所在，樓下爲校務處，二樓爲大禮堂及新聞學系。）

校園

美景不厭百回看。北京的確是住不厭、看不足的好地方，閉起眼睛想一想，也會覺得心神舒暢的，其中勝地，在城裏的僅佔極小部分，而且除了景山及三剎海具有天然意趣之外，就只是那些鏤金砌玉，壯麗宏偉的宮殿，和一些甯靜舒坦的公園，全都帶着或多或少的人工氣息。至於郊外，勝蹟佳景就眞的使人應接不暇了，約佔北京勝景的十分之七八。玉泉山亭亭玉立，丰姿綽約。頤和園裏的萬壽山與昆明湖，既具自然氣質，又是藝術加工，難怪氣象不凡，儀態萬千，豪華中帶着清秀。還有氣派雄渾的西山，紅葉醉人；潭柘山的戒壇寺有怪巖絕壁，古木參天；岫雲寺的午夜鐘磬，石景山金仙庵的亂石流泉等等。勝景不可勝數，我記不起許多，其實也不該多說了。

佳景雖多，但在我眼中認爲最可愛，最親切，日夕相對，永遠相看而不厭的，卻只有那佔地二百餘英畝的燕大校園，既有園林勝概，又具宮室之美，秀逸幽清，雍容華貴，兼而有之。

當我第一次從北平城內南池子趁上燕京校車，駛出西直門，走在夾道的柳陰裏時，遙望前途，心裏眞像有百花齊放，閃動着一片光采，把生命中已往的一切陰影都掃蕩凈盡。因爲我仰慕她已有多年，故在卽將見面之前，心情難免特別興奮。大約走了五哩路，經過了一個古舊的海甸小鎮，便望見長長的圍牆之內，有參差疏落的樹木。然後，牆外一對栩栩如生的巨型石獅子把守着巨型的綠瓦朱門，赫然出現在眼前。抬頭一望，門上有蔡元培先生寫的「燕京大學」橫匾。這是西門，是校友捐贈的，故稱爲校友門，亦卽學校的正門。

貝公樓前之石麒麟

現在，誰若是喜歡參觀燕大的話，請跟筆者走一趟吧。一進大門，你會馬上覺得自己置身於皇宮裏，而這皇宮，比華盛頓的白宮和巴黎的梵爾賽宮都美麗堂皇多多，而且是毫無匠氣與俗氣的。你瞧，橫在面前的是個長方形的池子，當中是一座蒼老的三孔石橋，古色古香，倒影池中，淸雅有逸致。池子四周都有路。過了石橋，前面是一片方正的廣場，綠草如油，潔無纖塵。這片草場上矗立着一對巍峨的石柱，亦卽華表，聽說是從圓明園廢墟裏搬來的。這對華表上雲片飄飄、玉龍飛舞，是我國古代極精美的雕刻，是無價的藝術品。

草場上是一座特別宏偉、富麗、有十多級白石台階，門前有一對石獅子守着的大樓，泰然地伸出微彎的尖尖簷角，畫棟雕樑，朱紅的大柱子，翠綠的琉璃瓦，閃爍於陽光之下，金碧輝煌，一片豪華氣派。這座是貝公樓，樓下是全校行政機構所在的許多辦公室，樓上是大禮堂。

草場的左邊是穆樓，亦名丙樓，全部是課室；右邊的一座是生物樓，跟貝公樓恰好湊成一個「品」字，整齊而又對稱。燕大樓宇雖有大小之分，但十之八九都是宮殿式的，彩繪紛呈，襯着朱紅柱子及琉璃瓦，鮮明悅目。

循貝公樓與穆樓之間的路徑往東走，左邊是寧德樓，也就是宗教樓，經過這座樓之後，眼前豁然開朗，你會覺得剛才那些樓宇彷彿是屏風，把你的視野局限了，沒想到屏風背後暗藏着無限景色。何止「柳暗花明又一村」，簡直是另有洞天福地呢！你望見貝公樓後面有個小山坡，坡上有個朱欄碧瓦的圓頂的鐘亭。當你遙望那口巨大的古鐘時，也許會聯想到深山古剎的午夜疏鐘，而感到禪味盎然。但燕大這個鐘是用來報時的，有人專司其職，每半小時敲一次：一、二、三、四、五、六、七、八，每四小時爲一周，周而復始，不論風雨晨昏，不管歲月輪轉，從不休歇。它那沉着、雄渾、宏遠的音響，每一杵都是意味深長的警號：時間飛逝了，永不再來！頗足以發人深省。現在，古鐘久已聲沉響絕，只有那嬝嬝餘韻，仍依稀縈繞於我暗淡的心海中而已。

再走數十步，高抬貴眼，瞧哪，著名的「未名湖」（又稱睿湖）向你展露迷人的笑靨啦！清澈的湖水裏既有雲天燦爛的倒影，又有樓宇的光采繽紛的倒影，更有環湖的柳浪，濃綠低垂，而最使人一見傾心的，是那儀態萬千的娉婷塔影。

我們還是繼續向東，沿湖的北岸走吧，經過兩大座朝南的匚形房子（以一樓、二樓、三樓、四樓爲名），便看見湖岸邊有一道小堤通往湖中的孤島（名曰楓島），島的東岸有一石舫。島上花木叢生，土坡上有個頗大的綠瓦紅欄的八角亭（思義亭），當風玉立，臨流照影，淸麗玲瓏，逗人喜愛，所以常是同學們談天說地，或開交誼會的好所在。同時又是准音樂家們臨水調絃，或引吭高歌的蓬萊仙境。聽說遜淸宗室溥侗先生，別名紅豆館主，擅長國劇，在燕大敎崑曲時，就是在這個思義亭裏上課的。想當年笛聲嘹喨，歌聲洋溢，眞是「仙樂飄飄處處聞」呢。

再往前走，便是五樓，方形而體積較小。在它背後一直向前伸展的，是一座很長的進方形樓宇，這是六樓。六個所謂「樓」，全是男生宿舍。宿舍也是主要建築物呀，所以同樣是朱紅柱子琉璃瓦。每在淸夜，「近水樓台上下燈」，輝煌奪目。

這一回要多走一段路了。前面左首有兩個籃球場，附近有一座小石橋，這一個橋洞就是湖水流出校外的通道。過了橋便是拐了彎向南走，在這未名湖的東岸附近，是規模頗大的一座設備完善的男生體育館，遙遙與貝公樓隔湖相對。體育館背後是個很寬敞的長方形運動場。每逢有什麼賽事，健兒們耀武揚威，爭強鬬勝時，卻是萬頭攢動，熱鬧之至。

我們仍沿湖濱南行，到達東南端的大彎角時，便望見燕大的東門。這扇門與西門相比，顯得異常簡樸而狹小，就算是個後門吧。門內右方有個郵局，也有一間合作社。正在這個大彎角附近，有一座最特別的建築物，是倣照通州的十三層寶塔建成的蓄水塔，巍然高聳，投影湖中，隨微波而搖漾，那輕盈曼倩之姿，的確是人見人愛。這座塔不單供給源源不絕的淸水，而且供應無窮無盡的靈感，自落成以來，已不知啓發了多少人的詩意與文思，也不知給人拍攝過多少張玉照了。塔影空靈，湖光瀲灩，相得益彰，它們成爲燕大的名勝，是有理由的。

貝公樓與睿樓

這一帶有土坡起伏，樹木掩映，其中有一所電力廠在水塔附近，是供應全校的電力、冷熱水及暖氣的機房。在這座廠房的右方還有一座工業館。現在，我們告別水塔，漸漸的轉了方向，沿南岸朝西走，便望見山坡上有一所療養院，也望見臨湖軒雄據全校最高的山坡上，那是司徒校務長的住宅。這個山坡彷彿是一條界線，劃分了男女兩校。爲了要看看女生宿舍，我們不必沿湖邊走回貝公樓，卻在這附近轉換路線向南走，眼前是一片闊大的平地。是栽滿了四時花木的園林。第一座房子是聖人樓，內有女生部辦公室，兼有許多文科課室。再過去幾十步便是三院和四院。相隔約廿丈的對面是一院和二院。這四個院是女生宿舍，形式大小相同，三院四院是冂字形，一院二院是凵字形，整齊而對稱。也許因爲少女們本身已經夠秀美，用不着外物來襯托，所以住在灰瓦磚牆，質樸無華的宿舍裏，才更顯得淡雅淸逸，超塵拔俗吧。在二院與四院的南端有一座頗大的女生體育館，而在四院與工業館之間排列着好幾個網球場，隣近還有燕大附屬中學及幼稚園等等建築物。

此外，一院的左隣有兩座門當戶對，彩繪繽紛，美輪美奐的樓宇——姊妹樓，一所是女生部主任的住宅，另一所是女生會客的地方，也可以說是姻緣洞府呢，寬敞的客堂又是畫棟雕樑，窗外戶外，花光照眼；廳裏宮燈處處，沙發雙雙，的確是談心的勝地。

啊，我幾乎忘了，二院之西有家政學系的房子，朝西南走一段就是南門，附近有校車廠。由此向西行有一個荷塘，折而向北，經過一個大操場，又到了另一個荷塘。這荷塘之東是化學樓，化學樓之東是圖書館，而圖書館既與貝公樓並排，又與生物樓及化學樓構成一個小「品」字。現在，我們已回到貝公樓右側，總算已環遊校園一周了。建築物大大小小約有三十餘座之多，可以說應有盡有吧？

燕大校園的美，是整體的和諧的美。全部樓宇都是兩層的，寬大而不高聳，那舒泰、安祥的氣象，使人在甯靜中有心安理得的悠然之感。除了女生宿舍，附中，合作社、廠房之類是樸素的樓房，其他主要的建築物都是絢麗輝煌的。由於設計完善，配合得宜，這東方色彩的宮殿形式就更顯得高貴，而沒有絲毫庸俗之處，南京金陵女子大學的校舍也是宮殿式的，可是那格局就差多了。總之，我到過的大學校舍，全都是比不上燕大那麼富於藝術意味，她是自然及人工的揉合與調和，在形象與意象上達到了美妙的巔峯。

還有，校園裏隨處都有婆娑樹木，繁花碧草，點綴於庭前、坡上，於雕闌玉砌之間。每當春天來臨，既有牡丹、芍藥、綉球、

圖書館

桃、李、梨、杏、丁香、海棠、玫瑰、迎春、二月蘭……百花吐艷，又有古松翠柏，修竹成林，紫藤滿架。夏天有芙蕖玉立，美人蕉與薔薇競秀。秋天也有絢爛的紅葉與黃花。

無論走到那兒，都常覺有暗香浮動，秀色盈襟，有享不盡的四時佳景，如畫風光。面對莊嚴富麗的宮殿，與典雅淸逸的園林，那情調與境界，簡直就是一首好詩！你能怪我一住進去就捨不得走，把她當作最可愛的家麼？

尤其是那千嬌百媚的未名湖，從任何角度看都一樣雋雅，溫柔澹蕩，使人神淸意遠，湖上的景色，宜朝、宜暮、宜動、宜靜、宜晝、宜夜、宜淸朗、也宜風雨。

或在春深看綠波微漾，或在盛夏看垂柳搖風，或在初秋看水底雲天，或在隆冬看冰場上的刀光舞影，都各有說不出的美妙。而更能醉人心魄的則莫過於在黃昏裏沿湖邊散步，或於月色下在堤畔靜坐沉思。

以我的冥頑不靈，也竟蒙大自然垂青，實因環境太美，遂不能無動於衷，我已記不淸有過多少次的陶醉與享受，讓詩思充滿了心靈，洋溢到紙上。雖然是學生時代幼稚的習作，而所表現的，畢竟是當年眞實的燕大與我，又何必計及工拙？孝眞而已，獻醜也無妨：

臨江仙 未名湖畔

偶向平湖尋月色，浪痕半滅微明；晚雲亂疊錦山屛，水中清影動，孤塔太娉婷。　久怕憑闌誰會得？遠山空與長顰。依前四野悄無聲。此心何處去？天末有疏星。

＊　＊　＊

冉冉黃昏渾似夢，柳綠燈影迷冥。此時景物太淒清，不須風雨至，魚躍亦心驚。　強把閒愁收拾起，那知易說難行！懶從醉裏憶平生。獨當明月夜，悲淚落無聲。

憶江南

楓湖畔，問月晚風中。波撼星搖皆不語，雲天漠漠一飛鴻。心影兩朦朧。

地不在大，有湖則美。未名湖當然無法比擬西子湖的綽約多姿，洞庭湖的煙波浩渺，與日內瓦湖的明淨清澈的千百分之一。不過，以一所大學的校園來說，能有偌大的一個湖可供划船和溜冰，已經算難得的了。何況朝夕相見多年，自然更感親切而永遠覺得它是美麗的。

關於燕大最初的基礎及校園的購置，司徒先生說過：「這聯合大學之可能發展的遠景，乃是唯一引起我興趣的成份。」他這話，的確可以算作燕大最初的基石。依我的偏見，「興趣」是一切事業成功的原動力，是使人廢寢忘餐，樂於犧牲一切而埋頭苦幹的魔力啊！

最初期的燕京大學規模極小，校舍狹隘破爛，學生人數不到一百，教授只有幾個。司徒校長在他的「回憶錄」裏說：「我不單來到一個不名一文的學校，而且任何人都不關心這個學校。那些在北京的人，只知道花用他們所獲得的開辦費，購買房產，並把那些房屋作爲己用。」可見他在教會、學校、同事之間，都遭遇過許多阻力與困難。幸虧有個魯斯博士跟他志同道合，他便以全力去說服理事會作緊急推薦，得董事會通過任命魯斯博士爲副校長，迅速赴美設法捐款。

同時，司徒校長更沉醉於自己的興趣中，悉心籌謀學校的發展。他步行、騎驢、騎自行車、走遍北京城內外，找尋一個理想的新校址。好容易才找到了離城約五哩，在清華大學附近的一個滿清王子的廢園，但當時的業主卻是陝西省長陳樹藩，把該地用作避暑別墅及祖先的宗祠。

因此他親自到陝西去找陳省長，以六萬元買了那塊四十英畝的地產。陳氏倒也很熱心，捐出了二萬元給燕大作獎學金。後來司徒先生又陸續買下了附近的一些荒地和廢園，（據洪煨蓮教授

鐘亭

的「和坤及淑春園史料劄記」所說，燕大校園之北部，是乾隆年間的宰相和坤的淑春園）湊成了一個總面積約爲二百英畝的燕大校園。

司徒先生說：「最初，我們就決心把中國建築應用到建造校舍上。房屋的外表，具有優美的曲線及輝煌的色彩。而主要的建築物，全部用鋼骨水泥，兼有現代電燈、暖氣及自來水的設備。因此，這些房子本身就象徵了我們教育宗旨，是要保存中國固有文明中最有價值的一切……在後來許多年間，很多很多來賓，都說燕京校園是全世界各大學中最美麗的校園；以致我們也差不多相信了這話。燕大的美麗校園，眞正能幫助學生們對這學校的愛慕之情，並增強他們的國際理想。至少在一方面，這種眞實性比我原來的計劃美麗得多了。」

可見燕大的內容與外表的一切，都先有計劃與目的，燕大校園不光是美麗，而是處處都含有美麗的深長意義的。到過北平的人，遊故宮是少不得的節目。當年我遊罷歸來，仍覺得燕大比溥儀以前居住的皇宮好得多。我校規模當然小而又小，但我們有現代化的新式設備，卻是以前住過故宮的帝王所沒有享受過的。大多數燕大同學頗以此自豪，也自是人之常情。而且處於這樣外表美觀，內容實際，中西合璧，新舊交融的環境裏，常易觸發思古之幽情與革新的思想，這又是燕大的特色之一呢。

臨湖軒

啊，我幾乎忘了！在校園圍牆之外的四周，還有好幾處幽靜的區域。學校東門之外是東大地，又稱燕東園，南門外有南大地，亦卽燕南園。這兩個園其實等於兩個小村，村裏排列着許多座兩層的洋樓，全部是中西教授們的住宅，雖沒有園林的實質，但區內不乏曠地，雜栽着四時花木，也顯得甯靜清雅而幽美，在東南角上還有個很大的農場。

眞正的園卻是在學校北邊的朗潤園，卽載濤貝勒花園。校友門斜對面是蔚秀園，略遠一點還有個達園。這些都是前清的王府，後來變作燕大的產業。這三個園面積都較校園爲小，風景則更爲幽深。因爲其中都有起伏的山坡，有清麗的池塘，有亭台，有樓閣，有廻廊曲折，有橋影娉婷，有鶯聲鳥語，有暗柳明花，有流泉似瀑，有曲徑通幽，的確是處處引人入勝，使人流連忘返的好地方。園中有疏落的房屋，也是供燕大教授們居住的，究竟誰在那一個園裏，我已經說不上來了。我彷彿記得包貴思老師和幾位單身女教授都住在朗潤園裏。當年，不，直至現在，我都十分羨慕園中老師們，覺得他們眞堪稱爲世外桃源裏的天之驕子。附近還有個靜怡園，卽徐世昌花園，據說是在日領時期才購進的，我想其中也一定有如詩如畫的好風光。

朗潤園一景

如此燕大，試問誰能不愛？我一想起那些熟悉的景物，便覺心馳神往。

在約略敍述了校史及介紹了校園之後，似乎應該打破那沉悶已久的氣氛，來一點輕鬆的小玩意了。就讓我把我剛升上二年級，上錢賓四老師的國文課時寫成的一篇習作錄下來，聊作「燕京舊夢」的前奏，也作爲燕大生活片面的浮光掠影吧：

燕京賦

平西郊外，海甸鄉中，十頃庭園，林木蔚鬱，百里湖山，煙雨迷濛。華屋星羅，有如帝子之殿；亭臺棋布，彷彿王者之宮。暮攬西山之名照，落霞片片；夜窺東岡之新月，明星點點。漣漪波光，搖漾於前湖後湖；曉霧殘雲，掩映於小島大島。塔聳於東，與煙突同凌霄漢；鐘懸於西，合棋杆共參雲表。廣場、宿舍、科學館、課室樓，殆不知其若干座矣。

莘莘學子，咸負笈以來游，芸芸士女，亦聯翩而蒞止。聽鐘鳴而驚醒，聞鈴聲以趨蹌，蹀躞道路，出入課室，如蜂碌碌，如蟻遑遑。簌簌如雨灑枯枝，展書頁也。沙沙如風捲殘葉，寫筆記也。或俯首支頤，傾聽而心不在焉，或瞪目呆口，凝視而意不屬焉。偶乘笑以舒腰，時橫目而流盼，竟日孜孜，其懨懨爲何如耶？蓋已有死氣沉沉之概矣。

及夫課罷，則又生趣盎然。月已上兮柳梢頭，人未來兮黃昏後。於是革履咯咯，徘徊於女校門前；電鈴叮叮，叫喧於寢室窗外。挾愛侶兮閒步，笑語輕輕；邀良朋兮共酌，謔浪聲聲。時逢日曜，馳車兮結隊進城；每當休假，騎驢兮聯轡郊行。風飄飄兮衣香馥馥，塵滾滾兮帽影亭亭。乘良辰兮行樂，對美景兮賞心。春秋佳節，麗日晴天，神遊功課之外，魂銷靜美之境，浪漫逍遙，從未感流光之易逝也。

然亦有奮勉儒生，勤學志士，埋頭破紙堆中，藏身圖書館內；搔首低眉，絞腦汁於篇章，搖頭蹙額，傾心血以成文，如蛾之撲火，如蠹之嚙木。瞻文壇之巍峨壯偉，心焉嚮往，覩學海之淵深浩瀚，意氣飛揚，一若不能雄跨兩岸，則亦自沈溺以窮其源也者。窗外之柳影花香，鶯啼燕語，與夫湖光山色，暮靄朝霞，概留贈飄逸公子，婉美佳人。書獃子之頭銜，固所願也。老學究之名稱，何足道哉！

若夫夕陽影裏，奔走於球場，雖寒風刺骨，而汗喘如牛者，體育健將也。月明之夜，臨水調絃，清歌妙曲，一唱三歎者，音樂大家也。俯首低徊，踽踽獨步，心忐忑以踟躕，情脈脈而凝睇者，詩人也。他如深思不足，狂躁有餘，載嬉載笑，亦步亦趨，模棱兩可者，閒散糊塗之流也。

舉行紀念週，則到者幾若晨星之寥落。開映電影片，則觀衆奚啻晚潮之急激！接茶話之請帖，而歡聲雷動，閱試驗之告示，而苦臉雲遮。殆亦學子之常情也歟？

殘秋將盡，霜風日緊，落葉飄蕭兮氣象陰森，桐雨淋泠兮心意昏沉。雖然，行將見未名湖水，凍結成冰，燕大之名士美人，又將廻旋於水晶場中，翩躚於琉璃板上：團團轉兮如游龍之戲鳳，步步趨兮猶猛犬之逐獵；輕巧兮如蜻蜓點水，曼倩兮若乳燕迎風；翕忽兮迅如流星，矯健兮疾似飛鷹，衣袂拂拂，玉臂搖搖，穿梭織錦，搓碎瓊瑤。既覩玲瓏影倩，復聆裂帛聲清，佇立堤岸，有不悠然神往者耶？

入此桃源深洞，誰復知世外雲煙？優遊哉，斯足以卒歲矣乎?!

這篇習作約六年前在香港星島日報「文學天地雙周刊第二十三期發表時，原有一篇二千字的「附記」。茲將「附記」大加刪削，只把我想保留的幾段話節錄如下：

我原是個樂天任性，膽大妄爲的女孩子，只讀了一二十首詩詞，三幾篇賦什麼的，便敢抓起筆來，不理會什麼格律，亂寫一通，還認爲天下無難事而沾沾自喜呢。最可愛還是那股衝勁和朝氣，明知是幼稚拙劣，見不得人的東西，也竟勇於獻醜，我生平就愛東拉西扯地胡說，心志不專，故至今仍無一技之長，眞是活該，愧煞我也！

「燕京賦」是我心愛的習作，抗戰時期失落了，使我不勝惋惜。幸而皇天不負苦心人，追尋已有了結果。我衷心感謝譚紉就學長替我打聽譚超英學長的地址，更感謝超英學長從她畢業那年的燕大年刊上，把它影印了，迢迢的由美國寄給我！誰說不是喜從天降？我簡直高興得又跳又笑，在刹那間，時光突然倒流了三十多年，我彷彿掘到了寶藏，尋回了失落已久的歡樂的青春。我重新當一個短髮、短裙、抱着書本的大學生，而且是過着如詩如畫的生活的大學生。

當然，這篇賦只是遊戲筆墨，難登大雅之堂，但在我看來卻有可貴的歷史價值，因爲它確實表現了燕大生活，包括了我生命中的黃金時代。每讀一遍，便等於重溫舊夢，感到無限欣悅、甜美與溫馨，使我深深陶醉；同時也引起了懷戀、悽愴和悵惘，正如李義山說的：「此情可待成追憶，只是當時已惘然。」

時局瞬息萬變，暴亂處處，人間再沒有桃源。在焚書坑儒，中國積聚了五千餘年的文化遭逢了最大刦難的現代，我抄完這篇舊作，眼睛已經濕潤了。可愛的紅牆碧瓦，塔影湖光，也許依然無恙，但那座宏大壯麗的學府，在我心目中，早已成爲沒有自由，亦沒有文化的廢墟。所幸「因眞理得自由以服務」的燕大精神，原是寄託在全體師生身上，散布於四方，我深知每一位燕大校友都一直在努力完成各自的使命。

我虔誠地祝望現在各大專院校的青年朋友，加意珍惜他們這幾年寶貴的歲月，這一段轉眼飛逝的繽紛夢朵。我固然想博得他們展露一絲會心的微笑，但更期待他們以惋惜和悲憤的心情，同我一起憑弔這座文化廢墟，因而激勵奮發，共謀携手合作，增建與發揚中華文化於無盡的將來。

（校景圖片轉載自「燕大校友通訊」）

龔德柏死裏逃生

曾燕萍

老報人龔德柏，抗戰前在京辦救國日報，以敢言著稱。民國十四年，他在北京辦大同晚報，常在社論中罵共產黨，因此，共黨對他恨之刺骨。

那時，北京正是段祺瑞政府，北京衞戍司令是鹿鍾麟，當時俄國駐華大使加拉罕，處心積慮要槍斃他，叫馮玉祥執行，馮早受蘇俄資助，對他的命令，不得不遵，乃命鹿鍾麟執行。

衞戍司令部軍法處長爲鄧萃英，與龔爲老友，乃電話暗示其離家暫避，龔遵囑離家，深夜仍回，見軍警包圍其住宅，逕前直認不諱，因而被捕。

其時，屈映光有一外孫是共產黨，資格相當高，回家說：「龔德柏這次完了，因爲加拉罕要槍斃他，馮玉祥不敢不執行。」他無意中說出秘密。屈即訪司法部調查委員會委員長王寵惠。此時各國來華調查中國司法的委員們，正首途來華，但尙未到北京。中國治外法權是否撤銷，則取決於此。屈映光即對王寵惠說：「請你打電話給鹿鍾麟說，聽說你捉了一個新聞記者（姓名不必說），如何處置，我固不知，萬一要殺他，須先將罪名想好，同我談談，看是否說得過去，那麼，各國調查委員如問及此事，我好答覆。」

鹿接得電話，自然不敢作主，乃向張家口請示馮玉祥，馮知此事的嚴重性，因爲中國人希望治外法權的撤銷，如大旱之望雲霓，萬一因他殺一個新聞記者，而使治外法權不能撤銷，豈非成千古罪人！所以只好命鹿予以釋放。在龔自撰回憶錄中，也不諱言他這一段死裏逃生的經過。

香港大學中文系與英人林仰山教授

盧幹之

香港大學創立於一九一一年，中文系則成立於一九二七年，那是由於當時的港督金文泰爵士的熱愛中國文化有以致之。事實上，中國有五千年悠久的歷史，是一個古老而有優良文化的堂堂大國，一切均處於領導的地位，故此，世界各國的大學，都紛紛設立中文系，學習中文，從而研究中國的文化。

香港大學中文系成立之初，聘賴際熙、區大典二太史為專任講師，林棟為翻譯助理講師，並以賴太史為系主任，賴退休後，乃由許地山先生繼任系主任，亦為中國人擔任港大教授之第一人，因為港大各系中只設一位教授，其他的只稱主任、高級講師、助理講師，許氏不幸於一九四一年太平洋戰事期間病逝於本港。香港重光，乃由專任講師馬鑑升為中文系主任，旋升為教授，至一九五〇年退休，大學方面改聘英人賴歐（Prof. J. K. Rideout）為主任教授，年僅三十六歲，不到一年——於一九五一年二月十六日突告失踪，至二十八日始於大嶼山海面發現其屍體，死因不詳。賴歐去世後，中文系系務由專任講師賀光中代理，至一九五二年夏，適英人林仰山（F. S. Drake）自大陸回港，林氏為東方學家，對中國文化研究有素，大學方面遂聘其為中文系教授兼系主任，一直任教於港大十有二年，至一九六四年六月退休，時年已登七十有二高齡。林氏退休後，由專任講師羅香林先生為中文系主任，一九六五年升為講座教授，羅氏於一九六八年九月退休。（羅氏任職港大共十七年，為華人任職港大時間最長者）後由馬蒙先生繼任中文系主任至今。馬蒙先生為馬鑑教授之哲嗣，賴際熙太史哲嗣賴恬昌先生曾任港大校外課程部主任，同為父子間與港大之淵源也。

港大中文系主任林仰山教授退休返英送行者於皇后碼頭握手道別（一九六四年攝，左方第一人為羅錦堂博士，現任夏威夷大學教授，右方第一人為饒宗頤先生，現任星加坡大學教授，林仰山教授遮着者為羅香林教授，對面者為本文作者盧幹之）

香港大學中文系，賴社會人士之熱烈支持，先後有了鄧志昂中文學院及馮平山中文圖書館之設立，講學與研究風氣日盛。至一九三五年，北京大學教授胡適先生來港，大學方面乃以法學博士學位贈予這位國際聞名的學者，胡適先生於頒授博士學位典禮致詞中，就特別提到中文系，而且建議中文系應由中國人士擔任教授。然而林仰山乃以英國人而主中文系十有餘年，且有輝煌之成就，故不妨在此概述一二。

林仰山教授（Prof. F. S. Drake）於一八九二年生於中國的山東，（今年剛剛八十高壽）港大退休後，歸隱於倫敦近郊，渡其愉快安閒的晚年。其父為牧師，在中國傳教有年，林氏稍長後返英，肄業於伊頓書院及倫敦大學，專治神學與地理及東方學等，一九二四年至二六年，及一九三〇年至五一年，任山東齊魯大學教授，說得一口流利的國語，也能閱讀中文，結識了不少中國學者，於中國藝術，造詣特深，著作甚豐，其中有：「山東之石器」、「山東古代之陶器」、「漢代之石刻」、「山東之黑陶時代」、「山東洪家樓之新石器遺址」、「山東黃石崖之元魏雕刻」、「山東臨淄之漢代石獅」、「華北彩陶與黑陶遺址之關係及中國東南部之史前遺址」、「自康熙至晚清御製瓷器與民間瓷器研究」……。林仰山教授對中國學人優禮有加，對國學大師錢穆先生甚為尊重，於一九五五年間，由彼提名港大頒贈錢氏以法學博士榮銜。

林氏兼任港大文學院院長及東方文化研究院院長，對於中文系課程之編排，系務之建設，貢獻至大，筆者曾戲問林氏中國名字之由來？他笑謂：「我喜歡山林，故名仰山。」繼又笑曰：「那時的國府主席是林森，故此我以姓林為榮，又因林與山有關連也。」筆者又有一次聽其說及中文與英文之比較，他認為中國文字自有其優點，例如人字，篆體「八」，既象形，又易寫，且易讀，易認，而英文 Man 除了要用幾個字母來拼寫之外，對於讀音也要靠拼，而且沒有象形之效，故此，每一個國家的文字，確是有其需要和特色的。

Mr. Lo Kan Chi

In memory of
some very refreshing
afternoons, when we
thought together about
some of the great
things of Chinese
civilization

F. S. Drake
28th March 1957

UNIVERSITY OF HONG KONG

林仰山教授給盧幹之的題詞

羅香林先生就任香港大學中文系講座教授公開演講後與報人留影（右起：吳靄陵、羅教授、羅夫人朱倓、姚漢樑及本文作者盧幹之）

林仰山教授個子瘦削，態度雍容和藹，鼻架金絲眼鏡，臉上常帶笑容，不僅是一位學者，而且是一位長者，他在港大十餘年期間，上上下下的人，都對他非常敬重，他以英人而主中文系，講授中國文化與文學，且為最受中國人所喜愛，其主港大中文系十有餘年，雖不能說絕後，已是空前，因為港大規定凡年屆六十歲就要退休，而中文系教授則因繼任人選難以物色，又林氏雖年登古稀，然精神奕奕，容光煥發，孜孜訓誨，作育英才，故能破例留任，確屬難能可貴，亦可見港大對林仰山教授之倚重也。

抗戰佚事

十八軍梅春華案始末

剡曲老人

國民革命軍第十八軍是陳故副總統建功立業的根基，民國十九年討閻馮時，還是十一師長。到二十年九一八瀋陽事變，國軍擴編，他才升任十八軍軍長，轄十一師、十四師。他治軍嚴明，痛革軍中積弊，提出四大公開：人事公開，經濟公開，意見公開，賞罰公開。辦到截曠歸公。「截曠歸公」也許年青一代還不明瞭其措施。當年任何軍隊都不免有缺額，有缺額就有無人支領之餉項；但軍政部撥發軍費，還是整數，並不因有缺額而有扣減，因而軍隊普遍有截曠之事實，即無人支領之餉項，照傳統均歸首長私人所有。更有貪財營私的，全年欠發一個月乃至二個月餉銀，即所有官兵在一年中，祇領到十個月或十一個月餉銀，還有一二個月餉銀算報效了師長。尋致演變成為公開吃缺。因為師長既然有截曠可以肥己，當旅長團長各中下幹部也起而效尤，造報名額，實際上是並無其人，虛報實領，作為各該幹部之補貼。但亦有不成文法之自限，旅長大致可以吃缺一百名，等於一連兵額之餉銀歸他一人所得，團長是五十名，營長是卅名，連長是廿名，這積弊太深，即使想辦法點驗發放，他們還是東拉西補，應付點驗，有那麼多的人，缺額虛報的，都臨時調撥別團的人抵補應點，那時照相器材不發達，未辦補給證貼上照片手續，全憑一張符號，名冊上姓名必與符號上相符。是否眞是領餉者其人，則不追查，也無法追查。當兵的祇是服從，掛上符號是張三，你就答應是張三，更不敢檢舉控訴，否則你就沒命，師長便有權力殺人。這種軍隊黑幕，如果以現在眼光希圖解決，定然是從制度上着手，猶似現在的補給證辦法。但陳辭公革除此種積弊，他有他的辦法，就是截曠歸公，做到大公無私，厲行四大公開，完全從精誠團結的角度去着眼，發揮精神作用，不是婆婆媽媽以科學頭腦處理「物」的方式去求事效。在那個時代，祇有他見得眞，摸到積弊的癥結，祇有他有魄力，為人之所不敢為。他並不反對點驗；但軍政部或軍委會派員點驗，就難免給部隊臨時調撥改換符號應點大做其手腳，陳辭公的點驗，乾脆俐落，事先不通知何日點驗，他常出其不意，於拂曉之前自己趕到團部駐地，先找到號兵，叫他吹緊急集合號，團長拿名冊來點，有事假病號不到的，他都標誌出來，另行派員追查眞相。同時他訓勉部屬，任何人不許吃缺，截曠歸公，就成為公積金，同時厲行四大公開，大家都可參加意見，用公積金來獎賞有功官兵，從優撫卹傷亡，唯有這樣做，才能做到上下一致，同心同德發揮戰力。今天談這些事，讀者不要以為沒有多大意義，在筆者之意，可供年青一代做參考，革除積弊，可有種種做法；但應採取最切實際的才是。

近年來時人崇尚美國方式，專在物質上鑽研，在技能上求出路，專才固不忽視，造就通才比專才更為有利於國家，這是我們今日最值得注意的事情。造就通才是培養幹部的領導才能，發揮組織運用的團結力。人總是人，有他的精神活動，欲以處理「物」的科技支配人，能服貼嗎？譬如我們批評前清科舉八股是閉塞思想的秕政；但我們各級學校考試，在走科舉八股的老路而不自知，各種應考的書籍是書局最有利的生意，補習班更興旺成為最易賺錢的一門，能考上榜首的是人才嗎？如果以這樣的人才來適應國家大事，我們的前途無疑是黯淡的！我們如果能如陳辭公那樣靈活運用思想，凡事才事半功倍，他在十八軍樹立風範，是具有時代意義，亦唯如此，十八軍的戰力比任何部隊為強！

陳辭公最知己的同學是羅卓英（字尤青），十八軍軍長即由羅繼（據說陳有四金蘭兄弟，長為施北衡，陳居二，羅居三，錢壽恒（字火孚是老四。錢氏本年九月九日病逝，享年七十五歲。）以後為黃維、葉佩高，至民國廿八年已由彭善接任。彭字楚珩，湖北黃陂人，現居台灣任交通銀行監察人，黃埔一期出身，他的作風深得陳辭公衣缽之訣竅，那時十八軍在重慶市郊青木關整訓，陳那時任政治部長，彭每於進城向陳部長問候，報告整訓進度，一次閒談中彭述及十八軍尚有缺額四千餘人，三個補充團久久未能撥補足額，陳亦貿然聽之而已。彭不善交際，對其他軍事首長均不往還。

到二十九年三月，日寇進犯襄河，在宜城戰役中，三十三集團軍總司令張自忠將軍殉國，十八軍奉命出動，固守宜昌；但因第五戰區司令長官李宗仁敵情判斷錯誤，以為敵必繞道興山，迂迴宜昌，乃將十八軍置於秭歸待命迎擊，及知敵直攻宜昌，又將十八軍從秭歸轉運宜昌應敵，為時已屬太晚，十八軍已無法在宜昌城外佔領陣地，未能達成固守宜昌之任務。彭軍長且被處分撤職留任。十八軍在青木關整訓時期，一次統帥部例行最高軍事會報中，參謀總長以次各部部長均參加，陳辭公當時沒有重大事項可以提出會報，便將彭軍長曾向他述及十八軍尚有四千餘人待補一事抖出來，陳並無惡意攻訐任何人，祇不過說十八軍整訓將及一年，國家希望它成為勁旅，缺額太多，日後用起來，難免打折扣，最好能優先撥補等語。那知道這一報告，主席聽了，大發雷霆，指責軍政部辦事的顢頇，說是整訓了一年多，而缺額尚補未足，簡直在開玩笑，使在座的何兼軍政部長甚感不安，回至軍政部也召集高級員司，為此事大大地說了一番，聽在各人心裏，均感到不是味道。可是軍政部大員都是執掌業務的老狐狸，對各部隊情形瞭如指掌，大家認為還不是彭善打的小報告，否則陳辭修怎麼會在最高當局面前，要他們的好看！他們就私下商議，彭善不向主管部善事商量，反採偏鋒捷徑，要糧餉補給，報告滿額照領不悞，（這是十八軍傳統的作風，因而公積金比任何部隊為巨！）打起仗來，又說是缺額多少多少，你彭善要我們好看，那末我們也不難讓你出洋相，於是決定來一次點驗。這種醞釀在重慶，彭善在宜昌南津關前線，一點不知道。等到軍政部電令要來點驗，彭善亦未深思，參謀長梅春華（軍校四期，陸大十一期出身。）作業亦未推敲，反以為據守前線，你們到散兵壕來點好了，忘記留守在後方萬縣的三個補充團，應該準備應付點驗。軍政部看準了這一點，前線他們自然不會去點，萬縣是大後方，重慶派出三組點驗人員，朝發夕至，當夜急通知三位補充團長，指定翌晨七時分別同時受點，如此一來，使三位團長措手不及，不可能臨時拉補編派，即使要向友軍商議撥出兵員換上符號，應付點驗，也無時間可以擺佈。點驗結果，向軍政部報告：要糧餉補給，報的是滿額，要打仗又說缺額多少多少，如今還祇點驗在後方的補充團，祇有四分之一的實有人數。何敬公本是最寬厚的人，這時對彭善也未必毫無芥蒂。但彭善還是一點兒不知道，也沒有朋友將內中情形通知他。這是彭善不善交際所致。偏偏時運不濟，十八軍增援固守宜昌之任務沒有達成，彭善落得個撤職留任的處分，憑心而論，宜昌戰役之失誤，是李宗仁敵情判斷錯誤之結果，彭善盡力而為，還救了陳辭修的老命，這一處分，實質上有失公平。

宜昌戰役穩定之後，十八軍調回萬縣梁山整補，這是廿九年八月間之事。這時物價已在波動，尤以稻穀上漲最劇，每擔已賣到六十銀元，軍隊最重要的主副食，當年都是就地採辦，大軍擁到，市場供求失常，商人難免哄抬圖利。十八軍因有巨額公積金，彭軍長決定拿出來運用，組織購穀委員會，以政治部主任及軍需處長爲正副主任委員，最少要購足可供全軍一年食用之稻穀，屯儲在倉庫之內。正在秋收季節，一切順利購足了可供一年又六個月之數額。到了是年十一月間政府決定辦理軍糧實物供應，特設糧食部統籌管制，通令地方政府遵照辦理。因此十八軍已購存之稻穀無需供應，依照新頒辦法可向當地縣政府具領，照公定市價按日補給。這種辦法，初辦起來，自然有許多困難，尤其萬縣是長江岸邊轉運碼頭，過往軍隊太多，縣政府供應糧食，時感不繼。到了三十年元月，最高當局召集糧食會議，聽取四川全省縣長行政專員出席報告辦理軍糧實物供應之困難。當時萬縣行政專員閔永濂，縣長楊用斌，都是四川籍口齒伶俐之人，楊用斌大歎苦經，說是萬縣是過往碼頭，部隊過境太多，縣府到處搜購民間糧食，仍不易支應，如果沒有穀米可以發放，一個特務長也到縣長辦公室大拍桁子，簡直讓你下不了臺；可是軍隊還有稻穀拿出來賣給他人。這句話引起最高當局追問是那一個軍隊？楊縣長在大庭廣衆之前，自然說話不能不踏實負責，在不得已的情況下，道出了十八軍在萬縣有此事實。因此最高當局在主席台上用紅鉛筆，寫了十八軍盜賣軍糧的條子交給當時的政治部部長張治中，（陳辭公已於廿九年秋季轉任第六戰區司令長官，兼湖北省主席。）張卽發了一通急電：要萬縣十八軍政治部主任×××剋日來渝晉見。×××奉電立卽登程，搭輪赴重慶，在市郊三聖宮（是汽車站小站站名）政治部見到了張部長，張很嚴肅地說：

「你今天來見我，有沒有頂着你的頭顱來？」

×××很冷靜地答道：

「報告部長，我做事我負責，絕不推諉閃避，還請部長明白指點！」

「事情連委員長都知道了，你還不據實招出來！」

「什麼事嘛？」

張卽檢出那紙十八軍「盜賣軍糧」，手諭給他看，×××看到了一點兒沒有震驚，還是很鎮靜地說：

「哦！是這件事呀！讓我向部長報告其間經過，再請部長給我一個處置！」

×××當將經手購進全軍可供一年又十六個月食用的稻穀，沒有絲毫弊病，先交代淸楚。後來彭軍長誤會陳長官（此時陳已由政治部調任第六戰區司令長官。）對彭不够意思，憤而不辦移交，卽行卽撤職，毋庸留任，當時彭軍長在年終考績時奉命，着離去，返青木關寓所，新任軍長方天，（字天逸，江西贛縣人。）接連去青木關拜訪，彭均拒不接見。使方軍長不便到萬縣接事。有一段時期在此僵局中過去，軍長由副軍長羅樹甲代行，參謀長梅春華出了主意，將全部存穀徵得代軍長之核准，竟私自就地賣出，事情不讓政治部知道，當然沒有×××參加。但×××並不是不知道，祇得裝聾作啞，不去過問。購進時每擔六十大洋，均有細賬可查，賣出時市價已漲到每擔一百二十八元，盈餘應在一倍以上。又由羅樹甲，梅春華商決，以老軍長犒賞同仁名義，各級主管幹部都分佔一些。他們要軍需處長田逢年送五萬大洋，××× 婉言拒收，並且說：「這件事關係太大，要知道最近成都市長楊全宇爲了私售軍糧，已奉最高當局電令就地正法，我不願腦袋搬家呀，就是你們也得好自爲之，不要把事情鬧穿了才好！」那知田逢年回去說明此關中節，羅、梅反誤會×××大概胃口太大，不把五萬元放在眼裏，軍長犒賞部屬，你自己不要，也就算了。當時×××沒有揭發檢舉，心存厚道：但羅、梅二人以爲軍部公積金，按六十四元一擔稻穀換算，對公事來說，並無虧短，盈餘之數犒賞各級主管幹部，亦屬情理份內事。羅樹甲是湖南保安部隊編併爲一九九師，師長由宋瑞珂接任，（宋黃埔三期，青島人。）羅則升任副軍長，他是胖子，打仗時需要八人轎抬他，平時他連公文都不看，什麼事都不過問，參謀長梅春華有一位浙江蘭溪籍的姨太太，姿色秀麗，風韻絕佳。但十八軍在四大公開，截曠歸公之傳統下，當一位參謀長，靠一份薪餉和特公費，在在捉襟見肘，如今乘此機會，大大撈他一筆，市價已到每擔一百廿八元，到底他向羅樹甲簽報何價，無人追查。如今在糧食會議上楊用斌無意中抖出來，眞是意想不到的事，這是全部事實經過，請部長指示！

張部長聽了這一情節的報告，便說道：

「還好！你能拒收五萬元，總算沒有丟我們政工人員的體面，我就寬恕你沒有盡責檢舉。你趕快補具一份書面報告來，如果委員長要查辦你下來手令先到我這裏，那我就請你到軍法總監部報到，聽候審辦。如若你的書面報告先到部，那末卽使有手令要辦你，我也可根據你的書面報告頂回去！」

晉見了張部長以後，×××忙於趕寫書面報告。一面又去戴雨農那裏探詢上峯對十八軍最近動態的反應，然後他自忖這樣的大事，他也該讓彭軍長知道底蘊，彭雖已離職，售穀案究屬他任內之事，不能不問問彭對此事之意見。彭對×××的到來，雖未熱烈歡迎，但也未拒見，他倆談話的情形：

「自從軍長離軍以後，軍中發生了一件大事，不知軍長是否知道？」

「什麼大事我不管？反正我是當老百姓了，應該有自由，誰冲犯我的自由，我就轟他出去！」

「軍長還是有點火氣，你聽我說明來意，也許對你有益！」

「你請說！」

「第一點，我獲悉了你所以垮台的內幕眞相！」

彭氣虎虎的搶着說：

「那有什麼可說，還不是陳辭修要提拔他人，將我整慘！他媽的！他提拔的人對過去十八軍一無功勳，二無勞績，我這個軍長，自從排長幹起，他陳辭修的局面，是我拼命打出頭，在宜昌還救過他的老命，那是你親眼見到的，竟來一個著卽撤職，毋庸留任，你說公道不公道？」

×××不勝感慨地說：

「這點你完全寃枉了陳長官！他還爲你的事，打長途電話給委員長，結果是碰了釘子，說是旣經最高人事會報核定，毋庸留任，不能更變，祇許你保舉新軍長！」

「你怎麼知道？」

「戴雨農和我說的！這件事情的內幕，你無形中得罪了軍政部而不自知，又遇到和陳長官積不相容的政治部部長張治中，他有意給陳長官臉上擦一抹汚粉，聯繫軍政部在年終考績上來個着卽撤職，毋庸留任的考語！」

「有這等事？」

「重要的還有，你不辦移交離開了十八軍，委員長在情報資料上批示：「彭善祇知做官，不知革命」！這個壞印象留着，如果軍長從此眞的解甲歸田，倒也罷了，若仍想在革命事業進取成就，不能不面對這一惡劣印象，企求有所改變？」

「你做說客很有一手；但不容易說服我牛性脾氣，陳辭修發表我去做湖北軍管區參謀長，那簡直在侮辱我，開我玩笑，我是當參謀長的材料嗎？」

「這又是誤會了陳長官的好意！當時軍委會明令，根據最高人事會報核定，着卽撤職，毋庸留任，並無下文，陳長官獲訊之下，立卽以電話向委員長報告，彭善對宜昌戰役，不但盡力而爲是無罪，還應該居功，請求委員長重行考慮彭善的處分。力爭無效，才在他戰區長官部及省主席兼軍管區司令之職權以內，安排一個參謀長的事給你，軍長不能以別人的好意，誤解爲惡意，更重要的，事情不簡單，情報資料既能上達委員長過目，不祇是你不辦移交，還有盜買軍糧牽涉在內！」

「怎麼？誰盜買軍糧？」

「我不清楚軍長是否知道，我經手購儲的存糧，已全部被賣掉了！」

「呵！有這樣的事？誰主張賣掉的！」

「參謀長梅春華主動，徵得羅副軍長的同意，就這樣辦了！購進時每擔六十元，售出時市價已上漲一百二十八元，這盤賬如何交代，當然祇有梅春華心裏明白，他們利用老軍長犒賞各主管幹部，大家分沾一些。軍需處長田逢年携現款五萬元犒賞我，我怕腦袋搬家，拒絕收受，自保清白，並未打報告揭發他們。但是最近舉行的糧食會議上，萬縣縣長楊用斌報告軍糧徵購種種困難，他偏偏拖上一根尾巴：「可是軍隊還有稻穀拿出來賣。」這一尾巴給聽取報告的委員長抓住，指問那一個部隊，楊用斌祇好直認不諱說是十八軍在萬縣就有此情形。因此我奉電召來渝述職，還不知此事如何演變！我事先未予舉發，難免獲咎，祇好拜托戴雨農提供情報資料，使上峯能瞭解事實眞相！」

「唉！原來如此，我的天！我彭某是否清白，你應該給我作證，他們這批混蛋，眞是該死！」

「軍長不辦移交，紕漏出大了！我既到了重慶，不能不向你報告清楚。如今你在氣頭上，我說的也許多餘，還請你冷靜考慮，我就告辭！」

「關於盜賣軍糧的事，希望你能以嚴正的立場，不偏不倚辦一辦，我彭某沒有指使他們這樣做，我也不會拿到一分造孽錢，你應該給我洗刷清白。」

他們便這樣分手，青木關在重慶市外六十公里，傍晚已無公車返城，×××祇得投宿在小客棧過夜，翌晨六時就趕往車站排隊買票，票尚未到手，彭軍長親自到來，對×××說：

「我知道你尚未走，正好我們再談談，還是到我家裏去！」

「軍長有什麼吩咐，就在這裏說好了！」

「昨夜自你去後，我一夜未睡，左思右想，拿不定主意，所以趕來向你請教，我該如何辦？」

×××就拉他出站，在一家賣早點的小茶館坐下，提供意見說：「辦不辦移交，並不重要，祇須新軍長到任接事，事情就算平安渡過，上峯不再存有祇知做官，不知革命的壞印象！」

「我並沒有阻止方天去當軍長！」

「話雖如此說；但你不肯接見新軍長的拜訪，他自然感到沒有面子，怎能去萬縣接事？」

「那我可以去看他，表示歉意，親口對他講，請他快去接事，否則，紕漏出的更多，我也負不起責任呀！」

「他曾經當過你的副師長，去看他也不必，讓我去向他解釋由我接通電話，你就在電話中表示請他快去萬縣接事，但你必須答應我到恩施去到差，不然我對陳長官不好報告，事情還是擺不平，你說是不是？」

「好吧！就這麼辦，我等你到重慶後來一電話！」

「軍長是不是願意和我一同去看看戴雨農！」

「那也不必了！」

×××到重慶，找到方天新軍長，代表全軍官兵歡迎他快就職。當然方有一頓牢騷，說是彭軍長是他的老長官，不明白他爲什麼這樣給我難堪！×××自然把內幕眞相詳加說明，方還幽默地說：

「彭楚珩是湖北人，我當他的副師長，往常批評湖北人的習性，處處得注意，好像他自己雖是湖北人是例外，可是他用梅春華，終於栽在他手裏，天底下事眞難逆料？」

同時方也表明：「祇須彭不反對他去接十八軍的事，並且他到恩施接任湖北軍管區參謀長之職，他才去萬縣接十八軍的事！」

「這沒有問題，讓我接通電話，你兩人在電話中表示心意，就算見面一樣，把一切誤會一筆勾消！」

當年十八軍新舊軍長的交替，便如此彌縫過來；但售穀案如何了結，×××親自趕到恩施土橋壩長官部向陳長官報告和請示。陳長官聽取報告以後，非常生氣，他苦心培養的革命新作風，給他們攪得烏煙瘴氣，名譽掃地，幸而你不負我所望，拒收了五萬元不義之財，總算給我保留一點面子，如今我給你手令，將梅春華關起來法辦，不要送到我長官部來，直接解送軍法總監部，自己的人給他人來辦，可不能給梅春華逃掉，如若你把手令未交給新軍長以前，梅聞風而逃，那由你負責，要是手令已交到方天逸手中以後，梅若脫逃，方天逸應負責，你應該特別說明我的託付，認眞辦理，千萬不可敷衍了事。十八軍名譽能否挽回，就看這件事能否處理得明快。

×××從恩施趕回萬縣，方天已接事，當將晉見陳長官經過說明，並將手令交給方軍長，方即命特務營營長帥充甲執行遞解重慶軍法總監部，這在十八軍自然是一件大事，而且事實眞相不便公開揭露，各級主管幹部均曾拿到犒賞，如今參謀長被扣押法辦，大家自然對×××大起反感，以爲×××手段未免太辣。因而×××鑒於處境雖非常險惡，十八軍到底是有紀律的優良部隊，還不致拿野蠻手段對付×××。但×××感到精神痛苦，層峯均明瞭×××之爲人，全軍氣氛對他已不自然，適逢張部長新頒政工改制辦法，撤銷軍政治部，改設師政治部，以政治部主任兼副師長，×××當過軍政治部主任，陳長官即調升他爲長官部幹訓團政治部主任，到職之時，由陳長官親自主持佈達式，特別說明，十八軍參謀長梅春華犯案之內容，不將存穀售給當地縣政府，也不讓政治部知道，私自指使軍需處秘密售給地方糧商，這無非想上下其手，營私自肥。如果他並無私圖，正可光明磊落，先將犒賞辦法呈報長官部核准，豈不天下太平。如今弄得十八軍名譽掃地，都是副軍長羅樹甲，參謀長梅春華的混蛋，自然落得個軍法審辦的下場。但是十八軍政治部主任×××能拒收五萬元的犒賞，這種義不苟取的革命精神，沒有辜負我派他去十八軍工作的期望，我個人感到以有這樣一位幹部爲榮，所以特地調升他爲幹訓團政治部主任。

梅春華到重慶，被押在土橋軍人監獄，聽候審辦，他的姨太太憑她平時的交際，四處活動，爲梅春華緩頰，最後弄到某夫人簽名，寫給軍法總監何成濬的信，請將梅案從輕發落，何向梅的姨太太表示「這件事我一定想辦法，判是要判一點，判決確定了，就來申請保釋，我就有權假釋，你放心好了！」

這一反應在梅春華心目中，認爲事情已告解脫，私心欣慰；同時受了羅副軍長的央求，他年齡太大了，千萬不可攀折他，使他也受牢獄之災，當然啦！自己的罪責，業經運用人事關係，何總監已親口應允的諾言，假釋不久可以實現，又何必再拖累他人，於是在審判期間，梅春華自承是主動人，是以售穀盈餘，作爲老軍長犒賞各級幹部爲辯解。庭上問他：

「你和萬縣縣長楊用斌有沒有不愉快的芥蒂？」

梅春華覺得有點突兀，答道：

「和他接觸很少，也沒有和他過不去的地方！」

「那他爲何不在當地和你們商談價購存穀？而要在重慶召開之糧食會議上向委員長當面告狀？」

「我不清楚有這一段經過，我總以爲政治部主任×××和我過不去！」

「全部案卷都在這裏，政治部並未檢舉這件事，祇是在糧食會議上將事情鬧開以後，張部長召見×××主任，質問他十八軍盜賣軍穀事件，他有書面陳述，要點有三：

㈠購進時他是購穀委員會的主任委員，他完全負責，一無弊病。

㈡售出時他未過問，軍部亦未徵詢他的意見。

㈢他曾拒收老軍長犒賞名義之五萬元鉅款，還向送款前去之軍需處長田逢年提出勸告，這種事關係太大，他不敢和自己腦袋搬家開玩笑，還希望你們也考慮到後果，可能萬分惡劣！」

「唷！原來如此！」

事後梅春華爲了減輕良心上負擔，自動寫封信給×××主任，說明他當初誤會是政治部給他過不去，如今他已瞭解事實眞相，深表歉仄，所謂日久見人心，兄誠君子之風也。×××接到此信，當卽轉寄陳長官收閱在案。

這件官司本來很好打，梅春華是幕僚長，主意卽使由他策動，但也經代軍長羅樹甲判過「行」，照說卽令有罪，也應由羅查辦起，傳羅到案受訊。但是梅春華信賴姨太太的活動能力，何況何總監已承諾一經判定，立卽假釋，又何必拖累老老大大的羅樹甲。若說受領犒賞的爲有罪，則全軍各主管幹部都有一份，也不能單辦梅春華一人。因此梅春華大意疏忽，聽憑庭上作一裁處，不會堅持案情應該澈底弄清楚，罪責也應大家分擔。那知軍法總監部擬判七年有期徒刑，送呈委員長核定之時，委員長在糧食會議上曾用紅鉛筆寫過十八軍盜賣軍糧的條子，印象深刻，一見十八軍售穀案是參謀長梅春華幹的，所呈擬判七年，他卽改批：着卽槍決！

事情一經定案，何總監也無法可施，梅便這樣送上老命！如果沒有姨太太的能力強，在事實眞相加以研討，又在法律上加以斟酌，他也許不致坐定死罪，因爲有代軍長羅樹甲在他之先。羅在此案雖未歸咎；但也自請辭職返湖南原籍頤養天年，豈知次年長沙會戰中，他在鄉間沒有八人轎可坐，自己又走不動，爲日寇捕獲殺害。梅未死之前，自知眼運極壞，因而他處處小心，在前線作戰，稍微危險之事，也總畏畏縮縮推諉不去，聽到敵機空襲，東躲西避，企求倖免一死，他萬萬想不到會送命在監獄的法場上，他身材瘦高，面容清癯，雖有木型主貴，但兩眼無神，有如死魚，美麗的姨太太獻給他幸福，也帶給他災禍，若不是爲了姨太太，交際費用大，何必動腦筋在新舊軍長交替中，貪財肥己，人爲財死，卅七盛年，何等可惜！

日後如有人爲陳辭修先生寫傳記者，對梅案始末，不能不注意及之。

六十年九月十一日

介紹「八正

「八正道釋義」，是無虛居士——羅永正先生的第二次演講稿。第一次演講稿的書名是「佛法在原子時代」。

先生的筆名「無虛」在大專學生，智識青年，尤其是喜歡研究佛學、哲理、科學的青年中，相信應該不太陌生；後者的名字，在工商界是有相當地位的。

我與永正先生相識有十餘年。若論淵源，當在二十年前的關係了。二十年前我加入上海佛教青年會，並不知道先生的大名。（那時先生已離開上海來港。）十年前我在大嶼山慈興寺與先生相識，互經介紹，方知先生原來是上海佛教青年會創辦人之一。

這位個子不太高、雙目炯炯、濃眉大鼻、耳朵大、皮膚黑，——活脫脫像印度人。沒有半點市儈氣，亦無絲毫名士氣，謙遜隨和，典型的學者，竟然是服務於工商界的。我與先生道義相交一直保持到今天；但每次見面，被此交換，討論佛學的教義時，先生的圓融，精闢，講話層次分明，有條不紊，往往使我衷心誠服；這些年來，雖然他以朋友待我，而我在內心裏始終以師禮事之。

先生肄業於上海聖約翰大學，後畢業於雷士德工藝學院機械工程系。體質素弱，從小多病。十四至十九歲患嚴重風濕性關節炎，數年不能步行，完全依靠意志堅強及極大的耐心與病魔搏鬪，至廿一歲時始告全癒。先生雖然專攻機械工程，但對我國固有傳統文化並不輕視，相反，不論諸子百家，哲理，文學，甚至連西方的學術，心理學、倫理、哲學，均悉心研讀。這是由於幼年時代的數年病苦，將他鍛鍊成特別有忍耐心，養成博覽羣書的習慣。先生於三十歲開始閱讀佛教理論典籍，經過反覆思攷，及自己所學到的科技，再將中西各方面的哲理學術，相互比較，參證，實踐後，終於成爲一個佛教的信仰者。所以他之成爲佛教徒，既不是因爲受了甚麼刺激，打擊，消沉地求精神寄托，也不是盲目的，人云亦云神佛不分地迷信；與其說是一個科學者新智識分子對釋迦的哲理表示敬服，不如說是純粹爲了尋求人生眞理，而發現了釋迦世尊的偉大、慈悲、徹底解決人生顚倒之苦的言行一致，——眞實不虛，而決定皈依三寶，成爲一個眞正的信徒。先生皈依三寶後，除了悉心研讀佛教經典外，向外虛心誠意請益善知識，並且日常自定修持實踐，靜坐念佛，經常參加佛教團體中精進佛七，事理並進，身心均獲得極大的受用。

一九四五至四六年，先生在上海及香港親近錫蘭比丘素默法師（Revisoma）學習南傳原始佛教，故對南傳阿含部根本乘，極有心得。一九四六年，曾利用公餘時間，將他所攻讀的科學，融會到佛法理論中，用數學中的「○」寫成一本「○的研究」與佛法的「空」相比喻，由於當時的因緣不成熟，故原稿至今未曾發表。

一九四七年來港，應香港聯青社（Wisemen Club）之請，作英語演講「原子與我」（Atom and Anatta）。該講稿中英文會附錄在原子時代與佛法一書內。

一九六二年我爲先生組織佛學研討座談會，當時參加的有嚴寬祜、崔常敏伉儷、馮常實、崔常祥、洪濤飛、張璜、嚴道東、丁常實、丁道瑞伉儷、陶美瑾、美菡、美瑛等居士，由基本、必學的佛教經典，相互學習、研討，交換意見；至後，假中華佛教圖書館舉辦佛學通俗演講班，由先生，崔常祥、常敏、洪濤飛、張璜居士

「義釋道

光道

擔任輪流演講，其中以先生的演講次數最多，一九六六年所出版先生的第一次演講稿，就是那時所彙集編寫成的。書名「佛法在原子時代」，分送港九，海外各佛教，大專學術團體。內容以科學的觀點來分析、比較、闡揚、佛法的基本理論——三法印。（苦空、無我、無常。）先生將原始佛教的義理，運用科學、心理學、哲學、邏輯、反覆解釋；將原始佛教一乘的義理，發揮得淋漓盡至，獨具慧見。一九六九年，先生厭倦世務，毅然辭去東亞太平紡織有限公司常務董事職務，在數十位志同道合的友好敦請下，組織「中道學會」。每星期三晚爲友輩演講，用通俗語言，介紹佛教理論與實踐方法，迄今不輟。間中在佛青、大專學生及佛教團體的邀請下，亦在大會堂等處作公開講演；「八正道釋義」一書，就是在如此環境下產生的。「八正道釋義」已經出版。（由各界人仕出資印一萬本，免費贈送結緣。）這是先生第二次的演講稿，顧名思義，是八種正確的道路，由理論至實踐，不離日常生活，其效果：小則能令人身心健康，化除煩惱。大則能了脫生死，得大智慧，轉凡成聖。內容從爲甚麼要提倡「八正道」，概括地先講述目前時代的不幸，多災多難，殺刧遍地，痛苦徬徨的緣因；從一個正信的佛教徒，一個科學者、學者而又服務於工商界的智識分子，用佛學的萬事不離因果的基本理論，來客觀、理智地分析造成這社會種種苦難的根源！強調了只有如何實踐「八正道」，才能在這動盪不定的時代中，安身立命，隨緣自在，進而工求下化，直至徹底解脫生死大事爲止。

「八正道釋義」，可以稱作「佛法在原子時代」一書的續集；「佛法在原子時代」，講的是常識佛法，宗旨是將迷信與理信，正、邪、神、佛不分的錯誤，劃分清楚，詳述三法印，（苦空、無我、無常。）佛學的基本理論。「八正道釋義」，則講述如何即在日常生活中，運用佛法來修持自己身心，所以也可以稱爲實用佛法。對象都是以未信、初信、已信的智識人士，有志與尋求眞理者而寫的。

該書不尚空談玄秘、不涉大、小乘宗派之見。平平淡淡，樸實無華，文字精簡，力求通俗易懂；將「八正道」的精義，有條不紊，抽絲剝繭，一層一層有次第地介紹讀者。我很誠懇推薦給各位有志尋求眞理的各階層的知識人士，尤其是大專學生們，細細閱讀；敢擔保閣下的身心，決定會獲得輕安的利益。

至於，先生的生平爲人，淡泊名利，謙遜隨和，用不着我多嘵舌，識者皆知。我唯望先生將學佛以來，所實踐的心得，陸續演講，不斷地寫出來貢獻大衆。

抗戰前中日間成都事件經過

華生

抗日戰爭發生前一年，卽民國二十五年，中日關係，已達極度緊張階段。此時中國政府，雖竭盡誠意，與日方折衝，企圖調整邦交，「爲和平之最大努力」，而日本軍閥政府得寸進尺，各地中日糾紛事件，不斷發生，其中較爲重大者，爲是年八月之成都事件。一時情形緊張，日方竟欲利用機會，作爲進一步壓迫我政府之藉口。經多方交涉，幸獲於同年十二月解決。

原自本年六七月間，日本決定在成都強設總領事館，並派定岩井英一爲總領事。消息傳到四川後，已引起川中民衆的莫大反感。同時，我國外交部亦通知日本使館，制止此舉，不意日本當局一意孤行，岩井於六月下旬返日請訓，七月末到上海後，便定於八月二日搭輪西上，赴成都就任，於是更激起川人的惡感。

至於事件的發生，則在八月廿四日。當二十三日午後五時，有日人田中武夫，深川經二、瀨戶尚、渡邊洸三郎等四人，由重慶乘汽車到成都。至城外牛市口時，當由公安局派偵緝員數人，保護入城，於騾馬市街大川飯店內住宿，成都警備司令部及公安局，均派有便衣偵緝隊數名，住大川飯店內保護。

二十四日上午八時許，日人田井武夫、深川經二、渡邊洸三郎等，聲言欲出外遊覽，當由警備部及公安局偵緝員護同乘坐汽車，至春熙路五芳齋吃點心，並至書店購物。上午十一時，復至城外望江樓、南台寺、青羊宮、草堂寺等地遊覽。彼等沿途購物，流連不去，引起市民注意聚觀。偵緝員立卽勸同日人登車返城，時正午後一時許。其中日人瀨戶尚，則聲言須往利川五金店取款。歸途中堅欲入中山公園啜茗，經勸不允，卽入宜風茶社。嗣因園中遊人漸次聚觀，偵緝員卽婉勸瀨戶尚返大川飯店，時正午後二時。當四時許，有少數市民至大川飯店，其中有二人，見日人田中示以護照，認爲滿意而去。

五時許，乃有多數羣衆到大川責問該飯店經理，以該店經理態度傲慢，遂激起紛爭。少數軍警解釋無效，該經理卽飛跑逃去，衆怒益烈。斯時羣衆如潮之湧，多達數千，愈集愈衆，當將經理室搗毀。同時擁入餐堂，搗毀器具，所有電話線，電燈線，已被羣衆割斷，情形至爲緊張。警備司令蔣尚璞，公安局長范崇實聞警趕至，時已勢不可遏。蔣卽增兵一連，范將局內員兵率領到場馳援。青龍街所駐之中央憲兵，亦派兵一班到場彈壓。此時騾馬市街擁塞，無隙可入，加派軍警，均係單人擠進，情勢紊亂，已達極點。蔣司令當衆演說，立被羣衆喧罵，其自乘汽車之玻璃，亦被擊碎。

范局長亦在大川門側演說，羣衆仍聚集不散。忽聞店內鼓噪放火之呼聲，事態愈形嚴重。幸軍警於羣衆亂擾之中，一面鎭壓，一面搶救四日人，並在該店二樓堵護，以情勢迫急，遂將日人等護上三樓，由警備部一連長督守樓口。但羣衆仍不顧一切，擁上三樓，搗毀無餘。軍警以無險可守，立將房門緊閉，而羣衆復擁進，將房門打破，房內之四日人，致被衝散。田中武夫原在門內側邊，故首先擠出跑下。范局長旋見羣衆圍毆中有一類似日本人者，卽乘機挾其上范自乘汽車中，駛回公安局。因其已不能說話，不知是否日人，立卽送至協合醫院。其次，瀨戶尚亦奔跑下樓，公安局警士賈治平等，卽始終跟護，同時受傷。羣衆猶擁至鼓樓洞街，因無燈光，警士等乃得於黑暗中將瀨戶尚護送至公安局，尚能說話，當卽延醫爲之療治。適值四川善後督辦公署情報處長冷開泰到公安局查詢消息，遂同范局長將瀨戶尚同車送至督署軍醫院。同時派偵緝員到協合醫院辨認傷者是否日人，認明係田中武夫，亦將其護至督署軍醫院。此時羣衆更分頭趨至春熙路、東大街、署襪街等處，將交通公司、寶元蓉、益晉恆等商店，搗毀無遺，並打傷店員多人。同時，公安局第四分局亦被搗毀，將巡官警士毆傷而去。川省主席劉湘，乃下戒嚴令，立刻斷絕交通。截至午夜，蓉市治安，始漸得維持。當混亂騷動之際，尚有二日人因被衝散，深夜黑漆，遍尋無蹤。

迨至二十五日天明時候，始在大川附近發現屍體數具。大川門前有一屍，卽公安四分局警士劉世清。忽又在正府街之東西兩頭發現屍體二具，衣履全無，面目糢糊，不能辨識其人是否失踪之二日人。公安局乃備棺放殮，暫厝於正府街養正學校內待認。

二十五日晨，羣衆復聚集於已搗毀之大川飯店，於是騾馬市街再度發生衝突，彈壓兵開槍制止，致傷斃小孩劉英華等。同時，並由警備部呈准劉湘主席，將爲首搗亂份子蘇德盛、劉成先二名槍決，藉以鎭壓，事態乃告平息。惟此意外騷動，當時情形，異常混亂複雜，除波及日僑外，軍警民衆傷亡者甚多。

廿六日，外交部川康特派員吳澤湘，偕同駐渝日領事署派員志波嘉六及日醫等，由渝來蓉。吳氏當往督署軍醫院，慰問受傷之二日人。志波等旋亦同范局長至院，見田中武夫之傷較輕，且能持筆作書，瀨戶尚並能起坐自如。兩君談話聲音嘹亮，精神亦佳，且能憶及當時事變形狀。志波卽將此種情形，電陳渝日領署。略謂：「大川飯店被暴徒數千人襲擊，瀨戶尚、田中現今負傷，休養於四川督辦公署。經過良好。渡邊、深川，今尚行踪不明」云云。

二十七日午前十時許，由吳澤湘與范崇實陪同志波及日醫等到養正學校，將待認之二屍體開棺辨認，經認明確係渡邊、深川之屍體。志波當卽急電渝日領，其原電稱：「今日屍體檢視之結果，判明確係渡邊、深川之屍體，因暴徒之所爲而致死，暫時放置，屍體已漸次腐爛，刻仍照樣放置」等語。志波等旋卽同范局長赴被搗毀之公安四分局、大川飯店、交通公司、寶元蓉及益晉恆等處調查，所有搗毀破壞之情形，均分別攝影存查。劉主席據吳特派員到省府報告認屍之經過後，當卽派員致送花圈，表示悼唁。吳特派員並於是日（二十七日）電渝日領事糟谷廉二云：「

昨日抵省，查得敬（二十四）日事變，屍身中尚有無人認領者二具，經與志波先生認明，確係渡邊、深川兩君。本人當極驚詫，以為中日邦誼正睦，遽見發生此種不幸之事，特電表示歉忱，並竭誠哀悼，尚冀台端代向兩君家屬轉致唁言。至於兩君身後事務，本人自當竭力辦理，總希代為安慰為禱」等語。

二十八日晨，川省府建設廳長盧作孚，特飛京向中央報告此次騷動之經過，並謁外交部長張羣，有所詳述。同日午後三時許，日本駐華大使館書記官松村，駐渝日領事糟谷廉二，大阪每日新聞上海支局長田知花信量，同盟社漢口支局記者岡本房男，滿鐵支局新田高博等五人，同時飛抵成都。我外交部特派調查專員邵毓麟，亦搭此機到蓉。大阪朝日新聞記者中村正五，亦由滬搭歐亞機於午夜後五時許抵成都。

上述各日人到時，成都警備司令部及公安局長，均在機場率軍警保護，以策安全。松村、糟谷之來蓉，在調查此真象。當晚七時，由吳特派員、范局長陪同偕日記者日醫等，前往養正學校，檢視渡邊、深川二人之屍體，極為仔細。八時許，轉赴督署軍醫院，探視田中、瀨戶尚二人傷勢，並詳詢成都暴動之真象。二十九日上午十一時，吳特派員、邵調查專員、范局長，陪同松村、糟谷等在省府謁劉湘主席，接談間雙方對此次騷亂均認為不幸事件。松村首謂：奉本國外務省有田大臣暨駐華全權大使川越之命，來蓉調查成都事件，承省府及關係方面軍警保護，並予調查方面，予以種種便利，深致謝意。對於調查，自當以公正坦白之態度出之等語。劉主席答云：「此次成都突然發生不幸事件，本主席引為遺憾。對因暴動而遭波及之貴國僑民渡邊、深川二君，深致惋惜。松村書記官暨糟谷領事奉命來蓉調查，本主席事前已囑各關係官憲妥為保護，並予調查上以種種自由便利」等語。談畢，略事寒暄，松村、糟谷卽辭出，轉至督署軍醫院，慰問田中、瀨戶尚等，復詢暴動經過詳情，並密談達四小時之久。

二十九日下午，渝日領糟谷廉二以公函致川康外交特派員吳澤湘，請其確認日僑渡邊洸三郎及深川經二之死亡，暨田中武夫、瀨戶尚二人之傷勢，並附日醫之驗屍書與診斷書。吳氏賡卽照辦，與糟谷正式交換文件。松村、糟谷既檢視渡邊、深川屍體後，決定在蓉火葬。川省府當卽在文殊院佈置火化場，三十日實行火葬，三十一日檢拾骨灰。至此本事件之調查事宜，業已告一段落。九月一日，志波等飛返重慶，田知花等飛返上海。至受傷之日僑，此時亦已痊癒，同日飛返滬、漢。松村、糟谷等則於三日離蓉。此為成都事件發生的經過。

如上引述，可見此次不幸事件之發生，出於意外，當地軍警，事先自無從預防，惟事變一旦爆發，軍警卽盡力鎮壓。日僑兩人雖竟身死，其餘二人幸經奮力救出，善加調護。至當場捕獲兇手二人，隨卽訊明處以死刑，處理可謂公允。在我中央政府方面，除行政院於八月二十六日電令四川省政府，以「當地軍警負責人員保護不力」，飭其查明人名及辦理情形，電陳候核，以憑法辦外；并於二十九日發表明令，重申我政府敦睦鄰誼之意。原令謂：「查我國人民，對於友邦，須敦睦鄰誼，不得有排斥及挑撥惡感之言論行為，早經明令飭遵在案。最近四川成都，竟因人民暴動，發生毆擊外人情事，殊違政府睦鄰之旨。除飭主管機關迅速妥為處理外，茲特重申前令，仰各切實遵守，毋得違背。此令！」又我外交部發言人，亦於二十六日發表聲明。略謂：「川省匪患未清，致此次暴動中發生毆斃日人情事，本部極為重視。但截止現在止，本部所得報告，頗有出入，刻正在詳查中，本部對於外人來我國遊歷，向甚注意，各地方當局，亦均能加意保護。乃此次忽發生此種事件，殊深惋惜。除已電知地方當局嚴厲彈壓加緊緝兇究辦，切實保護外僑外，并派專員楊開甲、科長邵毓麟，前往實地調查真象，以憑核辦。尚望中日兩國人民，當此兩國外交當局正在努力調整邦交之際，能體察大局，勿為偏激之情緒所左右，致生枝節」云云。至我駐日大使許世英，亦於九月二日下午二時，赴日外務省訪有田外相，對成都事件，表示遺憾。并稱：「中國政府值此中日邦交正謀調整之際，對於此次事件，當以最大之努力，謀妥善之解決。」上述為自成都事件發生後我國政府應付之態度及經過。

當時日本方面，如果有調整中日邦交之誠意，對於此種不幸事件，應即依據國際慣例，與中國開誠協商，俾免使此類因一隅之地所偶發情事，影響兩國整個外交之調整問題。不意日方計不出此，乃以此為壓迫中國之良機。八月二十八日，日內閣討論成都事件，認為事態嚴重，決定交外、海、陸三相會商應付方策，訓令川越大使，向中國政府提出要求。要求條件，有下列幾項：㈠國民政府必須澈底統制抗日運動，并制止在將來發生類似的事件。㈡禁止抗日之集合及解散抗日組織。㈢國民政府對國民黨之抗日運動必須負責。㈣剷除阻止日本在成都設領事館之行動。㈤國民政府正式向日本道歉㈥處罰負責人員。㈦賠償被難者。九月十三日，日駐華川越大使由滬入京，與我國外交當局開始交涉。十五日，外交部長張羣與川越舉行第一次會談，除交換一般意見外，即以成都事件為討論的中心。適於此時，廣東省北海地方，發生日僑中野順三被毆身死事件（九月三日）；漢口發生日警吉岡在日租界被人槍殺事件（九月十九日）；上海發生日水兵田港朝光被狙殺事件（九月二十三日），一時中日兩國關係，更形緊張。九月二十八日，日外務大臣有田更作恐嚇式之聲明，謂「此次日本與中國交涉之結果，於中日關係非常好轉抑非常惡化，二者必居其一；若從來之曖昧情形，決非所許」云云。至十一月十四日，綏東戰事發生，中日調整邦交的會議，中間雖經過七次，至此終陷於停頓。

兩國調整邦交的談判，雖以張（羣）川（越）間十二月三日的第八次會談而告一段落，然地方事件的側面商談，則仍繼續進行。十二月三十日，中日雙方互換成都事件解決文件，張部長致日本駐華大使川越茂去照如下：「逕啓者：關於本年八月二十四日，日本人四名在成都遭遇變故，其中二名受傷，二名身死一事，本部長茲代表政府，以誠懇態度，對貴國政府深致歉意。當事變時，地方當局曾彈壓救護，但省會警備司令蔣尚樸，及公安局長范崇實，究屬疏於防衛，中國政府已將該二員免職。又警備司令部警長曹午堃，連長劉堯古，公安局科長鄧介雄，隊長孫岳軍，分局長康振等，均已分別予以處分。本事件之首犯劉成先、蘇德盛，業已處死刑。其他兇犯岑羣、王述深、彭定宅、劉子雲等，亦已分別處以徒刑。中國政府對死者渡邊洸三郎及深川經二之遺族，各給予實在損失費及相當撫卹金。對於受傷者田中武夫及瀨戶尚二人各給予實在醫藥費及實在損失費，其數目另文通知。本事件既照上開辦法予以處理，中國政府當認為業已解決」云。川越茂大使旋亦復照，略謂：「中國政府給死者之遺族及傷者各費，合計中國國幣九萬八千八百八十七元一角，業由本大使館收到。現日本政府認為本事件已經解決」云。此為成都事件中日雙方交涉解決之經過。

成都事件發生至今，瞬已卅餘年，本文所記，意在保存這一段史實。當時日本政府為軍閥所控制，對華肆行侵略，終至引起中日間的八年大戰，類似成都事件的糾紛，不過是兩國間無數不幸的事故之一端。抗戰結束後，兩國國交恢復正常。鑒於中日兩大民族今後對東南亞以至於整個世界和平責任重大，彼此相携相勵之需要更加迫切。這是我撰成本文的感想和期望，并願附記於此。

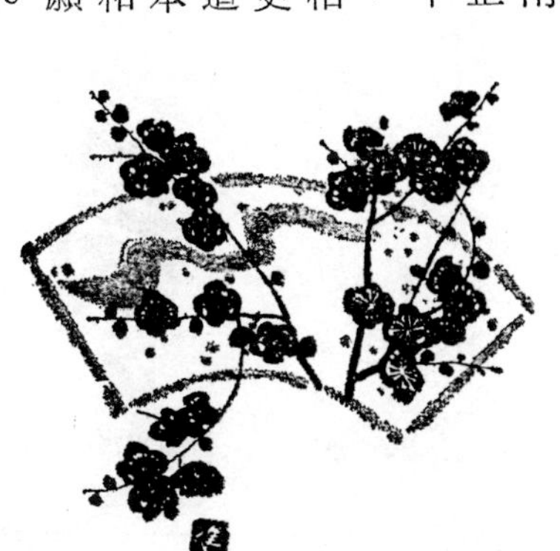

馮玉祥將軍傳

簡又文

【九】

第九章 「首都革命」（四三歲，一九二四）

革命之原因

曹錕以賄賂議員被選爲總統，馮氏自始卽不贊成（見上章），但其時格於勢力之孤單，不敢輕舉妄動，免蹈武穴主和之前轍。然而「首都革命」之決心則早已立定，不過乘機而發，謀定後動，務期一舉成功而已。及其成功後，譽之者許爲革命，毀之者罵爲倒戈，竟由是而得有「倒戈將軍」之惡名。經余費了許多時間與精神，施用歷史搜討方法，仔細研究，卒探得個中因果及眞相，乃敢下斷論：所謂險詐倒戈全是先由敵人對他不起，蓄意害他，或因當局貪污腐化、窮兇極惡、誤國誤民、劣蹟昭彰，故而令他爲國爲民，奮起革命以武力解決的。「首都革命」之役實爲至好的例證。

自曹錕竊踞高位而後，荒淫無度，任用一班宵小僉壬，跋扈弄權，賄賂公行，無惡不作。當時北京政府之黑暗、貪污、淫穢、兇暴、與腐化，實爲民國有史以來所僅見。（此余在北京時所親見者，茲不願細述，免污吾筆。）馮氏以「清教徒」的道德觀念與操行，秉有愛國愛民思想、革命精神，屈居於這一羣城狐社鼠底下，而且同在北京，耳聞目覩執政諸人之臭穢惡行，實忍無可忍。尤爲難堪者，甚至其本人也飽受了古今中外得未曾聞之惡待遇——被上司敲詐鉅款。緣曹政府購得義國舊軍械一批，經曹錕指定撥給馮軍一部分—鎗二千枝、砲十八門，及子彈幾百萬發。迨派人往領，數次均不得到手。後來有人私告他，非送大禮與上頭不行。他乃恍然大悟。當時已積極密謀大舉，急於補充軍實，不得不忍痛勉湊現款十萬元送入總統府。（見馮著「我的生活」卅一章頁四九五。這是曹的嬖人李彥青所開的價錢每枝槍六十元，另見劉著頁四八，云一共交十二萬元。章君穀著「吳佩孚傳」頁四五二亦載有此事，但云：「硬敲了馮十萬元。」可見事實確鑿。）送了鉅款之後，他還要說不少的好話。翌日，曹見了他，卽歡歡喜喜的說：「煥章，您眞是客氣，還要送禮來！」足證明曹錕收入私囊的了。於是，全部軍械卽時領出。以部屬領軍械，亦須納賄於長官，眞世界所未聞！腐化至此程度可謂極矣。而馮氏受氣憤恨之深亦可想而知矣。未幾，當其奉令出發熱河攻奉，曹發開拔費六十萬元，又爲李彥青尅扣了三分之二——四十萬。派部下攻敵而竟扣軍餉大半，亦爲世界未聞之黑暗事。欲馮氏之不「倒戈」其可得乎？是故推倒賄選、廓清政治、爲「首都革命」之第一原因。（以上兩事，余前在馮軍中曾親自調查，聞之最高層幹部，係確鑿事實，曾於四十年前載所著「我所認識之馮玉祥及西北軍」篇中。）

吳佩孚久擁重兵於洛陽，權勢莫京，一切軍政大計均以吳爲最後的裁可者，連曹錕亦聽其把持，實爲「太上總統」。而吳則迷信武力統一政策，必使全國屈服於其旗下而後已。前此，已命楊森圖川，命常德勝、沈鴻英攻粵（據李著頁九八）。後者既失敗則復嗾使「國民黨」叛徒陳烱明背叛　大總統孫中山先生而砲轟總統府，至使其出奔上海。吳復派孫傳芳入閩，驅逐李厚基，以爲攻浙之準備，蓋是時浙江之盧永祥本爲皖系分子，對、曹、吳、直系早已表示反對矣。於是羽檄紛馳，天下騷然。秋間，忽而江浙戰起，全國又陷於內戰狀況中。推其禍始皆肇於驕傲頑固、剛愎自用的吳佩孚之迷信武力統一政策所致也。江浙之戰甫完，直奉之爭又起。吳更竭北洋全力以爲其個人洩憤之工具。是故，反對直系之窮兵黷武而主張和平，又爲「首都革命」之一大原因。

此外尚有一大原因，爲世人所罕知者，即十三年馮氏之「苦迭達」（即以暴烈手段推翻政府之謂），實出於自衞之不得已。馮氏自己雖不居於任何一派（屢見前文），惟對於直系，因以往與曹、吳、歷史的關繫，向來不特表示友善態度，而且屢予直系以積極的助力，如先則助閻相文之督陜，後又出關救吳於長辛店及鄭州。即直系人物亦承認當時若不得其救助，直系無以獲軍事上之勝利。惟吳則自馮氏督豫後即蓄意排擠之。及調駐南苑，又予以經濟壓迫使極爲難受（均詳上文）。二年以來，馮氏隱忍處之，不與計較，亦不抵抗也。及直奉之戰又起。吳強調令其出熱河應戰，實蓄有陰謀欲藉此以消滅馮軍（詳後段）。馮氏飽受寃氣，至是，更有進亦死、不進亦死之困難。爲保全其十年來爲國爲民而訓練之良好軍隊計，遂不得不起而反抗。故苟知其中內幕者，當以「首都革命」亦爲馮氏自衞必要之舉焉。至其自衞，是否合理？是否可原諒？則當視乎其軍隊是否有異於北洋軍閥之兵及其後是否對於國家與人民果有貢獻以爲斷。衡以後來馮氏對於「國民革命」之功績，則答案必然是肯定的。

（按：章著「吳傳」詆吳毁馮備至，但事實究是難瞞。該著者至終良心未泯尚肯講幾句公道話，謂吳氏之倒台實禍由自召云：「這次政變實是十一年奉直戰後的怨毒所積。吳佩孚在造成直系勢力稱霸全國後，於外面對各方反對派標示武力統一，欲悉數使之屈服，已造成無數怨毒，而使西南諸省及奉、浙、有聯合反直的行動，而於內部對同系諸將更處置上回奉直戰爭中建立大功、未得適當的報酬（指馮氏），積怨相叢，乃成巨患。內部一旦積成勢力，與外面反對派相結合，於是外侮與鬩牆之禍俱來，而變局發生了。」（見上冊頁五六七）。此分析雖未弁言上文所述其他因素及詳情與眞相，卻可證實吳自種其因，自食其果，於人何尤？）

革命之醞釀

當曹及其僉壬等胡鬧於北京及吳予智自雄稱霸於洛陽之時，全國反直運動進行日緊一日。浙江之盧永祥既自始即表示反直，且進一步而結合奉、粵、兩方。於是粵、皖、奉、三角同盟，於民國十三年秋間成立。孫科、盧小嘉、張學良等，同在奉天會議（時人稱爲「三公子會議」）訂立「三角同盟」商定同時討直。馮氏知之，對於倒直之舉大表同情。是時，徐謙、黃郛時應約到馮軍講演，常商討革命大計，均以推倒曹吳爲第一要着，馮氏革命意志愈爲堅決（見馮氏「自述」）。此「首都革命」運動之嚆矢也。

數年來徐謙更奔走聯絡，馮氏因而進一步與「國民黨」接近。

先是，徐謙奉　國父命屢次由粵北上說馮氏實行革命，期一舉克復首都。惟馮氏鑒於以往之失敗，雖默契於心，而一向以實力未充，孤立北方，不忍孤注一擲，不敢再事輕舉妄動，尤其不敢正式加入「國民黨」庶免北洋軍閥之疾視，而樹被敵攻擊之目標。在倒直運動醞釀初期，徐氏又來苦勸。時，馮氏仍不表示可否。一日，在南苑對官兵訓話，痛斥時政之非。徐亦在場，聞而激之曰：「徒託空言幹甚麼？」馮氏答稱謂：「凡舉大事必要謹慎，否則萬一失敗，而實力消滅，雖欲救國而不可得，因為我不像您，失敗便可一跑了事。而且縱推倒曹、吳、而治國之策將安出？苟不能優於他們，則是以暴易暴，那是我不幹的。」徐不悅而去。不久，徐又來，持　國父之「建國大綱」見馮氏，謂：「君前慮治國無善策，如今有了，好自為之！」其時，俄人鮑羅廷亦進言，以曹政府貪劣、汚穢、橫暴，實為中外所竊笑，亟宜改建清廉政府以救中國。馮氏意志為之大振，但猶以兵力薄弱為慮，於是，又進一步為積極的準備。其中，策劃實際行動最早而且最力的是孫岳。

十三年九月十日，馮氏在南苑開「追悼陣亡官兵大會」。大名鎮守使兼第十五混成旅旅長孫岳親來與會。孫為老同盟會會員，且為馮氏前在灤州起義時之老同志，平日交誼甚篤，過從亦密。及駐兵武穴時，更與其締結深交。孫在曹、吳、旗下鬱鬱不得志，蓋吳昔亦於清末在吳祿貞第三鎮任上尉參謀，偽加入「中國同盟會」，而將革命計劃私行告密，辛亥革命同志被害者不少。及閻錫山起義於山西，袁世凱派遣第三鎮協統盧永祥進攻娘子關，亦由吳冒充革命分子入晉偵察陣地虛實。盧乃得進佔太原。（編者按：吳祿貞係第六鎮統制，第三鎮統制係曹錕，入山西時，曹錕不在，由協統盧永祥統率，吳佩孚是時已任標統（團長），既非參謀，當時亦無上尉階級，簡先生此處有誤，至於吳佩孚曾入同盟會並出賣同志，事未之前聞，想簡先生必有出處。）孫之革命歷史，吳素知之。其後，孫投入直軍，密謀北方革命事業，吳忌之尤甚。以故，荏苒多年，不得陞遷，位仍不過旅長而已。孫之努力於「首都革命」，蓋有此個人背景在焉。

馮玉祥、孫岳、在草亭內
密議「首都革命」

當時，馮氏邀孫到昭忠祠內草亭中暢談。途經陣亡官兵義塚。孫顧纍纍的坟塚曰：「民國成立，不過十多年，此地已躺下這許多犧牲戰士！」言下凄然嘆息。馮曰：「此皆忠義好漢。他們為國家人民犧牲了性命，倒還落得一個『忠』字，也算得千古不朽了。」當下，與孫促膝暢談，乘機激他說：「設使地下果有閻羅王，見諸死者至而問之，志士們將何辭以對？」孫答：「為國而死。」馮氏笑問：「孫二哥，將來您死之後，人家用甚麼字來表揚您呢？」孫為人耿直爽快，憤激答道：「不用說，他們自然叫我做『軍閥走狗』。」馮氏再進一步激他說：「您說這話，羞也不羞？您統兵數千，鎮守一方，怎麼甘願作人家『走狗』？」孫發怒了，悻悻而言：「豈但我這帶兵幾千的為然？卽帶三四萬的人不也是做人家『走狗』嗎？您眞是『躬自薄而厚責於人』者。我只有兵一旅，您帶兵數萬，尚且坐視豺狼當道，病國害民，而一無動作，徒責備我甚麼？」馮氏見激將已成功，乃剖心布腹正色對他說：「您不要罵人！方今國賊亂政，稍有熱血良心的人，沒有

國民軍二軍總司令胡景翼

不痛恨的。我現在雖有三四萬人，然處此境地，力量單薄，一切均不由自主。故一直未敢莽撞下手。但早晚有一天必要宰死這些混帳東西以快我心。往年，灤州革命之志（當時，孫亦參加是役），固十餘年如一日也。」孫說：「如果您眞有此決心，我必以全力爲助。能幫助您幾萬人，大家合力來幹他一下。」當時兩人在草亭密約舉事，尙慮力薄，孫並允去說動胡景翼加入。原來孫與胡二人均老同盟會員，平素極相得。孫曾對馮氏言，胡非常敬佩馮氏，至稱之爲「頂天立地的漢子」（劉著頁四九）。故馮氏卽贊成聯胡，由孫擔任邀其加盟焉。（按：此段談話，「我的生活」頁四八九—四九一述辭較詳。上文引自「自傳」及馮氏親口對著者所言，見「逸經」十六期「壁樹」篇，言簡而意同。「自傳」附有二人在亭中密議，卽上圖照片。）

先是，胡在豫受張福來之愚弄而有「三角同盟」以排馮氏之舉。及馮去張繼，胡絲毫不得張之接濟，乃深恨爲張所賣。而吳蓄意排除異己，時欲收編胡軍。胡覺之，岌岌不能自保，乃思念馮氏從前相待之厚，時來南苑見之。由是兩人訂交益深。及孫知胡恨吳刺骨，乃往說其倒直。胡毫不猶疑，立卽加入，先派心腹部將岳維峻北上晤馮氏，談及直系禍國殃民事，至聲淚俱下，乃與訂盟約。其後，胡復親來面議，更預定將來成功後必迎 國父北上主持國是。

自此馮、胡、孫、三人團結日固，一致進行。日後「國民軍」之成立，實胚胎於此時矣。

其時，粵、奉、皖「三角同盟」成立，浙盧旣首先通電反對賄選，並在杭州召集會議，亟謀大舉。而奉張自十一年敗於直軍，退出關外後，日事整軍經武以求報復。至是時，派郭瀛洲來見馮氏，讌談間，馮氏向其作泛泛的表示：「苟能利國福民，而弭國內無意義的鬭爭，願與海內賢豪一致進行」云云。（見李著頁九九，及蔣著頁一二一。按：郭之來係由前爲馮氏施洗禮之牧師劉芳作介紹人。其必須由馮氏親信人之介紹，可見係張、馮、二人之初次接洽，以前並無一切聯繫。）去年在豫時，徐謙早已代表「國民黨」致電馮氏，爲奉方勸其加入倒直運動，張卽助以軍餉，惟馮氏力卻。至此時雙方始有直接聯絡，然仍未成立具體的協定，更談不到交換條件也。

溯自去年十月曹錕賄選總統實現後，國父在粵卽以「大元帥」名義及地位下令討伐。隨而聯絡各方一致聲討曹、吳。夏秋間又命孔祥熙携其親書之「建國大綱」往馮處聯絡，對馮氏感召尤力。（按：此大概是繼徐謙之後。事見「我的生活」頁四八六，未言時日。另見孫科「廣州市政憶述」載台灣「廣東文獻季刊」一卷三期頁八，繫此事於其赴奉天會議之前。其後，於民國十四年，孔再晤馮氏於南口，取回此手書本，云係 國父前爲宋慶齡女士所書而暫借用者。）至是年秋，粵、奉、盧（皖系），三方旣成立「三角同盟」共事討伐直系，故馮氏此舉自始卽是響應國父之感召，遵令行事，無異加入團體，成爲「四角同盟」，共同奉 國父爲全國主政元首。如其成功，則吾國軍政混亂、派系鬭爭之惡狀態，當能統一改革，另有新局面，而中華民國建國歷史必完全異於以後之發展了。此舉亦爲粵方「國民黨」與 國父期待已久、早由徐謙屢次代表北上努力運動者。至是，馮氏加盟倒直之志更堅，積極進行益力焉。（按孫科：「八十述略」，自敍其於是時奉 國父命赴奉天與張作霖「達成協議」，直奉開戰時，仍在是處。可見奉張先時確係擁護 國父後且去電歡迎之者，見頁一一。「首都革命」後，乃見異思遷，轉而背 國父、寒前盟、擁段排馮。）

至於蟄居天津之段祺瑞，對於直系亦有一箭之仇、切膚之痛，經令接近皖系之魯督鄭士琦，及晉督閻錫山聯成一氣，加入倒直運動。馮乃派參議劉之龍（子雲）往各處接洽。至是，反直運動完全成熟，內而馮、胡、孫之三人團體團結極固，外而各省倒直勢力已結成，大舉倒直運動觸機卽發。惟暴戾恣睢之吳佩孚尚在夢中，一意孤行，慘殺勞工，荼毒生民，不知「倒台」之將至也。（章著「吳傳」下頁五七八，謂段祺瑞爲張、馮間聯絡人，由張賄馮十五萬元云云，實無其事。事實上，馮、胡、孫等進行定計後乃與張聯絡。）

直奉之戰

十三年八月下旬，浙盧與蘇齊正式決裂，九月三日開戰。奉張本與盧約，同時舉兵。東南既發難，張卽於九月十五日致通牒電報與曹錕（卽「哀的美敦」）。曹不答，於是張立卽調兵遣將，積極動員。張自任總司令，派姜登選、李景林、吳俊陞、張學良、張作相、許蘭洲等爲六路司令，兵力共計廿餘萬人，另有海軍巡洋艦二艘及航空三隊，同時攻直。

曹錕急召吳。吳於九月十七日抵京（見馮氏「自述」），卽堅主用兵對抗，以全力對奉。曹從之，於十八日下討伐令，任吳爲討逆總司令，王承斌副之，並派彭壽莘任第一軍總司令，王維城、董政國副之。第一軍又分三路：卽以彭、王、董、三人分任司令，各統直軍精銳出關進攻。王懷慶任第二軍總司令，米振標副之，並以劉富有、龔治漢、爲前敵總指揮，統「老毅軍」攻熱河。繼而復擅委馮玉祥爲第三軍總司令，而以張之江、李鳴鐘分任一、二、兩路司令，出古北口以策應王懷慶之第二軍。此外，又

國民軍三軍總司令孫岳

有十路援軍，以張福來任援軍總司令，曹瑛、胡景翼、張席珍、楊清臣、靳雲鶚、閻治堂、張治功、李治雲、潘鴻鈞、譚慶林、各領一路。又有後方籌備總司令名義，直省爲王承斌，魯省爲熊炳琦，豫省爲李清臣，京兆爲劉夢庚。海軍則以杜錫珪爲總司令，溫樹德副之。又以鄭士琦爲直魯海疆防禦總司令，遲雲鵬爲直魯防禦總指揮，趙玉珂爲京畿警備總司令，敖景文爲航空司令。計直軍全部約共廿餘萬，與奉軍相埒。其作戰計劃，則照奉軍行動布置，以彭軍任榆關方面，王軍任朝陽方面，而以馮軍任赤魯方面。雙方備戰，可稱勢均力敵。

當時雙方戰略：直方對榆關取攻勢，熱河方面則取守勢，而奉軍則反是。開戰未幾，奉軍進佔開魯、朝陽。山海關方面則兩軍相對作殊死戰，極爲激烈。九門口一役，直軍敗績。其時，吳尚在北京，原擬居此坐鎭。及榆關戰事危急，乃於九月下旬赴灤州。旋以山海關失守，旅長馮玉榮死之，卽親至前方督戰。直軍雖屢次猛攻，俱不得利。援軍如張治功等開赴前方參戰，亦爲奉軍擊退。至吳之十五、廿三、廿四、等師，苦戰不肯輕退，故損失尤大。計開戰一月，雙方死者以萬計，而鄂、豫、直、京兆各區徵調之煩難、拉夫之擾民、與及戰地之損失、人民之苦痛，尚

有不堪言者。（謠傳馮氏之「首都革命」暗中得日人之助，不確。看下章附錄。其實，奉張得日軍力助始能勝吳，見章著「吳傳」下冊頁五六四。）

置之死地

馮氏對於曹、吳之主戰，自始即極不贊成，曾面諫曹數次，均無效。又曾親書一長函與吳，勸其勿因逞意氣而以國家人民為犧牲。不料吳將原函退回，於封套上大書「少說話」三大字，馮氏之氣悶可想。及戰事爆發，吳強委其為第三軍總司令，迫令開赴熱河。在表面看來，此一路道遠地險，防守不易，非勁旅不足應付，委馮氏前去，表面上是極端借重。而其實骨子裏，則此正是吳「借刀殺人」之陰謀也。蓋此處既無舟車運輸之利，大軍愈前進愈危險。而吳於軍餉、糧秣、子彈、服裝（塞外禦寒，皮衣尤要）之供給，一無所備。馮氏屢次請發經費，均無所得。吳且批示「就地徵取，戰後償還」等空洞語。一次，親往面見吳，言籌軍費事，吳答以：「我要為您開一銀行嗎？我們都是要就地徵取的。」其時，秋盡冬來，塞外天氣已是嚴凍之候，馮軍全部冬衣未備，（奉軍則每人皆穿數寸厚的老羊皮軍服，）又無子彈補充，驅此無食無衣之大軍以赴荒漠奇冷之區域，何異送死？但此正是吳之深意──能勝奉軍固佳；不能勝而為奉軍消滅亦「正合孤意」。（章著「吳傳」下冊頁五六三載吳佩孚言，馮出發前曾給與十五萬元，實無其事。）

不特此也，吳更有毒計準備害馮氏。在出發之前，早已留下錦囊，預囑孫岳、胡景翼二人暗行監視馮軍，謂如其一有越軌行動，即許二人便宜行事，就地解決云云。吳又以鞏縣兵工廠所製之機關槍五十架撥給胡，囑曰：「您拿這五十挺去打張作霖。打完了，留起來，還有用處。」「醉翁之意」固明明在馮軍。不知胡、孫與馮氏早結生死之交；此時，三人久已訂立「首都革命」之密約，吳氏消滅馮軍之用意及露骨的說話，孫、胡、俱一五一十的告訴馮氏。三人惟有相視大笑而已。

馮氏既深知吳平日疑忌之心，又洞悉此次欲「置之死地」之意，曾向曹辭去軍職。經曹極力慰留，不得已乃勉為籌備出發。他以勸和不聽，辭職又不許，後有壓力，前惟死路，如何打出生天？計惟有藉此機會實行其「首都革命」之計劃而已。故其籌備出發，即是籌備革命軍事運動也。

馮氏此次革命之全局布置第一重要點，乃在委派留京主持後方之重要人物。智勇沉毅之蔣鴻遇至足勝任，乃奉命為留守司令，兼兵站總監，辦理後方一切事宜。如此，明則全軍出發，而暗則留下精兵一營歸蔣指揮以作內應。此營只有一連留駐旃檀寺，其餘則秘密分駐京外各處，用時始行集合。出發時，由京兆尹劉夢庚代徵大車千餘輛，又向綏遠都統馬福祥借用駱駝三千匹，以資平地及山路之運輸。此外，又分派劉治洲、鄧萃英、劉之龍、張樹聲等分任秘密使命，聯絡各方，或偵察軍政情形。

籌劃既成熟，馮軍即於九月廿一日開始出發。其先後次序：第一、張之江部，第二、宋哲元部，第三、劉郁芬部，第四、馮氏自率李鳴鐘部，第五、鹿鍾麟部。廿四日，開拔完畢，馮氏進駐密雲。是時，朝陽已為奉軍所佔，王懷慶急調米振標全部及中央第四混成旅至凌源禦之。至開魯方面，奉軍亦進至赤峯，馮氏派譚慶林馳往，即行恢復。時，張之江部已至承德，探悉奉軍謀以別動隊襲承德，立行停止東進，而派兵數路迎擊。在黑城一帶激戰一日，奉軍敗退，即停兵於此。

馮氏督同全軍出發，前鋒至灤平時，他已到了密雲了。從懷柔過張家口時，段祺瑞忽派賈德耀（焜亭，原為馮氏之舊袍澤）送來親筆函，大意表示不贊成內戰，對賄選政府尤希望其有所自處。（按：此函大致與下章所錄黃郛函同其語調，且似同時發出，當然未知馮等革命大計。）接着張樹聲、劉砥泉（大概即劉之龍、字子雲，想誤記字音）。又介紹一位奉張代表馬某前來，說張作霖殊不願與馮氏爲敵，只要推翻了曹、吳，他們的目的便已達到，決不再向關內進兵。馮氏當卽告以革命大計云：「我已經和北京方面幾位將領有所接洽，只要你們的隊伍不進關，我們的計劃必能順利進行」。當下，他拿着 國父的「建國大綱」，說了幾條重要的主張，並言：「這是我們中國唯一革命領袖的辦法，您以爲如何？將來我們事成，擬請中山先生北來主持大計。這一條你們是不是贊成？」馬答道：「這完全不成問題。一切悉聽你們的主張，我們無有不贊成的」。馮氏又鄭重其事，重複申說：「一是請中山先生北來，二是你們隊伍不得進關。只此兩條就成，別的卻不必細說了。希望你快回去轉達，切勿食言。現在是怎樣商定的，將來就怎樣實行。我這兒已經佈置妥當，不久卽有主和息爭的通電發出」。當晚，他們回去。（上見「我的生活」卅章頁五〇二）張、馮、盟約，至是成立，此無異正式加入倒直陣線，成爲粵、奉、皖、馮、之「四角同盟」，一是擁護 國父爲主持國事之領袖。是則馮氏「首都革命」最初定立之宗旨也。（奉張先擁護 國父後迎其北上，見上文孫科「述略」，與此印證可知確實。）

塞外早寒，而馮軍兵尚衣單，叫苦之聲遍全軍。加以沿途人煙已稀少，大軍所過，百姓逃避一空，糧秣難籌。吳曾派一籌糧專員隨軍令地方官就地徵發。馮氏見所得米、麵、鷄蛋，皆強取諸窮苦民間者，不忍卒食，謂帶兵廿年，未嘗妄取人民一草一木；今強奪民食，寧餓不爲，乃令軍需官照價發給，而軍食問題愈爲困難，愈進一步則死路愈近一步矣。會吳在楡關數戰不利，卽電催二、三、兩軍向奉方猛攻，以圖牽制。復派王承斌以「督戰司令」名義率憲兵兩連，乘汽車直抵灤平，藉以監視馮氏行動。又派車慶雲、陳德修等，爲「前敵執法官」赴灤督師。然而王承斌雖屬直系，但因吳專橫太甚，曾受其壓迫，早表不滿，而孫岳亦曾向其運動加入同盟，已表同意。王又言吳曾許以戰勝後任爲「東三省巡閱使」。其後，王與馮晤談乃知吳亦照樣許馮氏以爲攻奉之餌。吳之權術戳穿了，彼此相笑（劉著頁五二）。卽在開戰之前，吳明陞王爲副司令，又予以直隸省長，而實則並其二十三師兵權亦爲剝奪，王尤爲不懌，是故早已對馮、孫、表示同情，班師之舉，一切進行，無不默契於心，此時奉吳命到灤平，亦不過敷衍一下而已。但坦白聲明，願守中立，不向吳告密，亦不肯背吳爲助（見馮氏「自述」）。此則「士各有志」，不能相強者。然卽此態度，已於「首都革命」之役有消極的貢獻矣。

十三年十月二十三日

時，馮氏已由古北口到熱河之灤平，距承德不遠。其饑寒交迫之大軍，陷於前後受壓迫之死亡谷中，眞是困難萬分，危險萬分，軍心憤激，達至極點，可稱爲「哀兵」。馮氏知士氣可用，卽召集張之江、李鳴鐘、劉郁芬、劉驥、鹿鍾麟、宋哲元等全體高級軍官，以及各處的代表（如胡景翼、孫岳的，甚至兼有奉張留下的，見「我的生活」頁五〇三），開決戰大會議。他宣布本軍所處之艱難地位與危險情勢，及吳佩孚藉此同時消滅奉軍與本軍之毒計。繼而發問：「以十餘年之精神能力，建成爲救國救民之軍隊（卽指本軍）今肯爲吳一人及曹之腐敗政府作犧牲嗎？」這是你們生死關頭的大問題。他們決議，如此死法，死得不值；務要從九死中打出一條生路，於是乎班師回京之議，全體一致決定。「首都革命」之舉，本由馮氏個人主動及策劃，秘密運動已久，惟部下軍官，向來服從命令，至是時始由全體議決，一致行動焉。此十三年十月十九日事也。（前派往聯絡段氏之代表劉之龍適於是日回到馮處，見馮氏「日記」。據「我的生活」，此會議已先決，全部革命軍稱爲「國民軍」以示擁護「三民主義」及歡迎 國父北上，並與「國民黨」一致，見頁五〇三。）

是時，胡景翼所部開抵通縣待命。吳令其由喜峯口進兵熱河，援應王懷慶軍。馮氏命劉治洲與胡籌商緩進以觀變，胡深然之，並派部將鄧瑜（寶珊）赴灤平謁馮氏，故十九日之會議鄧亦列席。會畢，鄧卽電告胡準備一致行動。在北京方面，吳既赴前方，馮氏先曾特向曹錕保薦孫岳任北京「警備副司令」，由其幹部徐永昌步兵一團駐守各城門。後來，孫向馮氏取笑說：「您特意把我弄來給您開城門，是不是？」彼此相視而笑，莫逆於心。至於天津段祺瑞方面，馮亦派劉之龍接洽妥當，故晉閻、魯鄭、均無問題。海軍杜錫珪雖屬直系人物，亦厭惡吳氏之行爲，經鄧萃英（芝園，閩人，與杜同鄉）之接洽，也加入運動。至於奉天方面，則自十九日全軍決定班師後，馮卽派張樹聲步行赴奉聯絡，相約停戰救國。時，奉方亦派員密來通款，望熱河方面軍事行動，雙方緩進。馮氏以適符班師計劃，卽許之。此各方聯絡之情形也。（按：灤平距奉天甚遠。張大約步行至承德轉乘汽車前往。）

根據薛著「馮傳」之考證，馮氏班師回京之舉，並不是吳倒台之主因。雖其有重大的影響，而吳在榆關大敗之根本因素，乃在馮軍與奉軍在熱河停戰，致迫令吳派三師兵力西向。這三師未到達戰地時，北京變局已發生了，於是迫要降於奉軍。而且熱河西路奉軍李景林，一知馮軍不戰，卽遣大部軍力東趨榆關。直軍削弱而奉軍增強，不俟馮軍之「倒戈」相向已一敗塗地矣。這是奉直之戰最後一仗奉方大勝之決定性的主因。最後，北京之變局消息對於前線吳軍發生最惡的影響。（見頁一三五—三五附註）。這是很客觀的和很確鑿的分析。

至馮軍內部籌備情形，尚有可紀者。在出發前，馮密令蔣鴻遇派員往河南招新兵萬人，陸續運京，卽編成三個補充旅，以孫良誠、張維璽、蔣鴻遇、任旅長，分駐南北苑，故班師時，在京兵力亦甚雄厚。至十月初旬，馮召蔣鴻遇至密雲軍次，告以班師回京倡導和平之意志。蔣答以宜愼重其事，謂吳尚有第三師兩部駐豐台、長辛店兩地，若欲避免近畿戰事，必俟該部全開前方乃可收事半功倍之效。馮氏遂令其回京積極進行籌備，秘密進行，如積屯糧秣、盡驅運輸駱駝於安定門外、計賺安定門城門防務、密查城內外之電報、電話線路、繪製詳圖、以備臨時需用，等等軍事布置均極週密妥當。而蔣從容鎮靜，且每日到軍事處照常辦公，一如平時。

十九日——正馮氏與高級軍官等議決班師之日——北京軍事處接到前方緊急戰報，當將第三師全部開赴前線。（據劉著頁五二，吳留張福來之三部於北京一帶以防馮軍，因前方緊急，乃盡調前方。由劉汝明化裝親到豐台調查，回報蔣鴻遇。）蔣鴻遇立以密電告之馮氏。乃於廿一日下令班師。令最後隊伍鹿鍾麟部兼程回京主持一切，會同張維璽、孫良誠、兩旅先抵北苑，再與蔣鴻遇旅會合入城。又令李鳴鐘旅直趨長辛店，截斷京漢、京奉、兩路之交通。時，胡景翼停兵於喜峯口等處，馮氏電約其同時南旋，佔據灤州、軍糧城一帶，以截斷京漢線直軍之聯絡，並防止吳率兵西向。已抵承德之張之江、宋哲元等旅，亦令其卽日回師。熱河都統米振標處，經派員聯絡成功，願取一致行動。調度既畢，馮氏自己親率劉郁芬部直指北京。馮氏前於出發時，故遲遲其行，沿途令軍士修築汽車路，並預備汽車多輛，故去時行期一月，及其回師也，僅四日耳。

在北京方面，先於二十日晚間蔣已接馮氏動員班師之電，卽下令司令部留守人員，非有命令一概不許外出，以防洩漏消息。二十一日，蔣仍到軍事處照常辦公，且請曹錕發給南、北苑新兵槍枝。廿二日清晨，蔣預派張俊聲率兵一營，準備斷絕城內交通，並預備大車、蔴袋等物堵塞總統府前，爲萬一巷戰之準備。又分派便衣隊破壞京奉、京漢鐵路交通。部署既定，蔣於下午至北苑整頓所部第三旅，而鹿、孫、張、亦於是晚趕至。會商既畢，三人卽於是晚八時開始由北苑出發。夜十二時抵安定門。事前，由孫岳部徐永昌手接收各城門防務。布置既妥，於是銜枚直入，鷄犬不驚。城內預伏之兵，同時並起，照預頒命令行事。

大軍入城後，鹿部在總統府四週警戒，並禁止行人通過各大道。蔣部在前門外，孫良誠在北城，張維璽在南城，分任警戒。

同時，總統府衛隊及曹士傑部，皆解除武裝，給餉遣散。最痛快者，則萬惡之李彥青於是夜被捕。王克敏原亦爲馮氏所必要逮捕者，但被其遁去。其餘罪魁多人，亦多逃匿。大軍進京，全城人民毫無知覺，即曹錕與政府要人均在夢中，盡被軟禁於北海團城。二十三日清晨，全城人民起來，忽見臂纏紅布圓白章上書「不擾民眞愛民誓死救國」之馮軍，遍布通衢要道，口唱「基督雄師進前」調之軍歌，及得讀遍貼全城之馮氏班師主和之佈告，然後知「老馮」回來了。（按：佈告全文見李著「國民軍史稿」頁一四一—一五。余當時在京親見以上情狀。上述臂章字樣係原文，見「自傳」第八章之五。他書有以「誓死救國」四字在前者誤。）

「國民軍」之組織及通電

馮氏本人於廿四日抵北苑，胡景翼、孫岳、二人旋亦來會。即日，三人與各高級人員，如王芝祥、劉驥、張之江、李鳴鐘、鹿鍾麟、李培簀、張璧、何遂等開會議（見李著頁一一六），全體決議，正式組織「國民軍聯軍」公推馮氏任總司令兼第一軍軍長，胡、孫、分任副司令兼二、三軍軍長。總司令部設於小旃檀寺。（章著「吳傳」下頁五六八謂此次會議組織「國民軍」推段祺瑞爲元帥，絕無其事。劉汝明亦誤記。）

軍事組織既完成，即由馮氏領銜與胡、孫、米（振標）及全軍師、旅長等具名發出，倡導和平、救民救國、與組織「國民軍」之通電，致全國南北軍政領袖。全文錄后：

國家建軍原爲禦侮。自相殘殺，中外同羞。不幸吾國自民九以還，無名之師屢起。抗爭愈烈，元氣愈傷。執政者苟稍有天良，宜如何促進和平，與民休息？乃者，東南釁起，延及東北。動全國之兵，枯萬民之骨，究之因何而戰？爲誰而戰？主其事者，恐亦無從作答。本年水旱各災，飢荒遍地，正救死之不暇，竟耀武於域中。吾民何辜，罹此荼毒？天災人禍，並作一時。玉祥等午夜徬徨，欲哭無淚。受良心之驅使，爲休戰之主張。爰於十月二十三日，決意回兵，並聯合所屬各軍，另組「中華民國國民軍」，誓將爲國爲民效用。如有弄兵而禍國，好戰而殃民者，本軍爲縮短戰期起見，亦不恤執戈以相周旋。現在全軍已悉抵京。首善之區，各友邦使節所在，地方秩序，最爲重要，自當負責維持。至一切政治善後問題，應請全國賢達，急起直追，商補救之方，開更新之局。所謂「多難興邦」，或即在是。臨電翹企，佇候教言。馮玉祥、胡景翼、孫岳、米振標、岳維峻、田玉潔、鄧寶珊、李紀才、李雲龍、馮震東、曹世英、張之江、李鳴鐘、宋哲元、劉郁芬、鹿鍾麟、孫良誠、蔣鴻遇、孫連仲同叩漾（廿三）印。（上文錄自「自傳」，前銜作「各報館鑒」。文末各人銜略。）

考此電文之原稿係出黃郛手筆。馮、黃、二人的密切關繫如何，我一向也不大了了。至最近得讀黃沈夫人之「亦雲回憶」，始得明瞭其蘭因絮果。玆概括略述之。初，黃在賄選總統曹錕之內閣任教育總長。其人格操守、學識才能，最爲馮氏所敬重。因請其每兩星期到南苑「陸軍檢閱使」署對自己及營長以上官佐講演一次。黃亦對馮氏特別認識爲「北方工作的唯一同志」，期爲「他日方面之才」，故每次必依時到講，雖病不辭，由是互相結合，交情日深，漸談及革命大計（見上文）。據劉汝明述：「一天黃先生和馮氏說：『煥章兄，您參加過辛亥灤州起義，是革命的前驅者。現在國事危急，當國者懵懵不醒，如非徹底改造，難期挽救。您應該繼續努力，以辛亥未竟之功』」（見「回憶錄」頁四八）。這番動人的話對於馮氏當然發生決定性的影響。

至秋間，馮、胡、孫、聯盟舉義後，奉直戰事開始時，馮氏「首都革命」之舉已智珠在握。乃特別邀黃到私宅密談。「談到深處，漸漸具體，擬以一枝精兵倡議和平，在北京完成辛亥（革命）未竟之功。馮氏又告以與胡、孫、兩軍合作之事。大概此時馮氏心中已認定黃氏爲將來「首都革命」後，可以政治方面交其負責之人了。

在奉直開戰時，顏惠慶新內閣成立，黃復被邀續任教育總長，則堅辭。經馮氏力勸，始就職。蓋其深謀遠慮，黃「在內閣消息靈通，通電訊亦較便」故也。換言之，此即馮氏「首都革命」中下了一棋子，借重其爲政治內應及最高密探。故於出發熱河之前，留下一本「成密」電碼與黃，並指定其僚幕一人（似是劉之龍）爲雙方聯絡、互相通訊之中間人。故馮氏於北京政治及直方軍事行動，得以詳悉無遺，進行順利。

馮氏於出發前一天曾造訪內閣總理顏惠慶，原想把即要實現的計劃與他談談，有意邀他加入陣線。但顏是一個職業外交家，辭令狡滑叵測，態度模稜兩可，談了兩句鐘，他說話總是無關痛癢，不着邊際。馮氏不得要領，怏怏而去。本欲並訪王正廷的，但恐他也答以外交辭令，所以索性連他也不去見。（上見馮著「我的生活」頁五〇〇）結果：京中政要只有黃郛一人與其有堅定的，具體的聯繫。

十月十九日，馮軍既在灤平決定起義，全軍班師，預計廿三日，前鋒可到達。乃密約黃氏先一日到密雲縣高麗營相晤，會商大計。廿二日，黃上午仍照常到教育部辦公。午後，託詞乘汽車出門，轉坐他車，秘密急向北駛。中途車機損壞，屢次修理，耽誤不少時間，直至半夜始到高麗營，時已絕食十小時矣。（此據「亦雲回憶」，當可信，但馮氏「自述」作廿一日夜間來，想錯記，或我筆誤。）

馮氏聞其已至，由行軍暫住之帳蓬倒屣出迎。既告以班師計劃，順利進行，即示以所預擬之文告通電。黃「看後，表示異議。原稿僅將內戰罪名加在吳佩孚一人身上，對曹錕仍稱總統。」即率直進言：「國民軍倘不過爲淸君側，未免小題大做了。」馮氏然之，請另擬電稿，但帳中無桌椅，乃步趨附近民居，連夜就在炕上屬草三軍通電，經馮氏親爲修正乃成定稿。（原稿影印載「亦雲回憶」頁一九二—九五，與上文所錄僅數字有異），據馮氏「自述」，是時，已與黃「共商政府過渡時期的辦法，規定攝政內閣」（見「生活」頁五〇四），次日，黃隨軍回京。在歸家途中，先往王正廷家邀其參加攝閣（見「亦雲憶語」頁一九六），則馮氏述辭可信。

上言十九日之班師佈告，係仍以「陸軍檢閱使」名義發出，內容專數吳佩孚之罪狀有曰：「窮兵黷武，迄無已時（此指民九內戰）。自是……憑戰勝之餘威，挾元首以自重，攬國柄於掌握，視疆吏如僕從。……而野心勃勃，方興未艾。興無名之師，爲孤注之擲。傾全國之兵，無一餉之備。飛芻挽粟，責諸將死之災黎。陷陣衝鋒，迫我絕糧之饑卒。……（上指此次戰役）本使爲國除暴，不避艱危。業經電請大總統，明令懲儆，以謝國人；停戰言和，用蘇民困。起國內之賢豪，商軍國之大計，和平解決，指日可待。……用特下令班師，仍駐原防」云云。全篇命意措辭確專爲聲討吳佩孚一人而發，仍居原職，班師回防。在當時地位只在本軍立場而發言，尚可稱得體。此或即黃氏初見之稿，早已準備由前鋒發出者，故以爲只是「淸君側」之舉，仍奉曹錕爲大總統，然確未提出革命之偉大宗旨。而此漾（廿三日）電則由從新組織之革命的「國民軍」將領聯合發出，申明「首都革命」之主旨，推翻腐化舊政府，建立革命新政權，所謂「應請全國賢達，急起直追，商補救之方，開更新之局」者是。此實爲是役「首都革命」之重要文獻也。（上述廿四日會議，李著未列黃郛之名，「亦雲憶語」亦未提及，或即日由北苑歸家部署一切未定。）

「建國大綱」

同日，馮氏等又發出革除腐化政治、建設新政府之「建國大綱」通電，將北洋政府之黑暗，全國大亂之眞相，完全揭露無遺，痛快淋漓，人心爲之一振。略云：

民國以還，十有三年。干戈擾攘，迄無已時。害國殃民，莫知所屆。推源禍始，不在法文之未備，而在道德之淪亡。大位可竊，名器可濫。賄賂公行，毫無顧忌。藉法要挾，樹黨自肥。天良喪盡，綱紀蕩然。以故革命而亂，復辟而亂，護國護法而亂，制憲亦亂。自治不修，外患遝至，其亂至大。邪說橫行，風俗敗壞，其亂至微。文明古邦，幾夷爲禽獸。弱肉強食，猶其餘痛。生機既絕，補救維艱。除舊更新，計惟改革。祥等……擬爲「建國大綱」五條於後……（一）打破僱傭式體制，建設廉潔政府；（二）用人以賢能爲準，取天下之公材治天下之公務；（三）對內實行親民政治，凡百施設，務求民隱；（四）對外講信修睦，以人道主義爲根基，掃除一切攘奪欺詐行爲；（五）信賞必罰，財政公開。（上文見馮氏「自傳」）

這幾條大綱，不獨切中當時政府之弊病，而且適中全國政治之積弊。不圖民國十多年來在腐敗至極之政府、汚穢至極之政治下，竟然晴天霹靂一聲，有此表示，不可謂非「差強人意」者。以後多年，馮氏對於政治之主張仍恪守這大綱。兩電既發，京內外輿論及各省軍民長官，除吳派外，均一致表示贊成焉。（按：本章資料，除隨時指出來源外，有馮氏自述辭，是即「逸經」第十六期「國民軍首都革命紀實」一篇。此係馮氏於民廿五年十月初在南京親爲余口述而由余筆記寫成，後經其審核方付發表，以作十三、十、二三、「首都革命」之紀念者。署名「璧樹」，所謂「璧」即「大」big之義，故「大樹將軍」即指馮氏也。）

近讀昔曾任職於馮氏「西北邊防督辦」署之雷嘯岑君（即「馬五先生」）評論馮氏有言曰：「在現代軍人之中，眞是由衷地愛護人民和國家，且有事實表現的，我認爲只有馮氏一人而已。他所部的士兵們，都在臂間纏有『不擾民』、『眞愛民』的標誌（見本篇上文），而且確實做到，決無虛矯。」此大足以表彰馮氏「首都革命」之殊功。不過，雷君所繼續推論者：「他的個性詭譎沉鷙，殊不可測，而支配慾極強，不甘居人下。他信奉基督教，假使眞有上帝要對他的行爲加管束的話，我相信他亦要革上帝的命呢！」（上見香港「大人」月刊第廿三期「政海人物面面觀」頁四三。此外雷君又評論馮氏「矯枉過正，終成詐僞」。本書上文已認爲馮氏矯情則有之，詐僞卻未必。）馮氏個性特強，正義感最盛，時懷「抱打不平」之心，自幼已然，屢見本書初數章，此無可諱言者。至謂其要「革上帝的命」，則竊以爲未免緦過慮。事實上，他末年在美（在趁輪赴俄死於黑海之前）還去教會守禮拜、拜上帝、宗基督如常（見左派所刊行之「馮玉祥將軍紀念冊」頁一〇八）。不錯，馮氏一生革命，然而上帝、基督是仁愛的、正義的、公平的；他至在世的末日猶且自動的、甘願的、受其教道的「管束」，那能成爲他革命的對象？

【補註】

第五章內「討袁之役」馮軍在四川攻下敘府之役，語焉未詳。考是役功首實爲一青年軍官鄭繼成（紹先）。其繼父鄭金聲原係馮氏在灤州之舊袍澤，至爲相得。民國元年，馮氏在北京初陞團長時，繼成奉父命投効。先爲傳令兵，馮待如子姪，加意栽培及訓練，以勇敢機警屢得陞級。敘府開戰之前夕，繼成獨自携短槍二，隻身混入滇軍陣地。時，前有戰壕，滇軍於壕外紮營兩處。繼成突然躍入壕中槍殺數人，餘衆驚逃。乃拾死者長槍，分向滇軍兩營射擊。滇兵於黑夜不知虛實，以爲敵軍暗襲，羣起還槍，兩營互相射擊，死傷無數。繼成乃從容回己軍。天明，馮旅大舉進攻，獲全勝，滇軍乃退出敘州，卒如馮、蔡、原議，誠意合作。繼成後於廿二年槍殺國賊張宗昌於濟南以報殺父之仇。被繫囹囚後蒙國府特赦。以上爲鄭繼成親向著者口述者，載「逸經」第七期拙著鄭傳，並載其自述殺張之經過。以其於是役奇功不可沒，因補述如上。

（本章完，下期續刊第十章）

左傾盲動時代的當權派

周恩來評傳（九）

嚴靜文

一九二七年「八一南昌暴動」前後，中共實際上存在着兩個中央：一是以周恩來、張國燾、李立三等為中心的舊中央、在南昌組織暴動，進行南征；他們根本不知道第三國際代表羅民納茲等偕同瞿秋白、李維漢等在武漢籌建新中央，也根本不知道誕生新中央的「八七會議」，更不知道「八七會議」已把他們定為「右傾機會主義者」。直到南征軍到了汕頭，張太雷才趕到傳達八七會議的決議，周恩來等當時正處於緊急軍事情況之下，無法接受八七會議的決議，正是「將在外，君命有所不受」；可是張太雷離去不久，南征軍即土崩瓦解；周恩來又患了重病，想再接受新中央的指示也來不及了。

十月中旬周恩來發着高燒，自汕頭附近搭乘小漁船，飄洋過海來到香港。當時他的心情可以想見。所領導的南昌暴動以慘敗收場，今後黨和自己都像這茫茫大海上的一葉孤舟，不知漂向何方，更糟的是違抗了新中央的命令，不知將遭受甚麼處罰。此時他的憂愁和病一樣的沉重。

周恩來的病在香港很快就治癒了。因為十一月九日中共舉行中央擴大會議之前，他已經趕到了上海。並及時的參加了會議。

愁雲消散復起當權

第三國際代表羅民納茲，以及瞿秋白等，本想把八七會議以前舊中央的分子完全排除，為此他們竟不承認南昌暴動，但是對於領導南昌暴動的周恩來，他們不得不另加青睞。這因為南昌暴動及南征的軍事發展，當時已傳遍全世界，縱然以失敗收場，但那是一九二一年中共自建黨以來，第一次表現了自己的力量，而且是對南京當局清黨反共的一項痛烈的反擊。同時周恩來已成了公認的軍事領袖。當時以瞿秋白為首的中共中央，正擬大舉發展軍事行動，必須借重周恩來的軍事經驗和才能。況且成千上百的左派黃埔學生，正散在各地，也必須周恩來出頭來號召他們歸隊，做為發展軍事鬭爭的基礎。

「八七會議」後的中共政治局陣容如下：政治局委員九人，候補政治局委員七人。政治局委員有蘇兆徵、瞿秋白、李維漢、張太雷、項英、向忠發、盧福坦等。蘇兆徵任書記，蘇不久逝世，瞿秋白始繼任書記。瞿秋白、向忠發、李維漢三人組成政治局常委會。政治局候補委員有周恩來、彭公達、張國燾、毛澤東等。

在擴大會議開幕前夕，十月三十日印發的「中央通訊」第七期，刊出的「中央通告第十三號」（「為葉賀失敗事件」）已透露了瞿秋白等為周恩來解脫罪名、並再予起用的意向。試看文件的題目「為葉賀失敗事件」即可見出端倪。葉是葉挺，賀是賀龍，葉賀失敗即葉挺賀龍的失敗。而不言周恩來的失敗。再細看整個文件，在涉及周恩來時，一概用「前敵委員會」來代替，為前敵委書記周恩來推卸責任。

及至擴大會議召開時，一向勇於承認錯誤的周恩來，又自動承認錯誤，並表示擁護八七會議的決議以及新中央的領導，使羅民納茲、瞿秋白等條氣大順，因此擴大會議所作的「政治紀律決議案」，譚平山遭受開除黨籍處分，張國燾被開除中央委員及政治局候補委員，毛澤東、彭公達（因秋收暴動失敗）亦被開除政治局候補委員，而周恩來僅受不指名的警告處分。決議第三項寫道：「這次前委指導做出極大的錯誤，前委全體同志應予警告。」

擴大會議不但掩飾了周恩來一切罪責，並且復任政治局委員，並出任軍事部長，後來又兼任特務工作；成為瞿秋白領導中共中央時代操持實權的領袖。

瞿秋白在死前所寫「多餘的話」中說道：「當時我的領導在方式上同獨秀時代不同了，獨秀是事無大小都參加主持的，我卻因為對組織尤其軍事非常不明瞭也毫無興趣，所以只發表一般的政治主張，其餘調遣人員，和實行的具體計劃等，就完全聽組織部和軍事部去辦，那就感覺空談無聊，但是，轉念要退出領導地位，又覺得好像是拆台，這樣，勉強着自己度過了這一時期。」

當時組織部長是李維漢，而李在法國時代久受周恩來的領導。因此一切都「交組織部和軍事部去辦」，等於是交周恩來去辦。

善於「雪裏送炭」

周恩來在中共歷史上被稱為「不倒翁」，在每一關鍵時刻都能逢凶化吉，履險如夷，並不全靠關係多、人緣好，也並非全靠手腕圓滑，敏於認錯，見機而作，急流勇退；據筆者考察除了這些以外，他還有兩件法寶；一是對失意的同志，善於以「雪裏送炭」的手法來博取交情；二是對當權者不但善於逢迎、討取歡心，並且能認真推行自己所不同意的路線和政策。

因南昌暴動受處分最重的是譚平山，其次便是張國燾。張國燾到了上海之後，瞿秋白初時拒絕和他見面，後來受了其他同志的壓力才和他見面，兩人鬧得不歡而散，張國燾甚至聲言要另建工農黨與中共對抗。張國燾被認為是「右傾機會主義」的典型，他在上海被安排的住處，所住的同志也是被認為犯錯誤的人，張氏曾自嘲自己的住所，一時成了「右傾機會主義者的俱樂部。」

在這種情況之下，周恩來在百忙之中還去安慰張國燾，並且給他安排工作。張氏在我的回憶中寫道：

「那位手腕圓通的周恩來，是最現實而又八面玲瓏的。也許他覺得我和他在武漢末期和南昌暴動中共任艱鉅，竟獲得如是不同的結果，有點過意不去。他請求我去指導關於分配從潮汕逃來上海的一般同志的工作。我在情不可卻之下，答應幫他的忙。……」

張氏在這裏說周恩來「八面玲瓏」，並不完全正確，因為當時張氏處於與黨中央對立的情勢，是帶罪之身，從權勢着想，周恩來沒有對他「玲瓏」的必要。他所以如此做，是顯示他不忘難友，有義氣，增加自己在同志間的信望。試看張國燾夫人楊子烈從湖北來到上海之後，周恩來之妻鄧穎超還去探問她，也出於同樣的動機。

在文化大革命期間，周恩來也曾為劉少奇和鄧小平辯護，為陳毅、聶榮臻、李先念等緩頰，顯示了一貫的作風。

在忙裏偷閒照顧失意同志的同時，對於當權者的路線主張，周恩來縱然心裏不贊成，也盡全力去推行。例如當他復任軍事部長之後，他對於瞿秋白盲目的暴動路線及「赤色恐怖」政策並不贊同，但是他卻執行甚力。

當時周恩來負責直接領導江、浙兩省的軍事行動，十二月二十八日，他任命柳寧為浙江省委書記，並命令即速組織杭州暴動。

柳寧奉命到杭州傳達命令，發現那裏僅有七個黨員。當他問及他們奉到甚麼指示，他得到的回答是：「如你們七個成員每人放一把火，即可燒掉七座房屋！」柳寧不得要領回到上海，與周恩來及夏曦討論具體辦法。周恩來告訴柳寧，杭州暴動已有妥善計劃。已發現駐在杭州的兩連衞戍部隊，原是孫傳芳的舊部，可以收買他們進行兵變。在杭州軍事監獄裏的七百囚犯，其中六十餘人是共產黨員，可以擔任領導。還可在西湖地區動員一萬農民。周恩來指示暴動的步驟，先策動那兩連兵叛變，打開監獄釋放政治犯，將釋放的政治犯編入紅軍，領導暴動推翻當地政府。如果行動成功，可佔領杭州建立蘇維埃政權，如不成功可撤往西湖地區，在那裏如不能發動第二次攻擊，便需向北撤退。柳寧被任命暴動總指揮及特委書記。暴動決定於陰曆十二月二十八（一九二八年二月）實行，結果很快即告失敗。

從以上的說明得知，周恩來執行盲動主義路線的積極，以及「無中生有」的造反才能。

慘淡經營重建紅軍

瞿秋白領導中共中央的時代僅有九個月（一九二七年八月到一九二八年五月）。周恩來在這個期間專心致力的是建軍和擴軍的工作。

周恩來復任軍事部長之初，正值一連串暴動失敗之後。他親自領導的南昌暴動，三萬兵馬幾全軍覆沒，只剩下朱德一股約千餘人，在中央軍的追剿下，在福建廣東湖南江西邊境輾轉流竄，潰不成軍；因此被迫投靠駐在韶關的第十六軍范石生部。尋找這股紅軍，成為當時周恩來最迫切的工作。因為這是中共最大的軍事實力。

中共軍事部在十二月廿一日遞出的一封信中，清楚表示了當時周恩來尋找朱德部的急迫情景。

「自從三河壩與潮州的交通被敵人切斷後，黨的指導機關即與廿五師全體同志失了聯絡。潮州失守後，粵省委員二次派人追趕你們，及你們退武平轉入江西信豐時，江西省委又派人前往接洽，最後知道你們已越大庾嶺而入湖南，中央乃又命湖南省委派人與你們接洽，但一切都是徒勞……據江西省委報告，你們入湖南時，曾與范石生有一度之聯絡，此事如果屬實，在廣州暴動失敗後，能否不為范石生所解決，很是疑問。因此中央特派李鳴珂同志經江西入湘來與你們接頭，……」

此外由「八七會議」決定的幾場暴動，潰敗之後也都留下殘部，散在四方，也須一一尋找接頭，毛澤東率領的兩湖秋收暴動殘部四百餘人即是其中一股。

將失去聯絡的殘部恢復聯絡，同時又調集人員派往各地建軍開闢根據地。江西蘇區紅軍，因有朱德、毛澤東兩股紅軍殘部做基礎，所以發展得特別快；其它地區則須從一個人或幾個人打家刦舍幹起，情況就特別艱苦。但是其中兩股，實力發展之快，聲勢之大，幾與江西蘇區紅軍並駕齊驅。一是由許繼慎、徐向前等所開建的豫鄂皖蘇區；二是由賀龍、周逸羣、惲代英等所開建的湘鄂西蘇區。豫鄂皖蘇區紅軍後來發展成紅四方面軍，湘鄂西蘇區紅軍發展成紅二方面軍，與江西蘇區的紅一方面軍鼎足而立，號稱「紅軍三大主力」。除江西蘇區紅軍是由朱德和毛澤東率領「南昌暴動」和「秋收起義」的殘部發展起來的之外，豫鄂皖及湘鄂西兩蘇區及其它蘇區的紅軍，多是由周恩來派人前往建立或領導的。到了一九三〇年初，已開闢了十九個蘇區，紅軍已有十三個軍的番號，實力發展到六萬二千人，號稱十萬。這多賴周恩來的慘淡經營和運籌帷幄。但是從中共官方記載看，紅軍的建立和發展，幾完全歸功於毛澤東一人，顯然違反事實。

六全大會加官晉爵

由於南昌暴動之後，中共組織狀態和行動路線已完全走上一個新階段，在這以前中共寄生在國民黨之內，與國民黨合作來從事國民革命，以政治滲透徐圖發展來奪取領導權，南昌暴動則是與國民黨決裂，並且把國民黨當作革命對象，從事你死我活的武裝鬭爭。這一翻天覆地的改變，並不是中共的預定計劃，（一九二七年五月舉行的五全大會還決議與國民黨合作）而是中共的企圖被識破後，遭國民黨清黨反共打擊，無處容身之後的激烈反應；換言之，南昌暴動倉促提前了中共的武裝革命。針對這種情勢，中共急需重新調整組織和路線。其次，第三國際以非常手段，召開「八七會議」，改組三個月前由五全大會選出的中央領導機構，爲了急於結束陳獨秀的領導，臨時拉出一個不孚衆望，弱不禁風的江南才子瞿秋白做爲領導人，而且將五全大會選出的領導人一律打成右傾機會主義者，實在太專斷太霸道，因此激起黨內不滿與反抗。由於這種種情況，在第三國際的指示下，一九二八年七月中共在莫斯科召開了第六屆全國代表大會。

在「六全大會」上，只發表一般政治主張少問具體工作的瞿秋白被批判犯了左傾盲動主義的錯誤，而實際擬定和執行政策的周恩來則風平浪靜，安然無恙。並且在新選出的政治局中掌握了最大的實權。六全大會選出的政治局陣容如左：

政治局委員：向忠發、周恩來、李立三、項英、瞿秋白、張國燾、蔡和森。由船伕出身的向忠發任總書記，周恩來出任組織部長兼軍事部長，周的老搭檔李立三任宣傳部長。瞿秋白和張國燾被任命爲駐第三國際代表，留在莫斯科。

周恩來回國之後，由於地下工作的需要，仿照蘇俄的特工組織建立了特務工作系統，由三人組成的特務會議負責領導。這三人是向忠發、周恩來、顧順章。其實向忠發只是掛名，實權亦操周恩來之手。周恩來不單是中共軍隊的創始人，也是中共特工制度的創始人。

據特務會議三人之一的顧順章自述：「CP(按：卽中共)的特務組織系統，係在中央政治局之下，設立特務會議，由總書記向忠發，中委周恩來，和我三人組成；向忠發係船夫出身，CP把他捧出來擺樣子，實際上是一個傀儡，一切決定大權都操在周恩來之手，我只是一個執行決策的人；所以特工總部雖由我負責，事實上要受周恩來的指揮，因爲特工總部是隸於特務會議之下的。至於特工總部的內部組織，共分四科一室，分掌情報、偵查、保衛、暗殺、交通、總務、以及技術研究、人員訓練等事，……」。

狡黠的特工首領

世人皆知周恩來是一幹練的行政首長，機警的外交家，很少人知道他的軍事才能和經驗，更少人知道他還是一傑出的特工首領。

從一九二八到一九三一周恩來在上海主持中共中央的時期，軍事工作和特工活動佔用了他大部分的精力和時間。在一九三〇年以後，特工活動已成爲他的主要工作。因爲警憲張設的偵眼和捕網越來越緊、越來越密，非拼命鬭爭卽難以生存。據國民黨中央統計局的紀錄，在這個時期的國共特工戰中，被捕的共黨幹部和黨員達二萬四千多人。中共中央總書記被捕者有陳獨秀、向忠發、瞿秋白三人，中央委員被捕者有惲代英等四十餘人，省市級幹部八二九人，縣級幹部八一九九人。可見中共地下工作人員處境之險惡。在一九三〇年以後，中共中央的辦事機構，幾乎經常在移動逃亡中，無法進行工作，因此不得不於一九三一年冬遷往蘇區。

在國共特工戰中最精彩的一幕是一九三一年九月，中共特工總隊長顧順章在漢口被捕、遂卽表示自首之後，所發生的驚心動魄的連串事件。顧順章被捕之後，南京當局在漢口的特工組織，立卽要求顧順章供出中共特工分佈地點，俾一網打盡，且再三聲言不要打電報向南京報告，以免走漏消息，中共各特工據點聞風遠遁，而且將危及顧氏家屬。結果有關人員不聽。竟打電報向南京報告。電報送到軍事委員會辦公廳，即首先爲中共潛伏人員李克農看到，他把電報壓後一小時才呈閱，並搶先通知潛伏上海的中共中央，周恩來等即時搬遷地址，均得免被捕。

這個李克農，抗戰期間曾任八路軍駐桂林通訊處主任，中共在大陸建立政權後曾任社會部（掌管特工）部長，共軍副總參謀長。一九六二年二月九日病逝。關於顧順章自首的電報拍到南京後，驚動了另一個潛伏在南京的共特錢壯飛，他當時在國民黨組織部調查科任機要秘書，在顧順章解抵南京之後，即潛逃往江西蘇區。

從事後了解，顧順章身爲特工總隊長，但是對於潛伏南京的錢壯飛和李克農則似並不知情，如果知道他必定會要求南京當局先將此二人逮捕，因爲他在自首後日夜焦心掛念的是周恩來會下令殺害他的全家大小。可能他當時只知有中共特工人員潛伏南京，但不確知是誰。換言之，周恩來當時是用互相隔離的多元系統的方法來指導特工活動。因此特工總隊長被捕自首，整個地下組織也未傷損分毫，可見出他對特務工作的知識和才能。

溫情主義者是沒有資格幹特工的。從顧順章一案可見出特工手段之殘忍。

顧順章被解到南京之後，即急切要求當局派人往上海查看他的家小。果不出他所料，按址尋找，發現早已人去樓空。顧順章即判定已經遇害了。但是仍存一線希望，繼續進行營救。顧順章畢竟是個特工能手，在他的苦心設計之下，上海警憲終將逮捕了負責照料顧氏家小的中共特工要員王竹友。果然顧順章全家大小七口皆已被殺，只留下一個不滿三歲的女嬰。據王竹友的供述：

「當CP中央得到顧被捕自首的消息以後，內部非常恐慌，爲對顧給以嚴重的懲戒，並藉以鎮壓內部的動搖，CP中央政治局曾召開一次緊急會議，決議將顧開除黨籍，並由伍豪負責執行紀律。」所說的伍豪即周恩來的化名。

「周原是特務會議的實際主持人之一，自顧被捕自首之後，他又兼任了特工總部的負責人，而由陳賡做副手，有一天他召集陳賡和我談話，說顧叛變了，中央將他開除黨籍，並要對他施行嚴厲的制裁；……過了幾天將顧的家眷和工作機關搬了場之後，周和陳賡又找我談話，說顧在南京，制裁不易，現應將他的家屬悉行處死，以爲叛變者戒，命令我立即執行，並對黨內其他的動搖嫌疑分子如斯勵等，亦須同時執行。我奉命以後，即會同兩位紅隊人員，在陳賡的監督之下，將顧妻，顧的岳父母，顧的姊妹和傭人以及CP份子斯勵等一同處死了。」

事後上海警憲會同外國租界當局，在法租界貝當路愛棠村顧家舊址，掘出七具屍體，又在英租界武定路武定坊，新閘路斯文里和姚主教路等中共地下工作據點內共掘出三十九具屍體。這就是當時報刊競相刊載，轟動世界的大掘屍案。伍豪隨後成爲上海租界及中國警憲通緝的主兇，可是周恩來卻仍舊在上海活躍。當時他留起半尺長的鬍鬚，該年底才悠哉優哉的離開上海，經汕頭、福建轉入江西蘇區領導紅軍打游擊去了。

與其它的中共領袖比較，周恩來並非特別嗜殺之人，但是作爲共產主義者，尤其是主持特務工作，在必要情況下需有殺人的決斷。在周恩來幹特工的時期，在所有的殺人事件中，最使他心搖手軟的一次，是處決黃警魂。黃警魂是黃埔軍校一期畢業生，一直追隨周恩來在軍事部工作，關係可以說是密切戰友。一九三一年春天，黃因受中共黨內鬬爭的刺激，忽然背棄中共，上書蔣校長，要棄暗投明，立功贖罪；周恩來勸阻無効，於是將他處死。

「立三路線」即恩來路線

從一九二七到一九三一那個期間，正是蘇共內部權力鬬爭白熱化的時期，也正是史大林掃滅羣雄建立極權獨裁的時期。在史大林「一國建設社會主義」的口號之下，使共產國際逐步貶降成爲蘇共的童養媳，服從國際領導，實際是服從蘇共領導。在這種情況之下，蘇共內部每發生一次權力鬭爭，都波及第三國際的領導，而第三國際領導的每一次變動又都波及中共中央的領導。因此中共的領導人，無論怎麼小心謹愼的追隨蘇共和國際的路線，都難兗險惡風濤的打擊。周恩來、張國燾的留守中央被以「右傾機會主義」淸算，瞿秋白擔任了九個月的領導，被以「左傾盲動主義」撤職。六全大會所組成的七人政治局，因瞿秋白、張國燾留在莫斯科，只剩下向忠發、周恩來、李立三、項英、蔡和森五人。第三國際這一安排，本來想使周恩來集中事權，擔任領導；可是周恩來何等乖巧，他看準第三國際的領導和路線仍在繼續波動，出頭領導一定遭殃，於是他退後一步，讓年輕氣盛，初生之犢的李立三出來掛頭牌，他隱在幕後操實權避風險。這是中共史上出現「立三路線」的根本原因。

周恩來當時是組織部長、軍事部長又兼任特工首腦，竟使擔任宣傳部長的李立三成爲頭號領袖，顯然是故讓李立三出頭。換言之，周恩來以李立三爲擋箭牌來推行自己的路線。所謂「立三路線」在基本方向上說，實卽是周恩來路線。和一九七〇年以後的中共情況相似，所謂毛澤東的「革命外交路線」，實卽周恩來的外交路線。這乃是周恩來一貫的政治技巧。上述的判斷，可從左列的事實得到了解。

周恩來所以在淸算瞿秋白的左傾盲動主義之後，仍推行左傾的積極進攻的路線（所謂立三路線），是由於適應當時蘇共的意向及現實的政治情況。這因爲自一九二八年初起，蘇共的權力鬭爭，已由反左傾的鬭爭，轉向反右傾的鬭爭，卽由反托洛斯基的鬭爭轉向反布哈林的鬭爭。這一鬭爭一九二九年達到高潮。這一事實使周恩來感到必須在路線上必須「寧左勿右」。對此具體的反映，是周恩來控制下的政治局於一九二九年夏通過決議開除蔡和森的政治局委員，罪名是右傾錯誤。同年十一月又通過「開除陳獨秀黨籍並批准江蘇省委開除彭述之汪澤楷馬玉夫蔡振德四人決議案」。陳獨秀是「右傾機會主義」的罪魁，同時在中俄戰爭中反對中共提出「擁護蘇聯」的口號（主張用「反對國民黨誤國政策」）。這兩個決議案都得到第三國際及蘇共的嘉許，使周恩來、李立三已感到摸準了莫斯科的政治行情，必須向左傾激進方向走。恰巧當時正趕上國內連續發生內戰，南京當局無暇顧及勦共，正是中共發展武裝的黃金機會。以「積極進攻」爲方針的立三路線自然符合實際情況。因此一九三〇年七月二十三日第三國際通過的「中國問題決議案」說：「中國共產黨第六次大會共產國際第六次世界大會的決議案都曾認定中國革命浪潮的新高漲是不可避免的，最近中國的事變完全證實這些決議案的正確。中國革命運動的新的高漲，已經成爲無可爭辯的事實。」

阻止李立三承認錯誤

在上述形勢下，政治局乃於六月十一日通過「新的革命高潮與一省或幾省的首先勝利」的決議（「目前政治任務的決議」）。依照這個決議，推行一套激進措施，包括：㈠組織「總行委」，將青年團和工會取消，與黨合併組成「行動委員會」。㈡號召總同盟政治罷工；㈢佈置全國總暴動；㈣紅軍進攻城市，令彭德懷的三軍團進攻長沙，朱毛的一軍團進攻南昌在武漢會師；㈤實行消滅富農的階級鬭爭等等。立三路線最可笑之點，竟要求蘇聯和外蒙出兵，配合中國革命，並且批判共產國際。周恩來雖然是「立三路線」的擬定者，但是發展到藐視蘇聯與共產國際對抗的地步，實非小心謹愼的他所敢茍同了。同時紅軍實力雖有巨大發展，但是訓練裝備卻還不足以「攻堅」進攻城市，熟悉軍事的周恩來也當然淸楚不會贊同。但是此時李立三已脫開他的韁繩有些不受控制了。因爲，政治局只剩下向忠發、項英和周、李四個人，李立三突出領導，建立威信之後，工人出身，頭腦簡單的向忠發和項英二人自然附和他，周恩來便陷於無可如何了。此時周恩來似曾極力阻止李立三的過火措施，但是已無能爲力。李立三在與共產國際的爭辯中，竟指斥「少山右傾（少山爲周恩來別號，李對周此一指斥見於瞿秋白一九三〇年十一月廿二日在中共中央政治局擴大會議的報告）。

對此周恩來非常冷靜，對李立三不但不加報復，而且在矯正立三路線錯誤時，還以調和的態度維護李立三。他所以如此並非偏愛李立三，因爲他自己本是立三路線的製造者，如徹底追究李立三的責任，他自己勢必被牽連。

一九三〇年四月周恩來被召往莫斯科查詢立三路線，並派瞿秋白回國召開三中全會幫助周恩來矯正立三路線的錯誤。三中全會於同年九月召開。但是瞿周二人卻沒有認眞矯正立三路線的錯誤。同時周恩來施展了慣用的技巧，使瞿秋白主持會議，在瞿秋白和向忠發兩人發言之後，他才發表那篇中共黨史上有名的「少山報告」。

周恩來在這篇報告中，小心謹愼的爲立三路線辯護。他以一九三〇年七月二十三日共產國際第六次大會的「對中國問題的決議」爲根據，說明立三路線與共產國際對中國問題的了解及路線一致，立三路線並無原則的錯誤，只犯了戰術的錯誤。並且表示在這點上「我自己也犯了錯誤」。

這一次周恩來估計錯了形勢，共產國際十一月竟來電痛斥「立三路線」的錯誤，並召李立三赴莫斯科。

李立三在十二月共產國際的會議中作自我批判時透露，周恩來力阻他在三中全會上承認錯誤。

「……恩來也是這樣說，他們兩人（瞿秋白和周恩來）都是這樣說的，他們說不要並且不應當把自己的路線與國際的路線對立起來，不要說自己的錯誤，不要削弱領導機關的威信，我爲着保持中央委會的威信起見，所以不承認我的錯誤。……」

不過周恩來並未因此受到處分。只是瞿秋白被扣上「調和主義」的帽子，從此被共產國際打入冷宮。而周恩來依然繼續當權。

張勳復辟始末（九）

矢原愉安

因此，那時在中國境內，德國不能自己公開出頭的地方，當然就有荷蘭來替它處理和安排。讓張勳在荷蘭的國旗下，避一避風頭，自然也就是非常順理成章的事了。

復辟一垮台，德國和復辟派的那一段露水姻緣，也就此煙銷雲散了。

復辟失敗的時候，張勳的個人安全問題，雖然早已由德國在幕後替他安排妥當。但是，爲了顧全張的面子，更要掩飾德國和復辟的關係，同時還要不傷害荷蘭的「超然立場」，於是就出現了一場相當戲劇化的表演。

黑龍會的重要人物佃信夫，曾經很熱心地幫助張搞復辟，因此兩人很接近。他所知道的張勳逃出重圍的經過，自然得諸於張本人，或是張的親隨之口，要比局外人的二三手資料，多少有價值一些。他說：

「本來，張勳早知此戰必無勝算，早已賭出一死。所以對自己的寓所，並未做過任何戒備，只同自己的部下劉某（軍人），兩人共同留守。

當日，忽有與張相識，並善操華語的兩名德國人，突然闖入室內，口稱：荷蘭公使差遣。並說：「公使務請將軍速來使館一談，一切條件均可商量」等等。

張拒絕說：「事已至此，毫無調停餘地。」

但該德人竟不容分說，架起張的雙臂，强拉登車。

張的部下劉某，爲了主帥的安全，也在旁百般勸說，並從後面硬推，就這樣將張擁上了汽車。

張抵荷蘭使館後，立即與公使會面，不料荷蘭公使對張氏避難一節，竟然一無所知。完全是上述兩名德國人所做的安排。

但荷蘭公使館卻將張勳留下，予以看管並加保護。

張氏的妻兒，也由上述兩名德國人，遷至德國醫院，得免無事……。」

張勳

——摘引自日本黑龍會編「東亞先覺志士記傳」中卷。

這一點經過，在陳冷汰著的「丁己復辟記」中，也得到了證明：

「叛軍死傷纍纍，不能克。公使團以流彈入使館界為辭，發停戰炮以止雙方之鬪。

「荷使派汽車，以德人驚駛，冒彈入張宅，勸張出險，張不肯，强扶入車，馳而出，戰遂止。」

——摘引自「丁己復辟記」

陳的哥哥陳曾壽，是復辟的要角，宣統「重登大寶」時第一道「告天下詔」，就是他起草的。他講出來的復辟故事，應當是不會太離譜的。

此外，那時在北方出版的報紙上，也紛紛暴露出來了德國對張勳逃亡的安排。

「此間大本營得一非常之消息謂：……護送張勳至使館界者，亦為德人……。」

——摘引自一九一七年七月十二日，天津字林報

「張勳乘汽車，遁入荷蘭使館，張勳宅之殘兵，現猶抵抗……。又張勳乘坐汽車逃跑之際，有一外人同乘，聞大約係德國人。」

——摘引自一九一七年七月十二日，天津東方通訊社電稿。

「張勳於十二夜，移往德國醫院，……。張由德國人之保護，遁入荷蘭使館……。其逃走似早約定，有二三日前即與德奧方面接洽之形跡……。」

——摘引自一九一七年七月十五日，上海時報轉載「北京十四日電」

張勳這位「不可一世」的辮帥，從此整個垮了台。他倒的確不愧稱為一個「硬漢」，正像他在完全絕望的時候，坐在硝煙彈雨裏，向北京字林報記者說過的一樣：

「清室並無關係……。倘能成功，果清室之福，倘事敗，由余一人負責！……余願犧牲一切，以求保全及信實。……余實無望，推願君記余為誠實之人，非膽小之徒。」

——摘引自一九一七年七月十二日北京字林報

他垮了之後，除掉對以前擁護他復辟的那些北洋軍閥，極盡謾罵之能事以外，既沒有一個字提到過：那「以怨報德」，只求「明哲保身」的紫禁城小朝廷；也沒有抱怨過一句他那不中用的外援——德國。

他的部隊，全部被段祺瑞、馮國璋、倪嗣沖、張懷芝，這幾位北洋大軍閥，瓜分掉了。地盤當然更不在話下。原來寄生在他麾下的那一批謀臣和遺老，自然也都鳥飛獸散。——他的政治資本既然已經完全丟得乾乾淨淨，遇事都非常現實的德國人，就是再想在中國扶植一個「親德派」的話，也當然絕對不會再找到他了。

根據目前所能收集到的史料和文獻，來加以判斷：以張勳為首的復辟活動，前後有過兩個外國後台——在段祺瑞上台以前是日本；在中國準備介入歐戰以後，就變成了四面楚歌的德國。

在支持張辮帥搞復辟以前，威廉二世統治下的德國，也一貫地對中國帝制的存在與復活，有着很濃厚的興趣。武昌起義的時候，大多數外國政府，都在「嚴守中立」的宣言下，對革命軍默默地表示同情，而德意志帝國卻甘願為人之所不為，對那風雨飄搖的滿清皇朝，盡量地加以支持。

在辛亥年十二月十日至十四日，德國駐美、駐華、駐日三使館和柏林外交部往還的電文中，可以找到下面這六個線索：

一、由哥基格海軍中將統率的艦隊，立刻開始在中國海面和揚子江上，巡弋警戒，待命行動。

二、德國派遣炮艦「虎號」、「祖國號」、「歐特號」到漢口去「觀戰」而且在十月十七日和革命軍發生過衝突。

三、德國在東亞的機關報——「東亞前驅呼聲報」，不斷公開發表對清廷支持的言論。

四、德國在作戰中源源供應清軍的軍火。在華德商也紛紛兼營軍火貿易。

五、在漢口作戰的清軍中，有一百多德國人協助指揮（其中有軍官七十人）。

六、德國和清廷曾有意商談借款問題，以山東省為抵押品。後來，清室在革命軍和袁世凱的雙重壓力下，宣佈自動退位。北京天津一帶的「北洋軍」，也連續發生了兵變，誤殺了一個德國醫生。於是，威廉二世馬上就以「保僑」為藉口，集中了重兵，整裝待發，準備「開往中國，實行干涉」。而且把哥基格中將統率的那支艦隊，增加到十二艘軍艦。據當時的巴黎時報報導，其中有：戰艦一艘（查虜斯特號，一二〇〇〇噸）

巡洋艦四艘（安登號，格乃色虜號，呂頂拜格號，華卜錫格號，各載重三七五〇噸，一二〇〇〇噸，二二五〇噸，二二五〇噸）

炮艦六艘（大沽號，沙格瓦號，提格爾號，青島號，倭迭號，各載重九〇〇噸，九〇〇噸，七〇〇噸，七〇〇噸，二六〇噸，另一艘船名與噸數均不詳）

魚雷艇一艘（船名與噸數均不詳）。

它們本來奉命「會集北洋，向北戴河大沽等處進發」。由於華北的局面很快就恢復了常態，再也沒有武裝干涉的藉口，德國和民國的直接軍事衝突，才沒有成為事實。

民國已經正式成立了一年的時候，德國對中國帝制的復活，還抱着很大的希望。所以就趁參加日皇葬禮的方便，由威廉二世的「御弟」——漢瑞希親王，在回程中繞道青島，秘密地接見了當時的復辟運動領袖「小恭親王」溥偉，告訴他：

「皇兄將盡力設法，以助清室復辟……德國行動實有應極謹慎之必要，以免它國因此問題發生妒忌，懷疑，吃醋之事」。

這件事，在德國駐華公使哈克斯陶郝森，一九一二年十二月二十四日，打給德國國務總理的秘電中，敘述得相當詳細，自然絕不是好事者們揑造出來的。

袁世凱這個「帝王狂」，上台就被德國青睞頻頻。當他醞釀帝制的時候，遠在萬里之外的日爾曼人皇帝，居然自告奮勇，派了德國人來替他「打天下」。在蔡鍔、李烈鈞起義反袁之後，德國軍艦不但負責供應袁軍的軍火彈藥；而且還派了一些軍官去助戰，以致於其中的一部份在九江之役負了傷。這事被當時的日本報紙揭露了出來，弄得德國駐日大使瑞克斯伯爵尷尬不堪，屢次要求柏林外交部立刻發表聲明，作「嚴重更正」。

這時，袁世凱一心想做皇帝，威廉第二也「慧眼識英雄」，馬上就把他看成恢復中國帝制的支柱，在各方面大加支持。而且還滿腔希望他在順利地「登基」之後，能夠使中國不捲入世界大戰的漩渦；也更不會趁着德國鞭長莫及的時候，收回青島和膠州一帶的「德國勢力範圍」。

當時的德國駐華代辦馬爾參男爵，在向德國國務總理報告的密電中，說道：「袁世凱對於德國政府，現正心感不已……對於德國要求，尤其是軍事及交通方面，確願較前多許。因此在最近之將來，實為取得中國政府應允德國要求之適當機會。」

這話說得一點也不錯，所以即使在英日俄法的多重壓力之下，忙着「登基稱帝」的袁世凱，也不肯得罪威廉第二，依舊把庚子賠款中德國應得的一部份，按期由國庫支付，交給德國做為戰費。而且還聽任青島的中國老百姓，以勞工的身份，協助當地的德國駐軍，修築防禦工事，來對付日本的進攻。即使在德國宣佈：「願將膠州灣租借地，自動無條件地交還中國之後，袁也為了要兼顧日本和德國的面子，不敢由中國去「直接接收」，而想請美國去「代為接收後，轉交中國收訖」，當然又碰了山姆大叔一鼻子的灰。

孫仲瑛的革命詩話（三）

恆齋

謝持

蜀富順謝慧生先生持，早隸同盟會籍，服膺主義，老而彌篤，在艱難困苦中，其革命精神，愈見積極，從不作悲觀論調。屢任大本營秘書長，軍政府總務處長等職，簿書期會，目不暇給，顧其接見同志，態度謙和，言詞爽直而誠摯，同人咸稱謝老師，不以官不以先生也。總理北伐，督師桂林，先生以秘書長留守廣州，一夕夜半，總統府秘書處樓下庶務儲藏室，突告火起，先生與外交部長伍老博士同宿樓上，適在床中靜坐，驟聞煙火氣夾有琉璜息，先生急起，見煙焰瀰漫，乃不顧一切，疾走伍老博士室，扶老博士下樓。府中守衞爲陳炯明部洪兆麟旅長呂雲復，時已火光燭天，先生一面督同留宿府內同志，暨總理留駐衞士，搶救機要電報及重要公物。未幾秘書處全座洋樓，竟成灰燼。事後調查，遂成縱火疑案。蓋總統府被燒，與事後陳炯明叛變，相距僅三月餘，說者謂此次設計縱火，目的乃在伍老博士，若非謝老師扶救迅速，老博士或不俟至陳炯明叛亂之日始脫離人世也。先生嘗以參議員出席北京議會，袁黨畏其詞鋒銳利，擬臨以恐怖收爲己用。先生不爲動，正容厲聲而斥之曰，吾等寧爲主義而犧牲，斷不出賣本黨而妥協，聞者懼退。先生平日好整以暇，喜誦古人詩句以自遣，然不常見其賦詩。一日於先生案頭見其手鈔七律二首，一爲讀杜詩話時事有感云：擁被高吟話此生。夜寒霜冷月華淸。疏燈遠影來孤墅。響角哀聲接故城。弔古恰憐詩史在。撫今羞問版圖傾。越臺一望那堪哭。野老何人識杜陵。一爲夜半喜友遠至：空山寂寂帥韉開。夜宿中宵旅思哀。殘月不隨燈燼落。故人疑自夢中來。天垂塞外惟聞雁。地遠江南未見梅。此際與君同把臂。更須滿飲莫停杯。讀此詩句有不勝其沉鬱蒼涼之感也。

尤列

尤令季先生列，號少紈，別號吳興季子，廣東順德人，總理自傳所稱革命四大寇之一。民元冬，先生由越入滇，蔡都督松坡優禮之，居之於雲南諮議局，以予爲先生鄉人，使事招待，遂與先生日夕過從，盡聆其言論，挹其風采。先生言少與總理爲刎頸交，自第一次革命失敗後，卽與總理分道揚鑣，而革命宗旨則一。客南洋最久，鑒於士流狡詐怯懦，不足以共憂患擧大事，乃組中和堂，結納工人，與海外亡命綠林之雄，自居首領以統率之，聲勢日增，星洲一隅已有黨員十萬以上，故中和堂與同盟會，不啻爲革命兄弟之集團。己巳六月總理自歐東渡，經星洲，先生率同志登輪謁見。翌年春，星洲遂有同盟會之設，英荷各屬繼之，中和堂遂歸併於同盟會，先生對予所言如此。先生儀表偉岸，恂恂儒雅，少從梁杭雪讀，博通文史，左傳史記，尤爲熟記。嘗爲予誦其安南獄中贈諸將之作，（鎭南關河口之役，撤退時法政府拘留黨人，先生亦被牽及遞獄）共有六章，惜未記錄，日久遺忘，只憶數聯：「人同稷下過三宿。我在兵中已十年。」「乘桴大陸龍蛇起。帶甲何年蟣蝨生。」「苦爲南天支一柱。誓將肝膽答共和」「只有英雄屠狗漢。斷無肝膽到書生。」等句，所稱諸將者卽鎭南河口兩役將領及中和堂黨員，如黃和順、關仁甫、黃世仲等。

先生東渡日本有去國行五古三首慷慨可誦，詩云：去國復去國。吾行何遲遲。豈伊有留戀。屏營意在斯。既不懷朱紫。夫何亦孜孜。富貴非吾願。區區安可知。驅車出國門。擧目愁我眉。胡爲愁其眉。淚爲生民滋。冬煖兒號寒。年豐妻啼饑。去國復去國。去去從此辭。道左有奇樹。密葉垂芳姿。不見培其本。徒見折其枝。昔我培本計。慙愧無能爲。去國復去國。吾行何遲遲。

潘冷殘

吾黨蓄德能文之士，砥行礪節，不以浮名虛譽攖其胸，不以營求苟得隳其守，道義所在，雖冒萬死以赴而不悔者，以予所識，有二冷焉。二冷維何，曰潘冷殘，曰黃冷觀。冷殘善畫工詩，常以畫寫其不平，詩甚罕見。冷觀善詩古文及小說家言，而文多於詩，詩只百之一耳。冷殘於民國十七年歸道山，逾十年而冷觀亦捐館舍，二冷云亡，邦國殄瘁，而予三步腹痛之感，更有不能已於言者。予交冷殘垂三十年，當吾二人少年，嶔奇磊落，憂國若痗之情緒，往往互託於荒涼怪誕哀傷幽怨之作，以抒其積憤，蓋冷殘善畫，予好為詩，彼有所畫，予則題詩其上，或予詩先成，而彼畫之，畢乃相視大笑，拍案叫絕，人目為狂，不顧也。冷殘嘗為月下游魂圖，繪荒山一角，枯楊衰柳，殘月微茫，中有艷女含愁，披髮獨立，託為女鬼乩筆。予效小兒女書題詩其上，有「殘柝漸消弦月沒。流螢飛過野橋西。」句，字句淒冷，幽怨獨絕，觀者神飛肉顫，初不知吾二人故弄狡獪也。天荒畫集之落月游魂圖，另一副本，綺琴小照，則冷殘以一東鄰女影片勾勒而成，綺琴遺札，秋菴所書，纖妙極類閨秀，而愛女綺琴哀詞，則屬予託為菊隱老人而為之也。當時好為悲哀愁苦之境，抒其抑鬱無聊之氣，每多類此。冷殘初名達微，邃於佛學，中年受戒律，始易今名，課誦至勤，遨遊海內名山，畫乃大進，上追荊關，下亦不失為文沈二石，以四王易流甜俗，不足師也。

乙卯秋冷殘與苕香彈指秋菴太虛法師及予等創天荒畫集，冷殘揭其旨曰：阿景（冷殘號景吾）嗜哀復媾難，鎮日恒不寧，調脂抹粉之餘，無非在悲哀之境，吾生如是，吾友復如是，憂與生俱，衆生當亦如是，爰建畫報，命曰天荒，取天荒地老之義，聊寫往古來今之情，而吾儕萬點之淚墨，一枝之哀毫，其庶幾應得所乎。冷殘本嗜哀，欲以悲詞苦語，喚起衆生，故其提倡革命，一本之於哀，兵法所云得哀者勝歟。三月廿九之役，冷殘冒萬死收黨人遺骸，得七十二，葬於黃花崗，今有七十二烈士豐碑巍然於珠江之湄者，冷殘之力也。葬翌日，冷殘以詩句作報章黃花紀事標題曰：諮議局前新鬼錄，黃花崗上黨人碑。是見冷殘為詩之始。

數年後自寫美人骷髏圖並題五古一首：我聞佛菩薩。人我俱能忘。又聞大千界。一擊成粃糠。如何世之人。嗜色如稻糧。一朝不得飽。有若羣鬼猖。昨夜縈長夢。夢登色界場。美人何娟娟。窈窕來吾旁。頭頂珊瑚冠。耳綴明珠璫。飲我羣花釀。招我由其房。才華復飆發。識曲彈清商。此時我心醉。樂哉溫柔鄉。携手忽太息。好景懼無常。誰知祇須臾。美人如電光。照眼骷髏影。不見塗鴉黃。脂香與眉語。一一俱潛藏。人生本髑髏。何為時世裝。傳聞智勇人。拒色如拒梃。我佛本慈悲。視色如視殤。色空兩難住。人我俱無相。我今為此圖。菩薩施津梁。寄語漢文帝。何必長生方。民五雲南起義討袁，予適自越南返粵，龍濟光以總理族弟逮予，越五月釋出，冷殘一見執予手曰君今宜禮佛懺罪，從此消災免難矣。又誡予於無聊時不可作傷時語。未始非修養之道，後予哭冷殘詩第二首云登高悵望紫金山。芳草如茵未可攀。一旦竟聞君訣絕。十年曾慶我生還。畫圖賸紙零縑裏。人老淒風苦雨間。今日焚香無可語。窮途應不說時艱。有謗冷殘之好佛為欺世盜名者，實則冷殘深通佛理，手註心經萬餘言，未畢而逝。又嘗於革命失敗後，亡命上海，變姓名為富人園丁，數月莫能識之者。故予詩有：文酒故人高北郭。布衣終老惲南田。誰言解脫非君志。一卷心經作鄭箋。聞道不妨拚九死。參禪何止坐千回。黃花崗上曾相識。好向墳前共一堆。又厠身朱戶為傭保。太息蒼黎似病痞。冷殘辛亥前隸同盟會，廣州河南守眞閣，為三月廿九機關之一，是其所主持者。海幢寺內南武潔芳兩學校，為其集合同志秘密宣傳之機關，生徒入黨，多為主盟，如炸鳳山之李沛基，亦為其中之一。予嘗夜宿南武，見其集諸生為講滿清入粵慘史，拍案高呼，聲如洪鐘，然其平時恂恂儒雅，對人無疾言厲色，太史公云留侯狀貌乃如婦人女子，嗚呼，此其為革命黨人也歟。

謙廬隨筆

七

矢原謙吉遺著

范長江無中生有

瀋陽事變後，迄張學良南下之前，外間咸謂張與南京之關係，極其水乳。以余所知，未必盡然。

張雖日臥於協和醫院，以養病爲名，實則其病房卽爲變相之「順承王府」也。日集謀士，談商大計。以「避嫌」之故，與日人亦不謀面。而日方對其種種意象，頗似瞭如指掌。當時在「居留民會」中之濱田君，曾語余曰：

「今日張少帥日夕焦慮之問題，幷非何日始能重據東北，而爲如何始能永鎭北方，不容他人置喙。」

觀諸若干事實，此一判斷確頗中肯。如何遂奉南方之命，招募散兵游勇，成立第五十五軍，參加長城之戰，是時，除徐庭瑤部與蔣孝先之憲兵第三團以外，僅此一軍與南方瓜葛較深，蓋商震部自係「閻老西」系統：而宋哲元、龐炳勛、孫殿英、方振武、吉鴻昌等部，仍被目爲西北軍系統也。

何遂語余：當其率部在冀熱邊境作戰時，兵站只發給每兵「鍋盔硬餅」一個，以草束之於頸，外加「鹽蘿蔔疙疸」一方，亦以草束之於頸，遠望有如胸披「護心鏡」者，狀極可笑。而此後「給養」，卽責令自行就地「徵發」。官兵於酣戰之餘，已極口渴，何能再下咽此其堅如鐵之硬餅與鹹過鹽之「疙疸」？故怨憤之聲，不絕於耳。戰未兩日，而左右翼之東北軍，忽於拂曉前不告而退，莫知所往。迨何部發現時，已陷重圍，而何之司令部亦險爲日軍搜索部隊突入。

是時，戰地記者范長江，正在何部採訪。天明前范卽嘵嘵以「攝取戰利品」爲念。何當卽以實況告之：「所部接防僅一日有餘，在優勢炮火與漫天轟炸下，能堅守於工事中，不爲炮灰者，已屬大幸。與敵旣無短兵相接之機，更乏反攻逆襲之力，何來戰利品哉？」

范長江，乃於天明後，商諸何之隨從副官蘇恩，取白被單一方，以墨塗一大圓形於中部，又將「後援會」送來軍部之鋼盔兩具，置於被單之側，然後又取面盆潑水於旁。蘇恩不知其用意何在，一一遵行，范亦興高采烈，攝入鏡頭。正値神采飛揚之際，特務連忽報：「敵人搜索部隊突入軍部警戒線」。一時，內外大亂，亦無人再顧及此被單，鋼盔與面盆矣。

不數日，范已返後方，而此數幀照片，亦一一披露報端。「被單」已被渲染爲「旭日旗」，面盆之水則被渲染爲「敵兵血跡斑斑」，而此一以助人爲樂之蘇恩副官，亦已被渲染爲「手刃獸兵十餘人」之勇士矣。是時，范之通訊與攝影，均已頗受社會歡迎，而其無中生有之舉，竟至如是荒唐。誠可一嘆。

張學良逮捕丁春膏

前方戰事甫停，張雖對徐庭瑤部無可如何，惟立即對何部採取行動，以「軍紀不良」爲由，派萬福麟、何柱國、繆徵流等部，將何包圍繳械，取銷其番號。其時且遠在方振武與吉鴻昌被中央解決之前。何被解決後，已成一光桿之中將，遂由蔣委員長任命之爲立法院軍事委員會委員長，從此長駐南京矣。

是時，大公報之態度，已愈趨傾向南京。張季鸞在蔣委員長心目中之估價，亦已開始上漲。故張每自津來故都，即有長駐東車站專伺要人來往之偵緝隊「眼線」，電告偵緝隊長馬玉林，派人跟踪，以便向張少帥轉報其活動情況。張亦安之若素，有時且回顧跟踪者，大聲謂曰：

「爲我轉告馬隊長、鮑局長。今晚我在韓家潭請客，有空請來坐坐」跟踪者每爲之狼狽萬狀。

余友丁春膏君時任中法儲蓄會副理事長，每須赴滬與理事長李思浩，另一副理事長鄧某洽談會務。孰意竟有宵小，向張造謠，謂丁受南方之命，欲在故都設立秘密電台，報告張之動向。張大怒，乃下手諭警察局長鮑毓麟，密令偵緝隊包圍丁寓，再由憲兵司令邵文凱，警備司令王樹常，調集軍警憲探五六十人，黎明前踰牆而入，如臨大敵，四隣駭怪。除將丁逮捕外，更大肆搜查，將所有來往信件，均一併沒收。更留偵探數人，駐守丁寓，藉以監視其家屬活動。幸電話尚未切斷，故丁仍能向各方友人電告乞援。

是時，華北局勢極其復雜，各人多不願多事，以免引火上身。河北省工商廳長呂咸，民政廳長孫奐崙，雖與丁交厚，亦畏張遷怒不敢出頭，惟囑丁夫人倩余與美人福開森，共同設法營救。

邵文凱、王樹常全家，均爲余之病人。故余乃立即電此二人，願將丁保出。二人以逮捕之令出自少帥，無權任其保釋。余又請其設法將駐守丁寓之警探撤去，以免擾亂丁家之正常生活，二人亦藉口不允。余乃請其准丁家之全部家屬暫遷我處，如有逃逸，唯我是問。在丁未定讞前，亦請加以優待。幷告二人：已囑天津日友向東北之元老派進言，請代爲丁說項矣。余又致電于學忠，請其爲丁緩頰。于爲東北軍中頭腦較清醒之人，故余與之頗稔。瀋陽事變後，爲全軍中唯一「經得打」之部隊，故雖非「奉軍」嫡系，而勛位日隆。

天津日人秋山君，雖無官方職務，而長袖善舞，極善於在幕後安排處理。所識之中國權貴，多不勝數，而其爲人，亦頗義俠。興來時，一杯在手，娓娓淸談政壇秘聞，實足以消遣解悶。故余與其政見雖大不相同，而交誼頗不惡也。

秋山得余訊後，果立即向東北之元老派疏通。邵王二人亦以碍余情面，允丁之家屬暫遷余處，以免騷擾。幷亦訓令公安局長鮑毓麟：於局長辦公室左邊一斗室中，設立「優待室」，拘留丁於彼，衣被飮食，均可自外送入矣。

余携司機驅車至丁寓，遷丁夫人，丁之孀妹，孀弟婦，丁子，丁女，甥男女，侄男女，大小九人於余處。自是，丁之友人，始敢來見，亦多只嚅嚅慰藉而已。獨張季鸞、管翼賢、張恨水三報人苟然不同，季鸞與翼賢，分囑各報，愼勿發佈消息，以免事態擴大，將來無法小事化無。恨水則親爲丁夫人屬稿，致函質問張少帥，何故無理捕人？

是時，丁家老小，涕淚縱橫，如待烹之羔羊，睹之慘然。余與丁有金蘭交，更覺赴湯蹈火，義不容辭。乃與福開森君秘契：倘丁果不幸定讞，勢必罪及妻孥。則我等與秋山三人，將分任護送丁家九口出險之責。福君雖已老邁，而熱心過人，特過余處，與諸稚雛言歡久久，至深夜不去。

次日晨，王樹常忽來電云：「刻有要事相商，請即命駕來我處一談。」

余意丁必有不測，乃分電福開森與秋山，然後驅車訪王。丁夫人前則秘而不宣也。

至王處，公安局長鮑毓麟已在座。王詢我曰：「君與丁素稔耶？」

余曰：「然。我二人結拜兄弟也。」

香港詩壇

介玉見貽緋牡丹　蘇甫

醰醰本立廬，熱帶植物畜，殘臘簫鼓中，展玩亦清福，露臺小盆盂，參差鬱葱綠，藤架鎖葳蕤，數之應更僕，或蜷如翡翠，或舞罷鸜鵒，點點珍珠蘭，叢叢金錢菊，光燦五銖銅，曲屈九華玉，髣髴龍鬚草，錯擬鳳冠粟，君擅佉盧文，種樹書滿屋，栽培依科學，性分稽譜錄，寒溫氣候調，浥露煦晴旭，溼燥酌時宜，風雨妨摧剝，域外窮搜羅，雲漢郵傳速，貽我緋牡丹，擎以龍神水，種移墨西哥，榦倩東瀛駁，蕊苞青變紅，蒙茸垂八角，巧奪造化工，端憑技藝熟，緬懷沉香亭，堪作仙春續，賞心處處逢，奚必洛陽獨，拜領急囊歸，綺疏添藻縟，頓教春風生，晨昏豁倦目，潔比濂溪蓮，愛甚子猷竹，清供歲朝娛，倘可致百祿，吟就揮禿毫，庶幾申揚搉。

除夕檢理中外畫報墨緣編成巨帙漫題　蘇甫

祭詩臘憶風流遠，蘇甫窮年結墨緣，八載經營歸一卷，版新珂色墨痕鮮。五老佳城馬鬣封，吳羅麥李渺仙踪，那堪蕭瑟殘槃下，感舊平添恨幾重。鬢飄大老鎮朝中，香李蘇尊嶺表雄，最是坤儀江夏姥，簪花如意未龍鍾。朋簪契濶思悠悠，此際懸知擁鼻謳，臥倦滄江差解意，婆羅洲畔有歸舟。中江釣叟常驚座，底事華箋尚缺如，不寐端為明日計，鰲洋鯤海探驪珠。

搖落吟次亦園韵　李餤生

霧雨山川景易闌，時逢搖落見艱難，風流宋玉悲秋晚，潦倒杜陵覺夜寒，愛國有情經世變，居夷無計得心安，何勝孽子孤臣恨，寶島神州淚入看。

無價文章不待沽，此心皎皎在冰壺，傷情舊夢猶新夢，守道今吾亦故吾，滄海揚塵成大隱，蒼天垂幕合長吁，南溟未短莊生志，讓彼蜩鳩笑搶榆。

江關搖落我何言，蕭瑟蘭成賸舊痕，一島偏安非豹隱，九州席捲是鯨吞，自專幾輩傷天理，爭飲伊誰念水源，故國西風殘照裏，蒼茫獨立最銷魂。

丈夫憂道未憂貧，不附南明不帝秦，搖落誰甘同草木，炎涼我已斷交親，百年邦國仍悲劇，萬里乾坤孰可人，石髓堪餐留白眼，何曾着意悔風塵。

前題　刁俊民

望眼江湖歲欲闌，時當搖落自知難，經秋大霧天常暗，入夜微霜地覺寒，凜凜權威人正苦，茫茫家國我何安，故園松菊應猶在，邊界徘徊但遠看。

不賦凌雲酒自沽，愁將市肆作方壺，相尋理義應知我，獨抱忠貞不負吾，搖落廿年徒憤懣，辛勤半世枉嘻吁，東隅已逝將何補，有地樹桑與種榆。

幾曾憂國作危言，日斷飛鴻賸爪痕，魔鼓常聞應恨飲，王師久望自悲吞，千山搖落山迷路，萬水奔騰水塞源，風雨縱橫人海外，秋燈夜起賦招魂。

已聞大道未負貧，不羨新王不向秦，四海無歸如我痗，萬方多難竟誰親，江山搖落千行雁，邦國紛爭兩老人，妻子無辜須久別，盈盈一水隔音塵。

前題　鄺錫良

登樓王粲忍憑闌，故國雲封望亦難，骨肉流離腰鼓響，江湖搖落綺窗寒，兩家大夢誰先覺，一度鴻溝各自安，但聽孽臣呼萬歲，陶然同在醉中看。

孤臣海上雜屠沽，積恨誰消碎唾壺，盟友交情徒唱和，梟雄手段任支吾，夢中爭鹿忘生死，燈下成詩自嘆吁，兩處國門投不得，唯將異地作枌榆。

自毀長城不待言，心靈深處有疤痕，通衢祝壽情偏好，上國除名淚暗吞，漢祚豈能容海角，臨安並不是桃源，黃華身世多傷感，細雨寒風每斷魂。

無償援助足療貧，宇內么胡競帝秦，兩個中華成對策，一邱狐貉自相親，權操否決何曾用，事到艱危祇賴人，燕市明春迎遠客，看來舊夢又如塵。

編餘漫筆

編者

這一期出版後，適值琉球再度淪亡於日本之日，琉球雖不是中國領土，但為中國五百年忠順藩邦，因此，對於琉球再度亡國，編者個人心情覺得不下於四十年前九一八事變失去了東三省，因為失去東三省，我們堅決相信可以收回，但琉球此番亡國，何日再能獨立，就難以預料了，為了這個原因，所以將琉球重要文獻擇要刊登，立此存照，希望這個文明小國仍有復興之日，也願我們中國人對此能予以助力。

本月二十六日為故三十三集團軍總司令張自忠將軍陣亡湖北宜城南瓜店之日，歲月不居，於今已三十二年，眼看這三十二年政壇上波翻雲詭，多少人被無情的歷史所淘汰，就以當時的政海要人來說，張將軍殉國時任第五戰區司令長官的李宗仁，任軍委會政治部部長的張治中，三人同庚，後二人都活到將近八十才死，比起張自忠將軍多活了二十幾年，但究竟誰死得有價值，多活二十幾年是不是福？列子說當生而生福也，當死而死亦福也，信然。

謝冠生先生最近逝世，朝野均表哀悼，此公值得人懷念，並不因為他的官高，而是由於他的節操，作者之叔劉師舜先生號琴五，曾任外交部次長，駐加拿大大使，與謝先生為莫逆之交，對謝老生平所知特詳，故本文有重大歷史價值，與一般浮泛之文不同。

「燕京舊夢」為名作家李素女士所作，李女士畢業燕京大學，學問品德均為朋輩所推重。燕大目前雖然已不存在，但所教育出桃李，已遍及世界，影響之大，不亞於任何第一流大學。編者特請李女士寫此大文，並非專尋舊夢，實在是記述歷史，今天在海外也有許多大學設立，但去燕大的水準尚有一段距離，詳細介紹燕大，也許可以供某些人借鏡。

中日成都事件，是抗戰前一件重要交涉，此事眞正的影響是在於中國政府在外交方面取得了主動權，在此之前，有關對日外交，皆是日本人漫天要價，我方所能作到的，只是還一個較低數目，少吃一點虧而已。到了成都事件及同一時期發生的北海事件，皆有日本人被打死、打傷，日本自然一仍舊貫，提出許多苛刻條件，迫使中國政府接受，但中國此時國力已充實，統一將完成，迫不得已，也可以一戰，所以擺出強硬姿態，除去撫卹死者，懲辦兇手外，任何條件一概免談，到了最後，日本無可奈何，終於按照中國政府的意見了結此案。八年抗戰，軍事上勝利始於盧溝橋，外交勝利則開始於成都事件，不可不記也。

十八軍梅春華案也是一個小事件，但內情則相當曲折複雜，因為是小事件，為官書及私人著述所不載，本刊宗旨在搜羅佚史，愈是小事情愈覺得重要，只要是事實便可，對於每一篇文章是大事情而眞實最好，否則寧可取小事而眞，不願載一些人所共知的大事件，此點深盼惠稿諸公能予合作。

本刊幾篇連載，都進入熱鬧階段，皆深獲好評，如有不同意見文章，本刊亦願發表。

「新四軍事件」一文，上期因稿擠，故遲一期，本期仍未刊完，僅刊到黃橋戰役，但已可看出眉目，下期將刊出新四軍被殲經過。

本期發表道光先生介紹八正道釋義及羅無虛居士的文章，此書是羅居士講稿，重新整理後影印，深入淺出，對佛學多所闡揚，宏法利生，厥功甚偉，本書係非賣品，出版後分別放於各處供善信索閱，讀者欲讀此書，可至本刊門市部索取，分文不收。

上期刊出香港詩壇，頗受讀者注意，以後當繼續刊出，如果情況許可，擬擴大為兩版，讀者對本刊各文有何意見，盼來信告知，編者當擇要奉覆，務期作者、讀者、編者打成一片，共謀發展。

琴五大兄雅屬

功深書味常添露

學盛謙光更吉羊

謝詩生

野史·佚聞·人物·風土·

月刊

10

一九七二年六月十日出版

掌故月刊 第十期 目錄

每月逢十日出版

掌故

第十期

一九七二年六月十日出版

每冊定價港幣二元正

全年訂費港幣二十元 美金五元

出版兼發行者：掌故月刊社

地址：九龍亞皆老街六號B

電話：K八四四六七三

THE JOURNAL OF HISTORICAL RECORDS
6-B, Argyle Street, Mongkok, Kowloon, Hong Kong.

督印人：鄧少卿

總編輯：岳騫

印刷者：華生印刷所 汕頭街十二號

總代理：吳興記書報社 香港租庇利街十一號二樓 電話：H四五〇五六一 H四五〇七六六

星馬代理：遠東文化事業有限公司 新加坡廈門街十九號 檳城沓田仔街一七一號

泰國代理：集成圖書公司 曼谷耀華力路二三三號

越南代理：聯興書報社 越南堤岸新行街二十二號

其他地區代理：

澳門：大文具店
亞庇：利民公司
千里達：中華公司
菲律賓：華安書局
倫敦：東寶公司
芝加哥：杏林春
波士頓：中西公司
三藩市：新生圖書公司
三藩市：益智圖書公司
加拿大：香港商店
漢城：汎亞書籍公社
寮國：永珍圖書公司
斗湖：光明書店
菲律賓：玲瓏書局
紐約：友聯圖書公司
紐約：友方圖書公司
洛杉磯：永安堂
檀香山：大元公司
三藩市：文化商店
加拿大：新國華公司

慘烈的衡陽保衛戰

胡養之

守衛衡陽之第十軍軍長方先覺

在我國抗日戰爭史上最後一次的大會戰，要以衡陽四十七天的浴血苦戰爲最艱鉅、最慘烈！由于民國三十三年（公元一九四四）八月中旬，當衡陽戰役結束之後，至民國三十四年（一九四五）八月，由日皇裕仁宣佈日軍無條件投降時，僅有一年的時光。在此期間，我軍多半從陣地戰轉入游擊戰；而日軍于此後的進展，也較爲緩慢。因之，在我國的各戰線，似乎都沒有什麼大兵團會戰了。但是要想了解衡陽會戰的經過情形，就必先從長沙第四次會戰失利後的危險經過說起。因爲長沙第四次會戰的失利，顯然給予衡陽守軍士氣以極大影響！筆者雖然未曾直接參與那次的衡陽保衛戰，但我從岳麓山退至衡陽的沿途所見所聞，直到衡陽失守前後，仍未離開湖南省境，故對于衡陽當時所面臨的複雜和危險情況，記憶猶新。茲略敍述經過如下：

長沙失利對衡陽的影響

民國卅三年八月十八日，當長沙市區全部陷敵，我軍在岳麓山的所有陣地遭敵人騎兵及其突擊隊包圍襲擊後，部隊的重武器（大砲）全部丟光了，所有道路都被敵人輕重機槍封鎖無遺；許多友軍官兵和同僚，有的陣亡，有的被俘，情景之淒慘與混亂，實非筆墨所能形容萬一！我爲了不甘被敵人俘去殺死或灌水致死，於是將自己身上一些值錢的東西——包括兩隻戒子和幾千元國幣（實爲軍餉），分給三十多名老兵，目的在各自爲戰，萬一被衝散後也不致立刻沿途乞食。因而大家都很興奮，決心使用手槍和輕武器，冒着敵人的火網猛衝；甚至我的鋼盔也被擊落了，卻未命中要害！終於死裏逃生。不過，脫離戰場後，原來的三十七人已不見十五人，沿途又收容退出的友軍散兵約九十餘人，合計約一百一十人左右，草草編成一支突圍隊，由小路向衡陽方面撤退。

經過約四天四夜的爬山涉水步行中，沿途除了看見死傷載道外，很少見到老百姓（多已隱藏於山區）；我們曾先後與敵人的斥堠部隊遭遇過六、七次之多，邊打邊走，發現湘潭、株州、衡山一帶地區都有了敵人的踪跡，我們便判斷當時襲擊岳麓山的敵人，可能是迂迴湘潭而包抄長沙的。因此，長沙陷落後，湘潭、株州也相繼淪入了敵人魔掌，衡陽簡直處於極端孤立而等待敵人來攻的地位。實際上，長沙一失，有如黃河決堤，前線的軍民狼狽地向衡陽方面大撤退，對於衡陽守軍部隊的士氣影響特大，這是衡陽不能確保的原因之一。

另一方面，守軍主力部隊第十軍的內部，也發生了多少問題。那便是該軍軍長方先覺，以常德會戰時，預備第十師師長孫明瑾戰死；不久後，所轄第一九〇師師長朱嶽又脫離部隊掌握，而下落不明，中樞乃將方氏內調軍委會高參閑職，而派黃埔一期的陳素農中將接長第十軍。

這時的方先覺感到非常消極，同時，該軍各師的幹部也多有更動，其作戰實力及其精神已大不如前。雖以時間關係，陳素農遲遲未嘗到差，而當時長沙情況已開始緊張，尤其湘北方面更與敵人發生了接觸，所以，前軍委會侍從室主任林蔚文，於同年五月廿七日，即在長途電話中通知長官部，轉達方先覺暫時仍任十軍軍長，不必移交；並將該軍由衡山調戍衡陽，加緊戰備，迎擊來犯之敵。這與李玉堂三戰長沙時，當局也曾臨時收回以鍾彬繼任的調職成命，前後如出一轍。可是該軍經過幾次的大會戰之後，其戰鬪力和上下的決心則大不如前。

舉例來說：當我們脫離開岳麓山險境後，沿途並不怎樣緊張；惟有抵達衡陽近郊約二十里的地區，卻發現駐守防衛線的友軍部隊異常忙亂；於是，我與另一砲兵團的連長要求同行的百多名弟兄，整理一下服裝，有符號或臂章的就通通佩上，以便友軍的識別。本來，我們都是長沙的城防砲兵部隊；跟第十軍共過多次患難的「親密戰友」；然而，我們這羣丟了大砲的官兵，固冒險衝出了重圍，卻是苟且偸生，應以待罪的心情向友軍求援或轉移陣地再戰才對。當時我們幾個領隊人的階級都很低，不能直接去見衡陽城防軍的最高指揮官，只好先去找到十軍砲兵營長張作祥，通過他的關係再到司令部參謀處去接洽，目的是在探聽砲兵指揮部的所在。據答覆說：「砲兵第三旅旅長兼戰區砲兵指揮官王萬卿，已隨戰區參謀長趙子立退至郴縣。」

易攻難守的衡陽形勢

記得當時第十軍軍司令部，是設在衡陽城內花藥山的花藥寺裏，參謀長爲孫鳴玉少將。當我們一行到達那裏時，衡陽郊區及市區，到處都已構築工事，有的防空壕和交通壕，還正在加強挖掘中。由於長沙淪陷前後發生刼掠姦殺的教訓，衡陽居民有如驚弓之鳥！因此，在作戰之前便有百分八十的居民疏散至城鎮或鄉村，令到我們幾個死裏逃生的同袍，想上館子好好地吃一頓也不可能。旋而，十軍參謀處派來一位參謀徵求我們的意見，表示防軍司令部希望自長沙突圍出來富有作戰經驗的砲兵官兵，留在衡陽編成一個連，裝備四門法式野砲，暫時配屬剛由第七戰區調來的援軍第十九師，擔任城防砲兵工作；他並問我是否願意留下？我起初認爲軍人以服從爲職志，根本沒有選擇的餘地。但是我們尚未獲得直屬上司的命令指示，不得擅自配屬另一部隊作戰；同時也沒有徵求其他同袍的意見，無

作戰雨田山之第六十二軍軍長黃濤

法答覆。

因爲這一百多名突圍出來的官兵，包括各砲兵團的砲長或射擊手，不僅份子龐雜；且其原屬單位的砲種，也各有各的系統，而其中絕大多數未曾使用過法式野砲，即使立刻裝備起來，也必須重行訓練一個相當時期才能作戰。是故我們馬上返回火車站跟大家商議結果，都沒有意見。於是我便去電郴縣請示行動，砲兵指揮部覆電指定由我暫時負責，全權領導這一羣突圍官兵，並可向第十軍司令部或衡陽軍需分監部請援給養，繼續整訓，聽候命令行動。因之我們暫駐衡陽郊區，筆者則駐於軍砲兵營，整日與該營觀察員研究衡陽近郊的砲兵陣地，發覺衡陽市區周圍的形勢確實易攻難守，比起長沙來則差得太遠了。同時，衡陽的兵力部署及其佈防情形，也遠不及長沙爲週密。如所周知：當時的城防部隊除了第十軍的直轄單位包括着：第三師、第十預備師、第一百九十師及砲兵營之外，尚有配屬該軍的暫編五十四師，和第十九師等合共不過兩萬人。

特別是砲兵單位太少，除了第十軍砲兵營十二門法式野砲，和砲兵第一旅的一營十五公分口徑重榴彈砲之外，其餘由祁陽及邵陽方面調來的砲兵部隊，有的剛到，有的仍在途中；就算所有砲兵到齊，充其量也不過六十門野山砲。而敵人的攻勢則可能比對長沙更爲兇猛，將不能發揮強大的火力以制壓敵人前進的機會，也是缺乏堅守城池的主要原因。

由於衡陽雄踞湘中，爲湘南的唯一重鎭，就水上交通言，衡陽城居湘、蒸二水會流之處，耒水又自東南來會。自此以南，經郴縣入廣東的韶關；自此以西南則經祁陽、零陵而入廣西的桂林；湘南的樞紐，粵、桂的衝途，昔楚項羽請懷王曰：「古之帝者，必居上游。」乃徙義帝於衡陽，終崩於郴縣。

湘水在衡陽以下，其量漸大，每年增水時期(五月至十一月)，數千噸的輪船又達湘潭、長沙而直通洞庭湖；上航郴、永，終年可通；故舟楫輻輳，貿易興盛，自來是湘南商業中心。但敵人既竊據長沙、湘潭，它的後勤給養便可增加一條水上運輸的路線，就陸上交通言；衡陽又是粵漢、湘桂兩鐵路的轉捩點；長衡、衡寶、衡郴、衡永(通零陵)等公路的總站。且附近極饒礦產，其南常甯縣屬的「水口山」，出鉛鋅極夥，爲湖南省政府所辦，用新法開採，每年約可出鋅三十餘萬噸，鉛十餘萬噸，規模之大，爲全國鉛鋅礦產之冠，何況它又是我國東南、西南九省的咽喉！

正因爲衡陽在軍事、經濟上如此重要，故在日本人的心目中，及其侵略我國的作戰計劃上，就非奪取衡陽不可。因於奪得衡陽之後，不獨可以控制粵漢、湘桂兩條主要的鐵路幹線，而席捲整個湘南；並且可以分別南向進攻廣東，西南向則足以威脅廣西；更可以沿衡寶公路經芷江而直入貴州。因之，日軍乘着在長沙得勝的餘威，而一鼓作氣南侵湘潭、株州、湘鄉、衡山等地，勢如破竹！

三湘陷落衡陽頓成孤城

其實，湘潭在長沙四次會戰失利後，已跟着淪陷了！這個歷史悠久的縣份，湖南省通誌載：「南朝梁置，隋因之。其故城在今攸縣西北，唐徙今治。……清屬湖南長沙府，民初屬湖南湘江道。地當湘水之曲，與漣水會流點；且湘水水量至此極洪，利於泊舟，以是，舳艫相接，帆檣蔽天，沿河街市，延長達十七、八里，人煙稠密，市肆極盛；本省各都會，除長沙、常德外，均非其匹。」清光緒三十一年自闢爲商埠後，萍株鐵路經行其地。所有萍鄉之煤，必由此浮湘入湖，以達長江。該縣自道光以降，人文蔚起，如侯補內閣中書羅汝懷研生，其學稽說文以究達詁，簒禹貢以晰地志；所編纂「湖南文徵」，哄傳一時。王闓運壬秋，以文人而兼經師，爲清末民初最具影響力之人物。而湘潭十八總的韶山冲，即毛澤東的故里。

湘鄉位長沙西南，湘潭之西，歷史更久，遠在西漢置縣，隨廢而唐時復置，元改州，民仍爲縣，清屬湖南長沙府，民初屬湖南湘江道；爲省中繁富之區，晚清以還，名人輩出。除乾隆時有鄧肇山爲雲南布政使、羅九峯爲禮部侍郎，謝薌泉爲御史外，而咸、同間之曾國藩、國荃兄弟，以削平太平天國，尤爲著名。誠如「湘鄉賓興堂記」所說：「咸豐二年，洪楊之徒，既踰嶺而至，由湖湘而犯江漢，長驅東下，入零陵而據之。……湘鄉始興義旅轉戰於兩湖、江西、廣東、河南、安徽諸行省。所在破敵，克城，聲威烜然，號曰『湘勇』，名聞天下。一時宿將如羅澤南、王鑫、李續賓、李續宜、蕭啓江、劉騰鴻、趙煥聯、蔣益澧輩，皆以仁勇爲士卒所親，附歷久而不渝，蓋武功之懋，非他州所能及者。……」因此，「寰宇記」載：「湘南之湘潭、湘陰、湘鄉三縣爲三湘。」

三湘陷敵之後，衡陽有如唇亡齒寒；尤其衡山遭敵蹂躪之餘，衡陽更像千鈞一髮！蓋衡山位在衡陽之北約七十五里，亦傍湘水左岸，以山得名，形勢險要。山在縣西三十里，古稱南嶽，盤繞八百餘里，包絡大小七十二峯，十洞、十五巖、三十八泉、二十五溪、九池、九潭、九井等幽勝故蹟，不可勝數！衡山諸峯、層巒叠聳，堆奇挺秀，其雄偉幽邃，雖泰岱亦不如也。其中最著者有祝融峯，挺峙霄漢，拔海四千餘尺，雲繞其下，非極晴朗天氣，難見其巔，更有領袖羣峯之概。相傳祝融峯爲火神祝融君遊息之所，又有說葬祝融君於此，以是得名。宋朱子登祝融峯詩云：「衡嶽千仞起，祝融一峯高；羣山畏突兀，奔走如曹逃。……」又醉下祝融峯詩曰：「我來萬里駕長風，絕壑層雲許盪胸；濁酒三杯豪氣發，朗吟飛下祝融峯。」

自祝融峯的上封寺至火神廟途中，有巨石碩大無朋，狀如獅子搏球，渾然天成。民國十六年（一九二七）革命軍北伐時，蔣總司令曾大書「率舞」二字於此石上以識之。民國二十五年（一九三六）筆者還在學生時代，參加夏令營旅駐南嶽達兩星期之久、初見此二字不知所解；後來回憶認爲蔣氏於統一全國，抵抗日寇，確已丕展經綸，無愧斯語！

衡山除了最高的祝融峯外，其次尚有：紫蓋、雲密、石廩、天柱、會仙、獅子、雙石、吐霧等峯，亦甚著名。我還記得南嶽山麓有座南嶽廟，峻宇畫樑，紅牆綠瓦，廟前懸一聯云：「望望七十二峯，工部（杜甫）遊時，詩聖有誰能繼響；遙遙一千餘歲，文公（韓愈）去後，嶽雲泛此不輕開。」他如水簾洞，即在紫蓋峯側，泉水下注勝如一幅珠簾，觸石騰聲，吼如雷霆。方廣寺在蓮花峯中，深林密篠，蔽天翳日，流泉潺湲，清澈如鏡，皆衡嶽之絕勝。民國三十三年六月二十一日，我們從長沙突圍經此，衡山居民即已疏散。二十二日，衡山陷落，而南嶽勝蹟亦已淪於異族魔掌！

敵用毒氣燒夷彈攻城

至六月二十三日，敵人的騎兵已竄近衡山北郊，雖屬斥堠性質，而城內城郊則人聲鼎沸！尤其是火車站更爲混亂！站內站外的行李堆積如山；候車難民萬頭攢動，你擠我推，人潮洶湧，大有爭先恐後之概！實亦衡陽大保衛戰展開的前夕。由於當晚，敵軍已在湘江東岸，向我一九〇師及暫編五十四師進行試探攻擊；翌日敵人以第二十七師團加入作戰，對飛機場以東的泉溪市、五馬歸槽等我軍陣地，先後予以突破。而十軍則背水部陣，徒作無謂犧牲，倒不如撤過西岸，集中兵力守城。因此，城防司令方先覺乃下令原守東岸兩師利用黑夜，安全撤退過江，仍擔任沿岸防守任務。

同時，敵人亦不斷地利用橡皮艇，木筏強渡湘江，企圖由水上進攻市區，均被我江防守軍予以擊退，令許多日軍，葬身於無情的湘水中。但自株州、湘鄉之敵，分別鑽隙南下，與泉漢市、東陽渡偷渡之敵相呼應，續犯鰍魚塘，進據市郊工業區的黃茶嶺，火車西站，向望城坳環攻，對衡陽市完成其西、北、南三面包圍。

其時我帶的一百餘名官兵，既無武器裝備，又無作戰任務，乃奉令由西站退至三塘（距市區以南三十里），仍與十軍的後勤部隊駐在一起。

根據當時的戰報透露：自六月廿五日至七月一日，敵一再用大砲轟擊，發射硫磺彈，掩護其步兵奪取了五桂嶺、天馬山等高地；並曾使用芥子毒氣攻城。且敵機也不斷轟炸衡陽市區；七月三日敵人一度正面攻城，經我守軍迎頭痛擊，日軍六十八師團長佐久間中將、及其參謀處長原氏第三郎大佐，均被擊斃！進而奪回了五桂嶺、天馬山等陣地。好在七月四日起，我方「飛虎隊」—中美混合空軍，已不斷出擊敵人地面部隊並迎擊敵人的飛機，迫使它變更戰略——晝伏夜出，多半在拂曉之前或黃昏以後，分股輪番向我軍陣地實行猛攻；敵機亦利用黑夜襲擊。因此，衡陽守軍一度比以往各役為輕鬆，白晝反得平靜無事，修葺整補陣地工事。

同年七月七日，敵人似乎「慶祝」侵略我國七週年，曾出動大批飛機轟炸衡陽，更向市區濫投燒夷彈，引起城內大火！並且不顧國際公法，而猛炸紅十字醫院，致將我方傷兵近千人被活活燒死！一星期後，敵又增援繼續向衡陽城郊的我軍陣地實行環攻；更屢次施放毒氣，經我軍予以還擊後，敵人均未得逞。於是不得已乃利用空襲機會撒下傳單，除盛讚第十軍驍勇善戰外，並企圖誘惑該軍放下武器投降。但由於該軍頗富作戰經驗，對日本鬼子更有認識，因此，仍能沉着應戰，使此湘南名城，西南重鎮屹立不搖。

第十軍陷于孤軍作戰

不錯，第十軍是常勝部隊，除在長沙第二、三次會戰宣告大捷外，尚有常德之役的勝利。故該軍聲威不特震動了國內，且為自由世界同盟國所稱道；甚至日本人對它也有所顧忌。然而，我們必須知道的是：正因為第十軍打了兩、三次的勝仗，所謂「殺敵一萬，自損三千。」孫子的「作戰篇」中也說：「兵聞拙速，未睹巧之久也。……」又「謀攻篇」中說：「是故百戰百勝，非善之善者也。不戰而屈人之兵，善之善者也。」尤其該軍於迭次戰役中，除常德一役外，多半處於挨打的防守地位，而非主動的攻勢。孫武的「虛實篇」中有：「故善戰者，致人而不致於人。」

總之，第十軍在數年之間，即經過三、四次之大戰，其元氣的損傷，誠非淺鮮！特別是常德一役的損失更為嚴重；於是才決定把該軍轉移到稍後方的衡山一帶，加以整補，作為第二道防線的部隊。當時總以為敵人不會那樣迅速對長沙發動攻勢的，即使發動攻勢也不至於短期內會失守。詎料長沙守軍因對敵情判斷錯誤，而告一敗塗地！加以第十軍又正在整補期間，還缺乏充分的作戰準備；儘管士氣旺盛，然其獨當一面的條件與實力，顯然不復當年的雄厚，而來犯之敵的攻勢卻比往昔為強大。

談到協防衡陽的友軍，據我知道的計有：七十九軍王甲本部，曾向金蘭市、濱渡橋之敵先行展開反擊；六十二軍亦由白鶴舖轉採攻勢。——後者於七月十五日突進至六塘東南，十九日後與一百軍的一部份，鑽隙滲透到衡陽城郊，而城內守軍也曾派出特務營之一連，竭力衝到電燈廠，目的在向外接應。可惜因七十九軍的進展緩慢，遲遲未能渡過蒸水，而六十二軍以腹背受敵，傷亡重大！且後援不繼，補充困難，乃迫於同月二十二日撤退至鐵閱舖以南地區整理。所以，當七十九軍攻抵衡陽西北郊時，敵人得以抽調優勢兵力實行反撲，予我以各個擊破，致衡陽解圍戰功敗垂成！

老實說，第四方面軍王耀武，名義上與方先覺為黃埔三期同學，實則未能發揚其「親愛精誠」的校訓；當時王的部隊分別設防於邵陽與祁陽一帶，卻未傾力以赴。桂系夏威兵團的第三十一軍，則駐在零陵、東安至黃沙河一線，也按兵不動。如果衡陽情況緊急時，其他友軍一致馳援的話，相信敵人無論如何不得其逞。但它們都很自私，爲了保存自己實力而袖手旁觀，致第十軍陷於孤軍作戰的態勢！七月二十六日，蔣委員長由重慶親函衡陽守軍將士，勉以奮勇作戰，堅守名城。

自七月二十八日——八月八日的先後十二天裏面，可說是衡陽攻防戰最後階段。敵人雖傷亡重大，而其對衡陽仍志在必得。它一方面以飛機大砲不斷轟擊市區；另方面則集中兩岸兵力，由北面向市區進犯，迫使所有守軍退入城區，緊縮其包圍圈，然後配合飛機大砲的火力猛攻，使守軍日夜躲在戰壕裏，委實抬不起頭來；而令人感到發嘔的怪現象是：由於盛熱的三伏天氣下，大部份向我西、北、南三面進撲的日軍，全身赤裸，僅在其下部兜了一塊布，用帶子繫着腰際，像一羣野獸般瘋狂地冒着我軍砲火、機槍前進，以致每個陣地和每一碉堡前面，都堆積裸體死屍，臭氣薰天！這一齣「蠻夷猾夏」的活劇，給人永難忘記的惡劣印象，所以不少觀察家斷定日本鬼子絕不能征服中國的。

最後一電、來生再見

七月廿九日，許多陣地都發生肉搏戰，日軍敢死隊不顧傷亡，攀屍前進，而守軍也只有跟它拚老命！以靜制動，不停地射擊，寸土必爭，殺得愁雲慘霧！我最高當局爲力謀衡陽解圍，乃緊急命令七十九軍轉移兵力於杉橋以西，牽制敵人行動；並由張發奎的第四戰區，抽調第四十六軍黎行恕部，撥歸第廿七集團軍副總司令李玉堂指揮，本可兼程趕赴衡陽馳援；可是湘桂鐵路沿途已被西行的車輛所堵塞，運輸援軍至前方頗受阻碍。同時敵人也企圖速戰速決，故於八月三日再度集中火力實行猛撲；並廣播其攻城戰況如下：「我皇軍於四日下午四時卅分起，在強有力的空軍掩護下，對衡陽城發動總攻擊。先以砲兵集火轟擊守軍的強固陣地，繼以步兵進攻，多處發生了激烈的手榴彈戰。……」這表示日人爲防止我援軍趕到，而爭取時間。

事實上至八月五日，戰事似接近尾聲，守城的第十軍因血戰四十餘日，仍無援軍前來解圍，在困獸之鬬的情況下，不僅糧彈發生恐慌，核心陣地亦已處處感到兵力單薄，無法堅持。六日晚上，西門演武坪已被日軍敢死隊突破，守軍一連僅殘餘二十人，仍作困獸鬬而與敵進行白刃戰，全部忠勇殉國，與陣地共存亡，五十餘名敵軍亦只有四人生還。其戰況之慘烈，爲前所罕見！尤其敵人發覺西門守軍單薄，卽傾力來攻，而城內守軍已無可調之兵，故於七日晚上，更有五百餘名敵人突入西門，有如黃河決堤，一發不可收拾！眼看衡陽危在旦夕，城內一萬六千餘人，經過四十七天的浴血苦戰，殘存的僅一千二百餘人了。大勢已去，絕望之餘，剩下的只有三條路：一是與衡陽共存亡；二是突圍；三是投降。但投降旣不可，突圍亦不能。因之，方先覺打算殉國，乃於當晚致電重慶最高當局，呈報蔣委員長的電文如下：

「敵寇今晨由北門突入以後，卽在城內展開巷戰，我官兵傷亡殆盡，刻再無兵可資堵擊。職等誓以一死報國，勉盡軍人天職，決不負鈞座平生作育之至意。此電恐爲最後一電，來生再見。職軍長方先覺率參謀長孫鳴玉、師長周慶祥、葛先才、容有略、饒少偉同叩。」

當時有不少人對他產生一種同情、崇拜、和讚揚的心理；也有許多方先覺的朋友替他揑着一把汗的！甚至軍委會接到以上電文後，也認定衡陽於八月八日淪陷時，守軍已全部殉難；因而通令全國，在同月十四日的「國父紀念週」上，爲第十軍全體官兵默哀三分鐘，以示痛悼。但在四天以後，卻又傳出了「第十軍軍長方先覺衡陽脫險」的消息，令到許多人像丈八金剛！他的朋友認爲值得慶幸；惟有方先覺的老上司——第二十七集團副總司令李玉堂，則私下表示喟然嘆息：「唉！方先覺爲什麼不死呢？他眞失去了一個死的好機會！」這位前第十軍軍長，原來計劃在八月七日的最後關頭，還指揮四十六軍實行進攻衡陽，目的在求得包圍核心之敵，一舉予以打擊而解衡陽之圍。詎於八日凌晨，進至五里牌附近，攻勢受到挫折，旋以衡陽不守而退。

究竟方先覺是怎樣脫險的呢？謠傳紛紜，有的說他一度準備投降，有的說他計劃自殺，有的說他曾經被俘，也有說他是率領少數官兵突圍的。

方先覺被俘脫逃之謎

由於敵人攻陷我衡陽那天，就曾播出了第十軍軍長方先覺「投降」的消息；並列舉了「投降將校」的略歷。至第三日，即八月十日，再由小田報道班發出更詳細的戰訊，報導「第十軍投降經過」的情形；甚至將接洽「投降」的人物、時間、地點，對白也加以描述，繪聲繪影，活靈活現。另一傳說是：在八月八日上午，衡陽市區被敵人控制後，方先覺偕同幾位高級官員隱於中央銀行地下室掩蔽部，終於被數十名日本鬼子衝入，全體束手就擒，衡陽遂告陷落。

照方先覺原有的決心是準備與衡陽共存亡的，這可從他給蔣先生的告急電文「來生再見」一句看出。後來他之所以改變原有決心，一方面由於友軍的袖手旁觀，而激起了他的憤怒；另方面則由於第十軍軍部幾位高參及其心腹部屬（相傳該軍輜重團長綽號黑鬍子的奪去其自殺手槍）所敦促，使他觸發了貪生的觀念。當衡陽千鈞一髮的剎那，方的幾名心腹部屬臨時糾合一部份殘餘，將方氏挾走，結果選擇南面敵人兵力最薄弱的地區突圍成功，方先覺等隨之宣告脫險。這是筆者在衡陽淪陷前夕，由三塘移至祁陽洪橋後，一位跟方軍長突圍的幹部告訴我的。

就實際情況而論，方先覺率領少數官兵、鑽隙突圍這一說法是比較靠得住的。假定說他在中央銀行地下被俘，即使不遭毒手，也不會立即釋放他。如果他是接受「投降」的話，敵人也不會馬上讓他離開衡陽。但後來揭開其謎底時，方先覺確實被俘而隨即脫逃的。這裏對於他的突圍抑或脫逃，姑勿置評；而他以一個元氣未復的第十軍僅一萬六千人（按照實際編制：一軍三師合計應在三萬人以上），堅守衡陽竟達四十七天之久，已屬難能；在抗日戰爭史上未之前見！因之，論功行賞，方先覺隨後被升為第四集團軍杜聿明的副總司令，兼青年軍二〇七師師長等職，亦非偶然。如果方先覺當年真正以身殉國，那末，他在八年神聖的民族抗戰史上，可能凌駕於那位壯烈成仁的抗日英雄張自忠將軍之上，而佔有最輝煌的一頁！

談到友軍不肯馳援也是事實，本來第四方面軍司令王耀武，與方先覺的為三期同學，但王是個機會主義者，認為如果犧牲自己部隊而替十軍解圍，也許衡陽暫可確保，而其功勞則是方先覺的。至於廣西部隊，向來與中央軍的系統不同；尤其地域觀念更為顯著。雖然它們當時並不希望衡陽守軍失利，蓋衡陽一失，廣西立即受到威脅！故在衡陽告急的時候，廣西部隊即在黃沙河一帶加緊構築防禦工事，準備與敵決戰。殊不知衡陽失守後，西南門戶洞開，誠如李玉堂後來在桂林一次記者招待會上所說：「假如當時西南的友軍及時馳援，不獨衡陽可保，也可消滅敵人的大部份實力，則廣西在短期內決不致受到敵人任何威脅；湘南、湘西各地亦不會遭蹂躪了！」

這是一針見血之論！不過當時衡陽產生一種迷信的說法是，在十軍佈防衡陽的一天晚上，江中船夫曾發現數以千計的老鼠，從衡陽城內逃出，列隊游水渡向東岸。居民認為不祥之兆！由於民二十五年（抗戰前一年），也曾發生一次類似的情形——鼠羣連夜搬家，結果衡陽的河街及鐵爐門一帶，都遭大火燒光，而這次也就是衡陽陷敵的先兆！

衡陽保衛戰的「眞相」

華仁友

二十八年前六月中旬最悲壯的一日

一九四四年六月十七日開始的「衡陽保衛戰」，是中日戰爭後期戰況最激烈的一場大硬仗。在日本的戰史上，把它不客氣地稱爲「又一個旅順攻堅戰」，因爲日軍在爭奪這個彈丸之地時，使用的兵力之多和傷亡之大，都是破天荒的。

在這以前，日軍攻佔星洲和馬來亞的時候，只動用了三個師團，損失了九千六百五十七人。奪取緬甸的兵力是四個師團，傷亡卻只有一千二百八十九人。掃蕩印尼全境，一共只用了三師一旅，損失了二千六百二十四人。

而在「衡陽攻城戰」中，日軍居然把五個師團和一個重砲兵部隊，全部投入了戰場。本來日軍預計只要一天功夫就可以攻下衡陽，結果攻了四十七天！而且還給它帶來了一萬九千三百八十人的傷亡，戰鬪人員的損失，幾乎佔了總兵力的三分之一。

這個傷亡數字，比起琉璜島、塞班島、琉球羣島的幾個大戰役來，當然不算太多。但它卻比四十年前名震全球的「一二八淞滬之戰」，使日軍多傷亡了八倍之多！日軍在星馬，緬甸，印尼這幾個戰役中，擴地幾百萬平方公里，犧牲的兵員，卻比衡陽城下的傷亡總數，還要少四分之一。

日本的兵學家們一向認爲：陸戰和海戰有一個最根本的不同，那就是後者在汪洋大海上，眞正可以做到艦覆人亡，全軍盡墨的程度；而前者卻絕少可能被敵人趕盡殺絕，一個不留。因此，在傳統上，對於陸戰戰果的衡量，就有了下面這個不成文法：

一、殲敵三分之一時，即爲「大勝」。
二、殲敵二分之一時，即爲「全殲」。
三、自損三分之一時，即爲「大敗」。
四、自損二分之一時，即爲「全軍覆沒」。

因此，即使像日軍那樣提倡死打硬拼的部隊，一到官兵損失了三分之一的時候，部隊長就有權不待命令而自行停止攻擊，甚至於撤退一段距離。

圍攻衡陽的日軍，既然損失了總兵力的三分之一，雖然打下了城池，消滅了守軍；但是，從傳統的日本軍事眼光看來，依然是一場「大敗」。

「衡陽保衛戰」，除掉戰況慘烈以外，奇峯叠出，變化莫測，也是三十年來各大戰役之冠。守軍苦戰了四十七天，爲甚麼援軍始終打不進去？守將方先覺在打了「一死爲國，來生再見」的電報之後，爲甚麼和部下的師長們，集體投降，而且接受了汪精衛「先和軍第一軍軍長」的委任狀？在他們集體投降之後，為什麼又能陸續地從日軍的監視中逃跑出來？因為失地而被「明正典刑」的軍長，在這段時期內，就有第四軍軍長張德能和九十三軍軍長陳牧農，被判重刑的有第五十七師師長余程萬，而既失地又投降的方先覺，為什麼會在「脫險」之後，得到當局的優遇和重用呢？

這些疑問，在綜合和比較了中、日、美三方面的朝野資料之後，也許才有可能來詳細地加以解答。

第四次「長沙保衛戰」和衡陽爭奪戰，在中國的戰史上，稱之為「長衡會戰」，是在一九四四年五月二十六日，以日軍突破新牆河和通城防線開始，而以八月八日，衡陽守軍的城陷被俘結束的。

在這次會戰中，日軍的指揮官是第十一軍總司令橫山勇，參謀長是中山，作戰部長是島貫。下面轄有十個師團（第三、第十三、第二七、第三四、第四〇、第五八、第六八、第一一六、第六四、第三九）；五個獨立旅團（第五、第七、第一七、第一一、第一二）；五個野戰補充聯隊（第一、第二、第五、第九、第十）；和一個「第五航空軍」。一共擁有：各式大砲六四〇門，戰車二四〇輛，飛機二百餘架，輕重機槍六四五〇挺；以排山倒海之勢，進取粵漢、湘桂這兩條鐵路線。

和日軍對抗的是：由第九戰區司令長官薛岳指揮的十五個軍（第四、第十、第二〇、第二六、第三七、第四四、第四六、第五八、第六二、第七二、第七三、第七四、第七九、第九九、第一〇〇）；一個暫編第二軍，一個第二突擊總隊，十二個保安團，四個挺進縱隊（第一、二、三、四），一個獨立的第一〇六師；以及中央直屬的榴彈砲第十團，重迫擊砲第二團，山砲第一團，美軍砲兵營。一共擁有：四七個步兵師（保安團、突擊隊與挺進隊除外），二百門大砲和臨時協同作戰的飛機一五〇架（主要是屬於美國第十四航空隊和中美空軍混合團的）。

在這以前，李玉堂的第十軍，一向打得非常漂亮。統帥部論功行賞，就把身為軍長的李，升為第二七集團軍副總司令，統率第十軍、第四六軍、第六二軍和「突擊第二總隊」（總稱之為「李玉堂兵團」），而把黃埔三期的方先覺，擢升為第十軍軍長，指揮第三師、第一九〇師、預備第十師這三支部隊。後來還添上了一個「暫編第五四師」。

誰知在一九四三年底的「常德會戰」中，方先覺手下的三個師長中，居然有兩個出了問題，預備第十師在清掃戰場的時候，中了日軍的埋伏，害得師長孫明瑾當場陣亡；另一位第一九〇師師長朱嶽，更在戰鬪中間，忽然不告而去，莫知所終。

統帥部於是就在「長衡會戰」發動的前夕，把方先覺內調為軍事委員會的中將高參，而以黃埔一期的陳素農來接替他。這樣一來，弄得方非常消極。

就在他正式交代前幾天，蔣委員長的「侍從室主任」林蔚，又親自打了個長途電話給他，告訴他暫時不必移交，等到粉碎了日軍的攻勢後再說。

這時，第十軍因為一向是第九戰區的主力部隊，無役不與，實力的消耗很大。除掉第三師和預備第十師以外，第一九〇師在整編之後，改成了「後調師」，只有兩千名補充來的新兵。「暫編第五四師」，更早已縮編成了兩個團，分頭在衡陽、零陵、湘潭、守衛空軍基地。所以，實際上眞正參加了「衡陽保衛戰」的，只有一個團，全部官兵還不到一千三百人。

在特種部隊方面，有一個軍屬砲兵營，一個新編的砲兵連，一個美軍砲兵營，一個戰車砲營。此外，還臨時由第七戰區撥來了一個「新編第十九師」。

第十軍在六月中旬前後，從衡山和湘潭，開到衡陽去「佈防死守」。為了給他們打氣，後方勤務部長俞飛鵬，「中美合作所」的尖端人物陶一珊，大公子蔣經國這一類的要人，都到衡陽去視察過前線。

那時，方先覺把軍部設在城裏的花葯寺中，又把城外望不盡的蓮池和魚塘，都用「地堡」隔絕開來，用它們的交义火網，來封鎖一切通道。環城的丘陵地帶，更被改造成一個要塞式的「據點網」，每個據點都可以充份發揮直射、側射和交叉射的威力。所有的高地，也從下面削成峭壁，守軍可以躲在山頂的壕溝裏，向下面丟手榴彈，弄得來攻的敵人，既無法掩蔽，更不能硬衝上去。所以，後來的日本戰史中，才會喟然嘆道：

「華軍防禦工事之精密，實為中日戰爭中所僅見。」

作戰準備，雖然做得不錯。但是，在難民的疏散和後運上，卻搞得非常之差。直到日軍兵臨城下的前一天，衡陽車站上還擠滿了等着上車的人。就連軍部的非戰鬭人員，後方機構和軍屬，也都在站上坐候了一天一夜，上不了車。方先覺只好從特務營裏派了一排兵來幫他們「佔位子」，這才能在日軍衝到衡陽的幾小時前，把軍需處、第十軍後方辦事處這一類的太平機構，和軍部首長的太太們，送上車。

這時，留下來守城的高級將領，除了方先覺以外，還有參謀長孫鳴玉，第三師長周慶祥，預備第十師長葛先才，第一九〇師長容有略，暫編第五四師長饒少偉，第九戰區督戰官蔡汝霖。在最初一段時期，參加策劃的還有副軍長余錦源，新編第一九師長羅活。

守城的兵力，據方先覺自己事後報告，是「不及兩萬」；當時身與其役的中級官佐們，說是「一萬六千二百餘」，或是「一萬七千人」。而身為第九戰區派駐衡陽督戰官兼砲兵指揮官的蔡汝霖，卻在檢討「衡陽保衛戰」時，說是「我守城方軍長所率約四萬兵力，八面部署」。以蔡的職權而論，他大概不會不知道實際情況，也不會在發表報告時講得太離譜。但是，為什麼其他的人，會都一口咬定：只有一萬多人呢？

當時奉命來攻略衡陽的，是日軍第十一軍司令官橫山勇。他把消滅第九戰區野戰部隊，做為作戰的第一目標，攻城奪池，在他的眼中只佔有一個次要的地位。因此，他在進取衡陽的時候，把手下八十大隊的兵力，做了這樣的分配：

一、在衡陽之東方與南方，準備迎擊第九戰區野戰軍主力，共三十五大隊。

二、攻取衡陽，共一十五大隊。

三、構築後方道路，鞏固交通網，共二十大隊。

四、衛戍新佔領區，共十大隊。

因此，眞正擔任「衡陽攻堅戰」的日軍，實際還完全不到兩個師團，而且預定在一日之內，就要完成任務。這樣一來，當然毫無久戰和苦戰的準備，最初連砲兵都沒有帶，而每門砲的彈藥，也只有十五發。輕武器的子彈，都是士兵們隨身携帶的，打光了，只好拼刺刀，就連糧食，都只夠吃四天之用。以後就完全靠搜靠搶，甚至於派了隊伍到田裏去收割，然後每個人在自己的鋼盔裏把它搗成白米，煮熟以後拌上些鹽就算是一餐。

在這種情況之下，攻城的日軍居然沒有垮，實在是他們的萬幸。這也就是為什麼日本戰史上連聲稱讚他們「攻擊精神旺盛，誠屬可貴」的緣故。

六月二十三日這一天的下午，日軍的前鋒衝到了衡陽附近的泉溪市和五馬歸槽。「衡陽保衛戰」於是正式展開。那時，在湘江東岸拒守的，有第一九〇師的全部人馬和暫編第五四師的一個團；在衡陽市郊的，有第三師和預備第十師的全部。兩方面加在一起，也一共眞正只有七個步兵團。

衡陽飛機場失守以後，暫編第五四師那個團的團長，帶了兩營人，退往豐陽，直接歸第九戰區司令長官薛岳指揮。從此，衡陽的守軍，名義上雖然還有四個師，實際上卻只賸下了兩個眞正的步兵師，一個只有兩千名新兵的第一九〇師，以及一個只有一營人的暫編第五四師。

這時，方先覺一面把所有的兵力，都集中在湘江西岸；一面又把軍部向前推移到日軍主攻方向的五桂嶺，親自坐鎮在湘桂鐵路局裏，指揮作戰。

那時，守軍的士氣非常旺盛，誰也沒有想到要在這座城裏苦撐四十七天。方先覺也再三地向他的將佐們表示：他已和蔣委員長約定在先，一旦局勢瀕危的時候，只要向統帥部發出一個「戰況甚穩」的急電，最遲只要二十四小時的功夫，大批的援軍就會湧到衡陽城下來了。

其實，統帥部的這個諾言，也幷不是張空頭支票。在衡陽被圍以後，湘桂路沿線和衡陽外圍，就一時雲集了八個軍的國軍（第二〇軍、二六軍、六二軍、七三軍、七四軍、七九軍、九三軍、一〇〇軍），準備隨時去給第十軍打援。但他們卻被日軍的四個師團（第三、一三、二七、四〇），牽制得寸步難行。

直接擔任攻城任務的日軍，是佐久間爲人中將的第六八師團，和岩永汪中將的第一一六師團。前者從漢口出發的時候起，就不斷地在做着奇襲衡陽機場的演習。日軍佔領長沙以後，他們還添上了「夜襲機場」的訓練，一心一意要在守軍措手不及的情形下，一舉佔領中美空軍在衡陽的基地。

佐久間師團獨立步兵第六四大隊長松山圭助大佐，將被上級挑選出來完成這個艱巨的使命。他們在六月二十五日的深夜，全體換上了膠鞋，銜枚疾走，先佔領了機場四週的高地。然後，在晨光曦微的一剎那，一聲信號，同時蜂擁而下，很迅速地佔領了有名的衡陽機場。從此，日本的第五航空軍，就利用這裏和長沙來做爲基地，不斷地大舉轟炸桂林、柳州、貴陽、芷江、零陵的飛機場。而中美空軍，也針對着它們，先後出動了三四一六架次，擊落了日機六六架，擊傷了三一架，炸毀了五八架，還毀滅了日軍陣地二百多處，兵營、倉庫、車站八十多處，小型船隻一千多艘。

日本空軍也在衡陽上空，大投其燃燒彈，把市區和城中的紅十字會醫院，都炸了個精光，院中的傷兵，也全部燒成焦炭。逼得方先覺也要「遷地爲良」，把軍部索性搬到中央銀行的防空洞裏去。

日軍的佐久間師團，在六月二十七日的黃昏，向衡陽發動了第一次總攻。第二天拂曉，這位師團長在第一線上，召集各部隊長討論下一步的行動。恰好飛來一顆守軍的迫擊炮彈，把師團長佐久間、參謀長原田貞三，和這一師團的三個聯隊長，全部炸得遍體鱗傷；使得整個師團的神經中樞，在傾刻之間，完全癱瘓下來，只好由另一位師團長，岩永旺中將來代爲指揮，上下格格不入，傷亡自然來得更大，攻城也就沒有成功之望了。

從第二天起，日軍就開始使用芥子性毒氣彈和硫磺彈來攻城，在五桂嶺和天馬山一帶，展開了激烈的爭奪戰。在衡陽汽車西站和火車西站一帶，預備第十師，更在師長葛先才的身先士卒下，冒着毒氣發動反擊，使張家山上的陣地，失而復得。統帥部論功行賞，就頒給了葛先才「青天白日勳章」一座，參戰的官佐和軍士，各得「忠勇」勳章一個。蔣委員長也很關心衡陽的命運，曾經用電報給方先覺打來了一個「手諭」，要他

「利用已炸毀之木板，搭棚蓋屋，用破門板作上蓋，用碎磚作牆，既能避風雨日光，又能防炸彈的破片，切不要讓士兵們露宿。」

日軍既然在第一次總攻時，碰了個大釘子，就索性停了下來等待炮兵和空軍的大力支援，而且故意在湘江東岸，集結渡河器材，做出馬上就要強渡登陸的模樣。但這只不過是一個煙幕彈而已，第十軍也根本沒有上他們的當。

接着，日軍又做出了退卻的樣子，大張旗鼓地把炮兵和輜重都撤回湘江東岸去，而且還在沿岸放火，大燒特燒，把部隊拉到外圍去埋伏起來，專等第十軍追出去和他們決戰。不過，方先覺從一開始就認爲：對方是在用「調虎離山計」，所以始終沒有冒冒然地打出來。

這時，白天的制空權，幾乎完全操在中美空軍的手裏。日本的空軍和步兵，都只在晚間才能活動。因此，衡陽的爭奪戰，就漸漸形成了一種「晝伏夜出」的局勢，一到夜色蒼芒之後，兩邊就殺得天昏地暗，鬼哭神號。

七月十六日這一天，日軍第一一六師

團長岩永旺，又發動了第二次總攻。在三〇門大炮的掩護之下，連續地發動突擊。然而，這些攻城部隊的傷亡，實在太大，第一線上的各步兵中隊，大部份都還只賸下二十個人上下，大隊長的職務，也多半是由士官們來臨時代理，戰鬬力自然比以前還要差。所以，這次總攻，不但又是中途而廢，并且還一口氣陣亡了一個聯隊長和六個大隊長。

這時，在衡陽外圍的中國部隊，第六二軍、第七九軍和第一〇〇軍，都已經且戰且進，先後打到了衡陽的近郊，其中有一個六二軍的加強營和一〇〇軍的一個排，居然衝到了城郊的黃巢嶺。中美空軍的飛機，也在衡陽上空丟下了一道蔣委員長的手令：

「着守軍向黃巢嶺出擊，接應六二軍援軍入城。」

日軍在發現腹背受敵的時候，曾經考慮到撤退。但是，一聽見說援軍只有一營人，馬上就決心硬打下去，一面還派了三個中隊去迎擊第六二軍。

同時，方先覺也在城內東拉西湊，湊成了二三百人，由特務營長帶頭打出去，接應援軍進城。誰知等他們衝到那裏的時候，六十二軍的那一營人，已經被打垮了。根本就找不到一個援軍的影子，只好又從原路殺了回來。

日軍認爲這是一個「心理戰」的好機會，馬上用飛機在衡陽上空丟了無數的傳單道：

「能征善守的第十軍諸將士：

任務已達成，這是湖南人固有的頑強性格；可惜你們命運不好，援軍不能前進，諸君命在旦夕！

但能加入和平軍，決不以敵對行爲對待。皇軍志在消滅美空軍！」

差不多與此同時，中美空軍也在衡陽上空投了另一封蔣委員長給方先覺的手諭。原文是這樣的：

「守城官兵艱苦與犧牲情形，余已深知，余對督促增援部隊之急進，比弟等在城中望援之心，更爲迫切。余必爲弟及全體官兵負責全力增援與接濟，勿念。」

那時，日本的「中國派遣軍」首腦部，對於衡陽的久攻不下，頗不耐煩。先由參謀長松井太山郎中將，親自飛到長沙去勸橫山勇司令官，改變戰略，把衡陽變爲主攻方向，集中全力，打下這座城池再說。接着又由首腦部的作戰部長天野大佐，帶來了「中國派遣軍總司令」的正式訓令：

「立即以主力投入衡陽戰場」！

於是，橫山勇就把第四〇、五八師團和第五七旅團的全部，第一三師團的一部，紛紛飛調到衡陽城下，并且集中了五門重炮，五十門大口徑的野山炮，由他親自指揮，發動了第三次總攻。

日軍的「報導班」，也不斷地在廣播中說道：

「衡陽城郊我皇軍，於四日下午四時四十分起，在強有力之空軍掩護下，對衡陽發動總攻，先以排炮轟擊敵方之強固陣地，繼以步兵進攻，多處發生激烈之手榴彈戰。」

一時戰況非常慘烈。日軍的第五七旅團長吉摩源吉少將，親自舞着指揮刀，帶頭衝鋒，被迫擊炮彈打到肚破腸流而死。野戰炮兵第一二二聯隊的倉成國雄大隊長，索性把大炮推到第一線上，來實施「直接描準」，在受了重傷之後，還不肯下火線，口口聲聲要說：

「寧可作一個步炮協同之鬼，都一定要把這一仗打贏！」

這時，守軍們盼望援軍到來的心情，眞是望穿秋水，第七四軍的五〇師，本已經沿着公路打到了城郊的鷄窠山；第七九軍也渡過蒸水，攻入衡陽的西北郊；從張發奎的第四戰區臨時調來的第四六軍，也沿着鐵路線，向衡陽且戰且進。誰知在日軍第四〇師團的迎頭堵擊下，又都掉頭而去了。

守城的人們，聽見近郊槍聲斷續，都以爲不久就可以和援軍會師在一起。甚至於連軍部裏的人，都整夜站在中央銀行的防空洞上面，側耳細聽槍聲的遠近。方先覺軍長更比別人還要緊張，一再地自言自語道：

「哪一支隊伍，先打進衡陽來會師，我就是給委員長磕頭下跪，也要替他們拿一座青天白日勛章來！」

這時，忽然有一位參謀，看見一隊裝備得很整齊的部隊，在軍部的門前經過，滿以爲是援軍到了，連忙把這個好消息，到處加以報告。後來才弄清楚：這只不過是第四六軍的炮兵連，因爲打光了彈藥，所以才改編爲步兵連，增援到第一線去。一場高興，就是這樣地又落了空。

方先覺實在忍不住了，只好用十萬火急的電報，分頭向蔣委員長、薛岳、王耀武、李玉堂這幾個人求救道：

「衡陽危在旦夕，個人事小，國家事大，救兵如救火，無論如何，請派一團兵力，衝進城來，我們自有辦法」。

但回電還是要他們：

「再守三日，援軍卽可進城！」

而且說：

「勿功敗垂成，堅持最後五分鐘，援軍已抵頭塘。」

那時，離衡陽最近而又有充份的力量來解圍的中國部隊，在邵陽祁陽一帶，是王耀武的第二十四集團軍，和在零陵東安的夏威的第一六集團軍。前者旣是第十軍的直屬長官；而且又是方先覺的黃埔三期同學；所以按情按理，都不應當袖手旁觀，坐視不救。但是，王耀武也有自己的一套想法：衡陽如果能夠轉危爲安，功勞簿上的第一名，自然是方先覺的第十軍。那麼，他又何犯着犧牲自己的實力，來替別人捧場呢？

援兵的蟻行蝸步，始終不來，自然而然地使得危城中的人們非常憤慨。據說：有些人在發牢騷的時候，甚至於不客氣地講道：

「這叫什麼死守？倒還不如說是『守死』好！」

方先覺於是打了一個措辭哀惋，而涵義沉重的電報給薛岳道：

「本軍固守衡陽，將近月餘……其中可歌可泣之事蹟，與悲慘壯烈之犧牲，令人不敢回憶。……其各個本身之痛苦，與目前一般慘狀，職不忍詳述，但又不能不與鈞座略陳之：

一、……現在官兵飲食，除米及鹽外，別無若何副食，因之官兵營養不足，晝夜不能睡眠，日處於風吹日晒下，以致腹瀉肚痛，轉爲痢疾者，日見增加，旣無醫藥治療，更無部隊接換，只有激其容忍，堅守待援。

二、官兵傷亡慘重，東抗西調，捉襟見肘，彈藥缺乏，飛補有限……危機隱伏，可想而知，非我怕敵，非我叫苦，我決不出衡陽，但事實如此，未敢隱瞞，免誤大局。」

就連身爲戰區督戰官的蔡汝霖，也覺得救援部隊如此做法，實在太不像話，這才用自己的名義，打了急電給薛岳道：

「敵如光芒，我如縫婦，且衡市已成一片瓦礫，無法巷戰。敵欲攻取衡城，似已有限令。危在旦夕，應請轉飭援軍限時攻入。」

但是，援軍那副「行不得也哥哥」的樣子，就連薛岳也拿他們沒有辦法，只好說幾句空話來給守軍們打氣道：

「已再三嚴令援軍鑽隙攻入，希望堅忍固守，必生必勝！」

其實，日軍的限期攻陷衡陽，倒的確是眞的，只不過到時沒有成功罷了。原定的期限是一天，爲了完成任務，日軍不但一反常態，連在晝間都不斷地發動攻擊；而且多半脫了赤膊，只在腰上綁一條子彈帶，瘋地地向前衝鋒。有些部隊甚至於立下了「軍令狀」；「三天以內，攻不下衡陽，就全體官兵自殺」。這樣一來，傷亡自然更加慘重。例如由黑瀨平一大佐統率的第一三三聯隊，在五晝夜的反復衝殺之後，才佔領了岳屏山高地。而他們的第一大隊，生還的人還不到兩小隊；整個第二大隊，也只賸下七個人了。

那時，中美空軍又空投了蔣委員長給方先覺的另一封手諭道：

「此次衡陽得失，實爲國家存亡

所關，決非普通之成敗可比。此等存亡之大事，必須吾人以不成功便成仁之決心赴之，乃可打破危險，完成最後勝利大業。

第二次各路增援部隊，今晨已如期到達二塘，賈里渡，水口山，陸家嶺，七里山預定之線，余必令空軍掩護，嚴督猛進也。」

這些援軍，一共擁有三個師的番號（第十九師、第一五一師、新編第十九師），也打到了衡陽可以聽到槍聲的地方，但卻始終對戰局不能起絲毫扭轉的作用。

守城的兵，越打越少，彈藥也賸得非常有限；援軍又「只聽扶梯響，不見人下來」，弄得方先覺一天到晚愁眉苦臉，不知如何是好；飯也不吃，只是不停地喝酒。有一天，他忽然當着參謀長孫鳴玉、高參彭克負和一位張秘書的面，意味深長地問蔡汝霖：

「督戰官！你看衡陽的前途如何？」

蔡說：

「上面對我們一定很關切。事實上當然有許多困難。不過，一定是有辦法來克服的。」

方嘆了一口氣道：

「但願如此。——不過，我們總難免是個甕中之鼈罷了。」

然後，他又補充了一句道：

「但無論如何，我是以死自誓的！」

實際上，「以死自誓」的，還不只他一個，光是日軍的攻城部隊中，就有迫大佐、大須賀大尉、足立大尉、東條大尉、小野大尉這五個人。結果是個個如願以償，戰死在衡陽城下。

在日軍佔領了城內的演武坪，城西北和城北以後，情勢已經到了千鈞一髮的時候。方先覺又在中央銀行的防空洞裏，召開了一次「緊急會議」。參加的人有：參謀長孫鳴玉、第三師長周慶祥、第十預備師長葛先才、一九〇師長容有略，暫編五四師長饒少偉、督戰官蔡汝霖、高參彭克負。在會上，方先覺首先發言道：

「今天我們之間的關係，比家人父子還要親切，大家都是同一命運。所以，希望大家想想辦法，總要做到知無不言，言無不盡才好。」

大家苦着臉商量了半天，最後決定打一個電報到上頭去要求突圍。

孫鳴玉伏在沙發上起草電報稿，四個師長在旁邊圍着看。彭克負翻開了一本「常德會戰檢討會議錄」的密件，指着其中的一頁，向督戰官蔡汝霖說：

「委員長對余程萬說過：『你怎麼身爲長官，居然忍心把負傷的部下丟掉，自己逃了出來!?』」

這句話引起了方先覺的心事，馬上就嚎啕大哭起來。幾位師長和蔡汝霖勸他，他就哭得越兇道：

「就是我們眞的能夠突圍出去，委員長不怪我們；全國同胞也原諒我們；但是我們在良心上，眞的對得住那些被遺棄的傷兵麼？」

這樣一說，引得幾位師長也悲從中來，淚下如雨。素來以能征慣戰著稱的第十軍「老人」周慶祥師長，也大哭道：

「我在第十軍幹了二十年，從來沒有打過像現在這樣慘的仗，眞是內無彈藥外無救兵。十幾萬援軍都打不進城來解圍，這不是「天亡我也」嗎？我救常德時，一天一夜就前進了一百多里。但是，現在的援軍卻怎麼也進不了城！靠人家反正沒有用，還是要自己拼命才行！」

這時，幾乎每個人都在哭，就連衛士們都不例外。最後，還是方先覺說：

「好，我們決定死守，根本不突圍！從現在起，每個師長只准留四個衛士在身邊保護自己。其餘的人，一律補充到前線去！」

他又說：

「從今以後，誰也不准再說一句突圍的話。我方先覺決不會背着大家私自逃走。

到了必要的時候，我們就在軍部集合，集體自殺，我第一個動手！

不過，我要是自殺了，即使你們能夠逃出去，也絕不會得到委員長的的寬恕，而且從此無以爲人！」

散會的時候，周慶祥問他：

「如果敵人把我們衝散了，應當在什麼地方集合？」

方先覺想了一想，道：

「不在中央銀行，就一定在天馬山。」

當天夜裏十點鐘，衡陽守軍就向蔣委員長發出了最後一個電報道。

「敵人今晨由北門突入以後，即在城內展開巷戰，我官兵傷亡殆盡，刻再無兵可資堵擊。職等誓以一死報黨國，勉盡軍人天職，決不負鈞座平生作育之至意。此電恐爲最後一電，來生再見。職軍長方先覺，率參謀長孫鳴玉，師長周慶祥、葛先才、容有略、饒少偉同叩。」

這時，日軍的第十一軍司令官橫山勇，又把全部重炮集中起來，用密集炮火來掩護第五八師團，再一次發動總攻。在很短的時間內，每門十五公分榴彈炮，都發射了二八〇發炮彈，打得到處一片瓦礫，煙霧瀰天，守軍的防禦工事，也大部份成了灰燼。不久前才攻陷了長沙的第五八師團，又帶頭衝入了市區，到處且戰且進。

第十軍在苦戰了四七天之後，還能戰鬪的官兵，一共只賸下了一千二百人。陣地上有了缺口的時候，連堵截一下的力量都沒有。方先覺知道大勢已去，就下令先把殘存的大炮自行破壞，然後又召集各師長到中央銀行的防空洞裏去集合。

據說：那時扼守在城西天馬山的第三師第九團，已經首先自動放下了武器，但是，身爲師長的周慶祥，還是回到了軍部裏去。大家聚在一起，楚囚對泣。方先覺一句話不說，只是伏在桌子上嚎啕大哭，兩個衛士站在旁邊，愁眉苦臉地替他打扇；蔡汝霖忙着把電碼本，秘件和軍人手牒，堆在一起燒掉。幾個師長也夾七夾八地討論着：「應當怎樣做才好？」

暫編第五四師長饒少偉主張，把部隊全部撤退到城南去，固守待援，拖一天是一天；或是乾脆就突圍，拼命衝出去。

反對他的意見，綜合起來有兩種：固守罷，戰鬪力彈藥和鬪志，都大成問題；突圍罷，兵太少，誰又肯去當先鋒帶頭衝呢？

饒少偉自己的隊伍，本來也不到兩個團，如今在傷亡慘重之後，自然更難派甚麼大用場。光憑着那幾個人，是很難有希望突圍成功的，所以他只好悶下來不響了。

據說：方先覺本來有吞槍自殺的意思，但卻被他的把兄弟——輜重團長「黑鬍子」一把將槍奪過去了。

在這種極度緊張和絕望之下，方先覺忽然把桌子一拍道：

「現在不是我們對不起國家，不要國家；而是國家對不起我們，不要我們！」

從此，局勢就很快地急轉直下。大家草草地商量好放下武器的條件。甚麼立刻停火啦；不得殘殺俘虜啦；讓第十軍留駐衡陽啦，都包括在內。但是，根據另一個方法：就居然連「保留第十軍建制」，以及「請准許方先覺親往南京面見汪精衛，陳述一切」這兩個條件，也都提出來了。

據日軍的小田原報道班，在城陷後報導：當時代表方先覺去談條件的人，是第十軍副官處長張廣寬，第三師第九團長蕭圭田（一說是師長周慶祥），還帶了一個姓梁的翻譯官。他們用白旗和喊話的方式，在天馬山陣地上，和日軍的第一一六師團的指揮部取得了聯絡，很快地就雙方停了火。同時，日軍也提出了兩個條件：第一，是要第十軍的首腦部，在次日拂曉到五桂嶺去進行正式談判。第二，是要把第十軍的全部武器，自動集中在衡陽南門外的大路兩旁。

第十軍的軍部，被日軍佔領以後，全部被俘的將校官佐，就在「勝利者」的押解下，走向五桂嶺去。在路上還遇見中美空軍，凌空比翼而來。他們在空中盤旋許久，卻始終沒有投彈，似乎是不忍對那些已經淪爲俘虜的戰友們，再加上一個更嚴重的打擊。

日軍先把他們押到中山台附近的江西會館，在臨時的「前線指揮所」中，談了一陣，然後才送往日軍第六八師團的司令部——歐家町天主堂。

師團長交堤三樹男中將，帶着他的參謀長和司令部的官佐，正在天主堂的防空洞裏等着他們。雙方就在一張粗木桌上開始談判，而且在燭光搖曳中簽了字。

從此，方先覺這一行人，就被安頓在天主堂內的一所小屋裏，由日軍四面加以監視。第一天的待遇似乎也很差，每人每餐分配到了一個飯糰。

其餘的被俘官兵，都集中在西山寺，大西門側的銀行公會（都是傷兵），汽車西站，湖南省銀行這幾個地方。這兩千多俘虜和傷兵，據說在放下武器之後，頗有些損失。一說是日軍對這些解除了武裝的人們，大規模地展開了報復行動，到處搜殺。另一說是中美空軍在城陷的次日，大舉轟炸衡陽，如雨的炸彈，把自己人也炸死了一部份。

第十軍放下武器的第二天，日軍首腦部又在天主堂裏，開了一個談話會，邀請被俘的將領們，第六八師團的尖端人物，戰地記者和「報道班」的人們出席參加。

這一次，交堤三樹男師團長和他的參謀長，都對方先覺相當客氣地恭維了一番，說些「孤軍奮戰，令人起敬」「人死留名，豹死留皮」的話。據說：方也在談話中，特別提到了頭山滿、犬養毅、宮崎滔天這幾位人物支持孫中山先生革命的事，說是黃埔系的人們，以至於蔣先生自己，都對這些日本志士，至今還未能忘懷。

後來，日本的第十一軍，又根據他們戰地記者的「方先覺訪問記」，詳地地發表了一篇這位將軍「對時事的意見」。原文大致是這樣的：

「日記者問：投降後，今後之目的如何？

方答：過去醉心於抗戰，對日本軍兵力評價過低。更恃鞏固的陣地與駐渝美空軍之協力。從事抗戰，雖然敗北，亦無遺憾。

相信余之敗北，并非敗於軍事，而實敗於正義。今日睹汪主席治下之實況，正適合余抗戰之目標。今後決定參加和平運動，而盡力於新中國建設。

問：對過去的抗戰生活，有何感想？

答：本人自黃埔軍官學校畢業後，始終為軍人，為國效力。

但鑒於八年來之抗戰，節節後退，毫無進展，民衆犧牲過大。尤其最近對「抗戰救國」四字，到處發生疑問，不合本人主旨處太多。人必擇其主而事，今後必將本人之一切，獻於英明之汪主席，協力新中國之進展。

問：投降和運，是否軍長之意見？

答：此固係本人之意見，同時亦為四師長之意見。余早有此私見，未敢輕易宣佈，既而得到日軍之勸告，始披瀝投効，決意并無一人反對。

問：今後方針如何？

答：余乃一介武夫，雖不能充份表白個人之意志，然日軍對於降將，如此厚待，大義凜然。

大恩不敢言報，苟能得到日方諒解，則將攜帶避難桂林之家屬，及部下全體，誓為建設新中國而努力。

問：現在重慶將校對抗戰將來之觀察如何？

答：因事變之長期化，故重慶將校之間，鑒於抗戰之矛盾，對抗戰前途亦多具同感。此雖不可明言，而舉動之輕忽，則可測其十九。因抗戰而生活日趨苦惱，深信已無人相信抗戰救國，只是權威監視甚嚴，不得不胡亂從之而聽憑天命耳。

問：對於汪主席之信仰如何？

答：汪主席乃我等軍校之教官，故對其事跡知之甚詳。

如蒙允許，欲赴南京恭謁，

藉以面聆和平建國方策，並負荆請罪。

問：欲睹和平地區之實況否？

答：頗欲領會和平地區之現實，更欲作漢口及南京之行。如蒙許可而有機會時，尚欲訪問日本。

自從接到了衡陽的「最後一電」，各方面的反應自然極其沉痛。據說：連蔣委員長自己都激動得默然久之，而且還覆電祈求上帝爲他們賜福。同時，統帥部也正式通令全國；在下一屆「紀念週」上，要爲第十軍的將士，默哀三分鐘。第十軍多年來的老長官李玉堂，更是痛哭失聲，傷心萬狀。

然而，就在衡陽陷落的當天，日軍就在廣播中正式公佈了第十軍放下武器的消息；而且把所有的被俘將校名單及其略歷，詳細地朗誦了一遍。

接着就有一個第十預備師的副師長張越羣，首先脫險而出，報告了衡陽孤軍力盡被俘的情形。他自己并沒有和方先覺一行攪在一起，只是在大亂中，帶了一個體己的衞士，藉着夜色蒼茫的掩護，抱了一根大木頭，跳入湘江，一直漂流了十五六里，才登岸逃了出來。過了兩天，日本的報紙和廣播，又大加渲染地發表了「衡陽受降經過」，以及方先覺對日本戰地記者的談話。人們這才知道：他們當初雖然都志在必死，但卻全部都安然無恙，只不過是失掉了自由罷了。

當時最感到難過的，又是第二十七集團軍副總司令李玉堂。他一聽見這個消息，馬上就傷心地嘆口氣道：

「方先覺爲什麼不自殺呢？他失掉了一個爲國捐軀的好機會，眞是太可惜了！」

後來，戰火燒到了廣西，八桂健兒陷於苦戰的時候，他又在桂林的一次會議上，心情沉重地說道：

「如果在衡陽保衞戰時，西南的友軍，及時做到了增援解圍的地步，非但衡陽不會陷落，敵人的實力會遭受到嚴重的損失，就連湘西，湘南和廣西各地，也會固若金湯了。」

第十軍被俘以後，最感到興奮的，大概要算是南京的汪政權了。那時，他們已經有了一支號稱「六十萬人」的軍隊。其中的主力，如孫良誠（轄兩個軍），張嵐峯（轄三個師），葉蓬（轄三個師），吳化文（轄一個軍）郝鵬舉（轄三個師）這些部隊，都完全是從中國的固有部隊中倒戈過來的。周佛海自己兼任團長的「財政部稅警總團」，官兵多至三萬，也幾乎全部是由中條山戰役的俘虜改編的。他們的裝備，是最新式的，簡直和汪精衞自己的警衞軍（三個師）不相上下。如果現在能把方先覺也拉進來的話，無論在實力和在宣傳上，當然都是一着好棋。

因此，汪政權的日籍顧問吉丸，馬上就在「中國派遣軍總司令」畑俊六大將的授意下，專誠從南京飛到衡陽，和第十軍的領導人物們，做了一次「懇切的談話」。大談其「戰不如和；戰久必和」的理論，而且建議在汪政權的旗幟下，先成立一個「先和軍」——是從方先覺的名字中取一個「先」字，「和平運動」中取一個「和」字，合併而成的。下轄四個師，仍由方本人和四位師長，分任軍師長。

這個「先和軍」正式成立的那一天，是九月底的事。在「授職」和「授刀」的儀式之後，還由日軍出頭舉行了一個盛大的招待會，并且由「報導班」拍照，「以留紀念」。在這個關頭，到場的第十軍老人們，自然都覺得心情上有點異樣的滋味，方先覺還向他們打氣道：

「日本人只能照我們大家的相，卻照不了我們大家的心！」

從這一天起，日軍對他們拘留地方的警戒，就放寬了不少。在「先和軍」的軍部裡，也照例有「八大處」。然後又由原第十軍的俘虜中，挑選一些官兵出來，先編了一個步兵營，配備了日式武器，做爲「先和軍」的骨幹；而且把衡陽東南十五里的東陽渡，劃爲這支「迷你」隊伍的防區。

十月九日，是一個狂風暴雨之夜，日軍守衞，自然更加鬆懈一些。第三師長周慶祥，就和參謀長孫鳴玉，悄悄地帶了兩體己的衛士，穿上便裝，爬牆逃了出來。誰知在伸手不見五指的暗夜中，誤入了日軍的馬廄，嚇得那些戰馬們，亂跳亂叫。如果不是風雨聲冲淡了馬嘶，他們的處境就很尷尬了。

天亮的時候，他們已經走了二十里路，總算初步脫離了危險。從此就由老百姓帶路，一路晝伏夜行，走到了渣江的近郊。忽然又被當地的游擊隊，當做「敵諜」細了起來。

恰好那裏正是「衡陽縣流亡政府」的所在地，所以他們一旦表明身份以後，衡陽縣長兼湖南民衆自衛隊第六指揮站主任王偉能，就聞訊趕來，大宴歡迎，慶祝他們的脫險。然後又由各處的地方政府沿途派兵護送，繞道經過新化、芷江、鎮遠，一直來到了第十軍在後方的集結處——貴州獨山。

奇怪的是：他們到了那裏就一直遲遲沒有到重慶，走向統帥部報到。直到方先覺逃了出來，榮膺上賞之後，他們才離開了獨山。

方先覺在衡陽對於他們的不告而去，感到很難過，就暗中約好了軍部高參彭克負，趁着另一個風雨之夜，化裝成老百姓，爬牆逃了出來。——那天是十一月十九日，離周慶祥和孫鳴玉的脫險，恰好四十天。

他們輾轉逃到了安江，找到了黃埔三期的老同學王耀武。這一次，因爲無功可爭，無過可諉，那位身爲二十四集團軍總司令的王大將軍，居然很幫忙，馬上把他送到芷江，搭了美軍的飛機，經過昆明，到了重慶。

第二天，蔣委員長就親自召見他，而且拍着他的背脊說：

「子珊，你才眞的不愧是我的一個好學生！」

然後，又留他一道吃午飯，只有蔣緯國作陪客。

那時的「全國慰勞總會」，也爲了方先覺的歸來，舉行了一個盛大的慶祝會，送給他一百萬元的「慰勞金」和「白馬」一匹。

過了不久，統帥部就正式發表方先覺爲第五集團軍副總司令，兼青年軍二〇七師師長。前者是中國部隊中裝備和訓練最美國化的一支大軍，後者又是相當於德國「黨衛軍」的一個高度政治化和示範性的隊伍。方先覺能夠以被俘歸來之身，身兼這二要職，就可見統帥部對他的器重和諒解了。

在中日戰爭時代，敵前放下了武器的中國部隊，照例是要「部隊解散，番號取銷」的。但是，第十軍卻幷沒有遭遇到這種命運。第十軍在「戰鬪序列」中依然存在，軍長的遺缺，改由黃埔二期的第一百軍副軍長趙錫田繼任。

按照情理而論：第三師長周慶祥，在第十軍中資格最老；在衡陽作戰最勇；逃出來又最早，十軍軍長這把交椅，似乎非他莫屬的。但他卻只得了一百萬元「慰勞金」，一座靑天白日勳章，而屈就副軍長兼第三師師長。

和他一道逃出來的軍參謀長孫鳴玉，除掉得到了一百萬元「慰勞金」和靑天白日勳章以外，還兼任爲新編第三六師師長。後來，在「第三次長沙會戰」中曾被譽爲爲英雄的第十預備師長葛先才；黃埔一期的老大哥、「一二八」時代的十九路軍參謀處長、在「常德會戰」中奮勇解圍的第一九〇師長容有略；以及雖然自己的部隊兵微將寡，但卻在最後關頭，依舊堅持要打下去，或是拚命衝出去的暫編第五四師長饒少偉，後來也都安然地脫離了日軍的掌握，回到了重慶。不過，他們的運氣很差，全部都失掉了兵權，改任爲當時軍事委員會的「少將高參」。

在日軍方面，橫山勇司令官雖然終於把衡陽據爲已有，但卻受到了大本營的規誡，要他從此大力「加強整補，勿再一味急進」。同時，爲了即將揭幕的「桂柳攻略戰」還以最高的速度，給中國派遣軍的第十一軍，補充了十萬新兵。

轟動一時，名震中外的「衡陽保衛戰」，到此也就正式告一結束。

沈定一的一生

——懷念一個革命的先進——

高越天

不遭人忌是庸才，滾滾紅塵，那有閒情問休咎。
能破天荒非枉死，堂堂白日，全憑正氣作光芒。

這一副對，是沈定一先生（玄廬）在民國十四年八月在上海聽到廖仲凱先生在廣州被刺而作、他悼念好友的不幸，寫出了心中的悲憤。可是他自己也想不到後此四年，竟在全國甫告統一之時，亦步廖氏後塵，被刺身故。而且死因始終不明。中國熱忱愛國矢志拯民的志士仁人，六七十年來犧牲的慘重，可以說是史無前例。定一先生是千千萬萬三民主義信徒中犧牲之一，黨史和國史，都不會遺忘他為黨為國奮鬪的事蹟。但他一生多采多姿的生活，以及政治思想，社會運動，文藝創作等的特色，也許未必能詳。而時至今日，一般人對於革命先進的精神氣慨，似乎已所知無幾。社會上且崇拜現實，講究生活享受，奢華逸樂。國魂不作，漫言復興。因此，我覺得寫此一篇，或非無益。

以上算是開端的道白，下面我分筆來敍述沈定一先生的一生。

一、少年公子與仕宦傳奇

任何人如果領略過大陸風光，總說江南乃是天堂。尤其是從杭州東渡錢塘江以後，蕭紹數十里之間，一路是山明水秀，阡陌如錦。春日是雜花生樹，羣鶯亂飛。秋季是楓林晚醉、漁歌樵唱，長夏是「荷花世界柳家鄉」。冬令是「瑞雪家家杵臼聲」。端的是浙江膏腴之區，在全國中可以說是數一數二的地方。而在離開蕭山縣城二十幾里的官塘旁，有一個衙前鎮。鎮的附近，有小邱陵，山石玲瓏，林巒蒼翠，風景非常秀雅。四野卻都是良田美地，遠近廬舍整潔，鷄犬相聞。運河中貫衙前鎮而過，河水清澈，大小船舶往來如織，宛若威尼斯風光。衙前沈氏是大族。歷代簪纓相繼，其中沈受謙老先生一家，卻是望族中的望族。

沈受謙老先生，是清季的名進士。光緒十二年，曾筮仕台灣，署台灣府的台灣縣。後來歷時二年，因增設台南府，他調署安平縣，又任縣宰二年。他在台南，修復了赤嵌樓、文昌閣、又成立了蓬萊書院，建立了五子祠。所有這幾處地方，他都題了匾額，現在還有一二塊存在。後來他返回大陸，在福建及其他省份任職，是一個有學問的循吏，到了光緒廿年，年近七十，方告退休還鄉。沈宅門對運河，因係素封，構建得非常宏偉。門前旗杆石林立。一帶石塘是整齊堅潔。在這樣一個環境之中，卻很意外地出了一個革命家沈定一。

沈定一先生本名劍侯。是受謙老先生的第三個兒子。他生性穎悟開朗，幼年就不同於他哥哥謹默守成。在傳統教育方式之下，當然是請了名師設館施敎，剛日讀經，柔日讀史，準備由科舉而上達。可是他很好武技，少年時代，馳馬打拳，膂力過人，好打抱不平，不拘繩墨，說得不好聽一點，也可以說是問題少年。

他在二十多歲的時候，去應紹興府考，中了秀才。秀才本是上進的第一步，並不足奇。但紹興讀書通文墨的人太多，名額有限，要在紹興考一個秀才，比邊僻省份考取舉人還難。他考取秀才以後，不料這是清朝最末的一次。因為隔了兩年，是光緒三十一年（一九〇五），清廷改採新法，停科舉，辦學校，不再有省會秋闈考試，可以更考舉人。因此，他的尊翁，就爲他納貲求仕，由吏部分發雲南，以知縣即用。那時候雲南的巡撫是丁振鐸，召見以後，很欣賞他的才華英發，不同一般候補州縣官的風塵憔悴，衰疲齷齪，就關照藩司掛牌，署理廣通縣知縣，那時他年僅二十六七，是雲南州縣班中最年青的一個，大家都引以爲奇。

他到任以後，因爲根本不是爲了做官發財而來，有意要表現才力，爭取聲譽，許多鄉下人爲了鼠牙雀角之爭，幾兩或幾分銀子打官司纏訟不休，他就勸原被告和解甚且自已拿出錢來替被告還債，衙門中吏役，向例是沒有工餉，靠官差去勒索老百姓維持生活，他規定名額，每人每月發餉，自己的官俸養廉金收入抵付不够，寫信要家裏每月滙去一千兩作開支，當時詫爲奇聞。但廣通老百姓都稱頌他是從來未有的好官，可是他在推行新政、革除陋習方面，卻鬧了一件妙事。

原來廣通民智閉塞，向有一個陋習，就是不肯上毛厠，喜歡就地大小便，尤其是東門外官塘大路上，更是糞便縱橫，難以行走。定一先生當即出告示嚴禁，說明再有人在官道上及公共場所亂拉大便，都要打屁股。廣通的人民覺得大老爺管人的大便，乃是奇事，當地不贊成他新派作風的一羣土劣，就去慫恿時任安徽巡撫朱家寶的老太爺出來搗蛋。這一位老太爺本是潑皮出身，兒子成爲顯官以後，在廣通等於一個太上皇，裝瘋賣傻，包攬詞訟，歷任州縣都要賣他的帳，定一先生卻從不理會這一套，這位朱老太爺就存心爲難。

當縣署方督率民伕把城內外糞便收拾清潔以後，定一先生到東門一帶去巡視，這位朱老太爺卻故意蹲在大道中拉屎。定一先生見是一個老頭，倒不怪他，等他拉完了，叫衙役喊他過去，問他是否識字，曉不曉得告示不許亂拉糞便，不料朱老太爺反聲勢洶洶，出言狂妄，彼此言語衝突，定一先生大怒，命差役把他拉倒打屁股，差役惶惶相顧，不敢動手，定一先生更怒，親自上前把他一把揪倒，命差役重責二十板。這一打，打得廣通人民個個暗中稱快，土豪劣紳個個顏面無光，毛骨悚然，而倒霉的卻是朱老太爺，躺在地上，又哭又叫，想不到一個小小知縣，居然敢打巡撫大人父親的屁股。一下把威風削盡，無面目見人。他斷是吃定了，但仇卻不能不報，就教唆許多莠民，紛紛向省誣告。並要他兒子替他出氣。省中也聽到了這一椿笑話，覺得雖然辦得痛快，認爲他是初生之犢不畏虎，但對朱家寶總多少有點抱歉。就把定一先生從廣通調署武定州的知州。

武定州鄰近滇越鐵路，比較開通，定一先生就舉辦了幾件新政。其中之一是巡警局，總辦由他自兼，會辦可能是地方士紳（當時各地都是如此。）但創辦開始，一般員警都習於惰性，振作不起來，定一先生卻興奮得很，督促得很嚴。有一天清早，他跑到巡警局去一看，員警都還高臥未起，他一言不發，把擺在外面的服裝槍支都帶回了知州衙門，到了這一班大爺睡醒起來一看，個個叫苦不迭，連忙去向知州兼總辦報告，定一先生把他們大罵一頓。大家都祇好俯首請罪，從此以後，武定的惰風，也逐漸改革，學校、巡警等新政，在雲南各州縣中，卓著聲譽。

時值清季，國父在滇越邊境一再發動革命。防城、欽廉及鎭南關的起義，皆震動人心。而光緒三十三年（一九〇七）徐錫麟以同盟會黨人在安慶任巡警學堂會辦，於七月間刺殺巡撫恩銘，欲據軍械局起義，事敗被殺。風聲所播，更激起了國人革命的思想。定一先生雖在做清朝的知州，卻深惡清廷的腐敗，他不知道從何處得到了反清的宣傳品，就決心參加革命。首先把自己的辮子剪去。當被忌恨的人密告到巡撫丁振鐸處，說他是同徐錫麟一黨。丁召他晉省。準備扣留。幸而總署中有人秘密通知了定一先生，他就把剪下的髮辮釘在帽子上翎頂補服，大搖大擺，去上衙參謁。

當時的禮節，是長官堂皇正坐，屬官恭敬拜謁，頭上的頂戴，乃是功名，非經參革，不可以命他脫帽。丁看他腦後長辮垂垂，態度從容不迫，認爲是莠民造他的謠，照例問了若干地方民情政事，他應對如流。丁更不疑有他。定一先生退出以後，知道留省或回任，必然要敗露。當即命隨員回州封金掛印，自己坐上滇越火車奔往越南，一溜了事。到了省方發覺，定一先生已由越南到了日本。這一件事說大不大，說小不小。因爲棄官潛逃，罪名甚重，但他不是爲了匪亂民變而逃，無失土之罪。而且在任上並沒有虧空舞弊，若加詳查，一定要問明內容，若說是因剪去了辮子，則一無證據，二則大吏有失察之咎。張揚開來，大家不好下台。因此，雲南的藩司，祇好補辦免職，派人擔任。一面由巡撫參劾，說他狂妄昏亂，不堪任用。關照吏部，給他一個「永不敘用」的處分。一面通知了他的尊翁。

受謙老先生聽到這一個消息，當然也大吃一驚。雖愛子情深，對定一先生在日本的費用，還是暗中接濟，並告訴他萬萬不要回來，一面知道他已在日本正式參加了同盟會，就以「不孝忤逆」爲言，向蕭山縣告了一狀，說明驅逐逆子，具結立案存據，並申報省府，預防因革命而累及家族。所以鄉下人祇知道沈家三老爺是「逆子」，被老太爺逐出。不知道定一先生乃係孝子，父母有疾，終夜侍立無倦色，而且食不甘味，最爲父母所鍾愛。

二、留日、回國、及參加省議會，捐款與二次革命

定一先生留日三四年，在日本帝國大學攻讀法律。參加了同盟會，但其活動，則與光復會爲近。因光復會多係浙人，由蔡元培、陶成章等所發起。徐錫麟烈士自名光復子，與鑑湖女俠秋瑾皆係會中中堅分子。徐、秋雖已犧牲，而光復會仍活躍不衰。

定一先生因天分高，能寫，能講，能活動，既長於技擊，又係以世家子弟，現任官吏，捨家亡命而參加革命，故極爲同盟會光復會所推重。惟定一先生性伉直，好面折人非，又任事而不居功，故聲望較次於胡漢民、宋教仁、李烈鈞、張繼諸先生。而與定一先生篤交者，則爲朱執信、陳英士、廖仲凱、戴季陶諸先生。許多同志在日貧困，且由他慷慨資助。

辛亥十月，武昌民軍起義，全國響應，定一先生亟返國，十一月，浙江光復，湯壽潛任都督。次年民國肇建，定一先生在浙滬各地奔走，宣傳北伐，並出家資捐助軍餉，促浙軍出兵參戰。民元九月，浙江省議會成立，省議員一百五十人。定一先生膺選，羣推爲議員中的翹楚，因省議員多係由諮議局議員遞傳而來，以地方耆紳爲多。其中有新思想及時代知識者，如褚輔成先生，阮性存先生，（阮毅成先生之尊翁）及沈定一先生等，皆係留日歸來的青年英俊。所有見解言論，自爲守舊者紳所不及。

民國二年三月，袁世凱使兇手刺殺宋教仁於上海。袁氏的陰謀野心，便充分暴露。

國父自日返滬，主張立即討伐，定一先生與陳英士先生等力贊此一主張，而多人主張緝兇訴諸法律，並詳加籌劃後再動。袁世凱遂先發制人，於六月免贛督李烈鈞、皖督柏文蔚、粵督胡漢民之職，並命馮國璋、李純等以大軍南下。七月，李烈鈞起兵湖口，十五日，黃興入南京，集舊部宣布討袁。而械餉兩絀。定一先生時在杭，力說浙軍響應，而浙軍已有若干軍官被袁收買，相顧不動，觀望風色。先生不得已，與高子白等籌集款項，親携赴南京，數達銀元二十萬元左右，在當時實爲一鉅數。乃不及兩週，南京被馮國璋、張勳圍攻，黃興走日本。何海鳴以第一師力拒，卒不敵，南京被袁軍攻入。皖贛粵各地亦敗，二次革命遂告失敗。定一先生亦逃日本。臨行前以小詞寄高子白先生，其中名句，爲——

『手散黃金二十萬，等閑買個英雄做。到而今，祇賸了一個光身我。』其風趣豁達有如此者。

三、回國辦學校及農村自治運動、減租運動

民國四年，袁世凱以民黨既敗、狂妄欲爲帝皇，結果祇稱了八十三天的關門洪憲皇帝，就被蔡鍔、唐繼堯、李烈鈞的護國軍，以及居正、陳炯明等在各省發動的民軍打得損兵折將，衆叛親離，各省紛紛獨立，老袁也就一氣身死。五年六月黎元洪繼任總統。沈定一先生也就從日本歸來，仍任省議員，並在本鄉興辦小學及農村自治。

他從民二到民五三年多時間中，在日本是專心研究政治，並探討各種學術思想，才力大進。

民國七年以後，南北分裂，各省軍閥專政，共產思想漸從蘇俄滲入，因侈言農工專政，無產階級革命，許多青年傾向此一宣傳，定一先生一向思想敏銳，同情工人農民，覺得社會的確需要改良，但他不贊同俄國的赤色恐怖及鬭爭屠殺，想用和平的社會政策來做實驗。

首先他把大量肥沃的農田，分給原來承租的農民，祇要很少的一點租穀，作爲當地小學校教員的薪給及文具等經費，農民子弟一律免費入學，那時受謙老先生已逝世，他就把自己的高堂大廈完全作爲學校教室，本身且下田耕種。領略勞動的實況。一面請了許多師範學校畢業的青年來教課，并經常討論改良地方風俗，鼓吹地方自治，研究革命學說，提創各種運動。他因思想很新，暑天在大池塘中與兒子沈劍龍，女兒沈劍花，媳婦楊之華等一同游泳，鄉間大驚小怪，傳爲奇聞。當時在他學校中的教員，如瞿秋白、宣中華等，後來參加了共產黨，而如孔雪雄、周欣爲、蔣劍農等，則始終是忠貞的國民黨。

浙江紹興蕭山一帶，因土地肥沃，河道環流，水利辦得很好，不虞天旱，所以米產量很高，可是佃租也相當重，沈定一先生覺得這是一種剝削，他對於鄉紳地主們對佃農的傲慢，更是看不慣，在民國九年三月他有一首「你嫌齷齪麼」的白話詩，發表在覺悟上，說是——

你嫌齷齪麼？
種田的人兩腳兩手都是泥。
你嫌齷齪麼？
泥腳泥手也是一床好夫妻。
你嫌齷齪麼？
他的手腳如果不沾泥，
大家那裏來的米。

那時他的思想是一種平民思想，還不脫中國讀書人感慨的意味。但接着而來的卻是行動，就是主張二五減租，要農民組織起來，一致向地主提出這一個要求。

二五減租的計算法，是根據收成，譬如收了一石穀。先一分爲二，地主與佃戶各應得五斗，但地主應減收二成五。那就是地主應得三斗七升五。（這就是後來在台灣實施的三七五減租辦法。）但此一運動發生，紹蕭的地主們就羣起反對，向省長公署控告沈定一作怪。又分別對佃戶威脅。所以初期的二五減租運動，效果不佳。就是沈氏同族中人，以及附近龕山各地周施等大戶，也祇有很少數人認爲有點道理，但到了收租的時候，還是要照原定租額，不折不扣，不過加租的風氣，卻遏止了！

四、思想的進步，及文藝運動，家庭新潮

當民國七八年的時候，他寫了不少論文和詩，在報刊上發表。他不主張武力競爭，而主張互助進步。又主張女子解放，與男子受同等的教育，發揮同等的本能。對國事則反對日本財黨軍三閥侵略中國，要求國人準備犧牲。（這是在抗戰發生以前廿年的話。）同時更提創建設及地方自治、普及教育。他本來帶一點花花公子的性質，可是從民五以後，就以不嫖、不賭、不飲酒、不吸煙，改革虛榮心、投機心，及虛嬌的情感自勵。而且規定每天勞動八小時，享樂八小時，休息八小時。（所謂享樂，是美術、音樂、遊戲、觀察社會、眺矚風景等等。）這樣一來，他幾乎等

於一個淸教徒。後來我和他認識的時候，他自己承認沒有完全做到的，祇有飲酒的一條。因爲他本是海量，到了會集場合，好朋友力勸他吃兩杯，他還是照喝。不過他決不自動飲酒，或大醉，由此可以看出他的自制力。

在新舊文學論辯最激烈的時候。定一先生是站在新文學方面的健將，與胡適、劉大白、錢玄同等都是開風氣之先。不過玄廬對新文學的想法和看法，有與他人不同的地方，他認爲要散布新思想，應該用新文體。新文體當然要變更舊型詩文體的做法。但如許多匾額、屛幅、聯語等可以不廢，因爲比詩文力量大，可以改良爲很好的新文體來矯正思想。譬如「開門大吉」、「對我生財」，『帝德乾坤大。皇恩雨露深』等等，看了當然不免使人思想庸俗。但如『鐵肩擔道義，辣手著文章』，卻可以使人警覺超拔。又如涼亭中對聯，『那條窄路兒，且須讓一步。他過不去，你怎過得去？這等重擔子，也要擔幾分。我做勿來，誰又做得來。』對人類社會卻極有益。新聯語和新詩，雖不必講究對仗工整，平平仄仄，但必須要有音節可誦，方能讀得順口，深印人心。他對於新與古也另有一個看法，認爲咒咀「古」，好「古」，師「古」，都不是公道，因爲我們衣食住行醫藥這一套，多是過去人創作遺傳下來，要看它有用或無用。有用的再改良，再創造，無用的應該揚棄，所以不是「新」與「古」的問題，而是有用與無用的問題。他勸人萬萬不要向無用的方面去發展。定一先生對於靑年，非常愛護，他希望靑年們不倚賴家庭，放棄遺產承受。不要重視考試制度與畢業制度，而要研究學問，自我發展本能。婚嫁更要絕對自由，夫妻之間的要素，要包括「情」，「慾」，「生活」。

當此時代潮流競趨新奇的時候，共產思想就從蘇俄逐漸輸入中國。民國七年五月，共產國際的東方部長吳廷斯基（Gregori Votinsky）來華從事秘密活動，在上海指導陳獨秀、邵力子等組織了一個「馬克斯主義研究會」，八月，又成立了「中國社會主義靑年團」。同時與北京的李大釗，廣州的譚平山等互通聲氣。而浙江方面，乃是沈定一先生。這時候因英日勾結在一起，對中國壓迫，國人普遍怨恨，蘇俄則宣稱共產國際同情殖民地革命運動，所以不少人認爲可以與俄爲友，並研究共產主義的思想。開始時似乎並不存有政治活動的色彩。沈定一先生在此時是努力求新，誓不腐化，一切都趨向平民化。他不許農民工人及一般人叫他三老爺，要叫名字，或叫三先生。在他辦的衙前小學中，經常邀來各地畢業的大專學生，講革命，談改良地方，而以師範畢業的教員爲最多。後來成爲共黨的首領瞿秋白，也是其中的一個。

瞿秋白生得很淸秀，曾在北平俄文訓練班畢業，他一開始就獲得了俄共的賞識，秘密參加了共產國際。但在衙前小學的時候，並沒有特殊表現，可是與定一先生的兒媳楊之華卻暗中相戀，隔了一段時期，瞿秋白到了上海，成爲共黨中堅活躍份子，楊之華也到了上海，彼此關係進了一步，楊之華就與沈劍龍離婚，與瞿秋白結婚。沈家上下思想很新，對此並不以爲意。但在同一天報刊上登的三則啓事爲：

一、楊之華與沈劍龍於×月×日在上海離婚。

二、楊之華與瞿秋白於×月×日在上海結婚。

三、沈劍龍與瞿秋白於×月×日在上海彼此結爲好友。

這三則啓事一見報，幾乎全國都詫爲奇聞。當然有人說第三則未免畫蛇添足，大可不必。而且沈劍龍還是少爺作風，糊糊塗塗，與瞿秋白根本不可能結爲好友。彼此又如何稱呼。這些當然是守舊派俏皮的說法。至於楊之華，本不是共產黨，與瞿秋白結婚後，也就嫁鷄隨鷄，入了共黨，到俄國去接受訓練。十五年以後，瞿秋白任中共總書記，在江西湖南各地暴動，一直到民國二十四年春國軍第四次圍剿，共軍朱德、毛澤東等突圍而逃，奔向陝北。瞿秋白在瑞金因病不能隨着行路，與張亮、周月林、陳潭秋、何叔衡，僞稱商人，由贛至閩，想由厦門逃上海，二月行至閩西被捕，六月在長汀槍決。

那時候楊之華已在上海隱匿起來，後來一度到了陝北，又轉往蘇俄。三十八年共黨進入上海，楊之華也到了上海，陳毅等共幹尊之爲「元老」。楊之華的族叔楊沛南，一向對她很好，因地主關係逃在上海，去找她請予以庇護。楊之華不但不見他，反叫特務把他押解回蕭山，鬪爭而死。從這一點看，證明她的人性已完全喪失了！又楊之華的妹妹楊之英，乃是邵力子的兒媳。邵力子於三十八年以和談代表降共，之英聽說還遭了鬪爭，幸未喪命。這是沈楊邵三家與中共的一段關係。

再說：定一先生的夫人，是舊式小姐、生活習慣與思想，彼此無法調和，民五以後，就形如分居。到了民國十二年，餘姚有一個女學生王華芬，思想很進步，人亦活潑熱忱，因聽了定一先生的演講，非非欽慕，就相從問學，願委身以隨，旋經宣布同居，後文容當再述。

五、赴俄考察、反共、西山會議

民國九年的時候，中共在各地出版「勞動之聲」等刊物，沈定一先生是浙江的負責人，民國十年七月，中國共產黨在上海及嘉興開會宣佈成立。推陳獨秀、周佛海爲正副委員長，李大釗、李達等是委員。當時的中共，雖留法的勤工儉學生周恩來、李立三，留德高語罕、朱德，以及瞿秋白等都已搞在一起，但僅粗具模型，每月由第三國際發美金五千元作爲經費。所談的是馬克斯、恩格斯的一套理論，說是爲農工謀利益，爲青年謀科學思想的發展，還沒有武力叛亂、殘酷屠殺鬪爭，以及極權暴政這種種鬼把戲，所以有許多知識份子參加。而定一先生本是中國馬克斯學會發起人之一，又是新時代思想的領導人物，所以中共份子很尊敬他。希望他參加共黨。但他一向磊落光明，認爲本身是國民黨員，跨黨總不是好事，堅決不加入共黨，但他從民七起到民十二止，是對共黨存有好感，而且希望中共爲國努力的。

民國十二年八月，他奉了國父之命參加孫逸仙博士代表團，與張太雷、王登雲，隨同今總統蔣公赴俄考察政治軍事及黨務。他留俄數月，深入觀察，與第三國際及蘇俄共黨要人們接觸。時列寧已死，俄共內部鬪爭劇烈，史達林一步一步的抬頭，施展出種種奪權的辣手。定一先生對於蘇共的狡詐殘暴，野心叵測。以及俄國人民在赤色暴政之下，被奴役、被壓迫、被誣陷、被虐殺的殘狀，大爲震驚駭異。澈底看穿了蘇共及第三國際所宣傳的「解放世界一切被壓迫的民族」，乃是一個虛僞的幌子。而俄式共產主義若實現於中國，禍害將不可勝計。因此，他內心就一變由親共而反共。十一月回國以後，除了報告共黨的組織、訓練、宣傳等方式以外，對共產主義卻有批判而不恭維。惟時方容共、聯俄，所以他的報告沒有公開。

中國國民黨的容共，許可中共CP份子，可以跨黨加入國民黨。本來目的是希望共同爲國努力，且含有逐漸改變他們暴烈激進、盲從幼稚的用意。可是共黨份子在俄人暗中教唆支柱之下，對於一切行動，逐漸跋扈囂張。定一先生甚引以爲憂，就把在俄所知的一切情況及內容，秘密對戴傳賢、邵元冲、鄒魯諸先生敍述，準備防範。共黨本想捧他出來，以國民黨左派的姿態替共黨爭權，看看態度不對，共黨也就警覺，所以民國十三年一月中國國民黨在廣州高等師範學校召開第一次全國代表大會選舉的時候，沈定一本預定是中央執行委員，共黨代表卻臨時抽腿，改投了于樹德的票。同時國民黨的代表又有人懷疑他是共黨，不投他的票，雙方都有變動，結果沈定一先生當選爲候補中央執行委員第三名。從此以後，定一先生和共黨CP份子逐漸疏遠。回到浙江後，不再談唯物史觀、科學社會思想這一套，到處演講，是宣揚闡述三民主義。他不把　國父的講稿照本宣讀，而隨時隨地掌握重點，雄辯滔滔，聲震屋瓦，妙語如珠，使聽者感動忘倦，增進信仰。我當時還是一個學生，也是聽了他的演講，才加入了中國國民黨。

民國十四年三月， 國父在北京逝世。共黨挾俄方助力，在鮑羅廷指揮之下把持廣州的一切民衆運動。又運用分化策略，捧了汪精衛爲左派領袖，以陰謀排斥忠實同志，存心篡竊黨權。國民黨中人士感覺衝突尖銳，無法姑息，十一月二十三日，中央執行委員林森、鄒魯、居正、覃振、石青陽、石瑛、戴傳賢、邵元沖、葉楚傖、沈定一等十人，與監察委員謝持，張繼二人，候補中委傅汝霖、茅祖權二人，集會於北京西山碧雲寺 國父靈前，決議「分共」。通過取銷共產黨人在國民黨之黨籍。移中央執行委員會於上海各案。並開除汪精衛黨籍。這就是有名的西山會議。在會議前五天，十一月十九日上午在北京的共黨暴徒數十人，携手杖木棍，分乘汽車三輛，擁至西山香雲旅社，毆擊戴傳賢及沈定一。戴先生受重傷，二十三日不能出席。定一先生傷亦重，因體力素健，仍扶傷出席（定一先生本係候補中央執行委員第三名。因中央執行委員中，李大釗、譚平山、林祖涵、于樹德四人係共黨。故定一先生在名次上例應補爲中央執行委員。）決議案發佈以後，共黨以陰謀敗露，藉口對國民黨「右派」攻擊甚力，又特創一「西山會議派」之名。指主張分共者皆爲「反革命」。一面更加緊在黨中央及各省地方奪權，橫行無忌。次年三月，甚且陰謀劫持黃埔軍校蔣校長。幸被發覺制止，那就是「中山艦事件」。惟廣州中央迫於內外困難情況，一時尙無法「分共」。

定一先生從北京回浙江後，因一方面在革命陣營中發生了爭執。——在廣州比較穩健一點的中央同志，有怪定一先生等西山會議操之過激者。在浙江軍閥孫傳芳的目光中，又是猜忌防範的危險對象，處境相當艱難。但他不顧一切，在浙滬各地積極開展黨務。許多工農及知識青年紛紛加入。

那時我爲浙江省黨部秘密工作。定一先生每次來，總是帶了王華芬，一個雄偉昂藏，一個嬌小玲瓏，很不像是一對。可是每次定一先生滔滔演講，王華芬靜靜筆記，會後王讀講稿，沈一面聽，一面改正，結果就是一篇很好的文章，彼此呵呵大笑，興高采烈，使得聽衆都非常感動。認爲定一先生的確需要這樣一個女性，做革命工作的伴侶。

定一先生當時還掛了一個浙江省議會議員的名。他對於軍閥專權，凌駕一切，省議會雖有人在那裏搞聯省自治運動，實際卻是替軍閥鞏固久據的法律地位。所以他不贊成。與許多老友不合作。他在民十曾有「偸食以後的貓」一首詩，譏笑議長沈鈞儒。說是——

貓兒偸腥碗兒響。
恐怕捉住敲巴掌，
輕輕跳在瓦檐頭，
高高踞坐屋山上。
抹嘴抹臉事體多，
主人看見奈他何！
夜來老鼠扛車羅。

他討厭若干議員討好軍閥官吏，偸偸佔一點小便宜，揩一點社會的油，還自命得意。而十四年時候的省議員作風，似乎更比民十時更來得柔順無所作爲。少數人蠅營狗苟，更爲他瞧不起，羞與爲伍。有一位省議員請他寫一副對聯，他大笑寫了八個擘窠大字送給他。是「目空四海，口若懸河」。因爲這一位議員是一目斜視，講話時口涎直流。這一副對聯送去掛不掛，那可不知道了！

在這種地方，定一先生不免有點狂傲。但他有一首小詩，說是——

天才不可恃，
眞理非永固；
努力復努力，
眼前第一步。

他還是自我策勵，並不執着！

六、清黨、二五減租及被刺

在我記憶當中，定一先生的演講雄辯是著名的，他的思想是因進步而屢變。惟民十在新學社講「人生問題」，要人認識人生的偉大、人生的眞實，以及人生的目的。結論是『凡百事物都建築在一愛字上。』由此可知他的本質就反對共黨以「恨」字爲基礎。所以他在十六年國民革命軍底定東南，開始清黨時，擔任了清黨委員，他對共黨了解得很清楚，許多受他培育出來，後來參加了共產黨，對他侮辱叛離的人。也不主張嚴厲處分，更不存有報復的私見。而主張設立反省院、治合醫院、學校及工作場所的優點，來治療矯正他們心理上的創傷和褊激。一經覺悟，卽行省釋。故清黨結果，浙江並沒有殺人，也沒有暴動（長興等縣後有暴動，乃是外來的共幹。）就是浙江共黨首領宣中華，若不是逃滬在龍華被軍隊捕獲槍決，在浙江被捕，當亦不致處死。

十六年國民政府到了南京、浙江正式以政府命令實行二五減租。其中主要推動的力量，當然是沈定一先生，而浙江主席如何應欽先生、張靜江先生等都賢明而有遠見，亦爲主因。故二五減租，各省雖間有試辦，浙江辦得最有聲有色。地主不敢反對，農民大受實惠。惟沈先生僅在十六年擔任了幾個月清黨委員會主委以外，堅決的不做官，不爭名利。十七年仍回故鄉去做他的社會實際運動。諸如普及教育，建設地方交通，教導農民識字、及指導採用肥料，經營新型農業等等。鋒芒也比較收斂，不如前幾年英氣勃勃，使人見了他發生震懾之感。可是想不到他正要從一個激烈的革命者轉到有作爲的政治家及建設家的時候，竟莫名其妙的遭遇了毒手。

十八年的夏季，他到莫干山去看省主席張靜江先生，張先生和他是廿年以上的故交，見了他總是詩酒言歡，暢談書法。（他兩個都是大書法家。）旁及政治經濟，無話不談。時在山上避暑，見了他大爲歡迎，恰巧周枚孫先生也在山上避暑，周先生是吳興名士，也是富豪，老友們盤桓了兩天，沈先生要下山，周先生請他寫一個扇面，他提起筆來，寫了于謙詠石灰的一首詩：

『千鎚萬鑿出名山。烈火光中走一番。粉骨碎身都不怕。要留清白在人間』。

周先生看了，笑說：「我寫字喜歡寫天朗氣清，你卻總是寫粉骨碎身等等，何苦呢？」彼此呵呵一笑而別。他回到杭州勾留了一下，就渡江乘公路汽車回衙前，剛下車，就有兩個穿短衣的人問：你是不是三先生？他方點頭稱是，不料一人在他後面，就抽出駁壳槍，一槍擊中了沈先生後腦，沈先生倒地亂滾，另一兇手又出槍亂擊，衙前站乃是小站，並無警察，乘客多係農民商人，聞槍聲一哄而逃，沈先生中了數槍，兇手就向江邊沙地鄉村逃出。到了學校及家庭聞訊急來救護，沈先生已在血汚狼藉中一瞑不視。當下家屬學生朋友們都哭成一堆，二三十里內的農民更多聞耗趕來，叩頭痛哭，張靜江先生在莫干山接到電報，驚怒得在坐椅中用兩手撑起來，跌了一交。（張先生兩腳因痲痺不能行動，經常是坐在椅中，行動須人抱負。）當卽嚴令緝兇。省府各廳處長蔣夢麟、双清、程振鈞等都到衙前沈宅弔唁，定一先生是已「永留清白在人間」了！

沈先生的死，因兇手未獲，始終成爲一個謎。一般的說法，是沈先生有一個「分地」的草案。（大致同於現在台灣的耕者有其田辦法。）被若干大地主知道了，誤以爲一經「分地」，將要破家蕩產，就買了職業兇手來刺他。有一說則謂沈先生因主張自衛自治，小學校中有若干木製的步槍，用以教導學生及農民等練習射擊立正等基本動作，卻被誤認爲是眞槍，以致引起了若干反對沈先生分子的忌恨。有的則謂係共黨所爲，因沈先生在，浙江共黨就無法活動，故必先去之而後快。凡此種種，可以說都是無根無稽。

事隔廿年，到了抗日戰爭勝利以後，三十七年方聽說在哈爾濱捉住了兇手，因爲兇手在那裏經常自詡『曾經打死過沈定一』。旁人也不知道沈定一究是何人，恰巧那時有一個浙江同志到哈爾濱任職，聽到了就秘密報告警局，將他逮捕，準備解回浙江偵訊，但不久共黨囂張，東北大亂，這一案究竟有無後文，也就不得而知！試看兇手逃在東北，似與共方為近，因為民國十八九年的時候，共黨到處暗殺曾經參加過組織而反共的人。（上海曾出過一次滅門案。）沈定一先生本係共黨認為可以利用的人物，結果卻彼此成為死對頭，乘機下毒手，是比較符合邏輯。

沈定一先生死後，家屬及當地青年農民們在衙前車站建了一個「沈定一先生遇害處」的紀念塔。係張靜江先生題字。此塔三十八年尚存，現在恐已不存在。定一先生於民九哀悼朱執信先生的死，和劉大白合作了一副輓聯，說的是——

狠的怕你，猾的避你，奸的妒你，齷齪的憎惡你——如今都罷了，卻剩那知道你的眞愛你，痛你，惜你。

國也由伊，省也隨伊，黨也任伊，政治也悉聽伊——到底不忍呵，怎怪得放下伊也又護伊，救伊，殉伊。

嗚呼！這眞是沈先生「夫子自道」了也！

七、可傳的文藝評論

「昂藏一代名。寂寞身後事」。我於認識了解沈定一先生的思想行動以及他悲劇性的結束以後，總覺得這一個龍騰虎躍才氣橫溢的革命者，竟如此默默地死了，而他一手創導的二五減租，他如死後有知，該感到高興。土地制度改良、平民教育、鄉村自治、地方建設等等，現在能在台灣實行，至於經過抗戰戡亂兩大動亂以後，抗戰勝利而戡亂失利，一經共黨佔據大陸，他在故鄉的一切，以及在浙江省以至影響於全國的一切，也都煙消雲散，無跡可尋。當抗戰正亟，民國二十七年的時候，我在桂林，恰巧王華芬帶了三個孩子也流亡到了桂林，在桂林的常書林兄（留法名畫家常書鴻的哥哥邀約了幾個老同志一同到穿山中學去訪任校長中敏。（他是曲學名家，與盧前等齊名。係定一先生好友。於校中開了一個小型的紀念會，大家很誠懇的悼念沈先生，王華芬作了很沉痛的報告。迄今倏又已三十四年。眞是歲月駸尋，山河緜邈，人事都非，不堪回首。但前幾天還逢到一位老同志，問起我是否還記得二五減租的前因與後果，希望我寫出來，作為探討此間三七五減租的由來，可見沈先生還活在若干老同志的心上。

我比沈先生要小二十多歲，他與我父親同年進學，輩行上我要叫他世伯或姻伯。（因龕山楊周兩家是我家親戚，沈家則與楊周彼此聯姻。）他寫有一副對聯，說是：「歷刧江山變形勢。獨當風月悟靈明。」字寫得氣骨開張，得魯公之骨、右軍之神，句子的用意，是當時我鄉正在坍江。數十里桑麻遍野的良田美地，幾年中化為滄海，一直到我家山邊方止。

沈先生於民國十二年曾寫有「坍江片影」一篇，載在報上，他描寫坍江的情形，非常生動。其中一段說是——

『潮風過去，一浪，一浪，半個竹園沒了；一浪，幾陵桑園沒了。

在潮聲、風聲，有時雨聲中的坍江聲，拆屋搶命的喧譁聲，倒也覺得興奮。到了月黑星孤，大江沉寂的夜裏，微有火光的茅草蓬，東也一個，西也一個，疲勞已極的壯年男子是沉沉入夢。可是，兒啼聲，婦女飲泣聲，老人長嘆聲，時起時息，夾雜偶然砰！砰！一兩聲的坍地聲。足夠使天地英雄，血輪全凍。

這種天崩地塌的慘劇，在蕭山南沙演出將近廿年了！』

類如這一類的白話文，那時候寫的人還是很少。他看到了就寫了出來，而且進一步請了水利專家來研究阻止錢江南坍北漲，北坍南漲，每隔一百五十多年循環一次的變化。結果專家指出須在江北石塘外築出防波石堤，方能防止此一因潮汐汛期百餘年一變的自然循環。他當時曾興高采烈，親到江北。（海寧）去勘察規劃築防波堤的計劃。想不到海寧方面淺見的土紳，卻紛紛呈省反對阻止。此事一直到了十八年以後，浙省水利局還是採用了此一計劃，進行建築防波堤，來穩定錢江南北兩岸，由此可知定一先生的先見。同時更證明了他寫文章和紀事，都不是僅限於寫作，而是繼之以行動。

定一先生會寫古文、詩詞，也會寫白話文、新詩。大概從民七起白話詩文流行以後，儘管有保守的人士反對，但許多會寫白話詩文的人，如胡適、陳獨秀、劉大白、徐志摩，以及沈定一等，都是舊文學有根基的人。所以寫得很好，並不是「的哪嗎呢」亂寫一通，所以守舊的人士，也慢慢的改變了觀念。定一先生的舊詩，似乎沒有存稿。我僅記得有一首冬日行獵的詞半首，相當沉鬱。說是——

「日黯風定有雪意。萬山無語槍聲起。今夜酒家添獵味。燈影裏，舉杯擲帽長吁氣。」

他的白話詩，十二年以前的，民智書局出版的玄廬文存中錄有多首：我覺得有幾首小詩是很好的——（長的不具錄）

想

平時我想你，七日一來復。
昨日我想你，一日一來復。
今朝我想你，一時一來復。
今宵我想你，一刻一來復。

做詩

小孩拍哇哇，
隨口有音節。
長長短短總相宜，
只要十分不着力。

去了

別的沒有東西可寄——
只有淚！
淚也無從寄，
除非夢裏！

心弦斷後的微笑

快樂中的寂寞，
要算眞寂寞了！
浩浩蕩蕩活活潑潑的兒歌隊裏，
可惜心弦斷了！
眞個斷了心弦，倒也罷了！
有時還發微聲，
把冰冷的靈魂兒縮得比微菌還小！
長嘯！絕叫！
無聲的聲，
只有晚煙聽懂， 就立刻把羣山擁抱。
湖水冷冷，
一輪冷月，照他微笑！

類似這一類的詩，在現代新詩人眼中，也許覺得不夠新，也還帶着一點詞的意味。但在五十年前，可以說是最新的了！

定一先生也寫過白話小說，因不專心，不及魯迅等寫得成功。但如「廻波」、「石子」、「一個小孩子和阿本」等都富於鄉土風味，也含有教育意義。而他在民九「詩與勞動」這一篇論詩的白話文，卻是佳作。他主張詩要有情感，文中說：

『寫富貴的詩，沒有情感。例如，從前有人做「出恭」的詩：仿唐詩的說，「大風吹屁股，冷氣入膀胱」。雖然沒有多大的情感，還有幾分豪爽氣。到仿宋詩說：「板窄尿流急，坑深糞落遲」。這就是刻畫了，但是還不離題。仿清試帖詩的說：「七條嚴婦訓，三品待夫封」。把出恭兩箇劈開，一句是言「七出」之條，一句是言「三品恭人」，那還成甚麼詩呢？』

接着他說到詩經中許多詩都是平民的歌，有的談戀愛，有的訴說生活苦難，卻被荒謬的先儒們說是爲了歌頌聖德。實實在在，都是勞動者以及忠厚眞樸的人所寫的好詩。所以他的結論，是：

『貴族中人沒有詩。』
『不是勞動者沒有詩。』
『沒有熱烈的情感底人，沒有詩。』

這在五十二年以前所說的話，也許到今日還覺「其言甚新」吧！

定一先生其他文藝著作，每在報上發表，青年多以先覩爲快，可惜從十二年到十七年這六年之中的文稿詩歌，都已散佚。使得我們曾經認識他，欽佩他的人，已無法詳悉他在這一段時間中的理想和思潮。而我認識他自始於民國十二年，此後見面不過十幾次，言行丰采，所知無多。他獎掖許多人才，爲國植幹，現亦已寥寥無幾，現在由不才如我的人，來寫他的一生，更使我百感蒼茫，覺得東鱗西爪，實在不足以寫出他的天才學力，以及唯一的「赤子之心」。定一先生是三民主義的信徒，也是 國父很器重的一個同志，乃全國甫告統一，他就被莫名其妙的人所害，這卻是社會與國家的損失。惟定一先生若今日尚存，還是要爲國家出力奮鬪，決不泯泯隨俗，與世浮沉。『莽蒼蒼叫絕秋風，滿眼火花狂閃。』早點安息，也許是他的幸！最後我要抄他「對鏡」的兩首詩，希望時代青年們有他的志趣達觀和抱負。

（一）

鏡中一個我，鏡外一個我。
打破了這鏡，我不見了我。
破鏡碎粉粉，生出紛紛我。

（二）

我把我打破，一切鏡無我。
我把我打破，還有破的我。
破的我也破，不知多少我。

這類詩是帶點寒山子式的禪味和哲理，與革命者的人生觀似乎不大諧和。但是一個人要放得下，才拿得起。看得淡，才識得遠。沈定一先生的一生，有其矛盾的地方，卻始終不失爲一進步的思想家與實行者。而念念不忘國家和社會，置個人的財富名位於度外。其人格尤不可及！在此大家都以個人爲重的今日，性靈志氣，日形汨沒。看看他的一生，也許笑他傻的人必不在少數，那卻是另一悲哀了！

雲南大理的地理景色

——為紀念亡師吳尚時教授而作——

黃偉達

導言

抗戰期間，作者有幸，得現任教育部次長孫宕越博士舉荐，在滇緬邊境做戰時工作。考察地質、資源、礦產、地理、交通、運輸、敵情等導報。那時，作者剛出校門，熱血騰胸，壯懷激烈。慨然有步霞客祖禹清塵，壯遊名山大川，考察關津道口宏願。那時，因抗戰而遷移到雲南的最高學府，在澂江有國立中山大學，在昆明有西南聯合大學。兩校教授，分道揚鑣，研究雲南湖泊成因等問題。聯大教授以為昆明滇池是侵蝕湖。中大的吳尚時教授，以其兩年野外考察結果，認為雲南湖泊多屬斷層湖。兩種解釋，完全不同。軒然巨波，做成唇鎗舌劍的科學辯論戰。

作者在中大肄業時，跟吳師學地形水文，孫師學軍事、地理，并在他們指導下，做野外工作。畢業後，在滇緬邊境工作，特別注意湖泊成因，地形、構造等問題。大理為滇西首屈一指的名城，地理景色，軍事地理，饒有興趣。洱海為標準的斷層湖，點蒼山所產的大理石，早已膾炙人口。其中岩石生因史，地質構造，異常複雜。冰川地質，生物叢林，均有研究價值。作者離開祖國已廿五載，白雲蒼狗，時境俱遷，獨難忘大理之遊！此篇之作，不算是科學性的地理報告，但願作一通俗性的簡介。

亡師吳尚時教授，於民國三十六（一九四七）年患黃膽病，在廣州醫院，臥病數月。藥石無效，遽歸道山。盛年凋謝，為地學界一大損失！筆者與吳師，於民國二十九（一九四〇）年昆明話別，不意竟成永訣。然其音容笑貌，春風化雨，猶時縈胸懷。吳師清高亮節，獻身科學。凡有論著，卓然成一家言。此篇之作，實寓紀念景仰，尊師重道之深意！

古樸傾頹的大理名城

大理位於縱谷東部邊緣，地高六千呎的洱海盆地中。東臨洱海，西倚點蒼山。水陸之間，峨峨洋洋。因受季節風的影響，從五月至十月是雨季，餘月是乾季。大理的春季，陽光豔麗，處處桃紅柳綠，水碧山清。冬季秋霜烈日，有時頗覺寒風刺骨。回想大理，人傑地靈，空氣新鮮，氣候可人，這種景象，使人心焉嚮往！

大理平原，長約卅哩，濶約三哩，是點蒼山麓，合無數扇形冲積而成的平原。盆地南北端，忽然狹窄，有山谷通過，各成一險要的出口。北端是龍頭關，上關在此。南面有龍尾關，有下關扼守。廓然平疇，耕地肥沃，自給自足，易守難攻，成一地理單位，可謂保壘天成。

大理的軍事地理，饒有興趣。經久刼歷，永不磨滅。洱海和點蒼山是大理的天然屏障，進攻大理祇從上關下關。北面龍頭關，峯巒夾峙，直至洱海，逐漸開朗。雖有上關扼守，為大理防禦戰的弱點。下關形勢，險峻異常，龍尾關山路，狹窄轉折，僅容一馱馬。兩旁山石嶙峋，幽谷寂寥，只聽風聲和水聲。惟下關東面，地勢稍寬，有從洱海出流的洱水，上有天生橋。從前湖水較今日高漲，天生橋一帶，盡是森林沼澤，易於迷失。諸葛武侯於蜀建興三年（二二五）出征南蠻，相傳孟獲即在天生橋處被擒。滇緬公路，下關附近，有「七擒孟獲處」石碑，是民國前五年（一九〇六）建立的。

遠在唐玄宗天寶五（七四六）年，撣人或擺夷人，建立南詔國，國都就在大理。南詔國勢強大時，北攻會理、雅安，曾破成都，犯四川。撣人向南侵犯，曾統治越北東京灣地區。唐朝大軍，曾由下關進攻南詔。撣人據險固守；山谷間兩崖壁立，有萬夫莫前之勢。彈丸小碉，可抗萬軍，唐兵七、八萬，全軍覆沒。唐中葉以後，中樞弱，藩鎮強；又重外輕內，強大的唐朝，因此滅亡。

元初忽必烈，領蒙古兵，滅南詔國。蒙兵自甘肅臨洮至金沙江、麗江入大理。不假道蜀川，行無人行之地二千里，大理雖易守難攻，元兵從北進攻，用兵奇變恍惚，神出鬼沒，大軍似從天降。

大理軍事地理史實，於此可告一段落。但筆者還更多說幾句，爲窮兵黷武者誡！孫子以不戰而屈人之兵，善之善者。儒家以德重於險，荀子以兼人以德。仁義之師，爲中國軍事哲學精髓。道義明德，爲精神國防寶訓，也是達到大同政治境界的鴻寶。

雲南大理點蒼古塔，在大理縣西之點蒼山麓。塔高二百三十尺，四角十六層

從下關北行，有太和城，這是大理平原，最初的聚落。再行五里，即見古樸傾頹的大理城。靠近城門，舉頭一望，赫然見到「五華樓」三個雄勁大字的橫匾。大理區域，幾經地震，死人無數。例如民國十四（一九二五）年三月十六日，大港區地震，死亡十萬人。大理城內死的有六千五百人。城牆樓閣，有傾頹倒塌的，也有巍然尚存的。城內屋舍，因地震而破壞，猶可辨別。除地震外，又有回漢之爭。回族是元初跟蒙兵南來的，清咸同年間，回亂大作，佔大理城，歷二十年。大理墳場，沿點蒼山麓，長約二哩。天災人禍，瘡痍滿目，慘不忍覩！

墳場附近有三塔寺，並有塔三座，各高十六層。據說，這塔在唐高祖武德六（六二三）年興建，結構堅強，剛毅峭拔。寺塔都建築在屹然不動的地基上，雖有地震，依然不倒。可知建築師，選了一個適當的地點。關於地震和三塔寺基地，下節再談。

大理城郊，耕地萬頃，極開發之能事。水從天降，或從點蒼山流入，源源不絕，決無旱魃作怪之患。主要農作品是水稻，次要的是豆類和玉米。山地有種高粱、玉米和莩蔴的。冬季可種蠶豆、豌豆、大麥、小麥、和油菜。

大理平原，有無數的大小聚落，村莊和小鎮。大的聚落，有二、三十家，有些壘石爲碉，形似堡壘，可以自衛。小的聚落，僅有二、三人家，民生窮困，至爲蕭條。平原西北，丘陵錯居，其間瘠石多，物小民稀，狀至荒蕪。

抗戰期間，人口增加，大理頗覺擁擠侷促。據說大理區域，人口約有四萬，城市街道，清潔整齊。石鋪街道，貫穿城內，縱橫交織，作方格排列，井然有序。幾條商業街道，頗覺煩囂，有市儈俗氣。住宅房舍，清癯古香，文靜幽雅。

民國二十九年（一九四〇）馳譽當世的張君勱教授，在大理創立中國民族文化學院。教師都是甬上名宿，學風蔚然，有中流砥柱的豪氣，影響當地國民者至大。

大理各處，漢夷雜糅。邊疆民族，也常常出現街頭。抗戰期間，外來的難民、學生、運輸部隊。軍人民團，雜處其間，融合新舊，包羅萬象，可謂集新舊文武於一城。大理人講普通話，婦女談笑，尤婉轉沉長，韻味抑揚，餘音嫋嫋。交接應酬，曼妙多禮，人情温暖。這種祥和氣氛，仍然縈繞胸際，使人戀慕！大理風俗純樸敦厚，爲抗戰大後方一天堂樂土。

大理寺廟，莊嚴肅穆。使人安逸恬靜，心懷高雅。梵樓華燈兩三，照耀四方，有磅礴雲天之氣。大理幾經祝融地震，古寺舊廟。巍然獨存。是神祐還是構造堅固，頗耐人尋味。古代寺廟建築，豪邁剛健，使人仰服，嘆爲觀止！誰說古人不如今人？

有一次，我在大理一所廟裏，碰見三位來華助戰的美國軍人。其中一位是耶魯大學畢業生，對東方文化、宗教、哲學，早有興趣。我和他們萍水相逢。談得起勁。廟裏堂額、匾聯。美不勝收。我把其中門聯：「世俗空，禪機淨脫」解釋。他們的反應是：西方粗獷動盪的文化，需要涉獵東方的學禪習靜，梵聲清齋的雅境。他們好意，要獻奉幾文。我說：廟裏幷無銅臭薰天的錢箱。我說中國的寺廟，多建設在萬叠煙巒，幽遠雅韻的地方。又是大開方便之門，善男信女，隨時，可入廟禱告，休憩，瞻仰。

我問：美國教堂怎樣？他們良久不答，我細想，難道美國教堂，都在煩囂的都市，重門深鎖，枯冷無趣嗎？後來我到美各地看看，果然如此。可見地方不靖，人們僕僕風塵，生活緊張。那有閒情逸緻，作瀹茗談道，幽谷習靜？

美麗的大理石，早已膾炙人口。關於大理石的成因，在點蒼山一帶再談。我在大理時，很注意大理石商情，考察種類，用途、價格，出口等行情。可惜石務生意不前，總找不到規模較大的石商。據說石務全盛時，雪白的大理石，從水陸兩路，遠遠運到北京，造皇宮頤園之用。其他雜色石料，富有人物、風景、畫意的，也運銷各地，作風屏，裝飾、台椅家具等用，是大理的重要工業。

雲南大理三塔

大理在交通運輸上，佔一特殊地位：爲昆明至大理間的重要終站；從大理又可北往麗江，西至保山等地。抗戰時的交通工具是汽車，但仍不能代替舊有馱馬隊。雲南的馱馬隊和沙漠的駱駝隊，一樣重要。馱馬隊是用一隻比較聰明馴服的騾馬，領導帶頭，叫做「頭騾」。它打扮得和美國的西部的牛戲（Rodeo），一樣漂亮。騾的鬃下，珮頭繩上，紮着一朵鮮花的泡線花，有時在花裏，更嵌上一塊小玻璃鏡，看來頭騾有着閃閃放光的慧眼。頭騾，二騾都帶着乾鈴兩三只，走起路來，叮叮噹噹，悅耳的曲聲，遠遠可聞。有時騾馬不走動，或失了秩序，趕馬的人就叫喝上下，務使就範爲止，筆者很久沒有看過馱馬隊，誰不思念故國風情!?

除馱馬隊外，大理還有洱海的水上交通。洱海的木船和昆明滇池，澂江撫仙湖等都不一樣。地理環境，容易使人孤立隔離。有個時間，大理可能閉關自守。洱海木船用柚木構成特別堅固。船底部較平，船面頭尾兩端，也較寬濶。這種設備，可能是適應汹湧的水勢。操航工具，主要是舵，不見槳櫓，可見水深。舵手經驗豐富，船在湖中，划船的人，扶着舵把，穩站船尾，注意船頭。船就在左右擺動中前進。船載貨物外，還可容客一、二十人。水上交通，從上關到下關和沿途各站，都很方便。

「街日」或「趕街」，是大理的大日子。商人走販，熙攘往來，磙磙營生，極其熱鬧。據說，抗戰前五日才有街日，現在就改爲三日一趕。可見戰時，人口密集，百業旺盛，有三日一趕的必要。

趕街那天，有背着貨物的，有趕着馱馬的，接踵前往大理城去。他們用木架背貨。架除用繩子捆緊額頭和胸部外，架的中間，還有一條長木桿。人負重倦了，可以直立，木桿就着地，重量都全在木桿上，人就可以休息。有些人還手持木杖，可助上下山坡。這種木架，是孔明南征時，作運輸之用。至今西南各地夷民。仍用木架運輸，非常穩當。

街日那天，販夫農婦，把要賣的東西，運進城內或城外，找適合的地點，一面抽煙，一面把攤位擺好。有些規範較大，米糧、畜牲、針線、寶石、首飾等物，都有出售。有些只賣一隻鷄，或一打半打的鷄蛋，賣出了則上山歸家去。

趕街的人，有來自湖南湖北的，有來自川、康、藏的。邊疆的民族，包括民家，玀玀、山頭、苗子、擺夷，俚所等等。他們雖有各別不同的方言，服裝和打扮，但他們都能講中國的普通話，他們是不是魑魅魍魎的山蠻？決不，他們是純潔篤實，天眞可愛的同胞！

一次我在大理時，也去趕街，趁趁熱鬧。碰見從川、康、藏來的走販，他們除有帶有藥材，如紅色的仙牛皮、犀牛皮、虎骨、麝香等外，還有珍貴的寶石和各種的石塊。屬石英類的有紫水晶，煙水晶、黃水晶，和可做眼鏡及光學儀器的透明水晶；此外又有蛋白石、白玉髓和紅玉髓。屬於長石類的有月寶石和 Aventurine。可愛的紅榴石（Pyrope）和清綠色的橄欖石（Peridot）。這兩種寶石，可能出產於康藏地區的蛇紋岩。有因方向而轉色，由藍到黃的Cocdierite。又有藍寶石和紅寶石。五光十色的的電器石，大如手掌的琥珀。又有變色石（記得中大地質系主任何杰教授在英文的中國地質學報寫過關於變色石的論文）。至於玉石，種類多，質地好，顏色鮮明，堪稱稀世瑰寶。岩石方面包括蛇紋岩，片磨岩、花崗岩、和大理石等等。那時我和各家打價錢，想盡量購買。可惜我囊空如洗，不然可以三、五十元的國幣，購得價值無比的礦物，岩石標本，爲母校地質系作教材，和充實陳列室之用。

中國人愛吃，吃的材料和烹飪方法，洋洋大觀。林語堂博士在「吾國與吾民」一書中，早已發揮得淋漓盡致。大理的滇菜飯館，琳瑯滿目。我家家嘗試。至今芬留齒頰。美國人特嗜牛排，因此我想起回教館子的牛肉。牛肉的吃法：燒、燉、烤、煮、拌入五香醬油，沒有腥腥氣味，滋味無窮，營養價值高。美國肉類，經過化學作用後，再加清水浸、冰凍一月半月，加以烹調無術，吃起來，總是索然無味。每到大理，當着友人邀宴，春酒盛饌，一宴終席，當至深夜不醉不歸，不飽不散。這種純樸幽閒，古道熱腸的民俗，使我興起無限的懷念，能不悄然思歸！

斷層構成的洱海

洱海是滇西最大的內陸湖，長約三十哩，濶由兩哩至五哩。

湖形像大佛的耳朵，故名洱海。大耳有主耳和耳珠的，洱海也是這樣，因此有大洱和小洱，大洱在南，小洱在北。筆者對洱海成因問題，作幾次的考察，認為這是最標準不過的斷層湖。構造複雜，這裏僅作簡介。

洱海東岸，滿佈石炭紀石灰岩和二、三叠紀沙岩。西岸是寒武紀前的片麻岩，和中生代後期的花崗岩侵入體。因此湖兩岸岩層的地質年代，相差很遠。加上地形證據，動力作用。證明大斷層在此發生，地塊向下沉降，造成一長方形的地槽（Graben）。水向下聚，日積月累，就成了今日的洱海。

洱海兩岸的主要斷層裂線，大致稍作西北東南走向。東岸水深，峭壁陡立，灘地較西岸為狹窄。西岸水淺，先有大理平原，再有斷層山塊，龐然巨物的點蒼山。峭壁陡崖，地貌險峻嶄新。湖水東深西淺，有三種解釋：

㈠從點蒼山到石灰岩地帶，中間地槽幷不是垂直降落，湖底有向東傾斜的趨勢。因此，東部斷層較西部變化（Displacement）。更大。

㈡地槽本身，整塊垂直下降，後來點蒼山沿斷層線，繼續向上移動，因侵蝕作用，供應了大量的沉積碎石，不但造成了平原，湖水也淤塞淺了。

㈢五、六哩濶的地塊，無論垂直下降，或向東傾斜，降落時，若不破裂，是不可能的。因此地槽本身，就有斷層。這些斷層，是縱橫交錯，還是較有系統的階梯斷層（Step faults），頗難斷定，但這不是主要問題。大理平原，發現零碎的沙岩露頭，和有斷層的證據，是很值得注意的。地槽完成後，再加上點蒼山供應的沉積石料，向湖堆積，因此就成今日有目共見的洱海。

上列三種解釋，筆者是採取最後一種。

湖兩岸的主要斷層，仍是不斷的活動中，點蒼山斷層，向上移動，尤覺明顯，這是大理區域，地震頻仍，湖水逐漸降落的主要原因。洱水天生橋附近。舊日湖水岸線，仍隱現可辨。湖兩岸除主要斷層線外，還有次要的斷層，多作上下移動。但也有作反方面推動；因此，撕裂作用很大，造成無數縱橫交錯的小斷層。這種斷層構造，在點蒼山極為發達，又很容易認識。湖東邊石灰岩沙岩地帶，斷層交錯，頗難辨別，鷄足山就是斷層山地。此外還有大小石灰岩洞。有時洞隙倒塌，發生短速微弱的地震。（洱海雖大，魚場罕見，魚業不盛，不知何故？將來發展大理工商業，對於有利民生的漁業，不容忽略！）前面說過的三塔寺。是建築在點蒼山麓，很穩固的地盤上。西邊有小斷線兩條。離點蒼山主要的斷層線還有五、六十呎。每有大地震時，都是因為大斷層移動之故，次要斷層活動較小。因此三塔寺一帶地區，不致受地震的影響。千年以上的三座塔，仍是巍然無恙，並非無因！這種孤立地盤，不受大斷層移動影響的地質特殊位置，在美國西岸加省的安德里斯斷層的地帶中（St Andreas Faults）實例不少。筆者和主持美西一九〇六年大地震的羅遮教授（Andrew Lawson）討論這問題，他說震波經兩次斷層線分裂後就弱了，弄不出什麼把戲來，破壞力很小。

過去點蒼山斷層劇動，在陸地是發生地震。如斷層在洱海底活動或陸上斷層，特別劇烈，湖水可能做成小型的潮浪波動（Tidal Wave）。這種現象，通常在海洋中發現。海底地震。海水受着龐大的激盪力，發生萬馬奔騰的潮波。在太平洋中無論智利南端或阿拉斯加，發生地震，瞬息之間，夏威夷羣島，就感到險急湍奔的潮流波動的威脅。往往撼山倒海，破壞性很大。

洱海受地震激盪，發生小型的潮浪波動。自然之理。大理民間傳說和地方縣誌，都有記載。據說洱海水龍海怪，翻騰靈活，大展威風。飛舞穿遶，霎時水花四射。雷鳴電閃，又有蛟龍怪物，盤旋舞蹈，昂首雄邁。有時只見洱海湖水。浪濤洶湧，翻滾動盪，撼山震嶽。無疑這都是湖水受地震激盪，做成的自然現象。不明則疑，疑而生怪，自然之理。程子說：「明理可以治懼」。格物致知，提倡科學，豈能從緩！

多姿多彩的點蒼山

高聳雲端，幾與蒼天相接，點蒼山因此得名。這山是龐然巨物的斷層山岩，拔海約一萬四千呎，是滇西縱谷長山一段。山脈綿延，迤邐作南北走。點蒼山上，峯巒重疊，懸崖險谷，到處皆是。

從大理向西北行約廿五哩上點蒼山，有石器時代，原始人的聚落遺跡。疊石為碉，藉以自衛。前人發現陶器石工，據說是屬新石器時代。碉立方有小溪，在此縱目遠眺，眞有「亂石堆雲，驚濤拍岸」的勝景。那時洱海湖水高漲，大理平原，必然沼澤險阻，毒蛇猛獸藏頭蜷伏。原始人高處山麓，自然安全。

點蒼山上，岩石大致分四類：㈠由大理至下關，是寒武紀前區域所產的片麻岩。㈡中生代後期，地殼變動，花崗石漿乘機侵迸，產生花崗及其他火成岩㈢因花崗岩變化作用（Granitization）將沙岩變成花崗石。㈣花崗岩漿侵迸石灰岩層，發生接觸變質，石灰質重新結晶，產生著名的大理石。四種岩石中，可各分細目，湊起來，岩石種類，指不勝屈，不在話下。上述四種岩層成因，混在一起，綜橫交錯，複雜可知。

點蒼山構造地質，不是裂綿斷層地塊，就岩漿石層，褶縐激烈。筆者曾作初步岩石圖想分析（Petrofabric Analysis），認為有三種方向不同的造山運動，可見地殼變動，頻繁而劇烈。點蒼山的構造地質和岩石發生史，過於專門複什，暫且不談。這裏要談的，是美麗的大理石。

石灰岩被岩漿侵迸時，因溫度增高，變成半流體，再吸收從岩漿帶來各種有色礦物，混成一起，變質結晶，千形萬態。把石磨平，或加些人工，就成了多彩多姿的天然石畫。加些想像力：一點一畫，可成人物花卉，一堆一疊，盡成山水峯巒的國畫。天然石畫，加上標題：「煙雲春雨」，「氣叠峯巒」，「春雨歸帆」，「雲林山寺」。惟妙惟肖，一股豪邁瀟灑，樸人眉宇之氣，躍然石上，難怪大理石畫，銷流全向。

大理石因礦物成份不同，可分為四種：㈠雪白無瑕，主要是方解石。㈡綠藍色，含有黑雲母、角閃石、石墨、Calorite, Epidote, Diopside 等礦物。㈢棕黃色，含有棕色雲母，黃綠色石榴石。㈣紫藍色，含黑雲母石榴石輝閃礦物，因風化由綠色轉紫藍棕等雜色。上列各種礦物是對岩漿溫度由低至高，作有系統在變質地輪（Metamorphic Halo）出現，情形和加州的 Cestmore 所產的各種岩石相似。可惜雲南大理石地區，因開採關係，原來的露頭，早已破壞，有系統的礦物分佈，頗不易辨。

點蒼山頂，終年積雪。積在岩石裂縫處的水，凝結成冰。由水變冰，體積膨脹，因冰結作用（Frost Actions），石爛山倒。筆者一次，目覩山崩石墜，嘆為觀止，不可無記。

那天山上，北風怒號。遠見冰雪，從山頂滾下。因磨擦生熱，冰溶為水，遠見水花四濺，凌空飛舞。水石冰雪，互相撞擊，有如雷震聲，霎時間山崩，大石奔競而下，有排山倒海之勢。轟然一聲，大石破碎，變為小石。對小石磨衝，石塊更小，繼續奔騰，有似飛沙走石。龐然大物的石堆前仆後繼，有如狂風捲起的殘葉，漂搖起伏。剎那間，衝進山凹谷底裏，兇險而神速，使人心悸。因冰融作用，常化高山為丘陵。語云：「水到山崩」，豈托空言，無科學根據嗎？

點蒼山，林木參天：冷杉、白楊、油松等珍貴木材，應有盡有。山上鳥類也多，有「處處聞啼鳥」之樂。一九二〇年間，樂克（Josehp Rock）帶領地理考察團，在大理麗江，川康藏邊境，採集杜鵑花五百種，草木類標本六萬件，鳥類標本一千件。這裏豈祇是地學家的天堂，也是生物學家的樂園。

在點蒼山頂，舉目遠眺，東至八十哩的雲南驛，北望一百哩至麗江大雪山，向西一望更是崇嶺嵯峨，白雲繚繞，叢林密茂。在這萬山矗立間，有南流奔馳的薩爾溫江，瀾滄江，和怒江的斷層縱谷地（Rift Valley）。保山也在望。山頂有冰川造成的窪地一處，冰融成水，俗稱「洗馬塘」。這裏冰寒地高，駿馬不到，猛虎不留。人道是仙人遊樂場。點蒼山，高插雲霄，虹橋臥影。身在此中，祇覺神迷意亂，恍在桃源仙境裏！

結語

大理區域是研究人文、地文、地理、岩石構造、冰川、生物、人類學等的樂園。此篇簡介，望能拋磚引玉，引起繼續研究的興趣。

美國人正憂慮環境居住問題。他們祇知生產圖利，弄到水髒氣濁，眞是「蒼天已死黃天立」！在這種不顧人性光輝的功力主義的社會，缺乏精神國防的國家，無怪政治、經濟、教育、社會、家庭都在混亂崩潰中，使人搖頭興嘆！

筆者擱筆後，翹望神州，復國在即，異常興奮。將來中國工業化後，對於美侖美奐，人傑地靈的錦繡山河，應該努力保管，改善和發展，千萬不要踏前人覆轍！

施劍翹忠孝雙全

鐵民

民國二十四年（一九三五），天津發生施劍翹爲父報仇刺殺孫傳芳之事，亦民國一大公案，茲略述其梗概。

十四年十月，督理浙江軍務善後事宜，兼閩浙巡閱使孫傳芳，對於北京段執政任令奉軍駐紮蘇皖二省，並任命奉軍高級將領楊宇霆、姜登選爲江蘇、安徽二省軍務善後督辦，及邢師長士廉部至滬，任上海戒嚴司令，大表不滿。（是年二月，執政府陸軍總長吳光新在滬，調解奉、浙，由孫傳芳、張宗昌簽訂和約，和約內容爲上海不駐兵，廢除護軍使、鎮守使等名義，撤還上海兵工廠）於是藉秋操爲名（秋操即秋季軍事演習），動員大批浙省部隊，自浙北長興地方，侵入蘇南宜興，直趨無錫，意圖切斷滬寧鐵路（北伐後改稱京滬鐵路）東段所駐奉軍。

奉軍因戰線過長，地形不利，爲保存實力，由蘇督楊宇霆命令滬蘇一帶駐軍，整師北撤，楊督與江蘇省長鄭謙（南京人，久在東三省供職），亦即離寧北去。

孫傳芳此時已獲蘇軍二流將領陳調元、白寶山、馬玉仁、鄭俊彥等通電擁護，乃於二十日抵達南京，自立爲蘇浙閩皖贛五省聯軍總司令，一面隨令盧香亭等所部渡江，向蚌埠集中，而以固鎮一帶爲前線，實行追擊。爲欲提高士氣，便於指揮，並於卅一日進駐臨淮關，十一月一日至蚌埠。而奉軍包括原駐安徽者在內，則集中徐州，固守宿縣防線，迎擊孫軍，由魯督張宗昌蒞徐州，布署一切。

張督並委派山東軍務幫辦，兗州鎮守使施從濱，為前敵總指揮，且允於其攻入蚌埠後，保薦其升任安徽軍務督辦，責令其由徐州率領白俄毛子兵（張宗昌僱用流落我國之白俄身強力壯者數千人編為一軍，俗稱毛子兵）乘坐鐵甲車長驅南下，直指蚌埠（民初安徽省長駐紮安慶，軍事長官則駐蚌埠）。

炮火猛烈之鐵甲車，在四五十年以前之內戰戰場中，實為銳利無比之戰具。其時內戰尚未使用坦克車，火車頭上安裝數挺重機槍，裝配數門過山砲及小鋼炮，以裝有鐵板之火車，即可所向無敵。而毛子兵作戰尤為奮勇。

十一月一日，鐵甲車由宿縣出動，前線孫軍，大有望風披靡之勢，正面既被突破，乃將鐵軌撤去一段，以阻止鐵甲車之前進，同時由左右兩翼，進至敵後，實行包抄，並撤毀路軌，然後集中火力，猛向鐵甲車反攻，鐵甲車孤軍深入後，發現孫軍猛力反擊，稍形退卻，乃以前後路軌，均被撤毀，進既不可，退亦無法，於是軍心大亂，經過一番激戰，彈盡援絕，不得不出於投降之一途，施將軍遂亦被俘。

施、孫二人，早歲同習軍事於東瀛士官學校，歸國後亦同隸北洋軍中，施被俘後，即被解至蚌埠。孫軍此役既已獲得全勝，大可從輕發落，以示寬大。而孫竟不顧一切，將其斬決，傳首前線示眾，藉立軍威，時人對孫之趾高氣揚，凶狠毒辣，頗多不諒，詎知他日橫死之動機，已伏此矣。

民國十七年（一九二八）國民革命軍北伐成功後，孫傳芳隨張學良出關居瀋陽擔任高等顧問，雄心仍然不死，希望能藉張學良之力再逐鹿關內。不料突然之間張學良槍殺了東北第二號人物楊宇霆，孫傳芳與楊宇霆一向深相結納，恐怕沾到自己身上，嚇得住在大連不敢回瀋陽去。民國十九年（一九三〇）閻錫山、馮玉祥、汪兆銘等人在北平召開擴大會議，組織政府，進行反蔣，孫傳芳因為與閻錫山是士官同學，過去也有相當交情，又靜極思動，入關依附閻錫山希望有所活動，誰知擴大會議不旋踵而敗，孫傳芳乃歸天津租界，寓居紫陽里一處自置的房子，兩層八底，共計十六個大房間，院子不算太大，但圍牆甚高，兩扇黑漆大鐵門，平時甚少開啟，一進大門左首有一連三間平房，門首寫着副官室，住了他的三位副官，實際也就是保鏢，三人平時也都武裝整齊，荷槍實彈，戒備森嚴。孫傳芳平日深居簡出，不同外界交往，可能是因為自覺過去結的仇人太多，怕人尋仇報復。

現在再說居士林，居士林是由曾任國務總理靳雲鵬創立的，設在天津南馬路草廠菴內，是一個不太寬敞的寺院，大殿可容納百人，當時北方下野的軍人政客都住在天津，這些人閑得無聊就皈依三寶，誦經唸佛以遣餘生，其中不少真心皈依佛門，懺悔惡業，也有不少是藉此掩護行動，俟有機會東山再起。

孫傳芳每天下午四點鐘一定要到居士林唸佛，習以為常，民國二十四年十一月十三日，孫傳芳到了同一時間，傳呼副官備車，孫傳芳走出來時，衣冠整齊，身穿藏藍長袍，外罩團花黑馬褂，宛似赴宴，當時副官們只是覺得聯帥今天特別肅穆，也未料到會有其他事，到居士林下了車，孫傳芳即進入大殿，找到一個蒲團跪下誦經，殿中已有不少人，大半皆是熟人，但此時除點頭示意外無人交談，孫傳芳跪在蒲團正在誦經，忽然進來一個女子，左張右望，看見孫傳芳之後，也就走過來跪在孫傳芳後面誦經，當時也無人留意，不料孫傳芳正在閉目誦經時，後面女子突然掏出一枝手槍，對準孫傳芳後腦連發數槍，孫傳芳應聲倒地，立時氣絕。

大殿正在誦經居士，驟睹巨變，大為震驚，許多人奪命往外逃。這個女子當時站起身來說：「各位請勿驚慌，冤有頭，債有主，我父親施從濱當年為孫傳芳慘害，今天我特地來找孫傳芳報仇，殺人之罪，我自承當，與各位無涉。我當往警察局自首，請各位作個見證。」

說過就逕去警察局報案。這人就是名震全國的為父報仇的孝女施劍翹。

施劍翹實是一位烈女子，大概在父親死後即決心爲父報仇，曾提出一項條件，誰能爲其父報仇就嫁誰，結果嫁了一個姓施的，據說還是她的遠房族叔，本來按照當時習慣同姓結婚，原不可以，但施劍翹自以爲弱女子，報仇有心無力，爲了父仇，不得不犧牲自己，但是，她這位丈夫當時也許是有意行騙，本無報仇之意，或者是有心無力，結果報仇諾言成爲空頭支票，施劍翹一怒之下，與丈夫正式離婚，決心自任其事，從其父之死，到行刺得手，整整十年又十天，其壯烈可及，毅力也不可及也。

施劍翹到警局報案後，即轉送往法院審訊，在法庭慷慨陳詞，將報仇經過，詳細供出，並且供詞後面附詩一首：「蛾眉飲恨日如年，殺父深仇不共天，壯志不負三尺劍，丹心一片慰黃泉。」行刺消息傳出後，全國鼎沸，各省各縣羣起聲援，尤以在校學生表示得最爲熱烈，各法團也都致電政府，請求赦免。

法院根據法律，從輕判七年徒刑，兩月後國民政府主席林森即下令特赦。施劍翹出獄後，致力於社會教育工作，從不矜誇，有人見面問起，也只承是不得已而爲之，因爲「殺父之仇，刻骨銘心，食不甘味，寢不安席。」大義凜然。抗戰軍興，政府組織參政會，網羅全國俊彥擔任參政員，即會徵求過施劍翹出任，爲其婉拒，但致力社會教育工作，收養孤兒，當時經費無着，全靠其奔走募捐，始有所成就，其言其行都是當代第一等人物。

不過，在刺殺案發生後，社會上仍然有一種謠言，認爲施劍翹是有關機關指使行刺的，因爲孫傳芳始終雄心不死，當時日本侵略又日緊一日，一旦華北有變，這位叱咤一時的孫聯帥很可能被日本架出來作爲僞組織領袖，因此先除掉他。

這一說法表面看起來未始無理，但證之施劍翹行刺以前之十年佈置，行刺後不貪名位，甘心以社會教育爲終身事業，其心如白日青天，似不是能受收買之人，即使有關機關與其發生過聯繫，也只是適逢其會而已。但在當時有不少人仍認爲是有關機關有心佈置，一般下野政客當時又驚又怒，靳雲鵬即公開說：「太不給人留一條路了。」

在孫傳芳死後，孫宅副官又傳出一段鬼話，據說孫在當日中午，幾位副官同賬房先生都在副官室談天，忽然大鐵門自動打開，副官還未來得及查問是誰開門，隔着窗戶看見一匹高大黑馬拉着一部敞蓬馬車，從外面一直開進院裏來，馬車上坐了一個無頭大漢，一隻手高舉馬鞭，一隻手牽着韁繩，到了客廳門外，就停住不動，幾名副官嚇得魂飛天外，不信白日青天，竟然會有這樣的事，幾人有守衛之責，只得硬着頭皮跑出去查問，及至到了院裏甚麼都沒有，仍然是遍地陽光，幾行綠樹。大鐵門仍然關得好好，上面並加着鐵栓。

三名副官面面相覷，說不出話，要想去報告聯帥，又怕孫傳芳斥爲造謠，大家只好自認眼花，壓下不提，誰知四個鐘頭之後，孫傳芳就斃命居士林，那個車上大漢，大概是施從濱了。

這段傳說固然是迷信，但是，一個領兵大將，雖不能避免殺人，卻萬不可殺降俘，民國將領最愛殺降俘的是孫傳芳與馮玉祥，兩人均未得善終，則因果報應之說，又不可不信了。

施從濱將軍死後，不特有女能報殺身之仇，少君中誠中將，抗戰後期，曾任陸軍第七十四軍軍長，配屬於第九戰區，歸司令長官樂昌薛伯陵將軍指揮，與第十三軍軍長王耀武（三七年在山東投共）同駐守湖南資沅二江流域，數次參加長沙、常德會戰，屢立戰功。聞施中將現在台灣，施將軍可謂後繼有人矣。

傳奇人物張競生博士

司馬千

從一位青年朋友談起

我與張競生本無淵源，但我有一個在上海幫我編刊物的朋友P君，曾經和張共事甚久。當時P君尚未結婚，孑然一身，寄居在我家裏，白晝跟我一起做事，晚上下下棋。他是一個道貌岸然、目不邪視的老實青年，讀書不少，朋友不多，更沒有異性來往。但是從他的著作與答覆讀者來信的內容看來，他對於婦女問題似乎頗有研究，對於性的知識也相當豐富。這些知識何從而來？一度使我深覺奇怪！後來才曉得他曾經和張競生一同編過書、開過書店。那麼一切當然是從張競生處得來的。

P君喜歡聊天，聊天中，張競生的言行生活，常是不可或缺的材料。由於P君介紹，我也曾和張競生見過面，請他吃過飯，然而在時隔多年之後的今天，來寫這篇有關張競生的文章，我不得不承認大部份的珍貴資料，還是從P君談話中得來。

我現在之所以願意提筆寫下去，多少也有點緬懷這位老朋友的意思在內。

P君就讀於上海復旦大學，在民國十八九年間，他初出校門之時，因復大文學院的劉大白、徐蔚南諸教授創辦了一張四開大小的文藝週刊叫作「黎明」，該刊以「園地公開」爲號召，吸引青年讀者們投稿。P君也常常寫些短稿投去，因爲刊出頗多，引起了他對寫作的興趣。其時新文藝流行一時，郁達夫、張資平等作品讀者尤多。復旦大學門前的小書店中，常常擠滿了許多求知和愛好文藝的青年。郭沫若的「少年維特之煩惱」中文譯本；徐志摩的「翡冷翠的一夜」；張資平的「苔莉」；郁達夫的「日記九種」、「寒灰」和「沉淪」諸集，皆暢銷一時。這種盛況，非但使書店夥計大爲驚奇，就是復旦大學當局也跟着加以注意起來了。

性史一書被禁止購閱

差不多就在這個時候，好像學校的佈告欄中突然出現了禁止購買和閱讀「性史」的佈告。復旦便是其中之一，所謂「性史」，即張競生的大膽作品。羣衆心理奇怪得很，有些學生本來無意購買「性史」的，卻因看到了反提示的禁閱佈告，反而引起了好奇心，所以，已買的學生當然早已寓目，要禁亦已太遲；未買的因此反而獲有一種新刺激，不惜千方百計的去買一本來看看。那時我在P校讀書，並且是P校文學會的會員之一，曾與徐遲爲某一文學上的問題大開筆戰。後來由儲安平調解始告平息。據我所知，「性史」一書，當時的文學會會員幾乎人手一冊，就是平日最保守、最頑固的同學也都看過一遍。自然，現在想來，以「文學會會員」而談「性史」，自然不免可笑，但在當時的確以嚴肅的心情開始閱讀，至於這本書在不同的讀者身上所引起的不同影響，則是另一件事。

P君和我年齡相若，他看到「性史」，以時間計算，大概比我早不了許久。但是他看到了該書底頁有徵求翻譯合作的廣告，爲了好奇，就寫了一封信去應徵。據他說，原不想有什麼結果的，可是出乎意外，他竟收到了張競生的回信，這使P君受寵若驚，心理上的高興，正和一個崇拜電影明星的影迷收到他的偶像寄來了一張親筆簽名的照片和覆信一樣。

那封回信是由北平付郵的。使P君尤爲感動的是，張競生在信中措詞，非但全然沒有成名作家的矜持之意，而且十分謙恭坦白。信裏告訴了P君，他所徵求合作翻譯的書，是靄理斯原著的「性心理學」，而且將購書的地點、價格和試譯的部份，都告訴了P君。

由北平到上海找生活

P君剛把靄理斯的「性心理學」買到手，張競生第二封信又到了，說他即將來到上海，不久可以會面商議多譯一點的步驟。後來纔知道，張競生正是爲了「性史」一書之累，丟了北京大學的教授之職，才迫得鎩羽南下，想在上海文壇闖關一個新天地，至少是求一個新的生活方法。其時，中國新文藝，尚萃集於北平；上海的新文藝書店，除了光華之外，連北新、創造社都在開創試辦中。另外一家是泰東圖書公司，不過它是從「舊」的蛻變爲「新」，正和一個纏了足的婦人急於放大一樣」。不過此時新文藝在上海的確也漸漸活躍起來，一般作家都由北方紛紛南下，開拓他們的新天地，爭取青年讀者。張競生久守北大，抑鬱已久，既不能得志於北方，乃決計跑到十里洋場的上海來另謀發展。

這是民廿年間的事。

P君初次會見張競生，是在上海永安公司附設的大東旅社裏，時在春寒料峭的舊曆二月，對於這個從北平來的學者與教授，P君仰慕盼候，已非一日，他在到大東旅社去的路上，滿懷着些不尋常的幻夢，但彼此見面之後，又不免使P君感到一陣淡淡的失望，因爲張競生完全不是P君心目中所揣想的那種非常人物。張的文學著作，奔放不羈，海濶天空，可說是目無餘子。但是見面接談之下，卻發現其人戰戰兢兢，如處子之守身如玉，一派儒家味道。這是P君與張競生會面所得的第一個印象。

張競生在大東住了沒有好久，便搬往上海虹口近郊，其地已近江灣，附近有持志大學與法政大學在焉。張競生選此居所，一因離市區較遠，喜其清淨；二因其地爲越界築路，不算租界，房租比較便宜。

創辦月刊開美的書店

起初，張原打算膺聘某校，擔任教職，但其興趣在創辦出版事業。恰巧有一家新開的印刷所，託P君辦雜誌，P君因爲缺乏經驗，不敢負此重任，乃介紹張競生主持其事。於是由辦「新文化月刊」而開「美的書店」，而將靄理斯的「性心理學」開始節譯，改編爲「性育小叢書」。居然在上海出版界寫出了別開生面的一頁。

講到著作方針，張競生向來尚奇務新，贊成翻譯，但亦鼓勵著述。他以爲中國舊文學已趨崩潰，新文藝尚在創始，在這時候打針進補，勢非乞靈於翻譯不可。此一見解，固爲當時識者所承認，所以譯述之作，風起雲湧。他也想起了他那本被人罵爲洪水猛獸的「性史」，如果與世界「性學泰斗」靄理斯所著的六大卷「性心理」相較，其莊嚴偉大與淺薄庸俗，所差實不可以道里計，所以急欲翻譯其書，公諸國人，同時亦表示他之欲以有關性知識介紹於當時的人們之前，自有其規模不小的打算與計劃，並不僅只編印一兩本「性史」而已。這時候，北新書局（魯迅所編「語絲」半月刊的出版者）的李小峯、夏斧心曾在靄理斯的巨著中譯過兩本小冊子，但因張競生的著作盛行，所以小冊子的銷路未能暢旺，故於出版一二冊後，即行自動停止。於是，張競生乃大集同志，分門別類，決計從事翻譯此書。

招請人員譯性心理學

張競生曾招請了三五位譯員，分頭工作，其中一人，或爲香港讀者所熟知的，便是金仲華（按金仲華刻在大陸）。那時，金仲華剛從之江大學畢業，應徵投考而被錄取，一同從事翻譯六大卷的「性心理」的工作。因全譯共有數百萬字，經濟與才力，兩難勝任，於是決定辦法，將此煌煌巨著，改成六十四開的小本，以「性育小叢書」名義出版。

靄理斯此書，夙有世界名著之稱，內

容集古今性學之大成，搜羅至為廣博，在性學出版物中堪稱有美皆備，無奇不有。如關於世界上「性」的奇風異俗，愛情心理之微妙轉變，肉愛的方式，以及摒棄肉慾而企求聖潔之拍拉圖式的戀愛，與蕩防失檢之露水戀愛，從男女正規之愛，以至於變態的同性戀愛，無不分門別類，詳細地加以討論。其中又附外國性史，係靄理斯向世界各地通訊徵求得來者，趣味尤為洋溢，而材料之豐富，內容的新異，即以自編「中國性史」的張競生看來，也嘆為觀止！

獨任校閱竟樂此不疲

該書的翻譯工作，由張競生分配材料，指定譯述，張本人則親自負校閱之責。每一部稿譯成之後，他必按句校正，一絲不苟。譯的原作是首重「信」與「達」，最後才講到「雅」。何者宜直譯，何者宜意譯，張氏也有適當指點。

譯述人員工作是努力的，為了趕時間，星期日也不稍休息，而張競生本人更是埋頭苦幹。因為「美的書店」門市部，白天門庭若市，而張競生對於顧客，又有親自招待的癖好，忙得不可開交，關於譯文的校閱，本不簡單，加之又是許多人譯，一個人校，工作乃益繁重，白天既無法抽空，就不得不求之於夜晚，所以當書店門市收檔，衆人皆去之後，他一個人常常獨自工作到午夜過後，吃一碗排骨麵當晚餐。可是他卻樂此不疲，越搞越起勁。

張太太居然下堂求去

他在上海的時間，不過兩年。在這短短的時期中，張競生和他的太太褚松雪女士（聞現在台）卻大鬧婚變，一位堂堂性學「專家」的太太，居然下堂求去，這諷刺已經相當夠慘了，何況拋下來的一個三歲孩子，還要張競生親自照料，更把他弄得狼狽不堪。他雖然咬緊牙關，逆來順受，不發半點牢騷，但每當黃昏夜半，寐旦晨興，此中滋味也不難想像。

褚女士既如黃鶴般的一去不返，張競生的生活也益單調。作為一個沒有妻室和愛侶的中年男子，而且生活在紙醉金迷的上海，加以「美的書店」又座落在上海繁華中心的福州路（俗稱四馬路，該處書店最多，也是下級妓女野雞的集中所在），附近的野草閒花，行雲神女，多得滿坑滿谷，俯拾即是。

這位「性學博士」在精神上既寂寞空虛，本來未始不可逢場作戲，或者暗自走私，可是他卻守身如玉，不肯輕於一試。其原因倒也不是為了什麼品行道德，或人言可畏，而是為了他自己素有潔癖，因之深恐佛頭著糞，遺累終身。

首次叫堂差大鬧笑話

有一次朋友請客，張競生也做了座中高朋，主人是紈袴出身，跑慣書寓（即高等妓院），叫慣堂差，於是主人自己叫了堂差之後，也替所有的來賓各叫一個。張競生配給到一個雛妓倒還長得清秀不俗，可是張對於玩妓女這一門實在太外行，他以為凡屬妓女，總是「玉臂千人枕」，朝秦暮楚，生張熟魏，當然閱歷衆多。所以當她坐下未久，張就公開問她親身經歷的性史。原來張這次和妓女並坐在一起，還是破天荒的第一遭。他既不懂上海書寓中的習慣規矩，而那個雛妓又是自稱為「清倌人」的，經張競生當場問長問短，立即面紅耳熱，不知所對，連在座的嘉賓都認為這位叫條子的客人出言無狀，相顧愕然。而張根本不理會這些，卻以一本正經的學者態度，彷彿大學教授在查問學生功課似的，鏘鏘然必欲求其一答。終至窘得那個雛妓拂然而走。張競生依然態度儼肅，正襟危坐，似乎感到莫名其妙。

以時代而言，張競生的時代，比美國金賽博士早了二三十年，可是張對於男女之間食色性也的研究探索之不厭求詳，卻更在金賽博士之上。金賽博士是致力於調查男女性生活的經驗，想從統計數字中求出一個結論；張競生也是調查兩性間的臨床實驗，再從而研究其何以如此。他把這件事當作正常生活的一部份，看得和吃飯一樣。

想起另一浪漫著作家

因爲張的這種大膽作風，不禁使我聯帶想到當年另一位眞正浪漫主義的著作家，那是大名鼎鼎的時代曲的鼻祖、「桃花江」等作者黎錦暉。黎與張截然不同，黎錦暉是人如其詩，他是拿着放浪形骸的詩人姿態來描寫和歌唱「桃花千萬朵」的。那些娉娉婷婷、嬌嬌滴滴的美人影子，是眞實地從他的筆端跳進了他心底去的，這些美麗的夢影，彷彿日夜地糾纏着他，苦苦不休，終於使他逃出中華書局的編輯部，搖身一變而爲歌舞團團長，而陶醉傾倒於無邊春色大腿酥胸之下。他從詩中創造其生活，也在生活中發洩其詩興。有一次，他對張競生說，他有一個奇異的慾望，想把女人的肚臍當作肉杯來飲酒。他以爲這個美妙的設想是香艷之至、詩化之極，預料可以得到張競生擊節讚美。但是他完全錯了，張競生聽罷他的這一妙論，竟不知如何是好，祇是對他狂笑不已。現在看來，黎錦暉所作曲譜歌詞都很幼稚，而且靡靡之音得太厲害，但是在二三十年前，自有他獨特的創作性與被欣賞的價值。在我國藝壇上，無論其成敗得失，仍不失其爲一里程碑。可是他和張競生一樣，終於像一個最起碼的人，已被人遺忘。抗戰時期，黎錦暉在重慶中國製片廠當一個普通職員，至於他的夫人徐來女士——黎錦暉所一手製造出來的中國「標準美人」，早已做了唐生明的太太，廿年前在香港麗池花園舉行的香港小姐選美會中，我還見過她，現在也早已回返大陸，湮沒無聞了。

不能辨別清高或穢褻

張黎二人的根本不同是顯然可見的。黎錦暉完全是一副浪漫詩人氣質，他的浪漫是富有詩趣的、幻想的、完全不切實際的。而張競生的一套則含有學理式與學術性，譬如他之提倡性學，原是想促進一般人士對於性生活的改進，並欲因此而能敦厚風化。所以他常用哲學家的理論以推論其是非、以評判其優劣；又常用科學家的態度，以考究其結果，但既傾注全心全力於研究，便往往不能辨別其爲清高或爲穢褻。正如醫生之檢驗女體或施行手術，其工作與牧師之誦讚美詩一樣神聖。總之，在張競生的眼中，「性」根本可以當作一種學術題材來研究，毫無神秘色彩之可言。

別具風格的新文化月刊

四十年後的今日，我們侃侃而談「性」在人類生活中的重要，不以爲怪；可是四十年前的中國社會，當張競生以他獨有的智識與勇氣，向封建的社會挑戰，宣佈男女之間的奧秘，提倡「性」智識的解放時，眞像向世界投下了一顆氫氣巨彈，使無數人爲之震驚戰慄。

張氏當時除了編輯性育小叢書之外，還發行「新文化」月刊。「新文化」並不是一種性雜誌，它的內容可以分爲四欄：社會建設類；美育欄；性育通訊欄和批評辯論類。社會建設比較屬於一般性，「美學」原是張競生的專長，而後面兩欄則是他個人向讀者表明的態度和答覆來函以及筆戰的地盤。因爲這時候，正在他出版第一集「性史」之後，外界對於他的誤會甚多，他不得不亟向各方表明態度，同時他的確又想在美育和性育兩方面作新的倡導。

張競生也很懂讀者心理，他曾說過，通訊欄可以和讀者多多聯絡，一本雜誌與讀者聯絡得愈密切，銷路也就愈好。尤其是關於「性」智識的一切，因其帶有神秘色彩，面談往往不易出諸於口，利用通訊方法乃最爲合式。他底想法果然不錯。自從「新文化」雜誌出版以後，讀者函件常常山一般的堆積在案頭。其中當然有許多是毫無意義的，有些卻眞的貢獻了自己的寶貴經驗，或者對於張競生的著作加以批評。對於讀者的來函，張競生總是用了最大的努力作答，其或涉義甚深，行詞穢褻未便公開作答者，則改用私函答覆，一切都是鄭重其事，不稍馬虎。

他又以爲，批評辯論也是推銷刊物的秘訣。有一次張競生在「新文化」上寫了一篇「一般之所謂主幹也者」，文中對「一般」雜誌（開明出版）的編輯夏丏尊有所抨擊，當該期「新文化」尚未出版時，不知那個好事之徒把消息供給了夏丏尊，夏氏聞之，緊張萬分，竟等不到「新文化」印好出版，便親自到印刷所索看樣張。該期出版後，果然風行一時，成為談助。這時上海的雜誌銷路都不很大，「新文化」每期的印數超過兩萬，比「生活週刊」（銷到五萬是後來的事）更多，這當然一半是震於張競生的大名，一半也為了他在編輯方面確有獨得之秘。

「新文化」月刊的編排形式，非常簡陋，然而其內容卻非常熱鬧，而最能引人入勝的，則為筆戰。「新文化」月刊之出，使當時各大雜誌為之失色，許多以前不大買雜誌的人，也抱着看「性史」第一集那種心理來買「新文化」月刊起來。雖然尚未人手一卷，卻已在讀書界方面引起了巨大的波瀾。說來可憐，上海和全國的雜誌讀者只有那些，讀了這一種往往放棄了那一種，「新文化」月刊無形中搶去了許多別的雜誌的生意，於是許多別的雜誌便都羣起而攻之，其中態度各有不同，手段也有高下之分。張競生的應付辦法是，對於那些不夠程度的，一概置之不理，至於來頭大的，其勢洶洶的，則不惜一一應戰。現在就我記憶所及，略述一二：

周作人被捲入筆戰漩渦

上海以「華林」為名的作家與藝人，共有三個，這裏所談的華林先生，乃是一個法國留學生，研究藝術，並且是張競生的老朋友。他雖不談性育，卻是一個崇拜女性而偏不得女性歡心的可憐人物。他夢想愛情，結果是連僅有一個床頭人，也跟比他年青的小夥子跑了。

原來華林有一個情婦某女士，同居已有年餘，在華林言，他已相當盡了丈夫或情夫的職責，但內媚之力不足，外誘之因有餘，那個情婦別戀了他人。一吵之後鬧翻，那個女人一去不回，落得華林書空咄咄，孤夜無眠，一天到晚的長吁短歎。

假使光是這樣倒也罷了，可是那女人也是會玩玩筆頭的，因此她在「語絲」上寫了一篇文章，大罵華林蹂躪女性，而且行文語氣，對於她底出走，竟以「娜拉」自居。「語絲」編者周作人又在上面加以按語，大意說，男女之愛，應絕對自由，華林不但蹂躪了某女士底身體，而且還糟塌了她底靈魂，則某女士的出走，自屬必然云云。

某女士的文章本已歪曲事實，編者的按語更是有意偏袒，華林心有不甘，便將經過的事實眞相寫成一篇答文，寄往「語絲」，要求刊出，以求讀者公判。不料編者非特不予刊載，反而重申前議，又把華林痛罵了一頓，這便引起了華林的肝火。

華林於是在「新文化」月刊上發表了「婚變」的情形，並對「語絲」編者周作人加以攻擊。這時候，張競生的太太褚松雪女士也出走未久，張為此事心緒不寧，曾於「新文化」寫了一篇長文——「美的情感——恨」。華林既攻擊到周作人，於是周作人以後的文章也牽涉了張競生。

周作人的毛病，在沒有弄清楚事實眞相，而一味迎合讀者心理。他以為男女爭鬪，旁觀者必須同情女性，方能獲得讀者擁護，同時只要拿愛倫凱的「自由戀愛」等話蓋罩一下，就可以把全盤事實抹煞。他又是一個中庸主義者，主張萬事皆當以微笑的態度加以處理，不宜過激。張競生則不然，他是一個熱情奔放者，平日所崇拜的是拜崙、盧騷這一班人，愛要愛到極點，恨也要恨到極點。這種個性，當然與周作人互為水火，所以當周作人在「語絲」上談華林事件而涉及張競生時，張競生便毫不客氣的回擊過去了。

就表面看，似乎周作人置身事外，旁說旁話，但實際上華林的情婦與其小白臉，皆為周之門牆桃李，所以周作人肯蓄意迴護。至於張競生太太褚女士的情夫小葉，也常在周處走動，上述情事，張華都知其然，所以對於周的私心偏袒，尤為不服。

梁實秋罵張無聊與無恥

周作人是魯迅的介弟，但兩人的性情與文章卻截然不同。張競生向來佩服魯迅，倒不是為了他底一枝筆，而是為了其人冷面熱心，尚無油滑之狀。至於周作人則不然，用張競生的話來說，他是騎牆派之雄，油滑而無骨氣。

為了華林事件，周張兩人在「語絲」和「新文化」上大開筆戰，唇槍舌劍，煞是可觀，而其戛然截止者，則是為了周作人有點家庭私隱，為張競生筆下無情，加以宣揚，因此他自動先行停戰，張競生也覺得長期對罵，雙方無益，就此擱筆。

那時上海「時事新報」副刊「青光」，編者梁實秋，筆名秋郎。梁實秋當過大學教授，譯過「阿伯拉與哀綠綺思的情書」，卻以寫「罵人的藝術」一書成名。他對於罵人藝術，可謂研究有素。他除了罵社會上大小不對的事情外，最後又對張競生痛罵了一頓，斥張無聊與無恥。但因梁實秋把「性史」斥為淫書，張競生自也不甘示弱，於是在「新文化」月刊上寫了洋洋洒洒的大文，把「性史」和淫書完全劃分，並且用邏輯方法，說明了把「性史」當作淫書的人，本人卽有心理上的病態，雖屬強辯駁，似乎言之成理。最後，雙方的筆墨官司，自然是不了了之。

原定計劃性史共編四集

張競生承認「性史」是「性書」，但絕對不是「淫書」，同時他對性行為與淫行，也分別得清清楚楚，前者是有節制的健全的性行為；後者是指不合乎禮法及漫無節制的性行為。他底第一集「性史」的來源，必須推溯到他執教北大時代，那時他在課畢休息的時候，常以閑談聊天的方式，向學生搜集有關性生活的材料。張競生就「食色性也」作了一番學術上的解釋，學生們乃一一接受，把他們底生活經驗源源獻呈，當時一般青年結婚年齡遠較現在還早，還在大學裏讀書而已身為丈夫及父親者比比皆是。後來所搜集的資料越來越多，覺得若不以之公諸社會，未免可惜，於是靈機一動，決定付梓。

依照原定計劃，「性史」一共要編四集；第一集出版後，風行達於極點，但以內容而言，理論實際均頗膚淺，只有當時他的學生中的一個，以「小江平」筆名寫的一篇較為可取，然而裏面也只有男女心理與關係的描寫而別無其它特別精采之處。這個「小江平」，就是後來成為作家的金滿成青年時代的筆名，這位金先生，抗戰時在重慶編國民公報（或者是「新蜀報」）的副刊，勝利後曾來香港居住。該書第一集雖然暢銷，但被治安當局所注意，認為「妨礙風化」，可是這早在張競生的預料之中，所以封面裏頁有一句廱語：「雪夜閉門讀禁史」。言外之意為「天下第一樂事」。

第二三四集編好未付印

據P君所說，性史第二集仍是性生活的報導，內容和前集相差不遠，同時，因為張競生自己只是「理論家」而非「實行家」，所以雖云談「性」，也眞只是談談而已。該集內容主要是性行為的姿勢研究，嚴格說來，內容也相當空洞。差不多可以說只是把葉德輝的「雙梅景闇叢書」中的主要部份，從文言譯成白話，並略加附註說明，像這樣一部書，用來以資談助或者尚可，倘若用來參考，想作為臨床實驗之用，實在大有問題。

第三集講些什麼，已經記不清楚，第四集則為性行為用具專集。當張氏留學法國時，他曾搜集了一些提高性行為興趣之用的小道具，攜返國內，視若珍寶，把這些，加上從日本得來的另外一批，便是第四集材料全部靈感所由來，這些東西包括節育套、羊眼圈、角先生、緬鈴等等，在當時的確新奇之至，但時至今日，除了緬鈴之外，都已到處有售，不足為奇了。

據P君談稱：第二、三、四等三集的確都已一一編好，等候發排，但是第一集所引起的影響和風波太大，而日子過得愈多，張競生的膽子也愈小，一直遲遲不敢付印，終於沒有問世。後來所看見在市上發售的第二集、第三集以至第十集，實際上都係冒名出版，與張競生完全無關，其內容的下流惡劣不堪，更是對張競生聲名地位的致命打擊，而那些無德無行的出版商，則由於那些書在當時的確空前暢銷，因此着實發了一筆小財。P君曾實際參與襄助張競生的編輯工作，所言當有根據。

第二、三、四集「性史」既編而不排，就在「新文化」月刊以外，出了些單行本如「美的社會組織法」之類。「美的社會組織法」是張競生一個人的作品，也是他對於無政府主義的一個美麗的而遙遠的理想。他認爲社會的組織，應以「美」爲基礎與骨幹，不用權力，也無需政治或者陰謀，讓人與人之間，無憂無愁地快樂生活。在一九三〇年以前的時代談這些東西，當然不會有人領略和接受，同時上海租界工部局捕房，因爲他一會兒妨礙風化，一會兒又提倡無政府主義，不知道他究竟搞什麼名堂，也開始對他注意起來，對他底書店和辦公處常作突擊檢查，使他自己和職員都惴惴不安，因之爲時未久，「美的書店」也就關門大吉。

吃羅宋大菜又大寫食經

美的書店關門以後，張競生卽束裝赴法，旅居兩年，始重回上海，回來時，風霜滿面，而言論依然。這時舊日朋侶，大都星散，博士寄居於公寓，日就俄羅斯菜館，除了早飯之外，一日兩餐，均吃「羅宋大菜」，習以爲常。

在美的書店時代，張競生住在薩坡賽路九十二號，門口掛着編輯室的牌子，實際上是他的公館，座上食客常滿，談笑風生，他雖然祇備小菜淡酒，卽也調治頗精。這次重返上海，寄跡公寓，深感飲食之難。他曾走進許多菜館，不得不急急出走，或由於餐具不潔，或由於菜味惡劣，或由於代價太昂，非經常所能負擔。這時候他發現了羅宋大菜，一湯一菜一點心一咖啡之外，麵包可以予取予求，他認爲菜料、煮法、價值以及餐室的環境等，均尚可取，於是暫時便以羅宋大菜爲滿足。

由於「吃飯」成爲問題，他乃又潛心研究飲食之道，並作「食經」，藉以自遣。他認爲中國的菜餚，過份重視滋味，而置營養價值於不顧，尤其是魚翅海參之類，非但毫無營養，而且食之消化不易，有礙健康，可是這些東西卻傳統地被人奉爲珍饈，他之有意寫作食經，便想把中國人對於飯食的舊觀念舊習慣打破，使他們有一種新的形式。那部「食經」，起初大部份是理論，有人認爲不切實用，要他具體說明，實地舉例。他果然想了許多新的菜式與烹飪方法，但是試驗之下，朋友一致認爲失敗，張競生沮喪之餘，也就擱筆不談了。

回到潮汕研究農產種植

以上所述，都是抗戰以前的事。勝利以後，只知他曾北至平津，南飛印度，遍遊國內名山大川，對於舊時學術，緘口不提。

赴印度係在一九四七年時，曾過泰京曼谷，小住一個時期。在泰期間，由某華僑出入口公司主人招待，伴同遊覽各處名勝，對於暹羅的廟宇建築，極感興趣。

在以前，他已從事研究農產種植，在潮汕與人合作種植蜜柑。泰國華僑，以潮汕人士爲最多，甚至一部份泰國人士，也都熟諳潮汕語言，張競生既係來自潮汕，自然特別受人注意，同時許多人也久慕其名，爭欲一覩丰采，他就在泰京曼谷耀華力路的東舞台舉行了一次公開演講，題曰「改良種植」。他一向提倡人類優生之學，這「種植改良」無異就是「植物的優生學」。他在演講中對於潮汕柑力加讚揚，認爲質地甘美，在美國加州的金山橙之上，祇要改良種植，不但產量可以增加，卽本身的體積也可以肥美加大。

張競生雖名滿四海，而儀表平平，貌不驚人，有時記者往訪，或以有關性的問題相詢，張競生笑着回答說：「年紀已老，不願再談此事矣！」

印度歸來，張競生仍回潮汕，從事改良農產工作，張氏對於社會改革，向主以美的觀點出發，以美的手段完成，對於共產主義的急進無情向不苟同，所以聽說早已在數年前以「思想荒謬」遭受清算。遙念故人，緬懷無已，有知張氏近況者，可告我否！

瞿秋白臨死哀鳴

高雷

瞿秋白原籍江蘇常州，七八歲時，全家賴其叔祖瞿賡韶之官蔭，過其紈袴生活，不久，叔祖伯父相繼下世，其父在濟南，以教書餬口，母因貧自縊死，在當時歐洲資本主義東漸，顛危簸盪之社會組織，尤其所謂世代做官之書香門第，破產自爲必然，瞿對家世陡落之悲慘遭遇，一不自持，遂至橫決。畢業常州中學後，圖升學北大，以乏資弗能如願，投考普通文官考試，又不幸落選，乃入北京外交部之俄文專修館，習文學，通英法俄三種文字，在校時曾迻譯託爾斯泰著作多種，以換取稿酬。民六間，帝俄既倒，列寧政權成立，積極向亞洲活動，加拉罕兩次對華宣言，我國朝野不少爲其所惑；優林越飛二人先後來華，表面爲談判新約，實際則爲策動中國共產黨徒之活動。俄文專修館之講師繙譯人員，皆通曉德法文字，瞿習俄法文。彼此逐漸接近，遂墜赤色圈套。民九，瞿以北京晨報記者名義，赴莫斯科，旋正式加入CP，開始爲勞農政權宣傳，編有新俄羅斯遊記，赤都心史，新俄國革命史等。然其初尚屬看在盧布份上說話，積漸入魔，更由於其個人事不隨心之掙扎，厭世觀念之深刻，悲觀主義之惡化，錯綜紊雜，棼如亂絲，民十，十二月九日，瞿在俄寫有「多餘的人」，自謂：「我是歐華文化衝突的犧牲者，心內不協調，現實與浪漫相敵，於是社會的無助，更斲喪我的元氣，我竟成多餘的人啊！噫！懺悔悲歎，傷感，……我要心，我要感覺，我要哭，我慟哭」……純爲對現實社會不滿的流露，至於痛哭流涕悲嘆傷感，尚猶一般浮薄青年所恆犯之錯誤而已。

在莫斯科初受共產洗浸之瞿秋白，其時尚略帶破落戶哥兒靦覥氣息，據秋白自言：「我每一見解都是動搖的，站不穩的……記得布哈林初次和我談話時，說過這麼一句俏皮話：你怎麼同三層樓的小姐一樣呢？總是那麼客氣，不是或是，就是也許，也難說」……等等。至民十一時，面皮漸老，膽氣漸粗，以中共代表之資格，參加蘇俄在莫斯科召開之遠東民族代表大會，及共產國際之第四次世界代表大會，一如少女入娼門，初猶含羞接客，再經梳櫳，遂亦不自覺慚穢的了。民十二春，共產國際派其回國，六月，中共召開第三次全國代表大會，當選中委；同時與張國燾、毛澤東、林祖涵等，受蘇共之命，加入國民黨，民十三，國民黨改組，舉行第一次全國代表大會，亦混得候補執行委員頭銜。

秋白於民國十二年由蘇歸國，年甫廿六，丰度學識，頗爲時流所器重。在蘇曾加入共黨，但身份尚未暴露，且掛名國民黨籍，在滬任教於上海大學，並爲報刊雜誌撰稿。

秋白在上海大學教授中，年少翩翩，爲女生崇慕偶像，當時追求秋白最熱烈者爲楊之華與王劍虹。楊之華，本爲蕭山沈玄廬（定一）子劍龍妻，玄廬雖亦同盟會舊會員，但思想一度偏激，其子與媳，竟亦一鼻孔出氣。之華貌既妖冶，性尤浪漫。沈玄廬爲國民黨第一屆候補中委，延秋白居其家，之華一見鍾情，百般挑逗，盡棄其無數面首，一味糾纏秋白，玄廬父子不特「知趣」，更能「湊趣」。秋白在蘇聯雖早已司空見慣於彼邦男女關係的隨便，但幼年出身詩禮家庭，究覺有所顧忌，在半同居狀態中，對之華以一女周旋於兩男之間，帷房衾枕，恬不畏忌，尤感作惡，故之華雖落落大方，秋白卻人前靦覥。

王劍虹者，美而多才，有校花之目，

對秋白時露傾慕，文字唱酬，雙雙均陷情網。之華風聞秋白另有對象，大爲恐慌，亟向劍龍提議離婚，劍龍不願仳離，疑爲秋白指使，反向秋白請求暫仍「一馬雙鞍」舊貫。秋白至此，認爲對楊關係，亟應作一段落，遂與劍虹密商之後，以閃電手法，宣布與王劍虹結婚，時爲十三年一月。

瞿王結褵之日，之華忿恨萬端，但亦無法向瞿正面交涉，只有靜以觀變。不幸，劍虹婚後甜蜜光陰，不及一年，於當年七月間，一病懨懨，遽爾玉殞香消，之華聞訊，便以弔喪爲名，居然鵲巢鳩佔，餘燼難禁撩撥，死灰便爾復燃，秋白遂又爲之華的情俘了。但只三角關係不足以羈維秋白，堅向其翁請求與劍龍脫離，經玄廬半年之折衝，至十三年十一月六日，始獲協議，當晚劍龍攜之華回家，度其最後一宿之夫婦生活，七日午後雙雙同赴禮堂，將之華移交秋白，父子參加婚禮，報紙上「沈楊離婚」與「瞿楊結婚」之啓事，燦然並列，時人引爲奇談。

此事影響於秋白者極鉅，蓋秋白時雖跨黨，但自稱係屬「玩票性質」，尚屬可左可右人物，經此一來，無意中坐實了共黨公妻之荒謬作風，在文化教育方面，便難立足，書不能教，稿能不寫，衆口交咻，千夫所指，生活亦成問題，「票友」終於「下海」，專爲共黨効力，成爲職業的共產黨人。

至民十六，七月，全國反共之後，此輩將一切失敗責任，加於陳獨秀之機會主義，號召服從共產國際指示，同年八月七日，在漢口召開緊急會議，史達林派羅明那茲，鈕曼等，表面爲瞿主持，實際則共產國際操縱，撤換陳獨秀之總書記，以瞿爲繼，並決定一連串之大暴動，除造成地方與民衆的慘重災害之外，均遭失敗，南昌暴動一幕，更毫無所成，朱德毛澤東率其餘衆入井崗山，第三國際不得不作收拾殘局計，於一九二八年七月，在蘇聯召開六全大會，瞿赴蘇出席，被選爲執行委員，遂留莫斯科，會後，擔任中共駐國際總代表，在此時期，正値蘇共內部鬭爭最烈，而中共陳獨秀派與親蘇派內鬨最猛銳階段，瞿依據蘇聯之最高指示，先後發表反陳言論多篇。

民十九，瞿二次被派回國，解決所謂「立三路線」問題，但李立三雖被整，而秋白在此鬭爭中，未能符合第三國際要求，由新國際派之陳紹禹當權，此時，瞿患肺疾，留在國內，因國民政府對共黨檢肅運動之加緊，乃由滬租界潛赴贛閩邊境之「蘇區」。二十年十一月，蘇區政府成立，瞿擔任「教育部」部長。

民廿三春，閩變敉平，國軍發動五次圍剿，共軍主力突圍西逃，瞿秋白肺病已入三期，不能隨奔，同時亦認爲共黨失敗已成爲註定命運，決定潛赴上海休養，準備由贛閩邊經閩西而閩南，化裝爲商人；與林柏台妻，圖赴厦門搭船，由掩護「老區」責任之陳毅張鼎丞二股殘餘，抽十餘人保護瞿等東行。廿四年二月廿三日。被

我所認識的

瞿秋白是我在上海大學攻讀時（一九二四年至一九二六年）的老師，那時他擔任上海大學社會學系主任，兼教「社會科學概論」和「社會哲學」。他這兩門課，不但最受社會學系的同學歡迎，而且吸引了不少其他系（英文學系和中國文學系）學生來聽課。那時，瞿秋白很忙，他一方面要擔任教授和系主任；另一方面又要爲中共中央宣傳部工作。

瞿秋白是江蘇省武進（常州）縣人，生於一八九九年。從小就會背誦詩詞，是他的母親口頭教會的。十一歲時進入常州中學堂讀書，因家裏貧窮，不得不被迫停學（只差半年就畢業），就在他失學那一年，他的母親因貧窮所迫而自殺了。母親死後，他到武昌去找他的堂哥瞿純白，進入武昌外國語學校習英文。一九一七年夏，瞿秋白又跟他的堂哥到了北平，考進了俄文專修館，專攻俄文。一九二〇年「五四」運動爆發了，他參加了這個運動

瞿秋白

蔡孝乾

，那時還不過二十歲。

一九二○年十月，瞿秋白以北平「晨報」記者的身份到了「餓鄉」——蘇俄。他在莫斯科碰到了同鄉張太雷，並由張介紹加入中共在莫斯科的小組（那時中共還沒有正式成立）。他在莫斯科住了兩年，爲北平「晨報」寫了不少「通訊」，還寫了兩本散文：「餓鄉紀程」和「赤都心史」。他曾經兩次見到列寧。

一九二三年一月，瞿秋白回到了北平，不久即到上海，參加中共中央領導機關工作。一九二三年六月，他出席了中共在廣州召開的第三次全國代表大會，在這次大會上他被選爲中共中央委員。一九二四年一月，他到廣州參加國民黨第一次全國代表大會，在會上被選爲國民黨候補中央委員。同年二月他從廣州到上海，擔任上海大學社會學系主任。

一九二七年七月，武漢「清黨」後，瞿秋白潛入廬山。「八一」南昌暴動失敗後，中共於八月七日在九江舉行「緊急會議」，由瞿秋白主持。這次會議淸算了陳獨秀的「右傾投降主義」，並撤換了陳獨秀的總書記職務，而由瞿秋白接替。「八七會議」雖然淸算了「右傾投降主義」，但卻助長了左傾情緒的發展，爲左傾冒險主義者開闢了道路。到一九二七年十一月中共中央的擴大會議，就形成爲左傾的盲動主義路線，而使左傾路線在中共中央取得了統治地位。

一九二八年七月，瞿秋白到莫斯科出席中共六全大會，並繼續當選爲六屆中央委員。

一九三○年九月，瞿秋白主持召集了中共六屆三中全會，淸算了「立三路線」，李立三本人離開了中共中央的領導地位。但是在一九三一年一月由王明（陳紹禹）主持和操縱下的中共六屆四中全會上，瞿秋白卻遭受了王明派的嚴重打擊，並被排出於中共中央領導機構之外。從這時至一九三三年冬他動身到江西蘇區爲止，他在上海和魯迅合作從事於左翼文藝運動。

一九三三年冬，瞿秋白進入江西蘇區，擔任蘇維埃中央政府人民教育委員（即教育部長）。

瞿秋白就任「中央教育部長」以後，即對蘇維埃文化教育工作大力加以整頓。以前

國軍三十六師宋希濂師長轄區內之福建省保安第十四團弋獲，加以詰詢，瞿等僞裝商旅，自稱林姓，係被共軍綁票，蓋共黨綁票爲經常習見者，地方團隊每有起獲迭於詢問後即予於釋放也。瞿初寄押上杭，均自稱爲林其祥，曾自草呈文，請求保釋在外就醫，其呈文中有：『……肄業於北平大學醫藥系，……因由滬赴漳訪友未遇……嗣後共匪攻陷，不幸被俘，……如蒙開釋，當誓死効忠黨國，撲滅慘無人道，殺人放火的赤匪，……文書勝任，足敢自負，擔任醫藥上士，絕不至尸位……懇予准保外居，隨傳隨到』……蓋爲求萬一之僥倖，但不久即爲曾任共黨教部之自新人認出，終至自無辭可設，遂亦直供不諱，乃由宋希濂加派軍隊，遞解長汀。消息傳出後，西奔之共黨首要，無不震驚，莫斯科與世界共黨均爲着慌，共黨中央先後電令陳毅張鼎丞用軍事力量搶奪，或將瞿致死，以妨其爲政府所用。

瞿秋白經國軍解抵長汀後，羈禁獄中，單獨住一小房，備受優待，每日用饍，肴饌豐潔，並佐以酒，皆從其所請求，酒後，賦詩或塡詞，得句則張於壁間，琳瑯滿目，作詩之外，尤喜以金石自娛，先後刻印二百餘顆，分贈三十六師軍官，及長汀地方人士。有人携其堂兄與胞弟所寄函與觀，閱後熱淚湧流，自言：「我已經被淸洗出隊伍，被淸除了武裝。」後於廿四年六月十七日死於長汀。

教育部門被認爲是蘇維埃工作中最薄弱的一環，經過他苦心規劃大力整頓，也就逐漸活躍和健全起來了。尤其是蘇維埃的戲劇運動方面更有飛躍的進步，他強調一切活動都應當採取「羣衆路線」的方式，經過幾個月的整頓，首先是羣衆性的識字運動，採用「活報」、山歌、戲劇、牆報等各種形式，生動活潑地發動起來了。他把高爾基戲劇學校的學生組織成兩個劇團，經常下鄉深入農村，一方面與農民羣衆生活在一起，勞動在一起，從農村生活中吸取活的戲劇題材；另一方面根據農村中的實際鬬爭經驗和農民生活情況的反映，編成話劇演給農民羣衆看，在短短的半年中，蘇維埃的戲劇運動，不論在劇本的內容上或是演員的演技上都有顯著的進步。

瞿秋白除了擔任「中央教育部長」之外，還兼任蘇維埃大學校長和教育部屬下的藝術局局長。在一九三四年一月「第二次全蘇大會」上，他續繼當選爲「中央執行委員」和「中央人民教育委員。」

瞿秋白對工作的領導都很具體，他對高爾基戲劇學校和蘇維埃大學的課程，無論是藝術課還是政治課，怎樣教法，怎樣提出討論題目等，都給予具體的指示。他還常常騎着他那匹深咖啡色的馬，從「蘇維埃中央政府」所在地的沙洲壩走八九里路來到設在瑞金西郊外的高爾基戲劇學校講課或做時事報告，並切實指導學校製訂教學計劃和演出計劃。

一九三四年十月，江西紅軍主力撤離蘇區以後不久，瞿秋白就和何叔衡（中央工農檢察部長）、梁柏台（中央司法部副部長）等十多個人一起向長汀縣以南的山區逃亡，在極端困苦的流竄途中，他的肺病更加嚴重起來了。一九三五年二月下旬的一天下午，他們抵達武平縣的水口鄉，被當地的民團包圍了，瞿秋白和其他幾個人當了俘虜。地方民團把瞿秋白等押解到上杭縣保安團團部。

當時他化名林祺祥，自稱是醫生，在上杭被囚禁了一個月，保安團終於發覺林祺祥原來就是瞿秋白。於是把他押解到長汀國軍三十六師司令部。在監中，他悠閑自若，有時寫詩和雜感，有時刻刻圖章消遣，還寫了一篇「多餘的話」。一九三五年六月十八日，被槍斃於汀州西門外刑場，那時他卅六歲。

對於瞿秋白的死，中共對他的「功」「過」怎樣評價呢？毛澤東說：「瞿秋白同志是當時有威信的領導者之一，他在一九三五年六月英勇地犧牲……所有這些同志的無產階級英雄氣槪，乃是永遠值得我們紀念的。」這是他死了十年後，中共對他一生所下的結論。可是善於顚倒歷史的中共，果然把事實顚倒過來了。在「文革」風暴的第二年，北平紅衞兵出版了一份「討瞿戰報」，內稱：「把顚倒的歷史顚倒過來，曾經被人譽爲『馬列主義的政治家』，『中國共產黨傑出的領袖』和『戰鬬的文學家』的瞿秋白，於一九三五年被俘以後，在敵人的囚籠中帶着『心上不能自禁的衝動和需要』，寫了一份『多餘的話』，這是一個空虛、動搖、徬徨失措的自供，從根本立場來看，就是一個背叛無產階級革命事業的『自白書』。

瞿秋白

多餘的話

瞿秋白

何必說——代序

說既然是多餘的，又何必說呢？已經是走到生命的盡期，餘剩的日子，不但不能按照年份來算了，就是有話，也可說可不說的了。

但是，不幸我捲入了「歷史的糾葛」——直到現在，外間好些人還以爲我是怎樣怎樣的。我不怕人家責備、歸罪，我倒怕人家「欽佩」。但願以後的青年不要學我的樣子，不要以爲我以前寫的東西，是代表什麼主義的；所以我願意趁這餘剩的生命還沒有結束的時候，寫一點最後的最坦白的話。

而且，因爲「歷史的誤會」，我十五年來勉強做着政治工作。——正因爲勉強，所以也永久做不好，手裏做着這個，心裏想着那個，在當時是形格勢禁，沒有餘暇和可能說一說我自己的心思，而且時刻得扮演的一定的角色。現在我已經完全被解除了武裝，被拉出了隊伍，只剩得我自己了，心上有不能自已的衝動和需要。說一說內心的話，徹底暴露內心的眞相，布爾塞維克所討厭的小布爾喬亞知識者的自我分析的脾氣，不能夠不發作了。

雖然我明知道我這裏所寫的，未必能夠到得讀者手裏，也未必有出版價值，但是，我還是寫一寫罷。人往往喜歡談天，有時候不管聽的人是誰，能夠亂談幾句，心上也就痛快了。何況我是在絕滅的前夜，這是我最後「談天」的機會呢？

瞿秋白□□一九三五、五、一七

於汀州獄中

「歷史的誤會」

我自己忖度着，像我這樣性格、才能、學識，當中國共產黨的領袖，實在是一個「歷史的誤會」，我本是一個半吊子的「文人」而已。直到最後還是「文人積習未除」的，對於政治，從一九二七年起就逐漸減少興趣，到最近一年——在瑞金的一年，實在完全沒有興趣了。工作是「但求無過」的態度；全國的政治情形實在懶得問，一方面固然是身體衰弱，精力短少，而表現十二分疲勞的狀態；別方面也是十幾年爲着「顧全大局」勉強負擔一時的政治翻譯，政治工作，而一直拖延下來，實在違反我的興趣和性情的結果。這眞是十幾年的一場誤會，一場噩夢。

我寫這些話，決不是要脫卸什麼責任——客觀上我對共產黨或是國民黨的「黨國」應當負什麼責任，我決不推托，也決不能用我的主觀的情緒來加以原諒或者減輕。我不過想把實情，在死之前，說出來罷了。總之，我其實是一個很平凡的文人，竟虛負了某某黨的領袖的聲名，十年來，這不是「歷史的誤會」是什麼呢？

脆弱的二元人物

一隻羸弱的馬拖着幾千斤的輜重車，走上了險峻的山坡，一步步的往上爬，要往後退是不可能，要再往前去是實在不能勝任了。我在負責政治領導的時候，就是這樣的一種感覺。欲罷不能的疲勞使我永感到一種無可形容的重壓。精神上政治的倦怠，使我渴念「甜蜜的」休息，以致於腦神經麻木停止一切種種思想。一九三一年一月的共產黨四中全會開除了我的政治局委員之後，我的精神狀態確是「心中空無所有」的情形，直到現在還是如此。

我不過滿三十六歲（雖然陰曆的習慣算，我今年是三十八歲），但是，自己覺得已經非常的衰憊，絲毫青年壯年的興趣都沒有了。不但一般的政治問題懶得去思索，就是一切娛樂，甚至風景都是漠不相關的了。

唉！脆弱的人呵，所謂無產階級的革命隊伍需要這種東西幹嗎？我想，假定我還保存這多餘的生命若干時候，我另有拒絕用腦的一個方法，我只做些不用自出心裁的文字工作，「以度餘年」。但是，最好是趁早結束了罷。

瞿秋白的最後一

在延安，在晉綏，在太行，在晉察冀，直到進了北京，遇到了許多過去和秋白在一起的老同志，從他們那裏，我知道了一些秋白在蘇區以及被捕犧牲的情形。

秋白到達中央蘇區瑞金後，擔任中央工農民主政府人民教育委員兼蘇維埃大學校長。那時兼任蘇維埃大學副校長的徐特立同志對我說：「秋白同志對教育工作十分負責，蘇維埃大學直接負責人是我，但他關心政治教育的每一課程，和每一次學習討論。他那樣衰弱的身體，在十分艱苦的生活環境裏，由於他認眞工作，一切困難他都忘卻了，精神上十分愉快。」

眞的，有不少同志告訴我，秋白在蘇區是很愉快的。當時中央各部門相距三、五里至六、七里路，相當分散，秋白學會了騎馬，經常穿着我做的一套衣褲，戴着我親手製的絨線帽，扎起褲腳，騎一匹黑馬奔馳，同志們見了都很欣喜，說：「秋白同志年輕了，完全變了一個人，多麼活躍！」他非常詼諧健談，使人感到親切，同志們都喜歡到他那兒去。他住的房間，用床隔作兩間，一半算是辦公室，一半算是臥室，有時他發着燒，還坐在床上，滔滔不絕的談問題，有的同志說：「想不到那麼嚴肅的秋白同志，竟這麼和藹可親，平易近人。」當然，生活在自己的政權下，踏着自己的土地，呼吸着自由的空氣，心情怎能不變呢？

秋白的生活與大家一樣，是很艱苦的。敵人對蘇區的「圍剿」和封鎖，蘇區的糧食和日用必需品是很少的。為了支援前線，後方的油鹽少得很。徐特立同志回憶當時的情況說：「當時糧食是按人分配，每人十四両到一斤四両米，為克服困難，每個黨員和羣衆都自動節省糧食。我是一日十四両米，秋白同志吃多少我不知道，只知道節約委員會批評教育部節約的『過火』。有一天我到教育部去了，他留我吃飯，說某同志送給他幾両鹽，請我吃一些有鹽的菜。」鄧穎超同志很關心秋白，送幾個鷄蛋或幾張糖餅給他吃，而他總是拿出來請客。

在長征前，秋白以為自己也和大家一樣，會參加長征的，他整理好自己的行李。但組織上決定他留下來，在後方隱蔽工作。為了和老同志話別，秋白請了李富春、蔡暢、劉少文、傳連暲等同志吃了一頓飯。在飯桌上，大家心裏有許多話要說又沒有說出來。沉默中，秋白舉起一只酒杯，向大家說：「這酒杯是之華在白區臨別時給我的。」秋白的神色很黯然，默默地與同志們握手告別了。

長征出發時，徐特立同志經過沙洲壩，去看秋白。時間很匆促，兩人沒有多談。秋白預見着長征有許多困難，便把自己的好馬和強壯的馬夫換

我和馬克斯主義

此後，我勉強自己去想一切「治國平天下」的大問題的必要，已經沒有了！我在十二分疲勞和吐血症復發的期間，就不再去「獨立思索」了。一九三一年初就開始我政治上以及政治思想上的消極時期，直到現在。從那時候起，我沒有自己的政治思想。這並不是說我是一個很好的模範黨員，對於中央的理論政策都完全而深刻的了解。相反的，我正是一個最壞的黨員，早就值得開除的。因為我對中央的理論政策不加思索了，偶然我也有對中央政策懷疑的時候，但是，立刻就停止懷疑了——因為懷疑也是一種思索；我既然不思索——自然也就不懷疑。

我的一知半解的馬克斯主義智識，曾經在當時起過一些作用——好的壞的影響都是人所共知的事情，不用我自己來判斷——而到了現在，我已經在政治上死滅，不再是一個馬克斯主義的宣傳者了。

盲動主義和立三路線

於是四中全會後，就決定了開除立三的中央委員，開除我的政治局的委員。我呢，像上面已經說過的，正感謝這一開除，使我卸除了千鈞重擔。我第二次回國是一九三〇年八月中旬，到一九三一年一月七日，我就離開了中央政治領導機關，這

段日子

楊之華

給徐特立同志了。徐特立同志說：「當時我們都以為紅軍出來不久必仍回蘇區，我和秋白同志在此永別是我意料不到的」。

因為負傷而留在醫院裏的陳毅同志，第二天碰到了秋白，問他為什麼不走。陳毅同志愛護秋白，願意把自己的馬給他，勸他趕緊追上去，跟着隊伍出發。秋白告訴他組織上決定自己留在後方。秋白說「我服從組織的命令。」

一九三五年二月中旬，秋白和鄧子恢、何叔衡等同志，由幾十名武裝保護離開了瑞金，化裝成老百姓，來到福建省委所在地。到了這裏，他們才知道還要到汀杭中心縣委，然後，子恢同志去永定縣，而秋白將經潮汕前往上海。走了四、五天，至水口五里橋小徑牛莊嶺附近，天下雨了，一行人便到一個老鄉家裏去休息。這時，忽聽得兩聲槍響，有人出去探望被民團發現了。秋白等立刻離開老鄉家裏，過羊角溪上山，到了山頂，這時，保安第十團團長鍾紹葵已派了四連武裝部隊圍住了山。秋白對子恢同志說：「為着蘇維埃，流最後一滴血是光榮的。」後來，子恢同志提議突圍，由何叔衡同志先混下山，子恢同志最後下山。何叔衡同志在亂槍下被打死了。秋白因不能走路，被敵人捉住了。子恢同志是本地人，熟悉本地情況，逃出了險境。

秋白被捕後，沒有暴露他的眞面目。第二天，他被帶上手鐐腳銬，送到上杭縣監禁一月餘。魯迅和周建人先生得到他的信，大概就在這時寫的。這時他還有一線生存的希望。

三十六師師長宋希濂這時收到蔣介石的電報，說秋白已被三十六師逮捕，要他即時把訊核情況上報。（據說，從秋白離開蘇區時，就有托匪向蔣介石告密。）宋希濂這時還沒有發現秋白，就決定各團把俘虜的姓名俘虜地點以及像貌特徵分別詳細造冊，送到師部，敵人從表冊上看到「林其祥」是江蘇人，四十歲左右，軍醫，人單瘦，談吐文雅，以行迹可疑被捕，由於聽說「林其祥」在蘇區人民教育委員會工作過，便將他送到福建長汀三十六師師部。

據說秋白被解到長汀後，曾被敵人訊問用刑多次，都沒有暴露，後來，發覺在被囚押的人中，有一個十七、八歲的陳姓青年，曾在中央蘇區人民教育委員會當過收發，因而想出一條詭計，設法使陳姓青年與秋白驟然相遇，以觀察他們的表情，辨別到底是不是秋白。

這天，把秋白帶到一間房子裏，又秘密使人把陳姓青年帶來。陳姓青年邁進門

期間只有半年不到的時間。可是這半年對於我幾乎比五十年還長！人的精力已經像完全用盡了似的，我告了長假休養醫病——事實上從此脫離了政治舞臺。

再想回頭來幹一些別的事情，例如文藝的譯著等，已經覺得太遲了。從一九二〇年到一九三〇年，整整十年我離開了「自己的家」——我所願意幹的俄國文學的研究——到這時候方回來，不但田園荒蕪，而且自己的氣力也已經衰憊了，自然，有可能還是幹一幹「以度餘年」的。可惜接着就是大病，時發時止，耗費三年光陰。一九三四年一月，為着在上海養病的不可能，又跑到瑞金——到瑞金已是二月五日了——擔任了人民委員的清閒職務。可是既然在蘇維埃中央政府負擔一部份的工作，雖然不必出席黨的中央會議，不心參與一切政策的最初討論和決定，然而要完全不問政治卻又辦不到了。我就在敷衍塞責，厭倦政治卻又不得不略為一問政治的狀態中間，過了一年。

最後這四年中間，我似乎記得還做了幾次政治上的錯誤，但是現在我連內容都記不清楚了，大概總是我的老機會主義發作罷了。我自己不題意有什麼和中央不同的政見，我總是立刻「放棄」這些錯誤的見解，其實我連想也沒有仔細想，不過覺得爭辯起來太麻煩了，既然無關緊要，就算了罷。

我的政治生命其實早已結束了。

最後這四年，還能說我繼續在為馬克斯主義奮鬥，為蘇維埃革命奮鬥，為着黨的正確路線奮鬥嗎？例行公事辦了些，說奮鬥是實在太恭維了。以前幾年的盲動主義和立三路線的責任，都決不應當因此而減輕的；相反，在共產黨的觀點上來看，這個責任倒是更加加重了，歷史的事實是抹煞不了的，我題意受歷史的最公平的裁判！

一九三五年五月二十日

文人

可笑的很，我做過所謂「殺人放火」的共產黨的領袖（？），可是我確是一個最懦怯的「婆婆媽媽的」書生，殺一隻老鼠都不會的，不敢的。

但是，真正的懦怯不在這裏。首先是差不多完全沒有自信力，每一個見解都是動搖的，站不穩的，總希望有一個依靠。記得布哈林初次和我談話的時候，說過這麼一句俏皮話：「你怎麼和三層樓上的小姐一樣，總那麼客氣，說起話來，不是『或者』就是『也許』，『也難說』……等等」。其實，這倒是真心話。可惜的是人家往往把我的坦白當作「客氣」或者「狡猾」。

我的根本性格，我想，不但不足以鍛鍊成布爾塞維克的戰士，甚至不配做一個起碼革命者，僅僅為着「體面」，所以既然捲進了這個隊伍，也就有勇氣自己認識自己，而請他們把我洗刷去。

但是我想，如果叫我做一個「戲子」——舞臺上的演員，倒很會有些成績，因為十幾年來我一直覺得自己一直在扮演一定

坎，突然看見了秋白，腳步驟然停住，臉上露出驚異的表情。看守人說：「原來你們彼此都認識麼？」秋白馬上從椅子上立站起來，哈哈笑着說：「這算是演了一幕很滑稽的戲！」隨又說：「我的事你們都知道了，不必再問。」

在執行死刑的前一天晚上，秋白依然笑容滿面，一如平日。第二天——六月十八日，他們在長汀中山公園設了一席菜飯，請秋白午餐。秋白吃罷飯，引吭高唱「國際歌」和「紅軍之歌」。然後走到一塊草坪上，坐下來，點頭微笑，對槍手們說：「此地很好。」

槍聲響了。

下午，秋白被埋在長汀西門外羅漢嶺盤龍崗。

（本文節自憶秋白，題目為編者所改）

的角色，扮着大學教授、扮着政治家，也會眞正忘記自己而完全成爲「劇中人」。雖然，這對於我很苦，得每天盼望着散會，盼望同我談政治的朋友走開，讓我卸下戲裝還我本來面目——躺在床上去，極疲乏的念着：「回『家』去罷，回『家』去罷！」這的確是很苦的——然而在舞臺上的時候，大致總還扮得不差，像煞有介事的。

告別

一齣滑稽劇就此閉幕了！

我已經退出了無產階級的革命先鋒的隊伍，已經停止了政治鬪爭，放下了武器，假使你們——共產黨同志們——能夠早些聽到我這裏寫的一切，那我想早就應當開除我的黨籍。像我這樣脆弱的人物，敷衍、消極、怠惰分子，尤其重要的是空洞的承認自己錯誤而根本不能轉變自己的階級意識和情緒，而且，因爲「歷史的偶然」，這並不是一個普通黨員，而是曾經當過政治局委員的——這樣的人，如何還不要開除呢？

現在，我已經是國民黨的俘虜，再來說起這些，似乎多餘的了。但是，其實不是一樣嗎？我自由不自由，同樣是不能夠繼續鬪爭了。雖然我現在就快要結束我的生命，可是，我早就結束了我的政治生活，嚴格的講，不論是自由不自由，你們早就有權利認爲我也是叛徒的一種。如果不幸而我沒有機會告訴你們我的最坦白最眞實的態度而驟然死了，那你們也許還把我當一個共產主義的烈士。記得一九三二年訛傳我死的時候，有的地方替我開了追悼會，當然還念起我的「好處」，我到蘇區聽到這個消息，眞叫我不寒而慄，以叛徒而冒充烈士，實在太那麼個了。因此，雖然我現在已經囚在監獄裏，雖然我現在很容易裝腔作勢慷慨激昂而死，可是我不敢這樣做。歷史是不能夠，也不應當欺騙的。我騙着我一個人的身後虛名不要緊，叫革命同志誤認叛徒爲烈士卻是大大不應該的。所以雖反正是一死，同樣是結束我的生命，而我決不願冒充烈士而死。

永別了，親愛的同志們——這是我最後叫你們「同志」的一次。我是不配再叫你們「同志」的了，告訴你們：我實質上離開了你們的隊伍好久了。

唉！歷史的誤會叫我這「文人」勉強在革命的政治舞台上混上了好些年，我的脫離隊伍，不簡單的因爲我要結束我的革命，結束這一齣滑稽劇，也不簡單的因爲我的痼疾和衰憊，而是因爲我始終不能夠克服自己的紳士意識，我終究不能成爲無產階級的戰士。

永別了，親愛的朋友們！七八年來，我早已感覺到萬分厭倦。這種疲乏的感覺，有時候，例如一九三〇年初或是一九三四年八九月間，簡直厲害到無可形容，無可忍受的地步。我當時覺得，不管全宇宙的毀滅不毀滅，不管革命還是反革命等等，我只要休息，休息，休息！好了，現在已經有了「永久休息」的機會。

我留下這幾頁給你們——我的最後的最坦白的老實話。永別了！判斷一切的，當然是你們，而不是我，我只要休息。

一生沒有什麼朋友，親愛的人是很少的幾個。而且除開我的之華以外，我對你們也始終不是完全坦白的。就是對於之華，我也只露一點口風。我始終戴着假面具。我早已說過：揭穿假面具是最痛快的事情，不但對於動手去揭穿別人的痛快，就是對於被揭穿的也很痛快，尤其是自己能夠揭穿。現在我丟掉了最後一層面具，你們應當祝賀我！我去休息了，永久去休息了，你們便應當祝賀我！

我時常說，感覺到十年二十年沒有睡覺似的疲勞，現在可以得到永久的「偉大的」可愛的睡眠了。

從我的一生，也許可以得到一個教訓：要磨鍊自己，要有非常鉅大的毅力，去克服一切種種「異己的」意識以至最微細的「異己的」情感，然後才能從「異己的」階級裏完全跳出來，而在無產階級的隊伍裏站穩自己的腳步。否則，不免是「捉了老鴉在樹上做窠」，不免是一齣滑稽劇。

我這滑稽劇是要閉幕了。

我留戀什麼？我最親愛的人，我曾經

原編者按：共黨首領瞿秋白氏，在閩被捕，於一九三五年六月十八日槍決於長汀西郊。本文作者於其畢命前之兩星期（六月四日）訪問瞿氏於長汀監所，所談多關個人身世，了無政治關係，故予刊載，以將此一風雲人物之最後自述，公諸國人。（國聞周報編者）

訪瞿秋白

本年四月初，瞿秋白與項英妻張亮，梁柏台妻周月林，在武平縣屬水口地方被捕，寄押上杭，是時尚未認出。嗣駐閩第二綏靖區司令部叠據各方報告，有重要共黨數人被俘，嚴電各部隊查詢。瞿解至長汀，爲一原在共軍爲伙伕者指出。張周二人經押解龍岩第二綏靖區司令部，亦明白供認，並各寫悔過書一紙。瞿在長汀，禁閉於三十六師師部內。記者日前因事赴汀，乃就近至押所，與瞿作一度之談話，時爲二十四年六月四日上午八時。

瞿衣青布短褂袴，身材約中人高度，微胖，臉色黃黑，眼球無甚神采，兩手豐潤。神情態度，頗爲暇逸，記者入室時，適瞿正伏案刻石章，聞步履聲，即起立點頭，並問記者來意及姓名。

× ×

記者問：足下亦善篆刻乎？

瞿答：獄中無事，借此消磨時間，倘係從前在中學時，有一國文教員喜此，略略學得，已多年沒有刻過。

問：自被捕押後，近來意緒若何？

答：近來心境轉覺閒適。過去作政治活動，心力交瘁，久患吐血症，常整個星期失眠。押上杭縣府時，與兵士同待遇，幾至不能支持。來此間後，甚承優待，生活優越多多矣。

問：足下個人歷史，外間頗多揭露，其詳可得而聞乎？

答：我是江蘇武進人，今年三十八歲，照陽曆推算實爲三十六歲。若論家世，可謂世代書香，自明末歷清朝二百餘年，代代爲官。先祖在光緒年間爲湖北藩台，曾一度署理巡撫。先伯父歷任浙江蕭山常山等縣知事。父親則近於紈袴，吸鴉片，不事生產。鼎革後，祖父及伯父相繼死，家計遂異常窘迫。父親出外飄流，只能餬其個人之口。母親携我及弟妹四人，以典當度日，我是時在常州中學讀書。母親爲貧窮所逼，旋自

依傍着她度過了這十年的生命。是的，我不能沒有依傍。不但在政治上生活裏，我其實從沒有做過一切鬬爭的先鋒，每次總要先找着某種依傍。不但如此，就是在私生活裏，我也沒有生存競爭的勇氣，我不會組織自己的生活，我不會做極簡單平常的瑣事，我一直是依傍着我的親人，我唯一的親人！我如何不留戀？我祇覺得十分難受，因爲我許多對不起我這個親人，尤其是我的精神上的懦怯，使我對於她也終究沒有澈底的坦白，但願她從此厭惡我、忘記我，使我心安罷。

我還留戀什麼？這美麗世界的欣欣向榮的兒童，「我的」女兒，以及一切幸福的孩子們，我替他們祝福。

這世界對於我仍然是非常美麗。一切新的，鬬爭的，勇敢的都在前進。那麼好的花朶，菓子，那麼清秀的山和水，那麼雄偉的工廠和煙卣，月亮的光似乎也比從前更光明了。

但是，永別了，美麗的世界！

一生的精力已經用盡，剩下的一個軀殼。

如果我還有可能支配我的軀殼，我願意牠交給醫學校的解剖室。聽說中國的醫學校和醫院的實習室很缺乏這種科學實驗用具，而且我是多年的肺結核者（從一九一九年到現在），時好時壞，也曾經照過幾次X光的照片，一九三一年的那一次，

問記

李克長

縊死。我有堂兄一，任職北京政府陸軍部。畢業後，彼帶我至北京，考取北京大學，以無費用未入學。適外交部開辦俄文專修館，不收學費，並聞畢業後可派赴俄國做隨習領事或至中東路任事，乃考入該館。五四運動，我爲校內學生會領導人物，甚爲活動。此時略通俄文，喜讀托爾斯泰作品，傾向於無政府主義，與鄭振鐸、耿濟之等著手初譯俄國文學作品。畢業後，北京晨報館欲派一新聞記者駐俄，友人以我介紹，經認爲合格，遂往莫斯科，年領晨報館薪金洋二千元，時時寄通訊稿於該館。次年，張國燾、張太雷等到俄，介紹我入共黨。我認爲欲明瞭蘇俄國家一切，非入共黨恐不易得個中眞象，故卽應允加入。對於馬克思、列寧學說，漸有興趣，閱讀書籍亦日多。旋共黨派往莫斯科第一批學生六十餘人到達，伊等全不懂俄文，入莫斯科大學東方部，由我擔任翻譯，終日傳話，無暇撰稿寄晨報，該館卽停止我之薪金，是時我任譯員，每月有薪水，生活亦不發生問題。張太雷等回國，邀我同回，到上海，參加中國共黨中央。中國國民黨第一次全國代表大會我到廣州參加，並時往來於滬粵，常至上海環龍路國民黨中央黨部。旋任上海大學教務長，不久改任社會學系主任，兼授社會科學。前妻王氏，結婚後半年卽死，國民黨第一屆中委沈玄廬之媳楊之華，與其夫不合，離婚至上大讀書，我與之戀愛。（編者按：瞿楊戀愛之時，楊尚未與其夫離婚，二人正同時就讀於該校。）不久結婚，伊原生一女，亦携之同來，此女現在莫斯科，今年已十六歲矣。我與陳獨秀先後辦新青年及嚮導週報，譯撰甚多，用秋白筆名發表。我原名瞿霜，故自取秋白筆名，旋又改名爲瞿爽，秋白二字傳播漸遠，原名外間知者甚鮮。武漢時代，我在武漢軍分校爲政治教官。國共分裂，我遂未露面。獨秀政策失敗後，立三路線亦爲黨內攻擊。李立三爲人，極其稀奇古怪做出許多荒誕之事，大家均不滿，我亦認爲不對。立三下台，我爲總書記。自己總覺得文人結習未除，不適合於政治活動，身體不好，神經極度衰弱，每年春間，卽患吐血症。我曾向人表示，「田總歸是要牛來耕的，現在要我這匹馬來耕田，恐怕吃力不討好。」他們則說，「在沒有牛以前

我看我的肺部有許多瘢痕，可是醫生也說不出精確的判斷，假定先照過一張，然後把這軀殼解剖開來，對着照片研究肺部狀態，那一定可以發見一些什麼。這對肺結核的診斷也許有些幫助。雖然我對醫學是完全外行，這話說得或許是很可笑的。

總之，滑稽劇始終是閉幕了。舞台上空空洞洞的，有什麼留戀也枉然的了，好在得到的是「偉大的」休息。至於軀殼，也許不能由我自己作主了。

告別了，這世界的一切。最後……

俄國高爾基的「四十年」，「克里摩．薩摩京的生活」，屠格涅夫的「魯定」，托爾斯泰的「安娜．卡里寧娜」，中國魯迅的「阿Q正傳」，茅盾的「動搖」，曹雪芹的「紅樓夢」，都很可以再讀一讀。

中國的豆腐也是很好吃的東西，世界第一。

永別了！　一九三五，五，二二。

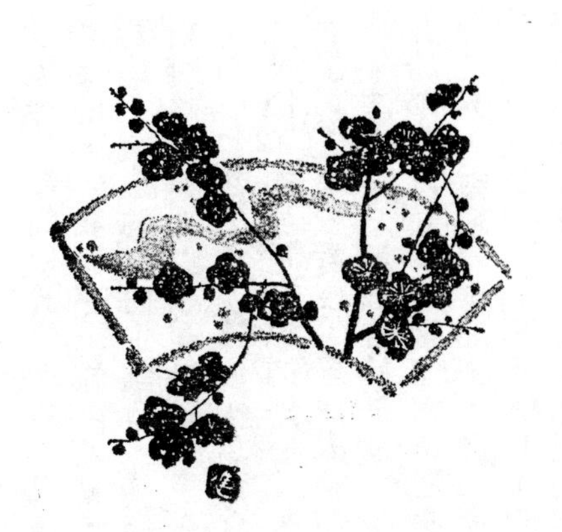

，你這匹馬暫時耕到再說。」不久，牛來了，就是秦邦憲、陳紹禹、張聞天他們回來了。他們在莫斯科足足讀了六年書，回來發動他們的領導權，大家都無異議。我於是乎覺得卸下了千斤重擔，大大地鬆一口氣，即在浦東賃屋養病。去年二月，由上海到瑞金，任教育人民委員，職務較爲閒散。六月間猶曾與妻子楊之華通信，嗣後不通消息。朱毛出走，決定留我在後方，與項英等同在瑞金九堡中央後方辦事處。不久國軍搜剿日緊，乃將我與鄧子恢、何叔衡、張亮等送往福建省蘇區，省蘇區派隊伍送我等往永定，欲出大埔，潮汕往香港或上海，中途在武平水口被捕。

問：足下何故主張用暴動政策？

答：當時我認爲有若干地區，時機已成熟，且爲輔助軍事發展計，主張在湖南與潮汕兩區暴動，由湖南湖北，安慶發展至南京，另一路由潮汕沿海經浙江發展至南京。但我的政策發表後，下級人員誤解意旨，各處均紛紛暴動，遂被目爲「盲動主義」矣。

問：赤區教育部有過若何工作？

答：因爲國軍軍事壓迫甚緊，一時尚不易顧及教育工作，但我曾極力爲之。蘇區各地，列寧小學甚多，教科書亦已編就，此外有識字班之設立，後又改爲流動識字班。師範學生極感缺乏，故設立列寧師範，造出小學教員甚多。另有郝西史小學，學科均極粗淺，學生大半爲工人。去歲計劃設立職業中學多處，尚未實現。

問：足下云愛好文藝，赤區中的文藝政策若何？對於所謂普羅作家以及左聯等有無指導？

答：蘇區對於文藝方面，認爲暫難顧及，聽其自然發展。至一般普羅作家，原先患幼稚病者甚多，公式化之作品，久已爲人所譏，我素來即不閱讀。上海左翼作家聯盟，其中共產黨員，只有四五人，餘人至多不過爲同路人而已。關於文藝理論方面，左聯有時來問及，即告知以大體輪廓，至於發揮闡述，全由執筆者本人爲之。

問：魯迅、郭沫若、丁玲等與共黨之關係若何？

答：魯迅原非黨員，伊發表作品，完全出於其個人意志，祇能算爲同路人。郭沫若到日本後，要求准其脫黨，聞係出於其日本老婆之主張，以在日如不脫黨，處處必受日本當局干涉，不能安居。蘇維埃中央原諒其苦衷，已准其脫黨，丁玲原爲上海大學學生，我當時有一愛人與之甚要好，故丁玲常在我家居住。丁玲是時尚未脫小孩脾氣，嘗說：「我是喜歡自由的，要怎樣就怎樣，黨的決議的束縛，我是不願意受的。」我們亦未強之入黨，此時乃爲一浪漫的自由主義者，其作品甚爲可讀，與胡也頻同居後，胡旋被殺，前年忽然要求入黨，作品雖愈普羅化然似不如早期所寫的好。此外成仿吾爲蘇區黨校教授，已隨朱毛西去。

問：朱毛等西竄之計劃若何？

答：蘇區軍事方面，甚爲秘密，我自己是一文人，對於軍事亦不多問，他們也不完全讓我知道。西逃計劃，當然係國軍進展壓迫之結果。他們決定把我留在後方，初時我並不知悉，後由項英告訴我，我覺得病軀不勝萬里奔波之苦，故亦安之。項英等留而不去，用意有二：一則率領二十四師八團、九團等牽制國軍追擊，一則尚欲保留相當活動區域，並決定城市盡行放棄，化整爲零專從偏僻鄉村墟落發展。

問：楊之華現在何在？

答：去年尚在上海，因共黨活動困難，無家眷者租屋亦租不到，故中央令其參加秘密工作，充當黨員家眷，以便活動。自去年六月間曾得其通訊後，即不聞其訊息。一說因機關破獲已被捕，一說已回娘家居住，但均係得諸傳聞，未能證實。

問：陳獨秀、彭述之等被捕，是否與共黨有關。

答：獨秀等久已與黨不發生關係，自開除彼等黨籍後，即聽其自然，其被捕絕非黨中有人告密。

問：前年共黨在永定龍岩一帶大殺知識份子，是否為造成恐怖政策。

答：此係社會民主黨蒙蔽共黨所為，發覺後，即將社民黨各份子捕殺，又AB團份子亦行肅清，但非專事屠殺知識份子。

問：項英等現在何處？

答：我從後方辦事處和他們分別以後，就未聞其消息，最近聞毛澤覃已斃命。據毛的行動看來，項英必係分率殘部一股，化整為零，分途竄走，據我推測，最近或在清流寧化一帶。

問：在赤區中亦有新著作否？

答：沒有什麼著作，尤其是文藝方面之著作，更加沒有，有時寫一點關於理論的文字，因為工作甚繁，身體又有病，故執筆時間甚少。

問：壁上所貼詩詞，是近來作品否？

答：是的（言時，從壁釘上取下數紙交記者閱讀），此調久已不彈，荒疎不堪，請賜指正。

問：在赤區中亦常作詩詞否？

答：很少，有幾個年紀大一點的人，有時寫寫，但不常以稿示人。

問：吟詠亦所素好乎？

答：談不上什麼素好，從前在中學時代，很喜歡弄弄玩玩。近來獄中無可消磨光陰，偶有所作，書作紀念，已積有十餘首矣。

問：此外尚有何作品否？

答：我花了一星期的工夫，寫了一本小冊，題名「多餘的話」。（言時，從桌上檢出該書與記者。係黑布面英文練習本，用鋼筆藍墨水書寫的，封面貼有白紙浮簽。）這不過記載我個人的零星感想，關於我之身世，亦間有敍述，後面有一「記憶中的日期表」，某年作某事，一一註明，但恐記憶不清，難免有錯誤之處，然大體當無訛謬。請細加閱覽，當知我身世詳情，及近日感想也。

問：此書亦擬出版否？

答：甚想有機會能使之出版，但不知可否准許。如能賣得稿費數百元，置之身邊，買買零碎東西，亦方便多多矣。

問：此書篇幅甚長，可否借出外一閱？

答：可以，可以，如有機會，並請先生幫忙，使之能付印出版。

問：容携出細閱後，再來商量。不過恐須經中央審查，方能決定。足下對於年來出版作品，亦有機會讀及否？

答：讀過幾種，但不易得。我近來想讀的書，開有一張名單，寫在「多餘的話」後面。

問：足下對於胡適有何批評否？

答：他專門的東西，又不去攪。中國哲學史，國語文學史，只看到一部份，至今尚未完成；卻專喜歡拉拉雜雜，東說西說，他學術界的地位，較之「五四」時期，何止天懸地隔。他批評國民黨，自己又沒有什麼政見，此種態度，一無可取。我們對於資產階級之學者，其作品如有眞正學術價值，亦極重視。我個人則尤未能完全脫卻紳士臭味，所謂「文人積習」，至今未除。在瑞金時，曾覓獲瑞金縣誌一部，係唯一木版孤本，共六冊，我鄭重保存於圖書館中，圖書館在沙洲壩，其中書籍，係叠次在沙縣、永安、邵武、長汀各處搬來的，共有數千冊。瑞金縣誌為人借去第五本一冊，我屢次索取未見還，遂致殘缺一本，極為可惜。退出瑞金時，因不便携帶，我將其餘五本書乃置館中，希望國軍中有人取去，俾此殘本不致絕版。現在不知究有人拿得與否？如遭凌廢，則孤本失傳矣。

問：足下家屬，尚知其訊息否？

答：武進原籍，族人甚多，久已斷絕往來，彼等亦恐為我所波累，絕口不提及我，並且也不知我在何處，無法提及。我同胞尚有弟妹四人，聞尚均在原籍讀書，去年閱申報，見有我堂兄之名，係由外交部派至某處接某某外國使節

江西省立一中之回憶

少年同學江湖老

筱臣

南昌名勝百花洲

江西省立第一中學，其校址即在享譽全國之名勝百花洲，共有兩座英國殖民地式洋房，均屬上下兩層，一座爲敎職員辦公處所及藏圖書儀器之用，一座則純爲敎室及大禮堂，三面繞以鐵欄杆，其右面則臨通衢大道，隔以欄杆爲一小型花圃，其正門面對沈文肅公祠，其左側有一廣場，旁即爲東湖，後面則完全堵塞，爲大禮堂所在地。

去百花洲仍須繞道正門，入門有一拱橋，過橋有石刻碑「百花洲」三個大字（北洋軍閥李純，任江西督軍有年，地方無恥之徒爲其立「去思碑」於百花洲畔，李去不久即被擊毁。）向左爲張江二公祠，江名忠源，守南昌城有功。張則不知其詳。

沈文肅公祠在其右面，氣象宏偉，建築巍峨，官廳與後面花廳桌椅皆紫檀木，鑲有螺甸，一直有人保管。右側環湖有朱柱走廊，砌有省人曹地山等名家各體石刻。花廳寬敞，陳設雅麗，有橫額「水木清華之館」。春秋佳日，地方大吏恆假此歡宴官紳。廳外花園有太湖石砌成假山，花木葱蘢，有玉蘭（又名木筆），辛夷兩株，別有風緻。經九曲橋，向左登冠鰲亭，矗立湖中，遊船往來其下，披襟當風，環湖各處，盡在望中。向右爲蘇公堤，經一小橋，橋上有亭，懸有「荷花世界柳絲鄉」橫額，盡處則爲蘇公亭。尤其是在盛暑之際，荷花盛開，淸香四溢，遊艇穿梭往來，管弦絲竹，歌聲處處，仕女遊湖納涼，每至深夜，始各盡興歸去。

南昌省會共有三湖，東湖其中，其左爲狀元橋，上有天花宮，邵陽尹仲容（在台服官頗有政聲，現已物化。）之太夫人在其右側辦一「正蒙女學」，人無老少，皆稱尹老師，過橋湖面比東湖稍小，水中有小廟接岸，供觀世音菩薩，一般均稱之爲水觀音亭。曾任江西廣信府知府，桂人關容祚寄居廟內，以堪輿占卜知名於時。（其後人曾流寓香港，我在好友徐亮之兄處，曾晤及關××君，因好友亮之兄在廣西服官多年，其夫人趙湘琴女士亦爲桂人，與廣西人士多有往還，故得結識。）

另有一湖則爲西湖，湖上有「躍龍橋」，又名高橋，在新建縣學前面，直趨繫馬

，現亦不知尙在該部否。

問：設使赤軍發展至武進時，足下對於族屬，將作何處置？假如有反共行爲，其亦效大義滅親乎？

答：彼等均爲無甚知識之人，膽子又小，果若紅軍發展至武進，彼等決不至有若何行爲表示，倘眞有此類事情發生如何處置，我亦不能作主。（微笑）

問：黨中諸首要，平日過從最密者爲若何人。

答：黨方人物，較爲熟悉，惟軍事首領，不認識者居多。朱德、毛澤東、葉劍英諸人熟識多年，彭德懷只見過兩面。林彪有一次同朱德到瑞金，經朱介紹始認得，他如羅炳輝等，我在瑞金，彼等未來過，故始終未見面，其餘更無論矣。因軍事人員，散在各地，各有職責，謀面機會甚少之故。其新進軍官，姓名亦不知之。

問：方志敏被捕事曾聞及否？

答：方志敏此名字不大熟悉，被捕事更無所聞。

問：足下來到此間以後，對於前途作何想念否？

答：此時尙未聞對我如何處置，惟希望能到南京去。在此終日看看書——承他們借給我幾部書（拿桌上唐詩三百首，國語文學史，及雜誌數本等），已經看完了——做一兩首詩詞，替他們刻幾顆章子。「多餘的話」已脫稿，還

椿，爲出撫州門要道。江西另一名勝「孺子亭」（亦卽滕王閣序所述徐孺下陳蕃之榻的徐孺子）卽在湖心。

在百花洲前面尚有一「石公祠」，祀南昌有名知縣石公，其時卽爲江西一中借作爲學生宿舍，離校最近，可聞上課鈴聲，其對面則爲「鶴記照相館」，爲南昌照相館之首戶，該館主人亦因此而起家，一直至大陸淪陷後，仍照常營業。

後來所有一中校址，以及沈文肅公祠，張江二公祠，均改建爲江西省立圖書館。石公祠更因擴建馬路，夷爲道路，百花洲名勝僅存有冠鰲亭及蘇堤與蘇公亭。江西剿共時期圖書館更爲南昌行營所借用，當年軍事委員會委員長蔣先生卽駐節在此辦公，其時冠蓋往還，各方將領以及中央若干官吏，均曾來此晉謁蔣先生，大家對此勝跡，當不致感到陌生。

省立一中的概況

江西省立第一中學，前身係贛省中學，同在南昌省垣尚有省立第二中學，前身係洪都中學，一時瑜亮，人才輩出，省立二中畢業的同學，在理工方面有貢獻的頗多，省立一中的同學，則在政治與軍事方面的人才，較爲突出。

一中與二中不同的地方較爲顯著的，則一中有德文班，在中學時間，卽授以德文，這爲一般中學絕無僅有的課程，筆者係在民國五年秋考入一中的，其時卽有德文學生四班，甲乙兩班已畢業，丙丁兩班係四年級（其時尚爲舊制中學四年畢業）戊己兩班係三年級，庚辛兩班係二年級，壬癸兩班係一年級，其中丙、戊、庚、壬四班均係德文班，筆者則在癸班，己、丁、辛、癸則係英文班。

首任校長爲宋公威先生，清翰林，江西奉新人，以書法享譽一時，後來曾在上海卜居。次任爲程攄華先生（臻），攄華先生當選衆議員，乃以程柏廬先生（時煃）繼任。余入校時卽爲程柏廬先生，程先生以幼童進學，中秀才，留學日本畢業東京高師，他來繼任校長，眞是學以致用。後來程先生學優又仕，歷任江西福建兩省教育廳長，以在江西廳長任內最久，幾達十年之久，筆者任江西省黨部書記長時，卽曾列席省務，公務與程先生時常晤面，這是後話，姑且不談。

柏廬先生任校長職，不滿兩年，卽已他去，繼任者則爲吳仕材先生，吳先生係江西優級師範畢業，曾任教育部次長的段錫朋先生與之同學，卽曾在優級師範畢業，後來考入北大的。吳先生在校時間最久，一直至民國十年，我在中學畢業時，他仍然是

打算再寫兩本，補充我所想講的話，共湊成三部曲，不過有沒有時間讓我寫，那就不知道了。

問：今天談話甚多，改日有機會再來和足下談談，可否請你寫幾首近作給我，並爲我刻一顆圖章？

答：那儘可以，反正無事做，請你買紙來和石頭就行了。

× × × ×

談至此，遂興辭，並攜「多餘的話」稿本出，卽至街上買紙一張及石章一顆，送與其寫刻，傍晚時着人取來。「多餘的話」一稿閱未及半，爲主管禁押人員催索取去，云卽另抄一副本寄與記者。次日匆匆離汀，俟接到該副本後，當再爲文記之。

附瞿秋白近作詩詞三首，卽寫於記者所買之紙上者：

浣溪沙

甘載沈浮萬事空，年華似水水流東，枉拋心力作英雄。湖海棲遲芳草夢，江城辜負落花風，黃昏已近夕陽紅。

夢回口占

山城細雨作春寒，料峭孤衾舊夢殘，何事萬緣俱寂後，偏留綺思繞雲山。

獄中憶內 集唐人句

夜思千重戀舊遊，他生未卜此生休；行人莫問當年事，海燕飛時獨倚樓。

校長。

我本來應該是民國九年畢業的，但因爲在一年級的時候，因事回到故鄉——宜豐，曠課太久，功課趕不上，因此留級一年，由於有了五年的時間，先後所認識的同學較多，接觸面較廣，有若干同學的故事，是値得追思的，故夢重温，已恍如隔世，又不勝其物是人非之感。

這裏同學太多，無法一一列舉，祇擇其畢業後，重與把晤，有若干値得介紹與警惕之事件，而且具有代表性的，略述一二，以留鴻爪。

蕭淑宇失足落水

蕭淑宇兄是民國六年考入一中的，他編在甲一，係德文班，我因降級的關係，編在乙一，係英文班，同時還有丙丁兩班，亦係英文班，這一年招生較多，一共招有四班，後來丙丁合班又併成一班，統稱爲丙班。蕭淑宇兄一中畢業後，曾考入上海同濟大學，後來由上海轉赴廣州參加了國民革命軍的北伐行列。

民國十五年秋，國民革命軍已克復了南京，經過龍潭戰役，孫傳芳渡江失敗後，南京轉危爲安，那時我正在南京，適逢家叔劉師舜由美國歸來，他亦到了南京，發表爲國民政府外交部條約委員，他雖爲我介紹工作，祇以其時剛學成回國，認識的朋友不多，無法介紹適當工作，是以我第二年又回到了南昌另謀他就。

初回到了南昌以後，有一天下午經過了洗馬池，看到青年會貼出的海報，正是北伐第五路軍政治部主任蕭淑宇兄講演，其時五路軍總司令爲朱培德，並任江西省政府主席，下面轄有三、九、兩軍，三軍軍長爲王均，九軍軍長則爲金漢鼎，均係雲南人，其士兵亦多係雲南子弟兵。

我爲了與蕭淑宇兄有同學之雅，一別多年，當卽進入會場，聆聽講演，所講內容，已不復記憶。當聽講完畢散會後，我卽草擬一函，對其講演內容，有所引述，並有若干建議。當蒙函約談話，兩次晤面，印象頗佳。

又不久，他卽由武漢中央黨部發表爲江西省黨部改組委員，與之同時發表的，尙有許德衍，劉侃元，黃實（江西財政廳長），李尙庸（江西建設廳長），陳禮江（江西教育廳長）等。惟許德衍迄未到職。

省黨部改組委員會成立之初，當卽由常務委員蕭淑宇，黃實，李尙庸署名，派我爲改組委員會秘書，稍後又派曾繩點（江西永新人與蕭淑宇同鄉）爲書記長。同時，黃實兼任商人部長，李尙庸兼農工部長，劉侃元爲宣傳部長，蕭淑宇兼組織部長，陳禮江兼青年部長。劉侃元接辦江西民國日報社務，自兼社長，並延聘陶希聖爲總編輯，更兼任江西兩黨務學校訓導長。一中同學同時在江西黨部工作的，則有丁班同學丁載陽，與蕭淑宇同班之同學黎誠兄以及與我同班之同學鄒宗亮兄（又名愼夫）充任幹事，（後來鄒愼夫兄一直隨着魏道明在司法行政部工作）。

同時任宣傳部秘書則爲劉韻清，任組織部秘書的則有廖廓，均屬能文之士，下筆萬言。做婦女工作的則有胡蘭畦女士（後任宋慶齡秘書，大陸陷淪後，仍在上海），胡蘭畦時在省政府策進週刊工作，但與省黨部以及民國日報社江西黨務學校均聲氣相求，過從極密。我當時亦兼任江西黨校指導員，共招收各縣市高中畢業生兩班，約百人受訓，以後一直爲江西基層黨部骨幹。

此一時期約一年後，後來寧漢合作，江西省黨部又重新改組，由中央黨部另派遣指導員，全部改組，舊有人員，予以留任者極少，劉侃元，陶希聖，以至蕭淑宇先後離開江西，去到上海，他們去到上海，那時卽加入汪精衛所領導之改組派，與着許德衍，陳公博，施存統等另行創辦「革命評論」，等於改組派的言論刊物之一，此外似乎另有「再造」等刊物，亦爲改組派的發言刊物。

我其時仍留在南昌，由黃實兄介紹，任江西土地局秘書，其時初任局長爲熊漱冰先生，他是由江西財政廳秘書調充的。他對於田賦極有研究，且屬江西唯一的權威專家，是以由他充任，他後來幾乎畢生致力於土地改革工作。全國土地的航空測量，亦係由他創始，成績卓著，後來各省均派人前來考察，以資借鏡。

此後卽未與蕭淑宇謀面，一直也沒有函件往來，一直到了抗戰旣起，他回到了南昌，與熊大蕙女士結婚，熊大蕙與其妹熊大芝均係南昌女中校花，熊大芝則與熊式輝的姪子熊濱結婚。於是蕭淑宇與淑濱成了連襟了。其時蕭淑宇亦獲得江西省主席兼全省保安司令熊式輝的委任，派他爲全省保安司令部政訓處長。他接任未久，曾有電約我回省，擔任他的副處長，那時我服務的別動總隊已遷至武漢，正好已應王又庸先生之約，與熊式輝主席談好，內定我爲江西第四區行政督察專員。我當時只好婉謝蕭淑宇，請其另行物色人選，後來他才約了許德衍的乃弟許德瑗（留法）擔任他的副處長。

一年後，他的政訓處裁撤，南昌省會亦已放棄不守，他卽卜居於吉安之禾埠橋，那兒有他自建的房舍，一樓一底，另在禾埠橋，辦有工廠一所，並且還購置有大卡車，以爲運貨之需，自己的代步工具，則另有小轎車。凡此工廠經營，卽由同學黎誠兄總其成。

他亦經常往來贛州，常到我的專員公署把晤，我每次去到吉安，亦必順道赴他的住所小憩，此殆爲我倆分別後接觸最多的一次。惟此時我卽發覺他常來贛州，爲了採購貨物，似乎有屯積居奇掌握物資之跡象。我當時內心極不以爲然，我曾苦勸他應該去到重慶，共赴國難，不應投閒置散，浪擲光陰，那時他還是掛名的立法委員，當他渡三十壽辰，我曾送他一首詩，有「禾埠橋畔莫棲遲」之句，就是勸他速卽離開江西。

他不但未能採納我的忠告，且不料竟暗中與陳公博等有往還，東窗事發，他在吉安市街上，被省黨部調統室的人員追踪，他認爲事態嚴重，竟握着自衞手槍，向着自己要害射擊，竟爾飲彈而死。一失足成千古恨，我當時在贛州聞此凶耗，爲之驚訝悲痛無已，他不幸失足，自戕而死，固屬罪有應得，但站在私人同學友誼，一度對我曾予以援手的好友，又實不勝其人琴之痛。

同時爲之經營的黎誠學兄，亦並不知情，涇渭自分，黎誠兄幸得吉安警備司令賴偉英等之保證，得以洗刷，並未參加逆謀，脫然無慮，此誠爲不幸中之大幸，但我曾爲之捏了一把大汗。

郭德韻負才早逝

郭德韻是戊班德文班的同學，當我考入一中時，他已經三年級，他是高班的同學，對於我這一個低班的同學也許較爲陌生。但我對於他極其欽敬，因爲他是高材生，名列前茅，而且他的弟弟郭德文，又是與我同一年級的學友。與他同班畢業的，尙有楊元吉，唐尙賢、祝元青等。

那時我對於唐尙賢，亦有深刻印象，他的弟弟唐尙培與我又係同一年級，時相過從，至於祝元青一向在學時極爲滑稽，常與同學們逗笑，他家卽在一中的對面，開了一家照相館。後來他們都因學德文的關係，均升入上海同濟大學，郭德韻在同濟畢業後，曾赴德國留學，獲得醫學博士，回到上海，仍在同濟任教。

我在贛州任專員時候，同濟大學撤退至贛州，郭德韻，唐尙賢，祝元青，他們都是同濟的敎職員，一行到達了贛州。楊元吉則於同濟畢業後，在上海行醫。他們一行來找我，請我爲之尋覓校址和協助復校事宜。

我當時爲了歡迎老同學，特別設宴爲之洗塵，還邀請同濟其他的負責首腦，一切設校進行事宜，極爲順利。惜未久郭德韻學長卽以沿途跋涉，勞頓過度，舊病復發，竟在贛州逝世。當時各方均爲之悼惜不置，因爲郭同學學有專長，這是國家人才的損失，當時開追悼會，曾推我爲之主祭。

兩次晉謁魏道明

魏道明先生亦係一中同學，他那時編在辛班，二年級英文班，與熊式一先生（曾任香港清華書院院長）係同班，他們辛班同學，就我記憶及之，尚有羅會鏞，以及劉柔有（後改名伯倫），我晤及時，他正在南昌市議會任秘書。熊式一先生在港時雖在同鄉友好宴會席上晤面多次，我沒有對他提及同學的關係，可能他對於我這一位低班同學，毫無印象，何必高攀。

魏道明在校時，他擅足球，與丙班的宋國模，戊班的鄒宗孟，桂永清，以及羅會鏞，鄒宗孟的兩位弟弟，鄒宗魯與鄒宗亮，他的兩位弟弟則與我同班，均先後爲一中足球的代表人選，當時一中足球，稱雄一時，所向無敵，祇有縣會所辦的豫章中學以及九江的南偉烈中學堪與伯仲。

魏道明在校時，年少翩翩，美丰姿，潔白健壯，身裁適中，當時有一綽號，同學均稱之爲「老闆娘」，他是足球健將，受到同學們的擁戴。他後來留法歸來，即飛黃騰達，官運亨通，年未及壯，即已榮任特任官階，這在仕途中實屬罕有其儔。猶憶與他同係足球隊的好友，鄒宗孟兄晤及我時，偶述及他在上海時，閱報得知魏道明任司法行政部長，他當時以爲係同名，未加注意，不久在上海某公共場所，偶然邂逅魏道明，偶談之下，方知老同學確係榮任部長，使同學們之健羨不置。

我之初次晉謁魏道明，是在民國二十七年秋，那時中央國民政府已退出南京，撤退至武漢，我那時奉了江西省主席熊式輝之命，以江西四區專員身份，爲了抗戰後方的治安問題，向軍政部有所陳述，便道去晉謁這一位國民政府行政院秘書長魏道明先生。

我當時持了熊主席的介紹函，承他約見，當將有關地方政治問題，向他請益。他要言不煩，所答極爲精闢，我當時極爲心折，認爲他確係實至名歸，膺此重任，對於地方政治亦極爲了解。再晉謁軍政部何部長應欽以及次長張定璠後，當即回省覆命，此後既未與之通訊，更因他一向備位中樞，我則始終服務地方政府，晤面無由。

一直到了民國五十六年冬，我從香港來到台灣定居，承家叔劉師舜由美來函，述及他正在美國，與外交部部長魏道明在紐約晤面，並談及我已來台，囑我俟其返台時，可往一談。

我當即與同學萬元鼎商定，俟魏部長返台後，請其代約晉謁的時間和地址，按萬元鼎兄係比我低一級的同學，他曾任江西星子縣縣長，前一任星子縣長係章斗航兄，亦係一中同學，曾任海軍總司令桂永清的秘書，他倆先後任星子縣長，殊爲巧合。抗戰勝利後，魏道明主台，他即隨之來台，在台灣省政府工作，與魏道明過從，故請其代約時間，較爲方便。

二度與魏相晤，敍談之下方知他與我同庚；彼此均已近古稀，我因患有喘疾，精神體力，遠不及他；但他亦因疲勞過度，略現衰頹，已無復當年壯健雄姿，彼此均已垂垂老了。他曾詢及我生活起居，當略述近年來賣稿以圖存的近況，他亦勉慰有加。當時我即有以他垂暮之年，實不應再膺此繁重任務之感。好在他現在已辭職了，仔肩得卸，當會感到輕鬆愉悅。

桂永清突然病逝

上文經已談到桂永清同學亦係足球健將，他亦係戊班德文班，所以他後來留學德國，以及任駐德大使館武官，均可說與他在校時習德文，有着因果關係。他在校時，體格極其魁梧，惟背部略呈駝形，是以當時在同學中，亦有一綽號，大家呼他爲「桂駝仔」。但後來他入伍後，接受軍事訓練，無形之中，他的體態亦已糾正，是鍛練身體，足以變更人的體形，當屬信而有徵。

他係在台灣病逝的，民國四十三年三月突然暴疾，聞他死時年僅得五十有五，以現在醫藥發達而言，人的一般壽命均已延長，他似乎死得太早，亦可說是天不假年，當其噩耗傳出時，各方謠諑繁興，妄事猜疑，以其死得突然，或有其他緣因。但謠言止於智者，畢竟是無稽揣測，不足置信。

他死後各方對於他的哀悼記述頗多，我到台後，晤及隨他最久的章斗航學兄，亦略有道及，但匆促之間，語焉不詳。茲謹選錄吾鄉立法委員彭醇士先生代他所作的行狀，彭先生係蜚聲於時的書畫家，詩酒風流，狷介成性，行文簡潔，不支不蔓，當可備采風者之參考。其行狀云：

「公諱永清，字率眞，江西貴谿人，其先有諱卿者仕南唐，官至銀青光祿大夫，上柱國，撿閱司空，卒謚忠貞。居貴谿之鷹潭，子孫相守，十有數世，公其裔也。少有大志，卒業江西第一中學，以北洋軍將驕蹇蔑度，所在爲苛暴，慨然走廣東，投革命軍，依贛軍總司令佐軍簿，非其意也。間遊河南，客泌陽會盜衆犯城，令惶急，莫知所措，乃出爲部勒士兵，指揮備戍禦，時年不過二十耳，精敏如宿將，聞革命軍入閩，復返廣東，無所遇，侘傺久之。

十三年以軍政部軍官入伍生，考取黃埔軍事學校，當是時，共產黨乘我革命，潛滋其毒，軍校學生尤思誘汲，以軍人青年同志會植其勢，青年嚮導學報鼓其說，公察知之，與同學數人，倡三民主義研究社，隱相角拒，世所稱孫文主義學會，其濫觴也。

既卒業，充軍官學校教導團國民黨連黨代表，從攻淡水，補連長，擊李雲復，至白芒花，自揭陽襲棉湖，拔興寧城，皆先登，調第一師特務連連長，從攻惠州，遷第一軍特務營營長。

十五年秋，七月，大軍北伐，第一路軍出福建，號東路軍，破劉俊，李寶衍，走周蔭人而入浙江，會師南京，大小百餘戰，摧敵數十萬，公領一營，內備警衞，外擊強梁，仍以間轉餉銀綏郛邑，功最，遷第五十八團團長，授命扼高資龍潭之險，時孫傳芳陳兵儀揚，夾江對峙，有漁人船五百餘艘，無所歸，公加意護之，皆願爲死。五月二十二日侵晨，載我軍數十人，携一軍銃潛汎稍北，覘敵壘無備，躍起擊之，敵大舉奔潰，公聞汎晝以衆濟，漁人船鼓枻如飛，乘勢直取儀徵，未午炊也，我第十七軍遇敵於邵伯，敗績，退仙女廟，命救之，敵阻河激戰，公逼奪其橋，縱橫衝決，敵不能支，紛紛相踐踏死，是役也，拯十七軍將卒二千人，俘敵七百，傳令嘉獎。

實應，淮安，淮陽，以次均下，事定，奉命駐丹陽，是秋，傳芳復率衆數萬，窺我京畿，內外恐懼，公受命自丹陽馳援，追敵至洋尾洲，天大雨，陷泥潦中，苦鬭一晝夜，敵回竄龍潭驛，又截擊之，我第二師與敵鏖於倉頭，失山口村，正盤山正危，公又奪還，敵反覆猛撲至於十數，積尸盈野，不得逞，先是公上言，江上水師可虞，宜控制艦艇，以斷敵援，敵遂大敗，欲遁，又無所得舟，降者萬計，所獲器械彈藥無算，以功進上校，即授少將，遷警衞師第三十一旅旅長。

十九年，請辭職，留學德國步軍學校，又於漢諸威明興研究諸兵法，與重戰器，凡四年歸，爲軍官學校教導總隊總隊長，安慶警備副司令。二十四年，進授中將，遷第七十八師師長，尋復爲教導總隊總隊長兼首都警備副司令。張楊之變，爲第五路軍第一縱隊指揮官，帥師先發，克華陰，華縣，敗逆軍於赤水，與張學艮書，辭指壯烈。二十六年，日本大舉入寇，襲我上海，公守八字橋，蘇州河，砲石危撼，屹然無動，洎入金陵，總指揮官唐生智，欲棄城走，堅執不可。二十七年爲四十六師師長，遷第二十七軍軍長，會攻蘭封，鹵酋土肥原，幾成擒。尋籌備戰時工作幹部訓練團，招集流亡，選拔才俊，時以爲賴。

二十九年爲駐德國武官，戈林將軍，諷與日本謀和，毅然拒之，三十三年，調駐英武官，兼軍事代表團團長，同盟軍克柏林，兼駐德國代表團團長。公在外六年，於世界局勢，列強軍備，考察翔實，言於當軸，日本既降，國家振刷軍務，以海軍司令召還，權總司令，旋即眞，四十年，特授上將。

公之爲海軍也，務廓清積弊，明貫條理，數十年，根節之所錯，蠹蝕之所叢，斧之斬之，不遺餘力，而一政教，樹風規，使孱者立，窳者艮，培者日新，而植者日廣，曹使官守，上下肅然，廨宇清嚴，庭園整潔，自作戰方略，航海技術，船舶之建造，機械之修理，莫不有學也。士卒居處，服御飲食，以至遊息宴樂，舉生人所需，又莫不畢具也。

方共產黨摧陷九土，顛覆國家，公提新集之衆，鷹揚海上，其間恢復膠東，進窺營口，固舟山之防，掩瓊崖之卻，而復綰鑰甌閩，杜賊門戶，幢幪千里，舳艫相銜，向未有也。在海軍七年，轉總統府參軍長，又二年，特命總參謀長，視事四十五日，以四十三年八月十二日卒，得年五十有五，耗聞，內外震悼，總統明令褒揚，追贈一級上將，親臨其喪，百官執紼，三軍將士另持服七日。（下略）」

以上的記述至爲翔實，其他的報導可不必再贅。我之與他謀面係在抗戰勝利以後，他那時已任海軍總司令，因上廬山道經九江，我那時適逢亦在九江，由於地方首長的安排，在宴席上與他把晤，敍談之下，他單刀直入的駡過去江西省府主席熊式輝的貪污無能，其時熊已在東北行營供職，任江西省府主席的爲王陵基，舊話重提，直令人大費疑猜。

我當時所知內幕，卽係黃埔軍校同學，由於江西保安團隊，未能盡量延攬他們，因此不滿於熊氏的措施，可能桂永清先入爲主，常常聽到同學們的指摘，因之對熊氏早有成見。我當時卽答稱，江西歷年剿共，庫空如洗，全省被共軍竄擾殆遍，十室九空，民鮮蓋藏，再加以抗戰旣起，一切建設，自屬無從着手，政治上的建樹，可能沒有達到理想，自係事實；如果涉及貪污，則未免言過其實。恐係一面之詞，未可盡信。

其時適在座某君涉及其他問題，此一般話，因此告一段落，當衆他約我到南京後，再晤詳談。事後才知道他當時有繼王陵基眞除江西主席的消息，他之對我談及江西過去政治，當係有爲而發，絕非言中無物。我後來到南京，適逢他因公赴青島，後來我流亡香島，一住就逗留十餘年之久，再晤無由，一別也就成爲永別了。

基於上述，已經所佔篇幅不少，尙有其他同學，碍難分別敍述。茲謹就其已謀面者綜合敍述，作一總結。五十六年冬抵達台灣後，獲晤同學不少，考選委員羅時實，他是與我同一年考入一中的。後來他升入中大，留學英倫，十五年革命軍北伐，他供職南昌省黨部，南昌「四二政變」，共黨陰謀襲擊國民黨，他與程天放以及一中另一同學王冠英等同時被捕，幾瀕於危。他後來得到陳果夫先生之器重，任職江蘇省政府秘書長以及軍事委員會委員長侍從室秘書，事親至孝，學問道德，蜚聲士林，現在台供職考試院考試委員。他在重慶官邸供職時，一度把晤，還有一中同學余振翰兄由他汲引，亦在侍從室工作。

我抵台後，重與把晤，登堂拜母，蒙迭次招飲，醉酒飽德，不以落拓而見遺，溫暖有加，古道照人，藹然仁者之風度，令我欽感無旣。

台灣台電公司董事長楊家瑜兄，亦係一中同學，其時我因留級關係，與之同一年級。他後來考入南京中央大學，留學美國。回國後任教中央大學及理工學院院長。魏道明兄主台，他同時被任爲台灣省政府建設廳長。因此，他一直留在台灣，後來更擔任台灣電力公司董事長，以迄於今。台灣工農業之發達，與台電實有莫大之關係，他可說是台電功臣，今後發展，尙在方興未艾中。抵台後一度晤面，並承他問及我的叔父劉元昌（亦係一中同學，不幸畢業不久卽已物故），其對同學印象之深，殊爲難得。

此外尙有張雪中，他曾任湯恩伯部下之十三軍軍長，現已退休，卜居台中，另一同學鄒宗魯則在海軍陸戰隊供職，卜居左營，因不常在台北，很少謀面。

其他同學尙多，因限於篇幅，無法一一列舉，往事如煙，前塵似昨，迄今回首之餘，固歷歷如在目前，但已不勝其河山故國之思，與歲月催人之感了。

六十一年三月　脫稿於台北

由陳毅之死說到

三十年前「新四軍事件」【四】

一九四一年元月新四軍軍部在皖南被國軍殲滅一事，是國共決裂的一個里程碑，以後雖然曾舉行過無數次的談判，但已無法得出具體結論，因爲雙方嫌怨太深，癥結太多，而又失掉了互信。

新四軍事件發生前，新四軍勢力已經遍佈安徽、江蘇大江南北。黃橋戰役之前，新四軍曾於一九四〇年十月四日開始攻擊江蘇省主席韓德勤部，韓部獨六旅十六團韓團長遇害，十月五日攻擊八十九軍，擄去該軍三十三師師長孫啓人、旅長苗瑞體，陣亡軍長李守維、旅長翁達、團長秦霖。山東方面徐向前率領的一二九師一部，襲擊山東省政府，省府所在地魯村被攻陷。

另一方面中央鑒於中共領導的十八集團軍，新四軍勢力澎漲過速，且在佔領區內設官分治，自成政府，長此下去不堪設想，乃命參謀總長何應欽，副總長白崇禧與當時擔任中央黨政委員會副主任委員的周恩來磋商，中央願作巨大讓步，如承認陝甘寧邊區，改爲陝北行政公署，轄區達十八縣，擴大第二戰區至冀、察兩省及山東省黃河以北，事實上承認共軍控制整個黃河以北，河北、察哈爾兩省政府委員可由朱德保荐三人至五人，十八集團軍擴編三軍六個師五個補充團，新四軍編爲兩師四旅八個團。中央所要求於中共者即將黃河以南之十八集團軍及新四軍，長江以南之新四軍全部開去黃河以北，不得在黃河以南設立任何辦事處。此議本來同周恩來商定，但周恩來到延安商量回重慶又變了卦，一直未能作出決議，但中央下定決心非要江南新四軍先過江北不可，於是此一大問題就縮小爲新四軍北撤的問題。

新四軍當時部份已在江北，祇有軍部在涇縣雲嶺，兵力有萬餘人，是新四軍精銳。新四軍軍長雖是葉挺，但葉挺不是共產黨員，實際大權握於副軍長兼政委項英之手，項英不但是新四軍負責人且是中共東南局書記，長江以南，粵漢路以東所有中共黨政軍機構皆歸其領導，項英在江西時就同毛澤東有了芥蒂，內心也看不起毛澤東，此時想把雲嶺建成「第二延安」與毛對抗，所以對於新四軍北撤事，堅決反對。葉挺也不贊成北撤，而要留在江南打游擊，當因爲他是廣東客家人，粵北情況熟悉，有意拉回贛粵邊界去打游擊。

此時不但中央政府嚴令新四軍初步撤江北，就是延安方面也在用壓力，因爲毛澤東此時已對國民政府形成國內之國，卻不願項英造成黨內之黨。

一九六八年七月，中共公佈的「皖南事變和叛徒項英」資料專輯，曾揭露其中內幕如次：

「項英一貫瘋狂反對我們偉大領袖毛主席。早在瑞金，他惡毒咒罵我們偉大導師毛主席『不懂馬列主義』，『狹隘的農民主義』。他與博古、洛甫等反黨分子勾結在一起，反對毛主席，從毛主席手裏奪走了軍政大權，致使第五次反『圍剿』失敗，給革命帶來嚴重損失。一九三四年秋，紅軍主力北上抗日，項英留守蘇區，此時則更加大搞獨立王國。

「對中央指示陽奉陰違，拒不執行，并惡毒咒罵黨中央、毛主席『沒有調查研究』、『主觀主義』，叫囂『毛主席搞了個延安，我在南方也搞了個延安』。

「抗戰初期，項英依然執行『一切服從統一戰線，一切經過統一戰線』的投降主義路線。反共高潮的前夕，毛主席高瞻遠矚，於一九四〇年五月四日，再一次嚴厲批評項英之流的投降錯誤，然而項英對毛主席一再警告置若罔聞，依然不作反磨擦的準備。

「抗日戰爭爆發後，新四軍在華中，後來毛主席就指出：新四軍應該東進作戰，逼近上海，并向北發展，進入蘇北。黨中央曾派周總理（恩來）去皖南傳達中央的東進北進方針，但項英仍不執行，咒罵毛主席『主觀主義』。」

「國民黨於一九四〇年掀起反共高潮，在此嚴重形勢下，黨中央命令皖南部隊迅速北移，但是，項英仍想繼續堅持株守皖南，不顧北移的錯誤主張。」

鄧子恢稱：「項英同志卻片面強調所謂『江南特殊性』，不積極執行中央東進北上的方針，不敢也不想在江南敵後建立根據地。當時項英同志有這樣一種企圖，想把雲嶺變成爲延安第二，等到將來敵人打通浙贛路以後，以雲嶺作爲向南發展的前進基地。項英同志假想情況出發，忽視當時江南敵後的現實情況，坐失有利時機，顯然是與中央的正確部署相違背的，而企圖使新四軍單獨向南發展，不與八路軍華北根據地聯成一片的戰略思想更顯然是極端錯誤的。」

據國軍方面公佈皖南新四軍叛變經過稱：自中央決定新四軍以北調以後，第三戰區顧司令長官，於一九四〇年十月中旬，派駐寧國之第二十二集團軍總司令上官雲相前往涇縣與新四軍首長葉挺、項英等會談，葉等提出要求如下：

一、預發五個月薪餉，并發給開拔費二百萬元；

二、一律換發新式槍支，及子彈一百萬發；

三、留一部武裝於銅陵、繁昌一帶；

四、該軍抗屬應予慰勞及優待，其所組織抗戰團體，應加以切實保障；

五、江南新四軍祇開至蘇南爲止。

上官總司令以該軍此種無理要求，無法答覆，乃於十一月中旬偕葉晉謁顧司令長官，由葉面陳意見，顧長官允撥款五萬元，并將其餘各點轉呈蔣委員長核示。同月下旬再度轉令，限該軍於十二月底以前全部開拔完畢。

事後，據顧長官於元亥電轉報拿獲該新四軍參謀處處長趙凌波（按：原參謀處長賴傳珠調江北指揮部後，即由原第三支隊參謀長趙凌波接任）供稱爲當時新四軍內部意見紛歧，葉挺力主固守皖南，項英主張在江南各省游擊，曾於一九四〇年十二月十六日，在涇縣雲嶺該軍軍部召開高級幹部會議，討論拒絕北調問題。隨後始作如下決策：

一、堅決拒絕北調，決定移赴蘇南，先佔據金壇、丹陽、句容、郎溪、溧陽等縣，擴充與加強東南各政治機構，期於短期內掌握京、滬、杭三角地帶，建立根據地。

二、先以政工人員、地方幹部及武裝工作隊等陸續開赴蘇南，在金、丹、句、郎、溧五縣間，擴充組織，以待全部到達後，展開攻擊，消滅第二游擊區之頑軍，以便向太湖，浙西擴展。

三、為爭取開拔費及彈藥各五十萬計，集中兵力於涇縣、繁昌一帶，以便聲援。

四、以日艦封鎖長江為由，拒絕由皖南渡江，力爭經蘇南渡江，以便順利移赴蘇南。

五、覓尋機會，進襲頑軍，配合蘇北勝利，造成動亂局勢，以改變北調命令。

此項決策，係新四軍參謀處長趙凌波所供，自屬可信。根據此一政策該軍乃分兩路先行遣走非戰鬥人員：

新四軍北開路線，原由第三戰區司令長官決定，經銅陵、繁昌一帶渡江，嗣以該軍為達成其盤據蘇南之目的計，請分二路渡江，一路照規定路線北上，一路由宣城、郎溪以入蘇南，經溧陽、金壇、句容等地北渡；雖經批准，仍毫無開拔動靜。截至十二月二十三日止，該軍非戰鬥人員，如政工人員、地方幹部、自衛隊與民衆團體等工作人員，共約八千餘人，方依照其預定計劃，向蘇南溧陽、溧水等地移動；另有極少數之地方武裝護送眷屬向銅陵、繁昌邊境開動，旋渡江至無為一帶，其戰鬥部隊則迄未依照命令移動。

新四軍在皖南之主要戰鬥力量，共計一萬人左右，自其內部決定盤據蘇南後，遂又加強民運及擴軍工作，截至十二月底止，乃又增編第一支隊第一團（原者稱老一團），第二支隊第三團（原者稱老三團），軍部之教導隊亦擴編為兩個團，將盤據區內之壯丁，裹脅一空。另據鄧子恢在「新四軍的發展壯大與兩條路線的鬥爭」一文稱：當時新四軍皖南軍部直屬隊和六個團（一、三、五團、新一團、新三團、特務團）共約九千餘人。

該軍於遣走非戰鬥人員及擴編部隊完成後，已逾限令北開規定時間（一九四〇年十二月卅一日），截至一九四〇一月三日，仍盤據於涇縣、南陵、銅陵之間（即孤峯鎮、三里店、中村、何家灣、丁潭、雲嶺、章家渡鎮等地），毫無北移跡象。其實，就在此時，新四軍正秘密準備奔襲國軍第四十師。據趙凌波事後供稱：

「第四十師由蘇南換防至後方整訓新四軍早悉其行軍道路，嗣知該師於元月一日下午到達三溪與榔橋鎮之間，認為此乃其襲擊四十師唯一之機會，遂於四日夜全軍潛伏茂林，分兵左中右三路取先發制人手段，以期各個擊破。其所定計劃，係殲滅第四十師後，即以其左支隊在丁王殿板橋一帶，牽制一〇八師；以中右兩支隊急趨胡樂司、甲路東岸一帶，奪取倉庫被服糧彈，直襲上官總司令部。然後與左支隊分趨郎溪、溧陽會同蘇南部隊夾擊冷欣部及郎溪一帶之國軍。」

果然，新四軍突於一九四一年元月四日夜悉數南移，進駐茂林、巧峯鎮、銅山等村，幷封鎖消息，禁止民衆外出，五日夜分左中右三路向國軍第四十師進襲，同時另分一股向上官雲相總司令部猛攻。

第三戰區司令長官據報後，以該軍不惟不遵令北調，且南下襲擊國軍，實屬不法已極，乃下緊急處置命令，予以制裁，同時被該軍襲擊之國軍，亦為自衛而應戰。

激戰至元月八日晨，新四軍見計不得逞，乃分頭撤退逃竄，一股企圖東進入浙江之天目山，一股退至太平縣南之黃山，企圖竄入皖、贛邊境。八日晚國軍向榜山挺進，新四軍憑山腰工事頑抗，九日拂曉，新四軍一部出榜山向東，與國軍第四十師鏖戰，國軍應援各部繞襲其後，加以包圍解決。新四軍地區警備司令傅秋濤部與第三支隊一部，猛向國軍第五十二師司令部衝擊未逞，回竄榜山以北，五十二師乃乘勝追擊，傅僅率殘部二十餘人突圍逃走。

葉挺、項英、袁國平（新四軍政治部主任）退至雲嶺親自指揮第一支隊第一團及特務團與國軍激戰。至十一日夜，新四軍一部約四百名由大麥嶺東竄，在東坑為國軍截擊；另一部約三百名經丁家溝抵盤坑休息，疲憊不堪，至十五日全部即告肅清。

新四軍軍長葉挺就擒。副軍長項英、參謀長周子昆、秘書長李一氓、軍分會委員梁璞、副官處處長黃序同等在逃。政治部主任袁國平，政治部宣傳部長朱鏡我殞命。參謀處長趙凌波，政治部組織部長李子芳，敵工部長林直夫，秘書處長黃誠及各級幹部以下官佐士兵等共俘獲五千餘名，收繳步槍三千餘枝。

新四軍事件經過，政府方面宣佈是如此，中共方面則咬定是遵命移防受到國軍包圍攻擊，而致全軍覆沒。今日事隔三十年，要搜集確實史料已屬不易，但按照雙方情況分析，仍然可以推出一個輪廓。

對於國軍方面宣稱新四軍襲擊第四十師，顧祝同命令上官雲相反擊，將新四軍軍部全部殲滅。其中情節頗爲可疑。因顧祝同其人，自從北伐成功之後，從未打過一次勝仗，不論在江西剿共，在上海抗戰，他都擔任方面之寄，但用兵計劃皆不出其手，他充其量祇是作一個高級軍需處長而已，勝利後由他任參謀總長指揮的幾次戰役，更是無一次不慘敗，國民政府失去大陸，因素自非一端，但軍人方面如果沒有顧祝同與胡宗南，他兩人的地位無論換了同等資望的任何將領，局勢斷不致惡化如此。至於上官雲相雖然勝於顧祝同，也沒有過打勝仗的記錄。

回頭再看共軍，國軍剿共數十年，擊潰共軍經常有之，包圍殲滅將其全部高級人員一網打盡，則祇有這一次。筆者曾研究過此一問題，主要因爲共軍行動飄忽，勝利後在中原剿共的將領都有一個感覺，就是同共軍打仗，勝了追它不上，敗了就走不掉。陳毅、李先念都有幾次被國軍打得潰不成軍，甚至李先念部在宣化店潰敗時，國軍坐汽車都追不上。

以顧祝同、上官雲相對北伐名將葉挺所部，又是新四軍精銳，竟然全部被殲滅，未免太神奇了，也就因爲太神奇，其中一定另有文章。照筆者看法，此是佈好的一局棋，以第四十師爲餌，明知共軍德性遇到友軍可吃的便吃，在河北、山東、蘇北已屢見不鮮，新四軍軍部自不例外，而另外埋伏重兵，等候新四軍入彀，如果新四軍眞的安份北撤，國軍自然也不至對新四軍發動突襲，此一戰略佈署也決非出自顧祝同之手，可能另有能人就近指揮。項英，葉挺不知是當，看見第四十師作戰歸來，就在附近整補，是送上口的肥肉，想一口吞掉，哪知塞住咽喉送了命。

新四軍副軍長兼政委項英

文化大革命時，江青提到這件事，大罵上了王明的當，鑽入國民黨口袋裏，上王明的當是一種「例罵」，鑽進國軍口袋則是事實。

新四軍覆滅後，葉項兩人下落，頗富傳奇性，據中共文革時透露，當國軍包圍圈縮小時，項英眼見大事已去，就着葉挺去同國軍接洽投降，葉挺下去後，項英就帶了一批人跑掉，於是葉挺被俘，送到重慶囚禁，勝利後開釋，曾去電延安要求加入中共，得到覆電歡迎，葉挺於一九四六年四月八日隨王若飛、秦邦憲、鄧發乘機回延安，中途在山西興縣黑茶山撞山，機毀人亡。

項英當場死亡，最初中共宣傳是陣亡，毛澤東選集第二卷說，「在皖南時軍隊九千人遭受覆滅的損失，項英同志亦被反動分子所殺。」

毛選第三卷又說：「國民黨毫無理由

地解散了英勇抗日的新四軍，殲滅新四軍皖南部隊九千餘人，逮捕葉挺和打死項英。」

此種說法三十三年來已成定論，中共政權成立後，在新四軍擔任過政治部副主任的饒漱石及繼項英任新四軍政治委員的劉少奇又找到項英遺骨遷葬南京雨花台烈士公墓，誰知文革期間，突然有了改變。一九六八年七月公佈的「皖南事變和叛徒項英」資料輯略稱：

（一）項英是一貫反對毛主席的老牌右傾機會主義分子，個人野心家。

（二）項英一伙，在皖南事變中是臨危潛逃叛徒。

值此生死關頭（按：指新四軍襲擊四十師挫敗過程中），項英只顧保全自己的狗命，於八日晚（一九四一年一月）伙同政治部主任袁國平，參謀長周子昆帶同警衛員可恥地臨危逃脫了；與此同時，軍部秘書長李一氓與項英合謀後又伙同×科科長胡××、張××、楊帆（現在押）、特委負責李××、張××、林×（已死）等人結為一路，以「保存幹部」為藉口脫逃了。

（三）項英一伙是慘殺我新四軍戰士的劊子手。

項英、周子昆一伙躲過敵人搜捕後，先後與一些失散的新四軍戰士相遇，這些同志，有年紀很輕的小鬼。項英經常說『人太多了，吃飯成問題，目標又大，行動不便』，『還有女的，囉哩囉嗦』，怕這些同志帶不走而連累他，怕隱蔽在老百姓家裏給敵人抓到又會暴露目標，於是便對這些戰士下了毒手。

在敵人一次搜山前，喪心病狂的項英糾集周子昆、李××（已死）、謝××、×××、×××同謀策劃，決定用刀活活砍死這些同志。在他們轉移前一天，這個絕滅人性的計劃終於分兩處執行了。當將這七、八個同志綁在一起的時候，他們才知道是些甚麼回事，他們高喊『我們要革命！』『我們要走！』但是面對項英這一小撮殺人魔鬼，又有何用？這些曾與國民黨反動派浴血奮戰的革命戰士卻倒在這一小撮反革命的屠刀下！血債要用血來還，堅決為死難烈士報這血海深仇！

（四）項英死得輕如鴻毛。

皖南事變後，項英，周子昆這一小撮叛徒仍藏匿於皖南深山中，拒不過江，企圖逃避黨和人民對他們的懲罰，幷準備重建獨立王國。

突圍前，每個幹部都發了錢。由於我軍經費來之不易，負責保管經費的同志本來本打算將剩下的一批金條僞鈔通過地下黨組織保存起來，項英、周子昆、李××見財眼紅，卻將金、款全部由他們六個幹部分掉。

項英慘殺了我新四軍革命戰士之後，又轉移一處。他與周子昆住在一個山頂的洞裏，與他們同住一起的還有周子昆的一個警衛員，項英一個副官劉厚忠。劉厚忠原是土匪出身，混入革命後匪性不改，幹部、戰士對其意見甚大，但項英卻因其槍法準確，而百般包庇，視為親信。一日劉匪發現項、周身帶巨款，頓生賊心，於是在深夜乘風雨交加，項、周等熟睡之際，開槍打死項、周，將其金款槍支及其他貴重物品全部盜走。看！項、周根本不像一小撮反黨分子所吹捧的那樣是皖南事變犧牲的『烈士』，他們死得輕如鴻毛。

劉少奇、饒漱石之流，為項英樹碑立傳，一九五二年還去皖南車回其屍骨，遷到雨花台，百般包庇、吹捧、不惜歪曲歷史，是可忍，孰不可忍！」

此事到此是否告一段落，將來會不會再有改變，甚難斷定，中共歷史之難以研究，大率類此。

項英不死，不但陳毅不能脫穎而出獨擋一面，就是毛澤東統一軍權也不容易，是則項英之死，對於中共雖是一大打擊，對毛澤東、陳毅未嘗不是好事也。

（完）

孫仲瑛的革命詩話（四）

恒齋

黃冷觀

黃冷觀，名顯成，字仲弢，別號崑崙，中山縣煙州鄉人。其父芑香紹昌先生，爲邑名孝廉，史地詞章，名滿南北，性剛介，公正不阿，人不敢干以私。歷主廣雅書院史學詞章講席，兼香城豐山書院古學山長，力倡樸學，文風丕變。其始也豐山書院月課，只有八古試帖，自先生倡古學，乃以經史古文掌故詩賦課諸生，復設藏書樓，搜集經史子集實諸其中，供諸生瀏覽，吾邑有公開古學課程，及藏書樓之設，自先生始。先生歿後，繼之者非其人，只成告朔之餼羊耳。冷觀稟乃父剛直之氣，嫉惡如仇，自旬報被地方豪紳封禁後，冷觀斥資創香山週報，鼓吹民族主義，一如旬報。並爲南音戲曲，以譏笑豪紳土霸，不遺餘力，於是諸紳益恨之。

先是煙州鄉校，董其事者多糜款以自肥，冷觀接長後，釐正校規，嚴訂學款，費不虛擲，雖學子日增，校譽鵲起，而族老紳耆不遂所欲，仍怨之不少衰。於是欲殺之者不獨邑紳，且及於族人矣。未幾，香軍起義，粵省光復，冷觀早已著籍同盟，邑中號爲黨人輩，悉隨香軍赴廣州。有勸冷觀行，不爲動，事報業如故。改週刊爲日刊，易名香山純報。袁氏竊國，將謀稱帝，冷觀日於純報發爲言論，擁護共和外，力數袁氏罪惡，又爲檄文以討之。龍濟光入粵，其勢洶洶，下令封禁純報，並沒收工具。冷觀又易名岐江日報，掊擊帝制視前益烈。好友多爲之危，而冷觀毅然不稍變易。前之欲殺之以事報復者，至是羣起陰構之而難作矣。初，香山純報被封，邑衆咸抱不平，岐江出，銷數躍進，海外華僑來書索閱，日逾百餘紙。時同主筆政者爲邑名士毛仲盈，劉仲芬，俱以能文著，所著政論，侃侃而言，讀者稱快。冷觀復爲歌謠雜劇，諷刺時政，臧否人物，莊諧雜出，嫉之者愈甚，勢非殺之不休。當時岐江報有皇帝夢雜劇太子歎五更南音等雅俗共賞，甚膾炙人口也。

龍濟光已封郡王，聲勢顯赫，以邑內黨籍人衆，恃邑紳某爲爪牙，使日探黨人行動以報。嫉之者乃搜集岐江日報討袁檄，陰使邑紳某挾以報龍。族人之怨冷觀者更從而附和之，擬爲檢舉之文，聲言於鄉校曰，是毋令赤吾族也。龍王得報，星夜大遣濟軍圍岐江日報，毀其器具，逮捕冷觀仲盈仲芬三人，以重兵解省，於是岐江三仲（冷觀號仲弢故邑人稱岐江三仲）緹騎就道，而以冷觀爲首焉。龍將三人分囚嚴鞫，仲盈首以惡語侵龍，龍大怒，殺仲盈，而冷觀幸以名德鄉賢之後，邑紳之賢者聯名電康有爲請念世誼，設法援救，蓋芑香先生昔與康有爲辯論學術，邑人有知之者，故電康呼救。而龍之軍法處長某，爲芑香先生門人，力請於龍，貸其一死。適康電龍，謂名德之人不可使其無後，省中輿論，復爲歎息，龍遂不敢遽殺冷觀。乃與仲芬分錮之陸軍監獄，聞其期爲五年。冷觀在獄中，日以讀書自遣，著述不輟，吟詠如故。文如十年舊夢，軍獄瑣記，廿年心影錄。詩如遠眺，大息，讀文文山正氣歌，元旦感懷諸什，俱獄中筆也。袁死龍敗，與仲芬同時獲釋。既來香港，主大光報晨報筆政。省港大報，每有慕其文名，而索其政論或說部筆記等，故諸報多有署冷觀、崑崙之傑作焉。冷觀賦性耿介，淡泊明志，自知不合宦情，本黨秉政十數年間，僅一度應總理參議之聘，亦遙領而已。偶爲故人贊畫軍政，亦僅短期，數月後輒蕭然引去，避之惟恐不速矣。冷觀前長鄉校，雖在羣疑辯難，衆怨塞胸，而於莘莘學子間，循循善誘，因才施教，沐其化者，俱能嶄然露頭角，有聲於時，未嘗不稱師教之篤也。

十五年春，創中華學校於香島，懸博學篤行四字爲立教之鵠，嘗爲文以揭其旨曰「冷觀居港以來，苦抑鬱，面目不諧於俗，性行復與世相乖，在此廿年中，所爲劬志篤行以爲報社司纂事者亦既五六，今所收穫，悉爲秭稗，又未嘗不自笑耕耘之無當，而胼手胝足者之適足以自苦也。故欲息影爲童蒙之求，稍彌其過，而慰其情，乃有中華學校之設」云。逾年校譽日高，春秋始業，負笈來學者相望於道，迄今中華中學爲港僑私立學校之首列，未始非冷觀昔年之立教有方勇猛精進有以培其基也。冷觀性既剛毅，與人交，肝膽立見，一事一物之微，無欺飾語，而於義利是非之辨，尤劃然不可假借，其殆稟質於名父廉介之節以至於此。予弱冠從芑香先生游，爲廣雅書院課外生，吾父與先生交尤莫逆，故冷觀長兄伯英以十弟視予，亦視冷觀，情同骨肉，亦如伯兄之視予也。然自清末亡命，即與冷觀別，建國廿四年秋，自滬過港，訪之於其校，相見執手，有如隔世，談至入獄時事，予謂與君同時同地同爲黨事繫獄，而所處非一，不相聞問，豈料再隔十餘載，今始晤面，殆如佛家因緣之說耶。是夕飲食盡歡而別。予返滬逾二年，有廣州之行，留港再訪，而冷觀已臥病，見予作苦笑，並以少子託互，察其顏色，黯然無光，予極意慰藉，心實憂之，詎不匝月，竟然長逝。時抗日戰事方興，國難孔亟，正賴剛直不屈之士以扶正氣，乃僅此碩果，又弱一個，公私之痛，曷其有極，人之云亡，邦國殄瘁，何其強仕之年而竟一瞑不顧也。冷觀才華英發，淡泊自甘，與冷殘相類，而冷殘篤信佛學，能以萬事唯心之理論善自排遣，而冷觀不能也。然冷殘已先冷觀十年而完寂，則又何說，吾有以名之，名之曰個人因果，國家運氣而已。

冷觀著作等身，所遺詩文詞，不能悉錄，僅記其詩之寫懷抱者以誌吾餘哀耳。傷士篇七古末韻云吁嗟夫秦漢之迹羌云遙，胡於胡羯張其驕。今看奇士倚長策。劍先如電摩雲霄。己酉元旦腹聯及尾聯云曆日喜猶存甲子。江山誰復辨華夷。不堪回首西瀛望。海國新翻獨立旗。獄中讀何君黑獄記云三年醉夢付春明。志士如今半死生。鬼趣新圖羅刹國。人間黑獄尉佗城。飛鳶竟召蒼鷹妬。忍死能看走狗烹。慘淡一篇犴狴史。公仇私恨兩難平。獄中遠眺云：滿城風雨認依稀。煙火人家入望微。眼界於今小東粵。寇氛何日靖邦畿。雲含雨潤翻新氣。山擁嵐光對夕暉。自顧不如林際鳥。歸來猶向舊巢飛。獄中和太息云：酒斟千日醉平原。磨劍天涯解報恩。未肯風塵埋白骨。要從湯火拯黎元。漢宮禾黍悲無地。秦代桃花尚有源。臘鼓催殘驚歲晚。幾回翹首悵詩魂。獄中度歲元旦感懷云：圜扉坐困敢言才。又報春光一線來。尚有詩歌供著筆。更無醽醁漫含杯。催人歲月三冬卷。如此河山萬事哀。終古英雄半淪落。倩誰隻手挽天回。又獄中讀文文山正氣歌：宋祚已隨滄海捲。詩懷猶逐嶺雲平。悲歌不入金縷子。墨瀋長留玉帶生。

予述二冷畢，憶西青散記曰：熱者易冷，冷者將熱，古今來成仙成佛，爲聖爲賢，多於冷中成就。夫舉賢棄冷士，擇交厭冷友，爲學忌冷書，聽諫忌冷言，其於道多所遺也。予將取此數言，爲二冷先生傳贊。

白蛇傳的另一傳說

伍逢

白蛇傳故事家傳戶曉，由戲劇拍成電影，而且拍了一部又一部，這段故事哀感動人，而香艷神話兼而有之，宜其受到普遍歡迎，但也有另外一種傳說，也頗爲有趣，茲略述之。

南京魯萬石，是一個世襲的錦衣千戶，嘉靖之時，海疆不靖，萬石奉命駐防舟山，幾年之中，連續緝捕海盜甚夥，因功累升到鎮守浙江總捕都司，有一次在舟山定海捕獲了十幾名江洋大盜，都解到北京正法。海盜中有夫婦二人，在定海因傷重身死，魯萬石就將他們夫婦覓地合葬。海盜夫婦遺下一個女孩，年方五歲，無家可歸，萬石就將這小女孩帶回家，陪伴自己的愛女，因她初被擄獲時，身上穿了一件青布小褂，萬石就給她取名叫「青兒」。

青兒是一個聰明伶俐的女孩，魯家的小姐比她大兩歲，剛來時，兩個都是孩子，難免有時打架，而魯萬石年將六十，祇有這麼一個掌上明珠，特別鍾愛，青兒貪玩，和小姐打架，本想加以痛責，但想想她父母誤入歧途，不得善終，剩下這麼一個孤苦伶仃的小丫頭，天眞活潑的樣子，既可憐，又可愛，因此不但沒有責罵，反而將她和自己的女兒一樣看待。

嘉靖三十九年，魯萬石因年老體衰，辭去了官職，帶着女兒和青兒，回到南京原籍。這時女兒已漸長大，不免有些世家子弟，前來提親，魯萬石一概拒絕，自己唯一的骨肉，只是這個女兒，必須是一個品才兼優年貌相當的世家子弟，方可和他論婚。目前只叫她學習女紅，讀書寫字。又想到家裏男丁缺乏，一旦百年身後，說不定有人欺負自己的弱女，於是將自己的一身武功，都傳給了青兒，從彈腿、鍛腰，以至各路拳術，各種兵器，青兒都練的純熟，後來甚至連大小戰陣，水陸戰術，也都教青兒學習，爲的是將來護衛愛女。

當魯小姐十八歲時，魯萬石漸感體力衰退，急欲把女兒婚姻完成，這時正好有一個劉千戶的兒子剛剛鄉試中式，聽說魯小姐賢淑穎慧，就託人提親，魯萬石看到了這劉新舉人文秀儒雅，也極高興，就把他招贅來家，和女兒結了婚。這年冬天，魯萬石老都司病故，家產就由女兒女婿繼承，小夫婦單獨生活，有青兒內外照料，也還安定。不幸的是不到一年，劉公子因肺癆一病不起，剛剛二十歲的魯小姐，從此寡居。魯家的房屋本來很寬敞，但家裏沒有了男人，只賸下兩個年輕的女子守着一大所空房子，夜晚眞有點提心吊膽。

人到了不走運時，怕甚麼就有甚麼，有一個深秋夜晚，魯小姐和青兒兩個，挑燈對坐，窗外正下着細雨，魯小姐想起自己從小喪母，由父親帶大，愛如掌珠，可是自己長大了，父親卻棄我而去。夫婦的恩愛，僅僅一年的時光，也無異是空中花，水中月，以後的年頭，眞像這漫漫長夜、黑暗、蕭瑟，而凄涼。魯小姐想到這裏，痛不欲生。青兒先是勸小姐，後來不免勾發起自己的悲慘遭遇，主僕二人，坐着對哭。這時忽聽窗外砰的一響，魯小姐和青兒都吃了一驚，還是青兒的反應快，知道是有歹人進到院中，一口將燈吹滅，悄悄對魯小姐說：「小姐躺在床上別動……」

這時外面賊人一腳將窗隔踢掉，竄身而入，剛好落到魯小姐的身上，魯小姐大叫一聲，青兒已順勢兩手抓住賊人的兩腿往床下一翻，因爲青兒的武力根基很好，賊人摔到床下，再也沒有聲音。青兒怕窗外還有賊人的餘黨，忙從枕底抽出短劍跳到院中四顧，別無人影，只是雨愈下愈大。青兒又急從窗中跳回房中，引火點燈，看魯小姐大被蒙頭，嚇得面無人色，再看看摔在地上的賊人一聲不響，仔細一瞧，原來青兒用力過大，賊人的腦袋已開了花了。

這一下吃驚不小，雖說這賊人夜間入宅，非姦卽盜，但被摔死在房中，畢竟還是要吃一場人命官司。反正此處亦無所戀，不如三十六著，走爲上著，因此二人一商議，連夜收拾了一些金錢珠寶，臨走時放了一把火把房屋焚燬，趁着天剛明，一開城門，混出城去了。

她二人洗淨脂粉，卸下釵環，魯小姐穿的白布衣裙，白包袱裹着頭，一看就知道是身戴重孝；青兒一身青布褲褂，背着包袱，有人盤問，只說是朝山進香還願。別人看見魯小姐穿了一身白衣，都叫他「白」娘子。

白娘子和青兒，一天來到鎭江地方，嚮慕金山寺的大名，就和青兒僱舟前往金山寺燒香還願，藉機會瞻仰一下這座名山古剎，當她二人在廟裏各殿參拜時，發現有一個胖大的僧人，不住的用眼釘看，因此不敢逗留，相率下山，當晚卽買舟東下。到了暮春三月，來到杭州。白娘子小時曾隨着老父來過杭州，而且在西湖邊還買有一座山園，目前這所園子是借給一位貴官作休憩之所，魯小姐一路隱姓埋名，自然不敢公然前去索回自己父親的遺產，但對於西湖的景色，還有點模糊印象。

這時正是西湖香市的季節，男女老幼，絡繹不絕，昭慶寺的裏裏外外人山人海，殿中甬道兩廊，荷花池邊，山門裏外，處處都是擺棚小販，諸凡日用物品、小兒玩具、泥人竹馬、搖鼓銅鈸、古董字畫、湖景佛像，把昭慶寺佈置得沒有立足之地；遠看西湖景色，正所謂「山光如娥，花光如頰」，蘇公堤一帶桃紅柳綠，春光蕩漾，連湖心亭，岳王墳，三天竺等地，都是遊人如織，正是「岸無留船，寓無留客」的遊春天氣。

白娘子因爲喜歡西湖景色，就在湖邊租居一所小樓，二人暫時住下。還是青兒爽快，勸小姐在這裏覓一佳偶，也可以白頭偕老；這樣的浪遊無主，早晚也不是長策。白娘子雖不作答，內心裏卻已首肯。

有一天傍晚，白娘子帶著青兒正在湖邊遊步，忽然片雲蓋頂，雷雨大作，她二人正無處避雨，倉徨之際，見湖邊畫舫中坐着一人，風度瀟洒，眉目淸秀，正在那裏憑窗觀賞雨景，看到白娘子和青兒無處避雨，就在窗中高聲說：「二位小娘子，敢沒是遊湖遇雨，我這有雨傘一把，小娘子兩人可將就使用。」一面說，一面命梢公將雨傘送上岸邊。

白娘子正在急需之時，又兼船上那人言辭有禮，不加思索就命青兒將傘接過，並問說：「先生美意，十分感激，不知尊府何處，明日好命人前往奉還。」

船上的人說：「錢塘門外和生藥鋪，就是舍下，但不敢有勞大駕，小娘子示知尊址，我明日自己去取回罷。」

白娘子一想，也許我們送去不便，不如讓他來取，因將自己的住所告訴了船上那人，相別而去。

次日早飯後，借給雨傘的那人果來了，白娘子命青兒請他至客房待茶，然後親自出來道謝，因問那人姓氏居里。

那人姓許名先，原籍南京，祖父原在北京作官，因得罪宦官，被杖謫嶺南，祖父去世後，隨父親來此地定居，經營藥材爲業，父母前年相繼謝世，目前只有一人承家。

白娘子知道他是一個官家子弟，尚無配偶，而且又是南京同鄉，因問：「先生經理家計，內外不能兼顧，理應聘求賢內助，以免中饋無主。」

許先嘆說：「奈不遇意中人何！」

白娘子低頭不語，青兒嘴快，從旁插說：「我們小姐現在也正要擇偶呢！」

白娘子叫她不要多嘴，一面請許先用茶。

茶畢許先告辭，白娘子命青兒代送，走到門口，許先問青兒說：「尊府似乎由小姐當家，不知府上老先生何經紀？」

青兒說：「先生不必多問，我們家只是主僕二人，如看得中意，以禮來聘，我家小姐，不至玷辱先生的門楣。」說罷閉門而入。

過了些日子，許先時時以白娘子爲念，欲罷不能，但又不敢造次，於是題詩兩首，投贈到白娘子的家中：

(一)一別芳菲春景殘，桃花流水石橋寒，
東風吹過雙胡蝶，人倚危樓第幾欄。

(二)柳條金嫩不勝鴉，白粉墻邊道誰家，
燕子未來春寂寞，小窗和雨夢梨花。

白娘子接到許先的贈詩，遂即和了一首贈答：

屈曲欄干月半規，藕花香澹水漣漪，
分明一夜江南夢，惟有輕羅團扇知。

許先得詩，知道白娘子不拒絕所求，於是邀媒下聘。白娘子允婚後，帶着青兒移居許先的家中，夫婦恩愛情篤，相處十分和睦。

一天，忽有一胖大僧人，登門化緣，許先出見，胖僧驚說：「先生滿面黑氣，是爲妖魔所困之象，如不早日驅除，性命不可久保。」

許先甚爲詫異，自己並無異兆，爲何說爲妖魔所困？因問：

「和尚高明，定有所見，不過弟子並無他遇，何來妖魔困我？」

胖僧說：「府上人等能否使貧道一見？」

許先應允，請胖僧先到前邊藥鋪，夥計人等都讓僧人看過，然後來到內宅，讓妻子和侍兒都來看看這和尚。

看完了之後，胖僧來到客房，向許先說：「尊夫人與侍兒正是貧道所追踪的妖渠，不想在此地尋着，也是孽畜等的時運已到，難逃天譴。」

許先聽這胖僧說話不着邊際，心內非常懷疑，因問：「師父上下？」

胖僧說：「貧道法海，特由金山追踪到此，尊夫人是峨嵋金頂的一條銀蛇，化形到此，與先生有一段因緣，先生不信，可在端午黎明，請尊夫人多飲雄黃燒酒，先生必有所見。這是先生生命交關的日子，願你好自爲之。」說罷，打了一個問訊，作辭而去。

這法海原是一名武官，五六年前任北京右軍都督同知，是宦官劉瑾的黨羽，後來得罪朝廷，削籍爲民，就在大雲寺剃髮爲僧，因爲酗酒狎妓，被廟裏驅逐，遊方來到金山寺掛單，去年白娘子和青兒到金山寺進香時，被他看中，一時不得下手，就離了金山寺，尾隨着她二人來到杭州。到杭州之後，暗中結交了一些地痞流氓，請他們協助，一面也在地方官府先打了交道。當時的知府也是出於劉瑾門下，於是大家一齊合作，由流氓等在山中捕得大蛇一條，裝在袋中，於端午半夜，由幾個流氓先送進許先的後院，另由幾個流氓在前邊藥鋪放火，許先和妻子正在房吃雄黃酒，配五色線，聽到前邊失火，急急前去救火，後院的一羣流氓，乘機闖進臥房，將白娘子綁架而去，並將捕來的大蛇放在床上，然後一擁而去。

青兒這時正在厨下，聽見前邊起火，急回到房中，一看正遇着一羣流氓綁架白娘子而去，她這時人少勢孤，赤手空拳，無能爲力，急進房中取她的短劍，不想一進門發現床上一條大蛇，青兒心知是剛才這羣流氓所爲，一劍將蛇斬爲兩斷。這時許先因火未燒起，回到房中，看到了大蛇，只當眞是自己的妻子現了原形，後經青兒說明，白娘子被人綁架而去，許先才省悟是被人所騙，急向縣府報告，說妻子被强人搶去。縣府都已經接受了法海的賄賂，對許先只是敷衍一番，根本不去捉强盜，反將青兒傳訊扣押，說她有串通强盜之嫌。

許先把一份家產都花光，藥鋪也讓給了人，一身淨光，妻子既未找到，青兒押在獄裏不放出來。他急了一人跑到金山寺去尋法海算賬，但到了金山寺，法海早已離開了那裏，何處尋覓？許仙一冷心，就拜了寺中的老和尚爲師，在金山寺出了家。

白娘子被一羣流氓綁架到法海的下處，意欲加以非禮，白娘子苦拒不從，法海知好事無望，乃將白娘子用繩索勒斃，掩埋起來，各自逃散。

後來官府見許先已去，白娘子已死，法海等人也都離開了當地，原被告都不能追究，就把青兒放出來。

青兒回到家中，一無所有，只是一所空房子，連窗門都被拆掉。青兒一人也不敢在家停留，當一個風雨之夜，一個人去到掩埋白娘子的地方，將白娘子遺體掘出，背在身上，悄悄地把她安葬在雷峯塔下。青兒從此又恢復了她的「世業」，當了海盜。

此後不久，社會上就流傳了白蛇傳的故事，說是峨嵋山有一條白蛇修練成精，又有一條青蛇和她比武失敗，被白蛇收爲侍兒，白蛇在杭州和許「仙」成婚，因法海和尚是「黑虎星」化身，和白蛇勢不兩立，因把許仙留在金山寺不放，白蛇前往金山寺和法海鬬法，白蛇水淹金山寺，法海把袈裟蓋在山上，水漲山也長，但金山一帶的居民被淹死甚多，白蛇因此造下滔天大罪，被法海收在鉢中，押在雷峯塔下

：戲劇和鼓兒詞都有演唱，十分流行。

另據青庵秘譚所載：「隆慶萬曆間，有青城道士許道生，常往來嘉湖之間，善醫小兒夜啼，屢有奇效，人皆以『許仙』呼之，其眷白氏，好衣素，人呼爲『白娘子』，風韻殊絕，善紙紮五彩葫蘆，端午餽贈所知，懸之門壁，以祓除不祥，後爲仇家誣以工魘魔，爲官所收，斃於獄，人爭惜之，其徒收其尸，瘞之雷峯下，道生則不知所終云云。」

據此則白娘子與許仙似另有其人，但不論如何，白娘子與許仙應該不純是空穴來風，不過目前平劇中的「狀元祭塔」，卻是荒誕無稽的事。

馮玉祥將軍傳【十】

簡又文

第十章 「首都革命」——成功歟？失敗歟？（四三—四四歲，一九二四—二五）

攝政內閣

軍事新組織既完成，次日（十月廿五），馮氏又在北苑領衆開會討論政治改組，使「首都革命」宗旨得成功。一致決議推翻賄選總統曹錕，而成立「攝政內閣」，行使大總統職權。（見「自傳」圖三四，出席者未詳。）

至是，曹錕不得已下令停戰言和，並免吳佩孚職，調充「青海屯墾使」。馮氏爲根本解決政務糾紛計，再於廿八日通電提倡「和平統一會議」，徵求全國意見（原文見「自傳」及李著頁一一七—一八，略）。十一月一日，曹錕見兵敗塗地，不能戀棧，宣布退職。馮還之於延慶樓，仍厚待之，以存私交。惟恐其逃出生事，又以其有賄選之罪，應候國人處置，乃派兵監視之。馮氏之倒吳囚曹，固屬革命之舉，而破盡私交，致貽「倒戈」之誚，實極不得已之舉。起義之前，曾痛哭兩日，亦可見其心之苦矣。未幾，被拘捕之李彥青伏死刑，人心大快。

曹錕既去總統職而成爲待罪之囚，中樞無主，依法據理，應由內閣攝行大總統職權。總理顏惠慶堅不肯繼續執政。雖經馮、黃、二氏屢次力勸，不應。其他閣員大多數亦隨去，只餘海軍部李鼎新及教育部黃郛二人。黃先表示不幹，李初允留，後亦反悔。於是，黃不能不擔負重任（見「亦雲憶語」頁二〇二）。馮氏等乃根據廿五日之決議，於十一月二日組織「攝政內閣」。此新政權之成立，確有法理根據，誠爲合法的組織。事前由大總統曹錕發出「退位及攝閣等命令」。俟其實行退職後，黃方就職。（見當時法制專家張耀曾自述，各命令及攝閣法制，均由其起草，載「亦雲回憶」頁二〇三）。所以中樞政權，時間與法統，一貫不斷。何況實際上係由革命運動產生，自然合法合理的。

「攝政內閣」成立，攝行大總統職權，由黃郛任國務總理兼交通總長，王正廷爲外交總長兼財政總長，杜錫珪爲海軍總長，李書城爲陸軍總長，易培基爲教育總長，張耀曾爲司法總長，王永江爲內務總長（由前顏內閣原任次長薛篤弼代理），王迺斌爲農商總長（由次長劉治洲代理），李烈鈞爲參謀總長（未在京就職，旋由南來，則未到時攝閣已辭職）。新閣員皆上乘之才，蓬勃有朝氣，自是一時之選。所可注意者，是時，馮氏雖軍權在握，惟於組閣進行，不作干政之舉，一任黃自決，未嘗薦舉一人，即其親信之薛篤弼原由顏內閣留任次長，亦不許其眞除，以避操縱把持之嫌（見「亦雲憶語」頁二〇三）。（按：二、三、兩軍亦未保薦閣員。）

「攝政內閣」成立後之重大政務，有如罷免豫督張福來，而以胡景翼「辦理河南軍務收束事宜」；同時，以孫岳繼「河南省長」李濟臣之任；兼以李景林爲「直隸省長」；鹿鍾麟爲「京畿警衛司令」；張璧爲「警察總監」。此外，則裁去「北京步兵統領衙門」及「京師憲兵司令部」兩機關，又取銷京內各種苛捐，爲人民解除不少痛苦。復嚴令禁絕鴉片，整肅官箴——如禁賭博冶遊等等惡嗜好。在那黑暗重重的北洋政治中，眞一線曙光也。

完成辛亥革命

此次「首都革命」在中國，尤其民國史上最偉大之成功，厥維完成辛亥革命——即根本推翻帝制，驅逐溥儀出宮，另訂優待清室條件。緣辛亥革命之結果，雖有清帝之遜位及民國之創立，然而帝號不廢，舊宮無改，民國國旗不懸於清宮，辮子、年號、朝儀、翎頂、封爵、賜謚、……等等勝朝制度遺蹟依然存在。後更有復辟之禍，而保皇、復辟之謠，時時傳遍海內。加以廢帝溥儀每歲享受民國四百萬両之優待尤爲耗費。況且竟有堂堂民國總統之尊，而屈膝稱臣於廢帝者（如徐世昌）。無論如何，民國之內仍有帝國皇帝，甯非怪事！是故辛亥革命，名爲成功而實未成全功也。馮氏本着澈底的革命精神，自始即表示不滿，於民元已主張取消優待清室條件，而當道不納。及討張勳後，又條陳四項以絕禍根而維國體，而段竟不許（統見上文）。前此參加討奉之役，亦以奉張有復辟之嫌疑（「亦雲回憶」頁二〇〇刋出影印「宣統十二年四月初一日，「張作霖進貢單」一張，係越幾日在故宮檢出者，居然背叛民國而用已廢多年之滿清正朔，可謂逆蹟昭著！）是故馮氏認爲帝制派與共和派之爭戰，乃決行參加。此時，既班師回京，「首都革命」成功，京畿在「國民軍」及「攝政內閣」勢力之下，辛亥革命未竟之志，正好乘機如願以償矣。加以「國民黨」及朝野上下一般革命者之極力提倡，馮氏遂毅然提交「攝政內閣」依法進行，俾得實現。（按：此非「攝政內閣」自動提出者。）

十一月四日，國務會議開會商討，一致通過修改清室優待條件五條，係由司法總長張耀曾起草，經黃等討論修正。（原稿影印見「亦雲憶語」頁二〇六。）隨即令「京畿警衛司令」鹿鍾麟及「警察總監」張璧，負責執行入清宮責令廢帝溥儀交出玉璽，即日出宮。新的優待條件全文如下：

一、大清宣統皇帝，即日永遠廢除皇帝尊號，享有中華民國國民法律上之權利及義務。

二、本條件修正後，民國政府每年支出五十萬元，設立北京貧民工場，收容滿旗貧民。

三、清室即日移出紫禁城，自由選擇住所，民國政府，負責保護。

四、清室祀禝之祭祀等項，民國政府設法處理之。

五、清室私產，仍歸私有，一切公產，民國政府沒收之。（上見李著頁一二四）

翌晨（五日），鹿、張、會同國民代表李煜瀛（石曾）同往，僅帶衛兵極少數人隨行。（據溥儀自傳「我的前半生」僅廿人。）至則直入內宮，沿路將各門站崗衛兵逐一繳械。既見溥儀及內務府總管紹英，即與交涉，並示以新訂優待條件。談次，鹿問曰：「你到底願意做平民，抑願意做皇帝？若願意做平民，我們有對待平民的辦法。若要做皇帝，則我們也有對待皇帝的手段！」溥儀忙答：「願做平民」云云。鹿乃令其交出玉璽，立刻遷出。溥儀猶豫不決，紹英尤斤斤置辯。閱時頗久，鹿因宮內有警衛軍三千，恐耽擱時間，變生肘腋，而自己武力不足，反會吃眼前虧。頓然心生一計，叫自己的副官前來，示以時錶，發令說：「時間快到了，吩咐外邊暫勿動手，這裏還有話說。」副官一聲「得令」，跑步出去。溥儀與紹英信以爲果有重兵包圍，不能逃躲。在震懾之下，當堂屈服，即偕妻妾携帶個人衣物，隨同出宮。由鹿用汽車送到其生父醇親王載灃私邸，任務乃完成。至瑜、瑨兩太妃則容其收拾私物，十一月廿一日遷出。（以上紀事係根據鹿氏前在南京家中對余口述經過。余撰有「鹿鍾麟逼宮記」，詳紀其事，擬與馮氏「壁樹」自述篇一同發表於「逸經」。原稿交鹿親閱，因其表示不欲張揚其事，乃罷。以上係個人記憶所及之大概，並參考馮氏「自傳」及「我的生活」。但據溥儀自述，出宮時始初見鹿及與其談話，並誌此備考。）

廢帝出宮後，馮氏尙派「國民軍」監視之於私邸，以防其逃出爲保皇黨利用以貽後患。及段祺瑞執政，則盡撤守衛，溥儀遂得逃匿天津。於是，日後再有「康德皇帝」出現於「滿洲國」。

至於所有清宮物品珍寶，則由李煜瀛、易培基、莊蘊寬、吳敬恒等會同紹英、近支王公等一一點收，組織「清宮保管委員會」，劃分公私品；公者由「國民政府」組織特別機構保管，私者則歸還溥儀。事後復由國務院修正優待條件以資遵守。從前每歲優待鉅款，移作旗民救濟之用，而帝號自此廢除。「辛亥革命」於是完成大功。而馮氏「首都革命」一大偉舉更有意義，蓋不獨推翻賄選政府及直系軍閥，而且澈底肅清帝孽，以奠定民國也。

此次「首都革命」之役，全國人民凡愛民國而反滿清、反帝制者無不稱快，眞是薄海騰歡。不過，北京向以「奴氣深重」著，馮氏班師主和已被不少人罵其倒戈背主。今又驅除廢帝，一般反對民國之滿族旗人、亡清遺臣、及復辟餘孽等，更大罵「首都革命」領導者、參與者以及攝閣諸人。外人亦有不少同情於清室者。英國公使竟向外長王正廷請保全溥儀生命。王以諷刺語答曰：「貴國昔時克林威爾之革命則殺暴君，敝國待遇廢帝必較優，毋庸過慮」云云。該使乃語塞而退。

尤可咄咄稱怪者則稱爲三造共和、蟄居天津之段祺瑞、忘記自己曾久任民國國務總理之高位，「聽到此事，氣得將身邊痰盂一腳踢翻，大罵攝閣不解事，將公開反對」（見「亦雲憶語」頁二〇五，來源可靠）。旋於六日去電馮氏質問。翌日，馮氏覆電有云：「清室爲帝制餘孽，復辟之禍，貽羞中外。張勳未伏國法，廢帝仍保舊號，均爲民國之恥。留此餘孽，於清室爲無益，於民國爲不祥。此次移入私邸，廢去無用之帝號，除卻和平之障碍，人人視爲當然，除清室少數人仍以帝號爲尊榮者外，莫不歡欣鼓舞，謂尊重民國，正所以保全清室也。」又言：「此次回京，自愧未能作一事，正惟驅逐溥儀乃眞可以告天下後世而無愧耳。」寥寥數語，大義申明。

攝政內閣總理黃郛

當時清議有謂馮氏「首都革命」之舉及攝閣政治生命，只此一端，已足以自解，而爲民國立不朽之功矣。吳稚暉敬恒當時即持此論。舉國內外其他素有民族精神、擁護人權之思想領導者，自然同此論調，稱許不置。例如：章炳麟（太炎）致函攝閣黃氏等有云：「知清酋出宮，夷爲平庶，此諸君第一功也。優待條件（此指舊訂的）本嫌寬大。此以項城（袁世凱手定）素立其朝，不恤違反大義致之。六年，溥儀妄行復辟，則優待條件自消。彼在五族共和之中，而強行篡逆。坐以內亂，自有常刑。今諸君不但令出宮，貸其餘命，仍似過寬，而要不失爲優待。（以下續陳滿清強奪人民莊田以賜勳戚，應將強佔人民者還諸人民，從略）願諸君勿恤遺臣嚚言，而虧國家大義」。

又有彭程萬（凌霄）致函黃氏云：「攝閣成立，公膺總揆，成十三年改革未竟之功，建中樞和平統一之業。豐功偉烈，舉國騰歡。國人苦兵亂久矣，公乃罷兵息民，首革武力萬能之命（此指吳佩孚）。廢帝隱患深矣，公乃廢為庶民，永免復辟再生之患。此兩大事業，功在國家，名垂後世」。（以上兩函統見「亦雲憶語」。章函影印見頁二〇七—二〇七，彭函載頁二〇五。）

以上所錄言論，允稱為忠於民國的國民之公允論斷，則「首都革命」之為功為罪，亦可斷定矣。

清宮盜寶案

由「首都革命」功罪案附帶產生者，則為馮、鹿等盜竊或刼奪故宮寶物案。因為馮氏生前，尤其在「首都革命」後，樹敵太多，不特滿洲旗人、遜清遺臣、帝制餘孽等恨之刺骨，即北洋皖、奉、直諸系軍閥政客及其黨羽，皆成為仇讐，怨尤叢集，故對其發出種種謠言，謂其逐出廢帝後即大量刼奪宮中寶物。北方一帶民間口傳之外，甚有見諸詩文者。最顯著之例證，如吳佩孚秘書長，有「江東才子」稱之楊雲史於「榆關紀痛詩」云：「再見金牌恨。中原盡失聲。萬軍當勁敵，大盜刼神京」。其序文則曰：「……意尤在奪皇宮財寶，命張璧、鹿鍾麟（未提李煜瀛）勒兵入宮，露刃逐清帝后妃下殿，而籍其宮裏財寶。於是元明以來，三朝御府珍儲，十代帝后珠玉寶器，以至三代鼎彝圖書，九洲百國方物，天府瑯環，宇宙韞閟，希世之物，至是盡載而出。荷戈斷行人於道路，六日夜不絕。……」（見章著「吳傳」下頁五七九。）又有段祺瑞屬下親信曹汝霖的「一生之回憶」敍述大略如上錄章著，但加插鹿、張、二人就在宮中與溥儀談判中「乘間偷竊」；張劫走一對均窰花盆，鹿將軍帽覆扣一翡翠瓜，由隨弁連帽帶瓜，一齊帶走。不過曹究不是文人，不能如楊之曲筆，最後老實的說：「余雖未目睹，然人言鑿鑿，決非虛搆」，而桀犬吠堯，以耳聞人言作武斷之小說式的說法一也。反證的事實具在，豈能入信？

事後未幾，北方骨董商即有號稱馮、鹿、盜出之故宮寶物出賣。直至上次余再渡美時（民五三年），在三藩市「唐人街」中國商店，猶得聞馮賣出骨董至美之說。皆市儈奸商造謠，以提高所欲發賣品之價值者，此為盜寶謠言之一大原因，殊不能置信。而於馮、鹿等則厚誣矣。

對於故宮盜寶之謠，馮氏自有「言之成理」的辯辭曰：

所有宮中的財物都由吳稚暉、莊永（蘊）寬、李石曾等名流組織一『保管委員會』接收之。事後有人造謠，說馮某攫取了多少故宮寶物云云。對於這種無稽的讕言，我都無庸置辯。我想李、吳等諸位先生，都是正直名流；如眞有人攫取了財寶，他們豈肯接受保管古物之責，平白分受別人的罵名？（見「我的生活」卅一章頁五一〇）

驅逐廢帝出宮實況

猶憶鹿鍾麟當年為我細述此役經過時，愷切陳言，自是之後，他終身不敢購置、陳設、或私藏一件字畫或古物以避嫌疑云。又有馮氏舊部驍將劉汝明在台灣發表「回憶錄」有云：「說到『盜寶』，當時進宮的是鹿瑞伯（鍾麟）、張璧、李石曾（煜瀛）諸先生，另外還有軍警多人。衆目睽睽之下，這寶如何盜法？溥儀一出宮，『攝政內閣』即明定成立了『善後委員會』來管理故宮財產，劃分公私，分別保管。『善後委員會』後來演變爲『故宮管理委員會』。這些國寶遂得琳琳瑯瑯的陳列出來，直到今天還可以供國人參觀」（見頁五六）。即美教授薛立敦之「馮傳」亦言，曾訪問馮部舊屬多人，均一致否認馮氏曾有盜寶之事（頁三三六注一一八）。

當時，我在北京，確知自鹿等完成了驅逐清室出宮任務離去之後，除即派隊在宮外守衛以代替已被解散之原有的清宮警衛軍外，從未有「國民軍」高、中、下級將領再踏入故宮一步者。宮中一應寶物財產，均由社會賢達名流組成之「委員會」保管及清理，由名教授主持，會同滿清近支宗室共同監視點交，協同清理公產私產（見十三、十一、八、攝閣命令）。未幾月，「國民軍」全部撤退西北，何從得有機會與時間，尤其如謠傳車載斗量，搬運數日的大量刧奪耶？

馮氏如有顯著的盜寶行爲，縱能瞞過部下部分人員，奚能瞞過全軍，尤其最親近、最信任的人員？我在台灣曾詢問一名曾任馮氏最親信最接近多年的隨從人員（後任「國民政府」高級官某某委員）。他否認其事，只以謠言一笑置之。至於後來背叛馮氏之最高級將領，也沒有一言證明其事。即以馮氏夫婦下半生生活觀之，其勤儉樸素，數十年無改，從未有廣置產業，存款中外銀行，或個人度其奢侈豪華的生活。其生活程度簡直比不上吾粵小康之家。最後，奉國民政府命渡美，初作久居計及爲兒女留學計，曾在加州卜技利購了一所小房子，當是由政府所發給的旅費移用的。在全家離美前想已轉賣了。如有盜寶賣寶事，生活何至如此？

按：薛著引出毛以亨：「俄蒙回憶錄」頁二一〇有云，鹿鍾麟曾對其（毛）言，一九二六年南口之戰已用了由故宮寶物所得之款一千四百萬元云。薛氏即評曰：「但毛著並非完全可靠的，所以他的話必須以懷疑態度視之」（頁三九六，註一一八）。關於毛著的評論，薛氏又謂「此書大部資料都是有問題的。……毛有愛講是非（gossip 饒舌空談，講人閒話）的傾向，而在有幾點是無稽的謠言和逃避的遁辭。最後，他寫此書（毛自言）『是爲着幫助對共產黨之爭鬭的』」（薛著頁三六七）。查：毛原非馮氏屬員。其時方任外蒙古上烏金斯克領事，後曾隨馮遊俄，固未嘗參加「國民軍」。其後，我在台灣、香港曾屢見過，他對馮的觀感和態度很不好，恐怕是因馮氏接近左派的政治關繫。其言馮、鹿、盜寶所得，數目過巨（以現在港幣伸算，當值一萬萬至一萬萬五千萬以上），非盜賣大量寶物不可，當無可能。其言誰能信之？所以薛氏不假思索，不須考證，即嚴辭闢斥。再退一步言，假使毛言果確實，則盜賣寶物之款，非入私囊，只爲軍用而已。但我相信，我個人所親切認識的鹿氏生平沉默機智，言行謹慎，焉肯對一個與本軍無直屬親密關繫之小官閒員透露這一宗全軍最高級將領以及全國人士也不之知的個人及軍中之絕大秘密耶？憑着常識，主持公道，作以上判斷，薛著眞兼有史識與史德者。又據於四六年七月香港「春秋」半月刊第六三期，毛撰「漠北艷異記」（下）有言：「故宮的錢，馮玉祥個人絕未沾光」，前後矛盾，參考他證，其前言自不足信。

又按：最近日本文友矢原愉安（即「掌故」月刊所連載「張勳復辟始末」著者）過訪，曾舉此問題互相研究。蒙其告以曾讀薛觀瀾（當時在直任「交涉使」之「回憶錄」，有云：「首都革命」成功未久，馮氏曾託其代辦一外交文件，乃以一套極精美的，極珍貴的清宮瓷器爲贈以酬其勞。他問我相信不。我笑答，送禮酬勞，事極平常，但天下沒有這樣三料的笨賊：（一）盜寶未久即拿出來公開送人；（二）還自行招認是從清宮得來的；（三）清宮值得盜、容易盜之寶多得很，何以偏要盜取這些比較上價值不高，容易破爛，而且不便運出的瓷器呢？而況以當時的短促時期和入宮人物論，誰盜出這些笨東西呢？請君稍加思索，便不難得到正確的答案了。我以為「清宮瓷器」之語斷非出自馮氏之口，即那套瓷器，想必在市上買來的景德名產，原非清宮之『珍寶』也。」矢原君亦為之首肯。

越月，矢原君再過訪，蒙示所著「馮玉祥有沒有偷盜清宮寶」篇見示（載香港「明報」月刊一九七〇年秋某期）。全文根據分析心理學—馮氏「是一個怪人」，行為怪異，和他需要鉅款來擴軍—所以他便下最後的論斷：「馮玉祥盜過寶這回事，在沒有任何確實可信的否定證據以前，就似乎不但是一件可能的事，而且也是必然的事了」。在學術上，特別在法律上刑事案中，這是絕不可以用作斷定事實，尤其罪案的消極的論據。然而他在上文已自承在這盜寶案中，完全「沒有眞正客觀的物證與人證」，「找不到任何足以使人滿意的直接證據」（見頁四三）。夫如是，何能只於轉聞之外，以「分析心理」種種空泛的推論，來故入人罪？如此猜疑，完全是主觀武斷，不能定案的。在討論是案間，我提出六個「甚麼」來請他一一答覆。（按：這是「新聞學」採訪和寫作的六大原則Who, Why, Where, When, How, What）

臨時執政段祺瑞

一、是甚麼人物？二、為甚麼原因？三、從甚麼地方？四、在甚麼時間？五、用甚麼方法？六、盜甚麼東西？每一項請拿出眞憑實據來。矢原君均無以應。別後，夜間，他來電話說，經詳細考慮我所提出的六個「甚麼」，一一不能答覆，承認我的否定是對的，還很客氣的多謝我在學術研究上的啓迪。言談間，我還笑對他說：「無人因有大銀行失竊鉅款，卻以我沒有不會盜竊的消極的憑據，便懷疑或斷定是我或有可能是我所幹的。」彼此一笑置之。（翌日，他飛東京去了，想並帶了那六個「甚麼」在他行李中。）

然而清宮盜寶，則確有其事。不過，其間的大盜，最先在「首都革命」之前則為廢帝溥儀本人，常以賞賜其弟溥傑為名，每次入宮均將珍貴寶物或字畫或古版書籍交其帶出携往天津貯藏。後來陸續賣出，或被僞圖復辟以籌備舉事為名之遺臣騙去不少。（市上出售者或有此類賊贓。）其後，溥儀在自著之「我的前半生」自述盜寶經過，並承認後來「清宮善後委員會」所發現之「賞溥傑單」，種種古籍精品一點不錯，都盜運出宮，但筆下卻無一字提及馮、鹿盜寶之事。其後，政府於翌年雙十節成立「故宮博物院」，開放故宮，任人參觀。但又有盜寶重案發生。盜寶者卻是院長易培基監守自盜，以清查為名，大量偷竊，輙以同類贋品換去，後為人告發。水落石出，易棄職潛逃，被政府通緝。查其被盜物品目錄厚千餘頁。數量鉅大可知，贓物數十箱，有由陸路火車運出者被截回，由水路運往外國者則流在歐洲市場發售矣。掌故專家朱惠清君（筆名「餘子」）曾專撰馮玉祥究竟有未盜寶篇，總述故宮盜寶事（先有「清宮盜寶五花八門」篇），結論云：「根據以上各節，詳加參證，所謂馮玉祥盜寶之說，顯非事實。且國家迭經巨變，馮亦亡故已久，所有前後盜寶之事，包括溥儀本身在內，初雖隱密，終必穿露。但迄今為止，並無任何與寶物有關之人，提出任何足以證實馮氏盜寶之憑據。只是流言蜚語，輾轉傳說，究是何故？蓋盜寶者實屬別有人在也。而馮氏蒙此大寃，何以乏人為之辯白，或者辯亦不為人信。是殆因馮氏作風特異，目標過大，復在政治軍事上結下無數寃仇。語云：『怨毒之於人甚矣哉！』故馮已變為靶子式的人物。……於此可知甚麼樣的壞事，都可往他身上一推，……盜寶之事，不過其中之一罷了。」（上見香港「星島晚報」之「亞洲週刊」一九六九、八、十七、六卷、三三、三四、三五期。）理論正確，立言公平，反證憑據充分，足稱定論。不圖馮氏「首都革命」後四十餘年，死後廿餘年，於天涯海角之香港乃有此「洗寃錄」刊出，亦可含笑瞑目矣夫！

佔領天津

今回述「首都革命」成功後，楊村至天津一帶之小戰。先是，自停戰令下，直軍皆無鬬志。奉軍乘機猛攻，直軍節節敗潰。秦皇島、昌黎、灤州、蘆台、塘沽等地，相繼為奉軍佔領。吳聞馮氏班師回京則大恚，立率殘軍約兩旅之衆，集中七里河、楊村、北倉、軍糧城之間，以圖反攻北京，並向蘇督齊爕元、鄂督蕭耀南，乞師來援。馮雖知吳已無能為力，惟慮其死灰復燃，貽患將來，不得不速予解決。遂命張之江為司令，率劉郁芬、李虎臣兩旅，在廊房、落垡，一帶禦之。馮、胡、孫、三人於十月卅日通電討吳，同時下令進攻。

楊村、落垡、為此次小戰場。張之江司令之第七旅任鐵路正面，李旅任右翼，劉旅任總預備隊。吳殘部有潘鴻鈞等約兩旅之衆，及由榆關退下之殘部。當時，地勢過低，河水汎濫。吳軍由溝壘抵抗，作戰不易。馮復派劉郁芬、蔣鴻遇二旅，行大迂迴以拊吳軍之背，又抽調李鳴鐘旅之一部，協助張旅攻其正面，另派石友三旅、谷良友部助李虎臣。正面右翼俱作佯攻。劉、蔣之軍則於十一月一日極力攻楊村右方。以吳軍有備，且援軍增加，相持不下。時適一軍之李紀才旅開抵河西塢。劉、李、告以吳已回津，請速南行夾攻之。次日黎明，李部全至參戰，進攻楊村後方，即截斷鐵路。吳軍僅得一列車衝回，餘悉為「國民軍」截獲，繳械無數，並俘其旅長潘鴻鈞（後被釋）。自是，乘勝追擊。三日，克北倉。吳見大勢已去，遂率衛隊由大沽口乘船逃去。天津乃為「國民軍」佔領。其時，駐保定之曹世傑部約有一團開駐高碑店，希圖北上，亦由孫岳派兵迎擊，孫良誠部為助，卒將其繳械。由是京漢北段肅清，戰事乃告一段落。

擁段與迎孫

段祺瑞之出任臨時執政，實致令這回「首都革命」不能竟其全功—政治失敗—之最大原因，而其所以得安然出山，復握大權之經過，不可不細述。初，馮、胡、孫、黃、及奉張等早有約，事成後必迎　國父北上主持一切。如果原定計劃實現，「國民黨」得掌政權，中國以後政局當完全改觀。班師回北京後，馮等果如約迭電敦請　國父即日命駕北上，主持國政。廿七日，　國父覆電曰：

「義旗聿舉，大憝肅清。諸兄功在國家，同謀慶幸。建設大計，亟欲決定。擬即日北上，與諸兄晤商。先此電達，諸維鑒及。孫文叩感。」（廿七日）

馮氏等復去電促請有「一切建國方略，尚賴指揮」等語。（以上電文見「逸經」十六期「璧樹」文末。）其後，馮氏復於十一月七日，請馬伯援持親筆函遄程赴粵肅請，代表歡迎，並面陳一切（見「自傳」，李著頁一二七—一二八）。甚至段祺瑞、張作霖，最初也是敦請　國父北來，召開「國民會議」的（見孫科：「八十述略」頁一一）。然至為不幸者，當「國民軍」衆將領於廿五日會議時，適接吳回兵進攻楊村之消息。其時，因應付軍事上嚴重形勢，大有聯絡皖系山東督軍鄭士琦之必要。孫岳乃臨時提議請段出山以拉攏皖派為助。衆以為誠如此，自可以除去目前困難，而且　國父之肯來否尚未可知。所以全體一致贊成孫岳之提議。因一時於倉猝間衆人注重軍事而忽視政治，並不與「攝政內閣」相商，於是大錯鑄成，全局遂無可挽救矣。旋而各方多主張段之復出主政，尤以奉方堅持最力。馮氏無奈乃與張聯名電請段來京維持，蓋「攝政內閣」不過是一種過渡辦法而已。

段以各方態度尚未盡明瞭，一時未即入京，惟電邀馮、張、到津會議。馮氏屢卻不得，乃應之，於十一月十日，悄然乘火車只挈熊斌等一二人前往。不知何故，甚至連黃攝閣事前也不知不聞其事（見「亦雲憶語」上，頁二一二）。此行馮氏遇大險，幾乎喪命。緣所乘的火車將到楊村時，後方突有快車衝上來，傷其隨員。幸而馮氏自己在一輛鐵蓬車上臥着，僥倖得免，可云險矣。事後調查，此次意外「是曹、吳、餘孽所幹的鬼蜮伎倆」（見「我的生活」頁五一四）。分明欲取其一命以報復怨仇也。

張作霖亦如期至，就在段宅會議，列席者還有盧永祥、梁鴻志、王揖唐、皖系軍政人員等。迭經討論，決定由國、奉兩軍將領發電公推段爲「中華民國臨時執政」。電以十五日發出，旋得北方及長江各方一致贊同。越數日，段遂入京就職，而馮氏則已先回矣。（按：南北各省直、皖、兩系督軍以吳去後，失去領導人物，又不甘在馮、張之下，故擁段以自保。此亦爲馮、孫等同意迎段之一原因也。）

在天津會議時，馮氏與張已有交惡之兆。一則張以此次倒吳，冒爲己功，不特不感激馮氏之革命舉動而誠懇與之合作救國以踐前約，反藐視、奚落、甚至面罵之，令馮氏極爲難堪。其所以敢爲此者，則以「國民軍」勢力尚薄，「國民黨」勢力遠在南方，明知未能抗拒也。次則張野心勃勃，欲乘戰勝餘威，擴充地盤，伸張勢力於南方，乃於津會提出對直系繼續作戰計劃—由「國民軍」任京漢線，奉軍任津浦線，同時南進。馮氏以此次班師，本爲縮短戰期，促進和平，若繼續用兵，大違初志，且重苦人民，因堅持不可。並表示願開發西北爲國家闢富源。張不得已，乃以收熱河爲己有爲請。會議結果卒如其請，乃調米振標赴豫，而以闞朝璽爲熱河都統。張雖如願以償，而對於馮氏則不免有憾，合作之熱度忽降，舊日之嫌隙又興，加以政客之挑撥操縱，別有會心，自圖權利，聯張排馮，日後之大戰已伏因於是矣。張作霖日前歡迎　國父及奉軍不入關之約，及與「國民黨」協定之議，言猶在耳，至是對雙方寒盟背約，且居然以戰勝主角、發號施令之姿態出現，使馮氏至爲難堪，亦至感失望。無怪其日後對此一着走錯了的棋子作沉痛自悔語云：「一時只看見了軍事的成敗，而忽視了政治的後果。孫二哥這個提議（擁段）竟得全體一致的贊成，眞是『失之毫釐，謬以千里！』那知由於這個臨時動議，竟斷送了此回革命之全功。」（見「我的生活」頁五〇七。）惟對於赴津及會議事，語焉不詳，當有難言之隱。

自吾人今日觀之，究其實，馮、胡、孫等「國民軍」領袖們之大錯，乃是仍然本着民國後北洋軍政界傳統的大癥結—可說是大毒瘤—以軍治政，而非以政治軍。他們既成立革命的「攝政內閣」，付以掌握國政之全權，然又自己不尊重其政權，擅由軍人自決擁段執政，而忽略了所正要歡迎與擁戴的　國父。其次，馮氏自己的大錯誤乃在一聞段自天津召之，即自決悄然而去，並不商之攝閣，更不經攝閣會商更好的主張以應付段、張、兩系的陰謀與壓迫，而得其在實際擔負名正言順的政治責任，庶乎想出善法以應付還擊或抵制他們，或可挽回惡運於一旦。不圖他竟然不出一聲，不告一人，孑然一身，「單刀赴會」，所謂「肉在砧板上」，怎能對付此雙重的危險勢力與毒素？結果：不特他自己、他全軍、復陷於比前更爲困苦境地，尤使「攝政內閣」極爲難堪，終於夭折。我們可以說「首都革命」初期軍事成功，政治失敗，轉而召來軍事失敗，更不能不說是馮氏等缺乏政治頭腦與眼光愚魯無知無識而「咎由自取」。

上文那樣責備馮氏，殊非太過嚴酷，因爲他後來已引咎厚責自己了；他這樣說：

此時我滿腦子裝着一套『謙謙君子』的道理，覺得高揖羣公，急流勇退，是最好的風度。同時，胡、孫等確與我志同道合，莫逆於心，然政治的認識亦不充分。其他的朋友如徐季龍、黃膺白、劉允誠（允臣、守中）、王勵齋(法勤)、焦易堂、李石曾、王承斌等諸先生，雖過從甚密，亦畢竟未至無話不說的程度。故自己只有好的理想，而未能根據現實環境，拿出良好辦法。至今思之，猶覺當時才能不夠，有負國人期望之殷，深爲愧恨！（「生活」頁五一八）這是他予智予雄、不信不靠良朋益友，只期以一己短薄的才力，隻手擎天，終至失敗之慘痛的懺悔！可憐亦可惜也矣。

成功的副產品

馮氏與「國民黨」之關繫，始於在湘北礁家磯時結識徐謙、鈕永建二氏。徐爲　國父所特派以聯絡馮軍者。時，徐方提倡「基督救國主義」（鈕亦基督徒），而馮氏亦篤信基督教，且眞心愛國。徐遂藉宣揚其宗教主義而與其訂深交，且爲其接近「國民黨」之媒介，數年不斷。馮氏因常得讀　國父之著作而深心認識其主義與政策。故在河南時曾派任右民赴粵趨候。　國父亦深識其爲人，屢傳言鼓勵，並以北方革命事業相屬。及其後馮氏又得國父親筆書贈「建國大綱」。據馮氏自承「首都革命」之舉，係由「建國大綱」而來。馮氏雖與　國父未謀一面，而固已默契於心，精神與主義早趨一致矣。回京後，又與黨人李煜瀛、易培基等接近（黃郛不是黨員）。於是與胡景翼、孫岳（均同盟會人物）通電請　國父北上主持大計，解決全國政治糾紛，而予以澈底的革命。十一月七日，馮氏又派馬伯援持親筆函赴粵迎駕。（馬君爲熱誠基督徒，任日本東京中華基督教青年會總幹事，屢回國謁馮氏，極得其敬重。）

國父既得馮等歡迎函電，認爲是建樹北方革命局面之絕好機會，即欣然命駕，取道上海、日本、抵天津。馮氏復派參謀長熊斌，持親筆函前往歡迎入都。迨段聞　國父北上，知不利於己之政治生命，亟思抵制，急急先於十一月二十二日入京就職。及聞國父主張開「國民會議」，則召開「善後會議」以資抵消。種種主張，均與　國父大相逕庭，且自違歡迎　國父北來之初衷。國父憤甚。抵津未幾，肝癌疾作。十二月卅一日，扶病入京。至十四年三月十二日上午九時三十分於北京行館下世。時，馮氏已宣布下野，避居西山，因政治關係，環境惡逆，仍遣其妻李德全代表前往慰問，終未與　國父謀一面，亦可謂緣慳也已。

馮氏等迎　國父北上後，北方民黨聲勢大振，宣傳及活動竟公開進行。民衆運動尤勃然興起。久處於帝制及軍閥之下的北方，頓易其空氣。「國民黨」雖未獲得政權而革命種籽遍佈，發芽滋長，未久即開花結果。追溯其源，不可謂非十三年十月廿三日「首都革命」一役之成功的副產品。語其對於「國民革命」之作用與重要，則尤有大於曩年辛亥革命前灤州舉義之震懾清廷、促其退位、造成中華民國者。故其後，馮等卒得精神的安慰，以爲非徒勞無功焉。

所不明者，直到如今，國人尙有以馮氏「首都革命」爲「倒戈」而詬病之者。姑無論馮氏一向並未曾爲曹錕與吳佩孚之下屬，也未曾身列直系之中。其全軍純係國家的、超然的軍隊乃奉曹錕總統命而出發者。至於「首都革命」理由之充分合情、合理、合法，已具載上文。然則一般詬之病之者，是否欲見窮兵黷武之吳佩孚，於擊敗奉軍、掃蕩馮軍之後，轉而消滅南方之「國民革命軍」而實現其武力統一中國政策，乃一任彼賄選總統與狐羣狗黨長據中樞，禍國殃民，而且使宣統廢帝常住故宮於中華民國之內爲清朝皇帝耶？敢問！

尙有一點爲研究現代中國史所當注意者，馮氏等之政治失敗，即又引起華北空前大戰。蓋「國民軍」全部十餘萬人撤退西北，但以精銳守南口，堅築防線，使奉直大軍五十餘萬人圍攻，至力竭始再退西北。語其影響，則李泰棻謂南口之役「血肉相搏者凡四閱月，爲歷史上有名大戰。因此牽制吳佩孚，不能南下援湘，使廣州北伐軍（「國民革命軍」）長驅直入，席捲長江，進據武漢，於革命進展，所全實多」（李著頁二九九）。以後馮軍繞道出關與南軍會師河南，克復北京。凡此可以明見之功績，實肇端於十月廿三日之「首都革命」，則其貢獻於國民革命運動統一中國之功誠不可沒。此又是馮氏等成功之另一副產品而饒有意義，大有價值者也。

綜合以上兩章所記「首都革命」全役經過，論其成功與失敗問題，我敢判斷其所成的大功有下列五端：

（一）打倒賄選總統及其腐敗政府，肅清民國史中最汚穢的一頁，而使「攝政內閣」露出政治史上一回革新的曙光。

（二）擊破直系軍閥整個系統，而打消其武力統一全國之企圖及計劃。

（三）驅逐廢帝出宮，取銷從前優待條件，而完成民族革命之目的，使專制帝皇政體永不能復現。

（四）歡迎 國父入京，散播「三民主義」及革命種籽於奴氣深厚的北方社會及民衆，而樹立民國基礎于北方。

（五）南口之役，牽制北洋軍閥全部力量數月，使南方的「國民革命軍」得乘其不及救援之機，長驅直進，克復長江上下游以至華北，根本消滅直奉軍閥與政客，後且和平接收東三省而統一全國，實現 國父生前未竟之志。然則政治與軍事之一時之失敗，非完成大功之大代價與踏足石乎？

【附錄】「首都革命」與日本關繫之謎

薛著「馮傳」（第六章）有幾頁特殊的，令人駭異的報導；即是：馮將軍等「首都革命」之役，自始至終與日本大有關繫之種種「傳聞」，一一寫將出來。茲將原文及原註擇要譯出，並加以研究，藉此解決這個「謎」。

薛立敦之言

十月廿三日之前一日（廿二）奉天的日文報已發表馮氏班師之舉（註八〇）。同日（廿二）北京日本公使（芳澤）在午餐中告訴曹錕的秘書，謂如曹欲於是晚到日使館躲避，將可得款待。但那秘書沒有將其言轉達與曹（因此，曹於次日成擒）。廿三日，於北京街道上行走的人羣中，有一日本記者在內，因在兩日前他已得聞馮氏於是日回師佔領北京。（上文見頁三九）

（註八〇）滬上西報「華北先驅」載，東京與大連之日本新聞來源均報導事前已知其事。Weale 書載東京各報至少於事前二日已報導此事。一九二四、十一、十八、「北京天津時報」載哈爾濱（美國）領事 Hanson 報告（本國政府）外交部，謂此事實際上於十月十七日下午傳達到東京。（頁三三二）（又文按：美領事之報告爲絕對無可能之事，因馮氏等於十月十九日方在灤平開會，議決班師行動及時期。外人何能於兩日前「未卜先知」？顯明是事後虛傳之說，或誤會他事）

這些重要的線索是造成中國近代史中一個絕少人知的故事－即是一向反日最烈的馮氏，此次的舉動卻是實際上受日本經濟上的援助，大概是受其錢幣的供給，或者甚至是由在華的日本外交及陸軍人員所主動的。（見頁一四〇）

因爲此役始末內容秘密，中國人不願承認此役與日本人有關，所以許多細節還不清楚。但憑顯露的證據，足以重造這陰謀的經過大略。不過，在這樣的重造中必須有幻想，而且因其性質如此，不免有錯誤之處。（又文按：以上數言，還算該著者坦白肯說公道話。以下是他個人的推測。誠然「不免有錯誤」的。）

日本久已懷有侵略中國的野心，在北洋軍閥時期，甚或以前，一向欲得特殊利益。自段祺瑞與親日的安福系於一九二〇年倒台後，日本利益大受挫折，尤其於一九二二年直奉之戰，日本向所支持的張作霖打敗了。其後，日本軍人，商人及其他之倚靠武力者，繼續運動，企圖在華北及東三省發動變故。其中，如Baron Okura Kihachiro（大倉喜八郎男爵）等大小資本家，對東三省尤爲關懷。至一九二四年九月，張作霖與日人訂約許其築鐵路由洮南至齊齊哈爾。這是對日本軍略上及經濟上大有重要性的。

（見同上）

其後，於一九二四年，日人轉欲聯絡吳佩孚，但不成功。無論如何，時間上也來不及，因在是年春間，華北已盛傳奉直戰事將再發生。這對於日本是大不利的，因爲如果吳武力統一中國之主張得實現，奉張必被打倒。於此，日人斷不能袖手靜觀，乃另圖其他應付方法。比知馮玉祥與吳有隙怨，而馮軍實爲直系中吳部以外最強的武力。於是自然想利用馮倒吳，爲達到目的的手段了。

馮氏素以反日著，勢必須另找其他派系以運動其加入此陰謀，使倒吳後北洋各軍勢力之分配有利於日本的利益。由日人觀點看來，段祺瑞所領導之親日的安福系與馮氏合作誠爲理想的辦法。如得成功，則馮、段、張、三人聯合而成爲華北之領導的勢力，至少段、張、是親日者。（上見頁一四一）

爲運動馮氏計，必須中間有人爲媒介。黃郛正是最適合不過的人選，因其曾留學日本，識日文，又與日本有多面的關繫。而且他與安福系亦有相當的關繫，曾充皖系盧永祥（浙督）之駐京代表。更因其與馮氏相熟識，常到其軍中演講。於是他成爲這計劃的中間人。（見頁一四二）

（原註八九）有日本軍官名 Matsumuro Takayoshi（松室孝良）者，在「首都革命」後期參預其役，因而充當馮氏的顧問。他的事蹟備述於本章正文。薛氏於一九五九年在東京與其會談三次，乃謂「他告訴我，黃郛是那中間人」。另有曾爲吳佩孚與曹錕軍事顧問之 Rihachiro Benzai（坂西秀武？）曾著有 Zoku tai-shi kaikoroku, p. 832 謂黃郛是日人勸誘使說服馮氏實行是役之人。尙有其他英文撰述，其說相同。（頁三三三）

所不幸者，黃郛初與馮氏接觸反直之舉究在何時，現在還不了了。大概是在舉事前數月，遠在馮氏與孫岳、胡景翼結盟之前。（頁一四二）

（原註九〇）這個結論是根據幾點。（一）第二次奉直開戰發生之前，早已有直系內變的謠言盛傳於北京。（二）上海「華北先驅」，於一九二四年十二月六日，載「安福系首領等之與日人密切合作，直白承認馮氏之內變是早於奉直開戰前數月安排妥當的」。（三）同上西報於一九二四年十一月十五日頁二五九，報導段祺瑞的下屬說，馮氏之參加倒吳是在「舊曆新年之前」——即陽曆一九二四年二月之前。（四）同上西報於一九二四年七月十九日，頁八六登載由各方報導的消息大致與上同。據說，張作霖、盧永祥、段祺瑞、與孫中山已得了馮玉祥合作，於一九二四年九月舉事。（又文按：此係附會所謂孫、張、盧、三公子會議事。其實馮心中贊成而未參加）。（五）Fuse Katsuji（布施勝治）最熟知此役，謂「國民黨」在後台給予馮、吳、孫、三人聯盟之利便，見原著頁六九。這或指是役的計劃是早定於三人聯盟之前。黃郛也許就是布施勝治心中所指之「國民黨」代表。（又文按：黃郛是時並未加入「國民黨」，黨員只有徐謙與馮氏有來往，但馮氏是時仍輕視之，不納其言，見本章上文。布施勝治之爲人，看下文。）（六）馮氏「日記」一，卷五頁八五載，於一九二四年七月廿九日，及八月一日，連續有日本陸海軍軍官造訪馮氏（名略）。我們不能指出他們會談時實況如何，但必定可能是與是役無關的。不過，馮氏忽然與日軍官有接觸是具有暗示性的；如果我們忖測他們之會談是有關此役的話，則黃郛與馮氏之協議，當發生於他們訪馮之前，因爲如果事前並無接受他們的建議之保證，他們斷不至去訪馮的。」（又文按：時間與事實顯出這是完全無可能的。薛氏先已如此斷定，後又加以忖測，殆不足信也。）（上註見頁三三三——三三四）然而黃郛究用甚麼理由（論據）去說服馮氏打倒曹、吳呢？那時大概有幾種議論會入馮耳的，或有可能是在正面之背後其言是有利於馮氏爭奪權勢之利益的。

黃氏可能會指出曹錕政府之失人望及無效率；吳佩孚武力統一政策之對各方面之損害：如奉方勝而直系敗，張作霖雄據北方而產出種種後患之可能等等。然而於這些我們只可以空想的論點之外，黃郛是受權給予馮氏日幣一百五十萬元。馮氏也許蒙其應許再得多些，要等吳佩孚在中國政局完全被打倒後，方實收餘數（註九一）。據報，黃郛當時曾將一份文件，證明曹錕曾與美國的特務作不利（於馮）的交涉，交與馮作為說辭中扼要的論據。（註九二）

（原註九一）上據薛氏與松室孝良會談。松室對於此點極為注重。他堅說，駐京日使館武官 Hayashi Yasakichi（林彌三吉）曾告訴他，謂馮氏曾接受一張一百五十萬日元的支票，由橫濱正金銀行支取現款。但松室又言，馮氏先曾要求三百萬日元。由此觀之，Lynn 氏書（頁一七四）所言便有意義了。他言，有幾處地方相信張作霖曾假手一位青年會幹事（格雷？）給予馮氏一百四十萬元（大洋），使其轉攻吳佩孚。這句話，李景林於一九二五年十二月（與馮軍開戰）痛數馮氏倒戈、殺人等等罪狀時居然公開承認。其後，Lynn 說張給馮此款，而 Weale 也將李景林通電引出，但未明言是張所給與，只言馮為此款所收買而已。所可注意者則以上諸說，所言馮氏得款數目大致相同。獨有上海「華北先驅」於一九二四年十二月六日（頁三九六）則書出數目遠過於松室所言，謂「全盤交易，定價二千萬元（大洋），訂期於舉事前夕先交五百萬，其餘款則於吳佩孚完全倒台及被逐出政局後交足。」又謂該款係經東三省內一個大公司付與的，而訂明全數將由事變後之政府償還云。（上見頁三三四）（又文按：松室這人，自我宣傳，造謠生事，其言過事誇張，殊難入信。看下文研究自明。注意：以上消息皆由日人傳出，而數目各異。）

（原註九二）Rihachiro Banzai（浪人坂西秀武、書頁八三二）堅稱他聽得曹錕將得美國援助以維持其地位。他獲得此事之文件證。因恐美國這樣做法有危害日本利益之虞，所以他將該項文件交與 Dohihara Kenji。後者勸誘黃郛將此件給馮氏看。我們關於美國所給與曹錕的援助殊不大了了，也不知道為甚麼這消息對於說服馮氏有那麼大的効力。（頁三三四）

這種說辭，特別是資財的引誘，必影響到馮氏之決斷。而其間尤要者，則如非馮吳交惡，必不能成事。馮必自知，假如吳勝張敗，將大不利於其本人。但如倒直成功，則不特可銷除這恐怖，還可造成他為華北之軍事領導者。更有安福系及日人之支援，轉由日人拉攏張作霖，他相信有充分理由這革命必可成功。（頁一四二）（又文按：這一說法指明馮氏是一個貪利爭權可以「貨取」的小人，其足信乎？）

在舉事之前，段氏已得默契將為倒吳後之自然的及獨一的領袖（註九三）。日本、馮、張各方面均可承認之。段本人無軍權。苟吳倒後，長江一帶直系督軍，一時無主，甯可投歸其卵翼下，而不受張、馮之指揮。況皖系之魯督鄭士琦，大可由段授意阻止吳之北上，捲土重來。（註九四）至於將來長久的（執政），則以段之北洋軍事領袖老資格，既不屬「國民軍」，又非奉系，自比馮或張所舉出之那一個長江一帶之軍人為優。（頁一四五）

（原註九三）或者關於此點之最好的證據就是：其後段祺瑞真的出任執政。此外，松室宣言黃郛與段希望共同組織政府。（又文按：此又是松室造謠，本無其事，下文述明。）Fuse 布施勝治書（頁七五）言，當時計劃以段主持政府。舉事後三日，即十月廿六日，張作霖對一來訪問者言「北京政府將由段主持」。須注意：這是在張到津與馮、段、二人會議商組政府事之前所言。（頁三三四）（又文按：張先懷此意，勾結段氏，或先由段拉攏乘機出山，又經「國民軍」廿五日會議通過推舉段氏主政，以後更由張堅持施行，藉以制馮，容或有之。但馮、胡、孫，與黃郛事前絕無此想，只預定歡迎國父北上主持國是，大中張段之忌。然奉張早已贊同，後乃食言。）

段祺瑞自一九二〇年失敗後，退出政壇，息影津門，參禪念佛，但仍不忘政治。所以於一九二四，九、十五，通電反對曹吳而宣布贊助奉張。十月十九日，馮氏所派去與段聯絡之代表回到馮處（原註：見馮氏「日記」一卷五（頁一一九及「我的生活」頁五〇二）。（又文按：「我的生活」頁五〇二原文言，段派代表賈某來接洽，又言張樹聲、劉砥泉介紹奉張代表馬某來見馮氏，但係在古北口，時在十九日灤平會議之前。劉砥泉大概即劉之龍號子雲，當爲馮氏誤記。他書均載劉之龍於十九日回到灤平。（張、劉，代表馮氏到天津、奉天聯絡。）兩日後，段宣布，如被推舉，允再出山領導全國（原註：外人記載）。再過兩日，馮氏佔領北京，隨在（「國民軍」）會議中，段即被推舉如上言。（上見頁一四三）（又文按：可見段之知道「首都革命」之役係由段之代表回報，或由馮氏所派之代表告之。）

事實上必然是由段氏或日人安排馮、張兩軍在熱河停戰事。（原註：據中西著述，由段促成馮、張二人之了解。又謂馮已得李景林允許反張，同時馮氏倒吳云。）如上文所述，這樣安排，致令奉軍可由熱河調往山海關與吳軍作戰，而終使吳戰敗。（上見頁一四三）（又文按：馮、張在熱河停戰，係由雙方代表直接安排，與段無關。）而且李景林之反張是後來與馮氏及郭松齡結盟，不旋踵而反悔攻馮軍。那是另一回事，與「首都革命」之役無關，萬不能混爲一談。）

除了運動馮氏倒吳外，日本更給予奉張以武力的援助。（又文按：據章著「吳傳」，日軍確參加戰役。）即是：日本在華的軍事情報組織，收集對於吳的敵人有利之消息而廣播出來。日人播揚反吳的宣傳及僞造的新聞，遍及華南。這些假情報大有助於煽動長江直系督軍使其背吳者。（見頁一四四）（又文按：此「不打自招」之說法。大概馮、黃與段氏及日本的關繫之謠言，也是由日本製造和傳播的。）

當時的形勢必然是黃郛、馮氏、段氏、三人，——有日本在後台——訂約倒吳，但不能確定馮氏之佔領北京是否依原約的。可能是馮之突然班師回京是其個人的主意，而定原的計劃是要他由熱河急行軍到灤州，與胡景翼合作攻吳之背。這是很動聽的可能，因爲日人、張、段、三方面都不欲北京受馮軍轄治的。（見頁一四四）（又文按：班師回京，「首都革命」是馮、胡、孫、黃，早已訂立的原來計劃，見本章上文，未聞有先定返戈與胡拊吳軍之背之計。）

由於黃郛只是馮、段間的聯絡員而非馮氏與日人之聯絡員，又因馮與段之間直接通訊，令人懷疑馮氏果否知道日人是在幕後發動此役的。（又文按：據前說日人利用黃郛識日文乃用其爲中間人，此處又言其不是馮氏與日人之聯絡員，前後矛盾，可見總非事實。而況馮、段之間全無直接聯絡事。）但馮氏的確知道日人是在其中的無疑。例如；由一九二四年至二五年春，馮氏屢蒙日本軍、政、報界人員到訪。（此馮氏「日記」自承的。）其後，他更且對日本報界對其行動之惡評表示駭異，因其自言，那次行動最初是由日人建議的。（原註一〇四：此是著者訪問松室所聞，見頁三三五）（又文按：馮氏此言，未見其他載籍，亦未聞他人談及，顯然又是松室造謠。）最後，至有意義的（證據）就是：有一日本軍官松室孝良由古北口隨從馮氏於「首都革命」時回到北京。（上見頁一四四）（又文按：松室是於兩日前纔由日使館武官林彌三吉電召其由山海關回京再趕去馮軍者。何能以此爲日建議之據馮氏之舉係由？）

松室是一個青年的日本軍官漸成爲中國「專家」（或中國通）。在北京時，他曾兩次赴外交集會，每次均坐馮側。（又文按：這可能是松室故意接近馮氏之狡計，乘機親善，以便私圖——自我誇大，抬高自己地位。）有此集會的因緣，馮氏曾邀請其到南苑檢閱隊伍。是故於第二次直奉戰爭爆發時，他已與馮氏相識。

（又文按：松室之計已售，但關繫不深，交情甚淺。）開戰時，松室與其他外人同去山海關前線，作爲軍事視察員。（又文按：此是這個故事之大漏洞：如果日人眞是「首都革命」主動者，又如果松室與馮氏關繫深、交情厚，何以不於馮氏出發時隨軍北上，而反去山海關觀戰？可見不特是他，就連日使館武官，於馮氏的計劃事前一無所聞。）但於十月廿三日前不久，日使館武官林彌三吉突召其回京，告以馮將反吳，卽命其趕赴古北口會馮，隨同其回來，「以指揮其苦迭達之施行」云。（原註一〇七，著者薛氏與松室會談所聞。）松室因卽北上。（又文按：這末語更顯明是松室自我誇大之讕言。）豈有馮等準備妥當之計劃及行動，臨時受到一個日本青年小軍官指揮之理？造謠「離譜」至是也可謂笨拙至極！）

松室一力自承，他唯一的作用是計劃是役之細節。不過，這卻是可疑的（註一〇六）。馮氏清清楚楚的早已詳定他的計劃了。（又文按：這是著者薛氏的公道話，事不離實也。）大概松室之被派去——或者是僞裝爲軍事觀察員——爲北京日人偵察馮氏之行動，這似乎是較有可能的。徒因他與馮氏有友誼上的相識，所以派他前去比較派其他在京的日人爲較滿意。（上見頁一四四——一四五）

（原註一〇六）雖然松室之言似是而非，不足入信，但當注意另一日人（坂西秀武）的敍述。他在一九二四、十二、六、「華北先驅」（頁三九六）報導云：「根據這個權威（卽坂西秀武），是役的全部之主動及大致計劃是出於一個駐在中國的日本陸軍大佐之手的」。其時，松室顯是營長階級的少佐（Major）而日使館武官林彌三吉是大佐。（見頁三三五）（又文按：林彌三吉爲主動者之說是絕無可能的。他只是於是役前二日纔知道——大概是由奉天日本方面電告。如其不然，何以他於如此重大事件發生前，不派松室隨同馮軍出發耶？）

無論松室到古北口隨從馮氏之解釋爲如何。至少會有日人的確預知此役之事實。（又文按：確在兩日前。）抑有進者，松室又堅稱，一到了古北口，馮氏「卽對我密告一切事情，求得我的意見。」而且馮氏還囑其不要告訴他的屬下各軍官。這便暗示當時馮氏獨自一人接受日人之助力而不令全軍軍官知之。（見頁一四五。原註謂由訪問松室所聞。）（又文按：如此大事，關繫全軍生死問題，馮氏若有其事，當然要與最高級將領參謀長商妥乃實行。卽獨自決定矣，事後全軍豈有並無一人知之之理？而且全役計劃細節，早由蔣鴻遇、鹿鍾麟、張之江，李鳴鐘、劉郁芬、宋哲元、孫岳、胡景翼等等，內外安排妥當，準備週密，一一依計行事，故竟全功。松室謂告以密勿，請其安排，由其指揮云云，更是笑話之尤。猶記後來在「國民革命」北伐時期，余方從征。其時馮軍與「國民黨」一致聯俄聯共。馮軍中有蘇俄高級顧問烏斯馬諾夫駐軍贊助。但軍中重大及秘密事件，甚至有多少槍砲軍實，馮氏亦不令其知之。一次，俄顧問偶發問軍中內幕，馮氏卽大爲不懌，登時變色，毫不客氣地對他說：「中國『顧問』二字之解法是：當我看着你，詢問你之時，就請你答覆」。俄顧問知機，赧顏而退。以馮氏治軍之謹慎，處事之週密，對聯俄時期長駐軍中之俄顧問尙不肯明言本軍內容，斷無對一個關繫淺、交情薄、而突如其來的日本青年少佐，如此坦白，如此信任，如此器重，可斷言也。關於全役，松室屢造謠招搖，藉以自高聲價，自我宣傳，莫此爲甚，而其言不足信，伎倆拙劣，亦莫此爲甚。）

此外，又有一饒有意義的事，發生於此役四個月之後；卽是：林彌三吉於一九二五年二月報告日政府云：「近來，馮氏對日本的態度已早有意義的轉變，他已了解在東亞間國際情形之複雜，漸知傾向親日」之重要（有利）云云。（又文按：此言誠有意義——可證明此役之前，馮氏無親日傾向的行動。）林彌三吉是不錯的；是役成功之後，松室卽受馮氏聘爲個人顧問，而且更有文件證，證明在幾個事件中，他是馮氏與在中國及東京之日本政界作居間人。(頁一四五)(又文按：這是馮氏深識時務，改變對外手段，敷衍日人，善用日人以利進行之舉，或藉以緩和奉張之壓力及仇視，不能與已成過去的「首都革命」之發動及計劃混爲一談。)

以上各點，無一是有確鑿決定性的。不過，在未有反證之前，把各點一一加起來作一總結算，可信日本人在某一程度內，是「首都革命」一役之「保證者」(Sponsor)。(頁一四五)(又文按：這是著者浮泛的、根據謠言的、不能信爲斷定的結論。看下文研究。)

分析綜合研究

關於「首都革命」與日本關繫之謎。上文已逐條作報導、討論，或駁斥。茲再作分析、綜合的研究，冀根本解決這大問題。

第一、在中國方面，這「新聞」完全未之前聞。不特個人前在軍中，後與馮氏交遊，以迄現在，一向聞所未聞，而且最高級及最親信的將領亦無一知之。甚至歷次叛馮諸將亦絕未提及。如此大事，如係眞確，豈能隻手遮天，永久瞞蔽全軍與全國耶？

第二、我曾向熟識幾位現代人物、史料、與掌故之專家，包括四位北方朋友，詢問此事。他們不獨一無所知，猶且對余初提此說表示駭異，以爲咄咄怪事者。

第三、我亦曾以此大謎詢問熟識中國現代掌故及其本國歷史之日本學者矢原愉安，他不特一無所知所聞，反要向我索取有關此大問題的資料。我告以一切資料將在本刊發表。

第四、我曾參考各種有關馮氏的中國載籍，亦未見有如此記述。馮氏自著各書，當然未有提及，卽其舊屬劉汝明、秦德純之「回憶錄」，及黃郛夫人之「亦雲回憶」，均無一字記載。甚至對馮氏深表不滿、蓄意造謠之章君穀著「吳佩孚傳」、曹汝霖著「一生之回憶」，與溥儀著「我的前半生」等，如果確知或確聞有此事，本來是中傷或攻擊馮氏之最好的資料——勝於厚誣其由故宮盜寶——反而並無一語及此。(其他研究中國文學史學者或有所述，皆係引用外人——日人爲多——的著述，固非直接源頭。)

第五，關於日人利用黃郛說馮倒直之說，完全是無稽之談，絕無一些兒證據，斷不能因黃郛曾留日、懂日語、與馮相熟，便硬指其爲馮、日、聯繫之「中間人」，卽薛氏本人亦提不出實據，而且其後更肯定其非馮、日之間之聯絡員，自相矛盾、憑種種史料與事實而論，「首都革命」事前事後均與日本毫無關繫。所謂若先爲日本主動、通過黃郛、受其經濟接濟主謀、訂定計劃、受其指揮、等等說法，全是事後發生的謠言。(看下文自明)

第六、據說，馮氏之「倒戈」是受金錢「賄買」的，但這一說破綻甚多。其一則未知「賄之者是誰。雖明言是由橫濱正金銀行支取現款，但此款是日本或奉張所付的，未有確定。其次，款項數目各異其辭，或云一百五十萬日元，或云假手青年會幹事付與一百四十萬元大洋，尤爲離奇者則傳言舉事前先交五百萬，成事後再付一千五百萬，而由新政府償還。凡此均無實據。在文字上只見諸後來十二月間奉系李景林反悔與馮氏及郭松齡同盟倒奉，背約轉攻馮軍時之討馮電文；其痛數馮氏罪狀中卽公開宣布其被人(未指明何方)用百四十萬元收買了。但歷來內戰發生之前，雙方必先開通電戰，數出對方種種罪狀——多爲十條，此捕風捉影，含血噴人之讕言，豈能置信？細味其言，此款非日本所給與而由奉張「賄買」之者。縱有其事，則彼此既結倒直之盟，則一方以武力行動，一方以經濟接濟，亦分所應爾，事極平常，亦公道之至。試問：如一方以經濟爲收買盟友之高價，則彼方以武力行動者，出死力、擲頭顱、流熱血，又何價何價？卽如未幾馮氏一加入「國民黨」站在同一陣線，攻擊同一敵人，遂屢受經濟接濟。何得稱爲「賄買」耶？何況如此鉅款之授受，及源頭何來，仍是未能解決之問題乎？復次，如此鉅款，馮氏奚能盡飽私囊，或存入外國銀行私人戶口，而全世界、全國、全軍、無一人知之之理？而且馮軍於被迫出發熱河之前，窮窘萬狀；如早收有此款，爲圖大舉，自能措置自如，何必向吳佩孚搖尾乞「錢」，至大受其奚落？又何必向曹錕領軍餉六十萬而忍受李彥青剋扣了三分之二。最後，馮軍自北發以至回京，軍中經費仍十分拮据，而新成立之「攝政內閣」亦未曾償還前收之數。至云，事成再得千百萬，更絕無其事。

第七、此傳說之最值得研究者，乃爲奉方與日人於馮軍回京前二日，已預知其事。但試一細考「首都革命」之大事日誌，這問題卽可迎刃而解。事前在南苑運動期間，雖與奉張曾有默契，及派員與段祺瑞聯絡，馮氏到了張家口，方與奉方代表馬氏訂約。然至是時並無人知道，卽其本軍高級將領亦未預知（班師日期）。直至十月十九日，全軍大會於灤平，全體始公決班師（雖馮氏自己早有決心，早已準備，但必需等候蔣鴻遇來電報告直軍盡開赴前線，方能確定班師日期），且預計廿三日可以到京實現「首都革命」。其時，或仍有奉方代表在軍中，當知此事。卽由馮、或此代表，（大概兩人同時）拍緊密電告知奉張使內外配合軍事行動，以竟全功。此電當於二十日到達奉天。奉方有日軍情報員充斥其中，自然容易知道（或由張直接告之）。奉天日方人員當卽分電東京政府，大連及北京使館。於是此舉乃於廿一日在各處日本報紙發表。而駐北京日公使及武官等一聞此事乃有上文所述之種種事情發生其間。最嚴重要者，則爲林彌三吉電召松室由楡關急回趕赴古北口一事。所有事實與日時均一一配合無間。著者薛氏自言「重造」事實，但未及重造這一段事實的經過。

第八、傳說中尤有一點可以反證馮氏最初非受日本運動而任其主謀行事者。那卽是日公芳澤於廿二日秘密暗示曹錕的秘書，，聲言曹可於是夕到日使館躲避。這是多年來日本的狡滑政策——幫助一切無論何方的政治逃亡者以備後來有機會利用之。然而假使這次革命大舉，原是日本——據說是林彌三吉計劃，日資本家在後台作經濟支援，目的在有利於日本在東三省及華北攫得至大利益——則馮軍之成功倒直，正是他們所期待之事。豈有反于舉事前夕洩漏此最重要消息，企圖放走及庇護其主要對象以致全盤倒直計劃或有失敗之虞之理耶？這是最大最要的反證——證明「首都革命」始終與日本無關繫的。

第九、然則謠言，何從發生？幸而薛氏原書將各不可信的傳說之來源一一註明，所以不是「無稽」，宗宗件件都是可稽的。造謠的主角，讀以上的薛著譯述及分析駁斥可斷定就是那靑年軍官松室孝良少佐。他於廿一以前於此役一無所知，早去楡關觀戰。及奉林彌三吉大佐電召回京，方知日使館已得此消息，乃趕赴古北口會見馮氏。以後種種假新聞便陸續出現，尤其是後來松室在東京與薛氏三次會談中所說出的種種（已見上文）。我已斷定他是借此招搖造謠以自高聲價，自抬地位。此外又有日人布施勝治，坂西秀武，及他國著者，摭拾日方及松室的讕言誇張其事以訛傳訛。（按：未幾吳佩孚等又造謠謂馮氏與蘇聯結了密約，馮自行作答云：「我向來痛惡賣國賊與外國人結密約，豈有躬身自蹈之理？……我個人的性格所在，絕不屑作這種鬼祟之事。」見「我的生活」頁六一六，其時，那日本著者布施勝治又寫了一本書，說馮氏已與蘇聯訂立密約，有幾章、幾節、幾條、幾款、條文內容，都一一載明，似千眞萬確，竟引起國內外一番波動，對馮氏的名譽不無損害。後來在南京，他還去見馮氏。馮問其造謠中傷「今天還有臉來見我嗎？」他答道：「請你原諒，是人家以兩萬元代價僱我寫的。看在金錢面上，我不得不寫。」說着，尚對馮氏深深鞠躬。馮恨恨的罵他說：「你眞是把讀書人的臉丟完了！」他還作滿不在乎的獰笑。上見「我的生活」頁五三〇）這樣的人格，比之松室之造謠自誇尤爲卑鄙可惡。則其此次詆譭馮氏受日運動之書所謂「最熟知此役者，其言尚有可信之價值乎？猶有可考慮者，薛氏已指出，日人慣技是假借其滿佈全國的情報網，常散播不利於日本的敵人之假消息，或虛僞的新聞與宣傳，藉以助其塌台。馮氏未幾卽被張吳聯合進攻，與日後之堅決的抗日主張，日人恨之，這均是日人暗助馮氏的讐敵「鳴鼓而攻之」之因素。

第十，在此謠言中，最爲無辜、含寃莫白者，是黃郛。他最先，於「無中生有」中硬被指稱爲替日本或奉張（或兩者）運動馮氏的「中間人」，旋又被取銷了此資格而變爲與段祺瑞的「聯絡人」。我爲徹底調查此事，曾託台灣「傳記文學社」社長劉紹唐先生轉致黃郛夫人沈亦雲女士一函，詢問究竟。可惜當時黃沈夫人已在美國逝世，無由得覆。但劉先生來函，對我所詢問之事答云：「黃、馮所發動之『首都革命』，與日本人無關，否則不會失敗如此之速。黃對段尤無好感，此種印象得自黃夫人之談話，惜已無法作進一步之瞭解」（民六〇、十二、三）。此數語差已可代黃夫人作答。再從她遺著「亦雲憶語」，可讀到以下的述辭，不啻供給我們解決這大問題之充足的資料：

「膺白許願在北方竟辛亥革命之功……北洋軍閥雖已分裂然地盤廣大，根蒂深久，對國家、爲禍爲福，去之卻亦無法，皖系曾與日本結深緣，誤國家、衆所週知。奉系則入關而爭，不惜放任後顧之敵（此指日本），退而自守，又厭惡其索償與掣肘，忽視外敵，與我們根本難容。首都革命之願乃寄在直系（又文按：此暗指馮氏，時亦認其屬直系系統）。直系雖顢頇，而無國際背景。膺白與馮煥章先生共事時，除基督教，尙不聞其與國際有接觸」（見上冊頁一八三——一八四）（按：由此可見黃未嘗與日人聯絡，更未被其利用說馮。）

「（關於馮軍，黃郛曾說）『這個集團可能爲北方工作的惟一同志，彼此必須認識瞭解，且此中必有他日方面之才，能夠認識本國及世界局勢，或者少誤國家事』」（頁一八四）（又文按：可見黃氏之聯馮是自動自主的，由於敬佩及器重其人而立意發生密切以至合作關繫，完全是爲打倒直系的目的，期待建設良好廉潔的新政府，與馮氏之「首都革命」的主張眞是志同道合，自然聯成一陣線。其與馮氏在馮公館夜談「首都革命」進行事已見前文。）

「（直奉之戰開始）這時顏惠慶內閣新成立，膺白復被邀擔任教育部。他已經與馮有約，自知不久將與直系爲敵，不願留此痕迹。……故堅辭不就。……（曹錕）以馮與有交情，浼馮再勸。膺白第二次擔任教育部總長實出於馮之勸，其理由爲在內閣消息靈通，通訊通電亦較便。」（頁一八六——一八七）（又文按：可見馮黃之聯合倒直確在直奉開戰前，已有密約，此種事實，已見前文。）「（關於『首都革命』事）膺白又一次爲主力參與決策之一人，而我先後爲其保密之跑腿和錄事。」（見頁一八七）（又文按：可見黃夫人知此役始末經過甚詳。黃氏自動聯馮決策，與日人何與焉？）

「在天津的段祺瑞先生，忽然叫袁文欽（良）送一親筆信來。膺白與段向少往來。安福系當國之際，膺白在天津寫作，未嘗入京。其秘書長徐樹錚及其參戰軍邊防軍將領，與膺白大都是同學，亦未見面。」（又文按：此語可與上錄劉紹唐先生所述之言「黃對段尤無好感」相印證。）段的原函如下：（以上及原函：「亦雲憶語」影印載頁一八七——一八八）（又文按：當先行注意此函發出之日期係「戍月一日」。建戍月卽陰曆九月，其日是初一。此卽國曆——陽曆——九月二十九日。其時，馮軍全部已出發赴熱河多日了。當時，馮氏代表劉之龍尙未到津與段聯絡，故段仍欲說黃勸馮倒直也。）（上文載段派代表賈某致親筆函與馮氏，約同時。）

『膺白總長閣下：關心國事，景仰奚似？（按：可見二人無深交。）大樹（指馮）沉默，不敢稍露形迹（可見仍未知打倒曹吳計劃及其軍政主張），是其長，亦是其短也。現在縱使深密，外人環視，揣測無遺（此似指吳佩孚）。(吳)驅之出豫，已顯示不能共事。猜忌豈待今日始也？當吳到京之時（本年九月七日奉直開始時）起而捕之，減少殺害無數生命，大局爲之立定，功在天下，誰能與之爭功也？（可見其念念未忘直系與吳一箭之仇）。現尙徘徊歧路，終將何以善其後也？余愛之深（實仍欲利用馮以滅吳，此「灌迷湯」之假話也）不忍不一策之也。一、爆之於內，力省而功鉅。二，連合二、三、兩路（按：此未知何所指，斷非胡、孫），成明白反對，恰合全國人民之心理（此唆擺馮軍用兵力澈底消滅吳部以遂其倒直之舊恨）。奉方可不必顧慮，即他二，三，處代為周旋，亦無不可。宜早勿遲，遲則害不可言。執事洞明大局，因應有方，倘希一力善為指導之（指馮）。人民之幸，亦國家之幸也。匆此布臆，順頌時祉。餘由文欽詳述。名心泐　戌月一日』」（按：「名」似「泉」字）段號「芝泉」。

殊不知此時馮，黃等早有革命的政治軍事全盤計劃，自可不恤其言，亦不容其干與。故黃未以此函示馮氏，一向亦未公開發表。然而此函對於「首都革命」與日本關繫之問題，殊具重要性，甚至決定性，以其的確證明黃郛並非馮段間之聯絡員（劉之龍實是聯絡員，見上文，亦是馮黃間之聯絡員，見「亦雲憶語」頁一九〇，並謂黃以親筆函交劉親携至灤平交馮，速其決計云）。假令黃段之間，因由日本主動而有密切關繫，誠如謠言之所傳，則何以黃於攝閣成立前後與段絕無來往？如果黃係為日本與段之中間人、聯絡人，則自應由黃出面到天津與段商洽改組內閣事，所謂「解鈴還須繫鈴人」是，何以馮到津會議

段祺瑞致黃郛親筆函

事黃絕不參加？不特此也，而且段不獨不參加攝閣，反而另與奉張聯絡，壓迫馮氏，而倒黃閣之台焉。此亦理之所無者。綜合觀之，則黃郛自然非所謂「中間人」明甚。其實，斯役與日本始終無關繫，則此「中間人」何來？我們的答案即是上文所指出：來自日本人造謠。（又文按：再據「亦雲憶語」，袁艮於致書黃氏時，代達段意云：『從前用人不當，以後不擬從政』云云，見頁一九〇。但曾無幾時，言猶在耳，段又起野心，聽從安福系文武下屬陰謀，聯張壓馮，再行弄權執政，拒絕　國父，致令稍露曙光、稍有希望之革命新政局，又為其推翻，而且再度惹起絕大規模之又一場內戰——張吳聯合共攻馮軍。是其一己固「食言而肥」，而對國家、對人民，真如其函中自道「害不可言」。當年北洋軍閥政客翻雲覆雨之手段，與禍國殃民之惡蹟，有如此者。即此一點，與此後大局至有影響，故不憚慨乎言之。）

第十一、薛氏所著之一章，雖盡錄各方「傳聞」、「謠言」、「浮辭」，但每每於逑辭間加以「幻想」、「忖測」、「空想」、「可能是」、「以為是」、

「不甚清楚」、「不大了了」、「不免錯誤」、「似是而非」、「不足入信」、「或有可能」等等「無決定性」而「具懷疑性」之語，俱不能置信者。但其本人卻根據這些讕言妄語而自行重造一頁歷史。先天根據既不足信，則其所「重造」之歷史也不過是一般謠言之總結論而已。

「首都革命」日誌

末了，茲復根據事實，編成「日誌」布之下方，細看日期與事蹟之過程，全部實情瞭如指掌，而這個「謎」也可迎刃而解了。

中華民國十三年（陽曆一九二四）

秋初，孫科、張學良、盧子嘉（所謂「三公子」）代表粵、奉、浙（皖系）三方會議於奉天，結倒直「三角同盟」。馮氏聞而同情但以力薄勢孤，未即參加。（去年六月，徐謙已自粵來電為奉方勸馮倒直，奉張即助其軍餉，馮即嚴辭拒之。）

「國民黨」代表徐謙到南苑勸馮攻直，復以上言原因卻之。徐去而復來，贈以 國父「建國大綱」。孔祥熙又携 國父親書「建國大綱」來勸。馮受感動，決志倒直，相機發動。遵從 國父前此討曹命令，無異加入倒直同盟，具體進行。黃郛常被邀請到馮軍演講，談及北方軍政，互表不滿，未及具體辦法，但彼此同具革命決心，相機而動。

九月三日，浙江盧永祥（皖系）與江蘇齊燮元（直系）開戰，盧敗逃。北方奉直兩系醞釀大戰。

九月十日，馮氏與孫岳在南苑草亭初次密商聯合起義，俱具決心。隨而孫運動駐豫之胡景翼加入同盟，積極進行「首都革命」並決迎 國父北上主持國是。胡等屢到京，與馮氏結盟。

約在是時（？）奉張派代表郭瀛洲前來與馮氏試探口吻，聯絡共進。馮氏與其有默契，但未作具體決定，隱然加入倒直同盟，與粵、奉、皖成為「四角同盟」。

十五日，奉張致曹錕通牒。曹不顧。張即備戰調兵。曹急召吳佩孚來。

同日，段祺瑞在天津通電助奉反直。

十六日，奉直兩軍先在朝陽開火。

十七日，吳由洛陽抵北京，決以全力對奉。

十八日，曹錕下討張令，以吳為討逆總司令。吳分四軍進攻，另有後援、騎兵、海軍等，並強委馮氏任第三軍攻熱河。胡景翼任援軍第二路。

馮氏保薦孫岳任北京警備副司令，任城防，備內應。

馮氏辭職，不准。向吳討軍費，被申斥。曹發六十萬元，被李彥青剋扣四十萬。乃不得不出發，相機行事。

廿一——廿四日，馮軍開拔畢。行軍以張之江任前鋒，鹿鍾麟殿後。留蔣鴻遇為留守司令，統兵一營，主持後方一切軍務。

並命其派員赴豫招募新兵萬人，分編三旅以備補充。

馮氏本人於出發前與黃郛密商革命計劃，約聯絡方法，由其供給曹吳消息。

馮至古北口，段派賈德耀携親筆函來勸其自處。

同時，奉張代表馬某來，商合作倒直，聲明將不入關。馮氏提出兩條件：㈠將來歡迎 國父北上主持國事；㈡奉軍不入關。馬全答允，即回奉報告。另有奉張代表留下。

馮氏至密雲電召蔣鴻遇來，共商革命機密，令其回京，準備一切班師回京事。

廿九日（戌月——即陰曆九月初一日）段祺瑞由津致黃郛函，勸其說馮倒吳，絕不知馮氏早已有詳細計劃。袁良携函來並代表其聲明不再從政。

十月十一日，吳親赴榆關督戰，連敗。

是日，吳令留駐長辛店、豐台之第三師悉開赴前方。蔣鴻遇急電灤平，告馮氏此重要消息。

十七日，事後據駐哈爾濱美領事於是年十二月八日報告美政府，謂不久將爆發的政變之新聞實際上於是日下午已傳達到東京（原文未詳）。

十九日，馮氏在灤平既得蔣鴻遇來電，報告直軍後防虛空的消息。卽召開全軍將領會議，一致公決班師，實行「首都革命」，並擬定「國民軍」名稱，預計廿三日可佔領北京。

其時，當有奉方代表，留在馮軍中，雙方協議熱河停戰事。大概由此代表去電奉張告知馮軍班師日期。可能亦由馮氏直接去電。同日，派駐天津聯絡段祺瑞之代表劉之龍回到灤平，報告段允令山東鄭士琦，山西閻錫山一致贊同。

同日，派張樹聲步行赴奉聯絡，時前鋒張之江已抵承德。

二十日，夜間，蔣鴻遇在京接馮氏班師電，卽加緊內應。

廿一日，東京、大連、各日本新聞發表馮軍班師事。

同時，馮氏下令全軍班師回京，殿後之鹿鍾麟等部轉為前鋒。前鋒張之江等部亦由承德轉回殿後。

同日，據說，段派員携款十萬元到高麗營給馮氏為「犒師」用。如有此事，亦係犒賞，不是「賄賂」。

同日，日本駐京公使芳澤於午餐中，告曹錕秘書，謂曹於是夕可到日使館躲避。該秘書不以告曹。

同日，下午，黃郛得知班師消息，如約由京乘車北上。中夜，抵密雲之高麗營晤馮氏共商大計，商組攝閣，改通電稿。

同日，日使館武官林彌三吉大佐電召方在榆關前線觀戰之松室孝良少佐回京，告以馮軍將回師倒直，命其卽赴古北口與馮軍同回。

次日，隨軍先回。

廿二日，蔣鴻遇在京布置內應一切妥當卽赴北苑接鹿鍾麟，於下午八時出發返京。

同日，中夜十二時，鹿、蔣等軍回到北京。有孫岳部徐永昌城防軍開城門迎入。城內伏軍齊起，各部照預定計劃行事，分區警戒，圍曹錕於總統府。除其衛隊武裝。逮捕李彥青，旋正法。

廿三日，馮軍控制北京全城，無人預知，匕鬯不驚，秩序如常。人羣中有一日本記者在內，自云兩日前已聞知班師事。

廿四日，馮氏到北苑召集胡景翼、孫岳，暨本軍將領等開會議，正式決議合組「國民軍聯軍」，馮自任總司令，胡、孫、任副司令，各兼一、二、三軍軍長。卽發出三軍將領「首都革命」之艶電（廿三日）。同日，馮氏發出通電，陳出「建國大綱」五條。

回京後，馮氏等如約迭電請 國父命駕卽日北上，指導一切。段祺瑞與張作霖初時主張相同。

廿五日，「國民軍」全體將領再開會議，決打倒曹政府，公推黃郛組織「攝政內閣」，行使大總統職權。開會時，聞吳佩孚反攻楊村，孫岳臨時提議推段祺瑞出山主政，冀得山東鄭士琦之助，以應付軍事上嚴重形勢，竟獲通過。全局與原定革命計劃大變。

曹錕下令停戰，免吳佩孚職，調充「青海屯墾使」。

廿六日，張作霖在奉對來訪者言：北京政府將由段祺瑞主持。

廿七日， 國父覆馮等電卽行北上。（其後於十一月七日，馮氏復親筆具函，託馬伯援遄程赴廣州面達一切，代表歡迎北上主政。）

廿八日，馮氏再通電提倡「和平統一會議」。

十一月一日，曹錕宣布退位，及下令組「攝政內閣」。

二日，黃郛「攝政內閣」成立。

（本章完，下期續刊第十一章）

與國際派化敵為友

周恩來評傳（十）

嚴靜文

中共領導層權力鬬爭的發展，有兩個階段最複雜兇險，第一要數自一九六五到一九七一年底爲止、文化大革命及其餘波的一段期間；其次便要數自一九二七年「八・七會議」到一九三一九月的「左傾主義路線時期」了。在這約四年裏、中共領導陣容經過了五次改組。

㈠陳獨秀（一九二七年五月下旬辭職）、周恩來、張國燾、蔡和森等臨時看守中央的時代；一九二七年五月——一九二七年八月；㈡蘇兆徵、瞿秋白前後任總書記、周恩來當權的時代，一九二七年八月七日——一九二八年五月；㈢向忠發任總書記、周恩來、李立三當權的時代，一九二八年六月——一九三〇年九月；㈣向忠發任總書記、周恩來、瞿秋白當權的時代，一九三〇年九月——一九三一年一月；㈤向忠發任總書記、陳紹禹（同年六月向忠發被捕槍決由陳紹禹接任總書記）、周恩來當權的時代，一九三一年一月——一九三一年九月。

在這五次改組過程中，周恩來每次都能化險爲夷，而且一直任軍事部長，掌握實權；但是經過最艱難，使他最感尷尬的則是第五次改組了。

一度與國際派爲敵

周恩來一貫都小心謹愼，不輕易得罪人，而且手腕靈活，善於擺脫是非，但是在「反立三路線」鬬爭中，他卻弄到進退維谷，蒙受很大的打擊。這因爲他自己原是立三路線的建立者和堅持者，等到李立三發狂到與共產國際鬧對立的地步，周恩來欲加制止已經力不從心了。關於這經過在前一章中已有詳述，現在要究明的是在反立三路線鬬爭中、周恩來與國際派陳紹禹、秦邦憲等的鬬爭與和解的經過。

一九二九年夏派往中國的共產國際代表艾維爾特（德國人）等未能糾正立三路線的盲動錯誤，同年四月周恩來乃被召到莫斯科。張國燾「在我的回憶」中說：

「……共產國際寄望於周恩來，認爲李立三不過是放大砲的能手，周恩來卻握有實權，能左右李立三的動向。因而邀請他去莫斯科，以便面授機宜。」

周恩來到莫斯科，不但共產國際對他優渥有加，史大林對他也格外賞識，認爲他主管的軍事和情報工作，成績斐然。七月五日，蘇共舉行第十六屆黨代表大會，特邀請周恩來在大會上發表演說，受到會衆熱烈歡呼，是中共人員從未有的殊榮。

史大林對周恩來這般厚遇，原來肚子裏有一番打算。當時由史大林的親信米夫（Pavel Mif）所訓練的一批布爾雪維克陳紹禹、秦邦憲等，已經羽毛豐滿，即將由米夫率領派往中國，參加中共工作，做爲掌握中共領導的準備❶。周恩來自然奉命唯謹、一切照辦了。前章已述及，他與瞿秋白回到上海之後，在一九三〇年九月舉行的三中全會上，並沒有認眞矯正立三路線的錯誤，並且推重瞿秋白爲領袖，自己隱在幕後操權。這已經使莫斯科大不高興了。更嚴重的是周恩來留在莫斯科期間（四月——七月），李立三控制下的政治局竟對太上皇派下的親兵——國際派開刀，因陳紹禹、秦邦憲、王稼薔（稼祥）、何子述等激烈反對立三路線，而蒙受了處分。陳紹禹受留黨查看六個月的處分，其他三人則被嚴重警告，另一國際派陳原道亦受留黨查看三個月處分。

周恩來從莫斯科回來之後，竟沒有及時對落難的國際派施以援手。毫無疑問的必遭受莫斯科及國際派分子的切齒痛恨。雖然，處分陳紹禹等出於李立三的決定，但是莫斯科及國際派都明確了解，周恩來握有實權，尤其是自莫斯科回來之後，手握上方寶劍——共產國際面授機宜，擁有充分權力足可矯正李立三的錯誤，但是他竟沒有及時採取行動。而且在三中全會上還含蓄的爲李立三路線辯護。這在周恩來一生裏，可能是最不圓滑的表現。

因此三中全會之後，國際派和以何孟雄爲首、受張國燾支持的右派繼續反對中共中央的路線。但是周恩來支持瞿秋白、李立三仍然不爲所動。直到十一月十六日收到「共產國際執行委員會」的信，李立三被召往莫斯科檢討錯誤，周恩來等雖於十一月二十二日召開了政治局擴大會議，可是仍然固執成見委婉的進行抗拒。他們一方面承認了立三路線的錯誤，同時仍堅持對陳紹禹等的處分。試看當時三巨頭的發言。

周恩來：「上次政治局已表示同意國際指示，認爲三中全會是接受國際路線的指示，並依此定出總方針，但過去對立三路線錯誤的揭發取了調和的態度。」可是對於國際派仍是一副嚴峻的面孔：「沈澤民（二十八個布爾雪維克之一）在會上的發言，如幫助黨是好的，他們批評過去對的地方要說他是對的，但他以煽動的口吻來說三中全會與國際路線仍然不同，如果這樣講，就要與他鬭爭了，……他們以此即說路線對立，這個思想應當不調和的鬭爭，陳原道更是如此。……」

瞿秋白批判陳紹禹對立三路線「算舊帳」，批判沈澤民「脫離政治局領導」。

向忠發則說：「三中全會的路線，完全接受國際的精神，這一路線是進攻不是退守的，這一定要加在決議案上去，絕不如陳紹禹等的意見，……。」

瞿、向二人的意見雖然都在周恩來發言之前講的，但其實都不過是周恩來意見的反映、同時不及周恩來意見的堅決。

周恩來從來沒做過這般拖泥帶水的事情。當時中共是共產國際的一個支部，國際命令必須服從，他當然明白；史大林對他極盡拉攏本爲使他給國際派鋪路，這兩個意念當時他都絕沒有反抗的餘地，可是只爲了「立三路線」的株連，患得患失，本是「一點就透的光棍」，變成了冥頑不靈，越描越黑的庸人。

果然，這次政治局擴大會議的決議，遭受了共產國際的反對，周恩來等被迫於十二月九日再度開會，在通過的決議中才乾脆俐落的承認三中全會是違反國際意旨的嚴重錯誤。並於十二月十一日發出一九八號中央通知：「最近國際來信，指出立三路線的嚴重錯誤與危險：中央特發下：㈠國際來信，㈡中央十一月二十五日的決議，㈢中央十二月九日的決議，㈣告同志書，㈤關於立三路線的討論大綱，五個文件，各級黨部必須普遍的發到下層支部去討論……」

到此周恩來才算對國際認輸，把中共中央的源源本本錯誤傳達全黨。

接着於十二月十六日的政治局會議中，終於通過了「關於取消陳韶玉（紹禹）、秦邦憲、王稼薔、何子述四同志的處分問題的決議」。陳紹禹不但恢復了黨組織生活，並且還被任命接替邏邁（李維漢）爲江蘇省委書記，國際派的氣焰從此直冲雲霄。

重新印發「少山報告」

周恩來受了這個教訓之後，最後在領導人事上向國際派「一邊倒」，但是對於「立三路線」問題，仍然難釋於懷。換言之，他始終不承認「立三路線」、至少絕不承認三中全會的決議違反共產國際路線。這又可從他在一九三一年一月舉行四中全會時重新印發「少山報告」（即周在三中全會上所作「在三全擴大會中關於傳達國際決議的報告」），一事見之。全文一字不改，只加了一個簡短的前言：

「我將原來的文件不作任何修改在此發表。這份紀錄很簡略，但是做爲調和立三路線錯誤的一個例子是有益的。我發表這篇東西，爲了使全黨知道我的錯誤，並且給予我應得的批判。」

乍一看周恩來這段話，好像是向共產國際徹底「交心」、承認錯誤；果如此的話；以周恩來的聰明，絕不會重印「少山報告」，可以口頭上輕描淡寫，不留痕跡的在四中全會上進行自我批評；絕無重印「少山報告」的必要；因爲「少山報告」發表距四中全會召開才三個月，黨內印象猶新。因此他重印「少山報告」，顯然另有用心，筆者推測是爲自己過去的主張辯護，在黨史上立一存照，以供來者判斷。

戲劇化的低頭妥協

一九三一年的二屆大會四中全會，在中共黨史上是一個重大的轉折點。前此的中共領導人，無論是陳獨秀、張國燾、毛澤東、瞿秋白、周恩來和李立三，都是在中國社會和文化中成長的知識分子，陳獨秀和毛澤東、張國燾固然都是中國氣味極濃的知識分子，即筆者所說的早期國際派周恩來和瞿秋白，也都是「後放腳」的國際派。周恩來只因通英語在巴黎做過共產黨國際代表的接線人，而瞿秋白只因在北京學過俄文、受俄國人重視，但是陳紹禹、秦邦憲等人則卻是一九二二年前後送往莫斯科受教育的青年，到一九三〇年回國時，已在俄國七八年，對蘇俄、對共產主義都有深刻了解，自非周瞿等所能比；可以說他們是科班出身的共產黨員，赤膽忠心唯莫斯科之命是聽，是名符其實的國際派。

四全大會，是國際派奪取中共中央領導權的一次會議。試看所產生的領導陣容：

總書記　向忠發
常委兼江蘇省委書記　陳紹禹
宣傳部長　沈澤民
組織部長　趙容（康生）
軍事部長　周恩來
農民部長　張聞天
婦女部長　張聞天
黨報編委主席　張聞天
少共中央書記　秦邦憲

向忠發一貫充當赤色玩偶，在這改組中依然如故；陳紹禹金鷄獨立戴有「常委」官銜，表示他是實際的中共領袖。這還只是國際派初步的勝利。因爲當時反對派的勢力還相當強大。而四中全會便是一場惡虎村全武行的鬧劇。上述的名單是在各派爭持不下，不歡而散由國際代表米夫擅作主張成立的。

四中全會時中共分裂成四派。一是周恩來、瞿秋白爲中心的當權派，二是以何孟雄、羅章龍爲中心，受張國燾支持的反對派，三是在國際代表米夫支持下以陳紹禹、張聞天、秦邦憲等中心的國際派；在黨外還有中共創立者陳獨秀所領導的托派。

擴大四中全會於一九三一年一月八日舉行，出席有卅九人。會前何孟雄、羅章龍一派與國際派本來都是反對派，而且都曾受當權派的處分，四中全會既以徹底清算立三路線爲宗旨，本應是兩個反對派圍攻當權派的會議。不料米夫事前促成陳紹禹與周恩來的合作，會議遂一變而成當權派與國際派打擊何、羅一派的會議。出席的卅九人當中，前兩派佔了十九人，後一派佔了十六人，可見何、羅一派實力最雄厚，但是卻被打出黨去，下場極爲悲慘。

上海灘上兩個中央

會議僅開了十五個小時，據會後十日趕到上海的張國燾，根據資料追述會議的情形說：

「米夫聯絡好了周恩來，在四中全會

上讓周恩來認錯得到會衆的寬容後，通過政治決議，周恩來即以徵得共產國際同意的名義，提出補選陳紹禹爲政治局委員，以及張聞天、秦邦憲等出任中央要職的議案。何孟雄當即起而反對。接着陳紹禹突然改變態度，指斥何孟雄爲右派，表示在克服了左傾的立三路線之後，應立即轉過頭來反對主要危險的右派；又說何孟雄剛才反對共產國際的表示，簡直是公然反黨。」

何孟雄等憤不能平，一月十七日，另行成立江蘇省委與陳紹禹的江蘇省委唱對台戲；可是第二天，何孟雄等十七人卽全部被捕，並於二月七日被處決。傳說，何等之被捕係陳紹禹之告密。

由於反對派掌握基層組織，實力雄厚，因此在何孟雄等被捕之後，羅章龍等繼之而起，一月三十一日另建立黨中央「非常中央委員會」，領導陣容如左：

總書記　孫正一（工人出身，地位如向忠發）
宣傳部長　羅章龍
組織部長　許畏三
秘書長　劉子載
江蘇省委書記　李大漢

這個非常委員會的影響曾盛極一時，在各省市地下組織中，造成普遍分裂；後來由於這一派所擁護的張國燾趕回上海，分別進行說服、疏導，始逐漸消失作用。

對於上述的經過，周恩來曾向張國燾做冷靜的說明：

「當天我又會見了周恩來，他熟悉全盤情況、態度也頗持平。他對何孟雄等的被被捕極爲難過；他認爲我能早到，和他們事先談談，可能一切迎刃而解。他指出四中全會的政治決議是不錯的，卽何孟雄等對之也無異議，他自己也在會上承認了對立三路線採取調和態度的錯誤，爲會衆所滿意，因而繼續擔任中央工作。他說的何孟雄等所不滿意的，是陳紹禹等留俄學生毫無歷練，就逕行擔任中央領導工作，因而反對四中全會關於中央人選的決定。現在羅章龍同志對於何孟雄的被捕，發生極大誤會，竟認爲是由於陳紹禹的告密而遭暗害。周恩來說話素來是四平八穩的，祇說明事實的要點，不輕易表示自己的意見。他那次也是這樣，對何孟雄、羅章龍、米夫、陳紹禹等人都不加褒貶，對此嚴重局勢、也保持平靜。但也忍不住要求我向各方解釋誤會。」

妥協本是必需的一種政治藝術，因爲任何政治主張，格於環境、條件，都不能百分之百的一下子實現，需要權變、讓步來克服困難；但是在四中全會前夕，周恩來與國際派的妥協，未免使人感到陰森可怖。在日本近代史上自豐臣氏謀奪天下的德川家康，被稱爲「大忍人」，周恩來之忍字功，實可與之媲美。數月前他還在三中全會上說，非鬬爭陳紹禹等人不可，曾是勢不兩立的敵人，現在一變成爲陳紹禹的支持者，並在陳的領導之下，續任軍事部長，這一轉變不僅太大、太快，並且太無原則。這種無原則的屈服和隱忍，在文化大革命時再度發揮得淋漓盡致。

周恩來張國燾再度合作

四中全會前後，久被留在莫斯科的張國燾，被放回中國，對中共其後的發展，發生了重大的影響。張國燾約在一月中旬之末返抵上海，而米夫偕同陳紹禹已經離開中國赴莫斯科報功去了。因此上海的新中央，仍由周恩來支撐局面。張國燾回來之後，情勢爲之一變。

一九二八年六屆大會產生的九名政治局委員，在當時已有瞿秋白、蔡和森、李立三被開除，項英已於四中全會後派往江西蘇區成立中央局、矯正毛澤東的錯誤去了；陳紹禹以普通黨員，並非中央委員，竟越級被升爲政治局委員，此外張聞天、沈澤民、秦邦憲都被升爲中央委員，這些都是違反黨章的，因爲中委會議不能產生中委，正如政治局會議不能產生政治局委員。縱然違反黨章，但是因有共產國際同意，遂無人追究。從此開了一惡例，一九三五年一月遵義會議時，毛澤東由政治局會議決定補任政治局委員，然後報呈國際批准；同年六月在兩河口會議，決定徐向前、陳昌浩等補任中央委員，也是照樣畫葫蘆，實皆沿四中全會的先例而來。

陳紹禹現隨米夫去了蘇俄，一月下旬政治局開會時，周恩來乃提出，由向忠發、張國燾和他自己三人組成政治局常委會，成爲最高的決策機關，遂出現周張合作領導的局面，雖然爲時僅約三個月，但作了連串重要決定。其中最重大的決定，是將黨中央遷往蘇區。

「周恩來爲此提出了一個具體計劃，經決議通過，其要點是：中共中央政治局遷往江西蘇區，由向忠發、周恩來、張聞天、秦邦憲等領導前往。在鄂豫皖和湘鄂西兩區設立中央分局，前者由張國燾、沈澤民、陳昌浩前往主持，後者則由已在那裏的夏曦、關向應等主持。中央遷往蘇區後，在上海另設中央分局，指導白區工作，預定由趙容、李竹聲等主持。」

四月初張國燾離開上海，赴鄂豫皖蘇區，在那裏領導和發展了紅四方面軍，遂種下自一九三五到一九三六一段期間，張國燾與毛澤東爭霸的局面。

周恩來到九月間才摒當一切前往江西蘇區。在這之前的一段日子，他遭遇了許多重大麻煩，最要命的是特工總隊長顧順章被捕(四月)，總書記向忠發又在六月被捕。中共中央乃再度改組、陳紹禹才實任總書記，張聞天任組織部長，周恩來仍續任軍事部長。從那以後，由一九三五年一月至一九四二年止，乃周恩來與國際派全力合作階段，亦卽王明(陳紹禹)路線時代。

建立紅軍的計劃

論語上有句話：「人亡政息」，在共產黨是人敗政息。當某人當權時，他的講話被印成文獻，傳達全黨學習；一般幹部、黨員在談話、撰文時皆據爲經典來引用；可是一旦跌下權力寶座，他的一切功績，所發表的見解也全被抹殺。

從一九二八到一九三五那個時期，中共黨內流傳的文件中，有許多是周恩來的講話和報告。可是自一九三五年一月遵義會議失去領導權，他所有的言論紀錄，就從中共官方的言論中絕跡，他建立和發展紅軍的功績也不再被提起。因此這一代的中國人，多不知道周恩來曾是中共實際的第一號領導人、紅軍和特工的創立者。

在這裏僅介紹周恩來在「左傾盲動」時代，影響卓著的兩個文件。

一九三〇年一月，周恩來曾擬定和發佈一個「緊急擴軍計劃」，選定江西、鄂豫皖等六地區爲擴軍重心地區，在「中央軍事通訊」中並諄諄教導各地區的軍運工作負責人，以朱德毛澤東所建的紅四軍爲例，怎樣建立和發展紅軍。同年九月三十日，周恩來召開了一次擴大中央軍事會議他在這個會議上發表了一篇報告，題爲：「今天紅軍任務的焦點及其根本問題」。他首先分析江西鄂豫皖，湘鄂西、湘贛、廣西左右江、閩浙贛六個蘇區的紅軍的實力㈡，接着說明紅軍的組織，戰鬪訓練，並指出過去犯的錯誤、批判失敗主義思想。他說：「在紅軍發展的過程中，所以有紅軍部隊與游擊部隊的存在，由於政治的差別。因爲在農村地區的農民暴動政治意義很弱。」又說：「目前紅軍的戰鬪力，已遠超過初期小規模游擊戰的範圍。現在的軍事力量已足可進行大規模的內戰。」

從以上的軍事觀點和主張得知，在一九二八年初，所有的「暴動㈢皆告失敗之後，中共軍事力量已臨完全潰滅、經周恩來的經營之下重再成長的情況，從一九二八到一九三一，固然內戰頻仍、外患日迫㈣，給予了紅軍發展的機會，但是如果沒有周恩來的統合領導，也絕不會發展得那麼快，同時也不會有那麼高的政治素質(指共產主義的意識而言)。因各地區的紅軍負責人員，多由周恩來挑選所派往的，否則各地發生的農民暴動，會流於打家刦舍的土匪，難望成爲効忠共產主義的紅軍。

值得注意的是，一九三〇年九月三十日，正當中共二屆三中全會之後，正是周恩來奉命糾正立三路線錯誤的時期，周恩來仍訓令紅軍，實力足可進行大規模的內戰，顯然他仍繼續支持「立三路線」。從這可知立三路線卽「少山路線」，也可知周恩來在四中全會上的承認錯誤，乃言不由衷。

一身繫中共的興亡

此外，周恩來在兼任組織部長任內，也會有若干文件足以反映他的政策，見出他的貢獻。

他在一九二九年四月草擬的一個文件題爲「今天中國黨的組織問題」。該文件批判右傾機會主義餘毒，抨擊黨內「極端民主」的主張，及非鬬爭的和平觀念。他說道：

「黨與羣衆組織之間的關係是不正確的，不是黨取代了羣衆組織的地位，便是羣衆組織退縮成爲黨的從屬並且脫離羣衆」，還有「黨內存在着一種傳統的和平想法，……這種想法的存在只能模糊黨的正確路線，降低黨內的政治警覺，以及加速黨的分化。這種想法永遠不能提高黨的進步……事實上，中國共產黨是無產階級的先鋒隊；它所從事的並非黨內和平，而是爲統一全黨的正確路線的鬬爭。」

周恩來這些話雖然也忠實反映了馬列主義的觀點，但是較其後中共教唆鬬爭的文件，態度温和，語氣婉轉。

他在該文件中，也談到許多具體的組織問題：

「黨必須在分支部建立生產中心，試行建立工廠和報紙以加強黨與民衆之間的聯繫。……來自工會的工人幹部必須經過選擇和領導工作的訓練。」「赤色工人和農民的組織，特別是赤色工會，必須做爲當前組織工作的重點。在現階段，所有的工人組織，必須隱蔽政治性質並被迫轉入地下。因此必須利用建立合法或半合法的組織，有如體育會、學習會、俱樂部，……做爲掩護。在這種掩護之下，工會的機關將更爲有効，並可將之導入共產主義者的組織。我們必須爭取工會的合法化。」

這份有關組織工作的文件，顯示了周恩來一貫謹愼、細膩的作風。這與李立三後來得勢時，號召工會不斷進行政治罷工的方針完全相反。從這可知，周恩來與李立三意見相同之點，可能只在軍事行動方面，因爲一九三〇年五月，正發生「中原大戰」，中央軍全部開往中原戰場，實是紅軍積極進攻的好機會。

總括自一九二七到一九三一這個階段的形勢，由於蘇共內部權力鬬爭的震盪（史大林肅清托洛斯基及布哈林兩派），共產國際革命路線的搖擺不定，而中共篡奪國民革命的企圖暴露後，遭受國民黨無情鎭壓，中共軍事力量和組織皆遭潰滅性的打擊，加上中共內部權力鬬爭的激烈和複雜，中共中央發生了五次大改組，同時期的中共要人不是被捕被殺，便是被清算鬬爭，唯有周恩來安然度過一切風險，這已經是一大奇蹟了，又能始終當權、更令人難以置信；中共的命運就靠着這個冷靜、機智堅忍的不倒翁，駕着這一葉危舟，度過了無數的驚濤駭浪，並且給以後的「蘇維埃」鬬爭時期，積聚了基本力量。

一九二七年五月中共五全大會時，黨員不過六萬人，直接掌握的軍隊不足三萬人；經一九二七下半年的連串軍事失敗及國民政府的鎭壓，軍隊和黨員都減少到微不足道的程度，可是到了一九三〇年九月，已再擁有十二萬二千餘黨員，十萬大軍（槍枝約七萬），赤色工會會員超過十萬，青年組織羣衆一百六十萬。假使如果沒有周恩來始終當權以及堅忍細膩的工作，中共是否會完成這廣大的造反基礎，實在是個疑問。

註一：當時陳紹禹爲留俄派的首領，該派主要分子二十八人，在莫斯科時即號稱：「二十八個布爾雪維克」、二十八人名單如下：陳紹禹，張聞天，秦邦憲，沈澤民，陳昌浩，王稼嗇，陳厚道，楊尙昆，何子述，汪盛荻，殷鑑，夏曦，李元杰，王盛榮，陳微明，王雲程，孫際明，盛忠亮，李竹聲，沈觀瀾（沈志遠），孟慶樹（女、陳紹禹之妻），劉羣先（女、秦邦憲之妻），張琴秋（女、沈澤民之妻），朱子純（女），杜作祥（女），朱阿根，徐一新，袁家庸。

註二：當時紅軍實力號稱十萬人，計有江西蘇區朱德、毛澤東的第一軍團，湘鄂西蘇區賀龍、關向應的第二軍團，湘贛

謙廬隨筆

八

矢原謙吉遺著

王詢曰：「君意丁決無他乎？」

余曰：「願保丁決無他。我有數友亦可協保也。」

王長吁曰：「若然，則君可書一保狀，我亦可交還丁於君之手也。」

余大喜過望，立書保狀。王更曰：「吾召鮑局長至此，卽欲伴君前往迎丁也。」

途中，鮑告余曰：「此番純係誤會，有小人密告耳。丁之所有信件，均經檢查，無一可爲罪證。故少帥恍然大悟，立下手諭釋之。」

事後，少帥且藉「節禮」之便，倩人贈丁高麗蔘數両，名貴皮裘一襲，聊表歉意。丁欲璧還，其友人力阻之。

未幾，秋山君告我：向張少帥輾轉告密者，乃二十九軍總參議，駐故都代表，吉林人蕭振瀛也。

余詢丁：「你識蕭振瀛其人否？」

丁曰：「我之結拜兄弟也。中原大戰時，韓復榘與宋哲元，向中央輸誠，以蕭爲代表，而實藉我以與孔庸之聯系。蕭雖小有才，而狂妄自大，自認助韓宋倒戈，爲不世之功，此後非部長一席不能酬其勞勛。幷托我向孔轉致此意。孔雖虛與委蛇，而實未爲之說項。蕭未得官，乃遷怒於我，謂係我在孔前破壞所致。自是，處處爲難，且每在人前大言賣弄曰：『大義滅親，古已有之。何況結拜者乎？』」

和湘鄂贛蘇區蕭克的第三軍團，鄂豫皖蘇區鄺繼勛、徐向前的紅一軍，桂西南（左右江）蘇區李明瑞的紅七軍，俞作拍的紅八軍，閩浙贛蘇區方志敏的紅十軍等。其中以江西的一軍團、湘鄂西的二軍團，鄂豫皖的紅一軍實力最強，號稱「紅軍三大主力」。

註三：這是指周恩來、張國燾領導的南昌暴動，項英領導的湖北秋收暴動，毛澤東領導的湖南秋收暴動，張太雷、葉挺領導的廣州暴動，澎湃領導的陸海豐暴動，劉子丹領導的渭華暴動等。

註四：自一九二九到一九三一這個期間，中國內憂外患，互爲因果。較大事件如：一九二九年三月，有中央軍討伐桂系之役，五月馮玉祥通電反抗中央，同月東北當局揭發哈爾濱俄領事館策動赤化事件。九月日本策動鐵嶺事件，十月中央軍討伐馮玉祥、石敬亭，十一月滿洲爆發中俄戰爭，同月發生粵桂戰爭。

一九三〇年一月，中央軍討伐唐生智，二月討伐桂系，三月汪兆銘閻錫山在北平召開擴大會議反對南京，五月到十月爆發中原大戰，雙方動員一百五十萬軍隊，死傷四十五萬以上。一九三一年七月，日本在東北策動馬寶山事件，同月石友三部叛變，八月日本策動中村事件，同月粵桂聯合另建政府，九月中村事件擴大，九月粵桂軍侵湖南，九·一八事變爆發。

事後不久，邵文凱召余宴，恐亦聊以補日前未能相助之過耳。席間，亦告余：

「媽拉巴子，都是蕭仙閣那小子一個人搗的鬼！小兔仔子眞不是人揍的！」

自是，余遂對蕭振瀛其人極爲鄙視。不圖此君又於天津市長任上，二度陷害丁君，首向日方，次向宋明軒，誣其爲南方私設電台，秘密通報。日方是時情報極靈，立悉其奸，未墮彀中。而宋明軒竟赫然震怒，果有命潘毓桂捕丁釘鐐之議。後以秦德純轉述林世則之言曰：

「捕丁之謠，已入於某日籍客卿耳中。彼大笑謂余曰：丁有電台之說，日人似早有所聞。倘日人至今未對丁有所行動，是證明電台之說，全屬無稽也。」

宋聞言以爲是，蕭之計遂不售。

馮玉祥「貧」李德富全

陳劉聯姻時，段雨村身爲證婚人，又以此機緣與西北軍舊雨，除韓向方、鹿鍾麟等人外，傾巢重聚一堂。於是，連日高會，酒宴連連，且有花酒不少，殊違馮玉祥先生所標榜之西北軍精神也。

而未幾，段以血壓素高之故，亦辛勞成疾，一病瀕危矣。

陳琢如君之元配，原籍小站，人極爽快，由丁春膏，林世則諸友家屬之介，向爲余之「病人」。曾告余曰：伊女成婚時，馮玉祥先生亦遠道有所餽贈，首附銀行禮券二百元者一紙，綴以小簡，大意云：

「我的銀行存款，從來沒有超過五百元過。現在只有四百元。今送上兩位二百元，做爲建立新家庭之助。還賸下兩百元給我馮玉祥老夫妻當棺材本。」

此外，更有喜聯一對，措辭尤極新穎奇突。上聯曰：

小兩口快快活活，千萬別忘老百姓；

下聯曰：

多養兒子好當兵，一定打倒小日本！

馮雖爲陳門兩代上司，而仍不理於陳妻之口。此婦心直口快，原籍保定，故馮賤時之事，均爲其所素稔。伊之子，乳名乖乖者，自幼即爲余所醫護，幸喜健逾常兒，故伊於余極其信重。嘗語余曰：西北軍中之美以美會教士中，有一華人于博士者，極得馮氏夫婦青睞。於亦盛讚馮夫人李德全熱心會務，仗義疏財。某次天災賑款，李且慷慨解囊千餘元之巨！故教會中外人均云：「目馮爲赤黨者，大謬矣！馮之赤蓋染自彼熱誠之血也。」

以是，陳妻惘然問：「假馮先生若是之貧？而其妻若是之富也？」

土肥原曲意逢迎反日人士

段雨村罹疾後，中醫屢治無効。孔伯華且謂其「數斧伐樹，油乾燈滅」，人力無可挽回。其「南方太太」遂力主延一號稱爲「日醫」之高麗醫生金某，爲之急診。一時針藥併下，病遂不治，而該高麗人實乃一學醫未成之敗類也。雖曾於改易簀前，三度出診，仍瞠然未知段究患何病也？

段死後，燕京一小報首倡「日醫毒殺抗日軍人」之說。不旋踵即此呼彼應，滿城風雨。所有與西北軍稍有瓜葛者，雖大病欲死，亦對日醫裹足不前。蓋該小報力稱：「段爲西北軍名宿，又富抗日思想，故日醫殺之以儆衆也！」

最可笑者，蕭振瀛、潘毓桂、高凌霨、張璧之流，平日接近日人惟恐不密者，今亦徒告失踪，避不敢見日醫之面。余友秋葉醫生語余曰：日前途經平津公幹之土肥原君，曾於正金大樓與之同席。宴間談及此一傳說，土肥原啞然而笑曰：

「此輩報人亦輕視我土肥原者流太甚。欲暗殺，何必假手醫生？余與段素無恩怨，何必殺之？而蕭張潘之流，寵之尤恐不及，天下豈有殺狗之獵人乎？」

此語余雖未親聞，而深信其必出土肥原之口，蓋此君卻大不理於華夏政壇人物，而日人中稔之者皆悉謂其爲一善與華人交之可人兒也。彼於華人中之媚日如蕭潘者，則親而不尊；而於反日者，則敬之詔之。當時，張季鸞在大公報持論頗烈，余聞土肥原每日必讀其社評，且時時轉託華人代向張君力讚：「某日某論高明，卽土肥原亦五體投地！」復伺張之壽辰，專差送上特由飛機運來之陝西土產，「秦腔」唱片，以及新自三秦名勝拓來之碑刻，冀博壽翁一哂。張亦親告余曰：送壽禮之名刺上，居然自謙爲「晚土肥原」，其拉攏之苦心，可見一斑。

是時，管翼賢亦以反日言行，見稱於華北讀者中，土肥原每伺機緣，竭力籠絡。余嘗聞人言：土肥原知管妻邵挹芬在大柵欄之「瑞蚨祥」與「東昇祥」，購買皮貨與衣料，遂在兩處各儲銀數百，每值管妻選購畢付賬時，「賬房」卽趨前揖謝曰：「土肥原君已代付久矣，幷令轉告：『此乃小意思，務請夫人與管先生賞臉！』」

主「京報」者，爲邵飄萍之遺孀湯修慧，素與西北軍人物，關係密切。馮一敗塗地，伴食金陵後，邵之報仍被視爲馮系喉舌。値京報創刊若干年紀念時，紀念特刊之首頁，赫然有馮之題字曰：

「邵湯修慧女士，

你一年到頭，跑來跑去，到底要跑到甚麼地方去呀？」

立意新穎，讀之者咸莫知其何出此言？而京報居然置爲篇首，關係之親密可見。余聞土肥原君每値此紀念刋出版時，必倩人多方化名，登載大幅人事廣告，不計費用。事後付賬時，則由彼以支票一紙，全部付清。而支票下方，則赫然署名曰「土肥原」也。日久年深，湯女士對之，亦不如前此之厭憎矣。

卽如無報無勢之文豪如張恨水者，以其嘻笑怒罵頻頻，土肥原亦奉之唯謹。在張以抗日義勇軍故事，寫入其「啼笑姻緣」集後，更變本加厲，力圖得其好感。張語余：土肥原曾倩人携張著之「春明外史」與「金粉世家」各一部，婉懇「賜予題簽，藉留紀念，以慰景仰大家之忱。」而張固傲骨狂士之流，居然改贈以「啼笑姻緣續集」一本，上題：

「土肥原先生囑贈，

作者時旅燕京。」

來人大駭，謂張曰：「君何故欲觸土肥原之怒？今日與此輩爲敵，獨不以妻兒爲慮乎？」

張笑曰：「土肥原有來懇我題簽之雅量，卽有任我題何簽，贈何書之雅量。否則，王莽謙恭下士之狀未成，而反爲天下讀書人笑也。」

後，土肥原果又倩人向張致意，力讚其「描寫生動如畫，眞神筆也！」

據聞，當宋哲元爲母慶壽時，土肥原僅餽以阿歷山大帝時代之歐洲名瓷盆一具，上佈桂圓三斤。事後，宋府只留瓷盆，桂圓則與一般水菓糖食之處置相同，槪由壽堂負責招待員工分潤。不圖竟發現此盆中之桂圓，實皆係金皮而空心者。當時，幸有劉玉書、戈定遠在場監視，當卽悉數轉交「宋委員長」。至是，人始大悟：土肥原假以壽贈瓷盆一具，桂圓三斤，爲宋母壽也。

土肥原於華人中之翹楚，曲意逢迎，猶不足奇。奇在彼雖不在其地，不在其位，而仍念念不忘，送禮如儀，實難得也，而由此亦可證其志不在小。

猶憶一日余友丁春膏君招宴，余適患高熱，汗下如雨，本不欲往。而丁兄以在座有一日本外交官，亟需一不卑不抗之翻譯，故力懇余就席。此一外交官，原任天津總領事，與丁君極爲相得，丁以家貧爲北伐軍在天津日租界建立秘密電台時，此外交官卽晝夜加以呵護，數度使其免遭北洋派刺客毒手。惜乎吾於高熱中竟不復記憶彼之名姓，僅知其以觸怒少壯軍人派之故，奉調九江總領事。明調暗降，主客黯然。在座者有：李蘧廬、溥心畬、林世則、雷嗣尙、秦紹文、楊天授、龔寰駒、李萬春、載濤貝勒、孔繁×（人謂爲至聖先師第七十一代孫）。……餘則不復記憶矣。能記憶者，皆或先或後，倩余診療視疾者也。

該日本外交官，極不直於日本少壯軍人派在華所爲，而自嗟無能爲力。余自愧除醫術外，於政治既無興趣，更乏修養，惟有傾聽他人高談潤論而已。

香港詩壇

贈茂蕊上人

張　方

初地今臨意適然，南天咫尺是西天，慈航早濟羣生苦，法雨能敎萬物姸，一閣經書消浩刦，十方香火煖枯禪，笑余猶在紅塵裏，淨土何時結勝緣。

少颿囑題墨緣

張　方

茶甌酒琖共高賢，酬唱天涯結墨緣，座上衣冠塵外客，人間名利眼中煙，優游猿鶴忘年老，變幻風雲任世遷，春賞桃梅秋愛菊，低徊何必故山川。

漢師九老會歌

莫儉溥

端卿伉儷玉杖扶，天佑善人歌九如。老當益壯蘇與盧，陶才育秀佳士模。本公萬里視掌珠，偕隱香江樂板輿。燕老一身七藝俱，中文朗誦振臂呼。鄺兄耿介與俗殊，彬彬文質恂恂儒。熙仁誼屬師表姑，每逢佳日羅郇廚。儉也衆指「老之徒」，詩書世守猶故吾。守誠赤膽有若無，共濟和衷馬友于。儒林筆路效前驅，鄒魯海濱德不孤。會應把酒常相娛，重寫香山九老圖。

次郭亦老「彈指吟」一章

莫儉溥

葭琯迎陽又是春，天涯同慶自由身。結緣翰墨何嫌淡，抱道琴書不患貧。

定有文章垂汗簡，偶然觴詠見情親。古稀合晉岡陵頌，貞吉由來叶丈人。

壬子人日李守慧校長招宴，再次亦老「彈指吟」均

淑景初開萬象春，廿年海角寄閒身。碧天蜃幻今何世？金國蚨飛不救貧。芳草有情還自綠，東風回夢可相親。且酣美意延年酒，莫問東西南北人。

張枝繁兄屬題趙世光兄寫獅子圖，爲大埔鄉事委員會同人歡

送黃源章主席榮休紀念，五古一首。

扶顚憑信心，持危賴定力。唆猊忽然吼，百獸皆匿跡。敬恭惟桑梓，六載昭勞績。甘棠繫去思，名山占一席。

題陳鐘示寫梅

種杏成林更種梅，醫人醫國道兼該；作書君已稱能手，點墨塗脂亦雅才。世醫鐘示潮連陳，淨几明窗自在身。閒寫紅梅寄幽興，且看放出指頭春。

文歹自臺返港

徘徊歧路可勝憐，暮楚朝秦號着先。覆水縱收徒汨汨，落花頻數自年年。徐娘老尚矜丰韻，曲士狂猶寫密圈。空有文章譁俗耳，水流花謝杳如煙。

次均儉溥校長酬漢師同學遊三友園

崔道周

北窗高臥好消閒，月滿樓臺水滿灣。過眼煙雲寧有盡？驕人名利已全刪。商量綠酒紅茶局，嘯傲黃花翠竹間。可許剡溪訪安道？裁箋且莫笑辭慳。

次均二首

容國器

三友名園意自閒，煙霞隱約認荃灣。奇葩滿徑供心賞，鄰架連楹信筆刪。雅趣多招詩酒會，高情常見友朋間。熊熊爐火傳香候，正欲吟哦句尚慳。

面城潘岳樂清閒，放眼尊前水一灣。領略風光任攝取，吟成詩句待編刪。參天松竹橫窗外，破臘梅花接席間。約誤洪喬思往事，今番遊屐未應慳。

亞洲詩壇十周年刋慶

張　方

滄海明珠撒網收，十年策劃費綢繆，天聲尚在揚炎漢，大道寧亡見孔周，觀世釆風存幾輩，昌詩復國屬吾儔，亞洲一卷傳寰宇，事業名山五百秋。

編餘漫筆

編者

本期重要的文章有兩篇關於衡陽保衛戰的文章，衡陽戰役是抗戰期間最後一次大戰，也是抗戰八年中國軍守城最久的一次，而日軍傷亡之重竟達全部兵力三分之一，也破了紀錄。若就雙方傷亡人數比較，中國軍傷亡還要少些，因爲中國軍守城部隊只有一萬六、七千人，而日軍傷亡竟達一萬九千多人，中國軍以劣勢裝備，少數兵力對抗敵人達四十八天之久，不但爲八年抗戰所無，即在世界戰史上亦乏先例，對於守城犧牲的一萬多名戰士，每一個人都不應當忘記。

民國二十四年六月十八日，曾經任過中共第一號領袖的瞿秋白在長汀被處死，時光不居，已經三十七年。本期特別搜集了有關瞿秋白的史料，並請專家執筆寫了幾篇有關瞿秋白的文字。其中一篇是瞿秋白未亡人楊之華寫的，原名「憶秋白」，刊於「紅旗飄飄」，特節錄其中一段，由於各人的立場不同，說法也有差異，讀者可從各種不同說法中，尋得一個結論。

關於瞿秋白的史料，本期所刊有幾處特別值得提出的，瞿秋白自撰「多餘的話」及李克長「瞿秋白訪問記」，過去雖然也有報刊發表過，但多屬節本，本刊所載是全文。其次瞿秋白絕命詩詞及集唐詩，也曾經各報刊發表過，但「卜算子」一詞（見封底）則爲任何報刊所未載，此次見於瞿秋白眞跡當不會假，實在此首詞最悽惋，全篇充滿鬼氣，眞是絕命詞，此次能重新發現，編者亦感到高興。

瞿秋白的照片也是攝於獄中，距其死前不久，當爲最後一幀，也是難得之件。此件原刊於抗戰期間共方刊物，對瞿秋白之死，稱之爲「就義」，以烈士尊之，本刊仍然原件影出，決不更動一字，以保存眞實史料。

本刊旨在搜集保存史料，因此所發表文字與史料，雖有些與編者立場看法不同，但也不願加以批評，是非留待讀者與後世史學家論斷。不過，對瞿秋白事件，覺得有兩點意見不能不說。第一、瞿秋白是一個舊時代的知識分子，道地的中國讀書人，何以會走上共產黨的道路，一度還作了最高領導人，照他自己的說法是歷史的誤會，實際上則是由於國家動亂，社會不安，人心都在求變，很容易走上偏激之路，這是時代的悲劇，只是像瞿秋白這種人，一個精通中俄文的人才，可以在學術方面多所發揮，卻爲政治送了性命。六十年來多少人才被捲入政治漩渦而沒了頂，實在值得惋惜。

第二、瞿秋白因從事共黨活動而被國民政府捕殺，站在共產黨的立場說，他的烈士身份是不折不扣的，過去中共也承認其地位，且爲之修墳立碑，及至到了文革時，與項英遭了同一命運，兩人都變成了共產黨的叛徒，像這種事已經屢見不鮮，因此，本刊不僅要保存過去的史料，即對中共的史料也必須留意搜集，否則以後更難知道眞相。

本期發表「沈定一的一生」，與瞿秋白也有聯帶關係，因爲以後成爲瞿秋白妻子的楊之華，原來就是沈定一公子劍龍的妻子，沈楊離婚啓事與瞿楊結婚啓事並列一起，在當時詫爲奇談，此事對瞿秋白影響至大。許多不明眞相的人，也把沈定一父子作爲共黨同路人，實際上是極大冤枉，沈定一是國民黨中極右派，最後可能因此而送了命。由於本期有關瞿秋白文字不斷提到沈定一，因此，特別刊出此文以釋羣疑。

筱臣先生「少年同學江湖老」，雖屬信手拈來，卻都是第一手資料，文字異常生動。惜乎此老近來染恙，曾一度入院，目前雖平安無事，但短期恐難再爲本刊撰稿，特在此代表本刊表示慰問，並祝早日康復。

幾篇連載均入熱鬧階段，當爲讀者所共見，只是張勳復辟與燕京舊夢稿件遲到致誤排，深爲抱歉，下期當繼續刊出。

本社代售下列諸書

鐵嶺遺民著：

蘭花幽夢（上中下三冊）定價十二元

盧溝烽火 定價五元

民國春秋 第一集 定價五元

神州獅吼（即出版）

丘國珍著：

近代國防觀 定價三元

岳騫著：

瘟君夢一、二、三集 每冊定價五元

毛澤東出世 定價五元

毛澤東走江湖 定價六元

毛澤東投進國民黨（即出版）

紅朝外史一、二集 每冊定價弍元伍角

瀟湘夜雨 定價壹元六角

黃巢 定價壹元八角

掌故月刊社
香港九龍旺角亞皆老街六號B
電話：八四四六七三

瞿秋白遺象及其獄中手蹟

瞿秋白先生於民國二十四年在福建汀州就義，左圖爲瞿先生在獄中攝影，下圖係當時在獄中所作詞眞跡。

瞿秋白　一九三五年初夏作於汀州獄中

廿載浮沉萬事空年華似水、流
東枉拋心力作英雄　湖海棲遲
芳草夢江城辜負落花風黄
昏已近夕陽紅　浣溪沙
寂寞此人間且喜身無主眼底雲
烟過盡時正我逍遙處　花落
知春殘一任風和雨信是明年
春再來應有香如故　卜算子
山城細雨作春寒料峭孤衾舊夢
殘何事萬緣俱寂後偏留綺思繞
雲山

野史・佚聞・
人物・風土・

月刊

11

一九七二年七月十日出版

掌故月刊 第十一期目錄

每月逢十日出版

掌故

第十一期

一九七二年七月十日出版

每冊定價港幣二元正

全年訂費港幣二十元 美金五元

出版兼發行者：掌故月刊社

地址：九龍亞皆老街六號B
電話：K八四四六七三

THE JOURNAL OF HISTORICAL RECORDS
6-B, Argyle Street, Mongkok, Kowlcon, Hong Kong.

督印人：鄧少卿

總編輯：岳騫

印刷者：華生印刷所
汕頭街十二號

總代理：吳興記書報社
香港租庇利街十一號二樓
電話：H四五〇五六六
H四五〇七六一

星馬代理：遠東文化事業有限公司
新加坡厦門街十九號
檳城沓田仔街一七一號

泰國代理：集成圖書公司
曼谷耀華力路二三三號

越南代理：聯興書報社
越南堤岸新行街二十二號

其他地區代理：

澳門：可大文具店
亞庇：利民公司
千里達：中華公司
菲律賓：華安書局
倫敦：東寶公司
芝加哥：杏林春
波士頓：中西公司
三藩市：新生圖書公司
三藩市：益智圖書公司
加拿大：香港商店

漢城：汎亞書籍公社
寮國：永珍圖書公司
斗湖：光明書店
菲律賓：玲瓏書局
紐約：友聯圖書公司
紐約：友方圖書公司
洛杉磯：永安堂
檀香山：大元公司
三藩市：文化商店
加拿大：新國華公司

日人對侵華往事的歪

侵華設計者田中義一首相

有人說：由於日本侵略中國而惹起的中日戰爭，是二十世紀亞洲的一件大事，不獨關係我中國近四十年來之勝負得失，且繫乎亞洲各國之治亂盛衰，甚至可以說二次世界大戰的浩劫，以至今天人類尚在核戰邊緣度其危疑震恐之生活，推原禍始，亦何嘗不種因於日本的野心侵略？盱衡世局，自不是過甚其詞。

日本自清季甲午（一八九四）戰役以後，燃起向外侵略的野心，初採蠶食政策，由山縣有朋大隈重信幾個侵略策劃者，又坦白地鼓吹用武力來實現他「大陸政策」的實現，到了田中義一柄政，更以征服中國攫取滿蒙作爲他實現「明治天皇之貽謀」張本；一九三一年「九一八」事變，魔爪伸入東北，猙獰面目畢露，一九三七年，在盧溝橋掀起戰爭，更全面展開侵略；迄至一九四五年投降之日，中國在困苦艱難中，實行自衛，起而抗戰。在艱苦悠長的八年歲月中，根據統計：我軍與頑強的敵人，前後經過二十二次的大會戰，重要戰鬪凡一千一百一十七次，小戰三萬八千九百三十一次，傷亡官兵三百二十一萬一千四百一十九人，因傷病消耗者一千三百餘萬。單憑這數字來看，我國力的消失與戰區民間財富的損失，以及因戰爭而罹流離喪亂的慘苦，可想而知。我最高統帥秉中華文化傳統的美德，以不念舊惡和與人爲善的精神，對日本君民施以寬恕與憐憫，這是中國泱泱之風！這筆賬是不算的了，而身受其害者，總留着磨不掉的創傷，中國人不向取償是寬大，日本人是不應該遺忘得那麼快，如其故意抹殺史實，那就更無悔禍之心了。

二三十年來，日本在美國大力扶助之下，已經從廢墟中重新建立而沾沾自喜，最初似乎還自知理虧，對七七以後全面侵華的史實，少所提及，這幾年來，有關這方面的記述漸多，對於戰爭的起因和責任，多有故意歪曲以爲推卸的傾向，如日本第一復員局所編那幾部的「支那作戰紀錄」，犬養毅之子犬養健所著的「中日戰史」，均多不實不當，殊爲遺憾。最近更有日本著名歷史研究家兒島襄寫的「帝國陸軍史」，其中對於七七以後各種情況，有冗長的敍述，雖然兒島襄是站在日本人立場所作的紀述，時間久了，謊言當作事實，何足以懲前毖後？因撮要譯錄，看看這歷史研究家何以自圓其說。

日本自九一八強佔東北後，即不斷干涉我華北行政事實，一面積極增兵華北地區，製造事件，企圖一舉吞併了北中國。

民國二十六年的春天，日軍即擅在豐台宛平之間六千頃的平原上，實地測量，並聲言要建造兵營和機場，向中國提出要

曲說法與自供

芝翁遺著

求實行售與，經我方加以拒絕，又欲賄買該處地主，誘爲自願售賣，而地主全體則具不願售賣之呈文與手印，報請當地行政專員及縣府備案，日方計窮，遂出以武力攘奪，遂不斷以「演習」名義，向宛平的中國駐軍尋釁。

七月七日夜間十時，日軍一中隊在蘆溝橋附近夜間演習，集合歸隊時，突然揚言有一名日兵失蹤了，在宛平城外到處尋找，意圖入城搜索，爲我守衛城崗之警察保安隊所阻，日兵開了一槍，示威恫嚇，我崗兵即報告駐軍金營長振中，金營長除作必要戒備外，一面仍飭警察保安隊代爲搜尋。時爲午夜二時左右。日特務機關長松井顧問櫻井也以日兵失蹤向我當局提出嚴重交涉，正談判中，這所謂失蹤的日兵忽已歸隊，松井等又狡猾地藉口須調查如何失蹤情況，強我方派員參加，於是我王冷齋專員，便決定與外委會專員林耕宇，綏署交通副處長周永業，同日方櫻井顧問，通譯齋藤五人一起前往，正擬出發間，據報駐豐台日軍數百人，全部武裝出動，強欲進入宛平縣城，並迫我城內駐軍向西門外撤退，當爲我駐軍所拒絕，日軍便開始向我射擊，並以迫擊砲轟城，戰事遂作。時我方守軍爲二十九軍之一部，由團長吉星文營長金振中率隊據守，王冷齋以地方官當折衝之任。戰事在八日傍晚，劇戰了三小時，日軍傷亡倍於我軍，攻勢大挫，及九日侵晨，日軍大集，戰火也就蔓延下去了。這是當時的蘆溝橋的眞情實況，今天日本的兒島襄怎麼說呢？他說：

「昭和十二年（一九三七）七月七日下午十時半左右，日本步兵第一聯隊第三大隊所屬第八中隊，在北京西郊盧溝橋以北，舉行夜間演習，剛告終結，全隊集中準備解散休息，永定河對岸的龍王廟附近，突有十餘槍彈射來。中隊長清水大尉，即向駐於豐台的第三大隊長一木少佐報告，少佐又轉向聯隊長牟田大佐報告並請示，並即率領一個中隊，到達現場。……七月八日凌晨四時，一木少佐向牟田大佐請示，牟田下令『還火』！」

眞虧這位歷史研究家不臉紅，他略去了那段日兵失蹤耍無賴的「嚴重交涉」，乾脆說成「日軍在夜間演習剛告終結時，永定河對岸突有十餘發槍彈射來」，而且被擊了十餘發，而清水中隊長還從容不迫地逐層逐級報告請示，一直到八日凌晨四時，經六個小時之久，才十分客氣地把下令攻擊說成「下令還火」。

盧溝橋事變發生後兩星期中，華北方面軍政人員遵照中央政府「應戰而不求戰」的指示，充分準備，靜伺發展：日方則儘量玩手段，從事虛聲恫嚇，一面提出「談判條件」，請予以考慮，一面又把它拋棄，但不久又復重提起來，反覆無常，詭譎變幻，無可捉摸。在這虛與委蛇的「協商」之短時期中，日本軍部已在下動員令，準備大戰；同時煽動民間鼓吹「對華膺懲」。在北平的商談，只是遷延時日，好從容作軍事準備而已。這一點兒島襄卻不打自招地，將日方動員情形，實供出來。據說：

「對於這回衝突事件，東京的參謀本部和陸軍省，分爲軟硬兩派，關東軍（駐中國東北）朝鮮軍（駐朝鮮漢城）均致電東京，表示隨時可以出動；日政府則以「不擴大」爲宗旨，而參謀本部第一部長石原少將，且根本反對出兵，但第三課長武藤則贊成出兵。結果，由於現地傳來消息，謂中國國民政府已調兵北上增援，於是日政府召開緊急會議，追認日軍出兵案。」

至日軍出兵情況，據說：「七月十一日下午四時半，參謀部發出第五十六、五十七號令，着關東軍及朝鮮軍各出動一部份。關東軍派出的是混合第一、第十一旅團；朝鮮軍則派出第二十師團」。

這大致是不錯的。當時日方軍閥高喊「膺懲」的口號，「不宣而戰」的速度，向華北進軍，分兵三路：第一部由關東軍派遣鈴木、酒井兩混成旅團，經熱河向北平側地區前進；第二路由朝鮮軍的川岸第二十師團入關，向北平南側地區前進；第三路以原駐平津之日本駐屯軍河邊旅團爲基幹，在北平地區，對北平作包圍攻擊。此外又從本土派出板垣四郎之第五師團，經朝鮮入關，會合海軍圍攻天津。截至七月十六日止，日軍侵入華北者，已達五個師團，如上一部僞滿洲國部隊，統計不下十萬人之多，想以「速戰速決」方式，攻佔北平，迫宋哲元脫離中央，或自行引退，好讓它宰割華北，製造傀儡政權。

兒島襄說到這段，曾補充說：「派兵令雖已發出，日政府還是沒有什麼特定主意，當時參謀本部戰爭指導課，有一名中佐軍官堀場一雄，曾擬就一項『支那事變局部化解決方案』：

一、動員十五個師；

二、動員軍需準備之一半；

三、作戰區域限於黃河以北，如情況必要，將上海包括在內；

四、作戰需時半年；

五、戰費五十五億日元。」

就當時堀場一雄所擬的方案五項來看，這方案等於要奪取半個中國了。何祇是「局部解決」？而動員十五個師，恰是日本陸軍實力之一半，也就是日本軍力之大半部。軍需動員，原爲一九〇五日俄戰爭以來，最大的一次；戰費五十五億尤是一個了不起的大數目，它超過了日本全年軍事預算額二十億的一倍半，根本不是日本財政所負擔得起的。但官階只是中佐級的小官堀場，他把方案呈給他上司閱看時，附帶地並作口頭的陳述，他說：「在中國大陸作戰，很可能演變成長期耗戰。所以除非不戰，要麼就得要『全力投球』，否則的話，就變成了一種政略性出兵，祇是嚇阻而已，但結果將蒙不利』等語。這方案最後受到陸軍省及參謀本部的多數官員支持，陸軍省方面初尙有留下一部兵力作對付蘇俄的準備，而參謀本部則認爲「拿下一半中國，滿洲便可高枕無憂。」

說起來日本軍人之瘋狂侵華，投入戰爭，也眞是膽大妄爲的孤注一擲。自一九三一年以來，日本的龐大軍備費用，加上「佔領滿洲」的耗費，使它的預算每年不敷三千五百萬鎊至四千萬鎊左右，平時既無儲藏，而且負有國債達百餘億元，在本財政年度，除了要募集五十五億日元的公債外，還有十億元須借自前年度爲戰爭而編製的二十二億臨時預算。本財政年度，日政府必須借貸近六十億日元，就是每月要售出五億四千六百萬日元公債，當時日本每人平均收入只有二百元左右的國家，要消化如此巨量的公債，勢必只有出以強迫的手段了。

再說到兵力，日本早於一八七三（明治六年）施行征兵制，到一九三七年，可以征到軍中的壯丁最高數目，若爲四百五十萬，其中約二百萬左右受過軍隊訓練，於作戰第一年間，武裝起二百萬人，並將其中一百萬人動員到前方作戰，是不成問題的。至於他們動員的機構，在戰爭初期幾個月中間，當然都是由各師旅團就其本師旅團將第二、三線預備兵組織起來，第二線預備兵是以師團爲單位，第三線以旅團爲單位，因此戰事爆發，以平時的步兵常備軍爲基礎，組織起三十五個師團，十七個旅團，計共可得步兵九十餘萬人。日本陸軍平時每一師團轄有四個步兵聯隊，一個工兵聯隊，一個騎兵聯隊，一個山砲聯隊，一個輜重兵聯隊，而在作戰時，每一師團又得補充戰車、裝甲車、高射砲、探照燈、電訊、航空、醫療等各一隊，而在作戰時，每一師團兵力達於三萬人。他一心「以戰養戰」，但兵源給養也總是一項巨大負擔。七七事變初期，日本陸軍之常備兵爲十七個師團，海軍約一百九十萬噸，空軍飛機二千七百架。（內海軍一千二百二十架，陸軍一千四百八十架）

一九三七年的七月十一日，那天整個上午，日內閣近衛文麿首相以次，舉行着緊急會議。在東京的新聞記者們於接待室內來來去去忙個不停，互相猜測着時局的急遽變化。下午，近衛首相到葉山行宮覲見日皇，袖着和戰決策回來，一到晚上，全日本統統知道了是怎麼回事，報館號外，驚人的題目是：「日本決定出兵華北」。「四個師團將立卽開拔」。一個久住日本的美國新聞觀察家席勒會在「日本內幕」中敍述說：「近衛公爵匆匆跑到天皇的海濱避暑地方，請他批准軍部計劃和軍部特別費，以便用旣成事實來對抗議會的緊急會議」。當九月初議會召集會時，同盟社記者也有一篇報導說：「……其目的在於批准陸軍佔領華北的平津區域，以及改革經濟財政的通盤計劃。政黨領袖都不想在議會中用質詢大臣的慣例，來詢問駐華軍政機關所採的積極政策，因爲政府的對華政策，早在兩星期前，經過天皇的批准了。」

同時美聯社從東京拍出的電訊也說：「近衛首相要求議會核准其經濟計劃，此舉如果實現，將使日與德義兩國相同成爲一全體主義的國家。」三十年後的今天，日本的歷史研究家竟說「派兵令雖已發出，日政府還是沒有什麼特定主意」，或許是爲葉山行宮的一幕而有所諱吧？

七月十七日，蔣委員長在廬山發表了一篇理直氣壯的演說，提出了四項要點，以和平方法解決中日糾紛，我們堅持：

一、任何解決不得侵害主權與領土之完整；

二、冀察行政組織不容任何不合法之改變；

三、中央政府所派地方官吏如冀察政務委員會委員長宋哲元不能任人要求撤換；

四、第二十九軍現在所駐地區不能受任何約束。

在演詞中又鄭重聲言，「中國之對外政策，爲民族自存與國際共存。我們希望和平，而不求苟安；準備應戰，而決不求戰。」同時正告日本當局說：「盧案能否不擴大爲中日戰爭，全繫於日本政府之態度，和平希望絕續之前一秒鐘，吾人仍希望和平，希望以和平的外交方法，求得盧案之解決。」

這詞嚴義正的態度，對好大喜功的日本軍人，等於對牛彈琴，日本廣田弘毅外相，在日本決定對華用兵之頃，並向國際宣稱，有關華北之問題，拒絕任何第三國之干涉。同時並表示「如南京政府介入華北，干涉華北地方政府與日本人之間之協定，則日本軍部將以激烈手段對付之。」

日方態度蠻橫至此，在戰爭與和平之間，我們的選擇便只有戰爭了，因爲這是民族的生死存亡關頭呀！

民國廿六年七月下旬，日軍從關外開來已達一師團以上，空軍飛機也有百餘架，到七月廿六日，軍事行動的序幕，已因日方空軍的出動而終於揭開了。根據日方所作的藉口，說中國方面有人破壞日方通到天津的電線，日方乃派空軍向廊坊一帶的村莊奇襲，炸成一片瓦礫，中國民衆死傷千餘人。在同一天裏，日軍向宋哲元加緊壓迫，要宋的部隊撤退至河北省的南端。宋經過深長而明決的考慮後，決定拒絕日方的無理要求，並命令所部：「抵抗任何進一步的侵略」。廿六晚間，大井村附近日軍強欲經彰儀門入北平城，我守城軍警予以阻止，遂起衝突，宋哲元命趙登禹爲南苑指揮官，三十八師董升堂旅進豐臺。廿八日，我軍奮勇攻入豐臺，同時盧溝橋八寶山兩處，我軍亦將五里店大中村附近敵人驅逐，乘勢向豐臺推進。其時，南苑方面，因日軍以一個半師團配屬砲兵三個團戰車百餘輛向我反撲，並以飛機二十架更番狂炸，我副軍長佟麟閣師長趙登禹卽於是役奮戰成仁。由於南苑之失利，豐臺方面戰事，亦受牽動，廿八日晚間，日方派砲隊轟炸宛平城及長辛店，我軍撐持抵抗了一晝夜，卒不得不放棄宛平，向長鄉涿州之線轉進，盧溝橋亦遂陷入敵手。

這是可預料得到的。從日軍的戰略上看，包圍北平是其入關後的蓄謀。當他佔了榆關和熱河，即對北平爲遠勢的兩面包抄，冀東僞組織成立，及增兵豐臺，乃成爲近勢之三面包圍，留着這個缺口，使北平西南角上仍得與外方交通，故急急佔了盧溝橋，完成了四面包圍之勢。戰爭既已正式開始，平津的陷落，乃是必然的後果，我宋哲元部主力移向保定一線集中，主要陣線也移至居庸關南口，其時中央也派駐平地泉的十三軍湯恩伯，及廿一師李仙洲，八十四師高桂滋等部入察，與劉汝所部協同扼守張家口南口一帶。在救亡圖存的民族覺醒的態勢下，中國健兒要和瘋狂的日本軍硬拚到底了。

戰死南宛之二九軍副軍長佟麟閣

日方侵華觀念的基礎，始終是低估了中國的力量，一如曾做過陸相的杉山元給日皇的奏摺中即狂妄地說是「中國政府和中國軍隊的生存，不能超過三個月，因爲中國軍備力量脆弱，政治無組織，決不能長期抵抗日軍。」……在平津淪陷後，驕妄的日軍眞是氣燄萬丈，其中卻有一個少將級的帶兵官即後來兇暴遠播東南亞最後上了絞刑架號稱「馬來之虎」的山下奉文。這個胖篤篤矮矬矬的少壯軍人，其時也在平津前線，卻不同意於他的伙伴那樣的樂觀，他的看法是：「中國將會有決心打下去的，而且不容易被打倒。」

據兒島襄的記載中說：「在南苑之戰後，山下奉文少將曾邀集部下指揮官商議，並飲酒作樂。席間，有人問他：『少將閣下，天津北平已經給我們取下來了，南京方面會不會投降！』

山下斜乜着眼睛反問：

『你以爲如何？』這人說：『我認爲我們皇軍佔領了整個河北省之後，南京方面一定屈膝。』

山下呷了一口酒，罵道：『馬鹿，馬鹿，混你的帳！』

這人追一句：『我們佔了上海，他們大概要求和了吧？』

山下說：『不行，他們不會向我們屈服的。』

這人還是不解，問：『那麼，等到攻下南京好了。』

山下搖晃着腦袋：『不行，不行！』

這人似乎大惑不解，一個勁地說：『好吧，假定我們皇軍連武漢也給打下來，他們還往那裏去？』

山下仰頭傾杯，一口氣喝下餘酒，瞪着眼說：『我已經說過不行，現在還是說不行，不行！』

這時他的伙伴們，見二人一本正經地一問一答，而山下又顯着有點不耐煩的神氣，因而有幾個比較清新的便走近山下旁邊來，山下拿起酒瓶又倒了一杯酒，呷了一口，便對他們說：『中國長江流域之西的四川，古時稱爲蜀，三國時代稱爲益州，所謂天府之國也，那地方資源豐富，足可自給，又是四通八達的地形，我料他們一定死守那地方抵抗到底。皇軍如能取下四川，並截斷蘭州方面的補給之路，這戰事才有勝利的把握。』」

按在當時日方軍閥都是一開頭便取「快然一擲」的速戰速決的，唯一只有一個叫做平田晉策的曾說過：「單純以軍隊予敵方猛速的一擊，不管國內的經濟政治情勢怎樣，那種戰爭可以進行的，因此軍隊在最初可以採用這種方法。但是，這回遠東的戰爭，卻不能僅僅從這種戰略的眼光上去覺察。無論參謀本部喜歡不喜歡，戰爭一定是持久的；戰線一定拉得很長，軍隊的需要必然日漸加增，死傷的數目將倍加上去。我們若對這一問題閉上眼睛不看，而且堅決認爲它不過是很快就可以結束，那才是自欺欺人呢！」山下的話，也是覷定我方會把時間拉長，把侵略的日軍拖下去的。

因此山下的部屬給他這麼一說，直聽得面面相覷，黯然無語。據說「其中有一山內大尉呆呆的發言打破了這一剎那的靜寂，他說：『要是佔領了蘭州，那便等於要控制支那全土了，這已不算局部作戰啦！』山下苦笑了一笑，指着地圖道：『這有什麼辦法？我們只好從蒙古那邊繞一個大圈子到蘭州呢！喂！你們不妨今天起學習學習蒙古語啦……』」

一九三七年的八月初旬，路透社從東京發出的電訊，有「大戰將於本星期再起」的預言，果然八月九日旁晚，日方的海軍陸戰隊由大山勇夫中尉帶了一名兵士齋藤要藏武裝乘車要衝入虹橋機場，開槍擊斃我機場守衛，結果給守機場的保安隊擊斃，於是日方便藉而集結兵力，準備戰鬭。八月十三日，便沿着北四川路軍二路一線，向我展開攻擊，是爲「八一三」之役。日方聲明裏有：「爲膺懲暴戾的支那軍，促進南京政府之反省」等語，暴橫之極，也驕妄之極。另一方面，關東軍那邊，果如山下奉文所料的，派兵適從察北，以好幾個師團兵力，趨山西大同，這一支帶兵的頭子，正是關東軍參謀長東條英機。十月初，日軍逐步南侵，直叩娘子關了。從戰略上說，山西爲北戰場之大側面陣地，自綏察不守，晉北屏障全失，這時日軍瘋狂之極，以河北爲據點，北佔綏察，西攻山西，南侵豫北，東犯山東，企圖完成「以黃河爲界」之「華北國」。據說：東條英機是在八月初先行動而後才打電話告訴參謀本部的，參謀本部很不高興東條的做法，認爲應由坂垣征西郎中將的第五師團先攻平型關，把中國軍主力打垮才對，但事已至此，只得組成「華北派遣軍」，以寺內壽一大將任總司令，統率該方面的軍事。南戰場方面，淞滬陷落後，十一月五日，日軍又以柳川平助中將，帶領第十師團，在杭州灣登陸；十一月七日，又成立「華中派遣軍」總部，由松井石根大將出任司令，參謀人物全部由參謀本部強硬派擔任，計有塚田少將、武藤大佐等人。在這時候，日本方面投入中國本土的兵力，計達十六個師團了，卽華北方面七個師，華中方面九個師，已超出那堀場一雄動員方案的預算了。由於日軍要迷信攻佔我國首都——南京的重要性，松井石根所部，卽集中全力向南京推進。他們在展開蘇州河戰鬭之際，便認爲中國的野戰軍主力，已被消耗殆盡，軍事解決已不成問題，只要攻下南京，摧毀這個政治中心，則城下之盟，是一定非承受不可的。日軍分着四路出動：右翼之東路，自京杭國道之溧陽經南渡鎮，北攻句容正南之天王寺，十二月五日，佔了句容，又分爲兩支，一支繞湯水鎮北九華山之背，取小徑攻麒麟門，一支自天王寺沿石子路攻我光華門東南之淳化鎮（爲日軍主力所在）；右翼之西路，乃攻廣德之敵，折北取道京建路，佔據郎溪東壩等要點，由此分二路，一路攻宣城，襲灣沚車站，一路北攻水陽鎮，繞丹陽湖攻當塗，渡江攻和縣，沿長江北岸進攻浦口，又一路由溧水北攻秣陵關，十二月十二日由中華門突進，我守軍予以迎頭痛擊後，退出南京。

日軍攻陷南京，表現其勝利者的傑作，創造了人類史上所罕見的獸性行爲，焚燬、奸淫、屠殺、刦掠，無所不至。誠如一位英國記者所報導的：「一切最壞的獸性都無遺地發洩出來了。」大批屠殺赤手空拳的平民，一串串地給綑着拖到江邊用機槍掃射，不少的婦孺也被作玩笑的射殺或以刺刀刺死。計有調查紀錄的：被集體射殺者十九萬餘人，零星殺害屍體經收埋的十五萬具，被害總數在三十萬以上。但任憑怎樣，絕不動搖中國人抗日的意志，反之益加強了衞國的決心。

南京被佔之後，在日本侵華的基本策略上，有重大的影響。本來在七七事變初期，日政府原想以武力佔了華北之後，擺出一副浩大聲勢，向中國政府恫嚇一番，同時在幕後進行和平的討價還價，企圖在某種情況之下攫取便宜之後，來符合他那「局部化解決」的「方案」。

在攻取南京之前的一段時期，日本一面是「弓上絃刀出鞘」的「耀武揚威」；一面還計劃過幾次「探和」，例如首相近衛文麿曾打算派外相廣田弘毅赴南京，及派宮崎龍介進行幕後活動，當時的條件，不外是：強迫承認偽滿，締結防俄協定等，其目的無非要中國在他飛機大砲下乖乖地聽由擺佈。為了這，還賄通了德國駐華大使陶德曼協助其事。

陶德曼於十二月初，會以獨家和平經紀人面孔，向中國方面，提出條件：

（一）訂立中日經濟協定，許日方參預中國財經、海關、交通、運輸。

（二）中國參加反共公約。

（三）日軍永遠駐防中國。

（四）在日方指定地點，設非武裝區域。

（五）在內蒙古設獨立政府。

（六）中國賠償戰費。

陶德曼語氣中還摻着半恫嚇的意味，好似此刻投降還可以找尋不至亡國的條件，失過這個機會，那就連這些條件都不可得的了。

在南京被攻陷的第三天，東京朝日新聞透露一個消息：「中國如願意議和，日本亦可以停止戰爭。」這消息從無線電傳播出來，正擬進攻蕪湖的第六師團一個軍官收得，向所部起說，士兵歡聲如雷，有的還準備收拾行裝，結果是一場春夢。因為南京的陷落，並沒能搖動中國朝野的抗戰信念。

十二月二十八日，日本方面大大的着急了，松井石根在南京又作了一次威脅性的宣告：「日本將予中國以改變態度之機會；但必要時，日軍將攻取漢口重慶。」外相廣田在內閣會議中發言，認為條件不可輕，應該再辣一點，增加「中國政府須向日本賠償一切損失」一項，並限於一九三八年一月十五日以前答覆。

據兒島襄所記：在透過秘密的聯絡中，中國方面曾要求日方把條件內容作詳細的說明，日外務省加以拒絕，說：「你們應該答『是』或『否』。」態度十分傲慢。到了一月十五日，中國方面沒有答覆，當時只有參謀次官多田主張續繼等候，其餘陸相杉山、外相廣田、海相米內，以及首相近衛，都一致認定中國方面沒有誠意。遂於十六日發表聲明，傲然「不以國民政府為對手」。在老羞成怒之下，宣告：「日本拒絕承認國民政府為中國之中央政府。」近衛發表聲明稱：「時至今日，國民政府依然不了解日本眞意，策動抗戰，不察國內人民塗炭，對於『東亞和平』毫無顧忌，因此，日本政府今後不以國民政府為對手，期望眞能與日本提攜之新政府成立且發展，而擬與此新政府調整兩國國交，並協力建設新中國。」

紀述中並謂：近衛的聲明發表之先，據說華北方面日本軍人，早已提議在華北樹立「政權」，由當時住在香港的王克敏出任首腦，但王本人表示，日本須先行否認國民政府，他才可以出馬。這個要求有一段時間被擱置了，直到南京攻下後，才再被考慮。

針對近衛的狂妄聲明，我們的政府立即予以有力的還擊，我們發表宣言，曾鄭重聲稱：「中國政府於任何情形之下，必竭全國之力，以維持中國領土主權與行政之完整；任何恢復和平辦法，如不以此原則為基礎，決非中國所能忍受，同時，在日軍佔領區域內，如有任何非法組織僭竊政權者，不論對內對外，當然絕對無效。……」

當時日本的軍人政客們，認為中國失去了南京這個政治中心，國民政府統治力量一定就解體了，依舊恢復到民十六以前的舊局面，隨便找幾個退時貨色充充傀儡，再搬出李完用亡韓的老手法，在華排演，便好任意攫取，先實現其日滿支一體的把戲，最後以併吞整個中國完場。那些驕橫的敵酋的心目中，更認為中國全面抗戰，只是一種姿態，在勢是無法支撐下去的。所以，當時華北派遣軍司令寺內壽一即曾作了一項分析，他說：「中國的軍隊，經過了山西會戰及南京會戰以後，已經接近崩潰的邊緣；任何地區，只要一個聯隊的兵力，就可以完成掃蕩，就可以了事了。」

憑他的估計，中國資源不夠，基層幹部缺乏，一時無法恢復戰鬥力。而地方部隊，只要經過威脅或利誘的手段，便不難全部瓦解。因此一面進攻，一面還做了一些離間工夫。

儘管日本方面抱着阻撓中國日漸強盛的初衷而積極侵華，但任憑他兇燄萬丈，可動搖不了民族意識覺醒了的中國民心士氣。民國廿七年的春天，我們的軍隊重新恢復了戰鬥力，日軍向津浦線猛攻時，在魯南魯西均遭受到中國軍隊的堅強抵抗，以英勇的戰鬥，來答覆我們的敵人。在政治方面，也顯着更團結，國家社會黨代表張君勱致書蔣總裁，表示合作，書中有「方今民族存亡，間不容髮，除萬衆一心，對於國民政府一致擁護而外，別無起死回生之途。」青年黨代表左舜生也同時表示擁護領導，團結建國，大意謂「覩目前之鉅艱，念來日之大難，僅有與國民黨共患難之一念外，他都非所計及，僅知國家不能不團結以求生存，舍此亦無所企圖」。即胸藏鬼蜮口是心非的共產黨，見民青兩黨如此，也不能不隨聲喊出一致擁護政府，擁護抗敵建國綱領了。

三十七師師長馮治安

英國人尤脫萊對日侵華很早就寫有"Japan's Feet of Clay"一書，對日本命運作了啓示，之後他又有「日本在中國的賭博」，替日本的泥腳作詳細的註解，他看到「中國似乎能比日本支持較久」，更指出「日本甚至找不到一個二等角色來充任親日政府的職位，它企圖收買舊軍人如曹錕吳佩孚等之舉已完全失敗」。他斷定「日本將無力從中國內地泥淖中自拔了」。

但日本首相近衛文麿一味要進行分化陰謀，企圖其「東亞新程序」的建立，結果雖釣上了汪精衛作交差的搪塞，在速和速結的幻夢破滅後，他已是筋疲力乏了。依據兒島襄的說法，日本在九一八和七七兩次事變，其處理能力不大相同。九一八事變，日方憑兩個人的意見作最後決定，其人即陸相南次郎與參謀總長金谷範三。七七事變時，參謀總長是皇族人物閑院宮親王，此人向不管事，徒擁虛名，副參謀長今井清次，長年纏綿病榻，結果一切決策都落在低級軍官手上。這班人年輕膽粗凡事不作詳細考慮。據說七七之後四個月，近衛曾向宮內大臣木戶幸一表示辭職，近衛說『我奉詔組閣時，沒想到今天發生這許多事件，現在要考慮急流勇退了。』木戶大驚道：『現在戰局正在進展，首相如下野，可能給人以錯誤印象，以為日本國內發生內鬨，請不可作此打算。』但實際上由十一月十八日起，日本已設置大本營，一切作戰發號施令，陸相杉山、外相廣田，已分別由坂垣、宇垣接替，近衛延至一九三九年一月四日，便正式辭職了。關於近衛的辭職，那個擬具侵華方案的堀場一雄，曾批評他：『無定見，無責任，無原則；近衛首相拋棄了百萬大軍，曝於荒野而脫走。』近衛下臺後，由平沼騏一郎組閣，他仍任樞密院議長兼不管部大臣。從此之後，由於戰爭長期化，日本的泥足無法自拔，又瘋狂地掀起太平洋戰爭，終於無條件投降。追懷過去的創痛，眞不勝細說，如不是我們領袖的寬大仁厚的措置，日本國體且無由保存，哪有今天的繁榮與強盛？日本不應再以詼詭的說法作歪曲的記述的。

「七七」回憶錄

王冷齋

著名的「七七」抗戰紀念，忽忽三十五週年了！其時事變發生於盧溝橋，當地行政督察專員兼宛平縣長王冷齋，首當其衝。王氏曾於抗戰週年紀念時，寫有回憶錄一篇，歷述「七七」事變的眞情實況，誠爲第一手史料，特選刊於此。——編者

震動全世界的盧溝橋事變，發生於民國二十六年七月七日，至今年今日，整整一週年。第一年中，我們抗戰前線將士死傷達數十萬，人民生命財產損失更不可以數計；這樣的堅強禦侮，重大犧牲，不特中國歷史上數千年來所未有，卽方之歐洲大戰亦不遑多讓，現在我們雖然失地數省，但我全國軍民抗戰之心愈益加強，而敵人則已精疲力盡，欲罷不能，長期消耗的目的總算達到，實出全世界人士意料之外。

盧溝橋事變發生的前後短短三個星期間，而其交涉及抗戰經過，實歷史上之重要材料。現在值一周年紀念，根據我當時的筆記，作一個總括的報告，可知盧案並非偶然發生，敵人有計劃有步驟的侵略野心，在盧溝橋事變時，卽已暴露無遺了。

事變的遠因，導源於九一八，日閥不費一兵，不折一矢，將東三省攫到手中，六年來仍思沿用故技控制華北，造成所謂華北五省明朗化，以政治經濟侵略作前衛，以軍事侵略作大本營，而分化中央與地方爲惟一手段。不料中央軍隊南調之後，二十九軍開駐平津，當局抱定槍口不對內原則，一面雖審愼應付，一面仍絲毫不肯表示軟弱，土肥原奔走兩年，用盡心計，卒至勞而無功，土去後繼以高橋、松室、松井諸人，仍思努力，但鋒勁已挫，仍然無所成就。敵閥之計已窮，乃不得不暴露猙獰面目，變更政治侵略而爲軍事侵略，二十五年九月十八日豐臺事件，實軍事上第一步之嘗試，我方爲顧全大局，始終保持和平態度，敵閥以爲輕而易舉，遂進一步作略取盧溝橋的計劃。

盧溝橋的地勢，扼平漢咽喉，當北寧平綏兩路衝要，不特爲北平命脉，且亦冀察兩省的屏障，在鐵路未通以前，已爲古昔兵爭要地，當局知其重要，故將宛平縣府移設此間，現在行政專員公署亦設在該處。北寧路之豐臺，平漢路之盧溝橋，平綏之清河等重要車站，均在宛平轄境之內，平時駐軍，宛平城內及豐臺車站附近，均有二十九軍一營，清河則爲冀保安隊駐守。豐臺事件發生後，我方駐軍他調，敵人遂以一木清直所部之大隊（等於中國軍隊一營，惟人數較多，約七百餘人）全駐該處，平時以演習爲名，常常在盧溝橋附近活躍，偵察地形，其初演習不過每月或半月一次，後來漸漸增至三日或五日一次，初爲虛彈射擊，後竟實彈射擊，初爲日間演習，後來竟實行夜間演習，且有數次演習部隊竟要求穿城而過，均爲我嚴厲拒絕，如此者相處數月，因我方種種之應付及切實戒備，幸未發生嚴重事件。而敵人除一方以演習示威外，復託北寧路局長名義，將豐臺至盧溝橋中間地帶六千餘畝實地測量，意圖購買作爲建築兵營及飛機場之用，卽當時

各報所載之豐臺園地問題，該項地畝係於廿五年十月測量完畢，及我就職之後，日方即提出要求實行售與，一方並向地主們宣傳，願以最高代價購買該項地畝，松室且已將全部計劃及地價，報請日軍部備案，決定事在必行，當時事件日見緊張，我奉令當折衝之責，在當局指示以不損領土主權爲原則，同時須兼顧不至將事態擴大的方針之內，曲予周旋，在天津日駐屯軍司令部與北平特務機關部，雙方交涉不下二十餘次，日方計盡辭窮，乃以重利賄買該處少數地主，諉爲民意自動願賣，但該處全體地主，均有不願售賣之呈文與手印，報請專署及縣府備案，眞正民意如是，少數被誘者當然不敢出面。日方以此事極感棘手，除非實行軍事侵略，終無法得我寸土，而演習乃逐漸加緊，遂發生七月七日晚之事變。

事變發生於二十六年七月七日夜間十時，日軍一中隊在盧溝橋附近實行夜間演習畢，集合回隊時，突然揚言有日兵一名失踪，在宛平城外進行搜索，如有其他情形，須由我方負責等語。我當時接到各方電話後，即通知駐軍金營長對於城防切實戒備，一面並令警察保安隊代爲搜尋，歷一小時毫無影踪，乃親赴市府及外委會報告。當奉命赴日本特務機關部向松井機關長交涉，到達日軍機關部時已午夜二時左右，斯時外委會主席魏宗瀚、委員孫潤宇、專委林耕宇、綏署交通副處長周永業、日特務機關長松井、顧問櫻井均在座，當就本案與松井已得報告謂失踪日兵現已歸隊，惟須明瞭如何失踪情形以便談判，我當反詰以如何失踪，祇須詢明該兵即可明瞭，即爲周到起見，由雙方派員調查亦可，當即決定我與周林櫻井，並日通譯齋藤五人前往。正擬出發間，得報告駐豐日軍數百人，全部武裝開赴盧溝橋，事態已見嚴重，同時日軍聯隊長牟田口並請我同林耕宇前往一談，當即同林赴日兵營與牟接洽，牟見我即詢王專員此去能否負處理事件之全責，我答云，頃間在機關部所商係負調查使命，事態未經明瞭，尚談不到處理，且此事實責任應由何方擔負，此時亦不能臆斷；牟復謂假使事態明瞭，總以當地處理爲宜，日本方面現已決定由森田聯隊附全權處理，因爲事機緊迫，勢或不及請示，閣下爲地方行政官，發生事件係在貴轄內，自有權宜處理之權；我仍以事先調查再談處理爲原則，對牟所求堅決拒絕，如此談判約半小時，牟見無法乃允先行調查。我同林出日兵營時見日兵三百餘人分載大汽車八輛向盧溝橋出動，乃急會同周永業、櫻井、齋藤等出發，我與林二人在後一車中，當車抵宛平城東北角沙崗時(距城約一里)見該處已爲日兵佔據佈防，士兵多數伏臥作射擊準備，斯時突有日特務機關部輔佐官寺平奔至車前，阻止前進，並手出地圖向我云：現在事態已十二分嚴重，不及調查談判，應請貴員迅速處理，下令城內駐軍向西門外撤退，日軍進至東城門數十米達地點，再行談判。我答云，此來係在貴機關部商定先從調查入手，適間牟田口所求處理責任我已拒絕，貴輔佐官所云離題太遠，究奉何

吹響了民族復興的號角

方命令本人實未明瞭。寺平當謂平日日軍演習，均可穿城而過已有先例，何以今日演習不能進城，我當反詰謂恐爾來華不久，尚未明瞭此間情況（寺平係接濱田任不及三月）向來日軍演習均在野外，從未有一次准其穿城而過，爾所謂先例，請指出某月某日事實爲佐證。寺平語塞，遂惱羞成怒云：此項要求係奉命辦理，事在必行，請君見機而作以免危險。同時森田即請我與林君下車，指示日軍陣容，槍砲並列，意在對於手無寸鐵的我示威。森田並云：要請王專員迅速決定，十分鐘內如無解決辦法，嚴重事件立即爆發。槍砲無眼，殊爲君等危！我當時雖自揣身陷敵陣備受威脅，但責任所在，生死早置度外，當即嚴詞拒絕，謂僅奉命調查他無所知，危險更無須顧慮，且第一步調查辦法係在特務機關部決定，前後方不應矛盾如是，此處非談判之所，如君等（指森田寺平）依照後方決定原則辦理，即須在城內從容商談，否則一切責任應由君等負之。森田、寺平見威嚇不成，乃自行商定由寺平同

事變發生之盧溝橋及宛平縣城門

我及林君進城談判。進城後，周永業櫻井齋藤等已先至，當在專署會客室繼續談判，未五分鐘（時爲四時五十分）而城外槍聲突發，槍彈紛紛掠屋頂而過，據日軍已開始向我射擊，我當以電話向北平報告開火情形，一面仍同櫻井等加緊談判，雙方射擊約一小時，森田急派人持刺來請求派員出城面談，當經商定雙方下令停止射擊，由林耕宇君與寺平二人縋城而出與森田面商，旋據報告並無結果，林等即返平報告，而雙方復繼續射擊，日軍並以迫擊砲轟城內，雙方均有死傷。迄午後四時，牟田口派人齎書由城外鄉民繞道從西門轉遞進城，請我與吉團長星文或金營長振中出城親商，我與吉同以未便擅離職守卻之，五時牟復來函要求三事；（一）限即日下午八時止，我軍撤退河東，日軍撤退河西，逾時即行大砲攻城；（二）通知城內人民遷出；（三）在城內之日顧問櫻井、通譯官齋藤等令其出城。我當答以：（一）本人非軍事人員，對於撤兵一節未便答覆；（二）城內人民自有處理辦法，勿勞代爲顧慮；（三）櫻井等早已令其出城，惟彼等仍願在城內談商，努力於事件解決。斯時槍聲已停，雙方均抱沉靜狀態，以待事件之推演。至午後六時時鐘甫鳴，我忽思及專署地點實爲攻擊目標，未便久駐，且櫻井等均係輔助辦理外交，並非軍事人員，自當盡我力之所及，切實保護，勿令罹難，因就近另覓民房一所辦公，並請櫻等同往，六時五分離開專署，各職員數十亦同往，甫出大門約十餘米達，而敵人大砲連珠而至，每砲均落在專署之內，自專員辦公室起，以及客廳職員房屋均被毀，牆屋倒塌，器具粉碎，砲彈破片纍纍，營長金振中受傷。敵人此次突於沉寂空氣中，出我不意發擊，其用心之刻毒可見，幸我等先兩分鐘離開，否則數十人立即粉身碎骨。自是而後，劇戰達三小時，平盧電線爲砲火摧毀，已不能通，命令報告均由豐臺轉達，斯時我西苑駐軍一旅，由何基灃率領，已將廻龍廟及劉莊一帶人驅走，敵人傷亡倍我軍，斯時接到北平命令，謂已向日方提出交涉，限日軍即晚向豐臺撤退，否則我軍進攻，同時牟田口復直接致函與我，請派員協商

停戰辦法，我因北平方面已決定原則，對牟函不便答覆，十時以後戰況沉寂，惟時聞斷續槍聲而已。十二時我軍實行夜襲，將鐵橋附近日軍殲滅殆盡，斬獲甚多。至九日晨三時，由豐臺轉到馮主席治安，秦市長德純電話，謂已與日方交涉妥協三項；(一)雙方立即停止射擊；(二)日軍撤退豐臺，我軍撤回盧溝橋迤西地帶；(三)城內防務由保安隊擔任，人數約二百名至三百名，定本早九時接防。我奉電後，當即通知駐軍吉團長知照，乃至六時，日軍突以大炮攻城達百餘發，此爲妥協聲中，日軍背約棄信之第一次。我一面即電北平報告請向日方交涉，經電詢日方，據云係掩護退卻，一切仍照北平所商三項原則辦理，並云日軍已開始撤退，我當派便衣隊警赴城外偵察，據報：五里店日軍，確已漸向大井村方面撤退，同時北平來電謂：保安隊已於晨六時向盧溝橋出發，計程九時可到。但至十時保安隊仍無消息，經派員探明，謂該隊到大井村後爲日軍所阻不能前進，致生衝突，我方陣亡士兵一名，傷數名。我當即電平請向日方交涉制止，並履行諾言，至午後三時仍無結果。斯時北平所派雙方監視撤兵委員已到，計日方爲中島顧問，我方爲綏署高級參謀周思靖，外委會專委林耕宇亦偕來，抵縣後，即分兩組實行監視撤兵，甲組擔任迴龍廟及鐵橋一帶，委員爲周永業及櫻井，乙組擔任大井村五里店及東北角沙崗一帶，委員爲周思靖及中島，雙方分途出發，至四時返城，均爲已監視撤退完畢，惟保安隊迄未進城，我當請周思靖赴大井與河邊旅團長接洽，中島亦同往，嗣由周等帶進隊兵五十名，請先行接防再議辦法，此爲日方背約棄信之第二次。我以北平雙方所定三原則內，接防保安隊人數係爲二百至三百名，今祇到五十名，即連同本縣隊亦不敷城防分配，當即拒絕接受，一面通知吉團長注意，一面並電話北平交涉(此時電話線已修竣恢復通話)。約半句鐘，得北平復電，謂已與天津駐屯軍司令部交涉完妥，所有出發保安隊仍可全數進城，惟所帶機關槍則另派員押運回平，六時左右，保安隊全部進城，惟仍不足二百名之數。據云每架機

宛平縣城中的二十九軍聞日軍來犯，緊急赴戰

槍係由原隊兵三人運回北平，故人數減少，該隊由團附王揮塵、營長賈朗義率領，我與王賈面洽分配防務後，吉團全部移駐河西。斯時日軍河邊旅團長，派笠井顧問廣瀨秘書及愛澤通譯官三人，携香檳酒來縣向我面致慰勞，各人並面盡一杯，以祝此不幸事件之得以短期解決，並盼以後永遠勿再發生。若按國際例，雙方既飲香檳酒，即屬和好之表徵，乃笠井甫去未久，我即查明城外東北角沙崗日兵，尚有若干未撤盡，且有去而復返者，數目約達三百餘人。我是時大爲疑慮，除電話北平報告外，並通知吉團長王團附切實注意戒備，該處監視撤兵委員本爲周思靖（現天津僞公安局長）與中島，乃周已先返平，中島亦匆匆欲行，我以此事恐有餘波，因堅留其在城內協助處理，且彼本係監視撤兵人員，今既發現日軍尚未全撤，則彼之責任尚未盡，自有留縣必要。中島意雖不懌，祇得暫留，至翌晨二時二十分，東北角日軍忽開槍射擊復圖攻城，此爲日方背約棄信之第三次。幸我軍事先已有戒備，我除電北平報告，即向中島交涉，令其詢問實情並制止射擊，經中島電詢北平旅團部及聯隊部後，答稱日軍旅團部已聞報，實係雙方哨兵因誤會開槍，日方絕無攻城企圖等語。一小時後槍聲已停，接北平電話，令與中島同往商決外交未了事件，我即於晨間七時與中島同車赴平，車過縣城東北角鐵路涵洞處，見日軍步哨未動，且有哨兵三人阻止前進，經告以赴平接洽停戰辦法始放行。七時半同中島抵平，即與馮主席治安，秦市長德純面晤，當報告日軍未肯全撤，非徹底交涉不能視爲了結，嗣櫻井中島齋藤等均到秦宅會商，我方爲秦市長德純、程旅長希賢、周參謀思靖及我等四人，日軍爲櫻井中島兩顧問、齋藤秘書三人，我首即提出東北角沙岡日軍未撤問題，請注意討論。據齋藤云：未撤日軍係爲陣亡死屍兩具尚未覓得，故留此項部隊附近搜索，並無他意。我當謂搜索屍體無需許多部隊，且更不必携帶機關槍迫擊砲等兵器如臨大敵。齋藤云因恐我方射擊，故不得不多留部隊以資警戒。秦市長程旅長均謂：倘係單純搜索屍體此事甚易，我方亦可幫同協理，當經商定組織搜索隊，委員六人，我方由二十九軍、冀北保安隊及專員公署各派一人，日方爲櫻井、中島、笠井三顧問共同組織，並由二十九軍及保安隊各派士兵十名，日軍派二十名，均係徒手由六委員率領，就盧溝橋附近各地盡量尋覓，限定時間，無論發現與否，日軍均應在限定時間內撤盡，議定之後，雙方均表同意，定於午後一時出發。乃櫻井、中島、笠井三人忽乘機離席往會客室說話，竟一去不返，同時各方報告接連而至，謂日軍已由天津、通縣、古北口、榆關等處陸續開到，且有飛機大砲坦克車鐵甲車等多輛，開至豐臺，已將大井村五里店佔領，平盧公路業已阻斷，中外記者由平往盧者半途折回，是日方之所謂搜索屍體，顯係飾詞緩兵，至此已暴露無遺，此爲日方背約棄信之第四次。我接各方報告後，憤激欲絕，益以三晝夜未眠，遂致咯血一口，傍晚徇友人之勸，入德國醫院醫治，經克禮大夫注射兩藥針，夜間稍能安眠，咯血亦止。翌日間戰端再啓，自念守土有責，戰中前後方事件，均須親自主持，不能遵醫之囑稍事休養，即日從間道由長辛店返縣辦理一切，並率本縣隊警，協助守城，自十二日以後，與日軍接觸數次，但僅有小衝突，因北平方面仍在努力於事件之解決，乃係二十日午後三時於和平聲浪正在彌漫之際，日軍復突以大砲攻城，且轟擊長辛店，共達數百發，宛平城內各機關及民房，幾全被毁，死傷多人，長辛店附近落數十彈，死傷平民二十餘人，吉團長星文，及縣保安大隊附孫培武，均於

趙登禹將軍

是役受傷，吉裹創後仍奮勇殺敵，始終不退。

次日接北平電話謂和平協商仍在進行，雙方已令停止射擊二十二日起平漢路試行通車，但盤據盧溝橋車站及沙岡之日軍始終未撤，我方仍加緊交涉，如此相持三日，我三十七師與一百三十二師正在換防中，僉謂換防之後，事件即可解決，乃日軍突於二十五日進佔團河，二十六日日騎兵向南苑附近偵察，經我哨阻止無效，雙方開槍，射死日兵一人，彼更有所藉口，竟以哀的美敦書要求二十九軍全部即日離開北平，限二十七日午前答覆，經當局嚴加拒絕，二十六日晚，大井村附近日軍，約有二百餘人，聲言回防，欲進彰義門，守城軍警加以阻止，復發生衝突，勢益嚴重，和平之望至此已絕。二十九軍宋軍長遂決定進攻，以趙登禹為南苑指揮官，並令三十八師董升堂旅襲豐臺，二十八日經我奮勇猛攻，當將豐臺克復，同時我盧溝橋八寶山兩處軍隊，在何旅長吉團長指揮之下，亦將五里店大井村附近敵人驅逐，猛向豐臺推進，我正擬乘鐵甲車赴豐臺撫慰人民並慰勞軍隊，乃聞南苑方面敵人以全力猛撲，並以敵機二十架轟炸，該處駐軍無多，以致失利，副軍長佟麟閣，師長趙登禹均於是役殉難。

吉星文團長

因南苑失利之影響，致豐臺戰事功敗垂成，盧溝橋亦岌岌危殆。二十八日晚，自九時三十分起，敵復以大砲轟擊宛平城及長辛店，至翌晨黎明止約達五百發，宛平縣城之東北角城牆盡毀，我軍猶拚死撐持，當局為戰略上便利起見，遂令平津軍隊向良鄉涿縣一帶集中，另行佈防。我於二十九日遂不得不忍痛向盧溝橋告別，當軍隊運動轉進時，敵人以十六架飛機送行，沿途擲彈，死傷軍民甚多，我在長辛店附近公主墳小村，收容本縣保安隊及警察，被敵機九架認為目標，數次低飛狂炸，並以機槍掃射，該村並無防空設備，自知絕無倖免可能，乃竟不死，於是益加強我的意志，決定向石門營前進，因該處屬宛平所轄，雖軍隊已向南轉進，但我守土有責，未至命令放棄時期，不願立即離開轄境。在向石門營的道中，經過大灰廠，適遇石友三雷嗣尚二君，由北平抵此間（石率保安隊全部在大灰廠集合），據云八寶山我軍亦已撤退，日軍已向門頭溝方面出動，石門營密邇門頭溝，不能停留，僅賸殘餘警隊亦不易節節抵抗，勸我隨軍南行再定辦法，遂同雷君折往良鄉，當晚附答軍用列車抵保定，向各長官報告後奉命在軍服務，我之本身責任至此暫告一段落。接着八一三滬戰發生，已展開為全面的抗戰，至今整整一週年。我此篇的記載，完全係當時的事實，記載的意義，一、使世界各國明瞭戰事的責任，應由日方擔負；二、使國人明瞭日閥對華侵略，係有系統有計劃有步驟，使不得再受其欺騙；三、促醒全國堅強團結，澈底奮鬭，必人人具有犧牲的精神，方能謀取最後勝利。至於我離開盧溝橋以後戰地的生活，與目擊的戰況，因與此文無關，他日當別為之記。

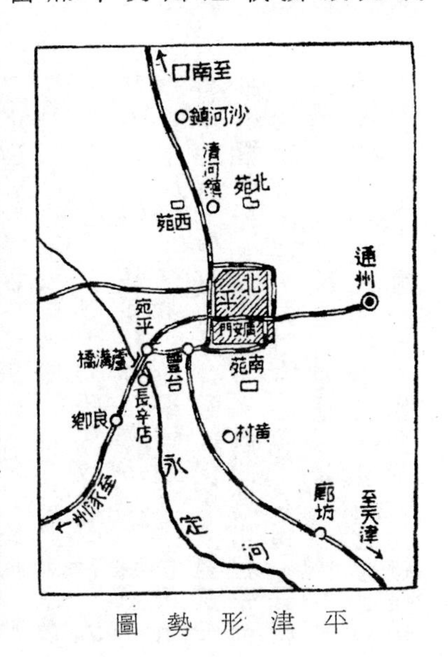

平津形勢圖

朱執信知行合一

吳相湘

朱執信是國民黨領導階層中稀有的具備豐富學識又有多次冒險犯難紀錄的一人。其知識行爲結合一致的毅力、堅強不屈勇於進取的精神，使其在國民革命的理論與實際上都有貢獻。國父孫逸仙先生曾譽朱執信爲「革命中的聖人」，對其評價遠高於陳其美。

朱執信，原名大符，筆名蟄伸、縣解。一八八五年十月十二日（清光緒十一年九月初五日），生於廣東番禺縣。民國九年（一九二〇）九月二十一日，在廣東廣州虎門被害殉難。

朱的先世是浙江蕭山人，因遊宦來居廣東，故家無恒產。父棣垞是一位學問淵博的儒者，研究古代刑名之學，摹習桐城古文都很有工夫，而於詩詞和隸書尤爲獨特。張之洞重其才名，曾聘入幕府，惟未特加尊敬，棣垞大怒作書責張無禮拂袖而去。其性情狷介，不隨俗浮沉，於此可見一斑。朱母是同邑名儒汪穀庵之女，棣垞從汪受學，因其才爲所愛重，乃以女嫁給他——穀庵是汪兆銘的叔父，因此，朱與兆銘有舅甥關係。一九〇〇年棣垞病歿，遺產僅有圖書法帖數千卷，此外別無他物，幸由兆銘堂兄仲器負責教養，朱和弟妹乃得長成。朱嘗寫信給他弟妹：「先人初無他貽，惟此耿介之性，實賦諸我；倘靦顏苟活，豈不有忝於祖！」由是可見家庭環境和遺傳給予的影響。

朱天質聰穎，自幼在父親的精神影響及指導下利用家庭的藏書，博覽精思，闇然自修，不肯受八股試帖的束縛。父歿後，乃從母舅汪仲器習數學，這一新的功課，引起他濃厚的興趣，常常習題至深夜。其後入學廣州教忠學堂，課餘仍自修數學，二三年間，得窺中西算學的門徑大要。

留學日本習經濟學

一九〇四年夏，朱考中京師大學堂預科，同時兩廣總督考選官紳四十一人赴日本遊學，朱也以第一名入選。經過一番考慮後，朱決定放棄北京而往東京，因爲他認定既然探尋世界新學問，即不應局限於國內，自然不以譯本爲滿足。到達東京後，即入學梅謙次郎主持的法政速成科，因其性喜數學，故主修經濟學。每有餘錢即購日本及泰西名家之數學書刊，尤喜演習難題，這不僅有助於肄習經濟學，對其一生事業更有很大的幫助。他的思想有系統、言論有條理、做事有步驟，和這一嚴格的基本科學訓練是有密切因果關係的。民國九年（一九二〇）發表「生存之價值」一文，原是一富於哲理的文章，他竟用數學方程式來表達說明，眞是別開生面，而爲其他革命黨人所不及。

朱在法政速成科和汪兆銘、胡漢民等同學，眼見留日同學雖有生氣，但祇言破壞，不言建設；祇爲單純的排滿主張，而政治思想殊形薄弱；因均有征服留學生界「半知識階級」思想的雄心。一九〇五年八月，中國同盟會成立，朱、汪、胡等既先後加盟，復於民報發爲言論，以邁向此一目標。一九〇五年十一月民報第一號刊載「論滿洲雖欲立憲而不能」的論文，是朱第一次表露他的革命理論。他的文字清朗，說理透闢，對於清廷宣佈預備立憲以及新民叢報的君主立憲論，都有明晰的剖解，是當時一篇重要文字。

爲着打擊新民叢報，並闡揚三民主義的精義，說明政治革命必須同時並行，以期一舉兩得掃除政治及社會上的種種不合理情事，朱在民報連續發表「論社會革命當與政治革命並行」及「德意志社會革命家列傳」諸篇。在這篇論述中，朱介紹馬克思等，指陳馬克思是科學社會主義者，對於馬克思的共產黨宣言更有詳細介紹。就其敷陳，這一年華雙十的青年對於馬克思的若干論點是頗予贊同及好評的。時在一九〇六年五月，是共產黨宣言被介紹到中國來的首次紀錄。

拖「豬尾巴」參加革命

朱在日本居留年餘，於日本語文卽能應用自如，又進一步學習英文，並繼續入學法政大學專門部，學養與日俱進。但有一樣特殊事物，就是他堅持保留他的髮辮。原來許多遊日學生到日本後，大多剪辮，惟朱始終保留這一爲衆人所譏笑的「豬尾巴」，有些同學要強迫地爲他剪去，他便拔出小刀，聲色俱厲地要與人拼命。但少數知己了解他這種「頑固」行動是爲着將來回國進行革命起義的掩護。果然，一九〇七年汪、胡等先後奉孫先生命內渡，均因剪辮而爲清吏注目，行動多受限制，而朱則因這一「豬尾巴」於是年夏安然回廣州並執教法政學堂（鄒魯、陳炯明等就是朱的學生和同志）。朱又經常穿著他父親遺留下來的長袍大袖衣服，招搖過市，一般人只當他是保守派冬烘先生，並不知他是藉此掩護奔走聯絡於革命同志機關之間，做了許多他人所不能達成的工作，一般同志欽佩他的深沈遠見不隨世俗浮沉的智勇。朱在廣州的活動完全基於同盟會革命方略的規定，主要在聯絡廣州附近的民軍，以新軍爲革命的內應，以民軍爲革命的外圍，計劃可謂十分周到。一九〇八年十一月，朱決心利用慈禧與光緒帝先後逝世、人心浮動的局勢，在廣州起義。他與趙聲、鄒魯等計議：由鄒策動防營首先發動，朱卽集合民軍，趙策動新軍響應。預訂十二月十三日前正式發動。不料期前八日鄒分發會票給防營同志時消息洩漏，致被迫完全放棄原來計劃，同志中有被捕者，幸均未供出朱、鄒姓名，故朱等仍安然無事。這是朱進行革命武裝起義的第一次，也是屢敗屢戰再接再厲繼續行動的起點。一九〇九年的活動仍以貫徹原訂計劃爲目標，不過改以倪映典策動新軍爲首先起義的中心。一九一〇年二月十日是預訂起義日期。先夕，倪卽宿於朱家作最後商討，翌日卽直奔新軍營地。自是朱奔走聯絡益忙，是日新軍襲取軍械局，奪得槍械，猛攻廣州省城，不幸，二月十二日，倪中途中彈斃命，餘衆也潰散，朱聯絡各方響應起事的準備，竟不得一試。

又一次的失敗，朱仍安全無事，沒有引起清吏的懷疑，這又顯出「豬尾巴」和大袍長袖的功效。朱旋因鄒魯的推薦，擔任兩廣方言學堂教席，與鄒日夕相處，工作聯絡益加便利。

一九一一年四月二十七日（陰曆三月二十九日）革命軍在廣州舉義，是經過黃興、胡漢民等在香港詳密計劃，朱在這一大計劃下仍擔負統率民軍應援的責任，同時又助黃興選定「選鋒」三百餘人作爲全軍的基本隊伍。後因風聲緊急，黃興主張延期，電阻香港同志勿來，選鋒隊也暫行解散。不料四月二十五日，廣州同志因清吏增兵，主張先發制人，黃興也以爲然。朱於此頗不贊成，他以爲命令不能隨便變更，變更太多，便不能發生效力；況選鋒隊亦已遣散，城內同志過少，恐起義成功的希望很小。但旋經黃等多數決定，朱亦願意服從。屆時朱原別有任務，但眼見集合於黃興寓所之同志均勇氣百倍，亦激於義憤，自請加入。同志中有笑其穿著長袍難以衝鋒陷陣的，朱即以刀截去長袍下半，雙手挾兩顆炸彈參加。隨黃興等去進攻督署，先擲炸彈轟死衛兵，衝進內堂，遍尋總督張鳴岐，不獲。而朱手中炸彈已擲完，胸部已經受傷，乃空着雙手和黃興等自督署轉戰至市街，見有傷亡倒臥街道之同志仍握手槍，乃取以繼續衝鋒，直至子彈射發完了，乃棄槍於地，拖着他的「豬尾巴」躲過清兵的盤查步至友人家暫避。翌日乘輪至香港。他這種從容不迫大無畏的犧牲精神，胡漢民和許多同志都稱讚他「不曉得有『險』字」！

一絲不苟　再接再厲

半年以後，武昌起義，大革命爆發，各省紛紛響應，廣東黨人也積極活動，朱仍負責發動民軍會攻省城。後來因清水師提督李準投誠，粵局不血刃而解決，胡漢民被舉爲廣東都督，聘朱任都督府的總參議，兼負編練軍隊準備北伐的責任。朱的髮辮就在這時剪除。南北議和告成後，朱改任廣東核計院院長。他憑着數學和經濟學的素養及處事一毫不苟的個性，主持審核各機關的預算決算，力求樹立廉能新政風，例如他發現陳炯明軍隊中的旗幟和帳表上的數目不符，即曾予質問。

「二次革命」失敗後，朱和胡漢民等先後自廣州經上海赴日本，追隨孫先生矢志再革命討伐袁世凱。民國三年（一九一四）六月中華革命黨成立後，朱和鄧鏗奉孫先生命潛回廣東主持驅除龍濟光的軍事行動。朱負責西南方面，並策動各地綠林與鄧鏗在東北方面策動的軍隊相呼應爲主要任務。十月下旬惠州綠林首先發動。十一月十日，朱在佛山率領綠林起事，與龍軍激戰三日，聞東江綠林與軍隊未能取得聯絡已告失敗，香山江門各地又未立即響應，朱乃下令解散，以免無謂犧牲。

這次的失敗，損失不小，但朱並不灰心，仍再接再厲奔走各地聯絡綠林豪傑。民國四年（一九一五）冬，蔡鍔起護國軍，朱在廣東更加緊進行，以求配合。當龍濟光移師西上堵禦護國軍李烈鈞部的攻擊時，朱發現廣州空虛，即決定乘機突發，號召番禺、澳門、廣九路沿線綠林，於民國五年（一九一六）二月九日分三路襲取兵工廠及廣州城。二月五日，朱率同志數十人潛入番禺縣屬石湖村指揮，因清遠、花縣、東莞各縣綠林均約定八日到達集合此地。不料村中奸細早將此情上報，龍濟光急派砲兵兩營於八日拂曉潛行至石湖村，朱等發覺後，當率各隊伍奮勇抵抗，激戰至烈，相持至九日晨，擊斃其砲兵團長及一營長，敵砲兵主力趕到，用大砲猛烈轟擊，朱恐村民遭受無辜犧牲，乃下令撤退。

這一役失敗後，朱轉謀虎門砲臺，正待機而發，袁世凱逝世，孫先生下令各方義軍罷兵。朱乃結束一切活動赴上海。

民六（一九一七）七月孫先生倡導「護法」，南下廣州組織軍政府，朱亦隨同行動。民七（一九一八）三月底孫先生特派朱赴日本訪頭山滿、犬養毅等說明護法目的，希望日人支持並勿助北洋軍人。然而不到四旬，孫先生即因環境惡劣，被迫辭卸大元帥職赴滬，專心著述。朱亦惟有寄寓香港。是年八月，陳炯明率粵軍進克福建漳州，朱復爲之多方聯絡調護，因爲這是當時碩果僅存的一支革命軍事力量。

「五四」以後思想改革

自一九〇七年至一九一八年，此十一年間，朱以一個文弱書生而致力於軍事工作，主要由於他篤信當時中國的局勢，決定於軍隊向背之問題，而革命方略規定必須先用武力徹底破壞專制及其有關制度，方可言建設，確爲不易之論。但歐洲大戰的結果，贖武德國的失敗，專制俄國之被推翻，尤其是「五四運動」中學生商人所表現的熱誠，使朱獲得一新啓示：有主義指導之眞正民意，不僅武力無從加以壓迫，並可戰勝武力。今後如能從思想上謀改革，使中國國民普遍認識這一點，即可發揮民意力量打倒國內軍閥抵抗國外侵略。

基於此，自民國八年（一九一九）七月，朱即決心以此後力量完全從事於思想上之革新，不欲更涉足軍事界。他原有好學不倦的習慣，十餘年來，也充分利用餘暇鑽研新學，尤注意歐戰以來的新發展。現在既專心於這一喚起國人改造社會的宏願，除繼續應用日文英文之外，又學習俄文，並逐漸改變從前的文體，應用白話文來做宣傳的工具。經常在上海晨報、上海民國日報星期評論及建設雜誌發表論文，比較以前在民報及民國雜誌上的文字質量都有進步和增加，是新改組的中國國民黨一位重要理論家。

儘管「五四運動」對於朱的思想有啓示，但朱卻不願被其主流所左右；並且還企求指示國民運動的新方向，就是倡導愛國之外還要提倡爲人類奮鬬的崇高目標。因爲不如此，勢將使此一潮流趨於偏狹的國家主義，而侵略主義即隨之而興。例如日本人心理敵視中國者恒居百分之九十，在日人看來仍是愛國思想，這正證明愛國不特不必於人類有益，抑且不必於國家有益。唯愛國同時愛一切人類，始能有益於人類，且有益於國家。

這一論點，是對三民主義中民族主義最正確最完全的註解與闡揚，在當時頗不爲人所了解。但今日由日本發動侵略中國戰爭與中共近年行徑對全人類的影響看來，不能不佩服朱的卓見。朱同時對於學生更提出嚴正忠告，希望他們注意愛國情感如不根於眞知識，則對於現世事實不能了解，一般黠者將因緣假借利用學生以營其私，甚至爲學生造仇，引其入私黨，供其驅使。故欲使學生永爲無色透明之學生，無一黨派可以利用，必當主論事之是非，而不輕信人身之攻擊，但以主張爲監督，不以責備爲能事，則既無對人之仇，自不發生黨派之嫌疑。庶幾國民精力不致盡消磨於愛國者相互攻擊之中。

朱這一語重心長的叮嚀，原爲針對當時若干政客企圖利用學生作政治資本而發。善於利用學生的共產黨尚未一露鋒芒。其後一年朱即不幸早死，未及見四十年來學生盲目爲共黨犧牲之慘重，然而其言卻不幸而言中了。

對於國民運動或稱羣衆運動，朱大聲疾呼一定要通於各階級各地方才有效力，最忌是局限一地方一階級，「要運動鄉下人愛國才有用」！是朱提出的口號。同時朱指出運動不是給人家看的，運動要在人家不見的地方做，運動的結果才能給人家看見。他以爲民國以來各種羣衆團體大多有始無終，主要原因即在推動的人只爲自己名譽站在前面，而沒有一些人肯做一個不出名的人物去幹這些出名的事實。

就其引述論證，朱的這些說法，是頗受蘇俄情事影響的。

朱本人不再涉足軍事界的決心，並不意味他輕視軍事、重視羣衆運動；相反地；由於蘇俄紅軍的崛起，使他更進一步自理論與實際上研究中國兵的改造問題。朱確信惟有造出一種能有主義的、有希望的、非倚賴的、不突然過勞的、精神上平等的生活來改變兵的心理，完成兵的改造，再拿兵把現政府舊制度推翻才能解決各種問題。基於此，朱主張參酌歐洲及日本的徵兵制度和蘇俄勞動軍法典，創造一支勞動軍作爲改造社會的基本力量。

朱在國民黨領導階層中是好學不倦，並且十餘年冒險犯難從事軍隊工作經驗的人，胡漢民、汪兆銘、廖仲愷、戴季陶等於此都不能與朱相提並論。民國十二以後孫先生決心創造黨軍，可以說，朱這一主張是具有積極影響力的；至於陳炯明的叛變，不過是一消極促成因素而已。

朱處事對人一秉至公，絕不雜以私情。當民國元年（一九一二）主持廣東計政院時，對於省議會議員將「只盡義務不支薪水」的規定（清末諮議局即如此）輕易改訂，按月支領優厚薪水，即曾以極嚴正的咨文要求取消。民國二年（一九一三）隨胡漢民卸職，原計赴美國留學。胡及廖仲愷等已爲籌得費用。但他聞黃興、陳其美在上海準備「三次革命」，即與胡購三等艙票登輪北上，到達後，即將這一款項全部送交張人傑作軍費。民國八年（一九一九）冬，葉楚傖因事離滬，請朱暫代民國日報的筆政，天寒大雪，每天從家裏步行到報館，身上穿的是很薄的衣服，頸間圍着一條圍巾，滿身都是雪花，黎明從報館歸家也仍然是步行，天天如此，其刻苦耐勞，生活儉樸，爲常人所不及，就是當時責備他「以理論排斥實行家」的人也自嘆不如。可以說朱確是以一種純潔心情來做社會主義的傳播者，這是中共份子所能想像的嗎？

朱西遊美洲計劃，因「二次革命」而擱置。歐戰以後他遠遊求學之念復熾，但民國九年（一九二〇）留美學生會致電國內中央及地方武人政客倡議推行軍國主義，使朱對留美學生知識眼光如此落後；只有官僚沒有注意青年，極感失望。加以他想實地考察德俄情況，是年春，朱因有赴歐洲遊學計劃，六月因孫先生命其前往漳州勸說陳炯明誓師回粵討伐桂系岑春煊等，兩次往返，致誤行期。是年八月十五日朱寄信蔣介石先生表示：決不帶兵，俟事定後即赴歐洲。適因陳炯明西征之師順利，朱又奉孫先生命赴廣州策動虎門守軍反正。九月六日，虎門砲臺正式宣佈獨立。朱自喜任務達成。不意降卒與黨人鄧鈞之部衝突，情形嚴重，黨人亟謀調停，降軍謂非朱來不能解決，鄧部亦表示擁護。朱在香港聞訊，決親往調解。同志以降軍內部復雜，阻勸其行，朱以爲只要有補大局，個人安危從未計較，即於九月二十一日不顧一切，隻身前往。不意竟被降軍包圍，朱一面懇切勸說，一面後退，退至半途，已中彈多處，遂以身殉。

朱的不幸早死，對於國民黨的確是一無法彌補的損失，是年十一月陳炯明軍克復廣州，孫先生自滬南下，曾非常傷感地說：「桂系雖已驅逐，但執信犧牲，我們的代價太大了！」其後在另一場合，孫先生又對同志們說：「英士（陳其美）有革命的熱誠和勇氣，而知識學問差；執信有英士的革命精神，而知識學問卻超過英士。」這句話，確是對朱很平實的評語。

鄧演達和國民黨左派

用五

前言

兩年前的夏天，美國康納爾大學東亞研究所所員甘尼特。奧里那（Mr. Kannelt Oliner）來到香港，請香港大學的朋友約我和他談話；見面後，才知道他希望我把有關鄧演達的歷史，給他一些資料；他正把鄧氏歷史作爲專題研究，問他爲甚麼要來問我；他說，他到台北搜尋資料，看到若干檔案有我名字，知到我和鄧演達有過工作的關係。

這使我想起八年前（一九六四），美國哥林比亞大學東亞研究所主任韋慕庭氏（C. Martin Wilbur）到香港，亦托朋友約談的事。韋氏因研究中國現代史，在台北看檔案，知道我北伐時期做過國民黨的黨務工作，因此約我見面。

他們兩人都是想從和事實有關的人物，搜尋一些直接資料，作爲研究根據；這是他們工作認眞，可以稱道的地方。

我和鄧演達雖有過工作上的關係，但時間並不很長，算起來，不過半年左右而已，那便是民十五冬天和民十六夏天之間（一九二六——七）的武漢政府時代；在此以前，我並未認識他，也從未和他見過面；在此以後，又和他完全隔絕了；他離開武漢，怎樣到莫斯科，又怎樣到柏林及其他東歐各國，固毫無所知；即後來從歐洲回到上海，組織第三黨，以至被捕被殺的經過，也是多年後，零零碎碎從朋友口中知到多少的。所以，那天甘尼特．奧里那在文華酒店茶座上，向我提出的問題，我能夠切實答覆的，很是有限，說不上作爲研究或了解鄧氏的參考。但因此使我對於這個死了四十多年的工作朋友，從新追憶起來，多方物色與他有關的歷史資料；現在稍有所得，略加整理，寫成這篇文字，聊表懷念之意。

兒童時代參加革命

鄧演達字擇生，廣東惠陽人。兒童時代已經參加過革命黨的工作，八歲那年，跟黨人姚雨平做軍事通訊員，往來廣州佛山，秘密傳遞消息。十二歲入黃埔陸軍小學，十六歲，値辛亥革命，隨北伐軍出發，遠至徐州。民五至民十二，數年之間，（鄧氏廿多歲的時候），革命黨在廣東進行的好幾次軍事行動，他無不身與其役。民十三（鄧年廿九），黃埔軍校成立，他初任訓練部副主任，（主任爲李濟琛），後改任教育長。民十五，北伐軍興。出任總政治部主任；圍攻武昌之役，擔任攻城司令，親臨前線，苦戰多日；武昌克後，居功甚偉；遂兼任湖北省政府主任。十六年春，武漢中央成立，被選爲中央執行委員、政治委員、及軍事委員，兼中央黨部農民部部長。是年夏，武漢分共，鄧氏即秘密離開武漢，前往蘇俄及東歐各國，從事考察與研究。十九年（一九三〇）春，回到上海，組織「國民黨臨時行動委員會」，積極活動；翌年八月，被捕於上海；十一月廿九日被殺於南京；鄧氏一生，可謂爲革命而生，亦爲革命而死矣。

鄧氏的歷史和國民黨左派的歷史是分不開的；他的爲人，剛強率直，重實行，無城府，是道地廣東人的性格；他忠於理想，勇於負責，始終如一，至死不渝，不愧爲有爲有守的革命志士；

在國民黨的歷史裏，應該說得上是後起之秀；然以主張見解之不同，竟死於同志之手，說起來，實在令人嘆息。不過，政治鬬爭，派系衝突，是非往往難明，這又不止國民黨一黨，鄧氏一人的犧牲爲然了。

左派形成的經過

說到國民黨左派歷史，不能不略述中山先生聯俄容共政策的由來。民十（一九二一），十二月前，蘇俄代表馬林（Maring）到桂林見中山先生，詳談十月革命及新經濟政策，並對中國革命發表意見；中山先生及若干國民黨重要分子，如廖仲愷等，大爲所動，實爲聯俄政策的開端。翌年，蘇俄再派要員越飛（M. Joffe）來華，見中山先生於上海，提出國共合作主張；同時，中共亦有決議，「以有組織的行動與國民黨合作，」這便成爲容共政策的根源。民十三（一九二四），蘇俄又派鮑羅廷到廣州，和中山先生商定改組國民黨的大計；於是，聯俄容共政策便完全確定了。

可是，共產黨加入國民黨，和國民黨合作，完全是一種陰謀；試看他們第二次全國代表大會裏的秘密決議案：

「我們的戰術，要在他們（按，指國民黨）勢力下的工會裏，漸漸積成勢力，推翻他們，自己奪得領導權。」

到了第三次代表大會，再有如下的秘密決議案：

「我們加入國民黨，應保持我們原來的組織，更應從工人團體及國民黨左派中，吸收其有階級性的革命分子，使我們組織擴大。」

從這些秘密文件可以看出，民十二、三年間，共產黨加入國民黨後，立即在國民黨內，製造派系，分裂國民黨，以擴大自己的勢力，達到推翻國民黨的目的。當時中山先生對於共黨這些陰謀，不以爲意，曾向國民黨的老同志說，「有我在一天，共產黨必不敢跋扈。」他並未想到，一年後他便會逝世，更未想到他艱難締造的黨幾乎斷送在共黨這些陰謀手裏。

國共合作之後，國民黨卽有所謂「左派」、「右派」、「新右派」等等名稱出現。中山先生在北平逝世後，共黨分子高語罕（當時係黃埔軍校政治部的工作人員）竟公然在廣州對記者說，「要打倒北京的段祺瑞，要先打倒此間的段祺瑞；」跟着，「打倒新軍閥」的傳單也就不斷的在廣州市面出現了。可見共產黨分裂國民黨的工作，眞是無所不用其極，愈來愈猖獗了。

黃埔軍校的左右派

黃埔軍校爲革命軍事力量的中心，共產黨的滲透分化，自然更爲積極，他們首先在校內成立「青年軍人聯合會」的組織，作爲共黨活動的工具；跟着因國民黨亦起來組織「孫文主義學會」作爲對抗；於是校內暗潮洶湧，壁壘森嚴。鄧演達這時候，身居軍校的教育長，地位重要，擧足輕重，他的態度是怎樣的呢？這是研究鄧氏的歷史，首先要注意的地方。

據「鄧演達先生傳略」（以下簡稱「傳略」）記載：

民十三（一九二四），黃埔軍校成立，蔣中正任校長，鄧演達任教育長；不久，鄧氏卽以意見不合，辭職往歐洲遊歷，到德國研究政治經濟，前後共約一年。十四年冬，經蘇俄回國，到廣州出席國民黨第二次全國代表大會，奉主席團的命令，作有關革命問題的報告，要點如下：

「……現階段的國民革命，其任務爲反帝國主義，反封建殘餘，求民族的解放與民主自由；其性質爲各階級聯合，構成統一陣線，所以叫做國民革命。個人或階級違反這個原則，便變成革命的對象。在這聯合陣線中，主力軍自然是農工大衆；本黨農工政策的中心任務便在於此。」

讀了這一段文字，可見鄧氏以意見不合，辭去軍校教育長職務這一件事，似與政治無關，當然更說不上是黨內右派衝突的結果。如果不然，主席團便不應該請他出席報告，而且報告之後，跟着又在這一次大會裏選他爲第二屆的候補中央委員，並復任軍校的教育長了。再看他報告的內容，雖極力闡發農工政策的重要，但並沒有派系攻擊的意思，可見他這時候的態度還是站在整個國民黨的立場；最少他對蔣校長的關係，還是沒有惡化的。

中山艦事變和鄧演達

過了幾個月，即到了十五年三月廿日，發生中山艦事變，「傳略」的記載是這樣的：

「這是落後右派分子向革命進攻的陰謀行動，試演軍事獨裁的第一幕。先生（指鄧）在這事變中，身當其衝，蔣氏臨時派人將先生監視，禁止與外界交通，這不特先生不明究竟，當時政府當局亦莫名其妙；蔣氏此舉實爲背叛革命的示威運動。」

鄧演達

這一段紀錄如果是確實的，則蔣鄧之間的關係已經完全破裂，鄧氏且有參予事變或知情的嫌疑了。不過我們根據以下兩項資料，似乎事實又並不如此。

毛思誠撰「民國十五年前之蔣介石先生」一書，有關此次事變的日記，有如下一條：

「七日（民十五年三月七日），劉峙鄧演達告知，有人以油印品分送，作反蔣宣傳，公（指蔣先生）聞之云，心轉釋然。」

又蔣總統自撰「蘇俄在中國」一書，也有如左的記載：

「三月十八日（民十五），海軍局代理局長李之龍（共產黨員），矯令我的坐艦中山號，由廣州駛回黃埔。他對軍校教育長鄧演達報告，奉校長命令，調艦特來守候；這時我在省城，鄧來電話問我，此事如何？我茫然無所知。隨後李之龍亦打電話問我，中山艦是否仍要來廣州迎接？我很駭異，就問他道，是誰的命令，要中山艦開回黃埔去的？他答不出來。」

看這兩項記載，中山艦事變時，鄧氏對蔣仍然效忠，並無反叛的迹象，「傳略」所說，似不可靠。事變之後，僅過兩個多月，北伐軍興，蔣先生作了北伐軍的總司令，鄧亦作了總政治部主任。若事變發生時，蔣曾派人對鄧監視，禁與外間隔絕，兩人的政治關係經已破裂，感情更不待說；蔣固然要極力反對鄧的新職，鄧也不見得再願意和蔣合作。「傳略」的作者楊逸棠，係後來第三黨的重要分子，「傳略」又係成於鄧氏死後近卅年之民卅八年（一九四九），恐不免滲雜了成見，未必完全可信。

鄧演達的口氣轉變了

總政治部的成立爲十五年夏天，當時曾提出許多宣傳口號，最重要的：有「實行三民主義」，「打倒帝國主義」，「打倒軍閥」，「剷除貪污官吏」，「建立廉潔政府」，等等；也還是以國民黨的立場，對北洋政府和北方軍閥而發的，並沒有攻擊黨內派系或所謂「新軍閥」的意思。

然而，約莫過了一個月，大概是十五年七月間，總政治部的工作人員隨軍出發的時候，鄧演達對他們的演講，口氣卻有些變了，試看他如下這一段話：

「……我們此去，要喚起廣大的農工羣衆，自己起來解除自己的痛苦；同時，我們要剷除軍閥制度，永絕禍國禍亂根源。我們更應注意，並防止我們自己造成為軍閥的趨向。」

為甚麼我說他的口氣變了呢？便是他最後這一句話，很有些和共黨高語罕說的「打倒此間段祺瑞」相似，多少有點反蔣的味道；但亦祇能說有點相似，或口氣有點改變而已；尚未能說他已經堂堂正正的，站在左派的立場，攻擊右派，或公然反蔣。

鄧演達為甚麼有此轉變的呢？

這和他的左傾思想有關，他從十四年到蘇俄和東歐，正是蘇俄聲勢極盛的時候，他思想上受共黨理論的影響很深自不待說，他在國民黨代表大會席上所作有關革命問題的報告，可以說和共黨的理論沒有分別的。

還有更重要的，是他受了俄顧問和共黨的策略影響。國民黨的北伐計劃原是俄顧問所反對的，十五年二月間，俄顧問季山加在黃埔軍校會議席上，即宣傳北伐必敗論（見「蘇俄在中國」），反對北伐，自然要反蔣，這是很自然的。又當時的總政治部工作人員，有孫炳文，章伯鈞，郭沫若，郭冠杰，李民治，季方，楊逸棠等，不是共黨便是同情共黨的分子。俄顧問要貫澈他們反對北伐和反蔣的陰謀，共產黨要實行分化國民黨，削弱國民黨的策略；自然都集中他們的「火力」到總政治部和鄧演達的身上來了。鄧演達也就於有意無意之間，上了他們的策略圈套，我相信他的態度轉變是由此而來的。

總之，北伐和總政治部的成立這兩件事，是鄧演達一生歷史的轉捩點，是可以無疑的。

國共都免不了派系鬬爭的痛苦

不過，說到這裏，我們也要明白，國民黨的派系分裂，並不是完全由俄顧問和共黨的陰謀分化而成的。

中山先生說過，「政治乃管理衆人之事，」要管理便得有權。所以，革命或政治運動，雖以主義和政策為標榜，實際無一而不以奪權為目的。抱負愈高，野心愈大的政治家，他所要求的權力也就愈大，決不會以加入一個政治團體，做個隨聲附和的應聲虫為滿足的。故任何政黨或革命組織，內部派系分化，權力爭奪，也就勢所不免的了。在富有民主經驗的國家，對於這種現象，自然可用辯論和投票方式，求得解決，使分裂得歸統一；否則，非出於陰謀詭計，或流血戰爭不可了。

國民黨為甚麼要有民十三的改組？改組以前，二十多年，又為甚麼由興中會一變而為同盟會，再變而為中華革命黨？豈不是或多或少，都和派系爭權有關？又在前的孫黃對立，在後的孫陳破裂，以至劉楊叛變，若撇開道德觀念不談，豈不也是內部權力衝突的結果？

再以中共的歷史為例，他們雖以製造派系，挑撥是非，作為分裂和削弱國民黨的策略；然而，他們自己內部也何嘗能免於分裂？一樣不斷的有派系衝突，奪權鬬爭的現象出現；擾攘之多，痛苦之大，較之國民黨為更甚。近年之所謂「文化革命」，與劉林之神秘失踪，尤極天下之殘酷能事，彰彰在人耳目。

總之，半世紀以來，國民黨也好，共產黨也好，都飽嘗了內部分裂，派系奪權的痛苦，天下烏鴉一般黑，並非一黨為然。今後，彼此能否從痛苦中，獲得教訓，覆轍不至重蹈，則非我們所能輕易判斷的了。

為左派創造新形勢

以下，我要敘述鄧演達怎樣爲左派創造新形勢。

十五年六月五日，國民政府下令，組織北伐軍總司令部及總政治部；七月一日，頒發北伐令。總政治部的工作人員，六月間即已隨軍出發。

鄧演達和他的工作人員，北伐途中，工作非常積極，特別着重農民生活及土地分配的調查與研究；總政治部和各軍政治部分別組織了農民調查團，及農民問題研究會。是年十月，收復武漢後，更以總政治部爲中心，大力發動民衆運動，工會農會勃然興起，城市與農村都受到空前未有的衝擊，革命聲勢更爲高漲。然亦因此而引起了黨內外的反感和批評；溫和一點的說民衆運動做得「過火」了；激烈一點的便說「黨軍可愛，黨人可殺」了，所謂黨人是針對當時政治部的工作人員而說的。

過了一兩個月，十六年一月間，漢口英租界的民衆和租界裏的英軍衝突起來了，民衆搶奪英軍的槍械，英界當局宣布戒嚴，揚子江上的英艦把大礮脫去礮衣，指向武漢兩岸，情勢險惡，已達極點。這時候，鄧演達適在九江參加軍事會議，接到漢口拍來的電報，立即在會議席上提出報告，主張乘機驅逐帝國主義，收回租界，但出席會議的多主張愼重。會後，鄧氏急返漢口，亦力勸民衆鎮靜，聽候政府交涉。

一年前鄧氏在國民黨全國代表大會席上，提出革命問題的報告，主張用民衆力量，打倒帝國主義，以求取民族的自由平等；現在他正要利用他的地位和權力，去貫澈這些主張；坐言起行，迎合了日益高漲的民族感情，左派對於一般青年人能夠發生極大的吸引力，這個恐怕便是重要的原因。

鄧演達擴大工作

鄧氏的主張，能否產生他理想中的効果，自然不無問題，然而更大的困難，卻在他的主張並未獲得北伐軍和國民黨內部的一致支持。

北伐軍開始行動的時候，總司令蔣中正即以總司令名義，於十五年八月間，發表「對外宣言」，聲明北伐軍負責保護外國人士在華的生命財產。現在總政治部發動民衆，想藉民衆的直接行動，驅逐帝國主義，收回租界，顯然是和總司令部的政策互相衝突的了。

再看國民黨內部對總政治部的工作，又有甚麼反應。監察委員吳稚暉曾在南昌發表公開談話，批評總政治部說：

「總政治部不過總司令部一機關而已，鄧演達擴大工作，比國民政府還要大。」

吳氏指摘鄧演達弄權驕橫，目無中央；國民黨內部有許多人不滿鄧氏，自屬不言而喻。

話雖如此，如果沒有鄧演達「擴大工作」的努力，北伐軍的聲勢恐怕不會有當時那麼浩大；全國人民對北伐軍的引領期待，謳歌革命；國際觀感，耳目爲之一新；恐怕也是和總政治部的工作有關的。尤可注意的，便是鄧氏這一番奮鬬，實爲左派打開了一個嶄新的局面；第二年（十六年）春天，左派中央能夠在武漢成立，隱然成爲革命勢力的中心，亦可以說鄧演達的貢獻是決不可少的。

汪精衞善於調和現實

一般人都以爲武漢中央的領導人物，前有徐謙，後有汪精衞；鄧演達的地位遠在二人之下，最多和第二流角色顧孟餘、陳公博、孫科、譚平山等相等耳；怎能把他看得如此重要！其實不然。

武漢中央於十六年（一九二七）三月初，正式宣告成立，汪精衞遲至四月初，才從法國回到上海，又逗留了幾天，才坐船到漢口。這時候武漢中央大計，早已由三月初在漢口舉行的國民黨三中全會決定一切了。汪精衞回來領導羣倫，其實只是坐享其成，因人而熱罷了。

還有一點，也很値在這裏一提，那便是汪精衞之成爲左派領袖，從他個人的性格和才能來說，也是極不相稱的。

民十二（一九二三）中山先生決定採取聯俄容共政策之後，爲了「策劃各種應採手段」，「應付非常事項」，於是組織「革命委員會」，他爲了這一件事，曾寫信給蔣中正，信裏便有如下的話：

「……精衞原非蘇俄式之革命者，不參加亦無妨……漢民與精衞皆不能以全副心情服膺此義，彼二人之性質，有調和現實之長，而不宜於澈底解決；如目前不生不死之局面，彼二人當易維持；要展開新局面，即非彼等所能勝任矣。」

中山先生對汪氏爲人的認識，是很正確的，後來的事實證明，也是如此。以調和現實見長的汪氏，一旦從海外歸來，竟一躍而成爲左派的領袖，主持武漢的中央大計，寧非怪事！身不由己，可想而知。

徐謙只是投機分子

再說徐謙，他本來並不是國民黨的黨員，出身滿淸科舉時代的進士；入民國後，在北洋政府裏做官；因爲他是皖人又係基督徒，和馮玉祥接近，做了馮軍裏的總參議。中山先生北上的時候，見國民黨勢盛，才乘機入黨。從此以後，他便以馮玉祥爲背景，和蘇俄大使館來往。民十五，「三一八」慘案發生，徐氏爲段政府通緝，藉俄國大使加拉罕的庇護，潛行赴粵。然後由鮑羅廷推荐，做了國民政府的委員。總之，徐的爲人，只是一個熱中名利的投機分子，也可說是左派平日所鄙棄的昏庸老朽人物，他之成爲左派的領袖，只不過是鮑羅廷的工具而已。

鄧演達可不同了。他受過現代的軍事教育，到德國研究過政治經濟，富有社會科學的新知識，又到過莫斯科，和蘇俄人士多所接觸，熟識十月革命的歷史，頗具組織和領導的才能。北伐途中的調查研究與宣傳，抵達武漢後的發動民衆運動，無一而不表示他是個極端熱心革命的青年領袖。現在，我們再看看他關於開創武漢左派局面的其他活動：

遷武漢痛哭一晝夜

據「傳略」記載，十五年，國民政府及中央黨部，依照決議，遷到武漢，途次南昌，蔣中正擬將全部人員留於南昌；鄧演達認爲這是革命的危機，曾痛哭一晝夜，並與蔣氏長談，力陳利害，蔣終不聽，於是連夜趕回武漢，提出「反對軍事獨裁」，「黨權高於一切」的口號；不久，中央黨部及國民政府亦在武漢恢復活動，鄧氏亦遞補爲中央執行委員兼農民部長。

根據這一段記載，可見貫澈中央遷到武漢的決定，使武漢成爲左派的中心，鄧演達最爲努力，始終不懈的。

猶憶筆者於十五年冬天，隨中央黨部，經韶關，越大庾嶺，坐木船沿贛江而至南昌，然後坐南潯鐵路的火車至九江，轉乘輪船，西上武漢的經過，亦可爲此事的參考。

筆者原爲中央黨部農民部的工作人員，當時同行北上的，不下兩百人左右。經過十幾二十日的水陸跋涉，到南昌的時候，已經疲憊不堪。大家樂得在那裏遊覽滕王閣及其他名勝古迹，休息幾天。想不到在南昌的中央委員，還要我們出席甚麼座談會，眞是掃興之至。座談會舉行於南昌行營裏面，出席的中央委員有蔣中正、陳果夫、陳立夫等，他們說的不外是團結合作，共同努力，完成北伐使命這一類話，並沒有阻止我們西上的意思，自然我們也沒有國民黨即將陷於重大分裂危險的感覺。過了幾天，我們離開南昌前往漢口，到漢口那天，受到熱烈的歡迎。但當天晚間，武漢的中央委員也舉行一次座談會，要我們一律參加。中央委員出席的，較南昌座談會多，說話的有徐謙、譚平山、鄧演達等；和南昌座談會不同的地方，便是他們很詳細的查問我們，南昌座談會，蔣陳諸人說的是些甚麼話？他們聽了我們的報告後，多報以輕蔑的譏笑聲。而其中發問最多，譏笑最甚的是鄧演達，彷彿他在主持這個座談會；這是我和鄧演達的第一次見面。

他給我的印象，是身高體壯，髮厚額低，配上一雙迷離的醉眼，眼縫很少，和豬眼差不多，說話鼻音極重，態度顯得有些高傲，似乎和廣東人的爽朗有點不相稱。不過，後來和他相處得多了，才知道他實在是個坦率平直，容易相處的朋友。

座談會後，鄧演達的活動愈來愈大，地位也愈重要了。

高呼打倒個人獨裁

我們到武漢不久，武漢的中央委員和國民政府委員，便聯合起來，組織所謂「聯席會議」，執行「黨的最高職權」，把其餘許多沒有到武漢的中央委員和國府委員的意見置之不顧。

十五年十二月廿四日，武漢三鎮的黨員一萬五千餘人，於武昌南湖閱馬廠舉行黨員大會，下午又繼續舉行民衆大會，參加的民衆號稱十萬以上。徐謙和鄧演達均出席大會，發表演說，羣衆高呼「打倒張靜江」（他是當時中央常務委員會的代主席），「反對軍事獨裁」，「反對破壞外交統一的反動分子」，很顯然都是針對南昌方面的黨人而發的。國民黨的分裂已經是無可避免了。

鄧演達的演說，提出三項主張：㈠要打倒個人獨裁以及一切封建思想勢力，㈡軍事應絕對服從黨的指揮，㈢要把民衆運動統一於黨的領導之下，以免封建勢力從中破壞和各種矛盾磨擦的產生。最後大會通過了六項重要決議案：

㈠鞏固中央權力，統一指導機關；
㈡從速在武昌召集中央全體執行委員會議；
㈢歡迎汪精衛同志即日消假視事；
㈣清除黨內一切昏庸老朽分子；
㈤擁護國府統一外交，打倒黨內與帝國主義妥協的反動分子；
㈥準備對奉系軍閥作最後的決戰。

六項決議，只有最後一項是對外的，其餘五項全是對黨內而發；黨員大會或民衆大會只不過是左派奪取權力，建立基地的一種策略，不言而喻。同時，又假黨員大會的名義通電中央及各省市黨部，其中有如下的幾句話：

「……汪精衛同志辭職後，黨內情勢竟由少數昏庸老朽之反動分子掌握黨務，左右政府，不特違悖黨紀，且使黨權失墜，以致軍事行動不受黨的指揮；凡百措施，只知有個人，而不知有黨與政府。……」

這一封電報，爲汪精衛回國預留地步，汪氏身不由己，因人而熱，於此更可得到證明。而鄧演達的活躍與其地位的重要，亦可於這兩次大會表現出來。

右派要求妥協

兩項大會開過後，兩湖各地，遍見「打倒新軍閥」，「歡迎汪主席復職」，「黨權高於一切」，「一切權力屬於黨」，這一類宣傳文字和標語；羣衆隨時集會遊行，武裝工人糾察隊晝夜出沒於城市，氣焰高漲，前所未有；湖南工農羣衆尤爲兇狠，隨便捕人殺人。這都是以鄧演達所領導的總政治部和湖北省政府爲中心，而造成了新的革命形勢。在這個新形勢之下，國民黨的分裂已經到了無可挽救的地步了。

左派聲勢日見浩大，南昌方面的右派不免爲之相顧失色，雖有過妥協表示，力求和解，卒之於事無補。蔣總統在他的「蘇俄在中國」一書，即有如下一段話：

「我（蔣氏自言）爲了保持本黨的團結和軍事的統一，不能不極力容忍，（十五年）十二月十九及二十日，我兩電武漢，對於武漢聯席會議的決議案，皆表同意，並敦勸當時留駐南昌的中央委員和國府委員遷移武漢，使三中全會得以舉行。到了十六年三月，三中全會開會，我更向全會辭去中央常務委員會主席職務，表明我開誠布公，促成團結的誠意。」

然而，右派這種表示換來的結果是甚麼呢？是左派更多的輕蔑譏笑，是「打倒新軍閥」，「打倒昏庸老朽」，「黨權高於一切」，的呼號；「團結」已爲左派所不屑一顧。在左派眼光中，「新軍閥」的打倒必須在打倒北洋軍閥之先。

左派對右派的答覆

左派氣燄最高漲的時候，國民黨中央執行委員第三次全體會議，於十六年（一九二七）三月七日至十七日，在漢口開會，出席的共有中央委員廿一人。鄧演達和共黨分子毛澤東、吳玉章等在會議中聯名提出土地問題及農工運動方案，內容全以蘇俄辦法爲藍本。全會又通過對全體黨員頒布的訓令，說明這次會議的使命和目的，訓令有如下的話：

「北伐軍興以來，軍事政治黨務集中於個人……弊害殊多，徒使昏庸老朽者盤據黨內，官僚市儈以及投機分子乘機而入……中央執行委員全體會議……經詳慎考慮，將一切政治軍事外交財政等大權，均須集中於黨，……藉以防止黨內投機腐化及軍事獨裁之趨勢……」

這一個訓令不啻是對右派下的討伐令，也就是對右派要求團結的答覆，主要的精神是和鄧演達兩個多月前對羣衆大會的演講一脈相承的。

炙手可熱的鄧演達

三中全會開過後，左派分子取得了黨政大權，鄧演達的權力和地位也跟着提高起來了。全會選舉的結果，中央常務委員，中央黨部各部部長，政治委員會委員，除蔣中正譚延闓兩人外，其餘全是左派或共黨分子；軍事委員會的委員和國民政府的委員，左派分子的勢力亦殊不弱。現在再看看鄧演達的個人地位，在此以前，他不過是一個候補的中央執行委員；如今他不僅是中央黨部的農民部長，而且也是政治委員會的委員；在軍事上，他既係軍事委員會十五委員之一，而且亦係該會六人主席團主席之一。如果再研究一下他當選的票數，更可以看出他的地位確是很不平凡，已經超出許多黨中要人或前輩之上，徐謙是遠遠比不上他的。

中央黨部七部長的選舉，鄧演達於廿一個中央執行委員的投票總數中，得十八票當選，僅次於蔣中正的廿一票；政治委員會則以廿票當選，軍事委員會委員亦以廿票當選，軍事委員會主席團主席又以十九票當選，竟超過蔣中正的十八票；這時候的鄧演達，炙手可熱，權位之隆，可想而知。然而他的奮發努力，還是始終如一，實爲許多人之所不及。當時筆者服務中央農民部，和鄧氏接觸的機會很多，常見他的會客室裏，訪客日夕滿座，外國人尤比中國人多，外國客人和主人交談均操德語。鄧氏的德語談話，喜帶Und Dann兩字；會客室中 Und Dann,Und Dann 之音不絕於耳，至今尚如聞其聲。

漢口英租界某銀行爲當時中央黨部所在地，十六年春夏間，每星期均有一兩次有關土地改革問題的會議在那裏開會，往往深夜不散。鄧演達和鮑羅廷每會必到，鮑的發言，即由鄧氏即席譯述。會議結果，多刊載於農民部出版的月刊中。

又據「傳略」記載，革命軍圍攻武昌，鄧氏任攻城司令，親臨城下，指揮作戰，苦戰多日；城破後，到漢口入浴，脅肉已盡破爛；鄧氏對於革命的狂熱，亦可於此等地方表現無遺了。

左派的黃金時代

三中全會閉會不久，汪精衛從法國經上海回到武漢，時爲四月初旬。他一到漢口便對新聞記者發表談話，要和共產黨爲中國革命同生死共存亡，並大呼「革命的向左來，不革命的滾開去！」的口號；四月十七日，又以國民政府主席的名義，下令撤銷革命軍總司令蔣中正的職務，並且通緝他；又由中央黨部開除蔣中正的黨籍。這時候，左派的聲勢可謂登峯造極，爛如日月了。鄧氏的主張能夠實現的亦已不少。可惜，好景不常，花事闌珊卽在荼蘼遍開之後；誰又料得到兩個半月後，左派聲光卽突告黯然銷失，等於曇花之一現；鄧氏亦不得不悄然離開武漢，到歐洲去做政治難民了呢？

左派拒絕了右派的「團結」要求，蔣中正卽於武漢舉行三中全會的時候，率領北伐軍，克復上海和南京，掩有閩浙蘇皖四省，兩廣亦互聲氣；武漢的左派僅有兩湖及江西，軍事計劃又多受阻。汪精衞西上後，蔣中正卽於四月十二日，下令寧滬清黨；十八日，南京國民政府亦宣告成立；跟着改組各軍政治部，擴大清黨運動；寧漢成了對峙之勢，右派聲威大振；於是武漢倒有意和右派妥協了，曾派何香凝前往南京遊說，但結果並未成功。

右派的凌厲反擊

在此事之前，寧方的中央監察委員鄧澤如吳稚暉等，已經於四月九日通電全國黨員，檢舉武漢左派的措施不法，端極危險；電文歷舉武漢措施有「不合理者二，可痛恨者十一」，無不振振有詞，持之成理。關於北伐軍政治部的工作指責更爲嚴厲，原電說：

「（政治部的工作）已由少數分子所掌握，純粹三民主義者盡被排斥，甚至濫加罪名，幽囚滿獄；欲使國民黨絕迹於革命營陣之中，而狂呼提高黨權者對此乃不發一言。」

「漢口聯席會議及二屆三中全體會議皆爲徐謙鄧演達顧孟餘等受俄顧問鮑羅廷教唆指使之倒行逆施。」

右派對左派的反擊，比之一個月前左派攻擊右派，凌厲有過之而無不及，而攻擊的焦點，尤在於以鄧演達爲首的政治部。

這時候，武漢內部情勢日趨惡劣，三鎭紳商多已逃往上海，現金日少，政府只知濫發紙幣，飲酖止渴；於是物價暴漲，餉糈困難，武器亦告缺乏；失業人口日增，農村亦大感不安；而共黨分子尙在湖南橫行，濫用武力，強迫沒收土地，湘中軍人因此起而反抗，長沙駐軍竟發生了暴動。

悄然離開武漢

尤爲不幸的，卽史太林對俄顧問和共黨的秘密訓令亦於此時到達了武漢，訓令的重點，要更換國民黨的中央委員，改變國民黨的組織，消滅反共的軍事將領；這不啻是要實行革國民黨之命了。秘密訓令於六月一日到達，鮑羅廷主張不要告訴汪精衞，但第三國際代表印人羅易卻直接送給了汪氏。於是乎武漢的內部也不得不陷於分裂了。七月十五日，武漢政治會議開會，卽決議實行分共，並准鮑羅廷辭職歸國；但鄧演達卻早於六月卅日秘密離開了武漢。據「傳略」記載，他離開的原因和經過是這樣的：

「何鍵的許克祥部在湘發動馬日（十六年五月廿一）事變，駐防武漢的唐生智部及其他軍人，亦有不穩之勢；武漢領袖汪陳孫等責難民衆運動，說是『暴徒』，『過火』，鄧氏則力主非民衆起來，直接參加政權，不能鎭壓反動，續繼革命。他高呼，『我們不能自毀革命，自掘墳墓！』於是深夜往見國府主席汪精衞，苦勸不要動搖，非倚靠民衆，沒有生路；但結果不歡而散。鄧氏覺得已事無可爲，遂化裝工人，間道從西北出國。」

用「暴徒」「過火」這樣的字眼指摘民衆運動，本是右派攻擊左派的口胎，現在左派內部也用同樣的字眼責難起來，又怎能不令鄧氏疾首痛心呢？過去一年，他用了渾身解數的氣力，才從海外拖得回來的「同志」，「主席」，左派的最高領袖汪精衞，不到三個月的功夫，竟把他「羣衆革命」的理想棄之如遺，美夢打破，又怎能叫他再在武漢逗留得下去呢？鄧演達之所以等不到武漢分共，便悄然出走，也不是沒有理由的了。

我和鄧演達的最後一面

鄧演達在離開武漢之前兩天，約筆者到他漢口黃陂路寓所見面，時間是晚飯後；到時，他讓筆者到臥室裏，單獨談話，這是前所未有的，心知必有嚴重的秘密問題要談，但猜不出是甚麼事。兩人前後約莫談了一小時，他首先發表一番革命理論，都是平常聽慣的——革命要靠民衆，三大政策非切實遵守不可這一類話；然後他很鄭重的問我，對「暴徒」和「過火」的指責，有甚麼意見？我在和他見面之前幾天，廣東的農民運動領袖羅綺園曾經到筆者的武昌寓所談話，表示卽將離開武漢，談話中也提到這樣的問題；我當時對羅說，我們現在非分道揚鑣不可了。於是我便把這些話告訴了鄧演達。他聽了我的話，默不作聲，也沒有快要離開的任何表示，大概話不投機，不便再說下去。過兩天，看報紙，才知道他和譚平山都失了踪，不知去向。

醞釀分共期間，共黨分子卽紛紛秘密逃往江西，托庇於賀龍葉挺(譚平山卽爲其中一人)，或潛赴其他國內地方，徐謙亦逃往鄭州,依靠馮玉祥；鄧演達爲甚麼要間關千里，逃往莫斯科去呢？

到莫斯科的目的

據「鄧演達先生的生活」記載，（以下簡稱「生活」）：

「武漢將分共時，長江下游經已封鎖，豫陝爲馮玉祥勢力範圍，於是鄧氏化裝爲檢查電線桿工人，徒步沿京漢路至鄭州，西行過潼關，混入俄顧問隊伍中，乘汽車同行；中經陝甘蒙古大沙漠，歷時一月半，始達莫斯科。」

這只說明長江封鎖，不得不取道西北，前往莫斯科；到底懷着甚麼目的前往，還是很曖昧的；再看同一記載的另一段文字：

「鄧氏抵俄京後，受蘇聯要人歡迎，屢以中國革命問題相商，當時鄧氏意見，以爲『共產革命僅適於西歐資本主義國家，中國爲封建經濟的半殖民地；目前中國革命任務，爲解決土地問題，實行耕者有其田，否則徒然延長革命的時間』而已。……在俄京未能久留，卽前往德國，研究政治經濟，用力甚勤，決心在柏林專攻理論，閉門謝客。」

根據這些事實，我們可以斷定，鄧氏的出亡莫斯科，目的決不是只爲個人安全着想的，他所混入的俄顧問隊伍，不知是否卽鮑羅廷的隊伍；抵俄京後，受蘇聯要人的歡迎，是否因他和俄顧問同行有關；俄人「屢以中國革命問題相商」，是鄧氏的主動抑或是被動，這些都是頗有問題的；不過，無論如何，鄧氏希望蘇聯能夠繼續幫助國民黨的革命，似乎是無可懷疑的。然而，結果卻使他大感失望，因爲他堅持「中國的革命不是共產革命」，於是乎他不得不很快便離開莫斯科，前往柏林了。

閉門謝客的生活

又「傳略」記載，關於鄧氏這一次到莫斯科的情形，也有如下的說明：

「鄧氏先到莫斯科，共產國際開會歡迎，時蘇俄反對派與幹部派相爭，（按，指托洛斯基派與史太林派之爭），涉及中國問題，鄧氏自守主張，不得不秘密離開莫斯科而至柏林。」

所謂「自守主張」，卽上面說的「中國革命不是共產革命」的理論，受共產國際歡迎的國民黨左派流亡領袖，竟不能久留於莫斯科，而且要秘密的離開，這對於鄧演達的精神打擊又是何等重大呵！難怪他到了柏林後，要心灰意冷，「閉門謝客」，「專攻理論」了。

其實，鄧氏莫斯科之行，是多此一舉，或者簡直是自取其辱的。何以言之？

六月間到達武漢的史太林秘密訓令，不是說得很明白了嗎？

他命令共黨和俄顧問，要實行對國民黨革命；現在鄧氏還要高唱共產革命不適宜於中國的理論，豈不是有心和史太林爲難嗎？他如果不是及早秘密脫離莫斯科，恐怕會遭殺身之禍，也說不定。

本來，一九二三年（民十二），第三國際討論中共加入國民黨的問題時，托派即表示極力反對；他們認爲這是「機會主義」，他們說「國民黨係中產階級的政黨，共黨與之聯合，無異犧牲本身革命政策……犧牲共產主義以遷就不可恃的民衆主義，乃是叛逆。」當時幹部派大權在握，自然照史太林的意見，通過執行。現在國共破裂，托派不幸而言中，史太林那有不怒髮衝冠，實行對國民黨殘酷報復之理！這便是秘密訓令產生的背景。秘密訓令既要革國民黨之命，也就等於宣布聯俄容共政策的破產了。這訓令鄧氏是不會不知道的，既然知道了，即使不贊成武漢的分共，也不應該在此時此際，再對莫斯科存甚麼幻想；他在莫斯科高談中國革命任務，實在是昧於國際情勢，不識時務，大碰史太林的釘子，幾遭不測之禍，那是必然的結果了。

左派的壽終正寢

黨派分野，應以政策和主張爲斷；故國民黨左派的形成，實始於民十三，中山先生實行聯俄容共的政策的時候，前已言之；到了十六年三月，武漢開府，聲勢大盛，前所未有；同年六月，史太林的秘密訓令到達武漢，這兩大政策即由史太林一手破壞，直接打擊了左派的命運；鄧演達還想藉個人的努力，前往莫斯科挽回這個厄運，自然不會有成功之理。其實，鄧氏的出走，武漢的分共，以及七月十三日共產黨發表和國民黨分道揚鑣的宣言，已等於正式宣告左派壽終正寢了。左派歷史，實在來說，前後不過兩三年而已。分共後，汪陳孫顧等所支持的武漢殘局，固已不能再稱爲左派。鄧氏到莫斯科後，和陳友仁（當時是武漢中央政治委員，國府委員和外交部長，）於（民十六）十一月一日，發表了一個宣言，主張另行組黨，定名爲「中國國民黨臨時行動委員會」，雖仍承認三民主義爲最高指導原則，已經不再提聯俄容共，自然也和原來的左派面目全非了。

「閉門謝客」，「專攻理論，」到底不是一個熱心革命的志士所能長期忍受得了的生活；經過兩年多的柏林蟄伏，鄧演達終於民十九（一九三〇）五月又從歐洲回到上海，從新捲入國內鼎沸的政治漩渦中；他首先着手草訂一份「革命綱領」（政治主張），在同年八月經過十個省區的幹部共同討論，正式通過，成爲「革命行動委員會」的政治綱領，他和陳友仁另行組黨的主張，至此才告眞正實現，也便是後來所謂第三黨的開始。

鄧氏在這個新黨的政綱裏，雖仍希望第三個國際和蘇聯的援助，也願意和共產黨作友誼的合作，但又聲言政策及主張必須保持獨立；而且強調中國革命和十月革命的不同。到了十一月，他又在「革命行動」（新黨的宣傳刊物）上，發表一篇題爲「南京統治前途及我們的任務」長文，提出如下的意見：

「一九二五年（民十四）以來，中國革命意識的領導，以及物質實力，外來成分多過本國成分，機械被動多過覺悟自動，這是失敗的主因。」

這是鄧氏兩年多在柏林「閉門謝客」，「專攻理論」，根據過去實際經驗，分析中國革命所得到的最後結論。從這個結論看，他已經否定了聯俄容共兩項政策，而且認爲中國革命的失敗和這兩項政策的執行有關。

出師未捷身先死

新黨於十九年九月一日，正式成立，選出中央執行委員廿五人；三個月後，即建立了十一個省區和三個市區的黨部組織；並以上海爲活動的中心。鄧氏個人更刻苦奮勵，工作不息，又親到華北及東北，從事實地考察。

民廿（一九三一）八月，新黨各地幹部調集上海，分組訓練；到結業那一天（八月十七），鄧氏出席演講，竟爲叛徒出賣，以至被捕，同時被捕的還有十多人；第二天，卽解往南京；同年十一月十九夜，被殺於南京麒麟門外，葬於附近一小丘；距新黨成立，僅一年兩月又十八日，享年卅六歲；就他個人來說，可謂出師未捷身先死；又從另一方面說，亦可謂爲國家人才的浪費。

鄧氏被殺，爲廖仲愷死後，左派分子犧牲於派系鬭爭的第二個重要人物，廖氏爲右派暗殺，後來事已大白；惟鄧氏爲甚麼竟死於南京當局之手，至今原因未明，而且是秘密處死，罪狀並不宣布。據「傳略」記述，廿年八月，南京當局派王柏齡到上海，和租界當局串通，逮捕鄧氏；鄧氏被殺於南京則爲十一月十九日深夜；過了十多日（十二月初），極力營救他的宋慶齡女士，親到南京要求把鄧氏釋放，蔣中正始宣布鄧氏已死。我們根據這些事實，不防假定鄧氏致死的因素，可能有下列幾項：

㈠王柏齡於民十三黃埔軍校成立時，曾任要職，鄧任教育長，和王發生衝突，憤而辭職；鄧氏的被捕被殺可能是王柏齡公報私仇的結果。

㈡民廿，二月，南京內部發生劇變，胡蔣破裂，胡氏被幽湯山，蔣氏備受各方責難；又南京召集國民會議，鄧氏攻擊不遺餘力；「九一八」事變後，十一月初寧粵和談，一再壓迫蔣氏下野，蔣氏不得不於十二月五日通電辭職；凡此種種，政治上的重大困難，可能使蔣氏遷怒於鄧，於下野前殺鄧以洩憤。

㈢蔣氏下野前之一段時間，中樞失去重心，王柏齡或其他與鄧有私怨的遂乘機殺鄧。

㈣新黨成立後，鄧氏似曾暗中從事軍事活動，例如他到華北及東北考察，實際恐係秘密和各地部隊接觸，煽誘叛變，預爲將來發難部署實力。他本係軍人又曾任總政治部主任，和許多部隊有淵源，進行此等計劃，自然順理成章，亦爲新黨發展所必要。試看他在被捕前不久寫下，尚未發表的一篇題名「奪取政權前後應該做甚麼」的文章，他便在這文裏指出應做的六項重要工作，其中一項卽爲「不能忽略軍隊中工作，沒有同情的軍隊集中一處，奪取政權，仍無希望；必須全力進行軍事工作，並應注意中下層。」這便是他從事軍事活動的有力證明，這是當局最爲痛恨的一件事。鄧氏之所以招致殺身之禍，恐怕以這一項因素的關係爲最大。

這四項因素，只要有了其中一項，已經可以使鄧氏致死；事實上兼而有之亦有可能，則鄧氏之必死，又有何疑？鄧氏之死已成歷史疑案，現有史料，亦只能作如此推測而已。

忠於理想立場堅定

鄧氏死後的第四年（民廿四），十一月，第三黨各地負責人重集上海，舉行第二次臨時代表會議，把「中國國民黨臨時行動委員會」的名稱改爲「中華民族解放行動委員會」，與中國國民黨完全脫離了關係，成爲獨立的政治團體，和鄧氏發起組黨的原意亦大不相同了。

我們對於鄧演達的政治理論和國事主張，不論贊成或反對，而我們對於他一生熱心革命，忠於理想，坐言起行，始終站在國民黨的立場，這種精神，不能不爲之傾佩起敬；以視當時另一左派重要分子，中山先生遺孀，宋慶齡女士，她雖因鄧氏被害，發表宣言斥責當局，後來竟一變而爲共產黨的「傍友」（幫閑人物），供共產黨的玩弄，老尙不悔，賢與不肖便有霄壤之別了。

本文主要參考書：

(1)鄧演達先生遺著　楊逸棠編
(2)鄧演達的道路　鄧演達先生殉難紀念會編
(3)卅年動亂中國　雷嘯岑著
(4)中國近代史下冊　陳恭祿著
(5)蘇俄在中國　蔣中正著

（一九七二年四月八日稿）

鄧演達身後是非

曉村

鄧演達之死，距今已四十一年了，回憶當年在上海與鄧氏最後一面之情景，記憶猶新，而他之所給予筆者印象，亦最爲深刻。

平情而論，鄧氏似不失爲一個對政治抱負有見解的軍人，他死時年僅三十六歲，正當生命力充沛，青年有爲之時，乃因政治上見解不合，而負才早逝，且遭受到非命以死，這實在令人爲了國家愛惜人才，不免引爲深切的遺憾。

當年他之反對蔣先生是否應該？他的一生功過是非，事實具在，將來治史者當有定評，筆者雅不欲妄參末議；祇是自從鄧演達死後，國內外的報刊雜誌，對於鄧氏其人其事，殊少記述。這一位曾經叱咤風雲，在中國近代政治史具有決定性的人物，其一生行誼，又安可就此掩沒而不彰，用是不憚辭費，擬實敷陳，或可作治史者參考之一助。

質言之，當年蔣先生之必欲置鄧氏於死地，完全基於維護國民黨的完整。當鄧氏組第三黨時，保定同學與黃埔學生，暗中輸誠傾向於鄧氏者，大有其人，即該黨經費，亦當由各軍暗中分月資助。各軍團長每次在南京開會後，亦有潛赴上海再與鄧氏密籌對策，使鄧氏不死，國民黨可能分裂，此當蔣先生非去之不可的主因。

未入保定以前

鄧演達，字擇生。他的哥哥即演存，字競生，曾任漢陽兵工廠廠長。他是廣東惠陽縣永湖墟鹿頸鄉人。十四歲那年（民國前三年）入廣東陸軍小學，其時因清廷編練新軍，需要大批幹部，在各省設立陸軍小學，考選各縣青年，入校訓練。軍事機構爲當時革命黨人所重視，滲入該校傳播革命種子，以鄧仲元先生主持其事。鄧演達其時年事最幼，而聰穎奮發，每試輒列前茅，爲師友所驚奇，鄧仲元先生尤爲器重，愛護有加。

辛亥革命，陸小同學大都參加革命行列，他亦隨軍北伐，在姚雨平總司令部任職，初露頭角。南北議和，民國建立，所有參加革命工作之陸小學生，回粵重修軍事，他被派往陸軍速成學校，於民國二年畢業。民國三年進武昌陸軍第二預備學校，除軍事學科之外，稍稍涉及政治、經濟諸科學的研究。民國五年冬預備學校畢業，升學於保定軍官學校，民國八年畢業，被派赴邊防軍入伍見習，充任下級軍官，那時才二十四歲。

民國五年討袁之役，廣東方面驅逐了龍濟光，舊桂系陸榮廷入粵，把持軍政，陳烱明率軍二十營，不容於粵省，奉命援閩，入漳州，據有閩南十餘縣，與北軍對峙。時鄧仲元先生在陳部任參謀長，整軍經武，力謀以此部隊作革命武力，聞鄧演達已在保定畢業，急召回勷助，並組織憲兵，使之統率，於是他開始脫離學生生活而致全力於革命事業了。

回到廣東以後

民國九年孫中山先生命陳烱明由漳州率師回粵，驅逐舊桂系，他也率領憲兵隨軍出發，并組織精戰隊由他任隊長，惠州一役，厥功甚偉。廣東恢復以後，鄧仲元成立第一師，他即被任參謀及獨立營營長。當時中山先生的政治理想和推進計劃，爲陳烱明所不了解，漸漸的發生了矛盾，鄧仲元週旋其間，彌縫調解頗費苦心，但終於不能挽救，而反遭陳部反動軍人刺殺，這是令鄧演達極爲痛心的。

後來一心隨着孫中山先生北伐，李濟琛爲師長，他則任第三團團長，日夕追隨孫先生，耳提面命，受主義薰陶，當黃埔軍校未成立以前，他首先被委爲訓練部主任，乃一再謙讓力推李濟琛而自居其副，全副精神致力於該校之創建，辭去第一師第三團團長之職，遷居黃埔，並招引嚴重、季方、葉劍英諸人分別主持籌備事宜，以及訓練規劃。悉心籌劃，不遺餘力，終於民國十三年春宣告成立，蔣先生任校長，他乃任教育長，可知當時黃埔軍校的成立，他實在是創始人。

祇是那時蔣先生對他並不信任，轉倚王柏齡爲心腹，他乃辭去黃埔軍校職位，赴西歐遊歷，在德國研究政治、經濟，他出國未久，孫中山先生即病逝北平。廣東全省雖告統一，而黨內糾紛日增，廖仲凱被刺後，黨內形勢日非，革命前途危險萬狀，岌岌不可終日。

由於黨內形勢日亟，他也無法在德長期研究，終於在民國十四年冬由德國柏林起程，假道蘇俄返國，回抵廣州，出席中國國民黨第二次全國代表大會，當選爲中央候補委員，並復任黃埔軍校教育長。

誓師北伐途中

民十五年誓師北伐，他受任爲總政治部主任，將原日之軍事委員會政治訓練部改組，加強戰鬬組織，延攬革命人士參加工作。大軍出發之時，運輸頻繁，總政治部隨軍出發之日，先遣部隊前鋒已過衡陽，他乃趕赴前線，率少數隨從工作人員，先行出發追及前鋒部隊。他在北伐途中，除指導政治工作之外，並兼任行軍參議事項，尤其是擔任前鋒之第四軍，更與他血肉相關，參與戎機，領導戰鬬，事務紛忙，日無餘晷，在忙碌時澈夜不寐，平日又治事如恆，其精力實有過人之處。

北伐軍進展，總政治部移駐長沙，他率領着工作人員會同前鋒部隊先行出發，渡汨羅，入岳州。平江一役，北軍全潰，他入第四軍軍中參與指揮作戰，進迫汀泗橋，渡河一戰，北軍解體，乘勝直追至賀勝橋，吳佩孚僅以身免。革命軍長驅直入，抵達武昌城下，劉玉章陳嘉謨固守孤城，他乃任攻城司令，指揮圍城各軍奮勇攻擊。武昌城池堅固，城內守軍更爲吳部精銳，負嵎死守，久攻不下，死亡甚多，他乃親臨城下指揮，與士卒同生死，槍彈如雨，屹不爲動，卒於十五年雙十節攻下武昌，俘劉玉章，陳嘉謨以下萬餘人，革命旗幟高揚黃鶴樓頭，全國形勢爲之一變。城下之後，他始有餘暇入浴，發覺脅肉腐爛，其任事之艱苦卓絕，蓋可想見。

再度出國深造

武漢既下，他兼任湖北省政府主任，那時的民衆運動，由於有共黨份子的發縱指使，不免有若干過火的地方，他也受到了各方的攻擊，隨着發生了寗漢分裂和四．一四清黨事件。後來寗漢合作，他感到孤掌難鳴，乃於十六年初化裝工人，間道由西北出國。

在莫斯科曾經逗留了一個時期，十六年冬抵柏林，專研究政治經濟，博覽羣書，並考察各種實際問題，尤其對於歐洲各國的農民問題，曾經細心地考察，並且親自到歐洲各國農村裏面，調查各地農民生活狀況，考察各國解決農民問題的方案，在此時期，他對社會問題，乃更有廣博的心得。

他在德國最久，英、法、匈、奧、波蘭、立陶苑、意大利，巴爾幹半島諸國家，斯干的拉維亞半島諸國家，以及新興的土耳其，殖民地的印度，皆遍留足跡，實際地體驗多國政治，並借此作中國革命的參考。十九年春從歐州回到中國來，潛伏上海，組織中國國民黨臨時行動委員會（簡稱第三黨），反對蔣先生，要推翻南京的統治，從此，種下惡因，他之死也就肇因於此了。

思想上的根源

他的思想根源，完全出發於歷史唯物論，這點在民十九年夏在上海舉行結黨式的時候，特別提出的主要信條一項，標明：「我們哲學根據是歷史唯物論」。他從這種思想出發點觀察世界，觀察中國，觀察萬事萬物，確定了他的人生觀，世界觀。從他手寫的「我們的政治主張」以及其他論文，處處都可發現他的思想根源。

對於中國社會分析完全採用歷史唯物論的觀點——唯物史觀點去斷定：「中國現時的社會，在形式上固有異於古代的封建制，但，就其內容性質而論，的確還離不了封建勢力的支配，因此，整個的中國社會，還在封建勢力支配階段，還是前資本主義的時代，同時又因帝國主義勢力支配中國的緣故，使中國社會益呈複雜的狀況，這兩重支配都是中國社會不能向前進展的大障礙。」

他不單止運用這觀點去觀察中國社會，他還觀察到中國社會所留存的各種學說，思想，各種社會現象，社會病理。他認定「中國現階段的革命」，是帶看民族性的「平民革命」，但中國革命和法國大革命有其不同之點，即中國無比較發達及自覺的人民（資產階級包括在內），因此，中國革命性質雖爲民族解放的廣大運動，且爲破壞封建殘餘的民主革命運動，然卻不能爲資產階級所領導。中國革命又不同於俄國十月革命。因爲中國無廣大的自覺產業工人，無法建立無產階級獨裁的革命政權，應該是農工及其他城市鄉村的被壓迫被剝削者的革命，但卻帶着非常濃厚的「社會革命」的色彩。

因此，這種可以叫做「農工平民」的「民族革命」，不過這個「平民」的涵義，和舊時代僅與「貴族」相對待的解釋，並不相同。凡自食其力而不剝削他人，卻直接參加生產的近代工廠工人，手工業者，自耕農，佃農，僱農，設計生產者，管理生產者，以及擔任運輸分配者，和其他輔助社會生產的職業人員，而現時又是政治勢力所壓迫者，統稱之爲「平民」，換言之，也就是以農工小資產階級的聯合，作階級鬥爭的同盟，以爭取政治、經濟的解放，求得民族的獨立與自由。

政治上的主張

基於他的思想根源，他提出了具體的政治主張，他從中國的社會結構作詳盡分析，指出當前的中國革命：「是一個複雜的一種革命，具有民族、民權、民生三種革命性而以社會主義爲歸宿的革命。」因此他的主張：

第一、「要澈底的肅清帝國主義在華的勢力，取消一切不平等條約，使中國民族完全解放，一定要喚起並組織廣大的民衆，使其覺悟的參加反帝國主義的鬥爭。並且應該與全世界被壓迫的民族和階級聯合起來作鬥爭的同盟。」

第二、他堅持「聯合世界上的平等待我之民族共同奮鬥」的孫中山先生遺囑。他主張：「農工平民羣衆取得政權：…去推翻千餘年來傳統的官僚政治，而過去的換朝與革命，都只是新舊的封建統治的交替。

第三、「要實現社會主義，一定要在以直接生產的工業爲重心的平民政權確立以後，運用政權去發展生產，使生產組織化及社會化」。他堅決的信仰這種主張，認爲是解決中國問題的唯一途徑。

第四、他認爲中國革命非有廣大的農民，實際的參加到革命行列，不能保障革命的勝利，同時並指出解決土地問題爲農民參加革命的先決條件，所以他一再強調要實現「耕者有其田」。

耗子般的生活

鄧演達生於道地的農家，父親倒是一位讀書人，還是前清的秀才，家庭對教育頗爲注重。母親是一位慈祥婦人，偉大的母愛，常常引起了他童年的回憶，由於和愛的家庭生活以至由陸小而部隊的團體生活，三十多年時光陶養出人類偉大的愛。另一方面卻非常憎惡那些吸人膏血的剝削者，壓迫者，咀咒他們是臭虫虱子。

他因爲早年離開家庭過着團體的生活，接觸事物非常之多，由於他的聰明知慧，體會出社會上各種形態，這即是所謂「人情世故」。他最重友情，他認爲他的朋友都是出生入死的戰友。對於舊社會的禮教道德，他指出片面性的禮義廉恥，下對上的一種義務，應該加以改造。只有流行在下層社會那種俠義精神，還可以提倡。

他對於朋友的交誼，不僅在事業上以道義相勉勵，緩急上通有無，而且在生死危急當中挺身赴難。在戰場上他英勇的照顧袍澤戰士，如十三年肇慶之役在火線上揮軍搶救陳誠（當時陳在鄧仲元部任連長，受傷不能動），因而奠定了他倆以後的交誼。同年在東江戰役從火線上抱着受傷的某營長，血淋淋的離開火線，這都在萬分危急的時候，捨己救人的至高道義。猶憶民國十九年夏，筆者染痢患病於上海租界霞飛路某士多店的樓上，他冒着危險親來視疾，並厚加餽贈，雖已時逾四十多年，至今回憶之下，歷歷在目。

由於他在上海組黨以後，偵騎密佈，他總是晚上出外，所以說他白天來視我之疾，是冒着了絕大的危險。那時組黨的時候，各方秘密加盟的頗不乏人，尤以在軍旅的軍官居多，這因爲他曾任黃埔教育長，學生對他的印象極深。有若干將領，從南京開了會以後，總要溜到上海來，再聽他的指示，他總是親自接見，親切有逾家人，對於機要文件，亦必躬親處理，或提幹部會議決定，從無延誤。

下午一到電燈放光，他立即外出，分赴各處會晤同志及來賓，指導或編排工作，每夜多在十二時以後，甚至到三四時始能返寓就寢。除偶因身體過於疲乏，始一乘車外，常自徒步歸寓。因爲他白晝每侷促一室，苦無健足之餘地，一至夜深路遠，反而可以藉以勞其筋骨，以步行爲運動。所以他常常對人述及，他這種生活是「耗子的生活」。

陳敬齋的告密

他爲了鼓吹革命，親自在上海主編「革命行動」月刊，發表主張、批評時事。他還特別注意到東北和華北實際情況，於二十年春間秘密親自北上考查，不久即回到上海，據所觀察，日本對東北不僅是政治上經濟上有野心，並且對領土也有野心，大有箭在弦上，不得不發之勢。他寫了一篇文章指出日本對中國之「三段姿勢」，指出危機的必然爆發，那時「九一八」事變還未發生呢。因爲在上海工作活動的結果，南京方面必欲得而甘心，特務密佈，環伺左右，他也深知危險，本擬赴海外稍避耳目。有一次已經購好船票來香港，後因事不果行，復留居上海，乃竟因此暫留，而鑄成了大錯。

那時南京派了王柏齡專員主持緝捕鄧演達的工作，並帶來了重金來滬，勾結上海租界當局，暗中出了重大賞標購捕。這時有一個第三黨的交通陳敬齋，他是江西人，追隨鄧演達工作有年，乃爲南京特務所收買，當時的代價是現洋五萬元，他混在訓練班受訓，結業這一天，時爲八月十七日，假座上海愚園坊二十號，鄧演達親自出席，陳敬齋乃稱疾退出，前往告密，不久邏捕者十餘人擁至，將鄧演達架走，同時被捕的計有鄭太樸、周力行、羅任一等以及受訓同志廿餘人，上海各秘密機關亦均被破獲，第二天即解去了南京。

在此要附帶敍述的，陳敬齋既是江西人，當時江西的「第三黨」中央委員王枕心，以及在上海市的負責人張漢傑，均受到同志間的責難，認爲他們平日對於陳敬齋，觀察不週密，致被出賣。一直到了大陸變色以後，王枕心留在大陸，存心靠攏，幾乎爲了此事，舊事重提，而遭受到清算呢！

至於陳敬齋得了這一筆鉅金後，儼然已成爲富家翁，回到了他故鄉景德鎮，一直到了大陸變色後，中共派人把他拘獲遞解北平，將之處決，爲鄧演達復仇，實則鄧演達若活到今日，他與中共也不可能合作的。

鄧演存的營救

自鄧演達被捕後，各方營救的亦大有其人，孫夫人宋慶齡女士就是最力的一位，親到南京要求釋放。因爲要求未獲允許，她在憤恨之餘，曾經痛罵當局，有「和平分贓，統一作惡」之語，亦曾傳誦一時。其次營救最力的人則爲他的哥哥鄧演存，鄧演存也是留德的，他學的是技藝，專業軍工，所以他後來一直是漢陽兵工廠廠長。他從來不過問政治，與乃弟興趣不同，所以鄧演達儘管反對南京，而鄧演存仍忠於蔣先生，迄無貳志。

自從乃弟被捕遇難後，鄧演存親自到南京，向蔣先生哭訴，認爲老母在堂，請蔣先生赦其一死，自願以身代替。乃亦不爲當局所採納，因此鄧演存亦因此憤而去職，後竟不知所終。

當鄧氏被捕以後，南京方面亦曾極力予以說服，勸其放棄政治主張，結果毫不爲動，他在獄中曾有字跡傳出，大都用紅鉛筆寫在草紙上，除昂勉在外工作同志，多爲索取書報之語。最後一次傳出之字條寫着：「現移南京城外炮壘中，今後恐不能通一字矣。」寥寥數語，竟爲他的最後遺墨，也是他最後訣別之辭。他死之時年僅三十六歲，遺體葬南京麟麒門外小坵上，即當時遇害處。

九戰區最後游擊部署

胡養之

自衡陽宣告失守之後，整個湘南及湘西各地都陷於緊急狀態中；特別是沿湘桂、粵漢兩鐵路線上，及西部等地的重要城鎮如祁陽、零陵、東安、耒陽、郴縣、寶慶、武岡以及黔陽等縣，更爲混亂。由於筆者當時正率領一部份傷殘，滯留於洪橋至冷水灘之間；加上我又生長於湘南。因此，對於當地的混亂情形，及九戰區最後的軍事部署，都有着深刻印象。

我們知道：祁陽距離衡陽不過一百五十華里，且其沿途的交通線都遭破壞，重武器受到交通限制無法行動；作戰物資以及後勤運輸補給，也感到相當困難；尤其士氣民心，更不如初時的激昂。以是，負責防守寶慶、祁陽及零陵一帶的第三方面軍王耀武部隊，似無意在祁陽附近地區設置重兵，以與南進的敵人決戰。而第四戰區方面爲了要保衛廣西起見，則更求當時的軍訓部長兼桂林行營主任白崇禧，轉達重慶最高當局條陳利害，並促電令第九戰區司令長官薛岳，無論如何要在祁陽與零陵間，加強防務，以阻止敵向西南迅速推進，而便於桂系部隊固守黃沙河兩岸陣地。

湘南改採游擊戰經過

抗戰期間，素有「小諸葛」之稱的白崇禧，在蔣委員長面前說話是很有效力的，雖然談不上言聽計從，但他在軍委會裏是決策人之一。他當時向中樞所條陳的利害是：希望促使當局對廣西與湖南邊界的險要形勢，加以重視。特別是在衡陽失利之後，湘南、桂北更爲重要，其見解如下：

第一、衡陽爲湘南重鎮，敵人進侵粵、桂兩省的樞紐；它雖失陷，守軍第十軍的主力亦已損失殆盡！但我們應該知己知彼，了解敵人在短短的兩三個月裏面，就曾先後連續佔領了我長沙、湘潭、衡山、衡陽等大小城鎮，跡象顯示它的兵力也有極大的損耗；況且敵人的作戰計劃，既已犯了「孤軍深入」和冒進的錯誤，而它的兩翼部隊又不能配合行動；尤其後續部隊和軍用物資等等，更因交通中斷而未能迅速接濟上來，相信敵人侵佔衡陽之後，無論從任何方面看，它可能有一個時期整補，然後繼續西進或南進。

第二、現駐防湘南及湘西等地的第二方面軍，尚有八個完整的師，實力不能說不雄厚，而且又是以逸待勞的；加以祁陽與零陵之間的叢山峻嶺，如陽明山、春陵山等，形勢異常險要。在戰略上言，祁陽及零陵一帶，都是易守難攻之地；後者爲清時永州府治，轄零陵、祁陽、東安、道州、寧遠、永明、江華、新田等八縣，地當瀟、湘二水的合口；且「列峯擁其北，重江繞其前」。這是唐柳宗元謫戍所在，也是三國時蜀中大將張飛一度駐兵之地。假如我軍利用零陵北面的列峯險要，部署堅強的防線，不僅會令到敵人從正面進攻的兩、三個聯隊無法得逞；即來自空中的敵機，也可能因叢林的掩蔽而很難以炸中我軍陣地的。縱使不能夠長期防守，最低限度也可以消滅敵人的大部份力量，牽制敵人的西進或南進行動，而可收到「消耗戰」的效果。

第三、湖南與廣西的省界爲黃沙河，這是一個準備與敵人決戰的地區。但這河水滙入湘江後，卻與零陵貫通，因之，黃沙河的得失，實與零陵防守時間的久暫大有關係。因爲，當時的陸上交通（由零陵至桂林的鐵路和公路）還不能破壞，以便於前後方的運輸；但倘若零陵不能堅守，那末，這條鐵路和公路將會爲敵人所利用，而長驅直入廣西省境內。所以，第四戰區轄下的主力部隊，曾日以繼夜地忙於加強這道防線。就歷史上看，黃沙河也是廣西對湖南作殊死戰的一大關鍵。如所週知：遠在約一百二十年前（咸豐二年——一八五二），當太平軍開始謀竄湖南而到達廣西邊境的全州時，清將江忠源（湖南新甯人，號岷樵，道光十七年丁酉科舉人，官至湖北按察使，安徽巡撫，殉難廬州，追贈總督）部，便在簑衣渡給它迎頭痛擊，太平軍的南王馮雲山卽死於此役。

這就是說衡陽之役失利後，應在形勢險要的湘桂邊境零陵、東安一帶，再行與敵決戰，否則敵人渡過黃沙河後，有如黃河決堤，越發不可收拾！當時中央政府雖然有意採納以上寶貴意見，卻必須商諸第九戰區司令長官兼湘省主席薛岳。可是沒有想到薛岳對此建議並不完全同意，他主張衡陽淪陷後，暫時改採游擊戰的計劃，利用湘南及西南的山地，從事游擊戰術；以大吃小的行動，加緊破壞淪陷區或敵後的交通設備，或截斷敵人的後勤，務將敵人孤立起來，使它只能佔據「點」，而不能侵佔我方的「線」或「面」；同時也可以牽制敵人南進和西進的行動，消耗敵人的實力比跟它決戰的效果爲大；且可減少敵人對湘南、湘西各山區的縣鎮繼續進行蹂躪，隨即下令留在粵漢、湘桂等路兩側的國軍部隊，「自即日起就地補給，相機殲敵」的行動。

薛岳這項計劃，一方面由於他是第九戰區司令長官兼湖南省政府主席的雙重職位，責任綦重，對軍事作戰來說，他有權調遣和部署其轄區的任何軍隊，臨機應變；對行政來說，他也有守土保民的責任。是故，他主張採取游擊戰的計劃，中央也不能不接納。另一方面，由於衡陽陷於危急情況，千鈞一髮的時候，他曾分別致電重慶和桂林，要求桂系部隊馳援，而未獲對方熱烈響應，以致衡陽孤立無援而活生生的被敵人吃掉！因之，薛岳對於專爲本身利害設想的桂系方面，確實有些不滿。

唐生智在湘南橫行霸道

可是薛岳在湖南並非得心應手，相反的多所掣肘，原因是因當時湖南的名公巨卿甚多，如後來投共，數年前已死於北平的程潛，戰時是國府委員代軍委會參謀總長，他在中樞軍事領袖中是資格最老的一個，當孫中山先生在廣州開府時，程潛便是大元帥府的參謀長。以是，連蔣委員長對他也很客氣，而薛伯陵在他的心目中，簡直後生小子；況且他也有權指揮各戰區長官。其次是中央委員趙恆惕（號炎午，曾任國府諮政，已故），何鍵（號芸樵，十年前已病故台灣），及賀耀組（已故）等人。特別是那位妄自尊大的唐生智（號孟瀟，湖南東安人，其後投共，已死），更不把薛伯陵看在眼裏。

唐孟瀟雖然經過南京之役的大失敗，銷聲匿跡於一時，但他卻是一個最跋扈的湘南蠻人，反覆無常的軍閥。民國五年（一九一六）當他任「湘軍」旅長的時候，就曾以下犯上趕走趙恆惕而取代湖南省長；北伐時又是國民革命軍的八個軍長之一。因而倚老賣老，連蔣委員長也要假以顏色。他不僅自視爲「湘南王」，且與程頌雲互爭爲「湖南家長」。實際上，唐在其故鄉東安一向過着土皇帝生活。關於唐生智的家世和他在鄉間的橫行霸道，湘南各縣連三歲小孩子也耳熟能詳。我在零陵唸書的時候，就曾時常到東安去遊覽各山上的寺廟，故此對東安的情形頗爲了解；尤其對於唐生智那座宮殿式的別墅，更具深刻印象。

唐生智的父親名叫唐耀湘，是前清的落第秀才，但唐家原爲東安地主，唐耀湘的個性比唐生智更古怪，典型的「湘南驢子」脾氣。不過，唐生智的母親席老太太，則是清末著名將領席寶田的孫女。當時唐耀湘就憑這點裙帶關係，在湘南地方上遂擁有紳士地位。民國五年當唐生智驅逐趙炎午而取代湖南省長時，唐耀湘正是省政府的一個中級公務員（某廳處長）。據說在唐生智就任省長那天，唐耀湘便對人說：「兒子已爬到老子頭上，那還好意思再幹嗎？」便憤然掛冠返回東安老家去充當區長。

本來區長的職位是在縣長以下的地方末吏，可是唐耀湘父憑子貴，他的區公所比縣政府的編制還要大，設有法庭，自任法官，凡是轄區鄉民有何冤情投訴，必先攜備母鷄若干隻，棗子燒酒若干斤，送到唐公館，然後依照清代的儀式，跪在區長面前高呼三聲「老太爺」，才能提出訴訟理由。這樣不管有理無理，官司包你打贏；否則不獨投訴無門，還要遭他先打五十板屁股再問口供的威脅！東安縣府對他也不敢干涉，其橫行鄉里，可想而知！

唐生智在東安的那座宮殿式的建築物，既不像別墅也不像公館，而類似一座小城牆，佔地甚廣，周圍藩籬，四面有碉堡，裏面的建築頗爲複雜，距東安縣城約二十五華里，縣府特別替他建有一條公路，可從唐宅乘汽車直達城內。因爲唐生智是一個虔誠的佛教徒，故在他那龐大的建築物中，不惟設有佛堂；並且長期供奉一位姓顧的和尚，經常爲他求佛卜卦，以定吉凶。這樣一來，唐生智便被顧和尚所迷惑，無不言聽計從；同時，顧和尚也很了解唐是一個野心家，爲了迎合唐的心理，隨時給他以高帽，據說唐的反覆無常，都是顧和尚的幕後所主使，而唐生智的大好前途，也多半斷送在他的手裏。

尤其令人聞所未聞的驚奇怪事，更層出不窮！單是那項「採陰補陽」的方法，就夠人搖頭嘆息的。顧和尙憑藉唐生智的勢力，橫行無忌，命令他的爪牙採行威脅利誘的手段，在東安地方一時搜集或強搶了二十多名少女，關在那龐大的建築物中的一隅，遂行其「採陰補陽」的勾當！顧和尙以爲人不知鬼不覺的，加以地方人士敢怒而不敢言，促成了他們的膽大妄爲。不料時間長了，消息漸漸傳到唐的母親耳裏，這位老太太頗守舊禮教，一聽到這個駭人的消息，勃然大怒！立卽率領唐宅的所有女傭丫鬟等娘子軍，表演了一齣「搜宮」的活劇，將被囚禁的數十名少女，一律釋放並分別資遣回家，而那個曾經左右唐生智的顧和尙從此也告失踪了。

委任周斕爲代主席

民國三十年（一九四一）春，當長沙第三次大捷後，重慶最高當局爲了鼓勵士氣，特派前廣東省主席陳濟棠、唐生智二上將，以府委名義分別宣慰第七、第九兩戰區。在唐生智由重慶返抵他的家鄉東安時，長沙方面的氣氛已開始緊張。一天晚上，長沙警備司令部的稽查人員及憲兵，突然發覺市內各戲院、電影院、餐廳及旅店中，都有來歷不明的便衣。警備司令方先覺（其時方升十軍軍長兼長沙警備司令不久）以事態嚴重，乃立卽據報告薛兼主席，薛岳靈機一動，便聯想到這些便衣密探，很可能是中央特使唐孟瀟先行派來佈置他訪長沙的保鑣；而且據報這些神秘人物說話，多屬湘南如東安、零陵及祁陽一帶的口音；於是下令把所有便衣約九十人集中在一家大旅館，好好招待他們。

果然不錯，過了兩天，唐生智則一聲不响地秘密到了長沙，忙的警備司令部和憲兵十八團不亦樂乎！立卽宣佈長沙市區的緊急戒嚴令，卻又不能說明理由，令到全市人心惶惶！因爲那次唐是代表蔣委員長的特使身份，所以，薛岳也不敢怠慢，整日全副武裝親率文武官員，恭謹地迎於小西門碼頭，其歡迎場面之盛大，爲戰時長沙市上所僅見。當時唐生智發表演說時，薛伯陵則一直立正在他後面約四十分鐘，始終不敢稍息。原來唐生智在湖南的潛勢力很大，他當年第八軍底下的重要幹部如劉興、賀耀組、葉開鑫、周斕、夏斗寅等師、旅長，都是靑一色的湖南人；其餘團長以次的中、下級幹部，更不可勝計。甚至連桂系大將後來出任第十戰區司令長官的李品仙，也曾一度做過唐的基本幹部。因此，薛岳對這位囂張跋扈的唐孟瀟，不論在任何方面都有所顧忌，而不能不買他一點賬。

尤其是到民國三十三年（一九四四）長沙、衡陽相繼失陷後，九戰區長官部及湖南省政府，都一起遷移到湘南最偏僻的山區——嘉禾、藍田等地，決定實施其游擊計劃時，更非借重唐生智的勢力不可。於是省政府首先起用了祁陽的周斕爲民政廳長代主席；並分別起用了祁陽的蔣伏生、「湘西王」陳渠珍、湘南「屠夫」歐冠等地頭蛇爲游擊司令，領導地方武力及號召民衆義勇軍，從事對敵人作游擊戰爭，配合第三方面軍及其他各正規部隊以與日軍周旋。

幾個傳奇的游擊司令

以上幾位奉委的「抗日游擊司令」，雖與唐孟瀟沒有什麼直接的密切關係，但他們在湘南和湘西各地都擁有根深蒂固的潛勢力。其中除了蔣伏生爲中央嫡系之外，他如陳渠珍、歐冠及若干次要人物，在地方都有很大的號召力，炙手可熱；且多數帶有傳奇性的神秘色彩，爲政府借重的對象。

不過薛伯陵委任蔣伏生的目的是在適應環境，一方面由於衡陽淪陷，祁陽首當其衝！假如祁陽不失，則不特沿湘桂路線上的零陵、東安等地，均可確保無虞；即西北面的寶慶、新寧、武岡各縣，也有互相聲援的作用；甚至於東南面的陽明、常寧、耒陽、永興及桂陽各地軍民士氣，亦有莫大的影响。況且祁陽縣城的東南，即湘南最著名的陽明山，及舂陵山，爲五嶺支脈，蜿蜒於祁陽、零陵、常寧、新田、寧遠諸縣而與九嶷山相連。如祁陽不保，則湘桂及粵漢兩鐵路線之間各縣，都可能隨時遭受敵人的蹂躪！

另一方面則是蔣伏生與當時駐紮湘南的三方面軍司令官王耀武有關係，因蔣伏生是黃埔軍校第一期畢業生，與湖南的黃杰、鄧文儀、宋希濂等爲同學；而王耀武則是黃埔第三期的小老弟，且曾在蔣伏生早年的部隊，擔任過中下級幹部，此具有前後期同學和長官部屬的關係。所以，王耀武對於蔣伏生非常客氣，動輒稱蔣爲「伏公」。他的個性極強硬，在軍校一期畢業後，一度官運亨通，最早出任了第三十六師師長，紀律嚴明，公私分得很清楚。當他將該師長移交給宋希濂的時候，曾經將全師的官兵、騾馬、輕重武器、及所有一切裝備——包括各單位伙夫使用的炊具等，統統列入表冊中，並全部集合於一個大廣場上，實行公開如數點交，創下國軍各單位主管移交手續的先例。

可是蔣伏生後來之所以落伍的原因，據說就是吃了個性的虧！他一生最大的缺點是對事沒有耐性；對人也很乾脆，三言兩語，絕不苟且。當他在戰前尙任某軍副軍長時，最高當局本來有意提升他，於是由蔣委員長召見。但他被傳到軍委會的辦公廳後，一直候了二十多分鐘仍未見委員長駕臨，他已等得不耐煩了，便不辭而別。而他唯一長處是作戰勇敢，每戰身先士卒，在湘南打游擊曾數次負傷。

湘南的另一位游擊司令歐冠，別號天爵，一八九一年（民前廿年）出生於湘南寧遠縣的梅崗歐家。他以少年喪父，孤貧無依，從未正式入校求學；稍長乃由其舅父介紹到一家成衣店當學徒。不料他人小膽大，一天晚上，則將店內的所有衣料布疋，席捲而逃，經永明遠走廣西平樂；但人地生疏，謀生困難，遂以亡命之徒的姿態，投考桂林講武堂。唯歐冠識字不多，何堪筆試？幸好主持講武堂的是湖南軍界耆宿趙恆惕，他念在同鄉份上，勉強將歐收容。

畢業後返湖南工作，經趙恆惕的提携，加入保安團隊服務。其後又爲前湘省主席何鍵的賞識，民國十五年（一九二六）毛澤東在湖南組織「農民協會」失敗後，隨即全省土匪猖獗，尤以湘南各縣爲甚！適歐冠正充任保安大隊長，隨國軍×旅旅長羅琳（零陵人）進行清剿，民十六年奉派爲寧遠清鄉委員，他根據「治亂世，用重典」的策略，大事屠殺！故有「屠夫」之稱。民二十一年，他被升任爲第七區行政專員兼保安司令，專署設在零陵。他對於湘南各縣的土匪，只要抓到，不僅不經法庭審訊，也往往不問姓名籍貫，而隨便予以槍決！他嘗謂「寧可殺錯一萬，不讓漏掉一個」，先後殺了幾萬人，每年年終只向省政府呈報一本花名冊，擁有「先斬後奏」的權力。

民國二十九年（一九四〇），歐冠繼唐生明後出任常德（第四區）行政專員時，因抓賭而槍斃了常德守軍司令余程萬的侄子，經余程萬向薛兼主席檢舉歐冠「濫用刑法」，則遭省府下令撤職查辦，歐冠只好跑回寧遠隱藏，數年來未曾露面。至衡陽失守後，爲了收拾殘局，薛岳又任命他爲游擊隊司令兼第七區行政專員，臨危受命，所以薛伯陵曾得到他的死力。勝利後，歐冠繼黃漢英出任衡陽警備司令時，無辜加害了胡桂庭少將等三人，引起湖南在鄉軍官的怒潮，一度包圍警備司令部，歐屠夫以衆怒難犯，乃連夜逃出衡陽城，返抵寧遠山區暫避。直到民國三十八年（一九四九），程潛和唐生智在湖南暗中倡導投共時，再度委任歐冠爲「湘南行署主任」，其後隨程、唐投共，被勞動改造一個時期之後，終於被解返寧遠交人民公審，判處死刑！歐屠夫的下場與湘西王陳渠珍同一命運！

陳渠珍在湘西的地位，不特比歐冠、蔣伏生輩爲深固，即使唐生智亦有所不及。蓋唐、歐不敢公開在湘稱王，但陳渠珍則嘗稱「湘西王」。實際上，他生長於凰鳳縣的苗族領袖之家，起初也像賀龍一樣當過土匪頭，後來改邪歸正擔任湖南第九區行政專員兼保安司令達二十年之久。因此，不惟散居於鳳凰、乾城、永綏、保靖、古丈等五縣的數十萬苗人，都絕對服從他的領導；即整個湘西二十餘縣也不能脫離他的掌握。這位湘西王在民國十五、六年間，就已擁有私人的武裝部隊名爲新編第三十四師，實則是他的羽林軍。當何鍵任湖南省主席時，爲了拉攏這個苗族酋長，曾在長沙北門外特別替他置有公館，湘西偺山裏的土匪遂由他一手肅清。後來張治中、王東原等人主湘時也無不對他加以重用；薛岳起用周斕爲民政廳長代主席，目的也在拉攏陳渠珍進行游擊抗日。

防線終被敵人突破

當時決定的主要游擊範圍是：在湘西方面以雪峯山、武陵山爲基地，牽制敵人西進貴州；而游擊隊司令部仍設於沅陵專員公署內，寶慶和芷江則分設指揮部，據湖南省通誌：「沅陵爲清辰州府治，古五溪(雄溪、樠溪、西溪、潕溪、辰溪)蠻地，重岡複嶺、縈川帶水，控壓羣蠻，障蔽湘西之險要地也。……其東北沅水沿岸，有『壺頭山』，山勢極爲險峻，紆折於灘，漢馬援討武陵蠻，因死於此！」又說：「寶慶爲古邵陵郡，清時府治。城據邵水入資水之口，東接衡陽，南瞰零陵，西通芷江，高山四圍，外峻中夷，有左右睥睨之勢，聯絡三湘之用，湘中重地也。其西北新化縣，有錫礦山，產銻之富，爲世界冠。歐戰期間，運銷歐洲，獲利極豐。……」至於芷江，通誌亦云：「清沅州府治，瀕潕水北岸，當通貴州孔道。連接溪洞，扼塞羣蠻，西南一隅，仰此鼻息，湘西之藩籬也。……」

特別是湘西苗族所據的山區，門戶更爲緊鎖，從未爲外族所侵入。當常德、長沙及衡陽等地先後陷落，敵軍逐漸壓臨湘西，爲保鄉土，在湘西王領導下，有苗族抗日(後來反共游擊戰死)英雄龍雲飛、龍恩普父子、及羅文傑、陳子賢等，各領數萬民兵，組成了強大的抗日游擊部隊。

在湘南方面則以陽明、九嶷、南嶺、騎田、都龐、萌渚等著名山嶺爲游擊基地。歐冠的游擊司令部設於寧遠之九嶷山麓。按：九嶷山，又名九疑，「水經注」說：「九疑山羅巖九舉，各導一溪，岫壑負阻，異嶺同勢，遊者疑焉，故曰九疑。」而九嶷之所以如此著名，則因爲有個「舜耕九嶷」的歷史故事，流傳於民間達數千年之久所使然。據史記：「舜葬江南之九嶷」。其主峯起於寧遠縣南約二十餘里，山不甚高，自山麓至頂，不過十五華里，但氣勢雄偉，山上有奇禽怪獸。唐韓愈被謫貶潮陽時，因從湖南而入廣東，故在那首「八月十五夜贈張功曹」的七言古詩中便有：「洞庭連天九疑高，蛟龍出沒猩鼯號」之句。柳宗元的「永州新堂記」中也說：永州實惟九疑之麓，其始度土者，環山爲城，……虵虺之所蟠，狸鼠之所游。……」

九嶷東南通廣東連山，西南通廣西桂嶺及鍾山等地，而成爲粵桂湘三省的三角黜。可是到了民國三十三年十一月間，因歐、蔣兩游擊司令的意見分岐，致影響了湘南游擊防線。而敵人則以運動力特強的騎兵爲先鋒，從祁陽的白水灘經新田、寧遠繞過九嶷而突破了富有戰略價值的湘、桂邊界的「龍虎關」(爲蕭朝貴自廣西出湖南的舊路子)，使到廣西的防衛軍疲於奔命！同時第九戰區長官部及湖南省府亦受敵人後續部隊的威脅，於是再度轉移至臨武，分散辦公。薛岳則一直留在曲江與第七戰區長官余漢謀，策劃固守湖、粵邊區事宜，而湖南境內的大部份地區則已遭受敵人蹂躪矣！

讀章太炎先生家書

陳鳳翔

丹陽富錢帛，吳王頭已白，亞夫眞將軍，不向細柳屯。

華膏炳明燭，督護行傳箭，雞鳴天欲曙，羞與良人見。

我居太行北，君在瀛海渚，但得高屐人，我曹不活汝。

閶闔鬱崔嵬，天門不可開，水深泥滓濁，牛羊上山麓。

東封七十二，玉牒傳人閒，不讀西方書，安知舜禹賢。

我本巍天妾，嫁爲漢昭儀，綠衣藏金印，不敢懷邪奇。

天漢至南箕，相閒三千里，寧啖箕中糠，不食漢之鯉。

主人何所思，願得丞相章，築室在水中，蓮葉覆茄梁。

上面八首短歌，是太炎先生寫給他的夫人湯國梨女士的，原歌附在太炎先生家書第十一封後面，日期是一九一三年九月二十日，其時太炎先生正遭受袁世凱脅逼，軟禁北京，書中有謂「在京終日杜門，詩以寫憤，神經衰弱，不能多言，旣羞與魑魅爭光，亦愚者之養拙。」又說：「焚灼之餘，不能成語。」可見太炎其時處境，八章短歌更充份寫出了太炎先生其時的心情，寫出了他的憂憤，寫出了他的志願，也寫出了對湯夫人的一往深情！

太炎先生是一位大學問家，他有廣博的學識，高深的智慧，驚人的魄力；他不僅是學術界的泰山北斗，在中國近代革命史上，太炎先生是一位出色的革命理論家，是一位一生辛勤鼓吹種族革命的勇敢鬬士，太炎先生早期喜讀明季逸史及遺民著作，深深的受着顧炎武等一班遺老的「明夷夏之防」的民族思想感染，日夕熏陶；中年親身奔走革命，數次被清廷通緝逮捕，出生入死，與蔡元培先生等籌創光復會。同盟會成立，曾任同盟會機關報「民報」編輯，經常撰稿，其一生鼓吹革命，奔走革命，獻身革命，促成辛亥革命早日成功，他的功勞是不可沒的！

民國二年（一九一三）六月十五日，章太炎先生與湯國梨女士結婚於上海愛儷園（即哈同花園），主禮者爲蔡元培，嘉賓有革命領袖孫中山、黃克強、陳其美等人，極一時之盛。其時太炎已四十六歲，距離其元配夫人王氏歿後剛好十年，湯夫人卻年二十八，婚禮時太炎戴上一頂其高無比的大禮帽，喜氣洋溢，羣弟子在鼓樂喧天聲中請先生與夫人卽席賦詩，太炎口占兩絕，其一云：「我身雖稊米，亦知天地寬，攝衣登高岡，招君雲之端。」又有謝媒一首：「龍蛇興大陸，雲雨致江河，極目龜山峻，於今有斧柯。」湯夫人自謙無此捷才，僅錄舊作七律一首：「生來淡泊習蓬門，書劍攜將隱小邨，留有形骸隨遇適，更無懷抱向人喧，消磨壯志餘肝膽，謝絕塵緣慰夢魂，回首舊遊煩惱地，可憐幾輩尚生存。」詩意盎然，娓娓可誦，爲當時士林傳頌一段桂話。

太炎先生與湯夫人結婚不及二月，卻遭遇了分飛之厄，從一九一三年八月至一九一六年六月，在這兩年零十個月的時間裏，太炎先生不幸遭受了袁世凱的壓逼，誘到北京，幽禁於龍泉寺。其起因是在於其時正值「二次革命」和「雲南起義」，所謂「二

共和黨本部用牋

次革命」，實質上是討伐袁世凱的戰役，宋教仁的被刺殺，是構成這次戰役的導火線。二次革命發難於湖口，寧、滬相繼響應，但可惜當時南方革命軍的實力，經袁世凱龐大的北洋軍一擊而敗，孫中山先生與黃克強先生等再度亡命日本。「二次革命」亦如曇花一現，最後煙消雲散，袁世凱經過這次戰役後，稱帝的野心日益暴露，於是大捕黨人與異己份子，羅織罪名，無所不用其極，以致人心惶恐，舉國沸然。其時太炎正居於上海，獨不避強權艱險，撰文極力抨擊，力數袁氏罪狀，以警惕國人。與此同時，太炎應共和黨人的邀請，前往北京。衷心希望國民、共和兩黨捐棄舊嫌，同舟共濟，以應付袁氏稱帝的迫切情狀。太炎於是在一九一三年七八月間離開上海，臨行前曾對他的夫人湯國梨女士說：「袁氏與民黨破裂，南軍既無能為，無所顧忌，其勢必張，政局將有劇變，我等非亡命海外，不能避其凶燄。但中國既光復，猶求庇異邦，我不欲為。黨務既有可為，應挽此危局，我行有期，且勿外洩！我未歸，子勿返浙江，以防事出意外，於我有牽制也。」湯夫人明知太炎此行凶險萬分，曾對他說：「袁氏豈甘心於君邪？」太炎毅然說：「事出非常，明知虎穴，義不容辭，我志已決，子毋多慮！」太炎此次北上，剛巧距離他和夫人新婚不及兩個月，但太炎卻捨棄溫柔，這在常人來說，實在太不容易，所以太炎日後寫給湯夫人的家書中，幾乎沒有一封不是情致纏綿的。如第十一封的「明月白露，光陰往來，謠諑繁興，告歸無日，如君思我，我亦思君，有懷不遂，如何如何。」第十五封「君宜葆愛軀體，重若千金，圍棋書史，以解煩懣，相思不已，路遠如何。」第十八封「歸未有期，追念昔人酤酒當爐之事，今亦不可猝得，悲何如也。」第二十八封「俟一月後君定當北來，京師穢濁，乃在官寮，至於杜門閒居，文史自樂，亦何穢濁之有。古詩云：『遠道不可思，宿昔夢見之，夢見在我旁，忽覺在他鄉』念至此，豈獨我思君，君亦宜思我也，何必忍於生離耶！」又第三十封「孤棲窮朔，歲寒迫人，念君在南，同此悲憤，惟願慎節飲食，厚御裘衣，以待春和，期與君握手也。」凡此類柔情蜜語，相思之苦，夫婦情愛之篤，書信中觸目皆是，所謂患難見眞情，太炎不愧是一個多情種子！

太炎自入民國以後，在形式上已與孫中山黃克強分道揚鑣，於國民黨外，另外組織共和黨，其性質不外是團結有志之士，為國家謀求自由與民主。可是在袁世凱眼中，始終認為太炎與中山克強同為創建民國的首腦，一律被指為異己份子。太炎在第十四封家書中曾說過：「苟夙隸革命黨籍，及開國有功者，自非變節效媚，無不在嫌疑中，非獨吾一人也。然所以致此者，亦因舊時清譽過於孫黃，故其忌之益甚，殆非殺其身敗其名不已。」於此可見袁氏嫉忌太炎的心理，與孫黃一般無異。而實在說來，太炎其時對政治確是未能忘懷，因而在寫給湯夫人的信中，常有提及自己的志願。如第五封信上便說：「驥老伏櫪，志在千里，況吾猶未老耶！如必無成，則老萊偕隱，孟光賃舂，亦從君之雅志也。」又第十三封上說：「比來戒嚴未解，尙有危機，委心任運，聊以卒歲，而胸中憤懣終不能自勝也。憤慨既極，惟迎詩以自遣；有時幡閱醫書，此爲性之所喜，但行篋此種殊少耳，家中醫籍尙多，務望保藏弗失。昔人云：不爲良相，當爲良醫，此亦吾之志也。」又第三十八封家書中說：「昔人云：不爲良相，當爲良醫。吾視陸宣公固亦無任而功業略可相比，困窮亦與之同，勉思此公乃吾浙江前輩，心焉慕之矣。」太炎此行，確是抱有雄心壯志，除希望能制止袁世凱之野心，促成國民共和兩黨之互相諒解，以救當前之急外，還盼望藉此機會大大地幹一番事業。但可惜北京當時的情形與太炎想像中迴異，袁世凱氣燄囂張，不可一世，毫無忌憚。更使太炎痛心疾首的是民黨飄零渙散，不保朝夕。太炎知道事無可爲，此行終歸失敗，於是打算悄然隱退，回去上海，但可惜已爲袁世凱所監視。太炎先生自定年譜中華民國二年（一九一三年）四十六歲條下曾有如下紀錄：「會共和黨人急電促余入都，稱國民、共和二黨釁於舊衅，欲復合。余念京師上海皆不能避袁氏凶燄，八月，冒危入京師，宿共和黨。戒嚴副司令陸建章以憲兵守門，余不得出，然入門者如故。」袁氏初時以甜言蜜語引誘，答應給予高官爵祿，但太炎不爲所動，並毅然拒絕。袁氏繼續加以脅迫，諸多恐嚇留難，太炎遭受種種無理待遇，不禁大怒，於是直往總統府，希望面見袁氏，當面質問理由，但袁氏始終避而不見。更使太炎難堪者，是警吏詞色傲慢，態度惡劣。太炎忍無可忍，大發脾氣，憤怒地摔破几上茶具，至此而事情轉趨惡化，不可收拾，太炎慘被曳出，禁錮於軍事廢校中，最後遷往龍泉寺。太炎先生自定年譜民國三年（一九一四）四十七歲條下紀錄：「二月，張伯烈亞農爲余謀，直往謁袁公辭別，不見，則以襆被宿其門下。從之，遂被禁錮。先屬陸建章錮一軍事廢校中，漸移龍泉寺。當事皆走使告曰：『以家屬來則無事。』余念是爲譎術，湯夫人亦懼袁氏有異謀，皆謝之，建章慕愛先達，相遇有禮。及移龍泉寺，別以巡警守之。警吏入見，語言瞻視浸陵人矣。袁克定復遣德人曼德來省，且言可移處克定彰德宅中，余默不應。」太炎致湯夫人家書第三十封更詳細地記載此事：「二十日吳炳湘遷我於龍泉寺，身無長物，不名一錢，僕役飲食，皆制於彼，除出入自由外，與拘禁亦無異趣。下牀畏蛇食畏藥，至此乃實現其事矣。大抵吾輩對於當塗，始終強硬，不欲與之委蛇也。」第三十八封家書說：「自上月十七日（按：前信言二十日，未知孰是？）遷龍泉寺，仍被長桂巡警監視，信亦不能寄去，因是默默耳。近惟以數冊書破書消遣而數見不鮮，亦頗厭倦矣。身體無恙，惟一人獨處，思慮恒多，夜至兩點鐘後方能熟眠，有時竟至天亮，早起則兩點前後矣，衞生之道至此全乖。平

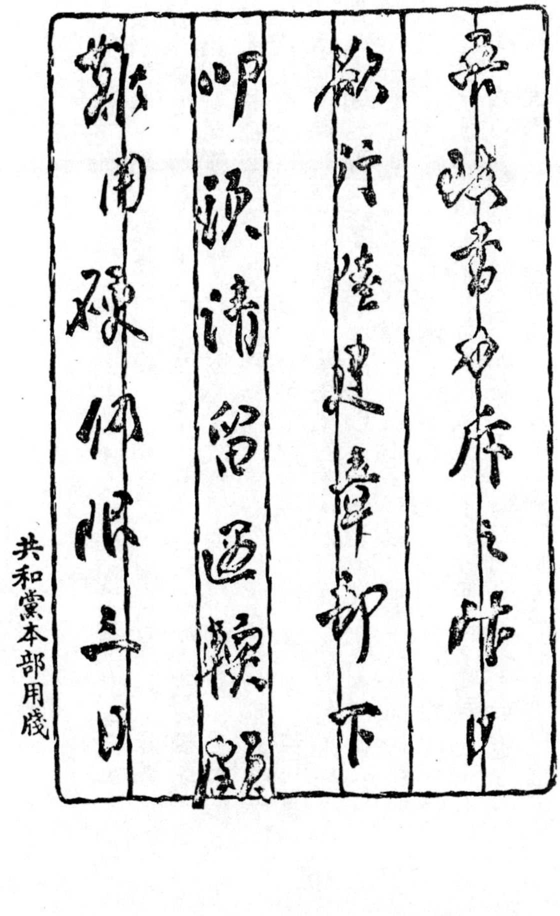

共和黨本部用箋

素雖嘗學佛坐禪，思慮掉舉之時卻又無用；邇來萬念俱灰而學問轉有進步，蓋非得力於看書，乃得力於思想耳。」於此可見太炎被拘於龍泉寺裏，不僅肉體上受到痛苦，而精神上更受着莫大的威脅，在悲憤激怒之餘，曾力數袁氏罪狀，以求精神上發洩與解脫！太炎家書中曾無數次說：「北京當事者皆二三無賴下流。」又說：「觀其所為，實非奸雄氣象，乃腐敗官僚之魁首耳。嗚呼，苟遇曹孟德，雖為禰衡亦何不願，奈其人無孟德之能力何！奈其人無孟德之價值何！夫復何言！」又說：「撤兵以後袁棍仍不放行，口作甘言，以倚仗人才為辭，吾致書力斥之；昨日欲行，陸建章部下叩頭請留，遇輭頗難用硬，仍限三日答覆，君試拭目觀之，吾必有以制鱷魚也！家書中對袁氏不留餘地的咒罵，毫無顧忌，甚至稱他為「袁棍」、「鱷魚」，可見太炎其時心情，極為憤激，甚且連性命亦不顧了！

太炎囚居於京，行動自由一切喪失，但他還極力爭取機會，希望逃離魔掌，於是數度謀求出走，但終於失敗，曾有一次與日本友人某軍官同行，已經抵達車站，正自慶幸逃出生天時，突為便衣警探攔阻截回，並且強橫粗暴無理地刼去其常佩之漢玉及結婚指環，擁至警廳，迫令回寓。太炎自定年譜曾記其事：「友人有在海軍部者，與日本海軍增田大佐，柴田大尉相知，示余易和服亡走，自鐵道達天津。至期，日本駐津領事密攜憲兵迎於車棧。既發，未上車，偵者踵至，稱汝負我錢，何故脫逃。取指環及常弄古玉去，羣曳以走，日本軍官與焉。領事所攜憲兵前進，奪軍官去。全被曳至巡警總局。」這些都是袁世凱早有預謀的，亦可見袁氏對太炎防閑之密與猜忌之心，實已到了無可復加之地步！

太炎遭受此種無理迫害，幽囚一室，弔影慚形，於是憤而絕食，數次求自殺，並寫信給湯夫人訣別，書中情意纏綿，悲惻動人，在太炎來說，這些家書無異是他的遺囑。二十三日書中說：「心煩意亂，亟欲思歸，而衞兵相守，戒嚴未銷，出則死矣。……吾處此正如荆棘，終日無生人意趣。……展轉思之，惟有自殺，負君深矣，然他人皆無可與謀，疏濶者多，周密者寡耳，此書恐成永訣也。」又在十月二日書中說：「都中豺狼之窟，既陷於此，欲出則難，縱軀委命，無此耐心，故輒憤憤圖自決耳。」至五月二十三日那封家書，寫來特別詳盡，言辭悲切，已是一垂死老人之最後心聲。我現在不厭求詳地把其中一大段抄錄下面，也可見出太炎其時絕望的心情：「湯夫人左右，不通函件幾四旬，以吾憔悴，知君亦無生人之趣，幽居數月，隱憂少寢，飲食僕役之費，素皆自給，不欲受人餽養，今遂不名一錢，延至六月則槁餓而死矣，亦不欲從人告貸及求家中寄資，蓋如勞瘵之人不可飲以人參上藥，便纏綿患苦不速脫離也。烏虖！夫復何言。知君存念，今寄故衣以為記誌，觀之亦如對我耳。斯衣制於日本，昔始與同人提倡大義，召日本縫人為之。日本衣皆有圓規標章，遂標漢字

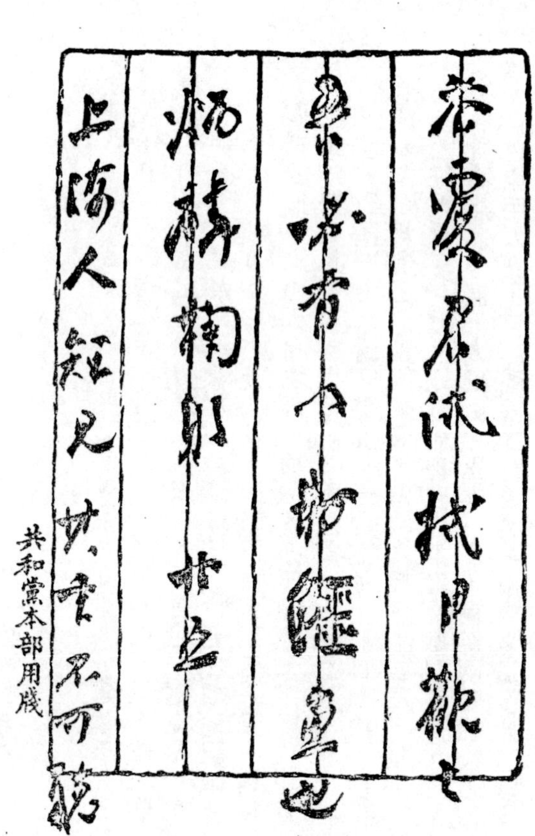

，今十年矣。念其與我同處患難，常藏人篋笥以爲紀念。吾雖隕斃，魂魄當在斯衣也。亡後尚有書籍遺稿留在京師。（中有自寫詩一冊，又自定文稿皆在篋中，去歲得范文正遺卷，未必是眞，亦在箱內）君幸能北來一撫，庶不至與雲煙俱散。自度平生志願未遂，惟薄官兩年，未嘗妄取非分，獨可無疚神明耳。……吾生二十三歲而孤，憤疾東胡，絕意考試，故得研精學術，忝爲人師，中間遭離禍難，辛苦亦已至矣。不死於清廷購捕之時而死於民國告成之後，又何言哉！吾死以後，中夏文化亦亡矣。家本寡資，諗君孤苦能勤修自業，觀覽佛經以自慰藉，此亦君之所能。……言盡於斯，臨穎悲憤。」書後並附上在家書藉清單，凡一切瑣事雜務，無不交代清楚，蓋其時太炎死志已決！

湯夫人其時仍居上海，其焦慮心情是與太炎一般無異的，她

湯夫人左右不通問訊幾四旬君若憔悴知君無生
人之趣也居數月隱憂少寐飲食僕役之費素皆自給不欲
受人餽養今遂不名一錢延至六月則將餓而死矣吾不欲從
人告貸及求家中寄資蓋如癆瘵之人不可飲以人參上
藥使纏綿患苦不速脫離地獄夫復何言知君移念
今寄故衣以爲記誌觀之亦如對我耳斯衣製于日本
昔始與同人提倡大義召日本縫人爲之日本衣皆有圓規
標章遂標漢字今十年矣念其與我同處患難常藏之
篋笥以爲紀念吾雖隕斃魂魄當在斯衣也亡後尚有
書籍遺稿留在京師（中有自寫詩一冊又自定文稿皆在篋中去歲得范文正遺卷未必是眞亦在箱內）君

除了多方設計營救太炎，更要應付自四面八方的流言蜚語與及威迫利誘。袁世凱爲了達到長久羈縻太炎的目的，於是多方誘脅其接眷入京，以絕太炎後念，湯夫人於家書敍言中曾詳記過中情形：「常有自稱爲章先生門人或至友者來，或向余通訊情況，或願代遞秘密信件，意似殷勤。但余與先生結婚僅逾月而別，初未識其所謂至友與門人，亦無秘密信件之待寄，故唯唯而已。後有大共和報、神州日報程某、蔡某迭造我門，告曰：『章先生已得當局諒解，且將畀以要職，車馬洋房已佈置就緒，先生亦樂於接受，惟當局必須家屬到京，方克成事，故望夫人能早日成行耳。』言頗不倫，益增疑懼。蓋促余北上者，欲以此息先生南歸之念，以掩其幽禁之名耳。且亦有聞，袁氏以余嘗參與革命運動，與陳英士其美有同鄉之誼，促余北上，亦袁氏老謀深算、芟草務盡之計也。是故對移家北京事，余與先生有不同之顧慮。家書中時而迫切相召，時而戒不宜行，正所以見先生處境之艱危，心緒之棼亂也。余則深知委曲之不能求全也，北行既無益，抑且增先生之累，故屢請其勿以家屬爲念；而對彼甘言利誘，亦唯置之不理而已矣。」於此可見湯夫人之精明能幹，不負太炎所托所愛，更不愧爲女中之豪傑！

太炎在龍泉寺不畏強權而絕食的訊息，早已傳遍北京上海，當時民情洶湧，憤慨不平。廣州黃晦聞先生首先寫信給當局，爲太炎請命，而中外報章亦漸宣傳此事。太炎自定年譜四十七歲條下記載：「至六月，瞻以資斧空匱，飭廚役斷炊，不食七八日，神氣轉清，唯起步作虛眩耳。舊友廣州黃晦聞書致當事，道不平。」後來得到馬敍倫婉轉勸解，太炎才答應進食。廿六日家書說：「槁餓半月，僅食四餐而竟不能就斃，蓋情想不斷，雖絕食亦無死法。」一九一四年夏，袁世凱再遷太炎於錢糧胡同，依然派人監視，賓客到訪必須持警廳通行證，甚至書信往還亦經檢查。年譜記載此無可奈何之事說：「當事懼余餓死，復命醫工來省，得移東城錢糧胡同。政府月致銀幣五百圜，賃屋治食，悉自

吾輩北來一橫庭不臣與雲煙俱散自度平生志願未遂
怵惕官兩年未嘗安眠非分猶可無疾神明耳先公及
太夫人養生錢慮留下耶九條沙自處走斯未能歸夷
遠家若者八歲矣辛亥旋歸半歲中抵杭三次及其處
應事匆他又未及兩月居宿（家兄先定中亦祇一宿耳）遠來榮北遂十一
年今歲八月胃皆先公九十生辰也自去歲初春已擬及時
為營佛事以抒永懷今遂不得果願君于是日當為我酹
祭吾前歲且不朽吾生二十三歲而孤憤疾東胡絕意考試
故得研精學術忝為人師中間遭離禍難辛苦亦已
至矣不死于清廷購捕之時而死于民國告成之後又何言
哉吾死以後中夏文化亦亡矣家本寒素君能苦身勤
修內業觀覺佛經以自慰藉此亦君之所能而尊舅氏
教君先生之遺訓也（吾在日本所購小字藏經一部今存龔君藏經及寄存於同在國共中央處可以往取瑜伽師地論在家此書百是精微與博不可復加亦之聖人旨悲）長女如龔仙先生至戚如龔未生皆宜引以
自輔此二君者死生之際必不負人其餘可信者鮮矣北僕亦宜
斯去此輩祇知勢利主家則無所不為也（錢僕吉卿事聞其寡語若離不服為同人所追逐若來上海遂之）
決遂即言盡于斯臨穎悲憤炳麟稱郎　五月二十三日

附上在京在家書籍清單及自著各種在內亦閱有不及者
書以籍所推擇其精要者言之君可借未生料理自著多有未
編成者其壽辛者無存十分之二未生常與同門商榷也

主之。以巡警充閽人，稽察出入。書札必付總廳檢視，賓客必由總廳與證，而書賈與日本人出入不與焉。時弟子多爲大學教員，數來討論，余感事既多，復取「訄書」增刪，更名「檢論」。處困而亨，漸知「易」矣。太炎此時之際遇，雖然較在龍泉寺爲好，但經過了無數次的挫折，從前的豪情壯志，已轉爲萬念俱灰，絕食獲救後，心情已是蒼老異常，如湖中死水，不可驟興，他在寫給夫人的信中，語氣也大爲消沉，家書說：「與君久別，聚首無期，亦亟望來京同處。人事變遷今非昔比，當不至有詐欺事也。前得來書知太夫人患風未瘉，吾亦自診脈息，驗之身世，深恐命不久長，大抵遲則十年，速則五歲則無此身矣。是君與我聚首之期短而奉養堂上之日長也。憂鬱之餘，猜嫌得釋，或可優游卒歲，日與君文史相樂，得保餘年則不幸中之大幸耳」湯夫人接信後，除悲痛欲絕，寄書安慰太炎外，始終格於形勢，未能立即北上，而太炎在寂寞孤悽之餘，除了埋首書史，韜光養晦外，亦唯有召集一班學生，日夕講學，以渡過其漫長的歲月。

太炎在龍泉寺被幽囚的時候，固然受盡了一切慘痛災禍，卻無辜地延到他的一個愛女身上，使他在受盡了一切折磨後，更喪失了天倫骨肉之愛！太炎有女三人，爲王氏所出，母喪後，依伯父而居。一九一〇年，長女嫁給嘉興龔寶銓（未生），一九一五年春，長女與未生及三妹入京探視其父，長女生性仁孝，看見父親的困頓遭遇，心中感到無限憂憤，於是極意承驩，悉心服侍，飲食醫藥，無不周至，以至心力憔瘁，時常鬱鬱若有所思，精神陷入極度不安與痛苦的邊緣，在北京五個月，即接到她翁姑催她南歸的訊息，長女既不忍遠離老父身側，但又不想違反翁姑之意，精神更達到分裂現象，在兩全難並的情況下最後竟然自縊而死。太炎自定年譜記其經過：「三月，長女少女及長婿龔寶銓入都省視，遂居焉。……八月，長女自經死。事傳日本，誤謂余已死。既而上海報紙依入錄，湯夫人急電問安。余復電曰：『在賊中，豈能安。』」太炎致湯夫人家書中更沉痛地道出事件發生時的情形：「大變遽作，蘊來（按卽長女）於八日平旦無故自經，繫繯非緊，足尙至地而吸呼已絕矣。延醫救治，云已無及，遂於九點鐘隕命；猝遭此變，心緒惡劣又異前時，蘊來平日與未生伉儷頗篤，事翁姑處弟妹皆能雝睦無閒，唯天性憂鬱，常無生趣，在此五月，雖言笑如常，而恆以得死爲樂，游公園觀戲劇皆勉強應酬，神情漠然，自裁已經一次，幸被解救，蓋相距已兩月矣。臨命之夕尙與未生三女笑談如故，故家中了無防閑，不遽自弁生。觀其所爲，竝無必死之道，而遽至不救，可哀也已！三女自遭姊喪；戚戚無歡，雖性稍爽朗，而厭世之心平日殆無大異，恐其因是致病，未生意趣本與蘊來相近，唯幸爲男子，得以朋輩酬酢解憂耳。既遭變故，精爽益耗。僕則生趣久絕，加以悲悼，益不自支持矣！」於此可見太炎其時心情，極之惡劣，老淚縱橫中不知作何解說！湯夫人則認爲長女之死，眞兇應屬袁世凱，她在太炎先生家書敍言中曾憤慨擊昂的說：「噫，長女之死也，非袁氏殺之其誰耶！殺之而不血刄，何其酷邪！」這種尋根究底的解說法，是十分正確的！

太炎在北京遭軟禁了兩年零十個月，直至袁世凱稱帝失敗暴斃，才重獲自由，在這段暗無天日的獄中生涯裏，太炎表現了堅貞的志節，讀書人高尙的品格。他致給夫人的八十四通家書成了他日後的最佳明證；他對湯夫人的深情熱愛，正好證明他是一個感情極之豐富的人物；他在獄中所吟詠的詩歌，正是他那時候的眞正心情和眞實感受，每一通書信與每一句文字，實在包含了多少辛酸，多少感情和多少憤慨！我們展讀太炎所有家書，不禁爲他「富貴不淫，貧賤不移，威武不屈」的崇高氣節所感動。前輩風儀，恍惚就在目前，使人產生無限的欽仰！

（一九七二年四月改寫於新亞書院）

日本侵攻香港時之忠義慈善會

雲煙

本刊第四期「陳策將軍遺著」內，言及其在日軍進攻香港時，領導本港愛國人士共同抗日等等事情，其中略提到「忠義慈善會」，筆者曾參與其事，雖已明日黃花，然有澄清說明之必要，因若干人士誤會「忠義慈善會」係一個純幫會（青紅幫）組織，其實不然，該會工作人員非幫會中人亦佔不少；至於香港重光之後「忠義慈善會」其組織及成員如何？不在此文範圍之內，因筆者已北返。

前方軍事，後方治安，後方不甯，可影響前方軍事。十二月八日晨，七時四十分左右，日機拋下第一顆炸彈在啓德機場，居民多數認爲「防空演習」，因在一星期之前晚上，曾舉行一次防空演習，迄至第二顆炸彈又拋在啓德機場後，始鳴放警報，居民開始驚慌，收音機報告「日本向英、美宣戰，轟炸了珍珠港……」後，「民以食爲天」，爭先恐後購買食品，米舖門前排成長龍，第二天米舖打烊，到第三天，無米可購；「忠義慈善會」遂於該日成立。

余於一九四一年、十一月下浣來港，公畢擬搭「怡和洋行十二月三日駛往上海之船」，誰知一日該公司宣佈：「停航、退票。」余來港宿於上海公共租界華人納稅會招待所內，該會總幹事葛福田原住九龍，因日機轟炸且戰事已爆發，渡海小輪停航，其經營之福利營業公司在中環，因此借宿友人家；「忠義慈善會」成立之日下午，其來余處言：『張子廉、鄔志豪會同美國致公堂僑領司徒美堂組織成立忠義慈善會，余與曹痴公推荐汝爲秘書處英文秘書之一，另一位張南英，秘書處主任即曹氏……』余因爲路徑不熟，葛氏於十二日午後陪往總部報到。

會所借用一家茶室爲辦公地點，該茶室已停業，座落在黃泥涌道山光道轉角，門前無標誌；各界人士前來參觀者絡繹不絕，教育部駐港專員（周尙），經濟部駐港專員（王志聖），見余在該機構內工作，驚訝而曰：『想不到汝亦在此。』忽聞日機軋軋聲，會內衆人各自奔跑，或進防空洞，或入廚房躲避，周尙躲於一桌下，余措手不及，祇可遵從總指揮張子廉所囑：靠牆坐，雙手合於胸前，默念「南無大慈大悲救苦救難觀世音菩薩」張氏自己亦如此；轟的一聲，彈落跑馬場內，因辦事之地點適在三叉路轉角，易爲日機作轟炸目標，不得不遷移；嗣後覓到一幢三層樓房，屋主已往內地，座落摩利臣山道，前門面對跑馬地，由後門出入，而門常閉；港政府撥警員十餘名，駐在會內，供總指揮部派遣，會所前後門均無標誌，如進門駐守在門內之警員要索閱證件，如無證明文件，須由會內工作人員證明，方可入內；因此會內委員、各區正副指揮、及會內工作人員，均發給一白竹布臂章，蓋有忠義慈善會大方印，暨一深臧青色白條布袖章，多數人不藏，以免敵人注意，進會所始取出，作爲入門證件。

忠義慈善會工作重點——政治，所以與一般社團組織不同，另一方面爲維持治安及行動便利起見，依照香港半島區域劃分：東區、中區、西區，各區正副指揮各一人；東區正張子良、副李裁法，中區正由張子廉兼，副爲黃某，西區均係粵籍人士，總指揮部設秘書處：主任爲曹痴公、中文劉豁公，英文張南英、馮性誠，救濟組葛福田，另有幹事一名林某，總務范祖光，庶務一人，總指揮部工作人員均係外省人士，除政治部外；自會所遷移後，爲展開救濟工作起見，另一方面爲隱護「忠義慈善會」係一救濟慈善團，非軍事性機構，因此政治部遷往他處。總指揮張子廉每天莅會後，換著居士衣，手持佛珠，坐於佛堂內，以防日軍一旦突入，藉此其可推卻「其篤信佛教，慈善爲懷、非爲抗日工作之人」；會中伙食，政府每日派員供應。

前文已言及後方不甯，可影響前方軍事，各區派其區內熱心人士，在街上巡邏，如發現歹徒或間諜，予以逮捕送差館或交指揮部轉送外，調查其區內貧苦家庭，如有赤貧者呈報予以救濟，該巡邏員臂上縛一灰色布章，刻有英文兩字母，所以鮮聞有搶刧等情發生，該時街上已不見差人，巡邏員每天可領取兩元生活費，總指揮部工作人員，每人發給車馬費兩元，放棄亦可，因此總部人員領取者無幾。誰知日軍忽在北角登陸，人心不免動搖，但不久平靜，因聞「余漢謀將軍配合反攻……」。忽又有一股日軍在銅鑼灣登陸，總部工作人員不得不準備，先將名冊焚毀；自日軍在銅鑼灣登陸後，軍事當局未予以消滅，因此提出質詢，據言：「香港軍事力量：包括義勇隊及加拿大士兵在內，共一萬三千餘名，如向前衝殺日軍，不免有死傷，則補額困難，因援軍須由星架坡空運來此，而制空權已在日軍手中，啓德機場已失……」。遂向軍事當局建議：「要求發給手榴彈等武器，由該會派遣『敢死隊二百名』前往殲滅銅鑼灣之日軍」。但當局拖延，迄至二十二日下午將武器送達，押運武器之兵士不知政治部已不設在總指揮部（忠義慈善會）內，該時日機在天空中盤旋，兵士不允再送往別處，遂卸下安置在車房內；二十三日下午可聞清晰之小鋼炮聲，當局電話通知：「忠義慈善會撤往中環」張子廉與兩婦女先行，副指揮某（姓名不詳）安慰工作人員：『如不測日軍突入，我輩祇可聽天由命……』。向上海四行孤軍獻國旗之女童軍楊惠敏女士路過本港，莅臨忠義慈善會，宿於會內；余與總務范祖光同室，因公共租界華人納稅會招待所內同居者已移住滬市商會駐港辦事處內，二十四日晨，事務某敲范氏之房門，曰：『港政府當局來電話「速撤往中環」—如何是好？』其語甫畢，電話鈴又響：『速撤退』。余披衣啓窗往下視，英軍已在門前架置機關鎗；楊惠敏與余及警員安置在大道中一茶樓內，余睡在一椅內，楊女士與警員數人談至天明，報告伊『如何勇敢向堅守倉庫之國軍獻旗……』張子廉等借一商業機構作爲臨時治事所；二十五日上午委員蕭山炳與楊惠敏及事務某乘貨車往摩利臣山道搬運若干物品，誰知，進門見兩名看守之員工爲日軍綁在椅上，倖工作人員早一天撤往中環，否則難免遭殃；該日天空中不見日機，余以爲——今日係耶穌聖誕，停戰一天，居民亦無驚慌之情緒，旁晚與救濟組林某用晚飯後往中環一商店借宿，此乃委員鄔志豪所允諾，孰知深夜忽聞革履之步伐聲及日兵呼喝聲，始悉英軍已投降。翌晨該舖之炊事員來店傳達其店主人之所囑：『命筆者與林氏兩人切不可出外，留店數日。』忠義慈善會無形中結束。

日軍侵佔香港後，東區憲兵隊隊長曾傳審張子廉，倖其與蕭山炳同往，佯言：「蕭氏路過往訪張氏」，遂借來傳譯，蕭氏曾留學日本數年；該憲兵隊長初質訊張子廉時，聲色俱厲，而張氏始終咬定——余係商人，在滬經營染色加工廠，茲在港經營商業，戰爭時曾協助港政府維持治安及辦理救濟事宜，由於蕭氏傳譯之詞句優雅，該隊長語氣轉爲溫和，最後提出欲張氏協助維持地方治安，張氏不得不允而僞稱足不便行路命其弟代庖，隊長亦允諾；雖張氏未遭殃，但傳說：「若干政治部人員遇害」，此無可避免，因據陳將軍遺著內：『全港工作人員多至一萬五千人。』但忠義慈善會政治部工作人員若干？因同在一處治事時間甚短，且亦不便詢問，難免政治部有奸諜滲透，以致有人遭難。

忠義慈善會雖無英雄事蹟可歌可泣，但負神聖使命——爲「國家」，爲「民族」，屈指此乃三十年前之事，茲成員多數墓木已拱，留在人間者寥如晨星。

文內所言之若干日期，憑記憶而錄，不免有誤，及若干成員之姓或名難免無誤，請讀者指正是幸。

筆者附識

清末監國攝政王載灃的一生

高石

民國四十年辛卯農曆九月，前清的醇親王載灃病逝北平，他是光緒九年癸未年生的，（一八八三——一九五一）死時已是六十八歲的高齡了。其時，北平已變爲赤都，中共正手忙脚亂的在搞韓戰，大陸人民陷於水深火熱中，對這個末代王孫生死已沒有人注意了。

醇親王載灃

載灃，爲末帝溥儀的生父，是醇賢親王奕譞的第五子，德宗載湉同父異母的弟弟（奕譞第二側福晉劉佳氏所出）。他出生的第二年，即被封爲不入八分輔國公，七歲、晉鎭國公，次年喪父，便襲了醇親王職，那時只有八歲。天潢貴冑的黃口小兒，在嫡母葉赫那拉氏（慈禧胞妹）及生母的嚴格管教下，過着傳統的貴族生活，享受着俸祿和采邑的供應，並有內務府派來的世襲散騎郎二品長史爲首的一套辦事機構替他理財、酬應，還有一大批護衞、太監、僕婦供他差遣，一羣清客給他出主意或聊天伴遊，用不着操心家庭生活，也用不上甚麼生產知識，除了依例行事的冠蓋交往之外，和外界少所接觸，更談不到社會的閱歷了。

他自號伯涵，又有「靜雲」及「閑園」兩個別號，自幼讀漢文，也能寫一手黑亮渾圓的館閣體的小楷。奕譞在世時，正是慈禧以皇太后當政的時期，他懾於積威，一直以誠惶誠恐的心理，表現在一切言行中，把自己住的正房命名爲思謙堂，書齋爲退省齋，在書齋陳設的器皿上，子女的房中，到處刻着「滿招損，謙受益」的銘言，以及「財也大、産也大、後來子孫禍也大；若問此理是若何？子孫錢多膽也大，天樣大事都不怕，不喪身家不肯罷。」等格言家訓，只怕招災惹禍，以保恩光福祿。載灃在這樣環境的薰陶下，也成了極保守極拘謹厚重的性格，由他常用的幾個閒章如：「以鼎盛存、以器盈懼」，「動履規繩」「敬懼天地」的字句來看，便可知其爲人了。

德宗載湉的相貌是很淸秀的，載灃和他的哥哥差不多，而凝重過之，廣顙豐頤，隆準秀目，算得個俊男，再加上衣冠的裝飾，也準說得上「福相」了。戊戌那年，載灃方十六歲，他還在書房裏讀書，維新失敗，載湉被囚，已亥建儲，庚子拳亂，那亂糟糟的幾年中，他安分守己地在家讀書寫日記，即入宮當差，也是旅進旅退，及聯軍入京，他也扈駕到西安行在，辛丑議和，因爲德使克林德被端王載漪所部虎神營兵安海戕殺於崇文門內，和約大綱十二條裏，明白指定要在德使被害地方立碑，及派近支親王做專使往柏林道歉，這差使便落到載灃的頭上，其時他才十九歲，名義是欽命派赴德國專使大臣。

以一個足不出北京城的少年親貴，語言文字外交禮節一切都不懂的載灃，叫他去出洋謝罪，眞不是個味道，幸虧清廷同時也發表廕昌爲出使德國大臣，帶了這個識途之馬作保鑣，就是說載灃只是頂了肉身前往，一切由廕昌去安排了。廕昌號五樓（又作午樓），是旗人中最早到過德國的一個，翁同龢日記：

「光緒廿一年九月二日：直隸候補道廕昌，由學生至德國當繙譯，投入營當兵，升哨官，靈變而伉直，可用」。

又「光緒廿三年十二月二日：廕五樓曾入德奧兵隊，與德王同學，今在天津武備學堂幫辦……頗鯁直，無習氣。……」

所稱德王即一八八八年即位的德意志帝威廉第二（Wilhelm II），這個被稱爲傲慢驕橫不可一世的德國君主，在做王子時和廕昌有同學之雅，所以派他隨同出國，自是適當人選。

一九〇一年的七月，載灃和廕昌帶同隨員李希德等，從北京到上海，於十二日放洋，上海租界裏的中國商民懸旗歡迎歡送，據姚公鶴所著「上海閒話」裏說：上海商人初次懸上黃龍旗的大清國徽，以此爲始，亦以向外國人表示中國人的愛國，而暗中又有向外國人抗議之意。朝廷雖顓頊，人無不自愛其國，這是眞正民意的表現，自屬可信。

載灃到柏林後，由於廕昌的佐助，折衝樽俎，周旋宸陛，沒有鬧甚麼笑話，倒是外國有一些無聊作家，把他作爲小說的主角，寫了若干胡說八道的小說，竟指這個俏龐白臉的頭等欽差，爲薙頭匠冒充的，並夾雜些叫人難以相信的笑話。後來柴小梵寫「梵天廬叢錄」，也輾轉訛載，如謂：「辛丑和約規定，派醇親王赴德充謝罪使，廷臣咸以此擧大辱國體，然苦無力拒絕。時有獻策於太后者，請擇年貌類王者代行。后善之，適有薙髮匠某，狀貌酷肖醇親王，見者莫能辨也。乃決用其策，使匠矯飾爲王，教以禮儀行動，與夫應對酬酢周旋進退之節，嫻習而後遣之。於是薙髮匠之醇親王遂擁朝廷之旄節，海天萬里，遠赴柏林謝罪焉。既抵德，從容展謁，未嘗失儀，退而與德國臣工相見，亦酬酢盡歡，各如其分，中德國交，用是益固，留柏林十餘日，無疑之者。既而由德入法，遊巴黎，經倫敦安然返國。然出柏林後，忽有國事偵探風聞其事，詳經偵查，知淸人確以贋鼎欺德，事聞德皇，皇大怒，立召宰相褒羅計議，謂淸人不信，乃使下賤之夫，冒爲貴族，矯執使節，以謝罪於我，侮我實甚，必謀所以報之。褒羅退，與各大臣密商，僉以使已出境，事無左證，一經表襮，徒滋外人議笑，爲兩國辱，且使者雖僞，其奉淸命而來，則非僞也，隱之，莫有知者，不如已。褒羅以爲然，言於皇而寢其事。」

外國作家的虛構，中國作家更以「神來之筆」寫得有板有眼；雖然有趣，卻非事實。淸代對薙髮這一行業固是鄙視，但外國人對每一職業是不分貴賤的，德皇怎會吐出「下賤之夫」的話來？所謂替身，亦即外國人的 Double（一般譯爲「重身」），在中國歷史上如秦始皇漢高祖明太祖或有以「副車」作替災替難的，但那時慈禧求和心切，焉能惜及載灃親王的身份，而不處露出馬腳而因小失大？所言自不足信。

但載灃在德，也是有麻煩的。一時中德邦交幾致決裂，那不是爲着「以贗鼎欺德」，原因則爲了覲見的禮節的爭執。當載灃一行到達柏林後，德皇威廉擬定接見的儀節，要載灃於進見時叩頭跪拜。載灃和蔭昌諸人商量，認爲與出京時所奉的訓示不符，便拒絕以大禮參拜。但威廉大帝以戰勝國元首自居，氣燄大極。更因爲滿清乾隆嘉慶兩朝，英國使臣到北京，明明是餽贈禮物，清廷偏說是進貢，又都堅執地要用三跪九叩的大禮見皇帝。威廉二世是不有是意要爲盟邦英國吐一口氣不可知，但確是固執地堅持非用大禮不可。載灃再三拒絕，幾乎下不了台。最後由蔭昌函德外交大臣，婉爲辯釋，詞意近乎哀求，威廉二世才准如請，豁免拜跪；才匆匆地把這一場「謝罪」的辱國惡劇下了幕，勉強終場。

清史邦交志中特載明：「醇親王載灃至德，見德皇遞書時，帶蔭昌一人，俱行鞠躬禮」。當時載灃曾有電向議和全權大臣奕劻王文韶（李鴻章已死）報名交涉經過，這電是辛丑九月廿六日由柏林拍發的，摘錄如下：「前接嘯樞電，相機因應，並示折中。……十四日，德皇停止禮節後，遣來朝車提督禮官，未俱撤回；察其動靜，似有撤回之機。因與蔭昌李希德等再四籌維，命蔭昌用德文信致賡泰晉，婉商外部：以跪禮我國萬難應允，於德既無所取，更與兩國體面大有關係。作爲出自灃意，懇請德皇寬免。一面又與駐巴在爾艾領事面商，或將此意由灃備函達外部，託其先爲代通消息。復於十八晚，命呂使趕回德京，設法接辦。十九，呂回後，接嘯電，亦即轉電呂，命其照辦，再與外部切商。旋於二十日據艾領事來告，頃得外部電，命詢王爺何時起身，以速爲宜。我皇必見，跪禮已免，遞書只帶蔭昌一人，餘均在別殿俟候等語」電首「嘯」是電報代日號碼，「樞」爲樞廷、指軍機處。呂使爲順天大興之呂海寰，原任清廷駐德公使，蔭昌於任務畢後始接任，此時有關外交接洽，還仍由呂氏辦理也。

德皇威廉二世在皇宮裏接見載灃，按着外交儀節進行；遞上道歉的國書後，說了幾句門面語，由蔭昌繙譯，鞠躬而退。過了兩小時，德皇也親到賓館裏回拜，坐談了頗久，中德兩國的體面算是糊好了。德皇並招待他到距離柏林十六哩外的波茨坦地方那間聖斯王宮宮裏住了幾天，載灃才離柏林赴巴黎倫敦，暢遊一番，開開眼界，然後返國覆旨。其時鑾輿尚未到京，他趕到開封接駕，面奏在德經過。這一趟，載灃總算不辱君命，慈禧心裏透着高興，稱許他辦事能幹。他那顆「動履規繩」小印，上有「御賜」二字，據說即是這時所賜的。但據曾任上海公共租界工部局總辦的英國人濮蘭德所寫的「慈禧外紀」中說：德皇之答應豁免跪拜，是「迫於中國向來外交拖延忍耐的手段，才有此讓步的」。果如其言，載灃也算清季辦外交的好手了，一笑。

載灃出使一趟回來，宮廷裏對他也刮目相看。滿清季世的龍子龍孫們，通同有一種毛病，便是很想求知，而不求甚解；載灃更有個先天帶來的毛病，嘴巴不大靈活，他爲盡力尅制這個不好看的習慣，極力少說話多點頭，久之便成了習慣。但在厭惡載湉透骨的慈禧看來，這個姪兒比她自己妹妹親生那個好的多，在她跟前說話，是那麼得體有分寸；他很懂，但從沒有表示他自己甚麼都懂。就在迴鑾到保定時，心裏一高興，便降懿旨「指婚」，將她第一寵臣太子太保文華殿大學士軍機領班大臣榮祿的女兒指配與醇王載灃爲福晉。

榮祿之女，人稱「八妞兒」，從小就在宮中，很能逗取慈禧的喜愛。慈禧曾對榮祿說過：「你的女兒調皮得很，誰都不放在眼裏，甚至連我都不怕」。其得寵可知。載灃本來也訂有一門親事，由於慈禧的指婚，醇王老福晉爲了此事曾進宮向她姊姊太后哭求挽回無效，只好遵旨，把已定的親事取銷，害得被退婚的小姐還鬧一次自殺。

關於此事，溥儀在他「我的前半生」自傳裏，也有提到：「關於我父母親這段姻緣，後來聽到家裏的老人們說起，西太后的用意是很深的。原來（戊戌政變以後，西太后對醇王府頗爲猜疑。據說在我祖父園寢上有棵白果樹，長得非常高大，不知誰在太后面前說，醇王府出了皇帝，是由於墳地上有棵白果樹，『白』和『王』連起來不就是個『皇』字嗎？慈禧聽了，立即叫人到妙高峯把白果樹砍掉了。引起她猜疑的，不僅是白果樹，更重要的是洋人對於光緒兄弟的興趣；庚子事件前，她就覺得洋人有點傾心於光緒，對她卻不太客氣。庚子後，聯軍統帥瓦德西提出要皇帝的兄弟代表，去德國道歉。父親到德國後，受到德國皇室的隆重禮遇，這也使慈禧大感不安，加深了她心裏的疑忌：洋人對光緒兄弟的重視，叫她更擔心。爲了消這個隱患，她終於想出了辦法，就是把榮祿和醇王府撮合成爲親家。……就這樣，我父親於光緒廿七年在德國賠了禮回來，……奏覆了一番在德國受到種種禮遇，十一月隨駕去到保定，就奉到了『指婚』的懿旨。」

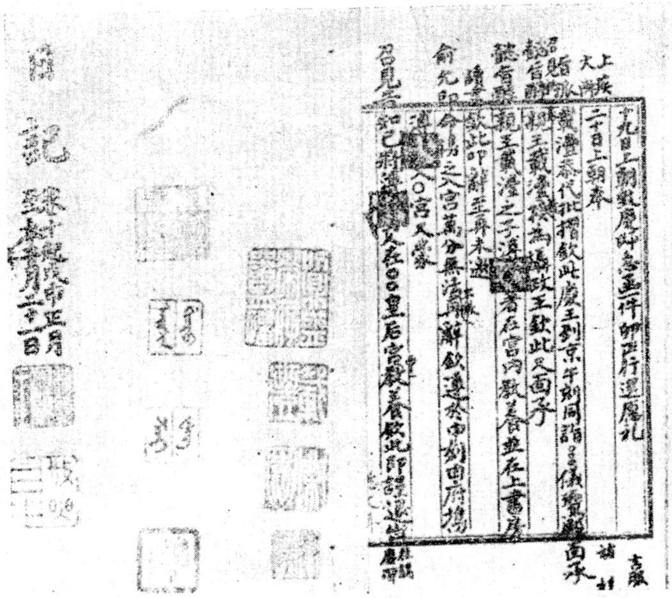

載灃日記封面及其中一頁

載灃和榮祿之女瓜爾佳氏之婚姻，是不是如溥儀所言的那樣具有『深意』？只可作爲「姑備一說」；但慈禧是個好強而又自私的老太太，則無可疑。她只想把她所寵信喜歡的一小圈子的人結在一起，或且還是認爲出於一種「恩賜」呢！當初她把自己胞妹，配與奕譞，又把自己胞弟桂祥女兒配與光緒，牽絲扳籐，同樣是這個手法。這是做妃侍出身一旦大權在握的自卑感很重的女人的心理作祟；說她有「深意」存焉，也只是「如斯而已」了。

載灃成婚以後，確是叨了他太太的光而扶搖直上；閫以內，則由其福晉拿主意。這瓜爾佳小姐，脾氣剛強，作風大膽，有才智，愛時髦；除對其婆母老福晉還多少能守着點旗門規矩外，出入宮禁還是能逗得住太后歡心，因此載灃既頂有「和碩醇親王」的崇銜，遇有國際事件或朝廷新政，也每召他來談談，聽取他的意見。他雖然只是飄洋過海在德英法繁華世界開過一下眼，可是在深宮的太后卻認他是皇族近臣中比較開明的一個。載灃很知道一些時髦的「新名詞」，至於那內容如何，他根本也陌生得很；奏對時他唬出幾句新名詞，再問，便回說其中奧覈甚多，待下去詳細條陳，呈候御覽。至於他拿甚麼來交卷呢？不過叫章京們胡湊一番而已。日俄之戰，以及行新政之議立憲等等，慈禧問起奕劻，也問到載灃，都何曾有個所以然的答案來？

光緒三十三年，載灃被命在軍機大臣上學習行走；次年正月，去「學習行走」

字樣，便正式是軍機大臣了，位僅次於奕劻，而在世續張之洞鹿傳霖之上。其時袁世凱還是打簾子的軍機呢。

前一個戊申年的十月，慈禧光緒相繼薨逝。死前，決定以載灃之子溥儀入嗣大統。「肥水不落別人田」，這老太太至死還是一意孤行。載灃的日記第十冊，記：

「十月九日，上朝致慶邸急函一件，卯正行還愿禮。

「二十日，上疾大漸，上朝奉旨派載灃恭代批摺，欽此。慶王到京，午刻同詣儀鸞殿，(旁註：吉服補褂)面承召見，欽奉懿旨醇親王載灃著授爲攝政王，欽此。又面承懿旨，醇親王載灃之子溥儀，著在宮內教養，並在上書房讀書，欽此。叩辭至再，未邀俞允，即命携之入宮，萬分無法，不敢再辭，欽遵於申刻，由府携溥儀入宮，又蒙召見，告知已將溥儀交在皇后宮中教養，欽此。卽謹退出，往謁慶邸。

「二十一日，癸酉酉刻，小臣載灃跪聞皇上崩於瀛臺，亥刻，小臣同慶王世相鹿協揆張相袁尚書增大臣崇詣福昌殿，仰蒙皇太后召見，面承懿旨；攝政王載灃之子△△，著入承大統爲嗣皇帝，欽此。：：：又面承懿旨：現在時勢多艱，嗣皇帝尚在沖齡，正宜專心典學，著攝政王載灃爲監國，所有軍國政事，悉秉予之訓示裁度施行；俟嗣皇帝年歲漸長，學業有成，再由嗣皇帝親裁政事，欽此。是日卽住於西苑軍機處。」

載灃監國之後，實際就是代行皇帝職權的。他有他的滿肚子主意，卻拿不出決心，往往他提一個議，給別人三言兩語，便打了回票了。他之要殺袁世凱，是恐懼袁有實力，而且與奕劻載振父子有勾結；大原因是不相信漢人，卻不是要替他屈死瀛臺的孱帝報仇。果然給奕劻張之洞一顧慮，便泄氣了，只叫袁回家去養「足疾」。他聽信同輩的堂兄弟載澤，又靠着在英學海軍在德學陸軍的親弟弟載洵載濤，（一個籌辦海軍大臣，一個管軍諮處）滿以爲可以由皇族統治，鞏固皇業。他在出使德國時從威廉第二處學到唯一的一件事是：軍隊一定要放在皇室手裏，皇族子弟要當軍官。他依樣畫葫蘆，不但抓到皇室手裏，而且還必須抓在自己的親房兄弟手裏；可是他才不夠雄，略不夠大，所以落個畫虎不成。

旗人金息侯（梁）所著「光宣小紀」說：「授醇親王載灃爲攝政王，並爲監國。清初，睿親王稱攝政而不監國，今體制較昔尤尊嚴也。頒行監國攝政王禮節，另編禁衞軍，由攝政王親統，並諭以欽遵遺訓，皇帝自爲海陸軍大元帥，未親政以前，攝政王代理。攝政王日至乾清宮聽政，並召見臣工，皆賜坐。王頗自勵，思圖治，章奏皆親批閱，仿雍正硃批，示精核，而苦不得要領，往往辭不達意。又爲諸貴要牽掣，遇事不復能行其意，衆皆失望。有入覲者，常坐對無言；卽請示機宜，囁嚅不能立斷。回憶太后訓政，皇帝不敢擅語，太后或令指問，亦匆匆一二言輒止，不敢及政要；而攝政王何所顧忌？乃亦如有禁格，識者早知朝政不能問矣。余（金自稱）嘗遇事進言，王頷首者再，似頗許可，旋復茫然如無聞焉。難矣哉！」

載灃和他哥哥光緒帝，都有這個毛病，結結巴巴地，這是他老子性格的遺傳（光緒帝實際並不似康梁所說那麼「聖明」「英偉」）。有個笑話：李經邁出使德國赴任之前，到攝政王處謁辭，並請示機宜，由載濤陪李進宮，託於應對時替他說一件關於禁衞軍的事。李進殿不一會便出來了，載濤跟上去問：「你見過監國了？我託你說的有沒有回上去？」李經邁苦笑着說：「王爺見了我，一共只說了三句話：『你哪天來的？』我說了；他接着就問：『你哪天走？』我剛答完，他不等往下說，便道：『好好，好好地幹！下去吧！』連我自己的事都沒來得及說，哪能說得上您的事？」以和金息侯所說來參看，可以知道這位監國攝政王的「德性」了。

他滿心想求新求好，但腦子不濟事，嘴巴不幫忙，又深深染有不求甚解的旗下大爺的痼習。溥儀記他的父親謂：「關於我父親的維新，我略知一些。他對那些曾被老臣們稱爲奇技淫巧的東西，倒是不採取排斥的態度的。……」

溥儀對其生父的生活瑣事，倒是毫不諱飾的，他說：「醇王府是清朝第一個備有汽車裝有電話的王府，他們的辮子剪得最早，在王公中首先穿上西服的他也是一個；但是他對於西洋事物眞正的了解，就以穿西服爲例，可見一斑。他穿了許多天西服後，有一次很納悶地問我傑二弟：『爲甚麼你們的襯衫那麼合適，我的襯衫總是比外衣長了一塊呢？』經傑二弟一檢查，原來他一直把襯衫放在褲子外面的，已經忍着這股彆扭勁好些日子了。」好維新而不求甚解，此其一例。

載灃監國時期，除倚任其同輩的兄弟叔姪攬權外，於國事之興革，因其本身的才識不濟，舉棋莫定，要做而不敢作，也沒有方法去做。惲毓鼎曾說：「監國醇親王以河間東平之親，居明堂負扆之重，窃謂繼志述事，爲先帝吐氣，此其時矣，荏苒二年，東海逋臣（指康有爲梁啓超等人）交章薦之而不召（其時康梁活動開復，朝中亦有人爲康梁求開復的）；西市沉寃（指戊戌被殺之譚嗣同林旭等六人）遺孤言之而不雪（楊叔嶠子上光緒衣帶詔，灃置不問），毓鼎知其無意於先帝矣。」這是立憲派一些人對他由希望而失望的悲嘆。金梁說「攝政監國，親貴用事，某掌軍權，某專財柄，某握用人，某操行政，以參預政務爲名，遇事擅專，不能復制，各引私人，互爭私利，某某爲監國所倚恃，某某爲太后所信寵，間有一二差明事理者，爲所牽率，亦不免逢君之惡，時又掫中央集權，兵事財政，皆直接中央，疆吏不復負責，內重外輕，時爭意見，國事不可爲矣。」

這些滿漢八旗近臣對他失望而怨讟的哀聲。載灃以次的少年親貴們，主要目的是在攬權，在排斥漢臣，其時奕劻權最重，也頗能接近漢臣，載灃惡之甚深，但又對他無可如何；和隆裕太后嫂叔之間，意見很深也是不敢違抗，連對太后太監小德張亦是一樣無辦法。

對於立憲的籌備，當時的載灃，在表面上彷彿也很上勁，已酉二月宣示決行立憲的諭旨，是他下的，庚戌十月又派溥倫載澤爲纂擬憲法大臣，似乎是對於籌備憲政的認眞，可是他只是想把慈禧時代的立憲膏藥，攤得更大一些，以糊蔽漢人的耳目，用來壓制漢人的叫吸，同時他認爲依照「欽定憲法大綱」裏「君上有統帥海陸軍及編定軍制之權」的話，便可鞏固皇權，媲美威廉亨利了。卻不料各省諮議局及資政院成立後，還是不斷搗亂，不是請願速開國會組織責任內閣，便是公然責問軍機處責任不明難資輔弼，他傷透了腦筋，便只得允許設立內閣來搪塞了。

宣統辛亥四月，由奕劻所組的新內閣。十三個大臣中，滿人佔了八個，八個中皇族又佔五個，暴露了皇族大集權的私意，載灃是以甚麼精神來立憲？遂盡爲天下人所共見了。

金著「光宣小紀」載：「辛亥年，頒布內閣官制，設內閣總理協理及外務、民政、度支、學務、陸軍、海軍、司法、農工商、郵傳、理藩各大臣，均爲國務大臣。直省諮議局，以皇族組織內閣不合君主立憲公例，請另行組織，呈請都察院代奏；奉旨以黜陟百司爲君上大權，議員不得干預，不許。及武昌變作，始允取消內閣暫行章程，不以親貴充國務大臣。嗣慶親王等均自請罷斥，遂命袁世凱組織內閣。初，慶親王領軍機時，僚屬皆仰其意旨；及載某等入閣，常攘臂爭呼，無復體統。慶親王嘗怫然曰：『必不得已，甘讓權利於私友，決不任孺子得志也！』故慶於袁之再出也，頗致其力，至是遂驗。於是袁世凱奉命組閣，盡斥親貴，議和遜位，禪讓之局以成，而皇族尊榮同歸於盡矣。」

載灃惡袁世凱，固起自光緒末年。世傳袁世凱家書，自言朗潤園會議新官制時，幾爲載灃槍擊。以載灃之庸訥巽弱，豈能持槍拚命？戊戌逐袁，只不過爲奪袁之財權軍權自肥而已。胡唐「國聞備乘」說：「載灃監國之初，推心張之洞，密商處置袁世凱事，累日不決。」之洞書生，不主張遽下辣手，載灃又拿不定主意；最後始由之洞的孫子道孫（張權字君立之子）

示意臺諫劾以「誤國欺君」各款，放逐歸里。及武昌砲聲響後，廕昌作戰不利，奕劻那桐同保袁再起，載灃心裏老大不願意，聽着載澤在嚷：「老慶保這人出來，準把大清斷送了的」。但無法對慶，只是對那桐搥椅擂桌發一頓脾氣。及軍情緊急，又挽請慶、那「體念時艱」乖乖地簽發了諭旨，授袁欽差大臣節制各軍。這事給載洵諸人知道了，說他先是放虎、今又引狼，現在必須要限制袁的兵權。幾句話又把他後悔得垂頭喪氣，重新擬諭，送到慶王府去換發；卻被打了回票，說頭一個諭旨已電發了。虧他又有個傻主意，和諸家王公們說：

「你們別慌，我有主意，無論袁世凱鎮壓革命成敗，最後都要宰了他。袁南下是敗，就藉口失敗殺了；是成，也要找個說詞解其兵柄，然後設法將他消滅。」這想法太天真了，連他的兄弟也爲之搖頭太息。

以他的才幹，豈是譎詐險狠袁世凱的對手？果然，不到一個月，袁世凱北歸，通過奕劻和小德張在隆裕面前弄個戲法，把攝政王擠掉，退歸藩邸。他竟哼得出：「也好，從此可以歸家抱孩子了」的話來解嘲。袁世凱還沒有完，接着以接濟軍需爲名，擠了不少內帑，並逼着親貴輸財以贍軍用。政兵財三權，到底還是歸到了袁的手裏。

監國攝政王的祿俸，是大清銀行的雙龍直票大洋五萬元，退歸藩邸後，這五萬元自然照拿，及清室退位，民國成立，清室受有每年四百萬元的優待，因此他這五萬元還是照拿，他似乎很會積錢。近人筆記曾載一件他的趣事：「張學良少帥的私人秘書胡若愚北京大學唸書時，那是民國初年夏天的事，有一次到北京花旗銀行看朋友，看見一個四十來歲的人，打扮得好奇怪，穿着一件杭羅大褂兒，右手拿了一把鵝毛扇，只用拇指和食指捏着，其餘三個手指，高高翹起，左手提着一個女人用的錢袋，在銀行取七千元，據說這是息錢，當時銀行利息很低，七千元利息的本錢一定數目大得不得了。這位怪人，把鈔票點了又數，數過又點，始終數不清楚，銀行中人都知道他就是曾經權傾一時的攝政王載灃。……」活畫出這末路王公的褦襶相。

在醇王府裏他的書齋裏，祿有他自寫一付對聯：「有書眞富貴，無事小神仙」，看起來，清高是夠清高了，在清室退位後，他除了不和民國新貴往來，卻仍是不忘記他那「恩光福祿」的五萬元俸錢，那些年裏北洋政府常常鬧窮，清室優待每不能如期發放，他卻不管，日期一到，準是衝着小朝廷的「內務府」要，世續知道他的癖氣，只好挪墊來應付。

他的福晉瓜爾佳氏，和他是完全不同的類型，這個闊小姐出身福晉，特別會享受，愛時髦，更有放蕩不羈的個性，北京各處酒樓戲館大商店，常有她的足迹，他如趕廟會看賽馬逛市集，每和他過繼的弟弟艮桂同行，遇有新奇的東西就買，花錢就像泥沙般，載灃懾於閫威，不敢阻也不敢較。北京捧角的風氣很盛，這是爺們的事，但這位八妞兒，她也喜歡這一道，她專捧武生，楊小樓小振廷她都捧，捕風捉影的人，就不免有了閒言閒語，這話傳到載灃耳裏，他勸她少到外邊亂跑，不說還好，說了，她撇撇嘴來個反唇相譏：「喲！我的王爺，虧你還是出過洋飄過海見過大世面的人兒呢，現在是甚麼年月？歐洲許多皇后王妃不都是自由自在的到處逛嗎？咱們老規老矩甚麼的，也該免了吧！」載灃的嘴本來結巴得很，給她這一頂，又頂得沒話了。

行動管不了，在錢財上他曾想盡辦法來個分家，給她定個數目，限制使用，可還不是等於白說，她仍舊吾行吾素把賬條到賬房照付，沒有現金就變賣財物。載灃怒不可遏，用摔家伙的辦法，拿起條几上瓶兒盤子之類來狠摔，以示氣忿和決心。次數多了，總摔東西未免捨不得，後來便專揀了一些摔不破砸不爛的銅壺鉛罐來作音響道具，最終這威風也被她識破，只是充耳不聞。

王府中上下大小，對載灃並不怎麼畏

懼，卻最怕這位福晉。

她從小在宮看慣慈禧的威福，不知不覺地也喜歡別人對她當做男人稱呼，所以太監婢僕們一直稱她做「老爺子」。

王府裏字畫古玩田產乃至她自己的貴重首飾，給她變賣花用得不少；每一回，無不使老福晉和這老實頭的王爺氣得唉聲流淚。原來，她除了生活享受之外，還有政治野心。她曾悄悄地把錢用在政治活動上。

民初時代的步兵統領衙門的中下級老軍官，有的是她父親榮祿的舊部；有個袁得亮其人，透過榮祿過繼兒子良桂，找到這位福晉，說可以去運動東北的帶兵頭兒，進行復辟。她信以爲實，便瞞着婆母丈夫和袁得亮一些人秘密接洽。袁得亮今天來個消息、明天又送報告，哄的這老爺子以爲果然是眞，銀子鈔票源源地漏到袁得亮手裏，去胡花亂用。

一直到隆裕死後，她因溥儀在宮中頂撞端康太妃（卽光緒帝的瑾妃），被召入宮，受到嚴厲的訓斥；她個性極強，回來時，不甘給下了面子，吞服生鴉片自殺，這事才微爲載灃所知，人旣亡了，自然也不了自了。

載灃還算安份，不像肅王善耆小恭王溥偉那班人，念念不忘復辟；也沒有遺老們那樣頑錮，仇視新朝。丁巳年，張勳梁鼎芬們要頂出溥儀來「復位聽政」，神武門內鬧得烏煙瘴氣，載灃似乎沒有參與其事；這與其說是他的識大體，無寧說是他沒想做這個夢。倒是張勳失敗後，他曾向徐世昌馮國璋段祺瑞湯化龍諸人週旋了一番，見其所自記的日記裏；當然，他最關心的還是「皇室經費及旗餉」是否「仍如例照撥」的問題了。

他是澈底的維持現狀派，對溥儀，只希望老老實實住在小圈圈裏，每年照例能拿到優待費，便一切滿足。對溥儀的洋老師的出洋留學的主張，他是萬分反對。對小朝廷的一切，也是主張一如其舊，生怕一離開紫禁城，遜帝的資格被取消，歲費四百萬便無着落，因此他也用一套箝制溥儀的方法，開口閉口仍是「祖制」甚麼的。

十三年甲子，馮玉祥的「首都革命」，溥儀被迫遷出皇宮。鄭孝胥羅振玉主張趁此開溜，載灃則主張忍耐，靜以待變，謀求「復號還宮」的新辦法；再不然還可以在家裏做皇帝，「尊號不變，歲費爲優待條件之一，事關民國國信，效等約法，非可輕易修改。」這是他自己所認爲十分充份的理由。

及溥儀給復辟派遺老漢奸日本特務視爲「奇貨」，從東交民巷脅往天津之前，載灃還是勸他回北府去；在這三义口的歧路中，他是最弱的一個。移津之後，以至運往旅順，做着僞滿傀儡，載灃沒法插上一手，自然他也管不着。

民國廿三年七月他到長春去探望過一次，不久仍回到北平；溥儀每月寄二千元給他生活，事實上那樣已是很窮的了。

三十四年，日本投降，僞滿仆滅，溥儀兄弟被擄，載灃更窮得不堪。

三十八年後在中共統治下，尤無法自存，貧病交困，因而不起，結束了其始榮終悴的一生。

燕京舊夢［二］

李素

莊嚴壯麗之貝公樓（一樓為教務處，二樓則為大禮堂，國文及新聞學系辦公廳在焉）

負月橫空來

尋舊夢，述史蹟，以愉快的回憶驅散車聲、殺聲、饑色、怒色，及一切烏煙瘴氣，不也是自樂其生之一法？

凡事總有個開端，倘不嫌話長，還是從頭說起才覺得夠味兒，尤其是提到有趣的事，更何妨笑口重開？

民國十八年初秋，我帶着世妹，跟我最知己的同學翔姊，由上海趁夜班車到南京。第二天，渡長江，往浦口，乘津浦路的藍鋼車風馳電掣地北上。幹什麼？「俱懷逸興壯思飛，欲上青天攬明月」呀！歷盡千辛萬苦，夙願得償，本小姐挾着：「一笑出門去，千里落花風」的豪情與氣勢，上京升學去也。

翔姊原籍江蘇無錫，家卻在上海，有名的張家花園曾經是他們祖父輩的產業。她有個親戚在鐵道部任職，所以弄來了兩張二等免費車票，還准許携帶一個僕人。於是翔姊和世妹都是小姐，而由我喬裝丫頭。我一向不愛打扮，儘管人家早已流行電燙鬈髮，我偏不學時髦，還是滿頭短草蓬鬆，一副土相。臨走的時候，我脫掉旗袍，換上一套中式的短衫褲，手裏提着幾個包裹，這就出場表演去了。

可惜戲不是人人都會做的，我就是缺乏演劇天才的人，不然的話，便是我當年心情太愉快了，壯志冲霄，煥發着照人的靈光，滿臉沾沾自喜的得意之色，卻絲毫沒有低眉瑟縮，慣於受人差使的奴婢相。因此一路上就碰了好幾回軟釘子，窘得幾乎下不了台。該死的查票員都以偵探似的銳利目光，把我由頭頂看到腳尖，以驚詫的眼神表示懷疑。有些甚而存心搗亂，指着我以譏笑的口吻盤問她們道：「這個就是你們的佣人嗎？腔調不像，那裏像個丫頭！」

我們都給作弄得又羞又惱，漲得滿臉通紅，逼得翔姊硬裝老成，回敬幾句：「先生，她是佣人就是佣人，講什麼像不像？要講像的話，你說我像個小姐，還是像個太太？」

「全像學生囉。」查票員邊說邊翻着白眼，輕蔑地扁扁嘴，似笑非笑地走了。然後，我們六目交投，掩着嘴咭咭地笑彎了腰。

我是不名一文的中學畢業生，爲求升學而當家庭教師，好不容易才積蓄了一年的學費。有機會乘免費火車，正是「天相吉人」，是意外的幸運。所以雖然是作弊，我仍自覺理直氣壯，無愧於心。

是呀，那時候我是多麼樂觀！心境是多麼開朗、壯闊！奇怪嗎？有詞爲證：

瑞鷓鴣　悼亡友朱女士

中流橫渡晚風清，一抹霞紅兩岸明。指點大江吞落日，錦濤萬叠起潮聲。　太平浪湧終千古，世事無端任死生。此地悠悠江水碧，斷魂何處泣孤零？

水調歌頭　津浦道中

探首小窗外，天地豁然開；雲飛風捲林木，阡陌盡旋廻。夜有流星天馬，伴客先驅輪軸，續續起輕雷。人世任流轉，舊夢莫徘徊。　生平事，何須問？莫疑猜。征鴻去不留迹，負月橫空來；照影黃河深冷，弄羽西風清澈，重露壓塵埃。待得朝陽起，隱約見蓬萊。

（我升上二年級時才開始學寫詩詞，因爲深感興趣，故在以後的幾年裏也就積存了一叠習作，曾經想印一本小冊子，名曰「逆流集」。但離校後，爲衣食奔走，興趣中斷，小冊子遂胎死腹中。數十年後檢點這些塵封的舊稿，只有自慚往昔的狂妄，那裏還有膽把它付印？只因生活裏少不了思想與感情，所以我把心中未形成的「逆流集」化整爲零，引用在最適當的地方，作爲生活的傳眞，心聲的實錄，碎夢的微痕，希望能爲我的學生時代增添一絲姿采和美感。——筆者附誌）

上面兩首詞當然並非佳作，但所表現的確是我北上途中的心情、意境、思想與事實。瑞鷓鴣雖然是追憶渡江時觸景生情，悼念一位投太平洋自殺的同學而作的，但上半闋也竟然那麼地豪氣橫天！

是的，「中流橫渡」，「負月橫空來」，不容否認，我這人雖不算霸，卻當眞有點兒橫。如果不橫，一讀完中學，我該早已隨便嫁一張長期飯票，做命運及環境的忠臣了。僥倖的話，也許能做個相夫教子的賢妻良母；或者只是做個依人小鳥，嬌柔的少奶奶；或者做丈夫及兒女的幕後英雌，家庭的長工；再不然，就僅僅在廝將枱上消磨生命，卻總不是自甘淡泊，勞苦一生，永遠抱着一個癡夢的我了。橫天的蠻勁該

男生宿舍（五樓六樓之間飛簷交錯具亭台傑閣之勝）

是有來由的。來由多的是，說來話長，而且不屬於「燕京舊夢」的範圍，故按下不提。我只把夢外之夢，概括在這首七律裏：

讀羨季師「夜坐讀山谷詩戲賦」步韻抒懷

生也無端死未能，且隨流俗學爲人。
心如寂月餘清照，境似孤鴻剩一身。
漫有雄心窮碧落，豈甘弱質委黃塵！
悲來萬事從頭憶，強作歡娛更愴神。

言歸正傳。我們這三個女孩兒既橫渡長江，又跨過黃河，經天津，到北平，進入我夢寐以求的著名學府，開始了我生命中最值得懷戀的新生活。

人所共知，入學的第一件大事當然是繳費，拿了收條才可以辦理註冊及選課等等。

男生體育館（臨湖屹立氣勢雄偉）

由教會私立的燕大，是有名的貴族學校，費用之高昂，在當年來說，實在頗足驚人。而且在那個時代，除了國立大學可以免費外，私立學校很少發給獎學或助學金的，故這一方面的希望實屬渺茫，而工讀的機會也不易獲得。沒有錢就不該瞎闖進來的。

據李抱忱學長（一九二六——三○年級）說：「學校一覽上說明學生在校一年費用（學膳宿雜）要四百元（當然西裝革履的富家子弟要多幾倍），可是作者那年只用了二百九十幾元，連衣食住行都算在內。『衣』的方面四年裏只添了一件大褂（現在是不是叫長袍？）；『行』的方面簡直沒有開銷——別的同學們進城坐校車，作者還是騎在中學時代十塊錢買的自行車。……爲省出錢來買網球拍，網球鞋，及襯衫球褲等，搬到三樓宿舍樓頂去住，每期可以省十塊錢。同屋一共二十人，都住在一大間樓頂上。」（燕京大學四年的回憶，刊於一九七一年燕大校友通訊）

我錄這一段話，目的在說明燕大雖然是貴族學校，費用卻有極大的伸縮性。富家子弟一年花一兩千塊大洋，那是平常得很；但清貧學生若有三百元左右，也可以應付過去了。同學之間儘管貧富懸殊，而富者不驕，貧者不餒，坦然泰然，融和相處，各適其適。

我如果沒有記錯，最初入學時所交的一學期費用是：學費宿費各二十五元，體育醫藥等雜費十元，膳費三十元，總共九十元，連世妹的一份算在一起，我付出了一百八十元，差不多花了我全部財產的一半了。來日方長，如何是好？

管它！我已經踏進了如此美侖美奐的學府，生活於那麼宏大、美麗、清幽的校園裏，我再也不顧及自己口袋裏還剩多少個大錢，而只是下了決心在這裏賴死。

記得我由上海出發北上的那天，情形和心境是這樣的：

江神子

曉風初日雨新晴，淡雲明，氣淒清，枝上鳴蟬已自作秋聲。況是天涯游浪客，才到此，又重行。

人生到處是前程，等浮萍，本無情，忘卻生存哀樂利和名；一任水深宵露重，還獨自、愛孤征。

是的，「天無絕人之路」，擔甚麼心？一股蠻勁便是我對抗環境的利器。天要掉下來的話，就等它掉了下來再說吧！放着眼前的幸福不會享受，豈不是天字第一號的傻瓜？

拖屍以懲

凡是學生，大概都嘗過當「新丁」的滋味吧？我覺得滋味最雋永的莫過於當大學一年級新生。耳目所接有數不清的新鮮面貌和事物，心頭也就有說不盡的喜悅，的確禁不住堆上一臉得意洋洋的神采。儘管在註冊、選課、找課室時碰過一些釘子，或遇上一點困難，也絕不會介意的，就像剛會走路的孩子，摔了幾交有什麼關係？還不是照舊興沖沖的一再爬起來到處亂竄！

可是，有一件超級新奇的事，倒眞使人提心吊膽，空有蠻勁，也派不上用場。因爲無從知道眞相，就更不由你不怕。是的，最使新丁們疑神疑鬼的便是「拖屍」這個名詞。只聽見人家紛紛議論，卻又沒有人肯說明是怎麼個拖法。最初我只知道這風俗不是中國土產，而是外邊傳來的洋玩意，盛行於燕京與清華兩校。究竟爲了什麼，及在何時，何地會被拖？是怎麼樣的「屍」？這眞是個有趣的謎，使我覺得心裏癢癢的，而又戰戰兢兢。

「拖屍團」是怎麼個組織，我實在摸不清。我猜學生自治會可能是主持者，是否還有其他機構參與其事，已無從探究了。

原來「拖屍」只是Toss的譯音。這個英文字含有「投擲，舉起，上下輕拋，左右動搖，顚簸……」等意思。不知最初是誰惡作劇譯作「拖屍」，使人一聽見就毛骨悚然。那位譯者眞夠聰明兼「抵死」！其實事情並沒有那麼可怕，只是玩得過火時也偶然會出亂子吧了。

他們似乎設下了雷達網，每一個新同學都是偵察的對象。凡是態度囂張，高談闊論，趾高氣揚，目中無人，油頭粉面，奇裝異服，亦即阿飛型的人物，都是被列入黑名單裏的。還有，當新丁而不遵守公德，例如在圖書館裏高聲談話，離座時不把椅子推回原處，或鞋聲咯咯，奔來跑去；在宿舍裏吵鬧，擾人寧靜；在離開任何地方時（除非仍有他人在使用），忘了關掉風扇或電燈；及隨地亂拋廢物等等，諸如此類的缺乏教養的份子，都是活該被拖的屍。從這些迹象看來，「拖屍」的用意在於消除新生的自尊自大的氣焰，對他們的輕舉妄動，不顧公德，及種種惡習和自私的行爲，予以薄懲，使他們共同努力維持傳統的優良校風。可見這洋玩意也有它的嚴肅的意義，未可厚非的。

你猜吧！最主要的拖屍場所在什麼地方？開學後不很久，新生照例要讓校醫檢查體格的，因爲人數多，更因爲要拖屍，所以在體育館裏舉行。

一踏進體育館你馬上會驚詫起來。檢查體格只須一位醫生和一個護士就足夠啦，怎麼用得看那麼一大批幫閒的人馬？而且多數是雄赳赳的彪形大漢？樓上四周的看台上還有許多觀衆呢。難道要你演戲或者跳舞？

眞正的體格檢驗——包括高矮輕重，眼耳喉鼻，五臟六腑——

畢業後同遊中南海（前排右起第一人爲作者）

「拖屍」懲頑連環圖

—都查驗完了，你還得經過一長串的體力測驗。花樣就出在這裏。

顯然的，拖屍團是串通了體育老師來執行計劃的。他們簡直是狼狽爲奸！老師在大模大樣地發號施令，這使你想起了走江湖的在耍猴戲，只差沒有一面破銅鑼。

燕大各部門的設備都非常完善，不用說，體育館內的運動器械當然是一應俱全，哎呀，花樣眞多！跑步、投籃、跳遠、跳高、舉重、翻跟斗、倒豎蜻蜓、盤槓子、空中飛人……我說不清那許多名堂。總之，你得一項一項的做下去。

測驗體力還兼看相呢。凡是土頭土腦的人物，或者戴着寸來厚的眼鏡的書獃子們，或一臉忠厚相及羞怯的弱者，都只須做三幾項就通過了。

越是昂頭闊步，活潑精乖，神采飛揚的「牙刷仔」，越受抬舉，非逐項做完不可，假如有怨言或有怒色，那就更糟，你得一再從頭做起，累得半死。黑名單裏的人物當然更受折磨的了。

還有，名符其實的Toss這一個項目，卻是大家必經的測驗。讓你躺在一條厚厚的褥子上，由四個大漢握住你的四肢，把你拋起又擲下，說是測驗你腰背和腿脚的彈性強不強。拋擲的次數及輕重，也是依照上述的幾種標準，因人而施的。據說許多未來的體育天才和健將，都是在拖屍時發掘出來，依據紀錄，加工培養成功的。可見拖屍的好處多着呢。

當你晉升到二三年級時，聽見新丁們說要到體育館檢查體格，你心裏準會暗笑而又不願說出底細，也許還有興趣到看台上去湊湊熱鬧。

可是，切勿以爲拖屍只此一次，若不檢點行爲，謙恭守法，則以後被拖的機會尙多。但不是漫無限制，多半是趁學校舉行慶典時，例如國慶日或新年的狂歡之夜，就把拖屍也當成一項有趣的節目。

拖屍並不限時地與方式。我聽說過男生宿舍有「屍」被人半夜裏從床上抬到地下，也有屍在夢中給人畫上了兩撇大鬍子，早上起來時逗得全宿舍的人哈哈大笑，掌聲雷動。甚而有些屍是屁股上給人畫上圖畫的，那是因爲有一部分北方同學習慣於赤身睡覺，給人以可乘之機。

還有好幾次，我聽說男生宿舍前面有新同學被拖屍，給拋進了未名湖裏。有會游水的屍，自己會爬上岸來。也有不會浮水的，就馬上由兩個在場的彪形大漢充當拯溺隊員。我想這種鐘頭倒很夠緊張、熱鬧和刺激，只可惜我從來沒見着，因爲女生宿舍遠離湖邊，我們聽到消息趕出去時，好戲早已演完啦。眼福太淺，實屬憾事！

可是，拖屍投湖總似乎有點過火，怕的是碰上個乾屍，就難免使他嚇一大跳和喝下幾口湖水了。這是可能引起對方的反感，弄到彼此傷感情的。

女孩子們畢竟温柔敦厚，碰着看不順眼的「飛女」時，也不過相約投以輕蔑的眼光，或者高聲批評，故意讓她聽見，這就算對她懲罰了。我們把拖屍的趣味完全讓給男同學去專利。然雖凡事有利必有弊，但只要玩得不過火，不假借名目，不以私害公，則「拖屍」之風未嘗不好，最低限度可以提醒舊同學，警惕新同學，一致遵守規則，敦品立德，共維風紀，保持學校的傳統與榮譽。我記得陳禮頌學長的「燕京夢痕憶錄」第二節的小標題是：「拖屍制度卓著宏效」。現在節錄幾個小片段，以代表當年一部分同學的意見，兼補充筆者所缺漏的。他說：

「高中畢業學生在中學校中，固為一校之老大哥，於是不免養成吾智自雄，傲慢成性……及其初入大學之門，倘習舊未除，餘燄猶在，見者側目，其不遭受懲處者幾稀。

「未名湖、體育館均係執行『拖屍』之刑場。懲處之法不一而足，如投湖、耍猴戲、以鼻推球、魚肝油灌頂……等，均係常用之刑法，總之，莫不極盡凌辱之能事，非殺其氣燄不止也。是以，拖屍團之存在，蓋未可厚非也。當今懸壺本港之某醫生，即曾遭魚肝油灌頂之辱者，而某大夫（北方對醫者之稱呼。）已成為國際道德重整會香港區之代表矣。夫，『拖屍』之功能，豈不偉哉！（筆者按：「辱者」之上疑脫漏一「受」字）

「……間有因受『拖屍』懲處而成為一時名流者，是則由於『拖屍』而因禍得福也。『拖屍』制度之久存不廢，良有以也。」（燕大校友通訊，一九六五年）

「湖濱詩人」覓句圖

此外，高雁雲學長的「未名湖夢憶」一文中，也報導過他對拖屍的意見、經驗及所受的影響。我覺得讓青年朋友們看看，未嘗無益。所以也摘要節錄如下：

「……中學生……就算踏進了大學門檻，還是那麼趾高氣揚，目空一切……最好及時給他們一點教訓，使他們早些知道人生的旅途，不是他們想像那麼平直，難免有點或大或小的挫折。

「……一天，我們接到『大二拖屍團』的小條子：『諸君新從南國來，吃饅頭剝皮，有傷天道，特此警告！』我們不能不有所顧忌，一舉一動，都得檢點。連新縫洋服，也不敢穿了。祇着藍布大褂，竟成了愛好。四年，就在這質樸中過去了。

「初時，我們確有點反感，說是學了人家的皮毛。但我們踏進了大二的階段，想法就兩樣了。自然會有人去組織拖屍團玩弄新生了。花樣迭出，越來越新奇。每個新生的襟頭，都得掛着一個小牌子，寫着姓名……頭上也要戴上一頂紙帽……好像春天花間的蝴蝶，飛滿校園，煞是好看。這批新人，在生活上還得遵守十誡……我記不起來了。一句話，就是要他們不可破壞這校園的優良傳統。」（燕大校友通訊，一九六七年）

「拖屍」這玩意兒與學校當局無關，完全是舊生督導新丁，培養自治精神與能力，共圖建立高尚的品德。為愛護學校及新同學而出此，動機是純正的。內容也相當熱鬧，有趣，五花八門，頗足以增添大學生活的姿采。至於是否值得在此時此地的大專院校裏提倡，那是筆者舊夢以外的事，未敢妄言。

各適其適

燕大有一種特殊的考試制度，我認爲更有追憶及介紹的必要。大概在開學後兩個星期左右吧，校方專爲一年級新生舉行國文及英文兩科的甄別試，經考試及格的人可以立卽修習二年級的國、英文課程，亦卽一年省下了十六個學分，讓你多選修其他學科。既省時間，又增學識，豈非一舉兩得，佔盡便宜？甄別試是讓新生自由參加的，凡自問有相當能力，或自覺有興趣嘗試，都可以去報名，考一科或兩科，也隨你喜歡。上午考英文，下午考國文，考試的結果如何，第二天就放榜，眞是乾脆俐落。

這辦法的確高明之至。因爲來自全國及海外各地的二百多個新生，他們的國文及英文程度之參差，自非一度的入學試所能測驗準確的。等到分班上課後，經過教授們的日常觀察與測驗，再加上這項自由參加的甄別試，依據成績，把他們重新編級，使程度高者升高，中等的留着，不夠水準的則編入先修班裏。這樣一來，三種程度的學生都可以各適其適，各得其所，無過與不及之嫌，教與學的雙方皆大歡喜，所收效果也自然宏大了。課室裏不會有人打瞌睡，老師們也可以免掉拉牛上樹之苦，豈不善哉！

提起考試，我還有話說。

當然，燕大也是憑入學試成績來錄取新生的，不過主持人眼光遠大，而又能審情度理，把取錄的標準靈活運用，不管是全才或偏才或庸才，都兼收並蓄，以求符合教育的宗旨，同時又是眞正地作育英才。

我踏進燕大不久，就託一位同學從註册處探悉我入學試的成績。哎呀，我的天！數學僅得十八分哪！但我已感到滿意，因爲我只做了一條幾何題，代數及其他卻完全交白卷。史地的分數也不很高，因爲我是神話裏的英雄，表演了驚人的絕技，畫地圖時，把偌大的洞庭湖搬了家。幸虧國文及英文都得了九十多分，截長補短，所考各科的總平均分仍及格而有餘。又因我是投考文學院主修英文副修國文的，與數學沒有什麼關連，委員們通情達理，遂未摒棄我於門牆之外。入學之後，我也不須補修數學，永遠與它絕緣。在實際生活上，這幾十年來，只懂得加減乘除也就很夠我應用，更絲毫無碍於我之成爲國文教師。若是當年我再花時間學習數學，實屬浪費。

總之，我欣幸自己出生得早。假如我正年青，在此時此地投考港大或中大，憑我這樣的成績，是鐵定考不上的了。數學只得十八分，簡直是白癡！明年再補考這一課吧？有人一年考一科、兩科、或三科，考三四年才湊夠入學資格的。但我是窮女孩兒，無力等待，唯有拋開妄想，實行隨便嫁一張長期飯票，或者進工廠去紡紗、製假髮等等，或者當舞女、吧女，或者持刀……？請想想，只爲了一項與所學所用無關的課程考不及格，而絕了升學之路，豈不冤哉枉也？若是當年我沒有考上大學，那是多大的挫折，多大的悲哀！我一定完全變了另外一個人，絕不是現在的我。因我只是個最平庸渺小的弱者，必須靠學校的培育，師長的指導，纔稍知天之高，地之厚，從而瞭解人生，自闢境界。

如果是卓異的天才，又當別論。他們不一定要多受學校教育，有些只讀了三幾年書，憑堅毅與努力發展天賦的智能，就可以成爲偉人，學者，文豪，藝術家，各門各類的專家等等，兼有輝煌的成績，偉大的貢獻。不過，假如既有超卓天才，又有機會接受適當的栽培，豈非錦上添花，事半功倍？而成果也必然更宏大的了。不良的教育制度以扼殺天才，埋沒人才，折磨庸才。窒息青年人自由發展才力的生機，等於阻滯文化的進步，同時也有虧繼往開來的使命。鞋子是應人羣的需要而製的，爲什麼要「削足適履」？嗨，住嘴！

懷古、傷今，是一對孿生兄弟。請恕我把話扯得太遠了。

擇善而從

大二的英文課程也分爲好幾組，學生可以自由選擇。我參加甄別試僥倖及格，馬上就可以轉到二年級的英文課室裏去，於是急於向同學打聽各組的老師的教授法。有一組的人數最少，只有二十來個吧，原因是那位美國教授包貴思(Miss Grace Boynton)是一位嚴師，作業收集得最多，分數卻給得最少，近乎不怒而威，這就使許多人敬而遠之了。只有不怕碰釘子，眞正有心學習的人纔敢去惹她。我自慚生性懶慢，亟需嚴師的督促，所以大着膽子參加這一組。上了幾堂課，才發覺我竟是這一組裏唯一的新生，心裏倒的確惶恐起來了。萬一出了醜怎麼辦？

不過，三兩個星期以後，我卻欣幸自己的選擇是非常聰明、正確、妥善的。包老師講授功課異常認眞，督導也夠嚴謹。每次上課總有作業必須繳交，不是寫短文，便是寫日記，或複述課文的意義，再不然就是寫長篇的讀書報告。總之，你休想偷懶！這種鐵腕政策，對於我這種凡事要有人催逼的懶虫，實在有太大的裨益。尤其使我心悅誠服的是：包老師本身具有豐厚的文學修養。她能詩、能文、見解超卓，所以講起書來就出色當行；或細加分析，或綜合評論，都能使我們由瞭解而欣賞，而感覺興趣，而自動追求；結果是，作業雖多，不單不以爲苦，反引以爲樂了。

遠在我讀中學的時代，似乎沒有香港有些學校所用的文學名著的節縮本。我在上海聖馬利亞女校所讀的全是足本的原著：司各脫的撒克遜英雄傳，雨果的悲慘世界(英譯本)，狄更斯的雙城記，塊肉餘生述，及莎士比亞的劇本：朱利亞．凱撒、罕姆萊脫、威尼斯商人等等都是。我早已習慣了讀這一類作品，所以在包老師班裏，仍覺得功課相當輕鬆有趣。當然也有些同學常常唉聲嘆氣，查字典查到頭昏眼花，但大致上，彼此的程度尙不至相差太遠，只須各自努力，也就獲致共同進步之效。

當我第一次在課室裏，見着近似中年的包老師，望着她微胖而不太矮的身材，一張純良、聰慧而和藹的臉，我實在找不出她有什麼可怕之處。雖然她凡事認眞，言出必行，迹近嚴峻，但和她接觸的日子多了，便知道她的心地其實是異常慈祥、熱誠而懇切，對我們的學業與生活，關懷備至。有些同學說她可怕，大概是因她太吝惜分數，筆下毫不留情吧了。我卻覺得包老師是可敬可親的長者。

這一段生活經驗的回憶，使我聯想到一般大學的師資問題。我覺得大學一二年級的國文及英文必修課程，實在應由對文學有修養有興趣的教師來擔任的。現在只以英文爲例吧，如果認爲只要是有了學位的英美人士就都能教授英文，於是隨便找個學工程的，或學物理的，或研究神學的牧師，或其他各門的技術人才來濫竽充數，那就大大失策，而且誤人不淺。雖然這些專家之中也偶有兼懂文學的，但究竟成數不多。

學校規定大學生不分系別，一律必須修習兩年英文課，目的在於使他們懂得一點西洋文學、思想與文化。假如教師本身對文學不感興趣，缺乏根柢，甚而連文字都不夠流暢，試問他能教甚麼？只能教一些成語、會話、例句，或者胡亂找幾篇報紙或雜誌上的文章念念，聊以塞責。如此一來，學生也只有因失望而失去學習的興趣，並惋惜浪費時間，一無所獲。這種情形，在香港並不少見。我見過的。你呢？

可是，事情也有相反的方面。若是同班的數十名學生中，程度高低不齊，甚至天差地遠，則雖有超級良師亦必無用武之地，連聖人和神仙都無計可施呢。你瞧：教師若以牽牛上樹，就難免同時變作催眠大師，使那些伶俐的猴子昏昏思睡，或者是煩厭到焦躁不安而實行造反了。這眞是扶得東來西又倒，害得老師手忙腳亂，力竭精疲，而依舊徒勞無功，沒法使全班同獲應有的進步。但各式考試成績欠佳，卻又惟老師是問，豈不冤枉？這確是許多教師的災難與苦惱。

因此，我更懷念燕大當年手法高絕的明智措施，既能愼選師資，又能顧慮周全特設一項甄別試，爲教師解決困難，爲學生增添便利，使教與學雙方共同進展，皆大歡喜，因而相得益彰，兩全其美。這才眞正地發揮了教育的一部分功能。假如專以虐待教師及折磨學生爲能事，那還成什麼教育機構？還算什麼最高學府？

蹂躪汝城數十年的

某刊載有龔楚一文，敍及他在民國十八年派來湘南，被汝城胡鳳璋擊潰的經過，不禁使我觸發了童年的回憶，這個殺人魔王的職業匪犯胡鳳璋，一直在我的腦海中，保留着很慣熟的印象，因爲他那次戰績，正是我的小同鄉陳必聞出長汝城縣招他下山的第一炮表現，胡鳳璋固然受到褒賞，而陳氏亦以辦理招撫之功，獲得記功連任，及後解組歸來，宦囊很是豐滿，據說就是能夠與胡鳳璋協力合作坐收煙土肥潤的結果所致。不過，胡鳳璋的由匪而官，公然騎在人民頭上，以一仍舊貫的作風，取得變相的合法地位，並不自這次開始。他的旋服旋叛，反覆無常，完全是以官府的姑息招降，爲培植他的政治資本，這原是民國這幾十年來軍閥們所慣用的把戲，胡鳳璋只是其中微不足道的一個，故終其身，僅能在汝城建立山頭，社鼠城狐，未出雷池一步，比起張宗昌褚玉璞孫殿英……那些軍閥來，簡直是小巫見大巫，有着天淵之別了。早在民國十五年，他就由於我的小同鄉谷浩的活動，受到粵省主席李濟琛的招撫收編，但不旋踵，即對谷浩反目，以武裝襲擊迫走，奪取他的第一游擊司令，谷爲前清秀才，本不嫺於軍旅，自經此役，再不涉足仕途，晚年教授鄉里，每與我談及那一幕往事，猶以得保首領，不被胡所殺害爲僥倖云。因此，我對于這位綠林豪傑的匪性，雖然無緣識荊，卻早已熟悉稔聞，他好像與我的小同鄉，總有點佛家的緣份似的，就他先後受撫的過程來說，也應以這兩次的官兒有勁。且自在陳必聞任內，授爲該縣自衞隊長後，便不再叛離政府，幹着山上打家刼舍的寨主勾當，由是直線上升，積官至保安團長，保安副司令，儘管他的草菅人命，擄掠民財，比前此的土匪行爲還要厲害，但在名義上，誰也不能不承認那是他在職權上的濫用，及不學無術的威福享受，於是人們只好以土皇帝的封建頭銜斥之。其實，眞夠資格配稱土皇帝的，雖談不上甚麼政治智慧，他的實力，旣能獨霸一方，同時，對於下層民衆及其左右親信，必須多少帶有一點梁山泊式的意味，如鋤強扶弱好打不平及有福同享，有禍同當。所謂盜亦有道。可是胡鳳璋的身上，根本就沒有這些情感和氣質，縱對江西共軍的竄擾，堵截不無微勞，也是爲了他個人的打算，欲以此爲要挾之資，攘權奪利之地。何況作惡多端，功不掩罪，在他淫威之下，人民受害之慘，更是無法可以申訴。嚴格地說，還不是依然故我徹頭徹尾的土匪而已！且可說是跨朝跨野的雙料貨色。把他高抬爲土皇帝，實在有沾於那般黑色好漢的身份，故本文標題，仍以職業匪犯稱之，亦春秋褒貶入微之義。兼斥姑息懷柔，貽禍地方匪淺。

筆者爲求詳實起見，曾特約該縣反共游擊英雄現尚滯留香港的胡耀先生，提供第一手的寶貴資料。胡先生旣與他是同鄉同族，又在剿共戰役中，有過短時期的同事，所見所聞，自較任何人爲親切。胡氏於二十六年抗戰軍興，離開湘省保安部隊，隨川軍王陵基轉戰湘贛各地，嗣應閩省劉建緒之招，迭任閩西第六區閩南第五區保安副司令，并代理督察專員，三十五年，以掃蕩大烏山共黨淨盡，生擒渠魁馬發賢之功，蒙中央犒勞嘉獎，李良榮接長閩省，派其兼理長泰縣務，三十九年，大陸變色，回汝城縣籍，號召舊部，進行游擊工作，在湘粵贛邊區，甚爲活躍，予共軍以嚴重打擊，香港中聲晚報常有專欄報導，筆者從友人處尙見四十年二月二十六日的剪存影印版。後來兵敗被俘，嚴刑迫供不屈，幸得伺機逃脫，携眷來港，二十年來，從事漁民救濟業務，甚得各方信賴，雖年屆七十高齡，而精力充沛，寶刀未老，望之不啻四十許人。

下面各節，都是依據他所紀述而摘錄的，行文語氣，仍用胡氏第一人稱，以保持原文面貌，惟字句稍有竄改，或附註不同傳說，以備參攷，這是應向胡氏聲明而

職業匪犯胡鳳璋

覺初

致歉意的。

一、胡鳳璋的出身及旋叛旋撫

「胡鳳璋出生農村，身材高大，家貧失學，父嗜鴉片，寄居汝城石泉村附近的八角廟，故鳳璋稍長，即以游蕩偷竊爲生，惟事父母甚孝，每次得手，必帶回家中，先奉父母，以是鄰里頗予同情，失主亦不嚴究，父母去世，村中父老且願幫助他殯葬成禮，滿清末年，地方正鬧旱災，縣府禁止米糧出境，鳳璋以充當縣府差勇，派往關口要道稽查，一日，有挑夫田某耳聾，鳳璋喝令停步，不聽，乃鳴槍射擊，釀成命案，下獄論抵，經由人說情從緩，押禁三年，適武昌起義，全國震動，湘省隨卽獨立，鳳璋因託其侄在縣府任職者暫爲保釋，詎料一去杳然，竟不歸案，連累其侄枉繫囹圄者逾年，鳳璋旣逃到廣東，投入同鄉朱福全部下當兵，(朱爲南韶連鎭守使)不數年，陞營長，拐騙軍餉萬元，潛回家鄉置業，時或匿跡湘潭，民國十年，郴縣張以祥率兵駐紮汝城，橫征暴歛，騷擾不堪，鳳璋聞訊，密向友人借得步槍三十餘枝，星夜突擊張部，自稱團防局長，乘機擄掠，無所不爲，汝城縣長雷世魁本爲滇省軍人，委綰縣政，不忍坐視胡鳳璋的暴行，用計捕之入獄，報請省府核辦，偏值郴縣附近電線，被黔省客軍割斷，省長趙恒惕令飭就地正法的復電，尚未到達，胡鳳璋已爲同黨刦獄逃出，與江西崇義邊境的著匪周文山合夥，幷勾通他的族侄胡昭奎策動自衞隊的槍兵叛變，這就是胡鳳璋所擁有的基本力量，不久聲勢漸大，盤踞於湘粵邊界之龍虎洞、東嶺、大園一帶，當時湘軍第四師師長唐生智特派二十六團團長劉建緒駐紮汝城清剿，我正供職縣府，當爲該團嚮導，與其營長羅樹甲、胡太亞等人出入深山窟穴，跟踪追擊，幷查封他的家產。胡鳳璋立不住腳，又復逃往廣東坪石樂昌。北伐軍興，粵省主席李濟琛爲着坪、樂是用兵北進要道，許其投誠改編，畀以第一游擊司令(按此節已在上面說過，是迫走谷洪取而代之，胡氏或不及知)專負保護交通便利軍運之責，胡鳳璋陽奉陰違，竟將彈藥器械糧餉物資，秘密運往汝城老巢，事爲粵北區專員王應榆發覺，下令嚴加封鎖，鳳璋知事敗露，只好率部竄回，仍然潛伏於崇義交界之古田上堡各山區，他偵知我由第四師(師長張輝瓚)已假回籍，被任本縣警察局長，因派參謀長鄧篤申向我游說，要求偕同晉京，代爲奔走接洽，我以鄉誼難卻，且仰體政府以毒攻毒之作用，勉從所請，到南京後，居然得到蔣總司令的兪允，電飭湘省主席何鍵准予接納收編，這是我與胡鳳璋認識結交之始，以後他被編爲保安第六及第十八團團長，我且做過他的副團長兼第二營營長，負責資興汝城桂東三縣的治安任務，直到二十五年全省保安團隊整編，他調任第三區保安副司令，我調省保安處服務，才與他分袂離開。民國十九年，他以去年初次受撫擊走共軍襲楚之功，奉派爲湘粵贛邊區剿共指揮，卻能不負委任，確保治安，威風卓著，因有湘南王之號稱，二十一年四月，由於政府施行碉堡政策，共黨陷於絕境，試圖突圍西竄，先派蕭克彭德懷等股約萬餘衆，圍攻汝城縣城，胡鳳璋死守不懈，血戰十三晝夜，終得粵省李漢魂由仁化馳援，湘省第十五師師長王東原由資興會剿，蕭彭共軍卒未能逞。次年共黨又作第二次西竄，採用乘虛避實戰術，晝伏夜行，不再直逼縣城，胡鳳璋亦以突擊方式唧尾窮追，沿途斃共軍不少，共黨文獻，對此曾有描述，二十三年，留在湘南邊境殘餘共軍李宗保、列大明等，都相繼被胡部撲滅，李宗保投誠，解送湖南省府，列則奉中央電示，由我護送至武昌行營，交與參謀長錢大鈞點收安置。這是胡鳳璋在湘省剿共諸役中，所不能抹煞的地方，我在心中，似乎也覺得稍輕罪責，雖未能化其凶頑，使之洗心向善，總算再沒有携械上山，毀棄成言，重行作賊。前幾年，香港自由報連續刋載鄧文儀氏的游踪萬里，裏面也談到奉命招撫湘南胡王二匪的事，亦深以胡鳳璋最爲狡猾險狠，原來他在那一次的洽降中，幾乎中了胡鳳璋僞裝歸順的陷阱，險遭不測。」

二、暴斂橫征，窮奢極侈

「胡鳳璋初以爲縣挨戶團副主任（由自衞隊改稱），便藉詞集軍餉，大肆搜刮，加強征賦稅，每両徵銀附加八元，名曰團防附加，創設三館（煙、賭、妓），每擔鴉片過境，收保護費二十元（在縣存放時），護送費二十元，（運往出境時）汝城原爲邊僻荒瘠之區，迭經浩刧，民不聊生，其中尤以賦稅附加，濫征至數十倍，無力繳納者動輒拘捕格殺，或沒收田地，民衆不堪蹂躪，小則賣妻鬻子以償，大則鋌而走險，投奔共黨，歷任縣長，莫敢攖其凶鋒，提出異議，只好明哲保身，由他支配，而貪汚瀆職者，且不惜逢迎從順，助其爲虐，即有一二不畏強禦之士，向省府檢擧控告，奈當局投鼠忌器，每以不了了之，或竟裝模作樣，佯爲受理查辦，然胡鳳璋耳目衆多，早已得到風聲，常在縣境各交通孔道，配置監視哨，一遇外地公務人員入境，馬上兼程飛報，胡急令各煙、賭、妓館暫行歇業，俟查辦人員到達後，用酒色金錢，殷勤招待，結其歡心，識相的自可滿載而歸，大暢所欲，反要替他說幾句不着邊際的好話，不識相的則生命難保，於回程嗾使部下化裝爲匪而刺殺之，因此，儘管他的不法案件，堆積如山，證據確鑿，無不在他的威脅利誘下，予以法外枉縱，且更一帆風順，由縣挨戶團不次拔擢，做到保安團長，保安司令前後十有餘年，胡鳳璋嘗對人說：「我活了這般年紀，從沒見過不要錢的政府，大家最好不要告我，告得越多，花錢越多；橫豎羊毛出在羊身上，到頭來還不是老百姓吃虧，於我胡某并無損失。」這倒是看透了官場行情的哲學。

鳳璋暴富之餘，首在縣城南建立皇宮式的華麗公館，霸佔公地五萬餘公尺，征用民伕三千人，其構築材料及一切設備，均是派員向湖廣兩省採辦，汝城多山，舟車不通，全賴人工搬運，費時四年，耗資數十萬元，始克完成，內有戲院、山水、花苑、密室數十百間，既又在馬橋住宅村側山上，建一石城私寨，名曰「上古寨」，征用民伕萬人，費時五載，耗資更不勝算，寨內築有隧道密室數大間，爲儲藏軍火、金銀、鴉片、及淫樂之用，築成後，即將經手工匠，盡數活埋，以防洩漏。

每年生辰，必以斗金購娶一妾，（計他六十五歲時，已有妻妾二十五人）並包演戲劇數月之久，以示慶賀，妻妾中有的是名門閨秀或孀居節婦，被他用暴力掠奪而來，強迫成婚，平常出入，必由衞兵馬弁傳呼簇擁，儼然皇帝警蹕出宮的神氣。胡鳳璋一個小小的縣級軍頭，過的竟是古代那些淫亂亡國的帝王生活，說來眞有點令人不敢相信，恐怕也是中國民主時代的特殊產品了。」

三、家庭醜劇，層出不窮

「汝城在民國十八九年，由於中央雷厲推行禁煙，只劃定雲貴兩省可種鴉片，因由湘西、寶慶、衡陽，展轉運送郴縣汝城，再由汝城分售粤贛出口，於是市面特別熱鬧，有煙莊三十餘家，內分梅縣、寶慶、衡陽三幫，隨之而興起的爲賭館妓館，妓館約有十四戶，妓女約有五百餘名，有個小月紅的，年才雙十，美冠羣雛，鳳璋的兒子胡韶與之相好，並訂有終身之約，不料胡鳳璋一天駕到，竟一眼看中，強拉擺酒成歡，胡韶聞之，大爲吃醋，當場怒罵乃父，鳳璋乃下令驅逐小月紅出境，事爲胡妻袁氏所悉，更爲兒子撑腰，叱責鳳璋不是，陰教胡韶與小月紅暫到長沙避居，兩年後，才迎回家中，明正子媳翁姑之禮。但事實上，則仍爲父子聚麀，平分春色。

鳳璋妾侍中有個李翠玉的，最爲得寵，姿色妖冶，格外迷人，不少登徒子與之有染，鳳璋卻蒙着綠頭巾而不知，翠玉之弟李啓才，所娶妻亦青樓尤物，美艷絕倫，不時來往胡家，鳳璋竟設計姦汚，暗藏金屋，李啓才在一陣咆哮之後，無可如何，只好拱手奉送。

胡鳳璋有子三人，都是嫡室所出，長遠德，次韶德（卽胡韶）三南德，南德在坪石爲匪時陣亡，遠德亦不幸早世，遺孀朱氏，爲津江書香望族，矢志守節，誓不再嫁，胡韶年甫三十，妻妾便已成羣，不愧賊父之子，一日獸性大發，竟向寡嫂強施非禮，朱氏被汚後，乃羞憤自縊。

胡鳳璋見膝下僅存胡韶一子，深以「若敖不祀」爲慮，因向族中強撫胡昭連胡昭亮爲子，胡化興爲孫，以昭亮配給愛妾翠玉抱養，推乾就燥，視同親生，及民國三十八年，鳳璋被僇，昭亮已長大成人，對庶母翠玉頓起淫心，翠玉峻拒不允，潛與戀人別謀雙棲，昭亮恨之入骨，乘翠玉回家取衣，中途截擊而死，暴屍旬日，慘不忍覩，眞是天網恢恢，疏而不漏，好淫之報，絲毫不爽。」

四、殺害胡湘叔姪經過

「胡湘原名騰驤，是胡鳳璋的族弟，頗有軍事學識和正義感，湘省主席何健於收撫胡鳳璋派爲該縣挨戶團副主任後，顧慮他的本性難移，一時未能駕馭，因將他的部隊，縮編爲資永警備營，實力削減，或可改邪歸正，於是由他保荐胡湘爲營長，其子胡韶爲營附，此項安排，可謂煞費苦心。胡湘接管該營，曾一度加緊訓練，積習大爲停頓，旋奉令擴充爲資汝桂警備團，仍以胡湘爲團長，胡韶爲團附兼第二營營長。胡鳳璋眼見胡湘勢力漸大，將恐難以控制，心裏已有剪而除之的念頭，胡湘亦頗有警覺，擬乘此離開縣城，擺脫他的魔掌，遂留下胡韶一營，率領其他兩營開赴桂東遂川。鳳璋得訊，大爲惶恐，強挽傀儡縣長宛方舟及親友族長，向胡湘游說，當以地方關係及族誼爲重，幷宣稱已奉省府命令，要將該團併編，胡湘卽將部隊轉進資興，準備向省府請示，鳳璋情知事敗，更不及待，星夜率隊及其子胡韶一營趕赴資興，將其重重包圍，資興各機關爲恐戰火一開，地方必遭糜爛，乃公推自衞隊長程震廷出面調停，胡湘爲人情包圍，自願解除軍職，將部隊交歸胡鳳璋併編爲汝城保安團（卽以後所更換的番號保安第六團及第十八團），鳳璋目的已達，表面上卻做得十分友善，在班師回縣前，特爲胡湘叔侄設宴款待，且以善後問題懇詞相商。誰知他已佈下羅網，層層監視，到了資汝交界之黃草坪地方，是晚，將胡湘押赴水架寨絞斃，埋於江畔泥沙之中，繼將湘侄少荃槍殺，移屍附近叢林掩埋，越數日：恐泥沙被水冲激，露出屍體，後將湘屍挖出，砍成數段，繫以鐵板，分沉黃草坪大河渠潭中，企圖毀屍滅跡。對外則揚言胡湘畏罪潛逃，暗派心腹胡堯卿攜帶胡湘的私章，僞造函件，從廣州分寄省府及友好，揑稱安抵穗市。胡鳳璋的殺人技術，於此可見一斑矣。」

五、謀殺古耀華范惠民與張盛珊

「古耀華是崇義縣商會會長，平生正直敢言，主張公道，當何鍵派劉建緒駐縣清剿時，胡鳳璋見情勢不利，賄通崇義縣長李柏嵩爲他說項，古耀華獨表反對，力主進兵，遂爲胡所深恨。撫議既定，胡鳳璋格於形勢，未便向古尋仇，迨至十九年，共軍竄擾崇義，胡奉命率部堵勦，因以通共罪名，將古耀華押解汝城，正欲宣佈槍決，省府轉來贛省主席熊式輝電令，嚴飭釋放送返原籍，胡不得已，只好佯爲遵辦，派員護送回籍，暗中卻派何本林率兵一排化裝爲匪，埋伏於崇義所屬之文英官田山上，待到古耀華等一批人走近，槍聲四起，護送者便從後面將古擊斃，揑報省府，謂是遭匪激戰陣亡，幷駕罪於當地鄉保長，責以知情不報，無辜駢僇者十餘人。胡鳳璋反而邀功得賞。

縣人范惠民，畢業黃埔軍校，忠勤耿直，饒勇善戰，任挨戶團大隊長，甚有勳績，惟對副主任胡鳳璋之胡作胡爲，深表不滿，憤而辭職，且揚言指摘，歷數其奸惡殘忍不法事件，自爲胡所不容，趁范由長沙回家省親之際，密使部屬左崑山等四人，僞裝土匪，深夜闖入，用大刀將范惠民砍死，剖腹挖心，流腸碎骨。

國民黨汝城縣黨部常委張盛珊，主持黨務，教育青年，爲人剛正廉介，迭向最高當局指控胡鳳璋之劣蹟，睚眦之恨，久已積諸胸中，會共軍蕭克來攻縣城，張適下鄉督導黨務，胡鳳璋乃使部屬二十餘人邀於途中殺之，藉口係爲共軍所害，這樣的例子，眞不勝枚舉。

大抵胡鳳璋害人對象及方式有三：一爲無力繳納賦稅縣民，認係抗命，則公開槍決，二爲棄暗投明舊部，認係叛變份子，捕獲後必凌遲寸磔以死，三爲具有正義感的鄉紳與公忠守法的黨政工作人員，認爲與渠不能合作，必以暗殺手段，諉稱共黨所爲。其他族中父老或因善意規勸而遭其殘殺的，如胡煒章、斐章、樹方、代興、苗生、昭裕、厚光等十餘人。綜計死於他的毒手當在千人以上，我對他也早已懷着戒心，不敢直道相待，只是虛與委蛇，相機行事。好在廿五年改編後，我就與他離開，隨即調往前方，參加抗日聖戰了。」

「諺云：『千夫所指，無病自死。』胡鳳璋從小偷而土匪而官僚，過着生殺予奪荒淫無度的土皇帝生活，不能不算是天方夜譚中的傳奇人物。但到了抗戰勝利行憲後，司法制度確立，汝城那些受害人士的遺族，紛紛向湖南高等法院檢察處投訴，經過逐一偵查屬實，提起公訴，票傳胡鳳璋到庭聽訊，雖抗未到案，仍不外一紙通緝令的官樣文章了事，然在精神上，總算對胡鳳璋表示了一點法律尊嚴，及三十七年，程潛因競選副總統失敗，心懷怨望，蓄謀叛變，是年冬，回湘主政，以胡鳳璋尚有利用價值，特召晉省密議，胡自下山受撫任公職以來，歷承省府電召，他因作賊心虛，總是藉詞推諉，從不敢踏入省垣一步。這次卻大搖大擺，且帶了衞士二三十人，破例地前往長沙，與程潛談了四五次的話，議定予以湘省新編的第十師師長之職，囑胡在長稍待，俟他由南京返來時卽予發表，就在程潛晉京期間，汝城受害人的遺族，羣向法院籲請拘捕究辦，高檢處立派武裝憲警百餘人，到胡鳳璋所住的旅邸，出示拘票，胡的智識本來淺薄，沒想到他今天是抗傳不到的通緝犯，還大模大樣，以爲他是奉召而來的大員，堅不欲行，惹得憲警火起，毫不客氣地把他帶走，歸案後，高檢處卽馳函省保安司令部，依法免除他所任的公職，等到程潛回湘，胡鳳璋已瑯瑺下獄，監禁半個多月了。在法律面前，程也莫能援救，逞強保釋。

三十八年秋，大陸局勢完全惡化，程潛叛迹已著，竟向胡敲詐黃金一千兩，以爲釋放條件，胡照納後釋歸汝城，他的部下及其兒孫，悉已投靠土共，希望保全身家，胡亦引爲得計，向土共輸誠自首，共幹誘其將山寨密室中的武器數千件及白銀黃金盡數交出，然後提付公審，鬬爭清算，羈押數個月，凌辱備至，始將他綑赴桂東縣的沙田槍斃，懸屍三月示衆，子胡詔胡昭亮及其逐羶附腥的爪牙黨羽，均於三十九年春同時處決於汝城報恩寺側，屍首相聯，懸掛三日，見者無不稱快，所蓄妻妾奴婢，年老者被殺殆盡，年輕貌美者隨人潛逃，結局之慘，較胡鳳璋所施於他人者爲尤甚，眞是種瓜得瓜，種豆得豆，胡鳳璋泉下有，當亦自痛其果報不誣也。」

在胡鳳璋被殺後的四個月，筆者曾到郴縣小住，暫避我鄉駐軍的風頭，據與胡家素有往來的人說：胡鳳璋是在土共李林出其不意，漏夜圍攻他的山寨而被擒的，以他當時所擁有的殘餘兵力，本可冒死一戰，突圍脫走，奈因老病纏綿，行動不便，復中左右附共者的誑惑，乃開門自縛，俯首納款，任由共幹洗刦一空，寸草不留。他的死，也是在不堪磨折下，自動請求結果的，所說與胡先生微有出入。

我來港後，有位同鄉羅君，說他與胡鳳璋父子，曾有過生意方面的聯系，胡的兒子，并沒有殺光滅絕，有個最小的，逃到澳門，與他見過一面。（羅君說過他的名字，筆者忘記了）。這些話，是否眞實可靠，自要大打折扣，因爲羅君爲人，好爲詭譎不經之談，他的每一動機都不免令人懷疑，且早已不在香港，我們也無從找他去質正了，姑記於此，權作軼聞。

民國好官丁春膏

（下）

關山月

這種「宮保家風」，居然在女兒的外家，也保存了好幾代。丁寶楨的外孫女，嫁到儀徵的巨戶朱家，非但見了自己的丈夫，不苟言笑；見了兒女們，一向正顏厲色；就連自己的嫡親弟弟，也要起坐應對，有如學生之見老師；下屬之見上司，一點都不能隨便。

這個傳統，在丁宮保的嫡系子孫中，更是歷久不衰，直到丁春膏的那一代，「姑奶奶」們的威名，依舊還會令親友們談虎色變。

而其中最著名的就是「大姑奶奶」，「二姑奶奶」，她們都是丁春膏的嫡親姐妹。還有一個「三姑奶奶」，是丁的堂妹，「宮保大人」另一個兒子的後人。

「大姑奶奶」和「丁七爺」，組成了「宮保嫡系」留在四川的一支。這位老太太，雖然從沒有握過一天兵符，也沒有打過擂台；但是，她的閫府上下，以至於她那位身爲別動軍總司令的弟弟——「丁七爺」，和她那位天不怕地不怕的「七弟媳婦」張劍英，一見到了她，就都會戰戰兢兢，但求不會冒犯她的虎威。否則，她老人家就要傳令：

「看祖老太爺遺留的家法伺候！」

不管是誰，也不管有理沒有理，先要抽你幾十下雞毛撣子再說。

她有五個兒子，官階都是上尉至上校。但是，只要她高興的話，大家都要排成一行，跪在她的面前「挨手心」。最可憐的是那位身爲人父的「艾姑老爺」，也往往會陪着罰跪，罪名是「生子不肖，有兒不教」，氣得這位幕府出身的好好先生，只好一天到晚寫七言和五言的「憤世詩」，根本就不敢再出去「遊宦」和出頭，以免「太座」對他的言行發生誤會，隨時把他叫回來鬫垮鬫臭。

後來，利用丁二爺和丁七爺的關系，再加上「宮保餘蔭」，「艾姑老爺」總算在四川大竹當上了多年的鹽官。「丁七爺」被熊克武殺掉之後，他不但沒有丟官，而且還成了別動軍舊部的總聯絡站。熊克武和丁七太太（張劍英），雖然在丁七爺死後，各自創立了一番天下。心底卻依舊在日日夜夜擔憂，近在大竹的「大姑奶奶」會來尋仇。據說：後來還是丁二爺認爲：「寃家宜解不宜結，熊克武固然沒有必殺七爺之理，但是七爺的處世爲人，卻自有其取死之道。張劍英不過是無知妬婦，諒她也還沒有謀害親夫的興趣和勇氣。——丁家和熊克武這個以吃「革命飯」起家的「問題人物」，一場恩怨，就此不了了之。

丁府的「八姑奶奶」，「丈夫氣」比姐姐還要足，她雖然嫁給北洋時代的「京漢鐵路督辦」楊善徵，卻絕不容許人叫她一聲「楊太太」。就連「八姑奶奶」這個尊號，都不算眞正的稱心，只有在人們垂手低頭，向他高呼一聲「八老爺」的時候，她才會欣然一笑。

因此，爲了博得她的好感，不但她娘家的嫂嫂和弟媳們，都叫她做「八老爺」，就連她自己的丈夫也不敢例外。據說：楊善徵在任上的時候，屬員們在被召見時最重要的一個問題，就是「誰在召見」？督辦親自出馬的話，就是有殺頭之罪，也還可以找「八老爺」轉圜。如果是「八老爺」自己垂簾聽政，一語不合，就會無法收拾了的。

久而久之，這位楊督辦實在忍無可忍，一口氣娶了三個姨太太，那就是「方二、魯三、許四」，一個個地順序排列，把「八姑奶奶」的天下，一下子就打得個四分五裂。

不過，「八姑奶奶」似乎比他究竟棋高一着，她從不「爭風」，卻全力花錢；一面又盡量地鼓勵那三位姨太太，「力爭上游，不可偸閒。」弄得做丈夫的爲公爲私，疲於奔命，結果心臟停跳了事。

最奇怪的是：在這種典型封建的家風中，成長出來的一批子孫，偏偏走上了典型叛逆的道路——丁宮保的外孫陳忠經，直到文革前還是中共的對外文化聯絡局代理局長。另一個外曾孫朱光宇，是中共中央軍委的一位大校。還有兩位外玄孫楊家驪和楊重芳，都分頭在東北和上海的「陣前起義」中立過功。——那位畢生以「守正不偏，疾風勁草」來自策自勵的文誠公，在九泉之下，不知對此作何感想。

不過，話說回來，在他老人家的嫡系子孫中，尤其是丁春膏門下那一脉，居然都寧可與草木同朽，欣然變志和歌舞稱臣的兒女，卻一個也都沒有。

這也許多多少少要歸功於丁春膏這個人處世立身的原則，因爲在丁府上，「宮保嫡系」雖然有四川、貴州、山東、平津這四支之多，大家公認的「小宮保」卻只有一個，那就是他。

這位丁二爺，在離開宜昌沙市一帶之後，還在大名和滄州做了許多年的地方官，官聲很好，非但不肯刮地皮，而且還往往會自己掏腰包出來，替老百姓辦事。在中國那個時代的社會裏，不肯要錢的官，固然少如鳳毛麟角；肯辦事和不誤事的官，更是少之又少。像丁這樣的人，就連那些昏天黑地的軍閥們，也都覺得大有其利用的價值。於是，前有段祺瑞、王占元、蕭耀南；後有孫岳、馮玉祥，都曾經用他來做過自己「愛民如子，淸廉如水」的金字招牌。

丁春膏雖然精明強幹，眼光過人，究竟是世家子弟出身，不大能對付那些出類拔萃的僞君子和奸雄。所以，終於被「求才若渴，謙恭下士」的馮玉祥籠絡了去；滿以爲丁宮保當年那一套政風，如今都會在這位「基督將軍」的身上，重新發揚光大了，誰知卻大謬不然。

那時，馮的大將張之江，在當察哈爾的都統，曾經用「劉備請諸葛亮」的方式，把丁二爺邀去當西北軍範圍中的第一要缺——張家口的道尹。這位「小宮保」上任之後，因爲有馮和張在撐腰，的確大刀濶斧地替老百姓辦了許多事。他既不要錢，又任勞任怨，不打官腔，不擺官架子，所以很替馮玉祥和西北軍收了不少民心。有人說：在馮手下的一批文臣中，王瑚和黃少谷之流，都是投其所好，善於隱惡揚善的人才。薛篤弼之流，也是只知有「馮總司令」，不知有天下人的狗頭軍師，只有丁春膏一枝獨秀，很像孟嘗君門下的馮諼，有一套自己的理想，也有一套自己的做法。

馮玉祥在直奉皖系的聯合壓力之下，退守塞外的時候，前任國務總理，同時又是他的老上司的張紹曾，曾經在天津租界裏替他大搞其地下工作。當時最大的困難，就是找什麼人和在什麼地方去設一座電台，來策應北伐軍的大張撻伐？

這時被馮選出來擔任這個工作的人，幷不是「老西北軍系」的人物，偏是那位和西北軍幷沒有什麼太深淵源的「丁二爺」。原因其實也很明顯：

第一，他在平津的社會關係，由於「宮保餘廕」，比那些西北軍的老粗和半老粗都好。

第二，他有股肯幹事的傻勁。

第三，他肯爲做事而自己賠錢。

第四，他是一塊相當硬的金字招牌，掛了出來，只會替馮玉祥增光，絕不會使他丟臉。

那時，西北軍還發行了一種「軍用票」，用起來的時候，要打很大的折扣。他撥了一萬元「軍用票」給丁，做爲成立秘密電台的經費，不夠的數目，就由這位熱心於北伐大業的「小宮保」來負責「代墊」了。

這個電台設立在天津日租界裏，每過三五天就要搬一次家。丁的一家大小，就用來做掩護這電台的「活動佈景」。有一次風聲非常緊急，張紹曾已經在吃花酒的時候，被人暗殺掉。對方下一個要對付的人，就是丁二爺。於是，全家動員，連夜把電台拆散，搬到一個新的地方。丁的弟媳婦抱着發報機，坐在自己家裏的人力車上，裝做是趕到醫院去臨盆的孕婦。埋伏在巷口的便衣偵探，雖然攔住了她，但卻被她三言兩語打發了過去。西北軍的秘密電台，這才又逃過了一個大關。

那時，西北軍和日本的聯系，遠比外界所看到的，要密切得多。張紹曾在天津，更和日租界那些首腦人物，極其水乳。張被刺以後，日本駐天津的領事，特別派了專人，埋伏在丁的住宅附近，來暗地加以保護，而且還給了一個「緊急時的電話號碼」，以便在發生危險的時候，可以派人趕來搶救。這位領事，雖然是奉命行事，卻也的確在保護西北軍的秘密電台上，有過些功勞。所以，馮在以勝利者的資格，重新踏進北京以後，也曾經通過丁二爺的手，送給那位領事一幅自己寫的「中堂」，內容當然平淡無奇，不過是四書上的幾句老話。但是，後來的馮，一變而以「一貫反日」來標榜自己，所以這些事在他的自傳中，就也忘記提了。

這時最使丁二爺痛心的就是：他的母親害心臟病死掉了。日本領事通知他：絕對不能公開地執紼送葬，否則，「大日本帝國對丁閣下的安全，不敢負全責」。他只好穿上和服，戴上黑眼鏡和「巴拿馬草帽」，裝做日本人，雜在看熱鬧的人羣中去送葬。

北伐成功，西北軍和「閻老西」，在華北平分天下。像何其鞏那樣的人物，都當了北平市長，但是當年在天津冒險犯難的丁二爺，馮玉祥卻覺得頗有點「無法安置」，只保舉他當了河北省政府的委員，除掉這個空銜以外，幷沒有什麼地盤。恰恰相反的，倒是孫奐崙、李鴻文、呂咸這些在北伐時吃「太平飯」的人，都搖身一變，成了河北省的民政、財政、工商的廳長。

身爲省主席的徐永昌，也覺得這似乎有點不大像話，就把丁請來當河北省縣長考選委員會的主任委員，敷衍一下「小宮保」的面子。誰知他那一套祖傳的「爲人所不敢爲，言人所不敢言」的作風，又原封不動地搬到了那裏。頭一砲就是：在考選的縣長當中，錄取了一位女縣長郭鳳鳴。這在當時當地自然是件驚天動地的大事。但是，碰見了像徐永昌，孫奐崙那樣像老塾師式的主管官，這位女縣長縱有天大的本領，也只好抱着文憑回家去「相夫教子」。唯一可以自慰的是：不管怎麼樣，她總可以算是中國開天闢地以來的第一位女縣長！

丁二爺在搞電台的時候，無論對中國人也好，對日本人也好，洋錢都要大把大把地花，馮玉祥的那一萬塊「軍用票」，實際上恐怕還連一個零頭都不夠。馮於是在坐穩了江山之後，拿出來一些沒收來的煙草公司和煤礦股票，以及察哈爾、綏遠一帶的草原地契，來「了清賬目」。由於戰事關係，那些公司早已陷於癱瘓，草原也不斷地成爲「兵家必爭之地」，所以馮拿出來的時候倒還慷慨。誰知這些不値錢的東西，在北伐成功後的一兩年中，因爲外資源源而來，忽然身價飛漲，高得遠非昔比。那位馮煥章先生一生精明，錙銖必較，這一次眞算是失之毫釐，差之千里了。

在這一段時期，馮的副官長宋艮仲，由於同鄉關係，和「小宮保」很快就成了好朋友。他是馮的親信，雖然不斷挨「打軍棍」，卻也不斷地升官發財。在他眼中的「馮總司令」恐怕還比韓復榘、鹿鍾麟、宋哲元之流都要清楚得多。北伐一成功，他就在北平西城的宮門口，買了一座美輪美奐的住宅，讓他那位「上海清吟小班」出身的「宋二太太」，當做香巢。同時，又在西城的豐盛胡同和絨線胡同，各買了一座廣大的四合院子，來安置他的七旬老母和結髮之妻。

馮玉祥無論吃過多少年的青菜豆腐，他口袋裏的一本賬，都清清楚楚地記在宋艮仲的心裏。這位副官長能在北平，一口氣買下來三座房子，就可見西北軍的有些首腦們，幷不見得眞的會「嫉財如仇」。

——這個事實，總算給小宮保上了很大的一課。對馮越看得清楚，他就越後悔自己的「所事非人」，索性把自己在北平西城屯絹胡同三六號的一座大花園，裝修得亭台樓榭，無一不備，做爲自己怡情養性之所，改名之爲「礪園」，也就是「枕石漱流，以勵節操」的意思。

但是，馮玉祥還不肯放他走，口口聲聲要委他去做什麼「水利督辦」和「禁煙督辦」。丁二爺也看出來了一點：無論在北平怎樣退隱，總不免會捲進是非圈裏去。唯一的對策，就是躲進租界，天高皇帝遠，誰也莫奈我何！

這時，青雲直上的蔣總司令，正在求賢若渴，肯做事，不愛錢，不怕惡勢力的「小宮保」，正是他所求之不得的「招牌貨」。於是，馬上就由何應欽以「貴州小同鄉」的資格，向他拼命地拉攏了一番。

孔祥熙雖然世世代代都在山西喝醋，但是，有錢有勢之後，依舊標榜自己是「至聖先師」的第七十一代孫，並且和曲阜的孔子嫡系，「兄弟相稱」，完全打成了一片。那時，北平「衍聖公府」的孔家，有一個女兒，嫁給了山東濟南丁宮保的另一支子孫丁砥齋。這種曲曲折折的親屬關係，就使得孔祥熙和丁二爺，也忽然成了「一家人」。

中原大戰的前夕，馮玉祥悄悄地派了丁二爺和蕭振瀛，到南京去打聽行情。丁本來不肯去，但是，張之江和張樹聲兩位老上司，口口聲聲說下跪也要請他去走一遭。否則，馮總司令就要怪他們「不肯用心辦西北軍團體的事了」！

在動身的那一天，蕭振瀛就使展出全身武藝，和「小宮保」拜了把兄弟，到了南京，馬上又用他那一套海派作風，和各方面都搭上了關係，尤其和孔家，饋贈不絕於途，打得火熱。

蕭這個人，一輩子起家，先靠一張嘴。闖禍和倒霉，也是爲了那張嘴。不知道怎麼一來，他忽然在南京得罪了黃埔系的實力派，有些人公開說：要抓他來「祭旗」。蕭連忙一溜煙地逃回北方去了。

蕭的溜掉，弄得丁二爺在南京的處境非常尷尬。何應欽和孔祥熙這一批人，都拚命地慰留他不要走；黃埔系的實力派也不准他走；而蔣馮之間的局勢，又逼得他非走不可。其實在理智上和感情上，這位「小宮保」都早已覺得：馮玉祥是「豎子不足與謀」的了。

正在這個緊要關頭，又發生了幾件非常出乎他意料之外的事：

第一、是國民第三軍的老人，孫岳當年的第一員愛將何遂，以老朋友和把兄弟的資格，跑來勸他「棄暗投明」，不要再被馮玉祥這個僞君子來牽着鼻子走。

第二、是韓復榘的輸誠代表已經到了

南京，特地來找他在何應欽和孔祥熙的面前，多打一下邊鼓。

第三、是那位剛才溜回北方去的蕭振瀛，現在又奉了宋哲元一派將領的密令，偷偷到上海來打聽行情，做爲隨機應變的準備。

在何遂和丁二爺這一對把兄弟的奔走下，很順利地醞釀成功了韓復榘、吉鴻昌、梁冠英這一些部隊的「倒戈歸順」。不過，何碍於自己是老三軍的大將，丁又碍於老上司張之江的情份，兩個人都堅決不肯居功出頭，因而反倒便宜了坐享其成的蕭振瀛。宋哲元遠在北方，哪裏知道京滬一帶玩過些什麼把戲？老老實實地把「中央化」的功勞，都記在蕭的頭上。蕭的所以能在二十九軍中後來如此飛黃騰達，其實都是根源於此的。

然而，這些都瞞不了馮玉祥自己。從此，他就把何和丁看做挖掉了他「命根子」的人，直到十多年之後，他和何同住在重慶郊外縉雲山上，都從來不打一次招呼。在他的自傳中，什麼人的滴水微功都談到了，對於丁在天津搞秘密電台的功績，卻只輕描淡寫地提了一句而已。

何和丁在拉走馮玉祥老本錢時起的作用，蔣先生的肚子裏當然知道得很清楚：當時就由負責牽線的孔祥熙出頭，向何蕭丁三人每個分贈了幾萬塊大洋和現金和股票。何和丁這一對把兄弟都不肯要錢，也不願意做官；這才由國民政府送給他們每人一個「國府特派導淮委員會委員」，「軍事參議院中將參議」的名義，來做爲酬庸的表示。

那位有錢就要，要了再說的蕭振瀛，因爲得了實惠，就連個空名義也沒有，反可以在下了野的馮玉祥面前丑表功道：

「人家都知道我是你的人，所以連我也不要了！」

收到了國民政府的「委任狀」以後，何和丁都一聲不響地溜回了北平，重新關起門來做他們的「寓公」。

那時中國只有兩個全國性規模的有獎儲蓄會，一個叫「萬國」，另一個叫「中法」。後者的董事長是前任財政總長李思浩，副董事長是一個姓鄧的上海聞人。他們很想大幹一番，就把閒雲野鶴的丁二爺，拖出來做了執行董事，在董事會裏「代拆代行」。

會裏的業務，果然從此蒸蒸日上，惹得連孔祥熙都紅了眼，覺得要維持中央儲蓄會的威信，非「滅此朝食」不可。好在財政部和行政院都在他們一家人手裏，要訂些什麼法令，就有些什麼法令。左來一個禁止，右來一個限制，不用多久，就把「中法儲蓄會」逼上了破產的邊緣，把個身爲執行董事的丁二爺，逼得上天無路，入地無門，就是傾家蕩產，也不能一下子就使「中法儲蓄會」起死回生。

其實，孔祥熙拿出了這樣的殺手鐧，用意并不只在於要消滅「中法儲蓄會」，讓中央儲蓄會來獨霸天下。他也看上了「小宮保」這塊金字招牌，很想拿來光輝光輝財政部這個「非貪卽盜，胥小盈門」的衙門。

所以，當李思浩他們逼着丁二爺，利用中原大戰時和孔祥熙建立的關係，請他對中法儲蓄會高抬一下貴手的時候，這位土財主出身的財政部長就不客氣地提出來了他的條件：他不但要收編中法儲蓄會；而且也要收編「小宮保」。於是，中法儲蓄會在「中央支持其信用」之下，改組成了中央信託局。丁二爺也被他硬拉出來當了河北省的稅務局長。

按情理來說：這個職位，實在和丁二爺的資歷很不相稱。但是「孔老財」也有那一套土財主的「良家婦女自荐枕席」法——你不當我手下的局長，我就叫你的中法儲蓄會破產，你這個執行董事就會在小儲戶的眼裏遺臭萬年！

這位被「強制收編」的丁二爺，在孔系裏的資格，比起當時在北平的印鑄局長吳大業，統稅局長寧恩承，海關監督曾養豐，都要淺得多。加之，孔祥熙又派了一個「公館」中的親信——廣東人徐銑，特別跑去做丁的副手。換了一個會做官的「老油條」，當然不會再遇事出頭，沒有事找事來做。但是，丁二爺可不是那種人，一上任就帶來了他那套「不怕事，不怕罵，不怕得罪大人物」的「宮保遺風」，弄得孔系在華北的人馬，個個膽戰心驚。稅務局系裏貪汚瀆職的人，更是紛紛落網，永世不得翻身。

當時的河北稅務局，和上海稅務局一樣，是全國有名的肥缺。孔祥熙在這兩個重點上，用的都是「世家子弟」，而且是名副其實的「小宮保」。唯一不同的地方，就是上海這位「盛老七」，在有勢力人的面前，簡直比「孔老西」自己還要吃得開紅得發紫，自然不在話下。但也許就是由於這個原因，這兩位「小宮保」在人們眼中的身價，就歧異得天差地遠。甚至於連丁二爺自己也很不高興別人把「南盛北丁」相提幷論，久而久之，這一點也使得「部長夫人」對他很不舒服。

丁的這一套做法，既使孔系人物在相形之下，叫苦連天，也砍掉了孔老西和「公館」裏不少的財源，使得那位好貨的部長先生，大感頭痛。然而他也深知：這塊金字招牌給他帶來的好處。好在替他四下裏「開源」的「孔系人物」，還多得有如過江之鯽。又何妨留一個丁二爺在身邊來替自己滙集一些「清廉之譽」呢？

在丁的前任荆有岩的手裏，每年的陋規和好處，不用自己出去照應，就有二三十萬塊大洋，送上門來。光是過年的時候，平津和唐山商會的「節敬」，便起碼在十萬元以上，「小宮保」來了之後，大刀濶斧地剷盡了一切漏規，已經很使一批自命爲「深通官場習氣」的商會會長們，摸不着頭腦。現在眼看年終就在目前，這筆「春節節敬」，是不是還照送呢？大家商量了許多次，才由北平商會會長冷家驥出頭，去找北平稅務分局長陳延暉，天津稅務分局長謝道之，唐山稅務分局長姚季臣去向丁二爺疏通一番。這三個都是丁上任時帶去的「自己人」，說起話來，分量當然不同。誰知不講還好，話才出口，就碰了小宮保一個斬釘截鐵的大釘子；而且三個人一齊免職，「以警效尤」！

這一來，可把幾個商會會長嚇胡塗了，連忙自己下台階，決護把這十萬塊大洋，用來定做了一塊全金的大匾額，上寫：「弊絕風清」四個大字，掛在河北稅務局的正廳中央。這個地方是清代的吏部衙門。中日戰爭時期，是華北政權的財政部。一九四九年以後，又改成了中共政權的財政部。這塊十萬大洋的匾額，據說直到日本投降的時候還在，後來就不知道淪落到什麼地方去了。

這一段時期，丁二爺非但不肯要一個「寃枉錢」，逢年過節，還要自己掏腰包，在雜糧店裏買許多「糧票」，分寫：

「憑票卽付來人棒子麵若干斤。」

然後帶着他的兒子，跑到北平西城的貧民區裏去，按戶按家地分發。弄得後來在過節的前夕，他的家門口就排了一字長蛇陣，都是來等着分發「糧票」的貧民。

當時的「新北平報」，就登載過一首貧民區裏的童謠道：

「丁府散糧票，你要我也要，
小米雜合麵，一套又一套。」

後來，蕭振瀛因爲自己在華北的名聲太臭，很想趁「替母做壽」的時候，也派了一批狐羣狗黨，跑到貧民區去散發「糧票」，收買人心。誰知這些狗腿子們，因爲是「替蕭市長辦事」，這筆錢將來還要在「公費裏報銷」，所以一定要「一手給糧票，一手拿收據」。那些「貧民哪裏見過這種「領賞」的手續，反而畏縮不前，誰也不敢爲這幾斤棒子麵，去「打個手印」和「畫個押」。於是，那裏就又出現了一首民謠道：

「老蕭散糧票，打死不敢要，
領賞要收條，包管瞎扯臊！」

由此可見：一個在政治舞台上翻筋斗的人，品格如何？在老百姓們的眼裏還是雪亮的。

孔祥熙這時正在南方大搞其「稅務一元化」，當然需要塊金字招牌，來替他老人家打天下。第一步棋，就是把人人公認的清官丁春膏，調到華中去當「湘鄂贛區稅務局長」，讓人們看看：「孔系中也有如此乾淨的人物」！原來的稅務局長謝奮程，是個留學生，雖然幷沒有想當清官，人倒還爽直痛快，沒有一頭一臉的官僚氣。所以，在交卸的時候，就曾經不客氣地向丁二爺抱怨了一句：

「丁局長，如果做官都要像你那樣做的話，我們還是乾脆回家去喝西北風罷！」

他有一個體已的司機，叫董榮阿，是浙江奉化人，從小就跟着他當差。這次看見自己的老主人忽然垮了台，很覺不服氣。就向謝說：

「你從前交給我的那枝手槍，過一陣我再還給你。這個姓丁的，要是個掛羊頭賣狗肉的東西，我就幹掉他，也替你出口氣！」

丁來了之後，董阿榮還是照舊做他的司機。不過，吃花酒的地方不去了；那些大商家的公館和小公館也不去了。「小宮保」一天到晚，忙着搞的就是：派了大批的「視察」，出去澈查「積弊」，大規模地發動老百姓來檢舉貪官污吏，時時刻刻地聽取稅民們的控訴和抗議。

不到兩個月，這一區的貪官，撤換和懲辦了三十多個。別人不說，光是那位奉化司機董阿榮，就向丁二爺自動交出了手槍，跪下來說：

「我現在才相信：世界上眞有像你這樣的淸官。從今以後，你做包公，我就當王朝，馬漢。說一句假話，叫我董阿榮生的孩子沒有肛門！」

但是，高高在上的孔祥熙，卻想的完全不同。這三十多位貪官的遭殃，又砍掉了他的公館裏不少財源。所以，他前前後後一共給「小宮保」來過七個講情的電報，要他「愛惜人才」，「深體國家養才不易之旨」，不要把這些只曉得撈錢的混蛋們趕盡殺絕。

丁二爺回他的電報，也總是那一套：

「昔先祖文誠公誅佞鋤奸，以平民憤，守正不偏，爲天下法……。」

弄得孔祥熙頭痛萬狀，既不能公開禁止他這樣大搞其「整風」：又沒有理由把他加以撤調。結果，所有反對「整風」的親近重臣，結成了一條聯合陣線：佞臣如次長徐堪，首席參事魯佩璋；庸臣如次長鄒琳，秘書長李儻；夫人派的寵臣如稅務署長吳啓鼎，上海稅務局長盛老七，都覺得再讓「小宮保」這樣幹下去，稅收固然可以加多少倍，財政部的官可能就實在沒有做頭了。但是，人言可畏，民怒難犯，就只好用「削藩」的辦法，藉口「湘鄂贛幅員過廣，勢難兼顧」，輕輕地改了一下組，就把丁二爺不聲不響地改成了湘贛區稅務局長。他原來整頓得最有聲有色的湖北省，就此不再屬他管了。

誰知這一着倒反而更加了「孔系撈家」的麻煩。江西有一位稅務分局長林中，湖南有一位稅務分局長王海波，都是孔老西的及門弟子兼留學生。他們刮地皮的本錢，連老師和「師母」都嘆爲觀止，一向倚之甚深。

他們沒有想到，江西和湖南的老百姓們，也已經知道了丁二爺是一個敢整貪官污吏的淸官。所以，上任的頭一天，檢舉林王這兩個「孔門高足」的人證物證，就已經滿坑谷滿。大批的「視察」，也星夜出動，到現場上去採訪。用不了多少天的功夫，這兩位貪污有據的「孔家嫡系」，就鐺瑯入獄了。

孔接到了報告之後，馬上來電報叫丁，把他們「撤去本兼各職，聽候查辦」，其實是要藉此把他們調回身邊去，另有重用。

這樣一來，弄得「小宮保」的牛脾氣也發了，乾脆仿照丁文誠公當年「將在外君命有所不受」的故智，非但沒有把那兩個貪官放回上海，反倒把他們的全部贓證，彙報了上去，堵得「部長大人」一句話也說不出來。——他和孔家結的怨，就此更深了一層。

那時，江西廬山上的訓練團，正辦得熱火朝天。一般要人和濶人們，也照例非到廬山上去避暑不可。孔家的幾位少爺小姐，更像是到了殖民地去觀光的白人一樣，每天縐着眉頭，堵着鼻子，東跑西跑，嘴裏用英文不住地罵這罵那，在老百姓的眼裏，造成了惡劣到極點的印象。孔公館的那一批副官和馬弁，更像京劇「打漁殺家」裏的「敎師爺」們一樣，一天到晚穿着繡了「公館」兩個大字的運動衫，成羣結隊地跟在小姐少爺後邊，惹事生非，鬧得怨聲載道，人人側目。

有一天，二少爺和二小姐，要去星子縣玩，不巧車子壞在九江的馬路上。這兩位太保和太妹，居然想到「湘贛區稅務局」去借公車來用幾天，恰好丁二爺正召集了兩省幾十個稅務分局長，在舉行「湘贛稅務會議」，自然拒絕了這個要求，說是「大會期間，公車過忙，無法抽調…。」

誰知來借車的人，狗仗人勢，馬上把臉一板道：

「是你們這個會議重要？還是公館重要？你也不想想：這到底是誰家的車？你做的是誰家的官？」

向來不吃這一套的「小宮保」，自然被這幾句話氣得七竅生煙，也大聲喝道：

「我吃的是國家的飯，做的是國家的官，這輛公車，是國家的，不是你們公館的。這個機關，也不是你們胡鬧的地方！現在都給我出去！」

過了兩天，會一閉幕，丁二爺就特別上了一次廬山，在孔老西的面前，狠狠地開了「少爺、小姐、副官、馬弁」們一炮。他還天眞地以爲「部長受了羣小的蒙蔽，不知道他們在外面無法無天。孔祥熙雖然聽得一肚子發火，卻還裝出一付「虛心接受」的面孔來，表示「一定要好好地整頓一下。誰知第三天的夜裏，三少爺二小姐就身穿皮夾克，手拿小馬鞭，帶了一羣穿着「公館」運動衫的馬弁，一聲不響地衝進丁在廬山上的別墅裏去，見一個打一個；見一樣砸一樣，把屋裏打得稀巴爛。湊巧那一天二爺的一家人都住在山下，根本沒有受到驚，只有看家的老媽子和聽差們，平白無故地挨了一頓臭打。臨走的時候，二小姐還用馬鞭指着他們說：

「告訴那個姓丁的！不服氣的話，明天還可以再去告狀！」

這下眞把「小宮保」氣得差點吐血，索性「稱病辭職」，決不再和孔系這班人攪在一起了。

孔老西眼看這塊金字招牌，如果就此不再掛在財政部的門口，對他在民間的口碑，自然會大起影響。於是，先後派了和丁最談得來的參事李青選，國庫局長呂咸，跑到山下去「勸駕」。最後居然還「降格以從」，親自跑到法國醫院去慰留了丁二爺一番。而且乘此機會，把他調離開華中，派到未來民族復興根據地的四川，去當稅務局長。

那時的中央，正在全力大搞「收川」工作，孔派去的財政特派員關吉玉，只搞好了和當地政要的關係，卻并沒有搞好稅收。現在如果能用丁二爺這樣的淸官，來替中央的「廉明政治」，做個活動廣告，對於收買四川民心和把中央軍大規模開進四川的工作，是會有極大好處的。

「小宮保」是個「吃軟不吃硬」的人，尤其容易被「爲國爲民，去邪扶正」的那一套口號，騙得自己願意當傻瓜。於是，從法國醫院裏一出來，就踏上了入川的征途。孔也親自交給了他一批「自己人」，去當輔弼之臣。

到了重慶之後，一方面是川人們覺得他的作風，實在使人耳目一新。另一方面也因爲「宮保遺澤」，在民間還沒有淡忘。所以，丁二爺就成了各方面很受歡迎的人物，連行營主任賀國光那樣的方面大員，都對他表現得推心置腹，異常親切。大家動不動就要用他來和當年強項鋤奸的「文誠公」，此擬一番。這也就更加激發了「小宮保」一定要替「川中父老」，幹一些「驚天動地」的事的決心。

在孔交給他的「自己人」當中，最重要的一個，就是孟世義。這位先生，雖然不像「盛老七」吳啓鼎、喬輔三那樣地在公館裏紅得發紫。但卻是孔系中的「豐沛子弟」，不但和「部長」是小同鄉，而且是孔家的銘賢學校學生。丟下書本之後，就一向跟着「庸公師座」，到處猛刮猛撈。他的花樣既多，臉皮又厚，就連水門汀地板上都可以榨得出油來。因此，在孔財神夫婦的面前，就特別吃得開。這次，他的奉派入川，也是孔老西預防財源被腰斬的一着好棋。像丁二爺那樣傻幹，硬幹的人，也只有像他那樣老奸巨滑，無所不爲的新官僚，才能對付得下來。只要有他那裏施展手腳，四川這個肥得流油的稅區，就絕不會被小宮保眞的弄得「弊絕風淸」，再也沒有一點好處可得。

孟世義也的確不負他的提拔，在就任了川東區稅務局長之後，仗着自己的腰板硬，馬上就廣開財源，來者不拒，無法無天地搞了起來。丁二爺根據老百姓的檢舉，兩次三番地派了「覗察」去訪民情，這位孟先生居然不客氣地買到了附近的「棒老二」——土匪，在半路上「綁票」綁走，兩個「覗察」，一定要等他們發誓「馬上離境，絕不再來」之後，才把他們放走。

後來，孟世義看見這還嚇不倒丁二爺，就索性在巴縣收買了幾個「爛衫子」——流氓，要他們裝做「打刦」去行刺。誰知其中的一個，在茶館裏聽見說書的人講「包公案」的時候，忽然良心發現，自己跑去出了首。

孟世義貪贓枉法的證據，全部被「小宮保」掌握之後，他這才一面報請孔老西把孟「撤職嚴懲」；一面把整個案子移交給行營主任賀國光。

這位孟先生，在被抓進行營軍法處之後，還口口聲聲說：「要給老師打電報，看你們敢把我怎麼樣？」

他的老師孔老西，也急得如喪考妣，一面嚴令丁二爺，將孟某押解來京，以憑訊辦。一面打電報去賀國光「保釋孟分局長」。誰知賀國光的回電倒很簡單，只說是：

「貪汚有據，罪無可逭，應處極刑，尊電來時，孟犯業已伏法。」

這一下，孔老西只好把一肚子氣，都出在小宮保的身上，立刻用電報指責他：「濫用職權，不知愛惜國家人材……」

丁二爺也一點不客氣地回敬他一句：

「昔先祖文誠公以節操自勵，不畏強項，掃佞鋤奸，利害在所弗計……。貪官既除，萬民額手……除掛冠歸隱外，亦更無它求。……」

「小宮保」就是用這樣一個電報，結束了他政治舞台上的生涯。正在他收拾行裝，準備回到北平去的時候，盧溝橋和上海就都已經打起來了。他既不能北返，就在重慶近郊小龍坎，買了一座半山上的花園，名之爲半畝園。住了不到一年，就以腎病和血壓高併發，而溘然長逝了。

他作古之後，那位用他來當了許多年金字招牌的孔部長，連做假惺惺的花圈都沒有送過。倒是他素來沒有什麼淵源的國府主席林森，頒發了一張對他的褒揚令，總算是民國對這位好官的一個交待。

馮玉祥將軍傳【十一】

簡又文

第十一章 西北邊防督辦（四四—四五歲，一九二五—二六年）

下野入山

平情而論，馮氏等之「首都革命」雖可謂成功，而亦不免有失敗—可改言失望—之處。所成者，推翻賄選、打倒直系、驅除廢帝、迎 國父北上、與夫播傳革命思想於北方，此其犖犖大端。其失敗則在於軍事政治兩方面均未能澈底改革，如吳之殘餘勢力猶在而遺患不淺，奉軍乘機入關爲害益甚，皖系弄權致令大局紊亂，「國民軍」瓦解，政治理想不能實現是也。其中扭轉局面之關鍵，端在馮氏之突然下野入山。以後全盤局勢急轉直下，幾至不可收拾矣。推究其失敗之根原則有由馮、胡、孫、三人須自負其責者。（如孫率先自動推段主政，是一子錯全盤皆錯，其後一錯再錯，馮氏亦深自怨自艾，看下文。）然亦有由客觀環境使然者。其間因果相承，一一可以考述。

初，當「國民軍」班師回京，打倒曹、吳之後，即推起義有功之黃郛組織「攝政內閣」，隨而歡迎 國父北上主持全局。在馮氏等初意，原欲邀請全國賢豪在 國父領導之下，解決國內一切政治糾紛，以促成全國統一局面。至對於中央政府之計劃，則原有取消總統制，而採委員制之議。但當時在段祺瑞卵翼下之安福派陰謀家則極力破壞其進行。他們一方面擁護段爲傀儡元首，一方面挑撥奉方與「國民軍」之惡感，使奉張出兵入關，而同時又暗中維持直系勢力於長江，以形成國、奉、直、三角形勢。（蕭耀南之督鄂、吳之興師攻馮氏、是其後果。）猶記當時自段抵京就職後，「北京晨報」曾登出一幅諷刺畫，上繪一頂高標「段執政」三字之軍帽，置於三根槍架（國、奉、直）之上，標題云「一根不許動」！蓋他們陰謀即利用此三角勢力互相牽制之局面，以維持其畸形的政治生命也。（按：未幾，徐樹錚去國，曾有電致段，勸其必維持吳之勢力，即是此謀。）

馮氏自津回京後，段、張、旋至，段就臨時執政職。馮氏即萌消極意態，七上辭呈，隨而宣布下野。首則在天津會議時，奉張驕傲暴戾，咄咄迫人，且對馮毒罵，視爲降將。馮氏飽受其氣，殊爲難堪。（此馮氏「日記」所未書者，後聞之可靠的來源。）次則以段令「國民軍」退出天津，奉軍入關，盡違前約。三則因吳率殘部南下，猶思一逞，興兵北指以馮軍爲目標。四則最令馮氏傷感心痛者則以盟友胡、孫等以起義革命聯合始，然至是則仍岌岌於地盤權利之爭奪，尤欲與奉軍有敵對意，而且盟軍內部發生意見，已現裂痕，不大聽馮氏勸告與指揮。十一月底，當張作霖、張學良、在京時，胡部將岳維峻、鄧寶珊、二人，竟欲乘夜捕殺其父子以除後患，迫馮氏簽署命令。馮氏躊躇久之。初時已允，並令鹿鍾麟動員準備。但經三思後，終恐激起奉軍反動，演成混戰，有利於日人進佔東三省，力勸其不可，苦心苦口，直至深夜三時，纔將二人說服而罷手。（見「我的生活」頁五一七、另見劉著頁五八，但謂係胡、孫、二人親來請命。又據當時警衛居仁堂之旅長孫連仲以親見此事經過對李宗仁言，亦謂當時係由胡、孫、二人力催馮氏下令，逮捕張父子，以驅奉軍出關，由胡草手令，孫持筆管追迫馮氏簽名，追逐達旦；馮終以與奉結盟後一月不忍下此毒手，無論如何不肯簽名，乃罷云。見黃旭初：「李宗仁馮玉祥兩人的關繫」篇，載香港「春秋」月刊，黃著自訂彙編，未舉列日期及號數。但上據馮著謂胡斯時方在彰德接仗，反催岳、鄧、赴援。似較可信。確鑿實情仍待考證。事後張父子似聞風聲，即離京回奉。）

對於馮氏之猶疑不決，終於不幹，或有批評此為「宋襄之仁」、「婦人之仁」。蓋以當時實情言，奉軍只有郭松齡一團隨張父子入京，駐城外，控制兩城門，另有一營任護衛。（據劉著謂李景林先帶兵來京布置。）馮軍兵力自然較優；果一動手，成事不難，至少可將其父子逮捕軟禁，要挾其電令奉方將領李景林、楊宇霆、姜登選、張作相、吳俊升、張宗昌等不得妄動，自然惟命是聽；日軍雖蠻橫無理，貪得無饜，但時機未熟，計劃未備，斷不敢驟然強佔東三省；即段祺瑞那時亦成為無爪之蟹、不得不拱手聽命而讓黃郛繼續攝閣了。然而馮卻堅決不肯出此毒辣手段，抱持人不「由義」，我要「居亡」的道學家態度，豈非失計？所以後來自怨自艾，悔恨失去了千載一時之澄清軍政全局的大好機會。這決斷雖可見馮氏根本上宅心仁厚，雖自己吃虧受辱，坐令辛苦經營的「首都革命」功敗垂成，也不肯背盟而下此毒手。然我從全盤軍事局勢觀之，馮氏之不忍殺張或捕張，在其精密算盤的打算中，此舉必引致「國民軍」於失敗或消滅之惡果。何也？蓋以縱能控制奉軍或皖系、而吳佩孚尚擁有餘力，且可號召長江上下游之直系督軍聯合北攻，則斷非「國民軍」一、二、三軍所可抵抗者，非至全軍盡墨，無能恢復不可，故權其得失輕重，不如忍辱負重、靜心觀變、保存軍力於此時、徐圖發展於他日之為愈也。吾以全部權力及久遠利害為評論權衡，庶乎探得馮氏之深心、隱憂、與遠見歟！

當奉張在津大逞威風、施以壓迫之時，段私對馮氏念出古時某大臣曾因族人與隣爭墻事所吟之詩以諷之，詩云：「兩姓相爭在一墻。讓他幾尺又何妨。長城萬里今仍在。不見當年秦始皇。」這分明勸馮退讓。在上述客觀環境與人事關繫之下，馮氏為貫徹和平主張、避免再引起內戰計，決潔身引退，以為如此可不致與奉軍作火拚之爭，又可去吳興兵之目標，復可維持本軍團結。遂於十二月廿四日發長電與吳，痛陳利害，約其同時下野出洋。又通電全國，表明為和平而興師，為和平而下野，務使軍不成閥，閥不代閥」之苦衷。廿五日，即將全軍軍權交張之江、李鳴鐘二人，而直接聽從政府指揮，飄然引去，避居北京西郊天台山。挽留者紛至沓來，甚至奉張亦派其子學良前來勸駕，均不聽，各方面函電交馳亦不覆。

在山中，馮氏日讀周「易」。在靜中反想之際乃恍然覺悟自己「才能不夠」，鑄成大錯，殆因誤解及迷信「易」經「『謙謙君子』的道理，徒以為高揖羣公，急流湧退，是最好的風度」，而不從事積極的、徹底的奮鬬以實現其政治理想。這是他第二步走錯的棋子。從此狂瀾日甚，更無可挽回矣。總而言之，馮、胡、孫等以軍人頭腦，軍事手段，造成「首都革命」，但缺乏政治意識，尤無政治才能，對於挺身力助的政治朋友，「雖過從甚密，亦畢竟未至無話不說的程度」（上引語統見「我的生活」頁五一八，自言）。所以一般上台擔負政治責任的諸公亦不能大行其道。結果，政治的失敗，慘將軍事的成功抵銷了，而且因而引起以後軍事的失敗，以至整個大局愈趨混亂。

馮既入山，除奉張仍作假惺惺多方挽留外，段於此舉最感不安。旋接馮氏電取銷「國民軍」組織及請裁撤「陸軍檢閱使」一職。段等更爲着急，蓋明知馮氏一去，三角局面打破，非完全受制於奉方不可，而其政治生命危乎殆哉。故爲維持均勢計，無論如何必不任其遠走高飛。於是，再三誠懇阻其出洋，並促其就任「西北邊防督辦」。（按：十二年五月十一日由內閣總理張紹曾任馮氏爲「西北邊防督辦」，以無的款還未就任，只於上次被迫出發熱河支取以前兩月經費十萬元以賄曹錕、李彥青而領得鎗彈並以馬福祥爲「會辦」，而以李鳴鐘繼馬爲熱河都統，張之江爲察哈爾都統。馮氏以天台山究離京甚近，賓客及挽留者太多，爲避塵囂計，移居張家口，蓋張之江已赴察哈爾都統任也。閱一月，馮氏知無法出洋，責任未完，亟謀補救，遂於十四年三月在張家口就「西北邊防督辦」職。八月，甘督陸洪濤以病辭職，段又命馮氏兼任。馮氏仍留張家口，而委劉郁芬、蔣鴻遇，二人赴甘代行。「國民軍」改稱「西北軍」蓋自此始。

馮自就任「西北邊防督辦」後，即不問北京政事，而致全力於西北之發展計劃，蓋其當時之「野心」端在「建設新西北」也。此時直接在馮軍勢力下之省區，除察、綏、甘、三處外，京兆亦在內。前三區主官已見上文，京兆尹前爲薛篤弼，後爲劉驥，北京警衞司令則仍爲鹿鍾麟。西苑、南苑、以至張家口以外，均爲馮軍駐防區。時，全軍已擴充至步兵十二師，另有騎兵二師、砲兵兩旅、衞隊一旅、交通兵一團、統稱西北陸軍（常稱「西北軍」）。以韓復榘、孫良城、鄭金聲（由他軍改編）、石敬亭，石友三、馬鴻逵（改編）譚慶林（改編）、唐之道（改編）、劉汝明、佟麟閣、蔣鴻遇、張維璽等分任步兵師長，張樹聲、孫連仲、任騎兵師長，馮治安任衞隊旅長，馮安邦任交通團長。全軍總司令部設張家口，直接隸其麾下者，至十四年夏，新舊兵合算，已有十餘萬人矣。各軍分駐各區，對於勦匪工作，如舊率先辦理，治安成績甚優。此馮軍之一貫作風也。（按：其時，胡景翼之二軍已擴充至廿五萬人，孫岳之三軍則由五千人增至三萬人。兩者類皆收編吳佩孚之敗兵及土匪而來，戰鬪力弱，軍紀尤劣。胡、孫、二人，初同在河南，一任軍務，一任政務，漸生磨擦。（上見薛著頁一六一——一六二）

馮氏到張垣之始，以衙署不敷用，首即從事建一「新村」。於郊外闢壙地數十畝，圍以土墻，以石磚建極簡樸之房屋數十幢，四圍栽花種樹。由其親自監工，工程均兵士爲之，故取値極廉，每幢僅費材料千餘元耳。工程既竣，馮氏舉家遷於此。其官邸爲七、八尺高之泥屋數幢，與尋常工人住宅無異。發號司令之總司令部亦在新邨內，宛然成爲「新西北」之都城也。此新邨亦即爲「新西北」建設之模型。（按：余於民十四年八月初到張家口謁馮氏及演講，即寓於此新邸，時在馮處任宣教事之陳崇桂牧師任招待。陳嘗邀余前往講演。時，馮氏因徐謙先生之保薦，力邀余爲其秘書。余以無意從事軍政，且未得燕大同意卻之。然余與馮氏之關繫蓋自此始。）

馮氏既立志開發西北，生平之政治、社會、及種種建設理想又得一實驗的機會。彼於練兵之餘，注全力於社會事業。茲將其在西北所興辦之新事業，略列舉下方。

一、貧民借本處　令貧民可借小本營生計，而不須納利。

二、男女戒煙所　西北全區厲行煙禁，力勸人民戒煙。

三、保嬰院　收養貧民嬰兒及私生子入院養育。

四、孤兒院　眞正孤兒由五歲至十五歲受相當教育，學習工藝。

五、老人院　貧苦之老人及乞丐五十歲以上送入此處。或有殘廢者亦可入院。綏甘兩區亦興辦此事。北京某政治人員由包頭回，謂千餘里不見一乞丐，治績全國所無。

六、人民醫院　專爲貧民而設，免費。

七、平民教育處　西北全區設立貧民識字學校，以八個月爲期，教以千字課，成效甚佳。

八、車伕休息處　馮有一次半夜巡街，見人力車伕冷凍街頭，翌日即令蓋小房多處俾他們休息。

九、工人休息處　為俱樂部性質，內有沐浴、娛樂、閱書報等設備。

十、蒙民招待處　一向蒙古人往來無人招待，均在車站受苦。馮氏建大幕招待之。

十一、五族學院　在綏遠設此，為漢蒙人子弟施教育。

十二、小圖書館　為小孩設立。

十三、公園

十四、修築馬路　以兵為工，全張垣徧築。

十五、娼妓教育所

十六、修理河道　張垣每年向有水患。馮氏令兵掘河修橋，又建築一鐵橋，水患遂絕。

十七、基督教協進會　馮氏練兵向以基督教為精神訓練之主力。但一向毫無組織，只有中西牧師八、九人幫忙宣道，而自己尤為熱心宣講，間或請外間中西教徒到軍中講演而已。至西北時，他覺有組織之必要，於是組織「西北基督教協進會」，以高級軍官佐卅五人為董事，張之江任主席，另聘幹事七人，陳崇桂牧師為總幹事。如浦化人、余心清、胡庭樟、杜庭修等皆幹事也。其計劃，軍中每千人立一牧師，萬人立一幹事。預算須有牧師一百人以上，然開辦後僅得五十人而已。又設「傳道學校」為訓練軍中牧師之預備，有學生六十餘人，浦化人為校長。另設一麵粉公司，以其贏餘充「協進會」全部傳教工作經費。自開辦後，基督教工作進行大有進展。

十八、婦女訓練班　由李德全夫人主辦，軍官佐眷屬入此補習。

十九、青年會　設立「基督教青年會」，為軍政人員娛樂、研道之所。

二十、誠潔旅館　馮氏鑒於由各處到訪之來賓甚多，而張垣旅館污穢，不堪招待，特建「誠潔」旅館一所專為招待之用，等於各國之「迎賓館」，但旅客均收費。是亦創舉也。

對外關繫

馮氏雖未正式加入「國民黨」，而其宗旨精神早趨一致，故歷年自湘、鄂、豫、陝、均與　國父及「國民黨」要人使信往還。其「首都革命」一役之發動、亦得力於「建國大綱」。在攝閣時代，其所引用及付託政權之人物，除黃郛外，餘如易培基、李書城、王正廷、李煜瀛李烈鈞等均黨內之表表者。彼之歡迎　國父北上，尤願以全力擁護之，使可以政治手段在「國民黨」領導下統一全國。不幸武力不足，政治失策，受迫於奉、直、及安福等系，以致主張失敗，遂飄然引退，轉以發展西北為己任，相機而動。在西北時，亦因環境關係，未能正式加入「國民黨」，但實際上已開始黨化工作，而以「三民主義」訓練其部下。張敬堯被囚於張垣，馮氏即贈以「三民主義」而勸其細細圈讀。而馮氏對於此書研究尤勤，不啻奉為第二「聖經」。

在張垣賓客中，「國民黨」要人來往之蹤跡尤多。其著然者則有徐謙、孫科、孔祥熙、李煜瀛、吳敬恒、李烈鈞、鈕永建、李大釗(共黨跨黨分子)等。黃郛仍常來。鈕氏任檢閱軍隊，其他諸人對軍事政治均多方贊助。而與馮氏相交莫逆者，徐謙而外，以李烈鈞為最。方　國父在北京協和醫院留醫時，馮氏格於環境，未能躬身前往問候，乃託李氏代表前去，致送「聖經」一本，請其日日誦讀、祈禱。　國父含淚答云：「『先者將為後，後者將為先』(耶穌語)。余自幼為基督徒，而馮則中年纔信教，而其教徒生活比我先着」云云(「見陳崇桂「馮傳」英文原著頁八七)。絃外之音，　國父其有嘉許馮氏為「後起之秀」以完成其革命大事業歟！計李烈鈞對馮軍之最大貢獻，厥為介紹中日陸軍大學畢業、文武兼資（晚清秀才）之江西人曹浩森與馮氏。曹後任「西北

馮玉祥之青綠山水畫（一）（最初作品）

軍」總參謀長，於「國民革命」一役，策劃軍事，數建大功。

馮氏得「國民黨」之助力尤深者，則為聯俄一事，此實由「國民黨」為之介紹者。是時，天津已落在奉軍之手，強敵當前，日謀消滅「西北軍」，而門戶封鎖，軍實與材料之運輸，殊無可能。馮氏為發展交通，在津訂購汽車亦為李景林所扣留，則其環境之惡劣可想而知。是時，「國民黨」採用聯俄容共策略，因時制宜，孫科、徐謙先生等遂介紹馮氏於蘇聯。馮氏乃派「外交處」處長唐悅良（粵中山人，哥林比亞大學碩士，馮氏堂襟弟）與蘇俄代表鮑羅廷接洽。結果：馮氏得在蘇俄聘請軍事教官及購買鎗械子彈等好處。而「西北軍」之軍實補充方得無虞。其所購之軍械，胥由外蒙古庫倫，用汽車運至張垣、綏遠。

因馮氏由蘇俄購買軍械及聘用俄人，而且因張垣密邇外蒙，俄裔不少，馮氏以俄肯放棄不平等條約而以平等待我，故表示友善態度。於是直系、奉系、及一般不滿於馮氏之政客等均誣以「赤化」之惡名，對於馮氏及「西北軍」竟爾謠言百出。馮氏曾屢次表示反對赤化，及下令全軍嚴防共產之宣傳。但衆口鑠金，直至其後數年，是非始得大白於天下焉。

關於馮氏向蘇俄購械事，均緊縮軍餉，備價買來，而並無任何喪失權利、貽辱國體的條件或密約。最確實的證明就是：後來（民十六年四月六日）張作霖派兵圍搜北京的蘇俄大使館，搜出無數重要文件，宣布於世。其中有些是關於馮氏與蘇俄之關繫的。豈知這些文件不特不能證明馮氏曾訂立甚麼賣國辱國的條約，反而暴露蘇俄不大信任他，謂其非眞正的革命者，因而不肯接濟其全部的需要之內幕。馮氏一向不知道為甚麼以前購鎗一萬支只得一千，購彈百萬粒只得一萬。直至這些文件披露之後，乃知俄人之別有會心也。圍搜蘇俄使館一事，遂成為大滑稽——在北方苦悶黑暗污穢醜劣的軍政界中之大笑話——張作霖此舉反為其死敵表彰美德，證明馮氏非「赤化」「賣國」有如其所加上的罪名。（按：共產黨首領李大釗即於是時在俄使館被捕，其後被殺的。）（馮氏與蘇俄進一步的關繫，下章詳述。）

一向馮氏對於外交方針有兩句原則：無事時以禮相待；有事時「據理力爭」。從前在常德、陝西等處當長官時，與外國人據理相爭之事已見前文。在張家口時，與外國人交涉亦一本此旨，其中經過有數事頗可表出其性格者。

一次，有幾個俄國人與美國人從包頭坐車到張垣。包頭駐軍非要檢查行李不許過去。俄人遵從無事，惟美國人不讓檢查，且大肆咆哮。駐軍不放行。兩方相持，沒有辦法。後來其事直達張家口，由馮氏自行處理。美國人告訴美領事，謂走遍中國多省，一向不受檢查，而今在此彈丸之地竟受此委曲，十分不服。美領事告以中國別的地方是睡覺了，惟有此境是睡醒的。馮督辦訂下規則是不能變更的，非遵照檢查不可。美人沒法，只有照馮氏所言仍回包頭，把行李讓軍隊檢查一過方了事。

又一次，有一朋友介紹幾個日本人往謁馮氏，是從賜兒山來的。馮氏問賜兒山好不好，日人以荒唐之言答道：「好倒是好，可惜就是沒有樹。高麗在五十年前，也是同張家口的賜兒山一樣，一棵樹都沒有，但自隸屬日本之後，我們替他種樹。現在你去看，遍地都是樹了。」馮氏見其拿高麗地方來比擬中國，有辱國體，當下氣極了，即毫不客氣的回答：「你不要瞎說！你現在年紀還輕呢！你們日本五十年前同印度一樣。」這話當時傳譯人不敢繙，馮督促他只管照繙。那日人聽了非常不高興。內中有一日人懂中國語的，連忙道歉說，他的朋友說話太不斟酌。日人碰了釘子也垂頭喪氣的走了。（按：其時方在馮處任職之雷嘯岑——即「馬五先生」——曾引上述事為「馮氏的愛國心亦無可懷疑」之一證，見香港「大人」月刊廿三期「政海人物面面觀」，並指明日人來者有衆議員岩井。）

十四年五月卅日，上海英租界巡捕開鎗轟殺學生工人，釀成「五卅慘案」，全國憤激。而六月廿三日，廣州沙基英兵屠殺學生案繼起（即沙基慘案）。馮氏更為憤怒，通電主張對英宣戰。全國愛國運動得此有力的聲援，進行愈為勇猛。而馮氏被帝國主義者之忌恨亦愈深。他更發一長電致全世界基督徒，對於他們不肯仗義援助有微辭，謂「基督教以愛人扶弱為教旨，而對於此次英國人之屠殺吾國民衆，各教會及基督徒多噤若寒蟬。反對基督教者輒以傳教士來作偵探為攻擊之辭將無以自辯。故「請外慚清議，內疚神明，對於慘榮，仗義執言，為基督教爭人格。興廢凌替，於此觀之矣。玉祥愛教心切，不禁沉痛道之」，等語，後在包頭有美國牧師古約翰者（John Goforth），久在軍中播道，為馮氏老友，前來謁見，開口猶是講基督教。馮氏即問以對於五卅慘案等屠殺事件有何觀感。古答屠殺固可慘，但英國人必須自衛，而此輩亂黨非殺死無以懲辦云云。馮氏聞而大為寒心，即不再與談。因此對於外國教士之觀感為之一變矣。當時主持正義之外國人亦有不少，惜馮所聞所見者，不足以代表之，故令其對於外國宣教士發生不良之印象也。

馮玉祥青綠山水畫（二）

自五卅慘案發生後，北京教會所辦之男女五校學生，因參加愛國運動而受壓逼，退學者數百人，一時無處容納，輟學堪虞。學生全體公舉代表請余設法為助。（時余在燕京大學任教職。）余因與馮氏曾有一面之緣，乃偕諸人乘車赴張垣謁見求援，他雖於軍餉支絀之時，仍極表同情，即撥款萬元，在北京開設「今是學校」以容納全體愛國學生，並聘余為校長。其後續有捐款，余亦多方籌募，並解私囊以資維持。及余被迫離京南下參加革命，校務續由陳文駐、陳國梁、竇廣林等主持，垂六年之久，至初入校最低一級畢業高中，任務完成，乃告停辦。而畢業各大學蔚然成材者不可勝數。余之與馮氏結交蓋由於此。方剏辦伊始，頑固的帝國主義者，咸目為赤化學生及製造赤化之機關也。

是年，美國西部某大學教授，率學生等來華觀光，至張垣謁馮氏。寒暄已畢，該教授即搬出美國人之習慣的客氣話——其實是自驕自大的話——發問：「你們中國希望我們美國幫助你們甚麼？」是時馮氏心裏對於五卅慘案之憤恨悲痛未消，滿肚子鬱抑，一聞此言，登時回答：「我們甚麼也不希望你們美國的幫助，我只希望你們先幫助你們自己，先把自己恢復到一個人類的國家，再說幫助人。因為你們美國人嘴裏說的甚麼公道正義，但是骨子裏一點公道正義都不講。英國人在中國屠殺中國民衆多次，而你們美國一句公道話也不出口。中國人自來是主張仁愛人道的；你們應該倣效中國人學點為人的道理，還有甚麼好處叫中國人學呢？你們美國人很富，我們中國人雖則是窮，但是愈窮骨頭愈硬。你們最好自己先幫助自己，不要以此自驕，自己先救出自己，再說幫助人的話。」，我一位北京朋友張欽士（青年會幹事）伴着他們同去，替他們傳譯，當下也不敢照譯。經馮氏之督促，纔敢一一照譯。他們聽了，當然不高興了。（按：此眞實故事，是事後張君親爲我詳述的。）

察區內，有某國人深入內地開一畜牧場養羊數千頭。馮氏下令關閉牧場，收沒羊羣。領事出而交涉。馮氏向其質問說：「你們在中國訂了許多『不平等條約』，但卽使在種種『不平等條約』之中，那一條是許你們深入內地畜牧的？」領事語塞而退。結果：全軍飽餐一頓鮮羊肉，而軍士們都得有一襲羊皮衣。後來與奉、直在雪地冰天中作戰而能耐奇寒，得力於此老羊皮軍衣不少焉。

奉軍侵入關內

奉張自得「國民軍」班師主和之力而打倒吳佩孚後，野心日熾一日，亟謀擴充地盤，伸張勢力於沿海及長江各省。以故，始則壓迫「國民軍」使不得發展，強以李景林繼王承斌督直，以楊宇霆繼齊燮元督蘇，以張宗昌繼鄭士琦督魯，以姜登選繼王揖唐督皖，並以邢士廉部進佔淞滬。意猶未足，復藉口拱衞京師，進兵京畿。迫「國民軍」讓出通州、北苑、南苑之一部爲奉軍駐紮地。向藉三角均勢而維持其政治生活之段執政，對此雖不痛快，卻不敢置一辭，一任其橫行，唯唯諾諾，奉命惟謹而已。其時，馮氏仍注全力於新西北之建設，尤厭惡再事內爭，以故凡事降心忍讓，以維和平。不意奉張更藉口結束蘇、皖、魯軍事，再派大兵入關，潛行南下，意欲並浙江之孫傳芳而去之。孫知之，乃集中兵力於長興，準備抵抗。楊宇霆亦令邢部退扼蘇常。雙方戒備益嚴，戰機一觸卽發，此十四年十月間事也。

馮氏於是時通電浙、奉、力爲調停，卒無效果。孫傳芳五路向前猛進。楊知不敵，放棄江蘇北走。浙軍沿津浦線節節進偪，佔據徐州。於是，浙、閩、蘇、皖、贛、五省，皆爲孫有，居然成爲「五省聯軍總司令」矣。其時，蟄伏岳州之吳佩孚，亦乘機躍起，前往漢口，自稱「十四省聯軍總司令」，通電討奉，及痛罵段。然所可異者則語不及馮氏，蓋明知張、馮交惡，不欲令二人有復合之機，故集矢於奉張也。惟欲北上則見阻於河南之岳維峻（十四年四月十日，胡景翼死，岳繼任），欲東下則見阻於孫傳芳，故僅能盤桓於武漢而已。在北方，奉張隨而通電數吳、孫之罪，亦不及馮氏。但岳維峻則派李紀才攻魯，節節勝利。豫軍已過泰安而望見濟南矣，徒因內部不和致令功敗垂成，而全局軍事乃大受影響焉。

時，奉軍有郭松齡、闞朝璽、汲金純、張作相等數萬人屯關內，以作後援，又有魯（張宗昌）直（李景林）軍準備應戰，其兵力實雄於孫。而其所以驟退者，則以南北戰線過長不易取勝，又以先約馮氏攻孫傳芳，而馮氏不允加入，乃懼「西北軍」將襲擊於後，以故，對孫軍先行退讓，而以全力壓迫馮氏，擬先行統一北方，再圖南進。於是佔據三河，進迫北京。近畿一帶，形勢嚴重。馮氏爲避免戰禍，下令所部退守南口，以「人不犯我，我不犯人」爲宗旨。段祺瑞於十一月中下和平令，京漢路線責令馮、岳、維持，津浦線責成奉張維持。令下，李景林將駐保定軍隊全數撤退，而舊「國民軍」二軍鄧寶珊部已北上，攻佔保定。馮氏復派員前往調停戰事，始不至擴大。然而奉張聯馮攻孫益急，迫其宣言。馮氏乃致張一親筆函，力數張前此驅逐同患難友人之不對，及用人行事之顚倒，對於宣言則堅決拒絕云：「我已決定，不論如何，不受逼迫而宣言。所謂與兄合作到底者，非爲攘奪權利，非爲排除異己，非爲見新厭故，非爲花天酒地，縱己之欲，乃爲犧牲性命爲國家、爲人民也。如我兄認弟有合作之必要、有幫忙之必要，弟就來合作幫忙，否則惟有靜待繳械而已。」

這封強硬的覆函，無異是接受奉張的挑戰書之表示。函發後，馮氏卽準備交戰。奉方亦令李景林、郭松齡等進攻。於是乎奉軍與「西北軍」開仗乃爲一不可免之事。

助郭倒張之役

在積極備戰時，馮氏幕下參謀人員紛紛準備作戰計劃。李烈鈞亦在軍中運籌帷幄。但馮氏於此戰機緊急之時，乃泰然處之，行若無事，對於各人所陳計劃俱不置可否，惟答以自有辦法，若智珠在握也者，人皆莫名其妙。迨至十一月二十二日，晴天霹靂一聲，奉軍大將郭松齡忽然通電舉義班師回奉。馮氏乃撚鬚而笑，衆始明其所謂「自有辦法」之辦法，蓋在極秘密之中，早已與郭締成反奉之協約，至是揭幕也。

初，十四年秋，日本有大操之典，奉方派郭松齡前往參觀，馮氏亦派韓復榘等東渡。旅次，郭、韓二人談話投機。郭受日本軍隊精神之感動，深不滿於奉張侵略黷武之行動，而對於其與日本訂立密約尤爲反對。韓乘機與談國內戰爭都由張氏野心所致。郭乃表示對於內戰必不參加，並不再爲張家攘權奪利之工具，言下大有革命之意。其實，郭在奉軍中，以才高力厚，久遭楊宇霆等之嫉忌，屢受其壓抑，無法出頭。當奉直二次大戰後，奉張大將李景林、楊宇霆、姜登選、張宗昌等，均分茅裂土，各得肥美地盤，而郭謀得熱河都統亦被阨於楊宇霆，故仍屈居張學良下，遂恨楊刺骨。此其反奉之動機也。及歸，張令其統兵攻馮氏。郭稱病避入醫院。張疑之，電召其赴奉，三次均不應命。郭益不自安。乃潛至包頭謁馮氏。（時，已遷司令部於此，以示深入西北不與聞內戰之意。）郭舉其所見，願與「西北軍」合作，以維和平，且言已約李景林一致行動。馮氏自得韓復榘由日歸來之詳細報告，已悉郭有異志。且馮夫人又與郭夫人爲舊同學，因而深知郭之爲人，倜儻有大志，富於革命思想，而志行堅卓不羣。馮氏見其主張適符合一己平素之宗旨，而且機會眞是千載一時，不可再得，乃允一致行動，以兵力爲後盾。當時並約以「母病愈已出院」一數字爲舉兵之暗號。郭即回津籌備一切。至十一月二十二日號稱「東北國民軍」遂高舉義旗，發出要求張作霖下野之通電，並請誅楊宇霆，以張前後之黷武窮兵，皆楊之謀也。是故，此次異舉，事實上完全是奉軍內鬨，而自始即由郭本人主動者。不過孤掌難鳴，故聯馮氏以求其助以一臂而已。（參考劉著頁六一）

郭爲奉方大學系將領之中堅分子，極爲張學良所信任，奉軍精銳如第二、第六兩旅均隸其麾下。十四年奉軍改編，又得擴充爲數師，以其爲張學良所信任之故，全部共約五萬人。奉軍軍械以郭部爲最優良，而尤以重砲隊最得力，郭部實爲奉軍精銳。今一旦反戈，奉軍大勢已去其半。郭通電後即舉兵立搗山海關，敗張作相守軍而進佔綏中。廿五日，馮氏通電請張下野，並派宋哲元率部爲郭援，進兵攻熱河以拊奉軍之背。段下令免闞朝璽熱河都督職而即以宋繼任。郭得其援，進攻益猛，不數日即進佔新民屯，離瀋陽不遠。奉張大爲震懾，準備退走，且將現金滙往外國去矣。

當郭舉義之時，馮氏對鹿鍾麟說了一句話：「謀事在人，成事在天」。馮、郭、協定討奉，其謀不可謂不週而深；驟然看來，奉張萬無不倒之理。顧天下事往往有出人意料和算慮之外者，即郭軍失敗一事是也。當郭起事時，以外交手段不靈，大遭日人之忌。所忌者，假使素爲彼國傀儡之張作霖果倒而郭氏繼任，則彼國歷年在三省所奪得之不正當權利，亦將搖動。遂進兵分佈南滿鐵路一帶，且駐紮營口、瀋陽等處，以阻碍郭軍行動，甚至有加入奉軍作戰之舉。張得此外力之援助，遂得以將所有三省軍隊悉調赴前線作戰以作孤注之一擲。郭之軍事進行遂受絕大打擊而且又因郭防範李景林在後方不穩，乃留魏益三所部於山海關，故不能集中全力於前方，亦爲失策。

更有一不幸事發生，亦爲郭軍之大打擊者，即李景林之背盟一事。李與馮、郭、本有一致行動之約。不意郭打出關後，李忽疑馮氏不利於己而將奪其直省地盤，乃背盟而積極向馮軍備戰，又在津製造種種謠言以誣馮軍。馮派重兵沿京奉路東進援郭，李疑爲攻己軍亦不許假道，且有從後方襲郭軍之訊。馮氏頓覺局勢嚴重，不能坐視，立派張之江爲攻津總司令，統大兵攻李軍，以打通援郭之路，而關內戰事又起矣。

李景林率六、七萬勁旅，並有英國人爲助，作強頑的抵拒。開戰之始，張之江因兵力不厚，微失利。馮氏繼派李鳴鐘助戰，稍獲進展。宋哲元亦率所部由熱河至。馮氏乃將前線共編成十個混成旅，騎兵兩師，有重砲廿門，並以預備隊一師以爲策應。最後，鹿鍾麟亦由北京趕至前方，獻全線總攻擊之策。張之江納之，遂於十二月廿二日下令全線總攻擊令。李鳴鐘、宋哲元、孫連仲、三將分路進攻，迭獲勝利。翌日，舊二軍之鄧寶珊部亦由南路唐官屯開到，夾攻楊柳青。舊三軍之徐永昌部亦在獨流、靜海、擊李軍一部。同時，駐灤州之唐之道師，亦克塘沽、軍糧城。至是時，天津已在大包圍中。及北倉既克，李猶親自率兵進攻，北倉屢得屢失。至廿三日，李微服至穆家寨視察，見士兵已向天津西站潰退，知大事已去，乃疾回督署。是日下午二時，李鳴鐘部佔穆家寨。四時，有一部進至西車站。李景林聞之，遁入英租界，後逃往濟南依張宗昌。其殘部潰散，一部逃魯。廿四日，李、宋、孫、鄧、徐、各部會師天津。既獲全勝，津路打通，馮氏乃嚴令所部整裝援郭。是役也。戰事之劇烈爲北方內戰所僅見。「國民軍」反穿老羊皮由積雪盈尺之雪天冰地上匍匐而進，猛烈攻擊，傷亡極重，可見犧牲之大。然而所不幸者，天津完全克復之日，正是郭松齡敗亡之時。

先是，郭既至新民屯，距瀋陽僅數十里，奉方有日人爲助，得以悉數赴戰線。郭既聞李景林背盟之訊，派魏益三赴山海關以固後防。其攻營口之軍，又爲日兵所阻，不得驟來援。而郭軍內部復有參謀長鄒作華，暗行變叛，爲奉軍內應，貽誤軍機。奉張又得其老弟兄吳俊陞之生力軍爲助，統騎兵精銳遠從黑龍江南下應戰，猛烈襲擊郭軍。十二月廿三、四兩日，雙方決戰於新民屯。郭不能支，全軍大敗。郭與其夫人韓淑秀改裝逃匿。均被虜，旋卽遇害。山海關復入奉軍手。魏益三率部急退，得馮氏應援，急派佟麟閣旅前去換防，而改編魏部爲「國民軍」第四軍，退駐石家莊。自郭敗死之訊傳來，馮氏之軍事計劃完全失敗，爲之惋惜哀痛者累日。迨十七年北伐成功後，馮氏向「國民政府」爲郭請䘏，復自爲其鑄銅像以表揚其革命之功。郭松齡雖未成功，亦可以不死矣。

馮氏既克直省，卽請「執政府」任命孫岳爲直隸督辦兼省長而以鄧寶珊爲軍務幫辦。不料此一着布置卻引起內部小小裂痕。李鳴鐘因覬覦直省一席，竟與幾位軍官表示反對孫岳之任命。馮氣極了，卽向部下表示辭職。李等當然不敢再有表示了。孫岳前於十四年八月被改任督陝，惟以陝西軍隊複雜，號令不統一，督辦勢力所及僅西安省城，因此憤而離陝，赴保定養疴。及是時天津克復，馮氏卽保之督直，一則以酬庸報功，盡其私情公誼，二則藉以勉勵部下不爭地盤。此一着，馮氏確是冠冕堂皇的文章，但以孫軍能力薄弱，不堪作戰，卒至直魯進攻，無力抵禦，至有後來「國民軍」全局之失敗。說者恒謂馮氏以直隸給孫爲非計，此或仍是「謙謙君子」退讓之風有以致之。然其中，馮氏老謀深算，別有會心，似乎有意仍賴第二軍在豫以禦吳而另置孫之第三軍於直以禦奉，如是作爲緩衝，所以屏藩馮氏本軍未可知也。岳嘗有對「國民軍」之深刻的自我批評云：「一軍私，二軍貪，三軍散」。所謂「私」者得無指此？

馮氏既勝李保孫，卽嚴令所部退回原防，北京、通州、灤州及熱、察、綏各地，又撥給李烈鈞精兵二千，使向山海關進發，暫任警備該地之責，並相機助魏益三部進攻奉天。是時，李景林殘部已紛紛退入魯境。李則由海道赴魯，聯合張宗昌以圖恢復。

殺徐樹錚

於此，合將是年杪北方發生的一件大事補述；卽是：徐樹錚被殺於廊房。先是，徐奉段祺瑞命赴歐任「考察專使」曾與義大利獨裁者墨索里尼訂定軍火借款協約。是年十二月下旬歸國，廿三日，抵北京。廿九日，又匆匆乘專車南下。卅日上午一時卅分，車到廊房，卽有「國民軍」張之江派員率兵十餘人登車，拘捕樹錚，當卽押赴車站附近鎗斃。其隨員數人亦被拘禁，後省釋。此卽郭松齡倒奉敗死後第六日之事也。事後，陸承武通電全國，聲明殺死徐樹錚係爲父復仇。原來，其父陸建章前於民七年六月中，在天津被徐樹錚擅自殺斃於天津奉軍關內總司令（張作霖任總司令，徐副之。）時，馮氏駐防常德，位卑力薄，不能為其昭雪。此次徐照樣被殺，可謂「寃寃相報」。在當時北方軍政紊亂時期，全無法紀，曲直是非，難以評定。馮與陸為至親，且一身受其知遇、提拔、維護之深恩，如係其下令殺徐，即是「以其人之道，還治其人之身」，稍雪憤恨。或謂其主因實係由徐與義國訂立軍火借款協議所致。至其由陸子承武通電，承認為父報仇，也是好題目。在當時無法無天、亂政亂命之局面下，其事不了自了。（在廊房被捕及旋被斃事，見徐「年譜」。與余以前所聞同。）

然在民國三十四秋，徐子道隣（卸任「行政院政務處」處長）在南京「軍事委員會」起訴馮玉祥殺父罪。時，馮氏正任該會「副委員長」。「軍法總監部」奉命辦理此案。承辦人殊感棘手。卒以法律規定：殺人罪追訴權之消滅時效為二十年：此案固不超過，但適用最有利於行為人之法律為暫行新刑律規定：追訴權之消滅時效，則為十五年。本案早已逾越，乃判決不受理，遂告終結。（見秦著，頁九七）

【補註】㈠第七章　當馮氏任陝西督軍時，北京美使館武官史迪威（即後來抗日戰期間任蔣總司令參謀長者），由山西到西安助築公路，因得常見馮氏及馮軍。據其自述當時的觀感云：馮主陝政不能禁絕鴉片（按：即「寓禁於征」），一因如一旦厲行禁絕，陝軍必起而反抗；次因他抽運煙土以大部供給吳佩孚而留其餘為本軍之用。（按：其後劉鎮華等運煙，不過潼關，轉由他路，以避重稅。）又謂常聽到馮軍歌唱基督教聖詩。遍地貼上戒除煙酒、誠實營商、孝敬父母、耕田、織布、讀書、等等格言。各商店亦有寫上的格言標出來。馮氏一兵每餐食前認識兩個字。軍官及妻子一律要上課學習讀書寫字。另開班訓練地方官吏、紳士、警察、衛生人員，以及建公路、與水利（灌田）等工作。他眼見馮軍兵士皆活潑壯健而其鎗械皆潔淨的。（頁九八）

馮軍兵營中，每一房間均懸有一幅中國地圖（國恥圖也）以紅筆標明五十年來中國所失的國土——安南、高麗、台灣、旅順。另有陝西、中國其他地圖。兵士均比其他中國軍為潔淨，苦練攀槓，技術優妙。休息時則各讀基督教聖經。在課室則學讀書寫字。在工廠則習各種技藝，如織布、做木工、製鞋、裁縫、打鐵等。又為馮氏及其參謀長解釋新式武器及其用法（前云馮氏注意於兵術之談話多於築路。）（頁一〇〇——一〇一）

如果馮氏得不受干擾長時期，他可以實施管治（全省），掃除土匪，嚴禁鴉片運輸，而得有成功希望的。史迪威認為「只有馮氏一人表現出建立秩序與廉潔政府」，而今又要捲入內戰漩渦，而一任陝西退回舊時狀態。（頁一〇二）

上見 B.W. Tuchman. Stilwell and the American Experience in China. 1971. Macmillion。

㈡第九章「革命之醞釀」一節內言，吳佩孚在第三鎮時「僞為加入同盟會」及向統制告密出賣同志，與入晉偵探事，統見蔣鴻遇：「國民軍二十年奮鬭史二集初稿」頁一二一——一二二。當時第三鎮統制是曹錕，非吳祿貞。以上兩點，承編者提出疑問及指正，謹致謝。另據章著「吳傳」（頁一二三——一三三），吳當時係第三鎮第一協統盧永祥部下炮兵第三標劉標統所轄的第一營管帶（營長，非團長）。劉標統等十餘人是革命黨人，與晉方已埋伏下的革命軍暗約一到娘子關後，即刦奪全協軍權。但火車剛過娘子關前一站的井陘，劉標統等悉被吳與張福來揮兵捕了去。革命計劃失敗，太原乃不守。曹錕面許陞吳為砲兵三標標統，但未實現。由此可見蔣著是事出有因的，不過詳情仍待考證。

〔**更正**〕上期第十章

頁八六上六行　湘北磁家磯應作「湖北磁家磯」。

頁九七上　廿一日下同日「段派員……」，「同日，日本公使……」，「同日下午黃郛……」三條應移在廿二日內。廿二日下，應加「同日，奉天日文報發表馮軍班師事」。（按：此當係廿一日來自東京新聞；奉方想不致預洩軍機。）

（本章完、下期續登十二章）

赤都瑞金的主人公

周恩來評傳（十一）

嚴靜文

陳紹禹等留俄派分子，雖會遭受周恩來的打擊和處分。但是在一九三一年一月的四中全會上，仍不得不與周恩來妥協、周並且仍留任軍事部長，這件事足以說明當時周恩來潛在勢力之大。尤其是在紅軍裏的影響力已根深蒂固，一時無人可與之爭鋒。當時唯一可與周恩來對抗的，是最先打游擊，在主力紅軍中盤根錯節的毛澤東，因此這個時期周恩來首先要對付的是毛派，已不是留俄派。一九三〇年九月三中全會時，項英已派往江西蘇區，籌建中央局撤消「總前委」來解除毛澤東的軍權，但是項英到了蘇區不久即趕上中央軍發動一次圍剿（一九三〇年十二月——一九三一年一月），軍事情勢緊急，另一方面在政治鬪爭上又不是毛的對手，因此雖然於一九三一年一月十五日成立了中央局，●撤銷了「總前委」，但是毛以中央局委員及對一方面軍的影响力，仍可控制主力紅軍，使項英不能爲所欲爲。但是一九三一年十二月周恩來到了蘇區之後，情勢立卽大變。「我與紅軍」的著者龔楚曾有一段極關重要的描述。

左張右毛、周恩來掛帥

一九三二年一月三日，中共中央召開了一次政治局擴大會議，討論二十六路軍（孫連仲部兩個旅久爲中共分子滲透，一九三〇年十二月十四日在寧都叛變投奔共軍）「起義」後的形勢。龔楚寫道：

「是日午後二時，我接到通知：『本日下午八時，在中央政治局開會，請依時出席。』中央政治局辦公室，距我駐地不遠，我於晚餐後前往出席。會議廳是在一間民房的樓上，長方形的大廳，四張方枱連接的擺在廳的中央。枱面舖上一塊白布，周圍擺着日字形的木櫈；廳之一端，擺了一張日字枱，放置着茶具，另一端掛了一幅中國地圖，廳中的會議枱上面，掛着一個大的洋油吊燈，……這就是一個重要會議廳的佈置。我走到樓上時，毛澤東、張聞天、王稼祥正坐在會議廳的枱旁談話；我先向他們敬了禮，他們兩人卻站起來，毛澤東笑容滿面的走前來和我握手。我到中央蘇區還是第一次和他會面。我注意看他的臉色，隔了三年多的毛澤東，嘴角上的笑容掩蓋不了臉上的憔悴。……我心裏在想着，他握着我的手不放，很熱情的先開口說：『你健康好嗎？』我答他：『我好，祝你健康。』他接着說：『多年不見了，我們革命同志，經過了幾年的鬪爭，今天尚能見面，眞是不容易的事呢！哈、哈。』他又面向張聞天說：『龔楚同志是我們井崗山鬪爭的老同志呢！』張聞天接着說：『我早知道了。我和龔同志談過了一個通宵。』這時周恩來已上來，他祇向大家點點頭，那副冷酷的面孔，可比較往昔温和。毛澤東斜眼望他一下，又望望我。好似有點不自然的情形。接着項英、彭德懷、朱德、林彪、鄧發均到來。朱德隨即介紹我和彭德懷見面。……。林彪很有禮貌的走過來和我握手。……忽聽周恩來叫道：『請大家坐下，開會了。』各人便紛紛入坐。周恩來坐在主席位上，張聞天在左、毛澤東在右，朱德，我，彭德懷連坐在一起，先由周恩來站起來報告，…………。」

這一段記載頗為生動，這無異是赤都瑞金首要的排班亮相。唱主角者不是「中華蘇維埃主席」㊁毛澤東，不是留俄派的巨頭張聞天、王稼祥，也不是中央軍委主席項英，而是唱文武老生、政治局常務委員、掛軍事部長官銜的周恩來；文武百官都在他的節制之下，給他唱配角。

一九三三年十二月底，在上海難以立足的中共中央遷入蘇區之後，留俄派的秦邦憲雖是總書記，但是實權仍操在周恩來之手，如同瞿秋白時代和向忠發時代。到一九七一年四月乒乓外交揭幕為止，這是周恩來在中共黨內權勢最隆的時期。

毛被解除軍權

周恩來的作風，是避免與任何人正面衝突；也不專門對付任何一人一派；但是他卻會利用現成的機會，順水推舟、借刀殺人；達到打擊政敵之目的，而不留痕跡。他到蘇區之後對毛澤東一派的打擊就是最典型的例子。

這須先說明周恩來與毛澤東之間的過節。他二人的交惡起於毛澤東與朱德的爭權。從一九二八年八月到一九三〇年十二月這期間，朱毛二人曾發生一連串的衝突。當時多數軍人擁護朱德，但是毛是紅軍總前委書記，紅四軍政委在蘇區實是最高領導人，並且他使用軍中的黨組織來控制紅軍，侵奪各單位指揮官和政治委員的權力，如此紅四軍曾派陳毅、紅五軍曾派滕代遠前後到上海，向黨中央及周恩來告狀；周恩來全力支持他們，曾數次下令調毛澤東離開蘇區赴滬述職，毛始終頑抗不去；而這個期間軍事情勢變化太快，紅軍主力由一個紅四軍已擴展到兩個軍團，成立了一方面軍，實力增加了四倍；周恩來在上海鞭長莫及；在這種情況之下，毛澤東的羽翼乃日益伸張，同時他更藉反AB團㊂為藉口，大肆誅戮異己，到一九三〇年十二月為止，紅軍幹部被殺者達四千四百餘人，弄得人人自危；一九三〇年十二月七日，毛澤東派政治保衛局幹部李韶九帶紅軍一連人到富田包圍江西蘇維埃七日，逮捕一百七十餘人，約百人被處死或被拷打而死；七十餘人被拘，省委和省蘇所有領導幹部，除陳正人，曾山等數人之外皆被指為AB團；這一血腥行動激起駐富田第二十軍營指導員劉敵率眾反抗，反包圍省委及省蘇，逮捕李韶九、二十軍軍長劉鐵超，釋放被拘的段良弼、李伯芬等被捕幹部，這就是中共史上的「富田事變」。

毛澤東這一屠戮異己的行動，極為冒險，因為反抗得手的一批人，曾致書朱德、黃公略等紅軍部長，揭露毛澤東這一行動的眞相，將江西省及省蘇幹部一網打盡的是為了政治報復；但是正趕上中央軍對江西蘇區發動第一次圍剿，紅軍忙於應戰，這一事件的眞相遂被湮滅。但是各軍幹部對毛澤東一派的反感至此已達到頂點，致軍中發現：「打倒毛澤東、擁護朱彭黃！」的口號。但是在當時環境之下，這股怨毒只有暫時壓在心底，等周恩來到達蘇區，徹底解除毛的軍權之後，才逐漸爆發出來。因此從一九三一年十一月到一九三四年一月，江西蘇區的反毛浪潮洶湧澎湃，一波未平一波又起，毛澤東在手訂的，並經中共政治局會議通過的「關於若干歷史問題的決議」中，總結這是「第三次左傾路線的錯誤」。㊃胡喬木著「中國共產黨的三十年」（人民出版社出版）中也說：

「…而由左傾分子所組織的臨時中央，在一九三三年也不得不遷入中央紅軍根據地。臨時中央到達紅軍根據地後，雖然已與紅軍和革命根據地工作的中央委員毛澤東同志等會合，組成了正式的中央機關，但是排擠了毛澤東同志的領導，特別是排擠了毛澤東同志對於紅軍的領導。…」

項英代毛領導紅軍

中共官方文件對於這一段歷史，向來都輕描淡寫；這因爲第一不便直說毛當時具體遭遇和悲慘處境，第二、周恩來一九四二年以後已向毛澤東輸誠交心並得到諒解，不能再翻舊帳，傷損周恩來的體面。其實解除毛澤東對紅軍領導的正是周恩來，而在那個期間接二連三，清算鬭爭毛澤東主動者雖另有人在，但幕後操實權者也是周恩來。

綜計在這個期間，毛澤東所受到的鬭爭和打擊如左：

①一九三一年一月十五日，項英、顧作霖等依照三中全會決議在江西蘇區主持成立中央局；二月撤銷了「總前委」，解除了毛澤東對蘇區的領導權；同時解除了一方面軍政委的戰務（周恩來任中央局書記及一方面軍政委。），降級爲一方面軍政治部主任：同年秋王稼祥自上海抵達蘇區，又接替毛的政治部主任職務。

②一九三一年九月一日，上海黨中央在致中央局的指示中批判毛澤東下列錯誤：㈠指斥毛澤東的土改路線：「你們對於消滅地主階級與抑制富農政策還持着動搖的態度，例如你們容許地主殘餘租借土地耕種，對於富農只是抽肥補瘦，抽多補少，而不實行變換富農肥田給他壞田種的辦法。……」㈡「指斥毛在紅軍裏的包辦主義：「在紅軍中亦以黨包辦一切，於軍事指揮與政治委員的權能便表現不出：。」㈢斥責毛澤東在紅軍時的「小團體主義」，及戰略戰術的「保守思想」。當中共中央發出這一指示之際，周恩來尙在上海，主要意見尤其是關於軍事問題多出於周的主張。

③項英、張聞天、王稼祥、任弼時等遵照中共中央這一指示，於十一月一日在瑞金召開了蘇區黨第一次代表大會。這次大會更深入的檢討和批判了上述毛澤東的錯誤。直指毛澤東主持的「二七會議」㊄所決定的土地政策是富農路線；又指出反AB團事件是「肅反中心論的錯誤」，以及在方法上「苦打成招」的錯誤。對於毛的軍事思想做了頗細微具體批判，列舉的錯誤有：㈠游擊主義，㈡小團體主義，㈢紅軍裏黨的包辦主義，㈣狹隘的經驗論。當上述這些決議案送交大會通過之前，毛澤東曾向與會諸人力作解釋，但遭受朱德、王稼祥等嚴厲駁斥。

在這次大會之後，毛澤東完全被剝奪了軍事工作，受命專任蘇維埃的工作，因此這次大會對毛是一項決定性的打擊。到此對他的鬭爭，本可告一段落了，可是事實上則方興未艾。其後幾不鬭連續遭受鬭爭和處分，直至一九三四年十月，紅軍主力撤離江西爲止。

當大會進行時，周恩來已自上海起身來江西途中，他雖然未參加會議，但是他的主張卻已獲得貫徹。王稼祥等幾個楞小伙子，無形中充當了周的打手，將毛澤東解決。

根據以上的說明，在這裏須辨明一件事實。依照中共官方的宣傳，在江西時代毛澤東親自領導了一、二、三次反圍剿戰爭並取得勝利。據知第一次反圍剿戰爭在一九三〇年十二日二十七日——一九三一年一月一日，第二次反圍剿戰爭在一九三一年五月十五日——五月三十日，第三次反圍剿戰爭在一九三一年七月——九月。而毛澤東已經於一九三一年二月被解除了總前委書記及一方面軍政委，試問他如何還能領導第二、第三兩次反圍剿戰爭？當時負責領導軍事的應是中央局代書記項英、毛澤東僅能以中央局一成員參加意見而已，如何談得上領導？

平息肅反的恐怖

周恩來於一九三一年十二月中旬抵達江西蘇區，除趕上處理二十六軍「起義」之外，下馬第一砲就是徹底糾正反AB團事件的錯誤、所造成的恐怖氣氛。這因爲富田事變之後，毛澤東曾大肆鎮壓叛抗者，殺了八百人，其後更廣事株連，捕殺了一萬餘人。後來殺得幾乎無法停手，那些含寃被捕的人就咬那些捕人殺人的人是AB團，因此李韶九、林一珠等這些肅反幹部也都相繼被殺。

一九三二年一月七日，周恩來主持中央局會議，檢討肅反的錯誤；項英、顧兆霖指責毛澤東，武斷的認定富田事變就是AB團暴動；朱德批評毛在紅軍中肅反濫殺四、五千官兵，並揭暴當富田事變時，朱德、彭德懷、黃公略三人發表的宣言，是毛預先起草，以總前委書記及總政委命令他三人簽署發表的。周恩來根據這些材料，嚴厲的批評了毛澤東。會議並通過「關於蘇區肅反工作議案」。在決議中指責，總前委時期，草木皆兵的打AB團，是「嚴重的右傾錯誤」，並指出反AB團鬭爭方法：「不僅是簡單化了而且是惡化了，如專憑口供大捕嫌疑犯，尤其是亂捕工農分子，乃至苦打成招，以殺人爲兒戲，最嚴重的是黨內因此發生恐慌，同志間互相猜疑不安，甚至影響到指導機關。這不但不能打擊和分散反革命的力量，……相反的，反倒使我們自己的階級戰線革命力量受到動搖和損害，這是嚴重的錯誤。」

富田事變發生於一九三〇年十二月，這神秘的恐怖行動，所發生的餘波，延續到一九三一年十二月仍未平息，可知所種怨毒的深刻性。

周恩來這個人最可取之處是頭腦冷靜。他當時在江西蘇區；矯正亂打AB團的錯誤，平息了紅軍及蘇維埃內部互相猜疑，互相殘殺的歇斯特里恐怖氣氛，恢復了內部的團結，毫無疑問地大得人心，增高了威望。一如他三十五年之後，在「文化大革命」歇斯特里的恐怖情勢中，再次表現了衆人皆狂我獨醒的特色，並且再度施展其靈活善巧的手腕來平息那種瘋狂的破壞性的大混亂，恢復了制度和秩序。這也是他在文革之後，聲價日高的根本原因。

周恩來到達蘇區以後，平息了肅反的恐怖，恢復了黨的團結，第一砲算是打響了。但是第二砲卻沒有打響，並且栽了一個大斛頭。

一九三二年一月二十八日，日軍進攻上海，國軍剿共部隊紛紛北調，上海的中共中央下令紅軍主力乘機進攻贛州，俾使贛江東西兩岸蘇區聯成一片，爭取蘇維埃在一省的首先勝利。

當時贛州僅有雲南部隊一旅人駐守，裝備甚劣，僅有機關槍、連砲也沒有。紅軍聞知大喜，以爲輕易可以攻下贛州。

周恩來召集軍事會議時，毛澤東也被邀出席。毛極力反對攻堅，仍主張誘敵深入那一套戰術，遭周恩來駁斥，上演一場兩條軍事路線的鬭爭。周恩來有留俄派張聞天、王稼祥，紅軍將領朱德、彭德懷等積極支持，毛澤東自然無法對抗，因此決定照黨中央電令進攻贛州。彭德懷誇口可以一周之內取贛州，因此軍事佈署如左：

一、彭德懷指揮第三軍團主攻贛州；

二、第一軍團第四軍，以主力進佔南康，截擊援贛的廣東部隊；

三、第四軍一部進出贛州之北的沙地對吉東、南昌方面施行警戒；

四、第五軍團爲預備兵團，控制贛江東岸地區；

五、第十二軍仍駐長汀，相機攻佔連縣、上杭。

進攻贛州一役，是周恩來自南昌暴動以來初次領軍作戰；按當時情況大有許勝不許敗之勢，這因爲：㈠這是清算毛的軍事路線之後的第一戰，而且在決定進攻贛州時又與毛澤東發生了對立的爭論，如果遭遇失敗，會助長毛的氣焰；㈡這也是國軍廿六路軍投共（編爲第五軍團）後第一戰，急需穩定這些降兵降將的士氣，打一場勝仗來壯膽色；㈢爲了樹立個人的威信，也必須打勝這一仗。

可是，周恩來卻吃了大敗仗。第三軍團自二月中旬起猛攻半個月，迄不能破城；而中央軍自南昌和吉安調來了實力極強的援兵，陳誠的第十一師及羅卓英的第十四師。在中央軍的反攻之下，三軍團的第五軍幾被擊潰，師長一人及指戰員二十餘人被俘。失敗的原因甚多，第一贛州三面環水，且城墻堅固，易守難攻；第二，前線將領不和，彭德懷與紅七軍長龔楚有心病，作戰未能密切協同；第三，佈署錯誤，將一軍團主力用作截擊脆弱的廣東部隊，而疏忽自北面調來的強大中央軍。

贛州之役的慘敗，對周恩來打擊之大

不言而喻。於是他再接再勵、決發動另一攻勢，這次攻勢的目標和佈署如左：

一、第三軍團（紅五軍紅七軍）渡過贛江，恢復贛江西岸永新、寧岡、遂川、上猶、崇義等老蘇區，之後向吉安、泰和推進，使與中央蘇區連成一片，控制贛江，孤立贛州；二、第一軍團（紅四軍及十二軍）進攻福建漳州、廈門奪取出海港口；三、第五軍團留駐中央蘇區、並對贛州、信豐敵軍警戒。

當在瑞金舉行軍事會議的時候，毛澤東對這一計劃曾進言說，兵力太分散：一軍團攻漳州兵力太單薄，應加調五軍團同往福建，蘇區由地方部隊防守。周恩來再度拒絕了毛的建議，照原定方案進行。

果如毛澤東之所料，一軍團攻漳州失敗回竄；而三軍團在贛江西岸的活動，則有得有失，沒有什麼大的收穫，總言之，周恩來到了蘇區以後，在軍事上急於打勝仗立威，可是連次無功；同時，唱反調而言多中的毛澤東則越來越使他感到討厭。我們不能根據上述兩次失敗而斷言周恩來軍事才能太差。因為進攻贛州是上海中央的電令，他不能不服從；而當地將領彭德懷諸人的過份樂觀也使他錯估形勢。但是周恩來的軍事才能顯然比政治才能遜色。反過來，毛澤東的軍事才能則遠高於其政治才能。從中共的歷史來考察，毛澤東在政治上無往不遭打擊，其得勢當權，完全因為他自遵義會議控制了軍隊，所謂「槍桿子裏出政權」。周恩來則反是，他自遵義會議以後，久歷風濤而不倒，全憑政治本領。

指揮大軍作戰的人，需要獨斷的權力和意志，在專制的時代，尚有「將在外，君令有所不受」的慣例，因「君」遠離戰場，不知前敵形勢，「命」多不可靠。同時戰爭是一種「運用之妙，存乎一心」的藝術，統帥必須有不受牽擾的全權，像周恩來那種面面求圓的作風，絕不適合作軍事統帥，既要受上海租界裏黨中央的「命」，又要照顧共產國際軍事顧問及各將領、各中央局委員的體面和意見，能不失戍機那就成怪事了。

這裏要說明的是，周恩來當時謹從中央的命令，並不是怕那幾個留俄派，而是怕留俄派背後的共產國際和蘇俄。當時中共還是共產國際在中國的支部，擁有絕不能違抗的權威。

寧都會議的爭論

一九三二年六月，中央動員了約百萬大軍，開始了第四次剿共戰爭；這場戰爭分兩個戰場，一是在長江中游的鄂豫皖地區，鄂湘西地區，二是江西蘇區。前兩地區由張國燾、賀龍等所指揮的四方面軍和二方面軍乘中原大戰及九・一八，一・二八外患頻發之際，已發展到約十萬人，大有截斷長江，包圍武漢之勢，因此中央軍先進擊這兩個地區，並取得了重大勝利，四方面軍殘部約四萬人西竄入川，賀龍的二方面軍只剩下五千殘兵，亦逐出洪湖的老巢。下一步即將進剿江西蘇區了。

在這一形勢之下，八月初周恩來在寧都主持召開中央局擴大會議，討論反圍剿的戰略戰術。這時主力紅軍的最高領導人是一方面軍總司令朱德，政委周恩來，參謀長劉伯承。政治部主任則是王稼祥。但周恩來是黨的軍事部長，實際上是最高統帥。但是在他身旁坐着一個共產國際軍事顧問李特。這是贛州之役以後，再次領軍作戰。在清算了毛澤東的「狹隘經驗論」和「游擊主義」之後，這次開會周自是特別謹愼，警覺也特別高。因為毛澤東曾領導第一次反圍剿戰爭，並且獲得大勝；第二第三兩次反圍剿戰爭，雖然是項英領導的，但是由於項英的軍事知識和經驗不足，沒有威信，不得不由朱德多負責任，仍勢必受毛澤東若干影響。因此這次第四次反圍剿、周恩來感到切須求勝，並且絕不能再用毛澤東那些老辦法。因此他在報告中提出了「先發制人」、「積極進攻」的戰略。概言之，即乘中央軍未行分進合擊之前、集中主力，在蘇區邊緣或蘇區之外，窺伺中央軍弱點，擊破一方，粉碎圍剿，同時並極力擴大蘇區及紅軍實力。並決定向北進攻，乘樂安、宜黃一線中央軍的弱點，預定奪取撫州、吉安。

對於周恩來報告的方針，毛澤東竟又獨持異議，反對「先發制人」，對奪取撫州、吉安也感到懷疑，仍主張「誘敵深入」在蘇區決戰。毛澤東這些老調，立刻遭受周恩來朱德劉伯承陳毅等的激烈的批判。毛當時是個孤立無權的人，只好俯首認錯。周恩來等當時指出毛的觀點錯誤：

①「誘敵深入」，勢必等待敵人進攻，而當時四方面軍及二方面軍，正遭受中央軍圍剿，進行殊死戰；主力紅軍如不及時出擊呼應，等於坐待友軍被殲，那是一貫的「右傾機會主義」錯誤。

②中共中央的指示是擴大蘇區，向外發展，奪取中心城市，首先完成江西一省勝利；如果仍採取誘敵深入的辦法，無異是違反中央指示。

③過去在打游擊時期，可以誘敵深入，現在已建立了蘇維埃中央政府，怎能讓敵軍長驅直入，威脅首都瑞金。

④誘敵深入在蘇區與敵決戰，雖然有利，但是蘇區的人力，物力損失太大，得不償失。而現在紅軍實力已強大到足以出境作戰。

後來，毛澤東在中共黨內得勢，一九三六年十二月在延安窰洞裏撰寫「中國革命戰爭的戰略問題」時，對這一段往事曾慨乎言之：「然而從一九三二年一月開始，在黨的『三次圍剿被粉碎後爭取一省數省首先勝利』那個包含着嚴重原則錯誤的決議發佈之後，左傾機會主義者就向正確的原則作鬬爭，最後是撤消了一套正確原則，成立了一整套和這相反的所謂『新原則』，或『正規原則』。從此以後，從前的東西不能叫正規的了，那是應該否定的『游擊主義』。反游擊主義的空氣，統治了整整三個年頭。其第一階段是軍事冒險主義，第二階段轉到軍事保守主義，最後，第三階段，變成了逃跑主義。直到黨中央一九三五年一月在貴州的遵義召開擴大的政治局會議的時候，才宣告這個錯誤的破產，重新承認過去路線的正確性。這是費了何等大的代價才得來的呵！」

毛澤東忍不住大翻舊帳：

「起勁地反對『游擊主義』的同志們說：誘敵深入是不對的，放棄了許多地方。過去雖然打過勝仗，然而現在不是已經和過去不同了嗎；並且不放棄土地又能打勝敵人不是更好嗎？在敵區或在我區敵區交界地方打勝敵人不是更好嗎？過去的東西沒有任何正規性，只是游擊隊使用的辦法。現在我們的國家已成立了，我們的紅軍已正規化了。我們和蔣介石作戰是國家和國家作戰，大軍和大軍作戰。歷史不應重複，『游擊主義』的東西是應該全部拋棄的了。新的原則是「完全馬克思主義」的，過去的東西是游擊隊在山裏產生的，而山裏是沒有馬克思主義的。新原則和這相反：『以一當十，以十當百，勇猛果敢，乘勝直追』，…『先發制人』…『禦敵於國門之外』…是大後方主義，是絕對的集中指揮；最後，則是大規模搬。並且誰不承認這些，就給以懲辦，加之以機會主義的頭銜，如此等等。」

毛澤東幾乎把當時所有批評他的「警句」，卻逐一加括號寫在文章裏了。生動地反映了當時周恩來批評他的情況，以及他的感受情況。接着，他忍不住也給周恩來等加了若干「頭銜」：

「無疑地，這全部的理論和實際都是錯了的。這是主觀主義。這是環境順利的時候小資產階級的革命狂熱和革命急性病的表現；環境困難時，則依照情況的變化以次變為拚命主義，保守主義和逃跑主義。這是魯莽家和門外漢的理論和實際，是絲毫也沒有馬克思主義氣味的東西，是反馬克思主義的東西。」

毛在談戰略戰術的大文章中，對政敵如此嘻笑怒罵，可見當時周恩來給他壓力之大，打擊之深。

日軍為紅軍解圍

寧都會議通過了周恩來的報告，蘇維埃政府中央軍事委員會（主席朱德）乃根據寧都會議的決定，一九三二年八月八日在興國對各部紅軍發出訓令。訓令說：「……我一方面軍應運用最高度的機動迅速的行動，不讓敵軍的合擊而先行各個擊破與消滅敵人一方面的有生力量，……以勝利的進攻粉碎敵軍的四次圍剿，爭取南昌、吉安、樟樹、撫州、贛州等中心城市，使中國蘇維埃運動更順利的完成在一省數省首先勝利的任務。」

對於主動北進方針該訓令言道：

「依據於本軍的政治任務，敵方情況及本軍物質條件的能力，來做決心的基礎，我們策略應該針對着北路的圍剿敵軍佈置較弱與我軍運動較利的一面，集結本方面軍的全力，以堅決迅速秘密的行動，首先消滅樂安、宜黃方面之高樹勛部，並打擊其增援隊伍，進而威脅與奪取吉安、撫州、南豐、樟樹及南昌附近的較大城市，使江西敵軍完全處於被動地位，我得相機各個擊破與消滅之。……」

周恩來這次的運氣不錯，他們用無線機竊聽了國民政府軍事委員會的第四次圍剿計劃，得知廣東部隊第一軍及第三軍由西南方面進攻江西蘇區，中央軍自東北方面進攻。同時偵知廣東軍領袖正與南京鬧對立，判斷粵軍對這次剿共軍事絕不會盡力，因此集中全力北攻中央軍。因第一、三、五軍團，八月中旬全力出擊，在第一期攻勢中連克黎川、南豐等地，建立了新的蘇區。十月中旬，有南城李西趙之役，伏擊中央軍李雲杰、毛炳文，許克祥三個師，打了一場勝仗。但是由於彭德懷指揮不當，未能擴張戰果，戰役結束，周恩來親往黎川主持軍事會議加以檢討。

十二月在廣昌附近，再伏擊中央軍四個師，李明，陳時驥兩師全軍覆沒，李明陣亡，陳時驥被俘，其餘兩師亦被擊潰，繳獲步槍二萬餘枝，俘官兵一萬餘人；大獲全勝；更乘勝入閩，擊潰十九路軍區壽年師。但共軍亦付出重大代價，第五軍團總指揮趙搏生即在是役中陣亡。

由於三戰三捷，鹵獲大量武器，因此在江西擴編了紅八軍，在福建增編了紅九軍，並在瑞金、興國、會昌各縣成立模範師。不過，當時周恩來仍不敢過於高興，因為中央軍在擊破徐向前的四方面軍及賀龍的二方面軍之後，主力正逐漸轉移江西，即將開始總攻。不過，他這次運氣太好，一九三三年一月侵略熱河的日軍，進向長城線，入侵華北，中央軍主力北調抗日，第四次剿共軍事乃半途而廢，江西蘇區乃自然解圍。

註①：蘇區中央局於一九三一年一月十五日成立時發出的第一次通告內文如左：

「中央局為加強黨對蘇區的領導和工作的指導起見，在中央之下設立全國蘇維埃區黨的中央局（在政治上組織上同南方局、長江局一樣受中央政治局的領導），管理全國蘇維埃區域內各級黨部，指導全國蘇維埃區域內黨的工作，將來蘇維埃區擴大的區域，仍歸蘇區中央局管理。現在決定周恩來、項英、毛澤東、朱德、任弼時、余飛、曾山、及湘贛區特委一人，CY（青年團）中央一人組織之，現在已正式成立，開始工作。以後全國各蘇區及紅軍中黨部（總前委取消）應直接受蘇區中央局指導。……」

註②：全國蘇維埃第一次代表大會，於一九三一年十一月七日舉行，選出毛澤東為主席，成立「中華蘇維埃政府」，時周恩來尚在來蘇區途中。

註③：所謂AB團，AB二字是反布爾雪維克英文字Anti-Bolshevik的縮寫。一九三二年一月十八日出版的「紅旗周報」，對於AB團有如下記載，「AB團設總部南京，在江西設有一總AB團部，下有幾個路團部，再下則有縣、區、鄉三級團部，團部負責者為團長及副團長，在紅軍部另有組織系統。此外還有青年AB團，婦女AB團及成年AB團等單獨組織，組織間不用文字，只用口頭……。」但查考國民黨有關資料並無如所說的AB團組織。這可能只是當時蘇區共黨草木皆兵心理的產物。

註④：三次左傾路線的錯誤是指瞿秋白的左傾路線、李立三路線及王明路線。

註⑤：指一九三〇年二月七日，毛澤東所主持舉行的紅四軍總前委贛西南特委的聯席會議，該會決定了毛澤東提出的土改政策，「抽多補少，抽肥補瘦」的原則。

孫仲瑛的革命詩話（五）

恆齋

景定成

景定成字梅九，山西安邑人，章太炎先生高弟，北京大學學生，文學與景太昭齊名，稱山西二景。民國紀元，北方黨人以梅九、李石曾、吳稚暉、汪精衞、張溥泉五人，稱爲五君子。梅九嘗爲回憶錄自傳云：三十年前，予在北京大學肄業，蘇報案發，讀章鄒之文而好之，尤以太炎與康有爲書中「載湉小醜不辨菽麥」兩語爲奇警，不啻向五千年帝王歷史中，猛投以炸彈。予斯時已讀過揚州十日記，隱識種族大義，益視章鄒文學爲寶，而鄒容革命軍文中「誰食誰之毛誰踐誰之土」之快語，尤能深印腦筋。既而留日，加入同盟會，受三民洗禮，一日聞太炎出獄，民黨迎至日京，開會歡迎，羣推太炎主編民報，是爲民黨唯一機關雜誌，初登太炎一篇動人文字，曰「革命之道德」藉以堅黨人之信志，效率甚大，而同志喜文學者，均願親承訓誨，爰組學會，邀先生講文字，予亦在聽講之列，已陰奉先生爲大師矣。民國成立，袁氏初以東三省籌邊使餌先生，既而罷職返燕都，隱窺袁氏抱帝制野心。一日予謁先生於客寓，先生擬效方孝孺故事，執喪杖，穿麻衣，痛哭於國門，以哀共和之將亡，爲同人所勸阻。民三，予避地秦中，因成憶師五律一首云：海上尋畸士。初逢意已降。傳經優不闢。解字許無雙。嚴別華夷畛。允懷父母邦。新朝羞擁戴。鐵鎖鎮寒幢。未幾，予亦因倒袁被捕，送至燕獄，初尚有獄中受經於先生之奢望。及入獄後，乃悉先生囚居護國寺，惆悵無似。袁死，先生脫獄回籍。民六，予流寓浙江鎮海，時有誤傳南章北景之說者，因笑曰我曾不敢與季剛（黃侃）比肩，何況章師。作一絕以自明云：章子聲名滿世聞。輙生昔亦受陶薰。從今不用輕相擬。早愧人間詠五君。人有詢章景傳說者予用聯語答之曰：函谷儘容窺紫氣。西河何敢擬尼山。浮言因之頓息。讀此一段回憶錄，亦可盡知梅九志尚矣。梅九南社社友，詩多性靈語，曾見夢登黃鶴樓故址懷舊，時聞寧太一被殺耗，故有此夢云：昔年鶴去今樓空。江水無情只向東。鸚鵡洲前魂欲斷。漢陽樹外血猶紅。龜蛇遺壘分殘照。湘楚歸雲信晚風。漫道崔家詩句好。遊人愁思正無窮。

景秋陸

景秋陸，名耀月，字瑞星一字太昭又號帝召，山西人，少遊滬濱，以詩文詞納交於革命黨人，爲中國同盟會會員。南社首次雅集於虎丘，耀月已爲會中骨幹，旋主上海民立報筆政。南京共和政府成立，耀月被推爲臨時參議院參議，旋任教育部次長。耀月詩不名一家，時見於報端者以漢魏古樂府爲近，然其發揚蹈厲，氣旨侃直，則純爲革命黨人之詩也。孫總理辭去第一次大總統後嘗作鄂遊，田梓琴陳漢元暨耀月從行。舟行多暇，爲聯句遣興，即呈孫先生云：江南春盡日。又作武昌遊。（梓琴）山送孤峯出。（漢元）江分九派流。（耀月）乾坤三尺劍。湖海一扁舟。（漢元）曷極溯洄意。如何作小留。（耀月）舟行再用前韻云：春風吹雨霽。乘興且遨遊。（梓琴）水遠川原濶。江深晝夜流。（耀月）魚廉知避餌。鷗狎喜隨舟。（梓琴）努力窮山澤，艮辰不可留。（漢元）又溯江贈孫中山先生聯句云：十載隨公挽魯戈。幾經翻海洗天河。（漢元）祖生擊楫言終踐。杜老憂時淚尚多。（梓琴）幸向艱危迴世宙。且將忠信涉風波。（耀月）江流浩蕩春如海。付與羣生飲太和。（梓琴）

耀月有擬古雄狐四章，章十二句，刺滿朝而作也。聞在晉時，即因此詩而爲清吏注視，遂南下避而之滬，蓋以狐比胡、言將逐之，復我國土，詞句奧衍，直追國風。其一：雄狐雄狐。復我邦土。爾有巢穴。無逼我處。我田我宅。爾奪爾取。復不我欽。日覺我圉。昊天哀哉。念我靡家。言將遣爾。戮之流沙。其二：雄狐雄狐。復我邦國。非我族類。不我肯德。爾蠱我民。爾祟我庶。我族云亡。維爾之故。昊天怒爾。曰民曷罪。言將罰爾。投之魑魅。其三：雄狐雄狐。復我邦族。百年除汝。卒不我穀。此邦之人。將不爾居。爾識爾途。修爾遁思。彼蒼者天。哀茲禹甸。言將棄爾。殛之震電。其四：雄狐雄狐。復我家邦。念我先民。爰居爰處。爾無爾祖。爾無爾父。胡不爾歸。爾顏之厚。不鬼不人。不畏有昊。言將逐汝。放之水草。

韓衍

辛亥武昌首義，大江南北，義師突起，雲集響應，其間英豪怪傑，不罕其儔。然以詩才而論，奇氣矹嵂，雄直豪放，足以睥睨前修，俯視餘子，而傷時憫世，藹然仁者之言者，一人而已，其人維何丹徒韓著伯衍是矣。著伯又名重，號狐雲，性情亮直，於骨肉朋友死生契濶之際，心貫金石，歷久不渝，蓋古史獨行傳中人也。早歲入同盟會，矢志革命，嫉惡如仇，練新軍隸皖營伍，密組青年軍，欲藉以實踐其革命理論，乃卒爲仇家暗殺，賚志以歿。至其爲詩，概以熱烈之心情，與悲壯之聲調，爲歌詠鼓吹其革命目的，及身完成而已。故讀其詩，時而拍案叫絕，時而涕淚交流，時而刺目警心，時而刻骨酸鼻。若論意境神韻，當合二杜三李劍南遺山一爐而冶之，斷非當時革命名士輩摹擬龔蒋之粗獷濫調所可比肩也。

著伯詩工七絕，如金陵正月十六日雨云：昨夜星光射孝陵。一城人買上元燈。便思寒食通州去。細雨題詩祭駱丞。弔黃花崗七十二烈士云：自將血灑尉佗宮。慷慨田橫有此風。七十二人同日死。夕陽芳草古今同。弔徐錫麟：碧血流離土未乾。百年城郭有餘寒。此身曾化千將去。心似烘爐在世間。弔宋玉琳烈士云：袖翻海水入羊城。（宋烈士懷遠人警察學生殉三月廿九廣州之役）千里東濠夜有聲。所欠故人惟一死。頭顱墮地作雷鳴。悼劉秋水女士云：螟蛉飛去落花曛。十七年華付嶺雲。江雨江風又寒食。五羊春草女兒墳。哭趙伯先將軍云：天上旌旗繞海行。何時同將寄奴兵。非君無命我無福。淚似虹霓亘百城。先是著伯以文學天才，見知於通州張季直。張奇其才，錄爲門人，因而得交吳君遂，吳爲當代佳公子，好吟詠，極稱著伯之詩，謂足以起元音而振衰懦，相得甚。吳與袁世凱有通家之好，北洋將領亦重視吳，世凱因君遂而並雅愛著伯，得任職於小站軍中，然著伯久而深痛世凱季直之奸慝橫覇。光緒末年，袁派其心腹夏某率二十營南下，任長江水師提督。朝命既下，啓行有日，適有北洋候補道某以萬金購京津名妓贈夏。事爲著伯聞，以袁包藏禍心，廣植黨羽，必爲革命障礙，急以丹徒附生韓重名，密疏劾夏，奉旨原疏交軍機處袁世凱閱看，減夏十營，只許隻身先往。夏因鬱悶以死。

袁嫉著伯甚，而著伯亦早知不爲袁容，且不樂爲之用，疏上後，夜走天津，依北洋總督楊士驤，時吳君遂爲楊上客，緩急將有所恃也。未幾，袁偵知著伯踪跡，索之急，一夕數電，將韓某檻車解京，楊重著伯才，君遂亦力爲之請，且兩人平日常不直袁所爲，遂密薦於皖撫馮夢華，馮善詩詞，有名士風度，久聞著伯才名電調來皖，掌安慶督練公所總文案，以著伯暢曉軍事也。馮歿，繼之者朱家寶，亦頗器重之。惟著伯以不覊之才斷難爲清室官僚沆瀣一氣。皖藩沈曾植嘗與交好，致書云：足下天驥騰驤，出門萬里。密示以朱撫實敬而遠之之意，於是著伯不能不去。俄而因其愛人林紅葉原有婚嫁之約，忽爲土豪所扼，涉訟公堂。懷寧縣某不知著伯何許人，兩造俱集堂下，訊問著伯姓名，不答，屢問不已，則曰拿紙筆來。堂吏給紙筆，則疾書曰「袁項城欲殺之人，楊文敬愛護之人，馮中丞電調之人」。懷寧縣不敢問，擊退堂鼓。白其事於警察道卞某，卞亦不知其人，走叩朱家寶，朱聞卞言，只太息頓足，不發一語。卞不知所措，不敢多問，退出至堂階，朱呼告之曰爲予致送二百金於其人。卞歸，亟命懷寧縣斥責土豪，勒令息訟，即爲之作伐，斷林紅葉歸著伯。著伯賃屋百花亭以居之，名所居曰綠雲樓，有詩以紀之：千錢樓價綠雲名。江雨山風佔一城。窗外東流古彭澤。人家種菊祀淵明。貧到上書南嶽後。一時苦說紫衣新。相從匹馬林紅葉。猶是神州畫裏人。其宜城雜詠亦有爲南張北袁而發者：第一仇家最有情。天風吹炭發奇英。一南一北香爐在。冰合黃河我夜行。流隨尺水野花開。死士何人此夜台。我訪專諸迷舊里。千年涼月墮城來。血浸神州火作花。茫茫張儉苦無家。此身不願爲黃祖。鸚鵡淒涼江水斜。大龍歷雉一山高。住此年年驗蜀潮。爲校遺編配心史。一燈紅接下邳遙。江上城開一水通。萬家簾幕負山紅。駐馬菱湖更西望。百年無恙鄧家風。

謝英伯

同盟會廣東支部長謝英伯，本名華國，號英伯，原籍嘉應，前代移居南海，遂爲南海人。既而逮同盟會籍，取鄭所南詠菊詩意「寧可枝頭抱香死。何曾吹落北風中」。號抱香，以字行。少從香港習外國語，擅英文，性復聰慧，於書無所不窺。工詩古文，歷主黨報筆政，爲文下筆萬言，詞鋒辯利，由是遠近知名，詩近唐音，顧多牢騷語。賦性恬淡，不治生產，有名士風。粵省光復，被舉爲參軍都督，視之蔑如，未嘗就職。嘗於公祭黃花崗烈士，撰聯云：當年知己皆屠狗。此日驕人盡沐猴。一時傳遍五羊，而爲新進少年所不喜，由是遨遊海外，不問政治，時爲詩歌以自遣。辛亥前曾一度亡命檀島，刋一印曰檀郎，其風致如此。武昌首義，英伯擬歸國，而資斧告乏，保皇黨報譏之，謂非拍賣數本殘書將無歸期。英伯賦詩解嘲，同志見詩，紛至餽贐，逾日成行。予笑謂英伯曰昔年檀島一詩，不減黃仲則都門雜感，先生頷之。詩云：典到琴書未可知。千卿何事問歸期。漫云大陸龍蛇起。誰信懸樑燕雀飢。三月頭銜都督府。十年文字黨人碑。窮愁自是吾儕分。且看磯頭理釣絲。詩意含蓄不盡，謂頭銜都督府者，英伯居檀時已知被推參督也。

憶三十年前，予客滇南，英伯以長歌見寄，題爲登太白樓放歌並寄阿瑛滇南，有序云：三月廿九後蟄居海島，心傷氣短，悲憤交集，與趙伯先登太白樓痛飲，酒酣耳熱，縱論古今英雄人物，予謂諸葛孔明曹孟德可比拿破倫卑斯麥，伯先韙之，因爲長歌當哭云耳：春光大地來無邊，夭桃稚柳皆爭妍。胸橫斗酒氣鬱勃。上下歷史三千年。我時微醺公半醉。大聲喝起雄獅睡。目如流電口如河。歷代興亡酒盃裏。興亡人物知多少。醉眼模糊向天笑。大江今古水滔滔。一代英雄淘盡了。我今爲公數英雄。是眞英雄未易逢。第一英雄夫誰是。吾愛南陽諸葛公。當其未出草廬中。天下已定三分功。綸巾羽扇何從容。睥睨人物空江東。與之匹者惟孟德。是大英雄亦漢賊。樓船百萬橫江北。賦詩橫槊天容墨。英雄英雄當如此。其餘碌碌皆餘子。放眼橫觀五大洲。若個男兒可相擬。君不見拿破倫。嗚咽叱咤震大秦。提刀回顧天地窄。怪傑之怪古無倫。又不見卑斯麥。宰相大名鐵與血。國仇先報法蘭西。坐看聯邦歸統一。古今中外四人傑。青史於今仰芳烈。青史青山無限情。嶺上梅花白如雪。淋漓慷慨，大氣磅礴，少年崟寄磊落之概，於此可見。其五言一意學杜，如赴北平寄別潘賦西云：別亦尋常事。勞勞我又行。波翻南浦綠。雲黯亂山橫。誰與傾肝膽。還期共死生。英雄垂暮日。悽絕憶同盟。

何劍士

近代漫畫派開，作者有人，然三十年前，於吾黨宣傳革命畫報中，有如何劍士之思想超脫，描寫深刻，具有偉大之刺諷性者實無其儔。劍士作品，多見於時事平民兩畫報，讀者莫不感憤叫絕。顧其爲人，少年磊落，寄情詩酒，復精於南北歌劇。嘗言曾遊成都，逢一峨眉僧授以劍術，故號劍士。中年後溺情風月，所爲詩益自放，而其清超拔俗，似非無所爲而爲之者。冷殘嘗爲劍士作傳，謂其畫本不經師，其詩亦無所仿效，隨境拾得，都成妙趣。予昔於冷殘案頭讀其詩數首，家居云：老去情懷半槁枯。歸來端合住吾廬。銷磨歲月詩千卷。盡得風流酒半壺。達處更無心想像。閑來只有睡工夫。遲遲午晝眠初起。便向窗前讀畫圖。兩部笙歌上畫船。遠山綠到大江邊。一潭春影題香草。十丈波光唱采蓮。紅袖是誰仙眷屬。青山還我老婆禪。荻葉楓葉團圓月。莫負良宵盡醉眠。自嘲云：不才何處惹人嫌。橐筆歸來歲月淹。命薄已憑花事去。愁多似爲酒盃添。身能免俗還生慮。詩到成魔轉自謙。幾樹寒梅聊共語。迎風捲上一重簾。將之連州席上有贈云：論交意氣重彝鼎。杯酒能令幾座温。並命頻伽同握腕。破家庾信早銷魂。玉磨已分無完璞。花好空勞寄合昏。回首仙源何限感。眼前桃葉勝桃根。無題云：青樓十二舊兒家。夜半開筵敞碧紗。中酒惠郎多倦態。再來杜牧欠風華。當窗自玩無情月。失路偏逢解語花。爲謝五絃休再撥。秋涼容易感琵琶。即事七絕云：柴門臨水兩三家。十里平畦種韭芽。指點前村最深處。東風開遍木棉花。明月長途夜寂寥。隔溪楊柳正蕭蕭。鄰翁何事歸來晚。一盞紅燈過石橋。又五言夜宴云：樓船夜宴客。歌舞望東陵。江水綠於酒。夕陽紅似燈。香囊名士配。寶扇美人繪。一曲垂簾下。多情謝小勝。早發燕塘云：晨興發山驛。匹馬下崔嵬。四野淡餘靄。飛泉送遠雷。草深沙路失。林近曙煙開。咫尺明霞渡。歸來見早梅。坐雨云：勞思妨短夢，一雨覺宵長。人靜燈親影。衾寒尤近床。漏聲聽斷續。風訊急清商。忽憶明朝約。他鄉有斷腸。

右孫仲瑛先生的革命詩話，凡二十一家，其中有開國元老，有力戰國殤，有國學宗師，有文壇鬪士，有政海英雄。沒有作者不能完成革命大業，沒有編者不能留傳時代結晶。我們讀過這一篇，可作中華民國開國史讀。至於詩風的豪雄悲壯，直可以驚天地而泣鬼神，不能與尋章摘句的篇什比擬。末了還是借陳顒菴先生讀仲瑛先生詩絕句作結吧。

招邀鸞鶴與南雅。遍歷荊榛賦北征。
別有肝腸揚氣類。黨魂不朽振新聲。

（全文完）

張勳復辟始末（十）

矢原愉安

這時，德國還派了一個叫牟里哈的人，在奉天成立了一個擁有八百人的隊伍，自稱為「鞏衛團」，雖然實際上是以破壞日俄在華軍事目標為目的，乍聽來卻很像是個擁袁的「御林軍」組織，由於它的牛扒氣味特別濃厚，替洪憲新朝自然添了不少聲勢。

德國非但對「袁皇帝」盡量地支持，也把他們統治下的青島，搞成了一個「遺老樂園」。滿清宗室如攝政王載灃，小恭親王溥偉，遺老像勞乃宣、呂海寰、周馥之流，也都在那裏建立了他們的大本營。

袁在登基之前，已經感到北洋軍中的舊人，反對帝制的太多，索性仿照普魯士和滿清的舊例，成立一支完全忠實於自己個人的「拱衛軍」。它是由「王子」袁克定，在德國顧問丁克滿少校的一手策劃下，組織而成的。一共有：

步兵四旅，騎兵一團，炮兵一團，輜重兵一營，機關槍兵一營。

全軍所用的軍火，都是由德國供應的。

在日本進攻青島的前夕，當地的德國駐軍只有六千人左右。但是，身為陸軍總長智囊的徐樹錚，卻在萬分危急的時候，忽然悄悄地送了一列車軍火到青島去，使得德軍的士氣大振。這事雖然始終沒有人算在袁的賬上，但是，事先是否得到過袁的默許，似乎至今還是一個疑案。

那時，正想在中國恢復帝制的袁世凱，無可懷疑地得到了威廉二世極大的重視。因此，他才把德國最有名的國際間諜，也是他的一個老朋友辛慈，從墨西哥調往中國去當公使，希望他從那裏發揮出一點旋轉乾坤的力量來。

辛慈到任之後，對爭取朝野名流和北洋軍閥的好感上，的確做了不少功夫。在最初一段時間，他的全部希望，並沒有放在帝制派和復辟派的身上，對於「辮帥」張勳，也尤其是「君子之交

張勳

淡如水」，根本談不上親密。

當時，在他的直接和間接影响之下，態度上左袒德國的政壇人物有：孫中山先生、黎元洪、梁啓超、康有爲、唐紹儀、張鎭芳、馬君武、章太炎、譚人鳳、阮忠樞、唐寶鍔之流。在軍人中也有：馮國璋、徐樹錚、張勳、倪嗣冲、王占元這些「實力派」。

政客們袒德的動機，雖然各有不同。北洋軍閥們的出發點，卻昭然若揭，完全是爲了「保全實力，緊守地盤」的問題。

原來在歐戰爆發前一個月的光景，袁世凱爲了要集中軍政權力，鋪平「登基」的道路，斷然實行了廢都督爲將軍的計劃。把全國各地的大小軍閥，改爲七個「上將軍」，十六個既有槍桿子又有地盤的「武」字將軍，三個既無槍桿又無地盤的「威」字將軍。其中唯一的例外，就是那兵多將廣，但卻沒有固定地盤的「定武上將軍秉長江巡閱使」的張勳。

這位新上任的「上將軍」，曾經毫不客氣地自擬了一個「長江巡閱使條例」，把長江流域的各省，都規定爲他的地盤。老奸巨滑的袁世凱，連忙用「該使不宜過勞」六個大字，做爲藉口，只肯把上海到安慶一帶，劃歸他的勢力範圍。

那時，全國有正式番號的陸軍，一共有五十師左右。而眞正服從袁調遣的部隊，最多也只不過是：

十師北洋軍，二師北洋新軍，二萬一千人的近衛部隊（有親衞軍、禁衞軍、拱衞軍、模範軍、護衞軍、京衞軍等六種番號）

根據一個不太完全的統計，當時全國各地大小軍閥的實力，大概是這樣的：

一、將軍衙直隸巡按使朱家寶，指揮三四三〇〇人。

二、鎭安上將軍張錫鑾，指揮五六五〇〇人（內奉天二八五〇〇人，吉林九〇〇〇人，黑龍江一九〇〇〇人）。

三、泰安將軍靳雲鵬，督理山東軍務，指揮一五六〇〇人。

四、將軍衙河南巡按使田文烈，指揮三四六〇〇人。

五、同武將軍閻錫山，督理山西軍務，指揮一四五〇〇人。

六、宣武上將軍馮國璋，指揮四三五〇〇人。

七、興武將軍朱瑞，督理浙江軍務，指揮一四七〇〇人。

八、昌武將軍李純，督理江西軍務，指揮二〇九〇〇人。

九、安武將軍倪嗣冲，督理安徽軍務，指揮二一三〇〇人。

一〇、彰武上將軍段芝貴，督理湖北軍務，指揮一九三〇〇人

一一、靖武將軍湯薌銘，督理湖南軍務，指揮一九五〇〇人。

一二、咸武將軍陸建章，督理陝西軍務，指揮一四八〇〇人。

一三、將軍衙甘肅巡按使張廣建，督理甘肅軍務，指揮一三八〇〇人。

一四、將軍衙新疆巡按使楊增新，督理新疆軍務，指揮八〇〇〇人。

一五、成武將軍胡景伊，督理四川軍務，指揮約萬人。

一六、開武將軍唐繼堯，督理雲南軍務，指揮約一萬人（二師，一混成旅，一憲兵隊，十一獨立連，一獨立營，九十三警備隊）

一七、振武上將軍龍濟光，督理廣東軍務，指揮約五萬人。

一八、寧武將軍陸榮廷，督理廣西軍務，指揮約一萬人。

一九、昭武上將軍姜桂題，督理熱河軍務，指揮約一萬五千人

二〇、貴州護軍使劉顯世，指揮約二萬人。

二一、福建鎭守使李厚基，指揮五〇〇〇人。

二二、定武上將軍秉長江巡閱使張勳，指揮五〇〇〇〇人。

由此可見：當時張勳手下的槍桿子，從理論上說來：只比中央和東北少些；和北洋軍的第一員大將馮國璋相較，都還要略勝一籌。一向相信槍桿子裏出政權的袁世凱，自然要對他另眼看待。袁在稱帝時，原想按照前朝的慣例，把遜清皇帝溥儀，改封爲懿德親王。張勳一個電報去請他尊重「優待清室條件」，就使他推翻了前議，正是爲了這個緣故。

袁手下的這些大小軍閥，實際上都是當地的土皇帝，又哪裏會肯爲了甚麼外國的盟友，放棄自己的大好地盤，跋踄萬里，犧牲自己的實力，去爲別人拚命呢？

（待續）

謙廬隨筆

九

矢原謙吉遺著

此領事牢騷極大，初猶能自持，於酒酣耳熱中，談鋒愈健，浩然而嘆曰：兩國本豆與箕，今日關係如此，眞可扼腕！臨行時，更與在座者握手久之，黯然曰：「再見何日？尚望多加珍攝，庶仍有重聚一堂之望也。」

後數週，丁春膏君曾偶語余：一晚，二人在礪園內假山旁小酌賞月時，該領事會告丁曰：中日關係之壞，在於日本有志於富強者，咸認爲以一貧瘠島國，欲稱王稱霸，勢非有一碩大難撼之墊腳石不可。於是，侵華遂成定局。惟於步驟上，亦約略有三大派之分：一派主併；一派主呑；一派主滅。而外人每混「併派」與「滅派」爲一談，實則誤矣。

「併派」之中堅，泰半係外人目中張牙舞爪最甚者。自該領事觀之，當屬松室、石原、土肥原、坂垣，以至於田代之流。此派主併，故必斤斤較量，以少成多，遂使華方畏之如虎。而所謂「併」者，非視對方爲一形同平等之敵體不可，是故又大違急進者之望，疑其動機不純，目標不明，遂乃到處加以掣肘。

而所謂「呑派」，其口必大張，非至目的物盡入舌上時，不咬不嚼，故外人視之，反認其爲溫和。派中多元老份子，自更易障人耳目。

「滅」派喜以雷霆萬鈞之勢，居高臨下，一舉而殲。短視者遂覺其危險，遠不如「日求寸進」之「併」派爲甚。其實此派純屬少壯軍人與若干新貴，一朝得勢，中日關係即不可收拾矣。

該領事自謂不屬於任何一派，是故日益沉淪，非特其個人之不幸，亦兩國關係凶終暴卒之徵也。

領事臨行前，曾與丁君私約：國事苟有天大變化，友情義氣仍存於我汝之間，苟日勝，則彼將盡全力呵護丁君；苟華勝，則丁君亦將全力呵護彼也。約畢，相與唏噓。

嗚呼，亂世知交，直如危巢之卵。天亦太苛，何令其萍水相逢，瀝膽披肝，而又不能令其管鮑之交，全始全終耶？

何遂事母至孝

一日，何遂宴余等於其燕京居處「慈恩塔」下，此塔仿北海之塔，具體而微，矗立於其花園中，蓋以壽其老母者也。

塔成後，何屢招宴文人與知友，歡讌於下，即席賦詩，印成「慈恩塔唱和集」一冊，分贈故舊。何雖玩世不恭，跡近狂士，而事母至孝至謹，洵如兩人也。

是日，應邀者多至二三十人，且極多顯貴。最奇者，何又事先叮囑務攜其家「千里駒」同來。於是，幼童以至弱冠者，亦達三十人以上。

宴前，何愼而重之介紹一胡×生君於我輩前。胡貌極清癯，身材修長，操南方土音，與何之妻兄陳元伯狀極親密。據何稱：胡乃民國元勛輩中人，今已忘懷於絢爛矣。適作此地之遊，經何力請，乃允於人前稍示絕技，蓋胡自民初後，卽以善辨人之忠奸榮辱窮通，載譽於友輩中也。

而胡之看相方法極奇，絕爲在座者前所未聞者。蓋初則捫面骨，繼則捫肩胛，而終之以察視生殖器官！是故，一生只相男而不能相女也。

方其看相時，於宴席旁設一小桌，而此輩顯貴與其「千金之子」，則絡繹而前，脫衣解袴，有如檢查身體者然。余睹狀忍俊不禁者屢，初猶以爲何遂玩世弄俗，以故此舉，以謔富貴中人者。而陳元伯正色告余曰：二十年來，胡之辨人窮通，無不據此，且有奇効焉。

余雖未倩胡看相，而頗以得一「民國元勛」墨寶爲快，遂倩何代爲說項。何亦立命其傭人持一斑竹骨之白扇至，胡不假思索，卽爲題一詩曰：

志在攘夷願未酬，七月苗格德難侔，
足跟踏破山雲路，眼底空懸海月秋。
意馬不辭天地濶，心猿常與古今愁，
世間誰是英雄輩，徒使企予嘆白頭！

字近瘦金體，而落款時龍飛鳳舞，姓名幾不可辨。其詩出自何代何人？雖富文學根柢如何遂者，亦沉吟莫知所答。

李作濱文采飛揚

後數月，余偶問教於燕京名詩人李作濱（藘廬）。李思索久之，霍然曰：「余得之矣，此乃太平天國玕王就逮後之題獄壁詩也！」

李君文采飛揚，與溥心畬、福開森、張恨水、雷嗣尚、傅增湘等常相詩酒往還。時，有所謂「辛未年庚者」之一聯誼會，在各報以重價徵求首嵌辛未二字之對聯。其上聯曰：

「辛苦得來，可大可久。」

久久，應徵者中無愜人意者。旋，李君於小實報上，揭一下聯曰：

「未雨既足，且耕且耘。」

一時掌聲雷動，李之文名遂更噪於人口矣。自經李告以題扇詩之出處後，余於此扇益加珍視。獨惜下款太草耳。而胡君亦以狂狷遇世，非特出語時，嘻笑怒罵中，雜以參禪之詞；且在揮毫後，遍覓私章不得，乃以右姆指紋，捺之於下。在題扇中，確屬一別開生面之事。

不圖於數月後，余復以何君之介，得識一更無與倫比之狂士。

此君胡姓，名鼎銘，貴州人，行八，故於朋輩中號「胡八爺」。其人略矮，而目如銅鈴，又患高度近視，面如黃蠟然。而聲如裂帛，一語輒四座皆驚，又雄於酒，非數斤不醉，醉輒大嘔，嘔畢復狂飲。嗜酒如是者，余所見人中，惟雷嗣尚耳。

胡八爺嘗不得志於科舉，而詩書琴棋，無一不佳，雖遊幕爲生，而極鄙官場顯貴。在周西成幕中時，頗受禮遇。周敗後，王家烈招之入幕，亦以賓禮待之。一日，王囑胡屬稿，忘以「胡八爺」稱之，而當衆率呼之爲「鼎銘」，胡擲筆而起曰：「我的上下，只有我家老太爺才能叫！」說罷立卽襆被而去，北來燕京。初極潦倒，日惟醉臥而已。後與李作濱結文字緣，得李之介，幾於夕夕爲中外文友之座上客。而胡之舌利如刀，臧否人物，嘗絲毫不留餘地，聞者大快，而受者恨之刺骨矣。

王克敏斷袖分桃

一日，王克敏，葉恭綽等亦在座，而東人則爲福開森，宴間賓主甚歡，王忽出一小照，遍示座中人。照上王、葉之外，復有一二皖系巨子，而側立者則馳譽劇壇之一「博士」也。照旁復有人之題詠數則。不意胡睹此照後，忽仰天高聲讚曰：

「此眞龜兎同籠也。」

王聞之大恚，佯顧左右而言他，在座者亦爲之大窘，獨張恨水舉盃爲胡壽曰：

「胡八爺此語，當浮一大白！」

「博士」之「分桃」嫌，固素爲人所知。而王之「紅杏出牆」，則亦向爲士人所不齒也。蓋王於曹錕時代，屢圖東山再起，遂不惜結納曹之寵臣李彥青處長。甚至於其私宅後園，中夜設宴，命其寵姬小阿鳳侍酒，而王輒故廻避。李本一鄙鶩之人，遂於曹前大爲王活動焉。（未完）

香港詩壇

卒歲十四韻

亦園

卒歲閑窗坐，梅花對我看，性情同隱逸，品質近清寒，興未催租敗，心爲久住安，不須憐戍服，正可整儒冠，十里堂堂過，一巒靜靜觀，清音流水奏，倦眼夕陽殘，桑梓廿年夢，風煙萬里摶，高樓疑蜃化，滄海合龍蟠，堪笑操觚士，難求逐懶丹，一詩長在抱，終日可忘餐，小女治年飯，老妻捧果盤，諸孫勸進食，合室盡生歡，邁矣吾何往，快哉歲又闌，有茶兼有酒，客至笑聲寬。

次義老生朝韵

吳稼秋

佳會瓊樓喜共臨。閑搜往事助杯深。衣冠去國驚多變。梅竹逢霜肯受侵。家寄滄江鷗鷺伴。天留孤島鶴猿吟。東風似向牕前語。莫負春光百歲心。

亂唱八首

懦叟

秋風夜襲紫薇門。淚濺荒碑百代魂。錦繡成灰天路遠。銀霄舊夢渺無痕。

何處雕龍九曲欄。雲端高掛月如盤。只因錯認長生地。百繞千圍一水寒。

雲霾楚館夜如年。欄外愁蛩訴萬千。憶否江南春正好。如花人去不成眠。

細雨絲絲入柳條。鶯聲那及玉喉嬌。新歌一曲山河變。不讓船孃說六朝。

五嶽無雲氣自雄。秦碑漢柏倚天風。陳摶息鼻何時歇。一任殘陽返照紅。

高從銀漢弄秋潮。戲摘羣星擲絳霄。寄語牛郎和織女。人間遍地有藍橋。

游目無端丞相瞋。忠言何況逆龍鱗。佳人眉黛千夫指。青史終嫌倒果因。

殺人盈野復盈城。忠直誅夷走狗烹。莫道狂生無忌憚。千秋王寇不分明。

端陽日稼秋天白亦園義衡張方叠山聯咏於如意堂。

六子清談如意堂。滿天風雨作端陽。芝蘭我輩香同挹。蕭艾何人獨漸忘。千載行吟哀澤畔。廿年浮宅在蠻荒。泪羅江上騷魂遠。吊古思鄉總渺茫。

榴花吐艷亦堂堂。燈火爭光氣自陽。一市樓台容永寄。百年詩卷莫相忘。期從本性開新派。懶向奇書拾古荒。壺碟漸空時過午。只憐角黍尚茫茫。

春去四首

亦園

旌旆重歸事渺茫。夢中長念梓桑鄉。九洲流血民何罪。四海爲家客亦王。春去不知鶯燕老。花殘可減蝶蜂狂。閒棋一子關全局。珍惜滄溟舊廟堂。

驕兵必敗待哀兵。歲月悠悠世未清。頑石不知天地變。小民猶向海江行。朋友背信親仇敵。巖壑棲身薄利名。萬里流亡呼負負。強從歌嘯一舒情。

遙望蓬萊路不通。三千弱水隔西東。神仙閉戶嫌塵俗。草木昂頭傲雨風。漫道灌園無老將。只憐蠹米有微蟲。當年恨事應猶憶。花落秦淮一片紅。

鵑啼午夜劇驚心。明月無光霧正深。小院飛花將入夏。殊鄉插柳不成陰。鏡中莽莽添華髮。客裏栖栖負故岑。一水江南歸未得。愁懷且向小牕吟。

晚秋夜闌偶書

李漁叔

明知非夢莫重尋，儘自低徊恐不禁，獨掩微燈扃夜閣，賸攜殘句入秋衾，哀難出涕疑心死，家久無歸當陸沉，西月過簷霜訊穩，井梧前夕罷蟬吟。

韻濤屬題長恨歌圖卷

前人

飛鳥紅巾事渺然，至今猶遺畫圖傳，但聞妃子餘羅襪，那見君王化杜鵑，歸路已殊歌緩緩，人間惟有恨綿綿，蓬萊淒語恩情斷，未信仍留不了緣。

編餘漫筆

　本期出版適逢七七抗戰紀念，特選載王冷齋之七七回憶錄，王氏爲當時宛平行政督察專員兼縣長，所述之事皆親見親聞，爲七七抗戰之第一手資料，由這篇文章中，可以看出當時日本處心積慮要在華北掀起事端，以達到蠶食中國的目的，今日四十五歲以下的讀者，對於日本當時侵略中國的情況，已無法體會。嚴格說來，日本人之正式侵略，外交大事無過於二十一條，軍事衝突也大不過盧溝橋事變，都還容易應付。最使中國朝野頭痛最後忍無可忍是日本在華的軍人、特務、奸商，浪人不斷挑釁，事情雖不大，花樣卻層出不窮，王冷齋氏文中所述日人在華所購地建飛機場事卽是其一端，頂頂可惡的是在無釁可挑時，嗾使自己人去尋死，然後移屍訛詐中國，如「藏本事件」，下期本刊或可發表。也就因此，迫使中國人忍無可忍，到了抗戰一開始，眞的地無分南北，人無分老幼，踴躍去與日本人拚命，終於達到勝利目的。可笑日本人到今天仍然不知悔改，所謂一些史學家還想揑造歷史，推御責任，因此，本期又發表芝翁所撰日人歪曲史實一文，以正視聽。

　本期兩篇重要文字爲有關鄧演達者，鄧演達事件爲國民黨內部一件大事，其眞象如何，始終未有明白記載，因時間過久，也逐漸不爲人所注意，本刊旨在搜集遺史，因此特請用五、曉村二先生撰寫有關鄧演達之文，兩先生均與鄧氏有相當交往，所記皆親見親聞之事，史料眞實，評論公允，實爲佳作，願讀者留意。

　李素女士「燕京舊夢」本期又連續刊載，內容更見美妙，大學生讀後可以將目前大學生活與之作一比較，已經離開學校就業人士，讀了更可回想到當年讀大學時的風光，這是一段人生最美好的時光，讀李女士大作，都會勾起無盡的回憶，惜乎時光不能倒流，學生時代也不可復得了。

　民國好官丁春膏本期續刊完，作者與丁府關係深厚，所述翔實而風趣，幸有此文，始得表揚此民國好官。否則無人再知丁春膏之名矣。此是本刊創辦主旨，希望作者能就此範圍賜稿，凡根據史料研究之文字，祈少惠寄爲幸。

　清朝亡國時的攝政王載灃，總算是近代一個名人，但是對其人事蹟，外界知道的並不多，雖然溥儀「我的前半生」提到他，有時還帶點挖苦的口吻，但畢竟子爲父諱，許多不堪的事略而未談。根據各方記載來看，載灃此人是一個道道地地庸人，使無辛亥年武昌起義，偌大個中國交他治理，恐怕也治不了幾年的。

　不過，載灃雖是庸人，倒的確合了庸人多厚福的一句話，清朝亡國，對他沒有影響，他安居北府有長俸可拿，溥儀去了東北建立「滿洲國」，對他亦無影響，中國政府從未找他半點麻煩，他的府中開支，改由「滿洲國」供給，八年抗戰，他仍然在北府平安渡過，日本人自不會難爲他，也不可能請他担任一個名義，所以勝利後抓漢奸也與他無關，雖然溥儀、溥傑在西伯利亞冰天雪地中渡其流亡生活，但王爺在北平的排場依舊，據溥傑夫人嵯峨浩到北平的記述，北府僕役仍有幾十人，洗手間就有幾個人伺候，排場不減四十年前，最難得的要算是他死在一九五〇年，可說「啱啱夠鐘」，再遲自然逃不了淸算的命運，對此人不能不作一介紹，並不是因爲他有過人之處，而是因爲他一人繫兩代興亡。雖說是運數使然，但人的因素畢竟很大。

　其他各篇多數也都是第一手材料，如九戰區最後部署，汝城土皇帝胡鳳璋，日本進攻香港時之忠義慈善總會，無一非眞實史料。

　長篇連載均進入更熱鬧階段，本刊又在進行徵求長篇稿件，已接洽數處，均有滿意答覆，相信在本刊出版一周年時，將有更好之文章貢獻於讀者之前。

編者

濱口仁兄雅鑒

花下新詞小紅低唱

月中清景太白同游

岸大司

掌故

月刊

12

野史・佚聞・
人物・風土・

一九七二年八月十日出版

掌故月刊 第十二期 目錄

每月逢十日出版

掌故

第十二期

每册定價港幣二元正

一九七二年八月十日出版

全年訂費港幣二十元 美金五元

出版兼發行者：掌故月刊社

地址：九龍亞皆老街六號B

電話：K八四四六七三

THE JOURNAL OF HISTORICAL RECORDS
6-B, Argyle Street, Mongkok,
Kowloon, Hong Kong.

督印人：鄧少卿

總編輯：岳騫

印刷者：友聯印刷廠 新蒲崗四美街二十三號九樓

總代理：吳興記書報社 香港租庇利街十一號二樓 電話：H四五〇七六六 H四五五六六一

星馬代理：遠東文化事業有限公司 新加坡厦門街十九號 檳城杳田仔街一七一號

泰國代理：集成圖書公司 曼谷耀華力路二三三號

越南代理：聯興書報社 越南堤岸新行街二十二號

其他地區代理：

澳門：可大文具店
亞庇：利民公司
千里達：中華公司
菲律賓：華安書局
倫敦：東寶公司
芝加哥：杏林春
波士頓：中西公司
三藩市：新生圖書公司
三藩市：益智圖書公司
加拿大：香港商店
漢城：汎亞書籍公社
寮國：永珍圖書公司
斗湖：光明書店
菲律賓：玲瓏書局
紐約：友聯圖書公司
紐約：友方圖書公司
洛杉磯：永安堂
檀香山：大元公司
三藩市：文化商店
加拿大：新國華公司

我與蔣經國

劉己達

蔣經國

我與蔣經國兄訂交已三十餘年，祇是後來違難留港，十七年未通音問，友誼關係，若即若離，似乎極為微妙，但我一直是以不卑不亢之態度，與之週旋；誠然以蔣經國先生之地位權勢，不免涉及有阿諛逢迎之嫌，此種自尊心與自卑感之矛盾互見，亦屬人之恆情，謹先說明，免滋誤會。

一、我與蔣經國之初識

我是民國廿七年春初被任命為江西第四區行政督察專員兼保安司令，管轄十一縣，專員所在地在贛縣。奉到任命狀後，照例須赴各廳處請示，以期對將來行政設施，獲得充分了解與遵循。

到保安處晉謁廖處長士翹，及副處長蔣經國兄，參謀長熊濱。其時蔣經國兄由俄回國不久，即被熊主席式輝延聘至江西工作，任命他為保安處副處長。我晉謁後，當時他年不及三十，身材中等，美俊煥發，精力充沛，目光如炬，待人和藹可親。因係普通拜訪性質，晤談之後，不久即告辭退。

他在保安副處長任內，因剛回國，對於處理公文及日常公務，頗感陌生。據同時在江西土地局曾與我共事之張誨先兄談及（因張兄亦曾供職江西保安處，由於熟諳公牘，書法秀麗，中文國學頗有根基，與廖處長有同鄉之雅，頗受到廖處長之器重。其弟張△△亦供職保安處，熟知保安處內容。）告知蔣經國兄經常赴各團駐在地與士兵懇談，樂於與下級接近，詢問其所屬長官是否克盡厥職，有無虐待士兵及吃空缺之事。又常至駐在地，向地方父老及鄉愚之輩，詢問駐軍軍化紀有無強佔民房及欺壓人民。對於貧困與殘廢之老人，亦常頻施小惠，深深受到下級士兵與鄉民之愛戴。倘聞地方大小官吏有貪汚情事，則深惡痛絕。

我當時携同眷屬僅內子及小女回到南昌，行李簡單，即借住於張誨先兄之寓所，並由誨先兄昆仲為我佈署赴任之必須物資，如向保安處請領槍枝子彈，向各廳接洽了公務，又蒙代向廖處長請其將自備之小轎車讓給與我，其車有八成新，由於公家已另配給新車與廖處長，此車未始不可轉讓，由於誨先兄之撮合，當時費現洋三千元，公家無此預算，余係自行籌款，因此係現代交通工具，執行公務實有必要。後來經常往來於南昌以及吉安，赴四區所屬十一縣視察，乃至赴武漢，幸賴有此車，便利不少。

後來因處理贛南特殊要務，每月回南昌一行，向省府有所報告請示，但越夕即返住所。亦未能赴經國兄處訪晤。當時談不上有交誼，以上為我與經國兄初識之經過。

二、任職年餘歷盡艱辛

行抵贛縣，接任專員後，贛縣士紳頗多賢達之士，十一縣之縣長人選，亦因江西民政廳長王次甫任用縣長，有獨特之知，愼重錄用，熊主席亦尊重其意見，是以人選極為整齊。

在四區十一縣中，例如大庾縣長彭育英，為日本早稻田大學高材生，專攻法律，學有專長。龍南縣長蕭謙則為南京高師畢業，歷任江西中學校長，年事稍高，信豐縣長鄧必興，則為陳果夫先生主政江蘇時，鄧任蘇北某縣，為考績最優政績卓著之縣長。虔南縣長周承考，係大學畢業中央考取縣長，分發江西。後來更係中訓團高級班之同學，現卜居台灣，常有往來。其他定南縣長梅優蓀，亦均幹練人選，現尚在台灣任監察院秘書。其他南康、崇義等縣人選，稍形遜色。惟贛縣縣長，不久即調省。由省府命令專員兼任，其實我因公務忙迫，無暇兼顧，乃由專署主任秘書張任石兄介紹縣長考試及格之王繼春君，王為南昌人，適在贛縣，當即聘之為縣府秘書，實則代理縣長。王君年少有守有為，在任三月，井井有條。後得繼任專員蔣經國兄之重視，保充南康縣長，推行新贛南政令，鞠躬盡瘁，日夕在公，卒之以肺病復發積勞成疾，一病不起。蔣經國兄愛護袍澤，至為哀慟，曾為文以誌悼思。此係後話，姑且不表。

由於縣長人選，多屬幹練具有操守之人士，時於政令之推行，自屬事半功倍，專員之督察工作，亦較為輕鬆。其時贛縣為抗戰之大後方，蘇浙等省大學以及其他重要機構，多向贛縣方面，陸續推進。而贛縣又為通廣東孔道，過往重要人物極為頻繁，當地專員為地方官，不得不盡地主之誼，酬應無虛夕，費用浩繁，專署經費既有一定預算，又無法向地方開支，虧累之處，在所難免。

在我任專員時期，最感困擾的，則為「贛南特殊要務」，這「特殊要務」即贛南十一縣之地方非法武裝組織，各縣不肖土劣勾結退伍軍人以及地痞流氓，假抗日之名，自由搜集槍枝，自我封王，號稱已組織有八團之衆；招兵買馬，集資以低價向鄰近廣東之僻遠縣份，搜購殘廢槍枝以壯聲勢。至於經費來源，則擅在

蔣經國之畫（一）

各鄉鎮墟場，包庇煙賭，集團走私；並且向地方善良富室，勒捐軍費以作餉源。以致各縣政令之推行，受到牽制，縣府自衛隊，力量至爲單薄，無法制止予以取締。

其聲勢至爲浩大，與贛南十七屬互通聲氣，所謂十七屬，除四區十一縣外，則尙有興國、雩都、寧都、瑞金、會昌、石城，亦卽江西第八區行政督察專署所管轄。此外尙有贛東之廣昌，亦劃在八區行政區域之內，共爲七縣。留港之好友李懋（任難）兄，卽在抗戰末期，曾任八區專員，政聲卓著。以上贛舊屬六縣中，尤以寧都擁有重兵之黃振中，其時已由省府編爲保安團長，與四區各縣之非法組織常派專人往來策劃，暗通聲氣，互爲呼應，從中煽惑，使星星之火，如火燎原，一發不可收拾。

至於在四區，非法組織之領袖人物，其一爲賴天球，大庾人，據說此君少年時曾隨孫中山先生參加革命，後來亦在軍旅中供職；其一爲王廷驥，信豐人，是否在保定軍校肄業，曾在軍旅中服役，則不知其詳。此二君大概居鄉太久，平時武斷鄉曲，在不知不覺中，已成爲地方土劣。此外則另有謀士劉子貞，贛縣人，在軍閥時期曾任省議員及縣長等職。經常駐贛縣，但暗中爲若輩策劃。據說他極不滿意熊主席，可能對省府有所要求未遂，遂鋌而走險，不惜與政府作對。

蔣經國之畫（二）

三、非法組織關係複雜

當日非法組織之猖獗情形，贛縣之外大致相同，十縣縣長，除一面將經常實情逕呈省府外，他們亦先赴贛縣向我有所商討，當時我向縣長指示多方撫慰，認爲倘願精編爲一團或兩團，專署可以負責向省府請求，以遂其請纓殺敵之壯志。惟號稱八團之多，未免誇張，槍枝既不足數，各縣恐不免無此衆多之壯丁。一面告以倘力所能及，仍不稍存姑息，予以壓制痛勦。雖在縣府兵力單薄之下，各縣因此被捕禁之非法組織，亦時有報告至署，其非法罪嫌重大之輩，當由區保安司令繩之以法。從此非法組織，與專員縣長之間，積怨更深，勢成水火，各縣縣長，時時感受到威脅，夜不安枕。

其時駐在四區之保安團隊，有保安第五團，團長爲吳撫夷，對我執禮甚恭，服從區司令命令，對非法組織，亦時與取締。但其任務，爲保護大庾、龍南、虔南等縣之鎢礦，兵力分散。其時鎢礦由中央直接採購，換取外滙，至爲重要，其軍隊無法調動，其餉源亦由中央發給。

另有保安第三團，團長爲蕭大鈞，興國人，爲黃埔三期學生，兵力不全駐在四區，只團部在贛縣，團部僅有少數士兵。他是同情非法組織，凡贛南之軍校同學以及贛籍軍校同學，大率類是。其原因則爲熊式輝主席兼省保安司令，對團長人選（大致不足二十團）有保定同學，有日本士官畢業，有黃埔同學，甚至有雲南講武堂學生。因爲不全係錄用黃埔同學，因之贛籍同學，極不滿意熊主席之措施，更與參謀長熊濱（熊式輝之姪）積不相容，凡屬省府命令，多屬陽奉陰違。

因此，他們對於贛南非法組織，極表同情，認爲組織團隊，開赴前方抗日，名正言順，熊式輝一再命令四區專員以及各縣縣長予以制止，實屬摧毀抗敵陣容。竟不惜聯名向中央陳情，向軍政部何部長處顚倒黑白，並爲了介紹予軍統局，請求戴先生亦予以支持同情。此非法組織，關係日益複雜，省府亦爲之無可如何，撫旣不可，勦亦不能。我曾爲此，兩次赴南昌面呈主席，請求安定贛南大後方，以免爲敵所乘。

於是在二十七年冬，其時九江已無船可達武漢，派我由公路繞道贛北，從湖北陽羡鄂贛邊區公路逕赴武漢，向軍政部有所報告。當携同熊主席致何部長敬之以及張次長定瑶（字伯璇）親筆函件，請求對贛南非法組織，了解眞相，俯允所請，予以制止。

晋謁何部長，當呈上熊主席函，並對贛南非法組織情形，予以簡報。惟何部長與熊主席之間，似有成見，先入爲主，對此報告，認爲此係地方事件，應由江西省府自行設法妥爲安撫，中央抗戰方殷，鞭長莫及，無暇予以過問。當時聆聽之餘，只好嘿然告退。

旋又晋謁張定瑶次長，張次長係江西南昌人，保定畢業，曾任上海市長，政聲卓著，爲軍事專家，溫文爾雅，大有儒將之風。他雖與熊主席在政治上有恩怨，兩人友誼之間，稍有芥蒂。但對贛南非法組織，爲害桑梓，亦極表深惡痛絕，並認爲他省在抗戰初期，亦不免有類似情形，但不若江西之嚴重，自應予以痛勦。惟此案仍須候何部長指示。聆聽之餘，至爲感荷，張次長實至名歸，實屬鄉前輩中之佼佼者，惜負才早逝，聞者惜之！

次日又晋謁行政院秘書長魏道明兄，亦面遞熊主席親筆函件，對整個國家抗戰政治大計與地方政治，均有所論及，徵詢魏秘書長之意見，魏道明兄與熊主席私人友誼，似乎關係頗佳，至於我與他乃係少年時在江西省一中同學，魏兄班次高我兩級，畢業後赴上海升大學，不久即赴法求學。歸國後宦途一帆風順，壯年即膺特任官之選，飛黃騰達，同學均爲健羡不置。我晋謁後，亦對贛南地方非法組織，擾亂大後方，對於抗戰，不免受到影響之實況有所說明。當時並將對贛南情形向何部長報告，未獲任何結果。他當時避免談及贛南事件，惟對地方政治，指示至詳，有極精闢之見解，要言不煩，他之對政治，極有研究，確有眞知灼見，令人不勝讚佩，亦至爲心折。他之擔任行政院秘書長，必勝任愉快，可以斷言。

此行任務，可說毫無結果，在武漢休息一天後，其他親友均無暇前往會晤，乃仍循來路，逕回南昌，以抗戰關係，沿途治安，至爲可慮，公路崎嶇，行車亦至爲辛苦，往返已逾一星期，抵達南昌，當將實情，向熊主席報命。

四、同住贛縣撫綏團隊

當時省府決策，乃決心派曾戛初兄所擔任之保安團，另增加一團共爲兩團，其團長姓名及番號，因爲時太久，均已忘卻，

蔣經國之畫（三）

曾戞初兄為日本士官高材生，文章武功，均有精到之見解，現在台灣已因病退休，但在台時因過去曾在保安處與經國兄共事，來台後極受經國兄之賞識，畀以重任。此兩團為江西團隊裝備最精良之團隊，決定由曾戞初兄負指揮之責，水陸並進，秘密行軍，以期迅速澈底對非法組織，予以根絕，使贛南四區大後方治安，得以維持。

當時乃命我速即遄返任所，並密召各縣長熟商，擬訂裏應外合，協助保安團隊進剿之妥善對策。我當時在南昌除晉謁各廳處後。休息一天後，又趕返贛縣任所，並先後以電話通知各縣長至贛縣，有以面示機宜，並面諭各縣長對地方非法組織之行動，密切予以注視，隨時報告。

不久，曾戞初兄偕某團長一行果然先到贛縣，其部隊亦行將到達，一俟其稍事休息，予以佈署，即將開始進剿行動。當時至感興奮，並為曾戞初兄等一行，置酒洗塵，以示慰勞之意，此為

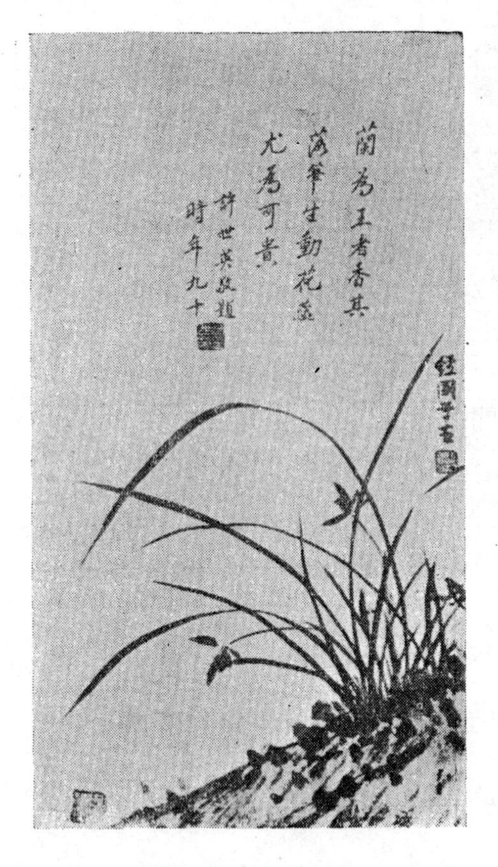

蔣經國之畫（四）

二十八年春初之事，時間是否有錯誤，已無從記憶。

天有不測之風雲，大凡不如意事十之八九，某日晚間十二時許，從睡夢中忽然奉到熊主席電話（其時江西因剿共關係，各縣均通電話，各區又各設有分機，代為接線，此種電話僅供軍用或政務上之接洽，並不民營。）告以贛北德安馬廻嶺日寇已迫近，贛北兵力單薄，南昌省會，至為危險。曾戞初之兩團，必須予以召回，增加抗戰實力，徵詢我之意見，並問及將來非法組織，又將何以應付。當時不經考慮即決定犧牲小我，匆促之間，答覆主席，告以前方抗戰殺敵至為重要，至於贛南小醜跳樑，畢竟屬於內鬨，團隊自然必須開赴前方殺敵。至於非法組織，我決將妥為應付，以減除主席後顧之憂。當時即蒙主席在電話中予以嘉許，深為深明大義，隨即命我通知曾戞初兄，可能當時主席已經直接傳達命令並命我立即封船，所有贛江大小船隻，一律徵調，運送該兩團士兵。

當即下達命令，命贛縣府速即沿贛江徵調民船，大約有百艘之多，足供使用，星夜出動，載運士兵，開赴南昌。其時贛縣又演空城計，我即密令各縣妥為應付，對各縣非法組織之違法行動暫時予以容忍，力求不再滋生事端，擴大事變。

至是乃不得不一面商請贛縣正紳，如劉甲第曹孟瑋等與若干較為接近之其他人士，甚至如團長蕭大鈞等請其出面調停。其時謀士劉子貞恐我逮捕，早已秘密潛進寧都，由黃振中予以庇護。一面密呈保安處廖士翹處長速作決定，若輩雖反對熊主席，但對廖處長之意見，尚能接納十分之幾，似乎暗中彼此之間亦有默許。此實由於政治上之微妙關係，廖處長與熊參謀長，雖曾共事保安處，但彼此之間貌合神離，黃埔同學多對廖處長有好感，至為服從。其時經國兄對廖處長，認為係革命老前輩，見他在國民革命軍北伐時，曾充任工兵營長，德高望重，老成持重，待士亦至為謙抑，推崇備至。

由於張誨先兄之關係，我每次晉謁廖處長，亦屢蒙其青睞有

加，因是對我之請求亦至表關切，不惜多方設計與黃埔同學相商，對於撫綏非法組織，編團計劃，費力頗多。

省府亦不得不改弦易轍，另與廖處長相商，派經國兄爲贛南團隊新兵督練處長，此爲民國二十八年春之往事，當時我獲得省府命令到達後，至表歡迎，贛縣治安，可保無虞。即與地方紳耆商定，以贛新公園爲蔣督練處長之辦公處所。

新公園爲民國廿年左右，廣東余漢謀軍長奉到軍委會蔣委員長之命令，駐節贛縣，以資拱衛。余漢謀將軍在贛縣頗有建樹，如開闢馬路，創建新公園等。新公園內另建有兩層洋房招待所，房舍亦有十餘間，足供過往貴賓作爲下榻之所，較之一般旅舍，更爲清潔。又另闢有圖書閱覽室，亦有平房多間，雖非崇樓傑閣；但公園內花木扶疏，均已成林，各種奇花琪草，多從廣東採購，尚建有國父銅像，供人瞻仰，風景宜人，園內另有專人管理，整齊清潔，足供贛縣居民休息與遊覽之需。

當時即商定將閱覽室讓出，以爲督練處經國兄駐節之處，辦公廳亦附設在該處，倘再不敷用，招待所亦可供其使用。經國兄抵達時，乘坐自備之小轎車，携帶人員至爲簡單，組織亦不大，僅參謀二人，副官一人，衛士數人司機一人而已。當時似乎其俄國夫人亦隨之前來，同住於新公園。

我當時以地主身份爲之洗塵後，接上贛縣賢良正紳亦多設宴招飲，初到達時酬應較多，經國兄亦豪於飲，但不酗酒，談吐至爲風趣，每次飲宴，我則例須作陪，莫不盡歡而散。

幾經調人奔走與賴天球，王廷驥等會商之後，再曉以大義，舌敝神焦，極費周張；甚至另有調人，奔走寧都各縣，取得黃振中、劉子貞等之諒解，彼等雖以所求未遂，明知省府對他們已無可如何，他們尚可爲所欲爲，卒之以經國兄業已坐鎮贛縣，投鼠忌器，不敢有所輕舉妄動，勉強達成協議，縮編爲江西保安廿一團，以賴天球爲團長，江西保安第廿二團，以王廷驥爲團長。

五、全身掩護苟全性命

當時江西保安處亦將該團隊旗，以及委派任命狀，頒發有關團隊法令；其至有關開辦之必需經費，經已送達該團。所有待遇，自然與各保團隊一視同仁，照例辦理。

當時蔣督練處長亦下達命令，令該兩團速即集中南康縣屬之潭口鎮，離贛縣三十里，似爲一較大之墟場。並不時派督練處之參謀視察，經國兄亦不時前往巡視或予以訓話。當時經國兄公餘之暇，與在南昌時情形相同，亦常常赴團隊駐在地，或保安五團等，巡察軍化紀，乃至與地方父老鄉曲之輩，閒話家常，詢問民間疾苦。

該非法組織以號稱八團之衆，今縮編爲兩團，彼此爭職位，爭權奪利，各不相下，在編組之下，賴天球，王廷驥等亦煞費苦心，自尋苦惱。

其時江西全省保安司令部之政訓處，尚未裁撤，由我之同學蕭淑宇兄任處長，與我感情至好。政訓處之編制，每一專區兼保安司令部派一政治指導員，每團亦派有一政治指導員，例如四區政治指導員則爲廖上璠兄，過去曾認識，亦有相當交誼，我在四區任內，得其臂助甚多，與專署各同仁，相處至爲融洽。此次新編之保安廿一、廿二團，照例又須加派政治指導員二人。蕭淑宇兄當即電知囑我保薦。我當時未經詳加考慮，即保薦好友熊文銘兄爲廿一團政治指導員，熊夢兄（熊夢字宗惠，亦爲本刊總編輯之好友，他們係流寓香港時，同住黃大仙所締交之患難朋友，迄今論交，亦已廿年了。）爲廿二團政治指導員，當時我亦殊嫌孟浪，事先並未徵求兩兄之同意。

任命狀到達後，我即送交文銘宗惠兩兄，他倆奉令之下，明知此係跳火炕，啞子吃黃蓮大有說不出之苦衷。因爲賴天球輩必然知悉以上兩員爲我保薦，當時對我之仇視，並不因已編團而予以化除，對於熊兄等之到職，當然不會表示歡迎，必然加以歧視。熊兄等祇以奉到命令，不願稍存恐懼，延不到職；乃毅然前往報到，他們之必然受到冷漠之待遇，自在意料之中，好在潭口離贛縣甚近，他們報到之後，經常往來贛縣，極力避免磨擦，但絲毫無補政訓，達成任務。好在不久，大約數月之後，全省保安司令部政訓處奉到中央命令裁撤，各政治指導員自然一律解職，熊兄等如釋重負，此一插曲，至此算是告一段落，至今思之，不禁啞然爲之失笑。

大約是在二十八年秋末，爲時既久時間忘卻，兩團整訓略有端倪，淘汰老弱，補充槍械，勉可成軍。蔣經國兄乃下令定期檢閱。檢閱前夕，經國兄並以電話約我同往檢視，我係地方官，照例自係陪閱。祇是該團隊對我之仇視，勢同水火，積不相容，我隨時有所警惕，常常加以戒備。因之我回覆蔣處長，因爲有上述關係，擬偏勞蔣處長，恕我未能作陪。

次晨八時許，經國兄又以電話相約，必須前往，關於我之安全，表示可以擔保，認爲該兩團決不敢有所輕舉妄動。在不得已之情勢下，我乃告以祇單人前往，即與蔣處長同坐一車，我當即未帶衞士，即自身常佩之白朗寧之小手槍，亦已解除，並不衣區保安司令之戎服，穿中山裝便服，步行至新公園，因爲專署離新公園不遠。九時許出發，隨蔣處長同往者，另外尚有大車一部，其參謀副官及衞士等及其他人員亦隨之進發。

行至離潭口約里許之山壁上，沿途即發現極顯目之標語：「打倒熊主席」，「打倒劉專員」，「擁護蔣督練處長」，「打倒摧殘抗日武裝之熊式輝」，「打倒附惡之劉專員」，其他不倫不類之標語，沿途皆是。當時在車上我即斷定今日檢閱必然肇禍，蔣處長亦爲之驚異不置。但因即將到達，只好假裝鎮定，毅然前進。抵達檢閱場內，當時搭建有臨時檢閱台，由蔣處長率先上台，我亦隨後登台，與蔣處長肅立，開始進行閱兵，照一般儀式開始由指揮官呼口令，進行各種動作。當時我默察所謂二位團長，皆已年逾花甲，垂垂老頭，士兵精神亦至爲渙散。

閱兵典禮完畢後，由蔣處長開始訓話，經國兄本極善於訓令，滔滔不絕，雅俗共賞，以極誠懇之態度，勵勉他們必須愛護桑梓，愛護國家，嚴加訓練，開赴前方，殺敵致勝，反覆曉喻，苦口婆心，諄諄告誡，達一小時之久，始告完畢。

蔣處長訓話後，堅囑我必須致詞，我明知他們必然聽不入耳，一再推辭；即在此一剎那間，突有某團大隊長劉作孚一躍上台，將我拖至台下，拋在地面，挾持手臂，拳足交加，正在危殆之際，其他士兵高呼：「打倒劉專員」，聲勢洶洶。當時幸賴經國兄立即趨前，以全身掩護撲在我之身上。並高呼：「如果要打劉專員即請打我！」一再高呼重述，聲嘶力竭，劉作孚畢竟有所顧忌乃放手不敢拳擊，其時經國兄之參謀衞士，亦趨前保護，得以解圍。當時倘非經國兄之援救掩護，縱不至有生命之危，勢必斷臂或受到重傷，成爲殘廢。此實爲我救命恩人，今後有生之日，又何莫非報德之年。此次檢閱，不歡而散，經國兄之參謀衞士，乃重密嚴加護衞，扶我上車，經國兄當時亦對該團負責人嚴加申斥，於是驅車逕返贛縣，送我至專署休養。

是晚我在專署謝絕來訪慰問之士紳，一面延醫敷藥裹傷，一面即電告省府，略述當日「潭口事變」經過，蒙蔣經國兄援救之情形。第二天即專車赴吉安，其時南昌已淪陷，省府暫移吉安，熊主席辦公處所，即在吉安之郊區，避免敵機轟炸。

抵吉安後，即向熊主席報告受此重大侮辱，決不回任，今後出處，唯主席之命是從。並重述過去我曾力保蔣經國兄繼任，蒙主席允予考慮，如今爲了收拾贛南殘局，經國兄適在贛南，事不宜遲，必須當機立斷。幸蒙主席採納，立即准我辭職，並發表經國兄繼任。我則在吉安進駐某醫院養傷，閉門謝客，至爲懊喪。

在此必須補述的，則爲我之向主席保薦經國兄，其時經國兄已發表新兵督練處長之後。當時認爲贛南情形，仍極複雜，我與贛南非法組織，情感既已破裂，勢成冰炭，今後政令推行，必然困難重重，決不會有好結果。因是與專署主任秘書張誨先兄密商，親赴吉安，向主席面呈，力爲推薦。當時主席命我暫回贛縣，並予以考慮。此專署同仁，除張兄外絕無人知。其時原任主任秘書張任石因學行均佳，已由民政廳長余次甫徵召，發表爲廣豐縣長，赴任履新，繼任者爲張誨先兄。

六、新舊交替得卸仔肩

繼任四區專員爲經國兄經主席提出，照例經過省府會議通過，乃發佈派狀，一面呈報中央核備；我則急電贛署即日准備移交，眷屬另租民房暫住，當經國兄接事後，仔肩得卸，如釋重負。繼任得人，私衷亦至喜慰。其時傷勢漸癒，心情稍佳。

專署向來不管經費，編制預算均有規定，只須每月將決算書送請財廳核銷後(其時審計處尚未成立)即可了清手續，移交至爲順利。計在任一年零七月，因所用人員過多，應付非法組織，招待過往貴賓，虧累四千餘元。當內子一行由贛縣移駐吉安後，乃將小轎車變賣，得洋三千元，更由贛縣某紳爲我墊借千餘元，彌補公款，後陸續償還，此次做官可算是告一段落。

經國兄剛接任，移駐專署，由於我受辱憤而離去，隻身悄然赴吉安，對於將來移交情形，未能詳加指示。移交時族人某君，爲我副官，少不更事，更蹈過去滿清軍閥時代惡習，官不留衙，除傢俱外，對於公文紙張文具，乃至窗帘、煙缸、痰盂之類，爲之一掃而空。致令剛接事之新專員，若干地方，殊感不便，後來我在吉安，對某副官嚴加申斥，但事過境遷，爲之奈何。

又我對經國兄至今尚耿耿未能去諸懷者，則爲此次「潭口事變」，經國兄爲我救命恩人，決非溢美之詞，亦非逢迎術語，此係事實其在，有目共覩。當時留吉養傷，似乎憤怒未平，餘恨胸中猶存，乃竟忘卻專函向經國兄有所申謝；後來經國兄接任，更未去函道賀，凡此皆禮貌上欠缺之處，畢竟年少氣盛，毫無修養，迄今思之，至爲歉然。

經國兄接事後，對於我之高級職員只留任軍法官范魁書兄，范兄與我共事六年之久，從廿三年別動總隊起，共事三年，在箇陽縣長任內一年，在贛縣專員任內，一年零七月，關係至爲密切。經此次新任專員留任後，乃與我從此分道揚鑣。范兄爲朝大法律系高材生，河北人，學有專長，沉默善言，品端學粹，謝絕應酬，保守秘密，其同學蜚聲於司法界者頗不乏人。自從隨侍經國兄後，深得其信用，三十年來，信任極專，常常畀以重任，僅知來台後，他曾任軍法局局長，後又任國家安全局副局長。我來台後，亦蒙其在百忙中，常常慰問，並屢有厚贈，對我仍以舊日長官看待，執禮甚恭，古道照人，殊屬難能可貴，至爲心感！

七、新贛南政策之聲譽

經國兄接任後，下車伊始，百廢具興，厲行新贛南新政，聲勢顯赫，爲各方所重視，各省乃至外國記者，均時有考察報導，瑕瑜互見，見仁見智，各有不同，總之譽多於毁，此則爲衆所週知。

最令我在吉安聞悉之餘，感到欣慰者，則爲贛南十一屬之非法組織，地痞流氓，包煙庇賭，從此歛足。若干土劣亦受到相當嚴懲，因爲經國兄一向對貪汚官僚土豪劣紳深惡痛絕，一經發現，如屬證據確實，決不饒恕。至於地方正紳，均受到相當保護，物極必反，否極泰來，今天他們已受到應得的懲處，此則令我聞悉之餘歡欣鼓舞的。

其時蔣經國兄爲了推行政令，相助爲理，必須延攬人才，所謂「行新政，用新人」，因之各方與之相識友好，有的經人介紹，有的自行發掘，競來贛南投效。首要一批到達的則爲留俄同學有十餘人之多，我所認識的則有虞季賢其人，因為虞在別動總隊與我同任設計委員，其餘則不知其詳。

其次則為縣長人選，例如贛縣縣長張愷，信豐縣長楊明（後曾接任專員），在胡家鳳主政江西時，調充省府秘書長後又調充財政廳長，以及前節所述之南康縣長王繼春等，其他縣長人選多屬幹練之士，有守有為，一經專員保薦，經民政廳長考核後，率多尊重蔣經國兄之意見，予以發表。

其次則尚有文化新聞界人才，亦均有延聘之列，我之同鄉後起之秀漆高儒兄，即係在贛縣任文化工作。濟濟多士，羣集一方，因為其時我不在贛縣，無法列舉。至於事業之表現，其卓有成績者計：

文化方面：辦有正氣日報，初開辦時並延聘曹聚仁主持，另有姊妹報××報（忘其名），××印刷所，印行書報，發行定期刊，以期對抗戰宣傳，以及對新贛南建設有所報導。其次與省黨部所辦之新贛南日報亦配合至當，社長葉競民兄辛苦經營，歷史較久，在我任四區專員，葉競民兄以與我隸屬省黨部老友，得其臂助甚多，對於政令之推行，非法武裝之抨擊，不遺餘力。自蔣經國兄任職後更相得益彰，專署有時給予財政之補助與精神之鼓勵，發行網亦更為普遍。尚另有私人創辦之三民△△報。

教育方面：創辦有某某中學，教師多延聘外來專門人才，贛縣教育本極發達，除省立贛中，省立女師以及幼協中學及××中學等外，蔣專員認為尚不敷用，另辦有各種訓練班以及夏令營之類，招收青年學生，貫輸抗戰意識，實施軍事訓練，例如黨歌作曲家程懋筠君即曾聘來擔任夏令營音樂總教官。對於青年學子，影響至為宏大。同時並嚴令各縣，健全保學，減少文盲。

經濟建設方面：在贛縣設有××貿易機構以及××消費合作社，則為專運物資，流通貨運。在抗戰時期發國難財之豪商，比比皆是，不乏其人。甚至還有不肖官吏及軍人，利用雄厚之公家資金，暗中勾結商人，屯積居奇。贛省官吏軍人團隊中，向以清廉著稱，考核最嚴，但百密一疏，亦不敢斷定絕無其人，經國兄有見及此，乃公開組織，化私為公，頗有贏餘。當即以其收入，辦理小型工廠，其時海運封鎖，重要機件採購至為不易，贛縣毗連廣東，在廣州未淪陷前，從香港採購尚易着手。其他工廠，則多為手工藝製作，招收無業流民，收容流亡青年，授以一技之長，使之能在社會謀生自食其力。

社會福利方面：專署自辦有托兒所，安老院，殘廢救濟院，老吾老以及人之老，幼吾幼以及人之幼，其他施棺施藥，收養育嬰之救濟院。此等機構，亦嚴令各縣，籌集經費，普遍舉辦，其不足之數則由專署補貼，不一而足。

復興中華文化方面：現時中華民國對於推行復興中華文化，中央以及省市縣特設機構專人辦理，提倡不遺餘力。當年蔣經國兄在贛南，對於十一縣之縣志，鄉賢遺著以及其他文獻，一再嚴令各方搜求，妥為保存，對於古蹟，一再嚴令予以修復。

尤其對於王陽明先生治贛之遺訓，更是勤求搜羅，凡屬王陽明遺跡，莫不予以修整一新。對於陽明專集所載贛南各屬小地名，後來容有更改，他亦不惜親赴各縣，向地方父老，周諮博訪，以期重有發現，致力之勤，眞知灼見，能毋令人感佩！

以上所述，多係從當時江西正氣日報或新贛南日報中獲知一二，自從交卸後，蒙熊主席以兼省黨部主任委員，保薦我為江西省黨部書記長，經常在吉安，不常去贛縣，故對於贛南新政，僅獲知一二，舉一漏萬在所難免，語焉不詳，人名機構名稱，容有不實之處，閱者諒之。

總之，蔣經國兄治理贛南，勤政愛民，他曾寫下了下列標語，作為施政的總目標：

要人人有衣穿，

要人人有飯吃，

要人人有屋住，

要人人有工作，

要人人有書讀。

最後並希望做到：「要人人有好衣穿，」「要人人有好飯吃」，「要人人有好屋住」，「要人人有好工作」，「要人人有好書讀」，此項希望，雖一時不能達到，但倘使非國難頻仍，戡亂方殷，大陸沉淪，以政府之努力，照着目標，邁步迎頭趕上，終必有達到之一日。

民國三十三年，內政部政務次長張維翰先生（現代理監察院院長）曾到贛南視察，看到當時的新政，極爲讚佩，當即賦詩二首，以示嘉許。

一

棠蔭深處喜停驂，治績來觀新贛南；
百萬人家歌政肅，且瞻實效豈空談。

二

足食豐衣舍宅安，勤工勉讀各心歡；
康莊廣濶通行便，力果心精克萬難。

這兩首詩已收錄於張維翰所著之「采風集」中，謹錄之以爲本節之殿。

八、善意與惡意之批評

經國兄在專員任內，大概有三年多之久，一般社會批判，言人人殊，極不一致，據最初地方研究之學人，所持書生之見，多屬善意的批評，並非有意中傷，僅是從政制上推論專署乃勦共時期之特殊設施，自不能與治平之世併論。

並說專署一級，在地方政制上是虛級，並無直接行使政務之權，對於縣政，處於督察地位，不必代縣長越俎代庖。是以專員對於縣長，只有考核之權，向省府呈報，並無委派或撤用之權。因之，他之兼任區保安司令，亦屬勦共時便於統轄各縣自衞武力，以便指揮統一，其作用僅如是而已。

因之，專署編制亦極其簡單，所用人員不多，僅有少許辦公經費或出巡旅費，並無事業費，此可見各區專員儘可坐言不必起行。蔣專員今治理贛南，事必躬親。所設機構，如是之多，均由專署直接創建，興辦學校以及社會福利等機構，實不足以爲訓。而且一旦勦共軍事告一段落，專署儘可隨時撤消，此雖食古不化，守經而不能達權，多屬書生之見，終屬善意的建議。

並且說區公所一級，亦係虛級，鄉鎭公所乃係實行政令機構，係實級，一實一虛，其性質絕不相同。

至於惡意的批判，則認爲經國兄這種包青天的作風，訪問民間疾苦，對老太婆殘廢人等，施以小惠，實係一種虛僞的作風，純盜虛聲。博施濟衆，堯舜其猶病諸，不可能使人人有飯吃，人人有衣穿，人人有屋住，人人有書讀。

尤其是創辦學校和社會福利機構，亦祇有他係蔣委員長的公子，有錢有勢，才能辦到，其他各專員，休想望其背項。

後來尙有一種極爲離奇之惡意宣傳，則認爲贛縣召來若干留俄人士，思想言論，仍然或多或少仍保持有共黨常用之術語，思想極不穩定，難免尙有共黨派來之情報人員，潛伏其間，蔣經國兄之態度亦似有可疑。此種惡意之宣傳殊爲怪誕，其時吉安，泰和一帶，均有此種類似之謠傳，那時我正在吉安省黨部供職，謠言止於智着，姑付之一笑而已。

再則江西省黨部負調統之責任者（專門從事偵查潛伏共諜之活動）爲馮炳臣兄所領導，炳臣兄與我私交極深，其部下如莊倘之等以下多人機警負責，毋枉毋縱，工作成績，至爲顯著。那時與我之職責亦息息相關，深知他們對於這批留俄同學，必有詳盡之調查與偵察，我從未聞調統室有所報告，可知外間所傳，實屬無稽之談。

例如江西調統室在廣東曲江卽辦了一件震動重慶之要案，此亦係炳臣兄等之傑作，曾率領了江西一批武裝工作人員，去到曲江，將潛伏之共黨華南局重要之負責份子廖承志，亦卽何香凝之子，秘密逮捕，押解到江西泰和，因禁於某村之民房。經國兄曾來泰和，擬加以說服，勸其脫離共黨，乃廖承志蓬頭垢面，故作佯狂，任意塗鴉，畫上美女以及男女生殖器，其時陪經國往晤廖承志之人，有炳臣兄與我，我在外旁觀未進入禁閉室，舊事重提，藉以說明江西省黨部調統室工作精神之認眞，無知之輩對於贛南新政實屬意存惡意中傷。

九、同膺新命開展團務

民國二十八年八月，奉到三民主義中央團部的命令，成立江西省支團部籌備處，其時中央團部的組織部長爲康澤，他是我的老長官，於是我亦得參加了備員幹事末座，明令發表以經國兄爲籌備處主任幹事，其他幹事則有：胡軌，柯建安，陳宗瑩，薛秋泉，萬文生，陳洪時，胡德馨，劉已達等。

籌備處成立，先召開會議於江西省會臨時所在地——吉安，嗣後則因籌備主任蔣經國兄兼任四區專員，經常在贛縣，爲了工作便利，遷移贛縣。同時中央團部還選派在中央團部幹部訓練班受過嚴格訓練之學員十人，計有彭朝鈺（當時並派彭朝鈺兼任籌備處書記，其他九人則爲：江海東，黃模熙，蔣廉儒（曾任台灣觀光局局長多年），蔡希曾，程京震，徐日泰，歐陽榮，李培文，沈再成等爲江西支團部重要幹部。

我其時專任江西省黨部書記長，熊兼主任委員不能經常來省黨部，祇是每逢星期一及星期三上午來省黨部辦公，其私章亦交由我保管，普通公文爲之代行，至於重要公文，則列表摘述案內，擬具處理意見，每日送請批示。每週書記長尙有兩次必須列席省務會務，責任重大，事務忙迫，對於團務無暇兼顧，我在青年團乃爲掛名幹事而已。

第二年，支團幹事陳洪時辭職，胡德馨同時亦兼省黨部委員，因得癌病逝世。中央團部乃另派詹純鑑，以及劉愷鐘補充，詹純鑑並兼任書記，其時經國兄專員任務亦至爲忙迫，時經常赴重慶，團務多交由詹純鑑兄處理，詹兄責任心極強，處理團務亦極爲熱忱細心，辛勤備至，深得經國兄之信任，從此追隨左右，後又膺選立法委員，到了台灣以後，改造黨務，任中央常務委員，兼救國團副主任，以及中央第五組主任。現任裕台公司董事長。

江西支團部籌備任務既已告一段落，乃於卅一年召開第一次代表大會，其時我正在重慶中訓團受訓，不在江西，未能出席。由中央團部派程思遠監選，蔣經國兄被選爲幹事長，詹純鑑兄以幹事仍兼書記，我亦徼幸獲選爲幹事人選，其他幹事，則亦記憶不清了。

三十三年又召開第二次代表大會，其時支團部的組織稍有變更，我正在泰和，中央特派贛鄂邊區負軍事之綏靖司令官王陵基爲監選員（次年發表爲江西省主席），由我陪同逕赴贛縣監選，選舉完畢後，蔣經國兄任幹事會幹事長，我則被選爲監事會之常務監察，並將支團部移至江西臨時省會泰和。蔣經國不能常來，由詹純鑑代理，李德廉爲書記。

監事會成立後，其時雖卸任江西省黨部書記長職務，但仍專任江西民國日報社社長，又兼任江西省臨時參議會秘書長，無法兼顧監事會之事務。幸得中央常務監察王世杰先生介紹其武漢大學之畢業生歐陽植爲書記，其武漢同學羅振觴爲幹事，我亦選劉灼華爲之協助，監事會用人不多，其下僅有錄事二人。好在監事會事務單純，得以應付過去。惟其時團務均偏勞詹純鑑及李德廉二兄，我則絲毫未能有所協助，至今思之，至爲歉然！

江西支團部在贛縣時，卽先後舉辦了兩期幹部訓練班，均由經國兄全力主持，以身示範。所招收亦多係江西高中畢業以及軍校學生，例如胡朝幹事卽在中央軍校第七分校召來不少優秀人才。每期約百人。第一期在贛縣郊區之赤硃嶺，第二期卽在黎莞背。為期頗長，均施以嚴格之訓練，革命的教育，造成人才不少。凡能夠來台，今日在台之各軍師政訓處，以及黨務所屬各民衆團部，婦女機構，此一批負責領導之幹部，均經千錘百練，有所成就，這些人選，為數尚多，不勝列舉。

至於第三幹訓班則在泰和之孔廟受訓，第四期則已在抗戰勝利，省支團部亦已遷移南昌陸象山路，至於受訓情形，學生之質素如何，我因未能參加籌備不甚詳悉。

民國五十六年十一月我由港返台定居，抵台後分別訪晤昔日友好親戚，惟以台北地區遼濶，道路生疏，未能遍訪；且尚有若干友好駐於新竹，桃園，台中，台南，極為分散，至今抵台達四年之久，尚有未能謀面者。當由詹純鑑兄與范魁書兄之先容，向經國兄報告我已抵台，並請其約定時間趨謁。

當於五十七年一月五日，由范魁書兄通知，約見於松江路反共救國團，晉謁之後，廿年分別，一旦重逢，極感欣慰。經國兄接見態度至為謙抑，慰問至為殷切，承詢及留在共區家室以及多年來在港生活狀況，尤其留在大陸之友好，亦多垂詢，前保安處廖士翹尤為關切，問他是否安全，當告以因其公子左傾，業已受其影響，亦絲毫未能予以庇護，仍然受到清算，恐已不在人間，訪舊半為鬼，經國兄聞之亦為之泫然。後又暗示對我之安排，將予以適當位置，問是否已晤及正中書局董事長胡軌（步日）兄，當答以此係昔日三青團部同事，何況平時步日兄對我之厚，在禮貌上自應專訪，最後則告以如有所需，可隨時與詹純鑑兄聯絡，其時尚有其他晉謁之客，在外鵠候，當卽興辭告退。

一月廿九日，適為農曆除夕，乃前兩日（廿六日），經國兄特派專人送來年禮，葡萄酒，原莊花菰，江貝，白蓮之禮品，在台灣一般送禮來說，尚不失為高級禮物。中國俗諺說：「禮輕人義重」，經國兄對我禮遇之隆，人情味之厚，篤念舊雨，自屬感佩良殷！

在當時我晤經國兄後，默念以為我頻年寫稿，自應安頓於正中書局為宜。適好友熊宗惠兄任正中書局董事會秘書，深知該局編審已無餘缺，其他位置已有人滿之患，毋庸啓齒，後又經詹純鑑兄向台灣電力公司代謀，亦未能成就，最後仍商承蔣經國兄，由中央財委會徐柏園先生轉介裕昌公司，聘充顧問，從四月份起，每月致送車馬費若干。於是我之食宿問題，由汝達弟伉儷供給，對於老兄照顧備至。而每日零用之資，則賴此挹注，從此在台安居，老有所歸，私心竊慰，對於經國兄，又不得不深致感激之私。

空軍之神高志航

黃大受

由於日本軍閥數十年來對我國的侵略，特別是在首先遭逢日本侵略的東三省同胞，更加痛恨日本軍閥。高志航將軍就是出生遼寧省，親眼看見日本軍閥在我東北境內橫行，為了救國救家，養成他忠勇奮發的性格，終於投效空軍，誓死殺敵。這也是當時中國青年所期望的目的。

民國二十六年七月七日，日本終於在北平市附近的盧溝橋，開鎗進攻，守軍當即抵抗，大戰爆發。八月十三日，日本大舉進攻上海，我國的全面抗戰，從此展開。八月十四日，日本空軍猛襲杭州筧橋機場。高志航首開擊落敵機的紀錄，寫下了中日戰爭中空戰勝利史的第一頁。

少年立志學飛行

高志航將軍，是中國空軍建軍以來第一位傑出的人物，他生長在遼寧省東部的通化縣，世居三棵榆樹村。童年開始，他眼睛裏所接觸到的是廣闊的土地，豪邁粗健的莊稼漢子。父親高煥章老先生是一位篤信天主的教徒，所以全家都信奉天主教。高家祖遺有二百多嚮地（每嚮合南方地約七畝多），春耕秋收，大馬車裝滿了大豆高粱，足食足衣，是一個不大不小的中產之家。

高老先生在青年時代，和東北的同胞一樣，眼見日本軍閥俄國強盜在東北橫行，無不痛恨在心。高老太太娘家姓李，名春英，也是生活在這樣的環境裏，娘家富有，她是父母的掌上明珠，幼年的生活，非常美滿，在嬌生慣養中，過着養尊處優的歲月。她並不像一般閨閣小姐的嬌懶，很能自求長進，深通人情世故。由於家庭裏完善的教育，培養成爲一個典型中國式的賢妻良母。

高老太太在十八歲的時候，和高煥章先生結婚了！他們是門當戶對，佳耦天成。高老先生爲人豪爽慷慨，夫妻之間，極爲和諧，家庭生活非常美滿。高老先生既要經營農事，又要對付外間的事務，相當的忙碌，因此主持家政，教育兒女，便成了高老太太義不容辭的責任了。要保持賢妻良母的傳統家風，時時縈迴在她的腦際。在主持家政上，在教育兒女上，她發揮了她的天才，把家務處理得有條不紊，把每一個兒女，都教育得成爲合乎時代要求的標準國民，民族英雄。她確是高煥章先生的賢內助。

高家伉儷有八個兒女，六男二女。高志航將軍是男兒中的老大，上有姊，下有妹弟，他出生於民國前四年五月十四日，他從小也是最聰敏、最逗人歡喜的一個，對弟妹很和氣，對父母很孝順。望子成龍的心理，是任何一個做父母所具有的，對於聰敏孝順的長子——高志航將軍，老太太尤是小心翼翼，百般愛護的培育着。

高志航從小就聽從父母的話，稍懂人事後，就愛幫助母親做事，由於高老太太要照顧幾個子女，還要兼管農事，所以整天無暇休息。高志航孝心天成，從不顧自己的體力是否承擔得起，大桶的水，也要幫着母親去提。

「志恆啊！（幼年時候的名字），你別越幫越忙啦」高太太見了他在提水時說。

「媽！不！我怕你累！」高志航回答母親。他始終不肯中途休息。

能大孝能大忠，高志航之所以能愛國過人，可說是天性使然。

發蒙以後，他在附近的鄉村小學唸書，可是那幾年「鬍子」（即土匪）橫行，有錢人家就怕自己的孩子被「綁票」，高老先生特地把他送到通化縣學堂去讀書。由於天賦聰敏，所以讀書過目不忘，無論學習那一門功課，總是高人一等。不像一般兒童似的嬉戲好玩，他舉止大方，彬彬有禮，服裝整潔，從不拖涕。當小學快要畢業那年，有一位天主教神父特別喜歡他，再三徵求高老先生的同意，把他送到遼寧省的省會瀋陽，一個法國天主教堂所辦的中法中學去讀書了。

高志航從十歲起，就進通化縣城讀書，十三歲到瀋陽進中學，只能在放假的時候回家，嚴格來說，母子相處，只有十年是整整的。

高志航從東北的一個小城市，跨進了關東平原的大都會裏，耳濡目染，更啓發了他精益求精，出人頭地的雄心，他看到侵略者貪得無饜的要求，得寸進尺，永無止境。侵略者的面目，也更是猙獰可怕。這些事實，不斷地刺激着這位少年的心靈，燃起了他憤怒之火。在一個溽暑的夏天，高志航從中學放學回來的時候，突然向他慈愛的母親，提出了諸如：日本人憑什麼要在我們的國土橫衝直撞，壓迫我們的同胞？我們為什麼不把他們趕出去？中國為什麼不能像歐美國家一樣強大？這一連串的問題，使得高老太太不好回答。她思索了一番之後，用委婉曲折的說辭，作了一個很簡單而令人滿意的答覆。深印在高志航的腦子裏，從此他報國的意念，也與日增俱了。

「爸爸，媽媽！班超不是一個文人而立功異域，成為一個了不起的民族英雄嗎？」高志航很堅定的說：「為什麼我不能投筆從戎，做一個民族英雄呢？為什麼我要做一個搖頭擺尾的拈筆書生，老死在筆硯之間呢？爸爸，媽媽！我相信你們都願見你的愛兒，成為一個萬人無敵的英雄，直接去報效國家的！」

除了當父母的面前，立志要從軍服國外，在幾年的中學生活裏，高志航在家信裏，時常提到要立志做一個革命軍人。民國十三年，他中學畢業後，（舊制中學，是四年畢業的。）高志航才十七歲，考進東北陸軍軍官教育班砲科隊。這是一個訓練陸軍軍官的機構，設在瀋陽北關，由東北的名將郭松齡主持。班裏招收的全是中等以上學校畢業的學生，打算訓練好以後，分發到陸軍部隊充任幹部。從此文質彬彬的高志航脫去長袍，換上戎裝，參與在保衛國土的行列中。他是在這一班中最年輕的小弟弟。矮壯而結實的身材，筆挺的黃呢制服，齊膝的長統皮鞋，從外型上看，高志航已經是一個典型的制式陸軍軍官。在長官的循循善誘，和母愛薰陶下，更是一個年少英俊，努力上進的標準軍官了。

由於歐戰和日本勢力在東北侵凌的雙重刺激，使得東北一部份軍事主腦，有了新的主張，決定派學生到歐洲去學習新的兵種技術。民國十三年，從陸軍軍官教育班考選了十三名學生，派到法國去學習航空。

民國十四年春天，仍然在陸軍軍官教育班考選了第二批，一共是二十七個精幹的小伙子，也到法國去學習航空。在一切都弄好的時候，大家傳出一個消息，說砲科一個姓高的年幼學生，因為事後才知道考選赴法學習航空的學生，而自己竟未得參加考選，大哭着跑到隊長那兒要求補考，以便前往法國學習飛行。隊長見他意志極為堅強，幫着他去請求，結果得到單獨與試的許可。他的體格、學力，尤其是因為他曾在法國神父所辦的中法中學學習過法文，所以很容易的考中了。當同班的學友再去看望他時，滿足的微笑掛在他的嘴角上。他能夠如願以償的到法國學飛行了。

赴法國學成歸來

高志航看到外侮頻仍，瞭解了青年救國之路，是應該做一個軍人，因而他投考陸軍軍官教育班。歐戰以後，在「無空防即無國防」的新觀念下，張作霖要在東北開辦航空學校，培植新的飛行人員。高志航覺得空軍更為重要，因而要接受航空訓練的機會，今後的新生活在等待他和他的一羣同學，未來的希望在招引着這羣青年，那些已往的家鄉生活，便不能不拋棄在一邊了。民國十四年的秋天，他們動身赴法國，一隻由上海開出的法國郵船包爾斯號，裝載了這二十八位中國青年，一位留法的航空前輩姚錫九，擔任留學監督。

法國當時正在戰後復興期中，對於中國派來學習航空的學生，是頗為歡迎的。到了馬賽，法國陸軍部海軍部派有代表迎候。當天晚間，法國代表在鐵路飯店設宴歡迎他們，通宵的狂歡，使得這羣怯生的青年軍官，開始認識了法國生活。第二天，他們到達巴黎，在巴黎住了一星期。這期間，姚錫九為他們辦理入校的工作。結果二十八個人分成兩起，一起十人，派到高德隆民航學校去，一起十八人，派到牟拉納民航學校去，而高志航一說是先到高德隆航校，所以他的老朋友，曾一直喊他高德隆的綽號。

但是許多的記載，他是牟拉納民航學校受訓的，牟拉納是在巴黎附近的一個小鎮，四週是矮山農田；從巴黎來，乘半小時的電車可以到達，航校位置在鎮尾，一片八百公尺長的機場，場邊有一些平房，就是校舍。

民國十四年十一月，十八歲的高志航，和他的同學進入了這所學校，校長蓋羅接待他們。蓋羅是一個三十多歲的軍人，曾經參加過歐戰，可是飛行技術，並不見得很好，擔任教授他們飛行的是二位教官，一是馮蹇，一是得格利斯。這兩位的技術很好，是法國第一流飛行家，也曾參加過歐戰。馮蹇是一個腿部受傷的人，但是他在二小時之中，在空中曾連做九百六十三個特技動作。經他訓練的航空學生有一千多人，可以想見他在法國航空界地位之高。

牟拉納航校的教授法在當時是比較新式的。高德隆航校則為老式的教授法。所謂老式的教授法，是利用場地之大，飛行進度的階段，是：地上滑行，起飛三公尺高空落下，又起飛三公尺高，再落下，這樣機械的學習，然後再學轉彎，以及空中各種動作。牟拉納航校當時的教授法，同後來中國中央航校一般，起飛、落地、轉彎、直線飛行、升高、下落、特技、長途……。

在牟拉納航空學校的，除了十八個中國青年之外，尚有二個西班牙人。高志航是二十個異國青年中最年幼最優秀的一個。在沒有進航校前一年，他得過一場天花，差點把這位聲名蓋世的英雄折磨而死，可是在航校裏，他處處發揮他飽滿的精力，飛也飛得很好，很得教官和同學們的歡喜。他最發奮用功，成績樣樣不錯。對於語文的學習，他似乎有着卓越的天才，小學時代，他也沒有正式唸過法文，有一次跟一位在中學唸書的堂姐比賽，在發音和聽覺上，他竟賽過了這位已經在中學的姐姐。到法國不及半年，高志航已經很熟練的能跟法國教官講話了。

不知不覺，八個月的初級飛行期告一結束。這八個月的生活，是六天在學校中學飛，星期日則到巴黎去渡假日。六天來的緊張和疲乏，為之消除，於是再在學校中去渡那緊張生活。每天傍晚，常在鎮外郊野散步，或者在池塘裏釣魚，或者幫助農夫做些駕車的工作。

民國十五年七月，他畢業於牟拉納航校，回到巴黎住了一陣，又被派到馬賽附近的伊斯特陸軍航空學校。在這裏，二十八位同來的中國航空學生，又匯合到了一起，學習軍事航空。

這個學校的教育期間是三個月，最初，他們受二小時普通飛行訓練，隨後學習偵察飛行，轟炸飛行，驅逐飛行各六小時，然後由學生各選一科，去求精進。

高志航所選的是驅逐專科，這個學校的機場是很大的，當時法國最新的機種，如布萊克沙號，牟拉納五十三號，牛包二十九號，高德隆五十九號，一共約有三百架，停在這個機場上。因此每天早晨六點到十二點，下午四點到六點，都是飛行的時候，所以大家的進步，是非常之快。

法國南部的秋季，是非常宜於飛行的時候，晴空朗朗，所以天天都可以飛行。那一帶的海灣和田野，差不多完全爲他們所飛熟，加以當地人人充分表露出其戰勝國人民在復興期中的歡躍：雖然他們是來自東方的黃種人，卻仍然得到居民的親切優待與交往。由於法國人如此和藹可親，因此，在散步時間和假日，不是騎自行車去附近大道遊行，更是肩一桿獵鎗到山野去打獵。一名叫福斯的海水浴場，更是高志航他們常去的地方。有時候，還參加鎮上人家的跳舞會。

三個月的軍事航空生活，像流水般的很快過去了。高志航在驅逐飛行方面，特別被重視，於是，在伊斯特陸軍航空學校，取得軍士階級後，派往南錫法國空軍第二十三團去見習。南錫，就是第二次世界大戰中，被德軍突破法國馬奇諾防線後的航空根據地，高志航在南錫空軍驅逐團見習了二個月，結果，他的學術兩科的成績，都特別的優良，使得這團中的上下人員，對於這個出色的黃種學生，不得不生出欽佩之心，而且津津樂道不已！

在法國的一年多中，高志航每隔一月，必定有信寄回家裏，詳述他在海外學習的生活實況。民國十六年一月，這一羣學航空的留學生，仍然坐法國船回到中國。在船上，他們比來時要活躍多了，以流利的法語，和船上人交談着，船到上海，沒有住幾天，就匆匆的經過北平，趕回東北故鄉。一到瀋陽，當局放假讓他們回家省親，因爲已經是舊曆年的大年夜前夕了。

遭國難勇敢南奔

於是這位飽受歐洲戰後文化的航空學生，就急急地趕往遠在遼寧東部的通化縣。到大除夕的時候，他還在道上離家幾十里的地方，騎着一匹快馬，飛也似馳向家門，高家這時正忙着包餃子、謝神，卻沒料到萬里未歸人，正在奔向家門。因之，高志航的父母更惦念着一別數載的愛兒。高老太太是萬念叢生，大家都說着志航、提着志航，忽然大院子外面，聽到小毛驢在叫，馬蹄嘈雜的聲音，一忽兒來到門前，合家開門去看，原來是高志航回家了。高志航回到家門，看見雙親，規規矩矩行個大禮，做母親的一見愛兒重歸，悲喜交集，兩行熱淚不由的直滾下來。高志航看到自己母親這般感傷，連忙上前給母親擦掉眼淚。他說：「這回媽可放心了，孩子將不會離家太遠了！」這次高家過年是夠熱鬧的，高志航留學法國學成歸來，共聚天倫，親友也都來探望，車馬盈門，眞是門第增光。可惜歡聚的時日，只有從除夕到第二年正月初六，前後不過七天，高志航因爲濟南的戰事緊急，公而忘私，就不得不離開家庭，趕赴前方去了。

他從家中再出來的時候，就在瀋陽東北航空處所屬的飛鷹隊任隊員。這個隊是當時東北航空處唯一的航空隊，平時爲一個隊，出動時分爲三個支隊。全隊一共擁有二十幾個隊員，隊員的來源是第一、二兩批赴法國學航空的，以及東北航空學校第一期畢業生，隊長是徐世英。隊中的飛機，也像人員的來源不同，有的是來自法國的布來克，高德隆，斯來克，有的是來自英國的大維美，小維美。

飛鷹隊的駐地，在瀋陽東關外的東塔，那兒是跟北關外的北大營齊名，是當時東北唯一的航空根據地。東塔那裏除了飛鷹航空駐紮以外，東北航空學校，航空工廠，航空器材庫，也全設在那兒。

東塔雖是東北的航空根據地，可是飛機場並不大，只有八百公尺見方。東北的全部飛機，都停在這個飛機場裏，數目約有三百架左右；但可以用來作戰的，也不過飛鷹隊所用的幾十架。

濟南的戰事，大概打到民國十六年二、三月裏，就差不多停止了。高老太太爲了抱孫心切。與通化的邵家定了親。邵家的大小姐許配給他。在這次定親以前，當他還沒有到法國學航空時，他家中曾爲他訂了一位未婚妻，那女孩有一次到他家中去，看見他家人多，寫了一封信給他，說將來結婚後必須二個人到外面單獨居住。少年的他，接信後大爲生氣，說：「爲了老婆，我得和家人分離？」他馬上寫信回家去，要家人爲他取消這個婚約。他的家庭觀念如此之深，可以說十足代表中國的倫理觀念，發揚了中國文化的傳統精神。

高志航雖然上過洋學堂、出過洋、唸洋書、做洋事，但並不洋裏洋氣。對於邵家的這宗婚事，爲了順應母親的意願，從沒有表示反對。民國十六年的五月，就和邵大小姐結婚了。可惜邵小姐體弱多病，他們結婚後的第二年，就不幸病逝了。

高志航在東北飛鷹隊中，不覺一年過去了。民國十七年春天，因爲蒙古在俄帝煽動下發生叛亂，當局爲了處置蒙古叛亂，飛鷹隊被派到滿州里去平亂防俄。在那個極邊的冰雪地帶，他認識了一位流亡中的帝俄時代的貴族小姐。她名叫加列，是一個希臘教徒，照高志航的教律，是不能和她結婚的，可是愛情使他毫不躊躇，在這年戰事結束後，他和她結婚了。

高老太太因爲和邵家第二次說好，打算把邵家二小姐娶爲高志航的繼室。但是邵二小姐因爲祖父去世，要守孝三年，延遲不能結婚。忽然聽到高志航和俄女結婚，自然心裏萬分的不高興。高老太太氣冲冲的趕到瀋陽，來質問高志航，他對母親極爲孝順；看到他母親前來問罪，一對新夫婦，忽忙跪在母親前面哀求，老太太一看加列也是溫柔敦厚，同時已經懷孕，也就沒有深究。

民國十八年春天，高志航調任東北航空學校教官。夏天，有一次，他駕了一架亨克驅逐機作教練飛行，突然因爲做一個艱難的動作，飛機失速墜下，他跌得體無完膚，左腿上骨折斷。學校當局請了一個日本醫生替他治療。這醫生不知是技術不高，還是存心不良，他對高志航的傷勢，並無好的辦法醫治，只會說需要割下腿骨來補折斷的上腿骨。兩個多月下來，高志航的腿不僅腫痛難熬，連骨頭都弄得發黑。後來家中人急了，俄女加列也主張改請一個在哈爾濱的俄醫治療，經過這個俄醫治療，高志航的腿傷，才日見痊癒。

在哈爾濱治療腿傷的期間，高老太太特地趕到哈爾濱去看愛兒。高老太太念及高志航連年爲國辛勞，而且飛行生涯總是有些冒險性，不禁舐犢情深，連連對愛兒說：「你當飛行教官好幾年了，總也算盡了你報效國家培育你的責任。孩子，這回傷好以後，還是改了行吧！」

高志航聽到這裏，卻不肯輕易應允；實在未便順從母親的意見了，他即刻就說：「媽！你不知道啊！有國才能有家，國都保不住，還談得到家和個人嗎？媽！我學飛行不是爲了待遇，更不是爲了職業；我們的國家太弱了，我是爲了救國！」高老太太看到愛兒這番精忠報國的氣概，只有好好的勉勵一番，而離去了。

這一次的傷勢太重，他終於不能不成爲跛子，走路雖然看不出來，但腿力實在不如常人。這一番治療，費了九個月的長期醫護，他只有忍耐地、沉着地等待痊癒。經過這一次的失事，對於航空事業他不但毫不灰心，反而加倍努力的勇敢邁進，終於達到卓越的成功技術。

在民國二十年九一八以前，他在東北除了一面擔任職務以外，還接受過長期驅逐訓練，最初的教官是日本人原田潔芝，最後一任教官是日本航空界學術俱優的三輪寬，（民國二十六年，被我空軍在山西擊落。）他們對於高志航的苦心向學，以及卓越的飛行天才，表示驚異。最驚異的還是這個青年人，永無滿足的奮鬬精神。雖然他的左腿因飛行失事，而摔傷了；當痊癒後，在接受日本教官嚴格訓練時，絕沒有因爲腿傷，而稍稍表示痛苦，並且每期考試，他總是前三名。他學習和做事的確非常沉着，是沒有人能比得上他的。

那時，他的父母，高老先生、高老太太率領着一家大小，都搬到瀋陽來住；他們的家在瀋陽商埠。由於這個外國籍異教徒的媳婦，找了好醫生醫治好高志航，高家人雖然在義理上，不贊成高志航的行爲，但在感情上對加列也親切起來。加列在婚後，連續生了二個女孩，大的名叫友利，小的名叫利利。這個家庭和好地團聚着，而且開了一家汽車行。

轉眼到民國二十年的九月，在十八日的晚上，日本兵突然進攻瀋陽的北大營。第二天，十九日，日本兵竟分別佔據了瀋陽、長春、營口、鐵嶺、開原、安東、鳳凰城、撫順、延吉等大小城市。那一晚，在東北航空學校做教官的人，輪到歸家外宿的日期，每個外宿的教官，都不知道這一次外宿之後，竟永無機會再回到航空學校來。

九月十九日的一早，高先生就聽到鎗聲，卽勸高志航不要出去。可是，他歸校心切，也不等學校汽車來接，就趕往東塔航空學校去。在路上，他通不過了。日本浪人阻止他，惡意的警告他：「已經發生事變了！」「懲罰支那！」

他知道到航空學校也無用，只好回家。回家以後，弟妹們不斷從外面傳來消息，一件比一件惡劣，他知道日本佔領東北的舉動，已經開始了，而眼前的沒有準備，使東北軍事當局無法採取抵抗。於是他迅捷的堅強的決定含淚離家南奔，要去投靠祖國，立志復仇，將來要收回被日本佔領的故鄉。

家中年老的雙親哭泣着，不讓他南行，因爲他是長子，衆多的弟妹，都有待他的提携，妻子加列當然也不願意他離開，他走後，她好像更沒有依靠了。

可是他堅決地擺脫一切，收拾了一點衣物，帶着父親給他的一百元錢，決定由唯一的流亡人出口站——皇姑屯車站南下。他穿着舊大掛，日本憲警，他無法認出這就是東北的航空健兒高志航。他的三弟遙遙挾着他的幾套衣服，送他到皇姑屯車站，在一列擠滿了流亡羣的火車上，從車窗裏擠進去。這一位東北之鷹，從此永遠的離開東北故鄉，含着眼淚跟弟弟分別，奔向祖國懷抱。

嚴肅剛直辦訓練

志在天空的高志航，是永遠離不開飛行的！

高志航所乘的火車，在打虎山遇到強盜，他的一百元也所剩無多。到了北平，打聽到老友邢劃非在南京航空署做事。於是，他趕往南京。

找到邢劃非後，他被介紹到軍政部航空署所屬的第四隊，做一名少校飛行員。

日本軍閥，緊接着又在民國二十一年一月二十八日，在上海挑起了戰爭。敵軍飛機在淞滬前線的施暴，在蘇州、杭州、南京的示威，大大的刺激了中國能夠飛行的人的情緒。外國義士蕭特，在爲中國的抗暴戰爭中首先獻身了；石邦藩隊長，也在杭州奮戰而受傷斷臂。高志航不能再抑制自己，領了飛機在南京起飛，想去上海和敵人作戰，可是不幸起飛失事，又使他受到傷害，沒有辦法實現他的志願。

「一二八」之戰，打了三個多月，才告結束。中國人的眼睛，全打開了。自然更使得全中國保衛者看得更清楚，日本軍閥不僅要強佔東北，而且還要強佔全中國。中國開始了十年生聚，十年教訓的工作。杭州筧橋中央航空學校負起訓練全部空中健兒的職責。高志航也到這裏的高級班受訓。他認識到每一次的空戰之役，是一串戰術運用之中一個單位，但戰術要受戰略的指導。

他受訓完畢，先在筧橋航校擔任教官，由於他的老家淪陷日本之手，國仇家恨，使他更加淬勵奮進。管教學生，非常嚴格。民國二十三年春天，當局見他學術俱佳，教練認眞，便命他組織驅逐第一隊。他教的學生，就編入這一隊，隊伍駐在筧橋農校。他主持了一個戰鬪單位，而且是第一號的單位，心中感覺到責任的重大，更感戴 領袖對他的信任，便盡心竭力，希望把這個中華民國的第一驅逐隊，變成革命空軍示範單位。

初期訓練特技飛行，在那個時代，五機速度不大，空戰時以纏鬪爲主，纏鬪則以特技飛行的優劣，而決定勝利，故他對特技飛行的訓練，毫不放鬆。接着訓練打靶，他認爲特技飛行技術之良好，只能維持不敗，必須有準確迅速的對空和對地的射擊技術，配合特技飛行技術，才是一個長勝的最好飛行員。

飛行員不但要接受前述的訓練，而且要注意速度，他認爲空軍的特性就是速度，一切動作都要速捷，於是吃飯只限五分鐘，到機場要跑去，搖車、加油，都要飛行員自己來。他認爲：「有警報時來不及吃飯，也不能挨餓打仗，吃飯就得快。到前進機場沒有汽車時，就要跑步上機；那裏的機械人員一定很少，所以開車時，飛行員要互相幫忙，搖車、加油，都得先練習自己幹。」沒想到八一四的大捷，就是靠他這種精神和訓練的。

爲了確實認眞的訓練，對飛行員毫不留情；但是大家都佩服他。例如飛機不好嗎？他自己先飛。打靶不可能嗎？他能。被敵人咬住尾巴逃不掉嗎？他能讓敵人追不上。再危險再困難的動作，他都是以身示範。有人說：「向外翻筋斗，離心力太大，不可能。」他說「這個突然不合理的動作，是被敵人咬住尾巴後，最能救命的絕招，看我的！」於是不再多說，爬上飛機，一離地到達足夠的高度後；就開始向外邊翻筋斗，他落地之後，還有誰敢說這個動作不可能呢？

他比任何人睡得晚，起得早，做得多。雖然有人說他的脾氣大，相反的，這卻是他剛直不阿，嫉惡如仇，勇敢堅強，不甘落人後等美好性格的反映。因此他有任何規定，絕沒有人敢違背的。

民國二十四年八月間，中央政府要改革中國空軍，成爲國防上的一個有力支柱，就派了高志航到義大利考察空軍驅逐技術。他在義國各驅逐航空團，見習各級指揮空行，對於驅逐技術，深得門徑。他在義國期間，頗得義國航空界的讚譽。因爲他勇敢豪邁，飛行技術又好，再加上他到了義國以後，學會了義大利語言，更加幫助他和義國飛行人員之間的友誼。

他回國以後，就派到南昌擔任訓練總隊的驅逐主任。南昌是江西省的省會，遠處有山，近處有湖，南昌附近是個大平原。民國二十年以後，中央發現了南昌這一平原，很合乎空軍基地的要求。於是在南昌的青雲譜，開始建築了一個我國空前巨大的空軍基地。

隨後，空軍從美國買到了大批新式飛想，組成新的空軍戰鬪部隊，以南昌爲訓練中心，設置訓練總隊，總隊之下，分驅逐轟炸兩組。受訓部隊，計有第一、第二兩個轟炸大隊，第三、第四、第五等三個驅逐大隊，另外還有一個第九攻擊大隊。

第一、二兩個大隊所用的飛機，是美國最新出品的下單翼全金屬的諾司路浦轟炸機，第三、四、五等三個大隊所用的是雙翼收腿的霍克三式驅逐機，第九大隊所用的是雪萊克全金屬下單翼攻擊機。每大隊的編制是由二個中隊到三個中隊不等，每中隊有飛機九架，大隊部另有飛機兩三架。這些大隊的飛機，全駐在南昌飛行，於是南昌成了空軍城。

高志航家住上海，他個人住在南昌。養了一條大獵狗，他除了打獵，別無嗜好。如有嗜好，那就是飛行；他有時在星期天，一個人也去飛。他對任何一種飛機，都喜歡試飛一行，飛起來總是要耍耍花樣，來幾個特技表演，據他自己說，如果不這樣做，他的混身骨節，便要癢得不舒服。自從他到中央航空界後，由於中央規定空軍軍官不得與外籍女子結婚，他只好與俄女加列分離。後來，由朋友介紹，和上海籍的葉蓉然女士結婚。葉女士就是當時仰慕他的飛行特技，由敬生愛，終於結合的，一時美人英雄，傳爲佳話。

在南昌訓練飛行員時期，他爲了對訓練課目的嚴格要求，差不多每位隊員，都要經過他的親自訓練，親自帶飛，一定要到全部認爲滿意爲止。例如他訓練隊員們的編隊飛行，每次都命令把參加編隊的飛機，測量好距離，彼此繫上蔴索，同時起飛同時落地。那時用三架教練機編隊教練如果蔴索斷了，一定追究原因，嚴予處分。因此隊員們對於飛行訓練，從不敢有一絲隨便，都能確實學習。

那時的霍克三式飛機，機槍都裝在機頭中間，射擊時，子彈是從螺旋槳的空隙發射的，在「扣火時必須保持擋葉的轉速在一千二百轉以上，否則便有擊毀槳葉的危險。有一次舉行地靶射擊，一位叫戴廣進的隊員，沒有顧慮到槳葉的轉速而「扣火」，以致有五顆子彈，擊中了槳葉，高志航發現後立即嚴加詰究。這位隊員卻想推卸過失，卻諉稱是機械的故障；結果，高志航發起脾氣來。一面命令機械人員加油裝彈，一面對這位隊員說，我相信你的話是眞的；但我寧願冒着擊落槳葉的危險，起飛試驗，如果不是機械問題，我再追究你的責任。這下把戴廣進嚇壞了，祇有老實承認錯誤，接受處分。從此以後，沒有一個隊員再敢撒謊。

由於他的訓練過分嚴格，他的爲人又是非常的嚴肅、剛直，難免有人批評他。他爲這事曾經流過眼淚，對好朋友說：「人們都罵我無情，不顧別人死活；其實我是恨鐵不成鋼，德國的厲秋芬（第一次世界大戰的德國紅武士）有什麼了不起，我想中國的空軍弟兄們，都能變成厲秋芬。又有人說，我自己是個亡命徒。其實誰都愛惜自己的生命，我也有父母妻子啊！但是大家都不肯拚命，當了亡國奴，就什麼都沒有了！所以我才督促大家拚命。說實在的，在訓練時肯拚命，在作戰時，才能救自己的命。我這種看法、教法，我能算是謀殺者瘋狂者嗎？」

雖然有人批評他，他忍耐着，並不改變他的訓練方法。他接任第四大隊長以後，訓練的情形，比在第一驅逐訓練總隊，更爲嚴格。三位中隊長李桂丹、毛瀛初、黃光漢，都是航校第二期的佼佼者，但對這位剛直無私的高大隊長，都是既敬且畏，隊員們就更不用提了。所以全大隊都磨練成鋼鐵般的隊伍。打空靶時，百分之九十的成績，應該不算差了，但他要求打到百分之一百。有人偸偸地說：「大隊長也辦不到啊！」被他聽到了，暗自笑笑，三個中午不睡午覺，他和拖靶機到鄱陽湖上空去練習。第三天的成績，他得到百分之一百，於是全隊的打空靶紀錄，只好趕向百分之一百了，他的訓練，眞是非常的確實和沉着。

第四大隊有了這樣空前的好成績，和他們同在一個基地的第五大隊，也不甘落後。劉粹剛隊長、胡莊如隊長，他們是一路加油猛追，無論是特技、空靶，地靶的成績，都是與日俱進，霍克三式飛機，成了每個飛行員的身體之一部分，得心應手，霍克三式已成了有靈魂的神鷹。從這時起，新的空軍已具備了雄大的戰鬪力量，但自滿自大的日本軍閥，仍堅信中國的飛行員，都是鴉片鬼，他們自我陶醉，認爲：只有日本皇家空軍，才是世界上最有戰鬪力的空軍。事實上，日本空軍確不錯，但他們的糊塗則是太低估了他們的對手。

沉着堅強待命令

日本侵佔東北四省以後，長城一帶就成爲前線了，對北方的兩大城市北平和天津，自然發生影響，這兩地人心安定與否和整個的北方息息相關，中央爲安定人心起見，於是派飛機到北平，讓北方同胞知道中央在整訓軍隊，準備抵抗外患。

在民國二十一年冬天，北平的南苑機場，正是風沙蔽天，太陽無光，聽說有五架小飛機將要前來。可是風沙太大，沒人相信空軍的小飛機來得成。然而空軍的五架弗利特教練機，像五隻大黃鳥似的降落在機場，他們是比翼進場落地，並肩滾行，在狂飆滾滾的風沙障裏，停在飛機廠棚前邊。很奇怪，每架飛機的翼梢上，都互相聯着一條繩索，外行人眞以爲他們是怕飛機被大風吹散了隊形。那裏知道是中央派來的新空軍，他們故意在惡劣天氣，表演一下編隊結繩長途飛行絕技。這不會比今天雷虎小組編隊飛行更容易，今天的噴射機沒有慣性偏差，那時的小螺旋槳式飛機，蹦蹦跳跳，編隊不易，在大風中超低空結繩編隊更難。然而他們從保定飛到北平南苑，是需要高度忍耐、機警、沉着的心，才能做到，眞是談何容易！可是在場的觀衆，多是門外漢，只覺得空軍的飛將軍很新鮮，大風中竟能御風而來；連歐亞航空公司外國人駕駛的大飛機都不敢來，空軍小飛機竟然準時到達，眞是夠勁兒。

只要觀衆認爲夠勁兒，空軍的目的便達到了。原來這次的任務，是覓橋中央航校的五架飛機，到北平來參加獻機典禮。爲了使民衆對空軍有很大的興趣，更高的信心，中央的新空軍，便拿出比作戰更嚴肅，更勇敢的姿態，完成這項任務。領隊的就是後來大破敵寇的高志航，僚機有航校二期的畢業生劉粹剛、劉志漢、郝鴻藻等四人。他們下機後毫無疲倦之色，個個是年青而英俊，而且都很客氣，衆人都以和他們握手爲榮，聽他們講話爲幸。他們冒險在大風裏結隊準時到北平，使北方的軍民，對中央新空軍有了崇高的認識，也因而認識了由蔣委員長所訓練的中央軍，是在突飛猛進之中。可以說，新空軍這次所表演的成就，完成了一次偉大的心戰效果，使人們心服口服，因此也奠定了七七抗戰和八一三全面抗戰的團結奮鬭禦敵的基礎。高志航這次的表現，的確不凡。

中央所訓練的新空軍，不但技能高，就是學術品格也好。他們在南昌基地受訓練時，休暇的時候，就是到勵志社去。那時的勵志社，是蔣委員長提倡新生活的示範地點，新空軍們都從高中畢業或大學生中選拔而來的優秀分子，他們不嫖、不賭、有空閒，就到勵志社學游泳、打網球、打羽毛球，再不然就是遠足、打獵。這些人都是英風，爽逸、肝膽照人，大家所談的是打日本人，所練的是打日本人。除此以外，聽不見牢騷閒話，看不見愁眉苦臉。眞是士氣如虹，朝氣蓬勃。新空軍的火氣很大，他們靠一股子不服氣的狠勁，永不服輸，要憑技術贏人，一切都要着人先鞭。從那時起，空軍在很自然的情形下，養成了團結、奮鬭、力爭上游的常勝精神。這精神一直到今天成爲空軍相傳的寶貴產業，而高志航卻是服膺這精神的標準空軍。日本軍閥看到了中華民族的覺醒和團結的力量，加上本文第一節中所說的許多原因，迫不及待，終於民國二十六年七月七日，在盧溝橋發動戰爭了。在南昌訓練的空軍各部隊，已完成了戰鬭編組。那時最特別的一種現象，不但每個飛行員，急欲和日寇一拚，他們的太太，也都很興奮的爲丈夫整理征衣。那些可敬的地勤人員，也都經常把工具零件裝箱待發。當時日本軍閥，在華已經大肆兇焰。高志航所率領的第四大隊，已準備北上保定或太原，地勤人員正秘密出發。

第四大隊的飛機是新霍三式，爲當時世界上最好的一種轟炸驅逐兩用飛機。不掛下油箱，可携帶一枚五百磅大炸彈，如航程遠，則掛下油箱，兩個下翼上，可掛十枚小型炸彈。所以霍克三式出擊時，經常帶着小炸彈。飛機上共有兩挺機槍，一是大扣提，一是小扣提，那時候大扣提的威力，等於機關礮，八百公尺的有效射程，具有要命的威力。每位飛行員，對飛機有信心，對大扣提更感興趣，最有信心的還是他們自己的飛行技術和射擊準確。他們的大隊長高志航，是全大隊的標準英雄，各隊長、分隊長和隊員們，全都是標準的空中好漢。好漢們都希望早日北上參戰，但是誰也不敢開口。大隊長高志航早就知道保密比什麼都重要，他懂得如何蓄養士氣，如何動員，秘密的派遣地勤人員到周家口。他自己先飛到周家口、保定、太原、洛陽、視察部署以後，回到南昌，獨個兒打開地圖，分別以保定、太原爲基地，畫出霍克三式飛行半徑的範圍，再計劃如何補充彈藥、油料等等，表面很沉着，暗中的準備，卻比誰都積極。

同時他命令所有飛行員，日夜戒備，

所有飛機，都掛上五百磅的大炸彈。他遲遲沒有北上的原因，是因爲看準了這次中日全面戰爭不可避免，因此，他要對停泊在長江裏的所有日本五、六十艘兵艦，來一次總攻擊，把它們炸沉。高志航雖然智勇過人，好軍人總是要服從命令，以免亂了政府步驟，所以沒有奉到命令，他絕不輕舉妄動。

民國廿六年八月五日，南昌南郊的青雲譜機場，中國空軍終於行動了，飛機場上的人，沒有一個不興奮的。在開戰之初，航空官校的二期畢業生都是中、上尉隊長，三期畢業生多是少、中尉分隊長，各大隊的飛機紛紛起飛，第四大隊也不例外。大隊長高志航少校，已從北戰場歸來，現在像一個鑄塑像似的坐在他的第一號霍克三式座艙裏，全大隊眼睛再不敢旁視，都注意他的手式。那年頭兒飛機沒有無線電設備，剎車也不靈活，未起飛時，輪前都用兩三塊木檔住輪子，才敢開足馬力試車。試車以後，大隊長一打手式，輪檔被拉開了，霍克三式大編隊起飛，一離機場就奔漢口方面飛去，他們準備當天在漢口過夜，然後赴周家口。

八月六日，第四大隊到了周家口，因爲全面抗戰的最後還沒有下達，以及戰火仍在華北蔓延，加上地勤人員沒有到齊，所以大家等得很無聊。

一連下了幾天小雨，到八月十三日，周家口機場上，到處都是積水，使人氣悶得很。忽然消息傳來，日本在上海動手了，大家既是驚駭，又是興奮。

當夜誰也睡不着。八月十四日清晨，終於奉命到了筧橋的命令，人人興奮，殺敵的機會終於到了。本年預定吃過早飯立即起飛，但是大雨如注，根本無法起飛。這時恰巧來了一架空運機，這架飛機本來不屬於空軍所有，但早已等得不耐煩的高大隊長，以浩然正氣，說服了外國駕駛員，冒雨飛行載他到漢口，到漢口又轉去南京，他向航委會要了第十大隊四架沙維亞，四架巨型運輸機，到周家口去接運人員、器材，先飛南京待命。然後又派一架飛機，去找尋由水路周家口的船隻，投通訊袋，命他們轉回南京，一切辦妥，他又飛往杭州。他做事是何等的速捷，處理問題是何等確實沉着。在周家口的大隊人員，眼見過午，天還未晴，人人都躭誤了作戰的機會，也怕軍令如山的大隊長，過午以後，再也不能等了。二十一中隊的李桂丹中隊長，便召集全隊人員，宣布起飛命令，直飛筧橋，這枝隊伍，當時誰也未曾想到，他們就是中華民國空軍常勝紀錄的先鋒隊。

石破天驚得大勝

這是民國二十六年八月十四日下午四時許，杭州筧橋上空，雲層密佈。李桂丹中隊長率領的二十一中隊的飛機，冒着使人難於忍受的惡劣天氣，從周家口終於飛到了筧橋，眞令人無法相信，他們能安全到達。當時，他們全是驚魂才定，有的人還未下飛機，剛把飛機滑到停機線，便看到站上人來通知，「有警報，快起飛呀！」他們來不及休息，也來不及加油，對於任何情形不瞭解，僅以十分鐘的保險油量，一鼓作氣，上了濃雲密布的天空，並且加滿油門爬高，一直到七千呎，才看見了太陽。那濃厚雲層裏，有第四大隊的飛機，航校警戒的飛機。和航校非作戰用的飛機，對空疏散的飛機。還有一位從台灣新竹日本空軍基地飛來的敵機。那是雙尾巴，雙發動機，塗着迷彩和一顆紅色膏藥，是日本木更津聯隊九六式重轟炸機，由於濃雲阻路，也在雲層裏瞎摸。

第四大隊長高志航，當警報時，他恰好早到了筧橋，算準時間，駕着座機赤兔IV—1號，凌雲衝天，這是我國有史以來，第一次的警報，也是第一次即將發生的大規模的空中迎敵，他已得到消息，二十一中隊飛機即將落地，二十二、三中隊的飛機，也在途中。他必須單人匹馬，獨任先鋒，在高空把敵阻攔一陣，以待大隊霍克三式來增援時，再來個對敵殲滅戰。

高大隊長在空中一看，都是航校的飛機，再四下搜索，又向高空尋找，底下雲層，起伏如潮。到處都是自己的飛機，有的擦着雲層低飛，有的到了一萬，仍向上爬，這種情形，使高大隊長非常躭心，萬一有敵人驅逐機來到，將發生很壞的結果。當然他也知道，在地面情報中顯示，敵機並沒有驅逐機隨行的可能，但作戰仍以小心為佳，於是他又繼續爬高，在一萬呎上下，擴大他巡邏區域。他的心中有很多疑問、很多計劃、很多希望，其中最大的問題，這是空軍第一戰，兵家勝敗，雖是常事，唯獨這一戰，事關空軍榮譽，和國家的命運，只許勝不許敗，但第四大隊的飛機為什麼還未到呢？計算時間，敵機早已該到達筧橋附近了，第四大隊的飛機也該出現了，他的眼睛忽而索敵，忽而檢查空中翱翔的航校飛機，再看時間，不得了，如果自己的大隊援兵不到，敵機突然到來，情況將不堪設想了。

忽然他暗自叫聲：「不好，第四大隊的飛機，在空中不會知道警報，計程與油量，他們恰好此時應該到達筧橋，一落地就沒有油，那不是全要被敵機炸在場子裏嗎？」他急了一會，也沒有善策，但突然又一笑，他深知，自己所親身訓練的飛行員，不會是木頭，才又放心巡邏搜索敵機。空中仍無變化，雲層更加濃密，只是時間過的好慢，一分鐘好像有一年那麼長。驀的他又緊張了，恨恨的嘿了一聲：「糟糕，我自己怎麼變成木頭？敵機的目的是在轟炸地面目標，怎會在高空上飛行呢！下邊一定被炸得一塌糊塗，我還在空中兜風，真是傻瓜，悔恨自責中，早已猛推機頭，在這千鈞一髮的危險時期，再不計算高度，更不考慮自己的危險，俯衝再俯衝，終於穿出了鬼域似雲層，又看見了可愛的陸地，恰是筧橋上空，喜的是機場安然無恙，可怕的是第四大隊飛機，正在這個要命的時間降落。

事到如今，他不能再做無意義的瞎操心，最緊要的一件事，他必須單人匹馬，阻截來襲的敵機。一拉機頭，霍克三式又升到雲層下邊，向東南方，敵機可能進入的方向撥去，這一動作，果然恰是時機，一架巨大的敵機，像小偷似的，由雲層裏鑽下來，這傢伙如再前進，便會發現筧橋機場，他必定以無線電通知他的伙伴。高大隊長初見敵機，兩眼已經發紅，他不能讓敵人前進，也不能讓敵人窺探，立刻迎頭衝去。高大隊長先聲奪人，嚇得敵機一露面就向雲層鑽；高大隊長自然不肯放過，一加油門，也追進雲層，就在這緊張的一剎那間，高大隊長仍沉着的看清附近，並沒有敵機；同時也見到機場附近，已經有一些霍克三式起飛而來，無疑的，這都是由周家口來的第四大隊的飛機了。

進入雲裏，再找敵機，已不見踪影，他冒險加大油門，在雲裏搜索，說險真險，這時的雲中，有二十一中隊的全部飛機，和敵人的一部分九六重轟炸機，不巧也許互撞，可是他顧不了許多，他猜度敵機鑽雲的方向，猛追不疑，也許是他受日本的空軍教育有關，猜測的方向一點兒沒錯，就在出雲時，果然看見了敵機的影子，同時也高興看見滿天都是第四大隊的飛機。原來在筧橋落地的二十一中隊，都已緊急起飛，一起飛到雲上去了，他們是從雲上飛來，正好參加作戰，只有二十二中隊，他們飛廣德下降，但不久也趕來了。

敵機非常狡猾，一出擊看見很多霍克三式，都在頂上，便一推機頭，又想進雲。這時由地面爬上來的譚文分隊長，和劉樹藩、金安一的三架飛機，就在附近；那能讓他逃走，譚文首先開鎗，可惜距離稍遠，沒有打中。但高大隊長早已成竹在胸，一直跟在敵機後面，以奇怪的射擊，把敵機後座的鎗手射殺，後座的鎗再也不動了。高大隊長便把霍克三式接近距敵機二十公尺的後邊，再打他的左發動機，鎗聲一響，敵機立即燃燒，隨後是一個可怕的爆炸，便帶着一團熾烈火球往下墜，高大隊長首開紀錄，給中國空軍，打開了勝利之門，也給日本空軍，送上失敗之路。

在同時，李桂丹、王文驊、柳哲生等也把高度降低到七千呎，發現了敵機，馬上採取兩面包圍形勢攻擊，一齊向敵機開火，敵機見勢不妙，轉頭向密雲處逃跑，但已來不及了，發動機，都已起火，終於掉到喬司附近的塘錢江邊。

和敵機遭遇的，不止這兩批，每架霍克三式，這次都有一場「打飛靶」的好機會，可惜的時間大倉促，油量多快用完，有的被迫只好先行降落機場。

「日本飛機！」驀地有人大叫，大家抬頭一望，果然有兩架九六式重轟炸機，一出雲正在機場上空，他們投彈也來不及，但又拉高躲進雲裏。大家急得匆匆忙忙的搶上飛機。這時空中很多射擊聲中，聽得出是霍克三式的大扣提，聲音非常響亮，知道我國飛行員打得起勁，突然一陣尖嘯之聲，飛快地向下墜，接着是一聲大震，在半山又爆出一團紅火，又一架九六式重轟炸機摔下來了。

正在此時，高射砲聲大作，剛一會兒前飛過機場的兩架敵機，又竄到機場上空，投下炸彈便跑，在雲下巡邏的飛機立刻追踪而去。同時，冒險起飛的劉樹藩，因飛機汽油用光，停車時摔在一株大樹腳下，重傷而死，成爲空軍第四大隊作戰殉國的第一位烈士。

大功已告成了，飛機紛紛落地，擊落敵機的消息，時時傳來，統計一下，筧橋附近發現的敵機殘骸，已有六架之多，至於那些掉在錢塘江、太湖，以及負傷歸途落海的當然無法發現了，當時的指揮官用長途電話向南京報告：「高大隊長首開紀錄，我們今天是六比零，獲得了第一次空戰的絕對勝利。「在旁邊的高大隊長，聽到指揮官這種講法，頻頻的謙遜地說：那裏，那裏，第一架是大家合力打下的今天大家都很努力。」

圍在旁邊的飛行員們，聽到大隊長如此謙遜，對他忠勇、愛護部下的謙虛美德，無不萬分感動。因爲他在這一戰裏，不止是擊落一架敵機的首創紀錄者，他還在另一架敵機，對我機頑抗時，不顧危險，鑽入敵機火網，以他奇準的射擊，把敵機打落了。當時他們還不知道，這次偷襲杭州的敵機，一架都沒有回去。除了六架被擊落以外，其餘的也負傷落海了。

第四大隊在如此紛亂的情況下，倉促應戰，竟然獲得極大的勝利，這是對中國空軍的一項嚴格考驗。勝利的原因，是值得大大研究的。

第一、他們從周家口飛杭州，在大雷雨中，不回頭，不散隊，無人碰山失事，這是由於新空軍命令的貫徹，和飛行員戰志的高昂，飛行紀錄的嚴明，以及飛行員對飛行技術有堅定的自信，對領隊有信心的混合表現，所以能及時飛到筧橋，恰巧趕上殲滅敵機的壯烈空戰。

第二、在筧橋落地後，雖然油快用完，仍然聞警起飛，這是新空軍戰志高昂的自然現象，同時也是戰場紀律嚴明的結果，尤其高大隊長以身作則，有以致之。

第三、當敵機來襲時，如駕駛員不拚命起飛，機場上的十多架飛機，必將被敵機炸毀，就因爲劉樹藩、金安一等拚命起飛，而嚇慌了敵機，乃至投彈不準，救了所有地面的飛機。機場也未中彈，故其餘飛機落地，都沒有出事。

第四、在這些複雜情況下，仍能達成殲敵任務，這決不是湊巧或幸運，實際是新空軍訓練上有極完整的基礎，故能發揮戰鬪效能。高大隊長於平時訓練的嚴格科目，到這時都有了實用的機會，乃造成光芒萬丈的八一四空軍勝利紀念節。

機警速捷奏奇功

八一四空軍大勝的喜訊，頃刻傳遍了全國。當然最高興的，還是在筧橋的空軍健兒們。

八一五的天氣，仍然不太好，但比昨天強多了。這一天，日本出動了八八式、九四式、九六式的各式飛機，目標都對準杭州，滿想用這種大規模的陣勢，一舉擊潰中華民國空軍。想不到八八式遇上了樂以琴和楊辛癸，一戰了帳。九四式俯衝轟炸機，又碰見了張光蘊、唐元艮、王廣英，也都未及投彈便被擊潰逃走。另一隊的木更津九六式重轟炸機，直飛筧橋。

日機過了曹娥，嚴陣以待的第四大隊飛機，在筧橋機場上，立刻開車，馬達怒吼起飛，高志航的座機，首先升空，各中隊的霍克三式，幾乎同時編隊起飛，再無昨天凌亂情形。高大隊長命令樂以琴等幾個人衝前迎敵，他自己仍率領大隊飛機，在筧橋上空的雲層等待敵機。樂以琴遇上八八式敵機的時候，便把最後的一架擊落了下來。樂以琴離開不久，附近的烏雲裏忽然竄出幾架大的九六式日機來。高志航好不高興，緊跟着嚴肅的收起笑容，一推機頭，正好對準比他低一千餘呎的兩架敵機中的第一架。

一千呎，正是開鎗的好距離，高志航就有那麼沉着，手指雖已按上了駕駛桿上紅鈕，卻不按下，兩隻眼睛一毫不動彈，八百呎、五百呎，近到三百呎，敵機在照準環裏一點也不移動，這要靠最好的駕駛技術，他才把紅鈕按下去，大小扣提同時開火，不到兩秒鐘，九六式敵機烘的一陣烈火，帶着一團黑煙，在高志航眼前爆炸掉下去了。他又突然地向外翻一個觔斗，去捕捉那兩架九六式的第二架。

高志航的神技眞了不起，一翻觔斗以後，改成正常飛行的位置，恰巧機頭對準敵機的後上方，照準環中又橫滿九六式的龐大機身。敵機的上鎗手，在驚慌之中，也在向他射擊。高志航只用了二十發子彈點射，又把這第二架九六式的發動機打爆了，正在從斜側方俯衝下去的時間，九六式射出來的一顆子彈射穿了座艙，打穿了高大隊長的右臂，又穿過儀器板，打壞了一個汽缸，因而停車，右臂也開始痲木，不能動作，只得迫降下來。

咬牙忍耐着痛苦，已很難得。高大隊長竟含笑而不咬牙，忍耐着痛苦，那更難得，因爲李桂丹看見他的飛機停車，正在盤旋保護，所以他含笑對着李桂丹，以免影響戰場上的情緒。他還要以腿代手，繼續維持一架沒有推進力的受傷飛機安全下降，而且漂漂亮亮的落地，那種忍耐和沉着的功夫，眞是無人能比。

因爲右手不能使勁，他被人扶下來，問清戰場上的情形後，才肯走進醫務室。醫官告訴他需要好好休養一段時間，他眼睛一瞪：「誰說的，我一點也不痛啊！中午我還要帶隊飛往南京，警衛首都，我怎麼能休息啦！」

醫官自然不同意，立刻送他進了醫院。當局報告了　蔣委員長，　蔣委員長很快的回電慰勉，電匯獎金一萬五千元。用飛機送他到漢口去醫治，後來，又到廬山養傷。接着，奉上峯之命，進級爲中校本級大隊長。高大隊長暫時離開行列之後，第四大隊和其他的大隊，仍然在各戰場上發揮他們的威力，有極高的戰果。

十月一日，高大隊長出院，回到南京了，這時，他已榮升上校大隊長。那時，空軍裏的少將階級只有一、二，上校已經是頂大的官了。

回來以後，他就視察大隊部的各單位。他不喜歡空談。他曾經對名記者劉毅夫說：「空談意見有什麼用？我要想用什麼辦法，才能把九六式驅逐機打下來。我已有了個底稿兒，可是現在還不敢說行不行哩！」他這個人做事，非常確實，合乎總裁昭示大家的實踐精神，辦不到的事，決不先講。

由於高大隊長的出現，人們心裏的陰天，豁然地開朗起來。他繞着飛機走了三個圈兒，然後勇敢地說：「我絕不相信霍克三式打不過日本九六式驅逐機！」

經過他一番苦心研究，決定把下油箱和整流罩，以及肚皮下邊的大炸彈架和落地燈，一齊取消，於是霍克三式可以增速三十哩，經過航委會秘書長蔣夫人允許後，只花了半小時，霍克三式，就面目改觀，顯得更靈巧了。

大家回到站部以後，高志航想在空軍找出九位紅衣武士。他說：「我們九人九架飛機，人人穿紅飛行衣，飛機漆紅色，不論日本多少飛機，我們九架升空應戰。打仗的時候，有九機在一起足夠了。敵機雖多，那是毫無用處的。紅武士升空以後，受傷也不許下來，除非被打死！否則誰先逃跑與脫離戰鬬，落地後我一定鎗斃他！」這話一出，全體叫好，個個爭先報告。高志航擺擺手說：「別忙，我們現在只有四架飛機，還不要九個人哩！

這時正在有兩架水鼓偵察機，從瀏河

向西飛來。高志航爽然站起，手指着劉粹、鄒賡續、袁葆康下命令說：「快上飛機！」四個人成隊起飛，很快轉灣向東方飛去。時間過了一陣，不久敵我情報全無，大家很是焦急。突然間高大隊長打落兩架敵機的消息傳來了，大家狂笑大叫起來。飛機回來時，馬達還未停止，人們已包圍了飛機，高大隊長仍和出發時一樣，面帶微笑，無驕態，不矜持，好像普通練習飛行落地時一樣的自然，實在是大將風度。

打完仗，已是晚餐時間，吃飯時，高志航又恢復了他豪爽的談鋒，但是每個人對他都是敬畏備至，無論那個大隊的人員，在他面前，都是服服貼貼的，所以在桌上都只有聽他話的份兒。他告訴大家這次的擊落敵機是用奇襲的方法。又問問在座的人：「你們知道爲什麼我要用奇襲，而不與敵機纏鬬，好測驗一下霍克三式的新威力？」有人很快的回答：「利用什麼奇襲可以省事啊！」

高大隊長搖搖頭說：「不對！我們必須認清的，第一問題，這是兩架偵察機，他們目的是偵察我軍活動情況，因之必須很快地把它們擊落。第二問題，日本人一定認爲我空軍再也沒有戰鬬能力，如果與水鼓發生戰鬬；後座的日本鬼子，必定用無線電報告回去（日本人飛機已有無線電聯絡），所以我們必須用奇襲攻擊！」大家聽了；都從心坎裏佩服他，不但飛的好，打的好，而且是空中戰法上的先知先覺。接連幾天之後，天氣突然放晴，這天一大早，我們機場上，仍排列了二十一架霍克三式。吃早點的時候，二三十位飛行員都在座。但高大隊長卻接連三天沒有再談過紅武士的計劃了。吃過早飯，天已大亮，大家都在嚴陣以待，希望再給敵機來一次徹底的奇襲殲滅戰。

十時不到，警報來了，敵機已過江陰，高志航很安閑的望望在場的人說：「今天要看大家的眞功夫了，敵人情報夠靈通，我本來是想來個冷不防，再來一次，使敵人全隊消滅，想不到今天的全是九六式驅逐機。」劉毅夫奇怪的問題「你怎麼知道來的是驅逐機？」他微笑地說：「如果是九六重轟炸機，駐紮在台灣新竹，不會沿長江一下子就到了江陰；驅逐機是由海上航空母艦起飛的呀！」高大隊長眞是料事如神，所以沒有一位隊員不佩服他的。

飛行員們圍着高大隊長，他沉着地和他們講笑話，態度非常輕鬆。他看看手錶以後，說一聲：「咱們去找日本鬼子開開心吧！」說罷第一個走出站部小樓，大家也一齊上了飛機。飛機馬達聲越來越大，飛機都上天，緊急警報也大聲地響起來。

高志航老謀深算，大夥兒爬過紫金山，便避開日本飛機必經的航路，加滿油門爬高。他以棲霞山爲座標，自己躲在棲霞山南方太陽光裏，然後向東、北兩方索敵。發現敵機是兩個大編隊，用更密集的九機編隊，沿着長江，向南京撲去。他指示劉粹剛和他各帶領一個隊，分別攻擊敵人的兩個編隊。

高志航突然翅膀輕搖，神鷹羣立即奮翼狂衝，都奔向敵機，機鎗聲大作，接連着幾個咚咚巨響，有的敵機已開始爆炸，高大隊長又是首開紀錄，那邊的劉粹剛，也有了斬獲。

一場空前劇烈的纏鬬開始了，空中戰鬬打了幾分鐘後，已疏散成更廣大的空間，而且越打越低。但不料敵機除了原來兩隊十八架以外，在高空裏又出現了掩護九架。這九架被誤於自大狂，當雙方纏鬬展開以後，才撲下來支援，但已晚了一步。

高志航首先發現敵機越打越多，我機陷入敵機包圍中，於是硬生生的衝入敵陣，然後邊戰邊走。六架敵機都跟踪追來。這時高志航使出戰時反敗爲勝的絕招兒，先來個垂直俯衝，敵機也跟着衝下來，但沒有想到，霍克三式突然向外邊翻個大觔斗，等他改正時，敵機不但失去了高度，而且被咬住了尾巴。

他因重傷新癒，週身隱隱作痛，右臂也痛起來，他沒法計及衆寡懸殊的利害，像閃電般的衝進敵陣，三架敵機嚇得開溜，祇剩三架和他纏鬬，他的技術究竟是高人一等，以一敵三，還時時採取主動。

敵機大概怕油量不夠，爲了趕回去，

再作戰二十分鐘後，又有兩架九六式逃跑了，最後剩下的一架也想溜，高志航再也不給它機會逃走，但這架敵機發狠無賴的拚命，高志航為了不肯犧牲飛機，小心翼翼的對付，最後仍是把它打了下來。高志航也在句容降落，但是人昏過去了！

高志航以一敵六，不但得了全勝，而且打落了一架敵機，高志航因為舊傷未癒，迫得他無法繼續作戰，只好暫時休養。他連續兩天的勝利，重新振奮了民心士氣，也使得日本空軍不得不重新檢討戰略。由於我們飛機的數量不及日本，所以我們損失的飛機，無法補充。

雄壯威武從容成仁

空軍是戰場上決定勝負的軍種，在抗戰初期更為重要。我們既不能自己立刻趕造飛機，而唯一在南昌的中義合作的飛機製造廠，因為義大利和日本軍閥聯成一氣，工作早已經停止。我政府在無可奈何之中，乃忍痛接受了俄國一筆極不公道的交易，向俄國用高價買下一批E—15和E—16兩型驅逐機，以及一批輕轟炸機。

到西北去接新飛機，是民國二十六年十月上旬，那時淞滬戰局雖日趨惡化，能購得這批飛機，也是最大安慰。在空軍方面，這也是唯一的希望，升為空軍上校驅逐司令的高志航仍兼第四大隊的大隊長。

他由南京帶領姜廣仁等一批精銳，日夜加緊飛行訓練。當時高價買來的飛機，雙翼的E—15動作靈敏，勝過霍克式和日本的九六式，但速度慢。另一種E—16，速度比九六式快，但靈敏性和九六式相同。所以第四大隊就選擇了E—16，這種飛機的綽號叫「小蒼蠅」，翅膀小，發動機大，有兩挺每分鐘可發射一千八百發子彈「的司卡斯」機鎗，起飛落地時，蹦蹦跳跳的。俄國人當時以有飛機E—16為榮，不是好飛行員不准飛。

高志航一到蘭州，立刻到機場去看俄國飛機，一見就非常喜歡，他很詳細的研究一番，立刻就要飛行，俄國人感到很奇怪，他們事先也知道高司令不好惹，於是委婉地建議：「必須先帶飛，然後再單飛！」高志航雖然對俄國飛機滿意，對紅色的俄國大鼻子可無好感，他怒瞪虎目，看得大鼻子們低下頭去，他才冷笑說：「我是驅逐司令，我飛的飛機，比你們看見的還要多，你們那個人配帶我？」俄國大鼻子完全被唬住了，他們只有希望高司令第一次飛行失事，高志航心裏明白，命令機務長于覺生，找一架頂好的經過詳細檢查，在座艙裏詳細的，一而再的讀熟了儀表，建立了堅強的信心，沉着地勇敢的開車滑上跑道，加滿油門，一飛衝天，於離開機場之後，在空中試飛了許多動作，含笑飛回機場，先向站部俯衝，接着上升半滾，打觔斗，表演特技，這下眞的把俄國大鼻子唬住了，他們在地上望得目瞪口呆。

高志航以征服俄國人的示威心理，在空中大飛特技廿多分鐘，先聲奪人，大鼻子再也不敢神氣。但他們還要看他這最難的一幕——落地。他把飛機改成平飛以後，減小油門，就像在空中散步那樣安靜的飛了幾分鐘後，再重新想一下，落地時減小油門，放起落架，降落度，表演一下輕三點時落了下來。在場的中國官兵，一致大笑鼓掌叫好。俄國大鼻子也吃驚了，祇好慚愧的舉了大拇指，嘴裏大叫「窩親哈拉受」(頂好)！

南京方面，每天都有電報給蘭州的高志航，希望新機隊員快飛往南京，參加上海戰鬪，高志航更是比任何人焦急，終於選了十五位佼佼者，準備東飛南京，但連日風雨不停，他親自試飛探路，都是廢然而返。因為那時的飛行，雖說全靠技術和經驗，運氣也是大因素，地面既無陸空通訊設備，也沒有良好的天氣報告，飛機上的儀器也非常簡單，人的經驗和大膽的判斷，是決定的主要因素。上海的戰況太壞了，拚了命也不能再等，只起硬着頭皮，率隊起飛，飛不了，又回頭，三番兩次，都告失敗。最後有了個略為好的天氣，立刻緊急起飛，他希望飛過六盤山，只要到了西安和洛陽，就好辦了。

那知道飛機離地不久，又進入壞雲層

裏，風雪瀰漫，天昏地暗，南北不分，雖然養機上有羅盤針，可是每個人都失去了自己的正確位置，而且十五架飛機幾乎分成了十五路，高志航看得心痛如焚，徒喚奈何！飛機的油量，只有一點卅分鐘，在風雪中掙扎，很快把油消耗完，十五架飛機，六架落在荒山田野，九架迫降安康，沉痛的發誓說：「我一定用日本的飛機，償付我這次的損失。」當上級在電話中責難他的時候，他重敍一遍他的決心。

第二天，高志航率領E—16的殘缺飛機，飛回蘭州，眞是黯然神傷，飲恨重新編練，當時尚有約三十架，組成中俄混合隊，中俄隊員各佔一半。

民國二十六年十一月二十一日的夜間，高志航決定次晨起飛，當天直飛南京，只在西安，周家口落地加油。但當時上級，因爲他第一次飛行失事，叫他也要在洛陽加油。高志航辯解，這樣會增加麻煩，躭擱時間。但最後指揮官解釋這是命令，他雖然是赫赫有名的大英雄，但也是一個人格完整的標準軍人，到此祇好立正敬禮，執行命令。

十一月二十二日，天氣不錯，高志航率領十五架飛機先行出發，到西安落地加油。第四大隊的地勤人員十多人，乘大福特從西安起飛後，在黃昏之後迷航了，到了夜間八時，利用照明彈在大麥田中下降，激烈顚動以後，人機幸而安然無恙。

高司令到了周家口，落地以後，無人照料加油。當晚設法飛到南京，每個人都唉聲嘆氣，徒喚奈何。大福特也到了，高志航立命地勤人員檢查E—16，好趕快飛到南京。電報問南京天氣，得到周至柔主任的電示，南京大雨，天氣惡劣，且勿來京。在周家口一等就是五六天，到十一月二十八日，天氣好轉了，高志航很高興，早飯後，在機場裏狩獵了一陣，回到站部，站長氣急敗壞地大叫：「高司令，不好啦，有警報，緊急警報！」高志航時時躭心有警報，於是立即命令中俄人員，趕緊上飛機起飛。

人人往外跑，只有俄國大鼻子嚇得不敢跑，聽到日本飛機向機場低飛衝來，嚇得俄國大鼻子躲在壕溝裏。我們的飛行員勇敢豪邁地爬上身邊的飛機，準備開車起飛迎戰，高志航是最先上飛機，姜廣仁大叫「來不及啦！」高志航和馮翰卿軍械長以及于覺生都不理會，他們開車三次，都失敗了，天空已經全是——嘶嘶嘶，投下來炸彈彈道掠空的怪聲，高志航無可奈何的想站起來下飛機，于覺生也跳下機翼，潛入機溝堡裏，可是轟天動地，一陣烈猛爆炸之後，于覺生的耳朶已經聽不到聲音了。于覺生站起來向機場一看，滿機場一片火光，場內九架飛機，東倒西歪。看看高司令，他的飛機正在火海中尾巴憤怒的指向天空，高志航已被震出機外，臥在左機翼後邊，已是血肉模糊，被火燒得悽慘，一位蓋世英雄，終於爲國犧牲了。

全場一片哀悽，大家不是爲九架飛機難過，而是爲國家痛失高志航而難過，爲高志航壯志未酬身先死而難過。

高志航說過的話不錯，「死一個高志航，會激勵很多的高志航出來！」於是每個人都怒氣冲天，捏着鐵拳發誓說：「高司令，高大隊長，我們發誓爲你復仇，你永遠不會離開我們，我們永遠以你的精神爲空軍精神！」

軍人標準，千古典型

空軍英雄高志航不幸在三十足歲的英年，就壯烈爲國成仁了。遺長女友良，幼子耀漢。在台，二女立良，陷大陸，母李太夫人，民國五十五年逝世於嘉義，壽八十四歲，可是他是不死的，在他成仁後的第二天，毛瀛初替他復了仇，兩架敵機在周家口被打了下來。全中國的空軍都紀念他，引他爲榮，學他的榜樣。政府在他成仁以後，彰念他的勳績，追贈少將，因此他是我國空軍中早期少有的將級軍官之一。他的像貌，嚴肅而威武，他的氣勢，雄壯而豪邁，他的性格，剛直而堅強，處事時確實而迅速，領導時是沉着而安靜，作戰是機警而勇敢。蔣總統在民國五十八年二月所指示訓練軍人的姿態體力和精神的十二個標準，他是無一不備的。他生前極得　蔣委員長的賞識，當他回南京時，蔣委員長特地召見這位機警勇敢的英雄，訓勉一番，並親題「吾引為榮」四字給他，也可見　領袖有知人之明了。

據劉毅夫說，我們在國畫上所看到的關雲長畫像，臥蠶眉，丹鳳眼，紫紅面孔，滿面正氣，如把五綹長鬚去掉，這就是高志航的畫像。

他的一生中，有許多值得人們讚佩的事，在前面各節已經說過不少，這裏還有若干他的軼事，可以值得公開敍述，作為大衆做人治事的參考。

第一、他平時訓練飛行員特別嚴格，弄得飛行員最感頭痛，在「八一四」光榮勝利之前，他對於部屬，是位不受歡迎的嚴父，「恨子不成材」的一股蠻勁，使人人都受不了。但是把飛行員都磨成了百折不撓的飛行金剛，所以能造成光芒萬丈的「八一四」大捷。

第二、大戰一開始，他變成人人喜愛的慈母，人們只要看到他，好像一切無問題，他不在時，人們談的是他，想的是他，這因為他的一切作風，使人敬愛，到緊張的時候，便成為心理上的依靠了。

第三、他對人有獨特的看法，當他駐防太原的時候，經辦伙食的是一位姓馮的副官，因為辦理不善，引起很多人的不滿，他為了先發制人，竟去報告高大隊長，訴說別人如何如何的栽誣他。結果高大隊長不但不責怪別人，反而將他撤職，並勒令即日離開，毫無轉圜餘地。事後據他向人說：「當一個副官，連伙食都管不好，還弄得大家說閒話，如非貪汚，便是無能，這種人還能用嗎？」高志航確有超人的見識。第四、「八一四」那天夜裏，他於料理第一天的作戰部署之後，又到地勤人員帳蓬、和工作地點去視察。人們看見大隊長冒雨而來，都嚴肅的叫「立正」，他卻笑容滿面教大家「稍息」。他說：「這是戰場，作戰用不到這些耗體力、費時間的禮節了！」然後問大家吃的如何？住的如何？看看廚房，看看廁所。

大家都奇怪，「大隊長變啦！」其實時代變了，現在正是戰時，高大隊長的心目中，一切是作戰第一，效率第一，平時的訓練，現在要實用，他要大家健康、愉快、輕鬆，工作才有效能。

他又找到副官、軍需，要他們給每一個戰場上的人發安家費，並命令後方留守人員，每星期派人到出征人員眷屬家中去慰問，送錢送糧。

第五、他對工作的責任是非常的認眞，常對他部下的軍需說，關於經費手續或其他應辦的事項，必須每天有次清理與結算。因為他覺得擔任空中作戰，是隨時隨地都可能犧牲的，如果有個萬一的不幸來到，那末，一切辦理的不清楚，祇交出一本糊塗帳，不是對不起國家嗎？

第六、他平素對人處事，公私分得最為清楚，決不因私而誤公，也決不講絲毫人情。機務長于天明，是他留法的老同學，有一次奉命率領機械人員從南昌移防周家口。當大隊走到漯河，適逢公路為水淹沒無法啓程，但這時軍情緊急，通信聯絡也沒有現在的方便，他便親自駕機空投命令于機務長在兩天以內，率領全隊趕到周家口，否則軍法從事。于機務長當時眞急得不得了，祇得日夜招雇民船，趕到周家口。他當時對于機長說，你這時來得正好，如要再遲一天，我一定要你的腦袋，這兩天我一直為你擔心，因為我們的同學感情是私，軍事命令是公，總算你還了解我，沒有貽誤公事，害了自己。到此于機長才鬆了一口氣，他這種公私分明，貫徹命令的作風，深深地贏得上下的敬佩。

第七、民國二十六年八月間在南京，他打下一架日本飛機，有個山下大尉，被關在運動場內。他和劉毅夫同去看他，到了一個約六蓆大小的房子，看到了日俘山下大尉，他特別客氣的與山下握手，並自道姓名以後，山下連連鞠躬，卑恭地讓他們進房，裏面的設備整潔講究。高志航拿出罐頭、乾餅和水果等送給他，並且很和氣地說：「我們空中是敵人，在地面是朋友，軍人打仗不是個人的錯；你是奉命作戰，我把你的飛機打落，不是我個人對你有怨恨，這是國家對國家的軍人之責任，我希望你在中國能過得愉快！」

山下又是站起來連連鞠躬說：「閣下的話，非常偉大。直到現在，我才確信皇軍的侵略中國，實在是錯誤。你們每一位都待我很好，使我非常抱歉……」高志航又說了很多動人的詞句，說得山下哽咽不已，他又拿出香煙，並且給他點燃，他在很短的時間，竟然化敵為友，可見他胸襟的寬大，氣度的感人。

第八、高志航在日本九六式轟炸機裏，找到一種航行儀器，因為不知道用法，所以去找日俘山下大尉。山下被他感動以後，他拿出這個飛行儀器向山下請教，山下一點也不推辭的講明它的用途，它的用法，足足講了半小時，完全弄清楚以後，才興奮的辭出。接着又去從八八式艦上爆擊的殘骸中，不怕髒，不怕碰，幾乎把整堆的破壞飛機翻完，細心地找到很多殘破的儀表和小零件，裝滿了所有口袋，才高興地把它們放回車上。然後又開始翻尋九六式重轟炸機的殘骸，一直翻到晚間看不見了，才滿意的收場上車，晚飯還沒有吃呢？也可見他研究精神的高揚了。

第九、他那一天，晚飯沒有吃，餓着肚子又去遺族學校看王代大隊長。這時遺族學校已經移走，房子改為空軍醫院。他找到王常立的床邊，王常立又是激動，又是痛苦，可是嘴巴摔破了，不便說話，只能用呻吟代替語言，想不到他剛才對日俘山下的那股溫存味，絲毫不再存在，竟大聲叫道：「受傷是軍人的光榮，忍痛是男兒的本色，好好靜養，養好了咱們再併肩殺敵。」王常立於是再也不響了，高志航才坐到床邊，不談傷，只說今後如何作戰，前途如何光明，去鼓舞王常立。

走出醫院以後，劉毅夫說他寡情，他才嘆口氣說「這是不得已呀！我一看他樣子，我難過得想哭，我責怪他的話，其實是鼓勵我自己千萬不要流淚，同時我與光宇(王常立的別號)是老同學老朋友，他一定會原諒我。再說：如果光宇要呻吟不停，全病房的人都叫起來，那還像話嗎？」

第十、他在周家口成仁那時候，他要是不冒險上飛機，他是不會死的。他為了保護飛機，為了打擊敵人，毅然決然地坐上飛機。第一次開車失敗了，高志航仍要再試一次，仍開不動，馮幹卿軍械長手按着螺旋槳，眼望見已將進入機場的敵機，大叫道：「來投彈啦！司令，快下飛機吧！」他對敵機看也不看的罵道：「這是打仗，你再說話鎗斃你！」馮幹卿不再講話了，高志航向他笑道：「咱們再試一次吧！」他說得很沉着安靜，好像平時練習飛行開車時那麼自然，第三次開車又失敗了，結果，他們兩人都成仁了，他眞是一位盡大忠負責任的標準軍人。

第十一、他對國家是盡大忠，可是在家庭是盡大孝。從小對父母孝順聽話不說，就是投身空軍以後，仍是一個膝下承歡的孩子，他曾在民國二十三年，把他的父親，接到上海、杭州、南昌一帶住過，以盡人子的孝道。他的四弟銘魁這時期生肺病，也堅決留下他在南方養病，可見他對家人的孝悌和親愛。

第十二、高志航是英雄本色，對事雖然認眞，對人卻是態度和平。他娶了上海的葉女士以後，一共有一子二女，也像一般人一樣，家庭中享受一團融融之樂。他在廬山休養的時候，曾將所得的一萬五千元獎金，給予他的愛妻，並對她說：「我平日沒有什麼多的積蓄，對你們不無一點顧慮；現在這筆獎金，你就拿去好好過着快樂的生活吧！」可見兒女情長，原是英雄本色，高志航又豈能例外！

高志航將軍在空軍後輩的心目中，不僅是一位頂天立地的好漢，而且是革命空軍軍人的標準典型，不畏難，不怕死，豪氣如雲，義重如山，滿腔熱血，嫉惡如仇；不為名利、不求聞達，祇有一顆赤子之心來報效國家。最後，終於求仁得仁，為國殉身。他個人的英勇事蹟，已入祠忠烈，名垂史冊，他堅強忍耐的鬪志和冒險犯難的精神，不僅為全空軍的健兒視為圭臬，就是我全中華民國的國軍，也足效法不忘，師事千秋。

八一四戰績輝煌

李皎

——柳哲生、金安一追憶參戰經過

參加八一四空戰的柳哲生（右）和金安一

三十五年前的今天，中華民國英勇的空軍在杭州筧橋上空輝煌的一役，爲中日空戰拉開了歷史的序幕，也爲整個對日抗戰帶來了勝利的保證。

依然是神采飛揚

柳哲生、金安一這二位親身參戰的空軍名將，在回憶這一段轟轟烈烈的往事時，依然神采飛揚，壯志凌雲。他們二位謙遜的表示不居功，卻願把無上的榮耀歸諸於他們的大隊長——高志航。

曾保有擊落九架敵機紀錄的柳哲生將軍，現在已經從軍中退役，安靜的在中山北路開了一家冰淇淋店。金安一將軍現正在國防部擔任要職。

當初這二位戰友從空軍官校畢業後，都同時被分發到南昌空軍四大隊，在空軍歷史上最具威名戰績的高志航大隊長領導下作准尉見習官，又同時被分發到廿一中隊，當時的中隊長是李桂丹。民國廿六年八月五日，整個大隊調到了周家口待命。大隊長的命令是：「準備隨時機動！」

殺敵的機會到了

八月十三日，上海戰事爆發，當天晚上，大隊接到了命令，第二天到上海！這一個命令為大家帶來了無比刺激，殺敵的命令終於到了。

第二天，八月十四日，在天剛破曉時，大家起來試飛、試槍，但惡劣的天氣卻為大家帶來了些許憂心，緊接着，命令再度來到，大家直飛筧橋。這命令更使大家高興，因為筧橋是大家的母校。在停好飛機後，隊員們都忘着作圖上作業，一連串的天氣報告指出，沿周家口到杭州都是極壞的天氣。有亂雲、有大雨。當時大家都被興奮所激動，緊接着，從中午開始，一個中隊接着一個中隊出發。

由周家口飛筧橋

從周家口開始，大家還能保持品字隊形，接着被天氣影響而改為梯形，到了最後，只有改成一字形前進了。這二位將軍回憶說，在大雨中沿着山脊穿越真不是一件容易的事，當時飛機急遽的動盪，使得不少人嘔吐，大雨和烏雲使他們看不清任何東西，使他們頭上戴的風鏡也佈滿雨水，於是只好摘下風鏡把頭從機艙中伸出看看，雨水打入眼中，更使人痛得流淚，大家只好看看飛飛。在將近三個多小時的飛行中，幾乎連方向都分不清了。

甫降落即起迎戰

金安一將軍首先找到了一個雲洞，憑空下望，他清楚的看到了他熟悉的美麗的西湖。有了熟悉的目標，大家很容易找到了老家筧橋，當大家順序的降落到筧橋機場時，正趕上傾盆大雨，跑道上水深盈尺，大家在滿身疲累之下，自然的想到先加油，因為大家剩下的油料最多只夠支持四十分鐘。但是，他們連喘一口氣的時間都沒有，地面已經重新發出了緊急命令，敵機在廿分鐘抵達！剎那間，毫無考慮的，再度把機頭拉起，直飛天上。在情況不明中，大家都分頭去找尋「獵物」了。

中、日空戰正式第一次接觸，就驚天動地的展開。

高志航首開紀錄

在天上，佈滿了四大隊和筧橋機場的飛機，加上滿佈天空的亂雲、雨水，大家在雲中穿來穿去像捉迷藏一樣，期待着一架型式不同的敵機出現。從這時開始，大家都有着不同的遭遇。金安一將軍回憶說，他把座機儘量拉高，在盤旋一陣後，在雲堆中漸漸穿下。突然間，他看到了一架他熟悉的飛機，V四〇〇一號，那正是他們大隊長高志航的座機。正緊緊的追着一架日本轟炸機，他立刻接上去猛追，不斷的向那架日機開槍，剎那間，那架轟炸機被高大隊長擊中，帶着濃煙直墜而下。後來他才知道，那正是第一架高大隊長所擊落的敵機。

金安一將軍的座機在追擊之後，已經把油料耗光，飛機失去動力，他只好憑着滑翔，找尋一處迫降的地方，匆忙之間，他找到一條公路，滑了下去。只聽得轟的一聲，前輪撞到了護溝，再撞到一排桑樹，他的腿、頭、和身體都被撞傷。就在這一瞬的時間，他看見剛才那架轟炸機在不遠的地方爆炸，燃燒的紅光照耀了大半個天空。金安一將軍在滿足的笑聲中，鑽出了他的座機。

打落了敵人的膽

柳哲生將軍也是一樣，當他和另二架僚機在滿天的飛機中巡飛時，突然發現了一架雙尾的敵機，他首先搖了搖翅膀，這三架神鷹猛虎似的飛了過去，把這三架敵機團團圍住。

一陣槍聲過後，敵機像一塊石頭一樣掉了下去。這時，他的油料也沒有了。當他看清楚自己正在高斯機場附近時，很快的開始滑翔，當柳哲生的飛機飄到地面時，剛好到了筧橋機場的邊緣。

這是一場光榮的戰爭，六架來犯的敵機沒有一架回去，中華民國的空軍不僅打了場漂亮的仗，而且打落了敵人的膽，更振奮了整個國家的士氣。

草莽將軍孫殿英的生平

芝翁遺著

提起孫殿英其人，一般都會記到他刨掘清陵的往事。他的名氣雖遠不及馮玉祥，卻因爲從民十三到民十七那年間基督將軍演過「連台好戲」，一個扮起粉臉唱「大逼宮」，一個勾着三塊瓦動起大武行演「探皇陵」「大劈棺」，留給人們的印象最爲深刻。亡清的龍子龍孫遺臣遺老，談起他們來，無一不引爲深憾。可是馮大個卻爲自己解嘲地並對孫老粗開胃，說：「我的首都革命，是剷帝制的根；你的刨掘東陵，是革死人的命」。這話不知是讚許還是挖苦？但孫聽了卻不好意思的臉紅了，可見草莽之夫比僞君子還多少有廉恥心的。

孫本名魁元，字殿英，原籍河南永城。其貌不揚，身材中等，一臉麻皮，人稱「孫老殿」或「孫麻子」；然目光灼灼，兩眉之間隱含殺氣，一口家鄉土語，三句不離「奶奶的」「你姐個」。除對自己姓名「似會相識」之外，什麼也不懂。做人野心勃勃，英雄好漢的慾念極強，生平波瀾起伏，多采多姿。由號兵而土匪而軍官，從盜陵而販毒而造反而投僞，其行徑可說是無所不爲、一無是處。但卻能嚴於自剋，不嫖不煙不酒，自奉儉樸，慷慨，不顧背信絕義。雖時有起跌，不驕不餒不屈，最後給共軍俘虜，還敞着喉嚨大喝「老爺願死不願降」，而死於共黨。說起這個人，眞是笑話成籮，不勝枚舉。其盜陵一事已散見各家記載，爰就其富於傳奇性的逸事，而少爲他人所道及者，據實紀之。

因爲孫殿英有過土匪的行徑，以爲是打家刦舍出身，實際上他當初還是應募入伍的。在滿清末季，他和張宗昌一樣，投在毅軍姜桂題麾下，充當號兵；後來轉入砲隊，從哨目升什長，循級遞進，入民國時已升至少校連長。民國五六年以後，毅軍由米振標續統，米曾以河南軍務幫辦駐開封。當時軍閥交閧，征戰靡常，分合亦無常。毅軍散後，他帶着自己一營之衆，招亡積潰，像滾雪球般漸漸滾大了。兵多就是本錢，佔據一兩縣，坐地徵糧，居然成了氣候。遇到其他部隊，人少勢弱的便吃，人衆勢雄的便避。某年避到亳州，帶着這許多飢民，扛着刦富濟貧的大旗，把地方擄掠一空，皖人恨之刺骨，逐之入豫。民國十三年，第二次直奉戰役，吳佩孚在榆關大敗，急調在豫各軍增援。鎭嵩軍之第三十五師師長憨玉琨，自陝西潼關乘虛入據洛陽，自以爲倒吳有功，可以督豫。因不容於國民軍，僅由北京執政府任爲陝甘豫三省剿匪副司令，頗懷怨望；乃入豫西，積極擴充所部，收委孫殿英袁英馬文德詹老末等爲旅長，分布河洛一帶。孫殿英部時駐密縣，但憨不久被國民二軍胡景翼擊散走澠池，孫遂投入國民第三軍孫岳所部，以求自存，編入葉荃之第二師，任直轄第三旅旅長。

民國十四年夏間，孫岳率部入陝，驅吳新田後，葉荃獨留；因爲葉荃是滇軍系統，所帶的兵額無多。孫殿英這時也有一萬多人，趁機把葉驅逐，代爲第二師師長，雖經孫岳否認，但葉無基本實力，其他各旅卻聽命於孫老殿，只好置而不問，但亦不認爲國民三軍之基本隊伍。至此，孫的一股人又過着遊魂生活了，很蹂躪一些地方，也嘯聚成一枝人馬，聯奉討馮，國民一軍退南口，二軍亦失河南，三軍孤立無援亦形渙散。屯駐關內的奉軍，本以直隸爲尾閭；李景林與張宗昌組直魯聯軍，擬在混戰局勢中造成地位。但奉方以李於郭松齡倒戈時，左右游移，不無乘機取利之嫌，對李不滿；張宗昌遂因勢去李，推荐自己部下褚玉璞繼任督直。十四年十一月褚既得河北，乃擴展部隊十個軍又兩師，孫殿英卽於此時被吸收，編爲直魯聯軍的十四軍軍長，並兼大名鎭守使，佩起金紅邊兩朶花的肩章，介於軍閥之林了。

張宗昌褚玉璞雖合稱直魯聯軍，但不敢顯與奉軍分離，仍兼掛着東北陸軍及第二及第七方面軍團的名義。及東北軍由鎭威軍改稱安國軍，張褚合稱「安國軍第二七方面聯合軍團直魯聯軍」，隨同作戰。及十五年國民革命軍北伐入魯，張褚不敵，所部解體潰散，劉志陸迎降，寇英傑劉清臣輾轉流亡，鍾震國顧震託庇日人據膠東作亂，一部退至山海關爲奉方拒絕入境，由徐源泉統帥第三集團軍改編國民革命軍第四十八軍，孫殿英則由加入革命之第二集團軍，馮玉祥正式收編，給予番號是陸軍第十二軍，任爲軍長。

東北未易幟前，北伐大軍的行動到山海關告一段落，等待命令作次一步行動，孫殿英紮在北平西北薊縣和遵化這一帶。遵化縣的西北七十里昌瑞山馬蘭峪，葬有滿清的五帝（順治康熙乾隆咸豐同治）四后（孝莊孝惠慈安慈禧），稱爲東陵。孫部本是烏合之衆，軍風紀自然不會好到哪裏去，卽平日樵採等等所加於陵園的騷擾，已夠使陵園的管理者感到頭痛了。十七年間，孫部奉命由軍改編爲一個旅，指定移往冀東。適馬福田部發生譁變，孫原有兩個師長譚温江柴雲陞以予夾擊；遂盤據東陵諸峪。孫部原來是三個師，除孫自兼一師外，譚柴各有一師，改編後兵沒有遣散，以一個旅的給養，自不夠維持這麼多人的糧餉；糧餉不足，隨時便有叛變或散潰的可能。因此譚柴二人便轉念向塚中取寶，孫老殿也在無可奈何的情況下默許了。譚柴二人佯作失和，斷道備戰，嚴禁行人，實際是漏夜搬運火藥，由工兵營長王某，執行掘陵盜寶的任務。

清帝諸陵的位置：順治孝陵在昌瑞山正麓，康熙景陵在昌瑞山左麓，乾隆裕陵在勝水峪，咸豐定陵在平安峪，同治惠陵在雙山峪，孝莊后爲昭西陵，孝惠后爲孝東陵，慈安后陵稱普祥峪，慈禧后陵稱普陀峪。也不知是否慈禧生前做老佛爺做得太過份了，身後合當有此報，或是他們算準了這一代牝后殉葬的珍寶特多；王營長帶了一批爆破手，單單先選定普陀峪來作實驗，敲敲打打，找到了慈禧的棺材，翻出屍身，把殉葬的附身珍珠寶玉滿載而歸。照光緒卅四年十月廿三日內務府驗葬慈禧的清單來算，眞是價値連城，就中有三件最爲名貴，一是翠玉琢成的寶塔，長逾尺，高九層，五彩脈絡，光采動人；一是碗大的翡翠西瓜，綠皮紅瓤，潤澤欲流；一是慈禧口內含的一顆徑寸明珠，是得自烏拉蒙古塔所採貢的，其他紅綠碧玉鑽石珊瑚玉魚玉貓玉羊玉龍以及珍珠衫褶等等，更不在話下了。在同時，譚温江的手下，摸到裕陵的十全老官兒的葬處，進入洗剝，也發了一批洋財。這樣，才把編餘的弟兄打了「開發」（遣散）。這事不久傳開了，哄動社會，溥儀在天津張園還變服減饍以示哀痛，並命寶熙等帶同徐榕生聯堃諸人往勘，檢骸重葬。並由清室遺裔載濤載潤等出面，呈請北平當局緝辦。本來照我國的法律來講，盜墳刨棺，罪名不亞於殺人放火；這種強盜式的行徑是不爲人所能諒恕的。活該倒霉的譚温江，在北平青島等處，把珠寶賣出時竟給發覺了，憑贓破案，身懸囹圄，吃足了苦頭，才免了縲絏；因不爲人所齒，以後更名「淞艇」，便銷聲匿跡了。但十手所指，都指的是孫殿英，雖然他不能無實至名歸之感，卻很少能說出是譚温江的傑作；因此孫的臭名遠播，在那兩年裏，成了衆矢之的，誰提起他那孫老殿的名兒，無不唾罵。據說，他見了馮老總頗有說明，經過馮大個的當面挖苦，這大老粗也頗有自知之明，對部下的約束加嚴，如有擄掠姦淫，一律梟首示衆。以後開到隴海線，也確斬了幾個犯了搶案的小兵，用竹簍子高高掛起作榜樣。但，還是洗不清他的汚名。

民國十九年，馮閻聯合叛抗中央，孫殿英是跟着馮一起的，奉命擔任隴海東段的作戰任務，那時馮大個以哄傻蛋的方法告訴他：『這次作戰如勝利了，安徽主席就是你的。』論起老殿並不傻，而且可說是相當精巧；但這時似着了馮的魔術，以爲馮是眞正爲國爲民的。所以認以爲眞，還墊腰包在北平印鑄局印了安徽省銀行的鈔票一批，整箱專車運到前方，準備走馬上任時派用場。那知馮垮得那樣快。潰敗時。那些鈔票只好在鄭州車站付之一炬了。退到亳州時，在中央大軍四面圍困之下，還死守了兩個月之久；城破之日，他本人覰個空隙，一骨碌從城牆跳下水溝，由護城河鳧水跑掉了。

孫老殿雖借水遁而逃，得保生命；但馮閻坍台，他也得跟着垮了。定一定神。嘯聚逃出的殘餘，迤施向西逃竄；一直越過太行山麓，進入山西境界，才免被擒遭戮的厄運。這一段時間裏，確是他平生所歷的最艱苦的階段。山西是相當貧瘠的省份，主政者一向閉關自守，謝絕外來勢力的伸入。本省已養了十數萬大軍，所以外省人加入晉省軍事集團都不太受歡迎，何況是別省雜牌隊伍伸入他的腹地？但千不該萬不該和馮大個搞出中原大戰，才惹起這個痲煩。孫殿英之入駐晉南等地與宋哲元之就食陽城一帶，都是老西顧着道義上的責任，不得不勉強開門延納。尤其對於江湖上的草莽英雄蛻變而成孫老殿，不這麼做，也許更顯得顧忌着他撒野起來貽患地方。因此，除撥了幾縣供其部隊駐紮外，每月還得從省庫裏拿出幾萬元作他們給養的補助。

但揹着槍桿每月伸手向人家討兩個命根子的銅鈿來養活部下，究也是不大好受的，誰願意長期寄食於人？只是沒有番號沒有糧餉，更沒有駐地，又怎麼辦？所以以當日情境來說，地主供客軍消耗，固有力不從心之感；而客軍叨擾，也覺寢饋難安，只好暫安以等待機會的重新來臨了。

幸好不久恰有轉機。其時張學良以陸海空軍副總司令名義駐在北平，主持北平軍事委員會分會。有個尹鳴岐其人，常在順承王府走動。此人字鳳山，原是張勳的帳下裨將；後外放，以驍勇善戰，民二三年間，張辮子任長江巡閱使時，他陞爲協統，等於旅長階級。丁巳復辟，他也隨着，失勢後便居瀋陽，浮沉宦海，久之也成了東北系統裏的人物了。不知是否受有孫等所託，此時忽由他向張副總司令請求援引，編歸中央。中樞對於一些地方性部隊，向本寬大爲懷，既由張學良出面呈請。便准如所請，分別予以整編，頒給番號是陸軍第四十一軍，宋哲元是廿九軍，孫連仲是三十軍，龐炳勛是四十軍，都是同時，頒發下來的。但孫帶兵有貪多務衆的毛病，抱的是綠林中所講的「義氣」，所擁有的隊伍豈止三四萬？一個軍的編制怎能容納得下？他這個軍長，底下的師長總有四五個之多，還有什麼砲兵司令、騎兵司令、兵站司令、督戰司令等叠床架屋的銜頭，大半數是不透上的黑官。以一個軍的餉項經費，來勻養這鉅額閒雜，便免不了有粥少僧多之感，自然是艱苦得很。卻是他的部下還能甘苦與共，少有逃離；爲的是他馭衆以厚，金錢絕對公開，所以他部下捨不得離開。而他也不忍心把他們遣去。

這種「親兵」制度，是落伍的，不合時代的，但草莽英雄懂得什麼？儘管別人指他擁兵自衞，他卻認爲愛護部曲，親同子弟，但卻脫不了一個「濫」字了。不特此也，有向他表示親近的，他便認爲「好人」。那時若干異黨分子，因爲不能公開活動，只好從地下冒了出來；以孫這種雜牌部隊，組訓散漫，很容易利用作爲孵育毒素的溫床，更以孫老殿這人豪爽好客，凡各方面介紹或自動請見的人士，不問所抱的目的爲何、作用爲何、好人歹人，都是來者不拒、一概接納。當時確有懷着歹心去他那裏的，甚至這班人還印了一些小冊子，向部隊長投遞，公開宣傳。孫老殿一個大字不識，更不懂這問題是否嚴重；聽着棉裏藏針的話語，看着糖包砒霜的裝璜，他毫不覺察，付之不聞不問，任其散播，還幸他部衆的腦子裏，也只顧得有得喫有得喝便心滿意足，什麼牛克斯馬克斯，不及山歌小調哼得受聽，自然無動於中。但是這羣人一舉一動在煽惑在誘騙，怎能迷得過軍事主管機關的洞察？不久，就令由北平軍分會派員飭知該部澈底清查，並將這些不明不白的人驅逐。孫對於上級命令不敢不遵，而對這批三山五嶽的傢伙也不欲開罪。經過調查淸楚後，他設宴邀了這批人，婉轉地說明自己的立場，請他們剋日自動離去，散席時，分別致送程儀。其時他的經費情形相當困難，而他致送的數目還不菲，有的二百、有的三百。這班人雖不受歡迎，卻被善遣，因此，孫的慷慨之名，也洋溢着這些人之口。

九一八瀋變發生，「抗日」成了地不分東西南北、人不分男女老幼的一致呼聲，但也不少借這個響亮的幌子以便私圖的。孫殿英以日軍正在長城各口發動侵略，便以請纓殺敵爲名，將部隊拔出，跑到察哈爾之北，熱河之南一帶活動。

他這一舉措，卻又註定了他輕舉妄動的失敗，和造成了重復挫折的悲哀。他原是耐不住寄人籬下的淒涼況味，想找條出路，好舒舒筋骨；可是察熱一帶並不比山西富足，也不若山西安定，茫茫四顧，更使他有皇然之感。舊日軍閥之所以頻仆復起，因爲各有其生根立腳做土皇帝的地方，可資憑藉；勢茁力壯可以向外伸展，伸展不成碰了釘撞了板，還可以縮回其根據地。就像齊天大聖給太上老君八卦鑪一陣火迫，還有個花菓山，作爲養毛的地方。

孫殿英便缺乏這個條件，他帶着隊伍隨處飄蕩，處處爲家不是家，沒有給他生根的地方，遑論孳枝發葉。如果他是安份的軍人，倒也罷了，偏偏野心特大，這內心的苦痛，是夠他蹙蹙不安的。察熱綏星羅棋布，他想到這裏不能不感到這一棋子又是白下的了。孫殿英部開入熱境並在長城各口一度徘徊。儘管他的內心重有感觸而感到栖皇莫寄，但既喊出響亮的抗日口號，也無法向後轉了，只得安於現實，待命殺敵。其時，熱河省主席湯玉麟是庸昏朽腐的老軍閥，部隊之缺乏訓練，更不足以當方張之日寇，而其本身更沒有戰意。在一二八淞滬戰事結束後，日軍向東北集中，繼之榆關九門口相繼陷落，華北門戶洞開，熱河更孤懸關外。如熱河有失，則長城之險與敵相共，而熱河之能否確保決不是湯老將所能勝任的，但因湯是東北老將，爲張學良父執一輩，熱省戰爭沒有動是不便輕議的。不知有意還是無意，某次，孫殿英謁見張學良時，湯亦在座；張以半開玩笑口吻，介紹孫拜湯爲老師，孫便恭恭敬敬地向這老將磕頭。湯老將也呵呵大笑，詡爲得意。當時有人以爲張學良似是笑湯和孫同是「綠林大學」的前後期同學，但據他之左右否認說，張很有意拉近他倆，期望以師弟之情併肩對敵。事過時移，這也不必深論了。

廿二年元月間，北票、朝陽、赤峯、開魯相繼告急，日本人假借僞滿洲國的名義向我通牒，限期退出熱河。其致國聯的照會中，更作如下的藉口：「熱河省內，張學良及其他反滿軍隊的存在，不但與滿洲國主權抵觸，且妨碍熱河治安秩序之恢復。故此次滿洲國實行肅清該省內匪賊及兵匪餘黨，日軍乃根據日滿議定書之規定，必須予以協防，日軍仍將留駐於滿洲國領土以內，惟張學良及其他反滿軍隊，如必出於積極行動，則難保戰局不延及華北。……」從這樣口氣，日本貪婪之口，又將攫食這塊熱饅頭了。

這時，宋子文奉命北上，與張學良聯袂赴承德察看，隨行者有前吉林主席張作相，東北義勇軍後援會主席朱子橋及東北大學校長馮庸等。孫殿英以四十一軍軍長奉命參加保衞長城的戰鬬序列，也偕同前往。這一行赴熱訪湯的最大任務：㈠慰勞前方將士，鼓勵士氣；㈡與守將研討部署抗敵之戰略和戰術；㈢觀察主將是否有抗日的決心？檢閱部隊是否堪於一戰？㈣蒐集各種資料，以供統帥部參考，釐定抵抗步驟。到承德時，湯玉麟自然歡迎招待如儀，並舉行了幾次會議，曾在省府內廳攝影留念。就中湯玉麟全副武裝，卻憂容苦臉；孫殿英肅立在湯的背後，撐着眉沉住氣；宋子文以大員身份居中挺立着；張學良張作相則皺着雙眉，重重心事；朱子橋卻談論風生，摘着帽子在說話。憑這張相片的寫眞，是可以覘見當日各人的氣概的。廿二年的元月，即是農曆癸酉之冬，在北方已是大雪寒天。宋張朱等大員的行館，設於避暑山莊之別宮內。這地方是淸代皇帝的追暑勝處，高垣峻宇，曲徑迴廊，結構之美自不待細述。只是太空曠了，反而有空寂之感；而且與市區隔離太遠，民間一般情形，也需要實際巡察一番，因此彼此約定於某日簡從外出，到各處看看。晨起，大家均便服同行，走遍幾條街市，已到晌午時分；路過一家新開不久的大華飯店，見該店裝飾尙具規模，雖不及京滬平津各處之大飯店之整潔豪華，但在這古老的承德市上已是鳳毛麟角、首屈一指的了，遂魚貫而入，覓座用飯。

這家飯店生意好極了，大廳裏的散座已無虛席，宋部長一眼瞥到圍廊上有好幾桌的客人，圍着熊熊爐火，腳踏板凳，手拿着二尺長的木筷，在鐵鍋上翻來扒去，喫得津津有味。張作相以爲部長感到興趣，便詳爲釋述，這是蒙古的吃法，時屆冬令，北方人都高興吃得暖和點，所以每家賣牛羊肉的館子裏都標榜着「爆」「烤」「涮」，並提議也來試試。及落座後。爐火鐵鍋端了上來，油膩膩黑黝黝，已不甚受看；接着大盤小碟的牛羊肉猶帶血腥，各樣作料的瓶罐也是不潔不淨，沒有常嗜這味道的人，不免倒了胃口。宋部長便對着張作相道：「輔臣！我們還是找個房間隨便吃點小吃吧！」張作相知道南方人不慣吃這個，他向來對人八面玲瓏，隨和得很，連說好好，便叫過看座的找個淸靜的房間，再揀幾樣菜下飯。堂倌隨把菜牌遞上，各人點了一二樣。輪到最後是孫殿英，他不慌不忙地接過，密密麻麻的一行；寫的什麼，想找個熟識的字來卻找不着，什麼菜名也沒能叫得出，然爲大員長官在座，表示謙恭，又不能不依樣照點。他情急計生，便假斯文的佯把菜牌看個遍，隨即指着最後一行，說：「給我來這個吧！」

北方館館子的菜牌後端，均寫着「小費加一」。這堂倌也是個不識字的，見他指着末了一行，便笑着說：「你再點一樣吧！這是『小費加一』。」孫殿英翻一翻眼皮道：「好哇！俺就喜歡這個『燒燴甲魚』，這個菜好吃極啦，大冷天的吃得更相宜。」這堂倌當時楞住了。張作相見他們這一問一答，心裏明白這草莽出身的不識字又聽錯了話音，竟把小費加一弄成燒燴甲魚，忍俊不禁，又不敢當面揭穿，給孫下不了台，更恐貽笑部長，遂揮揮手對堂倌道：「你去你去，把先點幾個菜先上，沒有的菜就不要了。……」一場滑稽劇才告下台。但在座諸人豈有不明白的？無不相對莞然。這是視察熱省期間一件輕鬆滑稽小插曲。

孫殿英對湯玉麟很恭謹。自從磕過一次頭，總以師尊之禮視湯。其時適值湯之元配夫人因病逝世，孫殿英於開弔之日，執弟子喪禮，麻冠孝服，站在孝幃外面，一本正經地對來賓磬折如儀，這也是他的渾厚處。及戰事發生，二月二十三日日軍三路同時進攻，北攻開魯，中攻北票、朝陽、南攻凌源凌南，湯玉麟的部隊迎風而潰，凌南朝陽崇朝相繼失守。退駐熱境的奉軍萬福麟張作相兩部也曾策動反攻，無如軍備不充，號令不一，也無周密的作戰計劃。于兆麟陣亡殉職，敵軍已輕騎進入承德，兼程猛攻，三月三日便又佔了赤峯平泉，與我軍相崎於長城的邊緣上。中央追究責任，以湯玉麟不抵抗，棄職潛踪，遂下令將湯撤職通緝。

孫殿英在這次戰役裏卻多少有些表現。他率部在前方林西經棚一帶，和日本鬼子硬拚，打得相當激烈，稍阻敵寇囂張之燄。後因孤軍突出，奉命轉進，沿多倫、龍關、赤城進入察哈爾省境，駐紮於平綏路之柴溝堡。這時湯玉麟殘兵剩卒漸集，蛇無頭而不行，反攻無此把握，卻還擁有野砲廿四門。這砲本是東北軍精銳裝備之一，是湯當年擊破郭松齡所截獲的戰利品，爲當時華北其他雜牌部隊所沒有的。孫殿英的副軍長于世銘及師長劉月亭，見老湯的殘部擁有此物，遲早也必爲日軍所掠，擬欲攘歸自己部隊，便向孫商量。孫聽了，跳起來說：「別啦，乘人於危，不仁不義，奶奶的！俺老殿才不幹這種事，何況俺和湯有過師生的名份？你姐，別叫俺背個欺衆滅祖的臭名啦！」這個人，就是有這服戇氣，誓死不做不義的事。

于世銘劉月亭知孫不贊成這事，更不容他們分說，退出之後，私下商量道：「這算什麽義氣不義氣？麻爺不幹，咱們來幹，幹了後再報告，這是大夥兒的事，又不是咱們弄私爲己。」於是，于便密調所部兩團，趁在夜深人靜之際，將湯軍殘部包圍。湯部見是本國軍隊，便發起當翦子時的脾氣死拚了七八小時，護住廿四門野砲，衝出包圍圈；于劉的兩團人鬬不過，傷亡纍纍。

第二天，孫殿英起了床，步出營幕，瞥見接續運着傷兵綳架經過，問：「夜裏和哪方面作戰了？」從員從實報告，孫氣得面孔發青，頓足罵裏：「奶奶的，你姐！于世銘個舅子，害苦了俺啦；偸鷄不成蝕把米，叫俺日後怎能做人！」喝叫「把于世銘抓來」！「俺不斃了他，俺是個丈人」！于世銘給嚇得潛赴張垣，向宋哲元求情，並說明經過。宋由軍用電話向孫說：「世銘做得固有可議，但他的出發點也是爲了老兄擴展實力呀！看我兄弟薄面吧！」孫老殿唔唔連聲，又要于回來再做他的副軍長。

熱河棄守之後，軍事上的情勢爲之一變，幸而喜峯口冷口古北口相繼頂了一陣，煞一煞日軍的瘋狂攻勢。我政府以準備尚未充份完成，爲爭取「重整軍備」的時間，惟有暫時含忍，遂由英使藍浦森斡旋，與日方簽訂停戰協定於塘沽，史稱「塘沽協定」，約中雙方「不行一切挑戰擾亂之行爲」之語，因之，軍事成了靜止狀態。孫殿英隊伍在柴溝堡待命，旋奉委爲甘寧青三省屯墾督辦，奉檄欣喜欲狂，整隊開拔，徵車數百輛，浩蕩而行，背劍官前導，神氣十足。

老殿素來藏有寶劍一口，長三尺餘，寒氣逼人，製作甚古，配有綠色鯊魚皮鞘，劍靶懸有雙股金黃色絲縧盈尺，據說曾經好幾位考古名家鑑定，這劍爲三國時蜀漢大將趙雲的青罡劍。孫老殿看過平劇長坂坡，曹操身邊就有個背劍郎官夏侯思，眼鼻間抹一小白粉塊的棗核臉，是個小丑打扮，出場白：「眼睛不住嘣嘣跳跳，頦子癢癢要挨刀」，一露面不待打話，便被常山將軍搶挑馬下，因得了此劍。孫老殿這劍確是削金斷鐵，吹毛斷髮，其來歷既有戲臺上所演可資徵信，再經名家鑑定就是這個神物，如何不寶如性命？因此他駐防何方，這把寶劍便插在特製的劍架上，配以令箭三枝，供在他臥室的香斗內，視爲神聖不可侵犯之物。並爲此特設個背劍官一員，級同少校，如舊制掌旗一樣，這背劍官從隊伍中特選而來，不特要身材魁梧，五官端正，還得名字好聽的，恰好一個叫做「孫長勝」給挑上了，行軍之時，由這孫長勝背劍乘馬前導，紮營時則由他捧上劍架，所以營中夥伴背後都戲稱他做「夏侯將軍」。

當他路過張垣，市長宋哲元，以及綏遠傅作義，山西閻錫山的代表，均熱烈歡迎，招待之優，爲歷來客軍過境史無前例。這是有心結納？或是爲了老朋友？都不是。他們以孫軍所部良莠不齊，這一羣人有如餓虎餓狼，賣賣交情總是省卻多少麻煩的。

其實也祇是他們一種不必要的顧慮吧了。凡認識孫老殿個性的，都清楚他那粗中有細的手段。他很講體面，也很懂得應付。當年他就食晉南時，雖然叨光幾萬元的協餉，不夠是不夠，但從不向晉省當局多要一文錢，他明白老西兒的脾氣，多要錢就等於抽他的血，他有方法，儘量和他們拉交情，盛讌招邀，繼以豪賭，往往一宵所贏便夠所部弟兄們幾個月的副食費了。民十六以後，全國統一，他的帽徽也跟着改用青天白日的圓章了，但隊伍還是在北方，他介於舊軍閥與革命軍之間，而能倖免於被吃掉的命運，還不是虧他有那麽的一套？

古人云：動皆中於機會，則取勝於當世。故佛氏有善應機緣的說法，賢如羊祜亦以運會爲言；曾國藩且有不信書信運氣的話，無可奈何時，便只好以造化弄人來解嘲了。孫殿英有他的聰明處，官運最久，而起跌也最大，當那年他的隊伍開到綏遠省以西包頭市時，滿以爲此去西陲，可以有個安身立命的根據地以從事屯墾了，卻不料突接到「停止待命」的電令，只得停下來候令，一月、二月、半年，信息渺然。那時馬鴻逵的馬家軍，在寧夏已歷二世，又爲着伊斯蘭教的關係，和當地人民感情，極其水乳，從天時地利人和三方面來分析，孫老殿這枝隊伍開入西北，對他總是不利的，因此表示反對，不願孫軍西來屯墾。這樣一來，孫老殿便做了「半天弔」，孫部的糧餉只是一個軍，實際的兵員超過數倍，怎能夠維持得來？他又異想天開的想個籌錢方法來。當時日本人逼迫中國海關緝私隊自長城各口撤退，大肆走私，兼營販毒，有「日旗所至，毒品隨之」的諺語，張家口有嗎啡廠，北平天津也有大量製造海洛因的場所，因爲有「紅膏藥」的標誌，怕惹事的官兒們也只好眼開眼閉的，至如鐵爾曼（H.T. Iltman）報告所說：「日本藥中慣用毒品攙雜，如腹痛藥、療肺藥種種，均多多少少攙入嗎啡或海洛因，即不願墮落者，亦使無意中沾染毒癮」。可見當時敵人毒化華北一斑。孫殿英狠一狠，想：鬼子幹得，老子怎麼幹不得？遂在包頭火車站旁邊，徵租了一戶大民房，利用當地所產的鴉片，設起白麵製造廠，廣聘技工，日夜製造，廠外架起機關槍，隔絕內外，加緊出品，出品的名稱，公然大標「殿英牌」，大有和日貨別別苗頭，一批一批運往平津削價銷售。押運人員穿的是軍裝，白麵小包大盒裝在皮箱十餘隻，外面貼着封條，沿途要經過三個省區，軍警憲層層林立，好不容易通過，可是也許就是這「殿英牌」三字報得響亮，意識裏還有抵制日貨的意味，多是略於盤詰後，便即放行。那時駐防北平的憲兵第三團團長蔣孝先，年青有爲，執法綦嚴，人不敢干以私，也拿這個草莽將軍沒有辦法。他猛幹了幾個月，撈了一筆不少的錢，度過了艱窘的歲月，也充實了補給，才把這勞什子停閉了。

孫殿英個人雖是一個大字不識，卻對這方面很重視，他耳熟能詳姜桂題把「要挂麵」認做自己的名字，吳俊陞將「傳達室」看成「傅蓮實」的笑話，因之他的幕中也禮羅了若干讀書人，作爲股肱，寄以心膂，有什麼問題，也每能言聽計從。

孫老殿頗以自己能禮賢下士而自豪，對人每說：「別瞧不起咱孫老殿是個大老粗，你看，我請的師爺們，哪一個比不上人家？」但這些所稱的師爺們，眞有軍政學識的爲數不多，大半是功利主義的退職官僚。民初，北方評劇演出深州實事「楊三姐告狀」，深縣縣長綽號「審不清」的牛某，即其幕中人之一；這位退職的縣太爺，心機有餘，到底認識不夠。孫殿英對這批人敬禮有加，這批人對孫也感激圖報，這時卻因牛某的策劃，把孫老殿的前程又給耽誤了。

民國廿三年初，李濟琛陳銘樞蔡廷鍇叛離中央，踞閩作亂，中樞爲此派兵討逆。牛某以中央正在全力敉平閩變，無暇兼顧其他，是爲天予良機，主張以貫澈中央前令爲名，進軍寧夏，然後襲取青海，席捲甘肅，來個混水摸魚、瞞天過海，則西北稱王指日可待。孫本念念不忘馬家軍反抗之仇，更一直夢想有個根據地，聞之拊掌稱善。

這一舉措是只許成功不許失敗的孤注一擲。馬家軍實力不可忽視的，更何況沒有中央命令擅自移兵？武侯兵法有七禁，曰輕、慢、盜、欺、背、亂、誤，幾乎全犯了；但是包頭是不能長駐，不取寧夏、又連個棲身之地都沒有，他只得硬着頭皮一試。遂聽了牛某之計，即日動員，命楊俟攸率兵萬餘爲前隊，一佔磴口、破獨石、直指寧夏。馬鴻逵主席一面防守，一面電向中央報告，請飭孫軍退回原防。

孫部經馬家軍傾全力堵禦，雙方攻防戰都很激烈，傷亡甚衆；最大關鍵還是糧彈不繼，國內輿論紛起責難，又以福州方面李陳蔡之亂已平。結果還是被阻遏在祁連山東麓。

中樞對這件事，命令北平軍分會相機處理。軍分會派富雙英、門致中爲特使，往晤老孫，勸其臨崖勒馬，一面電令晉察綏三省派兵躡於其後。孫殿英經此重重壓力，跋前疐後，已感到皇皇失據；同時，由副軍長新陞之騎兵軍長于世銘，在前方勢窮力蹙，通電反正，聽命中樞，更給他嚴重打擊。最使他沒法解決的是糧乏彈罄，補給無路，傷亡過重，士氣消沉，在頹勢難挽的情形之下遂宣布解甲離軍。臨走之日，他和富雙英門致中二人同乘一車，面對一手創造之勢力與日夕共處的子弟，黯然神傷，頻頻揮淚。然後跑到太原晉祠去養晦。

這大老粗雖然對其槍桿子不啻視爲第二生命，卻偏又講究一些氣節；失意時，他第一不住租界，第二不作外人的狗，再有就是從來不治私產。在晉祠韜光養晦的那段時期裏，深居簡出，亦無觖望之言，便有上述各點最大表現。野心的日本特務連沒縫的鷄蛋都會鑽的，聽到孫之遭遇如此，便嗾使漢奸們向他施以誘惑。

有綏遠的王英，在河套一帶頗有盛名；這人的家裏所藏的鴉片煙土，是用水缸裝載的，其財富之雄厚可想而知。此時忽向孫老殿大表慇懃，表示爲孫的遭遇不平，願傾其全力支持孫之再起，金錢也好、槍砲械彈也好，要什麼有什麼，一句話。但被孫委婉的謝絕了，他說：「半生戎馬殺伐，累也累透了，暫時趁這機會歇一歇也好。」王退出後，他破口大罵：「奶奶的，八成是日本鬼的狗腿子受命來擺弄俺。你姐。俺孫老殿要想做漢奸的話，日本浪人中想和俺攀交情拉關係的，有的是，還用得着你姐個王某替俺介紹？奶奶！」

可是那時一般人對孫老殿的看法，惡評多過好語。爲了防止這個土匪式的兵頭的死灰復燃，主張把他的部隊澈底予以拆散，就他所剩下的二三萬人，只編下一個旅，全旅人數不過兩千，其餘的全部資遣。這一旅人交給孫部的一個旅長叫做盧豐年率領，徒手運到贛境，然後再由旅拆到團，團拆到營，營拆到連、排、班，一班又一班的分撥到其他各部隊去，這樣，便可以不至有後患了。可是孫老殿有孫老殿可資傲視的一股力量，他平日結部下以義，待部下有德，有如家人子弟，從不刻薄自肥。這些人儘管給拆散了分處各地，卻一個個心裏無不念念着孫老殿，無時無刻不在盼望這個頭兒再被起用。至於資遣回籍的，更不用說了，祇等着一聲呼嘯，馬上又可以三三兩兩聚攏了來；要人有人，要槍有槍，有了人有了槍，那對他就非得另眼相看不可了。這就是孫老殿一副蝕不掉的無形資本。所以馮玉祥那些人，敢把張聯陞一口哨咄吞了，也敢把秦德純吃掉，而獨對孫老殿不能不稍存顧忌，也就是這個緣故。

廿三年之冬，在泰山居住的馮玉祥忽在察哈爾組起所謂抗日同盟軍。其所以有此輕舉妄動，完全是不甘寂寞，玩玩噱頭；居心與背景且不談，但雖是浮光一抹，卻也鬧得像煞有介事。孫殿英是馮當時邀約參加者之一，他做過馮的部下，又很欣賞這大花臉平日用大嗓子嚷出「大保國」之類的唱工戲，是實是虛不甚理會，又正當失意之時，於是不再養晦了，從晉祠走了出來，直奔張家口去應約。征塵未浣，已瀕停鑼煞鼓，準備落幕了。到這時，才似乎也悟到這大個子全憑虛聲不足成事。但他就是這個脾氣，從來不說他長官的壞話；尤其他認爲馮是走下坡的人物，乘人於危，落水下石，是誓死不做的事。在曲終人散的當時，他赴北平住下，深居簡出，絕口不談時事。

孫殿英進軍寧夏，是朱紹良以甘肅省政府主席兼駐甘綏靖主任的時期，據「朱紹良先生年譜」載：中華民國二十三年，一月，孫殿英部擬由寧夏入甘，先生令馬鴻逵等部擊潰之，西北賴以安定」。(註)：「一月初旬，孫殿英率部，企由寧夏侵入甘肅，與馬鴻逵部在磴口、石嘴子等地衝突。軍事委員會電令孫停止軍事行動，孫不服制止，二月六日，軍事委員會下令，將孫之軍事委員會北平軍分會委員及四十一軍軍長免職，並令晉綏甘寧各軍事長官以有效方法負責執行。孫於一月廿六日、三十日、二月三日、十三日四次進攻寧夏，均經先生指揮馬鴻逵等部，將孫擊潰。三月二十三日，孫離軍赴晉，所部改編，西北賴以安定。」

此事是有相當曲折的，宜予詳述。當廿二年十月間，孫老殿進軍寧夏，馬鴻逵等着了慌，因爲孫之屯墾青海，是奉有中央命令的，寧夏如出兵攻擊，則犯中央者將爲寧夏，而非孫殿英，因此部份雖有小接觸，無法正式以兵戎相見，而且孫與晉閻私交頗厚，孫軍接濟，大部份全靠山西，糧源不截，則孫軍將一往直前，馬家將不能與敵的。因此十月廿一日，便由朱紹良馬麟馬鴻逵鄧寶珊聯名密電中央，請以明令，嚴飭孫部勿再西開，或將孫殿英另調別職，使無所藉口。此電去後，因陳李等之人民政府醞釀正烈，無暇西顧，馬鴻逵因推請當時的財政廳長梁敬錞代表省府入京求救，梁氏遂於十一月三日出寧夏東關向平羅磴口出發。

孫殿英機警得很，情報也相當靈通。梁氏抵達磴口，孫部的顯孫師長已代表孫迎梁，說：「督辦現在五原臨河一帶候駕。」次日抵臨河，孫部劉月亭師長又來迎接，告以孫在包頭等待，到了包頭市覓下騾馬店，正卸行李，便有一勤務兵，持孫魁元三字的大字紅名帖，到店請梁廳長前往餐敍了。

這種霸王請客的鴻門宴，不由梁廳長不硬着頭皮一往了。據梁氏追憶當時情形說：「……由孫殿英所派遣差人帶路，不數步，卽入一典肆，門口站崗兵數人，另一值日官，導上樓，登樓後，值日官呼『梁廳長到』，卽由一傳令兵自屋內出，高舉棉簾招予入……其時屋燈不甚明亮，而門外寒風凍人，簾內爐火如春，蒸氣雲起，室內何狀都不可辨，方訝異間，則見內室深處，有一人獨據一案，案上置骨牌，方獨推牌九，先取牌兩張，翻置對門，呼曰：『三點』，又取兩牌，向右方坐位翻出，自呼：『六點』，再將兩牌翻置自己坐位，自呼：『七點』，再取兩置左方坐位，自呼：『五點』，乃大呼曰：『通吃』。狂笑而起，出手相握，讓坐。蓋卽孫殿英也。』……

孫殿英是喜歡玩這花骨頭的，時和僚屬馬弁甚至自己一個人卽在軍書旁午，也要耍一耍；他一面是練習賭技來作消遣，同時還有用卜休咎的迷信心理。高呼「通吃」繼之而狂笑，更是他得意之作。梁氏所記，眞把孫的情態形容盡致。及握手讓坐之後，梁「環視室中無他人，只傳令兵往來取火鍋及餅，分置賓主，獻茶畢，孫殿英大言曰：『少雲（按爲馬鴻逵字）太儍了，我與他乃昆弟情分，何至有相害之意。我兵十萬，少雲兄弟，兵不滿五萬，何能敵我？且目下自三晉而至閩廣，都有異動，福建人民政府已宣佈成立，中原形勢早晚變色，少雲兄弟如與我合作，則我們以廿萬雄師，逐朱紹良而掌三省，左出陝豫，右連晉綏，這是不世的事業呀。少雲卻不知道這道理，還迭電閻百川阻我餉秣；不知百川主任和我是什麼交情。老兄這一行，或是到中央告我一狀，或是到太原挑撥閻老西，我都不怕。試問，南京方面應付閩廣還來不及，能管得我？』言下獰笑，向衣袋中取出一疊電報，指曰：『這都是福州廣西廣東各地來的電報，老兄在途中，或不知道中原變化，你瞧瞧，便知道我孫老殿不是假話了。』梁便向其解釋：「中原之事，寧夏交通閉塞，實無所知，此來不過因地方財政困難，欲向中央請求協濟，上京告狀或太原挑撥，實是誤會。督辦奉中央明令開墾西北，寧夏有犒師之義，敢不勉力？少雲與督辦兩代世交，敢不效勞？但寧省貧瘠，亦必須中央接濟，始不至捉襟見肘，誤及貴部隊行糧；這一去，也正爲着這事，請勿見疑。」殿英說：「汝入京不入京、請款不請款，我都不管。上乘菴中，我與馬家交誼，你總知道，你應速告少雲，別躭誤了這個共圖富貴的機會，異日相見也好有交代。」……

在九一八之後，眞是外侮未已、內亂迭乘，野心家便認爲渾水好摸魚；爲了一己的私利，增重了廟堂之憂，也消耗了國家的元氣。孫殿英機智見謀。見解不足，他千不該萬不該把牛某錯誤的估計及閩廣方面的蠱惑，當做千載難逢的不世事業，而有此蠻動。結果自然難免嚴重的打擊。梁廳長見過閻錫山，曾提請阻止孫部西進，或代懇中央將孫他調。閻答以「此事應由中央發動，否則殿英會怪我。」梁遂南下赴京，謁見最高統帥及當時行政院長汪精衛，此事始行決定電朱紹良辦理。

那時，孫軍已過平羅，騎兵正逼寧夏。白天裏城門緊閉，省府人員日夜上城助守，孫馬兩軍在城墻內外對罵，情勢危急極了。中央決定將孫免職，部隊交北平軍分會處理。此訊傳到寧夏，孫軍始無鬬志，於是一月卅日敗於金剛堡，二月二日敗於寧朔，七日敗於固原，于世銘及劉月亭丁綍庭兩師向中央輸誠。孫見大勢已去，經弓富魁之勸，於三月十五日離前線，廿四赴臨河，廿五赴包頭轉太原隱居晉祠。部隊槍械由晉綏寧各軍繳收分遣，六萬大軍悉被消滅。

孫老殿蟄居時間，確是安份了些時，由太原到北平仍是深居簡出。旋而華北局面進入「冀察特殊化」階段，宋哲元主政，曾荐石友三爲冀北保安司令；孫見獵心喜，亦擬重作馮婦，謁宋時隱約提出。宋亦頗念當年患難之交，不能不予以照顧，且認爲華北環境複雜，也想借重作用；曾因石敬亭赴京之便，特託向中樞代爲請命。但孫之桀驁不馴，難於制馭，也頗使主管方面不能不愼重考慮，便囑宋哲元自行酌爲安置；宋於是向中樞建議，委他一種名義上的察北保安司令的職稱，以示羈縻。只要這班人稍能安份，政府也何惜一個名義，因而也就接納了宋的意見。但這種名義職，孫是不大過癮的，難免拊髀之嘆，對人談起，表示欲得便以求自見。

在國家那種多事之秋，這班人是不甘老死牖下的。廿六年七月七日，盧溝橋事變發生，日軍旋由北平南苑長驅直入永定門，故都陷入敵手；宋哲元經秘密離平赴保定，張自忠守到最後一刻、化裝脫走。孫老殿呢，他見大勢已去，便棄了家眷，隻身揹一小包袱，騎上腳踏車，逕出西直門。從此又如魚躍深淵，幾經艱阻，再度創起大部本錢——由一員名義上的保安司令，一躍而被任爲新五軍軍長。

在抗戰第二期的戰鬬序列裏，孫魁元的新五軍是屬於「冀察戰區」，總司令鹿鍾麟，第九十九師朱懷冰。第六十九軍石友三，各統兩個師。孫之新五軍則步兵騎兵各一師。此外張蔭梧則是河北民團總指揮的名義，所統的則爲特種游擊部隊。他的基本隊伍，雖然經過澈底拆散成了光桿，可是只要他有個番號在手，嘯聚幾萬人槍，那是輕而易舉的事。那被遣回籍的，分散各部隊的老弟兄們，相互告語：「老殿出來了，咱們哥兒都來吧，大夥兒湊湊熱鬧出出力。」於是，有的辭妻別娘，有的開小差請假，紛紛都到了他的麾下。班歸班、排歸排，又成了一枝得力隊伍。

在他這項新任命發表之前，中樞爲了堅定一般將領抗日的信念起見，曾分批電召他們到京聽訓，孫殿英也是被召者之一。他到了南京，曾隨班展謁過最高當局。他任軍職許多年，這回才獲瞻顏色，親承謦咳，又聽到諄諄策勉的訓話，使他又感動又高興。由京歸來，得意非常，逢人便道：「咱們過了多少年的黑市生活，現在才算公開見得人了。」他的新五軍的番號，是和新四軍的番號一起由上面編次下來的，同是參加抗戰序列，受中央編制。但新四軍革面而不能革心，做了抗日的絆腳石。新五軍卻能心誠悅服，幡然憬悟，草莽的江湖氣，比起本性難改的共黨，算有人性多多了。

抗戰期間，孫殿英帶了他這新五軍的隊伍，活躍在豫北一帶，其主要任務，則爲牽掣敵人，隨着軍事的衍變，以後輾轉進入太行山區。這太行山南北縱列，爲晉冀間的天然險要，其由河流橫切而成之河谷，爲平原間與高原間之通路，在軍事上來講，是個易守難攻之天然要塞，孫殿英對這地方地形熟，打游擊打得非常好，只是糧食補給困難，經常必須由黃河南岸接濟補充，才夠應用。在第二期抗戰中，我對敵所取策略，是要變敵後爲前方，積小勝爲大勝；在軍事方面，要在敵人後面展開游擊戰，除經常消耗敵人的兵力外，還要創造敵後的根據地，隨時實施一切抵制破壞封鎖等手段，以擊破日軍「以戰養戰」的策略。此為我最高統帥在南嶽會議時所指示的，這幾點都是孫老殿所優為者，所以這時期裏，他表現得很出色，能以極度流動性來發揮效能，與朱懷冰龐炳勛等軍進出於太行中條山地區，聲威大震。

熱河告急，宋子文、張學良至承德訪湯玉麟
時攝右起湯玉麟（湯背後為孫殿英）、宋子文、
張學良、張作相、朱子橋

廿九年下半年，日方在作戰地區的四圍建立封鎖線，並積極築修公路，建立據點，在戰場上挖封鎖溝，採取所謂「鐵壁合圍」，「梳篦式清剿」，「馬蹄形堡壘線」，「點鱗式包圍陣」等，並使用傘兵及毒氣，從十月六日到十二月五日，歷時凡兩月，進攻太行山區，孫部不支，而包藏禍心的共產黨在這地區是「游而不擊」，還儘在那裏「扯後腿」「檢便宜」，擴張力量，專掣國軍之肘，孫殿英進退失據，為保全實力，終在日軍重重包圍之下，便接納了敵華中指揮官的「勸降」。但又覺得這樣下水了，漢奸的名兒一揹上，萬古罵名，於是他又創出「曲線救國」的名堂，其意似以雖做的漢奸，目的還是為了救國，不過所走的是曲線不走直線吧了。其時汪記政府，已經在南京設立，他於是和洽降的日軍第十二軍團司令約法三章：㈠降偽國府，不降日；㈡不負與抗日的國軍作戰任務，只擔任綏靖地與剿共；㈢本軍的人事建制，日方與偽府不得過問。他這三項約法，是在防制日軍以命令指揮他。日軍因懼兩面作戰，均一一答允，他才接受了汪記的委任，統率原來隊伍，駐軍豫北新鄉一帶，後移湯陰。他之下水，據說是經過默許而有所秉承的，而其自稱之「曲線救國」的解釋，亦復相同，但所可言者，在他駐防的地方，對於我方敵後工作同志，頗多協助，或接濟盤纏，或派人護送。在此時期，他豪興依然，但每逢有人邀宴，其侍從必親至厨下，將菜嚐過，才端出給孫吃。據說是試鹹淡，實則防人放毒。

三十年春，日軍又進一步掃蕩中條山，第四十軍軍長龐炳勛，也被敵人打垮了，本人也被俘擄，事後也下水做了漢奸，孫老殿教他如法約明只受汪記政府的委任，遂被委為偽廿四集團軍總司令，駐軍河南開封，孫也加入了廿四集團軍副總司令的銜名，兩人本是老戰友，配合得很好，以「建國剿共」為名，「整軍蓄銳」為實。但敵偽對孫是不能無疑的。一日，忽有自稱舊部某人來訪，孫正袒臂露胸，高據大圓桌大推牌九，引吭高呼「吃通」之際，據報之後，即出來接見，詎某一手脫帽，一手發槍發射，機警矯捷孫老殿，立刻倒地偽裝被擊重傷，滾着裝死，刺客連發七槍，以為已死，遂即逃去。經醫施術後，臥床數月，居然不死。偵查結果，始悉所謂舊部某人，係某偽軍的團長受敵人嗾使偽稱其舊部而來行刺的，其處境之艱辛，可見一斑，不是他的機警早便沒了命。

四年之後，日本宣佈無條件投降，天亮了，孫老殿的身份也明白了，他心裏有數，靜候中央處理，卻又改不了那草莽的惡習，把新鄉的偽聯合準備銀行裏的金庫強行接收了，清理偽鈔，約有五億元之鉅，以當日民間對偽幣價值計算，是按照法幣一比十，五億元是五千萬，孫忖量掌握着這筆錢，足足可以渡過一段青黃不接的時間，卻不道馬法五的第四十軍一到達新鄉，便在街頭張貼標語，其中有一條是：「使用僞鈔就是漢奸」。團營以次紙寫標語不夠用，乾脆就用白粉筆就墻壁門板上大書，所以滿街滿巷觸目都是，經這樣一張貼，商店居民，恍悟於這一比十的兌換率，是人們私自擬訂的，有待於政府的明令規定，經此一看來，僞幣一落千丈，甚至有拒收的。孫老殿手裏的五億，幾乎頓成廢紙，而在未獲到正式補給時，他部隊的經費，沒法子不用僞鈔來維持，一天，他遇見馬軍長，談起僞幣的事，他說：「法幣與僞幣的兌換滙率，在政府還沒有命令公佈前，不應該作硬性的決定，這影響市面太大了，再說，你們一個軍能帶了多少法幣來，就要宣佈拒用僞鈔，這不等於叫我們傷腦筋？」這時他已是六十幾歲了，再經過幾年的磨難，火氣也沒有以前旺盛了。

在天亮以前，他和龐炳勛還鬧了一彆扭。時稱爲「孫龐鬬智」。原來龐之勢蹩投僞，是孫殿英爲之兩頭牽線的。龐爲人相當愛面子，想想雖是假降敵僞，但這漢奸的臭名兒，總是不好，要洗脫洗脫一下，於是每遇到大後方的人，逢人便訴：「我這個漢奸，不是當初孫老殿出主意，我怎能隨便下水的……。」

龐炳勛自我洗清的表白，傳到孫殿英的耳朵裏，他自然不肯揹這個黑鍋，不免也惱了，逢人便說：「你瞧龐炳勛夠不夠朋友？當中條山會戰時，老龐給日本鬼子團團圍住，最後在山洞裏，三天沒吃到飯，寫信派人送到新鄉，要我給他想個兩全的辦法，這還有原信可憑。奶奶的，不說關公在曹營，光提這不光彩的事兒，幹啥！」由於這件事不快，二人鬧着彆扭，好久好久才渙釋。

勝利復員，孫殿英仍經政府給予暫編第三路軍總司令名義，奉命隨同第十一戰區司令長官孫連仲將軍，協收平津，軍次平漢鐵路石家莊之南，因鐵路遭到共軍破壞，徒步行軍，與當時受命爲河北省主席馬法五，及新八軍軍長高樹勛並肩作戰，共軍以「圍點打援」的「運動戰」分別給吃了，高見勢不佳，投機降共，孫老殿還算機伶，收集餘部退返河南，駐守湯陰。

湯陰在安陽縣南，舊屬彰德府，爲南宋精忠岳飛故里，並有祠墓，垂範千秋，孫殿英駐該縣後，瞻仰廟貌，極爲感動，時大陸剿共軍事情況逆轉，三十六年三月間，共軍劉伯承部集結豫北，指向湯陰，三月廿八日起，以人海戰術猛烈進犯，孫率同所部英勇抗抵，閉城固守，共軍屢攻不下，一再作書誘其投降，並謂仍可保存實力與總司令名義，孫大怒，命軍中文書作覆，嫌其不達意，口授復函曰：「你有種，你攻你的；我有種，我守我的。我守不了城，算我沒有種；獨眼龍！瞧你的啦，也再不必胡說八道了！」又一次，前哨俘獲一共幹，實僞裝良民以窺孫軍虛實的。孫命綑之入城，饗以酒食，並邀觀豫劇，然後仍用繩子把他吊出城下，臨行拍着他肩膀道：「小舅子，城裏情形你看得清楚了吧？可以回去作報告啦！」隨而呵呵大笑。旣而彈盡糧絕，龐炳勛王仲廉進援受阻，五月二日，共方鑿地道自東門攻入，孫與巷戰一晝夜，到了最後一刻，仍運用機智，於深夜帶了兩名隨從，化裝潛離城郊，脫出重圍，不幸過了一關不能過二關，終於突圍後在城北一小土寨內，給共軍便衣隊俘獲了。

據湯陰國大代表李安（子平）先生告筆者云：「湯陰血戰，共逾一個月零六天，城內中彈四千餘發，房屋焚燬者四千餘間，士兵血流成河，民衆死傷逾萬，吾兄光宇即於此役遇難，以一縣城與共軍主力抵抗一月以上並死傷如此慘重，湯陰實爲全國第一。孫殿英之所以如此死守者，憶其曾與余有言：『我過去善於應變，今臨晚年，並駐守岳武穆家鄉，當效武穆之精忠報國』云云，可見孫所受岳武穆的精神感召之深。」孫被俘後，見劉伯承仍倔強，遂被囚於太行山區共軍根據地之武安縣境，迫使「勞動改造」，每天強迫推着石磨磨油，七十老翁，英雄末路，給折磨得好慘。晚節彌堅，始終不貳，蓋棺定論，彌可欽敬，而他也心安理得地作成一生的結論了。

八百壯士的謳歌

盧克彰

民國二十六年「八一三」淞滬戰役中，四行倉庫八百壯士的英勇事蹟，震驚中外，爲我全國軍民豎起一座不屈不撓的精神堡壘，在國民革命軍的戰史上，寫下了燦爛光輝和永垂不朽的一頁。

這個偉大的業蹟，三十多年來曾拍過不少的電影，以不同的劇本上演過無以計數的舞台劇、歌舞劇，並且一再地作爲歌詠、詩篇、報導、小說的題材，予以闡揚、讚美、謳歌，它對振奮民心士氣，永遠具有感動和鼓勵的力量；這不足爲怪，因爲事體本身就代表了中華民族處變不驚，莊敬自強的民族性，以及國民革命堅忍不拔的精神。

遺憾的是像這樣在歷史上很重要的事情，裏面有很多細枝末節，說法各有不同，並且到現在爲止，也缺乏有系統的翔實的報導，就其歷史上的偉大性而言，這不能不說是一個損失。

筆者早年就想以「八百壯士」作爲題材，撰寫長篇創作，並走訪前孤軍團附上官志標先生；那時，他擔任台南縣政府兵役科的科長，公務很忙，匆匆一晤，未及詳談，所得資料不多。不料上官先生於五十六年九月二十七日因積勞成疾，溘然長逝。爲了悼念忠魂，筆者曾在青年戰士報撰有「英雄的塑像」一文。年前遇上上官先生公子百成兄，承其撥冗陪同訪問八十八師參謀長張柏亭將軍，前上海三民主義青年團負責與孤軍聯絡的分團主任立法委員曾故委員俊，及該團幹事負責孤軍教育事宜，後來並護送脫險孤軍入川的倪燦會先生，團員葉因綠女士，前孤軍第二連排長錢震華先生，以及上官夫人，得到很多寶貴資料，特爲文記其始末。深盼讀者先生能指出文中謬誤之處，或提供偏缺的資料，俾使筆者得以完成素願，那就非常感激了。

本文所記，全係根據張柏亭將軍，曾俊委員、倪燦會先生、葉因綠女士、錢震華先生、上官夫人的口述，依其時間上的次序而加以整理記錄，間或採用上官志標先生生前所珍藏民國三十二年前後有關報導孤軍新聞的剪報中的資料。

民國二十六年，盧溝橋事變發生後，日本爲擴大戰區，七月十二日，他們的上海海軍陸戰隊作示威演習，官兵各一人乘坐汽車企圖侵入我虹橋機場，與我保安隊發生衝突，日軍官兵兩人被我擊斃，我衞兵亦有一人死難。於是日本人小題大做，集中軍艦州二艘，並以陸戰隊登陸，要求我政府撤退駐滬保安隊，被我嚴辭拒絕。到八月十三日，敵人集結駐滬陸軍及海軍陸戰隊萬餘人，向我保安隊進攻，著名的淞滬會戰於是揭幕。

先是，我當局早已洞燭敵人全面侵華的陰謀，爲求國家獨立，國土完整，戰爭殆不可免，爲未雨綢繆計，密設前敵指揮部於蘇州，由顧祝同將軍負責預爲統籌上海的作戰準備。京滬沿線部隊如駐上海的保安隊、憲兵團，及朱紹良將軍所屬的七一軍駐常熟的八十七師，駐無錫的八十八師，南京軍校教導總團等，皆由顧將軍統一指揮。

早在盧溝橋事變未發生前的五月間，七一軍的八十七師，八十八師的營長以上軍官，及各直屬部隊長，奉命分組改着便服，前往海上作參謀旅行，秘密偵察日軍駐區北四川路、虹口日海軍陸戰隊司令部，以及八字橋一帶的地形和他們的軍事設施。

參謀旅行回來之後，各師司令部召開秘密會議，策定攻擊計劃，預定以日海軍司令部爲目標，擬一舉包圍攻擊而加以殲滅。

到七月七日盧溝橋戰事爆發，我軍爲先發制敵，爭取主動，秘密作動員的準備，集中交通工具，備用待命。果不出所料，日軍於七月十二日就向我虹橋機場挑釁肇事，有襲取淞滬企圖。八月十一日，八十八師奉令秘密向眞茹集中，分別以火車、輪船、汽車連夜運輸。四十小時後全部到達，隨即分就攻擊位置，部署概略如下：

一、二六二旅（轄五二三、五二四兩團）爲右翼隊，在北站、八字橋一帶就攻擊準備位置。

二、二六四旅（轄五二七、五二八兩團）爲左翼隊，在八字橋以左，持志大學和愛國女校以西地區就攻擊準備位置。

三、師直屬部隊爲總預備隊，隨司令部在譚家橋附近，就攻擊準備位置。

我方因受民國二十一年「一二八」之役後的淞滬停戰協定中，不得在市區駐紮國軍的限定，所以這次行動，係用上海保安隊移防的名義行之，不但是日軍不會發覺，就連當地居民也一無所知。

十三日那天，敵人開始蠢動之前，下午三時，八十八師首先向永豐大樓、八字橋、持志大學、愛國女校一線發動猛烈攻擊。日軍素來輕敵，在我凌厲迅雷攻勢下，潰不成軍；我五二三團旗開得勝，佔領八字橋，直搗敵海軍陸戰隊司令部，殺傷無數，敵遂大舉增援，到二十一日，集第一、三、八、十一等師團之衆，在海空軍掩護之下，同時在川沙、獅子村、寶山登陸，向莊重、瀏河一帶南侵，展開劇烈的爭奪戰，爲我英勇將士擊退，終不能越雷池一步。

九月中旬，到滬敵軍已有十餘萬人，砲三百門，戰車三百餘輛，飛機數百架，在優勢的海陸空聯合攻擊中，我萬橋嚴密的陣地，在九月三十日被突破。十月初，敵又增援二十餘萬人，由松井石根任指揮，在海空掩護下向我猛攻，我軍奮勇迎擊，浴血抵抗，雙方傷亡累累。到二十三日，我軍退到小顧宅、大場、走馬塘、新涇橋、康家橋等線。二十五日，大場陣地復被突破，上海守軍側背感受重大威脅，乃於二十六日向蘇州河南岸江橋鎮，小南翔之線撤退。

這年的十一月初，日內瓦的國際聯盟會議將召開大會，所以軍方當局對淞滬會戰的戰略，是不管在任何情形之下，能夠打到國際聯盟開會的時候爲止。因爲上海爲一國際都市，我軍的一舉一動，關係國際視聽的影響力很大，如果我們在國際聯盟開會時，仍在淞滬抵抗，可以增加我在國際間的威望與聲勢。

事實上，十月下旬開始，戰局對我已漸趨不利，敵人海上增援與補給，遠較我軍從內陸來的要快速得多。當局有鑒於此，指示靠近租界的戰鬭部隊——也就是擔任左翼軍的八十八師，抽出一個旅的兵力，在閘北地區打游擊，牽制敵人的兵力，使其不能前進，拖延時間，使租界中的外籍人士，能夠看到我們這個仗還在打。

這個指示到達八十八師，經師長孫元良將軍和師參謀長張柏亭將軍研究之後，覺得拿一個旅打游擊，事實上有很多困難。因爲游擊戰一定要有地形上的依托，或有山林，或有河川，但閘北地區爲一片平原，以一旅兵力而去牽制三十萬敵軍，不會有太大效果。他們把這個意思報告上去，接着第二個指示說，既然打游擊有困難，那麼閘北地區多是堅固的建築物，把一個旅分成很多小的作戰單位，分別固守在各建築物或村莊中。敵人如欲前進，必須付出相當的代價與時間，這樣的話，戰爭必可延長到十一月初了。

這個指示是由軍用電話傳達八十八師的，參謀長張柏亭將軍恐怕在電話中很難說清楚他對這個指示中，若干部份的意見與構想，同時那時漢奸十分活躍，為保密起見，他親自前往滬西中山路三十一號橋傍的張家宅中，謁見朱紹良將軍陳述意見。

張柏亭將軍報告說：

「以一個旅打游擊，很難收到預定效果，這個意見已蒙上面採納，現在要把一個旅分散作戰，恐怕也一樣難見預效，一個部隊的作戰力量在乎集中，各自為戰雖然在戰術運用上也能同樣發生戰鬪效能，但它有個先決條件，那就是每個士兵、幹部、單位，必須健全，才能發揮人自為戰的績效，所謂是『一夫當關，萬夫莫敵』，假使以本師於作戰之初投入戰場的情況來說，可以擔當這重任；因部隊官兵久經訓練，戰鬪技巧很熟練，現在就沒有把握。」

朱紹良將軍問道：

「為什麼現在就沒有把握了呢？」

「本師已經補充了七八次之多，這情形就好像跟一杯茶一樣，起初很濃，漸沖漸淡，等到沖了七、八次開水之後，已無茶味可言，完全變成一杯白開水了。部隊成員是新募的兵多，大半是鄉下農人放下鋤頭就參加了部隊，有的甚至槍也不會放，在這種情形下，要是大家在一起，靠各級幹部層層節制，還可勉力一戰，要是分散了，力量也就沒有了。命令他們去各自為戰，也等於拿一個旅去打游擊一樣，是準備把這個旅犧牲，祇是方式不同而已。」

「張參謀長，你一直在最前線，情況比較了解，那麼照你的意見，要怎樣才能達到上面所交下來的任務？」

「報告朱司令官，上級的意圖是要我們在國際聯盟開會時，我們上海還在續繼作戰，我認為祇要我們能達到上級要求，而不必一定要拘泥於某種方式。」

「這樣很好，你再說下去！」

「我們依據前方實際情況，打游擊及分散固守建築物都不容易達到任務，不如選定一兩處十分堅固的建築物，加以固守。」

朱紹良將軍聽了之後，略一沉思。

「張參謀長，你的意見很好，不過我也不能作主，等我請示了再說。」

朱將軍當即掛電話到蘇州總指揮部請示，獲得了同意，並指示以一個團選定據點固守。

「那就照上面的指示辦，張參謀長，你回去跟孫師長研究一下，以那一個團擔當這任務，就在租界邊上選定幾個據點來守。」

等到張柏亭將軍走出張宅的時候，大場守軍八十八師的防線已被敵人突破，守軍紛紛後撤，張將軍不得不繞道租界，回到八十八師的司令部去，幸虧他是上海人，路很熟悉，到蘇州河邊用舢板渡河。這時，八十八師的司令部就在四行倉庫。

張柏亭將軍記得很清楚，這是十月二十六日下午四五點鐘的事情。

他把向上級請示的結果，報告了師長孫元良將軍，孫將軍是七十一軍軍長兼八十八師長，他是地區指揮官，另外還有上海保安總隊，第二師的一個獨立旅，都由他統一指揮，經孫將軍考慮以後，認為上面既然指定要一個團，我們自然應以一個團為原則；但是守據點與守野戰陣地不同，守野戰陣地兵力少了不行，守據點兵力多反而變成累贅，很多人擠在一個建築物中，糧食、睡眠、衛生都成問題，所以祇要有適當的部隊就可以了，不一定要足足的一個團。

他與張柏亭將軍研究的結果，覺得師部現駐地的四行倉庫，是一個很理想的據點。一方面倉庫構建得十分堅固，同時司令部本身就構築了防衛工事和設備，可資守軍利用。

孫師長當機立斷的就指示張將軍說：

「就是在這裏好了！」

他認為守兩個據點跟守一個據點是一樣的，因為分守兩既無法取得通信、聯絡、協調，還不如加強兵力，堅守一處。兵力方面，孫師長也決定以一位團附指揮一個營，負責固守。

地點與兵力既經決定，最後是指派哪位團附指揮。

那時團的編制，沒有副團長，就祇有一位中校團附和少校團附，前者就等於是副團長了。

根據當時的實際情況，以北站的戰鬪部隊二六二旅的五二四團擔當這個任務最為恰當，因為他們離開師司令部比較近，兵力的集中與移動，都比其他部隊方便。

五二四團是一個戰鬪力很強的部隊，攻佔八字橋之役，戰績輝煌，團長韓英元，勇敢善戰，他後來參加南京保衞戰中在雨花台陣亡殉國。原來中校團附黃永汛，他是四川人，在作戰時必身先士卒，所以每次戰役一定負傷，他的身上可說全是傷疤。黃團附正好在前一兩天的晚上，騎着腳踏車到前哨巡查時，中了敵人流彈，子彈從耳朶後跟進去，從鼻子旁邊穿出。

照說這情形是萬無生理；可是如步兵操典綱領上所說，必死不死，他居然沒有死，甚至連疤都沒有，因為他是一個大麻子，臉上多了一個洞，並不怎麼顯眼，黃團附受傷後，當卽送上海寶隆醫院救治，後來他傷癒回隊，不幸在中原會戰中，陣亡於新城前線。

戰鬪時中校團附負有很大責任，不能一日懸缺，當時就派二六二旅的中校參謀主任謝晉元代理五二四團團附。

謝晉元將軍字中民，廣東蕉嶺人，生於民前七年四月廿六日，夫人凌維城女士，育有二子二女，曰：切民、繼民、靈芬、蘭芬。將軍曾肄業廣州國立中山大學，激於愛國熱忱，投筆從戎，於民國十四年十二月考入黃埔軍校第四期政治科。十五年冬隨軍北伐，身先士卒，屢建奇功。十七年五月三日，在「濟南慘案」中身負重傷，在醫院中接受治療。過後不久，中央根據湯山會議編遣國軍。謝將軍因未在營，亦遭編遣，後在討逆戰爭中歸隊，歷任排、連、營長、參謀主任等職。

謝將軍是一位非常優越的將才，據他的能力來說，早可春風得意，因為個性耿直剛強，所以一直鬱鬱不得志。也許是機運的關係，沒有他施展長才的機會。在北伐時，他與張柏亭將軍同在二十一師的政治訓練處做事，也就是現在的政治作戰部，那時，謝的職位比張高得多，他是團政治指導員，張是連政治指導員。然後同遭編遣，張由錢大鈞將軍保薦去日本士官學校深造，謝從醫院裏回籍休養，等到他們再相見的時候，張已是一顆金星的將官，而謝仍偃蹇在中校的階級上，類似這些事情，除了「機運」二字，再也找不到恰當的解釋了。

張柏亭將軍還記得，在當時他曾經向孫元良師長毛遂自薦，願意去固守倉庫。「我是上海人，以本地人來守自己的鄉土，不是更恰當？」他這樣跟孫師長說，但是大部隊的幕僚是整個部隊的靈魂人物，有更多更重要的事情等待他去做，孫師長當然不會答應的。

謝晉元將軍當卽被請到師部裏，當他得到了固守四行倉庫的命令後，非常興奮。總於，他現在有了機會可以報效國家，一顯身手了。

孫師長告訴他：

「謝團附，這是一個很艱巨，而且祇能成功，不能失敗的大任務。」

「報告師長，軍人以身許國，我可向師長保證，在任何情形之下，我們決定打完最後一顆子彈，流盡最後一滴血，不屈服，不投降，一定不辜負長官對我們的期許。」

三十四歲的謝將軍，顯得英氣勃勃，堅毅沉着。孫師長讚許地點點頭。

「還有一點你必須知道，你是孤軍作戰，沒有後援。」

「是的，我知道！」

張柏亭將軍與他是舊識，就跟他研究了一下倉庫裏佈置，以及爾後可能發生的各種情況。

當時決定四行倉庫的守備部隊，是五四二團的第一營，營長是楊瑞符，少校營附上官志標，第一連連長陶杏春，第二連連長鄧英，第三連連長唐棣，機槍連連長雷雄。

謝將軍接受了這個命令之後，師的作戰部隊就開始轉進到滬西曹河涇那一帶，閘北地區就留了楊瑞符的一營人作掩護。

楊營長接到固守四行倉庫的命令，已是晚間十時，當時敵人的砲火非常猛烈，軍隊又分散各地正在與敵人作殊死戰，在這種情形下，要想在敵前集中部隊轉移陣地，自是困難。謝將軍就命楊營長先把扼守北站附近的第一連集合起來，由他親自率領，由山西北路轉入七埔路、開封路、西藏北路，抵達四行倉庫。接着楊營長率領第二連，也於十二時左右到達。第三連與機槍連由營附上官志標指揮殿後跟進，等他們全部到四行倉庫時，已經是二十七日的清晨二時左右了。

上官志標是一位很優秀的青年軍官，勇敢善戰，個性倔強，好勝心切，在戰場上曾有數次負傷不退，深得上級長官的讚許。

上官營附是福建上杭人，世居上杭城內下中街，祖壽富公以行伍升到「候補龍溪中軍府」之職，父明發公，膂力過人，性喜任俠，曾因路見不平，以鞋底掌摑知縣，緝捕甚嚴，潛匿台灣多年，直到民國建立後才回原籍。上官出生於民前三年，七歲啓蒙，十一歲時轉崇進小學，畢業後升上杭中學，未及一年，土共倡亂，遂告輟學。他在民國十六年入伍從軍，五年之內，由二等兵升到上尉連長，這時候他祇有二十三歲。他的擢升，並非由於機運，或者有紮硬的背境，完全是在戰場的槍林彈雨中求取的。這期間，他曾保送到南京中央軍校軍官訓練班第一期受訓，其學歷等於軍校六期。民國二十三年在福建清剿土共時，他任七十八師四六五團第一營第一連的連長，而謝晉元將軍那時就是他的營長，他的連因作戰勇敢，譽為「鐵錘連」。所以他與謝將軍共事很久，這次得以追隨老長官。自然是件快意的事。

進入倉庫全營的人數，經過多次戰役的傷亡，祇有四〇三人，部隊移動時又收容了四名友軍部隊的士兵，也一共祇有四〇七人。

四行倉庫也就是大陸、金城、中南、鹽業等四家銀行砌建在一起堆棧，為一座五層樓鋼筋水泥非常堅固的建築物，位於新垃圾橋堍西側，面對蘇州河，後面就是國慶路，東邊毗接新垃圾橋的是西藏北路，西邊是烏鎮路，烏鎮路與四行倉庫之間，是交通，上海等銀行的倉庫。中間隔着一條國慶路的支路。

這個地方原來就是八十八師的師司令部，選擇這個地方作為據點固守，一方面當然是用於它堅固的建築物，以及可資利用司令部原有的工事設備，最大原因，是它的地理環境對守軍非常有利。倉庫前面是蘇州河，蘇州河南岸就是租界，為了避免波及租界，敵人不敢由北向南打。倉庫東邊新垃圾橋的東堍是英國租界，而且有一座很大的儲存煤氣的圓型建築物，祇要一顆步槍子彈打中了，就會引起爆炸，所以敵人也不敢貿然由西向東隨便亂打。同時也不必躭心敵機轟炸，如果稍有差池，波及租界和煤氣倉庫，勢必引起國際糾紛。守軍要防備的祇有西面和北面，敵人要攻擊的話，祇能用地面攻擊，無法得到重砲和空中的支持；對守軍來說，這當然是非常有利的事情。

最先到達倉庫的第一連，在謝將軍偵察地形後，親自在倉庫四週佈置警戒；這時敵軍不知我方虛實，尚未侵入我軍防線。為掩護營的集中，這警戒當然是必要的。繼之，楊營長率第二連抵達，立刻奉令佈置陣地，所謂佈置陣地，是將原存倉庫中的紗包、黃豆、牛皮、棉花等堆置在第一層樓的窗戶後面及下面一層的門口，作為據守的掩護。並派第二連第二排第四班的班長蔣震，率領他的班擔任倉庫西側以鋼筋水泥砌建的碉堡；這碉堡的地點非常重要，它面對國慶路及西邊交通銀行堆棧，是整個倉庫最容易被攻擊的一面。此外，在倉庫東邊至西藏北路與曲阜路（原名阿拉白司脫路）、蘇州路之間，挖了一條交通壕；因為四行倉庫是向南的突出地帶，它東邊的後牆與新垃圾橋堍祇隔一條四十五公尺寬的西藏北路。構築這條交通壕的原意，是防備敵人從西藏北路偷襲倉庫東側，其實橋堍有英國守軍，敵人不敢進攻。可是這條交通壕在以後幾天內，對守軍的給養發揮意想不到的效果，這是構築之初所意料不及的。

為了使部隊隱蔽，及防止敵人利用電線放火，全營部隊到達後，破壞全部電燈，僅用棉花搓成捻子蘸着煤油點燃，作為照明之用，經檢查之後，倉庫中所有水管都沒有水，這是一個非常嚴重的問題，幸好在蘇州河邊一所破房子中發現了有自來水，守軍就先予儲存；以後幾天，戰事激烈，再要出去取水，殆不可得。每層按置數木桶儲存小便，用作防火之用。

一切部署停當，天已快亮。

就在這個時候，發生了一個有趣的插曲。

駐守新垃圾橋橋頭的英國士兵，看到閘北國軍已向西撤，但四行倉庫卻相反的有部隊開入，覺得非常奇怪。

這位好奇的英國士兵，就在倉庫外邊用生硬的中國話，大聲地向裏面發問：

「喂，請問你們裏面有多少人？」

守軍聽到他的問話，因為這是軍事秘密，不便擅自回答，馬上去報告將軍。

謝將軍想了一想說：「去告訴他，我們八百人！」

守軍跑到窗口邊，大聲的對英國兵說：

「八百人！」

謝將軍將四〇七人說成八百人，原是想壯守軍聲勢，卻意料之外的由英軍傳到租界中去，經新聞報導，變成了震撼全國及整個世界的「八百壯士」，有如象徵了不屈不撓，預期勝利的精神堡壘，終於作為一歷史性不朽的名詞。

到這時候，敵人並不知道我方尚有部隊據守四行倉庫，他們向北站以西作所謂「威力搜索」，縱火焚燒民房商店，自開封路起，一直放到恆通路恆豐橋那邊，熊熊烈燄，蔓延數里，守軍為掃清射界，將國慶路北面未曾燒盡的房屋，予以清除，這才使敵人發現倉庫守軍，卻已是廿七日午後二時了，敵人不悉我兵力多寡，不敢輕進，先用平射炮轟擊，繼則展開猛烈攻擊，我負責警戒的第一連奮勇抵抗，激戰兩小時，奉令退回倉庫。

這時，倉庫西邊的交通銀行堆棧已為敵人佔領，以平射炮猛轟第二連第四班據守的碉堡，多人傷亡，於是謝將軍也命令他們撤回倉庫。

掩護第一連和第二連四班撤退的，是第二連第三排，排長錢震華少尉走在最後面。前面的人都已安全進入倉庫，祇有他留在倉庫門口檢查有無尚未撤退的弟兄，不料數十名敵人尾隨撤退部隊追擊。最前面的一個日兵，正欲以刺刀刺戮錢排長後背，情形驚險萬分，間不容髮，幸被倉庫裏面的守軍一槍擊斃日兵，錢排長才得進入倉庫，我軍一面堵門迎擊，一面派人上屋頂，向下投擲兩個迫擊炮彈和十多個手榴彈，當即擊斃敵人七、八名，傷了二、三十人，其餘的都逃竄而去。

這時起，倉庫外邊已無我守軍，在敵人潰退後，就拉下鐵門。

錢震華排長他早已退役，現在台灣士林外雙溪中製廠服務。他談起當年的情景，神情飛揚，豪氣猶存；但歲月不留，老驥伏櫪，難免也有感慨。

倉庫內的守備情形是這樣的，二、三兩連扼守西邊及對國慶路這邊的窗口，東邊靠近英租界，敵人攻擊的機會不多，由第一連扼守，機槍連則作機動運用；但敵人在國慶路與西藏北路交界口西邊，利用一棟燃燒後的房屋斷垣作為掩體，架着一挺重機槍，火力指向倉庫東側與新垃圾橋之間的狹長地帶，並在稍後的庫倫路南邊，設置一探照燈，而守軍亦在倉庫內東邊的窗內架設重機槍，以壓制其火力。

因為我軍據守重點在倉庫裏面的窗口，而無法俯視外邊窗口下面的情況，死角多而且大，對我甚為不利；因此，部份新補充的，缺乏戰鬥經驗的新兵，被派到五樓平台上，作瞰俯偵察，平台四週，有半身高的水泥牆，用低姿勢蹲伏，不會被敵人發現，但要探首牆外俯視，則易成敵人射擊目標，好在正面甚寬，敵人防不勝防，守軍的偵察任務多能順利完成。

八十八師司令部撤出倉庫時，留下很多手榴彈和迫擊炮彈，所以守軍的彈藥不虞乏匱。每一士兵分配手榴彈兩箱，一箱是十枚，專作敵人攻至窗口下時投擲之用，另外迫擊炮彈也可從高處當作手榴彈投擲；它裝有火藥及信管，經猛烈撞擊，不用藥包，也會爆炸，而且殺傷率很強。這一天敵人第一次攻擊，就嚐到了由五樓平台上丟下的迫擊炮彈的滋味了。

傍晚時分，曾有敵機一架在倉庫上低空盤旋，因為倉庫與英租界毗鄰，敵機轉彎時，勢必侵入英租界上空，新垃圾橋的英軍，當時曾用機槍向其掃射，以示警告，敵機就不旋踵向北逸去。

為了消滅防守上的死角，守軍澈夜在倉庫內的西北牆上打槍眼，他們僅有的操作，是一個人一把小十字鎬或小圓鍬，那小十字鎬打在堅厚的水泥牆上，好像是棉花捻子錘在石頭上。但是有志者事竟成，士兵們竟一晝夜之功，終於在第二天下午打好若干槍眼；不過最大的也祇能使用輕機槍，雖然如此，也增加了很大的防守力量。

入夜以後，為防止敵人偷襲，守軍用棉花捻子侵透煤油，懸以長繩，從平台上或窗口中擲下，作為照明之用，後來由租界民衆送來大批大號手電筒，他們將它綑在木棍上，伸出窗外照射，當發現有潛進的敵人，屋頂上的人就投下手榴彈，敵人雖屢次想在夜間偷襲，始終不能如願。而守軍也目不交睫的通宵不眠，準備隨時迎擊來犯敵人。

二十八日的拂曉，我屋頂守軍，發現敵兵二十餘人，在國慶路河邊支路的蘇州河邊打旗語，報告他們的部隊，開始大舉進攻。

這時第三連有位已受傷的班長，繫上榴彈袋，並且另外又在身上塞滿了四個手榴彈掙扎着爬上屋頂，看準敵人接近倉庫時，縱身一躍，跌落敵人的人叢中，轟然一聲巨響，二十多個日軍粉身碎骨，這位壯士，也光榮的殉國了。

經過昨天下午的一場激烈戰鬥，又由英軍方面透露出去的消息，租界裏的中外人士，都知道四行倉庫有我方部隊在據守作戰。天剛黎明，蘇州河南岸的租界內，就聚集了無數市民在觀戰，裏面也有很多外國人。他們以極度興奮，尊敬的心情，目睹我軍英勇的戰蹟。當我軍每槍聲一響，就揮動帽子或者毛巾，齊聲歡呼：

「中華民國萬歲！」

或者是：「打得好，打得好！」

「守軍們，好好的打，有上萬的同胞作你們的後盾，不要放過日本鬼子！」

每當日軍在倉庫河邊有所蠢動，企圖集結或者準備進攻時，蘇州河邊看得比在倉庫裏守軍更清楚，他們就大聲警告或者指點倉庫中的部隊。

「當心，日本鬼子來了！」

「快點打，交通銀行後面有兩個鬼子兵！」

「守軍注意呀，烏鎮路有一簇鬼子兵在集結，準備向你們進攻了！」

這些熱愛國家的上海市民們，幫助了守軍，也感動了守軍，使他們有更堅強的信心。

那位受傷的班長，跳樓殉身殺敵的壯烈行動，是無數市民目睹中發生的，很多人被感動得哭了起來，在持續久久的「中華民國萬歲」「四行守軍萬歲」聲中，夾雜嗚咽哭泣的聲音，有幾位外籍婦女，竟在當時昏厥了過去。

敵人的攻擊受到頓挫並不灰心，他們以猛烈的火力壓制了屋頂上守軍的偵察，並且避免給蘇州河這邊民衆的看到，從交通銀行北邊，抬着梯子，迅速地接近倉庫，但在到倉庫附近時，仍然給這邊的民衆看到了，就大聲叫了起來：

「守軍的弟兄當心呀，鬼子們拿着梯子來了！」

他們叫歸叫，日軍已很快的架好梯爬了上去；爬到窗口，打破玻璃，想把一枚手榴彈塞進窗子裏去。

事情也正巧，謝將軍與上官營附都在那窗口附近，上官聽到玻璃碎裂聲，機警地快步跑了上去，敏捷地用力去掐住那日本兵的喉管，猛的一推，那日本兵跌落地上，被自己的手榴彈炸成粉碎，第二個日本兵跟着上來，被謝將軍舉槍擊斃。接着屋頂上守軍的手榴彈如雨點似的擲下，僥倖未死的敵人，倉惶而逃。

由於我守庫所表現出來的大無畏犧牲精神，深深感動了英軍；假使這種孤軍死守的情形，換了英國軍隊，他們早就豎起白旗投降了，而我軍竟在優勢及衆多的敵人包圍攻擊下，屹立不移，且作持久戰的準備，在他們看來，幾乎是一種奇蹟。

敵人攻擊間歇時，有一英軍的軍官，透過譯員要求與謝將軍說話。謝將軍問他什麼事。

「閘北地區已全被日軍佔領，貴部以八百人與數十萬人對抗，這種精神固然令人欽佩，但是與戰局無補。祇要貴部願意解除武裝，我們可以保護你們安全地進入租界，負責你們的安全。」

謝將軍毫不思慮的抗聲道：

「武器爲軍人第二生命，身可死，槍不可離，即使祇賸下一兵一卒，我們也要死守到底！」

英國人討了一個沒趣，但對謝將軍的壯語，益增崇敬，隨即詢問守軍缺少什麼，除了武器之外，其他的東西他們願意竭力供應。

謝將軍也很感激英國人的患難相助，他說守軍別的都不缺乏，需要糖、鹽、光餅。

英軍當時將大批麵包，投入倉庫裏面。

這時，由租界中同胞自動捐獻的大批食品、水果、罐頭、日用品，已堆積在新垃圾橋邊的英租界裏，那條原來用來防止敵人攻擊的交通壕，現在正好派到了用場，守軍與租界之間，用兩根粗麻索作爲交通，每條麻索繫上一只大籮筐，由倉庫中拉過去的籮筐是空的，但從租界拉過來的籮筐裝滿了東西。

日本兵不是沒有看到這情形，但是他們不敢打，怕打到租界裏和英國兵身上去，同時籮筐的運動在交通壕中進行，而他們要想射斷麻索，也是一樁不容易的事情，所以祇有瞪着眼睛看着英租界中對守軍的接濟。

八十八師的部隊雖然已經撤到滬西，但是師參謀長張柏亭將軍還留在租界裏，與四行倉庫的守軍用電話時取連絡，他在法租界的偉達飯店裏開了一個房間，作爲臨時辦事處。

張柏亭將軍對倉庫裏面的守備情形，當然是很瞭然的，他傳達了層峯對守軍的嘉勉，並問謝將軍，是不是還需要什麼東西？

「參謀長，你是不是有辦法送一面國旗給我們？」

「好，我去想辦法！」

「假使我們在倉庫屋頂上，在四週日本旗中間，升起一面青天白日滿地紅的國旗，不是更能振奮上海同胞的愛國熱心嗎？也可使外籍人士知道我們中國的軍隊並未完全退出閘北，我們還在作戰！」

「謝團長，我一定給你送來。」

張柏亭將軍肯定地答應了下來。

那時謝將軍雖然仍是團附，因爲外邊都知道倉庫裏有八百壯士，自是一團人無疑，大家都稱謝將軍爲團長，張柏亭將軍也以團長稱呼他。

張柏亭將軍擱下電話之後，就去找商會的會長王曉籟，問他該派什麼人送去？怎樣送法？

王曉籟是上海聞人，具有很大的潛勢力，他拍拍胸膊：「閑話一句，這事情很重要，由我來辦，參謀長，請你放心就是！」

他透過了上海中國童子軍戰時服務隊，遴選了很有膽氣和機警的東十一號女童軍楊惠敏小姐，擔任了這份重要而光榮的任務。

授旗典禮是在市商會的大禮堂舉行的，由張柏亭將軍親手將一面十二尺寬的大國旗，授予楊惠敏小姐。

四十六年三月九日，曾有楊惠敏的專訪報導，她說：

「一位老年的紳士流着眼淚叮囑我說：

「『國旗是代表我們國家的尊嚴，孩子，此去祇許成功，不許失敗？』」

這話可能是張柏亭將軍在授旗時說的，不過張將軍那時祇有三十多歲，並不算老。

那時的童子軍戰地服務隊，委實替國家做了很多事情，舉凡後方交通的維護、以及宣傳、慰勞、募集、救護、消防等工作，莫不熱心參與，其間亦有多人壯烈殉職，可歌可泣的壯舉不一而足，四行倉庫的獻旗，即為其中一端。

楊惠敏小姐將國旗裹在童軍制服裏面，通過新垃圾橋英軍防線，在穿過北西藏路時，曾遭敵人射擊，好在她機警過人，從交通壕傴腰迅速地躍進到倉庫旁邊。

「我要見謝團長！」

倉庫的鐵門已被封閉，無由進入，她就到窗邊叫喊。

作戰指揮官不是隨便可見的，守軍追問她見謝團長有什麼事。

「我是送國旗來的。」

於是，窗裏拋出一條繩子，她繫在身上，被守軍拉進倉庫裏面。

據楊惠敏女士追述當時情景的「八百壯士與我」的著作中，說是她親手把旗交給了謝將軍，但是據當時目睹這事情的錢震華排長說，謝團長在樓上，他沒有下來，旗子是交給守軍的。不過錢震華先生說，楊小姐從蘇州河游泳過去的，而且「我還看到她的衣服濕淋淋在滴水」，而楊女士在「八百壯士與我」中說，是從新垃圾橋上走過去的，大概是錢震華先生在光線不足的倉庫中沒有看清楚。

至送旗始末，楊女士所追述的與張柏亭將軍所說的，也略有出入，本文所記，係根據張柏亭將軍所口述者。

這是題外的話，現在再敍述當時的情形。

楊惠敏小姐把旗交給守軍，稍事休息，就由原路回到租界。她的勇敢和愛國熱忱，被譽為「中國的貞德」，後於民國二十八年應世界和平青年大會之邀赴美，並週遊世界，到處受到熱烈歡迎。楊女士現居台北，她的先生就是名體育家台大教授朱重明。

國旗送到四行倉庫時，已是二十九日清晨一時多了，守軍在三點多鐘將莊嚴的國旗升在倉庫屋頂上。

這是一個十分感人的場面，試想在週圍的日本太陽旗，以及東側英國米字旗中間，一面寬大而鮮艷的青天白日滿地紅的國旗隨風飄展，這該是多麼令人興奮的事！怪不得蘇州河南岸一到天色微明，觀看的人擠得人山人海，掌聲歡呼的聲音，高澈雲霄。

這更使敵人惱羞忌恨，必欲消滅我守軍才肯甘心；實際上也是如此，倉庫的守軍對狂妄自大的「皇軍」，為一大諷刺，使他們在國際上丟盡了臉。

於是，他們在二十九日這一天，發動了猛烈的攻勢。

上午五點及七點十分，攻擊了兩次。他們先派十多個士兵作為先遣隊，在強力的掩護下，利用國慶路邊的斷牆殘垣，偷偷地向倉庫接近，我守軍早就發現他們的行動，佯作不知，等到敵人逼近倉庫門口，立即如雨點似的擲下手榴彈，這兩批敵人大部就殲，僥倖逃走的僅三數人而已。

下午三時四十分，敵人又由上海銀行作第三度攻擊，我軍嚴陣以待，等他們漸漸接近時！投擲手榴彈，並用機槍掃射，來犯之敵，被我擊斃四十餘人，其餘的立刻向後面退去，倉庫門前，遍地都是敵人的遺屍，過了不久，他們放出四五條軍犬，到倉庫前面，口啣躺在地上屍首的衣服，拖了回去。五點四十分，敵人又攻擊了一次，這次他們不敢大意了，被守軍擊斃四五人之後，就退了回去。

這天夜裏，謝將軍對他的部屬，作了一次訓話，除了負有警戒責任的守軍，其餘的弟兄，都被集合在二樓上，他以沙啞而誠摯的口氣告訴大家：

「各位官兵同志們，我們目前的處境，用不到我說，大家已非常清楚，進退都無路可走。各位也都知道敵人不顧國際公德，殘殺解除武裝後的俘虜，與其俘後被殺，不如我們早作準備，與敵人週旋到底！頭可斷，志不可屈，身可死，絕不作俘虜。現在我們四百多位弟兄，命運繫在一起，我們要跟四行倉庫共存亡，要死，大家死在一塊，我謝晉元誓言，在任何情形下，決不獨生！」

官兵們異口同聲的大聲說：

「我們追隨團附，跟敵人拚命！」

「好，弟兄們，這才是好男兒，好軍人，我們不能辜負全國同胞對我們的愛護，不能辜負蔣委員長對我們的訓誨，國家養兵千日，現在就是我們報效國家的時候了！

「弟兄們，雖然我們在強敵包圍之中，但是我們並不孤單，我們有四萬萬五千萬同胞作我們的後盾，我們有全世界愛好自由和平的民族作後援，我們不能放棄我們現在所站立的每一寸屬於我們自己的土地！

「目前，我們還有足夠的械彈，糧食也不虞缺少，倉庫裏面堆滿了外邊同胞送來的東西。你們要吃什麼，想吃什麼，可以由每班的班長自己來領。但是我們境況的困難，也必將隨時俱增，誰也無從預料將來是怎樣的發展，為了表示我們的決心，我本人在今天晚上就寫自己的遺書，各位有什麼事要告訴家裏的，儘快在今天寫好，明天送出去，請師部張參謀長替我們代發！」

全營官兵已經有好多天沒有好好睡眠和梳洗了，眼睛裏張滿紅絲，說話的聲音也變成沙啞，但是他們聽了謝將軍的話，精神非常亢奮，大家紛紛草寫遺書。

謝將軍的遺書，是給師長孫元良將軍的。「晉元一日不死，決與狂寇作殊死戰，成功成仁，已熟計矣！」他在信上這樣寫着：「晉元決心殉國，誓不輕易撤退，亦不作片刻偷生之計，在晉元未死之前，全體官兵，必向倭寇取償相當代價，以不負師座，不負國家！」

守軍的遺書，第二天就送到了偉達飯店，張柏亭將軍看了，不禁熱淚滿眶。

三十日是戰鬪最激烈的一天。

上午七時三十分，敵人竭其全力，採取包圍形勢，向我守軍攻擊，槍聲密集，有如驚弦急管，不絕於耳。國慶路上，敵人安置了數座小鋼砲，轟擊倉庫後牆。倉庫西側後方的福康、福源錢莊的屋頂上，敵人所發射的重機槍，密如聯珠，他們射擊目標，為四行倉庫屋頂上的守軍，同時敵機又不時的低空飛行，以壯其聲勢。錢震華排長的守地，是面向交通銀行倉庫這一邊的門窗，敵人的三吋口徑的平射砲，就設置在交通銀行的倉庫裏面，有一發砲正好對準了窗口打了進來，幸好守軍用沙包護身，沒有受到損傷。上官營附恰巧在這個時候巡視到這裏，立刻命令他道：

「錢排長，快點用沙包封住窗口，敵人第二發砲彈馬上就來了。」

錢排長就要弟兄們堆好沙包，果然，砲彈又來了，但沙包很大，又是軟的，砲彈無法洞穿。

四行倉庫的壁牆雖然堅固，但到底抵擋不住彈砲的連續轟擊，洞穿及轟坍的地方很多，守軍卻隨時用沙包、牛皮、紙筒去堵塞，敵人的砲彈打了，等於沒有打一樣，守軍並不在意。

守軍所注意是敵人的地面部隊，他們在猛烈的砲火掩護下，在地上匍伏蛇行，企圖接近倉庫，燒洒汽油，想在四週縱火，使火蔓延到倉庫裏來，在守軍沉着嚴密的防範下，一經發現，立即饗以手榴彈，他們祇有死傷纍纍，而沒有一個人能夠到達倉庫旁邊的。

敵人企圖火攻的狡計無法得逞，改變戰略，再度用猛烈的砲火對我作壓制性的轟擊，一面由烏鎮路的側面進襲我軍背面。同時加強空中威脅，派增飛機在倉庫上盤旋；守軍知道敵機是虛張聲勢，壓根兒不把它放在眼內，屋頂上的弟兄甚至直立身體，痛擊來犯之敵。在我軍冷靜的迎擊下，敵人中彈斃命的有十多人，他們的攻勢還沒有進入國慶路，就知道此路不通，狼狽回竄。

到下午三點至四時半的中間，敵人又想出新花樣來了，他們使用坦克車兩輛，由烏鎮路取道交通銀行後面，圖襲我軍後背，每輛坦克車後面，約有二十多名敵人跟進。

謝將軍命令將整箱的迫擊砲彈和手榴彈，搬運到屋頂，親自率領楊瑞符營長、上官營附等在上面督戰，不動聲色的待坦克車駛近倉庫，大喊一聲：

「投！」

好幾箱迫擊砲和手榴彈向下擲去，轟隆一聲巨響，前面那一輛坦克車立刻翻了一個身，變成四輪朝天，後面那一輛掉轉頭就跑，隨在車後的敵人，有的被炸死，有的被擊斃，逃跑去的已所賸無幾。

晚上，敵人以集結兵力，再度向我猛攻，我以逸待勞，以靜待動，一開始就斃敵五十多人。但是敵人猶未死心，一波波的環攻不已。古語說得好，「開飯店不怕大肚皮」，守軍就像在開飯店一樣，他來多少，管叫他死傷多少，多多益善。

卅一日清晨，敵人的平射砲、小鋼砲濫施猛轟，最激烈的時候，每秒鐘發砲一發。

這一天的戰鬭，敵人死傷了二百餘人，而守軍只有在屋頂上的一位十四歲的小壯士受了輕傷。

到這時候爲止，守軍的情況有了一個很大的轉變。

他們奉命後撤！

由於四行倉庫毗隣租界，使外籍人士惴惴不安。他們藉口站在人道立場，要求政府制止四行倉庫的守軍作無謂的犧牲，向租界撤退；其實，完全是爲自己的利益着想，他們怕在戰事進行中，會損及租界中的財產。

當時上海市長是吳鐵城，俞鴻鈞爲市府秘書長兼上海外交特派員，上海的各國使節正式向俞鴻鈞提出照會，請四行倉庫的守軍撤離。並有很多外籍婦女代表，致電蔣夫人，作同樣請求。

我統帥部也認爲四行倉庫守軍的任務，已圓滿完成，於是命令他們卅一日後撤。

命令是由張柏亭將軍轉達的，當時八十八師的副師長馮聖法、上海警備司令楊嘯天的參謀長，都在電話機旁邊，準備幫助張柏亭將軍作說服守軍的工作；因爲他們都知道，要謝將軍撤退，是件很困難的事情。

果然，謝將軍誓言與四行倉庫共存亡，決不撤退。

張柏亭將軍在電話中婉轉告訴他說：

「謝團長，你的勇敢和愛國熱忱，固然表現出了軍人的武德，但是軍人以服從爲天職，要你撤退，是統帥部的命令，如果你違反上級命令，你的勇敢就變成匹夫之勇了。再說，你並不是解除武裝，撤離之後，還有比堅守四行倉庫更重要的任務要你擔當。」

在電話中，張柏亭將軍可以聽到謝將軍咽泣的聲音，雖然他爲了要撤離四行倉庫而感到傷心，結果還是服從了命令，決定在清晨撤退。

對四行倉庫守軍的撤退，張柏亭將軍也是煞費周折，與租界方面幾經交涉，才達到協議。

那時上海租界中的英國商團，是有組織的武裝團體，司令是英國人匹納爾·司末來脫，匹納爾居留上海多年，與上海警備司令楊嘯天私交甚厚。張柏亭將軍在奉到上級撤離四行倉庫守軍命令後，會偕同副師長馮聖法，在楊嘯天家裏與匹納爾會晤，商談撤離的技術問題。

匹納爾在當時表現得很豪爽，說得也很好聽，他說：

「既然貴國的守軍願意撤退，本人可以超越職務上的本份，予以協助。按理我們不能介入中、日雙方任何一方的戰鬭行動，但這次是例外，用不到下達命令，本人親自前往新垃圾橋，擊毀日軍探照燈，守軍只要一見日軍探照燈熄滅，就離開四行倉庫，我們會在橋的南面準備多輛軍用卡車，由本人親自押送，運載守軍離開租界，到滬西去歸還部隊。」

匹納爾的承諾，張柏亭將軍等深信不疑，就與守軍聯絡，按照匹納爾所說那樣着手進行。

敵人似乎也獲悉了倉庫內守軍要撤離的情報，他們加設了一架探照燈，並在西藏北路國慶路口增設重機槍四挺。入夜之後，探照燈強烈的電光，往返探索倉庫的東南面，一有動靜，四挺機槍就應聲而發，在倉庫與新垃圾橋之間織成嚴密火網。

謝將軍的撤退準備工作，開始於午夜，因爲敵人攻勢淩厲，當然不能整隊轉進。他命令官兵們除武器外，捨棄不必要的東西，即如毛毯等物，亦不准携帶；通過敵人火網，要求輕捷靈活，多帶裝備足爲運動之累，當時決定負傷的弟兄走在最前面，按二、三、機槍、一連的順序撤離，楊營長在二連之後，謝將軍在機槍連之後，上官營附走在最後面押隊。

守軍在四日苦戰中，有八位弟兄殉難，死者遺體尚未作妥善處理。撤退前，就在謝將軍主持下作室內葬禮；把忠骸埋在底層地內。

參加葬禮的官兵弟兄，沒有一個不嗚咽低泣；他們原來決心死守陣地，爲死者報仇，但現在不得不留下爲國捐軀的袍澤而撤離此地，其心情的悲憤與傷痛，是可以理解的。

謝將軍向他們敬了最後一個禮，咽聲的說：

「弟兄們，安息吧，我們誓死要爲你們向敵人索回血債！」

以後撤離的官兵弟兄，在走過埋葬死者的地方，都向他們敬了禮，也洒了淚。

清晨一時後，撤退的行動開始。

那位曾經在張柏亭將軍面前拍胸脯應承過，親自舉槍擊毀敵人探照燈的商團司令匹納爾，並沒有如約的履行諾言；敵人的探照燈是守軍重機槍擊毀的。

雖然擊毀了探照燈，但敵人重機槍的射擊是定向的，熾烈的火網凶焰未戢，守軍以匍伏行進前行到英租界馬路上，其間有多位弟兄受傷，楊瑞符營長左腿中彈，到達租界後進入寶隆醫院治療，所以沒有進入孤軍營。

守軍全部撤離倉庫，已是三十一日清晨三時許。

他們到達英租界馬路上，以爲只要通過租界，就可以回到前方繼續殺敵，但事情有了很大變卦，誰也想不想從這一刻起會失去自由八年之久。

不知道是英租界方面片面的毀約，還是公共租界工部局受到日方的壓力和警告，匹納爾所作的諾言完全給否定了，英軍堅持必須守軍解除武器，否則不得通過新垃圾橋。

武器爲軍人第二生命，守軍既非向英軍投降，也不是俘虜，怎肯隨便交出武器？並且匹納爾曾作過保證，決不解除守軍武裝，他又怎能如此不遵守信義？

我方與英軍據理力爭，但仍不得要領，雙方僵持了很久，未獲解決方法。

守軍們大多是久經沙場的老戰士，他們在敵人的槍林彈雨中出生入死，從不把危險兩字放在心上，怎能忍得下解除武裝的羞辱呢？不知道是哪連的一位弟兄，悄悄的卡擦一聲上了刺刀，其他的人也跟着把刺刀插上槍口。英國兵是最懦怯的，看到了這情形驚慌地向後退去。

謝將軍止住了大家，婉轉地說：

「弟兄們，你們要幹什麼？這不是用武力可以解決的問題，大家冷靜一點！」

弟兄們異口同聲的說：

「我們已經跟日本鬼子幹了好幾仗，不在乎再跟英國幹一架了！」

情勢愈來愈嚴重，英軍帶隊官連忙向謝將軍解釋道：

「請貴部不要誤會，我們不是繳貴部的械，工部局的意思是武器現在暫時由租界保管，等到貴部離開租界後，再如數歸還。按照租界條約的規定，租界不允許不屬於條約國的任何武裝軍人進入，請貴司令官轉達租界方面的善意協助，請大家合作。」

謝將軍也爲了避免外交糾紛，安慰弟兄們說：

「我們不是繳械，只是將我們的武器暫時交給我們的友人保管，等我們歸隊時再還給我們，希望大家不要輕舉妄動，引起意外枝節。」

弟兄們聽謝將軍這麼說了，才無可奈何的把武器交了出去。計有步槍二百餘枝，輕機槍廿餘挺，重機槍四挺，駁壳槍廿枝，左輪一枝，毛瑟手槍二枝，彈藥十二萬發。

他們被載運到跑馬廳時，已是黎明了。

守軍官兵的心情是十分沉重的，一個軍人手裏沒有武器，就如沒有靈魂；他們除了身上穿的一套衣服之外，再也沒有一點別的東西了。就是這套衣服，也已好多天沒有洗滌，不但有股異味，還長滿了虱子。此外最刺激他們的情緒的，是工部局的跑馬廳四週佈滿了崗哨，持槍實彈，把他們當作俘虜看待似的。

爲了租界方面食言承諾；羈留我四行倉庫守軍，我政府曾數度提出嚴重抗議，但租界懾於日方軍威，始終不敢放行，守軍也曾一再交涉，他們最先推諉說將送守軍回南京，南京陷後，又諉稱送去徐州，徐州又陷，諉稱送去武漢，總是一片謊言，圖使守軍安心而已。

不過敵人也曾威脅租界，要求引渡我守軍，經我政府發出嚴正聲明，工部局才拒絕了敵人非法要脅。

壯士們在跑馬廳進過早點，略事休息，就被工部局運送到膠州路新嘉坡路口的膠州公園旁邊的義國兵營內。

所謂義國兵營，只是一片廢置的荒地，從前作爲刑場之用，後來又堆置垃圾，滬戰爆發後，工部局在裏面搭了三座蘆蓆編的矮房來，用來收容難民。但是房子太簡陋，環境又髒亂，連難民都不要住，現在把震撼世界，被中外所敬仰的壯士們送了進去，這種含有侮辱性的處置，眞是令人髮指。

荒地面積很大，約有數千坪，週圍有了一道約模一個人高的磚牆，工部局臨時在牆上增設高壓電線，事前三步一哨五步一崗，警戒佈置得非常嚴密。美其名爲保護，實際上是監視和看管。負責警戒的部隊，一直由萬國商團的白俄隊擔任，這白俄隊經常保持有一排人，司令是依凡諾夫。以後他們並在牆的四角，各搭一座瞭望台，日夜有人輪流站哨，把我壯士們當作囚犯似的看待。

因爲我軍不是俘虜，所以大家把這個地方稱爲「孤軍營」。

就在這十月三十一日的一天，也有一件欣慰的事，振奮了心情沉痛的孤軍，有關方面，傳達一件統帥部的命令，委員長明令將四行倉庫守軍全體官兵，各晉升一級，謝將軍就眞除上校團長，並獲頒青天白日勳章。上官升爲中校團附，機槍連連長雷雄升爲營長，官兵聞訊之餘，莫不感奮。直至民國三十年十二月二十日，在這四個年頭一千多個日子，孤軍們都是在這囚籠似的小天地中打發過來的。這中間，他們也曾向層峯要求設法重回戰場，甚至建議與日軍俘虜交換，以償殺敵素志，但格於國際局勢，政府心有餘而鞭長莫及，當時的軍政部長何應欽將軍曾電慰孤軍：

「我孤軍死守孤島，海內與聞，天下共頌，我國與有榮焉，尚希臥薪嘗膽，忍辱負重，報國有志，何患無機。」

何部長的慰勉，更堅定了孤軍的意志；他們身體雖然失去自由，心志卻日夜迴縈於祖國疆場，佇候着獻身的日子的來臨。

營房的環境，經過孤軍的整理，垃圾堆推平了，蕪草淸除了，他們用自己的雙手，開闢出一個大操場。

工部局有鑒於四百多位孤軍，擠在三間蘆席房子中，有欠「人道」，「好意」地加蓋了五大間用竹子搭的房子，屋項是用汽油桶敲平後蓋的，這種鐵皮屋頂的竹房子，有一個特點，那就是「夏熱冬冷」。房子的分配是一連住一間，還有一大間作爲禮堂；以後營內一切室內活動，都在這禮堂，上課時作教堂，傳教師來傳道作教堂，話劇演出時作劇場。操場旁邊有一間同樣質料的小竹房，那就是謝將軍的辦公室和臥室。

孤軍初被押送到營內時，上海居民不知道這批情狀狼狽、憔悴疲乏的人就是名震中外堅守四行倉庫的壯士，大家還以爲是集體逃難的難民，聚集了一大堆人在圍牆外邊看熱鬧。等到他們得知這批人不是難民，而是「八百壯士」時，看熱鬧的心情完全沒有了，變成了由衷的崇敬與關心。消息一經傳播，全上海的人轟動了，他們以朝聖的心情，從各個角落——租界或者華界裏的、或由已陷落了的附近縣市，紛紛湧進膠州路的孤軍營的磚牆外，向裏面的孤軍揮手高喊，以表達他們眞誠的敬意。

各種慰勞品，包括食物、日用品、藥品、文具等物，繼續不斷的由前來慰問的民衆，從牆外投擲到裏面去；孤軍們連想道謝，或者拒絕的機會都沒有。

萬國商團白俄隊的門禁非常嚴森，營區有一座大鐵門，但已被封閉，只有旁邊一個僅夠一個人進出的小門是開放的，孤軍官兵是絕對禁止外出，而外邊的人要想進入，必須在營門的衛兵室登記，抄過身體，就可以進去，不過白俄衛兵恐怕孤軍混在進入的人羣中出去，對出入的人數管制得很嚴格。

其實，這是多餘的，孤軍的管理與紀律，一如正規部隊，就是租界方面讓他們自由出去，怕也不會有人擅自外出。

進入孤軍營參觀和訪問的人很多，各行各業都有，尤其是學生，幾乎上海租界所有的學校都曾集體的去向孤軍致敬和慰勞。外國人慕名而去瞻仰孤軍豐采的也很多，好像孤軍營就是「觀光」勝地，外籍人士到上海而不曾去孤軍營瞻仰參觀一番，就等於是沒有到過上海一樣。

在一本上官先生所遺留下來的簽名紀念冊上，就可以看出去孤軍營的人對孤軍的崇敬。

這本卅二開大，有百頁厚道林紙裝訂的紀念冊，封面印着謝晉元將軍左手叉腰右手握一匹戰馬口攀的半身戎裝照片，樣子顯得十分英俊威武，後面印着他的題詞：

「志士仁人，無求生以害仁，有殺身成仁。」

筆力剛勁，十足的表現出了他堅毅的性格，旁邊印有小字「義賣捐送孤軍」，可想而知，是民衆的慰勞品。裏面第一頁是謝將軍寫的：

「『做人做事的基本條件』：堅定信心，多學多做；厚於責己，薄於責人。」

接着有很多女學生畫的畫，也有成語，也有新詩，還粘有照片，像那時很有名的影劇工作者如卜萬蒼、王引、徐欣夫、韓蘭根、殷秀岑、張慧冲、劉瓊等人，亦都題名其上。

有一位具名爲「孤島中之女孩子——郎曦」，題了幾句很感人的話：

「滬地已成孤島，這兒更是孤島之孤島，但是當我們踏進你們這孤島之孤島營地時，我們腦中卻另有一種感觸——悲憤、雄偉、壯烈——縈迴在我們的胸襟，又怎會使我們忘記八百壯士可歌可泣的血戰呢！」

所題文字，大都類此，可以想見學生及市民們的觀感。

孤軍雖然失去自由，但官兵們顆顆熱烈沸騰的心，仍然是武裝着的，他們沒有一時一刻忘記掉他們的責任，以及全國軍民同胞對他們的期許，等候着機會到來，重回沙場，將自己貢獻給國家。爲了砥礪士氣，他們的起居作息，在謝將軍領導之下，紀律井然，一如整訓中的部隊。

早上起床的時間，跟往常部隊中一樣，不過工部局禁止孤軍使用軍號，哨音一響，一天的活動於焉開始。集合隊伍早點、升旗、早操、盥洗、出操，八時進膳，飯後略作休息，就進工廠，下午四時進膳，飯後到晚上八時上課，然後晚點就寢。

那時部隊裏面的主食，是二十四兩米分兩頓用；孤軍雖有足夠米糧，但他們仍遵照規定，只吃兩頓。

升旗是精神升旗，那就是只有升旗儀式，而實際上並無國旗。敵人唯恐孤軍每天升旗後，那面青天白日的國旗，會促使上海市民思慕祖國而益增抗日意念，所以脅逼租界不准孤軍升起國旗，孤軍們礙於形勢，不得已而忍辱含垢，可是他們心裏的國旗是存在的；國歌聲中他們的雙目隨着莊嚴的歌聲逐漸上移。在他們的意念下，心裏的國旗遠比眞的國旗更具意義，也藉而提高他們的悲憤和敵愾心。

謝將軍每隔幾天在精神升旗後，作一次精神訓話，多半爲官兵們生活上的檢討和鼓勵，或者是傳達政府的指示和密令。

自從八十八師西撤參加首都保衛戰後，政府對孤軍的聯絡，傳達命令，或臨時指示，皆由軍事委員會駐上海特派員蔣伯誠氏負責主其事。蔣氏在滬的身份是極度秘密的，一切事宜交由三民主義青年團上海支團去辦，並請上海教會的萬墨林（現任國大代表）從旁襄助。上海三民主義青年團擔任與孤軍聯絡的任務，分配給第二團主任曹俊（已故立法委員），孤軍一切對外的通信、活動，全由第二分團的幾位同志去辦的，其中責任負得最多的是分團的總務幹事倪燦會先生；倪先生現定居台北市經商，他以後在民國三十一年率領脫險孤軍離開上海，輾轉到達陪都重慶，曾獲最高當局及三民主義青年團總團部的褒獎。此外，還有一位女團員葉因綠女士，她每天都去孤軍營協助孤軍劇團的演出，幾乎把孤軍營當作了自己的家。她現在擔任屏東糖廠國校的老師。

孤軍在營區內自設了針織、肥皂、籐器、汽車駕駛、毛巾等小型工廠，務使每一官兵都能學得一技之長。廠房是後來自己搭蓋的竹房，織襪機器由申新一廠贈送，棉紗與製皂的原料，是申新一、九兩廠及固本肥皂公司半價供應，開始的時候並由申新與固本各派技工數名，到孤軍營裏作義務指導。

學習汽車駕駛的也有兩輛汽車，由市商會捐募而來。襪子、毛巾、肥皂的第一批產品，由孤軍服務員吳華其同志携帶轉道香港送到重慶，呈獻 領袖，他是民國廿七年九月五日到達重慶的，蔣委員長對孤軍能在困境中自力更生和堅忍不拔的精神，甚爲欣慰。

緣自孤軍撤離四行倉庫後，租界方面一直揚言如何「友善」地「照顧」他們，而實際上予以錮禁外，連伙食都不肯負擔。他們的「善意」僅僅於派出兩個翻譯，作爲外籍人士「參觀」孤軍營時的導遊，以及負責檢查出入營門的人；其中有一位姓吳的是救國團的秘密工作人員，通過他的關係，我方人員出入營區方便之處甚多。此外工部局的德政是派兩名清潔夫，專司替孤軍出外採購——孤軍的採買不准外出，伙房裏需要什麼菜，開一條子，交清潔夫去買。

孤軍初期的服裝與伙食，是由市民們自動捐獻，等小型工廠成立之後，就可以自給自足，由弟兄們自選成立經濟委員會，管理慰勞及工廠的賬目。

孤軍學校的設立，可說是開國軍隨營補習的先河，這座孤軍學校對外名稱是育德中學，其實依其程度高低分爲四班，師資由救國團的倪燦會同志到租界的學校中去聘請，當然都是義務性的，而且願意到孤軍營裏去授課的老師是太多太多了，以致使倪先生在遴選時感到困難。倪先生本身是大夏大學畢業的，他也擔任了高級班的史地教師。

孤軍原有很多文盲，所受的教育程度不高，但幾年下來，成績斐然，後來部份從孤軍營出去的士兵，有升至中級幹部者，足見他們在那幾年裏教育上的成就。

此外，謝將軍很重康樂活動，他認爲弟兄的株守營區，精神上過於枯燥單調，如果有康樂活動作爲調劑，身心都會受到影響。這是一個非常明智的見解，事實上，上海爲一十里洋場，一牆之隔，外邊就是一個繁華的世界，弟兄們假使沒有一種正當娛樂作爲精神上的安慰，後果很難想像，別的不說，逃亡事件一定難免；白俄隊的警衛雖然森嚴，但弟兄們存心要越牆出走，機會還是很多。居住台灣的中年人一定記得，抗戰期間部隊中的開小差、頂名字的事情很多，但是孤軍營裏的孤軍，長長四年，沒有發生一次逃亡事件，這就說明了謝將軍在統御方面的成功。

謝將軍把教育與康樂分交營長雷雄及上官團附負責主持。

上官團附組織了一個孤軍劇團，在上海影劇界的協助下，由孤軍自編、自導、自演。每值星期日，天晴時在操場上搭個台，天雨時在禮堂中演出，招待上海市及學生觀賞。劇中女角由青年團的女團員葉因綠、葉婉等擔任。

有一幀孤軍劇團公演盛況的照片，台前坐滿便裝的男女觀衆，還有好幾個兒童，在聚精會神的凝視台上。從國軍撤離上海之後，租界當局懾於日人蠻橫氣勢，禁止民間一切抗日活動；因此孤軍營變成了上海唯一的抗日活動的大本營，這個地方是市民能夠得精神上安慰的聖地。他們可以在這裏瞻仰國軍雄姿，因爲孤軍穿的是國軍制服，他們可以在營內到處看到國徽，他們一進營門就嗅到戰鬪氣息；孤軍營房佈置完全部隊化，從照片可以看到禮堂的大門口，排着一副標語式的對聯，左邊是「軍紀似鐵」，右邊是「軍令如山」，頂上國徽下面是「鐵血」兩個大字。

孤軍們這種之表現，對鼓舞上海民心來說，功不可沒，他們不僅是舉世聞名的英雄人物，也是上海租界中愛國思想的播種者。除孤軍劇團外，還有籃球隊，足球隊的組織。

孤軍籃球隊，成立於二十七年春天，並向外界挑戰，因成軍不久，經驗不足，球藝不如理想，後來聘請吳子彬義務教練，在不斷鍛鍊和比賽之下，技術的進境，大有一日千里之勢，竟能與上海第一流球隊一較雌雄，可惜他們不能外出與人比賽，否則的話，成績一定更爲可觀。

足球隊的義務教練是董小培，外界足球隊也會到營內作過幾場比賽，成績沒有籃球那樣突出。

謝將軍本人熱愛網球，營內有個網球場，上海男女網球名將爲李國璠、唐寶嘉、魏祖國、羅費詩等諸人，曾數度來營作友誼表演賽。

民國二十九年秋天，在謝將軍策動下，舉行了一次孤軍營運動大會，營內官兵人人參加，並聘請上海體育界的知名之士擔任裁判，觀衆擠擁，盛況空前，收穫很大。

由於整個遠東的形勢，一天比一天惡化，孤軍營的處境也隨着漸漸困難。民國二十七年八月間的「懸旗事件」，造成了流血慘案，使孤軍們留下一個深刻而慘痛的印象。

那年的八月十一日，是八十八師全體將士在無錫駐地誓師抗日的紀念日，十三日是淞滬抗戰紀念日，這兩個紀念日對孤軍有着特別的有如血緣似的關連。在早幾天，謝將軍就與萬國商團的團長享培交涉，要求懸旗三天。到九日，工部局送來旗杆豎在操場中間，幾乎是立刻的，享培又派人來通知，說是不能懸旗。經過再度交涉，才勉強答應，但必須斫短一截旗杆，使其高度不超過禮堂。謝將軍卻堅持，旗杆必須保持原有高度，爲了維護國旗尊嚴，他與商團派來的通譯據理力爭。

那個通譯無可奈何的對謝將軍說：

「團長，我也知道截斷旗杆對國旗是一種不禮貌的行爲，但請你設身處地替工部局想一想，租界四週都是日軍佔領區，要是讓他們看到營內升有國旗，那工部局的麻煩大啦！」

「我們在四行倉庫作戰時，跟敵人短兵相接，倘且懸掛國旗，現在敵人遠在租界之外，你們就怕這個樣子，他們要是不服，直接來找我們好了！我看他們也沒有這份膽量！」

「你們不怕，租界裏的外國人怕。團長，我也是中國人，雖然是吃外國人的飯，但沒有忘記自己是黃帝子孫，如果我能幫你們的忙，一定盡力而爲，這事情還是請團長再考慮一下。」

「請你回去轉告享培，旗我們一定要升，旗杆也不能截短！」

雙方僵持到十日，謝將軍委曲求全的應許把旗杆斫去一丈五尺，才算達成協議。

第二天就是十一日，孤軍在謝將軍領導下，早晨六時舉行升旗典禮，並重提去年全師官兵在無錫誓師時的誓言，很多弟兄感從中來，不禁咽嗚失聲。

營外的市民，看見營內飄揚着久違的國旗，也加倍的興奮，一傳十，十傳百，不到一忽兒功夫，圍牆邊麕集了好多人，向營內孤軍鼓掌歡呼。

大概是工部局受到了日本軍方的警告和威脅，突然在上午十時左右，派出英兵三百人，驅散孤軍營外邊民衆，包圍住營房，又派出義大利士兵四百多名，如臨大敵似的在膠州路一帶戒備，等外邊佈署就緒後，負責孤軍警衛的白俄隊就衝進營房。

幸而我方潛伏萬國商團的工作人員吳萃，得到消息後立卽通知營內，要大家提高警覺。

謝將軍當時就令第一連佔領瞭望台，第二連散佈操場上，第三連及機槍連在禮堂前集合聽候命令行動。

不到五分鐘，白俄隊衝營房，他們的司令依凡諾夫向謝將軍轉達工部局的意思，要降下國旗。

謝將軍站在國旗下面，厲色的告訴他說：

「國旗代表一個國家的尊嚴，升降有一定時間，怎能隨意降落？何況已得享培允諾，不論發生任何後果，商團必須負責，我們決不降旗。」

依凡諾夫看到謝將軍意志堅決，就令隊員採取行動，於是數十名白俄就想去扯下國旗，弟兄們已是忍無可忍，向前阻止，雙方發生衝突。

白俄懍於國際公法，不敢隨意使用武器，他們每人手執木棍，毆打孤軍，弟兄們就拆掉禮堂中的桌椅和石頭自衞。一場混戰的結果，我方的劉尙才、尤長青、吳祖海、王文義四位同志，爲護旗而死難，負傷官兵約有十餘人之多；白俄方面，亦有相當數目的死傷。

——根據民國三十五年八月十一日正言報刊登謝將軍夫人在滬招待記者，發表慘案眞相的新聞中說，白俄曾用機槍掃射，致劉尙才等四位壯士殉旗而死。本文所記係採用錢震華先生口述；揆諸事實，白俄如用武器濫殺孤軍，勝利後必定會像後面所讀到的「何玉湘事件」那樣，兇手提付軍事審判。

到這一天的晚間十時，享培率另一白俄隊進入孤軍營房，謝將軍一面令各連戒備，一面質問享培，何以不守信用？享培佯致歉意，聲言願與全體官長作一坦誠的交換意見。

在享培跟謝將軍交談時，白俄隊已分別迫我各級官佐進入預先準備好的救護車，連同謝將軍一起駛往外灘中央銀行，加以嚴格看守。

他們的意思，認爲孤軍不肯屈從工部局的指令，是係官長在從中指揮，如把孤軍的官與兵隔離，弟兄們就可以就範。

結果，租界方面大失所望。

官兵一經隔離，被看管在中央銀行的官佐與孤軍營中弟兄，十二日開始同時絕食。

租界方面對謝將軍他們幾位高級長官，如待上賓，他們面對滿席珍羞，視若無睹，商團派去的人覺得很奇怪，問他們是不是菜不夠好，或者招待得有欠週到？

謝將軍不屑地說：

「你們菜再好，招待再週到，我們也不吃！」

「請問團長，那是爲了什麼？」

「沒有我的弟兄在一起，吃不下！」

「團長放心，他們在那邊很好，受傷的人我們已經派醫務人員去照顧了，他們沒有一點問題。」

「不管好壞，不論死活，我們必須在一起，我們全營官兵只有一條命，一顆心！」

工部局起初並不在意，以爲孤軍官兵最多餓一兩天，眞正耐不住饑餓了，就會屈服。但是出乎意料之外，這批早把生死置之度外的壯士，一直絕食七天，依舊沒有妥協的跡象。至此，外國人才了解到中國軍人不折不撓的精神，和視死如歸的勇氣。

租界方面爲了應付孤軍絕食，已感手足無措，再加上海市民知道這事情後，羣情憤慨，發動全面罷市達三日之久，要求釋放孤軍官長，嚴懲白俄凶手。

我政府也一再循外交途徑，向租界提嚴重抗議，許多自由國家對租界乖張措施，也提出輿論的譴責。

到這個時候，租界招架不住了，只有向孤軍屈服，願意送官佐回營；但是謝將軍拒絕回營。

外國人困惑極了，他們問：

「要求回營是你們自己的意願，怎麼現在又不肯回去了呢？」

謝將軍回答得很乾脆：

「你們先去把我們的國旗掛好！」

外國人沒有辦法，只能乖乖的在孤軍營中升起青天白日滿地紅的國旗。

到十九日。被看管在中央銀行的孤軍官佐才回到營內，弟兄們欣喜若狂，外邊聚集着的市民也大聲歡呼。

民國二十九年的九月十八日，爲「九一八」國恥紀念的十週年紀念日，孤軍爲鼓舞上海民心，準備舉行盛大紀念會，在十四日那天，就開始升起國旗。

工部局方面窺悉了孤軍的企圖，想加以阻撓，就在十四日那天，在磚牆內的孤軍營房和操場外邊，再架設一道鐵絲網。

這對孤軍是一個很大的刺激，很顯然的，他們把孤軍視作俘虜，使孤軍的情緒極度的激動。

工部局不僅加設鐵絲網，而且出動消防車，用自來水冲擊在操場上的孤軍，孤軍不爲所動，他們就用催淚彈驅散孤軍，取下國旗，謝將軍立卽提出抗議，工部局置之不理，雙方張弓拔劍情勢十分緊張。

到十八日那天，工部局封閉營門，任何人不得進出，白俄警衛的崗位由原來的七崗，一下子增加到十三崗。

三、四百市民本來要進入營房，參加九一八十週年紀念會的，因營門封閉無法進入，在外邊大聲叫喊，並且斥責警衛的蠻橫無禮，營內孤軍揮手呼喊，與牆外民衆遙遙相應，使當時的情況，變得緊張萬分，與警衛方面的衝突，大有一觸卽發之勢。

謝將軍在裏面聽到外邊的喧嘩聲，就要三連的中士班長石洪謨去看一下，馬路上是不是有什麼事情發生了。

石洪謨走到營房前面，看見同連的上士班長何玉湘正站在一條長凳上，在向外張望。

白俄第一崗的警衛米奇丘可夫，怕受到民衆與孤軍的內外夾攻，舉起槍開了一槍，子彈穿過了何玉湘頭部，射入正好在營房裏面盥洗室洗澡的士兵高廣雲的腿部。過了三十秒鐘，第七崗的白俄警衛拉希開淮支又開了一槍，幸未傷人。

發生血案之後，羣情譁然，工部局爲了平息衆怒，將米奇丘可夫扣押數天；直到勝利後，才將凶手米奇丘可夫拘捕，提交軍法審判。

何玉湘於民國二十七年八月十一日犧牲的。四位殉旗壯士的忠骸，都是埋葬在孤軍營房後面。據葉因綠女士說，因事變發生之後，營門卽被封閉，卽擬購置或外界送入棺木亦不可得，所以殉難者的靈柩，是用薄薄的木板釘製的。這五位烈士都是饒勇善戰的英雄，未能裹革沙場，而皆殞身白俄傭兵之手，想來死亦難以瞑目。

孤軍營裏類似這種驚風駭浪，不一而足，全賴謝將軍處變不驚，獨立不撓的精神，以及革命軍人莊敬自強，至大至剛的氣度，領導孤軍，沉着應付，才未釀成巨變。

謝將軍恂恂有儒將風，且眼光遠大，他在孤軍營倡立各種小型工廠及學校，就是希望營中全體官兵都有一技之長，在將來解甲歸田後，能夠自食其力，這就是他能見人所未見之處，他的個性雖然剛強耿直，但待人接物，和藹可親，是一位眞正君子，全營官兵沒有一個不受他精神的感動，所以能夠團結一致，和衷共濟。

在奉令進駐四行倉庫的時候開始，謝將軍就抱定了成仁的決心，進入孤軍營之後，鑒於環境惡劣，成仁的決心更爲堅定，他在民國二十八年的九一八紀念日的一封家信中，正可說明他在那個時期中的心情。

「雙親大人尊鑒：

上海形勢日益險惡，租界地位能否保持長久，現成疑問。敵人刦奪男之企圖，據最近消息，勢在必得。敵曾向租界要求引渡未果，但野心未死，且有不惜任何代價，必將謝團長刦到虹口（敵軍根據地），要謝團長答允合作，任何位置，均可給予云云。似此刦奪，乃欲迫男屈節，爲仇敵作牛馬耳。大丈夫光明磊落而生，亦必光明磊落而死，男對生死之義，泰山鴻毛，熟慮之矣。今日縱死，而男之英靈，必流芳千古。故此日險惡之環境，男從未顧及，爲敵刦持之日，即男成仁之日，人生必有一死，此時此境而死，實人生之快事也。唯今後對家庭，不能無一言，萬一不幸，大人切勿悲傷，且應聞此訊以自慰，大人年高，家庭原非富有，可將產業變賣，以養餘年。男之子女漸長，必使其入學，平時應嚴格教養，使成良好習慣，幼民弟妹均富天資，除教育費得請政府補助外，大人以下，應宜刻苦自勵，不輕受人分毫。男屍如覓獲，應請葬抗戰陣亡將士公墓，此函俟男殉國後，即可發表，亦即男預立之遺囑也。

男晉元謹上，二十八年九一八於上海孤軍營。現租界當局，對男住處，戒備非常嚴密，依目前狀態，刦奪似不可能。但國際風雲，變幻莫測，租界地位，是否能以保持？倘被佔據，必落敵手無疑。總之，不論如何，男心神泰然，毫不爲慮，生必爲英傑，死而爲英靈。幼民弟妹，平時應以管教嚴格爲宜，使其活潑自發自動。抗戰期間，家鄉必無慮，絕不可輕易撤動。男處危險之地，自能應付餘裕，決不負黨國之培養，與蔣委員長之教誨，及父母之生育也。此函二月廿五日最危險時書就，未即寄發，延擱至今者，恐大人得信，心有不安，今日情勢所迫，不得不將此函發出，上帝必佑老人也。」

這是一篇大義磅礴，滿溢血淚的至文，字裏行間，在在流露出將軍爲國犧牲的決心。後面附加的一段文字中所說的「此函二月廿五日最危險時書就」，推想大概是敵人，刦持他的風聲最緊的時候。

事實上，是將軍率領壯士堅守四行倉庫以迄退入租界的期間內，確爲敵人侵華戰爭的一大敗筆。以四行倉庫而言，守軍僅四百餘人，內無存糧，外無奧援，而日軍在滬作戰部隊有數十萬人，卻對之無可奈何，這不啻在囂張跋扈的皇軍臉上抹上了一把灰。及其退入租界，近在咫尺，眼巴巴的看着孤軍在租界內掀起抗戰的熱潮，失去皇軍面子的事小，影響陷區內民衆仇日情緒的事大，日軍那得不恨之入骨？料想敵人欲刦持將軍必爲一有計劃的行動，在孤軍營開放性的幅度如此之大，進出的中外人士如此複雜，白俄守衛力量如此單薄，而竟不能使敵人達到刦持目的，除了營內官兵堅強的意志與團結，以及恐爲國際間所責難的原因外，不知是否尙有其他原因，使其難逞凶焰，那就不得而知了。

汪精衛叛國後，曾三次派僞府大員，圖以高官厚祿收買將軍，最先要他出任僞右翼集團軍副總司令，後來又請他出任僞陸軍總司令，均經他厲言訓斥，當場撕毀僞府任官狀，把漢奸轟出營外。

敵人用暴力脅逼，不能達到目的，透過僞組織用利祿誘惑又遭失敗，於是他們圖謀將軍之心也就更切了。

謝將軍有高度文學修養，他的書法揮毫自如，着墨剛勁，想來他對此道一定下過苦功；他的詩也很好，曾有一首七絕：

勇敢殺敵八百兵　千無聊賴以詩鳴
誰憐愛國千行淚　說到倭奴意不平

詩言志，從這首詩裏可以看出謝將軍在孤軍營中英雄無用武之地的慨嘆；猛虎入柙，蛟龍脫水，歷來就是英雄志士的悲劇腳本，可以想像到他在營中內心的煎熬，精神的苦悶是不易排遣的。

謝將軍不論在任何情況下都有記日記的習慣，他的日記不知現在流落何處，它裏面必可彙集更多珍貴資料。裏面有一篇，曾於民國三十五年在報上發表，標題是：「吉光片羽——謝故團長日記一頁」。

廿七年二月十一日　星期日　陰雨

五時許起床，運動後查視營房。六時許微閒，飭陳寶貴備馬。操坪頗濕滑，余已準備跌倒，不料開始騎後，即聞膠州路有向新加坡路之鑼鼓向北敲，旋即停止。馬近來膽小，由於陳寶貴不善餵養之故。初時無此病狀，最近愈來愈厲害，馬匹跑近膠州路之圍牆時，鑼鼓又開始敲打，馬受此驚嚇，驟向後退，即向左轉，人向前衝，重心失去平均，當即下墮。頭先觸地，繼則左側下地，馬則脫韁，但並無損傷，仍繼續騎跑，只右膝擦破。

下午集合國文甲乙組官兵點名，選擇汽車訓練組卅六人，準備開始訓練，四時許點畢。

六時卅分集合隊伍訓話，因一星期來，官兵精神不檢，散漫無秩序。前無規定，凡軍隊緊急集會開始後，不論任何官兵，必須迅速跑出集合，但鐘鳴後尚陸續而來，人數亦凌亂不清。再三清查，費時三十分始畢。旋大加訓斥，繼報告官兵每人分發四元，去年呈報由八月份增加津貼一元，連前計三元，所欠八、九、十三個月，軍政部尚無核准之令，但先行墊發，計每人三元，另各送一元，解散後各隊長來領可也。計發出第一隊七〇八元，第二隊七〇四元，余個人三元，總共一、四一五元。

十時就寢，四時醒後，滿身出汗，以余意推，本日運動馳馬跌跤為一因，身體虛弱亦為一因，晚上發怒亦為一因。

從這篇日記中，可以看出幾件值得注意的事情，營裏給養的困難，同時可以看出他們雖然已經脫離部隊，但跟政府仍有密切聯絡，此外就是營內經濟公開，訓練嚴格，在謝將軍個人修養方面，可以看出自律之嚴，以及自我省察之真誠。

日記中所提到的那匹馬，是件頗為費解的事，抗戰前後，部隊中營長以上就有馬，謝將軍自然可以有馬。問題是錢震華先生告知，在謝將軍進入和撤離四行倉庫時未見有馬，可見這匹馬是孤軍營之後才有的，那麼這馬是從哪裏來的？唯一可能，就是上海市民呈獻給他的。

馬房在營區內鐵絲網外面，馬伕陳寶貴在那裏有間小房子，在謝將軍要騎牠時，才由陳寶貴從鐵絲網外邊牽到操場裏。陳寶貴也是唯一得到白俄警衛允許，可以自由進出營區的人。

民國二十八年，定居廣東原籍的李太夫人逝世，謝將軍是性情中人，喪母之痛，自然哀傷逾恒，如果他這時有返籍奔喪的意思，租界方面一定是求之不得，也一定會設法讓他轉道香港回粵。但是他知道大孝在國，墨絰盡哀，不離職守。

在孤軍學校中，謝將軍對官兵親授教育課程，而他自己也每日補習英文，由足球名將董小培（即孤軍營足球教練）擔任義務指導，雖在困逆之中，而不忘隨時充實自己，這不是常人所能做得到的事情。

民國三十年一月四日，皖南「新四軍」乘國軍第四十師南調換防之際，集中七團以上兵力，分三路加以圍攻，我四十師倉卒應戰，傷亡甚衆。第三戰區司令長官顧祝同將軍為維持法律軍紀，乃下令加以制裁。共黨「抗日民族統一戰線」的偽裝於焉揭開，露出它醜惡猙獰的本來面目。

謝將軍在上海孤軍營內，看到共黨破壞抗戰的賣國罪行，感到痛心疾首，曾對租界新聞界發表談話，力加痛斥，同時表明他一本擁護蔣委員長抗戰到底，安內攘外的忠貞立場。他是一位民族英雄的偶像，尤其為租界中青年學子所崇敬，其一言一語所產生的影響力是無與倫比的，因而也引起了共黨忌恨。這樣一來，他被處於敵偽與共黨兩重黑暗壓力之下，加深了他的危機。

這年的四月間，孤軍營內正在熱烈地舉行「晉元杯」籃球循環賽，外界籃球也有多隊參加。盛況空前。

二十日那天早晨，謝將軍領導全營孤軍「精神升旗」以後，就回到他自己的辦公室裏去了；他正在策劃「晉元杯」決賽事宜，而且這一天有外來營隊參加比賽，因此，他沒有親自帶領隊伍早操，由總值星官上官團附指揮。

隊伍照着過去慣例沿着操場外沿跑步，還沒有跑完兩圈，謝將軍的勤務兵突然從辦公室中狂奔而出，神色倉皇的大聲喊叫：

「你們快來人呀，有人行刺團長！」

操場上沙沙的跑步聲很大，而且隊伍已經通過謝將軍的辦公室，前面的弟兄，根本沒有聽到那個在喊叫什麼，因為走在前面，大多數甚且沒有看到他。

上官團附押隊在後，他剛剛跑到足球架子旁邊，那裏離開謝將軍的辦公室較近。他聽到有人謀刺團長，來不及叫隊伍停止，徒手的奮身向辦公室衝去。

上官團附剛剛起步，四個滿臉殺氣，手中染着鮮紅血跡的凶手，從辦公室中奪門而出，奔向上官，舉刀便刺，上官徒手與他們格鬪，但一人難敵八手，他的臂、胸、背等處中了六刀，當即倒地不起。

凶手奔出辦公室時，隊伍已警覺到有意外事情發生了，後面的弟兄已轉身跟隨上官想去辦公室探看究竟，看到他衝向團附，急忙蜂湧而上，才在亂刀中救下上官。

雷雄營長最先跑進謝將軍辦公室，已經遲了，他滿身刀傷，倒在血泊中氣絕多時了。

郝精誠、張國訓、尤耀亮、張文卿等四名凶手，已被弟兄們抓住，聽說團長死了，大家把他們擁到操場中間，準備把他們的肉一塊割下來，但這事情立即被雷雄止住了，他告訴大家說：

「弟兄們，冷靜一點！」

有些弟兄聽說團長被刺，放聲大哭，他們叫着：

「殺了這幾個忘恩負義的凶手，我們要替團長報仇！我們要吃他們的肉！」

「等等，弟兄們，你們聽我一句話，團長如像我們的父兄，他是我們家長，天下哪有親仇不報的？你們現在把這幾個人殺了，就是使團長死得不明不白；我們要留着活口，要他們供出全體的人來，再來收拾他們！」

經雷雄這樣一說，四個凶手才沒有被當場寸磔。

工部局的人接到事變消息，馬上就來了，他們把上官團附送山東路仁濟醫院急救，把四個凶手押解了回去，並且封鎖營門；他們怕情緒激動的孤軍們鬧出什麼事來。

孤軍營內愁雲密佈，從這一天起，這裏再也聽不到笑聲；四年來，他們一直把謝將軍當作自己的家長、導師、朋友，倚靠他、信賴他，他是唯一在困境中能扶持弟兄們，給他們力量的人，他是這個團體的主宰、靈魂。但是現在，將軍離開他們而去了，弟兄心情的哀痛、悲傷、及至茫茫無主，是不難想像的。

四個凶手的三個，是第一營退守四行倉庫時，收容了別的隊伍的士兵，只有張文卿是機槍連的新兵。這個張文卿平時就很怪，他從不跟人家說話，斜着眸子看人，在營裏沒有一個說得來的朋友，這次不知怎的會跟其他的三個人勾搭一起，幹出這種心狠手辣，埋沒天良的事來。

老五二四團的弟兄，都知道謝將軍的為人；即使是新兵，在孤軍營中共了四年患難，也應該對謝將軍有所了解才對，他們何以像中了魔一樣的竟會迷失心志，其中一定有別的什麼原因。

尤其使人費解的是，他們用來作為武器的小刀子是從那裏來的？自從撤出四行倉庫進入孤軍營時，所有能當作武器用的東西，都被租界當局沒收了；即使他們確是從那個時候藏下來的，難道三四年來一直不會被人看到嗎？難道在二十七年八月十一日的「懸旗事件」中與白俄警衛毆鬭時，不會使用嗎？

很顯然，這四把刀有其不爲人知的來處。

唯一可以解釋的，這些武器是外邊的人所供給。

孤軍本身是很單純的組織，他們的民族意識，他們的主義信仰，他們對領袖的忠貞、思想與意念上是統一的。可是環境非常複雜，而這種所謂複雜，不是他們所能抗拒和隔離的。

因爲，孤軍無法選擇和決定誰可以進入營區，誰不能進入營區。就是白俄的警衛也無權決定，即使是工部局主管部門，也不能作硬性規定，除非外界人士一律禁止進入。

隨便是誰，只要在警衛室登記了姓名和人數，就可進出自如，在政治複雜的上海租界中，誰也難保進出的人沒有敵僞和共黨的特務，而敵僞和共黨最仇視謝將軍的大對頭。根據最可靠的揣測，這四個該死的兇手，是受共黨誘惑的，兇器也是共特送進去的。因爲在租界淪陷之後，汪僞爲收攬民心，平抑全國同胞憤怒，由僞法院將兇手遞解蘇州，將其中的郝精誠、張國訓兩名於民國三十二年執行死刑，尤耀亮、張文卿則判無期徒刑。如果這事由敵僞主謀，想來判刑不會這樣重，或者連尤耀亮、張文卿也殺之滅口了。

謝將軍殉難了，上官團附又身受重傷留在醫院裏，孤軍不能羣龍無首，上級指派雷雄升任團長，由第一連連長陶杏春代理營長，機槍連的連長由排長陳日昇調升。這個人事命令，是由三民主義青年團的倪燦會先生送達的。

營門開啓在謝將軍殉難後三日，遺體放置大禮堂中間，據葉因綠女士說，這時謝將軍遺容已經過化粧，臉上刀傷已經縫合，打了防腐劑，臉容莊嚴中透出和藹，看來與在世時一樣，她跟另外兩位三民主義青年團女同志葉家姐妹葉琬和葉珉，在移靈安葬時，是一塊兒扶棺的。

謝將軍蒙難的噩耗，震驚中外，租界裏去孤軍營瞻仰遺容的有二十多萬市民，尤其是青年學生羣，忍不住心頭悲痛，涕淚交流，即在膠州路，也可聽到營內的泣啜聲。二十九日出殯，埋葬在他生前辦公室的旁邊。

將軍出生於民前七年，享年三十有七「出師未捷身先死，常使英雄淚滿襟」，英靈有知，當難瞑目。

將軍之死，中樞明令追贈陸軍步兵少將，委員長令全國官兵，效法忠貞，電文說：

謝晉元團長之成仁，爲我中華民國軍人垂一光榮之紀念，亦爲我抗戰史上留一極悲壯之史跡，回溯該團長率領八百孤軍，堅守閘北，誓死盡職，守護我國族與最後陣地而絕不撤退，其忠勇無畏之精神，已獲得舉世之稱頌。而其留駐孤軍營中，爲時三載以上，歷受艱難，尙能堅毅不移，始終一致，保持我國民革命軍獨立自強之人格。此種長期奮鬭，實較之前線官兵在炮火炸彈之下，浴血作戰，慷慨犧牲，尤爲堅苦卓絕，難能而可貴。此次被擊殞命，顯爲敵僞方面蓄意已久，收買暴徒，下此毒手。而我孤軍營之忠勇官兵，赤手擒奸，困絕不損其全體之榮譽。謝團長雖不幸殞命，然其精神實永垂人間而不朽。謝團長不僅表現我軍人堅貞壯烈之氣慨，亦爲我民族不屈不撓正氣之代表，除已綏予褒卹外，深望我全體官兵，視爲模範，共同景仰，以期無辜負先烈之英靈，而發揚我民族正氣之光輝也。

謝將軍遇難後的八個月，太平洋戰爭爆發，日軍刦收了租界，孤軍們從此過着暗無天日的戰俘生活。

民國三十年十二月八日太平洋戰爭爆發，接着日軍刦收了租界，孤軍營改由日軍守衛，一般民衆嚴禁出入，這時，政府曾密令孤軍在適當時機突圍，密令轉由三民主義青年團第二分團曹俊主任交倪燦會先生傳遞，這是一個很危險的任務，因爲日軍守衛對出入營的人抄身甚嚴，倪先生將密令存在皮鞋底的夾層中，帶營內，他的任務雖然達到了，孤軍突圍，卻始終沒有機會。後來救國團設在聖母院路高福地六號的分部被日軍破獲，倪先生為住新興酒店的日憲兵特高課所逮捕，遭受嚴刑鞫訊，數度被猛摔在水泥地上，致腦部受傷，一直到現在，他有時會突然腦子糊塗起來。到十二月廿六日，日軍兩連包圍孤軍營，四週崗台架設重機槍、鐵絲網外滿佈輕機槍，要孤軍在操場集合。一個日軍官告訴孤軍，要他們改編到偽軍裏面去，但孤軍們怒目而視，不予理睬，於是逼令他們離開原駐地，押送到寶山月浦一座日軍營房中。至三十一年一月三日，又移押龍華游民習藝所作苦工。

謝晉元將軍

這時，孤軍尚未被分遣，弟兄都集中在一起，雷雄團長命第二連連長伍傑擔任與我敵後游擊隊忠義救國軍聯絡，當時曾計劃突圍，時間已約好，敵人的警備崗位，人數、武器，都已秘密調查完畢，甚至應付敵人的弟兄都已分派就緒，後來因為接應的部隊躭誤了時間，功虧一簣。

過後不久，部份孤軍被移送南京第一監獄當俘虜，其餘的押送到蕪湖裕溪口服勞役。

在這段時間中，三民主義青年團上海支團，曾派葉因綠女士攜款前往南京與裕溪口兩地，轉致中央對孤軍的慰問之意。葉女士那時僅二十歲，雖然曾隨救國團撤退到金華、蘭谿、屯溪等地，後又回支團所在地江渚，但沒有單獨一人出遠門的經驗，她憑着一股敬愛孤軍和愛國的熱忱，在盜匪如毛，敵偽橫行的陷區，一個人前往南京，並在第一監獄門口，等到了率隊外出做苦工的上官團附，然後又輾轉到達鄉村僻野的裕溪口，找到了伍傑，他們對政府的關懷和葉女士的勇敢，深受感動。

南京第一監獄中的孤軍，有部份被日軍押赴海外服役，據說這些弟兄都已葬身異域，壯志未伸，而遭敵人蹂躪至死，寧不痛心。雷雄團長在做苦工時乘間脫走，後來輾轉至老河口，不幸於三十四年病逝。

錢震華先生是在民國三十二年三月，趁美空中堡壘轟炸南京日軍時，在孝陵街率孤軍同志二十餘人殺死日軍警衛，突圍而出，從龍潭渡江，進入我軍游擊區。

上官團附在上海仁濟醫院治傷勢時，本可單獨離開上海，但他丟不下在營曾患難與共的袍澤，傷癒後毅然重回孤軍營去，他這種義重如山的英雄本色，眞正表現出了革命軍人不怕死，不畏難的精神。

他在民國三十二年初夏，因舊創重發，託由偽參贊武官潘伯豪擔保，出外就醫。就入無錫東大池的萬福寺中療養，在這段時間中，他邂逅了本地籍的榮淑偉小姐，遂訂白首之盟；他們勝利後在上海結婚，為孤軍留下一段佳話。

傷癒之後，上官團附即入內地參加游擊隊工作，勝利後回上海主持集會及安插孤軍事宜，並呈請政府將膠州公園改為晉元公園，修葺謝將軍墓園，在民國三十四年十月二十六日舉行公祭大典，由天主教南京教區主教于斌主祭。一生一死乃見交情，上官團附秉承謝將軍遺志，愛護孤軍並且以後數十年中每年至謝將軍殉難紀念日，必舉行追悼儀式，其對謝將軍敬愛不懈，實為難能可貴的事情。上官團附於民國三十六年隨張柏亭將軍來台擘劃役政，任台南縣兵役課長，堅守崗位，二十年如一日，對南縣役政，貢獻甚鉅，曾數度蒙 總統召見，不幸因積勞成疾，於民國五十七年九月二十七日病逝，享年五十九歲。

上官先生的哲嗣事成兄，聯勤財務學校畢業，現任職空軍總部，少年俊才，大有父風，上官先生地下有知，當足自慰也。

當代李龍眠——蕭立聲

岳騫

蕭立聲於香港中文大學校外
進修國畫班教授時即席示範

蕭立聲先生最近要到日本去旅行，順便在彼邦舉行一次畫展，聽到消息頗爲興奮，蕭先生是我的好友，相識十幾年，其人是一位謙謙君子，友朋中對之皆十分敬佩，而藝事則可上追古人，尤其是所繪羅漢，放眼今世迨無其匹。

中國畫羅漢的大師，應推李龍眠，蕭先生數十年來致力於此，雖然也傍及人物山水，但以畫羅漢爲主，筆者看見過蕭先生畫的羅漢大概不下二十幅，從無一幅雷同，各極其妙，不但用筆，還用指畫，見其當衆揮毫，幾筆一勾羅漢躍然紙上，旁觀者無不搖頭讚嘆，認爲不可多見。

蕭先生藝事既精，人尤謙和，從未見有疾言厲色之時，亦從不作自我宣傳，只是教書繪畫，埋首書齋，此種人求之今世，眞不可得，當蕭先生東渡之日，特將其大作兩幅製版刊登，以介紹於讀者。

蕭立聲之水墨鐵仙圖

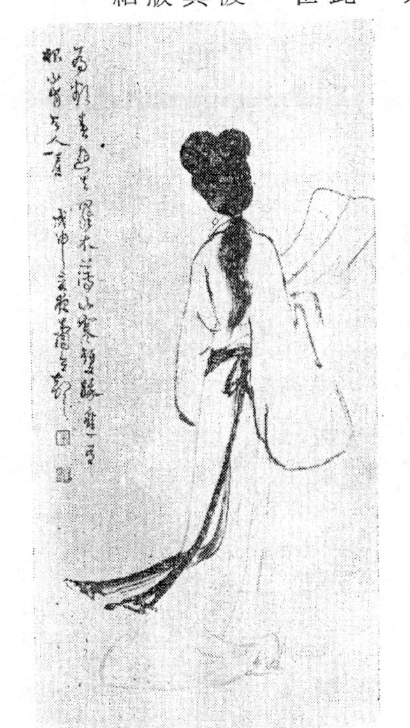

蕭立聲之水墨背面仕女圖

燕京舊夢

［三］

李素

生活的姿采

燕大全體教職員和學生，在每年秋季開學後都有一連串的歡樂日子。學生自治會爲歡迎新同學而在大禮堂舉行的聯歡大會，節目之豐富別緻，情況之熱烈，凡是當過學生的人都可以想像得到的。師生歡聚一堂，新舊同學盡情玩樂，心聲相應，直情流露，這種大規模的盛會，最能使人領略到「四海之內皆兄弟也」的意味。

在這一年一度的「迎新」節目中，還包括一項郊遊大會。這卻是由學校主持，招待全體師生到頤和園作竟日暢遊的。我對旅行甚感興趣。三幾個人同遊固然最好，就是獨遊也別饒意味；像這樣七八百人浩浩蕩蕩地出發，由起點至終點，漫山遍野都是師友，滿眼笑臉，歡聲盈耳。這種罕有的聲勢與場面，的確使我感到興奮而舒暢。我每年都參加一次，但頤和園裏還有好些地方我沒有去過的，可見它的面積之大，頗不尋常。

北平的秋天特別清高、明淨，最是凄艷動人。遠山近水都輝映着繽紛的色彩，萬紫千紅，深黃淡綠，淺碧微橙的秋葉，鮮麗璀璨不減於春花的絢爛，而韻味卻更爲深厚；彷彿遲暮的美人已獲得豐富或不平凡的人生經驗與智慧，她那清逸的神韻就自然更超塵拔俗了。這時候的萬壽山是野花處處，秋葉多姿；昆明湖的雲影波光，乍明乍暗，映照着石舫銅牛，朱樓翠閣，景色之美，醉眼怡心！是的，所有名勝古蹟都是百看不厭的，這是北平之所以可愛的原因之一。深恨我當年太懶，從來沒想到寫幾篇遊記作紀念；現在已成夢裏湖山，只怕此生已難得重遊了。不，假如命長，也許有一線希望。

繼「迎新」之後，我該談談日常生活概況了？

「北大老，師大窮，唯有燕京，清華可通融。」這是一句滿含嘲諷的，流行於當時的俗語，意思是說選擇配偶，只有燕

燕京大學黌舍雲連湖光瀲灩

京清華兩校的同學比較年輕而富裕，還算合乎理想。現在的青年男女多選出洋的留學生爲對象，道理是一樣的。

當然哪，國立清華大學是用庚子賠款來建立的，經費充足而穩定（收費最廉，每學期十二元但不包括膳費，畢業時全部發還），規模宏大，設備上乘，學生畢業後又有被派出國深造，撈個洋博士榮銜的希望，故投考的人特多。由於競爭劇烈，被錄取的成份就較少了。在那時候，清貧子弟能讀到高中畢業已不容易，而且並非人人都能獲優異成績。除非家庭就在學校附近，否則，膳費及旅費或交通費就夠難負擔了。所以清華的學生，多數是富戶的小姐，哥兒們，或者是來自四方的小康之家的子弟。

燕大是私立的，雖有幾個教會合力支持，仍須收取高昂的學費以彌補經費之不足。在當年，一塊錢可以包僱一輛人力車讓你坐一整天。一學期九十元的學雜膳宿等費大約等於現在的二千元以上。故除了一小撮有膽量的窮小子以外，大多數都是家境很好的，再加上一部分富裕的僑生，那麼，燕京就自然而然的變成貴族學校了。

幸而窮小子們還可以向校方申請，找一點零碎工作，撈幾個零用錢。有人打字，有人剷草，有人運泥巴。我寫過數以千計的信封，也替同學補習過功課。不管幹的是什麼，每小時工資五毛，雖然所得不多，也不無小補。據我所知，有些同學常進城去跳舞、看戲、上館子、到處去閒逛，每月光是零用就花掉二三百元（等於窮學生一年的全部費用）。也有些同學繳不出膳費，經常只在小飯店裏吃一碗麵條兒，或者啃幾個黃金塔（小米做的窩窩頭），爲的是每月可以節省兩三塊錢。有一位同學把僅有的財產——一輛祖傳的自行車，典當了又贖回，贖了又當，四年中當當贖贖了十多次。

貴族學校也沒有什麼不好。同學中有錢的居多，要做什麼都方便，一呼百應，慷慨解囊的人多的是。有人出錢，有人出力，事情豈不就容易辦了嗎？於是像我這一類的苦學生們也就叨光不少，可以分享那多姿多采的學生生活，參與各種文娛活動。

燕京的學生自治會及其他社團組織，例如各學系的學會，各級級會，各門學術研究會等等，都是訓練幹才的組織，同時是學校管理學生的最得力的輔助機構。校方只站在顧問的地位予以指導；要推行某種制度或規則，都可以分別交給各該社團去辦理，這麼一來，校方既省卻無限麻煩與氣力，又表現了民主作風及對學生的信任，而學生更獲得實習的益處，眞是一舉數得。

尤其是那全校性的學生自治會的各部職員之盡忠職守，任勞任怨地爲全體同學服務，那種犧牲與合作精神，實在值得特加表彰的。最顯而易見的是宿舍（男生有六座樓，女生有四個院）秩序的維持，膳食的辦理，運動種類與時間的分配，娛樂節目的選擇及安排，刊物的編印，旅行及參觀團之隨節序而組織等等，處處都能教師長與同學感到滿意。在我這個先天缺乏領袖慾，連自己的一張書桌都無法保持整潔的懶人看來，對同學們的優異幹事才能，自然是在滿意之外再加上萬分敬佩。

我們在課餘的空閒裏，可以自由參加各門各類的演講會、研討會、座談會、辯論會等等。學校每週舉行一次公開演講，敦請一些軍事、政治、經濟、文化、教育……等等著名專家，或權威學者蒞校演講。我記得美國的杜威博士及我國的胡適博士，都擔任過主講角色。這是專爲學術研究方面着想的。

至於日常生活方面，尙有許多康樂節目供我們選擇，可以各憑所好去參加，各適其適。愛好運動的，可以練習各種田徑技巧，練習足球、籃球、壘球、排球、網球等等。每當春光明媚或秋高氣爽的時節，全校二十來個球場都有人滿之患，可見好此道者大有人在。各種球賽及其他比賽也很常舉行，許多人趕去作壁上觀，有本領的話，更可以參加競賽，一顯身手。

電影晚會卻是每星期五都舉行一次，放映的都是經過選擇的較有意義的文藝片，票價二毛。我們芳隣清華大學也是每週放映一次電影，而且故意擇定不同的日期，以便兩校的同學互相分享，只要喜歡，步行十分鐘，就可以多看一場電影，不必老遠趕進城裏去。

此外，有輪流舉行的中國音樂會及西洋音樂會，還有京劇、話劇、英語話劇等等可供我們盡情欣賞。遇到有什麼慶典時，更有集衆技之長的精采節目，在大規模的遊藝會裏演出。凡此種種皆由同學們分組負責，分頭苦幹，通力合作搞成的。看他們或印發請帖，或推銷門劵，或繪製藝術化的廣告，或張貼宣傳式的標語，或搜集道具，或佈置禮堂，或委派招待員，盡都做得妥妥貼貼，頭頭是道，顯得異常老練、在行。

皇宮式樓宇（右爲貝公樓左爲穆樓中爲寧德樓）

在觀衆擠滿了大禮堂，大家坐定之後，帷幕開處，便聽到鐘鼓齊鳴，笙笛悠揚；或舞影翩躚，歌喉嘹亮；或提琴淒咽，或鋼鋸微顫，或琴韻鏗鏘，或號聲悲壯。抬頭再細看台上，不論唱的是「四郎探母」，演的是「少奶奶的扇子」，或「一隻螞蟻」，都演得中規中矩；不管演員們穿的是古裝，或時裝，或洋裝，也總是扮得似模似樣。每逢演到精采處，往往逗得觀衆熱淚傾垂，或歡笑連連，掌聲雷動，看他們的神采就彷彿歌唱、彈奏和演戲本來就是他們的職業，他們的專長一樣。學習不忘娛樂，娛樂便是學習，這眞使我驚異於燕大天才之多，人才之衆！

同時也使我明白了這千餘員生的一個小團體，實際上就是社會的縮影。學校寓教育於生活之中，所以我們的生活也就是最具體的教育了，這樣一批一批地由學習中訓練而成的各種長才，日後進入社會依舊會起領導作用，成爲民族的中堅份子。我們的校訓是：「因眞理、得自由、以服務」在數十年後的現在看來，到處都有同學的卓越的建樹，輝煌的成果，就更證明了燕大當年的教育宗旨與培養方式，都是明智而完善的。既讓學生生活於學習之中，養成自治的能力與習慣，又予以諸般機會去自由發展個別的才能，更從分工合作，相輔相成的途徑上去瞭解處世做人之道。在校時已能自治，兼能治事治人，則畢業後進入社會，也多半能駕輕就熟，應付裕如了。

訓練的效果

懷疑我信口開河麼？有書爲證，有事實爲證。燕京大學香港校友會編印，一九六七年十月十五日出版的「燕大校友通訊」裏，署名特約記者的校友寫了一篇報導文，茲節錄如下：

燕大校友在香港

「據目前所知，在香港的燕大校友共二百四十餘（２４４）人。從事教育事業的七十餘（７８）人，佔全數將近三分之一。香港教育司對教師的資歷，規定極嚴。母校雖非英國正統，而被承認供給師資的最高學府之一，足以證明在學術界確有地位，校友們在工作上贏得信心所致。七十多人中，有十位以上在大專學府授課，有十二位校長，可謂浩浩蕩蕩的隊伍。

經商的同學佔次席，約四五十（４７）人。有的辦出入口行、有的經營保險、百貨，亦有的參加大公司洋行的職務。與文化結不解緣的有二十餘（２０）人，包括編輯、主筆、寫作、翻譯和辦書店、印刷等業。

母校有醫預科和護士預科之設，所以本港名醫之中有十位是燕大校友。此外在醫藥界服務的還有七（8）位。

其次是銀行界，有十五位之多。

燕大的社會學系頗負盛譽，本校同學在社會服務圈中有十三人。其中有的在政府任高級福利人員，有的在志願團體任領導；有的受職，有的是義工。

戰後香港由轉口埠變為工業城，校友在工業界的雖只有十二人，但多數是各工廠的首長。製品包括紡織、毛衣、食品、假髮、塑膠等。

女同學擔起主婦的神聖天職的有十一人。她們大多曾任職，後以家務太重，才專心建立美滿家庭。

在政府任公務的有六人。

藝術界（4人）、律師（2人）、牧師（3人）、辦農場漁業的有三位。辦旅遊事業的有五人。」

（職業不詳者七人）

上文篇末還附有「一九六七年在香港校友名錄」是按職業分列的，誰是校長、醫生，誰幹什麼行業，一望便知，因篇幅太長，從略。括弧裏的數目及項目，是筆者根據名錄加以補充的。還有，除了法律、藝術、宗教三項之外，其餘各業中都有女校友。

我再翻閱一九七一年一月出版的「燕大校友通訊」刊出的校友錄，才知道在台灣的校友也有二百四十餘人，其中政府要員、教授、學者及其他各門各類的專業人員都多的是。僑居美國的校友人數則更龐大，約五百餘名，但因有許多夫婦同是校友，（以英文排名，太太是附屬於先生的）我想總數可能超出六百。以常理推測，他們大多數是有職業的，而且有不少出色的人物，有教授、學者、科學家、及各門專業技術人員，如果是廢料，又怎能長久立足彼邦？

燕大的歷史雖然很短，卻已造就了不少有用之才，為世界各地的人羣忠誠服務，這不就是通才教育的效果麼？時下有某一些學校——尤其是半日學校，下課後各走各路，全無課外的師友關係與團體活動，教育和生活脫節，只知讀幾本死書以應付層出不窮的考試，抑制思想自由，永遠受治於人——那樣的奴才教育實在使人傷心喪氣而又擔憂，不知那一天纔能改善？

娛樂？技藝？

想當年更值得慶幸的是，燕大的同學們還有一個觀摩與借鏡的好機會。因為隣校清華大學的學生組織和課外活動，也跟我們的差不多。有好幾位教授兼任兩校的課務，而兩校的同學也有許多原是親戚或朋友，或者是情侶，故彼此間的消息也就非常靈通。遇一方有什麼公開的研討會、演講會、或娛樂性的盛會，對方少不得總有人能抽空參加的。於是便自然地形成了有無相通，共同享受，互相切磋，分途改進；同時也等於把學術及活動範圍擴大了一倍。在求學的程途上來說，知識與經驗能多所增益，豈不是難得的上好機緣？

雪霽橋影（校友門三孔石橋）

因此，娛樂節目也更多。我的愛好是相當廣泛的，所以常常是熱烈的觀眾之一。可惜我現在記憶力太差，許多印象早已模糊。我只彷彿記得有一次，京劇團把紅得發紫的名伶梅蘭芳請到我們的大禮堂裏來，表演楊貴妃的霓裳羽衣舞，舞得的確嬌媚靈活，飄洒有致。還有一次是英語劇團演出莎翁名劇「馴悍記」，由綽號「眉飛色舞」的女同學（是香港名流兼富商郭先生的千金）飾悍婦，扮相甚佳，英語流利，技藝純熟，演來神氣十足，潑得眞正到家。

寫到這裏，我忽然想起了劉歡曾學長的「儀睿湖、話燕京」一文中，提及「天才演員」。他說：

「戲劇專家熊佛西授課於燕大時，最受學生歡迎，滿坑滿谷，座無虛設。因熊師不但給分較寬，且談吐風趣。聲若洪鐘，表演逼眞，遇緊要時，以身作則，恍似演劇，辛未級（一九三一班）如蒲耀瓊、關瑞梧、鄭林莊等同學最擅演劇。如『咖啡店之一夜』，『嬰孩慘殺』、『壓迫』、『一隻螞蟻』等劇，名聞全校。但有時從挑選劇本、分配腳色以至上演，不到兩三星期而已。每次輒請熊師爲導演。熊師問：『排演了多時？』則以兩三星期對。熊師不禁有率爾操觚之感。及開演後，成績斐然，熊師連稱：『天才演員』搖頭不止！」

可見一部份同學對戲劇具有濃厚興趣，又富於演劇天才，兼得名師指導，成績卓越，自是意中事。而愛看戲的人也高興得眉開眼笑。

在音樂方面，同學們也有不少課外活動。聲勢赫赫的燕大合唱團，是一百五十人合組的大團體，由音樂系主任范天祥博士指揮，不單在校內演唱，有時還進城在北京飯店公開演唱韓岱爾的傑作「彌賽亞」聖歌樂，成績很好，頗能哄動聽衆，並獲佳評。其次是燕大團契聖歌團，只在星期日團契舉行儀式時唱聖歌。其三是燕大管絃樂團，是一個小型樂團，每週練習一次，多數在開遊藝會或有什麼慶典時，參加節目，顯顯身手。有些什麼主要人物，我可說不上來了，只依稀記得李抱忱和崔瑰珍兩學長（後來是夫婦），是音樂圈子裏的活躍分子，而梅貽寶博士也是大合唱團的團員之一。

此外，還有一個聲播京華的韶韺樂社。據社員之一的陳禮頌學長說：「該社在一九三二年間由粵籍同學組織而成；中堅分子有林聖熙、李作猷二君的二胡，張家駒君的秦琴、洋琴，伍伯禧君的洋琴、簫笛，白懋勳、白廣智二君的洞簫、橫笛，陳光澤君的古箏，梁樹祥君的三絃，柯武韶君的月琴，及他自己的椰胡、三絃。後來又有能秦琴、月琴、洋琴的余煥棟君加盟，故社員共十二人。常應邀在校內及清華大學學生集會中登台演奏，並曾一度響應學校籌募百萬基金運動，假北京飯店舉行演奏大會，節目十餘項，盛況空前，轟動一時，並獲平、津報章熱烈評介云。」（燕京夢痕憶錄）

我也是粵人，而當年我也仍在學校裏，故該社的粵樂我也有過欣賞的機會，只是那些美妙的音響，久已隨其他許多賞心樂事，一同化作無痕的春夢，失落在湮遠的年代裏，難期再現了。

冰場？情場？

一向愛靜的我，很少運動，只偶然學打網球及排球。我覺得在各種運動中，最有趣和最有丰度的，便是南方人少見的溜冰這玩意兒。當四野荒寒，雪掩羣山的冬日，北方的河水及湖沼盡都結了厚厚的冰，這樣就叫做封河。河面已像平地一樣，人、畜、車輛都可以從冰上走過，不必借重橋樑或渡船了。

只要河裏或湖裏的冰結得夠厚而堅實，就可以選擇適當的地點闢作溜冰場，正如夏天有人露天擺茶座一樣。

燕大同學福氣眞好，不必跋涉去找溜冰場，只把偌大的未名湖劃出一塊來就行了。於是靠近島亭那邊的湖面圈定了一個大場子，四周支起了木柱，裝上許多彩色的電燈，彷彿準備演馬戲似的，爲了凹凸不平的冰場不大好溜，故每天半夜裏先由工人們在場上潑些水，讓冰上的水再結冰，然後場面上就平滑得像鏡子。

白天雖然也不斷的有人在冰場上耀武揚威，因爲每天總有些同學是沒有課的；不過，還是到了晚上溜冰的人纔特別多，連書獃子也高興去鬆鬆筋骨呢。

要溜冰的話，先得穿上一雙特製的皮鞋，其實是靴，靴底裝置了一把寸來高，一分多厚的鋼刀，溜的時候，刀口劃着冰面發出「雪、雪、雪」的切金削玉的淸脆聲音，有時會湊成很悅耳的節奏。溜冰不單是最佳運動之一，還有其他各種好處，而且妙用無窮。瞧哪，冷冰冰的湖面擠滿了熱烘烘的人羣。星光閃閃，燈火通明，映照着一個個英俊瀟洒的靑年，和一個個活潑嫵媚的少女，或長褲筆挺，或短裙飄拂，配上色彩鮮麗的毛衣、暖帽和手套等等，眞是耀眼生輝，好看極了。而且每一張臉都那麼愉快，白裏透紅，眞正是容光煥發，神采四照，的確加倍動人。光是看熱鬧，「睇女仔」，就已經是賞心樂事啦！

其實，溜冰也該算是一種舞蹈，那姿態的輕倩、飄逸、靈活與美妙，變化之多，花式之繁，都遠非劍拔弩張，費盡氣力的游泳所能比擬。看他們或前進或倒退，或左轉或右旋；或去如飛箭，一滑千丈；或優哉悠哉，信步所之；或蜿蜒曲折，或急駛直下；有時像靈鳳般廻旋飛舞，有時又像神龍般忽隱忽現。總之，錦繡叢裏刀光閃閃，舞影幢幢，穿梭似的，神出鬼沒，使人目醉魂迷，煞是有趣。

何況冰場也恰是大好情場！在冰場上追求對象，比確要比球場或泳場中來得實際而容易。原因是：男女授授相親，接觸的機會最多。爲了傳授與學習，則彼此提挈扶持，摟腰携手，都是當然而又很應該的呀。最初我看見許多同學那麼熱中於上冰場，幾乎要廢寢忘餐，或自告奮勇，廣栽桃李，或孜孜不倦，埋頭學習，總覺得有點兒奇怪。後來我留心觀察，才漸漸明白此中大有文章，別有奧妙。由此而結成姻緣，該是順理成章的事吧？當然，例外的也有，一部份人確是爲傳授而傳授，爲學習而學習的。道學家也！

我雖然也打打球，卻總是漫不經心，故一無所長。對於溜冰這一門藝術，我倒也感覺興趣。許多人初學的時候，往往摔得四腳朝天。我當然也出過醜，好幾次把腿摔痛了，終於能夠戰戰兢兢地繞場溜一兩個圈兒的時候，已自覺很夠本領，其實程度只相當於幼稚園畢業吧了。幸而我愛旁觀，愛欣賞別人的妙技，覺得站在局外也一樣有趣，所以並不惋惜自己的低能。

在有機會求取一點一滴的知識之外，兼有許多調劑精神和裨益身心的活動，這樣的多姿多采的大學生活，我是認爲相當滿意了。因此儘管我所處的環境欠佳，使我常在歡樂中仍難免憂來無端，可是在愁苦裏，胸襟卻依然開朗，絕不悲觀。有詞爲證。

西江月 寒柳

不再低眉顰笑，江山已自無顏；絲絲照水忒清寒，疏影何嘗礙眼？ 撒盡一身殘葉，換來半世心寬。流雲落日且閒閒，說甚人生苦短！

* * *

瘦骨嶙嶙淸槁，消它雪虐霜濃。蕭然天半起淒風，撼得心絃微動。 似有雁聲斷續，舉頭宇宙皆空，山深雲冷月玲瓏，臨照濛濛輕夢。

南歌子 歲尾年頭作

逝者如斯矣！來朝喜也悲？西山欲語又低眉，彷彿無情無緒自歔欷。 臘鼓哀笳亂，凝恨有斜暉。城南塞北盡熙熙，特地推窗癡看白雲飛。

* * *

新者舊之始，迎春又送秋。年來哭笑總無由，翻覺也無歡樂也無愁。 夢醒何曾醒？人生周復周！逝波日日向東流，我自當風兀立最高樓。

（「燕京舊夢」所附圖片，均係轉載自「燕大校友通訊」。「掌故」第十一期第六十三頁刊出之「畢業後同遊中南海」圖片，作者並不在內，一時誤記，特此更正，並致歉忱。）

曲折離奇的「藏本事件」

劉征鴻

有吉大使的陰謀

日本軍閥自「九一八」佔奪我東北後，他們嚐了甜頭，認為日本陸軍方面已建立了不世之功，而想得寸進尺的繼續入侵。他們認為日海軍也應該像陸軍一樣在華南建立奇功。日海軍省如是策劃在京滬一帶發動一次大規模的海軍蠢動，但必須師出有名，先找一個藉口，才好動手。

那時日駐華大使係有吉明，有吉這個外交官，並不是職業外交家，他是屬於海軍系統而出任外交官的，因之日海軍省關照有吉，尋找機會，製造事端。日本大使館在南京豆菜橋，但有吉卻常住上海，有事時則來京，大使館內均係職員，藏本總領事亦在其內。

民國廿一年秋的一天，有吉忽由滬來京，召集大使館高級人員開會，至次日晚十時餘始離京返滬。而這次會議也就是藏本事件的發軔。據說：這次會議決定是指定藏本去死，以遺禍中國，作為入侵京滬的藉口。

有吉為什麼不指定其他職員去死，而獨指定藏本呢？因為藏本是職業外交人員，他和陸海軍方面毫無淵源。同時在職業外交人員的眼中，對武力侵華是不謂然的。因之選定藏本去作犧牲品，可是藏本並不想死，也不願去死，同時他也怕死，而他的去死，是奉命行事，只有勉強的去等死，結果被找着了，總算沒有在廿一年秋為中國造成一次災禍。這裏筆者將所見所聞的「藏本事件」的形情，作一報導，雖然事過四十年，仍有值得我們回憶之處。

當有吉離京的晚上，大使館備有數輛汽車分配高級職員乘坐，以便送有吉赴下關，照理，藏本亦屬高級人員，也應分配有車，及至有吉啓程，各級人員依次登車隨有吉的座車向下關駛去，獨藏本未分配車輛，藏本見無車可乘，又覺得不往送行有失禮貌，於是踽踽獨行向下關走去，在途中遇着一輛人力車，忙跳上車，囑車夫向下關拉去。

人力車夫不解之謎

人力車怎能和汽車賽跑？車夫跑得氣呼呼的，好不容易才到挹江門，大使館的汽車已從下關回頭了，從藏本的人力車旁風馳電掣的過去，藏本曾向車內的人揮手，不知他們是沒有看見？還是故意不理？這時藏本已知無去下關之必要，就叫人力車向着回轉的路上拉去，並且關照車夫慢慢的走，車夫問他到那裏？他只要拉着走，不必問。

時已午夜，藏本漫無目的任由人力車夫載着，他沉靜得一言不發，閉着眼在沉思，忽然聽得車夫喚着說：先生，已到中山門了。藏本叫他拉着向前走。車夫說：我的車只能在城內，不能出城。藏本沒法，只得下車。罄身上所有的零錢交給車夫，車夫當然嫌少，知他再也拿不出錢，只好自認晦氣，拉着車頭也不回的找地方睡覺去了。

藏本徘徊在生死邊緣

藏本出了中山門，獨自一人垂頭喪氣的循着公路前行，不知不覺地走過了香雪海，到了明孝陵，他望天，似乎已現了魚肚色，如果再在公路上走，一定容易被人發覺，他忙轉道上山，向明孝陵走去，越過了孝陵，走到山背，在草叢中發現一個洞，直徑不到二尺高，無法鑽進去。他奔波了一夜，實在疲乏極了，當時他把腳先插入洞中，蠕蠕的將身子向洞內移動，洞不深，至肩部腳已到底；不能再進了，正好頭在洞外，身在洞內，他想，這一定是個狼洞，如果狼回來了，見有人佔住了它的洞府，一口咬着頸子，就這樣死去倒也來得痛快；最好是遇着一隻餓狼，吃得屍骨無存，更死得乾淨；這總比自殺而不忍自殺，來得好一點。

他這一意念決定之後，也就鼾然入夢鄉了。他這一睡直到夜靜更深才醒，他睜眼一望，望到遼闊的天空，星星在向他眨着眼睛；俯視洞口外，仍然是芳草萋萋，他知道自己還活着，還沒有被狼吃掉。於是他將身子像蚯蚓的一聳一聳地移出洞外，站起來舒舒筋骨，徘徊在洞口附近，他想，眞奇怪，這明明是狼洞，爲什麼狼沒有回來？如果它回來將我咬死，飽餐一頓，弄得屍骨無存，不留一點痕跡在人間，這多麼好！可是狼既沒有回來，別的野獸也沒有來過，連蛇蝎都沒有，豈不怪哉！唉！千古艱難惟一死，我正面臨着這艱難的局面，將如何解決呢？他思潮起伏，總想被動的死去，而不願意自動去死。這時他忽覺饑火中燒，想自己整天沒有進食了。如今死既不易，餓也難挨。就這樣餓死嗎？這痛苦一定難受，還不知餓到幾時才會斷氣？不，他不願餓死，再另想辦法吧！這時藏本已慢慢地向山下的路上踱去。

他走下了山，天已放明，他再向孝陵街走去，這時有一家雜貨店業已開門，店老板正在內外打掃。他挨身進去，向櫃枱的長凳坐下休息。他看到貨櫃裏陳列的食品，更增加了他饑腸轆轆，引發了他的食慾。這時店老板正向他打着招呼，問他要買什麼？他指着內櫥內的麵包和蛋糕，老板每樣取了一份，用紙墊着擺在他面前。藏本食指大動，抓着蛋糕兩口吃光了，拿起麵包，狼吞虎嚥的吃下肚去，仍意猶未足，叫老板再每樣拿一份，也如風捲殘雲的一口氣吃光了，再叫老板開了一瓶汽水，咕嚕咕嚕的一口氣喝光，摸摸肚皮，內裏業已充實了，心理也覺得非常滿意。

可是一摸到口袋，卻是空空如也，分文俱無。他靈一動，來個一不做，二不休，再買了一些麵包和蛋糕，外帶兩瓶汽水，叫老板包紮好，老板以爲這是清晨打開店門的一筆好生意，把算盤一搞，要請客人付錢，藏本從襯衫的兩袖上解下一付金袖扣押在店裏，以後取錢來贖，老板見他沒有現鈔，只好收下他的金袖扣，要他早日來贖取。這也是藏本能說一口流利的華語，沒有使老板起疑。同時出門遊覽的人，忘記帶錢，或是帶的錢不夠，把東西作抵押，下次再來贖取，這也是常有的事。藏本見時光不早，大路上已經有了行人，他一手拿着吃的東西，一手提着汽水，忙循原路上山，仍舊來到狼洞前，他有了吃的，安心留在這裏，專等狼來照顧他。

日本大使館製造緊張氣氛

藏本在山裏捱日子，等死，南京城裏的空氣卻特別緊張，所有的治安人員，明的也好，暗的也好，都鬧得馬仰人翻。因爲日本大使館認爲藏本總領事的失踪，是中國政府縱容抗日份子故意製造事件，來破壞中日友好關係，向中國政府提出嚴重抗議，限四十八小時內交出藏本，否則一切後果應由中國政府負責。抗議發出的同時，吳淞口外和長江一帶的日艦，都卸下了砲衣，升火備戰。南京大小報紙都以頭條新聞大字標題刊出這驚人消息，全京人心惶惶，也有許多愛國人民和新聞界都協助政府找尋藏本下落，也有些新聞記者認爲這是日本人自己搞鬼，自動在日本大使館巷前巷後徘徊窺伺，有無可疑的人物或異狀發現，爲治安人員的臂助。

我們的便衣人員遍佈首都城廂內外，連附近的縣城鄉鎮的治安人員都出動搜索。孝陵街的那家雜貨店，平日就是遊客歇足的地方；有時三五人聚在一起，也可談天說地，消磨時間，何況藏本失踪的消息傳到這裏後，一些閒人都在談着這事，當然這些閒人中也有治安機關的便衣人員，他們正談得起勁時，店老板說出有人吃了東西沒有錢，把金袖扣作押帳的事，這事被治安人員注意了，但他沒有驚動在座的人。借故走進老板的店內，和老板談起當時的情形，和此人的形貌，並問這人是向何處走去，最後出示他的身份，關照店老板嚴守秘密。他連忙回城把這情形報告警察廳。當時的警察廳長是陳焯，（曾任國民革命軍廿六軍軍長），他處事很機警沉着，他馬上和憲兵司令谷正倫連繫，請派憲兵在中山陵，孝陵街一帶布防，一面電話飭各警局調集便衣刑警分別在中山陵山上、 腰、山下的公路上三三兩兩遊動作爲遊客，另以幹員埋伏明孝陵山道的兩旁的樹林內，叢草中監視一切。

陳焯便帶隨員一人乘坐馬車，得得得的向中山門外行去，馬車到了明孝陵，那位報信的便衣人員已候在道旁，陳氏下車，三人相率登山，他的前面已經有便衣人開道，搜索前進，陳氏循山路，也就是樵徑邁步而行。果然搜索人員已找着藏本了，他正坐在狼洞口。他們報告陳焯，陳氏急步向前，跑上去握着藏本的手，扶起他來，藏本見了陳氏點了點頭。據說藏本和陳焯曾在日本同學，兩人私交還好。陳氏第一句話說道：「你怎麼躲在這裏？你們大使館失了人，害得我們找得好苦！」藏本苦笑不作一聲。陳焯恐被人發覺，不多躭擱，扶着藏本一同下山，跨上馬車，放下車幔，直向警察廳馳去。

我國治安當局機警的應付

在另一方面，治安當局在中山陵故布疑陣，卻發生了作用，在中山陵前的公路上來了五六名日本浪人在遊蕩，似乎他們已知道藏本被尋獲，是來刼取呢？還是另生事故呢？這卻很難估定。這時一浪人忽向憲兵撞去，憲兵心知他們是在挑釁，想另外製造一次事件，憲兵心平氣和的讓開他，他竟欲摑打憲兵，也被閃讓開了，他們兩三人擁上毆打，並刦奪憲兵身上的符號，憲兵挨了打並不還擊，見他們要搶符號，他自動的忙將符號抓下塞進口內吞下肚去，這時山上下來一羣人看了這情下，一聲怒吼，四周看熱鬧的——也就是分布的便衣人員將幾個日本浪人形成包圍，日本浪人身勢不妙，慌忙鼠竄而去，我方人員也沒有難爲他們。治安人員這時已獲知尋獲藏本，和陳廳長一同回城去了，也就全部撤退，這次藏本事件，總算托國父在天之靈和明太祖的庇佑，藏本睡在狼洞，而沒有身膏狼吻，也沒有蛇蝎等毒物咬傷，救出活生生的人出來。同時日本浪人之滋事，我們的憲兵應付得宜，便衣人員的監視嚴密，使他們無法製造另一事件，否則一波甫平，一波又起，將增加國家和政府多少麻煩和困擾！藏本由陳焯帶到廳長辦公室休息了一會，一面電話報告當局，為避免中外新聞記者的麻煩，轉移到另一秘密所在。陳氏很關切的安慰他，要他沐浴更衣，還陪他吃了一頓豐富的飲食。然後坐下閒談，這裏還有一段有趣的對話哩！

陳焯問：「你爲什麼躲到明孝陵的後山去呢？」

藏本答：「我不願意活了，但我希望野獸把我咬死或吃掉。」

問：「你不是生活得好好的，爲什麼要去自殺。」

藏本只是苦笑，不作一聲。

問：「身體髮膚受之父母，不敢毀傷，你爲什麼不多想想？」

藏本默然了一會兒，接着說道：「人生不過百年，遲早總得一死」！

問：「你這樣無聲無臭的去死，對你有什麼意義呢？」

他又是以苦笑來答覆。絕不透露日本

辛亥前的革命書、報

史述

辛亥革命前，反對清朝統治的革命書、報，最早的是揭露清軍殘暴的「揚州十日記。」當滿洲軍入關佔據北京後，尚有朱由松在南京建立的南明政權，清廷派大軍分兩路南下，清豫親王多鐸軍入侵蘇北時，正值史可法督師揚州，屢攻不下，清睿親王多爾袞向史可法誘降不遂後，便用法國大砲攻城，城破後清軍多鐸以所部死亡鉅重，亦遷怒於人民，下令閉城屠殺十日，所有老幼男女無不慘遭殺戮，僅有惟一伏於死屍下詐死生還的汪秀楚，事後將親自所覩的慘狀，筆之於書，名曰：「揚州十日記」。凡是讀了這本書的人，未有不激起民族思想的。如本刊所載馮玉祥傳，謂馮玉祥便是因讀了這本書，由忠君思想轉變爲革命信徒。在有清一代中反清的著作，當然不只這一本，如江西武寧人盛于野所著的「船夫曲」等書籍，是數不勝數，同在清康熙、雍正等朝所興起的文字獄，殺過不少因著作、閱讀、放藏這類書的知識份子，故傳下來的不多。自中山先生於一八九四年創立反清革命團體興中會後，宣傳革命的書、刊，便風起雲湧，多是由革命志士自掏荷包出版。第一本反清的革命書，是四川人鄒容的「革命軍」，詳論反清革命的原因和方法，其內容約爲一、緒論；二、革命之原因；三、革命之教育；四、必認清人權；五、革命必先去奴隸之根性；六、革命獨立之大義；七

軍閥的陰謀詭計。他雖不說，我政府已洞燭日軍閥的奸惡。

問：「你這樣去死，難道不顧念你那聰明活潑可愛的幼子？」（這是藏本最喜愛的幼子）

答：「唉！君不見郊外的閒花野草，沒有人去培植，它一樣的滋長繁榮！」

問：「你難道捨得拋下你的嬌妻？」（他們伉儷情深）

答：「女人好比是一件衣服，破舊了是可以更換的！」

問：「你這樣忍心，不顧妻兒子女，難道你連懷胎十月，生你劬勞的老年母親都不顧念了麼？」

藏本聽陳氏說到他的母親，他馬上跪在地上，抱頭大哭，原來藏本還是一個孝子哩！隨後政府循外交程序，將藏本送交日本大使館，日方馬上將藏本解送回國，據說已被處死了。日本軍閥的醜惡行徑又不得逞，而且丟人現眼，但它並沒死心，它侵華的野心，愈來愈劇，醜惡的作風，愈演愈烈，遂有七七事變，和八一三之役，我已忍無可忍，發動全面抗戰，使日本軍閥陷入泥淖，而無法自拔，亟太平洋戰事爆發，我軍與盟軍併肩作戰，日方國力，軍力已消耗至鉅，結果吃了兩顆原子彈而無條件投降。日本軍閥爲着黷武，略侵，幾乎連國脈爲之斬絕，要不是我國以德報怨，曲予護持，那裏還有今日的日本！

、結論等七章。末附明代劉伯溫之燒餅歌中：「手執鋼刀九十九，殺盡胡人方罷手」兩句預言來堅定革命者的信心。章太炎並爲之作序，到印第二版時，與章太炎駁康有爲「君主立憲政見書」合編一冊，末附逐滿歌，在當時來說，雖然不是什甚高深理論，但激動人心的效果，則非常之大。後來有湖南人陳天華著的「猛回頭」和「警世鐘」反清革命兩本小冊子。陳天華湖南新化人，由湖南實業中學畢業名列第一，由地方保送日本留學，在日本受到革命思潮，遂從事著作以發揮亡國之痛，冀以喚起國魂，後因日本政府受清廷慫恿取締中國留學生的愛國行動，兼之日本部份報紙有侮辱中國留學生行爲卑劣的言論，雖然確有少數留學生與日本女子談戀愛，亦因日本女子思想開通，多數是女子挑起男子的，但日本男子總不無有酸溜溜的意識，報上故有如此言論。陳天華受此刺激，既無能糾正儕輩行爲，遂憤而投海死。中國留學生，尤其是學陸軍的學生，受陳天華一死影響甚大，無不奮發圖強，參加革命。當時陳天華這兩本小冊子，和日人宮崎寅藏（用白浪滔天筆名）著的「三十三年落花夢」，是當時最受人歡迎的革命書籍。

革命報刊最早的是胡鐵梅於一八九六年在上海棋盤街創辦的蘇報，因向日本駐滬領事館註冊，又是在租界，故反清言論不致受清官吏的干涉，胡鐵梅獨力支持將近三年，雖然參加工作多是革命志士，不計報酬，縱銷路不壞，但以廣告收入不多，終以財力不繼，於一八九八年由陳夢坡與受國學社接辦繼續出版。從創刊起鄒容、章太炎、吳稚暉、汪蘭臯，章行嚴等，均先後擔任論過主筆或編輯，因爲都是鴻才碩學之士，下筆千言，洋洋洒洒，煽動力甚大。其與他報編法不同的是新聞標題，僅用四個大字爲題，如「英使易人」即北京英國公使換了人，「婚姻轇轕」「因財喪命」，「破獲盜窩」等本地社會新聞，文字簡潔易懂，爲大衆所愛閱。後於一九〇三年載鄒容所著革命軍一書，又因善於罵人的章太炎在新聞罵光緒皇帝爲小醜，始遭清廷之怒，令南洋大臣轉上海道向英駐上海領事交涉，公共租界工部局即悍然查封報館，拘捕編輯，當場被捕的爲章太炎。吳稚暉即走歐洲巴黎，章行嚴走日本，鄒容當時出外不在報社，事後聞訊，即向捕房自首，自認是革命軍作者，並是報紙主筆，謂自願負責，請釋章太炎，這種赴義若狂的行爲，自然不能感動洋人，遂將鄒容一併下獄。章太炎、鄒容以求仁得仁，毫無懼態，因在獄中長日漫漫無所事事，爲了排遣時光，章太炎便教鄒容做詩，鄒容雖讀過不少古藉，但未敲研過音韵之學，在章太炎循循善誘之下，鄒容也就仄仄平平仄，平平仄仄平做起詩來。鄒容嘗賦塗山一絕就教於章太炎，其詩云：「蒼岩墜石連雲走，葯叉帶荔修羅吼，辛壬癸酉今何有，且向東門牽黃狗。」章太炎讀之以爲天才，謂盧、仝、李、賀不爲過也，因戲作一絕云：「頭如蓬葆猶遭購，足有旋輪未善馳，天爲老夫留後勁，吾家小弟始能詩。」又兩人聯句云：「擊石何須博浪椎，（鄒）羣兒甘自作湘壘，要離祠墓今何在，（章）願償先生土一坏。（鄒）平生禦寇御風志，（鄒）近死之心不復揚，（章）願力能生千猛士，（鄒）捕牢未必恨亡羊。（章）」鄒容身體本來不好，又因受牢獄折磨，未幾即瘦斃獄中，死時年僅二十一歲，天妒奇才，世論無不惜之。至庚子義和團時，俄人除了參加八國聯軍入侵北京外，復藉口東北教堂被燬，大舉派兵侵東北三省，蔡元培創刊俄事警聞，報導俄人在東北姦淫燒殺之慘狀，責清廷無能禦侮，保衛人民。旋有劉師培創辦警鐘報及國民日日新聞，宣傳革命主張以救瓜分亡國之禍。在一九〇三年中山先生以革命起義遭多次失敗，認爲非團結所有革命力量，不足與清廷抗，遂與黃克強等華興會，章太炎等光復會合併爲同盟會後，則有于右任等創辦的神州日報、民呼報、民籲報、民主報，陳屺懷、李懷霜等創辦的天鐸報、大共和日報、中華新聞等，鼓吹革命，戴季陶以天仇筆名在各報作文，辛辣有力，頗爲讀者歡迎。這均是在上海出版的報刊，對辛亥前所發生的革命作用甚鉅，在辛亥推翻滿清後，僅民立報存在。

在香港方面第一張反清的革命報紙，是中國日報，出版於一八九九年，因乙未廣州起義失敗，志士陸皓東就義後，中山先生在日本，認爲有在香港辦報，宣揚革命思想以振奮人心再接再厲之必要，遂派陳少白，汪質甫兩志士來港，租得中環士丹利街二十七號爲社址，並暗組策劃再在廣州舉事的機關，掩護於報社中，由陳少白、楊少歐分任編輯，旋又於日報外每十日出版一次的中國旬報，其版面有時事彙編，諷刺性歌謠，諧文小品等文章，另有副刊名爲「鼓吹集」，此爲香港報紙副刊的鼻祖。

海外各地以在日本出版的革命刊物最多，多出自中國留學生集資出版，有劉成禺主辦的湖北學生界，蔣百里主辦的浙江潮、秦毓鎏主辦的江蘇，宋教仁主辦的二十世紀之支那，在同盟會成立後，便將二十世紀之支那，改爲民報，公開爲同盟會機關報。中山先生在民報創刊號發刊詞提出民族、民權、民生三大主張，此爲國民黨所遵奉的三民主義見諸文字第一編文章。章太炎在民報作文與保皇黨機關報新民叢報上康有爲君主立憲主張開筆戰，因爲共和政體民主制，總比君主政制好，理直自然氣壯，加上章太炎文筆酣暢淋漓，大有所向披靡之概。民報創刊次年周年紀念時發行特刊命名：「天討」，其中文章均是同盟會飽學之士執筆，爲討伐滿清以救國的最佳作品，間或有留學生帶回國內，青年無不視爲至寶。後來同盟會刊物，有劉師培主辦的復報，楊秋帆主辦的雲南，楊篤生主辦的洞庭，山西學生會辦的晉聲，四川留學會主辦的四川，陳家鼎主辦的漢幟，關於提倡女權的刊物，是河南留學生恨海女士主辦的二十世紀中國婦女。

南洋方面反清的革命報刊，自新加坡圖南日報，檳城光華日報，仰光之華光報，曼谷之華暹報。

在歐、美方面反清革命報刊在巴黎出版的有吳稚暉、李石曾創辦的新世紀。在舊金山出版的少年中國，檀香山之自由新報、隆記報，隆記報是檀香山最老的報紙，中山先生與保皇黨人梁啓超論戰文章，均是由隆記報發表。

至於中山先生與梁啓超論戰，是梁啓超對中山先生推翻滿清專制政權，建立共和民主政體主張後，便在新民叢報刊了一篇「開明專制論」，其全文大意是保持滿清統治，實行君主立憲。而提出的理由是西方國家都是由野蠻而專制，由專制而君主立憲，由君主立憲而始共和，秩序井然，斷難躐等，并以四個牽強的說法，來作反對的理據，如：「何不曰他樹已綴實，此樹可以無綻花而獲果也；何不曰人子已有室，我子可以未髫齔趁而爲之娶也；何不曰世界既有詩古文詞，吾可以不必學識字造句，便能成爲李白、韓昌黎也；何不曰世界既有比例開方，吾可以每學加減乘除，便能成爲梅宣城，李壬叔也。」以生物、生理方面，來比例社會方面發展。欲二十世紀的中國，再走十八世紀西方的老路，是不理智的。而且強調「開明專制」，所謂開明專制者雖然是君主立憲要用專制手段，不過是有民意代表議會，此即所謂「開明」而已矣。

所以後來袁世凱、段祺瑞等軍閥統治，對梁啓超「開明專制」政論，非常贊同，可以一手持「中華民國臨時約法」，另一手持「戒嚴法」，使約法上賦予人民的自由，均被戒嚴法剝奪，這便是開明專制的效用。

在一九〇五年中山先生於東京華僑和中國留學生歡迎會上，對梁啓超「斷難躐等」的論點加以反駁，舉出中國文化的傳統，加上「訓政」和「民生」政策，便可以超越君主立憲，而實行民主共和，他并說：「中國不僅足以駕日本也，且不難舉西方之文明而盡有之，即或勝之焉，亦非不可能之事也。」的的確確的，以中國人的智慧，資源的豐富，倘能如中山先生天下爲公之心建設國家，誠如中山先生所說，駕日本、勝西方，并非不可能的話，證之今日香港之繁榮，何一非中國人之智與力耳。

馮玉祥將軍傳 簡又文

【二十】

第十二章 去國與歸國

（四五—四六歲，一九二六—二七年）

下野原因

李景林既敗，大局形勢爲之轉變。吳佩孚見天津已爲馮軍所佔據，即宣布取銷其自己的總司令部。張作霖亦乘機主張和平。在馮氏則另有新覺悟，深感自來戰爭之後，勝者多招嫉忌而敗者尤思報復，而是時，吳、張，二人已有化敵爲友、聯合攻馮氏之勢。三角關繫二對一之陣線又如此調換，極不利於馮方。蓋南方之「國民革命軍」尚未出師北伐，「國民軍」一、二、三軍戰鬪力弱，殊不足以抵抗吳、張之聯合。馮軍陷於孤立之勢，生存可慮。馮氏於是即以臨崖勒馬手段，於十五年元旦宣布下野，旋於十四日由包頭西去至平地泉小地方。在其意中，以爲自己一旦引退，將可以移開奉張之目標而內戰不至再起矣。（按：據菊叟：「吳佩孚聯粵不成的內幕」，謂吳初有意聯「國民黨」合力攻奉：於北上前曾派潘贊化代表赴粵聯絡。「國民黨」方面亦贊成此舉，但亟亟要保全馮軍，要求只攻奉不攻馮爲條件。吳不納，故不成議云。此誠有可能，因吳前曾接受「國民黨」重金方離湘北上，故彼此大有淵源。不過此次之詳情如何仍待考。上見香港一九六五、十一、六，香港「星島日報」，承黃旭初先生寄示，謹謝。）

徐謙先生遺像

（徐瑗先生贈）

殊不知後事之發展大出其意表者。緣吳對馮之舊恨未息，張對馮之新讐難忘，且直之李景林與魯之張宗昌，尤蓄意報復。平、津、豫、粵而外，遍地皆馮氏死敵。吳、張等於討奉一役結束後，即使信往還，締結合作之盟，以「討赤」爲號召，共向馮軍進攻。處此險惡形勢之下，馮氏立刻撤退全軍至平地泉以西。如此，既與中原無爭而一任吳、張從事角逐。這本來是上好戰略！可惜部下遲疑，未及實行而吳已揮軍北上攻豫，且奉、直、魯，又聯合攻直隸之「國民軍」。戰事一啓，退兵爲難。最先，孫岳不敵，鹿鍾麟派兵赴援。斯時，「國民軍」戰略：天津方面取守勢，南方取攻勢。其初，節節勝利，連克馬廠、青縣、進圍滄洲，方長驅入魯。詎料晉之閻錫山誤聽挑撥之言，忽加入奉直聯軍陣線，突出兵大同、石家莊、兩路，威脅「國民軍」後方，而豫方之「國民軍」二軍，又因內部離叛，不敵吳軍，棄豫入陝；岳維峻且被晉方俘去，幾於全軍盡墨。同時，外人敵視者又深恐「國民軍」一得勝將不利於己國，乃援「辛丑條約」，有威迫大沽之舉。馮軍於是時，後顧有憂，藩籬盡撤，戰鬪力雖強，何克以孤軍當此？會王士珍等出面通電主和，鹿鍾麟遂於三月廿四日一夜盡撤天津大軍至北京附近。方期進行與各方議和，無奈，奉、直聯合之「討赤軍」仍進逼不已，鹿乃揮兵在京東、京南一帶竭力抵抗。

在這期間，北京有一可悲可痛之事件發生。先於民十五年（一九二六）三月十八日，北京學界全體、憤恨外人在大沽口壓迫吾國，聯合巡行示威，整隊至執政府請願抗議。不意段祺瑞之衛隊竟開鎗屠殺，當場死者廿五、六人，傷者四十餘人，死於醫院者又廿餘人（見李著頁二八二），釀成「三一八慘案」。（我今是學校也有一名學生殉難，余親自前往收屍及領回校旗，俱被兇兵申斥。）時，「國民軍」全部仍在前線作戰，而執政府自有衛隊不少數。「國民軍」將領隱忍不欲與其為敵，以免後防發生危險。俟因鹿鍾麟偵知段與奉張陰謀裏應外合，要把北京的「國民軍」全部消滅，所以「先下手為強」，於回師時，首先解散其衛隊，稍為愛國青年雪冤，且於四月九日舉兵圍執政府，欲執段問罪以謝國人。但段於三十分鐘前聞風先逃，倉惶走匿東交民巷。一時，執政府瓦解。

鹿即與各方作和談。吳佩孚最反對和議，必要鹿交出隊伍，歸晉閻改編，覆電有「恨不能食汝之肉，寢汝之皮」等語，同時，奉張亦反對和議，非根本消滅馮軍不可。由是奉直聯軍繼續猛烈進攻。鹿乃於四月十五日實行總退卻。退兵時秩序井然，匕鬯不驚，絕非兵敗潰退之現象。「國民軍」退至南口。其地早已造成極堅固之防禦工事，即由鹿與劉汝明指揮全軍據守。後方仍由張之江任總司令，坐鎮張垣。

是時，奉、魯、直軍佔據北京，矛盾立現。段祺瑞雙方不討好，勢難再立足，即本身之安全亦在堪虞。奉方暗中釋放之，乃得潛赴天津，吳為之不懌。旋而奉、魯、直、三方各提出所要通緝殺害之名單。結果：三方折衷，合成一新名單，共二十四人——邵飄萍（民報總編緝）居首，蔣夢麟（北大校長）次之。林白水（主筆）又次之。余名列十八，蓋余已與馮氏交往頗頻，兼主辦「今是學校」，故被視為馮派中人物也。邵、林、二人被執死之，其餘得免。

遊歷蘇俄

方奉直聯合共對「國民軍」宣戰之際，馮氏已知「西北軍」地位非常危險。其始，先欲自行下野以求和平，而敵方進攻如故。以一敵二形勢尤為嚴重。乃決意去國，於退讓之中謀一線生路。此一線生路者，即圖與南方之「國民黨」切實聯合，以期南北革命勢力夾攻軍閥是也。戰事既啓，即由包頭移居綏遠小鎮平地泉以作去俄之預備。留張、李、鹿、劉、宋等將領——所謂「五虎將」，分任軍事，而以張代理主帥。張等懇切挽留，甚至伏地痛哭，而馮氏意志不移。卒於三月中先送家眷北上，自己於三月廿日由平地泉動身乘汽車赴庫倫。同行者，除將領數人及衛士等外，並與徐謙、劉驥等偕。

閱三日，車抵庫倫，備受「蒙外國民黨」領袖丹巴等之歡迎。他於此盤桓數日，除參觀、考察外，有一最重要事件發生；即是：「中國國民黨」要員顧孟餘、于右任等偕俄顧問鮑羅廷，於其抵庫後十日亦到此相會。諸人連日與其密商救國救民事業之進行，及「國民黨」之主義與政策。馮氏大受感動，而至決心以全軍加入「國民黨」。據其自述經過如下。有一天晚上，鮑用堅決兇猛之語直問：「公擁有中國至為強勇的軍隊，素抱救國救民的宗旨，但究竟有何具體的整個計劃和政見，以實行救國救民的宗旨？如有，而又勝於『國民黨』所主張的，我們將必離開『國民黨』而共來輔助你。如其沒有，則請你立刻加入『國民黨』，接受其主義與政策，聯合一致，共謀國是。」這寥寥幾句話，簡直是對馮氏挑戰！他自謂當時受此質問，面紅耳熱，無言可答，因知自己究是一個軍人，素乏政治見識，只會練兵打仗；只有革命救國之心，卻無計劃與政見。當時，眉頭皺了一夜，不曾瞌眼。由是立下決心加入「國民黨」。及抵俄京之次日，卽正式入黨，決與全體黨同志，共同努力於「國民革命」的戰線。時爲五月十日，卽「國民軍」新生命初成胚胎之日也。（按：徐謙先生前奉國父命與馮氏聯絡，不憚奔走南北，苦口婆心，熱誠恒忍，爲黨爲國兼爲馮氏矢忠効勞，多年無改。如今前願能償，終不負 國父重託。日後革命勝利，多賴於此。其功績在歷史上不可埋沒也。上列遺像由其哲嗣徐瑗先生寄贈，謹謝。）

先是，顧、鮑等先行離庫赴俄。馮氏亦於四月廿八日出發，而暫留眷屬於庫倫。五月九日，車抵俄京莫斯科，備受蘇俄政府、軍隊、及中山、東方、兩大學之歡迎。未幾，其家眷亦隨來，共作寓公。

馮氏在俄生活，最重要的一點乃在研究與考察。對於蘇聯之政治的、經濟的、文化的、教育的、物質的、軍事的、社會的種種新建設均十分注意。每有所觀感則恒以本國狀況、作比較研究，而默思將來如何改造之辦法，見解多有獨到處，對於其個人增加見識不少。

馮氏有充分的機會，得與蘇俄領袖人物、軍事家、教育家、政治家、新聞記者、平民、及世界革命領袖常

西北軍印刷品（一）

西北軍印刷品（二）

常晤談。個人胸襟抱負自然開展不小。一日，彼晤見俄領袖老練革命者加列寗，飫聞其革命理論：「①革命家須仰仗本國，不可仰賴外國；②革命軍須與農民合作；③軍事外須側重政治；④人民全體須依賴革命軍隊。」又往晤紅軍領袖托洛斯基，所受印象尤深。托氏告之曰：「①治國非一黨不可；②治軍在主義不在武器；③作戰以騎兵爲要，尤重在宣傳」。此種理論皆馮氏前所未聞未知者，不啻爲其開了新眼光。其在俄所得，可見斑斑。

其在俄所感受的印象之最深刻者，則爲「共產黨」之嚴密組織、有效工作、宣傳方法、嚴厲紀律、刻苦生活、緊張活動、及「世界革命」、「民族解放」等理論。馮氏本人半生之生活與主張，大抵有類於此，故其爲之感動亦自然而然。他想起吾國人之一般的散漫放任的生活與不能團結之習慣，又憶及「國民黨」黨員多有鬆弛失律、目無黨紀、忘卻主義者，乃立意仿效而實行人家的優強處而改善自己的劣弱點。惟其自始則與「共產黨」相鑿枘者，則有兩大端：一、「共產主義」之理論，不及「三民主義」之切中吾國客觀的條件及人民的需要；二、「共產黨」直接行動的生活，違反中國的倫理及國情，故不適用。此其觀察所得，所謂「取其所長，略其所短」者是，而其批判眼光之銳利及見識正確，眞是洞中肯綮。

馮氏居俄三月，於會客、參觀、討論之外，仍不忘求學、修養、工作、三事。自與彼邦人士接觸，乃見人之建設而形己之短處，乃深覺自己學問見識之缺乏，於是其常求進步的頭腦再開接納新學問之門，而刻苦求多一點學問。彼於離國時，即開首習俄語，日日不綴。此時對於普通日常應用語已略懂，但可惜以年將半百之人而初學佶屈聱牙之俄語頗難上口，雖其深自鞭策，要亦難超過自然律之限制也。對於經濟、政治及社會學說等學問，此時更勤懇研究——或自觀書，或請人講解，或請人譯述，而得有種種新穎的見解。家居時，又聘一名師教其繪畫，一則以消遣精神而又以為「繪畫細事，須靜心，正可藥余浮燥懶惰之弊」云云。其用心之苦如此。日中稍有暇時則又執斧鋸為木工以習勞，大有陶侃運甓之意也。至其修養自省、求知改過則尤為精進，蓋努力十年於汚髒的政治及煩雜的軍事中，此時他乃得惟一的機會超脫環境，反想其言行，務求自造成一新人以擔負將來的更新而更大的責任焉。

旅俄時，所最令馮氏心痛者，則「西北軍」戰事消息愈來愈壞是也。彼雖在俄而心則繫於本軍，可說無時無刻不以向在其卵翼下的團體十餘萬弟兄為念。其始，他即極不贊成扼守北京、南口，曾嚴電令全軍退駐豐鎮以西，一則暫避奉、直聯軍合力攻擊之目標而任其自相傾軋，乃不致與段公開決裂，相機再出，次則可避免晉閻之襲擊後路。此戰略誠策之上上者。張之江繼任，本遵依馮氏主張，盡撤全軍於西北。無如張本代總師干，而魄力不充，且聲望不足，亦不能指揮相與伯仲之大將。計其時劉郁芬與蔣鴻遇遠在甘肅，宋哲元亦留守熱河，其在前方之急進者，如鹿鍾麟、李鳴鐘等，則欲賈其餘勇，誓死一戰，堅決留京觀望，不肯輕退，故卒有多倫之失，而繼有南口之撤兵西退，遂至全軍受了莫大損失。（時，馮仍在庫倫，痛聞其事。）其後，馮氏遠居蘇俄，愛莫能助，每接戰報，恍似萬箭攢心。無何，本軍將領及各方同志均力勸其返國。馮氏因與「國民黨」及「共產黨」領袖商妥合作努力之計劃，遂於八月十七日動程返國，時在南口失守後之第三日也。（按：余多年後始懷疑馮氏繼室李德全實於留俄時期，秘密加入「共產黨」，以後埋伏在馮軍中任共黨地下工作，宛然為軍中共黨領導人，詳后。）

南口之役

「國民軍」自四月十五日退出北京後，即分派重兵扼守東西南各要隘。是時，全軍編制：張之江任全軍總司令，鹿鍾麟、宋哲元、分任南路、西路。總司令。劉汝明扼守南口；王鎮淮、席液池守察東之沽源、多倫。韓復榘、石友三、守平地泉、豐鎮。各將領團結刻苦，誓死堅守，不肯撤兵。「西北軍」已為張、吳、集矢之的，又以負隅抵抗，遂使奉、直、兩方以同仇關繫仍聯合進攻。此時，在政局方面，奉張讓吳氏操縱北京舞台。五月中，吳入京後首即釋放囚居延慶樓之曹錕，並即與張作霖協商聯合奉、直、全軍，進攻馮軍。奉方之吳俊陞、湯玉麟、由熱河攻多倫。魯軍張宗昌及直軍攻南口，而以吳佩孚為總司令。復由閻錫山晉軍攻豐鎮。計三面攻軍全部兵員五十萬人。「西北軍」應戰策略，最初在多倫、南口、取守勢，而對晉北則取攻勢。

對晉之戰，甚為重要，以其形勢足以擾亂後方；若克敵制勝不特鞏固後防，而且可打通陝、甘、直接聯絡線，又足以多取給養，更大可以控制北京、直隸、河南、三地。前當戰勝李景林後，俄人鮑羅廷即由粵北上謁馮氏，密獻取晉之策，謂如不乘時攻晉，後必受其大患云。然馮氏當時正力主和平；不欲與無名之師，輕啓戰端。（其後果如鮑之所料，受晉威脅。）至是時，形勢危急，三面受敵。雁門關以北諸縣盡為西北軍佔領。張、宋等卒以戰線太長，兵力散開，不敷分配，乃停止進攻。

南口、懷來方面，奉直軍始以靳雲鶚、田維勤、魏益三（兩人時已投吳）進攻。各軍虛與委蛇，不敢進兵，吳怒免靳職。六月，張作霖至京。奉直聯軍乃猛攻各地。張宗昌、張學良、褚玉璞等，親率精銳赴南口督戰。「西北軍」劉汝明、張萬慶、僅以第六師一萬六千人守南口。因防禦工作極爲堅固，鏖戰數十日，戰事極劇烈。奉直軍死傷數萬人，卒不得逞。

「西北軍」戰事，西、南、兩路俱嚴陣以待，屢獲勝仗。惟多倫東面，密邇熱河，敵軍進攻不易，且以地勢多山，險要易守，故守軍無多。而奉方則令吳俊陞、湯玉麟等暗率黑省精銳騎兵勞師遠征，超過熱河荒漠苦地而猛攻沽源、多倫。王鎮淮、席液池及民軍蒙三點等堅守，黑軍不得逞。後以兵力單薄，張垣總部又以各路吃緊，無援兵之可調，多倫守軍漸呈不支。此時王、席、二人因事發生誤會，席竟棄職逃去，黑軍遂長驅直入。沽源、多倫、一旦失守，張垣之後方藩籬盡撤，不得不放棄。八月十四日，張之江乃急下令全軍退卻；南口劉汝明師亦退，計只餘六千人耳。奉直軍遂分佔張垣、南口、且西進追擊。

南口之役，爲「西北軍」戰史中光榮之一頁，能以極少數兵力抗拒奉方精銳大軍至四閱月之久。雖因形勢不佳，衆寡不敵，卒要放棄，且蒙甚大損失，然而是時南方「國民革命軍」已長驅直入湘鄂。估計南口全役之軍事價值，則因西北軍之犧牲，牽制吳之全師，使不能南下援鄂，遂使南軍節節勝利。及南口退卻，吳急回師赴鄂，則時機已過，敗局不可挽回，終至一蹶不振，而「國民革命軍」遂成大功。是故此役對於「國民革命」貢獻甚鉅也。

「西北軍」之西退，以事起倉猝，運輸不靈，秩序凌亂，損失頗大。留駐晉北之韓復榘、石友三、張自忠等部，撤兵不及，乃與商震妥協暫歸晉方改編，一則以保存實力，二則以掩護退卻，三則協助晉軍扼守綏遠以阻奉軍之發展，亦計之得者。但軍中有些同袍便以爲他們背叛團體，變節投降，始終不能原諒了。其沿途西退之各部，因運輸不利，或則徒步西行，或則流亡山野。迨在平地泉、五原等處集合，隊伍凌亂，幾不成軍，軍實之損失更無可計算了。加以塞外奇寒，食料不足，軍衣糧食無法補充。困苦之狀，難以筆述。此時也，西北全軍合「國民軍」一、二、三、五軍之衆，僅餘數萬人，乃隨便併集編成師旅，但飢寒交迫，敵軍緊追，前路茫茫，而又無主帥，全軍精神頹喪，希望斷絕，士氣不振，能力全消，環境惡劣，光景絕望，「西北軍」生命危乎殆矣。（按：「國民軍」第五軍名號係方振武部脫離魯張宗昌部投効改編。）

五原誓師

當全軍西退之時，馮氏正由俄動程回國。這時，李鳴鐘與劉驥在廣州已與「國民黨」聯絡成功；這正是最適宜的時機。今後挽回浩劫，奮鬭惡運，重結團體，而使全軍起死回生，皆於此行賴之矣。歸途中，馮氏歷經戈壁大沙漠，以五原爲目標，汽車穿過雪地，路途不熟，嚮導誤導，屢走錯路，幾陷敵軍中。馮氏後言此行不患在沒有路，而患在「頭頭是路」，極易走錯方向。加以沙漠奇冷，饑寒交迫，辛苦異常。在此苦難中，他只有所懷抱的新使命足以振起其百折不撓的精神。一夕露宿河邊，思潮湧至，心緒如麻，不能入寐，口占二絕云：

解放民族欣回國。露宿河邊夢不成。革命未成心未了。臥聽流水到天明。

去而復返大勞身。多爲當時錯用人。借此警余他日事。前車已覆莫重循。

（自註：緣錯用嚮導，走錯路途，須回車另行別路，故感而賦此。）

將抵五原，正是「西北軍」情況至爲悽慘絕望之時，有將佐數人前往迎接，私對他說，光景不好，大事已去，力勸其不必前來，不若乘原車回俄之爲愈云。但馮氏謂去時因無辦法而去，回時乃有辦法而回；縱剩下五百人，仍要拚命幹下去，以完成「國民革命」，語焉悲壯，自信力強，充分表出其性格。

九月十六日晚間八時，馮抵五原，卽與二軍于右任（本由包頭再赴俄，中途遇馮氏，相將同返），三軍孫岳、徐永昌、五軍方振武、六軍弓富魁（新改編）及本軍鹿鍾麟等會晤，相商進行事。馮氏立卽施行其「辦法」。此時，他已眞實的澈底的革命化，得有「國民黨」之主義及計劃，加以在俄所得之「共產黨」革命理論與方法，故自信有辦法。彼之最高的革命理想乃在世界被壓迫民族之解放，而其先着則努力於中國民族從帝國主義鐵蹄下得解放。此卽救國的革命理想也。其次，則爲大多數被壓迫的民衆從帝國主義、萬惡軍閥、與種種社會上不良制度壓迫之下謀解放。此卽救民的革命思想也。既具有此解放者的覺心，其所運用的方法，對內則首先注重軍隊在「國民黨」領導之下有新團體所謂「同志的軍隊」，以嚴密組織與紀律促成之；其次，則爲軍政人員全體之政治化，務使全軍軍官佐深深認識「三民主義」而擔負革命的使命。至對外，則一方面與南方革命軍聯絡共進，在他方面則注重對民衆的政治工作——宣傳，務使民衆與軍隊聯合在革命戰線上共同奮鬬。至於政治計劃則悉遵　國父所定之「建國大綱」而實行之。馮氏遊俄之所得、卽此革命策略也。此次與其俱來者、有俄國軍事顧問烏斯曼諾夫（原名Sangurskii，見薛著頁二〇一）等數人，並有共黨之劉伯堅（跨黨分子，鄂人，原留學法國，後轉入蘇俄「東方大學」）等幫忙政治工作。於軍事政治進行，頗得諸人之臂助焉。

馮氏受諸軍將領一致推舉爲「國民軍聯軍總司令」，卽於翌日——民國十五年九月十七日——在一小阜台上宣誓就職。由中央委員于右任爲「國民黨」代表授旗。「青天白日滿地紅」之國旗，第一次高懸於「國民軍」中。而前經放棄之「國民軍」名號又復現了。馮於數萬衆歡聲雷動、希望勃發之武裝同志中，莊嚴宣誓，誓辭曰：

「本國民軍之目的，以國民黨之主義，喚起民衆，剷除賣國軍閥，打倒帝國主義，求中國之自由獨立，並聯合世界上以平等待我之民族，共同奮鬬。特宣誓生死與共，不達目的不止。此誓。」

馮並發出宣言，通電全國。此外又頒布治軍新誡條，名爲「九一七新生命」，所以保存本軍之精神而訓練革命者之人格。文曰：

「煙酒必戒。嫖賭必戒。除去驕惰。除去奢侈。實行勤儉。爲黨犧牲。國民革命。方能成功。」

此誡條頒行全軍及所領導之各行政機關，爲軍政人員之座右銘，影響於道德人格方面至大。以後，「九一七」遂成爲「國民軍」永久的大紀念日。

先於六月間，粵方譚延闓、蔣中正諸公，去電邀馮氏赴粵參加革命。他卽派李鳴鐘、劉驥爲全權代表，後由俄回國接洽，並電譚、蔣等，促其進攻武漢。「國民黨中央黨部」乃任命馮爲「西北軍」之「國民黨黨代表」、「國民政府委員」、及「軍事委員會委員」等職。是故五原誓師之後，全軍名義雖未改，實際上已成爲「國民革命軍」矣。自是之後，「國民軍」自身得生存與發展，而且得有時代的新使命與政治的新生命。而馮氏本人一生之革命史，又進入一個完全新的階段了。

「國民軍」新生命

是時，「國民軍」各軍流亡散失於塞外綏遠、察哈爾各地者數萬人。其殘破集合於五原一帶者亦數萬人。馮氏就職後，第一要着卽是重結團體。先將退駐包頭以西一帶之隊伍從新編制。其次，則招集流亡。全軍各處兵將一聞馮氏回來的消息，無不額首稱慶，精神頓振，都說：「老總回來，不怕了，定有辦法了！」馮氏乃冒險親至包頭（已落晉軍手）。時，留在晉北、韓復榘、石友三、張自忠等五師之衆，一聞其至，全體翩然來歸，復隸麾下。（按：韓、石等投晉，當時各將領頗不諒解，已見前文。）馮不究既往，親接其重投本軍懷抱，力量頓增，以後作戰殊爲得力。尤足稱爲奇蹟者，則是沿途散失流亡之五六萬人，雖無將官統率，乃自馮氏歸來之消息展轉傳播，三五成羣，亦陸續携鎗歸隊。全軍經馮氏講話鼓舞，多方撫慰，大爲振奮，已死的希望，及已失的信仰，頓然復蘇。統計是時全軍，連前時原駐甘肅之完整的一軍，共有廿五、六(?)萬人，比原有兵額損失尙不到萬人。不過，物質損失，軍紀鬆弛，是自然的果子了。但經馮氏加緊整頓後，昨日仍爲殘破之軍，如今又生氣勃勃，在新編制下，迅又成爲勁旅，預備再行奮鬭了。馮氏之歸來，恰似磁石之高舉，羣針被吸，奔赴團聚，再成一體，其人格攝力之強大可想，而十餘年來苦心孤詣訓練之功，於此完全呈現，效果亦最稱意了。

在五原時間雖不久，而全軍因環境惡劣，物質上困苦特甚。馮氏亦於此時最能表現其與士兵同甘苦之精神。茲述其生活中之鱗爪數片以爲徵。該地近沙漠，水爲奇罕難得之物。每晨起床，馮持半碗冷水，高呼「同志們洗面了」。於是在其左右者，有如石敬亭（總參謀長），何其鞏（秘書長）、鹿鍾麟等五六人，及其他最高幹部，則與其環立一圓圈。他以碗吸水半口，遞碗於旁一人，自己以口噴水於兩掌，即以之擦濕全臉，後以巾擦乾，而所謂洗漱之事便算完了。別人輪流效之。及至人人洗臉既畢，那碗水還未用完，否則便有「浪費」之感覺云。

其用飯時，馮與最高幹部親自共同造飯。造飯之法：總參謀長去撿馬糞，秘書長發火燒糞，而聯軍總司令則雙手挑起一洋油桶於馬糞火上，桶內有小米湯。湯熟則造極粗的黑糠爲飯，間或有些少羊肉，則於火上燒吃。這就名爲「革命飯」——內容粗糲的大鍋菜，放在當中，各自取吃以送粗饅頭下咽。（以後在革命戰鬭期間，「革命飯」仍是全軍的長期糧食，此著者所常嘗而不堪嘗者。）

至於全軍服裝，更破爛不堪，皮棉衣服亦不齊全，人人凍冷難堪，馮氏盡力設法爲之補充。邊僻荒漠之地覓布不易，則無論什麼雜色布一概用上，故軍中每有穿紅着綠、款式奇怪之服者。馮氏於多年後回思前情，猶不禁軒渠大笑也。未幾，寒衣問題幸得解決。當地有一墾殖英雄王同春（其事蹟見本刊第三期）自開運河，關地牧羊無數。感於馮軍之愛國熱誠，慷慨報效數萬頭。全軍於是有羊肉吃，又有羊皮製造軍衣了。

「九一七」爲「國民軍」新生命誕生之日。所謂「新生命」者，不特是全軍團體復行結集、精神再作振奮之大意義，而且自此之後，「國民軍」即興起兩重大變化：一、軍事上之新戰略，二、政治上之新訓練，是即軍事上與政治上之新生命。

五千里長征

馮氏回國後，部署隊伍稍復秩序，休養補充亦得稍爲充分，於是即切實施行其素所主張之軍事新戰略；即是——由反攻張垣、南口、而克北京之企圖，一變而爲全軍經甘肅、入陝西、出潼關而與南方革命軍會師中原後，再行掃穴犁庭之遠大計劃。簡言之，即是「固甘援陝，聯晉圖豫」。蓋以奉軍新勝之後，氣焰方張，而是時由粵北伐之「國民革命軍」，尙與敵相持於鄂、贛。假令「國民軍」以全力出包頭，取張垣、北京，則敵強我弱，孤軍作戰，未能與南方革命軍形勢相接而彼此聯絡應援。但若放棄東路，不憚作大迂迴，而改道由隴入陝，則既可急救在陝被困之「國民軍」二軍，又可迴出潼關而與南軍會師中原，共同北伐。當時，「國民黨」之「北京政治委員會」（地下組織），如李大釗（跨黨分子，時尙未被捕殺），李煜瀛（石曾）等，主張此計劃最力，密派人北上綏遠獻計，並將偵探所得奉魯軍勢力之內容，及駐兵地點等等確實軍事情報與重要政治消息彙報，尤足爲進兵之大助力。馮氏於是毅然決定施行此新戰略。首先於九月下旬，編定「援陝軍」共七路，出發援陝：第一路、方振武（五軍），第二路、弓富魁（原屬二軍因與他將領不合，新編爲第六軍），第三路、孫良誠，第四路、馬鴻逵（本寗夏（軍，第五路、石友三，第六路、韓復榘，第七路、陳希聖、劉汝明、韓占元、韓德元各師及鄭大章、張萬慶等旅。孫良誠兼任援陝總指揮，方振武副之。各路陸續出發，而富有革命意義及歷史價值之五千里長征於以開始矣。

方吳佩孚與「國民軍」爲敵時，令劉鎮華率「鎮嵩軍」八萬人攻陝，又令甘肅之孔繁錦、張兆鉀、兩鎮守使興兵攻留駐甘省之「國民軍」（約十萬人，仍歸劉郁芬指揮，蔣鴻遇爲佐。全部完整如故）。苟陝甘不守，則「國民軍」最後之根據地盡失，非至全軍消滅不可矣。在戰略上言，吳之計劃不可謂不週密而毒辣。「國民軍」東、南、西、諸方面以至後路同時受攻，必無倖存之理，而結果竟不特能保全實力，而且終獲勝利者，則不能不贊許「國民軍」訓練之有素，而且馮氏歸國主持之爲適合時機矣。甘肅敵軍先經劉郁芬全數撲滅，心腹之患既除，又得俘獲之戰利品及孔、張所儲藏之糧食與現金不少，盡資軍用。而內部肅清，後顧無憂，東進之大路既通了，援陝大軍因得急進焉。

時，劉鎮華全軍包圍西安數重，已逾八月，但因守將楊虎臣、李虎臣二人（均國民二軍舊部）堅守不降，屢攻不克，故得保存。楊氏尤其倔強，嘗於最危急之際對李云：「我們決不投降。如城破之日，你在那邊鐘樓，我在這邊鼓樓，各拿一條繩子雙雙吊死。」以故軍官與士兵萬衆一心，決死守城。糧盡則以油榨、渣餅、充飢，彈少則以石頭應敵，強頑耐戰，是全軍特性，孰敢謂「秦無人」耶？西安爲通甘肅大路，城不破，故「國民軍」根據地終得保存以爲捲土重來之出發地，則西安之役，在革命史中亦殊爲重要也。

孫良誠既奉令急行援陝，自平涼出發，率前方各軍由邠州大道向西安前進。馮氏以駐天水之張維璽師進取隴縣、汧陽，以掩護大軍之右翼。十月初旬，五原之方振武部及寧夏之孫連仲師與固原之馬鴻逵部，皆分途出發。孫良誠爲馮軍後起之虎將，與士兵徒步同行，晝夜不停。士兵疲倦至極，足底且起水泡，孫足底亦有水泡，則脫鞋拔刺刀，一一刺破，揚臂先行。全體振奮興起，亦隨行。眞急先鋒也！及抵咸陽，全軍兵將不特疲乏莫能動，而且衣履盡破，刺刀遺失不少，全部僅得萬二千人，驟遇十倍之敵。但孫部爲「國民軍」精銳之師，其本人亦爲智勇俱全之將，方乘在甘戰勝孔、張之餘威，復迫於救援友軍、參加革命之大義，前途生死困難，在所不顧，惟有向前拚命硬幹，以故卒成莫大之功。

十一月廿三日，孫抵咸陽，敵軍望風撤退，立克其城。孫乃以方振武及陝軍一部爲左路，甘軍馬鴻逵部爲右路而自居中路，直攻西安。惟方不肯作戰，而馬亦不願行，只肯借給子彈十七萬粒而已。孫固不懌，但亦莫之能強。敵軍集中兵力猛攻中路，戰況極烈。適孫連仲、劉汝明兩師趕至，即分途加入左右兩翼作迂迴猛攻。廿六日，全線開始總攻擊，兩翼軍抄襲敵軍後路成功，劉鎮華不得不狼狽東退。

時，西安守將楊、李、二虎，困守孤城八閱月，糧彈俱盡，希望斷絕，已束手待斃，準備與城俱亡。再過三天便不能守了。忽然救兵從天外飛來，及時先得暗約，則亦開城夾擊。圍師大敗，紛紛潰逃，向南遁入嵩山。大勢已去而劉鎮華仍欲死戰，卒由其弟茂恩力勸其罷手，乃從焉（勸兄事見劉著頁七九）。

十一月廿七日，西安解圍。劉汝明師最先入城，軍民歡忭莫名，視爲「再造三秦」之救星。孫部乘勝追擊，俘獲無數，軍至河南西部閿鄉而止。所獲槍械，盡爲補充後方徒手兵之用。是故有好幾部只有官兵而無槍械的隊伍，迅又復成爲正式軍隊了。軍事乃告一段落。是役也，孫良誠以孤軍沿途苦戰一月，乃奏膚公，所以許爲北伐功首（「我的生活」頁六四八）。孫身爲前敵主將，當然受之無愧。西安城內，人民極苦，糧食早盡，至拆骸易子，以樹皮、皮鞋、油榨等果腹，餓殍載道，生存者多皮黃骨瘦、身患大病，面現菜色。城圍既解，乃慶來蘇。「國民軍」入城，於整頓軍事外，即行救濟民生。

馮氏在五原，既已整飭隊伍，分遣出發，先於十月初極力注意整頓軍紀，會下嚴令告誡全軍守紀律。全軍既整飭完竣，乃於十一月初旬，親赴包頭一帶慰勞將士，然後預備入甘趨陝。當時奉方聞馮回國，整軍經武，大有死灰復燃、軍威復振之勢，為之大懼，急派大軍西進脅迫。馮氏乃命鄭金聲為東路總指揮，督率石友三、陳希聖、及騎兵三師各部在包頭、五原一帶，步步防禦，漸次西退。至下旬，馮氏歸五原，布置既畢，命鹿鍾麟、鄧哲熙、率官佐廿人赴俄參觀，以增見識。同日，馮氏亦乘車出發西進，督飭各部節節入陝。廿八日，軍次磴口，而孫良誠解西安圍之捷電至。馮氏即赴寧夏、平原，卒於十六年一月廿六日抵西安。後方隊伍亦陸續開至。馮氏到西安後，即加緊籌備第二步計劃——會師中原。

「國民軍」此次全師西進，由綏遠包頭而經甘肅以至西安，其後再出潼關而入豫，歷程共約五千里。十餘廿萬貔貅之士、生活於無衣無食之荒漠，跋涉了冰天雪地之長途，有時軍行十餘日不見人煙。軍官佐與士兵，在中途冒寒，或凍殭手足、終身殘廢者，或頭面耳鼻，凍瘡潰爛、沿途呻吟者，甚或因饑寒喪命者，不可勝數。（後來余至西安猶可眼見殘廢或患病未癒者，慘不忍覩。直迄多年以後，每與老軍官們談及當年慘苦情狀，猶如談虎色變。）至軍實之運輸，則借用民間駱駝八千騎；到陝時亦生存無幾。馮氏後來均備價償還焉。長征途中，全軍革命熱誠激昂，精神健旺，又服從紀律，人無怨言。如九死一生中纔打出這一條生路，誠奇觀也，亦偉跡也。

「國民軍」之政治化

馮氏遊俄三月，對於軍事最大而最要的心得，乃在軍隊之政治化，以主義為治軍的手段，以主義為用兵的目標。此皆「國民軍」前所未有，亦為其歷來失敗之由。蓋「國民軍」戰鬪力雖強，官兵精神紀律雖因基督教精神與嚴格的訓練及馮氏個人人格之感化而達至優美程度，但不知主義為何物。馮氏自謂一向「行革命之實，而不居革命之名」。然無名之師，即無目的之暴力而已。他未嘗不知揭櫫救國救民之口號，然如何救法，救之至如何標準，均無具體化的手段和目的。職是之故，他率全軍向着這個救國救民空泛無定的目的而孤苦奮鬪，周旋作戰，實是混戰。雖每戰必勝，但不旋踵又陷於失敗之地位，循至愈走愈迷途，竟找不到出路。乃自正式加入「國民黨」，接受其整個的主義與政綱，恍似在迷惘中找得一條光明大路，而且認識一個前進的目標，又加以在俄學得種種革命理論與方法，於是覺得去國時「沒辦法而去，今則有辦法而回」。自九、一七誓師于五原而後，「國民軍」確有政治的新生命了。

五原就職而後，馮氏即注重軍隊政治訓練之工作。但欲圖全軍之革命化，非先組成革命之大本營不可。於是聯軍最高特別黨部得於最短期間，由全軍代表大會產出。成立之後，九月三十日，五原舉行第二大典禮——授旗禮。斯時，馮氏以「國民黨西北政治代表」及「國民軍聯軍總司令」資格，接受「國民黨國民軍聯軍最高特別黨部」發給之黨旗，並宣發本中山主義以完成「國民革命」之誓詞。詞畢，馮氏在壇上舉手高聲大喊：「同志們，你們辛苦了！」壇下數萬武裝同志同聲應曰：「我們是為革命服務」。大有氣壯山河之慨！

政治工作之第一困難即是人才。「國民軍」武將有餘，文人不足，人所共知，而熟識黨務、政治工作者尤不多覯。馮氏回國時帶有共黨劉伯堅等數人回來，乃委薛篤弼為政治部長，而以劉為副部長代理一切進行。另從軍事政治學生之優秀分子挑出若干，臨時加以訓練，勉強工作，北京黨方亦派有人員前往。馮氏又屢電粵中央黨部多派政治工作人員，中央當即選派郭春濤、鄧飛黃、于樹德（共產黨跨黨分子）及余四人為「政治工作委員」，另十四人為「政治工作員」，分道前往，並携帶大批宣傳品北上。

有從北京假道晉省，有從武漢假道河南前往者。至宣傳品兩箱則特派趙文炳等二人由海參威趁西伯利亞鐵路至庫倫，轉乘汽車經戈壁沙漠前去。二人歷盡辛苦，費時六月，耗款數千元始到達。余帶去之文件運到之日全軍奉爲至寶，蓋「國民軍」之宣傳及政治工作資料正苦缺乏也。

先是，我於十五年暮冬經滬先到漢口，與孫科、徐謙等中央委員在一起，等候鐵路交通便利然後北上。中間，我曾協助孫科、宋子文、陳友仁，諸先生辦理接收漢口英租界事宜，及其他事務。我又得諸委員多方訓示到「西北軍」工作之方針，再與「國民革命軍總政治部」主任鄧演達聯系，取得其全部標語、印刷品及中央重要文件多種。此外，另從軍事機關及北方中委王法勤取得他種函件，以爲通過豫省各軍防地之助。十六年三月初，余由漢口乘火車北上，有「共產黨」籍之陳適懷同行，帶齊各種文件、標語、印刷品等，初不知其爲危險物也。沿途經過五大關——信陽魏益三、偃師靳雲鶚、鄭州吳佩孚、洛陽張治公(劉鎮華部)、陝州劉鎮華、各軍防地，皆利用帶來函件作護符，一一安然通過。走了十二天，卒於三月十六日抵達西安，逕向馮總司令報到，面交各種文件等。沿途艱苦備嘗，亦有相當危險，及得聞全軍遠征時之狀況，乃噤口不敢言苦了。

馮氏一見了我，故舊重逢，不勝欣忭。寒暄了幾句，他卽下令侍從說：「簡同志遠道到此，來呀，拿些『點心』來招待。」我之食指大動，以爲跋涉旬餘，而今可享受一些西北美味，或廣東點心，叉燒包、蝦餃、伊府麵之類。不移時一大盆『點心』端上來，卻是片片生切的青蘿蔔！馮氏慇懃勸食，還讚賞一句：「這是很有益的，食了可以洩氣。」這是我初嘗「西北軍」中滋味。馮氏聽了我報告南方的革命形勢，接收了千里帶來的文件，標語等，不禁大悅，登時飭令把所有標語張貼起來，五光十色，妙語如珠，一時革命空氣爲之增濃了。馮氏對於革命政府之外交成就，如外交部之接收漢口、九江之英租界，交通部之接收兩湖郵政局等特別稱善，以爲我國收回喪失的主權和取消「不平等條約」之先聲，獨是對於「國民黨」內部當時已發生的裂痕，(其時，蔣總司令已到南昌，武漢同志在俄顧問鮑羅廷與「共產黨」及其左派分子煽動與鼓吹，已開始反蔣了，)引爲憾事，但又不明眞相，不能作左右袒。繼而談及我個人的工作問題。適其時甘肅「教育廳」廳長出缺，一時承乏無人，他問我肯去接任不。我答以千辛萬苦不辭千里而來，只是爲革命効勞，還負着重大任務，如一來卽去做官，有負許多同志的期望，將有何面目以對「廣東父老」呢？他也不強我，只說再商量吧。

辭別時，他說：「簡同志，你得趕快剪髮易服，換上軍裝」我卽時把首如飛蓬，長髮茸茸，盡行推光了，只剩下軍律所不禁的臉上唇上于思于思的髯鬚，又把沿途所穿的長袍馬掛包藏起來，另換上一套由「軍需處」領得的土製灰布軍服和裹腿布，武裝帶。全副武裝已齊備，我攬鏡自照，不禁慚愧起來，面爲之赧，蓋斯時鏡中「倩影」，正如姜太公的坐騎——四不象了：「象學者而不是學者，象軍人而不是軍人，象官僚而不是官僚，象政客而不是政客」也。(此爲當時在馮氏總部任「機要處」處長之教育家鄧萃英與我閑談時語。)

次日，我奉到委任狀，被任爲總司令部「外交處」處長，敍階陸軍中將(襟章紅牌兩粒星)。就任之後，覓地設辦公處，卽開始服務。此外，馮氏時有他事諮詢，常爲其傳達要件於南方，又兼任「政治部」事務(以南方所任「政治工作委員」資格)，時爲作撰述編輯工作。而時刻所不忘之任務則爲促進馮氏與中央之聯絡而拉緊他在「國民革命軍」陣線上，常將西北軍政治實情報告兼代馮氏轉達需要與意見。未幾，我連所帶來中央頒給的「文密」電碼本也給他，俾與武漢方面直接通電。

政治工作之次一困難則爲宣傳及政治訓練之資料。其始不特參考書或現成宣傳品都沒有，卽印刷工具器材亦不可得。直至到西安後乃稍有宣傳機關之規模。在此篳路藍縷之時，馮氏自己之貢獻最大。他的工作方法可稱為「寶塔式」——由他在最高尖頂上施教，逐層逐層往下推進，從軍、旅、團、營、連、排長，以至最低層的兵士，如傳達命令般。結果：致令連排長均能講解「總理遺囑」，而小兵皆能背誦全文，在最短期間，有此成績，確可觀也。

其為「國民軍」黨化、政治化、革命化之最有效力的工具乃為其所自製之「不忘」問答及口號數條，此皆能將革命理論及黨義簡單書出來，令全軍上下皆能通曉、深入心中者。他嘗自述其製成「不忘」問答之歷史如次：在由庫倫歸國途中，一夜露宿於冰天雪地，苦冷不能成寐，乃默想此行負有絕大使命回國，將如何入手工作？忽憶起吳越戰爭時，吳王夫差之父為越王勾踐所殺，乃刻苦自勵，以圖報仇雪恨，並於每日晨興時，以人擊其首問曰：「夫差，夫差！爾忘勾踐之殺爾父乎」？夫差則答：「不敢忘」。靈感頓生，馮乃得新觀念，草成本軍「不忘」問答數條，用作提撕警覺之資。其文曰：

一、問：我們國民軍歷年戰爭，為的是打倒侵略我們的帝國主義，和賣國軍閥，你們明白不明白？

答：明白。

二、問：侵略我國的帝國主義，和賣國軍閥，就是指那日本在民國四年強迫我國承認二十一條，英國在民國十四年五卅慘案無故殺害我國的學生、工人、這一類的事情。我軍時時刻刻的反對他。那日本鬼就勾結張作霖，英國就勾結吳佩孚，作他們的走狗來打我們。我們和他們拚命打仗，是為救國家，救人民，不是為一二人，你們知道不？

答：知道。

三、問：我們的弟兄們，為救國家、救人民、死了的還沒有埋葬，傷了的也沒有藥治，不傷不死的現在又無衣無食，你們忘了沒有？

答：不敢忘。

四、問：我們直隸、山東、河南、北京、一帶的同胞百姓們，被匪軍姦淫擄掠，欺壓的不能生活，我們應該救他們不？

答：應該救。

五、問：既是如此，我們應當怎樣做法呢？

答：應當不怕死，不要錢，忍苦耐勞，明白主義，來救國家、救人民、誓雪此恥。（上錄自李泰棻「國民軍史稿」頁三三四——三三五）

馮氏返國就職後，即以此頒發全軍，於每晨朝會全體朗誦。在總部內每晨曙光微現（上午四時許）馮即召集全部人員及所有隊伍於曠地，自己站在一張木桌上，先高聲朗誦「不忘」之問，全體答「不敢忘」。悲壯沉痛，感動心弦。日日如是，影響當然不少。有一中央委員到馮處赴朝會，且聽且下淚，謂生平未曾受過如此大刺激云。「國民軍」之口號亦為馮氏所手定，多為問答式。每當檢閱隊伍，馮氏或主官則高聲發問，士兵全體高聲應之，精神亦為之勃發。（口號略）

此外為日常的政治訓練，「政治部」又有「政治問答」標語、小冊子、壁報、刊物等之編製，頒發全軍。全軍各級政治處亦相繼成立，進行工作不遺餘力，效果亦大而且速。全軍兵士皆能誦「總理遺囑」，中下級軍官更須為士兵逐字逐句講解，務使人人能了解其意義，而為奮鬪中精神上之鼓動力。馮氏每檢閱兵隊則以此考問兵士軍官，以故成績之優，余信南軍尚遜之。

當時，軍中尚有兩種稍有規模的刊物。一為總司令部派員自行編印之「革命軍人朝報」。一為總政治部編印之「軍人生活」月刊。對於政治軍事大收宣傳之效。其他宣傳品尚多。

「國民軍」黨化之特色，在其隨身佩帶之種種徽號於每人右臂上，有青天白日在小方紅布當中。胸前左旁則佩一長方形的小白布章上列有紅字「我們為取消不平等條約誓死拚命」字樣，軍中名為「拚命章」，此足與南方革命軍在戰時繫於頸上之三色「犧牲帶」相媲美。軍衣胸內則配一章曰「一粒子彈當如性命看」

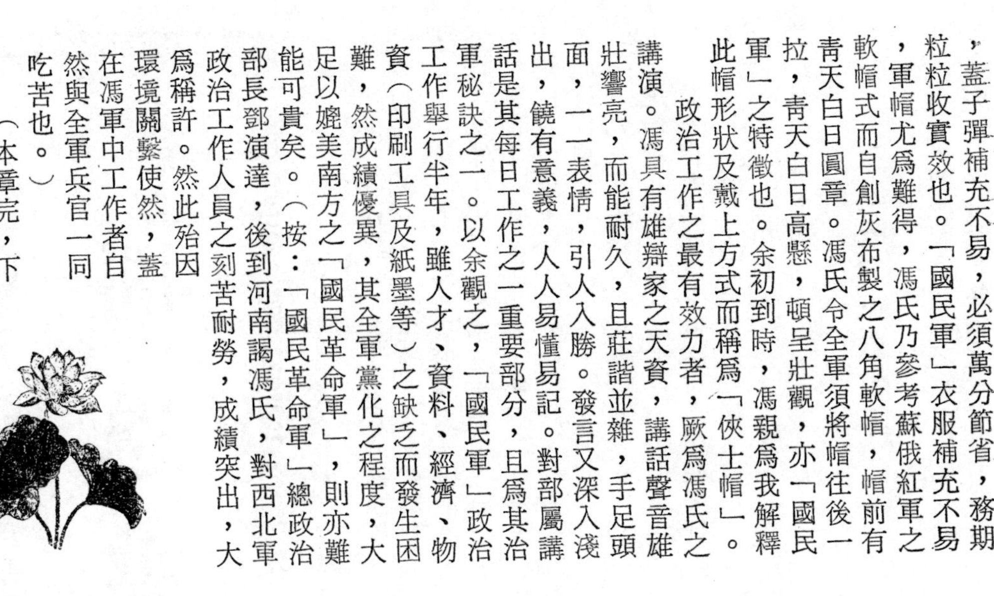

，蓋子彈補充不易，必須萬分節省，務期粒粒收實效也。「國民軍」衣服補充不易，軍帽尤爲難得，馮氏乃參考蘇俄紅軍之軟帽式而自創灰布製之八角軟帽，帽前有青天白日圓章。馮氏令全軍須將帽往後一拉，青天白日高懸，頓呈壯觀，亦「國民軍」之特徵也。余初到時，馮親爲我解釋此帽形狀及戴上方式而稱爲「俠士帽」。

政治工作之最有效力者，厥爲馮氏之講演。馮具有雄辯家之天資，講話聲音雄壯響亮，而能耐久，且莊諧並雜，手足頭面，一一表情，引人入勝。發言又深入淺出，饒有意義，人人易懂易記。對部屬講話是其每日工作之一重要部分，且爲其治軍秘訣之一。以余觀之，「國民軍」政治工作舉行半年，雖人才、資料、經濟、物資（印刷工具及紙墨等）之缺乏而發生困難，然成績優異，其全軍黨化之程度，大足以媲美南方之「國民革命軍」，則亦難能可貴矣。（按：「國民革命軍」總政治部長鄧演達，後到河南謁馮氏，對西北軍政治工作人員之刻苦耐勞，成績突出，大爲稱許。然此殆因環境關繫使然，蓋在馮軍中工作者自然與全軍兵官一同吃苦也。）

（本章完，下期續登第十三章）

反圍剿失敗與長征

周恩來評傳（十二）

嚴靜文

中共在江西瑞金時代，國民政府軍隊會發動五次圍剿，中共在這五次反圍剿戰爭中，第一次的最高軍事領導人是總前委書記毛澤東；第二次和第三次是中央局（取代總前委）代書記項英，第四次和第五次是中央軍委主席，中央局書記、一方面軍政委周恩來。

一九三三年第四次圍剿戰爭，三月因日軍進侵華北，發生長城戰役，中央軍北調，共軍得暫獲喘息；但南京當局在與日軍暫時取得妥協、五月簽訂「塘沽協定」之後，十月卽集中兵力、捲土重來，乃爆發第五次剿共戰爭。

百萬大軍血戰經年

第五次圍剿與反圍剿之戰，是抗日戰爭之前，最大一次剿共戰役。中央軍動員八十餘萬，共軍約十五萬人，雙方殊死決戰、寸土必爭；戰事拖長一年之久。雙方戰鬬序列如左：

中央軍最高指揮：軍事委員會南昌行營、委員長蔣中正；

北路軍總司令顧祝同，前敵總指揮蔣鼎文；

北路軍所轄部隊如左：

第一路軍總指揮顧祝同（兼）、副總指揮劉興；

守備隊：騎兵第一旅李家鼎，第二旅郜子舉，稅警總團溫應星；

第九十三師唐雲山，第二十七師馮友邦，第九十二師梁華盛，第四十六師戴嗣夏。

第二路軍總指揮蔣鼎文，副總指揮湯恩伯；

第一縱隊衛立煌、第十師李默庵，第八十三師劉戡；第二縱隊王敬久、第八十七師王敬久，第八十八師孫元良；預備隊：第四師邢震南等。

第三路軍總指揮陳誠、副總指揮薛岳；

第七縱隊薛岳（兼）、副司令吳奇偉；第九師李延年、第五十九師韓漢英，第九十師歐震，第九十九師郭思演；第八縱隊劉興、副司令周渾元，第五師謝溥福，第六師周碞，第七十九師樊崧甫，第七十六師蕭政平；守備隊司令毛炳文、第四十三師鄒烘，第九十三師孔令恂，第二十四師黃子咸，第八師陶峙岳，補充第一旅王耀武。

浙贛閩區警備司令趙觀濤、第十二師唐淮源，第五十三師李韞珩，第五十五師李松山，第五十七師阮肇昌，浙江保安團四團。

總預備隊總指揮錢大鈞，第十三師萬耀煌，第三十六師宋希濂，第八十五師謝彬。

三路軍司令部直屬部隊：第二十三師李雲杰，第二十八師王懋德。

西路軍總司令何鍵；

第一縱隊劉建緒，第六十二師陶廣，第六十三師李揚敬，第十九師李覺，第十五師王東原；第二縱隊劉膺古、第十六師彭經仁，第五軍譚道源（第十八師朱耀華、第五十師岳森），暫編第一旅；第三縱隊陳繼承，新編第七旅李宗鑑，新編第四旅劉堵緒，第五十八師陳耀漢，第二十六師郭汝棟。

南路軍總司令陳濟棠

第一軍余漢謀，第一師李振球，第二師葉肇，第三師李漢魂，第四十四師王贊斌，獨立第二旅陳章；第三軍李敬揚、第七師黃延楨，第八師黃質文，獨立第一師黃任憲；第二軍季翰屏，第四師張枚新，第五師張達，獨立第二師張瑞貴，獨立第四師鄧龍光。

南昌行營直轄隊第十九路軍蔡廷楷，第四十九師張貞，第六十師沈光漢，第六十一師戴戟，第七十八師區壽年，新編第二師盧興邦，暫編第四旅周志羣，第五十六師劉泉。

空軍轟炸第一隊邢剷非，第二隊王勳，第三隊張有谷，第四隊劉義會，第五隊楊亞峯。

紅軍指揮系統：

中央軍委主席周恩來——工農紅軍總司令朱德、總政委周恩來，總政治部主任王稼穡。

第一方面軍總司令朱德（兼）、政委周恩來（兼）、參謀長葉劍英。

第一軍團林彪、第一師羅炳輝、第二師莫高清，第三師周昆。

第三軍團彭德懷、第四師張錫龍，第五師陳維河，第六師陳阿金。

第五軍團董振堂、第十三師陳伯金，第十四師程子華，第十五師陳先。

第七軍團尋淮洲、第十九師周建屛、第二十師（未詳）、第二十一師王錦堂。

江西軍區司令陳毅、轄三獨立團、六獨立營及四特游擊營。

湘鄂贛軍區孔荷寵，獨立第三師張熹，陽新警衛師袁凡鳴、十六師高詠生、十八師關圖閣等。

浙贛軍區蔡會文，第十七師蕭克，湘東獨立第一師吳濟民等。

福建軍區羅炳輝，第十四師周永奇等五個師（後改編爲第九軍團）。

浙贛閩軍區唐在剛，第十軍方志敏，閩北獨立師等。

紅軍總司令部直轄部隊，中央警衛師彭雄，獨立師包維賢等。

對閩變坐山觀虎鬬

中央軍的最高統帥蔣氏與紅軍的最高統帥周恩來，在聯俄容共時期，原是親密同僚，在黃埔軍校時期蔣氏任校長，周是政治部主任；現在雙方各自統率大軍相見於戰場，眞是無巧不成書了。

當時周恩來所指揮的十五萬紅軍，自他帶兵以來，紅軍實力從未有如此強大，但是圍剿的中央軍實力之強亦前所未有，這是一場殊死的大決戰，雙方都精心佈署，謹愼行動；但周恩來和他的紅軍顯然處非常不利的形勢。

第一、他不能像過去如毛澤東和項英那樣，堅壁清野、誘敵深入；這因爲「中華蘇維埃共和國」已於一九三一年十一月成立，他必須保衛蘇維埃，這使他揹上沉重的政治包袱，限制了軍事行動。

第二，一九三三年一月隨着中共中央遷入江西蘇區，帶來了一個共產國際的軍事顧問李特，以太上皇的地位發號施令，使周恩來在指揮軍事上不能集中權力。

第三、中央軍採行了萬全的圍剿方略：集中了絕對優勢兵力步步爲營、修路築碉，以方面軍爲戰鬬單位，施行「戰略攻勢、戰術守勢」；在外線構成堡壘封鎖線、層層縮小，逐漸迫近；這種辦法很耗費、很緩慢，但是紅軍無可抗拒，除非突圍流竄，否則只有全數被殲。

在上述的形勢下，中共自一九三三年七月已開始動員備戰，但是受了政治包袱之累，一心想要保衛中華蘇維埃，軍事行動便全面陷入被動的防守。被迫採取戰略守勢，戰術攻勢。共產國際顧問並針對中央軍的攻勢、擬定了以碉堡對碉堡及「短距突擊」的戰術。以碉堡對碉堡，是阻延中央軍的推進；短促突擊是乘中央軍推進時，集中軍力突擊運動中的部隊。在中央軍迫近蘇區之前，則頻頻集中兵力、施行突襲，以期擊破一方、解除圍剿。因此戰事遂分成兩個階段，第一階段中，是在蘇區邊緣紅軍突襲與中央軍反突襲之戰；第二階段則是國軍合圍進攻與共軍防禦之戰。

五次剿共戰爭於一九三三年十月開始。中央軍初期作戰目標在切斷江西蘇區與福建蘇區及贛南蘇區與贛東北蘇區，以便完成孤立和包圍以瑞金為中心的中央蘇區。

周恩來等為了「距敵於國門之外」，因此戰事初期，乃分兵突襲各路推進的中央軍，乃有十月下旬的資溪橋之役，十一月下旬到十二月上旬的黎川、南豐之役，十一月中旬的滸灣之役，十一月十九日的南豐宜黃之役。以上各役紅軍皆未能得手，中央軍乃逐漸完成外圍的封鎖圈。

在這一重要關頭，日感焦燥的紅軍，天外飛來一大喜訊，那就負責進剿福建紅軍的第十九路軍蔡廷鍇部，於十月間開始謀叛、派代表徐名鴻往瑞金與中共代表秘密商議互相合作，並於十月二十六日簽訂十一條協定。簽署協定之後，陳銘樞、蔡廷鍇等乃於十一月二十日在福州建立「人民革命政府」。

時蔣氏在南昌行營聞訊即當機立斷，命第二路軍總指揮蔣鼎文率十一個師兵力入閩平亂，同時剿共各路軍隊照既定計劃繼續剿共軍事。

閩變本是紅軍死裏逃生的良機，當時如果他們能夠遵守與十九路軍的協定，及時派軍入閩協同作戰，福建戰事拖長下去，南昌行營勢必調動更多剿共軍隊入閩，則第五次圍剿可能再告失敗。不料中共在舉行會議討論此事時，竟用毛澤東「坐山觀虎鬭」的下策，雖令彭德懷統率東路軍赴援，但是目的在「觀虎鬭」、伺機火中拾栗；以致入閩中央軍得以迅速進軍，勢如破竹，一九三三年底入閩、一九三四年元月五日進攻，到十九日即擊潰十九路軍主力、殘兵四師全部歸降。

周恩來等絕料不到，閩變會這麼快被敉平，因此在軍事上，不但未把握時機，積極反攻，並且還好整以暇，竟於一九三四年一月二十二日召開第二次全國蘇維埃大會（原定一九三三年十二月十一日召開，因五次剿共戰爭開始而延期）。二十九日下午，當林伯渠作經濟報告時，忽接獲消息，中央軍已平定閩變，剿共各路軍回攻蘇區，毛澤東乃登壇作「緊急報告」，事出意表，全場震驚，乃縮短大會日程五天、提前於二月一日草草閉幕。這時候周恩來已痛感到在閩變期間，在軍事上大鬆勁的錯誤了。其後，共產國際追究責任，秦邦憲、周恩來乃將責任完全推到毛澤東身上，並予留黨察看的處分，離開瑞金，跑到雩都去韜光養晦，直到一九三四年十月，紅軍主力突圍時才奉命隨軍西上。

廣昌會戰 紅軍敗潰

閩變被敉平意外的迅捷，中央軍節節推進、李特的「短促突擊」軍術屢施無效。一九三四年四月間，剿共軍的東路軍迫近建寧，北路軍攻抵龍岡外圍，迫攻瑞金門戶——廣昌，到此，周恩來等認為已到殊死的決戰關頭。

四月中旬中共中央總書記秦邦憲、中央軍委主席周恩來、紅軍總司令朱德、總參謀長劉伯承（一度重病由葉劍英代理）、前敵總指揮彭懷德，總政治部代主任顧作霖（政治部主任王稼穡在前線被炸傷）等齊集廣昌，討論佈署廣昌大會戰。周恩來等並親赴前線視察、督戰。

先時三月中旬，周恩來令黃振堂之第五軍團及羅炳輝的第九軍團在廣昌外圍修築陣地、阻延剿共軍的推進，暗移主力第一、第三軍團至閩西建寧、泰寧，企圖奇襲東路軍、打破封鎖，迄未得逞；現以剿共軍進攻廣昌，周恩來乃將一、三兩個軍團調回，於是在廣昌展開主力決戰。

剿共軍四月九日下總攻擊令，紅軍誓死頑抗，經十七天的反復衝殺，剿共軍終於二十八日晨奪佔廣昌。其間大小二十餘戰，戰況的慘烈、前所未有。例如剿共軍第七十九師樊崧甫部在饒家堡的陣地遭紅軍「短促突擊」，失而復得五、六次；九十八師夏楚中部猛攻西華山陣地時，紅軍前敵總指揮彭德懷——猝不及防，臨時調步兵學校學生增援堵擊，致全員傷亡殆盡。此役共軍傷亡近五千人，剿共軍亦傷亡二千餘人。

廣昌失守後，五月初，中共中央政治局召開緊急擴大會議，檢討戰局，決定以後的軍事方針。會議上出現三種主張：

①項英等堅信李特的戰術是正確的，主張死守蘇區，作戰到底。

②毛澤東則主張暫放棄蘇區、四路分兵，向福建浙江江蘇湖南進軍，突破封鎖，伺機打運動戰打擊剿共軍，解圍之後，再重返蘇區。

③主張放棄中央蘇區，突圍入湖南，引致剿共軍運動追剿，然後乘隙殲滅其一部，打破圍剿。

結果周恩來歸納各方意見，決定了三項戰略方針：

㈠決定在石城以北修築新防線，集中紅軍精銳，以運動防禦戰及短促突擊，伺機消滅一路剿共軍，以扭轉戰局。

㈡命令紅七軍團會合贛東北的紅十軍（總數九千人），以抗日先遣隊的名義北上，深入閩浙腹地；另命湘贛蘇區的紅六軍團蕭克部（總兵力約七千人）入湘配合紅二軍團賀龍部作戰，以分散剿共圍攻中央蘇區的實力。

㈢作最壞打算，秘密進行突圍的準備；包括廣大徵集青年參軍補充紅軍傷亡，充實軍需，增強突圍力量。

總括起來可以歸納爲三項結論：即打破圍剿、分散敵人、秘密準備突圍。

周恩來上述三項結論，針對當時情況，可能是最佳的選擇。不過由於剿共軍佈置周密——紅軍各項打算都遭受失敗。

七月初，尋淮洲率領七軍團（約六千人）由瑞金出發，東進福建，一度窺伺福州，後卒在閩浙贛邊區與紅十軍（三千人）會合，組成「抗日先遣隊，方志敏任司令、尋任副司令，粟裕爲參謀長。分路北上向皖境竄擾。

一九三五年一月，該股紅軍終在皖南太平、黃山、江西的懷雲等地爲駐軍及保安團隊所截擊潰滅，尋淮洲陣亡，方志敏被捕處死，僅粟裕等少數潰逃。

八月初，蕭克，任弼時率紅六軍團，在湘贛邊區鑽隙脫出封鎖線，西竄入湘，轉戰於湘南、桂北、黔東。

一九三四年十月始在湘川黔邊區與賀龍部會合，但是沿途經地方部隊攔擊，只剩千餘人。

在江西的剿共軍主力，不受共軍分兵竄擾的戰術所搖，對周恩來等的打擊至大；因爲分出兩股紅軍、實力減弱，而中央軍主力加速進攻，乃被迫於驛前展開第二次主力決戰。

「中華蘇維埃」閉幕

廣昌會戰後，剿共軍連克龍崗、建寧、永安、連城，包圍圈縮小，進迫石城。此時紅軍已難以施展短促突擊的運動戰，乃在驛前，石城一帶構築要塞式的防禦陣地，死守苦戰，戰局發展到這地步，紅軍命運已經決定了。因爲純粹的陣地防禦，使國軍得以從容佈署，從南京調來山砲部隊，同時空軍進駐廣昌機場，隨時起飛協同地面進攻。

剿共軍於八月五日下總攻擊令，八月卅一日始攻克驛前，兩軍冒溽暑血戰近月，共軍傷亡五千餘人，中央軍亦傷亡二千六百餘人。戰事之慘烈更遠過廣昌之役。

剿共軍攻下驛前，仍不能長驅直入，遭紅軍節節抵抗，直到九月三十日克小松市，十月六日，始攻佔石城；北路軍已於十月十日佔古龍崗、十一日佔興國。到此瑞金已如囊中物。紅軍如不突圍即必遭覆沒。乃於十月十六日決定突圍，第一、第三、第五、第八、第九五個軍團終於放棄赤都瑞金奪路西奔。成立方三載的「中華蘇維埃共和國」，也於此落幕。

對於第五次反圍剿戰役，毛澤東於一九四五年在手訂的「關於若干歷史問題的決議」中，曾作痛烈的批評：

「在第五次反圍剿作戰中，他們始則實行進攻中的冒險主義，主張『禦敵於國門之外』；繼則實行防禦中的保守主義，主張分兵防禦，『短促突擊』，同敵人『拚消耗』；最後，在不得不退出江西根據地時，又變爲實行眞正的逃跑主義。……。」另一段話說：「…左傾路線在退出江西和長征的軍事行動中又犯了逃跑主義的錯誤，使紅軍繼續受到損失……。」所說大概是實情。不過，當時任何人負責指揮軍事，也不會創出什麼奇蹟，這因爲剿共的中央軍實力過於強大，方略穩健周全、無懈可擊。因爲那不僅是一單純的軍事行動，而是一政治經濟文化軍事的複合的進攻。試看當時的四句口號：「碉成民安，路成民歸，校成民化，政成民樂。」如果實行毛澤東的分兵四路突擊計劃，棄根據地遠颺，則中央軍可不戰而得根據地，修路建碉，實行保甲清鄉，紅軍便無法再回老根據地，勢必長期流竄成爲流寇。其結果雖比「兩萬五千里長征」會更壞。

當紅軍主力突圍時，行軍序列如左：將當時江西蘇區紅軍劃分兩部分，㈠是突圍長征的紅軍主力，㈡是留在江西堅持游擊戰爭的部隊。

一、突擊長征的紅軍主力

1、由劉伯承偕第一第三兩軍團擔任前鋒、攻堅開路。

2、是由葉劍英統率第一縱隊（亦名中央縱隊），包括紅軍大學、總司令部、黨中央、工兵、擔架隊、工廠器材、軍需隊、醫療隊等。

3、由第五軍團擔任殿後部隊。

4、由第八軍團擔任左翼掩護警戒。

5、由第九兵團擔任右翼掩護警戒。

以上主力紅軍十月十三日集中，十四日完成行軍序列，十五日開始行動。

二、留守中央蘇區部隊

1、設立中央軍區統轄黨政工作，以項英爲軍區司令兼政委，陳毅任政治部主任。

2、所轄部隊：第二十四周建平部五千人，福建軍區紅軍三千六百人，江西軍區二千四百人，贛南紅軍二千四百人，贛東北抗日紅軍先鋒隊一萬五千人。

突圍紅軍主力的編制及人員如左：

中央軍委主席：周恩來。

紅軍總司令：朱德

總政委：周恩來

總參謀長：劉伯承

總政治部代主任：李富春（王稼穡負傷）

㈠中央縱隊司令：周恩來（兼）

政治委員：羅邁（李維漢）

參謀長：張雲逸

政治保衛局長：鄧發

幹部團（紅軍大學學員）團長：陳賡、政委：宋任窮，參謀長：畢士悌，上幹隊長：蕭勁光

政治保衛團　團長：姚喆，政委：張南生

中央軍委警衛營

㈡第一軍團

軍團長：林彪

政委：聶榮臻

參謀長：左權

政治部主任：羅榮桓

地方工作團主任：吳亮平

保衛局特派員：羅瑞卿

㈢第三軍團

軍團長：彭德懷

政委：楊尙昆

參謀長：鄧萍（死於遵義）

葉劍英（繼鄧萍）

政治部主任：袁國平

劉少奇（遵義會議後接替袁國平）

地方工作團主任：郭潛

保衛局特派員：張純清

㈣第五軍團

軍團長：黃振堂

政委：蔡樹藩

參謀長：陳伯鈞

政治部主任：李卓然

地方工作團主任：鄧振洵

㈤第八軍團

軍團長：周昆（子昆）

政委：何克全(凱豐)

參謀長：鍾偉劍

政治部主任：劉少奇（後調三軍團）

地方工作團主任：劉曉

㈥第九軍團

軍團長：羅炳輝

政治委員：何長工

參謀長：張宗遜

政治部主任：王首道

地方工作團主任：馮雪峯

黎平會議決計入黔北

古云：兵凶戰危，大戰當頭之際，應拋卻一切非軍事的打算和顧慮，集中於軍事一念，全力求勝。可是周恩來這個人性格太圓滑細膩，適於領導政治，不適於領導軍事，尤其不適於指揮大兵團作戰。

在南昌暴動後的南征時，他因爲不忍棄置四百餘傷病官兵，而在瑞金休兵十日、迂迴閩南上杭、長汀、取汕頭，未能一鼓作氣直趨尋鄔、梅縣而入潮汕，而錯過勝機，終於潰敗；這次突圍長征，他又犯了「婆婆媽媽」的毛病。試想近十萬大軍、欲突出重圍、擺脫追擊，那必須輕裝精兵，把行軍速度提到最高限度，才是正確辦法。周恩來則反其道而行，做搬家式的撤退，竟將各工廠器材（包括印刷機、縫級機及其它機器材料）搬運隨行。單是搬運器材的民伕卽達數千人。中央機關人員

加上工廠器材、輜重部隊等合編成中央縱隊，然後把五個軍團兵力分配在前後左右掩護前行，遂把兵力釘死在掩護任務上，無法機動作戰，致一直沿途挨炸挨打，無法還手反撲；以致行軍僅一個月，全軍即損失了五萬人，八萬五千人只剩下三萬五千人。

上述的指揮錯誤，已足以毀滅周恩來的軍事生命；再加上他在瑞金時期養成的專斷和倨傲，對於各將領未能切實掌握致無人及時諫正他的錯誤，一旦遭遇打擊，不免墻倒衆人推，無人替他撐腰，以致在遵義會議上被打下中央軍委主席寶座，一蹶四十年不能復振，如果不是毛澤東搞出文化大革命，他將終其生爲毛的陪臣。

關於周恩來上述的軍事錯誤、除了朱德，每個寫回憶錄的共軍幹部都嘖有煩言，就連一向支持周恩來的劉伯承在所撰「長征回顧」中也大肆抨擊：

「廣昌一戰，紅軍損失很大。從此『左』傾路線又實行了防禦中的保守主義，主張分兵把口，因而完全處於被動，東堵西擊，窮於應付，以致兵日少而地日蹙。

「最後又實行了逃跑主義。一九三四年十月，猝然決定離開中央蘇區，事前固然未在廣大幹部和羣衆中作思想深入的思想動員，又未作從陣地戰轉爲運動戰，從依靠根據地轉爲脫離根據地，長途行軍作戰所必須準備工作，即倉促轉移。」

這段話顯示，周恩來在決定突圍時，沒有同軍事領袖好好商量。雖然自廣昌會戰失敗之後，即開始秘密準備，但因軍事情勢日緊，準備未能充分。

劉伯承繼續寫道：

「面臨敵人重兵，左傾路線的領導更是一籌莫展，只是命令部隊硬攻硬打，企圖奪路突圍，把希望寄托在與二、六軍團會合上。在廣西全縣以南，湘江東岸激戰達一星期，竟使用大軍作甬道式的兩側掩護，雖然突破了敵人第四道封鎖線，渡過湘江，卻付出了慘重的代價，人員折損過半。」

政治保衛團政委張南生，在所撰「遵義會議的光芒」中也有同樣的意見：

「中央縱隊也確實太不戰鬪化了，每逢行軍，從頭到尾有數十里長。特別是我團一營負責警衛的中央縱隊二梯隊，大批民伕搬運着從蘇區帶出來的笨重的造槍機械，印書報的機器和各種物資，有些機器的底盤就要十來個年青力壯的小伙子抬。每遇爬山涉水，通過險崖隘路，一個鐘頭走不出半里地，而周圍卻經常是槍砲聲和敵機轟炸聲，急得戰士們直跺腳……可是現在，卻攜帶這樣笨重的輜重，連續行軍、連續突破敵人的封鎖線，使擔任掩護的主力部隊，付出了巨大的代價。」

如劉伯承所說，周恩來原來的打算，是想奔經湘西與二方面軍（六軍團及二軍團）會合，但是中央軍事前料到在這一着，預先在湘西的武岡、綏寧一帶佈下重兵，紅軍被迫折路入黔。如劉伯承所說：

「如果我們不放棄原來的企圖，就必須與五、六倍的敵人決戰。但部隊的戰鬪力又空前減弱，要是仍舊採用正面直頂的笨戰法，和優勢的敵人打硬仗，顯然就有覆滅的危險。……所剩三萬多紅軍的前途只有毀滅。」

紅軍在途中損失過半，沿途把許多笨重的修械廠、印刷廠等機器和輜重完全丟光，連與共產國際聯絡的大型電台也毀棄了，從此與共產國際斷絕連繫達一年之久。其狼狽情況也就可想而知了。

十二月紅軍抵貴州的黎平，十五日召開了一次臨時政治局擴大會議，研討進軍方針。會議上意見很是紛歧，有的主張入黔東、轉湘西與二方面軍會合，有的主張北渡長江與四方面軍會合，有的主張入雲南建立新根據地，最後決定先到敵人力量最弱的黔北休息聚補，環境許可就在那裏建立根據地，否則可渡金沙江與四方面軍會合，亦可進入雲南，活動的面積廣濶，較少被追兵殲滅的危險。據中共出版的「中國人民解放軍光輝事蹟」記載，黎平會議決定紅軍入黔是出於毛澤東的建議。

在入黔途中紅軍因爲甩了輜重，恢復了機動性，擺脫了中央軍的追兵，並且連次擊敗貴州軍隊，士氣也稍提高了。

張勳復辟始末（十一）

矢原愉安

當時的北洋軍隊中，盛行着「濫吃空名」，「以無當有」，「以少報多」的種種惡習。所以，一支部隊的實力，往往只有統計圖表上的二分之一，最多也不會超過百分之六十。

但是，張辮帥在這一點上，卻是個很大的例外。他平生最被人嘆爲難得的地方，就是對部下的將士和有求於他的人，向來「揮金如土」，絕對不在他們的身上發財。

他這種作風，連外國人都知道得很清楚。所以，日本黑龍會特派到中國去支持復辟運動的代表佃信夫，一口咬定：當時大小軍閥中，眞正有實力；而且眞正擁有槍桿子五萬之多的人，在全中國，只有一個張勳！

英國人對他的認識，比這更早得多，是遠在「金陵爭奪戰」的時候，就已經建立了的。例如在一九一二年十一月十日，南京英國領事威勳生打給英國公使朱爾典的電報中就說道：

「張勳確係強而有力之人，管理部下亦能得力。……新軍已有二千人，由將軍自付軍餉。……」

因此，張勳在號稱有「五十師之衆」的北洋軍中，能夠眞眞正正掌握五萬槍桿子，他當時在軍事上和政治上的份量，當然都不是別的軍閥可以比擬的。「徐州會議」，能有那麼多的「各路諸侯」來參加；而且心服口服地把他奉爲盟主，也就是這個原因。

那時，惟一敢不向他賣賬的，只有北洋系的馮國璋，以及馮系的一些「督軍」。就連位居元宰，眼高於頂的段祺瑞，和他的智囊徐樹錚，也都還要對他極盡敷衍之能事。

張勳

也許就是由於張勳把自己這個優越條件，估計得過高，因而才使他在「入都」的時候，只帶了一支實際上相當薄弱的兵力。後來卽使在決心復辟的關頭，也幷沒有爲安全着想，先集中大軍到北方來，再掛龍旗。

以當時的局勢、人心，以及段祺瑞「討逆軍」的實力而論：張勳最吃虧的幾着棋，大概就是：

㈠只想把自己捧成「復國元勳」，忘記了敷衍別人的面子。

㈡犯了楚霸王的毛病，太吝於名位，使得許多本來同情他和無所謂的人，都大起反感。

㈢最可能成爲致命傷的一點是：他在北京只有三千人馬，大軍卻遠在千里之外，自己一時不能加以掌握。

這個問題，張勳在復辟失敗，逃亡荷蘭使館的前夕，似乎也看得很淸楚。因此他才會向北京字林西報的記者說道：

「余之來京，實爲國家之利益及淸室之利益。徐州會議時，各督軍均請余爲復辟之領袖，幷擔任幫助。

馮國璋有親筆書致余，謂捨余外，無人能發起此事。

段芝貴與徐樹錚，亦鼓勵余。……

各督軍前予我以全權，今均背我而去。敵軍有五萬人，余有三千人……余願犧牲一切以求保全信實。余最後之語爲帝制或交戰。……余將不復見君矣。余實無望，惟願君記余爲誠實之人，非膽小之徒。」

同時，他又向時報記者徐彬彬說：

「我不能爲段芝泉屈服。東海亦主張復辟；各督軍曾在徐州議定，弄到末了，終是我一人是老寃，他們都是好人了！

要我退讓不難，必須東海來京，說個三言兩語，便可解決。」

徐彬彬也知道這種想法，絕不能成爲事實。所以才自己加個按語道：

「其意蓋以往日之議詰徐，而又知徐力足以回段意也。

……但徐云非張退不來。」

講硬打，兵力既懸殊十六倍以上；講調解，眞正能說話的人又堅決不肯幫忙，張辮帥惟一的希望，就只有放在遠戍徐淮的辮子軍來「進京勤王」了。

但是，在這方面，也似乎很令他失望。據當時一位署名「菱村」的記者，在訪問了徐州的「定武軍」以後，報導道：

「辮兵各營間有懸掛龍旗者，……各統領會商：仍掛五色旗，一切公牘仍用中華民國……。

張勳有電調步隊十營，馬隊八營赴京……各統領多主張聽命，旋復電謂：事前旣不與將士協商，今日難應調遣云云。……

張部軍官自營長以上，一致主降不主戰。下級軍官及兵士則相反，鼓噪要開隊過魯境赴北京。

各營軍需官，書記員，幾全行逃走。上級軍官密派心腹，收藏子彈。……

倪嗣冲派人密商張部軍官，以「長江巡閱副使」名義聯絡之。希冀辮兵降倪，允爲管轄優待。……

駐蚌埠之張勳統領殷恭先，亦來寧謁馮總統輸誠。」

過了三天，中華通訊社的一條簡短的電訊，就葬送了張勳後來的整個政治生命。它說：

「辮子軍張文生所部，現歸張懷芝。

白寶山所部歸馮國璋。

其餘辮軍均歸倪嗣冲管轄，聞悉帖服。」

這樣一來，張辮帥的槍桿子，完全被別人「五馬分屍」而去；整個「政治資本」，當然也就跟着垮了台。因此，復辟失敗以後的張勳，從此不得不離開中國的政治舞台；而且到死也沒有一個「東山再起」的機會。

（全文完）

謙廬隨筆

十

矢原謙吉遺著

人雖不直王之所爲，而當面識之者，當以胡爲第一人。胡雖向在南方，能於北洋政客秘聞，洞悉若是，亦可驚也。

此事余聞諸管翼賢，蓋管於席上目睹胡之作風後，卽決以之介紹於何遂，幷笑謂胡曰：

「吾今眞爲君於此古城中，覓得一天涯知己矣！」

胡八爺狂狷耿介

時，張恨水、李蘧廬、管翼賢，均以胡之生計爲慮，廣爲張羅。介於何後，又介之於宋哲元之「文膽」雷嗣尚，亦卽西北軍中號爲「三湘奇才子者」也。復以胡爲黔人故，介之於余友丁春膏君。何丁二君復介之於余。自是，何雷丁三人，均月致胡所謂「筆資」各數十元。月得二百之數。胡於詩酒雅集中之唱和吟詠，亦均由小實報發表，致酬特優。余聞訊之初，亦欲參加贊助。殊李蘧廬甫經啓口，胡卽勃然而起曰：

「余雖典褲，不屑以日本錢沽酒也！倘矢大夫有慨助之意，卽請以胡八之名，捐贈東北之義勇軍可也。」

其人之耿介，於此可見。一夕，饒孟任邀宴。饒爲北洋時代司法界之名宿，進而從政，爲部次長，涉身於民初一「大案」中。後雖鋒鋩漸斂，而極具呼風喚雨之功。交遊者亦三教九流，無所不具。是夕，余所素稔之友人，多在座，而「胡八爺」適在余側。閒談中，余偶詢及：

「外人如我者，每感漢文典籍，浩如淵海，未知目前當以先讀何書爲宜？」

胡欣然對曰：

「吾當爲先生擇購一二，容日送達府上。」

越二日，胡果悠悠然而至，贈余書一函，謝而視之，則戚繼光之「紀効新書」也。

胡稔余既久，疑忌漸銷，遂亦常來小坐，對飲白蘭地。一日，風沙頗厲，胡時已微醺，自云起床未久，已擁被盡黃酒一斤矣。

胡身御一裘，而長及於地。詢之乃出自丁君所贈，尚未有暇倩縫工改短也。是故，移步時，必須將袍撩起，絕似京劇中「撩袍端帶」之狀。而胡且飲且顫，有如不勝其寒者。余怪而問之，始知其赤體着裘，裘下固一絲未掛。胡且謂余曰：

「身上猶可，最難耐者，爲吾之雙足。

先生處既爲診所，何令地氣一寒如是？語未畢，忽又驚呼曰：

『噫，我知矣！我來倉促，固未著履也！』」

其不拘小節，有如是者。

胡固善相術，尤善於温酒中，投無頭火柴三五枚，以卜吉凶順厄。余雖未倩其談相，而何遂與李蘧廬告余曰：胡每談，輒多中。一夕，雷嗣尚邀宴，在座者除余所夙稔之數人，以及常小川，林世則外，尚有主持冀察方面中日經濟合作之張允榮。張爲西北軍中元老之一，被馮玉祥信任之程度，遠在一般將領之上，故爲馮嫡系中之嫡系。自與日人兒玉共同負責「經濟提攜」後，趾高氣揚，炙手可熱。

胡爲座中二三人看相後，張亦力請一看。睹胡之狀，似頗輕其人，僅寥寥數語即住口不言。張又力請之，且語中多「激將」之詞，復傲然謂胡曰：

「先生適間所言者，識我者皆知之久矣。先生亦能略述一二未爲人所習知者乎？」

胡不語久之，忽以手指枱上茶壺，高聲曰：「奇怪，奇怪！好大一個茶壺！」語未竟，而張已滿面通紅，林常諸人，亦均大驚失色。雷嗣尚等急亂以他語而罷。

事後，余始知張允榮微時，曾於役數月於樂戶中，雖非眞操「大茶壺」之業，固屬「大茶壺」之流也。

余所引爲異者，胡即對清流如張季鸞者，興來時亦不稍有假借。一日，張自南方北返，作二三日之遊，余輩歡宴之於豐澤園。酒酣耳熱之際，胡忽顧張而嘆曰：

「君有巨筆如椽，固今之班馬也。奈何甘爲『金漆馬桶蓋』乎？」

時，大公報之言論，已漸非昔日劍拔弩張之狀，而於國策新猷，每多袒護，故胡君乃有此語。

張聞之愕然，而旋即大笑曰：

「胡八爺，君眞知我者也！」

張亦達人，毫未介懷。且自是每屆北來時，以電話邀張恨水與余出遊之際，即欣然曰：「此金漆馬桶蓋」也。盍與吾小飲數盃乎？」

一夕，於「胡同」中，一雛妓素不識張，乃把臂求問姓名。張乃以濃重之陝西土音答曰：

「我名金漆馬桶蓋」。

妓大詫曰：「人名皆止二三字而已，豈有五字者哉?!」

張佯爲正色告之曰：

「吾國人名，皆四五字者。卿不知我爲日本人乎？」

言畢，顧余大笑，張恨水則幾笑至滿床亂滾矣。

季鸞爲人之詼諧若是，其可愛之處亦若是。讀其文者，覺其義正辭嚴，必屬一道貌岸然者之流，而實則不然。嘗聞彼與王芸生以筆戰始，而以「天水關」終。蓋報界中人愛季鸞者，固遠較憎之者爲多，王君則反是。且王雖亦健筆馳譽報壇，而較諸季鸞，則猶以楊度之政論，方之梁啓超也。張既於王，提携不遺餘力，亦若武鄉侯之優遇姜伯約。而姜之不能望諸葛於項背，殆成定論。

以余所知：季鸞於公固極重王，而私衷則不盡如此。猶憶季鸞嘗於微醺後，語吾輩曰：

「王之可貴，在其好戰，敢戰，耐戰。惟覺荆軻氣太足耳。」

意在王之爲戰，恃其氣而不恃其技，每戰必以氣勝也。

報人既以姜伯約目王，而自擬於鍾會與鄧艾者，更大有人在。故王之能在大公報一枝獨秀，實有賴於胡政之特具青睞。胡又於吳鼎昌之前，時出贊王之語，故一時有以扈三娘諷季鸞，而以王矮虎諷王者。蓋矮虎雖爲三娘所擒，而須臾之間，反成座上嬌客，頗呈喧賓奪主之象也。

季鸞爲一達人，且其聲望之隆，叫座之力，固非後者所可比擬。故亦從不以此種謔嘲爲意。而諷之者更從未敢當面言之，惟一之例外，僅狂狷之胡八爺耳。

胡以恃才使氣，樹敵頗衆。一日，於大醉後，忽往豐台，探訪所謂「黑窟」。「黑窟」者，不肖日人與朝鮮人所經營之「煙館」也。經理其事者，多爲華人。朝鮮人則斜戴鴨舌帽，散立門旁，以爲掩護，使警察有所忌憚，不敢掩捕煙客。日人或爲館主，或爲股東，不費彈指之勞，只待分肥而已。

「黑窟」中之煙客，晝夜滿坑滿谷。男女不分，吞雲吐霧於陋室之中，破蓆之上，雖傾家蕩產，鬻女典妻，亦所不辭。此輩經營「黑窟」之日人，誠屬罪大惡極，辱國害人。今日言念及此，猶有餘憤。

胡既入其「窟」，大憎煙客自暴自棄之態，思有以戒之，乃發奇想，大聲咳嗽，以濃痰左右開弓，隨口唾之。隣近者畏其痰如雨下，稍稍退後。胡以爲得計，節節進逼，大有不逐此輩出煙館不休之勢。而蓆上煙客亦極頑強，左閃右避。不肯起身。胡怒其冥頑不靈，竟向壁上與低垂之天花板上，亦以痰彈射之，使痰做鐘乳之狀，蜿蜒垂垂而下。煙客大噪，朝鮮「鏢師」亦蜂擁而入，一時拳腳交加，胡亦罵不絕口。須臾間，即爲衆鏢師曳去館外，而次晨其屍即在豐台外里許之軌道間爲人發現，且已先遭火車輾過矣。

實報記者初僅以「無名男屍」揭載。旋胡之友輩如管、何、丁等均紛覓胡不得，料其必有意外，後乃發現此死者即胡也。管翼賢遣幹練訪員二人，往豐台暗查胡之死因，遂眞相大白，蓋豐台「黑窟」雖多，而胡之異行已風傳各處矣。

管初擬於報上對此罪行，大加撻戰，後又突以不了了之。聞係雷嗣尙諫之曰：「日人正百端藉口肇事。一登報，則事必擴大，徒授日人以柄也。倘不以我言爲然，盍不先詢秦紹文乎？」

秦果力諫管沒登報，其事遂寢。

段雨村醉後論英雄

秦紹文與余有有數面之雅，其人洵洵然，大異於西北軍中習見之糾糾武夫。猶憶一日徐源泉乘過津之便，來作萬壽山一日遊。是夕，其鄉雨謝振紀監督，歡宴之於慶林春。謝豪於資，豪於飲食，亦豪於風月，故能友結四方，到處逢緣。當時在座者中有老西北軍之李鳴鐘，段雨村，李筱帆，晉軍之濮紹戡，老奉軍之萬福麟，以及王正廷，管翼賢，呂志民等。謝爲余之「忠實病人」，无論有病無病，每三四日即一來。蓋其生活殊違常規，縱情歡樂之餘，又未嘗不時以病爲憂也。是故，余是夕亦叨陪末座。

徐爲舊直魯軍中大將，北伐期間，曾與西北軍及晉軍大戰。昔日死敵，今日良友，世間事固當如是。故席間賓主盡歡，逸興遄飛，所談者又以舊事與舊人新事爲最多。言次，偶及近代人物之臧否，段雨村以伏櫪老馬之口吻，醉後喟然嘆曰：

「華北目前之關鍵人物，實僅宋明軒與秦紹文二君耳。——秦之於宋，猶鹿瑞伯之於馮先生。外似奉命惟謹而行，實則事事先得君心。此二人之所以非嫡系而能被重用也。

秦鹿之流，爲最理想之羽翼人材，外方而內圓，故不爲其主所忌，亦不爲外人所憎。——以其外方，故其主所不能爲者，彼可爲之，而外人亦曲爲之諒，而不疑有他。以其內圓，故其主始終信之重之，而不患其有坐大之慮也。」

西北軍中人，於鹿瑞伯有微詞者，十居八九。余與鹿亦有數面之緣，覺其狀若樸直而城府實深，矯揉造作之苦，與馮煥章先生如出一轍。余於王鐵珊君雖僅有一宴之雅，而於其「做工」，已有深刻印象，而深覺鹿王二人之作風，實有異曲同工之妙。鹿武王文。誠馮之幸事，苟二人同行，則勢必不兩立矣。馮之遇此二人獨厚，蓋在欣賞其「作工」乎？

與段相較，李鳴鐘自當屬於「訥訥」之流。其人出語不多，而語不中的，諒亦自知，故每於段侃侃而談時，頻頻點首曰：「對，對！這是你老大哥說的！」

乍聞之下，殊令人生無從捉摸之感。

段於是夕，大快座中朶頤，而酒量亦宏，故言無所忌，彼復謂：

「馮先生出身寒微，以「戰將」

脫穎而出。故始終於能戰之將，愛之而不重之，視之如匹夫耳。而獨於慣做「儒將」之狀者，旣愛而且重之。此所以鹿瑞伯之能一枝獨秀也。

宋明軒雖年來自樹一幟，而以封疆重寄之尊，儼然以老西北軍之大哥自視。而於其用人行事，又多向馮亦步亦趨，是故秦紹文之得以躍居副魁也。」

厥後，李筱帆亦牢騷大發，而與段此唱彼和。此二人認爲：

「當今之世，馮先生有識人之能，蔣先生有用人之量，閻先生有留人之技。有一人能三者獨兼，則王天下必矣！馮先生有識人之能，故能用鹿瑞伯爲爪牙，補其不足。蔣先生有用人之量，故能以何劉顧之流，充關張趙雲之數，而始終不棄之去之。閻先生有留人之技，故能使舊部不叛，而徐永昌等，竟歸附不去。」

余聞此語，陡憶數月前，正金大樓席間，木田君宴松室孝良時，松室對當時中國風雲人物之評論。

「中國土肥原」徐元德

松室孝良君，嘗任西北軍之客卿有年，於馮煥章之認識，頗異常人，而其人於中土文物，亦有其獨特之見地。彼常以十六字評馮之爲人云：

「見名忘義，合久必分，
練精用拙，視將如弁。」

前四字論其處世之道，次四字譏其與上司及盟友間之關係，另四字謂其善練兵而不善用兵，而末四字則諷其「愛將」不足也。

此語亦與土肥原君在華北駐屯軍任職時，一夕醉後對馮之月旦評，有異曲同工之妙。彼謂：

「馮雖善練兵，但以用兵論，僅爲一聯隊長之材耳。

其實，今日華軍中身綰虎符，統師數萬者，十有八九，較馮且尤等而下之，能指揮如裕之範圍，鮮有超出千餘人者。

國中無大將材，此乃他日中日戰爭時華軍最大弱點之一，亦爲日軍可始終保持優勢之一大保證。」

土肥原君之語，似涉目中無人之譏，而其論馮之數十字，則有同感者頗不乏人。

語及土肥原，輒令余於無意中憶及另一「中國土肥原」。此君爲晉軍大將徐永昌之子，年逾弱冠，表字「元德」，銜父命赴金陵就讀中央軍校，途經故都時，閻百川之機要秘書濮紹戡，方銜賈景德之命，有所商洽於宋秦，濮本徐之幕僚，故特爲其少君洗塵於慶林春飯莊，余亦在座焉。元德君矗黑魁梧，糾糾之貌，溢於言表，應對時極爲木訥，自道時輒其味津津。席間，頗遺笑料。宴後辭去，濮紹戡顧其背而嘆曰：

「此君眞不愧爲『中國土肥原』也！」

（待續）

徵稿小啓

本刊誠意徵求有關現代史料人物傳記等作品，每千字敬致薄酬港幣二十元，珍貴圖片另議。已發表文稿，版權卽屬本社所有，將來出單行本時不另致酬，但奉贈作者原書二十冊。來文編者有酌予刪節之權，如不同意，請先聲明。作者請示知眞實姓名，通信地址，作品署名則聽便。

賜稿請寄九龍亞皆老街六號B，掌故出版社收。

香港詩壇

長夏晨起聞蟬　李漁叔

涼露初霑碧樹新，萬蟬淒哽訴蕭晨，亦知心外皆人境，權信區中有我身，積潦周廬猶學浪，亂紅飄砌已成塵，餘年料是安排定，買屋生兒作細民。

近郊得地數弓將營草堂過之有作　前人

紅蓼花間野水濱，何時築屋與鷗隣，難期元亮還鄉井，豈效安仁拜路塵，江店早涼方恨晚，秋堂歸夢不嫌頻，誅茅更欲栽桑柘，準擬成陰待幾春。

題蔡張紉詩夫人遺墨　夏書枚

巾幗詞華動海濱，紉詩去後更何人，雙修豔說迎詩婦，小極驚傳謝首春、絳闕還仙原有約，璇閨熨體漫傷神，琳瑯挂壁俄陳迹，禿筆多慚寫玉珉。

重過宜樓感不禁，詩聯畫卷未生蟫，排空吐月無今古，思舊銘衷有淺深，剪燭怕聽更漏子，開樽尤怯醉花陰，藁砧自信魂能致，刻骨劖肝夜夜心。

宜樓懷舊　亦園

半載未敲月下門，今朝來叩女騷魂，寸縑尺楮驚寰宇，秀骨靈灰隔水村，海上風濤千里哭，山中煙雨一樓昏，傷心寂寞詞人渺，美酒當前氣不溫。

前題　張方

宜樓今又對壺觴，披讀遺篇有感傷，九載鴛盟緣太短，百年蝶戀夢還長，敲詩暗自尋新句，把酒猶難滌舊腸，最是不堪回首處，圖書文物尚堂堂。

初集宜樓聽紉詩女士唱詩錄音　包天白

一帶江山如畫日，迎風衝雨過宜樓，描春艷染無雙色，遺唱低回有古愁，似此奇才天必妒，不堪高格氣先秋，登堂惜我今來晚，檻外鳴泉作咽流。

淹留曲有序　黃尊生

淹留者編名也編胡名蘋龕自陳也庾信江關杜陵身世愴懷家國發而爲詩凡諷詠謄寫裝訂校讎胥一手自任每卷以半月出洵敻絕古今之手寫刊物蔡子民極稱之江海棲遲以此見志爲賦一曲以諗故人

燕子磯頭筷子基，王孫飄泊不能歸，家山萬里淪烽火，誰識天涯一布衣，憶從胡虜張皇日，故宮秋草荆駝泣，博浪椎翻革命師，如雲露布揮椽筆，漢幟重光舊國門，英雄一夜竟亡秦，圯橋從此隨黃石，屠狗功名那足論，風流廿載如雲水，燕酒吳歌看未已，賸有雄心慰國殤，直將彩筆傳青史，竭來心事向菰蒲，十畝鄉園傍水隅，小閣飛花看庾信，短籬斜日瘦林逋，紫籐數世書盈屋，墨簡陳編應萬軸，閒取丹青寫越山，每歌古調題黃竹，武威門巷月輪高，顧影浮觴感鬢毛，酒醒有時思看劍，陶潛原似臥龍豪，忽聞嶺外驚鼙鼓，轉眼佗垣已焦土，忍見牽羊祖肉哀，鄉邦詎肯羞黃祖，挾銃憑河誓死生，八鄉子弟盡奇兵，衝鋒幾度殺聲起，硝煙彈火爭飛鳴，鐵騎村民力盡徒沾臆，江頭幾處凝殷碧，間關一夜傳聞入鳳城，紛紛老幼逃鋒鏑，從此海山鄉夢出江湄，去國倉皇到水涯，從此海山鄉夢斷，夕陽遺恨泣荒祠，馬交東畔沙蘭涘，有客行吟同屈子，未死鬚眉負疚生，烈士暮年心未已，故鄉回首欲潺湲，望斷寒畦白板門，春去木樨空作蕊，蝶來桑柘已無根，東溪舊是清涼土，石徑紆迴村廟古，幾樹疎煙似輞川，片帆斜日同牛渚，釣艇遲遲畫網垂，鰣魚甘美鱖魚肥，不知江上煙簑客，刦後生涯付與誰，淹留淹留在荒浦，客心日日馳桴鼓，不管崇朝毀百城，終教他日亡三戶，閒從松嶺望旌旗，異域棲遲願未違，我有陰符開士氣，石濤書畫杜陵詩，艱難此日論風雅，一卷韋編躬自寫，憔悴風塵著作郎，前無古人後來者，七寸裁成玉版牋，墨痕濃淡染秋煙，開編一幅米家畫，孤村煙水迴峯巒，我亦淹留到海涯，故辦東望渺仙槎，爲君一灑江山淚，願與江山共歲華。

編餘漫筆

編者

本期發表了三篇重要的長文，一是劉己達先生寫的「我與蔣經國」，作者與蔣經國在贛南同事，先後任贛州專員，贛州是蔣經國發軔之始，作者此文絕無阿諛成份，只是敍述兩人締交經過及贛南地區當時複雜情況，根據此文，可以看出當時治理贛南的不易。作者對蔣經國的禮遇，雖然感激，但行文指事均不失身份，是一篇好文章。

另一篇空軍之神高志航，也是難得的作品，五十歲以上讀者都會記得三十四年八月十四日中、日兩國空軍正式第一次交手，中國空軍以零比六重創日軍，不但振奮了中國人心，也扭轉了世人的看法，外國人對於中國步兵作戰的英勇雖有印象，但是卻料不到空軍也如此勇敢善戰，當時指揮這場空戰而且首開紀錄的就是高志航將軍。五十歲以上的讀者對高志航的名字自不陌生，但是，對高志航的身世及英勇作戰，終致為國捐軀的經過，知道的人少而又少，作者黃大受教授為名史學家，著有中國近代史，直到今天尚為同類書中資料最豐富的著作。黃教授為了表揚此一代英傑，各方搜集史料，並訪問高將軍家屬及袍澤，終於寫成一冊完整的高志航傳，不僅可慰高將軍之靈於天上，也使我們都了然到一個英雄人物的成長，過程確不簡單，天才與毅力缺一不可。

「八百壯士的謳歌」，也是一篇了不起的作品。「八百壯士」的情況與高志航相同，人人皆知道此事，人人皆不了解內情，最可笑的是人所共知的八百壯士實際上只有四百零七人，這一點編者個人就未之前聞，讀了本文之後，增加了許多知識。

作者盧克彰先生為撰本文也費了很大精力去搜集材料，訪問當事人，難得的是當時任團附的上官志標先生也到了台灣，而且在台南縣政府任兵役科長多年，不久之前才去世，整理現代史應當從這些地方下手，在台灣已經有許多學者在努力研究，這是一件可喜的事。

本期出版後，本刊整整出版了一年，下期不論封面或內容都要改換。張勳復辟已經結束，下期有一長篇「細說長征」刊出，敍述中共軍由江西突圍至陝北經過，內容翔實，皆為外界所不知之史料。

又本刊正同一位老將軍接洽，希望能發表他的回憶錄，初步已蒙允諾，十三期即使刊不出，遲一兩期當可與讀者見面。

此時此地辦中文刊物，是一個相當吃力的事，本刊創辦一年，雖無大成就，但大體說來遭遇的困難並不算多，尤其是銷路方面一開始就達到可以自給地步，使同仁們稍舒一口氣，否則以我們籌得的一點錢，而本刊的支出又如此大，三期就虧完了，不必說一年了。不過，同仁並不能以此為滿足，仍希望能充實內容打開銷路，增加讀者，提高各方對近代史研究的興趣。

一年來根據各方的意見，都認為本刊適合老年人的口味，青年人興趣不大，開始時誠然如此，但最近幾期，訂戶方面青年人逐漸增加，而且也有不少青年朋友見面或來信與編者討論所刊出的一些問題，希望能漸漸提起青年人的興趣，了解掌故是研究現代史的，並非是談故事，本刊創辦的主要目的是在供給青年人以現代史的知識，並非單純作為老年人的消遣。為了辦好「掌故」，編者自本月份起，已辭去原有工作，全心來辦好這份刊物，更希望讀者、作者共同協助，多介紹於朋友同學，使大家都有機會看到「掌故」，同時更希望隨時提出意見，改正編者的錯誤，增進本刊的內容。又上期「鄧演達身後是非」一文，提到北伐軍在武昌俘虜的吳佩孚部將係劉玉春，作者一時筆誤為劉玉章，編者亦未校出，至為抱歉。又「九戰區最後部署」一文，唐生智之父又名承緒，曾任湘省實業廳廳長，並非處長，承新聞界前輩雷嘯岑先生指出，特此致謝。

匡文同學兄正屬

剛日讀經柔日讀史

無酒學佛有酒學仙

蔡元培

掌故（二）

數位重製・印刷　秀威資訊科技股份有限公司
https://www.showwe.com.tw
114 台北市內湖區瑞光路 76 巷 65 號 1 樓
電話：+886-2-2796-3638
傳真：+886-2-2796-1377
劃　撥　帳　號　19563868　戶名：秀威資訊科技股份有限公司
讀者服務信箱：service@showwe.com.tw
網　路　訂　購　秀威網路書店：http://store.showwe.tw
國家網路書店：http://www.govbooks.com.tw

2020 年 7 月
全套精裝印製工本費：新台幣 35,000 元（全套十二冊不分售）

Printed in Taiwan　　ISBN:9789863268130 CIP:856.9

本期刊僅收精裝印製工本費，僅供學術研究參考使用